T0262555

Emilio Salgari (Verona, 1862-Turín, 1911) empezó a publicar novelas por entregas a los veinte años. En 1892 se casó con Ida Peruzzi y poco después se instaló en Turín, donde se dedicó plenamente a la escritura. Cinco años más tarde, el rey Humberto I le otorgó el título honorífico de Caballero de la Corona de Italia. En 1900 se publicó en formato libro *Los tigres de Mompracem*, bajo el sello Donath Editore, que le dio un estipendio anual de tres mil liras con el encargo de escribir tres novelas al año. Además, Salgari escribía otras obras con seudónimo para otras editoriales. Los problemas psiquiátricos de su mujer, que ya se habían manifestado hacía tiempo, se agravaron en 1910, año en que Salgari intentó suicidarse por primera vez. Al siguiente, pocos días después de que su esposa hubiera salido del manicomio, Salgari se quitó la vida. Había publicado más de noventa obras.

Matthieu Letourneux es profesor en la Universidad París Ouest Nanterre-La Défense. Tras obtener el doctorado con una tesis sobre literatura comparada centrada en la novela de aventuras, se ha establecido como gran especialista en narrativa clásica popular y juvenil, especialmente de los siglos XIX y XX.

EMILIO SALGARI

El Corsario Negro,
Los tigres de Mompracem, y El Rey del Mar

Introducción de
MATTHIEU LETOURNEUX

Traducciones de
LUCIANO BOSCHETTI
JAIME BARNAT
ANDRÉS MERINO

PENGUIN CLÁSICOS

Penguin
Random House
Grupo Editorial

Título original: *Il Corsaro Nero; Le tigri di Mompracem; Il Re del Mare*

Primera edición: julio de 2016
Segunda reimpresión: noviembre de 2022

PENGUIN, el logo de Penguin y la imagen comercial asociada son marcas registradas
de Penguin Books Limited y se utilizan bajo licencia.

Printed in Spain – Impreso en España

ISBN: 978-84-9105-252-4
Depósito legal: B-9.020-2016

Compuesto en La Nueva Edimac, S. L.

Impreso en QP Print

PG 5 2 5 2 A

Índice

Introducción

El «capitán» Salgari, o el aventurero sedentario

La vida de Emilio Salgari ejemplifica hasta extremos dramáticos la precaria existencia de un conjunto de escritores populares que sacrificaron su salud, física y mental, escribiendo sin descanso y con excesiva rapidez. Resulta trágico el contraste entre la medianía cotidiana de un autor que nunca viajó, porque el trabajo no se lo permitía, y las extraordinarias aventuras de sus personajes en los más exóticos países. Nada tiene que ver Salgari con los escritores-aventureros anglosajones (funcionarios del Imperio, como Rider Haggard, Rudyard Kipling y John Buchan; periodistas, como G. A. Henty; u oficiales de la Armada Real, como Frederick Marryat), ni con viajeros como Stevenson o Mayne Reid, cuya obra literaria es indisociable de sus travesías. En el caso de Emilio Salgari, los cambios de escena son puramente imaginarios; su universo narrativo está inventado de principio a fin a partir de manuales de divulgación geográfica y mapas del mundo. Lejos del terrible Sandokán o del cazador de serpientes Tremal-Naik, la de Salgari fue una vida triste, que solo merece ser contada en la medida en que explica, por contraste, la sed de aventuras del autor italiano, así como su trasfondo pesimista.

Emilio Salgari nació en Verona el 21 de agosto de 1862, hijo de un matrimonio de pequeños comerciantes, primero taberneros

9

y más tarde vendedores de telas. No fue un alumno brillante. En 1874 suspendió el examen de ingreso en la Scuola Tecnica Regia, con lo que se vio obligado a cursar sus estudios en una institución de menor prestigio, el Istituto Tecnico Comunale. En 1878 se trasladó a Venecia e intentó formarse como oficial de marina en el Istituto Nautico Paolo Sarpi, donde, sin embargo, también embarrancó. Este nuevo fracaso no le impidió hacerse pasar toda la vida por marino, ni jactarse de haber sido capitán de altura en la marina mercante, título con el que firmaba sus obras. En realidad, su única experiencia marítima tuvo lugar dos años después en un barco que cubría la ruta entre Venecia y Brindisi, y en el que se embarcó como grumete… o turista. ¡Qué lejos estamos de cualquier paisaje exótico! Y ni siquiera existe la seguridad de que esta historia sea verídica.

Emilio Salgari no fue un viajero, ni mucho menos un aventurero. ¿Compensó la escritura este fracaso inicial? Pronto, en todo caso, se creó una confusión entre las hazañas fantásticas de sus personajes y la vida ideada a lo largo de los años por el escritor, perpetuo inventor, de cara a sus parientes y amistades: extraordinarios viajes a lo largo y ancho del planeta, una vida imaginada que le permitía presentar algunas de sus narraciones y artículos como historias reales. ¿Se dejaba engañar su familia, o se limitó a alimentar la leyenda? Lo cierto es que *Mio padre, Emilio Salgari* (1940), la biografía que le dedicó su hijo Omar, fue una de las principales fuentes de este mito del padre aventurero, cuyas fabulaciones se esforzó en sustentar con «hechos». Hay más. Felice Pozzo, especialista en el autor, descubrió las manipulaciones de Omar para falsificar los registros de la Scuola Nautica di Venezia y hacer creer que el escritor había cursado en ella sus estudios. El propio Salgari, en la correspondencia con sus editores, finge basarse en recuerdos personales. En 1885 llega al extremo de batirse en duelo con un periodista que ponía en duda su brillante pasado. Estas mentiras se apoyan en una laguna dentro de su biografía: entre 1880 y 1883 se pierde la pista de Salgari, que a su regreso a Verona afirma haber realizado fabulosos viajes por el mundo entero como capitán. También fue Omar quien avaló el segundo mito que envuelve al autor: el de un escritor que nunca leía, sino que prefería inspirar sus relatos en sus propios recuerdos. Hoy sabemos que la verdad se encuentra en las antípodas de la leyenda: Salgari subsanó su desconocimiento de los países visitados por sus personajes mediante la lectura bulímica de relatos de viajes y obras de divulgación científica para no dejar sin justificación ni una sola descripción de plantas, animales o paisajes.

Salgari, como Jules Verne, fue un explorador de salón. Igual que Karl May, su homólogo alemán (que también aseguraba haber vivido extraordinarias aventuras, y adornaba su casa con «trofeos» obtenidos, decía, en sus viajes), y que Gustave Aimard (de quien permanecen aún muchas mentiras y exageraciones biográficas por desenmascarar), Emilio Salgari trató de soñar una existencia a la altura de sus novelas, llegando hasta la mitomanía, y, como en el caso de estos dos escritores, sus fabulaciones lo llevaron al umbral de la locura. Resulta curioso apreciar tantas semejanzas entre estos tres autores de novelas de aventuras. La explicación más obvia recae en el hecho de que para vender mejor sus obras, cuyo punto de partida seguía siendo el prestigioso modelo del relato de viajes, era necesario otorgarles una validez objetiva. Frente a novelistas de ese género que fundamentaban en recuerdos auténticos la verosimilitud de sus historias, como Mayne Reid o Louis Jacolliot, un escritor que confesara su escaso conocimiento del mundo habría quedado en ridículo, sobre todo cuando en esa época el descubrimiento de la geografía resultaba un requisito cultural de primer orden. Al mismo tiempo, sin embargo, los deseos mitómanos de Salgari deben vincularse al desenfrenado imaginario de sus narraciones. Los viajes que pretendía haber llevado a cabo no se parecían a los de los aventureros auténticos, con su acumulación de contratiempos, sus largos trayectos y, sobre todo, un objetivo tras la sucesión de etapas. En Emilio Salgari, como en Karl May y en Gustave Aimard, el imaginario, más que imitar los relatos de exploradores reales, emula las extraordinarias peripecias de los héroes de las novelas de aventuras, empezando por las de sus propios personajes.

Si algún modelo existe para el «viajero» Salgari, ese es mastro Catrame, el protagonista de una de sus primeras obras (*Los cuentos marineros de mastro Catrame*, 1894). En esta colección de relatos, unificados por la voz de un solo y pintoresco narrador, descubrimos a una especie de barón de Münchhausen de los mares que presenta como auténticos toda suerte de acontecimientos insólitos y extravagantes, de los que además parece muy convencido de su veracidad. Aunque grotesco, Catrame resulta también profundamente entrañable y fascinante debido a su capacidad para seducir a su público. En los recuerdos de Salgari, tal como los recogió Omar o como se han podido reconstruir a partir de sus cartas y artículos, encontramos la misma ingenuidad novelesca y la misma fe en la aventura que tanto encanto confieren a su mastro Catrame.

De este modo, la escritura propone una vida ideal, y en buena parte imaginaria, que no ha podido experimentar el autor: la de marino, o, en términos más generales, la de aventurero. Esta conclusión, al menos, es la que podemos extraer del giro que sufre la vida de Salgari después del fracaso en el Istituto Nautico. A partir de su regreso a Verona, en 1883, encuentra un sustitutivo a sus anteriores proyectos: ya que no puede ser viajero, será escritor. Imaginará los viajes en lugar de vivirlos. Ese mismo año adopta la identidad de un capitán de la marina mercante para publicar su primer relato, «I selvaggi della Papuasia», en la revista *La Valigia*. Se trata de la historia de un naufragio en Papúa, que Salgari pretende haber oído contar a un marinero durante sus viajes por Nueva Guinea. El texto se publica en cuatro entregas, de julio a agosto. A continuación, entre agosto y octubre, aparece su primera novela, *Tay-See*, en *La Nuova Arena*, suplemento de *L'Arena*, dirigido por otro autor del género de aventuras, Aristide Gianella. A la publicación de *Tay-See*, le sigue de inmediato la de *Sandokán, el tigre de Malasia* (entre octubre de 1883 y marzo de 1884), donde descubrimos a dos de los personajes más emblemáticos del autor, el pirata Sandokán y su fiel Yáñez. Más adelante, en su aparición en un solo volumen, la novela adopta el nombre de *Los tigres de Mompracem*. A partir de ese momento el éxito es tal que Salgari pasa a ser durante dos años redactor de *L'Arena*.

En 1887, la editorial genovesa Donath publica la primera novela del autor en formato libro, *La favorita del Mahdi*, cuyo manuscrito original ha dado a conocer *La Nuova Arena* entre marzo y agosto de 1884. También le llega el turno a *Gli strangolatori del Gange*, donde interviene por primera vez Tremal-Naik, cazador de serpientes e infatigable enemigo de los thugs. Publicado más tarde con el título de *Los misterios de la jungla negra*, se le considera uno de los grandes hitos del autor. El mismo año fallece su madre, y dos años más tarde, en 1889, se suicida su padre. Ambas muertes constituyen el original de una escena reproducida años más tarde por el matrimonio Salgari. En 1892 el escritor se casa con la actriz semiprofesional Ida Peruzzi, que en 1893 da a luz a su primera hija, Fatima. Posteriormente nacerán Nadir (1894), Romero (1898) y Omar (1900), cuyos nombres orientales son otro testimonio de las ensoñaciones exóticas de Salgari. Tras su muerte, tanto Nadir como Omar escribieron relatos inspirados en los de su padre, cuando no se afanaron en revivir a sus personajes más famosos, como Sandokán, Yáñez o el Corsario Negro y sus hermanos en nuevas aventuras.

En 1893 la familia Salgari se establece en Turín, donde el autor firma un contrato con la editorial católica Speiriani, especializada en literatura aleccionadora. Para *L'Innocenza*, revista turinesa de inspiración cristiana dirigida a la juventud, Salgari se prodiga en artículos y relatos cortos a menudo de tono didáctico, anécdotas de viajes y curiosidades exóticas que triunfaban en la prensa de la época, siguiendo la tradición del famoso *Journal des voyages et des aventures sur terre et sur mer*, cuyo equivalente italiano es el *Giornale illustrato dei viaggi e delle avventure di terra e di mare*.

Entre Speiriani y Donath, Salgari encadena novelas, artículos y relatos a un ritmo cada vez más veloz. Es en este período cuando se publican algunas de sus obras más famosas: *Los piratas de la Malasia* (1896, manuscrito original de 1891), donde se encuentran Sandokán y Tremal-Naik; *Los horrores de Filipinas* (1898), que describe las rebeliones contra los colonos británicos; *El Corsario Negro* (1898, reproducido en este tomo); o *La capitana del «Yucatán»* (1899).

A pesar del éxito de sus historias, Salgari no se integró en la *intelligentsia* local ni gozó de verdadero prestigio. Mientras tanto, su entorno familiar empezó a deteriorarse: Ida, su mujer, manifestó los primeros síntomas de desequilibrio mental, y la escasez de dinero obligó a Salgari a acelerar aún más el ritmo de su pluma. En 1907 publicó siete novelas, y en 1908 otras cinco. Entre 1901 y 1903 firmó con el seudónimo de Guido Altieri sesenta y siete narraciones y relatos cortos para la *Bibliotechina Aurea Illustrata* del editor Salvatore Biondo. Esta prolijidad explica el declive de la calidad de sus obras. Las novelas escritas bajo seudónimo (G. Landucci, G. Altieri, E. Bertolini), que a menudo aprovechan argumentos de obras anteriores, o «adaptan» los de otros autores, dan fe de que Salgari escribía demasiado y demasiado aprisa. A pesar de todo, siguen abundando las obras de interés: *La reina de los caribes* (1901), *Flor de las perlas* (1901), *Los dos tigres* (1904) o *Yolanda, la hija del Corsario Negro* (1905) demuestran que la inspiración del escritor estaba lejos de haberse agotado.

Gran parte de la obra de Salgari se articula en ciclos, una estructura que satisfacía el gusto por la continuidad de un lector acostumbrado a la extensión de las novelas folletinescas, sin que por ello cada volumen dejara de tener cierta independencia. Los primeros ciclos que debemos citar son «Los corsarios de las

Antillas» (cinco novelas) y «Los piratas de Malasia» (once novelas), los más importantes tanto en cantidad como en calidad. Acto seguido debe hablarse del ciclo «Aventuras en el Far West» (tres volúmenes), que sigue la moda de las historias sobre la *frontier* americana, muy en boga en los últimos años del siglo XIX, tras la gira por Europa del espectáculo de Buffalo Bill. El argumento (que enfrenta a una tribu siux y los colonos) es de factura clásica, pero la acción destaca por su gran crueldad y lleva al extremo el gusto por el melodrama. La serie termina con un conjunto de muertes que sumen en la desolación a los supervivientes de ambos bandos. Sería injusto no citar el ciclo «Los piratas de las Bermudas» (tres volúmenes), que elige como trasfondo de las aventuras de sus protagonistas, el romántico barón Mac Lellan y el excéntrico Cabeza de Piedra, la guerra de Independencia estadounidense. De la pluma de Salgari surgieron también varios dípticos: el de las Filipinas (que trata sobre las luchas por la independencia de la población local contra los colonizadores portugueses), el del Capitán Tormenta (díptico histórico que describe los combates de los últimos cristianos de Chipre en el siglo XVI), el de los aventureros del aire (inspirado quizá en *Robur el conquistador*, de Jules Verne) o el de los dos marinos (aventuras en América del Sur y Australia). Le debemos, por último, una gran cantidad de relatos independientes. Entre 1896 y su muerte escribió unas noventa novelas y más de ciento veinte artículos y cuentos cortos. A nivel geográfico, a pesar de la gran preponderancia de la aventura en Asia, dentro de su producción el autor exploró todas las partes del globo: África (*La jirafa blanca*), el Norte (*Invierno en el Polo Norte*), América del Sur (*La estrella de la Araucania*), Rusia (*Los horrores de la Siberia*), Brasil (*El hombre de fuego*)… También se encuentran en su obra casi todas las variantes de la novela de aventuras: viajes excéntricos a la manera de Jules Verne (*Al Polo Austral, Dos mil leguas por debajo de América*), relatos marítimos (*Un drama en el Océano Pacífico*), relatos sobre un «mundo perdido» (*La ciudad del oro*), robinsonadas (*Los náufragos* del «*Liguria*»), novelas históricas de aventuras (*Cartago en llamas*), relatos utópicos (*Las maravillas del 2000*)… Pocas formas de moda en esa época escaparon a la pluma del autor.

El éxito de Salgari fue rápido y sostenido. En Italia, por ejemplo, se vendieron ochenta mil ejemplares de *El Corsario Negro* en pocos meses. En vida del autor sus obras fueron traducidas en el mundo entero, empezando por Francia, y pasando por Alemania, Argentina, Rusia, España… Aun así, nunca dejó de quejarse por la falta de dinero. Acusaba a sus editores de robarle y explotarle, y en cierto sentido llevaba razón: en esa época no era envidiable la suerte de los autores de folletín, y para vivir de la pluma había que someterse a un ritmo de publicaciones agotador. De todos modos, la situación de Salgari, en relación con la de sus colegas, era privilegiada: formaba parte del grupo de escritores populares relativamente bien pagados, y, además, al dinero que cobraba de sus editores se sumaban los derechos (limitados, por aquel entonces) de las traducciones. La familia, sin embargo, vivía con grandes lujos, que, junto con los problemas de salud de su mujer, diezmaban la economía del escritor. Castigado con dureza por la intensidad con la que trabajaba y aquejado para colmo de una depresión crónica, Salgari sufrió una muerte trágica. Primero estalló el círculo familiar: Ida cayó en la locura y debió ser ingresada en una institución. El destino de aquella a quien Salgari llamaba Aida fue el mismo que el de la desdichada Ada que protagoniza *Los misterios de la jungla negra* y *Los piratas de la Malasia*, con la diferencia de que en su caso la demencia era definitiva. Desesperado, Emilio Salgari se suicidó, con una puesta en escena digna de sus novelas. Se cortó la garganta y el vientre con una navaja, en la campiña turinesa, tras dejar una trágica carta dirigida a sus editores: «A vosotros, que os habéis enriquecido con mi piel, manteniéndonos a mí y a mi familia en un estado próximo a la miseria, o algo peor, solo os pido que en compensación de las ganancias que os he dado penséis en mi funeral».

El abandono moral del cual da fe la carta de despedida de Salgari, y su desesperación como escritor que no se sentía reconocido, no deben ocultar el importante lugar del novelista dentro de la literatura popular e infantil de finales del siglo XIX. Empezó a escribir en una situación de relativo aislamiento, entre otras razones porque hacía poco tiempo que Italia había consumado su unidad nacional, y aún no gozaba de una pequeña burguesía firmemente asentada. Faltaba, por lo tanto, una masa de lectores jóvenes que habría permitido el surgimiento de una literatura infantil importante, hecho que frenó de forma considerable el desarrollo de la novela folletinesca. Salgari, pues, fue uno de los primeros grandes autores que escribieron para la juventud. Por otra parte, a finales del siglo XIX Italia no había producido ninguna obra significativa dentro del género de la novela de aventuras, mientras que en Francia, Inglaterra y Alemania resultó una forma literaria de enorme éxito a partir de la década de 1850. La explicación a ello es sencilla: a diferencia de otros países europeos, Italia carecía de una auténtica dimensión internacional y no poseía colonias. Las grandes potencias europeas basaron parte de su política en objetivos expansionistas, mientras que la Italia posterior al Risorgimento se conformó con afianzar su propia unidad de espaldas al resto del mundo.

Este desfase se manifiesta en la novela popular italiana que triunfaba en esa época. Antes de Salgari, el grueso de la producción correspondía a folletines inscritos en la tradición del «misterio urbano» heredado del modelo de *Los misterios de París* de Eugène Sue. Citemos, por ejemplo, *I misteri di Torino*, de Arturo Colombi, y sobre todo *I misteri di Napoli* (1869-1870), de Francesco Mastriani. Estas obras, inspiradas en el romanticismo oscuro francés y en el «gótico» inglés, aspiraban a retratar la ciudad moderna con la máxima veracidad social e histórica, y no despreciaban, para conseguir sus fines, los efectos grandilocuentes y patéticos, del mismo modo que gustaban de imaginar maquinaciones de sociedades secretas que reinaban sobre ejércitos de criminales de los bajos fondos. Aunque el modelo narrativo de la primera novela folletinesca sea francés (a través de Eugène Sue) e inglés (a través de G. W. M. Reynolds), las tramas de los «misterios urbanos» se centran en la propia Italia. Los autores desarrollan determinados temas dando protagonismo a las regiones del sur, de las que eran oriundos todos los peligros; y otorgando un lugar esencial a las confabulaciones del clero, y sobre todo al personaje del bandido honorable, con el que los lectores de la época, en apariencia, mantenían una relación ambigua de atracción, fascinación y miedo.

La literatura de aventuras, mientras tanto, se presenta sobre todo como un asunto de extranjeros. Los italianos solo la conocen gracias a las traducciones, cada vez más numerosas, de autores como Fenimore Cooper, Gustave Aimard, el capitán Mayne Reid, Jules Verne o Louis Boussenard. Fue en estas lecturas donde halló su inspiración Emilio Salgari, y de donde nacieron, qué duda cabe, sus relatos. Tenemos constancia de que dos de sus obras son reescrituras de una novela de aventuras inglesa y otra alemana: *La caverne dei diamanti*, publicada bajo el seudónimo de Bertolini, es una adaptación libre de *Las minas del rey Salomón*, de Rider Haggard, e *Il figlio del cacciatore d'orsi* se basa en *Der Sohn des Bärenjägers* de Karl May. Si bien es cierto que la inspiración de Salgari no toma siempre una apariencia tan palmaria de reescritura, sí trasluce el influjo de los autores extranjeros. Más de una de sus narraciones evoca de inmediato el imaginario de Jules Verne: *Dos mil leguas por debajo de América* recuerda a *Veinte mil leguas de viaje submarino*, mientras que *A través del Atlántico en globo* guarda un claro parecido con *Cinco semanas en globo*. Otros casos, como las novelas africanas (*La Costa de Marfil*, por ejemplo), tienen reminiscencias de las aventuras de caza de Louis Boussenard o del capitán Mayne Reid. Obras como *Avventure straordinarie d'un marinaio in*

Africa parecen directamente inspiradas en las *Aventures d'un gamin de Paris* de Boussenard. Hasta los episodios selváticos de *El Corsario Negro* y *La reina de los caribes*, construidos como una sucesión de encuentros y enfrentamientos con animales exóticos, recuerdan a la estructura narrativa de las obras de ese autor: el tono se vuelve a menudo ilustrativo al describir tal o cual planta rara o animal curioso. Por último, encontramos la influencia de Louis Jacolliot (*Le coureur des jungles*) en los combates entre indomalayos y británicos, o la de Alfred Assolant y *Le capitaine Corcoran* en el personaje de Tremal-Naik, acompañado por su tigre. La familiaridad con los escritores franceses e ingleses también explica que en sus colaboraciones en revistas sobre viajes y aventuras (empezando por *Per terra e per mare*, que dirigió durante un tiempo) Salgari firme a menudo con seudónimos extranjeros: H. Aubin, R. Bonsac o Jules Lecomte, por lo que respecta a los nombres de sonoridad francesa, o H. Barry, W. Churchill, Captain J. Wilson... Pareciera que para dar algún crédito a esos artículos y anécdotas hubiera que ser francés o inglés.

A pesar de todo, Salgari no descuida las tradiciones nacionales, entre las que destaca el imaginario del melodrama, muy apreciado por los italianos en una época en la que triunfaba la ópera de Verdi y de Puccini. Se ha demostrado que Salgari se apropió de algunas tramas reconocidas: *La favorita del Mahdi* se parece al *Rigoletto* de Verdi; en *El Corsario Negro*, las meditaciones amorosas del vizconde de Roccabruna se aproximan a *La Traviata*; y *La bohemia italiana* sugiere de manera evidente la ópera de Puccini. En líneas más generales, las evocaciones de amores tumultuosos plasmados de forma excesiva, la exaltación de los sentimientos y el indisoluble vínculo entre amor y muerte participan de esta estética del melodrama que encandilaba al público popular de la época, poco sensible a las corrientes dominantes del realismo y el decadentismo. En Salgari, la aventura no puede disociarse del amor. Para todo héroe excepcional hay siempre una mujer fuera de lo común: Ada, sacerdotisa de los thugs; y sobre todo Marianne, la Perla de Labuán, que parece elevarse, merced a la leyenda, hasta el nivel del Tigre. Esta «criatura que cabalgaba como una amazona y que cazaba con valor las fieras» también se parece a la maravillosa Lorelei, ya que «se la veía aparecer por las orillas de Labuán, embrujando con un canto más dulce que el murmullo de los riachuelos a los pescadores de las costas» (p. 94).

No obstante, es en la figuración de los protagonistas donde con más claridad se adscribe la novela de aventuras de Salgari a la tradición de la literatura popular italiana. A través de la evocación de personajes al margen de la ley, Salgari recupera en nombre de una justicia y unos valores superiores el ideal del bandido honorable. Sandokán, el Corsario Negro, el barón William Mac Lellan y todos los rebeldes a los que da vida el escritor, como los forajidos tan apreciados en el siglo XIX, son justicieros que gozan del apoyo de la población local, pero a quienes persiguen las autoridades. Nos encontramos lejos de los héroes legalistas de la novela de aventuras a la francesa, que aunque hayan sido apartados de la ley por los acontecimientos, siempre toman el partido de su gobierno, hasta el punto de erigirse en más de una ocasión en portavoces patrióticos de su país. Salgari es indiferente a los intereses imperialistas de tal o cual nación, así como a las cuestiones geopolíticas que llevan a Jules Verne o a Louis Jacolliot a atacar en todo momento la colonización británica (con lo que alaban de manera implícita el modelo francés), o a Gustave Aimard a soñar con nuevas aventuras expansionistas de Francia en México.

Este apego de Salgari por los rebeldes, más que por los abanderados de un país, confiere un atractivo especial a sus personajes. A menudo sus héroes son originarios del mismo lugar donde viven sus peripecias: Tremal-Naik y su amigo Kammamuri son hindúes, y Sandokán malayo; en otras narraciones conocemos a Hong y a Flor de las Perlas (de la novela homónima), o a los chinos Sai-King y Lin-Kai (*La perla del río Rojo*)... El espacio reservado por Salgari a los indígenas lo convierte en una excepción dentro del género de aventuras, que acostumbra a no permitir que se expresen los autóctonos de los países colonizados. Basta pensar en las novelas de Jules Verne o de Louis Boussenard. En ellas el extranjero solo puede desempeñar tres funciones: la de malvado (las tribus salvajes, con frecuencia caníbales), la de criado fiel pero tonto y, por último, la de noble salvaje, jefe indio o señor árabe, que en virtud de la nobleza de su sangre accede al estatus de «segundo» del héroe, aunque siempre se mantenga por debajo de él, como si existieran diferencias objetivas que situasen necesariamente al blanco en lo más alto de la escala de valores. En Salgari, por el contrario, las relaciones son mucho más variadas. Es verdad que en *El Corsario Negro* encontramos a un personaje como Moko (cuyo apodo es «Saco de Carbón»), que desempeña una función de segundón apenas más envidiable que la de los negros en la novela de aventuras francesa, pero también hallamos parejas con vínculos muy distintos, como Sandokán, el príncipe malayo al que acompaña el europeo Yáñez.

Al leer a Salgari, en consecuencia, no hay que caer en el anacronismo. Es evidente que no escapa a algunos estereotipos racistas de su época y que sus personajes obedecen a una concepción étnica, pero al mismo tiempo da muestras de un interés excepcional por el «otro». La apertura de miras de Salgari se manifiesta muy en especial en su fascinación constante por el mestizaje: Sandokán y Marianne, Tremal-Naik y Ada, Yáñez y Surama… Estas mezclas serían inconcebibles en las novelas de aventuras británicas o francesas, donde el amor entre el blanco y la salvaje solo se tolera en la medida en que refuerza el imaginario vinculado a la toma de posesión de un territorio (y ni siquiera así puede ser más que temporal). Para los grandes autores de este género, los mestizos son casi siempre traicioneros y conflictivos porque ponen en tela de juicio el dominio colonial. En cambio, en Salgari, con el accidentado amor entre el héroe indígena y la occidental (que acostumbra a ser hija de sus enemigos), se nos sitúa ante la idea de un encuentro entre dos mundos rivales, pero que sienten fascinación por el otro y se desean mutuamente.

Salgari no solo no privilegia a los héroes occidentales —característica diferenciadora que debe subrayarse—, sino que elige a personajes enfrentados a los colonos europeos. En *Los tigres de Mompracem*, Sandokán hace esta declaración: «¿Acaso no me han destronado con el pretexto de que me volvía demasiado poderoso? ¿No han asesinado a mi madre, a mis hermanos y hermanas, para destruir mi estirpe? ¿Qué mal les había hecho yo a ellos? ¡La raza blanca no había tenido nunca nada contra mí, y a pesar de ello me quisieron aplastar! Ahora les odio, sean españoles, holandeses, ingleses o portugueses» (p. 53). El Tigre lucha contra los ingleses, mientras que en *Los horrores de Filipinas* Romero y Tseng-Kai plantan cara al opresor español, ya que «triunfan hoy, pero tiemblan, porque saben que los tigres de las islas arrostran impávidos la muerte»,[*] y en *Los piratas de las Bermudas* el barón Mac Lellan participa en la revolución americana que se libera del yugo británico.

Las novelas de Salgari, centradas en personajes no occidentales, favorables a los pueblos oprimidos y hostiles a los colonos, constituyen una excepción dentro de la narrativa de aventuras geográficas. No se equivocan los lectores sudamericanos: para el Che Guevara, el escritor que marcó su infancia fue Salgari, y el escritor mexicano Paco Ignacio Taibo II, que en dos de sus novelas retoma los personajes de Sandokán y Yáñez, afirmó en una entrevista para la radio francesa: «Mi antiimperialismo es más salgariano que leninista». No exenta de cierta malicia, la frase refleja el hecho de que las rebeliones descritas por Salgari pudieron, por su novelesco desenfreno, cumplir un auténtico papel de contrapeso ideológico a la novela de aventuras colonial.

Así pues, pese a las apariencias, Salgari no es un mero epígono dentro del panorama de la novela de aventuras. Inventa un tipo de

---

* Emilio Salgari, *Los horrores de Filipinas*, Madrid, Editorial Saturnino Calleja, tomo I, p. 41.

relato donde la figura femenina ocupa un lugar esencial, y donde las relaciones entre Occidente y las «colonias» no se rigen por esquemas unívocos.

Los lectores italianos lo sabían. En la década de 1880 la literatura infantil estaba en plena efervescencia. Fue entonces cuando se publicaron dos de las grandes novelas para niños: *Pinocho*, de Carlo Collodi (1881), y *Cuore*, de De Amicis (1886). Los trabajos de Salgari fueron elevados de inmediato al mismo nivel, y no cabe duda de que se hizo con el primer puesto en el corazón de los varones de más tierna edad. Los editores advirtieron en él un ejemplo a seguir. Su éxito cambió de forma radical la naturaleza de la novela popular y juvenil en Italia. Antes de él, podría afirmarse que no existían escritores de novelas de aventuras en el país. En las décadas siguientes la situación cambia, y mucho. Sus obras son rápidamente imitadas por escritores que, en la mayoría de los casos, hacen gala de su filiación: en 1903 Antonio Quattrini publica *La tigre del Bengala* (en 1884 Salgari había escrito *Sandokán, el tigre de Malasia*); el mismo año Luigi Motta firma *Los misterios del mar indiano* (*Los misterios de la jungla negra*, cuyo marco es el mismo, data de 1895); y en 1908 Mario Conarini da a conocer *Il dente di Budda* (en 1892 había aparecido *La cimitarra de Buda*)…

A principios de siglo la novela de aventuras goza de tal éxito en Italia, en parte por impulso de Salgari, que proliferan las revistas especializadas, encabezadas a menudo por autores del género, como *Viaggi e avventure di terra e di mare* (1904), cuyo director es Antonio Quattrini, o *Intorno al mondo* (1905), con Luigi Motta como redactor jefe. Suele olvidarse que una de las principales editoriales italianas, Quattrini, fue fundada por Antonio Quattrini y su hermano con el objetivo de cosechar con mayor facilidad los beneficios que les proporcionaban sus relatos de aventuras, publicados, antes que en volúmenes, en la revista de ambos, *Il giornale dei viaggi* (1905).

Pero el principal elemento que permite medir la influencia

duradera del escritor en la literatura popular son los falsos Salgari, las novelas que vieron la luz con la firma (única o en colaboración) de este último, o que retoman personajes salidos de su imaginación: junto a las noventa obras publicadas por él, existen nada menos que unas cincuenta que lo imitan. En primer lugar encontramos las de sus hijos, Omar y Nadir, supuestamente inspiradas en manuscritos dejados por su padre. Sea por ignorancia o por cálculo del editor, el caso es que algunas fueron publicadas en Francia con el nombre de Emilio Salgari en la cubierta. De hecho, todas las novelas que aparecieron en la década de 1930 dentro de la colección «Les Grandes Aventures» de la editorial Albin Michel (*José le Péruvien*, *L'héritage du capitaine Gildiaz*) se deben a la pluma de Nadir Salgari. Después de los hijos de Salgari fue Luigi Motta, famoso novelista de aventuras que dio su mayor lustre a la colección «Le livre national» de la editorial Tallandier, quien con el beneplácito de Omar y Nadir publicó una serie de obras firmadas o cofirmadas por Emilio Salgari. Aunque la portada indique lo contrario, la novela *Il naufragio della Medusa*, publicada por la editorial Ferenczi, nada tiene que ver con el autor de *El Corsario Negro*, fallecido quince años antes de su aparición (1926). Imitar a Salgari se convirtió con rapidez en una especie de ejercicio para los autores italianos de novelas de aventuras: pueden citarse, entre otros, Yambo (Enrico Novelli), Riccardo Chiarelli, Emilio Fancelli y Giovanni Bertinetti. Este último reconoció haber escrito él solo diecisiete «falsos Salgari». Pareciera que los lectores estuvieran dispuestos a seguir leyendo sus novelas sin descanso, y los héroes tuvieran que sobrevivir a su autor, aunque fuera a costa de diluirse y debilitarse de un modo considerable.

Eclosionaron así, después de Salgari, varias generaciones de autores del género de aventuras. La mayoría son desconocidos en Europa, e incluso los italianos los han olvidado, a excepción de Luigi Motta, del que hasta la década de 1950 se tradujeron más de veinte novelas. Es verdad que ninguno de estos epígonos, ni tan siquiera el propio Motta, gozó del éxito o del talento de Salgari, y que muchos vendieron su pluma al servicio del régimen fascista para nutrir de novelas de aventuras coloniales a un nacionalismo más próximo en muchos aspectos al de los franceses y los ingleses, pero este éxito da fe de un gusto duradero, aunque tardío, por la aventura, iniciado por Salgari y prolongado por películas (existen alrededor de cincuenta adaptaciones, directas o indirectas, de la obra del escritor), cómics, dibujos animados, etc. Hasta finales del siglo XX todavía se retransmitían en las cadenas italianas de televisión varias series animadas o teleseries, y no parece que el éxito del Corsario Negro y de los tigres de Malasia esté próximo a apagarse.

Un éxito de este calibre ha comportado relecturas sorprendentes de la obra de Salgari. Cuando la Italia fascista precisó de una literatura nacional que pudiera ensalzar las virtudes de un futuro imperio capaz de rivalizar con sus homólogos europeos, recurrió con toda naturalidad al más afamado, y por lo tanto más expuesto, de sus autores de novelas de aventuras. El régimen mussoliniano se esforzó en fabricar con rapidez la leyenda de un Salgari nacionalista, propagador de una Italia dominadora del mundo y cantor del expansionismo. Esta visión, inventada de cabo a rabo por la ideología fascista, se explica por el hecho de que, debido a su preeminencia, los propagandistas del imperialismo lo parangonaron con sus homólogos de otros países: Kipling y G. A. Henty en Gran Bretaña, Louis Noir y Louis Jacolliot en Francia... Salgari, sin embargo, no puede ser considerado con los mismos criterios que estos escritores; no solo sus personajes, como ya hemos dicho, luchan contra el poder establecido, en especial el colonial, sino que en sus mayores ciclos, el de «Los piratas de Malasia», el de las Filipinas y el de «Los piratas de las Bermudas», sus protagonistas no son italianos, y cuando lo son, como el vizconde de Roccabruna en el ciclo de «Los corsarios de las Antillas», se presentan como seres emancipados de las coerciones de su sociedad, y en absoluto como modelos de héroes nacionales. Por último, y aunque los personajes, que poseen la fuerza de varios hombres, una voluntad y valentía a toda prueba y están dispuestos a embarcarse en empresas desmesuradas, puedan evocar las figuras sobrehumanas a las que tanto valor daba el Duce, son individuos al borde del abismo, siempre en peligro de perder su solidez. Los héroes preferidos por Salgari son soles cercanos al ocaso, cuyo poder, en cierto modo, revela su paradójica fragilidad.

De este modo, la hipótesis de un Salgari prefascista, en total contradicción con los hechos, con dificultad podía sobrevivir al régimen que la inventó. Durante la posguerra empezaron a surgir voces deseosas de rehabilitar al autor, pero solo a partir de la década de 1980 comenzó la crítica a replantearse su importancia en la literatura italiana. Se organizaron varios coloquios sobre su figura, y gracias al impulso de una serie de investigadores, encabezados por Bruno Traversetti, Andrea Viglongo y sobre todo Felice Pozzo, se exhumaron partes enteras de su obra. El editor Viglongo se embarcó también en la reedición con aparato crítico de diversas joyas escondidas: primeras versiones, relatos cortos, inéditos... Todos estos estudios contribuyeron a otorgar por fin a Salgari, a ojos de la crítica, el lugar que nunca había dejado de poseer entre los lectores: el de un autor de literatura popular y juvenil de primerísimo nivel.

«SANGRE... VISIONES... LAZOS»:
CIERTA PERFECCIÓN DE LA AVENTURA

Este lugar privilegiado se lo debe Salgari sobre todo a la peculiar relación de sus novelas con el exotismo. Al no resultar la aventura, en su caso, propaganda colonial ni recuerdo de viajes, el paisaje lejano se convierte en un espacio puramente imaginario, amueblado tan solo con objetos procedentes de las lecturas del autor. Lo que desvela el vínculo de Salgari con el exotismo es el carácter paradójico de su universo novelesco, que vacila sin cesar entre una representación fiel del mundo, según el modelo del género de aventuras educativo de los franceses y los ingleses, y las fantasías de una imaginación que nunca consiguen refrenar los conocimientos enciclopédicos.

La intención de Salgari es dar una impresión de realidad, basar sus narraciones no solo en supuestos recuerdos sino también en una explicación exacta de las regiones recorridas por los personajes. Se ha logrado demostrar que sus novelas se basan en la lectura de una larga serie de obras sobre geografía y relatos de viajes. Ello es lo que le permite ofrecer una fiel descripción de la fauna y la flora de los lugares por los que transitan los protagonistas, y apoyarse en más de un caso en hechos auténticos para justificar algunos de los episodios que narra. La indumentaria y los términos exóticos aparecen donde deben estar. Nunca se le ocurriría, como una década más tarde a Edgar Rice Burroughs en la primera versión de *Tarzán de los monos*, situar un tigre en la selva africana, o como Ponson du Terrail antes que él, colocar a los thugs en las calles de París.

También en las novelas históricas de aventuras se esmera Salgari en referirse a hechos verídicos. En el ciclo de «Los corsarios de las Antillas» se apoya en un telón de fondo extraído de la historia del filibusterismo en el Caribe: Maracaibo, Tortuga, Veracruz y el Yucatán, donde los hombres del Corsario Negro luchan contra los españoles, son espacios reales de las correrías de los piratas. Algunos aliados del Corsario Negro son personajes famosos, como el Olonés, Morgan o Grammont. Aun así, durante la lectura no se piensa en la precisión de un cuadro realista. Estamos lejos de los relatos de viaje novelados del barón Wogan, o de los paisajes americanos pintados por el capitán Mayne Reid o el alemán Möllhausen; tampoco tienen los textos de Salgari la exactitud algo lacónica de las obras de Jules Verne o Robert Ballantyne, que pueden recordar la prosa de los manuales de geografía. En Emilio Salgari ocurre todo lo contrario: tenemos la impresión de hallarnos ante un mundo puramente imaginario y novelesco.

Es cierto que Salgari nos arrastra a países del planeta que sí existen. Es más: se intuyen cada cierto tiempo, en sus obras, tentativas de instruir al lector, como lo hacían sus predecesores, pero no encontramos el rigor didáctico de las lecciones de Verne ni los conocimientos técnicos que le permitirían igualar los relatos marítimos del capitán Marryat. Ni siquiera hace gala de la fría seguridad de un Gustave Aimard cuando finge describir costumbres que sin duda jamás ha presenciado. En Salgari, la imaginación desborda siempre el realismo, incluso cuando el autor se esfuerza por evocar alguna anécdota procedente de lecturas eruditas, y lo que ocurre se convierte en una escena mágica. La geografía y la historia caen constantemente en lo maravilloso, como si el autor no consiguiera dominar su capacidad de invención: a fuerza de vivir escondidos, los thugs acaban poblando infinitos laberintos; los piratas malayos encabezan ejércitos victoriosos en una época en la que su existencia era ya solo residual; y los Hermanos de la Costa se convierten en una comunidad de gentilhombres caballerescos que actúan en exclusiva por honor y amistad.

En efecto, aunque los elementos objetivos del decorado correspondan al mundo que se evoca, la manera de representarlos hace que basculen hacia un imaginario fantástico. Los lugares visitados siempre se inscriben en la categoría de lo formidable o lo temible, todos los personajes se salen de lo corriente, y los animales siempre resultan fieras. Lo comprobamos en la famosa descripción del Sunderbunds con que se abre *Los misterios de la jungla negra*: «No hay nada más desolador, más extraño ni más espantoso que la visión de este Sunderbunds. No hay ciudades, ni pueblos, ni cabañas, ni cualquier posible refugio; desde el sur hasta el norte y desde el este al oeste no se divisan más que inmensas plantaciones de bambúes espinosos».[*] El uso de la hipérbole en la

---

[*] Emilio Salgari, *Los misterios de la jungla negra*, traducción de Elena Clavaguera, Ediciones Gaviota, Madrid, 2001.

pretendida rememoración de paisajes hostiles sirve en este caso como introducción a una descripción de un mundo hecho para la aventura. El paisaje del Sunderbunds (hoy llamado Sundarbans) queda de inmediato disociado de cualquier elemento que pudiera remitir al universo tranquilizador del lector. Se trata, por el contrario, del espacio inhabitable por antonomasia, aunque también de un mundo fantástico e improbable, compuesto en su conjunto de bambúes y zarzas. Al estar separado por completo de la civilización, el escenario de las marismas puede encarnar todos los peligros que contenga la novela:

> Entre aquellos amasijos de espinos y de bambúes, entre aquellos pantanos y aquellas aguas amarillas, se esconden los tigres espiando el paso de las canoas y hasta de los veleros, para echarse sobre el puente y agredir al barquero o al marinero que osara mostrarse; allí nadan y espían a la presa horribles y gigantescos cocodrilos, siempre ávidos de carne humana; allí vaga el formidable rinoceronte al que todo le molesta y le irrita hasta enloquecer; allí viven y mueren las numerosas variedades de serpientes indias […]; y allí a veces se esconde el thug indio, esperando ansiosamente la llegada de algún hombre para estrangularlo y ofrecer su vida inmolada a su terrible divinidad.*

El texto se desliza del paisaje y la flora (las espinas, las ciénagas, las aguas amarillas, que dibujan una especie de amenaza latente) a una fauna que parece caracterizarse sin excepción por la facultad de atacar, ya que está compuesta por tigres, cocodrilos, rinocerontes y serpientes. Aparece por último el pueblo que reina sobre estos dominios, los thugs estranguladores, que parecen vivir solo para el asesinato. En estas obras no hay espacio para la moderación, pues el propósito no es permitir que el lector descubra regiones lejanas a través de una descripción minuciosa, sino construir un

* *Ibid.*

marco fantástico que resulte el más indicado para el desarrollo de aventuras extraordinarias.

El universo novelesco de Salgari no es un espacio cualquiera salido de la historia o de lugares remotos, sino un mundo ideal para la aventura en estado puro. Al no remitir al lector a ningún emplazamiento referencial, esos lugares pueden convertirse en un escenario para el relato de aventuras, cuyos elementos serán siempre el origen de alguna de las desdichas que atribulan al protagonista. Se alcanza una especie de abstracción de un espacio convertido casi por completo en funcional. El exotismo se elimina en aras de la desubicación y la peripecia. El autor ya no aspira a transmitir la realidad topográfica y etnológica del país, sino que utiliza la geografía como un decorado para la acción.

Si dejamos a un lado la cuestión de la representación del mundo y nos centramos en la acción, también nos percatamos de que esta es ajena al concepto de realismo. Las coincidencias son tan numerosas que el lector debe aceptar que se produzca lo más improbable, como cuando el Corsario Negro descubre que la reina de los antropófagos, de la que es prisionero, es Honorata, o cuando a Sandokán, herido, lo recoge su enemigo jurado, lord Guillonk. También debe aceptar que los héroes sean tan poderosos como para mantener a raya por sí solos a un verdadero ejército, como Tremal-Naik frente a los thugs en la pagoda de Oriente, o Sandokán frente a toda una tripulación. Pero ¿por qué no vamos a aceptarlo, si nos ha parecido natural que los protagonistas se arrojen voluntariamente a las garras de sus enemigos, o si no nos molesta que una vez y otra, como en *La reina de los caribes*, hayan podido escapar de la emboscada de sus enemigos, resistir durante dos horas a incontables españoles y hundir dos fragatas? Si nos basamos en los criterios tradicionales del realismo, en Salgari todo (desde las motivaciones de los personajes hasta la lógica y la concatenación de los hechos) resulta de una absoluta inverosimilitud, pocas veces vista incluso en la literatura popular.

Si, por el contrario, aceptamos las estrategias de la novela de aventuras, esta falta de realismo origina la máxima verosimilitud, ya que el material del que está construida la aventura es el acontecimiento extraordinario: dentro de su lógica impera como rey absoluto el azar, y el peligro se debe a que las bases de la sociedad (el orden, la justicia y el tejido social) se han disgregado tanto que ya no son capaces de ofrecer seguridad al héroe. En consecuencia, cuanto más difieren la realidad representada y la del lector, más sencillo le parece a este último que pueda surgir la aventura. Se explica así que los relatos se sitúen en regiones lejanas y fantasmagóricas: el mundo, para dar pie a la acción, no debe semejarse a la realidad, sino remitir, por el contrario, a un espacio improbable. La verosimilitud ya no se basa en la obediencia al modelo exterior, sino en la coherencia del universo descrito, y de las aventuras vividas por el personaje.

Ahora bien, en la medida en que esta verosimilitud nace tan solo de un espacio fantasmagórico que ha roto con la realidad, solo puede fundarse en las convenciones del género. Por eso la novela de aventuras recurre tan a menudo a los estereotipos, y por eso, también, se entiende que las metáforas empleadas más a menudo estén tomadas de dos universos convencionales, el de los juegos infantiles y el del sueño. Las historias de Salgari se inscriben en la confluencia de estas dos prácticas originales del relato. El imaginario onírico es omnipresente: la hipnosis, las drogas, la locura, los delirios febriles y las pesadillas figuran entre las metáforas más recurrentes. De este imaginario forman parte también la ambientación nocturna y sobre todo el gusto por los mundos laberínticos, como el subsuelo de los thugs en *Los misterios de la jungla negra* y los pasadizos subterráneos de *La reina de los caribes*, que suscitan una serie de imágenes ctónicas; o como las descripciones de la impenetrabilidad de las junglas, en las que se pierden siempre los héroes, tanto si persiguen a sus enemigos como si son perseguidos. Por último, el recurso sistemático de la coincidencia emparenta la lógica de la narración con la de la asociación de ideas prevalente en los sueños. Aunque Salgari preparase con antelación el argumento de sus relatos, hay que reconocer que esa planificación no resulta evidente para el lector. Al contrario, este tiene la impresión de que los hechos se concatenan a merced de una serie de encuentros inventados al hilo de las páginas, como si el autor recuperase de manera implícita la etimología del término aventura, «lo que adviene». Los primeros capítulos de *Los misterios de la jungla negra* dan fe del carácter asociativo de la sucesión de eventos. ¿Tremal-Naik sueña con Ada, raptada por los thugs? Pues uno de sus criados, Aghur, dice haber visto la sombra de una joven en la selva, justo en el lugar en el que falleció su amigo Hurti. ¿Salen en busca del cuerpo de Hurti? Pues se topan con los thugs, que tienen a Ada en su poder. ¿Los persiguen los thugs? Pues en los laberintos de la selva Tremal-Naik descubre por casualidad un edificio, la pagoda de Oriente, cuya sacerdotisa es Ada. Se podrá alegar que son coincidencias improbables, pero en el espacio abstracto del Sunderbunds, una tierra de nadie reservada a la aventura, integran el relato en una especie de magia onírica que se engarza con toda naturalidad con los sueños del personaje, y otorga aires de pesadilla a esta secta de estranguladores invisibles pero omnipresentes.

El otro modelo narrativo es el del juego. La caracterización de los personajes, el sistema de oposiciones y el encadenamiento de las aventuras traslucen, por su apariencia ingenua, un matiz infantil que los acerca a las narraciones que construyen los niños cuando juegan a piratas y a aventureros. Podría parecer un juicio severo que reduce los textos a prácticas pueriles, pero no hay que olvidar que desde hace mucho tiempo el psicoanálisis estudia las relaciones entre la forma de la ficción y el «dominio de la situación» del niño que juega. Por otra parte, percibir desdén en esta afirmación equivaldría a obviar que la estética de la novela de aventuras mantiene profundas relaciones con el universo lúdico y de la infancia. La primera causa de ello, pero no la esencial, es que los principales lectores del género son los niños. La segunda es que, al igual que el juego, la novela de aventuras tiene una serie de reglas que hay que conocer para participar de lleno en el placer de la lectura. Exigen, por ejemplo, que el héroe salga triunfante sobre sus enemigos; que las adversidades, por consiguiente, adquieran el sentido de pruebas teleológicas; y que el riesgo nunca sea muy grave. Esta teleología de la aventura, que convierte la victoria del héroe en el origen lógico de las pruebas que debe superar, vincula todavía más la aventura a lo lúdico, ya que el niño, cuando juega, solo imagina peligros para derrotarlos y, así, destacar su valía.

Por último, el lector, como el chico que se divierte, dibuja un mundo construido idealmente para él, donde el paisaje no le interesa tanto por sí mismo como por lo que aporta a la fantasía. Así lo entendió Robert Louis Stevenson, que en su famoso ensayo «Una humilde protesta» definió la verosimilitud de su novela *La isla del tesoro* a partir del modelo de los juegos infantiles: en respuesta a Henry James, que lamentaba no poder juzgar de forma cabal la obra porque nunca había salido en busca de un tesoro enterrado, adujo que «nunca ha habido un niño (excepto el pequeño James) que no haya buscado oro, no haya sido pirata, jefe militar o bandido de las montañas». A partir de esta primera observación, fundando una especie de realismo de lo imaginario (o de verosimilitud novelesca), Stevenson concluye que el autor de novelas de aventuras debe hacer el esfuerzo de «dedicarse por completo a edificar y nutrir con detalles este sueño infantil». Una vez ha situado la estética del género en la confluencia del sueño y lo lúdico, Stevenson afirma que el autor tiene que alcanzar la esencia del estereotipo: «Para un niño, el carácter de los personajes es un libro cerrado; para él, un pirata es una barba, unos pantalones anchos y un copioso aderezo de pistolas». Existiría, pues, una perfección del estereotipo que lo vincularía a otra forma más noble como es la del arquetipo, en la medida en que su coherencia procede de los requisitos del género.

A esta coherencia de las leyes ideales de la ensoñación es precisamente a lo que se asiste en la obra de Emilio Salgari. El pirata evocado por Stevenson podría ser el Corsario Negro, cuyo nombre, por sí solo, ya contiene todo el imaginario de la piratería; no solo recuerda al verdadero Barbanegra, sino también a la figura literaria del «Corsario Rojo» imaginada por Fenimore Cooper en la novela homónima. Por otra parte, si Salgari no necesita hacer hincapié en los elementos históricos es porque le basta con señalar de vez en cuando, en un párrafo, o en todo un capítulo, los lazos con la auténtica aventura filibustera para que surjan los fantasmas asociados a ella. Estas indicaciones dispersas son balizas sobre las que fundar un universo mítico de la piratería.

El universo, sin embargo, solo deviene mítico gracias a la conversión que opera el autor hacia un mundo puramente imaginario. Si el pirata de Stevenson es «una barba» y «un copioso aderezo de pistolas», en Salgari los barcos de los corsarios están «formidablemente armados» (p. 716) y cubiertos de «bocas de fuego» (p. 837): todos los elementos de la caracterización prometen combates navales. Las fortalezas son poderosas, armadas de un gran número de cañones, y el lector está impaciente por verlas asaltadas por los protagonistas. En las posadas se bebe vino de Málaga y se baten hombres en duelo, porque, como afirma Pierre Mac Orlan en su *Petit manuel du parfait aventurier*, «nunca olvidéis, aventureros pasivos, compañeros del frasco de tinta, que un crimen perpetrado en un cabaré tiene un sabor de novela que nunca podrá tener un crimen cometido en la vía pública». Cada espacio y cada detalle son partícipes de un ideal de aventura, y preparan el acontecimiento esperado por el lector. Como en los juegos infantiles, la lógica de los acontecimientos es tan sólida que siempre se sabe de antemano lo que ocurrirá, porque lo invocan todos los elementos de la narración.

Existe algo de ingenuidad en esta manera de ceñirse sin distancia a la lógica de la aventura. De hecho, es lo que separa a Salgari de otros escritores más conscientes, como Stevenson o Mac Orlan. A veces, sin embargo, la ingenuidad linda con la perfección. De un modo paradójico, este hecho se debe a una pobreza de estilo que, lejos de perjudicar a la narración, le otorga una sencillez terriblemente escasa en la literatura popular. Lo que importuna en muchos casos al leer a los folletinistas del siglo XIX son los desarrollos convencionales, las descripciones tan largas como previsibles, las reflexiones morales, todos esos tópicos, en fin, propinados con la máxima pedantería que pretenden dar cuenta del mundo y el alma humana. Lo que importuna, por decirlo de otro modo, es la intención de ser realista a pesar de todo, y sobre todo en contra de la lógica de la obra. Pocos momentos así encontramos en Salgari: bien sea porque gustaba de cierta concisión, bien porque se lo impidiera lo rudimentario de su prosa, nunca desarrolla una idea, sino que prefiere elegir dentro del amplio léxico de los tópicos literarios la expresión que abarque las imágenes a las que otro autor popular habría llegado mediante multitud de comentarios fastidiosos, y en el fondo igual de trillados. Por eso su estilo es uno de los más estereotipados que quepa imaginar, y no solo no se opone a la adhesión del lector, sino que además participa de una narración que, siguiendo el modelo del juego y el sueño, se basa por completo en convenciones: lo primordial es que haya permitido revelar el carácter apasionado y salvaje del príncipe malayo, y que en otro pasaje justifique el inquebrantable valor del criado de Tremal-Naik. Llevado hasta el límite, el uso del estereotipo acaba por crear un espacio puramente intertextual que evoca otras obras y bebe de los arquetipos del imaginario común. El estereotipo ya no rompe la ilusión al denunciar con su presencia lo artificial del relato, sino que, por el contrario, participa en el encantamiento, asegurando la coherencia de la obra. Y aún se puede ir más lejos: del mismo modo que la red de estereotipos, la pobreza léxica y la repetición de imágenes y de expresiones encajan entre sí para formar una escritura infantil que aumenta el placer de la lectura y refuerza la coherencia de la obra. Por decirlo de otra manera, la ingenuidad del estilo, el candor de la construcción del argumento y la sencillez del mundo que se representa, todas esas torpezas que por sí solas desembocarían en un relato mediocre (como suele suceder con las producciones en serie), conforman en Salgari una trama potenciadora del encanto que cautiva al público y que despierta en él una nostalgia sin objeto: el recuerdo de una relación inocente con la lectura que por unos momentos logra devolverle el texto.

LA AVENTURA COMO EXPERIENCIA DEL DECLIVE

Reducido a su más desnuda expresión, un relato se convierte en una sucesión ininterrumpida de hechos extraordinarios y sentimientos apasionados. En Salgari, no obstante, la narración parece aquejada de un frenesí permanente que bordea el delirio. No es de extrañar que los propios personajes caigan tan a menudo en la locura, como cuando sueña Tremal-Naik en las primeras páginas de *Los misterios de la jungla negra*, o cuando el Corsario Negro cree ver a sus hermanos en las desatadas aguas del Caribe, o cuando Sandokán, herido, es presa de la fiebre. Y ya hemos dicho que en *Los piratas de la Malasia* Ada se vuelve loca. Este frenesí lo sufre asimismo la acción, que también parece funcionar por asociaciones, visto el efecto de escalada continua al que obedecen los hechos, con muy pocos momentos de calma que permitan que baje la tensión. Impulsada por esta lógica del exceso, la aventura se acelera, los sentimientos se exaltan y los muertos se cuentan primero por decenas y después por cientos, como en la primera batalla de *Los tigres de Mompracem*, en la que los hombres de Sandokán mueren uno tras otro hasta que un ametrallamiento colectivo deja al Tigre solo y lleno de heridas, pero dispuesto todavía a plantar cara a cualquier enemigo. Tampoco los sentimientos amorosos conocen medias tintas: los héroes sucumben a la felicidad tanto como a la desdicha, y no parece que el Corsario Negro padezca mucho menos al recuperar a Honorata que al verse obligado a abandonar los mares.

De hecho, los personajes de Salgari solo conocen un tipo de sentimientos, los de máxima intensidad: su valentía es tan inquebrantable que a menudo se acerca a una inconsciencia temeraria, como cuando Sandokán, resuelto a exhibir a su mujer a la vista de sus enemigos, no duda en recibir impertérrito lluvias de cañonazos a bordo de su prao; su voluntad, fidelidad y generosidad los convierten en seres excepcionales, cosa que se manifiesta en su apariencia. La belleza de los héroes no es más que el reflejo de un alma fuera de lo común. Su fuerza es tal que los enemigos se acobardan solo de verlos. Los ingleses se quedan paralizados al contemplar que de la casa de lord Guillonk sale Sandokán, al que atribuyen poderes sobrenaturales. Tremal-Naik, el cazador de serpientes, inspira pavor entre sus enemigos, y las ciudades españolas se disponen a rendirse en cuanto aparecen a lo lejos las velas del Corsario Negro.

Este miedo, no obstante, no está del todo injustificado: hay algo de pavoroso en estos héroes sombríos y ardientes que, lejos de los virtuosos personajes de la novela de aventuras a la francesa, están dispuestos a matar a sangre fría para conseguir sus objetivos. Salgari tenía sus motivos para elegir como protagonistas a corsarios o «salvajes». Dentro del imaginario de finales del siglo XIX existen similitudes entre estas dos últimas figuras, igualmente ambiguas. Basta con leer la descripción de Sandokán para que se despeje cualquier duda acerca de esta filiación. Como los bandidos honorables, el personaje adopta al mismo tiempo rasgos de justiciero y de criminal: tiene el Tigre «una boca pequeña que [muestra] afilados dientes, como de fiera, y, relucientes como perlas, dos ojos negrísimos, de un brillo que [hechiza]» (p. 50). En la mirada y en la boca ya se mezclan rasgos atractivos y atemorizadores (cosa que se explicita todavía más en el título del segundo capítulo, «Fechorías y generosidad») propios de un hombre que «desde hacía diez años ensangrentaba las costas de Malasia», lo que le merita para el «apodo de "Tigre de Malasia"» (pp. 52-53). La fuerza de Sandokán, como la de Tremal-Naik, el Corsario Negro y los otros grandes protagonistas de Salgari, es este poder implacable que hace de él un dechado de valor, pero también una máquina de bárbara destrucción. Este hecho con seguridad explica la predilección del autor por los héroes extranjeros, procedentes de las regiones «salvajes» (o calificadas como tales en la época), respecto a los colonos al servicio de los imperios europeos. Cuando Sandokán se enfrenta con dos frágiles praos a un barco de vapor, o cuando el Corsario Negro decide atacar las naves de los españoles, más potentes que la suya, encarnan la fuerza torrencial de un arcaico salvajismo que Salgari, en efecto, asocia a los pueblos lejanos, o a esos eternos rebeldes que son para la tradición popular los filibusteros, corsarios y piratas. Cabe pensar que el gusto del autor por la distancia histórica o geográfica responde a una nostalgia por la energía del Risorgimento en una época en que Italia, lejos del romanticismo revolucionario de la segunda mitad del siglo XIX, privilegiaba la estabilidad social. Este salvajismo se revela también en el enfoque del amor como una lucha sin cuartel del mismo modo que en esa manera de arrojarse ciegamente, y con sed de sangre, a la batalla. Pero se manifiesta asimismo en los actos que sacan a relucir la parte oscura de los personajes: Sandokán ordena a uno de sus hombres que se deje matar, el Corsario Negro condena a su amada a una muerte segura y Tremal-Naik está dispuesto a cortar la cabeza a un inocente para conquistar a la virgen de la pagoda de Oriente.

Incapaces de vivir en nuestro mundo, demasiado pequeño para ellos, estos personajes necesitan el espacio extraordinario que inventa Salgari, un universo del que lo cotidiano ha quedado excluido por completo. Ni los más insólitos sucesos, ni los más terribles peligros, parecen hechos a medida de los héroes: cuando el prao de Sandokán queda a merced de una tormenta, él no solo no se deja vencer por el pánico, sino que se entusiasma con la idea de encontrar un obstáculo a su altura. En cuanto a Tremal-Naik, en *Los misterios de la jungla negra* se lanza él solo, con su tigre Darma y su fiel Kammamuri, al asalto de la fortaleza subterránea del ejército de los thugs, sin haber elaborado ningún plan, lo cual no le impide afirmar, confiado: «Darma y yo nos encargaremos de matarlos a todos, en sus espantosas cavernas».[*]

Podemos considerar que semejante poderío por parte de los protagonistas equivale a la muerte de la aventura: como observó Umberto Eco acerca del personaje de Superman, los héroes resultan tan invencibles que pierden cualquier tipo de interés debido a que ya no encuentran pruebas a su altura. Pero en Salgari distan mucho de ser infalibles. Todo lo contrario: parecen cerca de derrumbarse en cualquier momento. Frente al protagonismo que suele otorgar la novela de aventuras al aspecto didáctico de la narración, donde a base de pruebas los niños se convierten progresivamente en héroes, Salgari elige a personajes que ya han alcanzado la plenitud de su dimensión heroica. Soles en su apogeo, quedan expuestos, a partir de ese momento, a la amenaza constante del declive. Es la condición de su poder, y la dinámica de la aventura. Pocas veces se ha visto una fuerza como la de los protagonistas de Salgari: encabezan ejércitos enteros de piratas y reinan en los mares, donde inspiran un terror universal. No obstante, y para que sea posible la acción, es necesario que su reino esté a punto de ser devastado, el ejército y la flota dispersados, y el héroe en el exilio o moribundo. Esta extrema tensión entre el poder inaudito del personaje y el riesgo inminente de la destrucción total participa del frenesí de la obra y de su ambiente melodramático. Casi cada episodio del ciclo de «Los piratas de Malasia» empieza con una situación similar. *Los tigres de Mompracem* puede leerse como una

[*]   Emilio Salgari, *Los misterios de la jungla negra, op. cit.*

novela de la decadencia, y el ciclo de «Los corsarios de las Antillas» como el de una renuncia.

Salgari se recrea todo lo posible en este componente de debilidad ligado necesariamente a la figura del héroe solar. Sus personajes siempre parecen intuir que han llegado al crepúsculo de su existencia. Este hecho es lo que evoca el carácter nocturno de sus aventuras. El Corsario Negro no es el único asociado a la noche. También Sandokán y Tremal-Naik viven sus aventuras en penumbra, la de los túneles subterráneos de los thugs o la de los cielos oscurecidos por los huracanes. Esa noche es también la de su alma atormentada por la muerte, o por la perspectiva de su propia desaparición: Sandokán vive la renuncia a Mompracem, entregada a los ingleses, como un auténtico luto, mientras que el Corsario Negro se deshace en llanto al final de la novela homónima. Los relatos juegan con el contraste entre el poder desmesurado de los héroes y las fisuras que los quebrantan, la sensación que tienen de que ya ha pasado su momento de gloria y solo les aguardan sufrimientos cada vez mayores.

En la obra de Salgari existe, en efecto, un trasfondo pesimista. Lejos de servirse del discurso triunfalista tan del gusto de la novela de aventuras colonial, sus narraciones ponen el acento en la desdicha, incluso cuando no hay elementos objetivos que la justifiquen. El autor emplea todos los registros para expresar el dolor de los héroes, desde la imprecación hasta el lamento, pasando por las lágrimas, la rebelión y la furia. Este pesimismo invierte el sentido de la aventura: el poderío del protagonista, sus hazañas, incluso su victoria sobre el enemigo, parecen carecer de cualquier valor frente a la constante desesperación que otorga al relato su tono peculiar. Todo ello se explica por el carácter contradictorio de la aventura y del melodrama, las dos principales fuentes de inspiración del autor. El género en el que inscribe su obra lleva grabada en su propia forma la necesidad de un final feliz. Las pruebas y tribulaciones solo adquieren sentido porque al final del relato el héroe sale vencedor, y su recompensa justifica sobradamente todas sus desventuras. Si acaba con la derrota o la muerte del protagonista, la novela bascula hacia el drama. Así, las aventuras del protagonista adquieren un sentido por completo distinto: ya no son las hazañas de un hombre que se supera ante la adversidad, sino el martirio de un individuo derrotado por los acontecimientos. El melodrama, por el contrario, al jugar con los motivos extremos del amor y la muerte, tiende a dar preeminencia a las conclusiones desafortunadas, hecho con el que también juega Salgari. Se explican así esos finales que nunca parecen cumplir del todo los requisitos del género, no solo porque se cierren a menudo con una nota ambigua, sino también porque, incluso cuando terminan con un final feliz, existe un fondo de dolor que se hace eco de los sufrimientos pasados de los personajes, conservando así el pesimismo que prevalece en la obra.

La causa más directa de agotamiento en los héroes es sin duda el amor, que produce fiebre, enfermedad y casi la locura. Al principio de *La reina de los caribes*, al Corsario Negro se le considera un demente. También es el amor lo que sume a Tremal-Naik en el delirio; y en cuanto a Sandokán, cuando habla de su amada, se le describe en más de una ocasión de loco. Ahora bien, si el amor debilita a los héroes es porque significa para ellos el final de la aventura: la vida en pareja sustituye la fraternidad de las bandas, prohíbe los viajes, hace vulnerable al héroe y lo fuerza a abandonar el espacio fantasmático de la aventura. La mujer encarna el ideal novelesco, pero también simboliza la muerte del héroe; de ahí el acento trágico que adquieren todas las declaraciones de amor, como la de Sandokán a Marianne:

—Escucha, amor mío —le decía—, no llores, yo te haré feliz, inmensamente feliz. Nos iremos lejos de estas islas, enterraremos mi sangriento pasado y no oiremos nunca más hablar ni de piratas ni de mi salvaje isla. Mi gloria, mi poder, mis sangrientas venganzas, mi temido nombre, todo lo olvidaré por ti, porque quiero volverme otro hombre. No llores, Marianne, el porvenir que nos espera no será oscuro, sino sonriente y feliz.

Este apaciguamiento del héroe corresponde también a su desaparición: «Mi gloria, mi poder, mis sangrientas venganzas, mi temido nombre, todo lo olvidaré por ti, porque quiero volverme otro hombre» (pp. 255-256). Sandokán está dispuesto a renunciar a ser «el Tigre», y mediante la renuncia a ese nombre no abandona solo su título de príncipe de los piratas, sino también el poder del animal asociado a él. Con este doble sentido hay que interpretar la afirmación de Yáñez: «Y a pesar de ello dejarías tu poder por aquella mujer» (p. 161). Y es también en esta perspectiva donde se inscribe el destino del Corsario Negro al final de *La reina de los caribes*: su aparente hundimiento en el mar, en compañía de Honorata, no remite a una muerte física, sino al final del personaje heroico.

La mayor amenaza que pesa sobre los personajes no es la de ser derrotados por sus enemigos (bastante insiste su autor, con enternecedora ingenuidad, en que son invencibles), sino la de sucumbir al amor y optar por una existencia aburguesada. Con su nostalgia de una rebelión y un desorden vivificantes, las novelas de Salgari siempre postergan el momento en que los héroes se dispongan a crear un hogar, como cuando Sandokán declara en los siguientes términos su decisión de abandonar la lucha para vivir con Marianne: «¡Se acabaron las batallas, el tronar de la artillería, los humeantes cascos de los barcos que se hunden en las profundidades del mar, los tremendos abordajes...! Escucha mi corazón que sangra, Yáñez; piensa que el Tigre morirá para siempre y que este mar y mi isla pertenecerán a otro» (p. 266). Nos encontramos lejos del ideal burgués de los héroes victorianos, que viven sus aventuras como una verdadera maldición. Aunque todos los personajes de Salgari aspiren a vivir en paz junto a los suyos, nunca dejan de estar listos para el combate. El regreso al hogar tiene siempre visos de muerte simbólica, como la del Corsario Negro al desaparecer entre las olas al final de *La reina de los caribes*, o la de Sandokán, cuando exclama al final de *Los tigres de Mompracem*: «¡El Tigre ha muerto para siempre!» (p. 325). Existe en Salgari una fascinación por el desorden salvaje de la aventura, acompañada por un rechazo del mundo. Esto explica que las mujeres reciban un trato tan cruel: Ada enloquece y muere en *Los dos tigres*, Honorata es abandonada por el Corsario Negro y Marianne desaparece entre dos novelas. La eliminación de estas mujeres del relato es necesaria, en la medida en que permite que el héroe siga siendo una figura solar.

Se equivoca, por lo tanto, quien afirme que el ideal de Salgari es una existencia burguesa, porque sus héroes, creados para la desgracia, aspiran tanto a la aventura como a una vida apacible. Se trata de otro rasgo específico del autor, que lo diferencia de sus homólogos franceses o británicos. En Jules Verne o G. A. Henty el protagonista es un joven despreocupado cuyo máximo deseo es la tranquilidad, pero que se ve obligado por los acontecimientos a cambiar su mundo por el de la aventura. A partir de ese momento el relato sigue los esfuerzos del protagonista por recuperar la paz perdida. No ocurre lo mismo en Salgari. Sus héroes nunca han tenido una vida apacible. Cuando empieza la novela ya son forajidos, y la normalidad queda marginada en el mismo vago limbo que Occidente y la sociedad «civilizada». El regreso a la realidad se presenta más que nunca como una mera convención del género, y no esencial, porque para Salgari, incluso cuando sale victorioso el héroe, el retorno a la paz parece una derrota.

Sin embargo, donde se plasma de un modo más fundamental el conflicto entre el amor y la normalidad, por un lado, y el salvajismo de la aventura, por el otro, es en el hecho de que las novelas de Salgari se deben leer también como una lucha del tiempo de la acción contra el tiempo de la realidad. Por eso, a pesar del cuidado que pone siempre en basar sus descripciones del mundo en conocimientos librescos, el autor ofrece un universo fantasmático que parece reflejar un escenario ideal para la aventura más que un espacio referencial. Luchando contra los ingleses, Tremal-Naik y Sandokán se oponen sobre todo a la civilización simbolizada por ellos: la de la modernidad, representada por sus barcos de guerra a vapor; pero también, a un nivel más sencillo, a nuestro mundo de occidentales, cuya familiaridad impide la ensoñación aventurera. Igual que los tigres, el Corsario Negro defiende el espíritu del clan contra los símbolos del Estado que son Van Guld y lord Guillonk. Las novelas históricas de Salgari, como las geográficas, condenan por sistema los progresos de la civilización, del Estado o de la ideología mercantil. Si el autor sale en defensa de los colonizados, si ataca la avidez de los españoles o de los estadounidenses (*La capitana del «Yucatán»*), si en el ciclo del Far West el autor se ensaña con estos últimos, que saquean a los indios, es principalmente porque todos, a su modo, introducen nuestro universo prosaico en el de las aventuras míticas. El tiempo, y con él la civilización y el progreso, son un peligro para la aventura. En los últimos episodios del ciclo de «Los piratas de Malasia» (sobre todo en *Sandokán, el rey del mar* y en *La reconquista de Mompracem*), Salgari introduce elementos pertenecientes a la modernidad: a los vapores contra los que ya combatían los tigres se añaden los cañoneros, el telégrafo o las armas químicas. Y es precisamente en ese momento cuando sus personajes, que hasta entonces parecían inmortales, empiezan a envejecer. A Sandokán se le encanecen las sienes, y sus «tigres» se sienten fatigados. Solo rejuvenecen de verdad cuando salen de nuevo a combatir, porque cualquier descanso, en la medida en que insinúa la normalidad dentro del mundo de la aventura, pone al héroe en peligro.

El encanto de las narraciones de Salgari se debe a que, si bien el escritor se inscribe en un género ya muy codificado, del que en buena lógica debería haber sido tan solo un nuevo epígono, sus contradicciones desbaratan los hábitos del lector y le proponen una obra que, al tiempo que ofrece la quintaesencia de la aventura, trastoca sus costumbres. El héroe es un superhombre que vence sin dificultad a un sinfín de enemigos, cierto, pero también es un ser carcomido por las dudas y tentado por el abandono. La aventura, como rige la tradición, acaba con la victoria del héroe, pero la estética del melodrama, el tono ambiguo de las últimas páginas de las obras y sobre todo los sucesos desdichados otorgan un aspecto lúgubre a sus finales. Por otra parte, aunque el imaginario, a través de sus estereotipos y de su visión etnocéntrica del mundo, se inscriba en la corriente de la novela de aventuras exóticas, la preferencia por héroes extranjeros, el discurso antiimperialista y el vehemente rechazo por la opresión convierten también a Salgari en uno de los pocos autores del género de su época que contestó a las derivas colonialistas.

Es bueno interesarse a veces por los autores que no pertenecen a la esfera cultural dominante de un género, y que reinterpretan sus códigos con el desajuste visual de su propia tradición: aportan el trémolo de la distancia, y una sana independencia. En su desconcertante sencillez, las obras de Salgari rompen con toda una serie de ideas preconcebidas sobre la novela de aventuras.

MATTHIEU LETOURNEUX
2002

Los tigres de Mompracem

LOS PIRATAS DE MOMPRACEM

La noche del 20 de diciembre de 1849, un huracán violentísimo se había desatado sobre Mompracem, isla salvaje de siniestra fama, refugio de terribles piratas, situada en el mar de Malasia, a pocos centenares de millas de las costas occidentales de Borneo.

En el cielo, impulsados por un viento violentísimo, corrían entremezclándose confusamente negros nubarrones, que de vez en cuando dejaban caer sobre la impenetrable selva de la isla furiosos aguaceros; en el mar, chocando desordenadamente y estrellándose con furia entre sí, las olas confundían sus rugidos con las explosiones breves y secas o interminables de los truenos.

Ni en las cabañas alineadas al fondo de la bahía de la isla, ni en las fortificaciones que la defendían, ni en los numerosos barcos anclados al amparo de la escollera se divisaba luz alguna; quien, viniendo de oriente, levantara la mirada, habría podido ver en lo más alto de una roca cortada a pico sobre el mar dos puntos luminosos: dos ventanas iluminadas.

¿Quién podía ser el que a aquella hora velaba en la isla de los sanguinarios piratas? En un laberinto de trincheras destrozadas, de terraplenes caídos, de empalizadas arrancadas, de gaviones rotos, al lado de los cuales podían divisarse unas armas inutilizables, se levantaba una amplia y sólida cabaña adornada en su cúspide con una gran bandera roja, que llevaba en el centro la cabeza de un tigre.

Una habitación estaba iluminada; las paredes estaban cubiertas de pesados tejidos rojos, de terciopelos y brocados de gran calidad, que estaban manoseados, rotos y manchados; el suelo desaparecía bajo alfombras persas relucientes de oro, pero también rotas y sucias. En un rincón había un sofá con los flecos arrancados; en otro un armónium de ébano con las teclas destrozadas y, alrededor, espléndidos vestidos, cuadros, lámparas derribadas, botellas, vasos enteros y rotos, y, además, carabinas indias grabadas a mano, trabucos, sables, cimitarras, puñales y pistolas.

En aquella habitación tan extrañamente decorada, había un hombre sentado en un estropeado sillón; era de alta y esbelta figura, de fuerte musculatura, y con unos rasgos fieros y seguros, de una extraña belleza.

Largos cabellos le caían hasta los hombros, y una barba negrísima le enmarcaba una cara ligeramente bronceada.

Tenía una frente amplia, sombreada por espesas cejas, una boca pequeña que mostraba afilados dientes, como de fiera, y, relucientes como perlas, dos ojos negrísimos, de un brillo que hechizaba.

Estaba desde hacía algunos minutos con los ojos fijos en la lámpara y las manos cerradas nerviosamente alrededor de la preciosa cimitarra que le colgaba de una faja de seda roja, arrollada a la cintura sobre una casaca de terciopelo azul y oro.

Un estruendo formidable, que hizo temblar la gran cabaña hasta sus cimientos, lo arrancó bruscamente de aquella inmovilidad. Se echó hacia atrás los largos cabellos, se aseguró en la cabeza el turbante adornado con un espléndido diamante, grueso como una nuez, se levantó de repente y dio a su alrededor una ojeada en la que se podía leer tristeza y amenaza.

—Es medianoche —murmuró—. ¡Medianoche, y aún no ha vuelto!

Vació con lentitud un vaso lleno de un licor color ámbar, después abrió la puerta, caminó con paso firme por entre las trincheras que defendían la cabaña, y se paró al borde del acantilado, a cuyos pies rugía furioso el mar. Se detuvo algunos momentos con los brazos cruzados, inmóvil como la roca que lo sostenía, aspirando con placer los bufidos de la tempestad y mirando el mar revuelto; después volvió a la cabaña y se paró delante del armónium.

Deslizó los dedos sobre las teclas, obteniendo algunas notas muy rápidas, extrañas, salvajes, que se dispersaron mezclándose con el sonido de la lluvia y los silbidos del viento.

De pronto, movió la cabeza, mirando la puerta que había dejado entreabierta. Se quedó unos momentos a la escucha, encorvado, con los oídos atentos. Después salió rápidamente, llegando hasta la orilla del acantilado.

Aprovechando el resplandor de un relámpago divisó un pequeño barco, con las velas casi arriadas, que entraba en la bahía, confundiéndose en el acto con los otros barcos anclados.

El hombre acercó a sus labios un silbato de oro y emitió tres notas estridentes; un silbido agudo contestó unos momentos después.

—¡Es él! —murmuró emocionado—. ¡Ya era hora!

Cinco minutos después, un hombre, envuelto en una amplia capa chorreante de agua, se presentaba delante de la cabaña.

—¡Yáñez! —exclamó el hombre del turbante abrazándolo.

—¡Sandokán! —contestó el recién llegado con un marcadísimo acento extranjero—. ¡Demonios! ¡Qué noche de infierno, hermano mío!

Atravesaron rápidamente las trincheras y entraron en la cabaña.

Sandokán llenó dos vasos, y los dos hombres brindaron por el nuevo encuentro.

El recién llegado era un hombre que aparentaba unos treinta y tres o treinta y cuatro años, un poco mayor que su compañero. De mediana estatura, de constitución muy fuerte, tenía la piel blanca y las facciones regulares, los ojos grises, astutos, los labios burlones y delgados, prueba de una voluntad de hierro. Se veía de inmediato que era europeo y que sin duda era oriundo de algún país meridional.

—Y bien, Yáñez —preguntó Sandokán emocionado—. ¿Has visto a la joven de los cabellos de oro?

—No, pero sé cuanto deseabas saber.

—¿No has ido a Labuán?

—Sí, pero tienes que comprender que en aquellas costas, vigiladas por los cruceros ingleses, resulta muy difícil el desembarco para personas como nosotros.

—Háblame de esa joven. ¿Quién es?

—Te puedo decir que es una criatura bellísima, tan bella que puede embrujar al más formidable pirata.

—¡Oh! —exclamó Sandokán.

—Me han dicho que tiene los cabellos rubios como el oro, los ojos más azules que el mar, la piel blanca como el alabastro.

—Pero ¿a qué familia pertenece?

—Algunos dicen que es hija de un colono, otros de un lord, otros que es pariente del gobernador de Labuán.

—Extraña criatura —murmuró Sandokán oprimiéndose la frente con las manos. Se había levantado bruscamente, prendido de una viva emoción, y se había puesto delante del armónium, pasando los dedos por las teclas.

Yáñez se limitó a sonreír y, descolgando de un clavo un viejo laúd, se puso a tañer sus cuerdas diciendo:

—¡Está bien! Toquemos un poco de música.

Apenas hacía un instante que estaba tocando un aire portugués, cuando vio a Sandokán acercarse bruscamente a la mesa y apoyar las manos en ella con extrema violencia.

Ya no era el hombre de antes: su frente estaba fruncida, los ojos despedían lúgubres destellos, los labios mostraban los dientes convulsamente apretados, tenía los miembros en tensión. En aquel momento era el formidable caudillo de los crueles piratas de Mompracem, era el hombre que desde hacía diez años ensangrentaba las costas de Malasia, el hombre que en cada rincón había sostenido terribles batallas, el hombre a quien su extraordinaria audacia e indomable coraje habían otorgado el feroz y sanguinario apodo de «Tigre de Malasia».

—¡Yáñez! —exclamó con gesto torvo—. ¿Qué hacen los ingleses en Labuán?

—Se fortifican —contestó tranquilamente el europeo.

—¿Puede ser que estén tramando algo contra mí?

—Lo creo.

—¡Ah! ¿Tú lo crees? ¡Que se atrevan a levantar un dedo contra mi Mompracem! ¡Diles que se atrevan a desafiar a los piratas en su escondrijo! El Tigre los destruirá a todos. Cuenta, ¿qué dicen de mí?

—Que ya es hora de que se acabe con un pirata tan audaz.

—¿Me odian mucho?

—Hasta tal punto que sacrificarían todos sus barcos por ahorcarte.

—¡Ah!

—¿Puedes dudarlo? Hermano mío, son muchos los años que llevas cometiendo fechorías. Todas las costas llevan las señales de tus aventuras, todos los pueblos y todas las ciudades han sido asaltados y saqueados; todos los castillos, holandeses, españoles e ingleses, han sufrido tus asaltos, y el fondo del mar está lleno de barcos hundidos por ti.

—Es verdad, pero ¿de quién es la culpa? ¿Los hombres de raza blanca no han sido inexorables conmigo? ¿Acaso no me han destronado con el pretexto de que me volvía demasiado poderoso? ¿No han asesinado a mi madre, a mis hermanos y hermanas, para destruir mi estirpe? ¿Qué mal les había hecho yo a ellos? ¡La raza blanca no había tenido nunca nada contra mí, y a pesar de ello me quisieron aplastar! Ahora les odio, sean españoles, holandeses, ingleses o portugueses, como tus compatriotas; los maldigo y mi venganza será terrible: ¡lo he jurado sobre los cadáveres de mi familia y mantendré mi juramento! Si he sido despiadado con mis enemigos, confío en que alguna voz se levantará también para decir que alguna vez he sido generoso.

—No una, sino cientos y miles de voces pueden decir que tú has sido con los débiles hasta demasiado generoso —dijo Yáñez—. Pueden decirlo todas aquellas mujeres caídas en tu poder y que tú has llevado, arriesgándote a dejarte hundir por los cruceros, a los puertos de los hombres blancos; pueden decirlo las débiles tribus que tú has defendido de los saqueos de los poderosos, los pobres marinos privados de sus barcos en la tempestad y que tú has salvado de las olas y cubierto de regalos, y cientos, miles más que se acordarán siempre de tu benevolencia, Sandokán. Ahora dime, hermano mío, ¿qué quieres decirme?

El Tigre de Malasia no contestó. Estaba paseando por la habitación con los brazos cruzados y con la cabeza inclinada sobre el pecho.

El portugués se levantó entonces, encendió un cigarrillo y se acercó a una puerta oculta por el cortinaje diciendo:

—Buenas noches, hermano mío.

Sandokán, al oír aquellas palabras, se sobresaltó y, deteniéndolo con un ademán, dijo:

—Una palabra, Yáñez.

—Habla, entonces.

—¿Sabes que deseo ir a Labuán?

—¡Tú…! ¡A Labuán…!

—¿Por qué tanta sorpresa?

—Porque tú eres demasiado audaz y podrías cometer alguna locura en el escondrijo de tus más encarnizados enemigos. Hermano mío, no tientes demasiado a la suerte. ¡Estate en guardia! La hambrienta Inglaterra ha puesto los ojos sobre nuestra Mompracem y puede ser que no aguarde a tu muerte para lanzarse sobre tus cachorros y destruirlos. Estate en guardia, ya que he visto un crucero erizado de cañones y lleno de armas rondar por nuestras aguas, y este no es más que un león que espera su presa.

—¡Pero encontrará al Tigre! —exclamó Sandokán apretando los puños y temblando de la cabeza a los pies.

—Sí, lo encontrará y puede ser que pierda la batalla, pero tu grito de muerte llegará hasta las costas de Labuán y otros más se moverán contra ti. Morirán muchos leones, puesto que tú eres el más fuerte y despiadado, ¡pero morirá también el Tigre!

—¡Yo…!

Sandokán dio un salto hacia delante con los brazos contraídos por el furor, los ojos centelleantes, las manos apretadas como si empuñaran un arma. Pero fue un relámpago: se sentó a la mesa, apuró de un solo trago el vaso que había quedado lleno y dijo con voz perfectamente tranquila:

—Tienes razón, Yáñez; a pesar de ello, iré mañana a Labuán. Una fuerza irresistible me empuja hacia aquellas playas, y una voz murmura en mi interior que tengo que ver a aquella joven de los cabellos de oro, que debo…

—¡Sandokán…!

—Silencio, hermano mío. Vámonos a dormir.

Sin embargo, el formidable pirata todavía salió unos minutos al exterior para contemplar soñadoramente el horizonte, mientras daba lentas chupadas a un aromático y delgado cigarro confeccionado con escogidas hojas de Borneo.

FECHORÍAS Y GENEROSIDAD

Al día siguiente, algunas horas después de levantarse el sol, Sandokán salía de la cabaña, listo para emprender la arriesgada expedición.

Iba vestido de guerra: llevaba puestas largas botas de piel roja, su color preferido; una espléndida casaca de terciopelo rojo, adornada con bordados y flecos, y largos pantalones de seda azul, y en la bandolera llevaba una preciosa carabina india con arabescos y de largo alcance; a la cintura una pesada cimitarra con la empuñadura de oro macizo y un kris, el puñal de hoja ondulada y envenenada tan apreciado en aquellas poblaciones de Malasia. Se paró un momento a la orilla del gran acantilado, paseando su mirada de águila sobre la superficie del mar, que se había vuelto lisa como un espejo, y miró a oriente.

—Es allá —murmuró después de algunos momentos de contemplación—. Extraño destino que me empujas allí, ¡dime si me serás nefasto! ¡Dime si aquella mujer de los ojos azules y de los cabellos de oro, que cada noche atormenta mis sueños, será la causa de mi fin...!

Movió la cabeza como queriendo sacudir de ella un mal pensamiento; después, con paso lento bajó una estrecha escalera abierta en la roca y que conducía a la playa.

Un hombre lo estaba esperando abajo; era Yáñez.

—Todo está listo —dijo—. He hecho preparar las dos mejores embarcaciones de nuestra flota, aumentando su armamento con dos gruesas espingardas.

—¿Y los hombres?

—Todos los grupos están formados en la playa, con sus respectivos capitanes. No tendrás que escoger a los mejores.

—Gracias, Yáñez.

—No tienes que darme las gracias, Sandokán; puede ser que haya preparado tu ruina.

—No temas, hermano mío; los proyectiles tienen miedo de mí.

—Sé prudente, muy prudente.

—Lo seré, y te prometo que en cuanto haya visto a aquella joven volveré aquí. Vámonos.

Atravesaron una explanada defendida por grandes baluartes y gruesas piezas de artillería, de terraplenes y de profundos fosos, y llegaron a la orilla de la bahía, en la cual se mecían dulcemente doce o quince veleros, llamados praos.

Delante de una larga hilera de cabañas y de sólidas casas que parecían almacenes, trescientos hombres estaban perfectamente alineados, a la espera de una orden para embarcar cuanto antes y llevar el terror a todos los mares de Malasia.

Sandokán miró complacido a sus cachorros, como solía llamarlos, y dijo:

—Patán, acércate.

Un malayo de alta estatura, de poderosos miembros, vestido con una simple falda roja adornada de plumas, se adelantó:

—¿Con cuántos hombres cuenta tu partida? —preguntó.

—Cincuenta, Tigre de Malasia.

—Embarcaos en aquellos dos praos y dejad la mitad para Giro-Batol.

—¿Y adónde vamos?

Sandokán lo fulminó con una mirada que lo hizo estremecer por su imprudencia, aunque era un hombre capaz de reír de la guerra.

—Obedece sin rechistar, si quieres vivir —le dijo Sandokán.

El malayo se alejó rápidamente, llevándose consigo su grupo, compuesto por hombres de gran coraje, y que al menor gesto de Sandokán no habrían dudado en saquear el sepulcro de Mahoma, a pesar de que fueran todos mahometanos.

—¿Vienes, Yáñez? —dijo Sandokán cuando vio que todos estaban embarcados.

Estaban llegando a la orilla cuando fueron alcanzados por un feo negro de enorme cabeza, de manos y pies desproporcionados, un verdadero campeón de aquellos horribles «negritos» que se podían encontrar en el interior de casi todas las islas de Malasia.

—¿Qué quieres y de dónde vienes, Kili-Dalú? —le preguntó Yáñez.

—Vengo de la costa meridional —contestó el negrito respirando afanosamente.

—¿Y qué nos traes?

—Una buena nueva, caudillo blanco; he visto una gran embarcación que navegaba hacia las islas Romades.

—¿Iba cargada? —preguntó Sandokán.

—Sí, Tigre.

—Está bien; estoy casi seguro de que dentro de tres horas caerá en mi poder.

—¿Y después irás a Labuán?

—Directamente.

Se habían parado delante de una preciosa ballenera, ocupada por cuatro hombres malayos.

—Adiós, hermano —dijo Sandokán abrazando a Yáñez.

—Adiós, Sandokán. Ten cuidado y no hagas locuras.

—No temas; seré prudente.

—Adiós, y que tu buena estrella te proteja.

Sandokán saltó a la ballenera, que en pocos golpes de remo lo transportó a los praos, que estaban desplegando sus grandes velas.

Desde la playa partió un rugido:

—¡Viva el Tigre de Malasia!

—Partamos —ordenó el pirata dirigiéndose a las dos tripulaciones.

Levaron anclas las dos escuadras de demonios, de un color verde aceituna o amarillo sucio, y las dos embarcaciones se lanzaron al mar abierto, resoplando sobre las azules olas del mar malayo.

—¿La ruta? —preguntó Sabau a Sandokán, que se había puesto al mando del barco de mayor tonelaje.

—¡Directos a las islas Romades! —contestó el jefe.

Después, dirigiéndose a la tripulación, gritó:

—¡Cachorros, abrid bien los ojos; tenemos un barco dispuesto para saquear!

El viento era bueno, soplaba desde el sudoeste, y el mar, ligeramente movido, no oponía resistencia a la carrera de los dos veleros, que en poco tiempo alcanzaron una velocidad superior a los doce nudos, en verdad poco usual en los barcos de vela, pero no extraordinaria para los malayos, que llevaban velas enormes y eran de casco estrecho y ligero.

Los dos veleros con los cuales el Tigre iba a empezar la audaz expedición no eran dos verdaderos praos, los cuales comúnmente eran pequeños y sin puente. Sandokán y Yáñez, que en las cosas del mar no tenían rival en toda Malasia, habían modificado todos sus veleros para tener ventaja sobre los barcos que perseguían.

A pesar de que los dos praos estaban aún a una gran distancia de las islas Romades, hacia las cuales se suponía que se dirigía el barco descubierto por Kili-Dalú, los piratas empezaron a prepararse para poder estar listos para el combate en cuanto este se presentara.

Los dos cañones y las dos gruesas espingardas fueron cargados con los máximos cuidados; sobre el puente se dispusieron grandes cantidades de balas y granadas de mano, después fusiles, hachas, sables de abordaje, y se colocaron en la borda los garfios de abordaje que se lanzaban sobre el barco enemigo para sujetarlo.

Cuando todo estuvo preparado, aquellos demonios, cuyas miradas ya se encendían de deseo, se pusieron en observación, unos sobre las batayolas, otros sobre los flechastes y otros a horcajadas sobre el trinquete.

A pesar de que Sandokán parecía que no participase de aquella ansiedad y excitación de sus hombres, paseaba de proa a popa con paso nervioso, escudriñando la inmensidad del mar, y apretando con energía la empuñadura de oro de su espléndida cimitarra.

A las diez de la mañana Mompracem desaparecía en el horizonte; a pesar de ello, el mar aparecía aún desierto.

La impaciencia empezaba a adueñarse de la tripulación de los dos barcos: los hombres subían y bajaban de los aparejos, maldiciendo, haciendo destellar las relucientes hojas envenenadas de los krises y de las cimitarras. Poco después del mediodía, de pronto, desde lo alto del palo mayor se oyó una voz:

—¡Eh! ¡Alerta a sotavento!

Sandokán interrumpió su paseo. Lanzó una rápida mirada sobre el puente de su velero y otra sobre el mandado por Giro-Batol, y después ordenó:

—¡Tigres! ¡A vuestros puestos de combate!

En pocos segundos, los piratas que habían subido a los palos bajaron a cubierta para ocupar sus puestos.

—Araña del Mar —dijo Sandokán al hombre que había quedado de vigía en el palo mayor—. ¿Qué ves?

—Una vela, Tigre.

—¿Es un barco?

—Es la vela de un barco, no me equivoco.

—Hubiera preferido un navío europeo —murmuró Sandokán frunciendo el ceño—. Ningún odio me empuja contra los hombres del Celeste Imperio. Aunque…

Reemprendió el paseo y no volvió a hablar. Pasó una media hora, durante la cual los dos praos ganaron cinco nudos; después, la voz del Araña se volvió a escuchar.

—¡Capitán, es un barco! —gritó—. Tened cuidado, porque nos han divisado y están cambiando de rumbo.

—¡Ah! —exclamó Sandokán—. Giro-Batol, maniobra de forma que le impidas la huida.

Los dos veleros se separaron y, describiendo un amplio semicírculo, se dirigieron con todas las velas desplegadas al encuentro de la embarcación mercante.

Era esta una de aquellas pesadas embarcaciones llamadas juncos, de forma cuadrada y de dudosa robustez, utilizadas en los mares de la China.

Tan pronto se percató de la presencia de los dos sospechosos veleros, contra los cuales no podía competir en velocidad, el junco se paró, enarbolando un gran estandarte.

Al ver aquel estandarte, Sandokán dio un salto adelante.

—La bandera del rajá Brooke, el exterminador de los piratas —gritó con acento de odio—. ¡Tigres! ¡Al abordaje!

Un grito salvaje, feroz, estalló en las dos tripulaciones, por las cuales no era ignorada la fama del inglés James Brooke, nombrado rajá de Sarawak, enemigo despiadado de los piratas.

Patán, de un salto, alcanzó el cañón de proa, mientras los demás apuntaban la espingarda y armaban las carabinas.

De pronto, una detonación retumbó a bordo del junco, y una bala de pequeño calibre pasó con un agudo silbido atravesando las velas.

Patán se agachó sobre su cañón e hizo fuego; el efecto fue inmediato: el palo mayor del junco, roto por la base, osciló violentamente hacia delante y hacia atrás y cayó sobre cubierta, con sus velas y todas sus cuerdas. A bordo del desafortunado junco se vieron algunos hombres correr al costado del barco y después desaparecer.

—¡Mira, Patán! —gritó Araña del Mar.

Un pequeño bote, ocupado por seis hombres, se estaba alejando del junco y huía hacia las costas de Romades.

—¡Ah! —exclamó Sandokán con ira—. ¡Hay algunos hombres que huyen, en lugar de luchar! Patán, haz inmediatamente fuego sobre aquellos cobardes.

El malayo disparó una carga de metralla que destrozó el bote, matando a todos los que iban en él.

—¡Bravo, Patán! —gritó Sandokán—. Y ahora destruye aquel barco, sobre el cual veo aún una numerosa tripulación. Después lo enviaremos a reparar a los arsenales del rajá.

Los dos veleros corsarios reemprendieron la infernal música, lanzando balas, granadas y ráfagas de metralla hacia el pobre junco, destrozando el palo del trinquete y sus costados, reduciendo su maniobrabilidad y matando a sus tripulantes, que se defendían desesperadamente con los fusiles.

Los dos veleros corsarios, envueltos en una nube de humo de la cual salían relámpagos, seguían acercándose y en poco tiempo se encontraron a los lados del junco.

—¡Timón a sotavento! —gritó entonces Sandokán, que empuñaba la cimitarra.

Su velero abordó al mercante a babor y, lanzando los garfios de abordaje, quedó enganchado.

—¡Al asalto, tigres! —tronó el terrible pirata.

Se encogió como un tigre que está dispuesto a lanzarse sobre su presa y se dispuso a saltar; sin embargo, una robusta mano lo detuvo.

Se volvió con un grito de furor. El hombre que se había atrevido a pararlo se puso delante de él de un salto, cubriéndolo con su propio cuerpo.

—¡Tú, Araña del Mar! —gritó Sandokán levantando sobre él la cimitarra.

En aquel momento una bala de fusil disparada desde el junco alcanzó al pobre Araña, que cayó muerto sobre el puente.

—¡Gracias, mi cachorro! —exclamó Sandokán—. ¡Me has salvado!

Se arrojó hacia delante como un toro herido, se agarró a la boca de un cañón y se plantó sobre el puente del junco, precipitándose entre los combatientes con aquella loca temeridad que todos admiraban.

La tripulación entera del barco mercante se le echó encima para cortarle el paso.

—¡A mí, tigres! —gritó derribando a dos hombres con el filo de su cimitarra.

Diez o doce piratas, subiendo como monos por los aparejos y saltando al costado del barco, se precipitaron en cubierta, mientras el otro prao lanzaba sus arpones de abordaje.

—¡Rendíos! —gritó el Tigre a los marineros del junco.

Los siete u ocho hombres que aún sobrevivían, viendo a los otros piratas invadir la cubierta, tiraron las armas.

—¿Quién es el capitán? —preguntó Sandokán, mirando ferozmente a su alrededor.

—Yo —contestó un chino, adelantándose temblando.

—Tú eres un valiente y tus hombres son dignos de ti —dijo Sandokán—. ¿Adónde vais?

—A Sarawak.

—¡Ah! —exclamó con voz ronca—. Tú vas a Sarawak. ¿Y qué hace el rajá Brooke, el exterminador de piratas?

—No lo sé, porque falto de Sarawak desde hace muchos meses.

—No importa, le dirás que un día iré a anclar a su bahía y que allí esperaré a sus barcos. ¡Y veremos si el exterminador de piratas será capaz de vencer a los míos!

Después se arrancó del cuello una hilera de diamantes de gran valor y, ofreciéndosela al capitán del junco, dijo:

—Tómalos, valiente. Siento haberte destrozado el junco; sin embargo, con estos diamantes podrás comprarte otros diez.

—¿Quién sois vos? —preguntó el capitán asombrado.

Sandokán se le acercó y, apoyando las manos en la espalda, le dijo:

—Mírame bien: yo soy el Tigre de Malasia.

Antes de que el capitán y sus marineros pudieran salir de su asombro y terror, Sandokán y sus piratas ya habían vuelto a sus barcos.

—¿Qué ruta? —preguntó Patán.

El Tigre levantó el brazo indicando hacia el oeste; después, con voz vibrante, gritó:

—¡Tigres, a Labuán, a Labuán!

EL CRUCERO

El viento soplaba en dirección noroeste y bastante frío; el mar se mantenía tranquilo, favoreciendo la carrera de los dos praos, los cuales corrían a diez o doce nudos por hora.

Sandokán, después de haber hecho limpiar el puente, arreglar las cuerdas cortadas por las balas enemigas, tirar al mar el cadáver del Araña y de otro pirata muerto de un balazo, y cargar los fusiles y las espingardas, encendió un espléndido narguile, procedente de alguna tienda india o persa, y llamó a Patán.

El malayo se apresuró a obedecer.

—Dime, malayo —dijo el Tigre mirándole a la cara con ojos llameantes—. Cuando yo voy al abordaje, ¿sabes cuál es tu sitio?

—Detrás de vos.

—Tú no estabas, y el Araña ha muerto en tu lugar.

—Es verdad, capitán.

—Tendría que hacerte fusilar por esta falta, pero tú eres un valiente y yo no deseo sacrificar sin necesidad a un valiente. En el primer abordaje, tú te harás matar a la cabeza de mis hombres.

—Gracias, Tigre.

Atravesó a pasos lentos el puente y bajó a su camarote. Durante el día los dos praos continuaron navegando por aquel estrecho comprendido entre Mompracem y las Romades al oeste, la costa de Borneo al este, y al noroeste Labuán y las tres islas del Norte, sin encontrar ningún barco mercante.

La siniestra fama de que gozaba el Tigre se había extendido por aquellos mares y muy pocos barcos se atrevían a pasar por ellos.

Al caer la noche, los dos veleros amainaron las grandes velas para protegerse contra posibles ráfagas de viento, y se acercaron el uno al otro para no perderse de vista y estar listos para prestarse asistencia mutua.

Alrededor de la medianoche, en el mismo instante en que pasaban por delante de las Tres Islas, que eran las vigías de Labuán, Sandokán se personó en el puente.

Estaba siempre preso de una gran agitación. Se puso a pasear desde proa a popa, con los brazos cruzados, encerrado en un gran mutismo. Pero de vez en cuando se paraba para escudriñar la negra superficie del mar, y después se agazapaba y se ponía a la escucha. ¿Qué esperaba oír? Podría ser el barboteo de alguna máquina que le avisara de la presencia de algún crucero, o también el ruido de las olas que iban rompiendo sobre las costas de Labuán.

A las tres de la mañana, cuando el cielo empezaba a esclarecer, Sandokán gritó:

—¡Labuán!

En efecto, al oeste, allí donde el mar se confundía con el horizonte, se podía divisar confusamente una estrecha línea oscura.

—¡Labuán! —volvió a repetir el pirata, respirando como si se hubiera quitado un gran peso del corazón.

—¿Tenemos que seguir? —le preguntó Patán.

—Sí. Entraremos por el río que ya conoces.

La orden fue transmitida a Giro-Batol, y los dos veleros pusieron rumbo silenciosamente a la isla.

Labuán, cuya superficie no superaba los ciento dieciséis kilómetros cuadrados, no era en aquellos tiempos el importante puerto que es hoy. Ocupada en 1847 por sir Rodney Mandy, comandante del *Iris*, por orden del gobierno inglés con la frialdad de poder aniquilar la piratería, con una población de pocos miles de habitantes, casi todos de raza malaya, y unos pocos cientos de blancos.

Hacía poco tiempo que habían fundado una pequeña ciudad a la cual habían dado el nombre de Victoria, fortificándola con algunos baluartes para impedir que fuera destruida por los piratas de Mompracem, que ya varias veces habían saqueado sus costas. El resto de la isla estaba cubierto por espesos bosques poblados de tigres, y muy pocas granjas se habían construido en sus alturas o en sus praderas. Los dos praos, después de haber costeado una milla de la isla, entraron silenciosamente en el río, cuyas orillas estaban recubiertas de espesa vegetación, lo recorrieron unos seiscientos o setecientos metros y anclaron bajo la oscura sombra de grandes plantas.

Un crucero que pasara por allí vigilando las costas no habría podido descubrirlos, ni habría podido sospechar la presencia de aquellos tigres, escondidos como los tigres de las *sunderbans* indias.

A mediodía Sandokán, después de haber enviado a dos hombres a la desembocadura del río y otros dos a la selva, se armó de su carabina y desembarcó seguido de Patán.

Habría recorrido alrededor de un kilómetro adentrándose en la espesura de la selva, cuando se paró repentinamente.

—¿Habéis visto algún hombre? —preguntó Patán.

—No, ponte a la escucha —contestó Sandokán.

El malayo aguzó el oído y escuchó a lo lejos unos ladridos de perro.

—Hay alguien de cacería —dijo levantándose.

—Vamos a ver.

Reemprendió el camino pasando bajo los árboles de la pimienta, cuyas ramas estaban cargadas de racimos rojos, bajo los artocarpus o árboles del pan, y bajo las palmeras de Filipinas, entre cuyas hojas volaban innumerables lagartijas voladoras.

Los ladridos de perro se acercaban cada vez más, y en pocos momentos los dos piratas se encontraron en presencia de un feo negro, vestido con unos pantalones rojos y que llevaba de la traílla un mastín.

—¿Adónde vas? —le preguntó Sandokán cortándole el paso.

—Busco la pista de un tigre —contestó el negro.

—¿Y quién te ha dado permiso para ir de cacería por mis bosques?

—Estoy al servicio de lord Guldek.

—¡Está bien! Ahora dime, ¿has oído hablar de una joven que se llama la Perla de Labuán?

—¿Quién no conoce en esta isla a aquella bella criatura? Es el buen genio de Labuán que todos quieren y adoran.

—¿Es bella? —preguntó Sandokán emocionado.

—Creo que ninguna mujer se le puede comparar.

Un fuerte sobresalto se apoderó del Tigre de Malasia.

—Dime —volvió a preguntar después de un instante de silencio—. ¿Dónde vive?

—A dos kilómetros desde este punto, en medio de la pradera.

—Con esto es suficiente; vete, y si aprecias tu vida no mires atrás.

Le dio un puñado de oro y cuando el negro desapareció se sentó a los pies de un gran artocarpus murmurando:

—Esperaremos la noche y después iremos a dar un vistazo a los alrededores.

Patán se tumbó a la sombra de una palmera de Filipinas, aunque con la carabina a su lado.

Serían las tres de la tarde cuando un acontecimiento inesperado vino a interrumpir la espera.

Se oyó un disparo de cañón del lado de la costa, haciendo callar repentinamente a todos los pájaros que vivían en las selvas.

Sandokán se levantó apresuradamente, con la carabina a punto: su cara se había transformado por completo.

—¿Has oído? ¡Un disparo de cañón! —exclamó—. ¡Vámonos, Patán; veo sangre!

Se levantó, y a saltos atravesó la selva, seguido por el malayo, que, a pesar de ser ágil como un ciervo, a duras penas podía mantener aquel frenético ritmo de carrera.

TIGRES Y LEOPARDOS

En menos de diez minutos, los dos piratas llegaron a la orilla del río. Todos los hombres ya se habían embarcado en los praos y estaban desplegando todas las velas, aunque hacía muy poco viento.

—Capitán, nos están atacando —dijo Giro-Batol—. Un crucero nos impide la salida en la desembocadura del río.

—¡Ah! —dijo el Tigre—. ¿Vienen a perseguirnos también aquí estos ingleses? ¡Entonces, tigres, empuñad las armas y nos haremos a la mar! ¡Enseñaremos a estos hombres cómo luchan los tigres de Mompracem!

—¡Viva el Tigre! —gritaron las dos tripulaciones excitadas—. ¡Al abordaje! ¡Al abordaje!

Rápidamente los dos veleros bajaron por el río y tres minutos más tarde se encontraban en alta mar. A seiscientos metros de la orilla, un gran barco que rebasaba las mil quinientas toneladas, fuertemente armado, navegaba no muy rápido cerrándoles la salida al oeste.

Sobre su puente se oían redoblar los tambores que llamaban a los hombres a sus puestos de combate y se oían las órdenes de los oficiales.

Sandokán miró fríamente aquel formidable contrincante, y en lugar de asustarse de sus dimensiones, de su numerosa artillería y de su tripulación tres o cuatro veces más numerosa que la suya, ordenó:

—¡Tigres, a los remos!

Los piratas se precipitaron bajo cubierta, poniéndose a los remos, mientras que los artilleros apuntaban sus cañones y espingardas.

—Ahora es nuestro turno, barco maldito —dijo Sandokán cuando vio los praos moverse como flechas bajo el empuje de los remos.

Enseguida un chorro de fuego brilló sobre el puente del crucero y una bala de grueso calibre pasó silbando entre la arboladura del prao.

—¡Patán! —gritó Sandokán—. ¡Que hable tu cañón!

El proyectil fue a estrellarse en el puente del comandante, destruyendo al mismo tiempo el palo de la bandera.

El barco de guerra, en lugar de contestar, maniobró de forma que pudiera presentar su costado, del cual salían los extremos de media docena de cañones.

—Patán, no pierdas ni un solo golpe —dijo Sandokán, mientras que un cañonazo retumbaba sobre el prao de Giro-Batol—. Destroza los palos de aquel maldito, hazlo añicos, desmóntalo y, cuando ya no tengas puntería, déjate matar.

En aquel instante el crucero pareció incendiarse. Un huracán de hierro atravesó los aires y alcanzó de lleno los dos praos, alisándolos como si fueran dos viejas barcazas.

Gritos espantosos de furor y dolor se oyeron entre los piratas, ahogados por una segunda ráfaga que mandó por los aires artillería y artilleros.

Después, el barco de guerra, envuelto en humo negro y blanco, maniobró a menos de cuatrocientos metros de los praos y se alejó un kilómetro, preparándose para reemprender el fuego.

Sandokán, que no había sufrido ningún rasguño, había caído por culpa de un palo que lo alcanzó. Se levantó enseguida.

—¡Miserable! —aulló mostrando los puños al enemigo—. ¡Cobarde! Huyes, pero te alcanzaré.

Con un silbido llamó a sus hombres al puente.

—¡Rápido, instalad una barricada delante de los cañones! Después, ¡adelante!

En pocos momentos, en la proa de los dos veleros fueron apilados palos de repuesto, barriles llenos de balas, viejos cañones desmontados y escombros de todo género, logrando una sólida barricada.

Veinte hombres, de entre los más fuertes, volvieron a bajar para maniobrar los remos, mientras que los demás se colocaron al amparo de las barricadas, empuñando las carabinas y llevando entre los dientes puñales que destellaban entre los labios febriles.

—¡Adelante! —mandó el Tigre.

El crucero ahora marchaba a poca velocidad, despidiendo ríos de humo negro.

—¡Fuego a discreción! —aulló el Tigre.

Desde ambos lados se reemprendió la infernal música, golpe contra golpe, proyectil contra proyectil.

Los dos veleros, decididos a no retroceder aunque les costara la muerte, no podían casi verse, tal era la cantidad de humo que los envolvía; aun así, seguían contestando al fuego enemigo.

El barco tenía la ventaja de su mayor tonelaje y de su artillería, aunque los dos praos, que el temible Tigre conducía al abordaje, no cedían.

La locura se había adueñado de aquellos hombres y no deseaban más que poder pisar el puente de aquel formidable barco; si no para vencer, al menos para morir en territorio enemigo.

Patán, fiel a su palabra, se había dejado matar al lado de su cañón, y enseguida otro hábil artillero había ocupado su lugar.

La terrible batalla duró veinte minutos; después el crucero se desplazó unos seiscientos metros, para no ser alcanzado y abordado.

Un grito de furor resonó entre las tripulaciones de los praos al ver aquella nueva retirada.

Ya no existía posibilidad de lucha contra aquel enemigo, que aprovechándose de sus máquinas evitaba cualquier abordaje.

Pero Sandokán aún no quería retroceder.

Derribando de un formidable empujón a los hombres que le rodeaban, se agachó sobre el cañón que aún estaba cargado, ajustó la puntería y encendió la mecha.

Pocos segundos después, el palo mayor del crucero era alcanzado por su base y se precipitaba al mar, llevándose consigo a todos los hombres que se encontraban en las cofas.

Mientras el barco se paraba para salvar a los náufragos, cesó el fuego. Sandokán aprovechó para embarcar a los hombres del prao de Giro-Batol que se estaba hundiendo.

—¡Y ahora rumbo a la costa! —gritó.

El prao de Giro-Batol, que aún se mantenía a flote por milagro, fue desalojado por completo y abandonado a las olas con su cargamento de cadáveres.

Enseguida los piratas se pusieron a los remos y, aprovechando la momentánea inactividad del barco de guerra, se alejaron rápidamente y se escondieron en el río.

¡Ya era hora! El pobre velero hacía aguas por todos lados, a pesar de que los piratas intentaban taponar apresuradamente los agujeros abiertos por las balas del crucero.

Gemía como un moribundo bajo el peso del agua que lo invadía, y se iba inclinando a babor.

Sandokán, que se había puesto al timón, viró hacia la orilla y lo embarrancó en la arena.

Después dijo mirando el reloj que llevaba en la cintura:

—Son las seis. Dentro de dos horas el sol habrá desaparecido y las tinieblas se apoderarán del mar. Que cada uno se ponga manos a la obra para que el prao esté listo a medianoche para volver al mar.

—¡Viva el Tigre! —gritaron los piratas.

—Silencio —dijo Sandokán—. Que vayan dos hombres a la desembocadura del río a aniquilar el crucero y otros dos a la selva para evitar cualquier sorpresa; curad a los heridos, y después todos al trabajo.

Mientras los piratas se apresuraban a vendar las heridas que habían sufrido algunos de sus compañeros, Sandokán se acercó a popa y se quedó algunos minutos observando la bahía, de la cual podía ver una parte a través de la espesura de la selva.

Buscaba sin duda descubrir el crucero, que al parecer no se atrevía a acercarse demasiado a la costa, quizá por miedo a embarrancar en alguno de los numerosos bancos de arena que se extendían por aquel lugar.

«Sabe con quién se enfrenta —pensó el formidable pirata—. Espera que nos hagamos nuevamente a la mar para exterminarnos; se engaña si cree que yo mandaré a mis hombres al abordaje. El Tigre también puede ser prudente.»

Se sentó sobre el cañón y después llamó a Sabau.

El pirata, uno de los más valientes, que se había ganado el grado de lugarteniente después de haber arriesgado veinte veces su vida, acudió.

—Patán y Giro-Batol han muerto —le dijo Sandokán con un suspiro—. Se han dejado matar a la cabeza de los valerosos que dirigían el ataque al maldito barco. El mando es ahora tuyo, yo te lo otorgo.

—Gracias, Tigre de Malasia.

—Ahora ayúdame.

Uniendo sus fuerzas, empujaron a popa el cañón y las espingardas, y las apuntaron hacia la pequeña bahía para poderla controlar a golpes de metralla, en el caso de que los botes del crucero intentaran forzar la desembocadura del río.

—Ahora podemos estar seguros —dijo Sandokán—. ¿Has enviado a dos hombres a la desembocadura?

—Sí, Tigre de Malasia. Tienen que estar escondidos entre los bambúes.

—Muy bien.

—¿Esperaremos a la noche para hacernos a la mar?

—Sí, Sabau.

—¿Podremos engañar al crucero?

—La luna se levantará tarde y quizá no se divise. Veo acercarse algunas nubes desde el sur.

—¿Tomaremos el rumbo de Mompracem, jefe?

—Directamente.

—¿Sin vengarnos?

—Somos muy pocos, Sabau, para medirnos con la tripulación del crucero. Además, ¿cómo podemos contestar a su artillería? Nuestro velero no está en condiciones de sostener un segundo combate; nos matarían a todos sin ninguna duda.

—Es verdad, jefe.

—Calma, por ahora; el día de la venganza llegará muy pronto.

Mientras los dos jefes charlaban, sus hombres trabajaban aceleradamente. Eran valientes marinos, y entre ellos no faltaban carpinteros ni maestros en el manejo del hacha. En solo cuatro horas construyeron dos nuevos palos, arreglaron el costado del barco, taparon todos los agujeros y arreglaron las cuerdas, ya que tenían almacenados en el prao muchos cables, fibras, cadenas y gúmenas.

A las diez, el velero podía no solo reemprender el rumbo sino incluso entablar un nuevo combate, tras haber levantado también barricadas formadas por troncos de plantas, con los cuales proteger el cañón y las espingardas.

Durante aquellas cuatro horas, ningún bote del crucero se había atrevido a mostrarse en aquellas aguas de la bahía.

El comandante inglés sabía con quién tenía que luchar y no había considerado oportuno enfrentarse a él en tierra. De todas formas, sin lugar a dudas estaba seguro de obligar a los piratas a rendirse o volver a echarlos nuevamente hacia la costa, si hubieran intentado asaltarlo o lanzarse al mar abierto.

Alrededor de las once, Sandokán, que había tomado la resolución de intentar la salida al mar, hizo llamar a los hombres que había mandado a vigilar la desembocadura del río.

—¿Está libre la bahía? —les preguntó.

—Sí —contestó uno de los dos.

—¿Y el crucero?

—Se encuentra delante de la bahía.

—¿Muy lejos?

—A media milla.

—Tendremos suficiente espacio para pasar —murmuró Sandokán—. Las tinieblas protegerán nuestra retirada.

Después, mirando a Sabau, dijo:

—En marcha.

Enseguida quince hombres bajaron a los remos y con un poderoso impulso pusieron el prao en el río.

—Que nadie hable, bajo ningún pretexto —dijo Sandokán con voz imperiosa—. Tened bien abiertos los ojos y las armas listas. Estamos jugando una difícil partida.

Se sentó junto al timón, con Sabau a su lado, y guió sin vacilaciones el barco hacia la desembocadura del río.

La oscuridad favorecía la huida.

Un silencio profundo, solo roto por el rumor de las aguas, imperaba en el río. No se oía ni el susurro de las hojas, dado que no había viento en absoluto, y tampoco sobre el puente del velero se oía el menor ruido.

Parecía que todos aquellos hombres agazapados entre la proa y la popa habían dejado de respirar por temor a turbar el silencio.

—Desplegad una vela —mandó Sandokán a los hombres.

—¿Será suficiente, jefe? —preguntó Sabau.

—Por ahora, sí.

Un momento después una vela latina se desplegó sobre el trinquete. La habían pintado de negro, dado que tenía que confundirse completamente con las tinieblas de la noche.

El prao aumentó su velocidad, siguiendo las sinuosidades del río, superó felizmente la barrera de bancos de arena y de escollos, atravesó la pequeña bahía y salió silenciosamente al mar.

—¿El barco? —preguntó Sandokán de pie.

—Allí está, a media milla de nosotros —contestó Sabau.

En la dirección indicada se divisaba una vaga masa oscura, sobre la cual se levantaban de vez en cuando unos pequeños puntos luminosos, sin lugar a dudas chispas que salían de la chimenea. Escuchando con atención, se podían oír también las vibraciones de las calderas.

—Tiene los hornos aún encendidos —murmuró Sandokán—. Nos esperan.

—¿Pasaremos inadvertidos? —preguntó Sabau.

—Eso espero. ¿Ves alguna embarcación?

—Ninguna, jefe.

—Pasaremos rozando la playa, para confundirnos mejor con los árboles, y después saldremos a mar abierto.

El viento era débil y el mar estaba tranquilo como si fuera una balsa de aceite.

Sandokán mandó que se desplegara una vela más, en el palo mayor; después puso rumbo al sur, siguiendo las sinuosidades de la costa. Las playas estaban flanqueadas por grandes árboles, los cuales proyectaban sobre las aguas sus oscuras sombras; existían pocas probabilidades de que el pequeño velero pirata pudiera ser descubierto, pero en el fondo aquel hombre soberbio se dolía de tener que dejar aquellos parajes sin tomarse la revancha. Habría deseado encontrarse ya en Mompracem, pero también habría deseado otra tremenda batalla. Él, el formidable Tigre de Malasia, el invencible jefe de los piratas de Mompracem, casi se avergonzaba de alejarse de aquella forma, como un ladrón nocturno.

El prao se había alejado ya unos quinientos o seiscientos pasos de la bahía y se preparaba para salir a mar abierto, cuando a popa, sobre su rastro, apareció un extraño resplandor. Parecía que miles y miles de pequeñas llamas salieran desde las profundidades tenebrosas del mar.

—Nos estamos descubriendo —dijo Sabau.

—Mucho mejor —contestó Sandokán con una sonrisa feroz—. No, esta retirada no es digna de mí.

—Es verdad, capitán —contestó el malayo—. Mejor morir con las armas en las manos que huir como cobardes.

El mar se ponía cada vez más fosforescente. Delante de la proa y detrás de la popa del velero, los puntos de luz se multiplicaban y el rastro se hacía cada vez más luminoso. Parecía que el prao dejara atrás un surco de alquitrán ardiendo, o de azufre líquido.

Aquel rastro que brillaba en la oscuridad que los rodeaba no debía de pasar inadvertido a los hombres que vigilaban desde el crucero. De un momento a otro el barco podía despertarse de improviso y el cañón tronar.

También los piratas, tendidos sobre cubierta, se habían percatado de aquella fosforescencia, pero ninguno había hecho gesto alguno ni había pronunciado una sola palabra que hubiese podido traicionar a su capitán. Tampoco ellos podían resignarse a huir sin haber disparado una sola descarga de fusil.

Habían transcurrido solo dos o tres minutos cuando Sandokán, que tenía siempre los ojos fijos en el crucero, vio encenderse las luces de posición.

—¿Se han percatado de nuestra presencia? —preguntó.

—Eso creo, jefe —contestó Sabau.

—¡Mira!

—Sí, veo que salen más chispas de la chimenea. Están alimentando la caldera.

En un instante Sandokán se puso en pie, empuñando la cimitarra.

—¡A las armas! —habían gritado en el barco de guerra.

Los piratas se habían levantado apresuradamente, mientras que los artilleros se habían lanzado hacia el cañón y las dos espingardas.

Todos estaban listos para librar la lucha definitiva.

Poco después se oyó el redoblar de un tambor sobre el puente del crucero. Se llamaba a los hombres a los puestos de combate.

Los piratas, apoyados en los costados o amontonados detrás de las barricadas formadas por troncos de árboles, no respiraban, aunque sus facciones se habían vuelto feroces, traicionando su estado de ánimo. Los dedos oprimían las armas, impacientes por apretar los gatillos de sus formidables carabinas.

El tambor seguía redoblando sobre el puente del barco enemigo. Se oían las cadenas de las anclas rechinar al pasar por sus guías, y los golpes secos del cabrestante.

El barco se preparaba para dejar el atraque y poder asaltar al pequeño navío pirata.

—¡A tu cañón, Sabau! —mandó el Tigre de Malasia—. ¡Ocho hombres a las espingardas!

Acababa de dar aquella orden cuando una llama brilló en la popa del crucero, sobre el castillo, iluminando bruscamente el trinquete y el bauprés. Una detonación atronó los aires, acompañada seguidamente del ruido metálico del proyectil silbando a través del aire.

El proyectil cortó el extremo del palo mayor y se perdió en el mar, levantando una gran masa de agua burbujeante.

Una ola de furor se oyó a bordo del velero pirata. Ahora tenía que aceptar la batalla y era lo que deseaban aquellos valientes marinos del mar malayo.

Un humo de color rojizo salía de la chimenea del barco de guerra. Se oía cómo las hélices hendían las aguas, el borboteo de las calderas, las órdenes de los oficiales, los pasos precipitados de los hombres. Todos se apresuraban a situarse en sus puestos de combate.

Las luces de posición se movieron. Ahora el barco corría al encuentro del velero pirata para cortarle la huida.

—¡Portaos como héroes! —gritó Sandokán, que no se hacía ilusiones respecto al éxito de aquella terrible batalla.

A una le contestaron:

—¡Viva el Tigre de Malasia!

Sandokán, con un vigoroso golpe de timón, viró de costado y, mientras sus hombres orientaban rápidamente las velas, guió el velero contra el barco para intentar abordarlo y echar a sus hombres sobre el puente enemigo.

—¡Ánimo, tigres, al abordaje! —gritó Sandokán—. ¡La partida no está igualada, pero nosotros somos los tigres de Mompracem!

El crucero se movía rápidamente, mostrando su afilado tajamar y rompiendo las tinieblas y el silencio con un furioso cañoneo.

El prao, verdadero juguete comparado con aquel gigante, al cual le era suficiente un solo impacto para cortarlo en dos y hundirlo, con una audacia increíble avanzaba con su artillería echando fuego lo mejor que podía. Dos minutos más tarde, la artillería enemiga había reducido al velero a un escombro humeante.

Los palos habían caído, los costados estaban destrozados, y ni las barricadas de troncos de árbol ofrecían ninguna protección a aquella tempestad de proyectiles.

El agua entraba por los numerosos agujeros, inundando la bodega.

A pesar de ello, nadie hablaba de rendirse. Todos querían morir, no allí, sino sobre el puente enemigo.

Las descargas, entretanto, se hacían cada vez más tremendas. El cañón de Sabau estaba desmontado, y media tripulación tumbada sobre cubierta, destrozada o acribillada por la metralla.

Sandokán comprendió que había llegado la última hora de los tigres de Mompracem.

La derrota era completa. No había ninguna posibilidad de hacer frente a aquel gigante que disparaba proyectiles sin interrupción. No quedaba más alternativa que el abordaje, una locura, dado que ni sobre el puente del crucero la victoria podría ser de aquellos valerosos.

No quedaban en pie más que doce hombres, doce tigres, guiados por un jefe cuyo valor era increíble.

—A mí, mis héroes —les gritó.

Los doce piratas, con los ojos echando chispas, con los labios espumeantes de rabia, con los puños cerrados como alicates sobre las armas, escudándose con los cadáveres de sus compañeros, rodearon a su jefe. El barco navegaba a toda marcha hacia el prao para hundirlo con el tajamar. Sandokán, en cuanto lo vio a pocos metros, evitó con un golpe de timón el impacto y lanzó su barco hacia el costado de babor del enemigo. El golpe fue violentísimo. El barco pirata se hundió hacia estribor, haciendo agua y arrojando muertos y heridos al mar.

—¡Lanzad los garfios! —gritó Sandokán.

Dos garfios de abordaje se engancharon en los flechastes del crucero.

Entonces los trece piratas, locos de furor, sedientos de venganza, se lanzaron al abordaje.

Ayudándose con las manos y los pies, sujetándose a los cañones y a las cuerdas que colgaban a los costados, llegaron hasta el puente del crucero y se precipitaron sobre él, antes de que los ingleses, asombrados de tanta audacia, tuvieran tiempo de arrojarlos al mar. Con el Tigre de Malasia a la cabeza, se arrojaron contra los artilleros, matándolos al pie de sus propios cañones. Destrozaron a los marinos que habían llegado en ayuda de sus compañeros para cortarles el paso; después, blandiendo la cimitarra a derecha a izquierda, se dirigieron a popa.

Golpeando desesperadamente y gritando, para causar mayor terror, cayendo y volviéndose a levantar, ahora retrocediendo y ahora avanzando, durante algunos minutos pudieron resistir a aquella masa de enemigos; al fin, rodeados por todas partes y acosados por las bayonetas, aquellos hombres cayeron.

Sandokán y cuatro más, cubiertos de heridas, con las armas ensangrentadas, en un esfuerzo prodigioso se abrieron paso e intentaron ganar la proa para detener a cañonazos aquella avalancha de hombres.

Ya en mitad del puente, Sandokán cayó alcanzado en pleno pecho por un balazo de carabina; enseguida se levantó gritando:

—¡Adelante, adelante!

Los ingleses avanzaban a paso de carga con las bayonetas en posición. El impacto fue mortal.

Los cuatro piratas se habían puesto delante de su capitán para cubrirlo, y fueron muertos por una descarga de fusil; sin embargo, salvaron al Tigre de Malasia.

El formidable hombre, a pesar de las heridas de las cuales le manaba la sangre a ríos, de un salto llegó al costado de babor, mató de un golpe de cimitarra a un marino que trataba de retenerlo y se lanzó al mar, desapareciendo bajo las negras aguas.

LA PERLA DE LABUÁN

Un hombre tal, dotado de una fuerza prodigiosa, de una energía extraordinaria y de un coraje sin comparación, no podía morir. Mientras el crucero proseguía su travesía transportado por el empuje de los últimos golpes de hélice, el pirata volvía a la superficie y se desplazaba hacia abajo para no ser cortado en dos por el tajamar enemigo ni ser blanco de algún fusil.

Ahogando los gemidos que las heridas le hacían exclamar y temblando por la ira que lo devoraba, se encogió, manteniéndose casi completamente sumergido en espera del momento oportuno para ganar la orilla de la isla. El barco de guerra maniobraba a menos de trescientos metros. Avanzó luego por donde se había hundido el pirata, con la esperanza de aplastarlo bajo las ruedas; después volvió a maniobrar.

Se paró un momento, como si quisiera rastrear aquel pedazo de mar; después reemprendió la marcha cortando en todos los sentidos aquella charca de agua, mientras que los marineros, colgados en las redes de desembarco o apoyados en los costados, proyectaban en todas direcciones la luz de algunas linternas.

Convencido de la inutilidad de la búsqueda, al fin se dirigió en dirección a Labuán.

El Tigre, entonces, emitió un grito de furor.

—¡Vete! —exclamó—. ¡Llegará el día en que te mostraré cuán temible es mi venganza!

Después, reuniendo las pocas fuerzas que le quedaban, empezó a nadar, buscando las playas de la isla.

Nadó así durante mucho tiempo, parándose de vez en cuando para recuperar fuerzas y desembarazarse de los vestidos que le impedían los movimientos. Después notó que las fuerzas le flaqueaban.

Se le entumecieron los miembros, la respiración se le hizo cada vez más difícil y, para colmo de su desgracia, la herida seguía sangrando, produciéndole dolores agudos por el contacto del agua salada.

Se replegó en sí mismo y se dejó transportar por la marea, agitando débilmente los brazos. De esta forma intentaba descansar para recuperar las fuerzas perdidas.

Más tarde notó un golpe. Algo le había tocado. ¿Podía ser un tiburón? Pensando en esto, a pesar de tener el coraje de un león, se estremeció.

Tendió instintivamente la mano y agarró algo que parecía flotar en la superficie del agua.

Tiró de ello hacia sí y vio que se trataba de un madero. Era un trozo de cubierta del prao, que aún tenía enganchadas unas cuerdas.

—A tiempo —murmuró Sandokán—. Mis fuerzas se acababan.

Subió fatigosamente sobre aquel pecio, poniendo al descubierto la herida, que tenía los bordes hinchados y rojos por la acción del agua salada, y de la cual aún manaba un hilo de sangre.

Durante una hora más, aquel hombre que no quería morir, que no quería considerarse derrotado, luchó contra las olas, que a cada momento sumergían aquel resto de madera; seguía perdiendo fuerzas hasta que quedó casi desmayado, pero sus manos seguían aferradas a esa esperanza.

Empezaba a clarear cuando una colisión violentísima le hizo despertar, sobresaltado, de aquel aturdimiento.

Se irguió fatigosamente y miró ante él. Las olas se rompían con estruendo contra aquel resto, pequeñas y espumeantes. Parecía que se moviera sobre unos bajos.

Como a través de una niebla rojiza, el herido pudo ver la costa a corta distancia.

—Labuán —murmuró—. ¿Atracaré al fin sobre la tierra de mis enemigos?

Sintió una breve excitación; enseguida recuperó las fuerzas y abandonó aquellas maderas que lo habían salvado de una muerte cierta; pudo notar bajo sus pies un banco de arena, y avanzó hacia la costa.

Tambaleándose al atravesar los bancos de arena, y después de haber luchado contra las últimas olas de la resaca, llegó a la playa coronada por grandes árboles y se dejó caer pesadamente al suelo.

A pesar de sentirse agotado por la larga lucha sostenida y por la gran pérdida de sangre, descubrió la herida y estuvo observándola unos momentos.

Había recibido una bala, que podía ser de pistola, bajo la quinta costilla del lado derecho, y aquel trozo de plomo, después de habérsele deslizado entre los huesos, se había perdido en el interior, sin tocar al parecer ningún órgano vital. Podía ser que aquella herida no fuese grave, pero podía serlo si no se curaba pronto, y Sandokán lo sabía.

Oyendo a breve distancia el murmullo de un arroyo, se arrastró hacia allí, lavó con cuidado la herida con agua, después la vendó con un trozo de su camisa, la única prenda que llevaba puesta, aparte de la cinta que sostenía el kris.

—Me curaré —murmuró cuando terminó la operación, y pronunció aquellas palabras con tal energía que parecía que él era el árbitro absoluto de su existencia.

Bebió algunos tragos de agua para calmar el ardor provocado por la fiebre, después se arrastró bajo una palmera de Filipinas, cuyas hojas gigantescas —al menos quince pies de largo y cinco o seis de ancho— proyectaban una fresca sombra.

Acababa de llegar y nuevamente le faltaban las fuerzas. Cerró los ojos y, después de haber procurado mantenerse erguido, cayó entre las hierbas y se quedó inmóvil. No recobró la conciencia hasta pasadas muchas horas, cuando ya el sol, después de haber tocado el punto más alto del cielo, bajaba por occidente. Una ardiente sed lo devoraba y la herida inflamada le producía dolores insoportables.

Intentó incorporarse para arrastrarse hasta el riachuelo, pero enseguida volvió a caer. Entonces aquel hombre, que quería ser más fuerte que la fiera de la que llevaba el nombre, con un esfuerzo sobrehumano se puso de rodillas, gritando casi en tono de desafío:

—¡Yo soy el Tigre! ¡A mí, mis fuerzas…!

Agarrándose al tronco del árbol, se puso de pie y, manteniéndose recto por un prodigio de equilibrio y energía, se encaminó hasta el pequeño arroyo, en cuya orilla volvió a caer.

Apagó la sed y volvió a lavar la herida; después se sostuvo la cabeza con las manos y miró fijamente el mar, que venía a romper a pocos pasos murmurando sordamente.

—¡Ah! —exclamó rechinando los dientes—. ¿Quién hubiese dicho que un día los leopardos de Labuán ganarían a los tigres de Mompracem? ¿Quién hubiese dicho que yo, el invencible Tigre de Malasia, acabaría aquí, vencido y herido? ¿Y cuándo vendrá la venganza? ¡La venganza…! ¡Todos mis praos, mis islas, mis hombres y mis tesoros para destruir a los odiados hombres blancos que me disputan este mar! ¿Qué puede importar que hoy me hayan vencido, cuando dentro de un mes o dos volveré aquí con mis barcos y lanzaré sobre estas playas mis formidables bandas sedientas de sangre? ¿Qué importa que hoy el leopardo inglés esté orgulloso de su victoria? ¡Será él entonces el que caerá moribundo bajo mis pies! ¡Tiemblen entonces todos los ingleses de Labuán, porque mostraré a la luz de los incendios mi sangrienta bandera! Me curaré, tendré que vivir un mes, dos, tres en esta selva, y comer ostras y frutas. Cuando haya recuperado mis fuerzas volveré a Mompracem, aunque tenga que construirme una barca o asaltar una canoa disputándola a golpes de kris.

Se quedó varias horas tendido bajo las largas hojas de aquella palmera de Filipinas, mirando sombríamente las olas que venían a morir casi a sus pies entre miles de murmullos. Parecía que estuviera buscando bajo aquellas aguas los cascos destrozados de sus dos veleros hundidos en aquellos parajes, o los cadáveres de sus desgraciados compañeros.

Entretanto, una fiebre fortísima lo asaltaba, mientras sentía como oleadas de sangre que le subían hasta el cerebro. La herida le producía espasmos continuos; sin embargo, ningún lamento salía de los labios de aquel formidable hombre. A las ocho, el sol se precipitó en el horizonte, y después de un breve crepúsculo las tinieblas se posaron sobre el mar y ocuparon la selva.

Aquella oscuridad produjo una inexplicable impresión en el alma de Sandokán. Tuvo miedo de la noche, él, el altivo pirata que nunca había tenido miedo a la muerte y que había afrontado con coraje desesperado los peligros de la guerra y los furores de las olas.

—¡Las tinieblas! —exclamó levantando tierra entre los dedos—. ¡Yo no quiero que caiga la noche! ¡Yo no quiero morir!

Tenía los labios cubiertos de una espuma sanguinolenta y los ojos en blanco. Movió alocadamente los brazos y después cayó como un árbol fulminado por un rayo.

Deliraba; le parecía que la cabeza estaba a punto de explotarle y que diez martillos le golpeaban las sienes. El corazón le saltaba del pecho como si quisiera salírsele, y de la herida le parecía que salían ríos de fuego. Creía ver enemigos en todas partes. Junto a los árboles, bajo las matas, en medio de las raíces que sobresalían del suelo, sus ojos divisaban hombres escondidos, mientras que en el aire le parecía ver volar miles de fantasmas y esqueletos bailando alrededor de las grandes hojas de los árboles. Seres humanos nacían del suelo, gimiendo y gritando. Todos reían desacompasadamente, como si se burlaran de la impotencia del terrible Tigre de Malasia.

Sandokán, presa de un espantoso delirio, se revolvía por el suelo, se levantaba, caía, tendía los puños hacia aquellas extrañas figuras y amenazaba a todos.

Corrió durante mucho tiempo, siempre gritando y amenazando.

Salió de la selva y llegó hasta una pradera, en cuyo extremo se podía ver confusamente una empalizada; después se volvió a parar y cayó de rodillas. Estaba deshecho, jadeante. Se quedó algunos momentos replegado en sí mismo y después volvió a intentar levantarse; a pesar de ello, todas sus fuerzas desaparecieron, una cortina de sangre le cubrió los ojos y cayó al suelo, exhalando un último grito que se perdió entre las tinieblas.

LORD JAMES GUILLONK

Cuando volvió en sí, con gran sorpresa vio que ya no se encontraba en la pequeña pradera que había atravesado durante la noche: estaba en una espaciosa habitación tapizada de papel floreado de Fung, y acostado en un suave lecho. Su primer pensamiento fue que estaba aún soñando y se pasó las manos por los ojos para despertarse, pero rápidamente se dio cuenta de que todo aquello era realidad.

Se levantó y se sentó en el borde de la cama sin dejar de preguntarse:

—¿Dónde estoy? ¿Estoy aún vivo, o muerto?

Pero no vio a nadie que pudiese responderle.

Entonces se puso a observar la habitación: era amplia, elegante, iluminada por dos grandes ventanas a través de cuyos vidrios se veían unos árboles altísimos.

En un rincón vio un piano, sobre el cual había esparcidas unas partituras; en otro había un caballete con un cuadro que representaba una marina; en el centro de la habitación, una mesa de caoba recubierta con un trapo bordado, y al lado de la cama un rico asiento de ébano y marfil tallado a mano, sobre el cual Sandokán vio, con verdadero placer, su fiel kris, y al lado un libro abierto, con una flor marchita entre sus páginas.

A lo lejos se oían unas notas delicadas que parecían los acordes de un laúd o de una guitarra.

—¿Dónde estoy? —preguntó nuevamente—. ¿En casa de amigos o de enemigos? ¿Y quién me ha vendado y curado mis heridas?

Unos segundos después, sus ojos se pararon de nuevo sobre el libro que se encontraba encima del asiento y, empujado por una irresistible curiosidad, alargó la mano y lo cogió. En la cubierta había un nombre estampado en letras de oro.

—¡Marianne! —leyó—. ¿Qué quiere decir? ¿Es un nombre o una palabra que yo no entiendo?

Volvió a leer y, cosa extraña, se sintió agitado por una sensación rara. Algo dulce golpeó el corazón de aquel hombre, aquel corazón de acero, que estaba cerrado a las más tremendas emociones.

Abrió el libro; estaba impreso con un tipo de letra elegante y claro, y a pesar de ello no consiguió comprender aquellas palabras, aunque algunas se parecían a las de la lengua del portugués Yáñez. Sin querer, empujado por una fuerza misteriosa, tomó delicadamente aquella flor que poco antes había visto y se detuvo a mirarla fijamente. La olió varias veces, cuidando de no romperla con aquellos dedos que solo habían estrechado la empuñadura de la cimitarra, sintiendo por segunda vez una extraña sensación, un misterioso temblor; después aquel hombre sanguinario, aquel hombre de guerra se sintió tentado por un vivo deseo de llevársela a los labios…

La volvió a poner con delicadeza entre las páginas, cerró el libro y lo volvió a poner en el asiento. En aquel instante la empuñadura de la puerta giró y un hombre entró con paso lento y con la rigidez típica de los anglosajones.

Era un europeo, a juzgar por el color de la piel, alto, fuerte. Aparentaba alrededor de los cincuenta años, tenía la cara enmarcada por una barba rojiza que empezaba a blanquear, ojos azules, profundos; se adivinaba que era un hombre acostumbrado a mandar.

—Estoy contento de verle más tranquilo; desde hace tres días el delirio no le ha dejado un solo momento de paz.

—¡Tres días! —exclamó Sandokán con estupor—. ¿Tres días que yo estoy aquí…? Entonces, ¡no estoy soñando!

—No, no soñáis. Estáis entre buenas personas que os curarán con afecto y harán lo posible para que os restablezcáis.

—¿Quién sois vos?

—Lord James Guillonk, capitán de fragata de Su Majestad la reina Victoria.

Sandokán se sobresaltó y se le ensombreció la mirada; aunque haciendo un esfuerzo supremo para no traicionar el odio que llevaba contra todo lo que era inglés, dijo:

—Os doy las gracias, milord, por todo aquello que habéis hecho por mí, por un desconocido, que podría ser vuestro mortal enemigo.

—Era mi deber traer a casa a un pobre hombre herido, quizá de muerte —contestó el lord—. ¿Cómo estáis ahora?

—Me encuentro bastante fuerte y no siento dolores.

—Me complace oírlo; ahora, decidme, si no os importa, ¿quién os ha dejado de esta forma? Además de la bala que os extraje del pecho, vuestro cuerpo estaba lleno de heridas producidas por arma blanca.

Sandokán, a pesar de esperar aquella pregunta, no pudo evitar sobresaltarse bruscamente. Aunque no se descubrió ni perdió la tranquilidad.

—Si tuviera que explicarlo, no sabría hacerlo —contestó—. He visto cómo algunos hombres asaltaban de noche mi barco, y exterminaban a mis marinos. No sé quiénes eran, puesto que desde el primer momento caí al mar cubierto de heridas.

—Vos, sin duda, habréis sufrido el asalto de los hombres del Tigre de Malasia —dijo lord James.

—¡De los piratas…! —exclamó Sandokán.

—Sí, de los de Mompracem, que hace tres días se encontraban muy cerca de la isla, pero que fueron después destruidos por uno de nuestros cruceros. Decidme, ¿dónde habéis sido asaltado?

—Cerca de las Romades.

—¿Y habéis llegado a nuestras costas a nado?

—Sí, agarrado a unos maderos. Pero vos, ¿dónde me habéis encontrado?

—Tumbado entre las hierbas y sufriendo un tremendo delirio. ¿Adónde os dirigíais cuando fuisteis asaltado?

—Le llevaba unos regalos al sultán de Varauni, por encargo de mi hermano.

—¿Quién es vuestro hermano?

—El sultán de Shaja.

—Entonces, ¡vos sois un príncipe malayo! —exclamó el lord tendiéndole la mano, que Sandokán, tras una breve duda, apretó casi con asco.

—Sí, milord.

—Me siento honrado de haberos ofrecido mi hospitalidad, y haré todo lo posible para que no os aburráis, cuando os halléis restablecido. Y, si no os molesta, iremos juntos a visitar al sultán de Varauni.

—Si he…

Se detuvo, adelantando la cabeza, como si procurara escuchar algún ruido lejano. Desde el patio de la casa llegaban los acordes del laúd, quizá los mismos sonidos que había oído con anterioridad.

—¡Milord! —exclamó presa de una gran excitación, a la cual buscaba la explicación sin conseguirlo—. ¿Quién toca?

—¿Por qué, mi querido príncipe? —preguntó el inglés sonriendo.

—No lo sé, pero tengo un verdadero deseo de ver a la persona que toca así… Se diría que esta música me llega hasta el corazón… y que me hace experimentar unas sensaciones que para mí son inexplicables.

—Esperad un instante —dijo indicándole que volviera a la cama, y salió.

Sandokán permaneció unos instantes tendido, aunque enseguida volvió a levantarse, como empujado por un resorte.

La inexplicable emoción que había experimentado antes volvía a prender en él con mayor violencia. El corazón le latía de forma tal que parecía querer salírsele del pecho; la sangre le corría furiosamente por las venas y sus miembros experimentaban extraños temblores.

«¿Qué me pasa? —se preguntó—. Puede que sea de nuevo el delirio.»

Acababa de pronunciar estas palabras cuando regresó el lord, pero aún solo. Detrás de él se acercaba una espléndida criatura; en cuanto la vio, Sandokán no pudo reprimir una exclamación de sorpresa y de admiración.

Era una joven de dieciséis o diecisiete años, de talla pequeña, esbelta y elegante, de formas estupendamente modeladas, con la cintura tan estrecha que una sola mano hubiera sido suficiente para rodearla, de piel sonrosada y fresca como una flor recién abierta.

Tenía una cabecita admirable, con los ojos azules como el agua del mar, una frente de incomparable belleza de líneas; un pelo rubio que le caía con un encantador desorden, como una lluvia de oro.

El pirata, al ver a aquella mujer que parecía una verdadera niña a pesar de sus años, se sintió estremecer hasta lo más hondo de su alma. Aquel hombre fiero y sanguinario, que llevaba el terrible nombre de Tigre de Malasia, se sentía por primera vez en su vida atraído por aquella gentil criatura, por aquella hermosa flor nacida en los bosques de Labuán.

—Permitidme presentaros a mi sobrina lady Marianne Guillonk —dijo el lord.

—¡Marianne Guillonk...! ¡Marianne Guillonk...! —volvió a repetir Sandokán.

—¿Qué encontráis de extraño en mi nombre? —preguntó la joven sonriendo—. Se diría que ha producido en vos mucha sorpresa.

Sandokán, al oír aquella voz, se sobresaltó. Nunca había oído un sonido tan dulce, acostumbrado como estaba a escuchar la infernal música del cañón y los gritos de muerte de los contrincantes.

—Nada encuentro de extraño —dijo con voz alterada—. Es que vuestro nombre no es nuevo para mí.

—¡Oh! —exclamó el lord—, ¿y de quién lo habéis oído?

—Lo había leído antes en el libro que podéis ver ahí y me había hecho la ilusión de que quien lo llevara tenía que ser una espléndida criatura.

—Estáis bromeando —dijo la joven lady sonrojándose. Después, cambiando de tono, preguntó—: ¿Es verdad que los piratas os han herido de gravedad?

—Sí, es verdad —contestó Sandokán—. Me han vencido y herido, pero algún día me habré curado completamente; entonces, ¡que tiemblen aquellos que me han humillado!

—¿Y sufrís mucho?

—No, milady, y ahora menos que antes.

—Espero que vuestra curación sea rápida.

—Nuestro príncipe es fuerte —dijo el lord—, y no me asombraría verlo ya de pie dentro de unos diez días.

—Así lo espero —contestó Sandokán.

En un momento, apartando los ojos de la cara de la joven, que de vez en cuando se sonrojaba, se levantó impetuosamente exclamando:

—¡Milady…!

—Dios mío, ¿qué tenéis? —preguntó la muchacha acercándose.

—Decidme, vos tenéis otro nombre, mucho más bello que el de Marianne Guillonk, ¿no es verdad?

—¿Cuál? —preguntaron a un tiempo el lord y la joven.

—¡Sí, sí! —exclamó con más fuerza Sandokán—. ¡No podéis ser más que vos la criatura que todos los aborígenes llaman la Perla de Labuán…!

El lord hizo un ademán de sorpresa, y frunció el ceño.

—Amigo mío —dijo con voz grave—, ¿cómo puede ser que vos sepáis esto, por cuanto me habéis dicho que provenís de la lejana península malaya?

—No es posible que este sobrenombre haya llegado hasta vuestro país —añadió lady Marianne.

—No lo oí en Shaja —contestó Sandokán—, sino en las islas Romades, en cuyas playas desembarqué hace unos días. Es allí donde me hablaron de una joven de incomparable belleza, de sus ojos azules, de sus cabellos perfumados como jazmines de Borneo; de una criatura que cabalgaba como una amazona y que cazaba con valor las fieras; de una joven a la que muchas tardes, al caer el sol, se la veía aparecer por las orillas de Labuán, embrujando con un canto más dulce que el murmullo de los riachuelos a los pescadores de las costas. También yo un día quiero oír aquella voz.

—¿Todas estas virtudes me atribuyen? —contestó riendo.

—¡Sí, y veo que aquellos hombres que me hablaron de vos han dicho la verdad! —exclamó el pirata, apasionado.

La conversación duró aún algún tiempo, ahora sobre la patria de Sandokán, sobre los piratas de Mompracem, sobre Labuán; después, llegada la noche, el lord y la joven se retiraron.

El pirata se quedó algunos minutos inmóvil, con los ojos ardiendo, la cara alterada, la frente perlada de sudor, las manos colocadas entre los cabellos largos y abundantes; después, aquellos labios se movieron y se oyó un nombre:

—¡Marianne! —exclamó, casi con furor, retorciéndose las manos—. Siento que estoy enloqueciendo... que yo... ¡la quiero...!

CURACIÓN Y AMOR

Lady Marianne Guillonk había nacido bajo el cielo de Italia, en las orillas del espléndido golfo de Nápoles, de madre italiana y de padre inglés.

Quedó huérfana a los doce años y, heredera de una importante fortuna, fue recogida por su tío James, su único pariente entonces en Europa.

En aquellos tiempos, James Guillonk era uno de los más atrevidos e intrépidos lobos de mar, propietario de un barco armado, y cooperaba con James Brooke, que se transformó más tarde en rajá de Sarawak y se dedicó al exterminio de los piratas malayos, terribles enemigos del comercio inglés en aquellos lejanos mares.

A pesar de que lord James, hosco como todos los marinos e incapaz de sentir cualquier afecto, no mostrara demasiada ternura por su joven sobrina, antes que dejarla en manos extrañas la embarcó en su propia nave, conduciéndola a Borneo y exponiéndola a los graves peligros de aquellas duras travesías.

Durante tres años la niña fue testigo de aquellas sangrientas batallas, en las cuales morían miles de piratas, y que procuraron al futuro rajá Brooke aquella triste fama que conmovió profundamente e indignó a sus mismos compatriotas.

Pero un día lord James, cansado de matanzas y de peligros, a lo mejor acordándose de que tenía una sobrina, abandonó el mar y se estableció en Labuán, ocultando entre aquellas grandes selvas a lady Marianne, que tenía entonces catorce años y que durante aquella vida peligrosa había adquirido una fiereza y energía únicas, a pesar de parecer una frágil niña. Había procurado oponerse a los deseos de su tío, pero el lobo de mar permanecía inflexible.

Obligada a soportar aquel extraño cautiverio, se había dedicado enteramente a completar su propia educación.

Dotada de una tenaz voluntad, muy lentamente había dominado sus instintos feroces, a los cuales se había acostumbrado en el transcurso de aquellas sangrientas matanzas, y a aquella dureza adquirida en el continuo contacto con la gente de mar. Se había convertido en una apasionada de la música, de las flores, de las bellas artes, gracias a las instrucciones de una antigua amiga de su madre, muerta más tarde a consecuencia del excesivo calor tropical.

Con el progreso de la educación, aunque conservando en el fondo de su alma algo de aquella antigua fiereza, se había transformado en una gentil y bondadosa joven.

Pero no había abandonado la pasión por las armas y los ejercicios violentos, y muy a menudo, como una excepcional amazona, recorría las grandes selvas, persiguiendo incluso a los tigres, y, excepcional nadadora, se lanzaba a las azules olas del mar malayo; a menudo se encontraba allí donde había miseria y desventura, llevando socorro a los indígenas de aquellos parajes, aquellos mismos indígenas a los que lord James odiaba a muerte como descendientes de antiguos piratas.

Y así aquella joven, por su coraje, bondad y belleza, se había merecido el apelativo de Perla de Labuán, sobrenombre llegado de un país tan lejano y que había hecho latir el corazón de aquel formidable Tigre de Malasia. Entre aquellas selvas, alejada de toda criatura civilizada, Marianne no se había dado cuenta de que se estaba haciendo mujer; pero cuando vio a aquel fiero pirata, sin saber los motivos, notó una extraña turbación. ¿Quién era? Lo ignoraba, pero lo veía siempre delante de sus ojos, y de noche se le aparecía en sueños aquel hombre de estampa casi fiera, que tenía el porte de un sultán y que poseía la galantería de un caballero europeo; aquel hombre de ojos brillantes, de largos cabellos negros, con aquella cara en la cual se podía leer claramente un coraje indomable y una excepcional energía.

Después de haberle embrujado con sus ojos, su voz, su belleza, había quedado a su vez embrujada.

En un primer momento había intentado reaccionar contra el latido de su corazón, que para ella era nuevo, como lo era para Sandokán, sin conseguirlo. Experimentaba una fuerza irresistible que la empujaba a volver a ver a aquel hombre, y no encontraba la paz más que a su lado; se sentía feliz solamente cuando se encontraba junto a la cama de él, para aliviarle de los dolores de la fiebre con su charla, con sus sonrisas, con su dulce voz y con su laúd.

En aquellos momentos Sandokán ya no era el Tigre de Malasia, no era el sanguinario pirata. Mudo, anhelante, empapado de sudor, aguantando la respiración, escuchaba como un hombre que sueña, como si hubiera querido grabar en su mente aquella lengua desconocida que lo extasiaba.

De esta forma los días pasaban volando, y su curación, ayudada por la pasión que lo devoraba, proseguía rápidamente.

En la tarde del decimoquinto día, el lord entró de improviso y encontró al pirata de pie, listo para salir.

—¡Oh, mi buen amigo! —exclamó alegremente—, ¡estoy muy contento de veros de pie!

—No me era posible quedarme más tiempo en cama, milord —contestó Sandokán—. De todas formas, me siento tan fuerte como para poder luchar contra un tigre.

—¡Muy bien, entonces os examinaré muy pronto!

—¿De qué forma?

—He invitado a algunos amigos a la cacería de un tigre que viene por aquí a menudo y se pasea bajo los muros de mi recinto. Y, puesto que os veo curado, esta noche iré a advertirles de que mañana por la mañana iremos a cazar a la fiera.

—Participaré en la batida, milord.

—Lo creo, y confío en que os quedéis algún tiempo más como huésped mío.

—Milord, graves asuntos me reclaman y no tengo más alternativa que apresurarme a dejaros.

—¡Dejarme! Ni lo penséis; para los negocios hay siempre tiempo, y os advierto que yo no os dejaré partir antes de que transcurra por lo menos un mes; tenéis que prometerme que os quedaréis.

Sandokán le miró con los ojos llameantes. Para él, quedarse en aquella villa, al lado de aquella joven que lo había fascinado, era la vida, lo era todo. No pedía más.

¿Qué podía importarle a él que los piratas de Mompracem lo estuvieran llorando como muerto, cuando podía volver a ver muchos días más a aquella divina joven? ¿Qué le importaba a él su fiel Yáñez, que a lo mejor lo estaba buscando ansiosamente en las orillas de la isla, jugándose su propia existencia, cuando Marianne empezaba a quererlo? ¿Y qué importaba, en fin, que corriera el peligro de ser descubierto, o apresado, o incluso muerto, cuando podía aún respirar el mismo aire que respiraba Marianne, vivir en medio de las grandes selvas donde ella vivía?

Lo habría olvidado todo por seguir así: Mompracem, sus tigres, sus barcos y hasta su sangrienta venganza.

—Sí, milord, me quedaré hasta que queráis —dijo con ímpetu—. Acepto la hospitalidad que tan cordialmente me ofrecéis, y si llegara el día no olvidéis estas palabras, milord, si nos volviéramos a encontrar como enemigos y no como ahora, con las armas en la mano, sabré entonces acordarme de lo que os debo.

El inglés lo miró estupefacto.

—¿Por qué me habláis así? —preguntó.

—Puede ser que un día lo averigüéis —contestó Sandokán con voz grave.

—No quiero averiguar por ahora vuestros secretos —dijo el lord sonriendo—. Esperaré a aquel día.

Sacó el reloj y lo miró.

—Tengo que partir enseguida, si quiero avisar a mis amigos de la cacería que emprenderemos. Adiós, mi querido príncipe —dijo.

Estaba a punto de salir cuando se detuvo y dijo:

—Si queréis bajar al parque, allí encontraréis a mi sobrina, que confío sabrá entreteneros.

—Gracias, milord.

¡Aquello era lo que Sandokán deseaba; poder encontrarse, aunque fuera por unos instantes, a solas con la joven.

Se acercó rápidamente a una ventana que dominaba el inmenso recinto; allá, a la sombra de unas magnolias de China cargadas de flores de penetrante perfume, sentada sobre el tronco caído de una palmera de Filipinas, se encontraba la joven lady. Estaba sola, pensativa, con el laúd en el regazo.

A Sandokán le pareció una visión celestial. La sangre le subió a la cabeza y el corazón empezó a latirle con una fuerza indescriptible.

Se quedó allí, con los ojos fijos en la joven, aguantando hasta la respiración, como si temiera molestarla. Instantes después se detuvo y emitió un grito sofocado; su cara se alteró espantosamente y adoptó una expresión feroz.

El Tigre de Malasia, hasta entonces embrujado, de improviso despertaba. Volvía a ser el hombre feroz, despiadado, sanguinario, de corazón inaccesible a toda pasión.

—¡Qué estoy haciendo! —exclamó con voz ronca pasándose las manos por la frente ardiendo—. ¿Será verdad que yo quiero a esta joven? ¿Ha sido un sueño o una inexplicable locura? ¿Que yo ya no sea el pirata de Mompracem, por sentirme atraído con una fuerza irresistible hacia aquella hija de una raza a la cual he jurado odio eterno? ¿Yo amar…? ¿Yo, que no he experimentado otro sentimiento que el odio; yo, que llevo el nombre de una fiera sanguinaria…? ¿Puedo yo olvidarme de mi salvaje Mompracem, de mis fieles tigres, de mi Yáñez, que me están esperando ansiosamente? ¿Puede ser que yo olvide que los compatriotas de aquella joven no esperan más que el momento propicio para destruir mi poderío? ¡Fuera esta visión que me ha perseguido tantas noches, fuera estos temblores que son indignos del Tigre de Malasia! ¡Apaguemos este volcán que me quema el corazón y abramos en su lugar un abismo entre aquella encantadora joven y yo…! ¡Vamos, Tigre, deja oír tu rugido, sepulta la gratitud que debes a estas personas que te han curado, vete, huye lejos de estos parajes, vuelve a aquel mar que sin quererlo te empujó hacia estas playas, vuelve a ser el temido pirata de la formidable Mompracem!

A pesar de ello, se quedó allá, como clavado delante de la ventana, sujeto por una fuerza superior a su furor, con los ojos siempre fijos en la joven lady.

—¡Marianne! —exclamó—. ¡Marianne!

Al oír aquel nombre adorado, toda la ira y el odio se desvanecieron como la nieve al sol. ¡El Tigre volvía a ser un hombre enamorado…!

Sus manos se movieron involuntariamente hacia el pestillo, y con un rápido gesto abrió la ventana. Un soplo de aire templado, cargado del perfume de mil flores, entró en la habitación.

Al respirar aquellos perfumes balsámicos, el pirata se sintió embriagado y volvió a sentir en el corazón, más fuerte que nunca, aquella pasión que momentos antes había querido ahogar.

Se apoyó sobre el antepecho y se quedó mirando en silencio, temblando, a la muchacha.

¿Cuánto tiempo se quedó allí? Mucho sin duda, dado que, cuando despertó de su éxtasis, la joven lady no se encontraba ya en el parque; el sol había desaparecido, las tinieblas se habían adueñado de la noche y en el cielo brillaban miles de estrellas.

Miró hacia abajo: solo tres metros le separaban del suelo. Escuchó atentamente y no oyó ningún ruido.

Sobrepasó el antepecho y saltó con ligereza; se dirigió al árbol bajo el cual pocas horas antes había estado sentada Marianne.

Se agachó y recogió una flor, una rosa de los bosques, que la joven lady había dejado caer. La admiró detenidamente, aspiró varias veces su aroma y la escondió en el pecho; entonces caminó rápidamente hacia la cerca del parque murmurando:

—¡Vamos, Sandokán, todo ha terminado…!

Había llegado bajo la empalizada y estaba a punto de emprender el salto, cuando volvió atrás, con las manos en los cabellos, la mirada turbia, emitiendo una especie de lloriqueo.

—¡No…! ¡No…! —exclamó con acento desesperado—. ¡No puedo, no puedo…! ¡Que se hunda Mompracem, que maten a todos mis tigres, que se hunda mi poderío, yo me quedo…!

Se puso a correr por el recinto, como si tuviera miedo de volver a encontrarse bajo la empalizada de la cerca, y no volvió a parar hasta que se encontró bajo las ventanas de su habitación.

Vaciló una vez más; después, de un salto se agarró a la rama de un árbol y pudo así llegar al antepecho.

Cuando se volvió a encontrar en aquella casa que acababa de dejar con la firme determinación de no volver más, un segundo gemido le hizo temblar.

—¡Ah…! —exclamó—. ¡El Tigre de Malasia está a punto de desaparecer…!

LA CACERÍA DEL TIGRE

Cuando, de madrugada, el lord vino a llamar a su puerta, Sandokán aún no había cerrado los ojos.

Acordándose de la cacería, en pocos segundos se levantó de la cama, escondió entre los pliegues de su faja su fiel kris y abrió la puerta diciendo:

—Aquí estoy, milord.

—Muy bien —dijo el inglés—. No creía encontraros ya listo, querido príncipe. ¿Cómo os encontráis?

—Me encuentro tan fuerte que podría derribar un árbol.

—Entonces apresurémonos. En el recinto nos están esperando seis cazadores, impacientes por encontrar el tigre que mis hombres ya han acechado en el bosque.

—Estoy listo para seguiros. ¿Y lady Marianne? ¿Vendrá con nosotros?

—Sin duda; creo que ya nos está esperando.

A Sandokán le costó reprimir un grito de júbilo.

Salieron y pasaron a otra habitación, cuyas paredes estaban tapizadas con variados tipos de armas. Allí Sandokán encontró a la joven lady más bella que nunca, espléndida con su traje azul, que hacía resaltar sus rubios cabellos.

Viéndola, Sandokán se paró como fulminado por un rayo; después, dirigiéndose rápidamente a su encuentro, le dijo, apretándole la mano:

—¿También vos participáis?

—Sí, príncipe; sé que vuestros compatriotas son muy valientes en cacerías parecidas, y quiero veros en acción.

—Yo mataré al tigre con mi kris, y os regalaré su piel.

—¡No...! ¡No...! —exclamó ella espantada—. Os podría ocurrir algún percance.

—Por vos, milady, me dejaría despedazar; pero no temáis, el tigre de Labuán no me matará.

En aquel momento el lord se acercó, ofreciendo a Sandokán una magnífica carabina.

—Tomad, príncipe —dijo—, una bala muchas veces es mejor que el kris más afilado. Y ahora vayámonos; los amigos nos están esperando.

Bajaron al recinto, donde los aguardaban los cinco cazadores; cuatro eran colonos de los alrededores y el quinto un elegante oficial de marina.

Sandokán, al verlo, sin saber por qué, experimentó enseguida hacia aquel joven una violenta antipatía.

El oficial lo miró detenidamente y de manera extraña; después, aprovechando un momento en el cual nadie se fijaba en él, se acercó al lord, que estaba examinando la silla de su caballo, y le dijo:

—Capitán, creo haber visto antes a ese príncipe malayo.

—¿Dónde? —preguntó el lord.

—No me acuerdo muy bien, pero estoy seguro de ello.

—¡Bah! Os estáis engañando, amigo mío.

—Lo veremos más adelante, milord.

—Está bien. ¡Todos a caballo, amigos, ya todo está listo...! Tened cuidado, porque el tigre es muy grande y tiene potentes garras.

—Lo mataré de un solo balazo y ofreceré su piel a lady Marianne —dijo el oficial.

—Espero matarlo antes que vos, señor —dijo Sandokán.

—Lo veremos, amigos —dijo el lord—. ¡Vámonos!

Los cazadores montaron en los caballos que con antelación les habían traído unos criados, mientras lady Marianne salía montando un bellísimo animal con el pelo completamente blanco.

A una señal del lord todos salieron del parque, precedidos de algunos hombres y de media docena de grandes perros.

En cuanto estuvieron fuera, el pequeño grupo se dividió con el objeto de rastrear por la selva que se extendía hasta el mar. Sandokán, que montaba un impetuoso animal, se adentró por un estrecho sendero, adelantándose audazmente para ser el primero en toparse con la fiera; los demás tomaron diferentes direcciones.

—¡Vuela, vuela! —exclamó el pirata espoleando furiosamente al noble animal, que seguía a algunos perros—. Necesito enseñar a ese impertinente oficial de cuánto soy capaz. No, no será él quien ofrezca la piel del tigre a milady, aunque tenga que perder los brazos o dejarme despedazar.

En aquel instante, unas notas de trompeta se oyeron en medio de la selva.

—El tigre ha sido descubierto —murmuró Sandokán—. ¡Vuela, caballo mío, vuela…!

Atravesó como un relámpago una parte de la selva recubierta de durián, de palmeras de Filipinas y de enormes árboles de alcanfor, y vio a seis o siete hombres que huían.

—¿Adónde vais? —preguntó.

—¡El tigre! —exclamaron los hombres.

—¿Dónde?

—¡Cerca del estanque!

El pirata bajó del caballo, lo ató al tronco de un árbol, se puso el kris entre los dientes y empuñando la carabina se dirigió al estanque indicado.

Se podía percibir en el aire un fuerte olor, el peculiar de los felinos, que perdura algún tiempo después de que hayan pasado.

Miró sobre las ramas de los árboles, desde las cuales el tigre podía echársele encima y prosiguió con precaución por la orilla del estanque, cuya superficie estaba ligeramente movida.

—El animal ha pasado por aquí —dijo—, es listo, ha pasado a nado el estanque para hacer perder el rastro a los perros, pero Sandokán es un tigre más astuto.

Volvió sobre sus pasos y montó a caballo. Estaba a punto de reemprender la búsqueda cuando oyó cerca un disparo, seguido de una exclamación cuyo acento le hizo sobresaltarse. Se dirigió rápidamente al lugar donde había oído el disparo y en medio de una pequeña explanada vio a la joven lady sobre su blanco caballo, y la carabina aún humeante en las manos.

En pocos momentos se puso a su lado, emitiendo un grito de alegría.

—¡Vos… aquí… sola…! —exclamó.

—Y vos, príncipe, ¿cómo os encontráis aquí? —preguntó ella sonrojándose.

—Perseguía el rastro del tigre.

—También yo.

—¿Contra qué habéis disparado?

—Contra la fiera, pero ha huido sin ser alcanzada.

—Dios mío, ¿por qué exponer vuestra vida?

—Para evitar que cometieseis la imprudencia de apuñalar a la fiera con vuestro kris.

—Os habéis equivocado, milady. La fiera está aún viva y mi kris está listo para abrirle el corazón.

—No lo haréis, ¿verdad? Tenéis coraje, lo sé, lo leo en vuestra cara, sois fuerte, ágil como un tigre, pero la lucha cuerpo a cuerpo con la fiera podría seros fatal.

—¿Qué puede importar? Yo querría que me causara crueles heridas que necesitaran un año entero para curar.

—¿Y por qué? —preguntó la joven sorprendida.

—Milady —dijo el pirata acercándose a ella—, ¿no sabéis que mi corazón estalla cuando pienso en el día que tendré que dejaros para siempre y no volver a veros? Si el tigre me desgarrara, podría quedarme aún bajo vuestro techo, y podría gozar una vez más de las dulces emociones experimentadas cuando, agotado y herido, estaba tendido en aquel lecho de dolor. ¡Sería feliz, muy feliz, si otras crueles heridas me obligaran a quedarme a vuestro lado, y seguir respirando vuestro mismo aire, y volver a oír vuestra deliciosa voz! Milady, me habéis embrujado, yo siento que lejos de vos no podría vivir, no tendría paz, y sería un infeliz. ¿Qué habéis hecho de mí? ¿Qué habéis hecho de mi corazón, que hasta hoy era inaccesible a toda pasión?

Marianne, oyendo aquella apasionada e improvisada confesión, se quedó muda, estupefacta, pero no retiró la mano que el pirata le había tomado y que apretaba con pasión.

—No os enfadéis, milady —dijo el Tigre con voz que bajaba como una música deliciosa en el corazón de la joven—. No os enfadéis si yo os he confesado mi amor, si os digo que yo, a pesar de ser de una raza de color, os adoro, y que un día también vos me amaréis. Desde el primer momento en que comparecisteis ante mí, yo no volví a experimentar la tranquilidad; os tengo siempre en mi pensamiento, día y noche. ¡Escuchadme, milady, es tan fuerte el amor que me quema en el pecho, que por vos podría luchar contra todos los hombres, contra el destino! ¿Queréis ser mi mujer? ¡Yo haré de vos la reina de estos mares, la reina de Malasia! Y con una sola palabra, trescientos hombres más crueles que los tigres, que no tienen miedo ni al plomo, ni al acero, surgirán y se apoderarán de los estados de Borneo para ofreceros un trono. Podéis pedir todo lo que queráis, y lo tendréis. Poseo tanto oro que puedo comprar diez ciudades, tengo barcos, tengo soldados, tengo cañones y soy poderoso, más de lo que podáis imaginar.

—¡Dios mío!, ¿quién sois vos? —dijo la joven aturdida por aquel revuelo de promesas y fascinada por aquellos ojos que despedían llamas.

Él se acercó aún más a la joven lady y, mirándola fijamente, le dijo en voz baja:

—Hay unas tinieblas alrededor de mí que es mejor no disipar por ahora. Tenéis que saber que detrás de estas tinieblas hay algo terrible, tremendo, y tenéis que saber también que yo llevo un nombre que hace estremecer a todas las poblaciones de estos mares, y también al sultán de Borneo, y hasta a los ingleses de estas islas.

—Y vos, tan poderoso, decís que me queréis —murmuró la joven.

—Tanto, que por vos podría hacer cualquier cosa. Ponedme a prueba; hablad y os obedeceré. Si queréis ser reina, os concederé un trono. ¿Queréis que yo, que os amo con locura, vuelva a aquellas tierras de las cuales he partido? Yo volveré, a pesar de martirizarme el corazón para siempre. ¿Queréis que me mate delante de vos? Yo me mataré. Habladme, mi cabeza se pierde, la sangre me hierve, ¡habladme, milady, habladme…!

—Entonces, amadme —murmuró, sintiéndose ganada por tanto amor.

El pirata lanzó un grito que parecía inhumano. Casi al mismo tiempo se oyeron otros dos disparos de fusil.

—¡El tigre! —exclamó Marianne.

—¡Es mío! —gritó Sandokán.

Clavó las espuelas en los ijares del caballo y partió como un rayo, con los ojos brillantes de coraje, con el kris en la mano, seguido de la joven, que se sentía atraída por aquel hombre que se jugaba tan audazmente su vida para mantener una promesa.

Trescientos pasos más adelante se encontraban los cazadores. Delante de ellos, de pie, avanzaba el oficial de marina con el fusil apuntando hacia la espesura de los árboles.

Sandokán se tiró al suelo gritando:

—¡El tigre es mío!

Parecía un segundo tigre, dando grandes saltos y rugiendo como una fiera.

El oficial de marina, que le precedía a diez pasos, al oír que se acercaba apuntó rápidamente con el fusil e hizo fuego sobre el tigre, que se encontraba a los pies de un grueso árbol, con las pupilas contraídas, las potentes garras dispuestas para el ataque, listo para saltar.

El humo no se había disipado todavía cuando se vio al tigre atravesar el espacio con un ímpetu irresistible y derribar al imprudente y desmañado oficial.

Estaba a punto de lanzarse sobre los cazadores, pero Sandokán estaba allí. Empuñando fuertemente el kris se precipitó contra la bestia y antes que esta, sorprendida por tanta audacia, intentara defenderse, la derribó al suelo, agarrándole la garganta con tanta fuerza que no le permitía rugir.

—¡Mírame! —dijo—. Yo soy el Tigre.

Entonces hundió la hoja de su kris en el corazón de la fiera.

Un grito comparable a un estruendo acompañó aquella proeza. El pirata salió ileso de aquella lucha, lanzó una mirada de desprecio al oficial que se estaba levantando del suelo ante la joven lady, que se había quedado muda por el terror y la angustia, y con un ademán del cual se habría sentido orgulloso un rey le dijo:

—Milady, la piel del tigre es vuestra.

LA TRAICIÓN

La cena ofrecida por lord James a sus invitados fue una de las más espléndidas y alegres que se habían dado hasta la fecha en la villa.

La cocina inglesa, representada por enormes bistecs y colosales pudines, y la cocina malaya, representada por gruesos tucanes, ostras gigantescas llamadas de Singapur, tiernos bambúes y montañas de frutas exquisitas, fueron por todos paladeadas y apreciadas.

No hace falta decir que todo fue abundantemente rociado con una gran cantidad de botellas de vino, ginebra, coñac y whisky, las cuales se utilizaron para varios brindis en honor de Sandokán y de aquella gentil e intrépida Perla de Labuán.

Durante el té, la conversación se hizo muy animada; solo el oficial de marina estaba silencioso y parecía que le importaba únicamente estudiar las facciones de Sandokán, dado que no lo perdía de vista ni un solo instante, ni se perdía una palabra o uno de sus gestos.

En un determinado momento, mirando a Sandokán, que estaba hablando de la piratería, le preguntó bruscamente:

—Perdonadme, príncipe, ¿hace mucho tiempo que habéis llegado a Labuán?

—Me encuentro aquí desde hace veinte días, señor —contestó el Tigre.

—Entonces, ¿por qué razón no he visto vuestro barco en Victoria?

—Porque los piratas capturaron los dos praos que me conducían aquí.

—¡Los piratas...! ¿Vos habéis sufrido el asalto de los piratas? ¿Dónde?

—Cerca de las islas Romades.

—¿Cuándo?

—Pocas horas antes de mi llegada a estas costas.

—Debéis de estar equivocado, príncipe, puesto que nuestro crucero navegaba por aquellos parajes y ningún ruido de cañón nos llegó.

—Puede ser que el viento soplara desde levante —contestó Sandokán, que empezaba a ponerse a la defensiva, no sabiendo adónde quería ir a parar el oficial.

—¿Cómo habéis llegado hasta aquí?

—A nado.

—¿Y no habéis asistido al combate entre dos veleros corsarios, que se dice fueron mandados por el Tigre de Malasia, y un crucero?

—No.

—Es extraño.

—Señor, ¿ponéis en duda mis palabras? —dijo Sandokán.

—Dios me guarde, príncipe —contestó el oficial con ironía.

—¡Oh! ¡Oh! —exclamó el lord para terciar—, baronet William, os ruego que no empecéis ninguna discusión en mi casa.

—Tenéis que perdonarme, milord, no era mi intención —contestó el oficial.

—Entonces no se hable más; tenéis que probar otro vaso de este delicioso whisky; después nos levantaremos de la mesa, pues ya es de noche y la selva de esta isla no es nada segura cuando oscurece.

Los convidados hicieron otra ronda en honor de las botellas del generoso lord; después todos se levantaron y bajaron al recinto, acompañados de Sandokán y de la joven lady.

—Señores —dijo lord James—, espero que vuelvan muy pronto.

—Tened la seguridad de que no faltaremos —contestaron a coro los cazadores.

—Y confiamos en que no falte la ocasión de que tengáis mayor fortuna, baronet William —dijo mirando al oficial.

—Dispararé mejor —contestó, dejando caer sobre Sandokán una turbia mirada—. Permitidme una palabra, milord.

—Dos, amigo mío.

El oficial murmuró algunas palabras a su oído.

—Está bien —contestó el lord—. Y ahora, buenas noches, amigos, y que Dios os acompañe.

Los cazadores montaron en sus caballos y salieron del recinto al galope.

Sandokán, después de haber saludado al lord, que parecía estar de muy mal humor, y de besar apasionadamente la mano de la joven milady, se retiró a su habitación.

En lugar de acostarse se puso a pasear, presa de una gran agitación. Algo inquietante se reflejaba en su cara, y sus manos presionaban la empuñadura del kris.

Pensaba en aquella especie de interrogatorio que aquel oficial le había hecho, y en que podía esconder alguna trampa. ¿Quién era aquel oficial? ¿Qué motivo tenía para preguntarle de aquella forma? ¿Lo había visto en el puente del crucero en aquella terrible noche? ¿Lo habían descubierto, o el oficial tenía una simple sospecha?

—¡Bah! —dijo al fin encogiéndose de hombros—, si se trata de alguna traición, sabré hacerle frente. Y ahora, a descansar; mañana veremos lo que se puede hacer.

Se instaló en la cama sin desnudarse, puso a su lado el kris y se durmió tranquilamente, con el dulce nombre de Marianne en los labios.

Se despertó alrededor del mediodía, cuando ya el sol entraba por las ventanas que habían quedado entreabiertas. Llamó a un sirviente y le preguntó dónde estaba el lord, y este le contestó que se había marchado a caballo antes de que saliera el sol en dirección a Victoria.

Aquella noticia inesperada le asombró.

—¡Se ha ido! —murmuró—. ¿Se ha ido sin haberme dicho nada ayer por la noche? ¿Por qué razón? ¿Y si esta noche volviera, en lugar de amigo, como un despiadado enemigo? ¿Qué le haré yo a este hombre que me ha cuidado como un padre y que es tío de la mujer que yo adoro? Necesito ver a Marianne, por si sabe algo.

Bajó al recinto con la esperanza de encontrarla, pero no vio a nadie. Sin querer se dirigió al árbol abatido en que ella acostumbraba a sentarse, y se paró emitiendo un profundo suspiro.

—¡Ah, qué bella estabas aquella noche, Marianne! —murmuró pasándose las manos sobre la frente ardiente.

Dobló la cabeza sobre el pecho sumergiéndose en profundos pensamientos, pero al instante la volvió a levantar, con los dientes apretados y los ojos despidiendo llamas.

—¡Y si ella no quisiera al pirata! —exclamó con voz silbante—. ¡Oh, no es posible, no es posible! ¡Tendría que ganar al sultán de Borneo para ofrecerle un trono, o incendiar toda Labuán, pero ella será mía, mía…!

El pirata emprendió un paseo por el parque, con la cara transfigurada, poseído por una agitación violentísima que lo hacía temblar de la cabeza a los pies. Una voz bien conocida, que sabía encontrar el camino del corazón, también a través de las tinieblas, lo hizo salir de esta obsesión.

Lady Marianne había aparecido en un recodo del sendero, escoltada por dos indígenas armados hasta los dientes, y le había llamado.

—¡Milady! —exclamó Sandokán corriendo a su encuentro.

—Mi valiente amigo, os buscaba —dijo ella sonrojándose. Después acercó un dedo a sus labios, como para indicarle que mantuviera silencio, y cogiéndole de una mano lo llevó hasta un pequeño pabellón chino, casi sepultado en un bosquecillo de naranjos.

Los dos indígenas se pararon a muy corta distancia, con las carabinas listas.

—Escúchame —dijo la joven, que parecía asustada—, ayer por la noche te oí... dejaste escapar de tus labios unas palabras que han puesto en guardia a mi tío... Tengo una sospecha, que tú tendrás que quitarme del corazón. Dime, mi valiente amigo, si la mujer a quien has jurado amor te pidiese una confesión, ¿la harías?

El pirata, que mientras la dama hablaba se le había acercado, al oír aquellas palabras se volvió bruscamente atrás. Sus facciones se descompusieron y pareció que vacilara bajo el efecto de un brusco golpe.

—Milady —dijo tras unos momentos de silencio y asiendo las manos de la joven—, milady, para ti todo me sería posible, todo lo haría. ¡Habla! Si yo tengo que hacer una revelación, por muy penosa que pueda ser para los dos, os juro que la haré.

Marianne levantó los ojos y se cruzaron sus miradas, la de ella suplicante, la del pirata refulgente; y se miraron largo rato.

Aquellos dos seres estaban prendidos por una ansiedad dolorosa para ambos.

—No me engañes, príncipe —dijo Marianne con voz temblorosa—. No importa quién seas, el amor que has despertado en mi corazón no se apagará nunca. Rey o bandido, yo te amaré de la misma forma.

Un profundo suspiro salió de los labios del pirata.

—¿Es mi nombre, entonces, mi verdadero nombre el que quieres saber? —exclamó.

—¡Sí, tu nombre, tu nombre!

Sandokán se pasó varias veces la mano por la frente empapada de sudor, mientras las venas del cuello se le hinchaban, como si estuviera haciendo un gran esfuerzo.

—Escúchame, Marianne —dijo con acento salvaje—. Hay un hombre que manda sobre este mar que baña las costas de las islas malayas, un hombre que es el terror de los navegantes, que hace temblar a las poblaciones, y cuyo nombre suena como las campanas que doblan a muerto. ¿Has oído hablar de Sandokán, llamado el Tigre de Malasia? Mírame a la cara. ¡El Tigre soy yo…!

La joven emitió sin quererlo un grito de horror y se cubrió la cara con las manos.

—¡Marianne! —exclamó el pirata cayendo a sus pies con los brazos hacia ella—. ¡No me rechaces, no te asustes así! Fue la fatalidad la que me hizo volver pirata, como fue la fatalidad la que me impuso este sanguinario nombre. Los hombres de tu raza fueron inexorables conmigo, a pesar de que yo no les había hecho ningún mal; fueron ellos quienes, desde los peldaños de un trono, me lanzaron al fango, me quitaron un reino, asesinaron a mi madre, hermanos y hermanas, y me empujaron hacia estos mares. No soy pirata por avidez, soy un justiciero, el vengador de mi familia, de mi pueblo y nada más. Ahora, si les crees, puedes rechazarme, y yo me alejaré para siempre de estos parajes de forma que tú no puedas sentir miedo.

—No, Sandokán, no te rechazo, porque te quiero demasiado, porque tú eres valiente, poderoso, tremendo, como los huracanes que azotan estos océanos.

—Entonces, ¿todavía me quieres? Dilo con tus labios, repítelo.

—Sí, te quiero, Sandokán, y ahora más que nunca.

El pirata la atrajo hacia sí y la estrechó apasionadamente contra su pecho.

Una alegría sin límites iluminaba su cara.

—¡Mía! ¡Tú eres mía! —exclamó fuera de sí—. Habla ahora, mi adorada, dime qué quieres que yo haga por ti, porque todo me es posible. Si quieres iré a derrotar a un sultán para ofrecerte su reino. Si quieres ser inmensamente rica, iré a saquear los templos de la India y de Birmania para cubrirte de diamantes y oro; si quieres me haré inglés; si quieres que me olvide para siempre de mi venganza y que desaparezca el pirata para siempre, iré a incendiar mis praos para que no puedan saquear más, iré a dispersar a mis tigres y destrozaré mis cañones. Habla, dime lo que quieres.

La joven se inclinó hacia él sonriendo:

—No, mi valiente —dijo—, no quiero nada más que la felicidad a tu lado. Llévame lejos, a una isla cualquiera, donde nos podamos casar sin peligros y sin angustias.

—Sí, si lo quieres, te llevaré a una isla lejana cubierta de flores y de selvas, donde tú no oirás hablar más de tu Labuán ni de mi Mompracem, en una isla encantada en el gran océano, donde podamos vivir felices; el terrible pirata ha dejado atrás ríos de sangre y la gentil Perla su Labuán. ¿Tú vendrás, Marianne?

—Sí, Sandokán, yo iré. Escúchame ahora, un peligro te acecha. Puede ser que una traición contra ti se esté urdiendo en estos momentos.

—¡Lo sé! —exclamó Sandokán—. Presiento esta traición, pero no la temo.

—Es necesario que me obedezcas, Sandokán.

—¿Qué tengo que hacer?

—Partir al momento.

—¡Partir! ¡Partir! Yo no tengo miedo.

—Sandokán, huye mientras haya tiempo. Tengo un triste presentimiento, siento miedo por ti; mi tío no se ha marchado por capricho; tiene que haber sido llamado por el baronet William Rosenthal, el cual a lo mejor te ha descubierto. ¡Sandokán, vuelve a tu isla y ponte a salvo, antes de que la tempestad descargue su furia sobre tu cabeza!

En lugar de obedecer, Sandokán agarró a la joven y la estrechó entre sus brazos. Su cara, que pocos momentos antes estaba conmovida, había cambiado ahora de expresión: sus ojos llameaban, las sienes le temblaban furiosamente y sus labios se entreabrían mostrando los dientes. Un instante después se lanzó como una fiera a través del recinto.

No paró hasta que llegó a la playa, donde paseó largamente sin saber adónde ir ni qué hacer. Cuando se decidió a volver, la noche ya había caído y la luna se divisaba en el cielo.

En cuanto volvió a la villa preguntó si el lord había llegado y le contestaron que todavía no.

Subió al salón y encontró a Marianne arrodillada delante de una imagen, con la cara inundada de lágrimas.

—Mi adorada Marianne —exclamó levantándola—, ¿lloras por mí? ¿A lo mejor porque soy el Tigre de Malasia, el hombre maldecido por tus compatriotas?

—No, Sandokán, pero tengo miedo; va a ocurrir una desgracia; huye, huye de aquí.

—No tengo miedo. El Tigre de Malasia nunca ha temblado y…

Se calló de repente, estremeciéndose a su pesar. Un caballo había entrado en el recinto y se había parado delante de la villa.

—¡Mi tío! ¡Huye, Sandokán! —exclamó la joven.

En aquel mismo momento entraba en el salón lord James. No era el mismo hombre de los días anteriores. Tenía un aspecto grave, la cara oscurecida y llevaba los galones de capitán de marina.

Con un ademán imperioso rechazó la mano que el pirata le tendía, diciendo con frío acento:

—Si yo hubiese sido un hombre de vuestra calaña, en lugar de pedir hospitalidad a un enemigo, me habría dejado matar por los tigres de la selva. ¡Retirad esta mano, que pertenece a un pirata y a un asesino!

—¡Señor! —exclamó Sandokán, que había comprendido que había sido descubierto y se preparaba a vender cara su vida—. ¡No soy un asesino, soy un justiciero!

—¡No, ni una palabra más en mi casa, salid!

—Está bien —contestó Sandokán. Miró largo rato a la joven, que había caído sobre la alfombra casi desmayada; hizo ademán de acercarse, pero se contuvo; y con pasos lentos, con la mano derecha sobre la empuñadura de su kris, la cabeza alta, la mirada altiva, salió de la habitación y bajó la escalera, ahogando con un esfuerzo prodigioso los latidos de su corazón y la profunda emoción que le invadía. Pero cuando llegó al recinto se detuvo y desenvainó su kris, cuya hoja brilló a los rayos de la luna.

A trescientos pasos se divisaba una línea de soldados con las carabinas en ristre, listos para hacer fuego sobre él.

LA CACERÍA DEL PIRATA

En otros tiempos Sandokán, a pesar de encontrarse casi sin armas y enfrentándose a un enemigo cincuenta veces más numeroso, no habría dudado ni un solo instante en lanzarse contra las puntas de las bayonetas para abrirse paso a cualquier precio; pero ahora que amaba, ahora que sabía que alguien le amaba, ahora que aquella criatura a lo mejor le estaba mirando, no quería cometer una locura que le pudiera costar la vida, y a ella muchas lágrimas.

Pero se encontraba en la necesidad de hallar una salida para llegar a la selva y desde allí al mar, su única salvación.

Volvió a subir las escaleras, sin ser visto por los soldados, y volvió a entrar en el salón, con su kris en la mano. El lord se encontraba aún allí con el ceño fruncido, con los brazos cruzados sobre el pecho; la joven milady había desaparecido.

Cuando vio al pirata, el lord descolgó de un clavo un cuerno y lanzó una nota aguda.

—¡Ah, traidor! —gritó Sandokán, que sentía hervir la sangre en las venas.

—Es hora, desgraciado, de que caigas en nuestras manos —dijo el lord—. Dentro de unos momentos los soldados se encontrarán aquí, y veinticuatro horas después serás ahorcado.

Sandokán emitió un sordo rugido. Con un salto de fiera, agarró una pesada silla y la lanzó sobre la mesa que se encontraba en el centro de la habitación. Emanaba furor; sus facciones eran feroces, sus ojos parecían llameantes y una sonrisa felina se dibujaba en sus labios.

En aquel preciso momento se oyó, fuera de la habitación, resonar una trompeta; después, en el pasillo, una voz, la de Marianne, gritar desesperadamente:

—¡Huye, Sandokán!

—¡Sangre! ¡Veo sangre! —gritó el pirata.

Levantó la silla y la tiró con gran fuerza contra el lord, el cual, golpeado de lleno en el pecho, cayó pesadamente al suelo.

Más rápido que el rayo, Sandokán, con una destreza extraordinaria, le dio la vuelta y le ató férreamente los brazos y las piernas utilizando su cinturón.

Se apoderó del sable y salió disparado por el pasillo.

La joven lady se precipitó en sus brazos; después, acompañándolo a su habitación, le dijo llorando:

—Sandokán, he visto a unos soldados. ¡Ah, estás perdido!

—Aún no —contestó el pirata—. Escaparé de los soldados, ya lo verás.

La tomó en sus brazos y la llevó hasta la ventana, contemplándola durante unos instantes a la luz de la luna.

—Marianne —dijo—, júrame que serás mi mujer.

—Te lo juro por la memoria de mi madre.

—¿Y me esperarás?

—Sí, te lo prometo.

—Está bien; huiré, pero dentro de una semana volveré a buscarte con mis valientes tigres. ¡Y ahora, contra los ingleses! —exclamó—. Yo lucho por la Perla de Labuán.

Se deslizó rápidamente por la ventana y saltó al recinto, ocultándose completamente gracias a un macizo de flores.

Los soldados, unos sesenta o setenta, habían rodeado ya completamente el recinto y estaban avanzando hacia la orilla, con los fusiles listos para disparar.

Sandokán, que se mantenía escondido como un tigre, con el sable en la mano derecha y el kris en la izquierda, ni respiraba ni se movía; se había replegado sobre sí mismo, listo para lanzarse sobre el cerco de los soldados y romperlo con ímpetu irresistible.

El único movimiento que hacía era para levantar la cabeza hacia la ventana, donde sabía que se encontraba Marianne, la cual sin duda alguna esperaba con anhelo el desenlace de esta lucha.

Los soldados, que se encontraban a muy pocos pasos del lugar donde se ocultaba, se pararon repentinamente.

—Despacio, amigos —dijo un cabo—, esperemos la señal antes de seguir.

En aquel mismo momento se oyó el cuerno del lord tocar en la villa.

—Adelante —mandó el cabo—. El pirata se encuentra en los alrededores de la villa.

Los soldados se adelantaron muy despacio, registrando detenidamente todos los rincones.

Sandokán midió de un vistazo la distancia, se puso en cuclillas y después, de un salto, se abalanzó sobre sus enemigos.

Mató al cabo y desapareció en medio de los cercanos arbustos. Todo se desarrolló en breves instantes.

Los soldados, sorprendidos por tanta audacia, asustados por la muerte del cabo, no se decidieron enseguida a hacer fuego. Aquella breve vacilación bastó a Sandokán para llegar hasta la cerca, traspasarla de un salto y desaparecer al otro lado.

Gritos de furor se pudieron oír enseguida, acompañados por descargas de fusiles. Todos, oficiales y soldados, se lanzaron fuera del recinto, dispersándose en todas direcciones y descargando sus fusiles con la esperanza de alcanzarlo; pero era demasiado tarde.

Sandokán, que había huido milagrosamente de aquel cerco de muerte, corría veloz, adentrándose en los arbustos que rodeaban la finca del lord.

Al fin libre en aquella espesura, donde podía utilizar mil astucias y esconderse en mil lugares, e incluso hacerles frente, ya no temía a los ingleses.

Según se alejaba, los gritos y los disparos de fusil se iban debilitando, hasta que se perdieron por completo.

Se paró un momento a los pies de un gigantesco árbol para descansar un rato y escoger el camino que tenía que seguir entre los miles y miles de plantas.

La noche era clara, y la luna brillaba en un cielo sin nubes.

«Veamos —pensó el pirata, orientándose con las estrellas—. A mis espaldas tengo a los ingleses; delante, hacia el oeste, está el mar. Si tomo enseguida esta dirección podré encontrarme con una patrulla, porque ellos pensarán que intentaré llegar a la costa más cercana. Es mejor seguir en línea recta, doblar después hacia el sur y llegar al mar a una notable distancia de este punto. Pongámonos en camino y alerta.»

Hizo acopio de todas sus energías y fuerzas, volvió la espalda hacia la costa, que no tenía que estar muy lejos, y volvió a la espesura de la selva.

Siguió así durante tres horas, parándose cuando un pájaro espantado por su presencia se levantaba emitiendo un grito o cuando un animal salvaje huía chillando, y se detuvo ante un arroyo.

Entró en él y caminó durante unos cincuenta metros contracorriente, hasta llegar ante una gruesa rama a la cual se agarró para encaramarse a un gran árbol.

—Bien, creo que esto bastará para que hasta los perros pierdan mi rastro —dijo—. Y ahora puedo descansar sin temor a ser descubierto.

Se encontraba allí hacía media hora cuando un ruido, que habría sido inaudible para un oído menos agudo que el suyo, le llamó la atención.

Movió lentamente las ramas, conteniendo la respiración, y escudriñó a su alrededor.

Dos hombres, encogidos, avanzaban observando atentamente. Sandokán reconoció enseguida a dos soldados.

«¡El enemigo! —pensó—. ¿Me he perdido o me han seguido de cerca?»

Los dos soldados, que parecían buscar las huellas del pirata, después de haber recorrido unos metros se pararon casi debajo del árbol que servía de escondrijo a Sandokán.

—¿Sabes, John —dijo uno de ellos con voz temblorosa—, que tengo miedo en esta oscura selva?

—También yo, James —contestó el otro—. El hombre que estamos buscando es peor que un tigre, capaz de llovernos del cielo y matarnos a los dos. ¿Has visto cómo ha matado en el recinto a nuestro compañero?

—No lo olvidaré en mi vida. No parecía un hombre, parecía un gigante dispuesto a destrozarnos. ¿Crees que podremos apresarlo?

—Tengo mis dudas, a pesar de que el baronet William Rosenthal haya prometido cincuenta libras esterlinas por su cabeza. Mientras todos nosotros lo estamos buscando hacia el oeste, para impedir que se embarque en algún prao, puede ser que esté corriendo hacia el norte o el sur.

—Pero mañana zarpará algún navío para impedirle la huida.

—Tienes razón, amigo. ¿Qué hacemos?

—Vámonos primero a la costa; después ya veremos.

—¿Esperamos antes al sargento Willis, que nos sigue?

—Lo esperaremos en la costa.

Los dos soldados miraron por última vez a su alrededor y se encaminaron hacia el oeste desapareciendo entre las sombras de la noche.

Sandokán, que no había perdido una palabra, esperó media hora; después se deslizó suavemente a tierra.

—Está bien —dijo—. Me están persiguiendo todos hacia occidente; yo me dirigiré siempre hacia el sur, donde sé que no encontraré a ningún enemigo. Pero he de tener cuidado. El sargento Willis me pisa los talones.

Reemprendió su silenciosa marcha dirigiéndose hacia el sur, volvió a pasar el arroyo y se abrió paso a través de la espesura de la selva.

Estaba a punto de rodear un grueso árbol de alcanfor que le impedía el paso cuando una voz amenazadora gritó:

—¡Si dais un paso más o hacéis un solo gesto, os mataré como a un perro!

GIRO-BATOL

El pirata, sin asustarse por aquella brusca intimación que podía costarle la vida, se volvió lentamente apretando el sable, listo para utilizarlo.

A seis pasos, un hombre, un soldado, sin ninguna duda el sargento Willis del que hablaban antes aquellos dos soldados, se había levantado de detrás de un matorral y lo tenía en su línea de disparo, sin titubear y amenazando de verdad.

Lo miró tranquilamente y se puso a reír.

—¿Por qué reís? —preguntó el sargento desconcertado y asombrado—. Me parece que no es el momento.

—Río porque me parece extraño que tu osadía llegue a amenazarme de muerte —contestó Sandokán—. ¿Sabes quién soy yo?

—El jefe de los piratas de Mompracem.

—Vamos, Willis, ven a buscarme —contestó Sandokán.

—¡Willis! —exclamó el soldado, presa de un supersticioso terror—. ¿Cómo sabéis mi nombre?

—Nada puede ignorar un hombre huido del infierno —dijo el Tigre sonriendo malignamente.

—Me dais miedo.

—¡Miedo! —exclamó Sandokán—. Willis, ¿sabes que veo sangre...?

El soldado, que había bajado el fusil, sorprendido, espantado, no sabiendo si tenía delante a un hombre o a un diablo, dio unos pasos atrás tratando de ponerlo en su línea de fuego, pero Sandokán, que no le perdía de vista, se abalanzó sobre él y lo derribó al suelo.

—¡Gracia! ¡Gracia! —tartamudeó el pobre sargento cuando vio delante de él la punta del sable.

—Te regalo la vida —dijo Sandokán.

El sargento se levantó mirando a Sandokán con terror en los ojos.

—Hablad —dijo.

—Te he dicho que te regalo la vida, pero tienes que contestar a todas las preguntas que yo te haré. ¿Dónde creen que he huido?

—Hacia las costas occidentales.

—¿Cuántos hombres vienen detrás?

—No puedo decirlo, sería una traición —contestó el sargento.

—Tienes razón; no te lo reprocho.

El sargento lo miró con asombro.

—Quítate el uniforme —mandó Sandokán.

—¿Qué queréis hacerme?

—Me servirá para huir, nada más. ¿Hay soldados indios entre los que me persiguen?

—Sí, unos cipayos.

—Está bien. Desnúdate y no opongas resistencia, si quieres que quedemos como amigos.

El soldado obedeció. Sandokán, como pudo, se puso el uniforme, se ató la daga y la cartuchera, se puso en la cabeza el sombrero y se colgó la carabina en bandolera.

—Ahora déjate atar —dijo después.

Agarró los robustos brazos del soldado, que no se atrevía a oponer resistencia, lo ató a un árbol con una cuerda y después se alejó con rápidos pasos sin mirar atrás.

«Necesito llegar esta noche a la costa y embarcar, mañana puede ser demasiado tarde —se dijo—. A lo mejor con esta vestimenta me será más fácil huir de mis perseguidores y embarcarme en algún navío que lleve rumbo a las Romades. Y desde allí llegaré hasta

Mompracem. Y entonces… ¡Ah!, Marianne, me volverás a ver muy pronto, ¡pero como un terrible vencedor!»

Al pronunciar aquel nombre, casi involuntariamente evocado, la frente del pirata se ensombreció y sus facciones se contrajeron. Se llevó las manos al corazón y suspiró.

Reemprendió el camino con paso rápido, oprimiéndose fuertemente el pecho, como queriendo ahogar los latidos apresurados de su corazón. Caminó toda la noche, atravesando grupos de árboles gigantescos, pequeñas selvas, praderas ricas en arroyos, intentando orientarse gracias a las estrellas.

Al salir el sol se paró cerca de unos durianes colosales para recuperar fuerzas y también para asegurarse de que el camino estuviera libre.

Iba a esconderse en medio de unos arbustos cuando oyó una voz que le gritaba:

—¡Eh, camarada! ¿Qué estáis buscando ahí? Tened cuidado, no se esconda un pirata más terrible que los tigres de vuestro país.

Sandokán, nada sorprendido, seguro de no tener nada que temer con el traje que llevaba, se dio la vuelta tranquilamente y vio, tumbado a pocos metros, bajo la sombra de una palmera de Filipinas, a dos soldados. Mirándolos atentamente, creyó reconocer a aquellos dos que habían precedido al sargento Willis.

—¿Qué estáis haciendo aquí? —dijo Sandokán con un acento gutural que estropeaba el inglés.

—Estamos descansando —contestó uno de ellos—. Hemos estado de cacería toda la noche y no podemos más.

—¿Estáis buscando también vosotros al pirata…?

—Sí, y os puedo también decir, sargento, que hemos descubierto su rastro.

—¡Oh! —dijo Sandokán aparentando asombro—. ¿Y dónde lo habéis encontrado?

—En el bosque que acabamos de atravesar.

—¿Y lo habéis perdido después?

—Nos ha sido imposible volver a encontrarlo.

—¿Adónde se dirigía?

—Hacia el mar.

—Estamos totalmente de acuerdo.

—¿Qué queréis decir, sargento? —preguntaron los dos soldados poniéndose de pie.

—Que Willis y yo…

—¡Willis…! ¿Lo habéis encontrado?

—Sí, y lo he dejado hace dos horas.

—Continuad, sargento.

—Quería deciros que Willis y yo lo hemos encontrado en las cercanías de la colina Roja. El pirata trata de llegar a la costa septentrional de la isla, no nos podemos engañar.

—Entonces, ¡nosotros hemos seguido un falso rastro!

—No, amigos —dijo Sandokán—, es que el pirata nos ha engañado hábilmente.

—¿Y de qué forma? —dijo el mayor de los dos soldados.

—Subiendo hacia el norte siguiendo el lecho del arroyo. Es listo, ha dejado sus huellas en la selva, como si hubiera ido hacia el este, y después ha vuelto sobre sus pasos.

—¿Qué tenemos que hacer ahora?

—¿Dónde se encuentran vuestros compañeros?

—Están buscando en la selva, a dos millas de aquí, avanzando hacia el este.

—Volved inmediatamente atrás y dad la orden de dirigirse sin pérdida de tiempo hacia las playas septentrionales de la isla. Moveos; el lord ha prometido cien libras esterlinas a quien descubra al pirata.

No hacía falta más para aquellos dos hombres. Recogieron apresuradamente los fusiles, se pusieron en los bolsillos las pipas que estaban fumando y, después de haber saludado a Sandokán, se alejaron rápidamente y desaparecieron entre los árboles.

El Tigre los siguió con la vista hasta donde pudo; después volvió a adentrarse en la selva murmurando:

—Mientras me dejan el camino libre, puedo dormir unas cuantas horas. Más tarde estudiaré la situación.

Bebió unos tragos de whisky de la cantimplora de Willis, comió unos cuantos plátanos que había recogido en la selva, apoyó la cabeza sobre un cojín de hierbas y se durmió profundamente, sin preocuparse más de sus enemigos.

¿Cuánto tiempo durmió? Con seguridad no más de tres o cuatro horas, dado que cuando abrió los ojos el sol estaba aún alto en el cielo. Iba a levantarse para reemprender la marcha cuando oyó un disparo de fusil a poca distancia, seguido por el galope precipitado de un caballo.

—¿Me habrán descubierto? —murmuró Sandokán dejándose caer entre unos matorrales.

Armó rápidamente la carabina, movió con precaución las hojas y miró.

Un instante después, un indígena o un malayo, a juzgar por el color de su piel, atravesó a la carrera la pradera tratando de alcanzar unos árboles de plátanos.

Era un hombre bajo, de fuerte musculatura, con la falda destrozada y un sombrero de paja, pero en la mano derecha empuñaba un grueso bastón y en la izquierda un kris con su hoja resplandeciente.

Su carrera fue tan rápida que a Sandokán le faltó tiempo para poder observarlo mejor. Pero lo vio esconderse entre los árboles y desaparecer entre sus gigantescas hojas.

«¿Quién puede ser? —se preguntó Sandokán estupefacto—. Un malayo sin duda.»

De pronto una sospecha le asaltó.

«¿Podría ser uno de mis hombres? —se preguntó—. ¿Que Yáñez haya desembarcado para venir a buscarme? Él no desconoce que me encuentro en Labuán.»

Estaba saliendo de entre los arbustos para observar al hombre que había huido cuando en la orilla del bosque apareció un jinete.

Era un soldado del regimiento de Bengala.

Parecía enfadado, dado que blasfemaba y maldecía a su caballo, atormentándolo violentamente con la espuela.

Había llegado a cincuenta pasos de los árboles de plátanos, bajó ágilmente a tierra, ató su caballo a la raíz de un árbol, armó su fusil y se puso a la escucha, mirando atentamente entre los cercanos árboles.

—¡Por todos los truenos del universo! —exclamó—. No habrá desaparecido bajo la tierra… En algún lugar tendrá que haberse escondido y no podrá huir por segunda vez de mi fusil. Sé que estoy luchando contra el Tigre de Malasia, pero John Gibbs no tiene miedo. Si aquel maldito caballo no se hubiera encabritado, a esta hora aquel pirata ya no viviría.

El jinete, mientras hablaba consigo mismo, había desenfundado su sable y se había adentrado entre unos matorrales, moviendo con prudencia sus ramas.

Aquellos dos pequeños arbustos estaban muy cerca de los bananos, pero no era muy probable que aquel soldado consiguiese encontrar al fugitivo. Este se había alejado arrastrándose a través de los arbustos y de las raíces, y había encontrado un escondrijo donde podía considerarse seguro de toda búsqueda.

Sandokán, que no había dejado los matorrales donde se encontraba, había intentado sin conseguirlo ver dónde se escondía el malayo.

«Trataré de salvarlo —pensó—. Puede ser uno de mis hombres o algún explorador enviado por Yáñez. Necesito enviar a aquel jinete a otro lugar o acabará por encontrarlo.»

Iba a moverse cuando a pocos pasos vio temblar las lianas.

Movió rápidamente la cabeza hacia aquel lado y vio aparecer al malayo. El pobre hombre, temiendo ser descubierto, estaba trepando sobre aquellas cuerdas vegetales para ganar la cima de un mango, entre cuyas hojas podría encontrar un óptimo escondrijo. Esperó a que ganara las primeras ramas y se diera la vuelta. En cuanto pudo divisar su cara, con mucha dificultad pudo aguantar un grito de alegría y satisfacción.

«¡Giro-Batol! —se dijo—. ¡Ah, mi buen malayo! ¿Cómo se encuentra aún aquí, y vivo…? Estaba seguro de haberlo dejado sobre el prao que estaba hundiéndose, muerto o moribundo. ¡Qué suerte! ¡Vamos a salvarlo!»

Armó su carabina, dio la vuelta al matorral y apareció bruscamente en el margen del bosque gritando:

—¡Eh, amigo! ¿Qué estáis buscando tan encarnizadamente? ¿Habéis herido a algún animal?

El jinete, al oír aquella voz, salió ágilmente de entre los arbustos, manteniendo el fusil ante él y emitiendo un grito de estupor:

—¡Oh! Un sargento —exclamó.

—¿Os sorprende, amigo?

—¿De dónde habéis salido?

—De la selva. He oído un disparo de fusil y me he apresurado a venir aquí para ver qué había pasado. ¿Habéis disparado contra algún babirusa?

—Sí, contra un babirusa más peligroso que un tigre —dijo el jinete disimulando muy mal su enfado.

—¿Qué animal era, entonces?

—¿No estabais buscando vos también a alguien? —preguntó el soldado.

—Precisamente.

—¿Habéis visto al terrible pirata?

—No, pero he descubierto su rastro.

—Y yo, sargento, he encontrado al pirata en persona.

—¡Es imposible…!

—He disparado contra él.

—¿Y habéis fallado?

—Como un cazador novato.

—¿Y dónde se ha escondido?

—Me temo que aquel hombre ya esté lejos. Es más ágil que un mono y más feroz que un tigre.

—¿Y ahora qué pensáis hacer?

—No lo sé. Creo que buscando entre estos matorrales perderé el tiempo.

—¿Queréis un consejo?

—Decidme, sargento.

—Montad a caballo y rodead la selva.

—¿Queréis venir conmigo? Juntos tendremos mayor valor.

—No, compañero. ¿Queréis hacerle huir?

—Explicaos.

—Si los dos lo buscamos por el mismo lugar, el Tigre huirá hacia otro. Vos rodead la selva y yo miraré entre estos matorrales.

—De acuerdo, pero con una condición: que dividiremos el premio prometido por lord Guillonk si tenéis la suerte de matar al Tigre. No quiero perder las cien libras esterlinas.

—De acuerdo —contestó Sandokán sonriendo.

El jinete enfundó el sable, montó en su caballo poniéndose el fusil delante y saludó al sargento diciéndole:

—Nos volveremos a encontrar al otro lado de la selva.

«Te cansarás de esperar», pensó Sandokán.

Esperó a que el jinete desapareciera en la selva; después se acercó al árbol en el cual estaba escondido el malayo y dijo:

—Baja, Giro-Batol.

Aún no había terminado de hablar cuando el malayo cayó a sus pies gritando con voz ronca:

—¡Ah! ¡Mi capitán!

—¿Estás sorprendido de volver a verme vivo?

—Podéis creerlo, Tigre de Malasia —dijo el pirata con lágrimas en los ojos—. Creía haberos perdido para siempre.

—Los ingleses no tienen hierro suficiente para llegar al corazón del Tigre de Malasia —contestó Sandokán—. Me hirieron gravemente, pero ya me he curado y estoy listo para reemprender la lucha.

—¿Y los demás?

—Duermen en el fondo del mar —contestó Sandokán con un suspiro.

—Pero nosotros los vengaremos, ¿verdad, capitán…?

—Sí, y muy pronto. Pero dime, ¿debido a qué afortunada circunstancia te vuelvo a encontrar aún vivo? Recuerdo haberte visto caer moribundo sobre el puente del prao durante la primera batalla.

—Es verdad, capitán. Un trozo de metralla me había alcanzado en la cabeza, pero no me había matado. Cuando volví en mí, el pobre prao, que vos habíais abandonado a las olas acribillado por los balazos del navío, ya estaba a punto de hundirse. Me agarré a unas tablas y nadé hacia la costa. Pasé varias horas sobre el mar, y después me desmayé. Me desperté en la cabaña de un indígena. Aquel buen hombre me había recogido a quince millas de la playa, me había embarcado en su canoa y transportado a tierra. Me cuidó de forma admirable, hasta que estuve completamente curado.

—¿Y ahora hacia dónde huías?

—Procuraba ganar la costa para lanzar al agua una canoa que había encontrado cuando me asaltó aquel soldado.

—¡Oh! ¿Tienes una canoa?

—Sí, mi capitán.

—¿Querías volver a Mompracem?

—Esta noche.

—Iremos juntos, Giro-Batol. Esta noche embarcaremos.

—¿Queréis venir a mi cabaña a descansar un rato?

—¡Oh…! ¿Hasta una cabaña tienes…?

—Una pobre cabaña que me han regalado los indígenas.

—Vámonos enseguida. ¿Está lejos tu cabaña?

—Dentro de un cuarto de hora habremos llegado.

Los dos piratas salieron de entre los arbustos y, después de haberse asegurado de que no había nadie por los alrededores, atravesaron rápidamente la pradera y llegaron de nuevo a la selva.

Iban a adentrarse por entre los árboles cuando Sandokán oyó un galope desenfrenado.

—De nuevo aquel importuno —exclamó—. ¡Rápido, Giro-Batol, escóndete en medio de aquellos arbustos…!

—¡Eh! ¡Sargento…! —gritó el jinete, que parecía muy enfadado—. ¿Así me estáis ayudando a apresar a aquel maldito pirata…? Mientras que yo casi reventaba mi caballo, vos no os habéis movido.

Sandokán miró hacia él y le contestó tranquilamente:

—He encontrado el rastro del pirata, y he considerado inútil perseguirlo a través de la selva. De todas formas, os he esperado.

—¿He descubierto su rastro…? ¡Por mil demonios! ¿Cuántos rastros ha dejado el bandido? Yo creo que se ha divertido engañándonos.

—¡Pues yo empiezo a respetarle, camarada! Abandono, me vuelvo a la villa de lord Guillonk.

—Yo no tengo miedo, sargento. Y continuaré buscando.

—Como os plazca.

—¡Feliz regreso! —gritó el jinete con ironía.

—¡Que el diablo te lleve! —contestó Sandokán.

El jinete se encontraba ya lejos y seguía espoleando su caballo dirigiéndose una vez más hacia la selva que había atravesado unos momentos antes.

—Vámonos —dijo Sandokán cuando ya no se le veía—. Si vuelve otra vez le saludo con un disparo de carabina.

Se acercó al escondrijo de Giro-Batol y los dos reemprendieron la marcha adentrándose en la selva.

Atravesada otra llanura, volvieron a penetrar entre la vegetación, abriéndose paso con dificultad, ya que las plantas se entrelazaban formando una red casi imposible de traspasar.

Caminaron durante más de un cuarto de hora atravesando unos riachuelos en cuyas orillas se podían ver las pisadas de varios hombres; después llegaron a una masa de vegetación tan espesa que los rayos del sol no lograban entrar.

Giro-Batol se paró unos momentos a escuchar; después dijo a Sandokán:

—La cabaña está allí, en medio de los árboles.

—Un escondrijo seguro —contestó el Tigre de Malasia con una sonrisa—. Admiro tu prudencia.

—Vamos, mi capitán. Nadie vendrá a molestarnos.

LA CANOA DE GIRO-BATOL

La cabaña de Giro-Batol se levantaba en el mismo centro de aquella espesura, entre dos enormes pombos cuya enorme masa de hojas la resguardaba por completo de los rayos del sol.

Era una cabaña casi derruida por completo, con solo una habitación, pero suficiente para dar cobijo a algunas parejas de aborígenes; era baja y estrecha, con el techo construido con hojas de banano superpuestas y las paredes formadas por ramas trenzadas muy burdamente.

La única abertura era la puerta; no había ninguna ventana.

El interior no era mejor. Había una cama hecha de hojas secas, unas bastas cazuelas de arcilla y dos piedras que debían de servir para encender el fuego.

Pero estaba repleta de víveres en abundancia, frutos de todas las especies y también medio babirusa suspendido en el techo por las patas traseras.

—Mi cabaña no es gran cosa, ¿verdad, capitán? —dijo Giro-Batol—. Pero aquí podréis descansar sin ningún temor a ser molestado. Hasta los indígenas de estos parajes ignoran dónde se encuentra mi refugio. Si queréis descansar puedo ofreceros esta cama de hojas tiernas, que corté esta mañana; si tenéis sed tengo un cántaro de agua fresca, y si tenéis hambre, unas frutas y unas deliciosas costillas.

—¡No pido más, mi buen Giro-Batol! —contestó Sandokán—. No esperaba encontrar todo esto.

Sandokán, que estaba hambriento a causa de aquellas largas marchas a través de la selva, cogió un mango que debía de pesar unas veinte libras y se puso a roer aquella sustancia blanca y dulce, que le recordó el sabor de las almendras.

Entretanto, el malayo iba amontonando sobre el fogón unas ramas secas y las encendió, utilizando para hacer esta operación dos trozos de bambú cortados por la mitad.

Es muy curioso el sistema utilizado por los malayos para encender el fuego sin tener que utilizar cerillas. Tomó dos bambúes cortados y sobre la superficie convexa de uno de ellos hizo un pequeño corte utilizando una esquirla de otro bambú; empezó a moverlo sobre el corte practicado, al principio muy lentamente, después cada vez más deprisa. El polvo que se generó de esta fricción se encendió muy lentamente y cayó sobre una mecha preparada con antelación.

Mientras esperaba que el asado se hiciera, habían reanudado la conversación.

—Partiremos esta noche, ¿verdad, capitán? —dijo Giro-Batol.

—Sí, en cuanto la luna haya salido —contestó el Tigre de Malasia.

—Pero volveremos aquí, ¿verdad?

—Sí, aunque creo que para mí será mejor no volver más a esta isla.

—¿Qué estáis diciendo, capitán?

—Digo que esta isla puede dar un golpe mortal al poderío de Mompracem y puede ser que encadene para siempre al Tigre de Malasia.

—¿Vos, tan fuerte y temible? ¡Oh, vos no podéis tener miedo de los leones de Inglaterra!

—No, de ellos no, pero ¿quién puede prever el destino? Mis brazos son aún formidables, pero ¿lo será también mi corazón?

—¡El corazón! No os comprendo, mi capitán.

—Mejor así. A la mesa, Giro-Batol. No pensemos en el pasado.

—Me dais miedo, capitán.

—Calla, Giro-Batol —dijo Sandokán con acento imperioso.

El malayo no se atrevió a seguir. Sacó del fuego el asado, que despedía un agradable olor, lo depositó sobre una larga hoja de banano y lo ofreció a Sandokán; después fue a rebuscar en un rincón de la cabaña y de un hueco sacó una botella medio rota, pero recubierta cuidadosamente de fibras trenzadas.

—Ginebra, mi capitán —dijo mirando aquella botella con ojos ardientes—. Tuve mucho trabajo para robársela a los indígenas, que la utilizaban para darse fuerza en el mar. Podéis vaciarla hasta la última gota.

—Gracias, Giro-Batol —contestó Sandokán con una triste sonrisa—. Nos la repartiremos como buenos hermanos.

Sandokán comió en silencio, haciendo muy poco honor a la comida, a pesar de lo que había asegurado anteriormente; bebió algún trago de ginebra y después dejó la botella sobre las hojas frescas diciendo:

—Descansaremos algunas horas. Entretanto se hará de noche y después tendremos que esperar a que salga la luna.

El malayo cerró cuidadosamente la cabaña, apagó el fuego, vació la botella y se tumbó en una esquina soñando que ya se encontraba en Mompracem.

Sandokán, a pesar de estar muy cansado y de que no había dormido la noche anterior, no logró pegar ojo.

No por temor a ser sorprendido por sus enemigos; no era posible que ellos lo pudieran encontrar en aquella cabaña tan bien escondida. Eran los pensamientos que le llevaban hacia la joven inglesa lo que le mantenía despierto.

¿Qué le habría pasado a Marianne después de aquellos acontecimientos? ¿Qué habría pasado entre ella y lord James…? ¿Y qué acuerdos habría entre el viejo lobo de mar y el baronet William? ¿La volvería a encontrar en Labuán, aún libre, a su vuelta? ¡Terribles celos ardían en el corazón del pirata, pero no podía hacer nada!

¡Nada, solo huir, para no caer víctima de los embates de sus contrincantes!

Sandokán, pensando en estas cosas, esperó a que el sol se ocultara en el horizonte; después, cuando las tinieblas invadieron la cabaña y la selva, despertó a Giro-Batol, que roncaba como un tapir.

—Vámonos, malayo —le dijo—. El cielo se ha cubierto de nubarrones; es inútil esperar a que la luna salga. ¿Dónde se encuentra tu canoa…?

—A treinta minutos de camino.

—¿Tan cerca está el mar? ¡Nunca lo hubiera creído…!

—Sí, Tigre de Malasia.

—¿Has puesto víveres en ella?

—He pensado en todo, capitán. No falta nada, ni fruta, ni agua, ni los remos; y tenemos también una vela.

—Vamos, Giro-Batol.

El malayo cogió un trozo de asado, que había guardado con antelación, se armó con un grueso garrote y siguió a Sandokán.

—La noche no puede ser más propicia —dijo al tiempo que escudriñaba el cielo, que se encontraba totalmente cubierto de nubarrones—. Alcanzaremos el mar sin peligro de ser descubiertos.

Atravesado el pequeño bosque, Giro-Batol se paró unos momentos a escuchar; después, confiando en el profundo silencio que imperaba sobre la selva, reemprendió la marcha hacia el oeste.

La oscuridad era absoluta bajo los grandes árboles, pero el malayo podía ver de noche mejor que un gato y conocía aquellos lugares.

Arrastrándose entre los miles y miles de raíces que se amontonaban en el suelo, escalando entre las redes trenzadas de las ramas, sobrepasando enormes troncos caídos por el peso de los años, Giro-Batol se movía cada vez más deprisa en aquella oscura floresta, sin desviarse una sola pulgada de su camino. Sandokán, taciturno, lo seguía muy de cerca imitando todos sus movimientos.

Si un rayo de luna hubiera podido iluminar la cara de aquel fiero pirata, nos la hubiera mostrado alterada por un inmenso dolor.

A aquel hombre, que veinte días antes habría dado la mitad de su sangre para poder encontrarse en Mompracem, ahora le resultaba inmensamente doloroso abandonar aquella isla, sobre la cual dejaba, sola e indefensa, a la mujer que quería. Cada paso que lo acercaba al mar se clavaba en su pecho como una puñalada, ya que le recordaba que la distancia que lo separaba de la Perla de Labuán aumentaba a cada minuto que pasaba.

Hacía media hora que caminaban cuando Giro-Batol se paró de repente, con el oído atento.

—¿Habéis oído ese ruido? —preguntó.

—Lo oigo, es el mar —contestó Sandokán—. ¿Dónde se encuentra la canoa?

—Muy cerca de aquí.

El malayo guió a Sandokán a través de aquella espesura de hojas y, en cuanto la pasaron, apareció ante sus ojos el mar, que iba muriendo en los bancos de arena de la isla.

—¿Veis algo? —preguntó.

—Nada —contestó Sandokán, cuyos ojos recorrían el horizonte.

—La suerte está con nosotros: los cruceros aún duermen.

Bajaron a la orilla, apartaron las ramas de un árbol y descubrieron una embarcación que se movía pesadamente en el fondo de una pequeña bahía.

Era una fea canoa excavada en el tronco de un árbol a base de fuego y hachas, a semejanza de las utilizadas por los indios en los ríos del Amazonas y por los polinesios en el Pacífico.

Desafiar el mar con una embarcación como aquella era una temeridad sin parangón, pero los dos piratas eran personas que no se asustaban ante nada.

Giro-Batol fue el primero en embarcarse y levantó un pequeño palo del cual pendía una vela, trenzada cuidadosamente con fibras vegetales.

Sandokán, encerrado en sí mismo, con la cabeza agachada y los brazos cruzados sobre el pecho, se encontraba aún en tierra, mirando hacia el este, como si esperara distinguir entre la profunda oscuridad de los árboles la habitación de la Perla de Labuán. Parecía ignorar que el momento de la huida había llegado y que cualquier retraso podía serles fatal.

—Capitán —exclamó el malayo—, ¿queréis hacernos apresar por los navíos? Vámonos, o será demasiado tarde.

—Te sigo —contestó Sandokán con voz triste.

Saltó a la canoa, cerrando los ojos y emitiendo un profundo suspiro de resignación.

EN RUTA HACIA MOMPRACEM

El viento soplaba desde el este, en dirección favorable.

La canoa, con la vela henchida, se movía con bastante rapidez inclinada a estribor, interponiendo entre el pirata y Marianne el vasto mar de Malasia.

Sandokán, sentado a popa, con la cabeza entre las manos, no hablaba y tenía los ojos fijos en Labuán, que muy lentamente desaparecía entre las tinieblas. Giro-Batol, sentado a proa, feliz y sonriente, hablaba por los codos.

Durante toda la noche la canoa, empujada por el viento del este, avanzó sin encontrar ningún navío y navegando bastante bien, a pesar de que las olas de vez en cuando la embestían y la ha-cían balancearse peligrosamente.

El malayo, sentado a proa, escrutaba atentamente la línea del horizonte por si divisaba algún barco. Su compañero, tumbado a popa, no quitaba los ojos del lugar por el cual debía de estar la isla de Labuán, ya desaparecida entre las sombras de la noche.

Navegaban hacía ya varias horas cuando los ojos atentos del malayo vieron un punto luminoso que brillaba en el horizonte.

«¿Un velero o un barco de guerra?», se preguntó con ansiedad, mientras Sandokán, siempre enfrascado en sus dolorosos pensamientos, no se había percatado de nada.

El punto luminoso se hacía cada vez más grande y parecía que se levantara cada vez más sobre la línea del horizonte. Aquella luz blanca no podía pertenecer a un barco de vapor. Tenía que ser una luz encendida sobre la cima del trinquete.

Giro-Batol empezaba a agitarse; sus aprensiones aumentaban cada vez más. Aquel punto luminoso parecía dirigirse en línea recta hacia la canoa. Muy pronto, sobre la luz blanca aparecieron otras dos: una roja y una verde.

—Un barco de vapor —dijo.

Sandokán no contestó. Quizá no le hubiera oído.

—Mi capitán —repitió—. ¡Un barco de vapor...!

El jefe de los piratas de Mompracem se movió esta vez, mientras un terrible destello brilló en su mirada.

—¡Ah...! —dijo.

Se volvió con ímpetu y miró hacia la inmensa extensión del mar.

—¿Un enemigo más? —murmuró mientras su mano derecha empuñaba instintivamente el kris.

—Eso presiento, mi capitán —dijo el malayo.

Sandokán miró unos instantes fijamente aquellos tres puntos luminosos que se acercaban a toda velocidad; después dijo:

—Parece que se dirige hacia nosotros.

—Creo que sí, mi capitán —contestó el malayo—. Su comandante tiene que haber divisado nuestra embarcación.

—Es probable.

—¿Qué vamos a hacer, mi capitán?

—Dejemos que se acerque.

—Nos apresarán.

—No tienen por qué saber que soy el Tigre de Malasia.

—¿Y si alguien os reconociese?

—Muy pocos han podido verme. Si aquel barco proviene de Labuán, cabe la posibilidad; pero si proviene de mar abierto, podremos engañar a su capitán.

Se quedó silencioso algunos instantes, mirando atentamente al enemigo; después dijo:

—Tenemos que medirnos con una cañonera.

—¿Procedente de Sarawak?

—Es probable, Giro-Batol. Dado que se dirige hacia nosotros, vamos a esperarla.

La cañonera había apuntado la proa en dirección a la canoa y aceleraba su carrera para alcanzarla. Encontrándola tan alejada de las costas de Labuán, a lo mejor creía que los hombres que se encontraban en ella habían sido empujados a mar abierto por algún golpe de viento y se apresuraba a prestarles auxilio; pero el comandante del barco quería asegurarse de si se trataba de piratas o de náufragos.

Sandokán había ordenado a Giro-Batol que tomara los remos y pusiera proa en dirección a las Romades, un grupo de islas situadas un poco más al sur. Ya había elaborado un plan para engañar al capitán.

Media hora después, la cañonera se encontraba a pocas millas de la canoa. Era un pequeño barco de popa baja, armado con un solo cañón situado sobre la plataforma posterior y dotado de un solo palo. Su tripulación no debía de ser superior a los treinta o cuarenta hombres.

El comandante, o el oficial de ruta, maniobró de forma que pasara a unos pocos metros de la canoa; después, dada la orden de parar, se inclinó sobre el costado y gritó:

—¡Alto, u os echo a pique…!

Sandokán, que se había levantado rápidamente, dijo en buen inglés:

—¿Por quién me tomáis…?

—¡Oh…! —exclamó el oficial con asombro—. Un sargento de los cipayos… ¿Qué estáis haciendo aquí, tan lejos de Labuán?

—Voy a las Romades, señor —contestó Sandokán.

—¿Qué vais a hacer allí?

—Tengo que llevar unas órdenes hasta el yate de lord James Guillonk.

—¿Se encuentra allí su barco?

—Sí, comandante.

—¿Y vais con una simple canoa?

—No he encontrado nada mejor.

—Tened cuidado, porque hay algunos praos malayos por estas aguas.

—¡Ah…! —exclamó Sandokán ocultando con trabajo su alegría.

—Ayer por la mañana divisé dos, y apostaría que provenían de Mompracem. Si hubiera tenido algún cañón de más, no sé si a esta hora se encontrarían aún a flote.

—Me guardaré de aquellos veleros, comandante.

—¿No os hace falta nada, sargento?

—No, señor.

—Buen viaje.

La cañonera reemprendió su carrera en dirección a Labuán, mientras que Giro-Batol orientaba la vela para moverse hacia Mompracem.

—¿Has oído? —dijo Sandokán.

—Sí, mi capitán.

—Nuestros veleros baten los mares, tripulados por mis fieles tigres.

—Os están buscando aún, mi capitán.

—Qué sorpresa se llevará Yáñez cuando me vea. ¡Mi buen y entrañable amigo!

Volvió a sentarse a popa, con la mirada siempre fija en dirección a Labuán, y no volvió a hablar. Pero el malayo le oyó suspirar repetidas veces.

Al clarear, solo ciento cincuenta millas separaban a los fugitivos de Mompracem, distancia que podían cubrir en menos de veinticuatro o treinta horas si el viento les era favorable.

Durante el día, el viento dejó de soplar varias veces y la canoa, que se movía pesadamente entre las olas, hizo agua varias veces. Por la tarde, un viento fresco se levantó desde el sudeste, impulsando rápidamente la canoa hacia el oeste; el viento se mantuvo así también al día siguiente.

Al caer el día el malayo, que se mantenía de pie en proa, divisó una masa oscura que se levantaba sobre el mar.

—¡Mompracem! —exclamó.

Al oír aquel grito, Sandokán, por primera vez desde que había puesto pie en la canoa, se movió levantándose rápidamente.

Ya no era el mismo hombre de antes: la melancólica expresión de su cara había desaparecido por completo, sus ojos despedían rayos y sus facciones ya no estaban marcadas por el dolor.

—¡Mompracem! —exclamó irguiéndose.

Permaneció contemplando su salvaje isla, el baluarte de su poderío, de la grandeza de aquel mar que equivocadamente llamaba suyo. Sentía que en aquel momento volvía a ser el formidable Tigre de Malasia, el de las legendarias aventuras.

—¡Ah, al fin te vuelvo a ver! —exclamó.

—Estamos salvados, Tigre —dijo el malayo, que parecía enloquecer de alegría.

Sandokán lo miró casi estupefacto.

—¿Merezco aún este nombre, Giro-Batol? —preguntó.

—Sí, capitán.

—Estaba convencido de no merecerlo ya —murmuró Sandokán suspirando.

Agarró la pagaya que servía de timón y dirigió la canoa hacia la isla que se divisaba entre las tinieblas. A las diez los dos piratas, sin haber sido avistados, atracaban al pie del gran acantilado. Sandokán, al volver a pisar su isla, respiró profundamente, después pasó rápidamente alrededor del acantilado y, llegando a los primeros peldaños, subió por aquella accidentada escalera que lo llevaría a su gran cabaña.

—Giro-Batol —dijo mirando al malayo que se había parado—. Vuelve a tu cabaña, advierte a los piratas de mi llegada, pero diles que me dejen tranquilo.

—Capitán, nadie vendrá a molestaros, porque este es vuestro deseo. Y ahora dejadme que os dé las gracias por haberme hecho volver aquí y que os diga que si necesitáis a algún hombre listo para el sacrificio, bien para salvar a un inglés o a una mujer de su raza, siempre estaré listo.

—Gracias, Giro-Batol, gracias… ¡Y ahora vete!

Y el pirata, hundiendo en el fondo de su corazón el recuerdo de Marianne que le había hecho recordar involuntariamente el malayo, subió los peldaños y desapareció entre las tinieblas.

AMOR Y EMBRIAGUEZ

Cuando llegó a la cumbre del gran acantilado, Sandokán se paró en la orilla y su mirada se perdió a lo lejos, hacia el oeste, en dirección a Labuán.

Respiró profundamente el viento de la noche y se acercó a paso lento a la gran cabaña, una de cuyas habitaciones estaba iluminada.

Miró a través de los cristales de la ventana y vio a un hombre sentado delante de una mesa, con la cabeza entre las manos.

«Yáñez —pensó sonriendo tristemente—. ¿Qué me dirá cuando se entere de que el Tigre ha vuelto derrotado y embrujado?»

Lanzó un suspiro y abrió despacio la puerta, sin que Yáñez se enterase.

—Hermano mío —dijo al cabo de unos momentos—. ¿Te has olvidado del Tigre de Malasia?

No había terminado de hablar cuando Yáñez se lanzaba ya a sus brazos exclamando:

—¡Tú, tú… Sandokán! ¡Ah, yo te creía perdido para siempre!

—No, he vuelto, ya lo ves.

—Pero, desafortunado amigo, ¿dónde has estado todos estos días? Son cuatro semanas las que llevo esperando con ansia. ¿Qué has hecho en todo este tiempo? ¿Has saqueado al sultán de Varauni, o la Perla de Labuán te ha embrujado? Contéstame, hermano mío, porque estoy ansioso de saber de ti.

En lugar de contestar a todas aquellas preguntas, Sandokán le observó en silencio con los brazos cruzados sobre el pecho, la mirada turbia y la cara ensombrecida.

—Vamos —dijo Yáñez, sorprendido por aquel silencio—, habla: ¿qué significado tiene el traje que llevas, y por qué me miras así? ¿Te ha ocurrido alguna desgracia?

—¡Desgracia! —exclamó Sandokán con voz ronca—. ¿Ignoras, entonces, que de los cincuenta tigres que lancé contra Labuán no sobrevive más que Giro-Batol? ¿No sabes que han muerto todos ante las costas de aquella isla maldita a manos de los ingleses, que yo he resultado gravemente herido sobre el puente de un navío y que mis veleros descansan en el fondo del mar de Malasia?

—¡Derrotado, tú...! ¡Es imposible! ¡Es imposible!

—¡Sí, Yáñez, me han ganado y herido, mis hombres han perecido y yo vuelvo mortalmente enfermo!

El pirata, con voz ronca, le contó con todo detalle lo que le había sucedido.

Pero cuando se puso a hablar de la Perla de Labuán, toda su ira se esfumó. Su voz, que poco antes era ronca, enfurecida, tomó entonces otra tonalidad, se volvió dulce, suave y apasionada.

Describió en un relato poético la belleza de aquella joven lady; después se puso a contar todas las aventuras que habían seguido: la cacería del tigre, la confesión de su amor, la traición del lord, la huida, el encuentro con Giro-Batol y su embarque rumbo a Mompracem.

—Escúchame, Yáñez —siguió con acento aún conmovido—. En el mismo instante en que ponía los pies en la canoa para abandonar definitivamente a aquella criatura, he creído que se me partía el corazón. Habría deseado, en lugar de abandonar aquella isla, hundir la canoa, con Giro-Batol; habría deseado hacer entrar el mar en la tierra y levantar a la vez un mar de fuego, para no poder pasarlo. En aquel momento habría destruido sin remordimiento mi

Mompracem. Hundido mis praos, dispersado a mis hombres y no hubiera querido ser… ¡el Tigre de Malasia!

—¡Ah! ¡Sandokán! —exclamó Yáñez con un tono de voz en el cual se podía notar el reproche.

El pirata se levantó bruscamente, con las facciones alteradas.

—Tú no me creerás —replicó—, pero he luchado tremendamente antes de dejarme vencer por esta pasión. Pero en la férrea voluntad del Tigre de Malasia, ni mi odio por todo lo inglés ha podido frenar los impulsos de mi corazón. ¡Cuántas veces he intentado romper mis cadenas! ¡Cuántas veces, cuando he pensado que un día tendría que casarme con aquella mujer, abandonar mi mar, poner punto final a mi venganza, abandonar mi isla, perder mi corazón, del cual estaba tan orgulloso, y a mis tigres, he tratado de huir, de interponer entre aquellos encantadores ojos y yo una infranqueable barrera! Sin embargo, he tenido que ceder, Yáñez. Me he encontrado entre dos abismos: aquí, Mompracem con sus piratas, entre el estruendo de sus cientos de cañones y sus victoriosos praos; allí, aquella adorable criatura de cabellos rubios y ojos azules. He dudado mucho tiempo, y después me he precipitado hacia aquella joven de la cual, lo siento, ninguna fuerza humana podrá separarme. ¡Ah, presiento que el Tigre dejará de existir…!

—¡Olvídala, entonces! —contestó Yáñez.

—¡Olvidarla…! ¡Es imposible, Yáñez; es imposible…! Siento que nunca podré romper las cadenas de oro que ella me ha puesto alrededor de mi corazón. Ni las batallas, ni las grandes emociones de esta vida de pirata, ni el cariño de mis hombres, ni las venganzas, pueden ser suficientes para hacerme olvidar a aquella joven. Su imagen se interpone siempre entre aquellas grandes emociones y yo, y sucumbiría aquella antigua energía y el valor del Tigre. ¡No, no, no la olvidaré nunca, será mi mujer a costa de mi nombre, de mi isla, de mi poderío, y de todo, de todo…!

Se paró por segunda vez, mirando a Yáñez, que había caído en el más profundo silencio.

—Entonces, hermano, ¿me has comprendido? —preguntó.

—Sí.

—¿Qué me aconsejas? ¿Qué me contestas, ahora que te lo he revelado todo?

—Dado que tú la quieres tan locamente, todos nosotros te ayudaremos a que sea tu esposa para que tú puedas ser feliz. Puedes volver a ser el Tigre de Malasia aunque te cases con la joven de los cabellos de oro.

Sandokán se precipitó en brazos de Yáñez y los dos piratas se quedaron largo tiempo abrazados.

—Dime —dijo el portugués—, ¿ahora qué piensas hacer...?

—Partir lo más rápidamente posible para Labuán y raptar a Marianne.

—Tienes razón. Si el lord se entera de que has dejado la isla y has vuelto a Mompracem puede huir por miedo a tu regreso. Es necesario actuar rápidamente, o la partida está perdida. Vete ahora a dormir, pues necesitas un poco de tranquilidad, y déjame al cuidado de prepararlo todo. Mañana por la mañana la expedición estará lista para emprender la marcha.

—Hasta mañana, Yáñez.

—Adiós, hermano —contestó el portugués, y salió.

Sandokán volvió a sentarse a la mesa más apesadumbrado y agitado que nunca.

Sentía la necesidad de aturdirse para olvidar, durante por lo menos algunas horas, a aquella joven que lo había embrujado y calmar la impaciencia que le roía. Se puso a beber con frenesí, vaciando varios vasos de whisky.

—¡Ah! —exclamó—, si pudiera dormirme y despertar en Labuán... Siento que esta impaciencia, este amor, estos celos me matan. ¡Sola! ¡Sola en Labuán! ¡Y a lo mejor, mientras yo estoy aquí, el baronet la corteja...!

Se levantó presa de un violento furor y se puso a pasear como un loco, derribando las sillas, rompiendo las botellas amontonadas en las esquinas, destruyendo los cristales de las estanterías repletas de oro y piedras preciosas.

El pirata, que ya estaba a merced del alcohol, siguió bebiendo.

Se levantó, pero volvió a caer sobre la silla, lanzando a su alrededor unas miradas turbias. Le parecía ver unas sombras por la habitación, unos fantasmas que le enseñaban, riendo, krises y cimitarras ensangrentadas. En una de aquellas sombras le pareció ver a su rival, el baronet William. Se sintió poseído de un incontenible furor, y rechinaba ferozmente los dientes.

—Te veo, te veo, maldito inglés —gritó—. ¡Quieres robarme la Perla, lo leo en tus ojos, pero te lo impediré, iré a destruir tu casa, la del lord, destruiré Labuán, derramaré ríos de sangre y os exterminaré a todos... a todos! Te ríes... ¡Espera, espera a que vuelva...!

Había llegado entonces a la cima de su embriaguez. Se sintió presa de un afán feroz de destruirlo todo, de derribarlo todo.

Se levantó con esfuerzo, agarró una cimitarra y se puso a dar unos golpes desesperados, apresando la sombra del baronet, a la que no conseguía alcanzar, destrozando las tapicerías, rompiendo las botellas y golpeando las estanterías, la mesa, el armónium, haciendo llover de los vasos rotos ríos de oro, de perlas y diamantes, hasta que cansado, derrotado por la embriaguez, cayó entre todos aquellos destrozos, durmiéndose profundamente.

EL CABO INGLÉS

Cuando se despertó estaba tumbado en un sofá, adonde seguramente lo habrían llevado sus sirvientes malayos.

Sandokán se frotó varias veces los ojos y la frente ardiente, como haciendo un esfuerzo por recordar.

Se arrancó las insignias del sargento Willis, se puso nuevas vestimentas, relucientes de oro y perlas, se colocó sobre la cabeza un rico turbante que llevaba un zafiro grueso como una nuez, se ciñó entre los pliegues de la faja un nuevo kris y una nueva cimitarra, y salió.

Recorrió con sus ojos de águila el mar y miró al fondo del acantilado. Tres praos, con las grandes velas desplegadas, estaban anclados delante del pequeño pueblo, listos para hacerse a la mar.

Sobre la playa los piratas iban y venían, ocupados en embarcar armas, municiones para los fusiles y balas para los cañones. En medio de ellos Sandokán divisó a Yáñez, que la noche anterior había celebrado su vuelta muy calurosamente y le había prometido su ayuda para emprender una expedición a Labuán.

«Qué buen amigo —pensó—. Mientras yo dormía, él preparaba la expedición.»

Bajó las escaleras y se dirigió hacia el poblado. En cuanto los piratas lo vieron, un inmenso grito retumbó:

—¡Viva el Tigre! ¡Viva nuestro capitán!

Después, todos aquellos hombres se precipitaron desordenadamente hacia el pirata, gritando de alegría. Los más viejos jefes de la piratería lloraban de contento por volverlo a ver vivo.

No se oía ningún lamento, ya que nadie lloraba a sus compañeros muertos, sus hermanos, hijos y parientes caídos bajo el hierro de los ingleses en la desastrosa expedición, pero de vez en cuando se oían gritos de venganza.

—Amigos —dijo Sandokán con su fascinante acento metálico y extraño—, la venganza que me pedís no tardará. Los tigres que yo llevaba a Labuán han caído bajo los golpes de los leopardos de piel blanca, cien veces más numerosos y cien veces más armados que nosotros, pero la partida aún no ha terminado. No, tigres, los héroes que cayeron luchando sobre las playas de aquella isla maldita no quedarán sin venganza. Estamos listos para zarpar hacia aquella tierra de leopardos. El día de la batalla, los tigres de Mompracem ganarán a los leopardos de Labuán.

—¡Sí, sí, a Labuán, a Labuán! —gritaron los piratas agitando frenéticamente las armas.

Yáñez parecía no haber oído. Había subido sobre un viejo cañón y miraba atentamente hacia un promontorio que se extendía sobre el mar.

—¿Qué buscas, hermano? —le preguntó Sandokán.

—Veo el extremo de un palo detrás de aquellas rocas —contestó el portugués.

—¿Uno de nuestros praos?

—¿Qué otro barco osaría acercarse a nuestras costas?

—¿No han vuelto todos nuestros praos?

—Todos menos uno, el de Pisangu, uno de los más gruesos y mejor armados.

—¿Adónde lo habías enviado?

—A Labuán, en tu busca.

—Esperémoslo —murmuró Sandokán—. Podría ser que nos trajera alguna noticia de Labuán.

Todos los piratas habían acudido a los bastiones para observar mejor a aquel velero que avanzaba lentamente siguiendo el promontorio.

Cuando llegó a su final, estalló un grito de alegría.

—¡El prao de Pisangu!

Se trataba efectivamente del velero que Yáñez, tres días antes, había enviado hacia Labuán en busca de noticias del Tigre de Malasia y de sus valientes, pero ¡en qué condiciones volvía! Del árbol del trinquete no quedaba más que algún metro; el de maestra se aguantaba vacilante, sosteniendo una espesa red de cuerdas y masteleros. Los costados no existían y su estructura se veía muy dañada y recubierta de madera para cerrar los agujeros abiertos por las balas.

—Este velero tiene que haberse batido muy bien —dijo Sandokán.

—Pisangu es un valiente que no teme asaltar barcos más grandes que el suyo —contestó Yáñez.

—¡Oh…! Me parece que nos trae algún prisionero. ¿Lo habrá apresado en Labuán?

—No creo que lo haya pescado en el mar.

—Le interrogaremos.

El prao, ayudado por los remos a causa del viento débil que soplaba, avanzaba rápidamente. El capitán, al divisar a Sandokán y a Yáñez, lanzó un grito de alegría; después, levantando las manos, gritó:

—¡Buena cacería!

Cinco minutos más tarde el velero entraba en la pequeña bahía y anclaba a veinte pasos de la orilla. Una embarcación fue enseguida lanzada al mar, y Pisangu la ocupó con un soldado y cuatro remeros.

—¿De dónde vienes? —preguntó Sandokán al desembarcar.

—De las costas occidentales de Labuán, mi capitán —dijo el pirata—. Había llegado hasta allí con la esperanza de poder encontraros, y me siento muy feliz de volver a hallaros aquí.

—¿Quién es el inglés?

—Un cabo, capitán.

—¿Dónde lo has capturado?

—Cerca de Labuán.

—Cuéntame cómo fue.

—Estaba patrullando por la costa cuando vi una barca tripulada por este hombre que salía de la desembocadura del río. El hombre debía de tener compañeros en ambas orillas, ya que le oía con frecuencia emitir unos silbidos agudísimos. Hice botar enseguida una embarcación y lo perseguí con la esperanza de que me pudiera dar noticias vuestras. La captura no fue difícil, pero cuando quise abandonar la desembocadura del río me percaté de que la salida estaba cerrada por una cañonera. Entré enseguida en combate, intercambiando con los ingleses balas y metralla en abundancia. Una verdadera tempestad, mi capitán, que mató a media tripulación y dañó el velero, pero también la cañonera quedó mal parada. Cuando vi que el enemigo emprendía la huida, con dos bordadas salí a mar abierto y volví aquí lo más rápidamente posible.

—¿Y este soldado viene entonces de Labuán?

—Sí, mi capitán.

—Gracias, Pisangu. Tráemelo aquí.

Era un joven de veinticinco o veintiséis años, más bien bajo, rubio, con la piel sonrosada y rechoncho. Parecía estar muy espantado de encontrarse en medio de aquellas bandas de piratas, pero ninguna palabra le salía de los labios.

Al ver a Sandokán se esforzó en sonreír; después dijo con cierto temblor en la voz:

—El Tigre de Malasia.

—¿Dónde me has visto? —preguntó Sandokán.

—En la villa de lord Guillonk.

—¿También estabas tú entre aquellos que me querían apresar?

El soldado no contestó. Después, moviendo la cabeza, dijo:

—No hay esperanza para mí, ¿verdad?

—Tu vida depende de tus respuestas —contestó Sandokán.

El inglés palideció, pero cerró los labios, como si tuviera miedo de dejar escapar alguna palabra.

—Vamos, di dónde estabas cuando yo dejé la villa del lord.

—En los bosques —contestó el soldado.

—¿Qué estabas haciendo?

—Nada.

—Lo veremos.

Sandokán, que había empuñado el kris con un rápido movimiento, lo había puesto sobre la garganta del soldado e hizo que le brotasen unas gotas de sangre.

El prisionero no pudo contener un grito de dolor.

—¡Basta! —dijo—. Quitadme la punta del kris; hablaré, Tigre de Malasia.

Sandokán indicó a sus hombres que se alejaran; después se sentó junto con Yáñez sobre la cureña de un cañón y le dijo al soldado:

—Te escucho. ¿Qué estabas haciendo en los bosques?

—Seguía al baronet Rosenthal.

—¡Ah! —exclamó Sandokán mientras un relámpago le brillaba en la mirada—. ¡Él…!

—Lord Guillonk había sabido que el moribundo que había cuidado en su propia casa no era un príncipe malayo, sino el terrible Tigre de Malasia, y de acuerdo con el baronet y el gobernador de Victoria habían preparado la emboscada.

—¿Y cómo lo había sabido?

—Lo ignoro.

—Continúa.

—Fueron escogidos cien hombres, y nos enviaron a rodear la villa para impedir vuestra huida.

—Esto lo sé. Dime lo que pasó después, cuando conseguí sobrepasar las líneas y me escondí en los bosques.

—Cuando el baronet entró en la villa, encontró a lord Guillonk poseído por una tremenda excitación.

—¿Y lady Marianne?

—Lloraba. Parecía que entre la bella joven y su tío hubiera habido una disputa violentísima. El lord la acusaba de haber facilitado vuestra huida… Y ella imploraba piedad para vos.

—¡Pobre niña! —exclamó Sandokán mientras la emoción alteraba sus facciones—. ¿Oyes, Yáñez?

—Continúa —dijo el portugués al soldado—. Ten cuidado de decir la verdad, porque tú te quedarás aquí hasta nuestro regreso de Labuán. Y, si has mentido, no escaparás a la muerte.

—Es inútil que intente engañaros —contestó el cabo—. Al resultar infructuosa la persecución, nos quedamos acampados alrededor de la villa para protegerla de un posible ataque de los piratas de Mompracem. Corrían voces poco tranquilizadoras. Se decía que los tigres habían desembarcado y que el Tigre de Malasia estaba escondido en los bosques, listo para lanzarse sobre la villa y raptar a la joven. Lo que haya pasado después lo ignoro. Pero tengo que deciros que lord Guillonk había considerado oportuno refugiarse en Victoria, bajo la protección de los navíos y las fortificaciones.

—¿Y el baronet Rosenthal?

—Se casará dentro de breves días con lady Marianne.

Sandokán emitió un grito de fiera herida y se tambaleó, cerrando los ojos. Su cara se había descompuesto.

Se acercó al soldado y, agarrándolo furiosamente, le dijo:

—No me estás engañando, ¿verdad?

—Os juro que he dicho la verdad.

—Te quedarás aquí hasta nuestro regreso de Labuán. Si no me has mentido te daré tanto oro como pesas.

Después, mirando a Yáñez, le dijo con voz decidida:

—Partamos. ¿Está todo listo?

—Solo falta escoger a los hombres que tienen que seguirnos.

—Nos llevaremos con nosotros a los más valientes, ya que vamos a jugar la partida decisiva.

—Pero deja aquí a algunos hombres que puedan defender nuestro escondite.

—¿Qué temes, Yáñez?

—Los ingleses podrían aprovechar nuestra ausencia para apoderarse de la isla.

—No tendrán tanta osadía, Yáñez.

—Creo lo contrario. Ahora en Labuán son lo suficientemente fuertes para intentar la lucha, Sandokán. Un día u otro la batalla decisiva tendrá que producirse.

—Nos encontrarán listos y preparados, y veremos quiénes serán más valientes y decididos, si los tigres de Mompracem o los leopardos de Labuán.

Sandokán hizo formar a sus fuerzas, constituidas por más de doscientos cincuenta hombres reclutados entre las tribus guerreras de Borneo y de las islas del mar malayo, y escogió a noventa tigres, los más valientes y fuertes, que por orden suya no habrían vacilado en atacar las fortificaciones de Victoria o la ciudadela de Labuán.

Llamó después a Giro-Batol y, mostrándolo a los que se quedaban en la isla, les dijo:

—A este hombre que tiene la suerte de ser uno de los más valientes piratas, el único de mis tigres que ha sobrevivido a la desgraciada expedición a Labuán, durante mi ausencia le deberéis obediencia como si fuera yo en persona. Y ahora, embarquemos, Yáñez.

LA EXPEDICIÓN CONTRA LABUÁN

Los noventa hombres se embarcaron en los praos; Yáñez y Sandokán subieron al más grande y sólido, que llevaba dos cañones y media docena de gruesas espingardas y, además, estaba reforzado con gruesas planchas de hierro.

Se levaron anclas, se orientaron las velas y la expedición salió del puerto entre las aclamaciones de los hombres apiñados en las orillas y en las fortificaciones.

El cielo estaba despejado y el mar llano como una balsa de aceite, pero hacia el sur se podían ver nubes de un color muy particular, y una extraña forma que daba que pensar.

Sandokán presintió la proximidad del cambio atmosférico; a pesar de ello, no se preocupó.

—Si los hombres no pueden detenerme, tampoco lo podrá hacer la tempestad. Me siento tan poderoso que puedo medirme con las fuerzas de la naturaleza —dijo.

—¿Temes que nos alcance una tempestad? —preguntó Yáñez.

—Sí, pero no me hará volver. Creo que nos será favorable, hermano mío, porque podremos desembarcar sin ser molestados por los navíos.

—Y cuando nos encontremos en tierra, ¿qué harás?

—Aún no lo sé, pero me siento capaz de todo; tanto de enfrentarme a toda la escuadra inglesa si se interpusiera en mi camino, como de lanzar a mis hombres contra la villa.

—Si anuncias tu llegada con una batalla, el lord no se quedará en los bosques. Huirá a Victoria en busca de la protección de sus fortificaciones y de sus barcos.

—Es verdad, Yáñez —contestó Sandokán suspirando—. Y, a pesar de todo, necesito que Marianne sea mi esposa, porque siento que sin ella no se apagaría nunca el fuego de mi corazón.

—Razón de más para movernos con la máxima prudencia a fin de sorprender al lord.

—¡Sorprenderlo! ¿Y tú crees que el lord no está a la defensiva? Él sabe que yo soy capaz de todo y habrá reunido en su recinto a soldados y marinos.

—Puede ser, pero a pesar de todo recurriremos a alguna estratagema. Algo me ronda por la cabeza y a lo mejor puede madurar... Pero dime, amigo mío, ¿se dejará raptar Marianne?

—¡Oh, sí, lo juro...!

—¿Y la llevarás a Mompracem?

—Sí.

—Y después de que os hayáis casado, ¿se quedará para siempre?

—No lo sé, Yáñez —dijo Sandokán emitiendo un profundo suspiro—. ¿Quieres que la destierre para siempre en mi isla salvaje? ¿Quieres que ella viva para siempre entre mis tigres, que no saben hacer otra cosa que disparar, utilizar el kris y el hacha? ¿Quieres que la aturda con los gritos de la batalla y los truenos de los cañones y que la exponga a un continuo peligro? Dime, Yáñez, en mi puesto, ¿qué harías?

—Pero piensa, Sandokán, en lo que será de Mompracem sin su Tigre de Malasia. Contigo volvería a brillar de tal forma, que eclipsaría a Labuán y a todas las otras islas y volvería a hacer temblar a los hombres que destruyeron a tu familia y a tu pueblo. Hay miles de dayakos y de malayos que no esperan más que una señal tuya para correr a unirse a las bandas de tigres de Mompracem.

—He pensado en todo, Yáñez.

—Y a pesar de ello dejarías tu poder por aquella mujer.

—La quiero, Yáñez. Querría no haber sido el Tigre de Malasia.

El pirata, en extremo conmovido, se sentó en la cureña de un cañón, cogiéndose la cabeza con las manos, como queriendo ahogar sus pensamientos.

Yáñez lo miró largamente en silencio; después se puso a pasear por el puente moviendo repetidas veces la cabeza.

Entretanto los veleros seguían su carrera hacia oriente, empujados por un suave viento que soplaba irregularmente, frenando muchas veces la carrera.

Pero no podía durar. Hacia las nueve de la noche, el viento empezó a soplar con gran violencia, de la misma dirección en que se movían los nubarrones, lo que hacía suponer que la tempestad se desencadenaría sobre el mar.

Al día siguiente el mar era tempestuoso. Elevadas olas procedentes del sur corrían por el amplio espacio, chocando unas contra otras, con profundos rugidos y haciendo bailar con gran violencia a los veleros. En el cielo se movían inmensas nubes, negras como el alquitrán y con los bordes coloreados de un rojo vivo.

Por la noche el viento redobló su violencia, haciendo temer por la seguridad de los palos si no disminuía la superficie de las velas desplegadas.

Cualquier otro navegante, viendo aquel mar y aquel cielo, se habría apresurado a cambiar de rumbo poniendo proa a la tierra más cercana, pero Sandokán, que sabía que se encontraba a unas setenta u ochenta millas de Labuán, en lugar de perder tiempo prefería arriesgar a sus veleros.

—Sandokán —dijo Yáñez cada vez más inquieto—, ten cuidado. Estamos en peligro.

—Nuestros veleros son sólidos, no debes preocuparte, querido Yáñez.

—Creo que el huracán es cada vez más fuerte.

—No le tengo miedo, Yáñez. Adelante, Labuán no está lejos. ¿Puedes divisar los otros veleros?

—Creo ver uno hacia el sur. La oscuridad es tan profunda que no se ve más allá de cien metros.

—Si se pierden, sabrán cómo encontrarnos.

—Pero pueden perderse para siempre, Sandokán.

—No retrocedo, Yáñez.

—Estate preparado para todo, hermano.

En aquel momento, un relámpago desgarró las tinieblas, iluminando el mar hasta el horizonte, seguido a continuación por un trueno espantoso.

Sandokán atravesó el puente y se puso al timón, mientras que sus marinos aseguraban los cañones y las espingardas, que no querían perder, a costa de cualquier sacrificio; subieron a cubierta la embarcación de desembarco y reforzaron por triplicado todas las cuerdas.

Las primeras ráfagas ya estaban llegando, con la rapidez que acostumbran a tener los vientos huracanados, empujando los primeros torrentes de agua.

El prao, con todas las velas recogidas, se movía con la rapidez de una flecha hacia oriente, haciendo frente con valentía a los elementos y sin desviarse ni una sola pulgada de su ruta bajo la mano de hierro de Sandokán.

Hacia las once el huracán se desencadenó con toda su terrible potencia, revolviendo cielo y mar.

Las nubes, amontonadas desde el día anterior, corrían furiosamente por el cielo casi tocando las olas, mientras que el mar se precipitaba con ímpetu hacia el norte como si fuera una inmensa llama.

El prao, verdadero cascarón de nuez que desafiaba a la furiosa naturaleza, bandeado por las olas que lo golpeaban por todos lados, bailaba desordenadamente sobre las cimas espumeantes de las olas, en sus movedizos fondos, derribando a sus hombres, haciendo crujir los palos y chirriar las velas con tanta fuerza que parecía que estuviera a punto de explotar.

Pero Sandokán, a pesar de aquel torbellino de agua, no claudicaba y guiaba el barco hacia Labuán, desafiando valientemente la tempestad.

El prao estaba luchando desesperadamente, oponiéndose a las olas que querían llevarlo hacia el norte. Se enderezaba como un caballo enloquecido, se hundía en el agua por la proa, gemía como si estuviera a punto de partirse en dos y en algunos momentos se balanceaba de tal forma que hacía dudar de si volvería a enderezarse.

Yáñez, que comprendía la imprudencia obstinada de aquella lucha, estaba a punto de ir a popa para rogar al Tigre de Malasia que variara de rumbo cuando una detonación, que no podía confundirse con el ruido de un trueno, se oyó a lo lejos.

Unos instantes después, una bala pasaba silbando sobre la cubierta, rompiendo el palo de trinquete.

Un grito de indignación explotó en el prao por aquella inesperada agresión que nadie podía esperar con aquel tiempo y en unos momentos tan críticos.

Sandokán, abandonando el timón y entregándolo a un marinero, se dirigió raudo a proa tratando de averiguar quién era el audaz que le atacaba en medio del huracán.

—¡Ah! —exclamó—. Hay unos navíos que aún están patrullando.

El agresor que en medio de aquel formidable huracán había disparado la bala era un potente barco de vapor, en cuyo palo ondeaba la bandera inglesa y que sobre la cofa del palo mayor llevaba el distintivo de los barcos de guerra.

—Cambiemos de rumbo, Sandokán —dijo Yáñez, que entretanto había llegado hasta él.

—¿Cambiar?

—Sí, hermano mío. Aquel barco sospecha de nuestras intenciones, y seguramente cree que somos unos piratas en dirección a Labuán.

Un segundo disparo de cañón retumbó sobre el puente del barco y una segunda bala silbó atravesando las velas del prao.

Los piratas, a pesar de los violentos movimientos del prao, se precipitaron hacia los cañones y las espingardas para contestar, pero Sandokán los detuvo con un gesto.

No era necesario. El gran navío, que se esforzaba por resistir a las olas que le acosaban de proa, hundiéndose casi por completo bajo el peso de su estructura de hierro, era arrastrado a su pesar hacia el norte. En unos minutos fue llevado tan lejos que su artillería quedaba fuera del alcance.

—Lástima que me haya encontrado en medio de esta tempestad —dijo Sandokán—. Lo habría asaltado y vencido a pesar de su gran estructura y de su tripulación.

—Mejor así, Sandokán —dijo Yáñez—. Que el diablo los lleve y los hunda en el fondo del mar.

—¿Qué hacía ese barco en medio del mar cuando todos buscan un refugio? ¿Estamos cerca de Labuán? ¿Ves algo ante nosotros?

—Sí, un punto oscuro hacia el oeste. Lo he visto al brillar un relámpago.

En aquel preciso momento se oyó a un malayo gritar desde lo alto del palo de trinquete:

—¡Tierra, a proa!

Sandokán dio un grito de alegría.

—¡Labuán! ¡Labuán! —exclamó—. Dejadme el timón.

Volvió a atravesar el puente, a pesar de las olas que lo barrían a cada momento, y se puso al timón, para dirigir el prao hacia el oeste.

Pero mientras se acercaba a la costa, el mar había redoblado su furor como queriendo impedir el desembarco. Olas monstruosas, nacidas en las mismas entrañas de la tierra, se movían en todas direcciones, mientras que el viento redoblaba su violencia, cortado solamente por las montañas de la isla.

Sandokán, con los ojos fijos en el este, seguía sin inmutarse, aprovechando la luz de los relámpagos para guiarse. En breves momentos se encontró a unas pocas millas de la costa.

Sandokán la examinó unos segundos; después, con un rápido movimiento de timón, maniobró hacia babor.

Impulsó el prao hacia delante con una temeridad que hubiera puesto los pelos de punta a los más curtidos lobos de mar, atravesó un estrecho paso entre dos grandes acantilados y entró en una pequeña pero profunda bahía, en la cual debía de desembocar un río. La resaca era tan violenta en aquel refugio que ponía al prao en un gravísimo peligro. Era mejor desafiar al mar abierto que intentar el atraque en aquellas orillas batidas por la furia de los elementos.

—No se puede intentar nada, Sandokán —dijo Yáñez—; si intentamos algo, iremos a pique.

—Tú eres un nadador muy hábil, ¿verdad, Yáñez? —preguntó Sandokán.

—Como nuestros malayos.

—Entonces atracaremos igualmente.

—¿Qué quieres intentar?

—¡Paranoa! ¡Al timón!

El dayako se lanzó hacia popa y aferró el timón que Sandokán le entregaba.

—¿Qué tengo que hacer? —preguntó.

—Mantener durante una hora el prao transversal al viento —contestó Sandokán—. Ten cuidado con aquellas rocas.

Miró a los marineros y les dijo:

—Disponed la chalupa sobre el costado. Cuando la ola pase sobre la cubierta, la soltaremos.

Sus hombres, al oír aquella orden, se miraron entre sí con ansiedad, pero se apresuraron a obedecer sin pedir explicaciones.

Levantaron a pulso la embarcación y la aguantaron sobre el costado de estribor después de haberla equipado con dos carabinas, municiones y alimentos.

—¿Subes, hermano mío?

—¿Qué quieres intentar, Sandokán?

—Quiero atracar.

—Iremos a chocar contra la playa.

—¡Bah! Sube, Yáñez.

—Estás loco...

En lugar de contestar, Sandokán lo cogió y lo empujó hacia la embarcación; después subió también a bordo.

Una ola monstruosa entraba entonces en la bahía, rugiendo de una forma terrible.

—¡Paranoa! —gritó Sandokán—. ¡Listo para maniobrar!

—¿Tengo que volver a salir a mar abierto? —preguntó el dayako.

—Hacia el norte. Cuando el mar esté calmado vuelve aquí.

—Está bien, capitán...

—Estad listos para soltar la embarcación. ¡La ola!

Una ola descomunal se acercaba con su cresta coronada de blanca espuma. Se rompió en dos contra los acantilados y después entró en la bahía precipitándose contra el prao. En pocos segundos lo inundó envolviéndolo con su blanca espuma.

—¡Soltad la embarcación! —gritó Sandokán.

La embarcación, abandonada a sí misma, fue arrastrada junto con los dos valientes que estaban en ella. Casi en el mismo instante el prao viraba y, aprovechándose de la relativa calma que seguía a cada ola, se dirigía a mar abierto.

La frágil embarcación bailaba espantosamente sobre las crestas de las olas que la empujaban hacia la playa, la cual, por suerte, era de arena y no tenía escollera.

Levantada por otra ola, recorrió cien metros. Subió a su cima y después se precipitó, y en ese mismo instante se produjo el violentísimo impacto.

Los dos valientes se encontraron sin parte de la barca. Había desaparecido como por arte de magia.

—¡Sandokán! —gritó Yáñez, que apenas le veía entre las olas espumeantes.

—No cedas…

La voz fue ahogada por un tremendo golpe de mar que siguió al primero.

La embarcación fue de nuevo levantada. Se balanceó unos segundos en la cresta de una ola, después se precipitó hacia abajo, pero las olas la empujaron de nuevo hacia delante, yendo a parar contra un tronco de árbol con tal violencia que los dos piratas salieron despedidos. Sandokán, que había sido arrojado sobre unas ramas, se levantó rápido y recogió las dos carabinas y las municiones.

Una nueva ola se había acercado; al alcanzar la embarcación, la arrastró consigo y la hizo desaparecer.

—¡Que se vayan al infierno todos los enamorados! —gritó Yáñez, que se había levantado dolorido—. Esto es de locos.

—Pero ¿aún estás vivo? —dijo Sandokán riendo.

—¿Qué querías, que me matara?

—No, no me habría podido consolar nunca, Yáñez. ¡Eh, mira el prao!

—¿Cómo? ¿No ha puesto rumbo a mar abierto?

El velero volvía a pasar por delante de la entrada de la bahía moviéndose con la rapidez de una flecha.

—¡Qué fieles compañeros! —dijo Sandokán—. Antes de alejarse han querido comprobar que habíamos podido llegar.

Se quitó la larga faja de seda roja y la desplegó al viento.

Unos momentos después un disparo partió desde el puente del velero.

—Nos han visto —dijo Yáñez—. Confiemos en que se puedan salvar.

El prao maniobró y reemprendió su travesía hacia el norte.

Yáñez y Sandokán se quedaron en la playa hasta que dejaron de divisarlo; después se adentraron bajo los grandes árboles con el fin de protegerse de la lluvia que caía a cántaros.

—¿Adónde vamos, Sandokán? —preguntó Yáñez.

—No lo sé.

—Ahora lo vamos a discutir con tranquilidad, hermano mío. ¿Tú quieres ir a la villa? ¿Por qué?

—Tan solo para verla —dijo Sandokán suspirando.

—Sé de lo que eres capaz. Tranquilidad, hermano mío. Piensa que solo somos dos, y en la villa hay soldados. Esperemos a que vuelvan los praos, y después nos moveremos.

—¡Si tú supieras lo que siento al pisar de nuevo esta tierra! —exclamó Sandokán con voz ronca.

—Lo puedo adivinar, pero no puedo dejar que cometas una locura. ¿Quieres ir a la villa para asegurarte de que Marianne se encuentra aún en ella? Iremos, pero después de que el huracán haya pasado. Entre la oscuridad y la lluvia no podemos ni orientarnos ni encontrar el río. Mañana, cuando salga el sol, nos pondremos en marcha. Ahora busquemos un refugio.

Sandokán se amoldó a los deseos de su amigo y se dejó caer a los pies de un gran árbol dando un largo suspiro.

La lluvia seguía cayendo con extrema violencia, y sobre el mar el huracán imperaba cada vez con más fuerza. A través de los árboles, los dos piratas podían ver las olas acumulándose rabiosamente y lanzarse contra la playa con un ímpetu irresistible, rompiéndose entre su blanca espuma.

Mirando aquellas olas que cada vez se hacían más grandes, Yáñez no pudo evitar una pregunta:

—¿Qué les estará ocurriendo a nuestros praos con una tempestad tan fuerte? ¿Crees tú, Sandokán, que se salvarán? Si naufragaran, ¿qué nos pasaría a nosotros?

—Nuestros hombres son valientes marineros —contestó Sandokán—. Sabrán arreglárselas muy bien.

—¿Y si naufragaran? ¿Qué podrías hacer tú, solo, sin su ayuda?

—¿Qué haría…? Raptar de todas formas a la joven.

—Corres demasiado, Sandokán. Dos hombres solos, aunque

sean dos tigres de la selva de Mompracem, no pueden enfrentarse a veinte, treinta o a lo mejor cincuenta carabinas.

—Recurriremos a la astucia. Yo no volveré a Mompracem sin Marianne.

Yáñez no contestó. Se tumbó en medio de la hierba, que estaba casi seca protegida por las largas hojas de los árboles, y cerró los ojos.

Sandokán, sin poder descansar, se alejó hacia la playa. El portugués, que no dormía, lo vio moverse por los lindes de la selva, ahora hacia el norte, ahora hacia el sur.

Seguramente buscaba una orientación para intentar reconocer aquellas costas que ya había recorrido en su primera estancia en la isla.

Cuando volvía empezaba a clarear y el viento no soplaba ya con tanta fuerza.

—Sé dónde nos encontramos —dijo el Tigre de Malasia.

—¡Ah…! —exclamó Yáñez levantándose.

—El río tiene que encontrarse hacia el sur y probablemente no demasiado lejos.

—¿Quieres que vayamos?

—Sí, Yáñez.

Se pusieron las carabinas en bandolera, se llenaron los bolsillos de municiones y se adentraron en aquel gran bosque, procurando no alejarse demasiado de la playa.

—Evitaremos recorrer las bahías de la costa —dijo Sandokán—. El camino será más difícil, pero más corto.

—Hemos de tener cuidado de no perdernos.

—¡No temas, Yáñez!

La selva no permitía dar ni un paso, pero Sandokán era un verdadero hombre de los bosques, que sabía moverse como una serpiente y orientarse también sin estrellas ni sol. Se encaminaban hacia el sur, manteniéndose a muy breve distancia de la costa, para llegar lo antes posible al río sobre el que habían navegado en la anterior expedición. Llegados allí, no habría dificultad en alcanzar la villa, que el pirata sabía que se encontraba a muy pocos kilómetros. Pero el camino, a cada metro que recorrían hacia el sur, se hacía cada vez más dificultoso a causa de los destrozos causados por el huracán. Numerosos árboles derribados por el viento impedían el paso, obligando a los dos piratas a dar largos rodeos.

A pesar de todo, trabajando con los krises, continuaban procurando no alejarse demasiado de la costa.

Hacia el mediodía, Sandokán se paró y le dijo a Yáñez:

—Estamos cerca.

—¿Del río o de la villa?

—Del río —contestó Sandokán.

Atravesaron lentamente la última parte del gran bosque, y diez minutos después se encontraron delante de un río que desembocaba en una pequeña bahía rodeada de enormes árboles.

La suerte los había llevado al mismo lugar donde habían atracado los praos durante la primera expedición. Aún se podían ver las maderas dejadas por el segundo prao cuando, haciendo frente a las tremendas bordadas del crucero, se había refugiado en aquella bahía para arreglar los destrozos causados por las balas enemigas. En la playa se podían ver los palos, partes de los costados, trozos de tela, cuerdas, balas de cañón, cimitarras, hachas y un sinfín de utensilios.

Sandokán pasó la mirada sobre todo aquello que le hacía recordar su primera derrota, y suspiró pensando en los héroes que habían muerto bajo el fuego del implacable crucero.

—Descansan allí, fuera de la bahía, en el fondo del mar —dijo Sandokán con voz triste—. ¡Pobres muertos, aún sin venganza!

—¿Es aquí donde atracasteis…?

—Sí, aquí, Yáñez. ¡El crucero que nos inundó de hierro y plomo se encontraba allá! ¡Me parece verlo aún, como en aquella tremenda noche en la cual lo abordé, a la cabeza de aquellos valientes hombres! ¡Un momento terrible, Yáñez, qué lucha y qué matanza! ¡A excepción mía y de Giro-Batol, todos han muerto!

—¿Te duele aquella derrota, Sandokán?

—No lo sé. Si no fuera por aquella bala que me alcanzó, a lo mejor no habría conocido a la joven de los cabellos de oro.

Se sentó sobre el tronco de un árbol caído, se cogió la cabeza entre las manos y se dejó llevar por profundos pensamientos.

Yáñez lo dejó ensimismado en aquellas meditaciones y se alejó, mirando y removiendo con un bastón entre las pequeñas cuevas de la escollera para poder descubrir alguna ostra gigante.

Después de haber buscado durante más de un cuarto de hora, volvió a la playa trayendo una enorme ostra, tan grande que apenas podía con ella.

Encender un fuego y abrirla fue trabajo de pocos segundos.

—Vamos, hermano mío, ven a comer esta exquisita pulpa. Trata de no pensar en los praos destruidos y en los muertos.

—Es verdad, Yáñez —contestó Sandokán suspirando—. Aquellos héroes no volverán a la vida.

En cuanto terminaron de comer, Yáñez se estaba preparando para tumbarse a la sombra de un enorme durián y fumarse tranquilamente un par de cigarros cuando Sandokán, con un gesto, señaló hacia la selva.

—La villa se encuentra lejos —dijo.

—¿No sabes con precisión dónde se encuentra?

—Muy vagamente; recorrí los últimos kilómetros delirando.

—Vamos, ya que lo quieres, pero sin cometer imprudencias.

—Estaré tranquilo, Yáñez.

—Una palabra más, hermano.

—¿Qué quieres?

—Confío en que esperarás a la noche para entrar en el recinto.

—Sí, Yáñez.

—¿Me lo prometes?

—Tienes mi palabra.

Siguieron durante un buen trecho la orilla derecha del río y se adentraron con gran decisión en la floresta.

Parecía que el huracán hubiese sido más fuerte en aquella parte de la isla. Muchos árboles que habían sido arrancados por el viento o derribados por el rayo se amontonaban en el suelo; algunos se encontraban aún suspendidos en el aire, sostenidos por las lianas de los otros árboles que los rodeaban. Después, por todas partes, matorrales arrancados, montones de hojas y de frutas, ramas rotas, y en medio de todo se podían oír los gritos de varios monos heridos. A pesar de todos aquellos obstáculos, Sandokán no se detuvo. Siguió la marcha hasta el atardecer, sin ninguna vacilación acerca del camino que tenía que seguir.

Entrada la noche, Sandokán desesperaba de poder encontrar la villa cuando de improviso se abrió delante de él un gran sendero.

—¿Qué has visto? —preguntó el portugués al observar que se paraba.

—Estamos muy cerca de la villa —contestó Sandokán con voz sofocada—. Este sendero nos llevará hasta el recinto.

—Caramba, ¡qué suerte, hermano mío! Adelante, pero sin hacer locuras.

Sandokán no esperó a que terminara de hablar. Armó la carabina para no ser sorprendido desarmado, y se lanzó por el sendero con tanta rapidez que el portugués casi no podía seguirlo.

Se sentía invadido por un ardor intenso, y al mismo tiempo agitado por miles de preguntas. Temía llegar demasiado tarde, no volver a encontrar a la mujer querida, y corría cada vez más, olvidando toda prudencia, destrozando y rompiendo las ramas de los arbustos, superando con saltos de león los obstáculos que se interponían en su camino.

No paró hasta llegar a la cerca del recinto, más para esperar a su compañero que por prudencia o cansancio.

—¡Uf! —exclamó el portugués al llegar—. ¿Crees que soy un caballo para hacerme correr así? La villa no se escapa, te lo puedo asegurar; además, no sabes quién puede estar escondido detrás de la cerca.

—No temo a los ingleses —contestó el Tigre, preso de una excitación sin igual.

—Lo sé, pero si te dejas matar no volverás a ver a tu querida Marianne.

Le hizo un gesto para hacerle callar y se acercó a la cerca con la agilidad de un gato, escudriñando el recinto.

—Me parece que no hay ningún centinela —dijo—. Entremos.

Se dejó caer por el otro lado, después Yáñez lo imitó, y se adentraron silenciosamente en el recinto escondiéndose detrás de los matorrales y con los ojos fijos en la villa, que se podía divisar confusamente entre las sombras de la noche.

Muy poco les separaba ya de ella, cuando Sandokán se paró repentinamente para preparar su carabina.

—Detente, Yáñez —murmuró.

—¿Qué has visto?

—Unos hombres están delante de la villa.

Sandokán, cuyo corazón latía desesperadamente, se levantó muy despacio y, forzando la mirada, observó atentamente aquellas figuras humanas.

—Maldición —murmuró chirriando los dientes—. ¡Soldados! ¡Hay soldados!

—¡Oh! Se está complicando —murmuró el portugués—. ¿Qué hacemos? ¡Espera! Tengo un plan. Túmbate aquí cerca, frena los arrebatos de tu corazón y no tendrás que arrepentirte.

—Pero ¿y los soldados?

—¡Caramba! Espero que se irán a dormir.

—Tienes razón, Yáñez; aguardaremos.

Se tumbaron detrás de un gran matorral; sin embargo, no dejaron de vigilar a los soldados, y esperaron el momento más oportuno para emprender la acción.

Pasaron dos, tres, cuatro horas, para Sandokán tan largas como cuatro siglos; después, al fin, los soldados volvieron a entrar en la villa y cerraron ruidosamente la puerta.

El Tigre estuvo a punto de lanzarse a correr, pero el portugués lo agarró rápidamente impidiéndoselo; después, arrastrándolo bajo las sombras de un magnífico pombo, le dijo cruzando los brazos y mirándolo fijamente:

—Dime, Sandokán, ¿Marianne sabe que tú estás aquí?

—No es posible.

—Habría que avisarla… ¿Sabes cuál es la parte del recinto que más frecuenta?

—Todos los días pasa unas horas bordando en la pagoda china.

—Muy bien, llévame allí.

El Tigre de Malasia, a pesar de estar experimentando todas las penas del infierno al alejarse de aquel lugar, se adentró en un vial lateral y llevó a Yáñez hasta la pagoda.

Era un precioso pabellón, con las paredes trenzadas y pintadas de alegres colores cerradas por una especie de cúpula de metal dorado.

Alrededor se extendía un bosquecillo de lilas y de grandes matas de rosas de China que llenaban la atmósfera de un agradable perfume.

Yáñez y Sandokán, después de haber armado las carabinas, pues no estaban seguros de que se hallara desierto, entraron. No había nadie.

Yáñez encendió una cerilla y, sobre una ligera mesa de trabajo, vio un cesto lleno de bordados e hilos, al lado de los cuales se podía ver también un precioso laúd incrustado de nácar.

Yáñez arrancó de un pequeño cuaderno una hoja y, tras encontrar un lápiz en sus bolsillos, escribió las siguientes palabras:

Desembarcamos ayer durante el huracán. Mañana por la noche estaremos bajo vuestra ventana. Procuraos una cuerda para facilitar la escalada de Sandokán.

YÁÑEZ DE GOMERA

—Espero que mi nombre no le resulte extraño —dijo.

—¡Oh, no! —contestó Sandokán—. Ella sabe que tú eres mi mejor amigo.

Dobló la carta y la puso en la cesta de labores de forma que pudiera verla enseguida, mientras que Sandokán arrancaba unas rosas de China y las ponía encima del papel.

Los dos piratas se miraron a la cara a la luz de un relámpago; uno estaba tranquilo, el otro vencido por una mal disimulada emoción.

—Vámonos, Sandokán —dijo Yáñez.

—Te sigo —contestó el Tigre de Malasia con un suspiro.

Cinco minutos después volvían a pasar la cerca y desaparecieron en medio de una tenebrosa selva.

LA CITA NOCTURNA

La noche era aún tempestuosa.

El viento rugía con miles de tonalidades en el bosque, torciendo las ramas de las plantas y levantando gran cantidad de hojas, doblando y derribando los árboles jóvenes y haciendo temblar a los viejos. De vez en cuando los relámpagos quebraban aquellas tinieblas, golpeando los árboles más grandes, incendiándolos y derribándolos.

A pesar de que el huracán seguía en pleno apogeo, los dos piratas no se quedaron quietos. Guiados por la luz de los relámpagos, trataban de llegar a la orilla del río para ver si algún prao había podido encontrar refugio en la pequeña bahía.

Sin preocuparse de la lluvia torrencial, caminando con atención para que no les aplastara alguna gruesa rama rota por el viento, dos horas después llegaron inesperadamente a la desembocadura del río, aunque para llegar a la villa habían empleado el doble de tiempo.

—En medio de esta oscuridad nos hemos guiado mejor que en pleno día —dijo Yáñez—. Una verdadera suerte en una noche como esta.

Sandokán bajó a la playa y esperó un relámpago. A su luz echó una rápida mirada a las aguas de la bahía.

—Nada —dijo con desilusión—. ¿Les habrá ocurrido alguna desgracia a mis veleros?

—Llegarán. Busquemos un lugar para cobijarnos, Sandokán. Llueve a cántaros y este huracán no va a amainar rápidamente.

—¿Adónde vamos? Por aquí está la cabaña construida por Giro-Batol durante su estancia en la isla, pero dudo de poder encontrarla.

—Instalémonos en medio de aquellos bananos. Las gigantescas hojas de aquellas plantas podrán ofrecernos cobijo.

—Es mejor construir algo, Yáñez.

Utilizando los krises, cortaron algunos bambúes que crecían en las orillas de aquel pequeño río y los clavaron en el suelo bajo un soberbio pombo, cuyas hojas espesas eran suficientes para protegerles de la lluvia. Después de haberlos cruzado, como el esqueleto de una tienda, los recubrieron con las gigantescas hojas de los bananos para formar el techado.

Como Yáñez había dicho, pocos minutos fueron suficientes para construir aquella especie de cabaña. Los dos piratas entraron llevando consigo un manojo de plátanos e hicieron una rústica cena compuesta únicamente por aquella fruta; después se tendieron procurando dormirse, mientras el huracán seguía con una violencia inusitada, acompañado por relámpagos y truenos ensordecedores.

La noche fue terrible. Muchas veces Yáñez y Sandokán tuvieron que reforzar la pequeña cabaña con más hojas de banano para lograr resguardarse de aquella lluvia incesante. Hacia el alba, el tiempo mejoró, lo que permitió a los dos piratas dormir tranquilamente hasta las diez de la mañana.

—Vamos a buscar el desayuno —dijo Yáñez al despertarse.

Llegaron hasta la bahía siguiendo la orilla meridional, y buscando entre las numerosísimas rocas pudieron hacerse con media docena de ostras de increíble tamaño y unos cuantos crustáceos. Yáñez agregó unos cuantos plátanos y algunos pombos, una especie de naranjas muy gruesas y muy jugosas. Terminado el desayuno, recorrieron la costa hacia el oeste esperando encontrar algunos de los praos, pero no pudieron descubrir ninguno.

—El huracán no les habrá dejado llegar —dijo Yáñez a Sandokán—. El viento ha estado soplando constantemente en contra.

—A pesar de todo, estoy bastante inquieto, amigo —contestó el Tigre de Malasia—. Este retraso me hace suponer algo malo. ¿Qué habrá podido pasar?

—¡Bah…! Nuestros marinos son unos hombres muy hábiles.

Pasaron el resto del día vagando por aquella parte de la playa; después, hacia el atardecer, se volvieron a los bosques para acercarse a la villa de lord James Guillonk.

—¿Crees tú que Marianne habrá encontrado nuestra carta? —preguntó Yáñez a Sandokán.

—Estoy seguro —contestó el Tigre.

—Entonces acudirá a la cita.

—Si tiene libertad para hacerlo.

—¿Qué quieres decir, Sandokán?

—Me temo que lord James la esté vigilando muy de cerca.

—Tengamos cuidado de no dejarnos sorprender.

—Actuaré con tranquilidad.

—¿Me lo prometes?

—Sí.

—Entonces, vámonos.

Procediendo muy despacio, con los ojos alerta y los oídos atentos, mirando entre los matorrales y detrás de los árboles para no caer en ninguna emboscada, hacia las siete de la noche llegaron a las cercanías del recinto. Aún había algo de luz, la suficiente para poder examinar la villa.

Después de haberse asegurado de que ningún centinela se encontraba escondido en aquellos matorrales, se acercaron a la cerca y, ayudándose mutuamente, la sobrepasaron.

Dejándose caer por el otro lado, se escondieron enseguida entre unos arbustos medio destrozados por el huracán.

Desde aquel punto pudieron observar tranquilamente todo lo que ocurría en el recinto y también en la villa, sin tener delante más que algunos árboles.

—¡Bribones…! —exclamó Yáñez.

—¿Qué te pasa, Yáñez…?

—¿No te has fijado en que han puesto rejas en todas las ventanas?

—¡Maldición! —exclamó Sandokán entre dientes.

—Hermano mío, lord James tiene que conocer la audacia del Tigre de Malasia. ¡Cuántas preocupaciones, sin embargo…!

—Entonces, Marianne estará vigilada. La veré de todas formas.

—¿Cómo?

—Escalando la ventana. Tú ya lo habías previsto, y también le hemos escrito para que se procurara una cuerda.

—¿Y si los soldados nos sorprendieran?

—Lucharemos.

—¿Nosotros dos solos…?

—Nosotros dos valemos por diez hombres.

—¡Eh! ¡Mira, Sandokán…!

—¿Qué ves?

—Una patrulla de soldados que abandona la villa —contestó el portugués, que se había subido a una gruesa raíz de un cercano pombo para observar mejor.

—¿Adónde van?

—Salen del recinto.

—¿Irán a vigilar por los alrededores?

—Así lo creo.

—Mejor para nosotros.

—Sí, puede ser; y ahora, esperemos la medianoche.

Encendió con precaución un cigarro y se tumbó al lado de Sandokán, a fumar tan tranquilamente como si se encontrara en la cubierta de uno de sus praos.

Sandokán, por su parte, roído por la impaciencia, no podía parar quieto un solo instante. De vez en cuando se levantaba para escudriñar las tinieblas, procurando divisar lo que ocurría en la cercana villa del lord, o poder ver a la joven. Grandes temblores le agitaban, creía que le estaban preparando alguna emboscada en las cercanías de la vivienda. A lo mejor la carta había sido encontrada por alguien que la entregara a lord James en lugar de a Marianne.

Al fin llegó la medianoche. Sandokán se levantó rápidamente. Pero Yáñez, que se había levantado también raudo, lo había agarrado por un brazo.

—Aprecio la vida, amigo. Te olvidas de que hay un centinela cerca de aquel pabellón.

—Entonces vamos a matarlo.

—Muy bien, pero sin hacer ruido.

—Lo estrangularemos.

Dejaron los matorrales y se arrastraron entre la hierba escondiéndose detrás de los arbustos y los rosales de China, que crecían muy numerosos.

Estaban a cerca de cien pasos de la villa cuando Yáñez detuvo a Sandokán.

—Me parece que el soldado se ha dormido apoyado en su fusil.

—Mucho mejor, Yáñez. Ve y estate preparado.

—Tengo listo mi pañuelo para amordazarlo.

—Y yo tengo en mi mano el kris. Si hace un solo ruido, lo mato.

Se movieron los dos en medio de unas espesas matas de flores que se prolongaban en dirección a la villa y, arrastrándose como serpientes, llegaron a pocos pasos del soldado.

Aquel joven, seguro de no ser molestado, se había apoyado en la pared del pabellón, medio adormecido, con el fusil entre las manos.

—¿Estás listo, Yáñez? —preguntó Sandokán con un hilo de voz.

—Adelante.

Sandokán, con un salto de tigre, se lanzó sobre aquel joven soldado y, agarrándolo fuertemente por la garganta, con una embestida terrible lo tiró al suelo.

También Yáñez se había lanzado. Muy rápidamente amordazó al centinela; después le ataron las manos y las piernas.

—¡Ten cuidado! ¡Si haces un solo movimiento eres hombre muerto! —dijo con voz amenazadora. Después, mirando a Sandokán, agregó—: Ahora, vamos a por tu enamorada. ¿Sabes cuáles son sus ventanas?

—¡Oh, sí! —exclamó el pirata, que ya las estaba observando—. Están allí, sobre aquel amplio parral. ¡Ah, Marianne, si tú supieras que estoy aquí…!

—Ten tranquilidad, hermano mío, que si el diablo no interviene, la podrás ver.

Recogió un puñado de piedrecillas y lanzó una contra los vidrios, produciendo un ligero ruido. Los dos piratas esperaron conteniendo la respiración, presas de una viva emoción.

Ninguna contestación. Yáñez lanzó una segunda piedrecilla, y después una tercera.

Por fin la ventana se abrió y Sandokán, a la luz del astro nocturno, vio una forma blanca que reconoció enseguida.

—¡Marianne! —gritó alzando los brazos hacia la joven, que se había agarrado a la reja.

Aquel hombre tan enérgico, tan fuerte, se quedó allí como alcanzado por un rayo, con los ojos nublados.

Un ligero grito salió del pecho de la joven lady, que había reconocido enseguida al pirata.

—Ánimo, Sandokán —dijo Yáñez y saludó galantemente a la joven—. Llega hasta la ventana sin demora, que este no es lugar tranquilo para nosotros.

Sandokán se lanzó hacia el muro, subió por el parral y se agarró a los hierros de la ventana.

—¡Tú! ¡Tú! —exclamó la joven—. ¡Dios mío!

—¡Marianne! ¡Oh, mi querida niña! —murmuró él con voz apagada, cubriéndole las manos de besos—. ¡Al fin te vuelvo a ver! ¡Tú eres mía, es verdad, mía, aún mía!

—Sí, tuya, Sandokán, en la vida y en la muerte —contestó la joven—. ¡Volverte a ver, después de haberte llorado por muerto! Es demasiada alegría.

—No, mi querida Marianne, no es fácil acabar con el Tigre de Malasia. Atravesé las líneas de fuego de tus compatriotas sin que pudieran herirme, he atravesado el mar, he reunido a mis hombres y he vuelto aquí a la cabeza de cien tigres, arriesgándolo todo por salvarte.

—¡Sandokán! ¡Sandokán!

—Escucha ahora, Perla de Labuán —contestó el pirata—. ¿El lord se encuentra aquí?

—Sí, y me tiene prisionera, temiendo tu llegada.

—He visto a unos soldados.

—Sí, hay muchos que vigilan día y noche en las habitaciones. Estoy rodeada por todas partes, encerrada entre las bayonetas y las rejas, sin ninguna posibilidad de dar un paso fuera de ellas. Amor mío, lo intentará todo por alejarnos, interponiendo entre nosotros la inmensidad del océano y de los continentes.

Dos lágrimas cayeron de sus ojos.

—¡Lloras! —exclamó Sandokán—. Vida mía, no llores, que me vuelvo loco y podría cometer alguna imprudencia. ¡Escúchame, Marianne! Mis hombres no están lejos; hoy son pocos, pero mañana o pasado mañana llegarán muchos y tú sabes qué hombres son los míos. Por mucho que el lord defienda la villa entraremos, aunque tengamos que incendiarla o derribar sus paredes. Yo soy el Tigre y por ti me siento capaz de poner a sangre y fuego no solo la villa de tu tío, sino toda Labuán. ¿Quieres que te rapte esta noche? Solo somos dos, pero romperemos los hierros que te tienen prisionera, pagando con nuestra vida tu libertad. Habla, habla, Marianne, que mi cariño por ti me proporciona tanta fuerza como para conquistar solo esta villa.

—¡No...! ¡No...! —exclamó ella—. ¡No, mi valiente! ¡Qué sería de mí! Tengo confianza en ti, tú me salvarás, pero cuando hayan llegado tus hombres, cuando seas fuerte, tan fuerte como para poder aplastar a los hombres que me tienen prisionera y para romper los barrotes que me encierran.

En aquel momento, bajo el parral se oyó un ligero silbido. Marianne se sobresaltó y preguntó:

—¿Has oído?

—Sí —contestó Sandokán—. Es Yáñez, que se impacienta.

—A lo mejor ha visto algún peligro, Sandokán. La hora de la separación ha llegado.

—¡Marianne!

—¡Si no volvemos a vernos nunca más…!

—No lo digas, amor mío, porque en cualquier lugar al que te llevaran yo sabría encontrarte.

—Pero entretanto…

—Es solo cuestión de pocas horas. A lo mejor mañana mis hombres llegarán y derribaremos estas paredes.

El silbido del portugués se oyó una vez más.

—Vete, mi noble amigo —dijo Marianne—, puedes estar corriendo gran peligro.

—Yo no le temo.

—Márchate, Sandokán, te lo ruego, márchate antes de que te puedan sorprender.

—¡Dejarte! No puedo. ¿Por qué no habré traído a mis hombres aquí? Habría podido asaltar ahora mismo esta casa y raptarte enseguida.

—Huye, Sandokán, he oído unos pasos en el pasillo.

—¡Marianne…!

En aquel mismo instante, en la habitación se oyó un grito feroz.

—¡Miserable! —tronó una voz.

El lord agarró a Marianne por la espalda, intentando separarla de la reja mientras se podía oír cómo levantaban los cerrojos de las puertas del piso inferior.

—¡Huye! —gritó Yáñez.

—¡Huye, Sandokán! —repitió Marianne.

No había un solo instante que perder. Sandokán, que ya se veía perdido, intentó la huida atravesando el parral de un salto y precipitándose al recinto.

DOS PIRATAS EN UNA ESTUFA

Otro hombre que no hubiera sido malayo se habría roto las piernas sin duda en aquel salto, pero no Sandokán, que además de estar hecho como de acero poseía una extraordinaria agilidad.

Acababa de tocar el suelo, hundiéndose en la tierra, cuando ya se encontraba de pie con el kris en la mano listo para defenderse.

El portugués afortunadamente se encontraba allí. Saltó sobre él agarrándole por la espalda, y lo empujó brutalmente hacia un grupo de árboles diciendo:

—¡Huye, desgraciado! ¿Quieres que te maten?

Tres o cuatro soldados se asomaron por una ventana mirándoles a través de sus fusiles.

—¡Sálvate, Sandokán! —se oyó gritar a Marianne.

El pirata dio un salto de diez metros, saludado por una descarga de fusiles, y una bala le atravesó el turbante. Se dio la vuelta y descargó su carabina contra la ventana, rompiendo los vidrios y alcanzando en plena frente a un soldado.

—¡Ven! —gritó Yáñez arrastrándolo hacia la pagoda—. Ven, testarudo imprudente.

La puerta de la villa se había abierto y diez soldados, seguidos por otros tantos indígenas armados de antorchas, se lanzaron al recinto.

El portugués hizo fuego a través de las hojas. El sargento que mandaba la pequeña patrulla se cayó.

—Mueve las piernas, hermano mío —dijo Yáñez, mientras los soldados se detenían alrededor del sargento.

—No puedo dejarla sola —dijo Sandokán.

—Te digo que debemos huir. Ven o te llevo a cuestas.

Dos soldados aparecieron a solo treinta pasos, y detrás de ellos un grupo más numeroso.

Los dos piratas ya no dudaron más. Se lanzaron en medio de los matorrales, pisando el césped para alcanzar la cerca, saludados por algunos disparos de fusil.

—Corre, hermano mío —dijo el portugués, que volvía a cargar la carabina aunque sin dejar de correr—. Mañana devolveremos a estos soldados sus disparos.

—Tengo miedo de haberlo estropeado todo —dijo el Tigre de Malasia con voz triste.

—¿Por qué, amigo mío?

—Ahora que me saben aquí, no se dejarán sorprender.

—No te digo que no, pero si los praos han llegado tendremos cien tigres que lanzar al asalto. ¿Quién resistiría una carga así?

—Tengo miedo de lo que pueda hacer el lord.

—¿Qué quieres que haga?

—Es un hombre capaz de matar a su sobrina antes de dejarla caer en mis manos.

—¡Diablo! —exclamó Yáñez rascándose furiosamente la frente—. No había pensado en eso.

Iba a pararse para descansar unos segundos y encontrar una solución a aquel problema cuando en medio de aquella profunda oscuridad aparecieron unos reflejos rojos.

—¡Los ingleses! —exclamó—. Han encontrado nuestro rastro y nos persiguen a través del recinto. ¡Corre, Sandokán!

Los dos salieron corriendo, adentrándose más en el recinto para alcanzar la cerca. Cuanto más se alejaban, más dificultosa se hacía la marcha. Árboles enormes se entrelazaban entre sí, impidiendo cualquier posible huida.

Pero, siendo hombres que sabían orientarse también por instinto, estaban seguros de poder llegar en muy poco tiempo al extremo del recinto.

Atravesada la zona boscosa del recinto, se encontraron ante unos terrenos cultivados. Pasaron sin detenerse por delante de la pagoda china y, tras recular para no perderse entre aquella exuberante vegetación, se volvieron a lanzar de nuevo al césped y corrieron pisoteando las flores; al fin llegaron bajo la cerca, sin haber sido todavía descubiertos por los soldados que los estaban persiguiendo por todo el recinto.

—Despacio, Sandokán —dijo Yáñez parando a su compañero, que iba a saltar la empalizada—. Los disparos pueden haber llamado la atención de los soldados que hemos visto marchar después del atardecer.

—¿Habrán vuelto ya al recinto?

—¡Eh! ¡Calla! Agáchate y escucha.

Sandokán, atento el oído, no oyó más que el murmullo de las hojas.

—¿Has visto a alguien? —preguntó.

—He oído romperse una rama detrás de la cerca.

—Puede haber sido algún animal.

—O pueden haber sido los soldados. Apostaría el diamante de mi kris contra una piastra a que detrás de esta cerca hay unos chaquetas rojas escondidos. ¿No te acuerdas de aquella patrulla que ha salido del parque?

—Sí, Yáñez. Pero nosotros no nos quedaremos en el recinto.

—¿Qué quieres hacer?

—Asegurarme de que la salida está libre.

Sandokán, ahora ya mucho más prudente, se levantó sin hacer ruido y, después de haber mirado largamente entre los árboles del recinto, escaló la cerca con la ligereza de un gato.

Acababa de llegar a su parte superior cuando oyó del otro lado unas voces muy apagadas.

«Yáñez no se ha equivocado», pensó.

Se inclinó hacia delante y miró entre los árboles que crecían al otro lado de la cerca. A pesar de que la oscuridad era casi total, pudo ver unas cuantas sombras reunidas alrededor de un grueso tronco.

Se apresuró a bajar y alcanzó a Yáñez, que no se había movido.

—Tenías razón —le dijo—. Al otro lado hay unos hombres que nos esperan.

—¿Son muchos?

—Me parece que una media docena. ¿Qué vamos a hacer, Yáñez?

—Alejarnos enseguida y buscar otra salida.

—Calla, Yáñez. Oigo hablar al otro lado.

Se podían oír dos voces, una ronca y la otra imperiosa, que hablaban muy cerca de la empalizada.

El viento que soplaba en la selva en la dirección apropiada les traía perfectamente hasta ellos las palabras de los dos hombres.

—Te digo —decía la voz imperiosa— que los piratas han entrado en el recinto para intentar otro golpe en la villa.

—No lo creo, sargento Bell —contestó el otro.

—¿Quieres, estúpido, que nuestros camaradas desperdicien unas municiones para divertirse? No tienes nada en la cabeza, Willis.

—Entonces no podrán huir.

—Así lo espero. Somos treinta y seis y podemos vigilar toda la cerca y volver a reunirnos a la primera señal.

—Vamos, rápido, dispersaos y abrid bien los ojos. A lo mejor tenemos que medirnos con el Tigre de Malasia.

Después de aquellas palabras, se oyó el ruido de unos pasos, y después nada más.

—Esos bribones han aumentado de número —murmuró Yáñez inclinándose hacia Sandokán—. Vamos a ser rodeados, hermano mío, y si no nos movemos con suma prudencia caeremos en la red que nos han tendido.

—¡Calla…! —dijo el Tigre de Malasia—. Oigo aún hablar.

La voz imperiosa había vuelto a oírse.

—Tú, Bob, quédate aquí, y yo iré a esconderme en aquel árbol de alcanfor. Ten el fusil preparado y los ojos fijos en la cerca.

—Descuide, sargento —contestó aquel a quien habían llamado Bob—. ¿Cree de verdad que tendremos que enfrentarnos con el Tigre de Malasia?

—El audaz pirata se ha enamorado de la sobrina de lord Guillonk y ella está destinada al baronet Rosenthal; ya puedes suponer que no permanecerá quieto. Estoy seguro de que esta noche ha intentado raptarla.

—¿Y cómo ha podido desembarcar sin que nuestros navíos lo hayan avistado?

—Habrá aprovechado el huracán. Se dice también que se ha visto navegar unos praos a lo largo de nuestra isla.

—¡Qué audacia!

—Basta. A tu sitio, Bob. Tres carabinas cada cien metros pueden ser suficientes para capturar al Tigre de Malasia y a sus compañeros. No te olvides de que hay mil libras esterlinas de premio si consigues matar al pirata.

—Una buena cantidad —dijo Yáñez sonriendo—. Lord James valora en mucho tu piel, hermano mío.

—Que no esperen ganárselas —contestó Sandokán.

Se levantó y miró hacia el recinto.

A lo lejos vio aparecer unos puntos luminosos que desaparecieron entre los árboles.

Los soldados de la villa les habían perdido el rastro y se movían sin ruido, esperando probablemente que se levantara el día para emprender una auténtica cacería.

—Por ahora no hay nada que temer por parte de aquellos hombres —dijo.

—¿Quieres que busquemos algún refugio? —dijo Yáñez—. El parque es muy grande, y a lo mejor no toda la cerca está vigilada.

—No, amigo. Si nos ven tendremos a nuestras espaldas cuarenta soldados y no podremos huir tan fácilmente de sus disparos. Por ahora es más conveniente que nos escondamos en el recinto.

—¿Dónde?

—Ven conmigo, Yáñez, y podrás verlo. Mañana por la noche, pase lo que pase, embarcaremos. Ven, Yáñez, te llevaré a un lugar seguro.

Los dos piratas se levantaron colocándose las carabinas bajo el brazo, y se alejaron de la cerca manteniéndose escondidos.

Sandokán hizo atravesar a su compañero una parte del recinto y lo llevó a una pequeña casita de un solo piso, que servía como invernadero y que se erigía a unos quinientos pasos de la villa de lord Guillonk.

Abrió la puerta sin hacer ningún ruido y se adentró en ella tanteando.

—Enciende una vela —dijo Sandokán.

—¿No podrán ver la luz desde fuera?

—No hay peligro. Está rodeado por completo por una vegetación muy densa.

La habitación estaba repleta de grandes macetas de flores perfumadas y muchas sillas y mesas de bambú.

En la otra extremidad el portugués vio una estufa de dimensiones gigantescas, capaz de contener a media docena de personas.

—¿Es aquí donde nos esconderemos? —preguntó Yáñez—. El lugar no me parece del todo seguro. Los soldados no se olvidarán de inspeccionarla, considerando aquellas mil libras esterlinas que lord James ha prometido por tu captura.

—Despacio, amigo Yáñez.

—¿Qué quieres decir?

—Que no les pasará por la cabeza ir a buscarnos en el interior de la estufa.

Yáñez no pudo contener la risa.

—¡En aquella estufa! —exclamó.

—Sí, nos esconderemos ahí dentro.

—Pero… ¡Sandokán…!

—Si no quieres venir, enfréntate con los ingleses. No hay otra alternativa: o en la estufa o dejarse capturar.

—No se puede escoger —contestó Yáñez riendo.

Abrió la puerta de hierro, encendió otro trozo de mecha y entró impetuosamente en aquella enorme estufa, estornudando ruidosamente. Sandokán lo siguió sin titubear.

Sobraba gran cantidad de espacio, aunque abundaban la ceniza y el hollín. El horno era tan alto que los dos piratas podían permanecer perfectamente de pie.

El portugués, siempre de buen humor, se encontraba allí dentro a gusto y muy alegre, a pesar de la peligrosa situación en que se hallaban.

—¿Quién puede suponer que el peligroso Tigre de Malasia se ha refugiado aquí? —dijo—. ¡Por Júpiter! Estoy seguro de que no nos encontrarán.

—No hables demasiado fuerte, amigo —dijo Sandokán—; nos podrían oír.

—¡Bah! Deben de estar muy lejos.

—No tanto como crees. Antes de entrar en el invernadero he visto a dos hombres registrar los matorrales a pocos centenares de pasos de nosotros.

—¿Crees que venían a buscar en este lugar?

—Estoy seguro.

—¡Diablo! ¿Y si se les ocurriera mirar en la estufa también? ¡Estaríamos perdidos, Sandokán!

—No nos dejaremos prender tan fácilmente. Tenemos armas y podemos soportar un asedio.

—Necesitamos alimentos.

—Los encontraremos, Yáñez. He visto unos bananos y unos pombos alrededor del invernadero.

—¿Cuándo?

—¡Calla! Oigo unas voces… Ten lista la carabina y no temas. ¡Escucha!

Fuera se oía alguna voz cada vez más cercana. Las piedrecillas del camino que conducía al invernadero crujían bajo los pies de los soldados.

Sandokán hizo apagar la vela y ordenó a Yáñez que no se moviera; después abrió con precaución la puerta de hierro y miró fuera.

El invernadero se encontraba todavía a oscuras, pero a través de los vidrios se veían unas antorchas entre los bananos que crecían a ambos lados del sendero.

Mirando con mayor atención, pudo ver a unos cinco o seis soldados.

«¿Se preparan para inspeccionar el invernadero?», pensó con ansiedad.

Cerró con precaución la puerta y alcanzó a Yáñez en el mismo instante en que un rayo de luz iluminaba el interior del pequeño edificio.

—Están llegando —dijo a su compañero, el cual aguantaba la respiración—. Estemos dispuestos a todo, hasta a lanzarnos contra ellos. ¿Está cargada tu carabina?

—Tengo el dedo sobre el gatillo.

—Muy bien. Desenfunda también el kris.

La patrulla entraba entonces en el invernadero y lo iluminó por completo. Sandokán, que se mantenía al lado de la pequeña puerta, vio a los soldados mover las macetas y las sillas, inspeccionando todos los posibles escondrijos de la habitación. A pesar de su enorme coraje no pudo reprimir un temblor.

Si los ingleses registraban con tal cuidado, era muy probable que se percatasen de las dimensiones de la estufa. Podían esperar de un momento a otro una desagradable visita.

Sandokán se apresuró a acercarse a Yáñez, que se había acurrucado al fondo, semihundido entre la ceniza y el hollín.

—No te muevas —murmuró Sandokán—. A lo mejor no nos descubren.

—¡Calla! —dijo Yáñez—. ¡Escucha!

Una voz decía:

—¿Habrá huido aquel maldito pirata?

—¿O se lo habrá tragado la tierra? —dijo otro soldado.

—¡Oh! Ese hombre es capaz de todo —dijo un tercero—. Os digo que ese matasiete no es hombre como nosotros, ¡sino hijo de Satanás!

—Yo estoy de acuerdo, Varrez —contestó la primera voz temblando, lo que indicaba que su propietario era presa de un gran terror.

—He visto una sola vez a ese hombre tremendo, y ya tengo suficiente. No era un hombre, era un verdadero tigre y os digo que ha tenido el valor de lanzarse contra cincuenta hombres sin que las balas pudieran alcanzarlo.

—Me das miedo, Bob —dijo otro soldado.

—¿Y a quién no le da miedo? —contestó el que se llamaba Bob—. Yo creo que tampoco lord Guillonk se atrevería a enfrentársele.

—A pesar de todo, procuremos atraparlo; ahora es imposible que se nos escape. El recinto está rodeado y si quiere saltar la cerca ahí se quedará. Apostaría dos meses de mi sueldo contra dos peniques a que lo capturamos.

—Aquí no está. Vamos a buscarlo a otro lugar.

—Despacio, Bob. Veo allí una estufa monumental, con capacidad suficiente para servir de refugio a varias personas. Prepara la carabina y vamos a ver.

—¿Quieres burlarte de nosotros, camarada? —dijo un soldado—. ¿Quién quieres que se esconda ahí dentro? No cabrían allí ni los pigmeos del rey de Abisinia.

—Vamos a inspeccionarla, os digo.

Sandokán y Yáñez retrocedieron cuanto pudieron hasta el fondo de la estufa y se tumbaron entre la ceniza y el hollín para escapar mejor a las miradas de los soldados.

Un instante después, la puerta de hierro se abrió y una franja de luz se proyectó en su interior, aunque insuficiente para iluminarla toda.

Un soldado introdujo la cabeza, que sacó enseguida estornudando ruidosamente. Un puñado de ceniza que Sandokán le había arrojado a la cara lo había dejado más negro que un deshollinador y lo había medio cegado.

—¡Al diablo quien tuvo la idea de hacerme meter la nariz ahí dentro…! —exclamó el inglés.

—Es ridículo —dijo otro soldado—. Estamos perdiendo aquí un tiempo precioso sin ningún resultado práctico. El Tigre de Malasia tiene que encontrarse en el recinto y a lo mejor está intentando saltar la cerca.

Los soldados se retiraron precipitadamente cerrando tras de sí con gran estrépito la puerta del invernadero. Se oyeron pasos y voces que se alejaban, y después nada más.

El portugués, volviendo a la tranquilidad, respiró profundamente.

—¡Cuerpo de cien mil espingardas…! —exclamó—. Me parece haber vivido cien años en unos pocos minutos. Yo no habría apostado una sola piastra por nuestra piel. Si aquel soldado se hubiera asomado un poco más nos hubiera descubierto a los dos.

—Por ahora no tendremos por qué preocuparnos. Continuarán la búsqueda en el recinto; después se convencerán de que ya no estamos.

—¿Y cuándo nos vamos? No tendrás intención de que nos pasemos aquí varias semanas… Piensa que los praos pueden haber llegado a la desembocadura del río.

—No tengo ninguna intención de quedarme aquí; además, los víveres no abundan. Esperemos a que la vigilancia de los ingleses se relaje un poco y después emprenderemos el vuelo. También yo tengo deseos de saber si nuestros hombres han llegado, porque sin su ayuda no nos será posible raptar a Marianne.

—Sandokán, vamos a ver si encontramos algo que echarnos a la boca y mojar el gaznate.

El portugués, que sentía asfixia dentro de aquella estufa, echó hacia delante la carabina y después se arrastró hacia la puerta, saltando rápidamente sobre una maceta para no dejar sobre el suelo un rastro de ceniza.

Sandokán imitó aquella prudencial maniobra, y saltando de maceta en maceta llegaron hasta la puerta del invernadero.

—¿No se ve a nadie? —preguntó.

—Todo está oscuro fuera.

—Entonces, vamos a saquear los bananos.

Llegaron hasta los matorrales que crecían alrededor de los senderos y encontraron algunos bananos y unos pombos. Recogieron una abundante provisión para calmar el hambre y los ardores de la sed.

Estaban a punto de volver al invernadero cuando Sandokán se paró y dijo:

—Espérame aquí, Yáñez. Quiero ver dónde están los soldados.

—Es una imprudencia —contestó el portugués—; deja que busquen donde quieran. ¿Qué nos importa a nosotros?

—Tengo un plan.

Tendió a Yáñez la carabina, agarró el kris y se alejó silenciosamente.

Llegando cerca del último grupo de bananos, divisó a lo lejos algunas antorchas que se dirigían a la cerca.

«Parece que se alejan —pensó—. Vamos a ver lo que pasa en la villa de lord James. ¡Ah!, si pudiera ver tan solo por unos instantes a mi amor… Creo que me iría más tranquilo.»

Ahogó un suspiro y se dirigió hacia la villa, procurando mantenerse siempre a cubierto tras los troncos de los árboles y los matorrales.

Cuando divisó la villa, se paró bajo unos mangos y miró. Su corazón se sobresaltó al ver la ventana de Marianne iluminada.

—¡Si pudiera raptarla...! —murmuró mirando con ansia la luz que brillaba a través de la reja.

Dio aún tres o cuatro pasos, agazapado, para no dejarse ver por los soldados que podían encontrarse escondidos en los alrededores y después se paró de nuevo.

Había visto una sombra cruzar frente a la luz y le había parecido que era la de la joven amada.

Iba ya a lanzarse hacia delante cuando, al bajar la mirada, vio a alguien detenido ante la villa.

Era un centinela apoyado en su carabina.

«¿Me habrá visto?», se preguntó.

Sus dudas duraron unos instantes. Había vuelto a ver la sombra de la joven a través de la reja.

Sin pensar en el peligro, se lanzó adelante. Había recorrido solo diez pasos cuando vio al centinela levantar rápidamente la carabina.

—¿Quién vive? —gritó.

Sandokán se paró. En aquel instante de tensión, el peligro que corría hizo prenderse en la mente de Sandokán una llamita que avivó el rescoldo de sus recuerdos. En fracciones de segundo su memoria hizo desfilar ante sus ojos las diversas ocasiones en que había visto a aquella bellísima mujer. La imprescindible necesidad de no perderla le haría encontrar el medio de escapar una vez más de aquella situación desesperada.

EL FANTASMA DE LOS CHAQUETAS ROJAS

La partida estaba irreparablemente perdida y amenazaba con ponerse seriamente peligrosa para el pirata y su compañero.

El centinela, por causa de la oscuridad y la distancia, con certeza no había podido divisar perfectamente al pirata, que se había escondido detrás de un matorral, aunque podía abandonar su guardia, investigar o llamar a otros compañeros.

Sandokán comprendió enseguida que estaba exponiéndose a un gran peligro, y por esta razón en lugar de avanzar se quedó inmóvil detrás de aquel matorral.

El centinela repitió la intimidación; después, no recibiendo contestación alguna, dio unos pasos hacia delante mirando por todos lados para asegurarse mejor de que nadie se escondiera detrás de los arbustos; después, pensando que se había equivocado, volvió hacia la villa y se plantó delante de la entrada.

Sandokán, a pesar de sentir un vivo deseo de llevar a cabo su temeraria hazaña, retrocedió lentamente con mil precauciones, moviéndose de un árbol a otro y arrastrándose detrás de los matorrales sin perder de vista al soldado, que tenía el fusil en la mano listo para disparar.

Al llegar a una zona despejada, apresuró el paso y entró en el invernadero, donde el portugués lo estaba esperando ansiosamente.

—¿Qué has visto? —preguntó Yáñez—. Me has tenido preocupado.

—Nada bueno para nosotros —contestó Sandokán, encolerizado—. La villa está guardada por centinelas, y el recinto está siendo recorrido en todos los sentidos por numerosas patrullas. Esta noche no podremos intentar absolutamente nada.

—Me parece que las cosas se ponen mal para nosotros, hermano mío. Si tu jovencita pudiera ayudarnos en esta situación, nos vendría muy bien.

—¡Pobre Marianne! ¡Qué vigilada estará…! Y a lo mejor sufriendo por no recibir noticias nuestras.

—Se encuentra en condiciones mucho mejores que las nuestras, hermano mío. No te preocupes ahora por ella. ¿Quieres que aprovechemos este momento de pausa para descansar unas cuantas horas? Algo de reposo nos iría muy bien.

—Sí, pero con los ojos abiertos.

—Quisiera dormirme con los dos ojos bien abiertos. Vamos, tumbémonos detrás de aquellas macetas y tratemos de descansar.

El portugués y su compañero, a pesar de no sentirse del todo tranquilos, se tumbaron lo mejor que pudieron en medio de unos rosales de China.

A pesar de toda su buena voluntad, no lograron pegar ojo. El temor de ser sorprendidos por los soldados de lord James los mantuvo completamente despiertos. Y varias veces, para tranquilizar su inquietud, se levantaron y salieron del invernadero para vigilar a sus enemigos y ver si se acercaban.

Al despuntar el alba, los ingleses volvieron a inspeccionar todo el recinto con mayor detenimiento, entre los bambúes y los bananos, los matorrales y la alta hierba. Yáñez y Sandokán, viéndoles a lo lejos, aprovecharon para saquear un naranjo de gruesos y jugosos frutos; luego volvieron a esconderse en la estufa tras haber tenido la precaución de borrar los abundantes rastros de ceniza.

Se encontraban allí hacía varias horas cuando a Yáñez le pareció oír fuera unos pasos. Se levantaron rápidamente empuñando cada uno su kris.

—¿Volverán? —preguntó el portugués.

—¿Te habrás equivocado? —dijo Sandokán con voz apagada.

—No, alguien ha pasado por el sendero.

—Si estuviera seguro de que es un solo hombre saldría a hacerlo prisionero.

—Estás loco, Sandokán.

—Por él podríamos saber dónde se encuentran los soldados y por qué lugar podemos pasar.

—No te fíes, Sandokán.

—Algo tenemos que hacer, amigo mío.

—Deja que salga yo. Si tengo necesidad de ayuda ya te llamaré.

Yáñez se quedó unos momentos escuchando; después atravesó el invernadero y salió mirando atentamente a su alrededor.

Se escondió en medio de unos arbustos y vio a unos cuantos soldados que estaban buscándolos de muy mala gana tras tantas horas de tensión.

Los otros tenían que estar fuera de la cerca, habiendo ya perdido toda esperanza de encontrar a los piratas en los alrededores de la villa.

«Confiemos en que todo salga bien —se dijo Yáñez—. Si hoy no nos encuentran, se convencerán de que hemos conseguido huir a pesar de la vigilancia. Si todo sale bien, esta noche podremos dejar nuestro escondrijo y adentrarnos en la selva.»

Iba a regresar cuando, volviendo la mirada hacia la villa, vio a un soldado avanzar por el sendero que conducía al invernadero.

«¿Me habrá visto?», se preguntó preocupado.

Se tiró en medio de los bananos y, manteniéndose escondido detrás de aquellas enormes hojas, alcanzó rápidamente a Sandokán. Este, viéndolo tan preocupado, adivinó enseguida que algo había pasado.

—¿Te persiguen? —preguntó.

—Presiento que me han visto —contestó Yáñez—. Un soldado se está acercando a nuestro refugio.

—¿Uno solo?

—Sí.

—Ese es el hombre que necesitamos —dijo Sandokán.

—¿Qué quieres decir?

—Lo atraparemos.

—¿Quieres perdernos, Sandokán?

—Necesito a ese hombre. Sígueme, rápido.

Yáñez quería protestar, pero Sandokán ya se encontraba fuera del invernadero. Contrariado, el portugués se vio obligado a seguirle para impedirle cometer alguna imprudencia.

El soldado que Yáñez había visto no se encontraba más que a doscientos pasos. Era un joven delgado, pálido, con los cabellos rojos y aún sin pelo en las mejillas; probablemente un recién llegado.

Se acercaba sin ninguna precaución, silbando entre dientes y llevando el fusil en bandolera. Seguramente ni se había enterado de la presencia de Yáñez.

—Mantengámonos escondidos entre aquellos bananos, y cuando pase junto a nosotros lo atraparemos por la espalda —dijo Sandokán—. Ten listo un pañuelo para amordazarle.

—Estoy listo —contestó Yáñez—, pero estamos cometiendo una imprudencia.

—El hombre no podrá oponer ninguna resistencia.

—¿Y si grita?

—No tendrá tiempo. ¡Ya está aquí!

El soldado ya había sobrepasado los bananos, sin percatarse de nada. Yáñez y Sandokán cayeron sobre él al mismo tiempo.

Mientras el Tigre lo agarraba por el cuello, el portugués lo amordazaba. Aunque todo se desarrolló muy deprisa, el joven tuvo tiempo de gritar.

—Rápido, Yáñez —dijo Sandokán.

El portugués lo agarró por los brazos y lo transportó hasta la estufa.

Sandokán, momentos después, lo alcanzaba. Estaba muy inquieto porque no había tenido tiempo de recoger la carabina del prisionero, al haber visto a dos soldados lanzarse por el sendero.

—Estamos en peligro, Yáñez —dijo apresurándose a entrar en la estufa.

—¿Se habrán dado cuenta de que tenemos al soldado? —preguntó Sandokán palideciendo.

—Tienen que haber oído el grito.

—Entonces, estamos perdidos.

—Aún no. Pero si ven en el suelo la carabina de un compañero se pondrán sin duda a buscarlo.

—No perdamos tiempo, hermano mío. Salgamos de aquí y corramos hacia la cerca.

—Nos alcanzarían antes de haber recorrido cincuenta pasos. Quedémonos aquí en la estufa y esperemos. De todas formas estamos armados y decididos a todo.

—Me parece que llegan.

—No temas, Yáñez.

El portugués no se había equivocado. Unos cuantos soldados habían llegado cerca del invernadero y comentaban la misteriosa desaparición de su compañero.

—Si ha dejado aquí el arma, quiere decir que alguien lo ha sorprendido y se lo ha llevado —dijo un soldado.

—Me parece imposible que los piratas se encuentren aún aquí y que sean tan audaces como para intentar algo parecido —dijo otro—. ¿No nos habrá querido gastar alguna broma?

—No me parece el momento más propicio para bromear.

—A pesar de todo, no estoy convencido de que haya podido ocurrirle ningún percance.

—Y yo os digo que lo han cogido los dos piratas —dijo una voz nasal con una fuerte pronunciación escocesa—. ¿Quién ha visto a aquellos hombres saltar la cerca?

—¿Y dónde quieres que se hayan escondido? Hemos registrado todo el recinto sin encontrar ni rastro.

—¡Barry…! —gritó una voz—. ¡Deja de bromear, bribón, o te hago azotar como si fueras un marinero!

Naturalmente, ninguna contestación obtuvo. Aquel silencio confirmó a los soldados la sospecha de que al camarada desaparecido le había ocurrido algo.

—¿Qué hacemos? —preguntó el escocés.

—Busquémoslo, amigos —dijo otro—; ya hemos revisado todos los matorrales.

—Entremos en el invernadero —dijo un tercero.

Al oír aquellas palabras, los dos piratas se pusieron en guardia.

—¿Qué piensas hacer? —preguntó Yáñez.

—Prepararé una sorpresa a esos chaquetas rojas.

Yáñez cogió la carabina, la armó y se tumbó entre las cenizas. Sandokán se inclinó hacia el prisionero y le dijo:

—Ten cuidado de no hacer ni un solo ruido o te abro la garganta con mi puñal, y te advierto que la punta está envenenada con el jugo mortal del upas. Si quieres vivir, no hagas ni un solo movimiento.

Después se levantó y se puso a tantear las paredes de la estufa por toda su superficie.

Entretanto, los soldados habían entrado en el invernadero, removiendo con ira las macetas y maldiciendo al Tigre de Malasia y a su compañero.

No encontraron nada, pero la estufa atrajo la mirada de aquellos soldados.

—¡Por mil cañones! —exclamó el escocés—. ¿Y si han asesinado a nuestro camarada y lo han escondido ahí dentro?

—Vamos a ver —dijo otro.

—Despacio, amigos —dijo un tercero—. La estufa es lo suficiente grande para esconder a más de un hombre.

Sandokán se había apoyado entretanto en la puerta, listo para derribar una pared.

—Yáñez —murmuró—, prepárate para seguirme.

—Estoy listo.

Sandokán, al oír el chirriar de la puerta, retrocedió unos pasos y se lanzó. Se oyó un ruido sordo; luego la pared, destrozada por aquel tremendo empujón, se derribó.

—¡El Tigre! —gritaron los soldados dispersándose en todas direcciones.

Entre el humo producido por los ladrillos caídos, apareció de improviso Sandokán carabina en mano y con el kris entre los dientes.

Disparó sobre el primer soldado que vio; después se lanzó con empuje irresistible hacia los otros derribando a dos de ellos, y atravesó el invernadero seguido por Yáñez.

A TRAVÉS DE LA SELVA

El susto experimentado por los soldados al ver aparecer ante ellos al formidable pirata fue tan repentino que nadie pensó en utilizar las armas. Cuando pudieron sobreponerse, intentaron oponer una fuerte resistencia, pero ya era demasiado tarde.

Los dos piratas ya se encontraban en el jardín, atravesando los matorrales.

En dos minutos Yáñez y Sandokán, corriendo velozmente, llegaron hasta unos grandes árboles. Al fin podían respirar tranquilamente y miraron a su alrededor.

Los soldados que habían intentado atraparlos en la estufa ya se habían lanzado fuera del invernadero gritando sin parar y disparando en todas direcciones.

Aquellos que rodeaban la villa atravesaron el recinto corriendo a prestar ayuda a los primeros.

—Demasiado tarde, compañeros —dijo Yáñez—. Nosotros llegaremos antes.

—Corramos —dijo Sandokán—. No dejemos que nos corten el paso.

—Mis piernas están listas.

Reemprendieron la huida con mayor ímpetu, manteniéndose escondidos entre los árboles y, llegados a la cerca, la saltaron para dejarse caer al otro lado.

—¿Nadie? —preguntó Sandokán.

—No se ve ni un alma viviente.

—Adentrémonos en el bosque. Así perderán nuestro rastro.

La selva se encontraba a pocos pasos. Entraron en ella, corriendo sin parar. A cada paso que daban, la carrera se hacía más difícil.

Por todos lados surgían espesos matorrales, encajados entre los enormes árboles que lanzaban hacia lo alto sus gruesos y retorcidos troncos, y sobre los que abundaban enormes boas monstruosas confundiéndose con las ramas.

Los dos piratas, perdidos en medio de aquella espesa selva virgen, se encontraron muy pronto imposibilitados para avanzar. Habría sido necesario utilizar el cañón para abrirse paso entre aquella pared verde.

—¿Adónde vamos, Sandokán? —preguntó Yáñez—. Yo ya no sé por qué sitio pasar.

—Imitaremos a los monos —dijo el Tigre de Malasia—. Es una maniobra familiar para nosotros.

—¿Los ingleses habrán entrado ya en la selva?

—Lo dudo, Yáñez —contestó Sandokán—. Si nos cuesta trabajo a nosotros que estamos acostumbrados a vivir en la espesura, ellos no habrán podido recorrer más que diez pasos. A pesar de todo, procuremos alejarnos rápidamente. Sé que el lord tiene unos enormes perros, y esos malditos animales podrían llegar de improviso.

—Tenemos puñales para matarlos, Sandokán.

—Son más peligrosos que los hombres. Vamos, Yáñez, empecemos a utilizar los brazos.

Agarrándose a las enormes plantas, los dos piratas se pusieron a escalar aquella pared verde con una agilidad que hubieran podido envidiar hasta los monos.

Subían, bajaban, después volvían a subir, pasando a través de las mallas de aquella inmensa red vegetal deslizándose entre las inmensas hojas de aquellos riquísimos bananos o por los colosales troncos de los árboles.

Recorrieron quinientos o seiscientos metros, no sin haber estado a punto de caer entre aquellas ramas, y se pararon sobre un bua mamplam, planta que produce fruta no demasiado apreciada por los paladares europeos, impregnada por un fuerte olor a resina, pero muy nutritiva y muy apreciada por los indígenas.

—Podemos descansar algunas horas —dijo Sandokán—. Estoy seguro de que nadie vendrá a molestarnos entre estos árboles. Es lo mismo que si nos encontráramos en una ciudadela bien fortificada.

—¿Sabes, hermano mío, que hemos sido afortunados por haber podido huir de aquellos bribones? Encontrarnos en una estufa con ocho o diez soldados alrededor y poder salvar la vida es algo verdaderamente milagroso. Debes de causarles un gran miedo.

—Parece que así es —dijo Sandokán sonriendo.

—Me temo que esta hazaña nuestra hará decidirse al lord a buscar un lugar más seguro, en Victoria.

—¿Eso crees? —preguntó Sandokán ensombreciéndosele la cara.

—No se sentirá seguro, ahora que nosotros estamos en las cercanías de la villa.

—Es verdad, Yáñez. Es necesario que busquemos a nuestros hombres.

—Y volvamos enseguida a la villa.

—Veremos lo que es más conveniente.

—¿Quieres un consejo, Sandokán?

—Habla, Yáñez.

—En lugar de intentar asaltar la villa, esperemos a que el lord salga. Verás como no tardará.

—¿Y asaltaremos la caravana durante su recorrido…?

—En medio de la selva. Un asedio puede durar mucho tiempo y causar enormes sacrificios.

—El consejo es bueno.

—Destruida o dispersada la escolta, raptaríamos a la joven y volveríamos enseguida a Mompracem.

—¿Y el lord?

—Lo dejaríamos ir a donde quisiera. ¿Qué nos importa a nosotros él? Que vaya a Sarawak o a Inglaterra si quiere, nos trae sin cuidado.

—No irá ni a un lugar ni a otro, Yáñez.

—¿Qué quieres decir?

—No nos dejará ni un solo momento en paz y lanzará sobre nosotros todas las fuerzas de Labuán.

—¿Y te inquietas por eso?

—Yáñez, yo podría, si quisiera, desencadenar la guerra también en las costas de Borneo y lanzar hordas de feroces salvajes sobre aquella isla.

—Pero tú no lo harás, Sandokán.

—¿Por qué…?

—Cuando hayas raptado a Marianne Guillonk no te preocuparás más de Mompracem ni de tus tigres. ¿Es verdad lo que digo, hermano? —contestó Yáñez.

El pirata permaneció en silencio. Se había cogido la cabeza con las manos, y sus ojos, animados por una oscura llama, miraban al vacío.

—Tristes días esperan a Mompracem —continuó Yáñez—. La formidable isla, dentro de pocos meses, habrá perdido todo su prestigio y también a sus terribles tigres. Bien, así tenía que pasar. Tenemos inmensos tesoros y nos iremos a gozar de una vida tranquila y opulenta en alguna ciudad del Extremo Oriente.

—¡Calla! —dijo Sandokán con voz sorda—. Calla, Yáñez. Tú no puedes saber el destino de los tigres de Mompracem. Mira, allí la selva me parece que es menos espesa. Vamos, Yáñez. La fiebre me consume.

—Haremos lo que quieras.

El portugués, a pesar de esperar alguna acción por parte de los ingleses que podían haberse adentrado en el bosque arrastrándose como serpientes, al mismo tiempo estaba preocupado por saber la suerte de los praos, por si habían podido huir de aquel terrible huracán que había devastado las costas de la isla.

Después de haber calmado la sed con algunos bau mamplam, se dejaron caer en el suelo. Pero no era hazaña fácil salir de aquella espesura. Atravesado aquel pequeño espacio recubierto por pocos árboles, más adelante la selva volvía a hacerse más densa que antes.

También Sandokán se encontraba como perdido, no sabiendo qué dirección tomar para poder llegar a las cercanías del río.

—Estamos perdidos, Sandokán —dijo Yáñez, que no conseguía ver el sol para poder orientarse—. ¿Por dónde vamos?

—Te confieso que no sé si volver a la izquierda o a la derecha —contestó Sandokán—, pero me parece ver un pequeño sendero. Las hierbas lo han cubierto casi del todo. Espero que nos pueda conducir a la salida de este laberinto y…

—Un ladrido, ¿verdad?

—Sí —contestó el pirata, cuya frente se había ensombrecido.

—Los perros han descubierto nuestro rastro.

—No, lo están buscando por todas direcciones. Escucha.

A lo lejos, en medio de aquella espesura, se oyó un segundo ladrido.

Algún perro había penetrado en aquella selva virgen y estaba intentando alcanzar a los fugitivos.

—¿Irá solo o seguido por hombres? —preguntó Yáñez.

—A lo mejor por algún negro. Un soldado no se habría atrevido a adentrarse en este caos.

—¿Qué quieres hacer?

—Esperar al animal y matarlo.

—¿De un disparo de fusil?

—El disparo nos delataría, Yáñez. Empuña tu kris y esperemos. Si hay peligro podemos subir a este pombo.

Se escondieron los dos detrás de un grueso árbol, que estaba rodeado por unas enormes raíces, y esperaron a que compareciera aquel adversario de cuatro patas.

El animal se acercaba muy rápidamente. Se podía oír a no mucha distancia el movimiento de las ramas y de las hojas, y unos ladridos sordos.

Tenía que haber descubierto el rastro de los dos piratas y se apresuraba para impedirles alejarse. Tal vez detrás de él, a muy poca distancia, se encontraran algunos indígenas.

—Allí está —dijo Yáñez.

Un enorme perro negro, con el pelo erizado y con la mandíbula formidablemente armada con unos afilados dientes, había aparecido en medio de unos arbustos. Debía de pertenecer a aquella raza feroz utilizada por los plantadores de las Antillas y de la América meridional para cazar a los esclavos huidos.

Viendo a los dos piratas, se paró unos instantes, mirándolos con ojos ardientes; después saltó sobre unas raíces con un salto de leopardo y se lanzó hacia delante emitiendo un gruñido espantoso.

Sandokán se había arrodillado rápidamente manteniendo el kris horizontal, mientras Yáñez había agarrado la carabina por la caña para utilizarla como si fuese una maza.

Con un último salto, el enorme perro se lanzó hacia Sandokán, que estaba más cerca, directo hacia su garganta. Pero si aquella fiera era feroz, el Tigre de Malasia lo era más.

Su derecha, rápida como el rayo, golpeó al animal, al mismo tiempo que Yáñez dejaba caer la culata del fusil sobre el cráneo del perro.

—Me parece que es suficiente —dijo Sandokán levantándose y empujando con el pie al animal moribundo—. Vamos, Yáñez, corramos hacia el sendero.

Los dos piratas, ya sin preocuparse del perro, se lanzaron entre los árboles tratando de seguir aquel viejo sendero.

Las plantas y las raíces lo habían invadido; a pesar de ello, había quedado un rastro lo suficientemente visible y se podía seguir sin demasiado trabajo.

Pero más adelante el sendero desaparecía, y Yáñez y Sandokán se vieron obligados a reemprender aquellas maniobras aéreas, espantando y molestando a los bigit, monos de pelo muy negro que abundan en Borneo y en las islas cercanas y que están dotados de una increíble agilidad.

Aquellos monos, viendo invadidas sus posesiones aéreas, no siempre les dejaban paso y muchas veces se les enfrentaban con una verdadera lluvia de frutas y de ramas.

Siguieron de esta forma durante unas cuantas horas, sin rumbo, no pudiendo orientarse por falta de luz del sol, oculto por las hojas; después, viendo bajo ellos un pequeño arroyo de agua muy oscura, bajaron hasta él.

—¿Habrá serpientes? —preguntó Yáñez a Sandokán.

—Encontraremos solamente sanguijuelas —contestó el pirata.

—Veamos si es muy hondo.

—No habrá más de un pie, Yáñez. Pero asegurémonos antes.

El portugués rompió una rama y la sumergió en aquel arroyo.

—No te habías equivocado, Sandokán —dijo—. Bajemos.

Abandonaron la rama sobre la cual habían estado hasta aquel momento y se dejaron caer en el pequeño arroyo.

—¿Se ve algo? —preguntó Sandokán.

Yáñez se había agachado intentando distinguir algo a través de aquella cortina vegetal que se cernía sobre el agua.

—Me parece ver alguna luz al fondo —dijo.

—¿Se hará menos espesa la selva?

—Es probable, Sandokán.

—Vamos a ver.

Manteniéndose de pie con mucha dificultad a causa del resbaladizo lecho, caminaron hacia delante agarrándose de vez en cuando a las ramas que caían sobre el agua.

Unos olores nauseabundos emanaban de aquellas oscuras aguas, exhalaciones producidas por la putrefacción de las hojas y de los frutos sedimentados en el lecho. Corrían el peligro de contraer fiebres de cualquier tipo.

Los dos piratas habían recorrido un cuarto de kilómetro cuando Yáñez se paró bruscamente agarrándose a una gruesa rama que atravesaba por completo el pequeño arroyo.

—¡Escucha! Alguien se acerca.

En el mismo instante, un rugido espantoso retumbó bajo aquellas arcadas verdes, haciendo callar por completo a los pájaros y las risas burlonas de los pequeños monos.

—Ten cuidado, Yáñez —dijo Sandokán—. Tenemos un orangután delante de nosotros.

—Y también otro enemigo.

—¿Qué quieres decir?

—Mira aquella gruesa rama que atraviesa el arroyo.

Sandokán se puso de puntillas y lanzó una rápida mirada.

—¡Ah! —murmuró sin manifestar la más mínima aprensión—. ¡Un orangután por un lado y una pantera por el otro! Esperemos a ver si logran cerrarnos el paso. Prepara el fusil y estemos listos para todo.

EL ASALTO DE LA PANTERA

Dos formidables enemigos estaban delante de los dos piratas, peligrosos por igual, pero parecía que de momento no tenían intención de ocuparse de los hombres, porque en lugar de bajar por el arroyo se movieron rápidamente uno hacia otro, como si tuviesen intención de medir sus fuerzas.

El primer animal era una espléndida pantera de la Sonda; el otro era uno de aquellos enormes orangutanes que abundaban en Borneo y en las islas cercanas, muy temidos por la fuerza prodigiosa que poseían y también por su ferocidad sin igual.

La pantera estaba hambrienta; al ver al «hombre de los bosques» cruzar a la orilla opuesta, se había lanzado rápidamente sobre una gruesa rama que se curvaba casi horizontalmente sobre la corriente, formando una especie de puente. Era una fiera bellísima y peligrosa.

Tenía la talla y el aspecto de un pequeño tigre, aunque con la cabeza más redonda y menos desarrollada, las piernas cortas y robustas, y el pelo amarillo oscuro con manchas más fuertes. Mediría, por lo menos, un metro y medio de largo. Debía de ser una de las más grandes de su especie.

Su contrincante era un feo orangután, de alrededor de un metro cuarenta, con los brazos desproporcionados.

Su cara, muy larga y arrugada, tenía un aspecto feroz, especialmente a causa de sus ojos hundidos y escrutadores y el pelo rojizo que los enmarcaba. Suelen vivir en lo más espeso de la selva, preferiblemente en regiones bastante húmedas.

Construyen unos nidos bastante grandes en la copa de los árboles utilizando gruesas ramas que saben disponer con mucha habilidad en forma de cruz.

Parecen estar siempre tristes y son poco sociables. Generalmente rehúyen al hombre y también a los otros animales.

Pero, amenazados o enfadados, se transforman en feroces y peligrosos animales, con una fuerza superior a la de cualquier otra criatura.

El orangután, al oír el rugido de la pantera, se había parado en seco. Se encontraba en la orilla opuesta del pequeño arroyo, delante de un gigantesco durián.

Probablemente había sido sorprendido en el momento en que se disponía a trepar al árbol para saquearlo de sus numerosos frutos.

Al ver a aquella peligrosa adversaria, primero se había contentado con mirarla más extrañado que enfadado; después, de pronto, había emitido dos o tres silbidos, indicio de un muy pronto enfado.

—Creo que vamos a asistir a una terrible lucha entre esos dos animales —dijo Yáñez, que se había quedado como petrificado.

—Por ahora no se meten con nosotros —contestó Sandokán—. Me temía que quisieran atacarnos.

—También yo, hermano mío. ¿Quieres que cambiemos el rumbo?

Sandokán miró a ambas orillas y vio que por aquel lugar era imposible adentrarse en la selva.

Dos verdaderos bastiones, formados por troncos, hojas, espinas, raíces y lianas, se cerraban sobre el pequeño arroyo. Para abrirse paso habrían tenido que utilizar el kris durante largo rato.

—No podemos salir —dijo—. Al primer ruido, el orangután o la pantera se lanzarían sobre nosotros a una. Quedémonos aquí procurando que no nos vean. La lucha no será larga.

—Después tendremos que enfrentarnos con el ganador.

—Probablemente se encontrará en tan malas condiciones que no se preocupará de nosotros.

—La pantera se impacienta…

—El orangután está deseando romper las costillas de su enemiga.

—Arma el fusil, Sandokán. No se sabe lo que puede pasar.

—Estoy listo para disparar contra los dos y…

Un grito espantoso, muy parecido al mugido de un toro enfurecido, le cortó la palabra.

El orangután había alcanzado el máximo de su enfado.

Viendo que la pantera no se decidía a abandonar la rama y bajar hacia la orilla, el orangután avanzó en actitud amenazadora, emitiendo un segundo grito y golpeándose fuertemente el pecho, que retumbaba como un tambor.

Aquel enorme simio daba miedo. Su pelo rojizo se había erizado, su cara tenía una expresión de ferocidad demente y sus largos dientes, tan fuertes hasta poder aplastar el cañón de un fusil como si fuera un simple palillo, rechinaban.

La pantera, viendo cómo se acercaba, se había replegado sobre sí misma, como si estuviera preparándose para saltar, pero parecía no tener ninguna prisa en abandonar la rama.

El orangután se agarró con un pie a una gruesa raíz que había en el suelo; después, asomándose sobre el río, agarró con ambas manos la rama en la cual estaba su contrincante y la movió con fuerza hercúlea hasta hacerla crujir.

El movimiento fue tan fuerte que la pantera, a pesar de tener las afiladas garras hundidas por completo en la rama, cayó al río.

Pero en cuanto tocó el agua saltó nuevamente sobre la rama.

Se quedó unos momentos quieta, y luego se lanzó de pronto sobre el gigantesco mono, hundiéndole las garras en los hombros y en el pecho.

El orangután lanzó un grito de dolor.

Satisfecha por el feliz resultado de aquel ataque relámpago, la fiera trató de alcanzar de nuevo la rama antes de que el adversario pudiera reaccionar.

Con un espléndido movimiento se revolvió sobre sí misma y, utilizando el gran pecho del mono como punto de apoyo, saltó de vuelta a la rama. Las dos patas delanteras se agarraron a esta, hundiendo sus uñas en su corteza, pero no pudo subir más.

El orangután, a pesar de las heridas, había estirado rápidamente los brazos y había agarrado la cola de su adversaria. Aquellas manos, dotadas de una fuerza terrible, ya no soltarían la presa. Se cerraron como unas tenazas, haciendo chillar de dolor a la fiera.

—¡Pobre pantera! —dijo Yáñez, que seguía con verdadero interés las distintas fases de aquella salvaje lucha.

—Está perdida —dijo Sandokán—; si su cola no se rompe, cosa imposible, no podrá escapar del orangután.

El pirata no se equivocaba. El animal, teniendo entre sus manos la cola de su adversaria, saltó sobre la rama. Reuniendo todas sus fuerzas, levantó a peso a la fiera, lanzándola después contra el suelo. El pobre animal, aplastado, se deslizó entre las oscuras aguas del arroyo.

—¡Por Júpiter, qué golpe maestro! —murmuró Yáñez—. No creía que este animal pudiera desembarazarse tan rápidamente de la pantera.

—Puede vencer a todos los animales de la selva, incluidas las pitones —contestó Sandokán.

—¿Hay peligro también de que se enfade con nosotros?

—Está tan enfurecido que podría atacarnos.

—Disparemos contra él y sigamos adelante sin apartarnos del arroyo.

—Era lo que pensaba proponerte —dijo Sandokán—; acerquémonos un poco más para no errar nuestros disparos. Hay tantas ramas que nuestros proyectiles pueden desviarse muy fácilmente.

Mientras se preparaban para atacar al orangután, este se había agachado en la orilla del río y se echaba agua en las heridas.

El animal no parecía muy tranquilo, y entre espasmos de dolor revelaba su salvaje furor.

Sandokán y Yáñez se habían acercado a la orilla opuesta para poder adentrarse rápidamente en la selva en caso de fallar los disparos.

Se habían parado detrás de una gruesa rama que caía sobre el riachuelo y habían apoyado los fusiles para disparar mejor cuando vieron al orangután ponerse de pie rápidamente, golpeándose con fuerza el pecho y rechinando furioso los dientes.

—¿Qué tiene? —preguntó Yáñez—. ¿Nos habrá visto?

—No —dijo Sandokán—, no es con nosotros con quien está enfadado.

—¿Será con otro animal que intenta sorprenderlo?

—Cállate; veo moverse hojas y ramas.

—¡Por Júpiter! ¿Serán los ingleses?

—Calla, Yáñez.

Sandokán subió silenciosamente sobre la rama y, manteniéndose oculto, miró hacia la orilla opuesta, donde se encontraba el orangután.

Alguien se acercaba moviendo con precaución las hojas. Ignorando el grave peligro que le esperaba, parecía dirigirse hacia el colosal durián.

El gigantesco orangután lo había oído y se había escondido detrás de un árbol, listo para lanzarse sobre el nuevo contrincante. No gemía ni gritaba; solo podía oírse su fuerte respiración como signo de su presencia.

—Entonces, ¿qué está pasando? —preguntó Yáñez a Sandokán.

—Alguien se está acercando, sin saberlo, al orangután.

—¿Un hombre o un animal?

—Aún no consigo ver quién es el imprudente.

—¿Y si fuera algún pobre indígena?

—Estamos aquí nosotros y no le daremos tiempo al animal a despedazarlo. ¡Eh...! Me lo había imaginado. He visto una mano.

—¿Blanca o negra?

—Negra, Yáñez. Apunta al orangután.

—Estoy listo.

En aquel momento se vio al gigantesco mono abalanzarse a través de un matorral emitiendo feroces rugidos.

Las ramas y las hojas arrancadas por aquellas enormes manos dejaron al descubierto a un hombre.

Se oyó un grito espantoso, seguido de dos disparos de fusil. Sandokán y Yáñez habían hecho fuego.

El animal, alcanzado en plena espalda, se dio la vuelta y, al ver a los dos piratas, sin preocuparse de aquel inoportuno que se había acercado, de un enorme salto llegó al río.

Sandokán había abandonado el fusil y empuñado el kris, listo para entablar una lucha cuerpo a cuerpo. Por otro lado, Yáñez, en la rama, intentaba volver a cargar el arma.

El orangután, a pesar de estar herido, se había lanzado contra Sandokán. Ya iba a alcanzarlo cuando en la orilla opuesta se oyó un grito:

—¡Capitán!

Después retumbó un disparo.

El orangután se detuvo y se llevó las manos a la cabeza. Se quedó unos instantes inmóvil, y después se derrumbó en el agua con gran estrépito.

En aquel mismo instante, el hombre que a punto había estado de caer en las manos del mono, se había lanzado al río gritando:

—¡Capitán...! ¡Señor Yáñez...! Estoy muy contento de haber hundido un proyectil en la cabeza de ese animal.

Yáñez y Sandokán habían saltado rápidamente sobre la rama.

—¡Paranoa! —exclamaron alegremente.

—En persona, mi capitán —contestó el malayo.

—¿Qué estás haciendo en la selva? —preguntó Sandokán.

—Os buscaba, capitán.

—¿Y te has atrevido tú solo? —preguntó Yáñez.

—No temo a las fieras.

—¿Los praos han llegado? —preguntó Sandokán.

—Cuando partí para buscaros en la selva, ningún otro velero había llegado, excepto el mío —contestó Paranoa.

—¿Cuándo abandonaste la desembocadura del río?

—Ayer por la mañana.

—A lo mejor el huracán los habrá arrastrado mucho más hacia el norte —dijo el Tigre.

—Puede que sí, mi capitán —dijo Paranoa—. El viento del sur soplaba con gran fuerza y no era posible oponer ninguna resistencia. Yo tuve la suerte de esconderme en una pequeña bahía resguardada, situada a unas sesenta millas de aquí, y por eso he podido volver rápidamente y llegar el primero al lugar de encuentro. De todas formas, como os he dicho, desembarqué ayer por la mañana y en este tiempo tal vez los otros veleros también hayan llegado.

—A pesar de todo estoy muy inquieto, Paranoa —dijo Sandokán—. Me gustaría encontrarme ya en la desembocadura del río para disipar estas inquietudes. ¿Has perdido algún hombre durante el huracán?

—Ninguno, mi capitán.

—¿Y el velero, ha resultado dañado?

—Muy pocos desperfectos, que ya están reparados.

—¿Se encuentra escondido en la bahía?

—Lo he dejado en mar abierto, por miedo a alguna sorpresa.

—¿Has desembarcado solo?

—Solo, mi capitán.

—¿Has visto a algún inglés moverse por los alrededores de la bahía?

—No, pero como ya os he dicho he visto a algunos por aquí cerca.

—¿Cuándo?

—Esta mañana.

—¿Por qué parte?

—Hacia el este.

—Venían de la residencia de lord James —dijo Sandokán mirando a Yáñez. Después preguntó a Paranoa—: ¿Estamos muy lejos de la bahía?

—No llegaremos antes del atardecer.

—¿Tanto nos hemos alejado? —exclamó Yáñez—. ¡Solo son las dos de la tarde…! Tenemos un buen trecho de camino.

—Esta selva es muy extensa, señor Yáñez, y muy difícil de atravesar. Nos harán falta, por lo menos, cuatro horas para alcanzar los últimos árboles.

—En marcha —dijo Sandokán impaciente.

Guiados por Paranoa, subieron por la orilla del río y se adentraron en un viejo sendero que el malayo había descubierto unas horas antes.

Las plantas, y especialmente las raíces, lo habían invadido, pero quedaba aún espacio suficiente para caminar sin demasiadas molestias.

Anduvieron cinco horas atravesando aquella enorme selva, haciendo de vez en cuando breves paradas para descansar, y al atardecer llegaron a orillas del río.

No se veía ningún enemigo, y bajaron hacia el oeste atravesando un pequeño pantano que desemboca en el mar.

Cuando llegaron a la orilla de la pequeña bahía, había anochecido hacía unas cuantas horas. Paranoa y Sandokán se encaminaron hacia las últimas escolleras y miraron atentamente el oscuro horizonte.

—Mirad, mi capitán —dijo Paranoa indicando al Tigre un punto luminoso, muy poco visible, que se podía confundir con una estrella.

—¿La luz de nuestro prao? ¿Qué señal tienes que hacer para que nuestro velero se acerque? —preguntó Sandokán.

—Encender en la playa dos fuegos —contestó Paranoa.

—Vayamos hacia la punta extrema de la península —dijo Yáñez—. Así señalaremos al prao la ruta exacta.

Se adentraron en un verdadero caos de pequeños escollos llenos de conchas, restos de crustáceos y montones de algas, y llegaron a la punta extrema de un islote boscoso.

—Encendamos aquí los fuegos, el prao podrá entrar en la bahía sin ningún peligro de embarrancar —dijo Yáñez.

—Pero haremos que suba por el río —dijo Sandokán—; me interesa esconderlo de los ingleses.

—Yo me encargo de eso —contestó Yáñez—. Lo esconderemos en el pantano, en medio de los bambúes, y lo recubriremos con ramas y hojas después de haberle quitado los palos y las velas. ¡Paranoa, enciende los fuegos!

El malayo no se entretuvo. En la orilla del bosque recogió unas cuantas maderas secas, formó dos pilas, colocándolas a una cierta distancia una de la otra, y las encendió.

Unos momentos después, los tres piratas vieron desaparecer la luz blanca del prao y brillar en su lugar un punto rojo.

—Nos han visto —dijo Paranoa—, ya podemos apagar los fuegos.

—No —dijo Sandokán—. Los utilizaremos para indicar a tus hombres la dirección. Nadie conoce la bahía, ¿verdad?

—No, capitán.

—Guiémosles, entonces.

Los dos piratas se sentaron en la playa con los ojos fijos sobre aquel punto rojo que había cambiado de dirección.

Diez minutos después ya se podía ver el prao.

En dos bordadas llegó ante la bahía y entró en ella por el canal, dirigiéndose hacia la desembocadura del río.

Yáñez, Sandokán y Paranoa habían abandonado el islote y volvieron hacia la orilla del pequeño pantano.

En cuanto vieron el prao anclar cerca de la orilla, subieron a bordo.

Sandokán impuso con un gesto silencio a la tripulación, la cual iba a saludar a los dos jefes de la piratería con gritos de alegría.

Después, hablando con un lugarteniente, preguntó con tal emoción que le temblaba la voz:

—¿No han llegado los otros dos praos?

—No, Tigre de Malasia —contestó el pirata—. Durante la ausencia de Paranoa he navegado por las costas cercanas, llegando hasta las de Borneo, pero no he visto a nuestros barcos por ningún lado.

—¿Y tú crees…?

El pirata no contestó. Parecía vacilar.

—Habla —dijo Sandokán.

—Yo creo, Tigre de Malasia, que nuestros veleros se han perdido en las costas septentrionales de Borneo —contestó el marino titubeando.

—¡Qué fatalidad! ¡Qué fatalidad! —murmuró Sandokán en voz baja—. La joven de los cabellos de oro lleva la desventura a los tigres de Mompracem.

—¡Coraje, hermano mío! —dijo Yáñez poniendo la mano en su espalda—. No desesperemos aún. A lo mejor nuestros praos han llegado muy lejos en tan malas condiciones que no pueden reemprender enseguida la marcha. Hasta que no encontremos los restos no estaremos seguros de que se hayan perdido.

—Pero no podemos esperar, Yáñez. ¿Quién nos asegura que lord James se quedará aún mucho tiempo en la villa…? Tenemos hombres suficientes para asaltarle si abandona la villa y raptar a su preciosa sobrina.

—¿Quieres intentar una operación tan arriesgada?

—¿Y por qué no? Nuestros tigres son valientes, y aunque el lord dispusiera del doble de soldados no titubearía ni un solo momento en emprender la lucha.

—Estoy madurando un plan que espero que tenga éxito. Déjame descansar esta noche y mañana emprenderemos la acción.

—Confío en ti, Yáñez.

—No temas, Sandokán.

—Pero no podemos dejar aquí el prao. Puede ser descubierto por alguna embarcación que entre en la bahía o por algún cazador que baje por el río.

—He pensado en todo, Sandokán, ya di instrucciones a Paranoa. Ven, Sandokán. Vamos a comer algo, después descansaremos al fin en nuestras camas. Te confieso que estoy reventado.

Mientras los piratas, bajo la dirección de Paranoa, desmontaban toda la sobreestructura del barco, Yáñez y Sandokán descendieron bajo cubierta y saquearon las provisiones.

Tranquilizada el hambre que desde hacía muchas horas los atormentaba, se tumbaron vestidos en sus camas.

El portugués, que ya no podía más, se durmió profundamente; en cambio, a Sandokán le costó bastante trabajo pegar ojo. Tenebrosos pensamientos y siniestras inquietudes lo mantuvieron despierto varias horas. Logró descansar algo cuando ya clareaba el día.

Cuando volvió a subir al puente, los piratas habían terminado de trabajar, haciendo el prao invisible para los cruceros que pudieran pasar por delante de la bahía, o para los hombres que pudieran bajar por el río. Habían empujado el barco hacia la orilla del pantano, oculto en medio de unos espesos bambúes. Los mástiles y arboladuras habían desaparecido, y sobre la cubierta habían puesto gran cantidad de ramas y de hojas de bambú, dispuestas tan hábilmente que recubrían el velero en su totalidad y lo disimulaban por completo.

—¿Qué me dices, Sandokán? —preguntó Yáñez, que ya se encontraba sobre el puente bajo un pequeño techo de caña levantado a popa.

—La idea ha sido buena —contestó Sandokán.

—Y ahora, ven conmigo.

—¿Adónde?

—A tierra. Hay veinte hombres que nos aguardan, hermano mío.

—¿Qué quieres hacer, Yáñez?

—Lo sabrás después. ¡Echad al agua la embarcación y vigilad atentamente!

EL PRISIONERO

Tras cruzar el río, Yáñez llevó a Sandokán al centro de unos espesos matorrales, donde se encontraban escondidos veinte hombres completamente armados y equipados cada uno con una bolsita de víveres y una manta de lana. Estaba también Paranoa y el lugarteniente Ikaut.

—¿Estáis todos? —preguntó Yáñez.

—Todos —contestaron los veinte hombres.

—Entonces, escúchame atentamente, Ikaut —dijo el portugués—. Tú volverás al barco y, si pasa algo, enviarás aquí a un hombre, que encontrará a un camarada suyo en espera de órdenes. Nosotros te transmitiremos nuestras órdenes, que tendrás que obedecer inmediatamente, sin el menor retraso. Procura ser prudente y no dejarte sorprender por los chaquetas rojas, y no te olvides de que nosotros, a pesar de encontrarnos lejos, en cualquier momento podemos venir a informarnos o a informarte de lo que pasa.

—Cuente conmigo, señor Yáñez.

Mientras el lugarteniente subía a la embarcación, Yáñez, a la cabeza de su patrulla, comenzó a bordear el pequeño río.

—¿Adónde me llevas? —preguntó Sandokán, que no entendía nada.

—Espera un poco más, hermano mío. Ahora dime, antes que nada, ¿a qué distancia del mar está la villa de lord Guillonk?

—A unas dos millas en línea recta.

—Entonces tenemos hombres más que suficientes.

Se orientó con la brújula que había cogido del prao y se adentró bajo los grandes árboles avanzando a paso rápido.

Recorridos cuatrocientos metros, se paró cerca de un enorme árbol de alcanfor que se erguía en medio de unos espesos arbustos y, mirando a uno de los marineros, dijo:

—Te quedarás aquí, y no te marcharás bajo ningún pretexto sin una orden nuestra. El río se encuentra a solo cuatrocientos metros, y puedes comunicarte fácilmente con el prao; a igual distancia hacia el este se encontrará uno de tus camaradas. Cualquier noticia que te llegue del prao la comunicarás a tu compañero más próximo. ¿Me has comprendido?

—Sí, señor Yáñez.

—Continuemos, entonces.

Mientras el malayo se preparaba un pequeño cobijo en la base del gran árbol, la patrulla reemprendía la marcha y dejaba a otro hombre a la distancia indicada.

—¿Comprendes ahora? —preguntó Yáñez a Sandokán.

—Sí —contestó—, y admiro tu astucia. Con estos centinelas distribuidos por la selva, en pocos minutos podremos comunicarnos con el prao cuando nos encontremos por los alrededores de la villa de lord James.

—Sí, Sandokán, y ordenar a Ikaut que monte rápidamente el prao para emprender a toda velocidad la huida, o que nos envíe refuerzos.

—Y nosotros, ¿dónde acamparemos?

—En el sendero que lleva a Victoria. Desde allí vigilaremos cualquier movimiento en la villa, y en muy poco tiempo podremos tomar las medidas necesarias para impedir que lord James huya sin que nos enteremos. Si quiere marcharse, antes tendrá que medirse con nuestros tigres.

—¿Y si el lord no se decide a irse?

—Entonces jugaremos con astucia.

—¿Tienes algún proyecto?

—Lo pensaremos, Sandokán.

Entretanto habían llegado a la orilla de la espesura. Al otro lado se extendía una pequeña pradera con unos pocos matorrales, atravesada por un largo sendero que parecía abandonado, ya que la hierba había crecido nuevamente.

—¿Será este el camino que lleva a Victoria? —preguntó Yáñez a Sandokán.

—Sí —contestó este.

—La villa de lord James debe de estar cerca.

—Veo a lo lejos, detrás de aquellos árboles, los pabellones del recinto.

—Muy bien —dijo Yáñez.

Miró hacia Paranoa, que los había seguido con seis hombres, y le dijo:

—Ve a montar las tiendas al borde de la selva, en un lugar protegido por los árboles.

El pirata no se hizo repetir la orden. Encontrado el lugar apropiado, hizo desplegar la tienda y la ocultó con una especie de cerca formada por ramas y hojas de banano.

Debajo puso los víveres que había hecho transportar hasta allí, después dispersó a sus seis hombres a derecha e izquierda para inspeccionar la selva y poder asegurarse así de que no escondía a ningún espía.

Sandokán y Yáñez, después de haber llegado a unos doscientos metros de la cerca del recinto, habían vuelto al bosque y se echaron bajo la tienda.

—¿Estás satisfecho del plan? —preguntó el portugués.

—Sí, hermano —contestó el Tigre de Malasia.

—Estamos a pocos pasos del recinto, y en la vía que conduce a Victoria. Si el lord quiere abandonar la villa, se verá forzado a pasar bajo el fuego de nuestros fusiles. En menos de media hora podemos reunir a veinte hombres, hombres decididos a todo, y en una hora podemos tener aquí a toda la tripulación del prao. Si se mueve, nos abalanzaremos sobre él.

—Sí, todos —dijo Sandokán—. Yo estoy preparado para todo, incluso para lanzar a mis hombres contra un regimiento entero, si es necesario.

—Entonces, ¡desayunemos, hermano mío! —dijo Yáñez riendo—. Este paseo tan temprano me ha abierto el apetito de forma extraordinaria.

Habían ya desayunado, y estaban fumando unos cigarros y comenzando una botella de whisky cuando vieron aparecer precipitadamente a Paranoa. El bravo malayo tenía las facciones alteradas y estaba visiblemente agitado.

—¿Qué tienes? —preguntó Sandokán levantándose rápidamente y alargando la mano hacia el fusil.

—Alguien se acerca, mi capitán —dijo él—. He oído el galope de un caballo.

—¿Irá camino de Victoria algún inglés?

—No, Tigre de Malasia, viene de Victoria.

—¿Está aún lejos? —preguntó Yáñez.

—Así lo creo.

—Ven, Sandokán.

Cogieron las carabinas y salieron de la tienda, mientras los hombres de la escolta se escondían en los matorrales armando rápidamente los fusiles.

Sandokán se adentró en el sendero y se puso de rodillas, apoyando una oreja en el suelo. La superficie de la tierra transmitía claramente el galope apresurado de un caballo.

—Sí, un jinete se acerca —dijo levantándose rápidamente.

—Te aconsejo que lo dejes pasar sin molestarlo —dijo Yáñez.

—No, mi querido amigo, lo haremos prisionero.

—¿Y por qué razón?

—Puede llevar a la villa algún mensaje importante.

—Si lo asaltamos, se defenderá, disparará el mosquete, a lo mejor también las pistolas, y estas detonaciones puede que sean oídas por los soldados de la villa.

—Lo atraparemos sin darle tiempo a utilizar las armas; el caballo avanza al galope y no podrá evitar un obstáculo. El jinete caerá al suelo y nosotros sobre él.

—¿Y qué obstáculo quieres preparar?

—Ven, Paranoa, coge una cuerda y sígueme.

—Entiendo —dijo Yáñez—. ¡Ah, es una espléndida idea…!

—¿De qué idea hablas, Yáñez?

—Lo sabrás más tarde. ¡Qué jugada…!

—¿Ríes…?

—Tengo mis motivos para reír. ¡Verás, Sandokán, como burlaremos al lord! ¡Paranoa, apresúrate!

El malayo, ayudado por dos hombres, había tensado una sólida cuerda a través del sendero, manteniéndola muy baja para que no fuera vista entre las altas hierbas que crecían en aquel lugar.

En cuanto estuvo todo preparado, se escondieron detrás de un matorral, kris en mano, mientras sus compañeros se dispersaban más adelante para impedir al jinete continuar su carrera en el caso de que evitara la emboscada.

El galope se oía más cerca. Unos cuantos segundos más y el jinete aparecería al final del sendero.

—¡Allí está! —murmuró Sandokán, que se había escondido junto a Yáñez.

Pocos instantes después, un caballo cruzaba los matorrales y se lanzaba al galope por el sendero. Lo montaba un apuesto joven de poco más de veinte años que vestía el uniforme de los cipayos indios. Parecía muy inquieto, porque espoleaba furiosamente al caballo y lanzaba alrededor miradas de desconfianza.

—¿Listo, Yáñez? —murmuró Sandokán.

El caballo, espoleado vivamente, se precipitó contra la cuerda. Al momento cayó pesadamente agitando las patas.

Los piratas estaban ya encima. Antes de que el cipayo pudiera arrastrarse detrás del caballo, Sandokán se abalanzó sobre él y le quitó el sable, mientras Juioko lo derribaba al suelo apuntándole al pecho con el kris.

—No opongas resistencia, si aprecias tu vida —dijo Sandokán.

—¡Miserables! —exclamó el soldado sin dejar de luchar.

Juioko, ayudado por otros piratas, lo ató y lo arrastró detrás de unos árboles, mientras Yáñez examinaba al caballo temiendo que en la caída se hubiera roto alguna pata.

«¡Caramba! —pensó el portugués, que parecía muy contento—. Haré un buen papel en la villa. Yáñez, sargento de cipayos, una graduación que no me esperaba.»

Ató al animal a un árbol y se acercó a Sandokán, que estaba registrando al sargento.

—¿Nada? —preguntó.

—Ninguna carta —contestó Sandokán.

—Hablará, entonces —dijo Yáñez mirando a los ojos del sargento.

—No —contestó este.

—¡Ten cuidado! —dijo Sandokán con un tono de voz que daba escalofríos—. ¿Adónde te dirigías?

—Paseaba.

—¡Espera!

El Tigre de Malasia se quitó de la cintura el kris y lo acercó a la garganta del soldado, diciendo con un amenazador tono de voz:

—¡Habla o te mato!

—Hablaré —dijo el prisionero, que había palidecido como un cadáver.

—¿Adónde ibas? —preguntó Sandokán.

—A ver a lord James Guillonk.

—¿Por qué razón?

El soldado titubeó, pero viendo que el pirata acercaba nuevamente el kris contestó:

—Para llevarle una carta del baronet William Rosenthal.

Un relámpago de furor refulgió en los ojos de Sandokán al oír aquel nombre.

—¡Dame la carta! —exclamó con voz ronca.

—Está en mi sombrero, escondida bajo el forro.

Yáñez recogió el sombrero del cipayo, arrancó el forro y sacó la carta, que abrió enseguida.

—¿Qué escribe el baronet? —preguntó Sandokán.

—Advierte al lord de nuestro desembarco en Labuán. Dice que un navío ha visto uno de nuestros veleros navegar hacia estas costas y le aconseja que vigile muy atentamente.

—¿Nada más?

—¡Oh, sí! ¡Caramba! Envía mil respetuosos saludos para tu querida Marianne y un juramento de eterno amor.

—Que tenga cuidado el día que me lo encuentre. ¡Se arrepentirá amargamente de haberse interpuesto en mi camino!

—Juioko —dijo el portugués, que parecía observar con profunda atención la caligrafía de la carta—, manda un hombre al prao y hazme traer papel, pluma y un tintero.

—¿Qué pretendes hacer con esos objetos? —preguntó Sandokán.

—Son necesarios para mi proyecto.

—¿De qué proyecto hablas?

—De uno que estoy meditando desde hace media hora.

—Explícate de una vez.

—Si quieres saberlo, voy a ir a la villa de lord James.

—¡Tú…!

—Yo, yo mismo —contestó Yáñez perfectamente tranquilo.

—Pero ¿de qué forma?

—Metido en la piel de este cipayo. ¡Por Júpiter! ¡Verás qué apuesto soldado!

—Empiezo a comprender. Tú te pones el uniforme del cipayo, haces ver que llegas de Victoria y…

—Aconsejaré al lord que parta inmediatamente para que caiga en la emboscada que tú prepararás.

—¡Ah! ¡Yáñez! Te estaré agradecido hasta la muerte —exclamó Sandokán abrazándolo.

—Espero conseguirlo.

—Pero te expones a un gran peligro.

—¡Bah! Sabré arreglármelas sin que me pase nada.

—¿Para qué el tintero?

—Para escribir una carta al lord.

—No te lo aconsejo, Yáñez. Es un hombre muy desconfiado, y si no reconoce la caligrafía puede hacerte fusilar.

—Tienes razón, Sandokán. Es mejor que me limite a decir lo que quería escribir. Vamos, desnudad al cipayo.

A un simple gesto de Sandokán, dos piratas desataron al soldado y le quitaron su uniforme. El pobre soldado se creía perdido.

—¿Me mataréis? —preguntó a Sandokán.

—No —contestó este—. Tu muerte no me es de ninguna utilidad; pero quedarás prisionero en mi prao hasta que yo me vaya de esta isla.

—Gracias, señor.

Yáñez, entretanto, se vestía. El uniforme le estaba un poco estrecho, pero con unos cuantos arreglos quedó bastante bien.

—Mira, hermano mío, ¡qué apuesto soldado! —dijo poniéndose el sable—. No creía que me sentara tan bien.

—Sí, de veras eres un apuesto cipayo —contestó Sandokán riendo—. Y ahora dame las últimas instrucciones.

—Permanecerás escondido alrededor de este sendero con todos los hombres disponibles, y no te moverás. Yo iré a ver al lord, le diré que habéis sido atacados y dispersados, pero que se han visto algunos praos más y le aconsejaré que aproveche esta momentánea tranquilidad para refugiarse en Victoria.

—¡Muy bien!

—Cuando nosotros pasemos, asaltarás la escolta; cogeré a Marianne y la llevaré al prao. ¿Estamos de acuerdo?

—Sí, mi valeroso amigo. Ve y que Dios te acompañe.

—Adiós, hermano mío —contestó Yáñez abrazándolo.

Montó en el caballo del cipayo, cogió las riendas, desenfundó el sable y partió al galope silbando alegremente una vieja canción.

YÁÑEZ EN LA VILLA

La misión del portugués era sin duda una de las más arriesgadas, de las más audaces que aquel hombre había emprendido en su vida, porque una sola palabra sería suficiente para perderlo.

A pesar de todo, el pirata se disponía a jugar una peligrosísima carta con gran coraje y mucha tranquilidad.

Se enderezó firmemente en la silla, se alisó los bigotes para mejorar su figura, se arregló el sombrero inclinándolo ligeramente sobre una oreja y lanzó el caballo al galope sin cesar de espolearlo.

Después de una furiosa carrera, se encontró de improviso delante de la verja, tras la cual se levantaba la graciosa villa de lord James.

—¿Quién vive? —preguntó un soldado que estaba al otro lado, escondido detrás de un árbol.

—Muchacho, baja el fusil, que no soy un tigre ni un bicho raro —dijo el portugués frenando el caballo—. ¡Por Júpiter! ¿No ves que soy militar, un superior tuyo…?

—Perdonad, pero he recibido la orden de no dejar entrar a nadie sin saber de dónde viene y qué desea.

—Estoy aquí por orden del baronet William Rosenthal, y vengo a ver al lord.

—¡Pasad!

Abrió la verja, llamó a unos cuantos camaradas que vigilaban el recinto para advertirles de que pasaría, y se hizo a un lado.

El portugués, encogiéndose de hombros y espoleando el caballo hacia delante, pensó: «Cuántas precauciones y cuánto miedo impera aquí».

Se paró delante de la villa y saltó a tierra entre seis soldados que lo rodeaban con los fusiles en alto.

—¿Dónde se encuentra el lord? —preguntó.

—En su estudio —contestó el sargento que mandaba la pequeña patrulla.

—Llévame enseguida a su presencia. Necesito hablar con él.

—¿Venís de Victoria?

—Efectivamente.

—¿Y no habéis encontrado a los piratas de Mompracem?

—A ninguno de ellos, camarada.

—Seguidme.

El portugués apeló a toda su audacia para enfrentarse al peligro, y siguió al sargento.

—Esperad aquí —dijo el sargento después de haberlo hecho entrar en una habitación.

Yáñez, en cuanto se quedó solo, se puso a observarlo atentamente todo para ver si era posible llevar a cabo algún asalto, pero tuvo que convencerse de que cualquier tentativa de asaltar aquella villa habría resultado inútil, ya que lo impedirían las altísimas ventanas, las gruesas paredes y sus sólidas puertas.

—No importa —murmuró—. Los atacaremos en el bosque.

En aquel preciso momento volvía el sargento.

—El lord os espera —dijo indicando la puerta que había dejado abierta.

El portugués sintió correr por sus huesos un escalofrío y palideció un poco.

Entró, y se encontró enseguida en un precioso estudio decorado con mucha elegancia. En una esquina, sentado delante de un escritorio, estaba el lord, vestido de blanco. Su semblante era hosco y parecía enfurecido.

Miró en silencio a Yáñez, como queriendo adivinar los pensamientos del recién llegado; después dijo con acento muy seco:

—¿Venís de Victoria?

—Sí, milord —contestó Yáñez con voz tranquila.

—¿De parte del baronet?

—Sí.

—¿Os ha dado alguna carta para mí?

—Ninguna.

—¿Tenéis que decirme algo?

—Sí, milord.

—Hablad.

—Me ha enviado para deciros que el Tigre de Malasia está rodeado por las tropas en una bahía del sur de la isla.

El lord se puso en pie, con los ojos brillantes y la cara sonriente.

—¡El Tigre rodeado por nuestros soldados! ¿Estáis seguro de lo que me habéis dicho?

—Segurísimo, milord.

—¿Quién sois vos?

—Un pariente del baronet William —contestó Yáñez audazmente.

—¿Cuánto tiempo hace que os encontráis en Labuán?

—Hace quince días.

—Entonces tenéis que saber también que mi sobrina…

—Es la novia de mi primo William —dijo Yáñez sonriendo.

—Tengo mucho gusto en conoceros, señor —dijo lord Guillonk estrechándole la mano—. Decidme, ¿cuándo fue atacado Sandokán?

—Esta mañana al despuntar el día, mientras atravesaba un bosque a la cabeza de una banda de piratas.

—¡Ese hombre es realmente un diablo! ¡Ayer por la noche estaba aquí! ¿Es posible que en siete u ocho horas haya recorrido tanto camino?

—Se dice que llevaba consigo unos cuantos caballos.

—Ya comprendo. ¿Y dónde se encuentra mi buen amigo William?

—A la cabeza de las tropas.

—¿Estabais con él?

—Sí, milord.

—¿Y están muy lejos los piratas?

—A una decena de millas.

—¿No os ha dado algún otro encargo para mí?

—Me ha rogado que os diga que abandonéis la villa y os refugiéis sin pérdida de tiempo en Victoria.

—¿Por qué?

—Vos, milord, tenéis que saber qué hombre es el Tigre de Malasia. Ha traído consigo ochenta hombres, ochenta tigres que podrían vencer a nuestras tropas, atravesar rápidamente el bosque y asaltar la villa.

El lord lo miró en silencio, pensando en lo que el joven le había expuesto; después dijo, como hablando para sí mismo:

—Desde luego, podría ocurrir. Bajo la protección de las fortificaciones y los barcos de Victoria me encontraría mucho más seguro que aquí. William tiene razón, y más aprovechando que momentáneamente el camino está libre.

—Milord —dijo Yáñez—. ¿Me permitís que vea a mi futura prima?

—¿Tenéis algo que decirle de parte de William? —preguntó el lord.

—Sí, milord.

—Os recibirá de muy mal grado.

—No importa, milord —contestó Yáñez sonriendo—. Yo le diré lo que me encargó William, y después volveré enseguida aquí.

El viejo capitán tiró de un pulsador. Un camarero se presentó al instante.

—Conducid a este caballero hasta milady —dijo el lord.

—Gracias —contestó Yáñez.

—Tratad de tranquilizarla, y después regresad. Comeremos juntos.

Yáñez hizo una reverencia y siguió al camarero, que lo introdujo en otra habitación decorada de azul y adornada con plantas que despedían deliciosos aromas.

El portugués dejó que el camarero saliera; después avanzó lentamente y, a través de las plantas que transformaban aquella habitación en un invernadero, vio a alguien vestido con unas inmaculadas ropas.

A pesar de que estaba preparado para cualquier sorpresa, no pudo reprimir un grito de admiración delante de aquella espléndida joven.

Estaba tendida, en una posición graciosa y melancólica al mismo tiempo, sobre una cama oriental revestida de seda color oro.

Estaba triste, pálida, y sus ojos azules, extraordinariamente tranquilos, emitían relámpagos que traicionaban un enfado muy mal disimulado.

Al ver acercarse a Yáñez se movió, pasándose una mano por la frente como queriendo despertar de un sueño, y lanzó una aguda mirada, indagadora, sobre él.

—¿Quién sois vos? —preguntó con voz alterada—. ¿Quién os ha dado libertad para entrar aquí?

—El lord, milady —contestó Yáñez, observando a aquella criatura, infinitamente más bella de lo que Sandokán le había descrito.

—¿Y qué queréis de mí?

—Una pregunta, antes que nada —dijo Yáñez mirando a su alrededor para comprobar que estaban solos—. ¿Estáis segura de que nadie puede oírnos?

Ella frunció la frente y le miró fijamente, como queriendo leer en su corazón, adivinando la razón de aquella pregunta.

—Estamos solos —contestó.

—Milady, vengo de muy lejos.

—¿De dónde?

—De Mompracem.

Marianne se puso en pie como impulsada por un resorte, y su palidez desapareció como por encanto.

—¡De Mompracem! —exclamó sonrojándose—. Vos... Un blanco... ¡Un inglés...!

—Estáis en un error, lady Marianne, yo no soy inglés, ¡yo soy Yáñez!

—¡Yáñez, el amigo, el hermano de Sandokán! ¡Ah, señor, qué audacia la vuestra al entrar en esta villa! Decidme, ¿dónde se encuentra Sandokán? ¿Qué está haciendo? ¿Se ha salvado o está herido? Habladme de él, me estáis matando.

—Bajad la voz, milady. Las paredes pueden tener oídos.

—Habladme de él, mi valiente amigo, habladme de mi Sandokán.

—Está aún vivo, más vivo que nunca, milady. Hemos huido de las persecuciones de los soldados sin demasiado trabajo, y sin sufrir heridas. Sandokán ahora se encuentra escondido cerca del sendero que conduce a Victoria, listo para raptaros.

—¡Ah! ¡Dios mío, os doy las gracias por haberlo protegido! —exclamó la joven con lágrimas en los ojos.

—Escuchadme ahora, milady.

—Hablad, mi querido amigo.

—He venido aquí para convencer al lord de que abandone la villa y se refugie en Victoria.

—¿En Victoria? ¿Y allí cómo me podrá raptar?

—Sandokán no esperará tanto, milady —dijo Yáñez sonriendo—. Está escondido con sus hombres, y cuando la escolta salga de la villa, la asaltará y os raptará.

—¿Y mi tío?

—No le pasará nada, os lo aseguro.

—¿Y adónde me llevará Sandokán?

—A su isla.

Marianne inclinó la cabeza sobre el pecho y calló.

—Milady —dijo Yáñez con voz grave—, no tengáis miedo, Sandokán es un hombre que sabe hacer feliz a la mujer que quiere.

—Os creo —contestó Marianne—. Qué importa que su pasado sea tan trágico, que haya matado, cometido venganzas. Yo abandonaré mi isla, él abandonará Mompracem, nos iremos lejos de estos mares fúnebres, tan lejos que no volvamos a oír hablar de ellos. Viviremos en cualquier rincón del mundo, olvidados de todos pero felices, y nadie sabrá que el marido de la Perla de Labuán es el legendario Tigre de Malasia, el de las épicas gestas, el que hizo temblar a reinos enteros y que ha llenado ríos de sangre. ¡Sí, yo seré su esposa y lo querré siempre!

—Necesito convencer al lord de que se marche a Victoria para dar posibilidad a Sandokán de actuar.

—Si yo hablo con mi tío, que sospecha extremadamente de mí, temerá alguna traición y no abandonará la villa.

—Tenéis razón, adorable milady. Pero creo que ya está decidido a abandonar la villa y marcharse a Victoria. Si tiene alguna duda, yo sabré convencerle.

—Tened cuidado, señor Yáñez, porque es muy desconfiado y podría sospechar. Sois blanco, es verdad, pero a lo mejor sabe que Sandokán tiene un amigo de piel blanca.

—Seré prudente.

—¿Os espera el lord?

—Sí, milady, me ha invitado a cenar.

—Id con él, así no sospechará nada.

—¿Vos vendréis?

—Sí, más tarde os volveré a ver.

—Adiós, milady —dijo Yáñez besándole caballerosamente la mano.

—Marchaos, noble corazón; no os olvidaré nunca.

El portugués encontró al lord, que lo estaba esperando, paseando con la frente fruncida y los brazos estrechamente cruzados.

—Bien, joven, ¿cómo os ha acogido mi sobrina? —preguntó con voz dura e irónica.

—Parece que no quiere oír hablar de mi primo William —contestó Yáñez—. Poco ha faltado para que me echara.

El lord movió la cabeza y las arrugas de su frente se hicieron aún más profundas.

—¡Siempre igual! ¡Siempre igual! —murmuró entre dientes.

Reemprendió su paseo, hundido en feroz silencio, agitando nerviosamente los dedos. Después, se paró delante de Yáñez, que lo miraba sin hacer un solo movimiento.

—¿Creéis que mi sobrina pueda querer algún día a William? —preguntó.

—Así lo espero, milord, pero antes es necesario matar al Tigre de Malasia —contestó Yáñez.

—¿Conseguiremos matarlo?

—La banda está rodeada por las tropas y el mismo William las manda.

—No podrá huir.

—Sí, es verdad, lo matará o se dejará matar por Sandokán. Le conozco y tiene mucho coraje.

El lord volvió a callar y se puso delante de la ventana, mirando el sol que lentamente se ocultaba. Al cabo de unos minutos, preguntó:

—Entonces, ¿me aconsejáis que marche?

—Sí, milord —contestó Yáñez—. Tenéis que aprovechar esta ocasión para abandonar la villa y refugiaros en Victoria.

—¿Y si Sandokán hubiera dejado algunos hombres escondidos en los alrededores del recinto? Me han dicho que está con él el blanco llamado Yáñez, que en valor nada tiene que envidiar al Tigre de Malasia.

«Gracias por el cumplido», pensó Yáñez, haciendo un esfuerzo supremo por no reír.

Mirando al lord, dijo:

—Vos tenéis una escolta lo suficientemente grande para enfrentaros a cualquier ataque.

—Antes era numerosa, ahora ya no. He tenido que enviar al gobernador de Victoria muchos hombres, de los que tenía urgente necesidad. Tenéis que saber que la guarnición de la isla es muy escasa.

—Es verdad, milord.

El viejo capitán había reemprendido el paseo, con una cierta agitación. Parecía atormentado por un grave pensamiento o por una profunda perplejidad.

Volvió a acercarse bruscamente a Yáñez preguntando:

—Vos no habéis encontrado a nadie de camino hacia aquí, ¿verdad?

—A nadie, milord.

—¿No habéis notado nada sospechoso?

—No, milord.

—Entonces, ¿se puede intentar la huida?

—Así lo creo.

—A pesar de todo, lo dudo.

—¿Qué dudáis, milord?

—Que todos los piratas se hayan marchado.

—Milord, yo no tengo miedo de aquellos bribones. ¿Deseáis que dé una vuelta por los alrededores?

—Os quedaría muy agradecido. ¿Queréis una escolta?

—No, milord. Prefiero ir solo. Un hombre puede pasar a través de los bosques sin llamar la atención de los enemigos, mientras que más hombres muy difícilmente pueden escapar a la vigilancia de un centinela.

—Tenéis razón, joven. ¿Cuándo os marcharéis?

—Enseguida. En un par de horas se puede hacer mucho camino.

—¿No tenéis miedo? Los piratas son sanguinarios. ¡Tened cuidado!

—Cuando voy armado no tengo miedo de nadie.

—Buena sangre la de los Rosenthal —murmuró el lord—. Podéis iros. Os esperaré para la cena.

—Gracias, milord —dijo Yáñez—. Dentro de un par de horas estaré de vuelta.

Saludó militarmente, se puso el sable bajo el brazo, bajó muy despacio la escalera y entró en el recinto.

—Vamos a ver a Sandokán —murmuró cuando estuvo lejos—. ¡Diablos! ¡Necesito contentar al lord! ¡Verás qué exploración haré! Puedes estar seguro desde ahora de que no encontraré rastro alguno de los piratas. ¡Por Júpiter! ¡Qué magnífico plan! Pero, después, ¿qué pasará? ¡Pobre Mompracem, te veo en peligro! Bueno, ahora no pensemos en ello. Si todo acabara, iría a terminar mi vida en alguna ciudad de Extremo Oriente, a Cantón o Macao, y diría adiós a todos estos lugares.

Murmurando estas razones, el buen portugués había atravesado una parte del recinto hasta detenerse ante una de las verjas.

Un soldado estaba de guardia.

—Abre, amigo —dijo Yáñez.

—¿Ya marcháis, sargento?

—No, voy a inspeccionar los alrededores.

—¿Queréis que os acompañe, sargento?

—No hace falta, estaré de vuelta dentro de un par de horas.

Pasó la verja y se adentró por el sendero que conducía a Victoria. Hasta que perdió de vista al centinela caminó despacio, pero en cuanto se vio protegido por los árboles apresuró el paso, lanzándose entre ellos.

Habría recorrido unos mil pasos cuando vio a un hombre salir de un matorral, cerrándole el paso. Un fusil lo mantenía en su línea de fuego, mientras una voz amenazadora gritaba:

—¡Ríndete, o eres hombre muerto!

—¿Ya no me conoces? —dijo Yáñez quitándose el sombrero—. No tienes buena vista, mi querido Paranoa.

—¡Señor Yáñez! —exclamó el malayo.

—En carne y hueso, amigo. ¿Qué estás haciendo aquí, tan cerca de la villa de lord Guillonk?

—Vigilaba la cerca.

—¿Dónde está Sandokán?

—A una milla de aquí.

—Ve corriendo a decirle que lo espero aquí. Al mismo tiempo, ordenarás a Juioko que disponga el prao para zarpar.

—¿Partimos?

—A lo mejor esta noche.

—Voy volando.

—Un momento. ¿Han llegado los otros dos praos?

—No, señor Yáñez, ya empezamos a preocuparnos por si se han perdido.

—¡Por Júpiter! Tenemos poca suerte en nuestras expediciones. ¡Bah! Tenemos hombres suficientes para destruir la escolta del lord. Vete, Paranoa, rápido.

—Desafío a un caballo.

El pirata salió disparado como una flecha. Yáñez encendió un cigarro, después se tumbó bajo una estupenda planta, fumando tranquilamente. Aún no habían transcurrido veinte minutos cuando vio acercarse velozmente a Sandokán. Iba acompañado por Paranoa y por cuatro piratas armados hasta los dientes.

—¡Yáñez, amigo mío! —exclamó Sandokán precipitándose a su encuentro—. ¡Cuánto he sufrido por ti…! ¿La viste? ¡Háblame de ella, hermano mío…! ¡Cuéntame! Me quema la curiosidad.

—Corres demasiado… —dijo el portugués riendo—. Como puedes ver, he llevado a cabo mi misión como un verdadero inglés, mejor aún, como un verdadero pariente de aquel bribón de baronet. ¡Cómo me han acogido…! Nadie ha tenido dudas sobre mi identidad.

—¿Tampoco el lord?

—¡Oh! ¡Él menos que nadie! Te bastará con saber que me está esperando para cenar.

—¿Y Marianne…?

—La he visto y la he encontrado tan bella que la cabeza me daba vueltas.

—¡Ah! ¡Marianne! —exclamó el Tigre—. Cuéntamelo todo, Yáñez, te lo ruego.

El portugués no se lo hizo repetir dos veces y le contó todo lo que había ocurrido entre el lord y él, y después con la joven.

—El viejo está decidido a marcharse —concluyó—. Puedes estar seguro de no volver solo a Mompracem. Pero ten cuidado, hermano, porque hay unos cuantos soldados en el recinto y tendremos que luchar mucho para vencer a la escolta. Además, no me fío demasiado del viejo. Es capaz de matar a su sobrina antes que dejar que tú la raptes.

—¿Cuándo se marchará el lord?

—Aún no lo sé, pero creo que esta noche tomará una decisión.

—¿Se marchará esta misma noche?

—Lo supongo.

—¿Cómo lo puedo saber con seguridad?

—Envía uno de nuestros hombres a la pagoda china o al invernadero, y que espere allí mis órdenes.

—¿Hay centinelas por el recinto?

—He visto solo uno al lado de las verjas —contestó Yáñez.

—Enviaré a Paranoa. Es inteligente y muy prudente, y llegará al invernadero sin que nadie lo pueda ver. En cuanto se oculte el sol, escalará la cerca y esperará tus órdenes.

Se quedó unos momentos silencioso, y después dijo:

—¿Y si el lord cambia de pensamiento y decide quedarse en la villa?

—¡Diablos! ¡Eso estropearía nuestros planes!

—¿No podrías tú abrir la puerta de noche y dejarnos entrar en la villa? ¿Y por qué no…? Me parece un proyecto muy viable.

—Y a mí, Sandokán. Pero la guarnición es muy numerosa y podrían atrincherarse en las habitaciones y oponer una gran resistencia. Y después, el lord, encontrándose perdido, podría dejarse llevar por la ira y descargar su pistola sobre la joven. No te fíes de ese hombre, Sandokán.

—Pues si no se decide pronto a marcharse, intentaré algo desesperado. No podemos quedarnos aquí mucho tiempo. Es necesario raptar a la joven antes de que puedan enterarse en Victoria de que nos encontramos aquí y de que en Mompracem hay pocos hombres. Yo tiemblo por mi isla. Si la perdemos, ¿qué será de nosotros? Allí están todos nuestros tesoros.

—Trataré de convencer al lord para que apresure su marcha. Entretanto harás preparar el prao y reunirás aquí a toda la tripulación. Necesitamos destruirás a su escolta enseguida para impedir al lord cualquier acto desesperado.

—¿Hay muchos soldados en la villa?

—Una decena, y otros tantos indígenas.

—Entonces, la victoria es nuestra.

Yáñez se había levantado.

—¿Vuelves? —preguntó Sandokán.

—No se tiene que hacer esperar a un capitán que invita a cenar a un sargento —contestó el portugués sonriendo.

—Cuánto te envidio, Yáñez.

—No por la cena, ¿verdad, Sandokán? Mañana podrás ver a la joven.

—Así lo espero —contestó el Tigre con un suspiro—. Adiós, amigo, vete y convéncelo. Paranoa acudirá dentro de unas dos o tres horas.

—Lo esperaré hasta la medianoche.

Se apretaron las manos y se despidieron.

Mientras Sandokán y sus hombres volvían a esconderse entre los árboles, Yáñez encendió un cigarro y se encaminó hacia el recinto con una actitud de gran tranquilidad, como si regresara de un paseo.

Pasó delante del centinela y se dedicó a deambular por el recinto, ya que era aún muy temprano para presentarse ante el lord.

Al girar por un sendero encontró a lady Marianne, que parecía que lo estaba buscando.

—¡Ah, milady, qué suerte! —exclamó el portugués haciendo una reverencia.

—Os estaba buscando —contestó la hermosa joven tendiéndole la mano.

—¿Tenéis que decirme algo importante?

—Sí, que dentro de solo cinco horas partiremos hacia Victoria.

—¿Os lo ha dicho el lord?

—Sí.

—Sandokán está listo, milady. Y los piratas están preparados y esperan a que pase la escolta.

—¡Dios mío! —murmuró cubriéndose la cara con ambas manos.

—Milady, es necesario ser fuerte en estos momentos, y decididos.

—Y mi tío… me maldecirá y me aborrecerá.

—Pero Sandokán os hará feliz, la más feliz de las mujeres.

Dos lágrimas cayeron lentamente por las sonrosadas mejillas de la joven.

—¿Lloráis? —dijo Yáñez—. ¡Ah, no tenéis que llorar, lady Marianne!

—Tengo miedo, Yáñez.

—¿De Sandokán?

—No, del futuro.

—Os sonreirá, porque Sandokán hará todo lo que le pidáis. Está dispuesto a incendiar sus praos, a dispersar sus bandas, a olvidar sus venganzas y a decir adiós para siempre a su isla.

—¿Quién es ese hombre? ¿Por qué tanta sangre y tantas venganzas? ¿De dónde proviene?

—Escuchadme, milady —dijo Yáñez cogiéndola del brazo y llevándola por el resguardado sendero—. Los más creen que Sandokán es un vulgar pirata, que proviene de la selva de Borneo, sediento de sangre y de presas, pero se engañan. Es de ascendencia real y no es un pirata, sino un vengador. Tenía veinte años cuando subió al trono de Muluder, un reino que se encuentra cerca de las costas septentrionales de Borneo. Fuerte como un león, fiero como un héroe de la Antigüedad, audaz como un tigre, con un coraje que llega hasta la locura, en poco tiempo ganó a todas las poblaciones cercanas, extendiendo sus fronteras hasta el reino de Varauni y el río Koti. Aquellas conquistas le trajeron mala suerte. Ingleses y holandeses, celosos de aquel nuevo poderío que parecía querer conquistar la isla entera, se aliaron con el sultán de Borneo para exterminar al audaz guerrero. El oro en un primer momento, y las armas luego, acabaron por destruir el nuevo reino. Bandas muy potentes invadieron el reino por varios sitios, sobornando a los jefes, comprando a las tropas, saqueando, matando y cometiendo atrocidades. Entretanto Sandokán luchaba con un furor desesperado, ganando y aplastando a los enemigos, pero las traiciones llegaron hasta su misma residencia, y todos sus parientes cayeron bajo el hierro de los asesinos pagados por los blancos, y él, en una noche de fuego y de matanzas, pudo salvarse acompañado por unos cuantos héroes. Vagó varios años por las costas septentrionales de Borneo, ora perseguido como una fiera, ora sin alimentos, en la miseria más absoluta, pero esperando volver a reconquistar el trono perdido y vengar a su familia asesinada; hasta que una noche, extenuado y desesperado, se embarcó en un prao, jurando guerra sin cuartel a toda la raza blanca y al sultán de Varauni. Atracó en Mompracem, tomó a sueldo a unos cuantos hombres y empezó a surcar el mar. Era fuerte, y valiente: un héroe, y estaba sediento de venganza. Devastó las costas del sultán, asaltó los navíos holandeses e ingleses, sin dar tregua ni cuartel. Se transformó en el terror de los mares, se convirtió en el terrible Tigre de Malasia. Lo que viene después, ya lo sabéis.

—¡Es entonces el vengador de su familia! —exclamó Marianne.

—Sí, milady, un vengador que llora muchas veces por su madre, sus hermanos y hermanas caídos bajo el hierro de los asesinos, un vengador que nunca ha cometido acciones infames, que tuvo respeto siempre de los débiles, que defendió siempre a las mujeres y a los niños, que saquea a sus enemigos no por sed de riquezas, sino para poder pagar un ejército de valientes y reconquistar su perdido reino.

—¡Ah, cuánto bien me hacen estas palabras, Yáñez! —dijo la joven.

—Entonces volvamos, milady. Dios nos guardará.

Yáñez llevó a la joven hasta la residencia y subieron al comedor. El lord ya se encontraba en él y paseaba con la rigidez de un verdadero inglés. Estaba preocupado como antes, y tenía la cabeza inclinada sobre el pecho.

Al ver a Yáñez se paró en seco y dijo:

—¿Sois vos? Temía que os hubiera ocurrido alguna desgracia.

—He querido asegurarme con mis propios ojos de que no había ningún peligro en los alrededores, milord —contestó Yáñez tranquilamente.

—¿No habéis visto a ninguno de esos perros de Mompracem?

—A ninguno, milord; podemos ir a Victoria con completa seguridad.

El lord se quedó callado unos momentos; después, mirando hacia Marianne, que se había parado cerca de una ventana, dijo:

—¿Sabéis que nos vamos a Victoria?

—Sí —contestó ella secamente.

—¿Queréis venir?

—Bien sabéis que toda resistencia por mi parte es inútil.

—Creía que tendría que utilizar la fuerza.

—¡Señor!

—¡Oh…! —exclamó el lord con mayor ironía—. ¿Acaso ya no quieres a ese héroe de cuchillo, dado que no oponéis ninguna resistencia para venir a Victoria? Recibid mis felicitaciones, señorita.

—¡No sigáis! —exclamó la joven con un tono de voz que hizo temblar al propio lord.

Se quedaron unos momentos en silencio, mirándose como dos fieras que se observan antes de despedazarse mutuamente.

—¿Quieres montarme una escena? Sería inútil. Sabes que soy inflexible. En lugar de hablar, ve a prepararte para la marcha.

La joven apartó la vista. Intercambió con Yáñez una rápida mirada y después salió de la habitación cerrando violentamente la puerta tras de sí.

—¿Habéis visto? —dijo el lord mirando a Yáñez—. Cree desafiarme, pero se engaña. Si no cede, la despedazaré.

Yáñez, en lugar de contestar, se limpió algunas gotas de sudor frío que le caían por la frente y cruzó los brazos para no caer en la tentación de coger el sable.

El lord paseó por la habitación durante unos minutos; después indicó la mesa a Yáñez con un gesto y se sentaron.

La comida transcurrió en silencio. El lord apenas probó bocado; por su parte, el portugués hizo honor a los distintos platos, como todo hombre que no sabe cuándo podrá volver a comer.

Acababan de terminar cuando entró un cabo.

—¿Su excelencia me ha hecho llamar?

—Ordena a los soldados que estén preparados para la marcha.

—¿A qué hora?

—A medianoche dejaremos la villa.

—¿A caballo?

—Sí, y que todos cambien la mecha de los fusiles.

—A vuestras órdenes, excelencia.

—¿Partiremos todos, milord? —preguntó Yáñez.

—No dejaré aquí más que cuatro hombres.

—¿Es numerosa la escolta?

—La compondrán diez de mis soldados más fieles, y diez indígenas.

—Con estas fuerzas no tendremos nada que temer.

—Vos no conocéis a los piratas de Mompracem, joven. Si tuviéramos que enfrentarnos a ellos, no sé a quién sonreiría la victoria.

—¿Me permitís, milord, que baje al recinto?

—¿Qué queréis hacer?

—Vigilar los preparativos de los soldados.

—Podéis ir.

El portugués bajó rápidamente la escalera murmurando:

—Espero llegar a tiempo de advertir a Paranoa. Sandokán preparará una estupenda emboscada.

Pasó por delante de los soldados sin pararse y, orientándose lo mejor que pudo, se adentró por un sendero que tenía que conducir a los alrededores del invernadero. Cinco minutos después se encontraba en medio de unos bananos, en el mismo lugar en que habían hecho prisionero al soldado inglés.

Miró a su alrededor para asegurarse de que nadie lo seguía, se acercó a la puerta del invernadero y la empujó.

Enseguida una sombra se le puso delante, mientras una pistola le apuntaba al pecho.

—Soy yo, Paranoa —dijo.

—¡Ah, vos, señor Yáñez!

—Márchate enseguida, sin dilación, y advierte a Sandokán de que dentro de unas horas dejaremos la villa.

—¿Dónde tenemos que esperaros?

—En el sendero que lleva a Victoria.

—¿Seréis muchos?

—Unos veinte.

—Me marcho enseguida. Hasta luego, señor Yáñez.

El malayo salió corriendo por el sendero, desapareciendo entre las sombras de los árboles.

Cuando Yáñez regresó a la villa, el lord estaba bajando por la escalera. Llevaba un sable y una carabina en bandolera. La escolta estaba lista. Se componía de veintidós hombres, doce blancos y diez indígenas, todos armados hasta los dientes.

Un grupo de caballos esperaba delante de la verja del recinto.

Lady Marianne bajaba en aquellos momentos la escalera.

Iba vestida de amazona, con una chaqueta de terciopelo azul y un largo vestido del mismo tejido. Ropaje y color redoblaban su palidez y la belleza de su cara. En la cabeza llevaba un delicioso sombrero adornado con plumas, levemente inclinado sobre sus cabellos de oro.

El portugués, que la observaba atentamente, se percató de la profunda ansiedad que se traslucía en su rostro.

Ya no era la enérgica joven de hacía unas cuantas horas, que había hablado con tanta pasión y fiereza. La idea de un rapto en aquellas condiciones, la idea de tener que abandonar para siempre a su tío, el único pariente que aún vivía, la idea de tener que dejar para siempre aquellos lugares para lanzarse a un porvenir oscuro, poco seguro, parecía aturdirla.

Cuando subió al caballo no pudo contener las lágrimas y los sollozos.

Yáñez dirigió su caballo hacia ella y le dijo:

—Valor, milady. El porvenir sonreirá a la Perla de Labuán.

A una orden del lord, la patrulla se puso en marcha, saliendo por el recinto y tomando el sendero que llevaba a la emboscada.

Seis soldados abrían la marcha, con las carabinas en las manos y los ojos fijos a los dos lados del sendero para no ser sorprendidos; seguía el lord, después Yáñez y la joven lady, protegidos por otros cuatro soldados, y finalmente el resto, en formación muy cerrada, con las armas apoyadas en las sillas.

A pesar de las noticias llevadas por Yáñez, todos vigilaban y miraban con atención los árboles que los rodeaban.

Habían recorrido en el más profundo silencio alrededor de dos millas cuando a la derecha del sendero se oyó de pronto un ligero silbido.

Yáñez, que estaba esperando el asalto, se interpuso entre el lord y lady Marianne desenfundando el sable.

—¿Qué hacéis? —preguntó el lord, que se había vuelto rápidamente.

—¿No habéis oído? —preguntó Yáñez.

—¿Un silbido?

—Sí.

—¿Y entonces?

—Eso quiere decir, milord, que mis amigos os rodean —dijo Yáñez fríamente.

—¡Ah, traidor! —gritó el lord desenvainando el sable y dirigiendo furiosamente el caballo hacia el portugués para intentar matarlo.

—¡Demasiado tarde, señor! —gritó Yáñez poniéndose delante de Marianne.

En el mismo instante dos descargas mortales partieron desde ambos lados del sendero derribando a cuatro hombres y siete caballos; después, treinta hombres, treinta tigres de Mompracem, surgieron de entre la selva, gritando y cargando furiosamente contra la patrulla. Sandokán, a la cabeza, se adelantó y se situó entre los caballos, detrás de los cuales se habían reunido los hombres de la escolta, y de un solo golpe de cimitarra derribó al primer hombre que se le puso delante.

El lord emitió un verdadero rugido. Con la pistola en la mano izquierda y el sable en la derecha, se lanzó contra Marianne, que se había agarrado a la crin de su cabalgadura, pero Yáñez ya se encontraba en el suelo. Agarró a la joven, la desmontó y, llevándola en sus robustos brazos, intentó pasar entre los soldados y los indígenas, que se defendían con furor atrincherados detrás de los caballos.

—¡Paso! ¡Paso! —gritó, tratando de que su voz se oyera sobre el sonido de los disparos y el ruido de las armas.

Pero nadie lo escuchaba, solo el lord, cuyo único objetivo era atacar al traidor. Por suerte o por desgracia, la joven se desmayó en sus brazos. Tendió su cuerpo detrás de un caballo muerto, mientras el lord, pálido de furor, hacía fuego contra él. Con un salto, Yáñez esquivó el disparo; después, empuñando el sable, gritó:

—Espera, viejo lobo de mar, que te haré probar la punta de mi acero.

—Traidor, te mataré —contestó el lord.

Se abalanzaron uno contra el otro: Yáñez exponiendo su vida por salvar a la joven, el lord decidido a todo por arrebatársela al Tigre de Malasia. Mientras intercambiaban terribles palabras, ingleses y piratas luchaban con igual furor.

Los primeros, reducidos a un puñado de hombres pero fuertemente atrincherados detrás de los caballos que habían muerto, se defendían desesperadamente, ayudados por los indígenas, que se movían sin rumbo, confundiéndose sus gritos salvajes con los de los piratas. Utilizaban los fusiles como si fueran mazas, retrocediendo y avanzando pero manteniéndose siempre en primera línea.

Sandokán, cimitarra en mano, intentaba derrumbar aquella pared humana para ayudar al portugués, que luchaba desesperadamente contra los furiosos ataques de aquel lobo de mar. Rugía como una fiera y se lanzaba alocadamente entre los filos de las bayonetas, arrastrando tras de sí a su terrible banda.

La resistencia de los ingleses no podía durar mucho. El Tigre, como siempre al frente de sus hombres, consiguió al fin derrotar a los defensores, que se replegaron desordenadamente unos contra otros.

—¡Resiste, Yáñez! —tronó Sandokán golpeando con la cimitarra al enemigo que se interponía a su paso—. ¡Resiste, que estoy llegando!

Pero en aquel mismo instante el sable del portugués se rompió por la mitad. Se encontró desarmado, con la joven aún desmayada y el lord delante.

—¡Ayuda, Sandokán! —gritó.

El lord se precipitó hacia delante emitiendo un grito de triunfo, pero Yáñez no se asustó. Se hizo rápidamente a un lado, evitando el sable, y después golpeó con la cabeza al lord, derribándolo.

Cayeron los dos, luchando desesperadamente e intentando estrangularse.

—¡John! —dijo el lord, viendo a un soldado caer a pocos pasos—. ¡Mata a lady Marianne! ¡Es una orden!

El soldado, haciendo un esfuerzo desesperado, se puso de rodillas con la espada en la mano, listo para obedecer, pero no tuvo tiempo.

Los ingleses caían uno a uno bajo los golpes de los piratas, y el Tigre estaba allí, a dos pasos. De un tremendo empujón derribó a dos hombres que aún quedaban en pie, saltó sobre el soldado que ya tenía el arma levantada y lo mató de un golpe de cimitarra.

—¡Mía, mía, mía! —exclamó el pirata cogiendo a la joven y estrechándola en sus brazos.

Dejó la contienda y huyó hacia la cercana selva, mientras sus hombres luchaban contra los últimos ingleses.

El lord, caído al lado del tronco de un árbol, solo quedó herido entre los cadáveres que cubrían el sendero.

LA MUJER DEL TIGRE

La noche era magnífica. La luna, aquel astro de las noches serenas, resplandecía en un cielo sin nubes, proyectando su pálida luz de un azul transparente sobre las oscuras y misteriosas selvas y sobre el murmullo de las aguas del río hasta reflejarse con un vago temblor en las aguas del gran mar de Malasia.

Todo era silencio, todo era misterio y paz.

Solo de vez en cuando se oía el romper de las olas, con un monótono murmullo, sobre sus desiertas playas; el soplo de la brisa recorría el puente del prao corsario.

El veloz velero había dejado la desembocadura del río y huía rápidamente hacia occidente, dejando tras de sí Labuán, que ya se confundía con las estrellas.

Tres personas vigilaban sobre el puente: Yáñez, taciturno y triste, sentado a popa con una mano sobre la barra del timón; y Sandokán y Marianne, sentados a proa, a la sombra de las grandes velas, acariciados por la brisa nocturna.

El pirata apretaba a la joven contra su pecho y le secaba las lágrimas.

—Escucha, amor mío —le decía—, no llores, yo te haré feliz, inmensamente feliz. Nos iremos lejos de estas islas, enterraremos mi sangriento pasado y no oiremos nunca más hablar ni de piratas ni de mi salvaje isla. Mi gloria, mi poder, mis sangrientas venganzas, mi temido nombre, todo lo olvidaré por ti, porque quiero volverme otro hombre. No llores, Marianne, el porvenir que nos espera no será oscuro, sino sonriente y feliz.

La joven repetía entre sollozos:

—¡Te quiero, Sandokán, como ninguna mujer ha amado sobre esta tierra!

Sandokán la apretó contra su pecho, besó sus cabellos de oro y su blanca frente.

—Ahora que eres mía, ¡que se guarde nadie de tocarte! —contestó el pirata—. Ahora estamos sobre este mar, pero mañana estaremos seguros en mi inalcanzable isla, donde nadie tendrá el coraje de venir a atacarnos; después, cuando el peligro haya pasado, nos iremos y tú me seguirás, mi amada niña.

—Sí —murmuró Marianne—, nos iremos lejos, tan lejos que nunca más oiremos hablar de nuestras islas.

En aquel mismo instante una voz dijo:

—¡Hermano, el enemigo nos persigue!

El pirata se volvió y se encontró frente a Yáñez, que indicaba un punto luminoso en el mar.

—¿El enemigo? —preguntó Sandokán con las facciones alteradas.

—He visto aquella luz; proviene de oriente y a lo mejor alguna nave está siguiendo nuestro rastro, deseosa de reconquistar la presa raptada al lord.

—Pero nosotros la defenderemos, Yáñez —exclamó Sandokán—. ¡Está perdido quien intente interponerse en nuestro camino! Yo sería capaz de luchar, ante los ojos de Marianne, contra el mundo entero.

Miró la luz indicada y se arrancó del costado la cimitarra.

El navío ya no era una simple sombra. Sus palos se recortaban sobre la lona del cielo, y se veía una gruesa columna de humo negro en el cual se veían volar miles y miles de pequeñas estrellas.

Su proa cortaba rápidamente las aguas, que brillaban a la luz de la luna, y el viento llevaba hasta el prao el ruido de las ruedas que hacían hervir el agua.

—¡Ven, ven, maldito! —exclamó Sandokán desafiándolo con la cimitarra, mientras con el otro brazo cogía a la joven—. ¡Ven a medirte con el Tigre! Haz hablar a tus cañones, lanza a tus hombres al abordaje: ¡yo te desafío!

Después miró a Marianne, que observaba ansiosamente el barco que se acercaba cada vez más.

—Amor mío —le dijo—, te llevaré a tu camarote, donde te encontrarás al amparo de la lucha y de los hombres que hasta ayer eran tus compañeros y compatriotas y que hoy son tus enemigos.

Se quedó unos momentos mirando el barco, que iba a toda máquina, con la mirada ensombrecida; después llevó a Marianne a su camarote.

Era una habitación decorada con elegancia: las paredes estaban cubiertas por tejidos orientales y el suelo por mullidas alfombras indias. Los muebles, ricos y bellísimos, de caoba y ébano con incrustaciones de nácar, ocupaban las esquinas, mientras que desde lo alto bajaba una gran lámpara dorada.

—Aquí estarás a salvo, Marianne —dijo Sandokán—. Las chapas de hierro recubren la popa de mi velero y te protegerán.

—¿Y tú, Sandokán?

—Yo vuelvo al puente. Mi presencia es necesaria para dirigir la batalla, por si el navío nos asalta.

—Temo por ti.

—La muerte tiene miedo del Tigre de Malasia —contestó el pirata con gran fiereza.

—¿Y si esos hombres se lanzaran al abordaje?

—Yo no los temo, querida mía. Mis hombres son todos valientes, son verdaderos tigres, preparados para morir por su jefe y por ti. Aguardaremos a que vengan al abordaje… Los exterminaremos y los lanzaremos al mar.

—Te creo, mi valiente, pero a pesar de todo tengo miedo. Ellos te odian, Sandokán, y para cogerte serían capaces de intentar cualquier locura. Ten cuidado de ellos, querido mío, porque han jurado matarte.

—¡Matarme…! —exclamó Sandokán con desprecio—. ¡Ellos, matar al Tigre de Malasia…! Que lo intenten. Me siento ahora capaz de parar con mis manos las balas de la artillería enemiga. No, no temas por mí, mi amada. Voy a castigar al insolente que viene a desafiarme, y después volveré por ti.

—Yo entretanto rezaré, mi valiente Sandokán.

El pirata la miró unos instantes con profunda admiración, después le cogió la cabeza entre las manos y posó los labios sobre sus cabellos.

—Y ahora —dijo después, levantándose fieramente—, vayamos a recibir al maldito barco que viene a estorbar mi felicidad.

—Dios mío, protégelo —murmuró la joven, cayendo de rodillas.

La tripulación del prao, despertada por el grito de alarma de Yáñez y por la primera bala, había subido precipitadamente a cubierta, lista para la lucha.

Viendo el navío a muy poca distancia, los piratas se lanzaron rápidamente a los cañones y a las espingardas para contestar a la provocación.

Los artilleros habían ya encendido las mechas y se disponían a apuntar cuando Sandokán apareció. Al verlo en el puente, los tigres lanzaron un solo grito:

—¡Viva el Tigre!

—¡Dejadme a mí! —gritó Sandokán apartando a codazos a los artilleros—. ¡Yo solo castigaré al insolente! ¡El maldito no volverá a Labuán a contar que ha disparado contra la bandera de Mompracem!

Se colocó a popa, apoyando un pie sobre la cureña de uno de los dos cañones.

Sus ojos brillaban como dos carbones encendidos y sus faccio-nes se habían transformado en una expresión feroz. Se adivinaba que estaba poseído por una ira terrible.

Miró hacia popa, donde estaba Paranoa, que sostenía la barra del timón, y dijo:

—Envía diez hombres a la bodega y haz subir a cubierta el mortero que he hecho embarcar.

Unos instantes después, diez piratas subían trabajosamente hasta el puente un grueso mortero, ayudados por algunas cuerdas que pendían del palo mayor.

Un artillero lo cargó con una bala de ocho pulgadas, de vein-tiún kilogramos de peso, que al estallar lanzaba veintiocho casco-tes de hierro.

—Y ahora esperaremos al alba —dijo Sandokán—. Quiero que veas, navío maldito, mi bandera y mi mujer.

Subió al costado de popa y se sentó con los brazos cruzados sobre el pecho mirando fijamente el navío.

—¿Qué quieres hacer? —preguntó Yáñez—. El navío podrá abrir fuego contra nosotros dentro de muy poco tiempo.

—Peor para él.

—Esperemos entonces, puesto que así lo quieres.

El portugués no se había engañado. Diez minutos después, a pesar de que el prao tenía todas las velas desplegadas, el crucero se encontraba solo a dos millas. Un relámpago estalló en la proa del velero y una fuerte detonación movió los estratos del aire. Pero no se oyó el silbido agudo de la bala.

—¡Ah! —exclamó Sandokán sonriendo—. ¿Quieres que me pare y muestre mi bandera? Yáñez, despliega la bandera de la pi-ratería. La luna es espléndida y con los anteojos la podrán ver.

El portugués obedeció.

El navío, que parecía esperar esa señal, enseguida redobló su ca-rrera y, acercándose otra milla, disparó un cañonazo, pero esta vez con pólvora, ya que el proyectil pasó silbando sobre el prao.

Sandokán no se movió ni se inmutó; sus hombres se dispusieron en los lugares de combate, pero no contestaron a la provocación ni a la amenaza.

El barco siguió avanzando, pero más lentamente, con prudencia. A media milla lanzó un segundo proyectil que, muy mal dirigido, cayó al mar a popa del velero.

Una tercera bala pasó silbando sobre el prao, agujereando las dos velas del trinquete; y una cuarta se rompió contra uno de los dos cañones de popa, lanzando por los aires el costado sobre el cual estaba sentado Sandokán.

Este se levantó enseguida y, tendiendo el brazo hacia el barco enemigo, gritó con voz amenazadora:

—¡Dispara, maldito barco! ¡No te tengo miedo! Cuando puedas verme, te romperé las ruedas y te haré parar.

Otros dos relámpagos estallaron sobre la popa del crucero, seguidos por dos detonaciones. Una rompió la borda de popa, a solo unos pasos de Sandokán, mientras que la otra mató a un hombre que estaba atando una cuerda sobre el pequeño castillo de proa.

—¡Tigre de Malasia! ¡Venganza!

Sandokán lanzó a sus hombres una mirada airada.

—¡Silencio! —tronó.

—El navío nos hundirá, Sandokán —dijo Yáñez.

—Deja que dispare.

—¿Qué estás esperando?

—Al alba.

—Es una locura, Sandokán. ¿Y si una bala te alcanza?

—¡Soy invulnerable! —gritó Sandokán—. Mira, yo desafío el fuego de aquel barco.

Con un salto se había lanzado sobre el costado de popa, agarrándose al palo de la bandera.

Yáñez experimentó un escalofrío de espanto.

La luna estaba alta sobre el horizonte y desde el puente del barco enemigo podrían ver, con unos anteojos, a aquel temerario.

—¡Baja, Sandokán! —gritó Yáñez—. ¿Quieres que te maten?

Una sonrisa de desprecio fue la contestación de aquel hombre formidable.

Yáñez, que conocía la temeridad de su compañero, renunció a un segundo intento y se resguardó detrás de uno de los cañones. El navío, después de aquellos disparos infructuosos, había suspendido el fuego.

Durante un cuarto de hora más, los dos barcos siguieron su carrera; después, a menos de media milla, el cañoneo fue reanudado con mayor ahínco.

Las balas caían alrededor del pequeño velero y no siempre se perdían. Algún proyectil pasaba silbando a través de las velas, cortando algunas cuerdas y rompiendo los extremos de los palos, y otras más eran rechazadas por las chapas metálicas.

Una bala atravesó el puente, pasando muy cerca del palo mayor. Si hubiera pasado unos pocos centímetros más a la derecha, habría detenido al velero en su carrera.

Sandokán, a pesar de aquella lluvia de balas, no se movía.

Miraba fríamente al barco enemigo, que forzaba sus máquinas para ganar terreno, y sonreía irónicamente.

Hubo un momento en que Yáñez lo vio lanzarse hacia el mortero, pero pensándolo mejor volvió a subirse a donde estaba murmurando:

—¡Aún no! ¡Quiero que te vea mi mujer!

Durante otros diez minutos el navío bombardeó el pequeño velero, que no hacía ninguna maniobra para escapar de aquella lluvia de hierro; después los disparos se hicieron cada vez más escasos, hasta que cesaron del todo.

Mirando atentamente al barco enemigo, Sandokán pudo ver sobre el palo mayor una bandera blanca enarbolada.

—¡Ah! —exclamó el formidable pirata—. ¡Me pides que me rinda! ¡Yáñez!

—¿Qué quieres, hermano?

—Iza mi bandera. Quiero que sepan que quien manda este prao es el Tigre de Malasia.

—Y te saludarán con una lluvia de balas.

—El viento empieza a hacerse más fresco, Yáñez. Dentro de diez minutos nos encontraremos fuera del alcance de sus proyectiles.

—Que así sea.

A una indicación del pirata, ató la bandera a la cuerda de popa y la subió hasta la punta del palo mayor. Un golpe de viento la desenrolló, y a la clara luz de la luna mostró su color de sangre.

Dos cañonazos fueron la contestación. La tripulación del navío había visto la bandera del Tigre de Malasia y reemprendió con mayor vigor el cañoneo.

El navío aceleraba la marcha para alcanzar al velero.

Su chimenea humeaba como un volcán y sus ruedas mordían ruidosamente las aguas. Cuando se desvanecía el ruido de los disparos, hasta se podían oír los sordos rugidos de las máquinas.

Pero su tripulación rápidamente se convenció de que no era fácil alcanzar a aquel velero disfrazado de prao. Habiendo aumentado el viento, el pequeño velero, que hasta ahora no había podido alcanzar los diez nudos, ahora se podía mover mucho más rápido. Sus velas ejercían sobre el pequeño barco un empuje extraordinario.

Ya no corría: volaba sobre aquellas tranquilas aguas del mar, apenas tocándolas.

El crucero disparaba furiosamente. Pero sus balas caían en el rastro del prao.

Sandokán no se había movido. Sentado al lado de su roja bandera, miraba atentamente el cielo. Parecía que ya no le preocupase el navío que estaba persiguiéndolo furiosamente.

El portugués, que no comprendía lo que se proponía Sandokán, se le acercó y le preguntó:

—¿Qué quieres hacer, hermano mío? Dentro de una hora estaremos muy lejos de aquel navío, si este viento no para.

—Espera un poco más, Yáñez —contestó Sandokán—. Mira hacia oriente: las estrellas empiezan a palidecer y en el cielo empiezan a surgir las primeras luces de la mañana. En cuanto el alba nos permita ver a la tripulación del barco, castigaré a ese insolente.

—Tú eres un artillero demasiado hábil para esperar la luz del sol. El mortero está listo.

—Quiero que vean quién enciende la mecha.

—A lo mejor ya lo saben.

—Es verdad, a lo mejor lo sospechan, pero no es suficiente. Quiero enseñarles también a la mujer del Tigre de Malasia.

—¿Marianne?

—Sí, Yáñez. Así sabrán en Labuán que el Tigre de Malasia se ha atrevido a violar las costas de la isla y enfrentarse abiertamente con los soldados que custodian a lord Guillonk.

Unos minutos más, y el sol había aparecido.

El barco enemigo se encontraba entonces a casi una milla y media, forzando al máximo sus máquinas, aunque seguía perdiendo camino.

El veloz prao ganaba rápidamente terreno, puesto que el viento aumentaba cada vez más al levantarse el día.

—Recoge las velas del trinquete y de mesana —dijo Sandokán—; cuando se encuentren a quinientos metros dispararé el mortero.

Yáñez dio enseguida la orden.

Diez piratas subieron por las cuerdas y realizaron la maniobra en muy poco tiempo. Reducida la superficie de las velas, el prao empezó a frenar su carrera.

Tuvo que transcurrir media hora para que se encontrase a la distancia deseada por Sandokán.

Las balas enemigas empezaron de nuevo a caer sobre el puente del prao cuando el Tigre bajó rápidamente del costado y se colocó detrás del mortero. Un rayo de sol iluminaba el mar, y también las velas del prao.

—¡Y ahora nos toca a nosotros! —gritó Sandokán con una extraña sonrisa—. ¡Yáñez, pon el velero cara al viento!

Unos momentos después el velero se encontraba en posición.

Sandokán se hizo entregar una mecha que Paranoa ya había encendido y se incorporó sobre el mortero, calculando la distancia con la mirada.

—¡Fuego! —gritó dando un salto hacia atrás.

Se incorporó sobre el hierro humeante conteniendo la respiración, con los labios apretados y los ojos fijos mirando delante de él, como queriendo seguir la invisible trayectoria del proyectil.

Pocos instantes después, una segunda detonación se oyó a lo lejos.

El navío había sido alcanzado entre los radios de la rueda de babor, haciendo saltar con inusitada violencia los hierros y las palas de sus ruedas.

El navío, herido gravemente, se inclinó sobre el costado abierto; después se puso a dar vueltas sobre sí mismo a causa del impulso producido por la otra rueda.

—¡Viva el Tigre! —gritaron los piratas lanzándose sobre los cañones.

—¡Marianne! ¡Marianne! —exclamó Sandokán, mientras el barco, tumbado hacia un lado, se llenaba de agua.

La joven, al oír aquella llamada, subió al puente. Sandokán la cogió en brazos, la subió hasta el costado y, mostrándola a la tripulación del navío, gritó:

—¡Esta es mi mujer!

Después, mientras los piratas descargaban sobre el barco un huracán de metralla, el prao maniobró y se alejó rápidamente hacia el oeste.

A MOMPRACEM

El prao, desplegadas sus inmensas velas, se alejaba rápidamente con la velocidad propia de aquel tipo de barco.

Marianne, destrozada por las emociones, se había retirado de nuevo a su camarote, y parte de la tripulación había bajado a la bodega, al no estar ya el velero amenazado por ningún peligro.

Yáñez y Sandokán no habían abandonado el puente. Hablaban sentados a popa mirando de vez en cuando hacia el este, donde aún se podía ver un pequeño hilo de humo.

—Ese navío tendrá mucho trabajo para llegar a Victoria —decía Yáñez—. El disparo tiene que haber reducido mucho la velocidad, haciendo imposible toda tentativa de persecución. ¿Crees que lo habrá enviado lord Guillonk en nuestra persecución?

—No, Yáñez —contestó Sandokán—. No ha tenido tiempo suficiente de llegar a Victoria y advertir al gobernador de lo sucedido. Ese barco debía de patrullar por estas aguas. Pero ahora en la isla ya se conocerá nuestro desembarco.

—¿Crees que el lord nos dejará tranquilos?

—Lo dudo mucho, Yáñez. Conozco a ese hombre y sé lo testarudo y vengativo que es. Tenemos que esperar muy pronto un formidable asalto.

—¿Vendrá a atacar nuestra isla?

—Estoy convencido, Yáñez. Lord Guillonk tiene muchas influencias y, además, posee grandes riquezas. Y no le será demasiado difícil fletar unos cuantos barcos, contratar marinos, obtener la ayuda del gobernador y asaltar Mompracem.

—¿Qué podemos hacer?

—Combatir nuestra última batalla. Vender muy cara nuestra piel.

—¿La última? ¿Por qué dices eso, Sandokán?

—Porque Mompracem perderá a sus jefes —dijo el Tigre de Malasia con un suspiro—. Mi carrera está a punto de terminar, Yáñez. Este mar, marco de mis hazañas, ya no volverá a ver mis praos cortando sus olas.

—¡Sandokán! ¡Qué dices!

—Qué quieres, Yáñez; así está escrito. El amor de la joven de los cabellos de oro tenía que apagar al pirata de Mompracem. Es triste, inmensamente triste, mi buen Yáñez, tener que decir adiós para siempre a estos lugares y tener que perder la fama y el poder; pero, a pesar de todo, tengo que resignarme. ¡Se acabaron las batallas, el tronar de la artillería, los humeantes cascos de los barcos que se hunden en las profundidades del mar, los tremendos abordajes…! Escucha mi corazón que sangra, Yáñez; piensa que el Tigre morirá para siempre y que este mar y mi isla pertenecerán a otro.

—¡Pobre Mompracem! —exclamó Yáñez con un profundo suspiro—. ¡Yo que la quería como a mi propia patria, como a mi tierra natal!

—¿Y cómo crees que yo la quería…? Bueno, así tenía que ser. Tenemos que hacernos a la idea, Yáñez, y no pensemos más en el pasado.

—Que así sea; vamos a emprender la última batalla y después nos iremos lejos —dijo Yáñez con voz resignada—. Pero la lucha será tremenda.

—Encontrará el refugio del Tigre invencible. Nadie hasta ahora ha tenido la audacia de violar las costas de mi isla. Espera a que lleguemos y verás qué trabajos emprendemos para que la escuadra que nos envíen no nos pueda aplastar. Transformaremos el pueblo en una fortaleza que pueda resistir los más terribles bombardeos. El Tigre no está aún dominado y rugirá con fuerza, llenando de terror las filas enemigas.

—¿Y si nos vencieran? Tú sabes, Sandokán, que los holandeses se han aliado con los ingleses en la lucha contra la piratería. Las dos flotas podrían unirse para dar a Mompracem el golpe de muerte.

—Si me tuvieran que vencer haría explotar toda la pólvora y volaríamos todos, junto con nuestro pueblo y nuestros praos. No podría resignarme a la pérdida de la joven. Antes de que me la quiten preferiría mi muerte y la suya.

—Confiemos en que eso no ocurra, Sandokán.

El Tigre de Malasia inclinó la cabeza sobre el pecho; tras unos instantes de silencio, dijo:

—A pesar de todo, tengo un triste presentimiento.

—¿Cuál? —preguntó Yáñez con ansiedad.

Sandokán no contestó. Abandonó al portugués y se apoyó en la borda de proa, exponiendo su cara a la brisa nocturna.

Estaba inquieto; profundas arrugas se dibujaban en su frente y de vez en cuando unos suspiros salían de sus labios.

—¡Fatalidad…! Y todo por esta criatura celeste —murmuró—. ¡Por ella tendré que perderlo todo, perder hasta este mar que llamaba mío y que consideraba parte de mi vida! ¡Les pertenecerá a ellos, a esos hombres a los que desde hace dos años me enfrento sin tregua, a esos hombres que me han arrojado escaleras abajo de un trono, hasta el barro, que me han matado la madre, los hermanos y hermanas…!

Se llevó las manos a la frente, como queriendo librar de estos pensamientos su mente; después se irguió y con lentos pasos bajó a su camarote.

Abrió la puerta del camarote y miró. Marianne dormía. El pirata la contempló unos instantes con infinita dulzura; después se retiró sin hacer ruido y entró en su camarote.

Al día siguiente, el prao, que había navegado toda la noche a gran velocidad, se encontraba solo a sesenta millas de Mompracem.

Ya todos se consideraban seguros cuando el portugués, que vigilaba con gran atención, vio una columna de humo que parecía dirigirse hacia el este.

—¡Oh! —exclamó—. ¿Hemos topado con otro barco? Que yo sepa no hay volcanes en estos mares.

Cogió unos anteojos y subió hasta la cima del palo mayor, observando con profunda atención aquel humo, que ahora se había acercado considerablemente. Cuando bajó estaba claramente preocupado.

—¿Qué tienes, Yáñez? —preguntó Sandokán, que había vuelto a cubierta.

—He descubierto una cañonera, hermano mío.

—No te preocupes.

—Sé que no se atreverá a atacarnos, pues dispone solamente de un solo cañón, pero este no es el motivo de mi preocupación.

—¿Cuál, entonces?

—Ese barco proviene del este; a lo mejor de Mompracem. No querría que durante nuestra ausencia la flota enemiga hubiera bombardeado nuestra isla.

—¿Mompracem bombardeada? —preguntó una voz detrás de ellos.

Sandokán se volvió rápidamente y se encontró ante Marianne.

—¡Ah, eres tú, amor mío! —exclamó—. Te creía aún dormida.

—Me acabo de levantar; pero ¿de qué estabais hablando? A lo mejor un nuevo peligro nos amenaza…

—No, Marianne —contestó Sandokán—. Pero estamos inquietos, viendo esa cañonera que viene de oriente, como si procediera de Mompracem.

—¿Temes que hayan cañoneado a tu pueblo?

—Sí, pero no es solo eso, porque una descarga de nuestros cañones es suficiente para hundirla.

—¡Mirad! —exclamó Yáñez dando dos pasos adelante.

—¿Qué ves?

—La cañonera nos ha visto y se dirige hacia nosotros.

—Vendrá a espiarnos —dijo Sandokán.

El pirata no se había engañado. La cañonera, de las más pequeñas, de unas cien toneladas de desplazamiento, de un solo cañón situado en la plataforma de popa, se acercó hasta una milla y después giró, pero no se acercó del todo, porque seguía viéndose el humo de su chimenea.

A los piratas no les preocupaba eso, ya que sabían por experiencia que aquel pequeño barco no podía medirse con el prao, cuya artillería era mucho más poderosa, suficiente para enfrentarse a cuatro de aquellos enemigos.

Hacia el mediodía, un pirata, que había subido hasta lo más alto del palo del trinquete para arreglar una cuerda, divisó Mompracem, el temido escondrijo del Tigre de Malasia.

Allí donde el cielo se confundía con el mar se veía una línea de un color indefinido que se hacía cada vez más grande y cada vez más verde.

—¡Rápido, rápido! —exclamó Sandokán presa de una viva ansiedad.

—¿Qué temes? —preguntó Marianne.

—No lo sé, pero el corazón me dice que allí ha ocurrido algo. La cañonera, ¿aún nos sigue?

—Sí, sigo viendo el humo de su chimenea hacia el este —contestó Yáñez.

—Es mala señal.

—Yo también pienso igual, Sandokán.

El prao, empujado por un fuerte viento, en menos de una hora llegó a pocas millas de la isla y tomó el rumbo de la bahía que se abría delante del pueblo. Muy pronto llegó tan cerca como para poder distinguir completamente las fortificaciones, los almacenes y las cabañas.

En la cumbre del gran acantilado había un edificio que servía de residencia al Tigre; se veía ondear la bandera de la piratería, pero algunas fortificaciones estaban seriamente dañadas, había unas cuantas cabañas quemadas y faltaban algunos barcos.

—¡Ah! —exclamó Sandokán—. Lo que me temía ha ocurrido: el enemigo ha asaltado mi escondrijo.

—Es verdad —murmuró Yáñez con dolor.

—¡Pobre amigo! —dijo Marianne, asustada por el dolor que se reflejaba en la cara de Sandokán—. Mis compatriotas han aprovechado tu ausencia para asaltar tu isla.

—Sí —contestó Sandokán moviendo tristemente la cabeza—. ¡Mi isla, un día temida e inalcanzable, ha sido violada!

LA REINA DE MOMPRACEM

Mompracem, la isla defendida formidablemente de todo intento de asalto, había sido violada, pero no había caído en manos de sus enemigos.

Los ingleses, probablemente informados de la partida de Sandokán, seguros de encontrar una pobre guarnición, enseguida se habían lanzado contra la isla, bombardeando las fortificaciones, hundiendo algunos veleros e incendiando una parte del pueblo. Habían conseguido también desembarcar unas cuantas tropas para intentar ocupar la isla, pero el valor de Giro-Batol y de sus tigres había al fin triunfado, y los enemigos tuvieron que retirarse por temor a ser cogidos entre dos fuegos por los praos de Sandokán, que pensaban que no estarían muy lejos.

Es verdad que había sido una victoria, pero había faltado muy poco para que la isla cayera en manos enemigas.

Cuando Sandokán y sus hombres desembarcaron, los piratas de Mompracem, reducidos a la mitad, se lanzaron a su encuentro, reclamando venganza contra los invasores.

—Vamos a Labuán, Tigre de Malasia —gritaron—. ¡Devolvamos las balas que han lanzado contra nosotros!

—Dentro de muy poco tiempo tendréis ocasión de devolver a vuestros enemigos las balas que han lanzado contra estas costas —dijo Sandokán.

—¿Estamos a punto de ser asaltados? —preguntaron todos.

—El enemigo no está lejos; podéis ver su avanzadilla en aquella cañonera que recorre nuestras costas. Los ingleses tienen muy buenas razones para asaltarnos: quieren vengar a los hombres que nosotros hemos matado en las selvas de Labuán, y quitarme a esta joven. Estad preparados, que el momento no está lejos.

—Tigre de Malasia —dijo Giro-Batol adelantándose—, nadie, mientras uno de nosotros esté vivo, vendrá a llevarse a la Perla de Labuán, ahora que está protegida por la bandera de la piratería. Ordena: nosotros estamos preparados para todo.

Sandokán, profundamente conmovido, miró a aquellos valientes que aplaudían las palabras del jefe, y que después de haber perdido a todos sus compañeros aún ofrecían la vida para salvar a la causante de todas aquellas desventuras.

—Gracias, amigos —dijo con voz emocionada.

Sandokán y Marianne subieron por la estrecha escalera que llevaba a la cima del acantilado, seguidos por la mirada de todos aquellos piratas, y se pararon delante de la gran cabaña.

—Esta es tu residencia —dijo él al entrar—. Era la mía; es un feo refugio donde se desarrollaron tristes acontecimientos… Es indigno de acoger a la Perla de Labuán, pero es seguro e inalcanzable por los enemigos, que no podrán nunca llegar hasta aquí. Si tú te hubieses convertido en la reina de Mompracem, lo habría embellecido, lo habría transformado en un palacio… ¿Para qué hablar de cosas imposibles? Aquí todo está muerto, o a punto de morir.

—Sandokán, tú sufres, me ocultas tus pensamientos.

—No, alma mía, estoy emocionado nada más. ¿Qué quieres? Encontrar mi isla violada, mis filas destrozadas y pensar que dentro de poco tendré que perder…

—Sandokán, entonces tú añoras tu antiguo poderío y sufres pensando en tener que perder tu isla. Escúchame, mi héroe. ¿Quieres que me quede en esta isla, entre tus tigres, que empuñe también yo la cimitarra y que luche a tu lado? ¿Quieres eso?

—¡Tú, tú! —exclamó—. No, no quiero que te vuelvas una mujer diferente. Sería una monstruosidad obligarte a que te quedes, ensordecerte para siempre con el trueno de la artillería y con los gritos de lucha y exponerte a un continuo peligro. Dos felicidades serían demasiado y no las quiero.

—Entonces, ¡tú me quieres más que a tu isla, que a tus hombres, que a tu grandeza!

—Sí, Marianne. Esta noche reuniré a mis hombres y les comunicaré que nosotros, después de haber luchado en la última batalla, abandonaremos para siempre nuestra bandera y dejaremos Mompracem.

—¿Y qué dirán tus tigres al oír una proposición similar? Me odiarán sabiendo que yo soy la causa de la ruina de Mompracem.

—Nadie se atreverá a levantar la voz contra ti, yo aún soy el Tigre de Malasia, el que los ha hecho siempre temblar con una sola mirada. Además, me quieren demasiado para no obedecerme. Dejemos que se cumpla nuestro destino.

Besó los rubios cabellos de la joven, y después llamó a sus dos servidores malayos:

—Esta es vuestra señora —les dijo señalando a la joven—. Le debéis obediencia como a mí mismo.

Después de haber intercambiado con Marianne una larga mirada, salió rápidamente y bajó a la playa.

La cañonera seguía echando humo, vigilando las costas de la isla, moviéndose en zigzag de norte a sur.

Entretanto los piratas, previniendo un no lejano ataque, trabajaban rápidamente bajo la dirección de Yáñez, reforzando los bastiones, excavando trincheras y levantando empalizadas.

Sandokán se acercó al portugués.

—¿No se ve a ningún otro barco? —preguntó.

—No —dijo Yáñez—, pero la cañonera no deja nuestras aguas y esta es una mala señal. Si el viento fuera más fuerte y pudiéramos superar la velocidad de las máquinas, la abordaría con gusto.

—Es necesario tomar medidas para ocultar nuestras riquezas en caso de una derrota, y prever la huida.

—¿Temes no poder hacer frente a los asaltantes?

—Tengo presagios siniestros, Yáñez; presiento que voy a perder esta isla.

—¡Bah! Hoy, o dentro de un mes, qué más da, si has decidido abandonarla. ¿Y nuestros piratas? ¿Lo saben?

—No; esta noche reuniré las bandas en mi cabaña y allí les comunicaré mi decisión.

—Será un duro golpe para ellos, hermano.

—Lo sé, pero si quieren seguir sin mí en la piratería, yo no lo impediré.

—Ni lo pienses, Sandokán. Nadie abandonará al Tigre de Malasia y todos te seguirán a donde tú quieras.

—Lo sé, me quieren demasiado estos valientes. Trabajemos, Yáñez, hagamos que nuestra roca sea invulnerable, o al menos formidable.

Alcanzaron a los hombres que trabajaban con un ahínco sin parangón, levantando nuevos terraplenes, excavando nuevas trincheras, plantando nuevas empalizadas para resguardar las espingardas, amontonando inmensas pirámides de balas y granadas, protegiendo la artillería con barricadas hechas con troncos de árbol, piedras, chapas de hierro arrancadas de los barcos saqueados durante las numerosas expediciones.

Por la noche, el acantilado presentaba un aspecto imponente y podía considerarse inexpugnable.

Al caer la noche, Sandokán hizo embarcar sus riquezas en un gran prao y lo envió, escoltado por otros dos, a las costas occidentales de la isla, preparado para escapar en caso de que fuese necesario.

A medianoche Yáñez, junto con los jefes de las bandas, subió a la gran cabaña, donde los esperaba Sandokán.

—Amigos, mis fieles tigres —dijo Sandokán llamando a su alrededor a aquellos formidables hombres—. Os he convocado aquí para decidir la suerte de mi Mompracem. Vosotros me habéis visto luchar muchos años sin descanso y sin piedad contra la raza despiadada que asesinó a mi familia, que me privó de una patria, y que desde un trono me precipitó a traición hasta el polvo y que intenta ahora la destrucción de la raza malaya; vosotros me habéis visto luchar como un tigre, echar siempre a los invasores que amenazaban nuestra isla. Pero ahora todo ha terminado: el destino quiere que pare, y así será. Ya presiento que mi misión de venganza ha terminado; presiento que ya no podré luchar como antes, necesito descanso. Lucharé aún por última vez contra el enemigo que posiblemente mañana nos atacará; después diré adiós a Mompracem y me iré lejos, a vivir con esta mujer que amo y que será mi esposa. ¿Seguiréis vosotros las hazañas del Tigre? Os dejo mis barcos y mis cañones. Pero si preferís seguirme hasta mi nueva patria, os consideraré como a mis hijos.

Los piratas, que se habían quedado petrificados al oír aquella inesperada revelación, no contestaron, pero en aquellas caras ennegrecidas por el humo de los cañones y por el viento del sur aparecieron las lágrimas.

—¡Capitán, mi capitán! —exclamó Giro-Batol, que lloraba como un niño—. Quedaos con nosotros, no abandonéis la isla. Nosotros la defenderemos contra todos, reuniremos a otros hombres; nosotros, si queréis, destruiremos Labuán, Varauni y Sarawak. Así nadie se atreverá a amenazar la felicidad de la Perla de Labuán.

—¡Milady! —exclamó Juioko—. Quedaos entre nosotros, nosotros os defenderemos contra todos, haremos que nuestros cuerpos sirvan de escudo contra los disparos de los enemigos, y si queréis conquistaremos un reino para ofreceros un trono.

Entre todos los piratas hubo una explosión de verdadera locura. Los más jóvenes lloraban, los más viejos suplicaban.

—¡Quedaos, milady, quedaos en Mompracem! —gritaban todos congregados ante la joven. Esta avanzó hacia ellos imponiendo silencio con un gesto.

—Sandokán —dijo con voz temblorosa—, si te dijera que renunciaras a tus venganzas y a la piratería, y si rompiera para siempre este débil lazo que me une a mis compatriotas y adoptara por patria esta isla, ¿tú aceptarías?

—Tú, Marianne, ¿quedarte en mi isla?

—¿Lo quieres?

—Sí, y te juro que tomaré las armas solo en defensa de mi tierra.

—Mompracem, entonces, es mi nueva patria. ¡Sandokán, me quedo!

Como un solo hombre, los piratas levantaron las armas, vitoreando a la joven que se encontraba en brazos del Tigre, y la aclamaron unánimemente:

—¡Viva la reina de Mompracem! ¡Y que nadie se atreva...!

EL BOMBARDEO DE MOMPRACEM

Al día siguiente parecía que los piratas de Mompracem estuvieran poseídos. Se movían alrededor de las baterías, construían nuevas trincheras, trabajaban en el acantilado para conseguir piedras que utilizar para reforzar las fortificaciones, llenaban los gaviones y los colocaban delante de los cañones, cortaban árboles para levantar empalizadas, construían nuevos bastiones para disponer la artillería sacada de los praos, excavaban trampas, preparaban minas, llenaban los reductos de espinas donde previamente se habían colocado puntas de hierro envenenadas con el jugo del upas, fundían balas, aumentaban la potencia de la pólvora, afilaban las armas.

Sandokán estaba al frente de todos aquellos trabajos con una energía extraordinaria. Corría donde era necesaria su presencia, ayudaba a sus hombres a colocar las baterías y dirigía las obras en todos los lugares ayudado por Yáñez, que parecía haber perdido su habitual tranquilidad.

La cañonera, que navegaba frente a la isla espiando los trabajos, era un incentivo para que los piratas trabajasen endemoniadamente.

Alrededor del mediodía llegaron al poblado varios piratas que la noche anterior se habían marchado llevándose los tres praos, y las noticias que traían eran inquietantes. Una cañonera que parecía española se había avistado por la mañana, directamente al este; desde las costas occidentales no se había divisado ningún enemigo.

—Tengo miedo de que nos ataquen con gran fuerza —dijo Sandokán a Yáñez—. Verás cómo los ingleses no vendrán solos a atacarnos.

—¿Se habrán aliado a los españoles y a los holandeses?

—Sí, Yáñez, hermano mío, y el corazón me dice que no me engaña.

—Encontrarán pan para sus dientes. Nuestro poblado se ha transformado en una fortaleza.

—Puede ser, Yáñez; de todas formas, en caso de derrota, nuestros praos están listos para emprender la huida.

Reanudaron el trabajo, mientras unos cuantos piratas invadían las aldeas indígenas cercanas del interior de la isla para reclutar a los hombres más valientes.

Por la noche, el poblado estaba listo para aguantar cualquier ataque y presentaba una línea de fortificaciones imponente.

Tres líneas de bastiones de distintas envergaduras cubrían enteramente la villa extendiéndose en forma de semicírculo.

Empalizadas y amplios fosos impedían la escalada de aquellas fortificaciones. Cuarenta y seis cañones de calibre doce, dieciocho y veinticuatro, colocados en el gran bastión central, una media docena de morteros y sesenta espingardas defendían la plaza, listos para despedir un torrente de balas, granadas y metralla sobre los barcos enemigos.

En la mañana del día siguiente, Sandokán, Marianne y Yáñez, que desde hacía unas cuantas horas estaban durmiendo en la gran cabaña, fueron bruscamente despertados por unos gritos.

—¡El enemigo! ¡El enemigo! —gritaban en el poblado.

Se precipitaron fuera de la cabaña y alcanzaron la orilla del gigantesco acantilado.

El enemigo estaba allí, a seis o siete millas de la isla, y avanzaba lentamente en formación de batalla. Al verlo, unas profundas arrugas se dibujaron en la frente de Sandokán, mientras la cara de Yáñez se ensombrecía.

—Es una verdadera flota —murmuró.

—Es una alianza que los de Labuán envían contra nosotros —dijo Sandokán—. Mira, hay barcos ingleses, holandeses, españoles y hasta unos cuantos praos del sultán de Varauni, pirata cuando quiere y que ahora está celoso de mi poderío.

Era verdad. La escuadra se componía de tres navíos de gran tonelaje que llevaban bandera inglesa, dos corbetas holandesas poderosamente armadas, cuatro cañoneras y un cúter españoles, y ocho praos del sultán de Varauni. Podrían disponer en conjunto de ciento cincuenta o ciento sesenta cañones y de mil quinientos hombres.

—Tengo miedo, Sandokán —dijo Marianne.

—Mi genio bueno, que desde hace muchos años me protege, no me abandonará hoy, que lucho por ti. Ven, Marianne, los minutos son muy valiosos.

Bajaron la escalera y se encontraron en la villa, donde los piratas ya se habían colocado detrás de los cañones, listos para librar con gran coraje la titánica lucha. Doscientos indígenas, gente que no sabía resistir el empuje enemigo pero sí ayudar en los cañones, habían llegado ya y se habían colocado en los lugares indicados por los jefes.

—Bien —dijo Yáñez—. Somos trescientos cincuenta para sostener el combate.

Sandokán llamó a seis de sus más valientes hombres y les confió a Marianne para que la protegiesen y la llevasen a los bosques para no exponerla a ningún peligro.

—Vete, amor mío —dijo él estrechándola contra su pecho—. Si yo gano, tú serás la reina de Mompracem, y si la fatalidad me hace perder, dejaremos esta isla y nos iremos a buscar la felicidad a otras tierras.

—¡Ah! Sandokán, ¡tengo miedo! —exclamó la joven llorando.

—Volveré a ti, no temas. Las balas no alcanzarán al Tigre de Malasia tampoco en esta batalla.

La besó en la frente, y después corrió hacia los bastiones gritando:

—¡Tigres, el Tigre está con vosotros! El enemigo es fuerte, pero nosotros somos aún los tigres de la salvaje Mompracem.

Un grito unánime contestó:

—¡Viva Sandokán! ¡Viva nuestra reina!

La flota enemiga se había parado a seis millas de la isla. A las diez, los barcos y los praos, siempre en orden de batalla, se movieron hacia la bahía.

—¡Tigres de Mompracem —gritó Sandokán, que se encontraba de pie en la fortificación central, detrás de un cañón del veinticuatro—, no olvidéis que estáis defendiendo a la Perla de Labuán y que esos hombres que vienen a asaltarnos son los mismos que asesinaron en las costas de Labuán a nuestros compañeros!

—¡Venganza! —gritaron los piratas.

Un disparo de cañón partió en aquel momento de la cañonera que desde hacía dos días espiaba la isla, y por pura casualidad derribó la bandera de la piratería que ondeaba en el bastión central.

Sandokán se estremeció y en su cara se dibujó el dolor.

—¡Vencerás, flota enemiga! —exclamó con voz triste—. El corazón me lo dice.

La flota seguía acercándose, manteniéndose en una posición cuyo centro estaba ocupado por los navíos y los costados por los praos del sultán de Varauni.

Sandokán dejó que se acercaran hasta mil pasos; después, levantando la cimitarra, gritó:

—¡A los cañones, tigres! ¡Ya no os retengo! ¡Limpiad el mar de esa gente! ¡Fuego!

A la orden del Tigre, los bastiones, las trincheras, los terraplenes se llenaron de fuego, formando un solo estruendo que habría podido oírse desde las Romades. Pareció que el poblado entero saltase por los aires, y la tierra tembló hasta el mar. Densas nubes de humo se elevaron de las baterías, aumentando cada vez más por efecto de los nuevos disparos que se sucedían furiosamente a derecha y a izquierda, desde donde disparaban las numerosas espingardas.

La escuadra, a pesar de haber sido recibida con aquella descarga, no tardó en contestar.

Los navíos, las corbetas, las cañoneras y los praos se cubrieron de humo, granizando las defensas con balas y granadas, mientras un gran número de tiradores disparaban un intensísimo fuego de mosquetería que, si bien era totalmente ineficaz contra los bastiones, entorpecía la labor de los artilleros de Mompracem.

No se perdía ocasión de disparar por ningún bando, y se competía en rapidez y en precisión, decididos a exterminarse mutuamente.

Era hermoso ver aquel poblado, defendido por un puñado de héroes, que se iluminaba por todos lados, contestando disparo con disparo.

Sandokán, en medio de aquellos valientes, con los ojos encendidos, erguido detrás de un grueso cañón del calibre veinticuatro que lanzaba enormes proyectiles, seguía gritando:

—¡Fuego! ¡Limpiad el mar, destrozad esos barcos que vienen a raptar a nuestra reina!

Sus palabras no se perdían en el viento. Los piratas, conservando una admirable sangre fría entre aquella lluvia de balas que alcanzaba la defensa, agujereaba los terraplenes y destrozaba los bastiones, seguían disparando su artillería, animados por aquellas palabras.

Un prao del sultán fue incendiado y saltó por los aires mientras intentaba, con una osadía inadmisible, alcanzar la playa.

Una cañonera española, que estaba acercándose para desembarcar a sus hombres, fue completamente desarbolada y vino a embarrancar delante del poblado después de que sus máquinas hubieran explotado. Ni uno solo de sus hombres se salvó.

Estaba claro que hasta que los bastiones no cayeran y la pólvora no faltara, ningún barco podría acercarse a las terribles costas de la isla.

Desgraciadamente para los piratas, hacia las seis de la tarde, cuando ya la flota semidestruida iba a retirarse, llegaron inesperadamente refuerzos: eran dos navíos ingleses y una gran corbeta holandesa, seguidos a muy corta distancia por un bergantín a vela, que llevaba numerosísima artillería.

Sandokán y Yáñez, al ver a aquellos nuevos enemigos, comprendieron que la caída de la isla era solo cuestión de horas; a pesar de todo, no se desanimaron y apuntaron parte de sus cañones contra los nuevos navíos.

La escuadra, reforzada, reemprendió la lucha, acercándose a la playa y disparando contra las defensas ya gravemente dañadas.

Una hora después la primera línea de bastiones ya no existía: era un amasijo de ruinas.

Dieciséis cañones estaban inutilizados y una docena de espingardas sepultadas entre los escombros.

Sandokán hizo un último intento. Dirigió el fuego de sus cañones sobre el barco insignia, dejando a las espingardas que contestasen al fuego de los otros navíos.

Durante veinte minutos el navío aguantó aquella lluvia de proyectiles que lo atravesaron por todas partes, destrozando su infraestructura y matando a su tripulación, hasta que una granada de veintiún kilogramos lanzada por Giro-Batol con un mortero abrió en su proa un enorme agujero.

El barco escoró rápidamente; la atención de los otros barcos se centró en salvar a los náufragos y numerosas embarcaciones fueron lanzadas al mar, pero muy pocos sobrevivieron a aquel tornado de metralla de los piratas.

En pocos minutos, el navío se hundió arrastrando a los hombres que aún quedaban en cubierta.

La escuadra suspendió el fuego unos minutos, pero después lo reemprendió con mayor fuerza y se acercó hasta cuatrocientos metros de la isla.

Las baterías de derecha e izquierda, no pudiendo soportar aquel fuego intensísimo, fueron reducidas al silencio en una hora y los piratas se vieron obligados a retirarse detrás de la segunda línea de bastiones, y después detrás de la tercera, que ya estaba en ruinas. De pie y aún en condiciones no quedaba más que el reducto central, el mejor armado y el más sólido.

Media hora después un almacén de pólvora saltó por los aires con extrema violencia, derribando las trincheras y sepultando entre los escombros a doce piratas y a veinte indígenas.

Se hizo otro esfuerzo para detener el avance enemigo, concentrando el fuego contra otro navío, pero los cañones eran pocos, ya que la mayoría habían quedado inutilizados.

A las siete y diez minutos también la última defensa caía, sepultando a muchos hombres y las más gruesas piezas de artillería.

—¡Sandokán! —gritó Yáñez precipitándose hacia el pirata, que estaba apuntando con su cañón—. La partida está perdida.

—Es verdad —contestó el Tigre de Malasia en voz baja.

—Ordena la retirada o será demasiado tarde.

Sandokán lanzó una mirada sobre aquellas ruinas: la batalla estaba irreparablemente perdida. Dentro de pocos momentos, los asaltantes, treinta o cuarenta veces más numerosos, habrían desembarcado para atacar con bayoneta las últimas trincheras y aniquilar a los últimos defensores.

Un retraso de solo unos minutos podría ser nefasto y comprometer la huida hacia las costas occidentales.

Sandokán reunió a todas sus fuerzas para pronunciar unas palabras que nunca habían salido de sus labios y mandó la retirada.

En el mismo momento en que aquellos tigres de la perdida Mompracem, con lágrimas en los ojos y el corazón destrozado, se lanzaban a los bosques y los indígenas huían en todas direcciones, el enemigo desembarcaba atacando furiosamente, con las bayonetas en posición, las trincheras, detrás de las cuales creían que se encontraban sus defensores.

¡La estrella de Mompracem se había extinguido para siempre!

SOBRE EL MAR

Los piratas, reducidos a solo setenta, heridos en su mayor parte pero deseosos de venganza y siempre listos para reemprender la lucha, se retiraban guiados por sus valientes jefes, el Tigre de Malasia y Yáñez, que se habían salvado milagrosamente del hierro y del plomo enemigos.

Sandokán, a pesar de haber perdido para siempre su poderío, su isla, su mar, conservaba en aquella retirada una tranquilidad verdaderamente admirable, aunque en su cara se podían ver las señales de la emoción que intentaba esconder.

Apresuraron la marcha y los piratas llegaron muy pronto a las orillas de un arroyo seco, donde encontraron a Marianne y a los seis hombres enviados para su vigilancia.

La joven se lanzó a sus brazos. Sandokán la estrechó tiernamente contra su pecho.

—Doy gracias a Dios —dijo ella—, porque vuelves aún vivo.

—Vivo sí, pero derrotado —contestó con voz triste.

—Así lo ha querido el destino, mi héroe.

—En marcha, Marianne, el enemigo no está lejos. ¡Adelante, tigres, no dejemos que nos alcancen! Quizá todavía tengamos que luchar.

A lo lejos se oían los gritos de los vencedores y se veía una intensa luz, señal evidente de que el poblado había sido incendiado.

Sandokán hizo subir a Marianne a un caballo que había hecho llevar hasta allí el día anterior, y los supervivientes reemprendieron la marcha para alcanzar las costas occidentales antes de que el enemigo pudiera llegar para cortarles la retirada.

A las once de la noche llegaron a un pequeño poblado de la costa, delante del cual estaban anclados los tres praos.

—Embarcaos rápidamente —dijo Sandokán—, los minutos son preciosos.

Recorrió la playa mirando el mar, negro como la tinta.

—No veo ninguna luz —añadió—. A lo mejor podremos abandonar mi pobre isla sin más sobresaltos.

Emitió un profundo suspiro y se secó la frente bañada en sudor.

—Embarquemos —dijo después.

Los piratas se embarcaron con lágrimas en los ojos; treinta subieron al prao más pequeño, otros al de Sandokán y el resto al mandado por Yáñez, que llevaba los inmensos tesoros del jefe.

En el momento de levar anclas, se vio a Sandokán llevarse las manos al corazón como si en el pecho se le hubiese roto algo.

Inclinó la cabeza emitiendo un sollozo sofocado; después, levantándola con energía, gritó:

—¡Largad amarras…!

Los tres veleros se alejaron de la isla, llevando consigo a los últimos supervivientes de aquella formidable banda que durante dos años había sembrado el terror en los mares de Malasia.

Habían recorrido ya seis millas cuando un grito feroz resonó a bordo de los veleros. Entre las tinieblas habían aparecido dos puntos luminosos que se movían al encuentro de los praos. Sandokán, que estaba sentado con los ojos fijos en la isla que desaparecía lentamente entre las tinieblas, se levantó emitiendo un rugido.

—¡De nuevo el enemigo! —exclamó con terrible acento, apretando contra su pecho a la joven, que se encontraba a su lado—. ¿También en el mar, malditos, me perseguís? ¡Tigres, los leopardos nos pisan los talones! ¡Levantaos con las armas en ristre!

No hacía falta nada más a aquellos hombres, que ardían en deseos de venganza y que ya confiaban en reconquistar, en un combate desesperado, la isla perdida. Todos cogieron las armas, listos para emprender el abordaje.

—Marianne —dijo Sandokán mirando a la joven, que observaba con terror aquellos dos puntos luminosos que brillaban en las tinieblas—. Vete a tu camarote, alma mía.

—¡Dios mío, estamos perdidos! —murmuró—. No intentes ningún nuevo combate, mi héroe; a lo mejor esos dos barcos aún no nos han visto y podríamos engañarlos.

—Es verdad, lady Marianne —dijo uno de los jefes malayos—. Nos buscan, seguro, pero a lo mejor no nos han visto. La noche está muy oscura y no tenemos ninguna luz en los barcos; es imposible que ya se hayan percatado de nuestra presencia. Sé prudente, Tigre de Malasia. Es mejor evitar un nuevo enfrentamiento.

—Que así sea —contestó Sandokán después de unos minutos de reflexión—. Intentaré evitar el abordaje, pero si se deciden a seguirnos en el nuevo rumbo… ¡Estoy decidido a todo, incluso a asaltarlos!

—No expongamos inútilmente a los últimos tigres de Mompracem —dijo el jefe malayo—; por ahora seamos prudentes.

La oscuridad favorecía la retirada.

A una orden de Sandokán, el prao maniobró para dirigirse hacia las costas meridionales de la isla, donde existía una pequeña bahía suficientemente profunda para acoger a unos cuantos barcos. Los otros dos veleros se apresuraron a maniobrar, habiendo ya comprendido cuál era el plan del Tigre de Malasia.

El viento era favorable, soplaba desde el nordeste, y cabía la posibilidad de que los praos llegaran a la bahía antes de que se hiciera de día.

—¿Han variado el rumbo los dos barcos? —preguntó Marianne, que miraba el mar con ansiedad—. Me parece que siguen el anterior, ¿verdad, Sandokán? ¿O me equivoco?

—Te equivocas, Marianne —contestó el pirata tras unos instantes—. También esos dos puntos luminosos han variado el rumbo.

—¿Y se mueven hacia nosotros?

—Así parece.

—¿Y no conseguiremos huir? —preguntó la joven, asustada.

—¿Cómo podremos luchar contra las máquinas? El viento es muy débil y nuestros veleros no pueden competir contra el vapor. Pero el día no está lejano, y al salir el sol en estos parajes el viento siempre aumenta de intensidad.

—¡Sandokán! ¡Tengo tristes presentimientos!

—No temas, niña mía. Los tigres de Mompracem están dispuestos a morir por ti.

Una voz que provenía del segundo prao interrumpió a Sandokán.

—¡Eh! ¡Hermano!

—¿Qué quieres, Yáñez? —preguntó Sandokán, que había reconocido la voz del portugués.

—Me parece que esos dos barcos se preparan para cortarnos el paso. Los faroles que antes proyectaban luz roja ahora son verdes, y eso indica que han variado de nuevo el rumbo.

—Entonces los ingleses se han dado cuenta de nuestra presencia.

—Así lo presiento, Sandokán.

—¿Qué me aconsejas?

—Maniobrar audazmente hacia mar abierto e intentar pasar entre los enemigos. Mira: se alejan uno del otro para atraparnos en medio.

Los dos barcos enemigos, que hacía algún tiempo que parecían hacer una maniobra misteriosa, se habían alejado rápidamente.

Mientras uno se dirigía hacia las costas septentrionales de Mompracem, el otro se movía rápidamente hacia las meridionales.

Ya no se podía dudar de sus intenciones. Querían interponerse entre los veleros y la costa para impedirles buscar refugio en alguna bahía, y obligarles a salir para asaltarles en mar abierto. Sandokán, que se percató de esa maniobra, lanzó un grito de cólera.

—¡Ah! —gritó—. ¿Queréis darnos batalla? ¡Pues la tendréis!

—¡Aún no, hermano! —gritó Yáñez, que había subido a la proa de su velero—. Partamos hacia mar abierto e intentemos pasar entre esos dos contrincantes.

—Nos alcanzarán, Yáñez. ¡El viento es aún débil!

—Intentémoslo, Sandokán. ¡Ohé! ¡A las velas! ¡Los cañoneros a sus puestos!

Momentos después, los tres veleros cambiaban de rumbo dirigiéndose audazmente hacia el oeste.

Los dos barcos, como si se hubiesen percatado de aquella audaz maniobra, habían cambiado de dirección enseguida rumbo a mar abierto. Seguramente querían rodear y capturar a los tres praos antes de que pudieran llegar a alguna otra isla.

Durante veinte minutos los tres veleros siguieron avanzando, intentando la huida a pesar de aquellos dos barcos de guerra decididos a cercarlos.

Los piratas no apartaban la vista de los faros, tratando de adivinar las maniobras de los enemigos. Pero estaban preparados para hacer tronar los cañones y los fusiles en cuanto lo ordenaran sus jefes. Se habían alejado bastante con algunas bordadas cuando vieron los faroles virar nuevamente en su persecución.

Momentos después se oyó a Yáñez gritar:

—¡Ohé! ¿No veis que nos están dando caza?

—¡Ah! ¡Perros! —gritó Sandokán—. También en el mar venís a asaltarme… Encontraréis hierro y plomo para todos.

En aquel mismo instante un disparo de cañón se oyó a lo lejos.

Una bala pasó silbando sobre el prao, atravesando dos velas.

La corbeta forzaba sus máquinas, despidiendo nubes de humo rojizo con escorias ardientes, y se dirigía hacia el prao de Sandokán, mientras la cañonera intentaba lanzarse contra la nave mandada por Yáñez.

—¡Vete a tu camarote! —gritó Sandokán a Marianne cuando un segundo cañonazo fue disparado por la corbeta—. Aquí reina la muerte.

Agarró entre sus fuertes brazos a la joven y la transportó hasta el camarote. En aquel mismo instante la metralla barría la cubierta del velero, incrustándose en sus costados y en los palos.

Marianne se agarró desesperadamente a Sandokán.

—No me dejes —dijo con la voz ahogada por los sollozos—. ¡No te alejes de mí! ¡Tengo miedo, Sandokán!

El pirata la alejó con dulce violencia.

—No temas por mí —dijo—. Déjame que vaya a luchar en la última batalla y oiga una vez más el trueno de la artillería.

—Tengo siniestros presentimientos, Sandokán. Deja que me quede a tu lado. ¡Te defenderé contra las armas de mis compatriotas!

—Basta conmigo solo para hundir a mis enemigos en el mar.

El cañón tronaba furiosamente sobre el mar. Sobre el puente se oían los gritos salvajes de los tigres de Mompracem y los gemidos de los primeros heridos.

Sandokán dejó a la joven y se precipitó hacia la escala, animando a sus hombres:

—¡Adelante, valientes! ¡El Tigre de Malasia está con vosotros!

La batalla se mantenía aún en su apogeo por ambos lados. La cañonera había asaltado el prao del portugués para intentar abordarlo, pero había quedado muy mal parada.

La artillería de Yáñez la había dañado, rompiéndole las cuerdas, destrozándole las bordas y arrancándole el palo mayor. La victoria, por aquel lado, ya era clara, pero la corbeta era un barco armado con muchos cañones y con una tripulación numerosísima.

Se había lanzado contra los dos praos de Sandokán, cubriéndolos de metralla y destrozando a los piratas.

La aparición del Tigre de Malasia infundió nuevo coraje a los combatientes, que empezaban a sentirse impotentes delante de aquel barco.

Pero su presencia no era suficiente para cambiar la suerte de la lucha. A pesar de que sus disparos destrozaban los costados de la corbeta con nubes de metralla, las balas y las granadas llovían sin parar sobre sus veleros, devastándolos y matando a sus hombres. Era imposible resistir tanta furia. Unos cuantos minutos más y aquellos dos pobres praos habrían quedado convertidos en un montón de escombros, con sus bordas destrozadas y sus cañones inutilizados.

Sandokán, con una sola mirada, se percató de la gravedad de la situación. Viendo al otro prao devastado y a punto de hundirse, lo abordó para embarcar en su propio velero a los pocos supervivientes; después, desenfundando la cimitarra, gritó:

—¡Tigres! ¡Al abordaje!

La desesperación centuplicaba la fuerza de aquellos piratas.

Descargaron de un solo golpe los dos cañones y las espingardas para limpiar el costado de la corbeta de los fusiles que la defendían; después, aquellos treinta valientes lanzaron los garfios de abordaje.

Mientras Yáñez, más afortunado que sus compañeros, hacía explotar la cañonera arrojando una granada dentro de su polvorín, Sandokán, a la cabeza de sus hombres, se lanzó al abordaje sobre el puente enemigo como un toro herido.

—¡Largo! —tronó blandiendo su terrible cimitarra—. ¡Soy el Tigre…!

Seguido por sus hombres, se enfrentó a los marinos que acudían por todos lados con las hachas levantadas y los empujó hacia popa, pero desde proa arremetió otra turba de hombres guiada por un oficial que Sandokán reconoció enseguida.

—¡Ah, eres tú, baronet! —exclamó el Tigre abalanzándose hacia él.

—¿Dónde está Marianne? —preguntó el oficial con la voz ahogada por el furor.

—Allí está, cógela —contestó Sandokán.

De un golpe de cimitarra lo derribó, pero en aquel mismo instante fue alcanzado en la cabeza por el reverso de un hacha…

LOS PRISIONEROS

Cuando volvió en sí, todavía aturdido por el golpe, se encontró, no en el puente de su velero sino encadenado en la bodega de la corbeta.

Se levantó moviendo furiosamente las cadenas que lo ataban y lanzó a su alrededor una mirada, como si no estuviese aún seguro de encontrarse en aquellas condiciones; después un grito espantoso le salió de los labios.

—¡Prisionero! —exclamó haciendo chirriar los dientes e intentando retorcer las cadenas—. ¿Qué ha ocurrido? ¿Nos habrán batido una vez más los ingleses? ¡Muerte y destrucción! ¡Qué terrible despertar! ¿Y Marianne…? ¿Qué le habrá ocurrido a esa pobre joven?

Un espasmo le detuvo la respiración.

—¡Marianne! —gritó tirando de las cadenas—. Mi niña, ¿dónde estás? ¡Yáñez! ¡Juioko! ¡Tigres! ¡Nadie contesta! ¡Entonces estáis todos muertos…! ¡No es verdad, yo sueño o estoy loco…!

Aquel hombre, que nunca había conocido el miedo, en aquel momento lo experimentó. Sintió que la razón se le iba y miró a su alrededor espantado.

Después, presa de la desesperación o por la locura, se lanzó hacia delante tirando furiosamente de las cadenas y gritando:

—¡Matadme! ¡El Tigre de Malasia ya no puede vivir…!

Se calmó al oír una voz que gritaba:

—¡El Tigre de Malasia! ¿Aún está vivo, capitán?

Sandokán miró a su alrededor.

Una linterna, colgando de una pared, iluminaba muy escasamente la sala, pero aquella luz era suficiente para poder distinguir a una persona.

Primero Sandokán no vio más que unas botas, pero después, mirando mejor, distinguió una forma humana tendida en un rincón.

—¿Quién sois vos? ¿Quién habla del Tigre de Malasia? —preguntó la voz de antes.

Sandokán se sobresaltó, después un relámpago de alegría destelló en sus ojos. Aquella voz no le era del todo desconocida.

—¿Hay alguno de mis hombres aquí? —preguntó—. ¿Eres tú, Juioko?

—¡Capitán! —exclamó el otro.

Después se lanzó hacia delante, cayendo a los pies del Tigre de Malasia y repitiendo:

—¡Capitán…! ¡Mi capitán…! ¡Y yo que lo había llorado como muerto!

Aquel nuevo prisionero era el comandante del tercer prao, un valiente dayako que gozaba de gran fama entre las bandas de Mompracem por su valor y destreza marinera.

Era un hombre de alta estatura, bien proporcionado, como lo son en general todos los habitantes del interior de Borneo, con grandes ojos inteligentes y la piel amarilla.

Como todos sus compatriotas, llevaba largos cabellos y tenía los brazos y las piernas adornados con un gran número de anillos de cobre y de latón.

El pobre hombre, viéndose delante del Tigre de Malasia, lloraba y reía al mismo tiempo.

—¡Vivo! ¡Aún vivo…! —exclamaba—. ¡Oh, cuánta felicidad…! Por lo menos vos habéis podido huir de aquella matanza.

—¿Qué matanza? —gritó Sandokán—. Entonces, ¿han muerto todos aquellos valientes que yo arrastré al abordaje de este barco?

—Oh, sí, todos —contestó el dayako con voz triste.

—¿Y Marianne? ¿Ha desaparecido con el prao? Dímelo, Juioko.

—No, aún está viva.

—¡Viva! ¡Mi niña viva…! —gritó Sandokán loco de alegría—. ¿Estás seguro de lo que me dices?

—Sí, mi capitán. Cuando vos caísteis, otros cuatro compañeros y yo aún luchábamos; luego, la joven de los cabellos de oro fue llevada a la cubierta del barco.

—¿Y por quién?

—Por los ingleses, capitán. La joven, espantada por el agua que estaba a punto de invadir su camarote, subió al puente gritando vuestro nombre. Unos cuantos marinos, al verla, lanzaron al mar una embarcación y la recogieron.

—¿Y estaba aún viva?

—Sí. Ella os seguía llamando mientras la llevaban al barco.

—¡Maldición! Y no poder acudir en su ayuda…

—Lo intentamos. No éramos más que cinco y nos enfrentábamos con cincuenta hombres que nos ordenaban rendirnos; a pesar de todo, nos lanzamos contra los marinos que se llevaban a la reina de Mompracem. Éramos muy pocos para emprender la lucha. Yo fui derribado, pisoteado y después atado y arrastrado hasta aquí.

—¿Y los otros?

—Murieron después de haber luchado como leones contra los que los rodeaban.

—¿Y Marianne se encuentra en este barco?

—Sí, Tigre de Malasia.

—¿No ha sido llevada a la cañonera?

—La cañonera se ha hundido.

—¿Fue Yáñez?

—Sí, mi capitán.

—Entonces, ¿Yáñez aún está vivo?

—Poco antes de que me arrastraran hasta aquí, vi a lo lejos su prao huir con todas las velas desplegadas. Durante la lucha había alcanzado la cañonera y había destrozado sus ruedas; después le prendió fuego. Vi las llamas levantarse sobre el mar y, poco después, oí ruido a lo lejos. Debía de ser el polvorín que explotaba.

—Y de los nuestros, ¿no ha huido nadie?

—Nadie, capitán —dijo Juioko con un suspiro.

—¡Todos muertos! —murmuró Sandokán con dolor.

En un hombre como él, el sufrimiento no podía durar. No habían pasado aún diez minutos cuando Juioko lo vio ponerse en pie, con la mirada refulgente.

—Dime —dijo mirando hacia el dayako—. ¿Crees que Yáñez puede estar siguiéndonos?

—Estoy seguro, mi capitán. El señor Yáñez no nos abandonará en la desventura.

—Entonces, huiremos.

El dayako lo miró asombrado, preguntándose en su corazón si el Tigre de Malasia no había perdido la razón.

—¡Huiremos...! —exclamó—. ¿Y cómo? No tenemos armas y, además, estamos encadenados...

—Tengo la manera de hacer que nos tiren al mar.

—No os entiendo, capitán. ¿Que nos tirarán al agua...?

—Cuando un hombre muere en un barco, ¿qué se hace con él?

—Lo ponen en una funda, junto a una bala de cañón, y lo envían a hacer compañía a los peces.

—Y también lo harán con nosotros.

—¿Queréis suicidaros?

—Sí, pero de forma que pueda volver a la vida.

—Si lo decís vos, tengo que creeros.

—Todo depende de Yáñez.

—No puede estar muy lejos.

—Si sigue la corbeta, tarde o temprano nos recogerá.

—¿Y después?

—Después volveremos a Mompracem o a Labuán para liberar a Marianne. ¿Dudas de lo que te digo?

—Un poco, lo confieso, mi capitán. Pienso que no poseemos ni siquiera un kris, y estamos encadenados.

—¡Encadenados! —exclamó Sandokán—. ¡El Tigre de Malasia puede romper los grilletes que lo tienen encadenado! ¡Mira…!

Retorció con furor las anillas; después, con un golpe irresistible, las abrió y lanzó lejos las cadenas.

En aquel mismo instante la escotilla de popa se levantó y la escalera chirrió bajo el peso de los hombres que estaban bajando.

—¡Ahí están…! —exclamó el dayako.

Tres hombres avanzaban hacia ellos. Uno era teniente de corbeta, probablemente su capitán; y los otros dos eran marinos.

A una indicación de su jefe, estos dos últimos pusieron en posición la bayoneta y apuntaron sus fusiles hacia los dos piratas.

Una sonrisa de desprecio se dibujó en los labios del Tigre de Malasia.

—¿Tenéis miedo? —preguntó—. ¿O habéis bajado, señor teniente, para presentarme a estos dos hombres armados? Os advierto que los fusiles no me hacen temblar; así pues, podéis ahorrarme este grotesco espectáculo.

—Sé que el Tigre de Malasia no tiene miedo —contestó el teniente—. Simplemente he tomado precauciones.

—A pesar de todo, no estoy armado, señor.

—Pero me parece que tampoco encadenado.

—No habléis tanto y decidme, señor, qué queréis de mí.

—Me han enviado aquí para ver si necesitáis cuidados médicos.

—No estoy herido, señor.

—A pesar de todo, habéis recibido un golpe en la cabeza.

—Mi turbante ha sido suficiente para repararme.

—¡Qué hombre…! —exclamó el teniente con sincera admiración.

—Bien, ¿qué queréis?

—Me ha enviado aquí una mujer.

—¿Marianne? —gritó Sandokán.

—Sí, lady Guillonk —contestó el teniente.

—Está viva, ¿verdad? —preguntó Sandokán mientras una oleada de sangre le subía a la cara.

—Sí, Tigre de Malasia. Yo la salvé en el mismo instante en que vuestro prao iba a hundirse.

—¡Oh! ¡Habladme de ella, os lo ruego…!

—Lady Guillonk ya no es para vos. ¿Qué esperanza podéis aún tener?

—Es verdad —murmuró Sandokán con un suspiro—. Yo soy un hombre condenado a muerte, ¿no es así?

El teniente no contestó, pero aquel silencio era más que una afirmación.

—Así estaba escrito —contestó Sandokán—. Mis victorias tenían que acabar de este modo. ¿Adónde me lleváis?

—A Labuán.

—¿Y me ahorcarán?

También esta vez el teniente guardó silencio.

—Podéis decírmelo tranquilamente —dijo Sandokán—. El Tigre de Malasia no tiembla ante la muerte.

—No os engañáis, seréis ahorcado.

—Habría preferido la muerte a manos de los soldados.

—El fusilamiento, ¿verdad?

—Sí —contestó Sandokán—. Pero no estamos aún en Labuán y pueden pasar muchas cosas antes de que lleguemos.

—¿Qué queréis decir? —preguntó el teniente mirándolo asustado—. ¿Pensáis suicidaros?

—¿Qué os importaría a vos? Muera yo de esta forma o de otra, el resultado es el mismo.

—No os lo impediría —dijo el teniente—. Os confieso que me duele pensar que os van a ahorcar.

Sandokán se quedó unos momentos en silencio, mirando fijamente al teniente, como si dudara de la verdad de aquellas palabras; después dijo:

—¿No os opondríais a que me suicidara?

—No —contestó el teniente—. A un valiente como vos no se le puede negar un favor como ese.

—Entonces consideradme hombre muerto.

—Pero yo no os daré los medios para acabar con vuestra vida.

—Tengo conmigo lo necesario.

—¿A lo mejor algún veneno?

—Instantáneo. Pero antes de irme al otro mundo, quiero rogaros un favor.

—A un hombre que está a punto de morir no se le puede negar nada.

—Quisiera ver por última vez a Marianne.

El teniente se quedó en silencio.

—Os lo ruego —insistió Sandokán.

—He recibido órdenes de manteneros separados. Además, creo que es mejor para vos y lady Marianne que no se vean. ¿Por qué hacerla llorar más?

—¿Me lo negáis, entonces? No creía que un valiente marino pudiera transformarse en carcelero.

El teniente palideció.

—Os juro que me lo han ordenado —dijo después—. Me duele que dudéis de mi palabra.

—Perdonadme —dijo Sandokán.

—No os guardo rencor, y para demostrar que nunca he sentido odio contra los valientes como vos, os traeré aquí a lady Guillonk. Pero creo que le ocasionaréis un gran sufrimiento.

—No le hablaré del suicidio.

—Entonces, ¿de qué le hablaréis?

—He dejado en un lugar seguro inmensos tesoros cuyo paradero nadie conoce.

—¿Y queréis ofrecérselos a ella?

—Sí, para que los utilice lo mejor que crea. Teniente, ¿cuándo podré verla?

—Antes de anochecer.

—Gracias, señor.

—Adiós, Tigre de Malasia —dijo el teniente.

—¿Me lo prometéis?

—Dentro de unas horas volveréis a ver a lady Marianne.

El teniente llamó a los soldados, que entretanto habían quitado las cadenas a Juioko, y subieron de nuevo a cubierta. Sandokán se quedó unos instantes mirándolos, con los brazos cruzados y una extraña sonrisa en los labios.

—¿Os ha traído buenas noticias? —preguntó Juioko acercándose y mirándolo ansiosamente.

—Esta noche seremos libres —contestó Sandokán.

LA HUIDA

Después de que se hubo marchado el teniente, Sandokán se sentó sobre el último peldaño de la escalera, con la cabeza entre las manos, sumergido en profundos pensamientos.

Juioko se había sentado a poca distancia, mirándolo ansiosamente.

Habrían pasado quince o veinte minutos cuando la escotilla volvió a abrirse. Sandokán, al ver un rayo de luz, se levantó rápidamente mirando hacia lo alto.

Una mujer bajaba a toda prisa. Era la joven de los cabellos de oro. Blanca como la cera. Lloraba.

El teniente la acompañaba, pero sujetando con la mano derecha una pistola que llevaba puesta en la cintura. Sandokán se puso en pie dando un grito; la joven se lanzó hacia el pirata, que la estrechó contra su pecho.

—Amor mío —exclamó, llevándola al otro lado de la bodega, mientras el comandante se sentaba a media escalera con los brazos cruzados.

—¡Al fin!

—Sé valiente, Marianne, no llores, seca esas lágrimas que me hacen tanto daño.

—Estoy destrozada, mi valiente amigo. No quiero que tú mueras, no quiero estar separada de ti. Yo te defenderé contra todos. Te liberaré, quiero que vuelvas a ser otra vez mío.

—¡Tuyo! —exclamó él dando un profundo suspiro—. Sí, volveré a serlo, pero ¿cuándo?

—¿Por qué cuándo?

—¿No sabes, amor mío, que me llevan a Labuán para matarme?

—Pero yo te salvaré.

—Sí, a lo mejor, si tú me ayudaras...

—¿Tienes algún plan, entonces? —exclamó ella con alegría.

—Sí, si Dios me protege. Escúchame, amor mío.

Observó al teniente, que no se había movido de su sitio; después, llevando a la joven lo más lejos que pudo, le dijo:

—Preparo la huida y tengo esperanzas de conseguirlo, pero tú no podrás venir conmigo.

—¿Por qué, Sandokán? ¿Dudas de que pueda seguirte? ¿Temes que me falte valor para afrontar los peligros? Soy fuerte y no temo a nadie; si quieres apuñalaré a los centinelas y haré saltar por los aires este barco con todos sus hombres, si es necesario.

—Es imposible, Marianne. Me hace falta tu ayuda para huir o todo será inútil, y te juro que no te quedarás mucho tiempo entre tus compatriotas, aunque tenga que armar un ejército entero y llevarlo contra Labuán.

Marianne escondió la cara entre las manos, al llorar.

—Quedarme aquí, sin ti... —murmuró.

—Es necesario, mi pobre niña. Y ahora escúchame.

Se quitó del pecho una caja pequeñísima y, al abrirla, enseñó a Marianne unas cuantas píldoras rojas que despedían un penetrante aroma.

—¿Ves estas píldoras? —preguntó—. Contienen una potente droga, que no es mortal, pero que tiene la propiedad de suspender la vida, en un hombre fuerte, durante seis horas. Es un sueño que se asemeja a la muerte y que puede engañar al más experto médico.

—¿Y qué quieres hacer?

—Juioko y yo nos tomaremos una cada uno; nos creerán muertos y nos tirarán al mar, y así conseguiremos la libertad.

—¿No os ahogaréis?

—No, porque confío en ti.

—¿Qué tengo que hacer? Habla, ordena, Sandokán, estoy dispuesta a todo por verte libre.

—Son las seis —dijo el pirata sacando su reloj—. Dentro de una hora, mi compañero y yo nos tragaremos las píldoras y lanzaremos un grito. Tú observarás atentamente tu reloj; en el mismo instante en que oigas el grito, contarás las seis horas y dos segundos para que no nos tiren antes al mar. Procurarás que lo hagan sin funda y sin peso en los pies, intentarás lanzar algo que flote en el mar, porque nos será útil, y si es posible esconderás algún arma bajo nuestros ropajes. ¿Me has entendido?

—Lo tengo todo grabado en mi memoria, Sandokán. Pero ¿adónde irás?

—Tengo la seguridad de que Yáñez nos sigue y nos recogerá. Después reuniré armas y piratas e iré a liberarte, aunque tenga que pasar a hierro y fuego a Labuán y exterminar a sus habitantes.

—Sandokán…

—Deja que te mire por última vez —dijo al ver al teniente levantarse y acercarse.

El Tigre de Malasia ahogó un gemido y se limpió rápidamente una lágrima.

—Márchate, Marianne, márchate —dijo bruscamente—. Si te quedaras, lloraría como un niño.

—¡Sandokán! ¡Sandokán!

El pirata escondió la cara entre las manos y dio dos pasos hacia atrás.

—¡Ah, Sandokán! —exclamó Marianne llorando.

Quiso lanzarse hacia él, pero las fuerzas le fallaron y cayó entre los brazos del teniente, que se había acercado.

—¡Marchaos! —gritó el Tigre de Malasia mirando hacia otro lado.

Cuando volvió a levantar la cabeza, la escotilla estaba de nuevo cerrada.

—¡Todo ha terminado! —exclamó con voz triste—. No queda más que dormirme sobre las olas del mar malayo. ¡Ojalá que un día pueda volverla a ver y hacer feliz a la mujer que tanto quiero...!

Se dejó caer a los pies de la escalera, con la cara entre las manos, y se quedó así durante una hora. Juioko lo despertó de aquella meditación.

—Capitán —dijo—, valor, aún no está todo perdido.

Sandokán levantó la cabeza enérgicamente.

—Huyamos.

—No pido nada más.

Extrajo la pequeña cajita, de la que sacó dos píldoras y entregó una al dayako.

—Trágala a una señal mía —dijo.

—Estoy preparado.

Sacó el reloj y lo miró.

—Son las siete menos dos minutos —dijo Sandokán—. Dentro de seis horas volveremos a la vida en el mar.

Cerró los ojos y tragó la píldora, mientras Juioko lo imitaba. Enseguida aquellos dos hombres empezaron a retorcerse bajo los efectos de violentos e improvisados espasmos, y cayeron al suelo emitiendo dos agudos gritos.

A pesar del ruido de las máquinas y el fragor de las olas levantadas por las inmensas ruedas, aquellos gritos fueron oídos en cubierta por todos y también por Marianne, que los esperaba angustiosamente.

El teniente bajó rápidamente a la bodega, seguido por unos cuantos oficiales y el médico del barco. Al pie de la escalera encontró a aquellos dos fingidos cadáveres.

—Están muertos —dijo—. Lo que me temía ha ocurrido.

El médico los examinó, pero aquel buen hombre no pudo hacer nada más que certificar la muerte de los dos prisioneros.

Mientras los marineros se levantaban, el teniente subió a cubierta y se acercó a Marianne, que estaba apoyada en la borda de babor haciendo esfuerzos sobrehumanos por ahogar el dolor que la oprimía.

—Milady —le dijo—, una desgracia les ha ocurrido al Tigre y a su compañero.

—Lo adivino… ¡Han muerto!

—Es verdad, milady.

—Señores —dijo ella con la voz rota pero enérgica—, vivos os pertenecían a vosotros, muertos me pertenecen a mí.

—Os dejo libre de hacer con ellos lo que os plazca, pero quiero daros un consejo.

—¿Cuál?

—Hacedlos tirar al mar antes de que el navío llegue a Labuán. Vuestro tío podría hacer ahorcar a Sandokán después de muerto.

—Acepto vuestro consejo; haced llevar a los dos cadáveres a popa y dejadme sola con ellos.

El teniente hizo una reverencia, y dio las órdenes necesarias para que se cumpliera todo según la voluntad de la joven lady.

Unos momentos después los dos piratas fueron depositados sobre dos maderas y llevados a popa, listos para ser tirados al mar.

Marianne se arrodilló cerca de Sandokán y contempló aquella cara transformada por la potente acción del narcótico, pero que aún conservaba su fiereza e imponía temor y respeto.

Esperó a que nadie la vigilara y a que la noche se hiciera más oscura, después se sacó del corsé dos puñales y los escondió bajo los ropajes de los dos piratas.

—Por lo menos podréis defenderos, mis valientes —murmuró con profunda emoción.

Después se sentó a sus pies, viendo pasar en el reloj las horas, los minutos y los segundos con impaciencia.

A la una menos dos minutos, se levantó pálida pero decidida. Se acercó al costado de babor y, sin que nadie la viera, descolgó dos salvavidas y los tiró al mar; después se dirigió a proa y se detuvo delante del teniente, que parecía estar esperándola.

—Señor —dijo—, que se cumpla la última voluntad del Tigre de Malasia.

A una orden del teniente, cuatro marinos se acercaron a popa, levantaron las dos maderas con sus cadáveres y las llevaron hasta el costado del barco.

—Aún no —dijo Marianne llorando.

Se acercó a Sandokán y posó sus labios sobre los de él. Notó en aquel leve contacto una especie de temblor. Unos momentos de vacilación y todo estaría perdido.

Retrocedió deprisa y con voz alterada dijo:

—¡Soltadlos!

Los dos marineros levantaron las maderas y los dos piratas se deslizaron hasta el mar y se hundieron rápidamente bajo las negras aguas, mientras la corbeta se alejaba llevándose consigo a la desventurada joven hacia las costas de la maldita isla.

YÁÑEZ

La suspensión de la vida, como había dicho Sandokán, tenía que durar seis horas, ni un segundo más ni un segundo menos, y así tenía que ser, porque en el mismo momento en que se hundieron los dos piratas volvieron en sí sin experimentar la más leve alteración.

Volvieron a la superficie con unas cuantas brazadas, mirando enseguida a su alrededor. Muy cerca se podía ver el navío, que se alejaba a velocidad moderada hacia oriente.

El Tigre, con los ojos clavados en el barco que llevaba a la desgraciada joven, exclamó rabiosamente:

—¡Huyes, horrible barco, llevándote a mi querida Marianne, pero por muy grande que sea el océano un día te alcanzaré y te destruiré!

Nadó rabiosamente entre las olas y alcanzó a Juioko, que lo esperaba.

—Vámonos —dijo con voz ahogada—. Ya todo ha acabado.

—Valor, capitán, la salvaremos y a lo mejor antes de lo que pensáis.

—¡Calla…! No me vuelvas a abrir la herida.

—Busquemos al señor Yáñez, capitán.

—Sí, busquémoslo, porque solo él nos puede salvar.

El vasto mar de Malasia se extendía ante ellos en las más profundas tinieblas, sin una isla a la cual llegar, sin una vela o una luz que señalase la presencia de un barco amigo o enemigo.

No se veían más que olas espumeantes, que chocaban unas contra otras impulsadas por el viento nocturno.

Los dos nadadores, para no consumir enseguida las fuerzas tan preciosas en aquel terrible momento, avanzaban lentamente a muy poca distancia entre sí, tratando de descubrir alguna vela en la oscura superficie.

De vez en cuando Sandokán se paraba para mirar hacia oriente, como si buscase las luces del navío; después proseguía su marcha lanzando profundos suspiros.

Habían recorrido ya una milla y empezaban a desembarazarse de los ropajes para estar más libres de movimientos cuando Juioko tocó algo.

—¡Es un salvavidas lanzado por Marianne! —exclamó Sandokán—. ¡Ah, querida joven…! Tu generosidad es solo comparable con tu belleza y tu amor.

—Confiemos en que haya otro.

—Busquemos, amigo mío.

Se pusieron a nadar en torno a aquel lugar hasta que encontraron el otro salvavidas, que no estaba muy lejos del primero.

—Es una suerte que no esperaba —dijo Juioko alegremente—. ¿Adónde nos dirigimos ahora?

—La corbeta provenía del noroeste, creo que será en aquella dirección donde podremos encontrar a Yáñez.

—Necesitaremos varias horas. El viento es débil y el prao del señor Yáñez no debe de moverse a demasiada velocidad.

—¿Y qué importa? Con tal de encontrarlo, me quedaría en el agua hasta veinticuatro horas —dijo Sandokán.

—¿Y no pensáis en los tiburones, capitán? Vos sabéis que en estos mares abundan ferocísimos animales.

Sandokán involuntariamente se estremeció y lanzó a su alrededor una mirada inquieta.

—No, por ahora no he visto pasar ninguna aleta de tiburón —dijo después—. Esperemos que nos dejen tranquilos. Movámonos rápidamente hacia el noroeste. Si no encontramos a Yáñez, seguiremos en aquella dirección hasta llegar a Mompracem o al acantilado que se extiende hacia el sur.

Se acercaron entre sí para estar más protegidos en caso de que se presentara algún peligro, y se pusieron a nadar en la dirección anteriormente decidida, pero procurando ahorrar fuerzas, conocedores de que la tierra estaba muy lejos.

A pesar de que los dos estuvieran decididos a todo, el miedo a ser de un momento a otro sorprendidos por un tiburón hacía mella en ellos.

Especialmente el dayako se sentía invadido por un verdadero terror. De vez en cuando se paraba para mirar hacia atrás, creyendo oír coletazos, e instintivamente encogía las piernas por miedo a sentirlas apresadas por los formidables dientes de los tigres del mar.

—Yo nunca he tenido miedo —decía—. He participado en más de cincuenta abordajes, he matado a muchos enemigos, me he medido hasta con los grandes monos de Borneo y con los tigres de la jungla, y ahora estoy temblando como si tuviera fiebre. El solo pensamiento de encontrarme delante de un tiburón me hiela la sangre. Capitán, ¿no veis nada?

—No —contestó Sandokán con voz tranquila.

—¡El señor Yáñez no aparece…!

—Tiene que estar aún lejos.

—¿Lo encontraremos, capitán?

—Tengo esa esperanza… Yáñez me quiere demasiado para abandonarme a mi triste destino. El corazón me dice que él seguía la corbeta.

Siguieron nadando, el uno cerca del otro, durante otra hora, mirando siempre atentamente al horizonte y a su alrededor por miedo a ver aparecer algún tiburón; después, de repente, se pararon.

—¿Has oído? —preguntó Sandokán.

—Sí —contestó el dayako.

—El silbido de un barco de vapor, ¿verdad?

—Sí, capitán.

—¡Párate! —mandó Sandokán con voz imperiosa.

Se apoyó en los hombros del dayako y, dándose impulso, sacó todo el torso fuera del agua.

Mirando hacia el norte vio dos puntos luminosos sobre el mar, a una distancia de dos o tres millas.

—Un barco se dirige hacia nosotros.

—Entonces podemos hacer que nos recoja —dijo Juioko.

—No sabemos a qué nación pertenece, ni si es mercante o de guerra.

—¿De dónde proviene?

—Del norte.

—Rumbo muy peligroso, mi capitán.

—También yo pienso igual. Puede ser algún barco que haya participado en el bombardeo de Mompracem y busca el prao de Yáñez.

—¿Y lo dejaremos pasar sin pedirle que nos recoja?

—La libertad es demasiado valiosa para perderla de nuevo, Juioko. Si cayéramos otra vez prisioneros, ya nadie nos salvaría, y tendría que renunciar para siempre a la esperanza de volver a ver a Marianne.

—Pero podría ser un barco mercante… —dijo Juioko.

—No estamos en las rutas de esos barcos. Trataré de averiguar algo más.

Sandokán volvió a apoyarse en los hombros de Juioko, mirando atentamente delante de él. Al no ser la noche muy oscura, pudo distinguir claramente el barco que se movía hacia ellos.

—¡Ni una palabra, Juioko! —exclamó al caer de nuevo en el agua—. Es un barco de guerra, estoy seguro.

—¿Grande?

—Creo que es un navío. ¡No te muevas, Juioko, o estamos perdidos!

—¿Será inglés?

—No tengo duda sobre su nacionalidad.

—¿Lo dejaremos pasar?

—No podemos hacer absolutamente nada. Prepárate para sumergirte, porque el barco pasará a muy poca distancia de nosotros. Rápido, abandonemos el salvavidas y estemos muy atentos.

El navío avanzaba rápidamente, levantando enormes olas a causa del movimiento de las ruedas. Se dirigía hacia el sur y pasaría a muy poca distancia de los piratas.

Sandokán y Juioko, en cuanto lo tuvieron a ciento cincuenta metros, se hundieron bajo el agua.

Afortunadamente para ellos, cuando subieron de nuevo a la superficie, vieron el navío alejarse rápidamente hacia el sur.

Se encontraron entonces en medio del rastro aún burbujeante de espuma. Las olas levantadas por las ruedas los arrastraban de un lado a otro.

—¡Cuidado, capitán! —gritó repentinamente el dayako—. ¡Hay un pez martillo por aquí cerca!

—Prepara el puñal —contestó Sandokán.

—¿Nos asaltará?

—Lo presiento, mi pobre Juioko. Estos monstruos ven muy mal, pero tienen un olfato increíble. El maldito seguramente seguía al barco.

—Tengo miedo, capitán —dijo el dayako, que se agitaba entre las olas.

—Tranquilo. Todavía no lo veo.

—Puede alcanzarnos bajo el agua.

—Puedes oírlo llegar. Estate tranquilo, Juioko, y no pierdas el valor.

—¿Y los salvavidas?

—Están delante de nosotros; dos brazadas y los alcanzaremos.

—Tengo miedo de moverme, capitán.

El pobre hombre estaba tan aterrorizado que sus miembros no le obedecían.

—Juioko, no pierdas la cabeza —dijo Sandokán—. Si quieres salvar las piernas, no puedes quedarte ahí parado. Agárrate a tu salvavidas y saca el puñal.

El dayako, ya reanimado, obedeció y alcanzó el salvavidas, que se movía en medio de la estela dejada por el barco.

—Ahora esperemos a ver si se deja ver este pez martillo —dijo Sandokán—. A lo mejor podemos esquivarlo.

Por tercera vez se apoyó en Juioko y salió del agua, lanzando alrededor una rápida mirada.

En medio de la espuma había visto una especie de gigantesco martillo moverse entre las aguas.

—En guardia —dijo a Juioko—. Está a cincuenta o sesenta metros de nosotros.

—¿Por qué no ha seguido al barco? —preguntó el dayako.

—Ha olido carne humana. No te muevas y no abandones el puñal —dijo Sandokán.

Se acercaron el uno al otro y se quedaron inmóviles, esperando con ansiedad el fin de aquella peligrosa aventura.

Los peces martillo son adversarios temibles. Pertenecen a la familia de los tiburones, pero presentan un aspecto bastante distinto, debido a su cabeza en forma de martillo. Son muy audaces y sienten auténtica pasión por la carne humana; cuando se percatan de la presencia de un nadador no dudan en atacarle. Pero les resulta difícil agarrar la presa, ya que tienen la boca casi sobre el mismo vientre, y por esta razón tienen que tumbarse de lado para poder morder.

Sandokán y el dayako se quedaron unos minutos inmóviles, escuchando atentamente; después, al no oír nada, empezaron la retirada.

Habían recorrido ya cincuenta o sesenta metros, cuando de improviso vieron aparecer a muy poca distancia la horrible cabeza del pez martillo.

El monstruo se quedó unos momentos inmóvil, dejándose

balancear por las olas; luego se abalanzó hacia delante, batiendo furiosamente las aguas.

—¡Capitán…! —gritó Juioko.

El Tigre de Malasia, que empezaba a perder la paciencia, abandonó el salvavidas y, con un puñal entre los dientes, se dirigió hacia el tiburón.

—¡También tú vienes a luchar…! —gritó—. ¡Veamos si el tigre del mar es más fuerte que el Tigre de Malasia!

El pez martillo, asustado por aquellos gritos y por el valor de Sandokán, se detuvo, y después desapareció bajo las aguas.

—¡Nos ataca por debajo, capitán! —gritó el dayako.

Se engañaba. Unos momentos después el tiburón reaparecía en la superficie y, contrariamente a sus instintos feroces, en lugar de intentar de nuevo el ataque, se alejó juagueteando entre la espuma dejada por el barco.

Sandokán y Juioko se quedaron unos momentos inmóviles, siguiendo al tiburón con la mirada; después, viendo que ya no parecía interesado en ellos por el momento, reemprendieron la retirada rumbo hacia el noroeste.

Pero el peligro no había pasado; el pez martillo, a pesar de seguir juagueteando, no los perdía de vista. Probablemente esperaba el momento propicio para intentar de nuevo el ataque.

Poco después Juioko, que se encontraba más atrás, vio al tiburón dirigirse hacia ellos.

Dibujó alrededor de los nadadores un gran círculo, y empezó a girar en torno a ellos estrechando el cerco cada vez más.

—¡Cuidado, capitán! —gritó Juioko.

—Estoy listo para recibirlo —contestó Sandokán.

—Y yo para ayudaros.

—¿Ya no tienes miedo?

—Así lo espero.

—No abandones el salvavidas antes de que yo dé la señal. Intentemos forzar el ataque.

Con la izquierda agarrada fuertemente al salvavidas y la derecha armada con el puñal, los dos piratas se fueron acercando cada vez más al tiburón.

Este no les perdía de vista y seguía estrechando el círculo, levantando con su poderosa cola enormes olas y mostrando sus afilados dientes que brillaban en la oscuridad.

De pronto dio un gigantesco salto, saliendo casi por completo del agua, y se lanzó contra Sandokán, que estaba más cerca.

El Tigre de Malasia, abandonando el salvavidas, se hundió rápidamente, mientras que Juioko, a quien el cercano peligro había devuelto el coraje, se lanzaba hacia delante con el puñal en alto.

El pez martillo, viendo a Sandokán desaparecer bajo el agua, esquivó de un coletazo el ataque de Juioko al tiempo que se hundía en el agua.

Sandokán lo esperaba. En cuanto lo tuvo cerca, se lanzó contra él, se agarró a su aleta vertical y, de una terrible puñalada, le abrió el vientre.

El enorme pez, herido de muerte, se libró con un rápido movimiento de su adversario, que estaba intentando herirle de nuevo, y subió a la superficie. Viendo a dos pasos al dayako, se dirigió hacia él con la intención de despedazarlo. Pero también Sandokán había emergido.

El puñal que ya había herido al pez martillo volvió a hundirse en él, esta vez en medio del cráneo, con tal fuerza que la hoja quedó clavada.

—¡Toma! —gritó el dayako, cubriéndolo a su vez de puñaladas.

El pez martillo se hundió al fin para siempre, dejando en la superficie una gran mancha que se extendía rápidamente.

—Creo que ya no volverá a la superficie —dijo Sandokán—. ¿Qué crees tú, Juioko?

El dayako no contestó. Apoyado en el salvavidas, intentaba levantarse para ver mejor entre las tinieblas.

—¿Qué estás buscando? —preguntó Sandokán.

—¡Allí…! ¡Mirad…! ¡Hacia noroeste! —gritó Juioko—. ¡Por Júpiter! Veo una gran sombra… ¡Un velero!

—¡Es posible que sea Yáñez! —dijo Sandokán emocionado.

—La oscuridad es demasiado profunda para poder distinguirlo, pero siento que el corazón me late furiosamente, capitán.

—Deja que suba sobre tus hombros.

El dayako se acercó a Sandokán, quien, apoyándose en él, se impulsó fuera del agua cuanto pudo.

—¿Qué ve, capitán?

—¡Es un velero, Juioko! ¡Si fuese él…! ¡Maldición! ¡Maldición!

—¿Por qué maldecís?

—Son tres los veleros que avanzan.

—¿Estáis seguro?

—Segurísimo.

—¿Habrá encontrado Yáñez refuerzos?

—¡Es imposible!

—¿Qué hacemos entonces? Llevamos tres horas nadando, y os confieso que empiezo a estar cansado.

—Te comprendo. Amigos o enemigos, hagamos que nos recojan. Pide ayuda.

Juioko hizo acopio de fuerzas, y con voz retumbante gritó:

—¡Ah de los barcos…! ¡Ayuda…!

Unos momentos después se oyó a lo lejos un disparo de fusil y una voz que gritaba:

—¿Quién llama?

—¡Náufragos!

—¡Esperad!

Enseguida se vio a los tres veleros cambiar de rumbo y acercarse rápidamente, ya que el viento era muy favorable.

—¿Dónde estáis? —preguntó la misma voz de antes.

—¡Por aquí! —contestó Sandokán.

Siguieron unos momentos de silencio; despúes otra voz exclamó:

—¡Por Júpiter! ¡O me engaño mucho o es él...! ¿Quién vive?

Sandokán, con un fuerte impulso, asomó medio cuerpo sobre las olas gritando:

—¡Yáñez! ¡Yáñez! ¡Soy yo, el Tigre de Malasia...!

Desde los tres praos se oyó un solo grito:

—¡El capitán! ¡El Tigre!

El primer prao estaba muy cerca. Los dos nadadores agarraron una cuerda que les habían lanzado y subieron al barco con gran agilidad.

Un hombre se acercó corriendo hacia Sandokán, estrechándole fuertemente contra su pecho:

—¡Ah, mi pobre hermano! —exclamó—. ¡Pensaba que no volvería a verte nunca más!

Sandokán seguía abrazado al portugués, mientras la tripulación gritaba:

—¡Viva el Tigre!

—Ven a mi camarote —dijo Yáñez—. Tienes que contarme muchas cosas y ardo en deseos de conocerlas.

Sandokán lo siguió sin hablar y bajaron al camarote, mientras los veleros seguían su carrera con todas las velas desplegadas.

El portugués descorchó una botella de ginebra y se la ofreció a Sandokán.

—Cuenta, ¿cómo es que te he recogido en el mar cuando te creía prisionero o muerto a bordo del navío que desde hace veinte horas estoy siguiendo?

—¡Ah! ¿Estabas persiguiendo al navío? Es lo que había sospechado.

—¡Por Júpiter! ¿Dispongo de tres veleros y de ciento veinte hombres y creías que no lo seguía?

—¿Dónde has podido encontrar tantos refuerzos? —preguntó Sandokán con curiosidad.

—¿Sabes quiénes mandan los dos praos que nos siguen?

—No.

—Paranoa y Maratua.

—Entonces, ¡no se habían hundido durante la borrasca en las costas de Labuán!

—No, como puedes ver. Maratua fue empujado hacia las costas de la isla de Pulo Gaya y Paranoa se refugió en la bahía de Ambong. Se quedaron allí varios días, reparando los desperfectos; después bajaron hacia Labuán, donde se encontraron. Al no habernos hallado en la pequeña bahía, regresaban a Mompracem; y allí, ayer por la noche, los encontré cuando iban a zarpar hacia la India, sospechando que nos hubiéramos dirigido en esa dirección.

—¿Y han desembarcado en Mompracem? ¿Quién ocupa la isla del Tigre de Malasia?

—Nadie, porque los ingleses la abandonaron después de incendiar el poblado y hacer volar los bastiones.

—Mejor así —murmuró Sandokán suspirando.

—Y ahora, ¿qué te ha ocurrido a ti? Te vi abordar la corbeta mientras destrozaba la cañonera, después oí los gritos de los ingleses y nada más. Huí para salvar los tesoros que llevaba, y después me puse sobre el rastro del navío con la esperanza de poder alcanzarlo y abordarlo.

—Caí sobre el puente del barco enemigo, aturdido por un golpe de maza en la cabeza, y me hicieron prisionero junto a Juioko. Las píldoras que, como tú sabes, llevo siempre conmigo me han salvado.

—Entiendo —dijo Yáñez riendo a grandes carcajadas—. Os han tirado al mar creyéndoos muertos; pero ¿qué ha ocurrido con Marianne?

—Está prisionera en el barco —contestó Sandokán en voz baja.

—¿Quién mandaba el barco?

—El baronet, a quien maté en la batalla.

—Eso suponía. ¡Caramba! ¡Qué mal ha acabado aquel pobre rival!

—¿Qué piensas hacer ahora?

—¿Qué harías tú?

—Seguiría al navío y lo abordaría.

—Es lo que quería proponerte. ¿Sabes adónde se dirige el barco?

—Lo ignoro, pero me parece que se dirigía a las Tres Islas cuando lo dejé.

—¿Qué irá a hacer allí? Aquí se oculta algo, hermano mío. ¿A qué velocidad iba?

—A ocho nudos.

—¿Qué ventaja puede tener sobre nosotros?

—Quizá unas treinta millas.

—Entonces podremos alcanzarlo, si el viento se mantiene. Pero…

Se paró, al oír sobre cubierta unos ruidos extraños y discusiones y gritos.

—¿Qué pasa? —preguntó.

—Nos habrá descubierto el navío.

—Subamos, hermano mío.

Abandonaron rápidamente el camarote y subieron a cubierta.

Una vez allí, observaron que un pirata sacaba del agua una caja de metal, que a primeras horas del día el pirata había visto a pocos metros del prao, a estribor.

—¡Oh…! —exclamó Yáñez—. ¿Qué quiere decir esto? ¿Contendrá algún documento importante? No me parece una caja corriente.

—Estamos siguiendo el rastro del navío, ¿verdad? —preguntó Sandokán, sin entender la razón de su excitación.

—Siempre —contestó el portugués.

Sandokán extrajo el kris y de un golpe rápido abrió la caja. En su interior había una carta un poco húmeda, sobre la cual se apreciaban nítidamente unas líneas de elegante caligrafía.

—¡Yáñez! ¡Yáñez! —tartamudeó Sandokán.

—Lee, hermano mío, lee…

—Me parece estar ciego…

El portugués cogió la carta y leyó:

¡Ayudadme! Me llevan a las Tres Islas, donde me espera mi tío para llevarme a Sarawak.

MARIANNE

Sandokán, al oír aquellas palabras, lanzó un grito de fiera herida.

Yáñez y los piratas lo habían rodeado y lo miraban con ansiedad, profundamente conmovidos.

—¡Sandokán! —exclamó el portugués—. Nosotros la salvaremos, te lo juro, aunque tengamos que asaltar el barco del lord, o la misma Sarawak y a su gobernante James Brooke.

El Tigre, que unos momentos antes estaba abatido por el dolor, se puso de pie con las facciones contraídas y los ojos llameantes.

—¡Tigres de Mompracem! —tronó—. Tenemos que exterminar a unos enemigos y salvar a nuestra reina. ¡Todos a las Tres Islas!

—¡Venganza…! —gritaron los piratas a una—. ¡Muerte a los ingleses y viva nuestra reina!

Poco después, los tres praos tomaban rumbo hacia las Tres Islas.

LA ÚLTIMA BATALLA DEL TIGRE

Variado el rumbo, los piratas se pusieron enseguida manos a la obra a fin de prepararse para el combate, que habría de ser sin duda terrible, y el mayor y último que emprendían contra el enemigo.

Sandokán los animaba a todos.

—¡Sí, destruiré a aquel maldito, lo incendiaré! —exclamaba—. Espero llegar a tiempo e impedir que el lord la rapte.

—Atacaremos también al lord, si es necesario —dijo Yáñez.

—¿Y si llegamos demasiado tarde y el lord ya ha partido hacia Sarawak en un barco veloz?

—Lo alcanzaremos en la ciudad de James Brooke. Lo que más me preocupa es la forma de abordar al navío, que a esta hora ya tiene que haber llegado a las Tres Islas. Necesitaríamos sorprenderlos, pero… ¡ah!

—¿Qué quieres decir?

Unos momentos después, Yáñez se golpeó la frente con violencia exclamando:

—¡Ya lo tengo! Te explicaré mi idea. Tú sabes que en la escuadra que nos asaltó en Mompracem había unos praos del sultán de Borneo.

—Lo recuerdo.

—Yo me visto de oficial del sultán, enarbolo la bandera de Varauni y me acerco al navío como emisario de lord James.

—¡Muy bien!

—Al comandante le diré que tengo que entregar una carta a lady Marianne, y en cuanto me encuentre en su camarote me atrinchero con ella. Y, a una señal mía, vosotros abordáis el barco e iniciáis la lucha.

En aquel mismo instante se oyó en el puente:

—¡Las Tres Islas…!

Sandokán y Yáñez se apresuraron a subir a cubierta. Las islas estaban a unas siete u ocho millas. Las miradas de los piratas convergían en aquellos perfiles, buscando ávidamente el navío.

—Allí está —exclamó un dayako—. Veo humo por aquel lado.

—Sí —contestó Sandokán, cuyos ojos parecían encenderse—, una línea de humo negro se levanta detrás de aquellas rocas. ¡El navío está allí!

—Movámonos ordenadamente y preparémonos para el ataque —dijo Yáñez—. Paranoa, haz embarcar otros cuarenta hombres en nuestro prao.

La operación se llevó a cabo muy deprisa, y aquellos setenta hombres se reunieron en torno a Sandokán, que manifestaba su deseo de querer hablar.

—Tigres de Mompracem —dijo con aquel tono que embrujaba e infundía en aquellos hombres un coraje sin parangón—, la partida que vamos a jugar será terrible, puesto que tendremos que luchar contra una tripulación más numerosa que la nuestra y muy bien equipada, pero no olvidéis que será la última batalla que combatiréis bajo el mando del Tigre de Malasia, y será la última en que os enfrentaréis contra los que acabaron con nuestro poderío y destruyeron nuestra isla, nuestra patria adoptiva.

—¡Los aniquilaremos a todos! —exclamaron los piratas agitando frenéticamente las armas.

—Gracias, amigos. A vuestros puestos de combate. Ahora, desplegad las banderas del sultán. Yáñez —dijo Sandokán—, prepárate. Dentro de una hora estaremos en la bahía.

—En un momento estaré listo —contestó el portugués, desapareciendo bajo el puente.

Los praos, entretanto, seguían su rumbo acercándose a las costas con las velas desplegadas y la bandera del sultán de Varauni en lo más alto del palo mayor. Los cañones estaban preparados, las espingardas también, y los piratas con las armas en las manos, dispuestos a lanzarse al abordaje.

El reloj del barco señalaba las doce cuando los tres praos llegaron a la entrada de la bahía.

El navío estaba anclado en medio de la bahía. Sobre su trinquete ondeaba la bandera inglesa y sobre el palo de mesana la gran cinta de los barcos de guerra. En el puente se veía pasear a muchos hombres. Los piratas, viéndolos al alcance de los cañones, se precipitaron como un solo hombre hacia la artillería, pero Sandokán los detuvo.

—Aún no —dijo—. ¡Yáñez!

El portugués subía entonces, vestido de oficial del sultán de Varauni, con una gran chaqueta verde, largos pantalones y un enorme turbante en la cabeza. En la mano llevaba una carta.

—¿Qué has escrito en esa carta? —preguntó Sandokán.

—Es la carta que entregaré a lady Marianne.

—¿Qué has escrito?

—Que estamos preparados y que no se traicione.

—Pero será necesario que se la entregues personalmente, si quieres atrincherarte con ella en el camarote.

—No la entregaré a nadie más que a ella, puedes estar seguro, hermano mío.

—¿Y si el comandante te acompañase?

—Si veo que todo se complica, lo mataré —contestó Yáñez fríamente.

Apretó fuertemente la mano de Sandokán, se arregló el turbante y gritó:

—¡A la bahía!

El velero entró en la pequeña bahía y se acercó al navío, seguido muy de cerca por los otros dos praos.

—¿Quién vive? —preguntó el centinela.

—Borneo y Varauni —contestó Yáñez—. Noticias importantes de Victoria. ¡Eh, Paranoa, deja caer el ancla, haz que la cadena quede floja y acércate al barco!

Antes de que el centinela pudiera contestar para impedir al prao que se acercase al crucero, la maniobra ya se había realizado. El velero quedó pegado contra el crucero, a estribor, como adosado.

—¿Dónde está el comandante? —preguntó Yáñez al centinela.

—Apartad el velero —dijo el soldado.

—Al diablo con los reglamentos —contestó Yáñez—. ¡Por Júpiter! ¿Tenéis miedo de que mis veleros hundan el vuestro? Rápido, llamad al comandante, tengo unas órdenes importantes que entregarle.

En ese momento el teniente subía al puente, seguido por sus oficiales. Se acercó al costado de popa y, viendo que Yáñez mostraba una carta, hizo bajar la escalera.

—Capitán —dijo adelantándose—, tengo una carta para entregar a lady Marianne Guillonk.

—¿De dónde venís?

—De Labuán.

—¿Qué está haciendo el lord?

—Está armando un barco para alcanzarnos.

—¿No os ha entregado ninguna carta para mí?

—Ninguna, comandante.

—Es muy extraño. Entregadme la carta, que se la llevaré a lady Marianne.

—Perdonad, capitán, pero tengo que entregarla personalmente —contestó Yáñez.

—Entonces, seguidme.

Yáñez sintió que se le helaba la sangre en las venas.

«Si Marianne hace un solo movimiento, estoy perdido», pensó.

Siguió al capitán, y bajaron juntos la escalera que llevaba a popa. Al pobre portugués se le pusieron los pelos de punta cuando oyó al capitán llamar a la puerta de lady Marianne, y esta contestó:

—Entrad.

—Tengo noticias de vuestro tío, James Guillonk —dijo el capitán al entrar.

Marianne estaba en medio del camarote, pálida, pero mostrando gran valentía.

Al ver a Yáñez no pudo evitar un sobresalto, y emitió un grito. Lo había comprendido todo. Tomó la carta, la abrió automáticamente y la leyó con una tranquilidad admirable.

Un momento después, Yáñez, que estaba pálido como un muerto, se acercó a la ventana de babor exclamando:

—Capitán, veo un barco que se acerca.

El capitán se acercó a la ventana para asegurarse con sus propios ojos. Rápido como un rayo, Yáñez le golpeó en la cabeza con la empuñadura del kris.

El capitán cayó al suelo medio muerto, sin proferir ningún suspiro. Lady Marianne no pudo evitar un grito de terror.

—¡Silencio, hermana mía! —dijo Yáñez, que estaba amordazando al pobre capitán.

—¿Dónde está Sandokán?

—Está listo para emprender la lucha. Ayudadme a hacer una barricada.

—¿Qué va a pasar? —preguntó Marianne.

—Lo sabréis enseguida, hermana —contestó Yáñez sacando cimitarras y pistolas.

Se asomó a la ventana y lanzó un agudo silbido.

—Atención —dijo después poniéndose detrás de la puerta empuñando las pistolas.

En aquel mismo instante se oyeron terribles gritos en el puente.

—¡Venganza! ¡Viva el Tigre de Malasia!

Siguieron a estas palabras disparos de fusil y de pistola, unos gritos indescriptibles, gemidos, lamentaciones, un ruido sordo de hierros, carreras frenéticas y sordos ruidos de cuerpos que caían.

—¡Yáñez! —gritó Marianne palidísima.

—¡Valor, rayos y truenos! —gritó el portugués—. ¡Viva el Tigre de Malasia!

Se oyeron unos pasos que bajaban la escalera rápidamente y unas voces gritaron:

—¡Capitán! ¡Capitán!

Yáñez se apoyó contra la pared y Marianne lo imitó.

Fuera se oyeron maldiciones y gritos de furor; después un golpe violentísimo casi derrumbó la puerta y abrió en su superficie una gran brecha.

Un cañón de fusil fue introducido, pero Yáñez, rápido como un rayo, lo levantó y descargó a través del agujero su pistola.

Se oyó un cuerpo caer pesadamente al suelo, mientras los otros volvían a subir rápidamente al puente gritando:

—¡Traición! ¡Traición!

Marianne había caído de rodillas, y Yáñez, deseoso de saber cómo se desarrollaba la lucha, se apresuró a retirar los muebles amontonados delante de la puerta.

De improviso se oyeron unas voces que gritaban:

—¡Fuego! ¡Sálvese quien pueda!

El portugués palideció.

—¡Rayos y truenos! —exclamó.

Con un esfuerzo desesperado movió los últimos muebles, cortó de un golpe de cimitarra las ataduras que aprisionaban al pobre capitán, agarró a Marianne entre sus brazos y salió corriendo.

Espesas nubes de humo llenaban ya el pasillo.

La batalla estaba a punto de terminar. El Tigre de Malasia asaltaba en ese momento el castillo de proa, en el cual se habían atrincherado treinta o cuarenta ingleses.

—¡Fuego! —gritó Yáñez.

Al oír aquel grito, los ingleses, que ya se veían perdidos, saltaron rápidamente al mar. Sandokán se volvió hacia Yáñez, derribando con un ímpetu irresistible a los hombres que lo rodeaban.

—¡Marianne! —exclamó cogiendo entre sus brazos a la joven—. ¡Mía! ¡Al fin!

—¡Sí, tuya, y esta vez para siempre!

En el mismo instante se oyó un cañonazo procedente de mar abierto.

Sandokán lanzó un verdadero rugido:

—¡El lord! ¡Todos a los praos! —gritó.

En un abrir y cerrar de ojos, las velas fueron desplegadas, los piratas se pusieron a los remos y los tres praos salieron rápidamente de la bahía rumbo a alta mar.

Sandokán llevó a Marianne a proa y le enseñó el pequeño bergantín que se dirigía hacia la bahía.

A proa, apoyado en el palo mayor, se divisaba a un hombre.

—¿Lo ves, Marianne? —preguntó Sandokán.

La joven emitió un grito y se cubrió la cara con las manos en un gesto de dolor.

—¡Mi tío! —tartamudeó.

—¡Míralo por última vez!

—¡Rayos y truenos! ¡Es él! —exclamó Yáñez.

Cogió la carabina de un malayo y apuntó hacia el lord, pero Sandokán le derribó el arma.

—Es sagrado para mí —dijo en voz baja.

El bergantín se movía rápidamente, intentando cortar la retirada de los tres praos, pero era demasiado tarde. El viento impulsaba rápidamente a los tres veleros hacia el este.

—¡Fuego contra aquellos miserables! —se oyó gritar al lord.

Se oyó un disparo de cañón. Y la bala derribó la bandera de la piratería, que Yáñez había hecho desplegar.

Sandokán se llevó la mano derecha al corazón y su rostro se ensombreció.

—¡Adiós, piratería! ¡Adiós, Tigre de Malasia! —murmuró con dolor.

Abandonó rápidamente a Marianne y se acercó al cañón de popa, con la mirada fija. El bergantín disparaba desesperadamente, lanzando contra los tres veleros balas y nubes de metralla. Sandokán no se movía, seguía mirando.

De improviso se levantó y se acercó a la mecha. Disparó el cañón y unos instantes después el trinquete del bergantín, alcanzado en su base, se desplomó hasta el mar rompiendo los costados del barco.

—¡Mira! ¡Mira! —exclamó Sandokán—. ¡Sígueme ahora!

El bergantín se había parado en seco, virando a babor, aunque seguía disparando.

Sandokán retrocedió lentamente, con la frente fruncida, los ojos bajos y los puños cerrados, murmurando:

—Yáñez, ¡proa hacia Java!

Aquel hombre que nunca había llorado murmuró sollozando:

—¡El Tigre ha muerto para siempre!

El Rey del Mar

EL ATAQUE DEL *MARIANNE*

—¿Seguimos adelante? ¿Sí o no? ¡Por Júpiter! ¡No es posible que estemos varados en un banco como necios!

—No se puede seguir adelante, señor Yáñez.

—Pero ¿qué es lo que nos impide avanzar?

—Aún no lo sabemos.

—¡Voto a Júpiter! ¡Ese piloto está embriagado! ¡Menuda fama consiguen de esta manera los malayos! ¡Y yo que hasta esta mañana los tuve siempre por los más soberbios marinos de los dos mundos! ¡Sambigliong, ordena que se despliegue otra vela! Hay viento favorable y acaso consigamos seguir adelante.

—No lograremos nada, señor Yáñez, ya que la marea baja muy deprisa.

—¡Que el demonio se lleve a ese necio piloto!

El que así se expresaba se había vuelto en dirección a popa, con el ceño fruncido y el semblante alterado a causa del intenso enojo que le dominaba.

A pesar de que era ya hombre de cierta edad, pues tenía cincuenta años, se trataba aún de un tipo atractivo, fuerte, con enormes bigotes grises esmeradamente cuidados y rizados, piel algo bronceada y abundante cabello que le sobresalía bajo el sombrero de paja de Manila, semejante a los mexicanos, y ornado con una cinta de terciopelo azul.

Iba ataviado con un elegante traje de franela blanca con botonadura de oro y tenía la cintura ceñida por una faja de terciopelo rojo, en la cual se distinguían un par de pistolas de cañón largo, de culatas con incrustaciones de plata y nácar. Estas armas habían sido, sin la menor duda, fabricadas en la India. Calzaba sus pies con botas de agua de cuero amarillo, algo dobladas por la puntera.

—¡Piloto! —exclamó.

Un malayo de piel color hollín con tonalidades verdosas y los ojos ligeramente oblicuos y amarillentos, lo que producía un extraño efecto, al escuchar la llamada dejó el timón y se dirigió hacia Yáñez con un caminar receloso que denotaba una conciencia no muy tranquila.

—Podada —arguyó el europeo con seca entonación, apoyando la mano derecha en la culata de una de sus pistolas—, ¿cómo marcha ese asunto? Creo recordar que usted aseguró que conocía todas estas regiones costeras de Borneo, y por esta causa le admití a bordo.

—Pero, señor… —tartamudeó el malayo con tono medroso.

—¿Qué pretende usted decir? —inquirió Yáñez, que por primera vez en su vida parecía haber perdido su acostumbrada serenidad.

—Antaño no estaba este banco aquí.

—¡Tunante! ¿Tal vez ha salido de las profundidades del mar esta mañana? ¡Es usted un majadero! Ha movido la barra con un falso golpe con el objeto de hacer que el *Marianne* se detuviera.

—¿Con qué objeto, señor?

—¿Y yo qué sé? Es posible que se hallase en connivencia con los enemigos que han hecho que los dayakos se subleven.

—Yo jamás he mantenido amistad más que con mis compatriotas, señor.

—¿Considera usted posible desencallar?

—Sí, señor; con la marea alta.

—¿Son muchos los dayakos que hay en el río?

—Me imagino que no.

—¿Sabe si poseen buen armamento?

—Solamente les he visto unos cuantos fusiles.

—¿Cuál será la razón de que se hayan rebelado? —musitó Yáñez—. Hay aquí un enigma que no soy capaz de resolver, aunque el Tigre de Malasia se empeñe en creer que los ingleses son los culpables de todo esto. Aguardemos a ver si tenemos tiempo de llevar a Mompracem a Tremal-Naik y a Damna, antes de que los sublevados ocupen sus plantaciones y destruyan sus factorías. Probemos a dejar este banco antes de que la marea alcance su máxima altura.

Dio la espalda al malayo, se dirigió hacia proa y se inclinó en la amura del castillo.

La embarcación que había encallado, posiblemente como consecuencia de una mala maniobra, era un magnífico velero de dos palos, construido hacía poco a juzgar por sus líneas aún limpias y en muy buen estado, con dos grandes velas del tipo de las de los praos malayos.

Como mínimo desplazaría unas doscientas toneladas y llevaba tan buen armamento que podía resultar un imponente enemigo incluso frente a cualquier navío mediano.

En la toldilla se distinguían dos piezas de artillería de buen calibre, protegidas por una plataforma constituida por un par de planchas de acero de gran grosor colocadas en ángulo, y en el castillo de proa cuatro bombardas o grandes espingardas, magníficas armas para ametrallar, si bien eran de escaso alcance.

Además, su tripulación resultaba en exceso numerosa para un buque tan pequeño, ya que se componía de cuarenta dayakos y malayos, de cierta edad, aunque fuertes, de altivos semblantes y con no escasas cicatrices, lo que denotaba que eran auténticos hombres de mar.

La nave se hallaba embarrancada en la embocadura de una amplia bahía, en la que desembocaba un río que, por su apariencia, debía de ser caudaloso.

Numerosas islas, entre las cuales se encontraba una muy extensa, la protegían de los vientos procedentes de poniente. La bahía se hallaba circundada por una frondosa vegetación de un vivo color verde.

El *Marianne* había encallado en uno de los bancos que estaban ocultos por las aguas, pero que ya empezaban a distinguirse debido a la marea baja.

La rueda de proa se había empotrado muy profundamente, de modo que resultaba imposible poner a flote la embarcación con solo echar el ancla hacia la parte de popa y halando la cuerda.

—¡Este maldito perro! —barbotó Yáñez después de haber examinado atentamente el bajo—. ¡No será posible abandonar el lugar antes de medianoche! ¿Qué opinas, Sambigliong?

Un malayo con numerosas arrugas en el rostro y el pelo canoso, pero aun así de apariencia muy robusta, se había aproximado al europeo.

—Opino, señor Yáñez, que sin la pleamar resultarán vanos todos los intentos.

—¿Confías en este piloto?

—No puedo contestarle de una forma positiva, capitán —repuso el malayo—, ya que jamás le había visto antes. Sin embargo...

—Prosigue —instó Yáñez.

—Encontrarlo solo, a tanta distancia de Gaya, en el interior de una canoa que no pudiera haber aguantado una simple ola, y que inmediatamente se ofreciera a conducirnos... ¡En fin...! Me parece que todo esto no está muy claro.

—¿Habremos incurrido en una imprudencia al ponerle al timón? —se preguntó Yáñez, que se había quedado meditabundo.

Luego, sacudiendo la cabeza como si pretendiese arrojar fuera de sí una idea molesta, agregó:

—¿Por qué motivo ese hombre, que es de vuestra raza, habrá intentado hacer que se perdiera el mejor y más formidable prao del Tigre de Malasia? ¿Acaso no hemos defendido siempre a los naturales de Borneo contra las arbitrariedades de Inglaterra? ¿No hemos vencido a James Brooke con el fin de conseguir que los dayakos fueran independientes en Sarawak?

—¿Y por qué razón, señor Yáñez —adujo Sambigliong—, se han sublevado de una manera tan inopinada en contra de nuestros amigos los dayakos de la costa? Es indudable que Tremal-Naik, al fundar factorías en estas costas, que en otra época estaban desiertas, les ha facilitado el medio de ganarse la vida de una forma cómoda sin que se hallen en peligro de ser víctimas de los piratas que antes los diezmaban continuamente.

—Esto es un enigma, mi apreciado Sambigliong, que ni Sandokán ni yo hemos conseguido resolver hasta el presente. Este inopinado encolerizamiento contra Tremal-Naik ha de basarse en algún hecho que desconocemos. Lo más probable es que alguien haya procurado atizar el fuego para que este aumente.

—¿Se hallarán realmente en peligro Tremal-Naik y su hija Damna?

—El mensajero que ha enviado a Mompracem ha notificado que se han levantado en armas todos los dayakos y que están dominados por una especie de locura, ya que han saqueado y prendido fuego a tres factorías y, además, hablaban sobre si matar a Tremal-Naik.

—Y no obstante, no se puede encontrar en toda la isla un hombre mejor que él —comentó Sambigliong—. No logro entender por qué esos malditos arrasan y saquean sus propiedades.

—Alguna cosa conoceremos al llegar al kampong de Pangutarang. Cuando aparezca el *Marianne*, los dayakos se tranquilizarán algo, y si no abandonan las armas, los ametrallaremos como tienen merecido.

—Y sabremos la causa de la sublevación.

—¡Oh! —exclamó Yáñez, que en aquel momento había vuelto la cabeza en dirección al río—. Hay alguien allí que, según parece, pretende acercarse.

Una canoa de pequeño tamaño y con una vela solamente acababa de aparecer por detrás de las islas que obstruían la desembocadura del río y avanzaba hacia la proa del *Marianne*.

Iba tripulada por un solo hombre, pero se encontraba todavía tan distante que resultaba casi imposible ver si se trataba de un malayo o un dayako.

—¿Quién será? —dijo para sí Yáñez, que continuaba contemplando la embarcación—. Fíjate, Sambigliong: ¿no crees que no tiene muy clara la forma en que debe maniobrar? En este momento avanza en dirección a los islotes; ahora se aleja hacia las escolleras de coral.

—Cualquiera pensaría que trata de engañar a alguien en lo que se refiere a su derrotero, ¿no es así, señor Yáñez? —contestó Sambigliong—. ¿Estarán tal vez vigilándole y pretende, efectivamente, engañar a alguien?

—Opino lo mismo —repuso el europeo—. Tráeme mi catalejo y ordena que carguen un proyectil en una espingarda. Procuraremos auxiliar en la maniobra a ese hombre, que indudablemente intenta reunirse con nosotros.

Un instante después enfocaba el catalejo en dirección a la canoa, que todavía se hallaba a unas dos millas y que acabó abandonando la zona de las pequeñas islas para avanzar decididamente hacia el *Marianne*.

De repente Yáñez lanzó una exclamación:

—¡Tangusa!

—¿El mismo que Tremal-Naik llevó consigo a Mompracem y a quien hizo factor?

—¡Eso es, Sambigliong!

—En tal caso ahora nos enteraremos de la sublevación, si en efecto se trata de él —dijo el dayako.

—¡Oh, sí, es él! ¡No estoy equivocado, le distingo perfectamente! ¡Oh!

—¿Qué ocurre, señor?

—Veo una chalupa tripulada por unos doce dayakos y creo que intentan alcanzar a Tangusa. ¡Fíjate en el último islote! ¿Ves?

Sambigliong miró detenidamente y comprobó que, en efecto, una embarcación de estrechas y largas líneas abandonaba la desembocadura del río y se dirigía a toda velocidad en dirección al mar impulsada por ocho remos manejados con sumo vigor.

—Sí, señor Yáñez; van a dar alcance al factor de Tremal-Naik.

—¿Has ordenado que carguen una espingarda?

—Las cuatro.

—¡Magnífico! Aguardemos un instante.

La canoa, a la cual le venía el viento de popa, navegaba directamente hacia el *Marianne* a buena velocidad. No obstante, no podía avanzar tan deprisa como la chalupa. El hombre que iba embarcado en la canoa se dio cuenta de que era perseguido y, abandonando el timón, aferró los remos para acelerar la marcha.

De improviso, una nube de humo se levantó en el costado de proa de la chalupa e inmediatamente se oyó en el *Marianne* el retumbar de un disparo.

—¡Disparan sobre Tangusa, señor Yáñez! —indicó Sambigliong.

—¡Bien, compañero! ¡Yo demostraré a esos pícaros cómo disparan los portugueses! —replicó el europeo en su tono sereno de costumbre.

Arrojó el cigarro que estaba fumando, se abrió paso entre la marinería, que se había aglomerado en el castillo de proa al oír el estampido del disparo, y se aproximó a la primera espingarda de babor, que apuntaba en dirección a la chalupa.

La persecución proseguía con saña y la canoa, a pesar de los extraordinarios esfuerzos que hacía Tangusa, se hallaba cada vez a menos distancia de la otra embarcación.

Un nuevo disparo de fusil surgió de la chalupa, pero no dio en el blanco, ya que es bien conocido que los dayakos utilizan mejor las cerbatanas que las armas de fuego.

Yáñez continuaba mirando impertérrito.

—Se encuentra en la línea de fuego —musitó cuando hubieron transcurrido un par de minutos.

Prendió la mecha del largo cañón y abrió fuego, ocasionando un estampido que retumbó incluso bajo los árboles que llenaban la distante costa de la bahía.

En la parte de estribor de la chalupa vio elevarse un chorro de agua; al instante se escucharon a lo lejos exclamaciones furiosas.

—¡Alcanzada, señor Yáñez! —exclamó también Sambigliong.

—Y naufragará enseguida —replicó el portugués.

Los dayakos detuvieron su avance y viraron al momento con la celeridad del rayo, confiando en poder alcanzar uno de los islotes antes de que la chalupa se fuera a pique.

El destrozo que le había causado el proyectil del cañón, una bala de libra y media compuesta mitad de plomo y mitad de cobre, era demasiado grande para que pudiera seguir navegando durante mucho tiempo.

Efectivamente, los dayakos se hallaban a más de trescientos pasos de distancia del islote más próximo cuando la embarcación, que hacía agua por todas partes con suma velocidad, empezó a hundirse, y acabó por irse a pique.

Como los dayakos de aquellas costas son expertos nadadores, ya que pasan gran parte de su vida en el agua, al igual que los malayos y polinesios, no corrían el riesgo de ahogarse.

—¡Poneos a salvo! —exclamó Yáñez—. Pero si reanudáis el ataque, ¡os abrasaremos las costillas con una buena metralla de clavos!

La pequeña canoa, al verse libre de la persecución por tan acertado disparo, había reanudado su avance en dirección al *Marianne*, impulsada por el suave viento que, al ponerse el sol, acrecentaba su fuerza. En consecuencia, no tardó en hallarse cerca del velero.

El hombre que la conducía era un joven de unos treinta años, de piel amarilla y rasgos casi europeos, como si fuese hijo del cruce de las razas caucásica y malaya. Era más bien de pequeña estatura, pero parecía muy robusto; tenía el cuerpo envuelto en fajas de tela blanca que le oprimían firmemente los brazos y las piernas, y en las ligaduras se distinguían manchas de sangre.

—¿Habrá sido herido? —se preguntó Yáñez—. Creo que ese mestizo está padeciendo mucho. ¡Venga! ¡Lanzad una escala y preparad algún reconstituyente!

Mientras los marineros cumplían órdenes, la pequeña embarcación realizó la última bordada arrimándose al costado de estribor de la nave.

—¡Sube deprisa! —exclamó Yáñez.

El factor de Tremal-Naik amarró la canoa a una cuerda que le habían echado, amainó la vela, trepó con cierta dificultad por la escala y se presentó en la toldilla.

Una exclamación de estupor y espanto se le escapó al portugués.

El cuerpo de aquel desgraciado se encontraba acribillado como por efecto de una descarga de infinidad de perdigones, y de algunas de sus heridas todavía manaba sangre.

—¡Voto a Júpiter! —barbotó Yáñez con un estremecimiento—. ¿Quién te ha dejado de esta manera, mi pobre Tangusa?

—Han sido las hormigas blancas, señor Yáñez —repuso el malayo con voz débil, mientras profería una terrible mueca de dolor.

—¡Las hormigas blancas! —exclamó el portugués—. ¿Quién te ha puesto sobre el cuerpo semejantes insectos, que siempre están ansiosos por comer?

—Han sido los dayakos, señor Yáñez.

—¡Ah, canallas! Ve a la enfermería y que te curen las heridas; luego hablaremos. Ahora explícame únicamente si Tremal-Naik y su hija Damna se encuentran en peligro.

—El patrón ha reunido un reducido cuerpo de malayos y pretende enfrentarse a los dayakos.

—De acuerdo; ve con Kibatang, que sabe curar heridas, y después envíame aviso, pobre Tangusa. Ahora he de hacer otra cosa.

Mientras el malayo, auxiliado por dos marineros, bajaba al pequeño camarote, Yáñez examinaba de nuevo con atención la desembocadura del río, donde habían surgido tres chalupas de gran tamaño tripuladas por muchos hombres. En una de ellas, que poseía puente doble, se distinguía uno de esos pequeños cañones de bronce denominados «lilas» por los malayos, fundido en parte con plomo.

—¡Demonio! —musitó el portugués—. ¿Pensarán esos dayakos enfrentarse a los tigres de Mompracem? ¡No será ciertamente con esas fuerzas con las que vais a poder oponeros a nosotros! ¡Poseemos magníficas armas y os haremos brincar igual que a cabras salvajes!

—Tendrán apostadas otras chalupas tras los islotes, señor Yáñez —adujo Sambigliong—. Somos demasiado poderosos para que puedan infundarnos temor, a pesar de que sepamos cuál es el arrojo de esos hijos de piratas y degolladores.

—¿Contamos todavía con dos cajas de esas…?

—¿Las balas de acero con punta? Sí, capitán.

—Ordena que las suban a cubierta y manda a todos nuestros hombres que se pongan botas de mar, si no desean lastimarse los pies. ¿Han sido ya embarcados los haces de espinos?

—También, señor Yáñez.

—Ordena que los coloquen en torno a la borda. Si desean lanzarse al abordaje, vamos a verlos gritar como fieras. ¡Piloto!

Podada, que había subido a la cofa del trinquete para observar los movimientos sospechosos de las chalupas, descendió y se acercó al portugués.

—¿Sabes si esos dayakos disponen de muchas embarcaciones?

—No he visto casi ninguna en el río —repuso el malayo.

—¿Supones que pretenderán lanzarse al abordaje sobre nosotros, aprovechando que estamos inmovilizados?

—Pienso que no, patrón.

—¿Estás hablando con sinceridad? ¡Cuidado, pues empiezo a recelar de ti, ya que el que hayamos embarrancado no lo considero algo fortuito!

El malayo hizo una mueca con el fin de ocultar la desagradable sonrisa que le florecía en los labios, y al instante repuso con tono resentido:

—No he dado ningún motivo para que se ponga en duda mi lealtad, patrón.

—¡No tardaremos en comprobarlo! —dijo Yáñez—. Ahora vamos en busca de ese infortunado Tangusa, mientras Sambigliong organiza la defensa.

Hacía ya tiempo que Yáñez desconfiaba de Podada, el malayo que encontró casualmente y se le ofreció como piloto, pero hasta entonces no había hallado confirmación a sus sospechas. Por otra parte, el tormento que los dayakos habían infligido al pobre Tangusa le sacaba de sus casillas y le ofuscaba la mente, hasta el punto de permitirle pensar solo y únicamente en la venganza.

EL PEREGRINO DE LA MECA

Aunque por fuera el velero era un hermoso barco que nada tenía que envidiar a los mejores navíos de su tiempo, por dentro, sobre todo en el camarote de popa, resultaba realmente lujoso.

Especialmente el salón central, que se utilizaba como comedor y sala, estaba amueblado con estanterías para libros, mesa y sillas talladas con incrustaciones de nácar y oro, alfombras persas en el suelo, tapices hindúes en las paredes y cortinas rosas de seda con hilos de plata, que servían para tapar la luz de las ventanillas.

Suspendida del techo había una lámpara de gran tamaño que parecía veneciana, y entre tapices y más tapices se distinguían magníficas colecciones de armas.

Tumbado en un diván de terciopelo negro, envuelto en vendas por todo el cuerpo y tapado con una manta de lana, se encontraba el factor de Tremal-Naik, al cual le habían sido curadas las heridas y se encontraba ya bastante recuperado gracias al reconstituyente que había bebido.

—¿Ya no tienes dolores, mi bravo Tangusa? —inquirió Yáñez.

—Kibatang tiene pomadas milagrosas —repuso el herido—. Me ha untado todo el cuerpo y estoy mucho mejor.

—Entonces explícame qué es lo que ha pasado. En primer lugar, ¿continúa el amigo Tremal-Naik en el kampong de Pangu-tarang?

—Sí, señor Yáñez. Cuando le abandoné estaba parapetándose para hacer frente a los dayakos hasta la llegada de usted. ¿Cuánto hace que llegó a Mompracem el mensajero que le mandamos?

—Hoy se cumplen tres días y, como puedes comprobar, no hemos desperdiciado el tiempo para acudir en auxilio de nuestros amigos con el mejor navío.

—¿Qué idea tiene el Tigre de Malasia sobre tan súbita sublevación, cuando todavía no hace ni tres semanas que los dayakos consideraban a mi señor como su genio protector?

—Pese a todas las suposiciones que hemos aventurado, no podemos presumir la razón de que los dayakos hayan empuñado las armas y arrasado las factorías que tantos sudores le costaron a Tremal-Naik. ¡Siete años de trabajo y más de cien mil rupias gastadas en vano! ¿Sospechas algo?

—Voy a explicarle lo que hemos podido averiguar. Hará un mes, o tal vez más tiempo, desembarcó en estas costas alguien que no es seguramente malayo ni natural de Borneo, alegando que era un creyente mahometano. Llevaba el turbante de color verde igual al de los que han efectuado la peregrinación a La Meca. No ignora usted, señor, que los dayakos de esta zona de la isla no veneran a los espíritus de los bosques, ya sean buenos o malos, como sus hermanos del sur, puesto que son musulmanes, a su manera, como es lógico, aunque no menos fanáticos que los del centro de la India. ¿Qué diría ese hombre a los salvajes? Esto ni mi señor ni yo hemos podido averiguarlo. Lo cierto es que consiguió fanatizarlos, incitándolos a arrasar las factorías y a sublevarse contra el señor Tremal-Naik.

—Pero ¿qué es lo que me acabas de explicar? —dijo Yáñez, extraordinariamente sorprendido.

—Una historia tan verídica, señor Yáñez, que mi patrón se encuentra en peligro de morir quemado en su kampong en unión de su hija, la señorita Damna, si usted no corre en su auxilio. El hombre del turbante verde no solo ha insurreccionado a los salvajes contra la factoría, sino también contra mi patrón, ya que quieren a toda costa acabar con su vida.

El portugués había palidecido.

—¿Quién será ese peregrino? ¿Qué ocultas razones le impelen en contra de Tremal-Naik? ¿Tú has podido verle?

—Sí, al huir del poder de los dayakos.

—¿Es joven o mayor?

—Es un hombre mayor, señor, alto y muy delgado. Un auténtico peregrino con aspecto de haber pasado hambre y sed. Todavía existe otra cosa que hace el asunto más misterioso —agregó el mestizo—. Me han notificado que hace un par de semanas llegó un vapor con bandera inglesa y que el peregrino estuvo hablando durante mucho tiempo con el capitán del barco.

—¿Se fue pronto ese buque?

—A la mañana siguiente. Sospecho que por la noche estuvo desembarcando armas, ya que actualmente muchos dayakos poseen fusiles y pistolas, cuando lo cierto es que antes no tenían más que cerbatanas y puñales.

—¿De manera que los ingleses están metidos en este asunto? —inquirió Yáñez, que parecía realmente inquieto.

—Eso parece, señor. ¿Sabe lo que se insinúa por Labuán? Que los gobernantes ingleses tienen decidido invadir nuestra isla de Mompracem con la excusa de que representamos un continuo peligro para sus dominios, y que nos mandarán a otra región más distante. ¡Los ingleses, que deberían estarnos agradecidos por haberles librado de los tigres que infestaban la India!

—Compañero, ¿imaginas que tal vez el leopardo pueda estar agradecido al mono por haberle quitado los insectos que le fastidiaban?

—No, señor, puesto que esos feroces carnívoros no poseen tal sentimiento.

—Tampoco lo tiene el gobierno de Inglaterra, denominado el leopardo de Europa.

—¿Y les permitirá usted cazar en Mompracem?

Una sonrisa se dibujó en los labios de Yáñez. Encendió un cigarro, aspiró dos o tres bocanadas y repuso en tono tranquilo:

—No iba a ser esta la primera ocasión en que los tigres de Mompracem se enfrentaran al leopardo inglés. Un día le hicimos temblar en Labuán y estuvo en peligro de ver a sus colonos aniquilados por nosotros y arrojados al agua. ¡No nos dejaremos coger desprevenidos, ni vencer!

—¿Qué hay de Sandokán? ¿Ha mandado a Tija sus praos para alistar hombres?

—Sí, y que no serán menos atrevidos que los últimos tigres de Mompracem —repuso Yáñez—. ¿Desea Inglaterra expulsarnos de una isla que llevamos ocupando treinta años? ¡Que lo intente y Malasia entera será pasto de las llamas y combatiremos sin tregua contra el voraz leopardo! ¡Ya se verá si ha de ser el Tigre de Malasia el que perezca en el combate!

En aquel instante se oyó la voz de Sambigliong, el contramaestre del *Marianne*, que exclamaba:

—¡A cubierta, capitán!

—¡Llegas en buen momento! —repuso Yáñez—. Acabo de terminar mi charla con Tangusa. ¿Qué novedad hay?

—¡Que vienen hacia nosotros!

—¿Quiénes? ¿Los dayakos?

—Sí, capitán.

—¡De acuerdo!

El portugués abandonó el camarote, subió la escalera y se presentó en cubierta.

El sol se estaba poniendo circundado por una dorada nube, tiñendo de rojo el mar, suavemente ondulado por una ligera brisa.

El *Marianne* continuaba inmóvil, y como en aquel instante la bajamar había llegado a su punto máximo, se hallaba ladeado ligeramente sobre el costado de estribor, de manera que la cubierta se encontraba sin banda en aquella parte.

En dirección hacia las pequeñas islas que obstruían el río se veían avanzar unas doce canoas, entre ellas cuatro dobles, precedidas por un prao de pequeño tamaño provisto de un mirim, pieza de artillería de calibre algo más grueso que el lila, fundido al igual que este en cobre, hierro y latón.

—¡Ah! —comentó Yáñez con su usual tranquilidad—. ¿Pretenden enfrentarse con nosotros? ¡Perfecto! Disponemos de bastante pólvora con que regalarlos, ¿no es así, Sambigliong?

—La provisión es buena —repuso el malayo.

—Veo que avanzan muy despacio. No parece que tengan demasiada prisa, apreciado Sambigliong.

Tomó el catalejo y lo enfocó hacia el pequeño prao que precedía a la escuadrilla de canoas. En él iban quince o veinte hombres con atavíos guerreros: estrechos pantalones con botones en las caderas y en el pie, sarong muy corto y en la cabeza una especie de birrete realmente extraño, de amplia visera y con numerosas plumas, denominado talung. Unos cuantos estaban armados con fusiles; la mayoría, en vez del campilán, pesadas armas blancas de acero muy fino, portaban pijan-rani, una especie de puñal de hoja larga y no ondulada como los krises malayos, y llevaban también escudos de gran tamaño, hechos con piel de búfalo.

—¡Magníficos tipos! —dijo Yáñez.

—¿Son muy numerosos, señor?

—¡Unos ciento cincuenta, mi querido Sambigliong!

Tras pronunciar estas palabras se dio la vuelta, contemplando a continuación la toldilla del *Marianne*. Sus cuarenta hombres se hallaban todos en sus puestos de combate: los fusileros, tras la amura, que tenía los bordes cubiertos de agudos haces espinosos, y los hombres de maniobras, que por el momento no podían efectuar ningún trabajo, en la parte superior de las cofas con bombas de mano y carabinas indias de cañón largo.

—¡Muy bien, que vengan en nuestra busca! —musitó Sambigliong, contento al parecer de las órdenes que había dado.

El sol se ponía ya, despidiendo sus postreros rayos y coloreando con una luz dorada y rosada el litoral de la gran isla y la escollera, donde rompían las olas que llegaban del mar. El astro desaparecía, majestuoso, en el agua, encendiendo en vivas tonalidades un inmenso abanico de nubes que se encontraba sobre él, y de las que surgían amplias franjas de color oro y ráfagas de púrpura que esmaltaban el claro azul del firmamento. Casi inopinadamente se ocultó el sol, cubriendo de un intenso tono rojizo todo el horizonte; no tardó en ir decreciendo rápidamente aquella oleada de color y, puesto que en aquellas regiones no existe el crepúsculo, la deslumbrante fantasmagoría desapareció y la oscuridad más absoluta imperó en la bahía, los islotes y las costas.

—¡Magnífica noche para otros y desastrosa para nosotros! —comentó Yáñez, que no pudo menos de observar admirado aquella soberbia puesta de sol.

Contempló la escuadrilla adversaria. El prao de pequeñas dimensiones, las chalupas dobles y las simples aceleraron su avance.

—¿Estamos preparados?

—Sí —repuso, en nombre de todos, Sambigliong.

—En tal caso, no os detengo más tiempo, mis apreciados tigres de Mompracem.

El pequeño prao se hallaba en la línea de tiro y protegía a las chalupas, que iban tras él en fila, una tras otra, para eludir el fuego de los cañones del *Marianne*.

Sambigliong se dirigió hacia uno de los cañones situados en la toldilla y que, como todas las demás piezas, estaba montado sobre pernos, lo que permitía abrir fuego en todos los sentidos. Tras observarlo un momento disparó y destrozó el árbol de trinquete del prao, que se vino al suelo arrastrando tras de sí la gran vela.

Aquel disparo realmente extraordinario hizo surgir encolerizados alaridos de los hombres que iban embarcados en las chalupas. Al mismo tiempo brotó una llamarada de la proa del navío averiado.

El pequeño cañón del velero acababa de responder al cañonazo, pero el proyectil no hizo más que taladrar el contrafoque, que Yáñez no ordenó arriar.

—¡Esos bribones disparan igual que los reclutas de mi tierra! —opinó Yáñez, que proseguía fumando tranquilamente apoyado en la amura de proa.

El disparo fue seguido de secos estampidos. Eran los lilas de las chalupas dobles, que apoyaban el cañoneo del prao.

Por suerte aquellos pequeños cañones no se hallaban aún a tiro y todo se tradujo en gran estruendo y mucha humareda, pero sin el menor percance para el *Marianne*.

—En primer lugar, destrozad el prao, Sambigliong —indicó Yáñez—, y tratad de inutilizar el pequeño cañón, que es el que únicamente nos puede perjudicar. Que seis hombres vayan a las dos piezas de artillería y abran fuego a discreción. Mi…

Sus palabras se interrumpieron de improviso, mientras echaba una ojeada en dirección a popa. Una mueca de asombro se pintó en su rostro.

—¡Sambigliong! —exclamó a la vez que palidecía.

—No se inquiete, señor Yáñez. El prao se encontrará destrozado o arrasado como un pontón de aquí a menos de dos minutos.

—¿Dónde está el piloto, al cual no he visto más?

—¡El piloto! —barbotó el malayo, abandonando la pieza, que ya tenía apuntada—. ¿Dónde se hallará ese tunante?

Yáñez, intensamente excitado, acababa de cruzar rápidamente la toldilla.

—¡Busca al piloto! —exclamó.

—Capitán —dijo un malayo que servía en ambas piezas de artillería—, hace un instante le he visto bajar al camarote.

Sambigliong, que ya había imaginado aquello, se lanzó por la escalera pistola en mano.

Yáñez se precipitó tras él, mientras las dos piezas de artillería disparaban contra la escuadrilla con horroroso fragor.

—¡Ah, perro maldito! —pudo oírse.

Sambigliong acababa de aferrar firmemente por la espalda al piloto, que se disponía a salir de un camarote y que llevaba en la mano un trozo de cuerda embreada a la que había prendido fuego.

—¿Qué es lo que ibas a llevar a cabo, canalla? —exclamó Yáñez abalanzándose a su vez sobre el malayo, que pretendía enfrentarse al contramaestre.

Al distinguir al capitán, que tenía también una pistola en la mano y que, al parecer, estaba dispuesto a saltarle la tapa de los sesos, el semblante del malayo había adquirido una palidez amarillenta. Sin embargo, repuso con cierta serenidad:

—Señor, he bajado para tomar mechas para las espingardas.

—¿A este lugar a por las mechas? —barbotó Yáñez—. ¡Truhán, tú lo que intentabas era prender fuego a la nave!

—¡Yo!

—¡Sambigliong, amarra a este hombre! —ordenó el portugués—. ¡Una vez que hayamos acabado con los dayakos, ya hablaremos!

—No son necesarias las cuerdas, señor —replicó el contramaestre—. Vamos a hacer que duerma durante doce horas, y en este tiempo no nos molestará.

Asió brutalmente por los hombros al piloto, que ya no intentaba oponer resistencia, le apretó la nuca con los pulgares y luego le hundió en la garganta, algo más abajo de las mandíbulas, los dedos índice y corazón, apretándole las carótidas contra la columna vertebral. Esta acción produjo un extraño efecto. Podada abrió extraordinariamente los ojos y la boca como si estuviese acometido por un principio de asfixia, se le volvió jadeante la respiración, su cabeza cayó hacia atrás y se desplomó en los brazos del contramaestre, como si hubiese muerto.

—¡Le has matado! —gritó Yáñez.

—No, señor —contestó Sambigliong—. Le he dormido, y hasta transcurridas de doce a quince horas le será imposible despertar.

—¿Estás hablando en serio?

—Ya lo comprobará más tarde.

—Túmbale en una hamaca y vamos aprisa para arriba. El cañoneo es más intenso.

Sambigliong tomó en sus brazos al piloto, que no daba señales de vida, y le tumbó encima de una alfombra. Inmediatamente subieron los dos hombres a toda prisa a cubierta, en el preciso instante en que los dos cañones de caza retumbaban de nuevo, haciendo que el velero se bamboleara.

La lucha entre el *Marianne* y la escuadrilla se había vuelto más encarnizada.

Las dobles chalupas, que, como ya se ha indicado estaban armadas con lilas, se habían situado bastante distanciadas a derecha e izquierda del prao para obligar al velero a repartir el fuego en ambos sentidos, decididas a proteger por encima de todo a las demás embarcaciones, que pese a su pequeño tamaño llevaban a bordo numerosa tripulación, reservada para el combate final.

Las descargas se sucedían vertiginosamente y los proyectiles, si bien de escaso calibre, cruzaban silbando en gran número sobre el *Marianne*, empotrándose en los penoles, agujereando las lonas, deshaciendo las cuerdas y astillando las amuras. Algunos hombres habían sido heridos y más de uno muerto. No obstante, los artilleros de Mompracem continuaban cumpliendo con su cometido con serena frialdad y sorprendente calma.

Ya se había acortado la distancia entre ambos adversarios y, en consecuencia, comenzaron a tronar las espingardas, arrojando sobre la escuadrilla descargas de metralla, que se componían sobre todo de clavos que herían de una forma cruenta a los dayakos, obligándolos a lanzar alaridos y a saltar como simios.

Pese a las imponentes descargas, la flotilla no interrumpía su avance. Los dayakos, que por lo común son muy bravos, casi en la misma medida que los malayos, y que no experimentan temor ante la muerte, bogaban con gran energía, mientras que los que iban provistos de fusiles mantenían un intenso fuego, aunque muy poco eficaz, ya que casi no tenían experiencia en el uso de aquel tipo de armas.

Ya se habían acercado las chalupas aproximadamente a unos quinientos pasos, cuando el prao sobre el cual se había concentrado el fuego de la artillería del *Marianne* se ladeó sobre uno de sus costados.

Había quedado desprovisto de ambos mástiles, el balancín había sido destrozado por un cañonazo disparado por Yáñez y su casco estaba literalmente deshecho.

—¡Desmonta el pequeño cañón, Sambigliong! —ordenó Yáñez, al observar que se dirigía hacia el prao una doble chalupa con el objeto de hacerse con el cañón antes de que naufragara.

—¡Sí, capitán! —repuso el malayo, que estaba abriendo fuego con los cañones de babor.

—¡Y vosotros, llenad de metralla a los tripulantes antes de que puedan recogerlo! —agregó el portugués, que desde la parte superior de la toldilla examinaba con todo detenimiento las evoluciones de la escuadrilla, sin abandonar no obstante el cigarro.

Una andanada de los cañones y de las espingardas se abatió sobre el prao, inutilizando el pequeño cañón, cuya cureña, totalmente destrozada, se vino abajo de golpe, mientras un verdadero alud de metralla barría el barco de una punta a otra, dejando malheridos a casi todos los marineros.

—¡Magnífico golpe! —exclamó el portugués con su usual calma—. ¡Uno que ya no nos ocasionará disgustos!

Aquel pequeño velero era ya semejante a una cáscara de nuez que se iba al fondo de las aguas con una extraordinaria velocidad. Los tripulantes que consiguieron eludir tan imponente descarga de artillería se lanzaron al mar y comenzaron a dirigirse hacia las chalupas, mientras los pontones descargaban sin tregua los lilas con no demasiado tino, aunque el *Marianne* ofrecía un estupendo blanco tanto por su inmovilidad como por su gran tamaño.

De improviso el prao se volvió con la quilla hacia arriba, dejando caer en el mar a muertos y heridos. Enfurecidos gritos surgieron de las chalupas al observar que el prao marchaba a la deriva con la quilla del revés.

—¡Gritáis igual que ocas! —comentó Yáñez—. ¡Es preciso algo más para derrotar a los tigres de Mompracem, amigos míos! ¡Fuego sobre las chalupas! ¡Adelante los de los fusiles! ¡Esto se va animando!

Aunque ya no contaban con el prao, que con su pieza de artillería podía hacer frente a los cañones de caza, la escuadrilla había reanudado el avance, aproximándose a toda velocidad hacia el *Marianne*.

Los tigres de Mompracem gastaban sin miramiento la pólvora y los proyectiles. Las piezas de caza y las espingardas alternaban su fuego con las cerradas descargas de los fusiles, que ocasionaban grandes estragos entre las tripulaciones de los pontones y las lanchas.

Aquellos veteranos guerreros, que amedrentaron a los ingleses en Labuán, que vencieron y aniquilaron a James Brooke, el rajá de Sarawak, y que destrozaron a los thugs de la India, se batían con un denuedo sorprendente, sin intentar protegerse tras la obra muerta del buque.

Desdeñando el peligro, pese a las advertencias del portugués, que intentaba por todos los medios conservar las vidas de sus hombres, se habían puesto todos sobre las amuras con el fin de distinguir mejor sus blancos, y desde allí, al igual que desde las cofas, abrían un terrorífico fuego contra las chalupas, diezmando de una manera terrible a las tripulaciones adversarias.

Pero los atacantes eran tan numerosos que, a pesar de las muchas bajas que sufrían, no se desanimaban.

Otras chalupas que acababan de aparecer en el río se unieron a la escuadrilla. Como mínimo eran trescientos salvajes, bien armados, los que avanzaban hacia el *Marianne* con el objeto de lanzarse al abordaje, asaltar el barco y aniquilar a todos sus defensores. No era posible esperar cuartel de aquellos salvajes sanguinarios, que solamente tienen un afán: recolectar cráneos humanos.

—¡El asunto va a ponerse feo! —musitó Yáñez al divisar las nuevas embarcaciones—. ¡Tigres, luchad con energía o acabaremos dejando aquí nuestras cabezas! ¡El peregrino los ha convertido en fanáticos enfurecidos!

Se dirigió al cañón de caza de estribor, que acababa de ser cargado en aquel preciso momento, e hizo apartarse a Sambigliong, que apuntaba con él.

—¡Déjame que me caliente yo un rato también! —dijo—. ¡Si no destrozamos los pontones y no lanzamos al mar los lilas, se encontrarán aquí antes de que hayan pasado tres minutos!

Prendió fuego a la pieza de artillería y, como de costumbre, acertó el disparo. Uno de los pontones, que estaba compuesto por un par de chalupas unidas por medio de un puente, naufragó.

Las proas, alcanzadas a flor de agua, se inundaron y la masa flotante se hundió en el mar.

Un segundo pontón fue igualmente medio destruido, pero al tercer disparo de Yáñez ya las chalupas habían llegado hasta el *Marianne*.

—¡Coged los parangs y trasladad a popa las espingardas! —ordenó apartándose del cañón, que ya resultaba inútil—. ¡Obstruid el acceso a la proa!

En un santiamén se ejecutaron las órdenes. Los fusileros se agruparon en la toldilla, dejando solo a los gavieros de las cofas, mientras que Sambigliong, con unos cuantos hombres, abría a hachazos dos cajones, diseminando por cubierta numerosas y pequeñas bolas de acero que tenían puntas afiladísimas.

Los dayakos, encolerizados por las grandes pérdidas sufridas, habían rodeado al *Marianne* lanzando atronadores alaridos e intentando escalar hasta la cubierta, aferrándose a cuantos lugares les era posible.

Yáñez se hizo con una cimitarra y se puso en medio de sus hombres.

—¡Cerrad filas en torno a las espingardas! —gritó.

Los hombres provistos de fusiles que estaban cerca de las bordas no dejaron de hacer fuego e hirieron a bocajarro a los dayakos de los pontones y a todos los que pretendían tomar el barco al abordaje.

Los dayakos trepaban encaramándose igual que simios. De repente, se oyeron grandes aullidos de dolor entre los atacantes.

Acababan de aferrarse a los haces de espinos que protegían las bordas y cuyas ramas se hallaban disimuladas en el empalletado.

Al sentir las desgarraduras en los dedos, y siendo incapaces de aguantar tan intenso dolor, se desplomaron sobre sus compañeros, arrastrándolos en la caída.

Si bien los que pretendían asaltar la nave por babor y estribor no pudieron lograrlo, quienes subieron por el bauprés tuvieron más suerte, ya que el mismo palo les sirvió de apoyo.

A mandobles propinados mediante campilanes se deshicieron de las ramas espinosas de aquella área, las echaron al agua, y unos diez o doce irrumpieron en el castillo de proa profiriendo gritos triunfales.

—¡Adentro las espingardas! —ordenó Yáñez, que hasta entonces los había dejado actuar impunemente.

Las cuatro piezas dispararon una andanada de clavos, barriendo todo el castillo.

Aquella descarga resultó terrorífica. No quedó ningún asaltante en pie, si bien tampoco cayeron muertos.

Los infortunados que recibieron de pleno los disparos se revolcaban por tierra entre grandes gritos de dolor, mientras se agitaban con desesperación.

Sus cuerpos, perforados en cien lugares distintos por los clavos, parecían cribas goteando sangre.

No obstante, la victoria estaba aún muy lejos de ser alcanzada.

Nuevos asaltantes dayakos trepaban por todas partes, y tras deshacerse de los espinos a golpes de campilán, saltaron a cubierta, pese al intensísimo tiroteo de los tigres de Mompracem.

Sin embargo, allí aguardaba a los atacantes otro obstáculo no menos terrible que el de las ramas espinosas: las pequeñas bolas de acero que cubrían toda la cubierta y cuyas puntas era imposible eludir ni siquiera con las resistentes botas de agua.

Además, los gavieros de las cofas empezaron a lanzar granadas que explotaban estruendosamente, despidiendo fragmentos metálicos en todas direcciones.

Los dayakos habían sido cogidos entre dos fuegos y no podían proseguir su avance, por lo cual se detuvieron. En ese momento, un desaforado terror se apoderó de ellos al sentirse nuevamente ametrallados. Algunos fueron alcanzados y los demás se lanzaron en confuso montón hacia las bordas, se tiraron de cabeza al agua y nadaron desesperadamente hacia los pontones y las chalupas.

—Al parecer ya han recibido suficiente —comentó Yáñez, que no había perdido su fría serenidad de costumbre—. Esto os servirá de lección para temer a los viejos tigres de Mompracem.

El combate había resultado un desastre total para los salvajes. Pontones y chalupas abandonaban apresuradamente el lugar del combate, dirigiéndose hacia las pequeñas islas que estaban situadas frente al río sin contestar al fuego, que el portugués dio orden de interrumpir enseguida, ya que a este hombre le desagradaba matar a personas que ya estaban indefensas.

Diez minutos más tarde la escuadrilla, cuyas chalupas y pontones se encontraban averiados en su mayor parte, se perdía a distancia en el río.

—Se han ido —dijo Yáñez—. Me imagino que ahora nos dejarán en paz.

—Nos aguardarán en el río, señor —opinó Sambigliong.

—Nos presentarán otra vez batalla —adujo por su parte Tangusa, que a las primeras descargas se había presentado en cubierta para intervenir en la defensa, a pesar de encontrarse muy débil.

—Les daremos una nueva lección que va a quitarles las ganas de molestarnos. ¿Será el agua suficientemente profunda para alcanzar la escala?

—Durante buena parte de su recorrido el río es muy profundo y con viento favorable no tendremos dificultad en remontarlo.

—¿Cuántos hombres han caído? —inquirió Yáñez dirigiéndose a Kibatang, el malayo que hacía las veces de médico en el barco.

—Ocho se encuentran en la enfermería, señor. De ellos hay dos graves y cuatro han muerto.

—¡Que el diablo cargue con esos bárbaros y su peregrino! —barbotó Yáñez—. ¡Qué se le va a hacer! ¡Es la guerra!

A continuación, dirigiéndose a Sambigliong, que parecía aguardar alguna orden, añadió:

—La marea va a llegar a su máxima altura. ¡Vamos a intentar abandonar este maldito banco!

POR EL RÍO KABATAUN

Desde hacía cuatro o cinco horas el agua seguía subiendo de nivel en la bahía, cubriendo paulatinamente el banco arenoso en que había embarrancado el *Marianne*.

Aquel era, por tanto, el momento adecuado para intentar poner a flote la nave, cosa que parecía no ser demasiado complicada, puesto que los tripulantes de la embarcación ya habían notado un movimiento en la rueda de proa. Aún no se hallaba a flote el velero, pero todos tenían la certeza de poder sacarlo de aquel atolladero por medio de alguna maniobra.

Una vez retirados de la cubierta los cadáveres que la llenaban, sobre todo en la parte del castillo de proa, en la que habían caído numerosos dayakos por las descargas de metralla a bocajarro, y tras recoger y colocar en los cajones los terribles balines puntiagudos que habían obstaculizado tan oportunamente la acometida de los belicosos salvajes, los tigres de Mompracem se entregaron inmediatamente a la faena bajo el mando de Yáñez y de Sambigliong.

A sesenta pasos de popa se lanzaron un par de pequeñas anclas, se haló la cuerda para impulsar hacia atrás el barco y facilitar así el flujo ascendente de la marea, y se dispusieron las velas de manera que el viento no soplara de proa.

—¡A la cuerda, muchachos! —exclamó Yáñez cuando comprobó que todo estaba preparado—. ¡Pronto abandonaremos este lugar!

Se percibían ya algunos movimientos del agua debajo de la proa, señal de que la subida de la marea impulsaba al velero hacia arriba.

Una docena de hombres se dirigieron a la cuerda, mientras otros tantos se precipitaban hacia los cables que sujetaban las anclas para hacer mayor fuerza; los primeros ya habían empezado a hacer girar las aspas de los molinetes.

Después de cuatro o cinco giros de las aspas del cabrestante, el *Marianne* osciló por encima del banco en que se apoyaba, virando con lentitud hacia estribor, impulsado por el viento que henchía con fuerza el par de enormes velas.

—¡Por fin libres! —exclamó Yáñez con triunfal alborozo—. Posiblemente solo con la marea hubiéramos salido de este lugar. ¡La sorpresa del piloto va a ser muy agradable al despertar! ¡Recoged las anclas, izad las velas y emprendamos el avance hacia el río!

—¿Nos adentramos por el río sin aguardar a que llegue el día? —inquirió Sambigliong.

—Tangusa me ha informado de que es muy ancho y profundo, y que en su lecho no hay bancos —repuso Yáñez—. Considero que es mejor navegar ahora y coger desprevenidos a los dayakos, ya que no es probable que nos aguarden tan pronto.

Los tripulantes, haciendo un gran esfuerzo con el cabrestante, sacaron las anclas del fondo y los gavieros orientaron las velas y los foques del bauprés. Tangusa, que no había abandonado la toldilla, tomó el timón, ya que solamente él conocía la embocadura del río Kabataun.

—Condúcenos hasta el interior del río, mi bravo muchacho —le había indicado Yáñez—. Luego nosotros tomaremos el mando del *Marianne*, y podrás irte a descansar.

—¡No soy ningún niño ya, señor —repuso el mestizo—, para necesitar tanto reposo! El ungüento maravilloso con que Kibatang untó mis heridas me ha quitado los dolores.

—¡Ah! —exclamó Yáñez, mientras el *Marianne* bordeaba con precaución el banco para dirigirse hacia el río—. No me has explicado aún de qué forma te cogieron los dayakos, ni la razón de que te torturaran.

—Esos bribones no me dieron tiempo para terminar de explicarle a usted mi infortunada aventura —contestó el mestizo con una forzada sonrisa.

—¿Volvías del kampong de Tremal-Naik cuando te apresaron?

—Sí, señor Yáñez. Mi patrón me había ordenado que me acercase a la ribera de la bahía para conducirle por el río.

—Tenías la certeza de que no vacilaríamos en acudir en su auxilio, ¿no es cierto?

—No tenía la menor duda de ello, señor.

—¿En qué lugar te sorprendieron?

—En los islotes.

—¿Cuándo?

—Hace un par de días. Algunos hombres que habían trabajado en las plantaciones me reconocieron al instante, atacaron mi canoa y me hicieron preso. Imaginaron seguramente que Tremal-Naik me mandaba a la costa en busca de ayuda, ya que me hicieron numerosas preguntas y amenazaron con degollarme si no les explicaba la razón de mi presencia en aquella zona. Como me negué a responder, aquellos canallas me lanzaron a un foso que estaba cercano a un hormiguero, me amarraron fuertemente y me hicieron varios cortes para que la sangre brotara.

—¡Malvados!

—Usted ya conoce, señor Yáñez, lo voraces que son las hormigas blancas. Al olor de la sangre pronto se cernieron sobre mí por millares y empezaron a devorarme.

—¡Una tortura digna de salvajes!

—Y que se prolongó durante un cuarto de hora, haciéndome padecer enormemente. Por fortuna, los insectos se habían lanzado también sobre las sogas que me oprimían los brazos y las piernas, y no tardaron en devorarlas, ya que habían sido bañadas en aceite de coco para que, al secarse, me oprimieran más.

—Y, cuando pudiste liberarte, huiste, ¿no?

—¡Puede usted suponérselo! —replicó el mestizo—. Los dayakos se habían marchado ya y pude adentrarme en la densa vegetación del bosque próximo al río. Encontré atracada una canoa con vela y embarqué en ella, ya que había visto a lo lejos el velero.

—¡Has sido debidamente vengado!

—Señor Yáñez, esos salvajes no son dignos de compasión… ¡Oh!

La exclamación le había brotado al divisar unas cuantas luces que destellaban en las costas de las pequeñas islas que constituían la barra del río.

—Los dayakos acechan, señor Yáñez.

—Ya me doy cuenta —replicó el portugués—. ¿Podremos pasar sin que adviertan nuestra presencia?

—Embocaremos el último canal —repuso el mestizo examinando con extrema atención la superficie del río—. En esa dirección no veo brillar ninguna luz.

—¿Habrá suficiente calado?

—Sí, pero existen bancos.

—¡Ah, maldición!

—No se inquiete, señor Yáñez. Conozco perfectamente la cuenca y confío en que entraremos en el Kabataun sin el menor inconveniente.

—Mientras, nosotros tomaremos las oportunas medidas con el fin de repeler cualquier asalto —contestó el portugués, y seguidamente se encaminó hacia el castillo de proa.

El *Marianne*, a favor de una suave brisa de poniente, avanzaba dulcemente, aproximándose paulatinamente a la cuenca del río.

La marea, que continuaba subiendo, ayudaría al avance del

velero al hacer retroceder durante algún trecho las aguas del Kabataun.

Toda la tripulación, con excepción de un par o tres de hombres que se ocupaban en curar a los heridos, se hallaba en cubierta y en sus puestos de combate, ya que no resultaba imposible que los dayakos, a pesar de la estrepitosa derrota que habían sufrido, intentaran de nuevo asaltar el barco o abriesen fuego bajo el amparo de las florestas.

Tangusa condujo el *Marianne* de manera que se encontrara en todo momento a distancia de los fuegos que ardían en la proximidad de las costas y que indicaban la posición del campamento de sus enemigos. Rápidamente, maniobrando con habilidad, hizo avanzar al velero por un canal bastante estrecho que se abría entre la costa y una de las pequeñas islas. No se escuchó la menor señal de alarma en ninguna de las orillas.

—Ya estamos en el río, señor —se dirigió a Yáñez, que ya se encontraba de nuevo junto a él.

—¿No te sorprende que los dayakos no se hayan percatado de nuestro avance por el río?

—Es probable que estén durmiendo, sin suponer que hemos podido desencallar con tanta facilidad y fortuna.

—¡Hum! —exclamó el portugués sacudiendo la cabeza.

—¿Tiene usted dudas?

—Creo que nos han permitido pasar para presentarnos batalla una vez que nos encontremos bien adentrados en el río.

—Tal vez sea así, señor Yáñez.

—¿Cuándo llegaremos?

—Hacia el mediodía.

—¿A qué distancia se encuentra el kampong del río?

—A un par de millas.

—Con bosque, seguramente.

—Y muy espeso, señor.

—Fue un gran error de Tremal-Naik no establecer la factoría más importante cerca del río. Tendremos que dividirnos. Desde luego mis tigres combaten tan magníficamente sobre los puentes de los praos como en tierra. No obstante…

—¿Retrocedemos, señor? El viento nos favorece y la marea nos impulsará aún algunas horas.

—¡Adelante, y ojo con dar en seco con el *Marianne*!

—Conozco perfectamente el río.

Tras doblar una lengua de tierra que constituía la barra del río, el velero rompió la corriente impulsado por la brisa nocturna que henchía las velas.

Aquella corriente de agua, que hasta hace poco era escasamente frecuentada por la belicosidad de los dayakos, que no respetaban ni tan siquiera las cabezas de los exploradores europeos, poseía una amplitud de unos cien metros y discurría por entre dos orillas de bastante altura, llenas de durianes, mangos y árboles del caucho.

No se distinguía ninguna luz entre los árboles, ni se percibía el menor ruido que denotara la presencia de aquellos temibles cazadores de cabezas.

Únicamente de vez en cuando se oía sumergirse en las aguas, sin duda muy profundas, a algún caimán dormido en la superficie del agua, amedrentado por la mole del velero. Tan imponente silencio hacía desconfiar a Yáñez, que vigilaba con mayor atención, intentando ver algo entre la espesa negrura de los árboles.

—¡No! —decía en voz queda—. ¡No puede ser que no nos hayan visto pasar! Algo debe de suceder. Por suerte, conocemos al enemigo y no nos pillará desprevenidos.

Habría pasado una media hora sin que aconteciera nada especial, y ya empezaba el portugués a abrigar ciertas esperanzas, cuando en dirección a la parte baja de la corriente del río se elevó sobre las copas de los enormes árboles una línea de fuego.

—¡Eh! ¡Un cohete! —gritó Sambigliong, que lo vio antes que ninguno.

La frente de Yáñez se ensombreció.

—¿Cómo es posible que esos salvajes tengan cohetes de señales? —dijo.

—Capitán —observó Sambigliong—, eso demuestra que en el asunto andan metidos los ingleses. Esos salvajes hasta ahora nunca habían visto cohetes.

—Habrá sido el extraño peregrino el que los ha traído.

—¡Fíjese allí! ¡Responden!

Yáñez se volvió hacia proa y distinguió a mucha distancia, y en dirección a la parte alta de la corriente del río, cómo se desvanecía otra nueva estela de luz.

—Tangusa —exclamó dirigiéndose al mestizo, que seguía ante la barra del timón—. Al parecer los antiguos agricultores de tu patrón se preparan para hacernos pasar una noche muy ajetreada.

—Me lo imagino, señor Yáñez —repuso el mestizo.

En aquel instante se oyeron hacia proa unas voces que exclamaban:

—¡Hogueras!

—¡Un incendio!

—¡Fíjate allí!

—¡El río está ardiendo!

—¡Señor Yáñez, señor Yáñez!

En pocas zancadas este alcanzó el castillo de proa, donde se habían agrupado unos cuantos hombres de la tripulación.

En toda la zona alta del curso del río, que bajaba casi en línea recta con un suave zigzag, se veían numerosos puntos luminosos, que en ocasiones se juntaban y en otras se diseminaban, para agruparse luego de nuevo en líneas y masas densísimas.

Yáñez estaba tan estupefacto que permaneció callado durante unos minutos.

—¿Cree que se trata de algún fenómeno de la naturaleza, capitán? —preguntó Sambigliong.

—Me parece que no —contestó finalmente Yáñez, cuya frente se ensombrecía por momentos.

Tangusa, que había dejado al cuidado de la barra a uno de los timoneles, llegaba a la carrera, inquieto por todas aquellas exclamaciones.

—¿Sabrías decirme qué puede significar esto? —preguntó Yáñez al verlo.

—Son luces que bajan por el río, señor —replicó el mestizo.

—¡No es posible! Si cada uno de esos puntos luminosos indicase una embarcación, serían millares, y no creo que los dayakos dispongan de tantas, ni siquiera reuniendo todas las que puedan encontrarse en todos los ríos de Borneo.

—No obstante, son luces —repuso Tangusa.

—Pero ¿dónde pueden haberlas encendido?

—No puedo saberlo, señor.

—¿Tal vez encima de aquellos troncos de árboles?

—No lo sé. Lo cierto es que esas luces se aproximan, capitán, y el *Marianne* corre peligro de resultar incendiado.

Yáñez lanzó un «¡Voto a Júpiter!» tan enérgico que dejó atónito a Sambigliong.

—¿Qué habrán tramado esos miserables? —dijo el bravo portugués.

—Capitán, dispongamos las bombas por si acaso.

—¡Provee también a nuestros hombres de botafuegos y manivelas para que puedan mantener alejados esos fuegos! ¡Los malditos salvajes pretenden quemar nuestra nave! ¡Rápido, mis tigres, no podemos perder tiempo!

Aquellos cientos y cientos de lucecillas arrastradas por la corriente aumentaban de tamaño a cada momento que pasaba y cubrían ya un gran trecho del río.

Descendían agrupadas en una hermosa formación que realmente hubiera maravillado en cualquier otra ocasión; incluso habrían sido del agrado del propio Yáñez, pero en aquel instante no estaba deseando contemplar efectos artísticos. Aquellos haces de fuego giraban sobre sí mismos, haciendo círculos y espirales que se deshacían al instante, o bien trazaban una línea recta que acababa serpenteando.

Numerosos haces bordeaban las riberas del río, mientras que otros giraban en el centro, donde la corriente era más vertiginosa.

No era posible adivinar sobre qué clase de superficie ardían aquellas luces, debido a la intensa sombra que proyectaban los imponentes árboles que llenaban las orillas. No obstante, había que suponer que semejantes fuegos se aguantaban encima de alguna masa flotante.

Los tripulantes se habían provisto todos de botafuegos, barras de penoles, aspas y manivelas, y se habían colocado a lo largo de los costados del *Marianne* para intentar que aquellos haces de fuego tan peligrosos no alcanzaran al velero. Unos cuantos hombres bajaron a las redes de la delfinera del bauprés y a las lanchas para maniobrar de forma más adecuada.

—¡Seguid siempre por el centro del río! —exclamó Yáñez dirigiéndose a Tangusa, que estaba de nuevo gobernando la barra del timón—. ¡Si por casualidad nos alcanzase el fuego, nos acercaríamos enseguida a una de las orillas!

La llameante escuadrilla se aproximaba impulsada por el oleaje de las aguas y se dirigía al encuentro del *Marianne*, que a causa de la débil brisa proseguía su marcha lentamente.

Uno de los malayos tomó una de las pequeñísimas hogueras y se la enseñó a Yáñez. Se trataba de una cáscara de coco que portaba una barra de algodón empapada en una resina que arde con más facilidad que el aceite vegetal y que suelen utilizar los borneses y los siameses.

—¡Ah, bribones! —barbotó el portugués—. ¡Aquí tenemos un sorprendente hallazgo y una cosa que jamás imaginé! ¡Qué zorros y qué astutos son ahora los dayakos! ¡Tigres míos, apartadlos en el acto, ya que si estos algodones entrasen en contacto con la madera arderíamos como un pato en un asador!

Arrojó el coco y se dirigió hacia la proa, donde la situación era más peligrosa, ya que al chocar contra el tajamar aquellas pequeñas hogueras se acumulaban en gran número y la viscosa resina en que estaba empapado el algodón podía entrar en contacto con los costados del barco, en los que prendería al instante a causa de la brea que los cubría.

Los tigres, comprendiendo el inminente riesgo en que se hallaba el navío, propinaban incesantes golpes a esas llamas a fin de apartarlas; sobre todo los que se encontraban en las redes de la delfinera y sobre los troncos, que no interrumpían ni un instante su faena de hundir los pequeñísimos y llameantes flotadores, que llegaban por cientos deslizándose y chocando contra los costados del *Marianne*. A pesar de todo, algunos algodones encendidos se escapaban y prendían al instante en la madera del velero, despidiendo un humo espeso y acre.

¡Qué desastre hubiera ocurrido si el barco hubiera dispuesto de una tripulación menos numerosa! Por fortuna, los tigres de Mompracem eran bastantes para hacerse cargo de toda la borda, y cuando el fuego comenzaba a originarse las bombas lo extinguían al momento con un fuerte chorro de agua.

Aquella sorprendente batalla se prolongó durante más de media hora. Los temibles flotadores empezaron a ser cada vez más escasos y finalmente desaparecieron, desvaneciéndose lentamente en la corriente del río, con lo que consideraron que el peligro había pasado.

—¿Prepararán aún una nueva sorpresa —comentó Yáñez, que se había aproximado al mestizo— al observar que su criminal intento ha fracasado? ¿Elegirán otro sistema? ¿Qué crees tú, Tangusa?

—Pienso que no alcanzaremos el embarcadero del kampong sin que los dayakos intenten atacarnos de nuevo, señor Yáñez —repuso el mestizo.

—Prefiero eso a cualquier otra nueva sorpresa como esta, amigo mío. Por ahora no veo ninguna canoa.

—Aún estamos lejos. El viento es tan flojo que, si no arrecia, llegaremos mañana por la noche en lugar de al mediodía.

—Eso me desagrada. ¡Tigres, estad preparados y tened las armas en cubierta! ¡Los cortadores de cabezas nos acechan!

Después de encender un cigarro, se sentó en la borda de popa para poder vigilar con más atención ambas orillas.

El *Marianne*, que por verdadero milagro había conseguido eludir aquel segundo peligro, continuaba avanzando lentamente, ya que la brisa era casi inexistente.

No se percibía ningún rumor en las márgenes del río, cubiertas de imponentes árboles que alargaban sobre el cauce sus enormes ramas, tornando la oscuridad mucho más profunda; por esa razón, toda la tripulación tenía la certeza de que ojos ocultos vigilaban atentamente el avance del barco.

No parecía lógico que, tras aquel intento que a punto estuvo de coronar el éxito, los dayakos fueran a desistir de su plan de destruir aquel velero tan pequeño como formidable, que de manera tan sangrienta los hiciera retroceder.

Habían avanzado cinco o seis millas sin que nada hubiera acontecido cuando Yáñez distinguió bajo las sombras del bosque unas lucecillas que surgían de improviso y desaparecían de nuevo con extraordinaria rapidez.

Era como si hombres provistos de antorchas corrieran vertiginosamente por entre la arboleda, escondiéndose de improviso en la maleza. Al momento se oyeron silbidos en diversas direcciones que no eran ocasionados por serpientes.

—Se trata de señales —anunció el mestizo, imaginando la pregunta que Yáñez pensaba hacerle.

—Lo suponía —convino el portugués, que comenzaba a estar preocupado de nuevo—. ¿Qué sorpresa nos prepararán ahora?

—No va a ser más agradable que la anterior, señor. Pretenden impedirnos por encima de todo que alcancemos el embarcadero.

—Empiezo a perder la paciencia —dijo Yáñez—. ¡Si por lo menos aparecieran y se lanzasen al asalto a cara descubierta!

—Conocen nuestra fuerza y que disponemos de magnífica artillería, señor, y por tanto no intentarán atacarnos.

—El instinto me dice que esos bribones están tramando algo contra nosotros.

—No lo dudo y, por mi parte, le recomendaría que no diese orden de desarmar las bombas.

—¿Acaso temes que nos manden otra escuadrilla de cocos?

En lugar de responder, el mestizo se incorporó con rapidez, dando un golpe de barra al timón.

—Estamos en la parte más estrecha del río, señor —indicó al fin—. ¡Hay que ser prudentes o embarrancaremos en algún banco!

El río, que hasta aquel momento había tenido la anchura suficiente como para permitir que el *Marianne* pudiese maniobrar sin dificultad, se había estrechado repentinamente, hasta el extremo de que las ramas de ambas márgenes se entrecruzaban.

Era tan intensa la oscuridad que Yáñez no distinguía ninguna de las orillas.

—¡Magnífico lugar para intentar un abordaje! —musitó.

—¡Manda apuntar las espingardas hacia ambas orillas, Sambigliong! —ordenó Yáñez.

Los hombres que servían aquellas enormes bocas de fuego ejecutaron las órdenes recibidas. Pero cuando acababan de apuntar la artillería hacia las orillas, el *Marianne*, que desde hacía unos minutos había acelerado la velocidad gracias a que la brisa aumentaba, chocó violentamente contra algún obstáculo, lo que hizo que se desviase en dirección de babor.

—¿Qué ha pasado? —exclamó Yáñez—. ¿Hemos embarrancado?

—No, capitán —repuso Sambigliong, que se había abalanzado sobre la proa—. El *Marianne* sigue flotando.

El mestizo dio un golpe de barra y enderezó el derrotero del barco, pero este volvió a chocar y se desvió de nuevo, retrocediendo unos cuantos metros.

—¿Qué ocurre? —gritó Yáñez dirigiéndose a Sambigliong—. ¿Hay escollos en el cauce?

—No veo nada, capitán.

—Sin embargo, no podemos seguir adelante. ¡Que baje alguien al agua!

Uno de los malayos amarró una cuerda y bajó por ella, mientras el barco enderezaba otra vez su rumbo.

Yáñez y Sambigliong, inclinándose sobre la amura de proa, contemplaban con anhelo al malayo, que estaba ya nadando con el objeto de encontrar el obstáculo que impedía al barco proseguir su avance.

—¿Son escollos? —preguntó Yáñez.

—No, capitán —repuso el marinero, que seguía sumergiéndose en las profundidades del agua de vez en cuando, sin preocuparse de los caimanes que podían triturarle las piernas.

—En ese caso, ¿de qué se trata?

—¡Ah, señor! Han colocado una cadena bajo el agua y no podremos seguir avanzando si no se corta.

En aquel preciso momento se oyó una fuerte voz entre los árboles de la ribera izquierda, que exclamaba en un inglés en extremo gutural:

—¡Entregaos, tigres de Malasia, o en caso contrario os aniquilaremos a todos!

EN MEDIO DEL FUEGO

Cualquier otro hombre hubiera experimentado temor al escuchar aquella amenaza, pronunciada por alguien perteneciente a una raza tan cruel y valerosa como aquella, y sabiendo, además, que el camino de huida estaba cortado.

Yáñez, que había oído a la vez al malayo y a su enemigo, no dio el menor indicio de ira ni debilidad.

Otros momentos de su vida habían sido más amedrentadores que aquel, y nunca perdió su habitual serenidad.

—¡Ah! —exclamó simplemente—. ¡Desean exterminarnos! ¡Menos mal que han tenido la cortesía de prevenirnos! ¡Y todavía decimos que son salvajes…!

Tras estas palabras que ponían de manifiesto la serenidad de su espíritu, se volvió al malayo, que se encontraba aún en el agua, e inquirió:

—¿Es muy fuerte la cadena?

—Es de ancla de buen grosor, capitán —repuso el malayo.

—¿De dónde la habrán sacado esos salvajes? Me imagino que no han debido de aprender a fabricarlas. ¡Ese peregrino les ha enseñado cosas maravillosas!

—Capitán Yáñez —anunció Sambigliong—, el *Marianne* se escora. ¿Ordeno lanzar un anclote?

El portugués se volvió para contemplar el barco, que, imposibilitado para seguir adelante, no podía ser gobernado por el timón y empezaba a ladearse sobre estribor, retrocediendo lentamente.

—Cala un anclote de pincel y dispón la chalupa. Es necesario cortar esa cadena.

El ancla cayó velozmente. Se hundió escasos metros, ya que en aquel lugar el río tenía poca profundidad, y el *Marianne* se detuvo enderezando al momento la proa en sentido de la corriente.

La misma voz que habló antes, aunque ahora con acento más amenazador, surgió de entre la vegetación de la orilla para intimarlos de nuevo:

—¡Entregaos o, en caso contrario, os aniquilaremos!

—¡Voto a Júpiter! —barbotó Yáñez—. ¡No me acordaba de responder a ese amigo!

Formando bocina con las manos, gritó:

—¡Si deseas mi barco, ven a buscarlo, aunque debo advertirte que disponemos de pólvora y plomo en cantidad! ¡Y no incordies más, que ahora mismo estoy muy ocupado!

—¡El peregrino de La Meca te castigará!

—¡Ve con tu Mahoma y que te ahorquen! ¡Estarás perfectamente en compañía de él!

Sambigliong mandó calar la chalupa y envió a seis hombres a cortar la cadena.

—¡Estad muy atentos, artilleros de babor, para proteger el descenso!

La pequeña embarcación fue puesta a flote y seis malayos con pesadas hachas y fusiles saltaron sobre ella.

—¡Golpead fuerte, y, sobre todo, con rapidez! —les indicó a voces el portugués.

A continuación trepó a la amura de popa, asiéndose a una de las cuerdas, y examinó atentamente la orilla desde la que surgiera la voz del extraño peregrino.

Por entre la frondosa vegetación distinguió diversos puntos luminosos, que desaparecían con sorprendente velocidad.

—¿Qué estarán preparando esos bribones? —se dijo un tanto preocupado.

—Señor Yáñez —exclamó Tangusa, que había abandonado el timón, inservible en aquellos momentos—, hacia la orilla derecha he distinguido luces.

—¿Serán los dayakos que de nuevo están preparando cáscaras de coco? Ya hace bastante tiempo que estamos viendo deambular luces.

Poco después lanzaba una maldición. Había observado que, de entre la maleza de ambas orillas, surgían treinta o cuarenta cohetes que quebraron las tinieblas que imperaban bajo los árboles.

—¡Esos canallas están prendiendo fuego al bosque! —exclamó.

—¡Eso sí que es algo realmente peligroso! —agregó el mestizo con voz temblorosa a causa del temor—. Todos los árboles están rodeados por giunta wan, plantas trepadoras de caucho.

—¡Potinak! —llamó el portugués, hablando al hombre que estaba al frente de los de la chalupa—. ¿Resistiréis vosotros solos?

—Estamos armados con carabinas, señor Yáñez.

—¡Daos toda la prisa que sea posible y luego venid inmediatamente a reuniros con nosotros! ¡Sambigliong, ordena que leven el anclote!

—¿Vamos a bajar otra vez el río, capitán? —inquirió el contramaestre.

—¡Y a toda prisa, mi querido amigo! ¡No me apetece ser asado vivo! ¡Todo el timón a la banda, Tangusa!

En un santiamén se levó el ancla, y el *Marianne*, con el viento de bolina, viró velozmente de costado, dejándose arrastrar por la corriente.

Doce hombres ayudaban por medio de enormes remos a la acción del timón, que no resultaba muy eficaz, ya que tenía el agua a favor.

Los seis marineros de la chalupa, aunque desamparados por sus camaradas, seguían machacando vigorosamente la cadena con terribles golpes, ya que resultaba tarea ardua romper sus fuertes eslabones.

Mientras tanto el incendio se extendía con espantosa rapidez, y nuevos puntos luminosos surgían de lugares diversos para propagar la devastación.

Las llamas hallaban un magnífico aliado en los giunta wan (*Urceola elastica*), plantas trepadoras de gran grosor, de las que los malayos sacan una sustancia viscosa que emplean para cazar pájaros; también en los gambires, los enormes árboles de alcanfor y las plantas de caucho que tanto abundan en las junglas de Borneo.

Todas aquellas plantas crepitaban como si sus fibras estuviesen rellenas de cartuchos de fusil; al detonar arrojaban por sus numerosas hendiduras una linfa resinosa, que contribuía a extender el fuego y a acrecentar el incendio cada vez más.

Un resplandor intensísimo siguió a la anterior oscuridad, e infinidad de chispas se elevaron por los aires, girando entre nubes de humo.

El *Marianne* descendía vertiginosamente con ayuda de los remos para eludir aquel incendio, que ya se extendía a los árboles más próximos de ambas orillas. Pero no habían avanzado ni siquiera quinientos metros cuando la proa chocó fuertemente y la embestida repercutió en toda la carena.

Enfurecidos gritos brotaron del castillo de proa, donde se agruparon la mayoría de los malayos, temiendo que surgieran de un momento a otro las canoas de los dayakos.

—¡Estamos atrapados!

—¡Nos han cerrado la retirada!

Yáñez se encaminó a toda prisa hacia aquel lugar, imaginando lo que debía de haber ocurrido.

—¿De nuevo otra cadena? —preguntó abriéndose paso entre sus hombres.

—Sí, capitán.

—En tal caso, la habrán colocado hace escasos minutos.

—Es muy probable —dijo Tangusa, que parecía alterado—. ¡Señor Yáñez, no nos queda otra solución que bajar a tierra antes de que el incendio se propague hasta aquí!

—¡Abandonar el *Marianne*! —exclamó el portugués—. ¡Eso jamás! ¡Sería el final para nosotros y para Tremal-Naik y Damna!

—¿Ordeno que echen al agua la otra chalupa? —inquirió Sambigliong.

Yáñez no replicó. De pie en la proa, con las manos sobre la escota del pequeño trinquete, el cigarro apagado y apretado entre los labios, contemplaba el incendio que se iba extendiendo más a cada momento que pasaba.

Hacia la zona baja del río empezaban a crecer también las llamas. El *Marianne* no tardaría en encontrarse en mitad de un verdadero mar de fuego y, como los árboles entrecruzaban sus ramas de una parte a otra del río, los tripulantes se hallaban en peligro de ver desplomarse sobre ellos una lluvia de brasas y cenizas ardientes.

—Capitán —insistió Sambigliong—, ¿ordeno que echen al agua la segunda chalupa? Corremos el peligro de que el *Marianne* quede destruido si no huimos.

—¿Huir? ¿Adónde? —preguntó Yáñez con sereno acento—. Detrás y delante de nosotros tenemos fuego y, aunque rompamos la cadena, no por ello vamos a estar en mejor situación.

—Entonces, ¿vamos a dejarnos asar?

—¡Aún no nos han guisado! —repuso el portugués con su asombrosa tranquilidad—. ¡Los tigres de Mompracem somos chuletas difíciles de tragar!

Al momento, mudando de improviso el tono de su voz, exclamó:

—¡Estirad la lona sobre el puente y arriad las velas sobre los hierros de sostenimiento! ¡Echad al agua las mangas de las bombas y calad las anclas! ¡Cada artillero a su puesto!

Los tripulantes, que aguardaban anhelantes una decisión, izaron en breves instantes los hierros de sostenimiento y arriaron las dos enormes velas.

El *Marianne*, como todos los veleros que viajan por las zonas en extremo calurosas, tenía una lona para proteger el puente de los ardientes rayos del sol.

Con gran rapidez se extendió la lona y se colocaron ambas velas para que todo el barco quedase totalmente cubierto.

—¡Poned en funcionamiento las bombas y mojad bien las lonas! —ordenó Yáñez.

Encendió el cigarro y se dirigió hacia la proa. Mientras, arrojaban grandes chorros de agua sobre las telas, remojándolas por completo.

Los hombres encargados de cortar la primera cadena regresaban en aquel preciso instante remando con desesperación. Sobre ellos ardían las ramas de los árboles, que los cubrían de chispas.

—Llegan en el momento oportuno —susurró el portugués—. ¡Qué soberbio espectáculo! ¡Qué desgracia no poder verlo desde un lugar algo más distante! ¡Podría contemplarlo tan a gusto…!

Un auténtico huracán de fuego se abatía sobre el río. Los árboles de ambas márgenes, casi todos de caucho, ardían despidiendo horrorosas llamas y grandes cortinas de sofocante y denso humo.

Los troncos carbonizados caían al suelo haciendo crujir las plantas cercanas, a las cuales se unían otras parásitas, y los gambires despedían chorros de ardiente caucho.

Imponentes árboles de alcanfor, casuarinos, sagús, arecas sacaríferas, damnares abarrotados de resina, plátanos, cocoteros y durianes semejaban gigantescas antorchas, retorciéndose y crepitando; luego se venían abajo desplomándose en el río y silbando de una forma atronadora.

El aire se volvía asfixiante, y las velas y la lona que protegían el *Marianne* despedían humo y se contraían, a pesar de los incesantes chorros de agua que se lanzaba sobre ellas.

El calor resultaba tan sofocante que los tigres de Mompracem, pese a la protección de las velas, experimentaban verdadero desfallecimiento.

Imponentes cortinas de humo y miríadas de chispas arrastradas por el viento se metían entre el suelo de la cubierta y las velas, envolviendo a los asustados hombres, al tiempo que desde arriba se desplomaban sin cesar ramas encendidas, que las bombas intentaban apagar a duras penas.

Una llameante techumbre lo cubría todo: barco, río y orillas.

Los dayakos y los malayos que integraban la tripulación contemplaban aterrorizados aquella ardiente cortina que parecía no extinguirse y se decían si habría llegado para ellos el fin de sus vidas.

Solamente Yáñez, el hombre siempre impertérrito, parecía no hallarse inquieto por el peligro en que se encontraba el *Marianne*.

Sentado en la cureña de uno de los cañones de popa, fumaba con toda tranquilidad su cigarro como si no experimentase la menor impresión ante el terrible calor que los cercaba.

—¡Señor —exclamó el mestizo dirigiéndose hacia él con el semblante pálido y los ojos dilatados por el espanto—, nos abrasamos!

Yáñez se encogió de hombros.

—Yo no puedo hacer nada —replicó con su habitual serenidad.

—¡El aire está volviéndose asfixiante!

—Confórmate con el poco que penetre en tus pulmones.

—¡Huyamos, señor! ¡Nuestros hombres han cortado la cadena que nos impedía seguir hacia la zona alta del río!

—Querido mío, ten la certeza de que allí no debe de hacer una temperatura más fresca.

—En tal caso, ¿habremos de morir aquí?

—Sí; en el supuesto de que así esté escrito —repuso Yáñez con el cigarro entre los labios.

Se apoyó cómodamente en la cureña como si fuese una poltrona, y al cabo de algunos instantes dijo:

—¡Bah! ¡Aguardemos!

De improviso sonaron algunos disparos de fusil en el río, acompañados de un gran clamor.

—¡Qué molestos se han vuelto esos dayakos! —comentó.

Cruzó el puente sin inmutarse por los grandes chorros de agua que le caían encima y, levantando una parte de la enorme tienda, contempló la orilla.

Por entre la nube de fuego distinguió a varios hombres que parecían demonios corriendo por medio de las oleadas de fuego y disparando contra el barco. Podría decirse que aquellos temibles salvajes eran como salamandras, ya que a pesar de estar desnudos, se adentraban sin miedo entre el fuego para disparar desde menos distancia.

Yáñez tenía ahora el rostro demudado por la cólera. Una infinita furia se observaba en aquel hombre que parecía tener agua en las venas y podía competir con el más flemático.

—¡Ah, canallas! —exclamó—. ¡Ni siquiera en medio del fuego estáis dispuestos a concederme una tregua! ¡Sambigliong, tigres de Mompracem, disparad una andanada sobre esos diablos fanatizados!

Levantaron ligeramente las lonas y después trasladaron las cuatro espingardas a la parte de estribor; mientras el incendio consumía con gran rapidez los grandes árboles más próximos a las márgenes del río, la metralla empezó a silbar por entre la cortina de humo, hiriendo a los salvajes con un ciclón de clavos y esquirlas de hierro.

Siete u ocho descargas fueron suficientes para que aquellos hombres decidiesen emprender la retirada. Unos cuantos habían sido heridos y acabarían abrasados entre las hierbas y la vegetación crepitante.

—¡Si hubiésemos alcanzado también al peregrino…! —musitó Yáñez—. ¡Pero ese bribón habrá tenido buen cuidado de no exponerse a nuestros disparos!

Llamó al malayo que había conducido la primera chalupa y que había regresado al barco cuando empezaron a quemarse los árboles que crecían en las orillas del río.

—¿Habéis roto la cadena? —inquirió.

—Sí, capitán Yáñez.

—O sea, ¿que tenemos el paso libre?

—Totalmente.

—Empieza a extinguirse el fuego en la zona alta del río y a aumentar en la parte baja —comentó Yáñez—. Lo mejor será iniciar el avance antes de que esos malvados preparen otra cadena o de que sus chalupas se acerquen. Ocurra lo que ocurra, vámonos.

La techumbre de verdor que cubría el río en aquel lugar quedó arrasada por el huracán de fuego que la devoraba, y en ambas orillas ya no seguían en pie más que algunos inmensos troncos de durián y árboles de alcanfor a medio carbonizar, que continuaban ardiendo como enormes antorchas.

Por el contrario, en dirección a poniente, donde el bosque no había sido aún alcanzado por el fuego, el incendio avanzaba de una manera espantosa.

El peligro de que se quemara el velero había sido conjurado.

—Aprovechemos la ocasión —dijo Yáñez—. El aire empieza a ser bastante menos sofocante y la brisa sopla todavía de popa.

Mandó recoger la enorme tela cuyos bordes se hallaban sumergidos en el agua, y dio orden de colocar las velas en los penoles. Las maniobras fueron ejecutadas a toda prisa, en medio de una auténtica lluvia de cenizas que el viento arrojaba contra el barco, nublando la visión a los hombres y obligándolos a toser.

La atmósfera sobre el río era aún sofocante, debido a los troncos carbonizados que seguían ardiendo en las alturas. Pero ya no existía el peligro de morir asfixiados.

A las cuatro de la mañana levaron anclas y el *Marianne* reanudó la marcha a gran velocidad.

Los dayakos, que debían de haber sufrido graves pérdidas, no volvieron a aparecer. Con toda probabilidad el incendio, que avanzaba con mayor intensidad hacia poniente, los había forzado a retirarse apresuradamente.

—Ya no se les ve —comentó Yáñez al mestizo, que contemplaba ambas márgenes del río donde aún se veían espesas columnas de humo e infinidad de chispas—. Si al menos nos dejaran tranquilos hasta que alcanzásemos el embarcadero… ¿No se habrán dado cuenta de que pensamos defender hasta el final nuestro pellejo? Con las lecciones que han recibido deberían comprender que no somos bocado apto para sus dientes.

—Han comprendido que vamos en auxilio de mi señor.

—Pues me parece que nadie se lo ha debido comunicar.

—Me imagino que lo sabían antes de que llegara usted. Algún sirviente ha debido traicionarnos, o ha escuchado las órdenes que Tremal-Naik dio al mensajero que le envió a usted.

—¿Quién puede haber sido?

—Seguramente el malayo que usted admitió como piloto fue enviado adrede en busca del *Marianne*.

—¡Voto a Júpiter! ¡No recordaba ya a ese canalla! —exclamó Yáñez—. Puesto que los dayakos nos conceden cierta tregua y el incendio se va extinguiendo, vamos a ocuparnos de él. Tal vez consigamos que nos proporcione algunos informes respecto a ese peregrino que pueden resultarnos muy valiosos.

—¡No querrá hablar!

—Si se empeña en no abrir boca, me ocuparé de hacerle pasar un desagradable cuarto de hora. ¡Tangusa, acompáñame!

Aconsejó a Sambigliong que mantuviera a los hombres en sus puestos de combate por miedo a ser sorprendidos por sus enemigos, y bajó al camarote, en el que aún ardía la lámpara.

En un camarote situado junto al pequeño salón, el piloto reposaba encima de una litera, sumido en el profundo sueño que le ocasionó Sambigliong con su fuerte apretón.

Aquel no era un sueño natural. La respiración apenas resultaba perceptible. Respiraba tan débilmente que cualquiera podría pensar que el malayo estaba muerto. Presentaba, además, un tono amarillento, aunque, por otra parte, ese fuera el color normal en su raza.

Yáñez, a quien Sambigliong indicó lo que debía efectuar para despertar al piloto, frotó enérgicamente las sienes y el pecho del durmiente; luego le levantó los brazos, doblándoselos bruscamente hacia atrás para que sus pulmones se dilataran. Realizó esta operación varias veces.

Después de nueve o diez movimientos, el malayo abrió los ojos y los fijó despavorido en el portugués.

—¿Qué tal te encuentras, compañero? —le preguntó Yáñez en tono ligeramente burlón.

El piloto continuaba contemplándole sin pronunciar palabra y pasando y volviéndose a pasar una mano por la frente sudorosa. Al parecer se esforzaba en poner en orden sus pensamientos, y a medida que iba recuperando la memoria su semblante adquiría mayor palidez y una angustiosa expresión se pintaba en sus facciones.

—¡Venga! —exclamó Yáñez—. ¿Vamos a saber cuándo piensas respondernos?

—¿Qué ha ocurrido, señor? —inquirió finalmente Podada—. No entiendo cómo me he podido dormir de esta manera, después del apretón que me dio el contramaestre.

—El asunto encierra tan poco interés que no merece la pena que te lo explique —repuso Yáñez—. Tú, por el contrario, eres quien ha de darme ciertos informes que me prometiste.

—¿Qué informes?

—Quiero saber, por ejemplo, quién te ordenó que encalláramos en el banco de arena.

—¡Le juro, señor…!

—¡Deja los juramentos! No te empeñes en negar lo evidente: eres un traidor y estás en mi poder. ¿Quién te pagó para que destruyeses mi velero? Porque tú pensabas incendiarlo.

—¡Eso es una suposición suya! —tartamudeó el malayo.

—¡Se acabó! —interrumpió Yáñez—. ¿Deseas hacerme perder la paciencia? Quiero averiguar quién es ese endiablado peregrino que ha sublevado a los dayakos y por qué desea la cabeza de Tremal-Naik.

—¡Señor, me podrá matar, pero no forzarme a decir cosas que desconozco!

—¿Estás seguro?

—¡Yo no he visto jamás a ningún peregrino!

—¿No has tenido siquiera relaciones con los dayakos que me han atacado?

—¡Jamás he tenido trato con ellos, señor! ¡Se lo juro por Vairang Kidul! Yo recorría las costas para buscar en las cuevas donde las golondrinas de mar hacen sus nidos, por encargo de un chino que se dedica a este negocio, cuando de repente una tempestuosa ráfaga de viento me arrastró en dirección a poniente. Cruzarme con su nave fue puro azar.

—Entonces, ¿a santo de qué estás tan pálido?

—Señor, recibí tal apretón que pensé que querían machacarme y aún no me he recuperado del susto —contestó el piloto.

—¡Mientes! —repuso Yáñez—. ¿No piensas decir la verdad? ¡De acuerdo! ¡Ya veremos si confiesas o no!

—¿Qué es lo que pretende hacer, señor? —preguntó el malayo con acento tembloroso.

—Tangusa —dijo Yáñez dirigiéndose al mestizo—, amarra las manos a este traidor y hazle subir a cubierta. Si se resiste, le sueltas un disparo.

—Mis pistolas están cargadas —replicó el factor de Tremal-Naik.

Yáñez abandonó el camarote y subió al puente, mientras el mestizo llevaba a efecto la orden recibida sin que el malayo ofreciera la menor resistencia.

LAS DECLARACIONES DEL PILOTO

El *Marianne* había atravesado ya la zona incendiada y en aquel instante avanzaba por entre dos orillas llenas de vegetación, en las que los durianes, los árboles de alcanfor, los sagús, los plátanos de grandes hojas y las magníficas arecas sacaríferas juntaban sus ramajes.

Un pequeño riachuelo que desembocaba en el Kabataun se había interpuesto como barrera ante el fuego.

Una completa tranquilidad imperaba en las dos orillas, al menos en aquellos momentos. Los dayakos no debían de haber llegado hasta aquel lugar, ya que se podía ver un buen número de aves acuáticas bañarse sin la menor inquietud, prueba indudable de que se consideraban a salvo.

Enormes y gruesos pelargopsis, con su imponente pico de la tonalidad del coral, nadaban por los cañaverales apresando hermosos alcedos y, al ver el velero, lanzaban prolongados silbidos; balanceándose en sus nidos, construidos en forma de bolsa, piaban suavemente, mientras dormitaban encima de los arenosos bancos numerosos cocodrilos de cinco y seis metros de longitud, con los arrugados lomos manchados de una densa capa de cieno.

—Allí tenemos a los que se ocuparán de hacer hablar a este endiablado malayo —susurró Yáñez examinando detenidamente a los terribles saurios—. ¡Qué magnífica oportunidad! ¡Sambigliong!

El contramaestre llegó a la carrera.

—Ordena que lancen al agua un anclote.

—¿Nos paramos aquí, capitán Yáñez?

—Unos minutos solamente. Haz que nos aproximemos lo máximo posible a esos bancos.

—¿Desea usted cazar algún cocodrilo?

—Ya lo comprobarás; pero, mientras tanto, dispón una cuerda fuerte.

En aquel instante el piloto hizo su aparición sobre cubierta, con las manos amarradas a la espalda y precediendo al mestizo, que le dirigía amenazas.

El desdichado aparentaba estar dominado por el pánico; mas, a pesar de ello, no parecía querer hablar.

—Sambigliong —dijo Yáñez en cuanto fue clavado al anclote—, arroja unos pedazos de carne salada a esos terribles animales, para ver si se les despierta el hambre.

El *Marianne* se hallaba parado a muy escasa distancia de uno de aquellos fangosos bancos, donde se habían congregado cinco o seis cocodrilos; a alguno de ellos le faltaba la cola, que sin duda había sido perdida en alguno de sus sorprendentes combates.

Se calentaban plácidamente al sol y continuaban dormitando a medias sin preocuparse de la proximidad del barco, ya que estos saurios no son desconfiados.

—¡Despertad, boyos! —exclamó Sambigliong lanzándoles varios pedazos de carne salada.

Al ver caer aquel manjar, los cocodrilos se pusieron en movimiento. Al momento se arrojaron sobre la carne, combatiendo por ella con gran ferocidad. Durante un instante no se distinguió más que un montón de lomos escamosos y de colas luchando con gran furia, que se agitaban en todas las direcciones. Luego se situaron en la orilla del banco, abriendo sus imponentes quijadas provistas de afilados colmillos hacia el velero, aguardando a que se arrojara más alimento, ya que se les había abierto el apetito.

—Señor Yáñez —exclamó el piloto, como si hubiese adivinado que el hombre que iba a servir de pasto a los saurios era él, mientras examinaba verdaderamente aterrorizado las fauces abiertas de los terribles animales—. ¡Señor!

Se acercó a Yáñez tartamudeando.

—¡Silencio! —interrumpió este bruscamente.

El contramaestre ató una fuerte soga en torno al cuerpo del infortunado malayo y, a continuación, sujetándole con sus robustos brazos, lo lanzó a la otra parte de la borda antes de que hubiese sido capaz de ofrecer resistencia.

Podada dio un alarido de terror, imaginando que iba a caer entre las fauces de aquellos terribles reptiles; pero, sin embargo, quedó suspendido entre el agua y la borda.

Al distinguir la presa humana, los cocodrilos se arrojaron al agua y avanzaron velozmente hacia el *Marianne*.

El piloto, enloquecido por el pánico, se agitaba con desesperación, girando sobre sí mismo y lanzando horrorosos alaridos. En su semblante, cuyas facciones se habían contraído de una manera terrible, se traslucía una indecible angustia.

—¡Auxilio! ¡Auxilio! ¡Perdón! ¡Salvadme! —exclamaba realizando desesperados esfuerzos para desligarse de las cuerdas que le oprimían las manos.

Yáñez, de pie en la borda, asido a la escalerilla de alambre del trinquete, lo contemplaba impertérrito mientras los cocodrilos intentaban agarrar su presa saltando fuera del agua hasta medio cuerpo mediante violentos coletazos.

—Si Podada no se muere de terror —observó Tangusa—, va a resultar un milagro.

—Los malayos son duros de piel —repuso Yáñez—. ¡Dejemos que grite un rato!

El desgraciado continuaba lanzando gritos y exclamando siempre lo mismo:

—¡Auxilio! ¡Perdón…! ¡Que me cogen…! ¡Perdón, señor!

Yáñez hizo una seña a Sambigliong para que estirase ligeramente de la cuerda, ya que un cocodrilo acababa de rozar la presa con la punta del hocico. Inmediatamente, dirigiéndose al piloto que continuaba golpeándose y encogiendo todo lo posible las piernas, le dijo:

—¿Deseas que te deje caer en las fauces de los boyos o que ordene que te suban? —preguntó—. Tu vida está en tus manos.

—¡No, señor! ¡Subidme…! ¡Me tocan… me pillan…! ¡No puedo resistir más!

—¿Confesarás?

—¡Sí, confesaré! ¡Diré todo… todo!

—Júralo por Vairang Kidul, ya que es la divinidad protectora de los cazadores de nidos de golondrinas de mar.

—¡Lo juro… lo juro…!

—Antes debo advertirte, sin embargo, que como no estés dispuesto a declararlo todo, ordenaré que te arrojen a las quijadas de los cocodrilos más grandes que haya.

—¡No, no me apetece eso, y…!

—Sigue —instó Yáñez.

—Pero ¿piensan matarme después de que diga toda la verdad?

—No sé lo que haré con tu piel. Continuarás prisionero hasta nuestro regreso; luego podrás marchar a que te ahorquen donde te apetezca. Acompañadme al camarote; tú también, Tangusa.

El malayo, al que le parecía increíble hallarse todavía con vida, y cuyos dientes castañeteaban a consecuencia del miedo pasado, acompañó al portugués y al mestizo sin que se lo repitieran de nuevo.

—Ahora oigamos tu interesante declaración —dijo Yáñez, tumbándose a medias en un pequeño diván y encendiendo de nuevo el cigarro, que había dejado apagar para ver con mayor tranquilidad el ataque de los cocodrilos y las sacudidas del piloto—. Recuerda tu juramento y piensa que no soy hombre con el que se pueda jugar.

—¡Confesaré todo, patrón!

—Bien. Los dayakos te han mandado al encuentro del *Marianne*.

—No puedo negarlo —repuso el malayo.

—¿Te envió el peregrino?

—No, señor. Jamás he hablado con ese hombre.

—¿Quién es?

—Resultaría algo difícil decírselo; ni tan siquiera sé de qué lugar ha llegado. Vino hace unas semanas, con muchas cajas de armas y abundante cantidad de dinero en guineas y florines holandeses.

—¿Venía solo?

—Eso me parece.

—¿Y qué ha hecho?

—Fue a ver a los jefes de las tribus, que lo acogieron con mucha afabilidad y respeto al observar que llevaba el turbante verde de los peregrinos que han visitado el sepulcro del Profeta. Lo que les explicó y ofreció lo desconozco. Solamente sé que escasos días después de esa visita los dayakos se sublevaron y pidieron la cabeza de Tremal-Naik, que hasta el momento había sido su protector.

—¿Les regaló armas a esos necios fanatizados?

—Y mucho dinero.

—¿Es verdad que cierto día un navío inglés arribó a la embocadura del Kabataun y que ese peregrino se entrevistó con su capitán?

—Sí, señor. Debo añadir que los tripulantes estuvieron descargando durante toda la noche nuevos cajones de armas.

—¿Sabes de qué raza es ese hombre?

—No, señor. Lo que puedo afirmar es que su piel es muy morena y que habla muy mal el bornés.

—¡Qué cosa tan misteriosa! —murmuró Yáñez—. Aunque me rompa la cabeza, me siento incapaz de entenderlo.

Permaneció en silencio un momento, como si meditase profundamente. Luego preguntó de nuevo:

—¿Cómo averiguaron que el *Marianne* acudía en auxilio de Tremal-Naik?

—Me parece que fue un sirviente del hindú quien se lo notificó a los jefes dayakos y al peregrino.

—¿Qué te encargaron?

El malayo titubeó un instante, pero al momento repuso:

—En primer lugar hacer encallar al *Marianne*.

—¡No me había equivocado al desconfiar de ti! ¿Qué más?

—Permítame, señor, que no confiese lo demás.

—Habla sin miedo. He prometido que conservarás la vida y yo no falto jamás a mis promesas.

—Pues… aprovechando el ataque de los dayakos, prender fuego al barco.

—¡Gracias por tu franqueza! —contestó Yáñez soltando una carcajada—. O sea, ¿que pensaban matarnos?

—Sí, señor. Según tengo entendido, el peregrino tenía razones para estar en contra de los tigres de Mompracem.

—¿De nosotros también? —exclamó Yáñez, que a cada momento se sentía más sorprendido—. ¿Quién será? Nosotros jamás hemos tenido nada que ver con los mahometanos.

—No puedo saber el motivo, señor.

—Si es verdad lo que has explicado, ese canalla nos seguirá acosando.

—No les dejará en paz, créanme, y hará cuanto pueda con el fin de acabar con ustedes —dijo el piloto—. Tengo la certeza de que ha obligado a jurar a los jefes dayakos que no respetarán sus vidas.

—Y nosotros, por nuestra parte, haremos cuanto podamos por matar al mayor número de ellos, ¿no es cierto, Tangusa?

—Ciertamente, señor Yáñez —replicó Tangusa.

—Podada —preguntó el portugués—, ¿sabes si la factoría de Pangutarang está sitiada?

—Me parece que no, señor, ya que el peregrino ha congregado a casi todos sus hombres con el objeto de exterminarlo a usted.

—¿En ese caso estará libre el camino que conduce desde el embarcadero hasta el kampong de Tremal-Naik?

—Al menos estará poco vigilado.

—¿Cuánto dinero te entregó el peregrino para que hicieras encallar el barco y lo incendiases?

—Cincuenta florines y un par de carabinas.

—Te daré doscientos si me conduces hasta el kampong.

—De acuerdo, señor —contestó el malayo—. Hubiera aceptado de todas maneras sin recibir ninguna recompensa, ya que me ha perdonado la vida.

—¿Nos hallamos aún a mucha distancia del embarcadero?

—Lo alcanzaremos de aquí a un par de horas, ¿no es así? —repuso Tangusa mirando al malayo.

—Quizá antes.

Yáñez quitó las cuerdas que ligaban las manos del prisionero, y salió del camarote mientras decía:

—Vamos a cubierta.

Había aún sobre el río una absoluta calma y las suaves olas que la nave desplazaba iban a chocar contra las márgenes del río, llenas de magnífica vegetación arborescente, bellísimas cicas, pandanus y palmas que extendían sus enormes hojas en forma de abanico.

Entre los rotangs que colgaban como si fuesen largos festones de los elevados troncos de los árboles podían verse a los feísimos kilmang, simios de frente muy estrecha, ojos muy metidos dentro de las órbitas, grandísima boca, nariz muy chata y un gran bocio debajo del cuello que les pende como si fuera una vejiga hinchada. Aquellas bestias brincaban de una rama a otra sin mostrar signo alguno de inquietud. De vez en cuando se veía correr entre la hierba multitud de bewahs, lagartos gigantes que pueden moverse en el agua y que, en algunos casos, rebasaban los dos metros de longitud.

No se veía rastro alguno de los dayakos. De haberse encontrado en las proximidades, los monos, que suelen ser muy desconfiados, no se habrían mostrado tan tranquilos.

El *Marianne*, que proseguía su marcha lentamente incluso con ayuda de los remos, ya que la brisa apenas podía atravesar aquellas dos enormes masas de vegetación, continuó su rumbo sin encontrar el menor obstáculo hasta el mediodía, en que interrumpió su avance frente a una especie de plataforma que se adentraba en el interior del agua mantenida por diversos pilotes.

—¡El embarcadero del kampong de Pangutarang! —exclamaron al unísono Tangusa y el piloto.

—¡Echa el ancla y acerca el velero! —ordenó el portugués—. ¡Que los artilleros ocupen sus sitios en las espingardas!

Dos enormes anclas cayeron al fondo y el velero, impulsado por la corriente, se arrimó al embarcadero. Después se amarraron unos cables a los pilotes.

Yáñez había trepado a la obra muerta para cerciorarse de que no había dayakos ocultos en aquella ribera.

Desde luego era indudable que los sanguinarios salvajes habían pasado por aquellos lugares, ya que se podían ver algunas cabañas arrasadas por el fuego y un enorme cobertizo medio destruido y con los pilares de color negro a causa del humo y las llamas.

—Al parecer no hay ninguno —comentó Yáñez dirigiéndose al mestizo, que había trepado a la obra muerta.

—No imaginaban que pudiéramos llegar hasta aquí —repuso Tangusa—. Confiaban en contenernos en el río y allí exterminarnos.

—¿A qué distancia se encuentra el kampong de aquí?

—Hay un par de horas de camino, señor.

—Si hacemos unas descargas con los cañones de caza, ¿las oirá Tremal-Naik?

—Es posible. ¿Su idea es emprender la marcha inmediatamente?

—Sería un error. Aguardaremos a la noche. Pasaremos con mayor facilidad y tal vez no nos vean.

—¿Cuántos hombres vendrán con nosotros?

—No más de veinte. Es necesario dejar parte de la tripulación vigilando el *Marianne*. Si nos quedásemos sin barco, todo podría estar perdido, incluso para Tremal-Naik y Damna. Entretanto exploraremos un poco los alrededores para que no nos tiendan una celada. Tanta placidez me resulta muy sospechosa.

Mandó emplazar en batería las espingardas y los cañones apuntando hacia el embarcadero; hizo levantar una barricada con barriles llenos de hierros, de manera que sirvieran para proteger mejor a los artilleros, y ordenó arriar las velas, sin quitarlas de los penoles, con el objeto de que el buque estuviese dispuesto para emprender la marcha en muy poco tiempo.

Una vez acabados aquellos preparativos, Yáñez, el mestizo y el piloto, acompañados de cuatro malayos de la tripulación muy bien armados, bajaron al embarcadero para explorar los alrededores antes de adentrarse con el resto de los hombres entre los frondosos bosques que se extendían desde la margen del río hasta el kampong de Pangutarang.

LA ESTAMPIDA DE LOS ELEFANTES

Frente al embarcadero se veía un pequeño claro mal roturado, ya que en algunos puntos salían los troncos de los árboles. Detrás se distinguían ruinas de chozas y de cobertizos que habían quedado destruidos por las llamas.

En aquel lugar empezaba un frondoso bosque, formado sobre todo por helechos arbóreos, cicas, durianes y otros tipos de vegetación, entrelazados por rotangs de sorprendente longitud, que conforman auténticas y complicadas redes.

Ningún ruido alteraba el silencio que imperaba bajo aquellos soberbios árboles. Solo de vez en cuando se oía entre la vegetación un débil grito emitido por algún geco, lagarto cantarín, o el parloteo de los chalcostcha, minúsculos pajarillos de brillante colorido y con destellos metálicos.

Yáñez y sus acompañantes, tras escuchar atentamente un tiempo para cerciorarse de que aquella calma que reinaba era verdadera, y acabando por afirmarse en esta creencia al ver la placidez de un par de monos encaramados en un platanero, rodearon las destruidas chozas, se adentraron en la floresta y exploraron cerca de un kilómetro sin hallar la menor huella de sus acérrimos enemigos.

—¡Parece sorprendente que hayan desaparecido! —comentó Yáñez, que no podía comprender aquella desconcertante tregua, después de la saña demostrada en la batalla que poco antes sostu-

389

vieron—. ¿Habrán desistido de acosarnos después de la lección que han recibido?

—¡Hum! —repuso el piloto—. Si el peregrino ha prometido acabar con todos ustedes, pienso que hará cuanto pueda por lograrlo y degollarlos.

—Incluye también tu cabeza —indicó el portugués—. Regresemos a bordo y aguardemos a que se haga de noche.

La vuelta se realizó sin que nada ocurriese, lo cual confirmaba la idea de que los dayakos no habían aún tenido ocasión de reunirse en aquel lugar.

En cuanto se puso el sol, Yáñez mandó que se realizaran los preparativos para ponerse en camino. En el barco había todavía treinta y seis hombres, contando a los heridos.

Eligió a quince solamente, ya que no quería que la tripulación fuese excesivamente escasa en número, porque podía ser atacada durante su ausencia. Cuando faltaba poco para las nueve de la noche, tras haber prevenido a Sambigliong para que estuviese alerta y no se dejara sorprender, saltó de nuevo a tierra con Tangusa, el piloto y los demás componentes de la expedición.

Todos los hombres iban magníficamente armados, con carabinas indias de gran alcance y con parangs, formidables cimitarras que de un simple tajo pueden degollar a un hombre. Además, llevaban consigo abundancia de municiones, ya que desconocían si Tremal-Naik tendría suficientes para aguantar el sitio.

—¡En marcha y, por encima de todo, procurad hacer el mínimo ruido posible! —aconsejó Yáñez en cuanto penetraron en el bosque—. Aún no tenemos la certeza de que el camino esté libre de enemigos.

Volvió la vista hacia atrás para examinar por última vez el barco, cuya forma se destacaba sobre el agua del río y, sin saber la razón, notó que se le oprimía el corazón.

Experimentó un desagradable presagio.

—¿Perderé mi nave? —musitó inquieto.

Apartó aquel desagradable pensamiento y se puso al frente de la expedición, seguido por el mestizo y el piloto, que iban a pocos pasos de distancia y que de entre todos eran los únicos que conocían aquella inextricable maraña de vegetación formada por las enormes plantas trepadoras.

Al igual que por la mañana, seguía reinando un absoluto silencio bajo aquella techumbre de vegetación interminable, como si en la selva no hubiese animales salvajes de ninguna clase. Ni tan siquiera se distinguían las habituales aves nocturnas, como los grandes murciélagos peludos tan corrientes en las islas de Malasia. Solamente los lagartos cantarines dejaban oír sus chillidos.

El firmamento se hallaba cubierto de nubes y la atmósfera resultaba sofocante bajo las grandes hojas que se entrelazaban a unos treinta o cuarenta metros de la tierra.

—Parece que va a desencadenarse un huracán —comentó Yáñez, cuya respiración era jadeante.

—Pronto estallará, señor —dijo el mestizo—. He observado que el sol se ocultaba tras unas nubes negras. Casi no tendremos tiempo de llegar al kampong.

—En el supuesto de que nadie nos impida seguir adelante.

—Hasta el momento, señor, no han aparecido los dayakos.

—Me imagino que tropezaremos con ellos en las proximidades del kampong.

—Si están allí, no serán los suficientes para poder ofrecer gran resistencia; por lo menos por ahora.

—Los que fueron a nuestro encuentro en el río no habrán tenido tiempo de regresar aún.

—Si nos dejaran tranquilos, aunque fuera solo veinticuatro horas, no me inspirarían el menor temor —repuso Yáñez—. Con una tripulación numerosa, el *Marianne* es invencible. ¿Contará con muchos defensores Tremal-Naik?

—Me imagino que habrá podido reunir unos veinte malayos.

—En ese caso, contaremos con un reducido ejército que va a

dar mucho trabajo a ese maldito peregrino. ¡Apresuremos la marcha para llegar al kampong antes de que amanezca!

Aquel bosque no permitía avanzar con la rapidez que deseaban, ya que se hallaban en una antigua plantación de pimienta que rodeaba a los árboles en una red totalmente laberíntica.

Las descomunales plantas no conseguían imponerse a los altos sarmientos de la pimienta, que, retorcidos por tierra, rodeando los rotangs y los cálamos, y cercando las gigantescas raíces que brotaban del suelo por falta de espacio, constituían un imponente laberinto de redes de formidable resistencia.

—¡Utilizad los parangs! —exclamó Yáñez al observar que los dos guías no podían proseguir el avance.

—Haremos ruido —repuso el piloto.

—No tengo intención de retroceder.

—Los dayakos podrían oírnos, señor.

—Si nos atacan, tendrán el recibimiento que se merecen. ¡Adelante!

Por medio de grandes machetazos consiguieron abrirse camino, y prosiguieron adentrándose por la interminable selva a base de mandobles a diestro y siniestro.

Llevaban ya una hora avanzando en continua lucha con las plantas, cuando de improviso el piloto se detuvo y exclamó:

—¡Alto todos!

—¿Son los dayakos? —inquirió por lo bajo Yáñez, que se había acercado hasta él al momento.

—No lo sé, señor.

—¿Has oído algún ruido?

—He oído un crujido de ramas enfrente de nosotros.

—Vamos a averiguarlo, Tangusa. Los demás, aguardad en este lugar sin abrir fuego hasta que yo lo indique.

Se echó a tierra, en medio de una confusa masa de raíces y sarmientos, y empezó a reptar hasta el lugar donde el malayo afirmaba haber oído crujir el ramaje.

El mestizo iba detrás de él, evitando hacer el menor ruido.

De aquella forma recorrieron unos cincuenta metros y detuvieron su marcha debajo de la corola de una gigantesca flor; se trataba de un crebul, cuyo diámetro era de unos tres metros y despedía un olor molesto.

En torno a aquella flor se extendía un breve espacio despejado, desde el que era fácil ver a los hombres que se adentraran por el bosque.

—Podada ha estado acertado —anunció Yáñez, tras escuchar un instante con gran atención.

—Sin duda, alguien se aproxima —convino el mestizo.

—Pero ¿qué es eso? —preguntó de improviso Yáñez.

En aquel preciso momento se oyó a lo lejos un estruendo extraño, que recordaba al que producen los vagones de un tren al ponerse en marcha.

—No se trata de un trueno —observó el portugués.

—Aún no hay relámpagos —dijo Tangusa.

—Hasta el momento no ha caído ni una gota de agua y el Kabataun está muy distante.

—¿De qué se tratará?

—Sea lo que sea, se acerca a toda velocidad, señor.

—¿En dirección a nosotros?

—Sí.

—¡Silencio!

Puso el oído en tierra y prestó atención de nuevo, conteniendo la respiración.

Sobre la tierra repercutía perfectamente aquel estruendo incomprensible, que parecía ser provocado por el veloz avance de enormes cuerpos.

—No tengo ni la más mínima idea de qué se puede tratar —dijo finalmente Yáñez incorporándose—. Lo más prudente es que nos retiremos hacia donde se encuentra nuestra escolta. Tal vez el piloto sepa explicarnos tan extraño asunto.

Desanduvieron el camino reptando de nuevo por tierra, deslizándose entre los incontables sarmientos que allí había.

Al llegar al sitio en que estaban sus hombres comprobaron que estos parecían también dominados por una intensa agitación, ya que el rumor era perceptible también allí. Solo Podada estaba absolutamente sereno.

—¿A qué se debe ese estruendo? —le interrogó Yáñez.

—Es una manada de elefantes que huyen de algún peligro, señor —replicó el piloto—. Deben de ser muy numerosos.

—¿Elefantes? ¿Y quién habrá espantado a esos gigantescos animales?

—Me imagino que habrán sido asustados por hombres.

—O sea, ¿que los dayakos avanzan por poniente? Porque el estruendo proviene de ese punto…

—Eso parece.

—¿Cuál es tu consejo?

—Que nos marchemos lo más rápidamente posible.

—¿Nos toparemos con los elefantes en el camino?

—Es posible. Pero será suficiente una descarga para hacer que desvíen su marcha. Esos animales sienten un terror extraordinario a las armas de fuego, ya que no están acostumbrados a oírlas.

—¡En tal caso, en marcha! —ordenó el portugués con decisión—. Hemos de llegar al kampong antes que los dayakos.

Otra vez y a toda prisa reanudaron el camino, cortando los rotangs y los cálamos. El estruendo aumentaba con gran rapidez.

El piloto debía de estar en lo cierto respecto a la causa de aquel fragor. Entre el rumor ocasionado por el ininterrumpido crujir de las plantas aplastadas por las formidables patas de aquellos corpulentos animales que avanzaban en desenfrenada carrera, empezaban a percibirse también los resoplidos característicos de los elefantes.

A los paquidermos debía de estar ahuyentándolos un buen número de hombres, ya que por lo general no huyen frente a un grupo reducido de cazadores.

Debían de ser sin duda los dayakos quienes los hostigaban.

Yáñez y los suyos apresuraron el paso, por temor a verse rodeados y embestidos por los elefantes en su frenética estampida.

Encontraron algunos claros en el bosque y se lanzaron a la carrera, mirando de vez en cuando con espanto a sus espaldas, puesto que a cada momento se imaginaban alcanzados y despedazados por aquellos colosos. Incluso Yáñez se mostraba inquieto.

En aquel instante alcanzaron una zona de vegetación formada casi únicamente por enormes árboles de alcanfor a los que nada podría abatir, ya que sus troncos eran de un tamaño descomunal. El piloto detuvo su carrera y exclamó con precipitación:

—¡Ocultaos tras esos árboles, que servirán para protegernos! ¡Ya llegan!

Apenas habían tenido tiempo de parapetarse tras los enormes troncos de los árboles, cuando empezaron a aparecer los primeros elefantes.

Salían en estampida de un grupo de sundamatune, denominados árboles de la noche porque sus flores no se abren hata que el sol se pone.

Los gigantescos animales atravesaban el bosque enloquecidos y se precipitaron en un bosquecillo de palmas jóvenes que les obstruía el camino. Las destrozaron de tal manera que parecía que una guadaña descomunal empuñada por un titán las hubiese segado. Sin embargo, aquellos elefantes no eran más que la avanzadilla, ya que poco después apareció el grueso de la manada lanzando terribles barritos.

Eran aproximadamente entre cuarenta o cincuenta elefantes, machos y hembras, que se empujaban unos a otros en su afán por ser los primeros. Sus poderosas trompas quebraban árboles y vegetación de toda índole, destrozándolo todo a su paso.

Yáñez observó que algunos parecían avanzar en dirección a los árboles de alcanfor, y se disponía ya a dar la orden de abrir fuego cuando distinguió diversos puntos de fuego que, detrás de los paquidermos, describían parábolas llameantes.

—¡Callad! ¡Que nadie se mueva! ¡Los dayakos! —exclamó Podada.

Efectivamente, unos cuantos hombres semidesnudos corrían detrás de los elefantes arrojando sobre los lomos de los animales ramas resinosas a las que habían prendido fuego. Cuando caían a tierra, las recogían otra vez para lanzarlas de nuevo.

Los dayakos no eran más de una veintena. Pero los elefantes, espantados por aquella granizada de fuego que sin cesar se les venía encima, no osaban volverse y atacar a causa del terror que los acometía, ya que con una simple embestida habrían destrozado a tan reducido contingente de enemigos.

—¡No os mováis y, sobre todo, no disparéis! —aconsejó de nuevo Podada.

Los elefantes pasaron muy cerca, golpeando algunos troncos de los árboles de alcanfor sin que las gigantescas plantas cedieran, y desaparecieron en el frondoso bosque, continuamente acosados por los dayakos.

—¿Serían acaso cazadores? —aventuró Yáñez, una vez que el fragor se desvaneció en la distancia.

—¡Pretendían cazarnos a nosotros! —replicó el malayo—. Alguno de ellos estaría al acecho cerca del embarcadero y nos habrá visto desembarcar, y como los dayakos no son probablemente lo suficientemente numerosos en estos contornos, han intentado echarnos encima a los elefantes. Ya comprobará usted cómo los fuerzan a recorrer todo el bosque, confiando en que nos encuentren en su camino y nos aplasten.

—¿Podríamos topar de nuevo con ellos?

—Es posible, señor, si no nos damos prisa en abandonar este lugar y buscar refugio en el kampong de Pangutarang.

—¿Estamos todavía a mucha distancia?

—No puedo decírselo, ya que esta parte de la selva es tan espesa que no podemos orientarnos debidamente ni ir demasiado deprisa. No obstante, me imagino que lo alcanzaremos antes de que amanezca.

—Emprendamos la marcha antes de que regresen los elefantes. Además, no resulta siempre fácil encontrar árboles de alcanfor para protegerse. Pero hay algo que me desconcierta.

—¿De qué se trata?

—¿Cómo habrán podido congregar esos salvajes a tantas bestias?

—Puesto que no son domadores, como los mauhts del Siam o los cornacs de la India, han debido de encontrarlos por azar —opinó Tangusa, que escuchaba la conversación.

—En estas selvas no es difícil hallar manadas de cincuenta e incluso cien elefantes.

—¿Y los animales estarán dispuestos a continuar así todo el tiempo que a los dayakos les parezca oportuno?

—Continuarán corriendo hasta que dejen de acosarlos.

—No me imaginaba que esos bribones poseyeran semejante astucia. ¡Compañeros, apresurémonos!

Abandonaron la espesura que tan oportunamente les había librado de la terrible estampida, y se adentraron en otros bosquecillos formados principalmente por árboles de caucho, sandaracas y otros, intentando orientarse y sin apenas vislumbrar una simple estrella debido a la densa techumbre de vegetación que los cubría.

Por fortuna, la arboleda empezaba a ser menos frondosa y las plantas trepadoras cada vez menos frecuentes. En consecuencia, caminaban más deprisa e incluso a ratos podían avanzar a la carrera, siendo así menor el riesgo de caer en una peligrosa emboscada.

Aún se percibía a la distancia, unas veces con mayor fuerza y otras débilmente, el estruendo que ocasionaban los paquidermos en su alocada carrera.

Los desgraciados animales, ora hostigados hacia un lugar, ora en otra dirección, hacían lo que querían los dayakos, quienes los obligaban a marchar por donde les parecía conveniente, confiando en coger desprevenidos a aquel grupo de hombres en cualquier lugar de la extensa selva.

Podada y el mestizo, conocedores del peligro, se las ingeniaban para mantenerse siempre alejados de la estampida, llevando a los hombres en dirección contraria a la seguida por los paquidermos. Al cabo de media hora, los dayakos, desistiendo de que los tigres de Mompracem estuvieran en aquella zona del bosque, hostigaron a los elefantes hacia el río, ya que paulatinamente el fragor de aquella furiosa embestida iba distanciándose en dirección al sur, hasta que por fin se desvaneció.

—Se imaginan que todavía nos encontramos a bastante distancia del kampong —dijo el piloto, tras escuchar atentamente durante un instante—. Van a buscarnos al refugio del Kabataun.

—¡Qué obstinados son esos tunantes! —comentó Yáñez—. Ciertamente nos han declarado guerra a ultranza.

—Señor —repuso Podada—, tienen la certeza de que si nos reunimos con Tremal-Naik les va a resultar muy difícil tomar el kampong.

—Personalmente les regalo el kampong. No estoy interesado en quedarme allí. Se me ha ordenado llevar a Tremal-Naik y a su hija Damna hasta Mompracem. Ni siquiera debo combatir contra el peregrino, al menos de momento. Luego ya veremos.

—¿Renuncia a averiguar quién es ese extraño personaje que ha jurado exterminarlos a todos ustedes?

—Aún no he dicho la última palabra —replicó Yáñez con una sonrisa—. ¡Ya llegará el momento de saldar cuentas con ese caballero! Por ahora salvemos al indio y a su linda hija. ¿Dónde estamos? Creo que la vegetación comienza a ser menos densa.

—¡Buen indicio! El kampong de Pangutarang no debe de hallarse a mucha distancia.

—De aquí a muy poco hallaremos las primeras plantaciones —afirmó el mestizo, que desde hacía varios minutos examinaba detenidamente el bosque—. Si no estoy equivocado, nos encontramos junto al Morapohe.

—¿Qué es eso? —preguntó Yáñez.

—Es un afluente del Kabataun, que limita con la factoría. ¡Alto, señores!

—¿Qué pasa?

—Que allí veo brillar luces —anunció Tangusa.

Yáñez miró atentamente y, por entre un claro de árboles y a bastante distancia, distinguió en la intensa oscuridad el brillo de un fuerte resplandor, que no podía ser provocado por un simple farol.

—¿El kampong? —interrogó.

—Tal vez sea una luz de los sitiadores —observó Tangusa.

—¿Tendremos que luchar para poder entrar en la factoría?

—Sorprenderemos por detrás al enemigo, señor.

—¡Silencio! —exclamó en aquel preciso momento el piloto, que había avanzado unos pasos.

—¿Qué pasa ahora? —preguntó Yáñez, tras unos segundos de silencio.

—Oigo el rumor del agua del río contra las dos orillas. El kampong está frente a nosotros, señor.

—¡Pues crucémoslo! —repuso Yáñez resueltamente—. ¡Lancémonos al ataque sobre los que cercan el kampong! Tremal-Naik nos ayudará como pueda.

EN EL KAMPONG DE PANGUTARANG

Cinco minutos más tarde, en medio del más completo silencio, cruzaban un riachuelo que casi no tenía agua y se congregaban en la otra ribera, en la que apenas se veían árboles.

Una extensa llanura, salpicada por varias agrupaciones de palmeras, se prolongaba durante un buen trecho hasta formar una pequeña elevación ocupada por una sólida construcción, en la que se alzaba una pequeña torre que parecía un observatorio.

Apenas había empezado a clarear y no podía distinguirse de qué se trataba con exactitud; pero el piloto y el mestizo no necesitaban luz para saber dónde se hallaban.

—¡El kampong de Pangutarang! —dijeron a un tiempo ambos.

—¡Y cercado por los dayakos! —agregó Yáñez frunciendo el entrecejo—. ¿Es posible que se hayan congregado ya todos?

Numerosas hogueras dispuestas en forma de medio círculo ardían ante la factoría, como si los temibles cortadores de cabezas hubieran establecido un amplio campamento.

Yáñez y sus hombres interrumpieron el avance contemplando con anhelo aquellas hogueras e intentando averiguar el número de los sitiadores.

—¡Este sí que es un notable inconveniente! —murmuró Yáñez—. ¡Sería un grave error arrojarse temerariamente contra enemigos que pueden ser veinte veces superiores en número a nosotros! Y, sin embargo, también puede resultar una temeridad aguardar a que amanezca. No contaríamos con la ventaja de la sorpresa y nos podrían rechazar fácilmente.

—Señor —inquirió el piloto—, ¿qué decide usted hacer?

—¿Piensas que serán muy numerosos?

—Si nos guiamos por la cantidad de hogueras, seguramente sí. ¿Quiere que vaya a averiguar las fuerzas de que disponen?

Yáñez le examinó con recelo.

—Desconfía usted de mí, ¿no es cierto? —dijo con una sonrisa el malayo—. Tiene razón: hasta ayer era su enemigo. No obstante, está en un error. No quiero tener ya nada que ver con esos hombres y prefiero que me considere uno de los suyos, que son malayos igual que yo.

—¿Podrás volver antes de que salga el sol?

—No saldrá hasta dentro de media hora, y le aseguro que estaré de regreso en diez minutos.

—¡Ve; así me darás una prueba de lealtad! —convino Yáñez.

El malayo tomó un parang, se despidió con un ademán y desapareció entre una plantación de jengibre que los sitiadores no habían arrasado aún.

Yáñez, con el reloj en la mano, contaba los minutos. Sentía verdadero temor de que el piloto se retrasara y que saliera el sol antes de que volviera, lo cual haría imposible la sorpresa.

Aún no habían pasado seis minutos cuando regresó Podada corriendo a toda prisa.

—¿Qué ocurre? —le interrogó Yáñez saliendo a su encuentro.

—Las fuerzas que nos atacaron en la embocadura del río no han regresado aún. Los sitiadores no son más de un centenar y sus filas son tan débiles que no podrán resistir una inesperada acometida.

—¿Tienen armas de fuego?

—Sí, señor.

—¡Bah! ¡Ya conocemos su manera de utilizarlas!

Se volvió hacia sus hombres, que se habían acercado hasta él y aguardaban sus órdenes para arrojarse sobre el enemigo.

—¡Disparad a matar! —les indicó—. ¡Los tigres de Mompracem deben demostrar que no se amedrentan ante esos degolladores!

—En cuanto dé la orden lo arrasaremos todo, señor Yáñez —replicó el de más edad—. Bien sabe que jamás tuvimos miedo.

—Acerquémonos en silencio por detrás para sorprenderlos. No disparéis si yo no lo ordeno. ¡Disponeos en columna de asalto!

Formaron en dos filas y luego se adentraron entre los jengibres, que eran lo suficientemente altos para ocultarlos.

Yáñez llevaba una carabina en bandolera. Sacó el machete de la funda y con la otra mano empuñó una soberbia pistola india de dos cañones.

Cruzaron con tal celeridad la plantación que en menos de cuatro minutos se situaron a ochenta metros de los sitiadores.

Estos, convencidos de que nadie podía cogerlos desprevenidos, vivaqueaban en grupos de cuatro y cinco hombres en torno a las hogueras.

A una distancia de trescientos metros se alzaba el kampong. Se trataba de una especie de cota, es decir, una fortaleza bornesa, constituida por un cuerpo de fábrica y rodeada de grandes tablones de muy sólida madera de teca, lo bastante fuertes para resistir los proyectiles de los pequeños lilas e incluso los de un mirim. Además, estaba totalmente cercada por un denso bosque de arbustos espinosos, por lo que resultaba casi imposible que pudieran conquistar aquella fortaleza hombres semidesnudos y descalzos.

En la parte de fábrica se veía una casa de magnífico aspecto que guardaba cierta semejanza con los bungalows hindúes, con una torrecita de madera parecida a un alminar árabe, sobre la que había una enorme linterna a manera de faro.

—Tangusa —dijo Yáñez, que había ordenado a sus hombres que se echaran a tierra para no ser descubiertos antes de que él precisara con exactitud la ubicación de la factoría—, ¿en qué lugar se encuentra el punto de entrada?

—Delante de nosotros, señor.

—¿No iremos a parar en mitad de los espinos?

—Yo los conduciré.

—¿Estáis preparados? —preguntó Yáñez a sus hombres.

—Todos lo estamos, capitán.

—Atacad al grito de «¡Viva Mompracem!», para evitar que nos disparen los defensores del kampong. ¡Adelante!

Efectuaron una descarga y derribaron a cinco o seis dayakos, que abandonaron a todo correr el fuego en torno al cual vivaqueaban. Al instante cruzaron con relampagueante velocidad la endeble línea de sitiadores al tiempo que disparaban y gritaban:

—¡Viva Mompracem!

Los cortadores de cabezas, estupefactos por aquel insólito ataque con el cual no contaban, apenas ofrecieron resistencia. De ese modo, el audaz grupo alcanzó el bosque de espinos y pudo ponerse a cubierto tras él.

Algunos de los hombres que protegían el interior de la fortaleza salieron armados con fusiles, y ya estaban a punto de abrir fuego cuando se oyó una voz que gritaba:

—¡Alto! ¡Son amigos! ¡Abrid la puerta!

—¡Eh, amigo Tremal-Naik! —exclamó Yáñez con gran contento—. ¡No nos apetece que tus hombres nos acribillen a balazos! ¡Nos basta con los disparos de los dayakos!

—¡Yáñez! —gritó el hindú con inmensa alegría.

Un gran talón de madera de teca, tan sólido como si fuese de hierro y que subieron varios hombres por medio de cables colgados de enormes garruchas, dejó libre el acceso por el cual entraron raudos los tigres de Mompracem junto al mestizo y el piloto, mientras los defensores de la parte exterior de la fortaleza descargaban contra los sitiadores un par de disparos de espingarda y un intenso fuego de fusilería.

Un hombre más bien alto, de mediana edad y de cabellos y bigotes canosos, pero aún ágil y robusto, de rasgos finos, piel ligeramente bronceada y ojos negrísimos, recibió entre sus brazos al portugués y lo estrechó efusivamente.

No se ataviaba al igual que los borneses de buena posición social, sino al estilo hindú, si bien algo más moderno, pues ya no se usa el doote ni el dugbah, por resultar el traje indoinglés más un simple y cómodo, ya que se compone de una chaqueta de tela blanca con rojos alamares de seda, una amplia faja con brocados de oro, unos estrechos calzones blancos y un pequeño turbante.

—¡Ven a mis brazos, amigo Yáñez! —exclamó abrazándolo con fuerza—. ¡Está claro que siempre hay que recurrir a la generosidad y la bravura de los invencibles tigres de Mompracem! ¿Cómo se encuentra el Tigre de Malasia?

—Rebosando salud.

—¿Y tu Surama?

—Queriéndome mucho, como siempre. ¿Y Damna? ¿Dónde se encuentra, que no la veo?

—Mi hija está durmiendo.

—No he visto a Kammamuri, ¿no se encuentra aquí? —preguntó Yáñez.

—Por miedo de que Tangusa no hubiera podido encontraros y traeros hasta este lugar, el maharato salió, pese a mis advertencias, con unos pocos hombres, y a estas horas, en el supuesto de que haya podido eludir a los dayakos, estará rumbo a Mompracem.

—Ya nos encontraremos con él después.

—Acompáñame, compañero —dijo Tremal-Naik—. Este no es el lugar adecuado para que charlemos. ¡Hola, Tangusa! Haz los honores de la casa y dispón comida y bebida para los tigres de Mompracem.

Se encaminó hacia el bungalow, que se hallaba erigido entre varios techados de inmensas proporciones, repletos de productos agrícolas y de una doble línea de defensa, e hizo entrar a su amigo en una habitación del primer piso, alumbrada aún por una magnífica lámpara hindú, cuyo azuloso vidrio suavizaba la brillante luz.

Tremal-Naik, como natural de Bengala que era, seguía conservando las costumbres de su tierra. El cuarto estaba amueblado a la manera hindú, con muebles ligeros pero suntuosos; alrededor de la estancia se veían esos bajos y cómodos sofás que suelen encontrarse en las casas opulentas de los adoradores de Brahma, Shiva y Vishnú.

—En primer lugar, bebed una copa bien colmada de bram —empezó el indio, llenando dos copas con ese exquisito y magnífico licor, elaborado con arroz fermentado, azúcar y el jugo de diversas palmas que sirven para proporcionarle aroma.

—Estoy tan sudado como un corcel que haya recorrido doce leguas sin descansar. ¡Ya tengo bastante edad, amigo! —comentó Yáñez mientras se bebía de un trago el contenido de la copa—. Ahora háblame sobre ese asunto tan misterioso.

—Con tu permiso, te haré primero una pregunta. ¿Cómo os ha sido posible llegar hasta aquí?

—Con el *Marianne*, y después de haber salvado la embocadura del río. Después te contaré las incidencias del viaje.

—¿Dónde has dejado el *Marianne*?

—En el embarcadero.

—¿Son muchos los tripulantes?

—Más o menos el mismo número de hombres que he traído.

Tremal-Naik permaneció un rato meditabundo.

—Esos hombres sabrán defender mi barco —adujo Yáñez.

—Es que los dayakos son muy numerosos; más de lo que supones. Y están bien armados y preparados.

—¿Por el peregrino?

—Exacto.

—Habrás visto a ese tunante…

—¿Yo? ¡Nunca!

—¿Así que tampoco sabes de quién se trata? —preguntó Yáñez extraordinariamente sorprendido.

—No —repuso Tremal-Naik—. Le mandé un mensajero hace un par de semanas pidiéndole que se entrevistase conmigo para que me contase las causas de su inquina y prometiéndole, además, que nadie intentaría matarle.

—Y él no quiso mantener esa entrevista.

—Me replicó, por el contrario, que le entregara mi cabeza junto a la de mi hija.

—¿A tanto ha llegado el atrevimiento de ese canalla? —barbotó enfurecido Yáñez—. Vamos a ver: ¿has ultrajado a algún jefe dayako? Porque esos perversos cortadores de cabezas son muy vengativos.

—Jamás he perjudicado a ninguno. Por otra parte, ese hombre no es dayako —repuso el hindú.

—Ha de tener por fuerza alguna razón de peso para odiarte de esa manera.

—Así ha de ser. Pero cuanto más pienso en ello, menos puedo adivinar la razón; es inútil que me rompa el cerebro intentando adivinarlo. No obstante, tengo una sospecha.

—¿Qué sospecha?

—Pero es tan ridícula, que te echarías a reír si te la explicase —contestó Tremal-Naik.

—Explícala.

—¿Podría tratarse de algún thug?

En lugar de recibir con una sonrisa aquella sospecha, como suponía el hindú, el rostro de Yáñez palideció ligeramente. Ambos hombres permanecieron en silencio durante un buen rato.

—¿Estás convencido, Tremal-Naik —dijo por fin Yáñez muy serio—, de que a los lugartenientes del jefe de los estranguladores de Suyodhana les dimos muerte a todos en las cuevas de Raimangal, o los ingleses los aniquilaron en la carnicería de Delhi? ¿Quién puede afirmarlo?

—¿Y supones que tras once años haya decidido alguien vengar a Suyodhana?

—Tú personalmente has podido comprobar la causa de su ruina, y eso no te lo perdonan.

Tremal-Naik permaneció de nuevo pensativo y en su semblante se advertía una gran preocupación.

De improviso hizo un ademán como para espantar aquella visión y exclamó:

—¡No! ¡No es posible! ¡Es ridículo! Reconozco que habrá todavía thugs en la India, pero no se habrían atrevido a tales extremos. Ese peregrino será posiblemente un despreciable charlatán que pretende imponer su autoridad sobre los dayakos con el fin de establecer algún sultanato y finge odiarme. Habrá hecho correr la voz de que yo soy musulmán, de que soy enemigo de los dayakos, una copia de los ingleses, que mi misión es dominarlos o cualquier otro engaño semejante, para arrojarme de este lugar. Puede ser cualquier cosa, hasta un auténtico fanático; pero no un thug.

—Bien; como quieras. Pero me imagino que no te encuentras en muy buena situación. ¿Te has quedado sin todas tus factorías?

—Las han saqueado e incendiado.

—Mejor hubiese sido que te hubieras quedado con nosotros en Mompracem.

—Quería colonizar estas costas y civilizar a esos salvajes…

—Y ha sido como escribir en la arena —repuso Yáñez soltando una carcajada.

—Ya ves.

—Además, toda esta cuestión te habrá costado posiblemente algunos centenares de miles de rupias. Da gracias a que puedes afrontar los gastos con tus factorías de Bengala. ¿Cuándo vamos a marcharnos de aquí?

—Únicamente te pido veinticuatro horas de plazo —replicó Tremal-Naik— para recoger lo más importante de mis pertenencias; luego incendiaremos todo esto y nos dirigiremos hasta tu nave.

—Y partiremos raudos rumbo a Mompracem —añadió Yáñez—. Nuestra presencia allí también es necesaria.

Pronunció con tal seriedad estas palabras que el hindú se quedó sorprendido.

—¿Cómo? ¿Ocurre algo? —inquirió.

—¡No lo sé! Aún no sé nada. Corren alarmantes rumores relacionados con el Tigre de Malasia.

—¿Qué rumores?

—Al parecer la intención de los ingleses es expulsarnos de Mompracem. Desde hace tiempo nos culpabilizan de todos los actos de piratería que se llevan a cabo en las costas de la isla, cuando la verdad es que nuestros praos hace bastantes años que descansan sobre sus anclas. Aseguran que nuestra presencia estimula a los piratas de las costas y que, de una manera u otra, los incitamos a que ataquen los barcos que se dirigen a Labuán. ¡Mentiras! Pero ya sabes lo falso que es el leopardo británico…

—Y lo ingrato también —adujo el indio—. ¡Así es como quiere pagarnos el haber eliminado de la India a la secta de los thugs! —Hizo una pausa y añadió—: ¿Dará el Tigre su brazo a torcer?

—¡Sandokán! Es muy capaz de lanzar el guante de desafío a Inglaterra entera y…

Un distante cañonazo interrumpió las palabras.

—¿Has oído eso? —exclamó incorporándose de un salto, dominado por una intensa agitación.

—Sí; esos cañonazos parecen haberse oído en dirección al sur.

—¡Son los dayakos, que se lanzan al asalto del *Marianne*!

—Acompáñame al observatorio, Yáñez —indicó Tremal-Naik—. Desde ese punto podremos escuchar mejor hacia qué parte suenan los cañonazos.

LA DESTRUCCIÓN DEL *MARIANNE*

Con gran agitación, ambos hombres abandonaron la estancia, subieron por una escalerita y salieron a una terraza del bungalow en la que se alzaba la altísima torrecilla o alminar, al que se podía subir por otra escalera situada en la parte de fuera.

En muy poco tiempo llegaron a lo más elevado de aquel observatorio, que acababa en una pequeña plataforma circular en la que había una enorme espingarda de largo cañón, que podía dominar desde aquella altura todos los puntos del horizonte.

El sol, que había salido ya, iluminaba todo el llano con rayos que parecían fuego, ya que en esas latitudes no hace fresco a ninguna hora, ni siquiera al salir el astro diurno.

Al despuntar la luz, los dayakos que cercaban el kampong se retiraron a una distancia de seiscientos o setecientos metros, protegiéndose tras gruesos árboles que habían sido cortados para actuar como trincheras movibles, desplazándolos hacia atrás o hacia delante según les conviniera.

En el transcurso de la noche debía de haber aumentado el número de los sitiadores, ya que Tremal-Naik, con una simple ojeada, no pudo reprimirse y exclamó:

—Ayer por la tarde no nos cercaban tantos.

Yáñez se disponía a preguntarle algo cuando se oyó resonar en la distancia un segundo cañonazo, que retumbó en el recinto del kampong.

—¡Ese ruido procede del sur! —exclamó el portugués—. Son los cañonazos que dispara el *Marianne*. ¡Los dayakos han atacado a mis hombres!

—Sí —dijo el hindú—. Provienen de la zona del Kabataun. ¿Consideras que con la artillería de que disponen podrán rechazar al adversario?

—Habría que conocer la cantidad de atacantes. ¿Con qué contingentes cuenta ese maldito peregrino?

—Ha conseguido fanatizar a cuatro tribus, y cada una debe de haberle proporcionado, como mínimo, unos ciento cincuenta guerreros.

—¿Con fusiles?

—Sí, amigo Yáñez. Ese extraño personaje trajo consigo un auténtico arsenal, incluidos lilas y mirimes… ¡Otro disparo!

—¡Este es de las espingardas! —barbotó Yáñez con un gesto colérico.

De la zona del enorme bosque que se extendía en dirección al sur llegaban hasta el kampong los ecos de estallidos menos fuertes y más secos, ocasionados seguramente por las piezas de cañón largo.

Los cañonazos aumentaron cada vez más en intensidad, originando un ininterrumpido rumor, como si disparasen a la vez numerosos cañones y espingardas.

Yáñez se había puesto lívido y estaba muy nervioso. Iba arriba y abajo dando vueltas a la plataforma, como un león encerrado en una jaula, contemplando con ansiedad todos los puntos del horizonte. El hindú también estaba muy inquieto.

Los cañonazos se sucedían a intervalos cortos. En el río debía de estarse librando un combate encarnizado, terrible, entre los pocos defensores del *Marianne* y las fuerzas del extraño peregrino.

—¡Y no termina! —decía Yáñez, que ya no podía reprimirse—. ¡Si estuviese yo allí…!

—Sambigliong es un valiente que no se rendirá, estoy seguro —repuso Tremal-Naik—. Es un viejo tigre de fuertes zarpas y que sabe luchar.

—Pero en el barco no hay más que dieciséis hombres, mientras que los dayakos serán trescientos o cuatrocientos y cuentan también con artillería.

—¿Así que no crees que el *Marianne* pueda resistir? —preguntó Tremal-Naik—. Si se apoderan del barco —prosiguió en tono angustioso—, todo habrá terminado para nosotros. ¿Y mi hija?

—¡Tranquilízate, amigo! —contestó Yáñez—. Los dayakos van a tener un hueso muy duro de roer. He examinado atentamente tu kampong y lo considero bastante seguro. Y sabes bien que los salvajes suelen encontrar en sus ataques obstáculos con cualquier cosa que se les ponga enfrente. ¡Voto a Júpiter! ¡No cesa el cañoneo! ¡Al parecer se están destrozando! ¿De cuántos hombres dispones?

—Unos veinte.

—¿Son todos malayos?

—Malayos y javaneses —repuso Tremal-Naik.

—Cuarenta hombres protegidos en un recinto tan fuerte como este pueden dar mucho que hacer a esos tunantes. ¿Estás bien equipado?

—Hay abundancia de víveres y municiones.

—¡Buenos días, señor Yáñez! —dijo en aquel instante una jovencita que acababa de aparecer sobre la plataforma.

El portugués lanzó una exclamación:

—¡Damna!

Una hermosísima muchacha de unos quince años, de cuerpo tan flexible como el de una palmera, con la piel del rostro ligeramente bronceada, al igual que la de las mujeres hindúes, pero más blanca y de rasgos delicados, que más semejaba de raza caucásica que india, se detuvo frente al portugués, contemplándolo con sus negros ojos que brillaban como tizones ardiendo.

Realzaba su encanto el vestido que lucía, mezcla de hindú y europeo, formado por una chaquetilla o justillo de brocatel bordado en oro, una ancha faja de cachemir que caía sobre sus bien torneadas caderas y una falda algo corta que permitía ver unos pantalones de blanca seda que le llegaban hasta los zapatos de piel roja con punta hacia arriba.

—Soy muy dichosa al verle de nuevo —continuó la muchacha tendiéndole su linda mano—. Hace dos años que no le veíamos.

—Allí en Mompracem siempre tenemos asuntos que resolver.

—¿Está planeando nuevas expediciones el Tigre de Malasia? ¡Qué hombre tan formidable! —comentó Damna con una sonrisa—. ¡Ah...! ¡El cañoneo! ¿No lo estáis oyendo acaso?

—Ya hace más de media hora que retumba, hija mía —repuso Tremal-Naik—, y posiblemente anuncia alguna tragedia.

—¿Quiénes disparan, padre?

—Los tigres de Mompracem.

—Que defienden mi velero —añadió Yáñez—. ¡Silencio! Creo que ahora se oyen menos disparos. ¡Y yo sin poder ver nada...!

Todos se inclinaron sobre el repecho de la plataforma y escucharon con atención.

Ya no se oían sino muy de tarde en tarde los secos estampidos de las espingardas y el sordo sonido de las piezas de caza.

De improviso imperó un intenso silencio, como si el combate hubiese cesado súbitamente.

—¿Han triunfado o habrán sido aniquilados? —se preguntó Yáñez con el sudor perlándole la frente.

En ese momento, cruzó la atmósfera una explosión imponente, que retumbó con tal fuerza que la torre tembló desde los cimientos hasta la cúspide. Yáñez lanzó un grito y Tremal-Naik y Damna palidecieron.

—¡Dios mío! ¿Qué habrá ocurrido? —preguntó la muchacha.

—Ha debido de estallar el *Marianne* —repuso Yáñez con voz enronquecida—. ¡Pobres de mis hombres...!

En el semblante del portugués se dibujó una expresión de gran dolor, y sus ojos se humedecieron.

—Yáñez —dijo Tremal-Naik en tono consolador—, no podemos estar seguros de que tu barco haya explotado.

—Ese terrible estallido no puede haber sido provocado más que por la explosión de la santabárbara —adujo el portugués—. He visto volar tantos barcos que no puedo estar engañado. Me da igual que el buque se haya ido a pique, teniendo tantos veleros en Mompracem. Son mis hombres lo que me importa.

—Puede que hayan abandonado el velero antes de que explotase. ¿Quién te asegura que no han sido ellos mismos quienes han hecho estallar la pólvora para que el barco no cayese en poder de los dayakos?

—Es posible —replicó Yáñez, que de nuevo había recuperado su habitual tranquilidad.

—¿Alguno de los que se encontraban a bordo sabía dónde está mi kampong?

—Sí; el correo que te mandamos hace seis meses.

—En tal caso, si ese hombre no ha muerto, podrá guiar a los supervivientes hasta aquí.

—¿Y cruzar por entre los dayakos? Es una empresa muy peligrosa para tan escasos hombres. Por otra parte, aunque pudieran llegar, eso no mejoraría nuestra posición.

—¡Es cierto! —repuso el hindú—. ¿De qué forma nos las vamos a arreglar sin tu velero para bajar el río?

—Padre, podemos utilizar canoas —intervino Damna.

—¿Para estar expuestos a un continuo fuego sin defensa de ningún tipo? ¿Llegaría alguien con vida a la desembocadura del río?

—¡Mirad a los dayakos! —exclamó Yáñez en aquel preciso momento.

Los sitiadores, que debían de haber escuchado también aquel terrible estruendo, y los disparos de los cañones, dejaron sus trincheras movibles y recularon hacia los bosques que había en torno al llano, como si fuesen a abandonar el cerco.

—¡Se marchan, padre! —dijo Damna—. ¿Se habrán dado cuenta de que es vano intentar asaltar este kampong?

—Yáñez —preguntó Tremal-Naik—, ¿habrán derrotado al peregrino y tal vez se haya enviado un correo ordenando a los sitiadores que levanten el bloqueo?

—¿O estarán preparando una nueva emboscada? —aventuró el portugués.

—Pero ¿cómo?

—Pueden pensar que aprovecharemos su retirada para dejar el kampong, y después atacarnos en medio de los bosques con todos sus hombres. No, apreciado Tremal-Naik, no estoy tan loco como para adentrarme en la guarida del lobo. Hasta que averigüemos lo que ha sido del *Marianne* no abandonaremos esta factoría, donde podremos defendernos durante bastante tiempo en el caso de que mi tripulación haya sido aniquilada. Coloquemos aquí a un centinela y dejemos de preocuparnos por ahora de lo que hacen esos canallas.

—Señor Yáñez —dijo Damna—, mientras tanto venga a reposar un rato y a desayunar.

Aunque inquietos por la suerte que hubieran podido correr los hombres del *Marianne*, al no escuchar ya cañoneo alguno bajaron a la sala, donde los sirvientes del kampong habían preparado un abundante almuerzo a la inglesa con carne en fiambre, manteca y té con bizcochos.

Acabado el refrigerio y tras ordenar al mestizo que vigilara desde la torrecilla a los dayakos, realizaron un detenido recorrido por el recinto y los parapetos, con el fin de estar preparados para mantener un sitio prolongado.

Habían pasado tres horas desde que se oyó la explosión cuando Tangusa exclamó a voces desde lo alto de la torrecilla:

—¡A las armas!

Y súbitamente sonaron unos cuantos disparos.

Yáñez y Tremal-Naik se dirigieron rápidamente a la plataforma más elevada del recinto, desde la que se podía observar una gran explanada.

En cuanto llegaron vieron que un reducido grupo de hombres surgía entre la espesura del bosque corriendo y disparando contra los dayakos, que salían de todas partes intentando impedirles el paso.

El hindú y el portugués gritaron:

—¡Son los tigres de Mompracem! ¡Sambigliong!

—¡Las espingardas! ¡Abrid fuego!

—¡Levantad la contrapuerta a nuestros compañeros!

Los tigres que habían oído las voces de Yáñez, al ver a sus compañeros combatiendo contra los sitiadores, se precipitaron hacia las espingardas que protegían el recinto del lado meridional y abrieron fuego. Cuando los dayakos escucharon los estampidos y vieron caer a algunos de los suyos, se dispersaron y se ocultaron velozmente entre la densa vegetación del bosque.

Sambigliong y sus hombres, una vez despejado el camino, avanzaron a la carrera hacia el kampong sin dejar de abrir fuego.

La contrapuerta estaba alzada y algunos de los defensores del kampong se dirigieron hacia ellos para ayudarlos en el caso de que los dayakos reanudaran el ataque y para conducirlos a través del bosque de espinos.

Los supervivientes del *Marianne* no superaban la media docena. Estaban ennegrecidos por la pólvora, bañados en sudor, con las ropas destrozadas y cubiertas de sangre y los labios llenos de saliva espumosa a causa de la desenfrenada carrera, que debía de haberse prolongado durante tres horas como mínimo. Afortunadamente el correo, que conocía a la perfección el sendero, estaba entre ellos.

—¿Qué ha ocurrido con mi barco? —preguntó Yáñez saliendo rápidamente al encuentro de Sambigliong.

—¡Ha sido volado, capitán! —repuso el contramaestre con voz ronca.

—¿Por quién?

—¡Por nosotros! No podíamos aguantar más. Eran cientos y cientos los salvajes que nos atacaban. La mayoría de los compañeros habían muerto, y consideré que lo mejor era prender fuego a la pólvora…

—¡Eres un hombre valeroso! —le dijo Yáñez en tono emocionado.

—¡Capitán, vuelven al ataque! ¡Son muy numerosos! ¡Preparaos a resistir!

—¡Ah! ¿Vuelven otra vez? —barbotó Yáñez con terrible entonación—. ¡Vengaremos a nuestros camaradas!

LA PRUEBA DEL FUEGO

Los dayakos surgieron en aquel preciso momento en el bosque, avanzando en frenética carrera en grupos grandes y pequeños, sin la menor organización.

Gritaban igual que fieras, moviendo de una forma absurda sus pesados campilanes de reluciente acero y lanzando al aire disparos de fusil.

Al parecer estaban enfurecidos por no haber conseguido degollar a los últimos defensores del *Marianne*, que, más astutos que ellos, habían podido ocultarse en la factoría antes de ser apresados.

—¡Voto a Júpiter! —exclamó Yáñez, que los contemplaba atentamente desde la parte superior del recinto—. Esos canallas son muy numerosos, y aunque no estén preparados militarmente van a darnos mucho trabajo.

—Deben de ser más de cuatrocientos —observó Tremal-Naik.

—¡Vaya, vaya! Cuentan con todo un parque de sitio —añadió el portugués al ver salir de entre la maleza un imponente grupo que arrastraba una docena de lilas y un mirim—. ¡Ese miserable peregrino…! Parece ser experto en cuestiones militares, ya que se concentra especialmente en la artillería

—¡No tienen pinta de buenos artilleros! ¡Se mueven como quintos de tres meses!

—Puedo asegurarle, capitán, que no disparan mal —dijo Sambigliong—. Abrieron fuego contra el *Marianne* muy atinadamente, enfilándolo de popa a proa.

—¿Habrá sido soldado antes ese maldito peregrino? —murmuró para sí Yáñez—. ¿Quién diablos puede ser tan extraño personaje?

—Yáñez —inquirió Tremal-Naik, mirándolo de una forma muy expresiva—, ¿crees que podremos aguantar mucho tiempo?

—En comparación con ellos estamos bastante escasos de artillería —repuso el portugués—, ya que no contamos con nuestras piezas de caza. Sin embargo, antes que se decidan a lanzarse al ataque nos habrán dado tiempo suficiente para diezmar sus columnas. Habría que asegurarse de que no escaseen los alimentos ni las municiones.

—Ya te dije que estamos bien aprovisionados, sobre todo de lo primero. Todos los cobertizos están repletos.

—En tal caso resistiremos perfectamente hasta que regrese Kammamuri. Sandokán no dudará en enviarte más ayuda, sabiendo que estás en peligro. ¿Cuánto habrá tardado en alcanzar la costa?

—Como mínimo una semana.

—Pues ahora debe de estar en Mompracem.

—Eso me imagino, si no es que le han matado los dayakos —replicó Tremal-Naik.

—¡Hum! ¡Atacar a un hombre que va acompañado de un Tigre! Ninguno habrá osado semejante cosa. Dentro de quince días, aproximadamente, podrá estar de regreso. Resistiremos hasta entonces, y mientras intentaremos entretener a los dayakos obligándolos a bailar mediante metralla.

—¿Y si Sandokán no nos enviase ayuda?

—En tal caso, amigo, nos marcharemos —replicó Yáñez con su habitual serenidad.

—¿Con todos esos hombres que nos están cercando?

—Ya veremos si son tan numerosos de aquí a quince días. Porque me imagino que no vamos a cargar las espingardas con patatas, ni los fusiles con huevos de paloma. Acabaremos nuestro recorrido, amigo Tremal-Naik, e intentaremos fortificar los lugares más vulnerables. Debemos aguantar y aguantaremos.

Mientras continuaban su recorrido, los dayakos establecieron sus campamentos en torno a la factoría, fuera del alcance de los tiros de las espingardas, edificando rápidamente con ramas y hojas de plátanos pequeñas chozas para protegerse de los rayos del sol, y sus artilleros construyeron unas cuantas trincheras de tierra y piedra, situando las piezas de artillería de manera que pudieran bombardear la factoría por todas partes.

Los cañones no eran de calibre adecuado para ocasionar destrozos en la sólida empalizada de tejo que rodeaba el recinto, ya que es madera muy fuerte y ofrece una extraordinaria resistencia. No obstante, una vez que Yáñez hubo acabado el recorrido y subió a la torrecilla acompañado de Tremal-Naik y Sambigliong para contemplar mejor el llano, no pudo reprimir un gesto colérico.

—¡El peregrino ese ha tenido que ser militar! —insistió—. A los dayakos jamás se les hubiese ocurrido practicar trincheras ni cavar fosos para protegerse contra los disparos enemigos.

—¿Le distinguís? —inquirió en aquel momento Tremal-Naik.

—¿A quién?

—Al peregrino.

—¡Qué! ¿Se atreve a presentarse?

—Mírale allí, de pie encima de aquel tronco de árbol que han hecho rodar los artilleros hasta colocarlo delante del mirim, con el fin de reforzar la trinchera.

Yáñez examinó atentamente el lugar que le indicaba y extrajo del bolsillo un catalejo, que enfocó en aquella dirección.

Sobre el tronco se encontraba un hombre de elevada estatura y muy delgado, vestido totalmente de blanco, con alamares de oro, zapatos rojos de punta torcida, de los que usan los borneses opulentos, y la cabeza cubierta con un amplio turbante verde de seda que le caía hasta los ojos.

Su edad parecía oscilar entre los cincuenta y los sesenta años. Tenía un color muy bronceado, pero no tan moreno como el de los malayos y los dayakos, y sus facciones, que Yáñez veía con toda claridad, eran más regulares y perfectas que las de los naturales de las islas de Malasia.

—Parece un árabe o un birmano —comentó Yáñez después de haberlo examinado atentamente—. No es dayako, y menos todavía malayo. ¿De dónde habrá venido ese hombre?

—¿No le habías visto nunca antes? —inquirió Tremal-Naik.

—Cuanto más busco en mi memoria, más seguro estoy de no haber tratado jamás con ese hombre —repuso el portugués.

—Y, no obstante, debemos de haberle visto en algún sitio. Su odio hacia mí, y también hacia vosotros, ya que, según tengo entendido, en cuanto acabe conmigo les tocará el turno a los tigres de Mompracem, debe de estar motivado por algo.

—¡Ah! ¿De manera que también piensa ocuparse de Mompracem? —dijo Yáñez con una sonrisa—. ¡Al parecer no sabe aún de lo que son capaces nuestros tigres! ¡Que intente lanzar sus huestes contra las costas de nuestra isla! ¡Ya verá cuántos dayakos regresan…! ¡Vaya! ¡El baile guerrero! ¡Mala señal!

—¿Qué quieren dar a entender, Yáñez?

—Que se disponen a entrar en combate. Antes de echar mano a los campilanes, los dayakos se exaltan con el baile. Sambigliong, advierte a nuestros hombres que estén preparados y dispón las espingardas en los cuatro ángulos de la construcción a fin de poder dominar todo el horizonte. Cuando avancen los dayakos iniciaremos inmediatamente la defensa.

Un centenar y medio de guerreros, con sendos campilanes en la mano, avanzaron formando cuatro columnas con el grueso de los hombres, y se dirigieron hacia el kampong para continuar la danza.

Cuando hubieron llegado a unos quinientos pasos del recinto, lanzaron un feroz alarido: se trataba de un grito de guerra. Luego formaron cuatro círculos y comenzaron a bailar desordenadamente.

Pusieron las armas en el centro, cruzadas unas sobre otras; al momento, algunos de aquellos salvajes sacaron una especie de morrales, de los que pendían algunas cabezas humanas que parecían haber sido cortadas hacía poco, y las colocaron entre los grupos formados con los campilanes.

Al ver aquellas cabezas, Yáñez no fue capaz de contener un acceso de cólera.

—¡Canallas! —exclamó.

—Pertenecían a los tuyos, ¿no es así, mi buen amigo? —inquirió Tremal-Naik.

—¡Sí! —confirmó el portugués—. Han debido de coger los cadáveres arrojados por la explosión al río para quitarles las cabezas. Nosotros no haremos eso, ¡voto a Dios!, pero las cambiaremos por plomo.

—Puesto que se encuentran al alcance de nuestras armas, ¿quieres que lancemos una descarga de metralla?

—Aún no. Dejemos que sean ellos los que disparen el primer tiro.

Mientras, los dayakos proseguían saltando como simios o como beodos en el punto culminante de una borrachera, danzando de una manera terrible, agitando los brazos y haciendo contorsiones al compás de los golpes que varios tamborileros daban con unas mazas en un tronco hueco tapado con piel de tapir.

Los danzarines empezaban bailando con un ritmo suave y muy pronto se ponían a dar grandes saltos, como si frente a ellos tuvieran una hoguera, y finalmente iniciaban una carrera desenfrenada empuñando unos pequeños krises, como si persiguiesen a un supuesto enemigo que huyera.

Aquel baile se prolongó durante más de media hora; al final, los salvajes, rendidos, jadeantes, regresaron a sus respectivos campamentos.

Durante unos minutos imperó en la selva un gran silencio, y de improviso retumbó en la llanura un formidable vocerío emitido por todos los guerreros.

—¿Se preparan para atacarnos? —preguntó Tremal-Naik, dirigiéndose a Yáñez, que de nuevo se puso a mirar por el catalejo.

—No; distingo a un hombre que ha salido del cobertizo del peregrino y que lleva una bandera verde en una lanza.

—¿Cómo? ¿Es que nos envían a un parlamentario?

—Eso es lo que parece —replicó el portugués.

—¿A pedirnos que nos rindamos?

—Seguro que no viene en son de paz.

Un dayako, posiblemente un guerrero notable a juzgar por las enormes plumas que llevaba sobre la cabeza y por la sorprendente cantidad de brazaletes de cobre que le cubrían los brazos y las piernas, había abandonado el campamento acompañado de otro que transportaba uno de aquellos imponentes tamboriles de madera que utilizaban para marcar el ritmo de los danzarines.

—¡Caramba! —exclamó el portugués—. ¡Es un parlamentario con todas las de la ley! La única diferencia estriba en que en vez de con un trompetero viene con un tamborilero. El peregrino ese debe de ser un hombre sumamente civilizado. Bajemos, Tremal-Naik. Veamos qué desea notificarnos el general dayako.

En cuanto abandonaron la torrecilla y entraron en la terraza que había sobre la contrapuerta, llegó el parlamentario diciendo que quería conversar con el propietario blanco.

—Yo no soy el propietario del kampong —adujo el portugués inclinándose por encima del parapeto y examinando con interés al guerrero y al tamborilero.

—Da igual —repuso el parlamentario—. El peregrino de La Meca, el que desciende del gran Profeta, quiere que trate únicamente con el hombre blanco, con el hermano del Tigre de Malasia.

—¡Voto a Júpiter! —exclamó Yáñez soltando una carcajada—. ¡Dos hermanos de diferente color! ¡Ese peregrino ha de ser un memo! —Y dijo en voz más alta—: En tal caso, explicadme qué es lo que desea el descendiente del Profeta.

—Me manda comunicarte que, de momento, os permite conservar la vida a ti y a tus hombres, siempre y cuando le entregues a Tremal-Naik y a su hija.

—¿Y qué piensa hacer con ellos?

—Cortarles la cabeza —replicó ingenuamente el guerrero.

—Pero al menos me explicarás la razón de que quiera cortarles la cabeza.

—Porque así lo desea Alá.

—¡Ah, bien! Entonces contéstale que mi Alá no lo desea, que yo he venido hasta aquí para que se cumplan sus deseos y que estoy decidido a proteger a mis amigos.

—Te digo de nuevo que Alá y el Profeta han decidido la muerte de ese hombre y de la joven.

—¡Pues yo mando al infierno a todos ellos y a ese falso peregrino, que seguramente os ha engañado mediante alguna bebida que os ha obligado a tomar!

—El peregrino es un hombre que ha obrado milagros ante nosotros.

—Pero no ante mí, y por eso, le comunicarás que le reto a que realice alguno ante mí. Mientras no me demuestres lo contrario, le seguiré considerando un farsante que se aprovecha de vuestra credulidad y de vuestros instintos criminales.

—Le comunicaré cuanto me ha dicho el hombre blanco.

—No corras demasiado, no tenemos prisa —dijo Yáñez en tono irónico.

El tamborilero tocó tres veces el pesado tambor, que tenía un sonido similar al de un trueno distante. Tras efectuar aquella operación, ambos salvajes regresaron al campamento, donde los guerreros los aguardaban con impaciencia.

—¡Ese peregrino debe de ser el mayor bribón que se conoce en el mundo! —dijo Yáñez a Tremal-Naik, una vez que los dos parlamentarios se hubieron alejado—. ¿Qué clase de milagros habrá llevado a cabo ese hombre para que los dayakos le consideren casi como a un dios? ¡Me gustaría saberlo!

—Indudablemente algo ha debido de hacer —replicó el hindú—. No hay persona que pueda obtener con tal rapidez el favor de esos salvajes, que siempre desconfían.

—¡Armas, dinero y obras milagrosas! —exclamó Yáñez—. ¡Con esto se domestica hasta a los antropófagos! ¡Y no saber por qué ese hombre nos odia…!

—A mí y a mi hija —aclaró Tremal-Naik.

—Eso de momento. Pero ¿y luego? Por otra parte, yo no confiaría en las promesas de ese farsante. ¡Vaya! ¡Otra vez viene el parlamentario! ¡Ya me empiezan a resultar fastidiosos él y el tamborilero! ¡Si regresa de nuevo, ordeno que disparen contra sus piernas un metrallazo de clavos y balines!

—Hombre blanco —anunció el parlamentario cuando llegó bajo la terraza—, el peregrino me manda notificarte que efectuará ante ti un milagro tan descomunal que hombre alguno pueda realizarlo, mostrándote a ti y a los tuyos que él es invulnerable.

—¿Quiere que haga la prueba de la penetración disparando sobre él una bala de mi carabina? —inquirió Yáñez irónicamente.

—Está dispuesto a efectuar ante ti la prueba del fuego y mostrarte cómo saldrá vivo gracias a la protección celestial de que disfruta. Tan solo pide que le permitas situarse en una zona de terreno próxima al kampong, para que puedas contemplarlo.

—¿Y luego?

—¿No es suficiente?

—Quiero decir qué es lo que piensa hacer después.

—Aguardar tu decisión.

—¿Que ha de ser…?

—Entregarle personalmente al hindú y a su hija, puesto que una vez realizada la prueba no tendrás la menor duda de que es casi un dios, al que nadie puede combatir; ni tú, ni tus hombres y ni siquiera el Tigre de Malasia, a pesar de que asegure que es invencible.

—Ya que el peregrino es tan cortés que nos obsequia con un espectáculo, comunícale que por nuestra parte no tenemos nada que objetar. Al menos nos servirá de entretenimiento.

—¿Piensas, hombre blanco, que el peregrino no pueda superar esa prueba?

—Cuando haya visto el milagro te lo diré.

—Y, en ese caso, ¿te entregarás?

—Eso, de momento, no te lo puedo decir.

—Tus hombres abandonarán al instante las armas y te dejarán.

—Conforme; aguardaré a que os entreguen los fusiles —replicó Yáñez con una sonrisa burlona.

No había pasado aún un cuarto de hora de la vuelta de ambos parlamentarios al campamento cuando Yáñez y Tremal-Naik, que permanecían en la terraza con el objeto de deleitarse con el milagro, observaron dos grupos de dayakos, compuesto cada uno de una quincena de hombres desprovistos de armas, que se aproximaban al kampong llevando enormes cestas llenas de piedras, planas la mayor parte de ellas, que posiblemente habían sido recogidas en el lecho de algún riachuelo.

Detuvieron su avance a cincuenta pasos de la terraza y pusieron las piedras en forma de ara de seis metros de longitud por otros tantos de ancho.

—Están preparando el brasero —indicó Yáñez a Tremal-Naik.

Una vez distribuidos ambos grupos, llegaron otros dos provistos de leña resinosa, que amontonaron encima de las piedras y a la que luego prendieron fuego, dejando que ardiera durante unas dos horas.

Yáñez, Tremal-Naik y todos sus hombres, a excepción de los centinelas, contemplaron pacientemente los preparativos situados debajo de unos árboles, cuyas grandes ramas proporcionaban una sombra muy fresca en la terraza edificada encima del recinto, desde donde los defensores podían disparar a placer.

Los dayakos, que, por lo que podía deducirse, pretendían demostrar al hombre blanco, para ellos una persona superior, los milagros del peregrino, habían ido agrupándose paulatinamente en torno a la hoguera sin que los hombres que defendían el kampong se preocuparan por ellos, ya que todos iban desarmados.

—He aquí un espectáculo del que nunca hemos disfrutado —dijo Yáñez—, y que no tendrá mayores consecuencias, al menos para mis tigres.

—Y menos todavía para mis malayos y javaneses —agregó Tremal-Naik—. Ya no creen en Alá, como esos necios. ¿Quién habrá instruido a esos salvajes en la religión musulmana?

—Los árabes de otras épocas, amigo —contestó el portugués—. ¿Acaso desconoces que aquellos audaces navegantes descubrieron y exploraron estas tierras cuando aún los europeos ignoraban que existiesen en esta parte de la Tierra las islas de Malasia? Supongo que no sabes de la existencia de un tal Ptolomeo, que vivió hacia el año ciento sesenta y seis antes de Jesucristo. Pero te puedo asegurar que ya en aquel tiempo los árabes conocían muy bien a los malayos: el Aurea Chersonesos, donde señalaban el monte Ofir, no era otro que el Sumatra; Grabadiva, la Java actual; los sátiros son los batías; para ser más exactos, los antropófagos. ¡Eh! ¡Fíjate! ¡El peregrino se aproxima! Ese bribón se dejará quemar las plantas de los pies para que los fanáticos crean que es un semidiós, un ser superior, un auténtico descendiente del gran Profeta. ¡Me sorprende su fuerza de voluntad y su valor!

—¡Voy a acabar con él de un disparo o de un cañonazo! —replicó Tremal-Naik.

—No incurriremos en semejante crimen, amigo mío. Hemos

de ser los últimos en contestar a las provocaciones. Nosotros somos seres civilizados.

Un terrible alarido les indicó que el peregrino iba a dejar el campamento para mostrar al hombre blanco y a los suyos que era invulnerable, un ser superior.

Damna, la linda y bella angloindia, se había unido a su padre y a Yáñez. Los tigres de Mompracem se encontraban asimismo en la terraza, con los fusiles apoyados en el parapeto por miedo a que se produjera algún ataque inesperado por parte de aquellos salvajes, en quienes no confiaban lo más mínimo.

El peregrino se dirigía al ara de piedras, transformadas en ascuas tras dos horas de fuego ininterrumpido.

Se había puesto el turbante verde y se tapaba el rostro con un trozo de seda de idéntico color. Vestía una especie de camisa muy ceñida de amarillo nanquín, que le cubría hasta las rodillas, y llevaba los pies desnudos.

—O ese hombre es un gran farsante, o se trata de una auténtica salamandra —comentó Yáñez.

—¿No caminan también los faquires hindúes sobre carbones encendidos, en vez de hacerlo sobre piedras calientes? —adujo Tremal-Naik—. ¿No recuerdas la fiesta de Damna Ragie, cuando conociste a la encantadora Surama, la sobrina del rajá de Gualpara?

—¡Voto a Júpiter! ¡Es cierto, lo recuerdo! —contestó Yáñez.

—En aquella fiesta los fanáticos corrían también por encima de las brasas.

—Sin embargo, salían quemados de aquel infierno, mientras que este endiablado peregrino asegura que caminará sobre esas piedras al rojo vivo sin que le ocurra nada.

—Ya lo comprobaremos, Yáñez, a no ser que se trate de un magnífico faquir.

—¡Ten mucho cuidado, Damna! —advirtió Yáñez, observando que la joven se inclinaba sobre el parapeto.

—¿Qué es lo que teme, señor Yáñez?

—¡Eh…! Un tiro de fusil se puede escapar en cualquier momento.

—No llevan armas —repuso Damna.

—En apariencia, no. ¡Adelante, señor descendiente de Mahoma! ¡Enseñadnos el milagro!

El extraño enemigo de Tremal-Naik había alcanzado el ara de piedras, que debía de despedir un calor insoportable.

Se concentró un momento con las manos alzadas y miró fijamente hacia oriente, es decir, en dirección al distante sepulcro del Profeta; movió los labios como si orase y, a continuación, se adelantó con determinación, gritando por tres veces de una manera estentórea:

—¡Alá! ¡Alá! ¡Alá!

Con paso firme, indiferente al terrible calor que despedía el ara, con las piernas desnudas al igual que los pies, caminó sobre las ascuas lentamente sin hacer el menor gesto que delatara dolor.

Los dayakos, sorprendidos, entontecidos ante semejante demostración, elevaban los brazos contemplándole con gran admiración.

Para aquellos hombres aquel ser era, indudablemente, un semidiós, un auténtico descendiente del Profeta.

Efectuado el recorrido, el peregrino se detuvo un instante y acto seguido volvió sobre sus propios pasos, siempre sereno, impertérrito, como si en lugar de andar por encima de aquellas piedras sobre las que se podía cocer pan caminara por la hierba de un prado.

—¡Ese ha de ser un hijo del camarada Belcebú! —barbotó Yáñez, que no podía dejar de sentir admiración por el estoicismo de aquel hombre—. ¿Cómo será capaz de aguantar ese calor? Lleva los pies desnudos. Es imposible el engaño.

—¡Ese hombre debe de ser tan insensible como las salamandras! —repuso Tremal-Naik.

Acabada la segunda demostración, el peregrino volvió el semblante tapado con la tela en dirección a Yáñez y le contempló unos segundos; luego se alejó con lentitud encaminándose hacia el cobertizo, mientras los dayakos, dominados por una auténtica exaltación, aullaban hasta volverse roncos:

—¡Alá! ¡Alá! ¡Alá!

Unos minutos después, mientras los salvajes regresaban a sus campamentos y hacían los honores al peregrino, el parlamentario, en unión del tamborilero, apareció por tercera vez bajo la terraza.

—¿Qué es lo que deseas de nuevo, incordio? —inquirió Yáñez.

—Vengo a preguntar si después de la extraordinaria demostración que te ha dado el descendiente del Profeta estás dispuesto a entregarte —comunicó el guerrero.

—¡Ah, es cierto! ¡Había de darte una respuesta! —repuso Yáñez—. Puede notificarle al hijo, sobrino o primo de Mahoma que le agradezco el interesante espectáculo que ha tenido a bien ofrecernos a nosotros, unos pobres descreídos.

A continuación, quitándose con gesto teatral un soberbio anillo que llevaba en uno de los dedos, lo arrojó al sorprendido parlamentario y añadió:

—¡Y esta es su recompensa!

EL ATAQUE AL KAMPONG

En las islas de Malasia, e incluso en algunas de la Polinesia, aún se efectúa la prueba del fuego, si bien no tiene el mismo empleo que tuvo entre nosotros en épocas remotas para demostrar la inocencia de aquel a quien se consideraba reo de homicidio o robo. En Malasia y Polinesia tiene únicamente un fin religioso.

Los sacerdotes son los únicos que en ciertas épocas del año, y con el fin de que los dioses más o menos celestiales les sean favorables, llevan a cabo ese paseo no por encima de tizones ardiendo, como los fanáticos de la India, sino sobre piedras al rojo vivo.

Este ritual tiene lugar casi siempre sobre una reducida calzada hecha con pedruscos que mide, por lo general, tres metros de longitud por medio de ancho.

Los hechiceros encienden el fuego al alborear el día y lo conservan vivo hasta el mediodía. Luego, en compañía de algunos discípulos, apartan las cenizas y los tizones, según pronuncian determinadas palabras rituales, que según ellos son imprescindibles; después golpean con una rama los bordes del brasero y caminan con lentitud por encima de las piedras con los pies descalzos.

No está determinada la longitud de los pasos, pero se supone que deben pisar, como mínimo, tres veces en cada vuelta.

¿Cómo se las componen para aguantar y, lo que es más sorprendente, para salir incólumes de la prueba? ¡Es un misterio!

Achacan su invulnerabilidad al maná, maravilloso y extraño poder que logra que los iniciados puedan caminar sobre las piedras ardientes sin sufrir la menor quemadura. Este poder no se halla representado por símbolo alguno y se puede transmitir de unos a otros únicamente por medio de la palabra.

Sea lo que fuere, lo cierto es que tales sacerdotes abandonan totalmente indemnes la horrible demostración.

Hace años un viajero europeo, el coronel inglés Gudgeon, en unión de algunos amigos suyos, quiso realizar personalmente la prueba cuando se encontraba en una isla del océano Pacífico, con motivo de una ceremonia religiosa. El coronel tenía la certeza de que su intento iba a costarle padecer dolorosas quemaduras. Sin embargo, ¿podéis creerlo?, el valeroso inglés acabó la prueba tan indemne como los sacerdotes. Solamente uno de sus compañeros, aunque también había recibido el maná, es decir, el poder maravilloso que como hemos indicado se transmite por medio de la palabra, sufrió quemaduras bastante graves; pero, según los sacerdotes, la culpa fue suya.

Cometió el error de mirar atrás, algo totalmente prohibido a los que han recibido el maná; un disculpa dada posiblemente por los sacerdotes para salvar la honorabilidad del rito.

¿Cómo pudo llevar a cabo el coronel aquella demostración si incluso una hora después de acabado el ritual las piedras estaban tan ardientes que prendieron fuego al momento en raíces de una madera muy fuerte que allí se arrojaron? El inglés no lo supo explicar.

Contó que había notado en todo el cuerpo y en los pies algo semejante a breves sacudidas eléctricas, pero solamente eso, y que tales sacudidas se prolongaron durante unas siete u ocho horas seguidas. Por el contrario, la piel de los pies no presentaba la menor señal de la más leve quemadura.

En Nueva Zelanda las pruebas del fuego son aún más terroríficas, y se asegura que solo las personas de ciertas familias pertenecientes a determinadas castas tienen el privilegio de poder resistir.

En esa zona el asunto no se reduce a caminar sobre unas cuantas piedras, sino que el recorrido se efectúa en el interior de un horno de forma circular de diez metros de diámetro, en el que hay que permanecer veinte o treinta segundos.

Es tan alta la temperatura en el interior de estos hornos que en una ocasión a cierto viajero que pretendió introducirse se le fundió el recipiente de metal del termómetro y se derramó todo el mercurio. ¡El aparato marcaba doscientos grados!

¿Cómo pueden aguantarlo esos hombres salamandra? Esto es igualmente un misterio. No obstante, resisten y salen indemnes de tan espantosa prueba.

Teniendo esto presente, no debe admirarse uno si también el peregrino de La Meca, que no por ello dejaba de ser un hombre sorprendente, había podido realizar la prueba, aunque más bien con el fin de fanatizar a sus guerreros que con el de impresionar a Yáñez y a los defensores, escépticos en exceso y también irónicos para caer neciamente en la trampa y presentar su cabeza a los campilanes de aquellos salvajes tan sanguinarios.

El desdén que mostró el portugués al peregrino, como si se tratase de un artista o un payaso, debió de provocar la ira, difícilmente contenida hasta el momento, de aquellos cortadores de cabezas.

En efecto; en cuanto el parlamentario regresó al campamento, se oyó un terrible vocerío en torno al kampong; clamor que parecía ocasionado más bien por cien fieras que por seres humanos.

—¡Ya están enfurecidos como si fuesen monos rojos tras haber comido guindilla! —comentó Yáñez riendo—. Vamos a tener guerra a ultranza. ¡Bah! Combatiremos mientras poseamos cartuchos o hasta que no quede con vida un dayako.

Luego, alzando la voz, exclamó:

—¡Muchachos, a vuestros puestos de combate, y matad a todos los que podáis! ¡No debéis olvidar que si caéis en manos de esos brutos, lo mejor que puede aconteceros es que os degüellen con un simple golpe de campilán!

Los tigres de Mompracem, malayos y javaneses, se dirigieron velozmente a ocupar sus puestos de combate, decididos a oponer la más dura resistencia y a gastar hasta el último cartucho, ya que el milagro del peregrino no había hecho el menor efecto en su fidelidad.

Por otra parte, tenían la absoluta certeza de que iban a dar una buena lección a tan indisciplinadas huestes. Protegidos por la muralla de madera de teca, que podía resistir el fuego de los lilas e incluso de los mirimes, y, tratándose todos de expertos tiradores, no sentían temor al asalto, sobre todo bajo el mando de Yáñez, que tenía fama de ser invencible al igual que el Tigre de Malasia.

Además de los tigres de Mompracem, el resto habían sido también piratas, única profesión posible, al menos por aquella época, en esas tierras que, a pesar de sus riquezas naturales, no tenían comercio de ninguna clase.

Con semejantes hombres decididos a vender cara su vida, y sabiendo como sabían que para ellos no habría compasión, los dayakos iban a tropezar con un hueso muy difícil de roer.

Al observar que los atacantes se congregaban en torno a la choza del peregrino, tigres, malayos y javaneses se dieron prisa en ocupar las esquinas del recinto, desde donde podían barrer el llano por medio de las espingardas.

Yáñez y Tremal-Naik, por su parte, permanecieron en la terraza por el lado de la compuerta, ya que tenían la certeza de que los dayakos concentrarían sobre aquel lugar los más duros ataques.

Emplazaron en posición adecuada la espingarda de calibre más grueso del kampong, a cuyo servicio se destinó a seis piratas de Mompracem, y encargaron a Sambigliong que se dirigiese a la torrecilla, que era el lugar mejor situado para dominar por completo el llano.

—Damna —dijo el portugués al observar que los dayakos avanzaban ya en columna de asalto—, este no es tu puesto, a pesar de que ya conozco que sabes usar una carabina como cualquier fusilero de mi barco. De aquí a pocos minutos los lilas y los mirimes de esos canallas lanzarán numerosos proyectiles, y no quiero que te expongas a tal peligro.

—¿Creéis que el peregrino enviará a sus hombres al asalto? —preguntó la muchacha.

—Sí, ya que en este mundo hay hombres que no saben mostrarse agradecidos.

—No le comprendo, señor Yáñez.

—He pagado a ese hombre por el espectáculo que nos ha ofrecido con un anillo que en poder de un judío tendría posiblemente un valor de mil florines, y ya vemos lo que sucede: ese bribón me paga con un ataque con arma blanca. ¿Merece la pena ser generoso en este perro mundo? De haber hecho tal regalo a un payaso o a un histrión de mi tierra, tengo la certeza de que me hubiera llevado a cuestas hasta España, cruzando si fuera necesario la sierra del Guadarrama. ¡Qué mundo tan ruin...!

—¡Ah, señor Yáñez! —comentó Damna riendo—. ¡Aunque se encuentre usted al borde de la muerte, no dejará nunca de bromear!

—¿Te produce risa? —dijo el portugués—. ¡Eres digna de tu casta, niña!

—Con usted y con sus tigres no me amedrentan los dayakos.

Un disparo de cañón interrumpió aquella charla. Los atacantes acababan de descargar un mirim.

El proyectil pasó silbando por encima del recinto y explotó en la otra parte del kampong, sin ocasionar el menor destrozo.

—Hay que apuntar mejor, queridos míos, o no haréis nada de provecho —observó Yáñez.

—¡Rápido, Damna, márchate de aquí! —ordenó Tremal-Naik—. ¡Las balas no respetan a nadie!

—Ni tan siquiera a las niñas bonitas —añadió Yáñez.

434

—¿Voy a estar cruzada de brazos mientras vosotros andáis escasos de hombres? —inquirió Damna.

—Si necesitamos una tiradora, te llamaremos —repuso Tremal-Naik—. Enciérrate en la habitación baja del bungalow. Allí estarás totalmente a salvo.

En aquel instante se escucharon cuatro disparos consecutivos. Los lilas, tras la descarga del mirim, habían lanzado sus proyectiles contra las tablas del recinto.

—¡Vete! —insistió Tremal-Naik—. ¡No voy a poder combatir con tranquilidad si te veo expuesta a los disparos de la artillería! Procura que no se apaguen los hornos de las cocinas.

—¿Los hornos? —inquirió Yáñez mientras Damna, después de haber besado a su padre, bajaba a la carrera la escalera—. ¿Piensas ofrecer un banquete a los sitiadores?

—Sí; aunque ya verás de qué tipo —repuso el hindú—. Un auténtico plato infernal que los hará aullar como endemoniados. ¡Fíjate, ya avanzan! ¡Ponte tú en la espingarda, Yáñez, ya que eres un soberbio artillero!

—Y los ametrallaré con toda mi pericia —contestó el portugués arrojando el cigarro y dirigiéndose al cañón, cuya boca se hallaba orientada en dirección al llano.

Los dayakos, por orden del peregrino, habían constituido cuatro columnas de asalto, cada una de ellas compuesta de unos setenta u ochenta hombres, que avanzaban hacia el kampong protegidos con sus grandes escudos hechos con piel de tapir o de búfalo y armados solamente con los campilanes. Una quinta columna, formada únicamente por fusileros, se había diseminado por la llanura a modo de línea ofensiva para apoyar el ataque conjunto de los lilas y los mirimes.

—El peregrino ha debido de ser militar —observó de nuevo Yáñez—. Pero tengo mis dudas sobre lo acertado de su táctica. En cuanto los dayakos se lancen al asalto, desharán las filas. No creo que esos salvajes hayan podido asimilar en tan poco tiempo la disciplina militar. ¡Adelante con el concierto!

Los sitiadores comenzaron un intenso tiroteo. Los cañonazos se alternaban con nutridas descargas de fusilería, aunque sin obtener grandes resultados, ya que los sólidos tablones de madera de teca del recinto resistían firmemente. Además, los defensores del kampong se encontraban muy bien protegidos tras los parapetos.

Asimismo, los árboles espinosos que cubrían todo el perímetro eran muy frondosos, lo que impedía que los sitiadores que hacían uso de los fusiles pudieran afinar la puntería.

La espingarda situada en la planta del alminar abrió fuego por primera vez contra la columna que avanzaba hacia el lugar donde se encontraba la contrapuerta, y el proyectil de grueso calibre lanzado por Sambigliong, que era un excelente artillero, no fue disparado en balde.

—¡Se acaba de derramar la primera gota de sangre! —exclamó Yáñez—. ¡Esperemos que se transforme en un río!

Los tigres de Mompracem encargados de las espingardas abrían fuego desde las esquinas del kampong con un atronador estampido.

Como aquellas pequeñas bocas de fuego no podían contrarrestar los disparos de los lilas y especialmente de los mirimes, arrojaban proyectiles de una libra de peso contra las columnas que marchaban al ataque, entre las que causaban grandes estragos.

Las carabinas hindúes de largo alcance empleadas por los malayos y javaneses apoyaban firmemente el fuego de las espingardas, poniendo a dura prueba el valor de los atacantes.

Yáñez no desaprovechaba el tiempo. Cada disparo de carabina que efectuaba era un hombre que caía a tierra. A continuación, en cuanto la espingarda estaba cargada se dirigía hacia ella y, apuntando a la columna que avanzaba hacia la contrapuerta, disparaba haciendo blancos tan sorprendentemente precisos que dejaban maravillado al propio Tremal-Naik y hacían prorrumpir en gritos de júbilo a los malayos y javaneses del kampong.

Los dayakos, que en realidad no estaban muy bien cubiertos ni por los artilleros, que eran muy malos tiradores, ni por los fusileros, más expertos en disparar flechas que balas, intentaban acelerar el paso alentándose por medio de fieros gritos y protegiéndose lo mejor que podían con sus escudos, como si estos los pudieran salvaguardar de las carabinas hindúes. El fuego que se abría desde el kampong ocasionaba grandes estragos entre sus filas. Pero aunque las columnas sufrían terribles pérdidas, no por ello se desbarataban.

—¡Adelante! —exclamaba Yáñez, que ni tan siquiera se preocupaba de parapetarse—. ¡Apuntad certeramente y acabaremos con ellos! ¡Disparadles metralla a las piernas!

Y el tiroteo aumentaba en intensidad, cubriendo a las hordas con un torrente de plomo, hierro y clavos.

Tigres de Mompracem malayos y javaneses competían en valentía y audacia, decididos a no permitir que los dayakos alcanzaran la parte baja del recinto ni lo tomaran por asalto.

Eran sobre todo las espingardas las que ocasionaban una verdadera carnicería, derribando a numerosos hombres a cada descarga de metralla que efectuaban. Aunque no producían heridas mortales, destrozaban las piernas de los salvajes y los dejaban fuera de combate.

A pesar de las grandes pérdidas, los tenaces salvajes no desistían de su empeño. Al contrario, con un último esfuerzo alcanzaron a toda prisa la zona cubierta de árboles y se precipitaron audazmente entre los espinos, donde interrumpieron su avance para descansar un instante antes de lanzarse al último ataque.

—¡Son auténtica carne de cañón! —comentó Yáñez, cuya frente se hallaba ensombrecida—. ¡No podía imaginar que fuesen a llegar tan cerca! Es cierto que aún no están en el recinto, y que si ahora las espingardas no sirven para nada, aún pueden abrir fuego las carabinas y las pistolas.

—No te preocupes, compañero —dijo Tremal-Naik—. Les he reservado una sorpresa que les ocasionará en la piel más efecto que los clavos.

—Pero ya se encuentran aquí abajo…

—¡Deja que se acerquen! Las empalizadas son altas y las tablas de teca lo suficientemente sólidas para que sus campilanes se mellen sin que puedan arrancar una simple astilla.

—Me preocupa el fuego de sus cañones.

—¡Disparan tan pésimamente…!

—Pero ¿qué están haciendo? No los oigo.

—Prosiguen su avance deslizándose bajo los espinos.

—¿Está asegurada debidamente la contrapuerta?

—He ordenado que coloquen las clavijas de hierro y nadie podrá levantarla. ¡Míralos allí!

Mientras los lilas y los mirimes proseguían disparando, abriendo a lo largo del recinto pequeños boquetes, por los que apenas podía introducirse una mano, y los fusileros avanzaban en cadena, echándose a tierra y ocultándose tras las pequeñas sinuosidades del terreno y de los troncos cortados para eludir el fuego de la espingarda de la torrecilla, que no había dejado de abrir fuego, los atacantes se adentraban por entre las plantas espinosas.

Iban casi desnudos y, como la vegetación y los arbustos estaban provistos de terribles y aguzadas puntas, la empresa no resultaba sencilla, como demostraban los aullidos de dolor que proferían los sitiadores.

—Se están despellejando las carnes —adujo Yáñez, que inclinado por encima del parapeto los vigilaba por entre la abertura que formaban un par de sacos de arena situados delante de la espingarda—. Las espinas pinchan, ¿no es cierto, queridos míos?

—¡Y, no obstante, esos demonios consiguen pasar! ¡Ahí está el primero, traspasando la línea del recinto!

—¡Y que no podrá notificar a sus camaradas si es o no resistente! —añadió el portugués.

Apuntó con la carabina y abrió fuego sin mirar. El dayako, que muy probablemente salía con bastantes desgarraduras de aquella tremenda barrera, se levantó súbitamente sobre las rodillas, adelantó los dos brazos a la vez y cayó lanzando un grito ronco, con la cabeza destrozada por la bala.

—¡Disparad hacia la maleza! —exclamó Yáñez—. ¡Están dentro de ella!

A continuación dio la vuelta a la espingarda sobre el perno y, bajando el cañón cuanto le fue posible, disparó una ráfaga de metralla, en tanto que los tigres de Mompracem, los malayos y los javaneses volvían a iniciar el tiroteo, que destrozaba tanto hombres como árboles. Alaridos espantosos se alzaron de entre la espesura, prueba evidente de que no todos los disparos habían sido desaprovechados. Inmediatamente un alud de hombres se precipitó hacia la contrapuerta, asestando contra ella golpes de campilanes, mientras los lilas y los mirimes intensificaban sus cañonazos, cuyo objetivo era arrojar sus proyectiles sobre la terraza para desalojar a los defensores.

Tremal-Naik lanzó un silbido. De repente, salieron de la cocina ocho hombres con grandes calderos, de los que surgía un humo acre y espeso.

A toda velocidad ascendieron las escaleras y pusieron los calderos en la zona de la terraza que daba a la contrapuerta.

—¡Voto a Júpiter! —barbotó Yáñez al verse envuelto en aquel humo que le ocasionaba una fuerte tos—. ¿Qué traéis en esos calderos?

—Yáñez —exclamó Tremal-Naik—, será mejor que dejes el puesto a esos hombres.

—¡Pero aquellos empiezan ya a trepar…!

—¡El caucho hirviente los hará bajar de nuevo!

Los ocho hombres, provistos de recipientes de barro y cucharones de largo mango, empezaron a derramar el líquido humeante que había en el interior de los calderos.

Alaridos tremendos, terribles, desgarradores, se escucharon al momento en la zona baja del recinto. Los dayakos, bestialmente abrasados por el hirviente caucho que se les vertía, sin economizarlo en lo más mínimo, desde la parte superior del parapeto, surgieron enloquecidos de entre los espinos y huyeron desesperadamente.

Seis de los dayakos que acababan de recibir los primeros cucharones del espantoso líquido quedaron allí ante la contrapuerta, agitándose desesperadamente y gritando de una manera terrible como lobos atacados por la rabia.

—¡Voto a Júpiter! —exclamó Yáñez con un gesto horrorizado—. ¡Este indio ha tenido una dichosa idea! ¡Esos pobres diablos se están asando vivos!

Los dayakos se daban a la fuga en todas direcciones, ya que también desde las restantes terrazas se había comenzado a verter el líquido sobre todos aquellos que pretendían trepar por el recinto.

El vivísimo fuego de las espingardas y de las carabinas acabó por precipitar la derrota de los sitiadores, que ahora solo pensaban en ponerse fuera del alcance de las armas de fuego de los combatientes del kampong, y huían para buscar el cobijo de sus campamentos.

Los fusileros trataron inútilmente de auxiliar a las columnas asaltantes en su frenética retirada. Una ráfaga de metralla arrojada por todas las espingardas los forzó a seguir a los que huían.

Dos minutos más tarde no quedaban en torno al kampong más que los muertos y algún herido a punto de exhalar el último suspiro.

EL RETORNO DE KAMMAMURI

Una vez que comprobaron los dayakos que no resultaba sencillo conquistar el kampong al asalto, especialmente después de la terrible experiencia que habían sufrido y que les había ocasionado muy numerosas bajas, consideraron que lo mejor era establecer un sitio en toda regla, confiando en que los defensores hubiesen de rendirse acuciados por el hambre.

Practicaron en torno a la llanura cuatro campos atrincherados en prevención de una posible salida.

Además, avanzaron la artillería, excavando para tal fin un par de trincheras paralelas desde las que hostigaron a los defensores del kampong con un incesante cañoneo, que, si bien no ocasionaba gran daño, obligaba a Yáñez, a Tremal-Naik y a sus hombres a estar continuamente prevenidos por miedo a que fuera el principio de un nuevo ataque.

Ya habían pasado cinco días desde el primer intento de asalto sin que ciertamente hubiese acontecido otra cosa que un considerable derroche de municiones por parte de los dayakos y un exceso de ruido. Lo único que lograron fue destruir la torrecilla, demasiado expuesta al fuego, que fue derrumbándose paulatinamente y obligó a los sitiados a retirar la espingarda y dejar aquel puesto.

Yáñez empezaba a sentirse aburrido. Hombre activo y aventurero, a pesar de su aparente serenidad, veía que el asunto iba a prolongarse demasiado y los cigarros que fumaba en abundante cantidad no bastaban para calmar su ansiedad.

En el kampong no escaseaba nada. Los almacenes se hallaban llenos y los cobertizos repletos de gabá, el estupendo arroz que cultivan los javaneses y que es de mucha mejor calidad que el de Rangún.

En los recintos o corrales interiores picoteaban numerosas gallinas salvajes, dispuestas a dejarse cortar el cuello sin la menor oposición para aplacar el apetito de los sitiados. Las frutas eran abundantes y en las bodegas había grandes vasijas de arcilla llenas de bram, licor de muchos grados que se elabora con arroz fermentado, azúcar y el jugo de diversas palmas. ¿Qué más había? En las horas más calurosas del día, los defensores del kampong podían calmar la sed con magnífica kalapa, bebida refrescante que contienen los cocos, ya que en la granja había infinidad de cocoteros, y fumar ilimitadamente los exquisitos cortados, esos perfumados cigarros de Manila, y los rorok javaneses, cigarros enrollados en hoja seca de nipa, muy agradable al paladar.

—¿Qué es lo que te falta, compañero? —preguntó el hindú a Yáñez al declinar la tarde del quinto día, notándole más abatido que nunca—. Pienso que no debe existir otra guarnición sitiada que disfrute de tal abundancia.

—¡Esta tranquilidad es desesperante...! —repuso el portugués.

—¡La llamas tranquilidad...! ¡Si los cañones enemigos no dejan de disparar de la mañana a la noche...!

—Para no ocasionar más que agujeros en los tablones, que jamás hicieron mal a nadie y ni siquiera protestan.

—¿Preferirías que los proyectiles atravesaran a nuestra gente?

—Tienes respuestas para todo, apreciado Tremal-Naik. Pero, no obstante, me gustaría irme de este lugar.

—No hay más que levantar la contrapuerta. Pero yo, en tu caso, preferiría pasear en torno al bungalow —replicó soltando una risa el hindú—. Tu preocupación se debe a la falta de noticias de San-dokán.

—Eso también es cierto. Quisiera saber cómo marchan los asuntos en Mompracem y estoy deseando que vuelva Kamma-muri.

—Debes darle tiempo.

—Ya debería haber regresado.

—No son ciertamente muy seguras las tierras que debe atra-vesar para alcanzar la costa, amigo Yáñez, y no sería muy raro que hubiese encontrado muchos obstáculos en su camino. Vayamos a la terraza de la contrapuerta para dar una ojeada a los sitiadores an-tes de que se ponga el sol.

Abandonaron la salita donde acababan de terminar la cena junto a Damna y se encaminaron hacia el recinto.

Esa noche estaban de guardia los javaneses, que comían con magnífico apetito, a horcajadas en los parapetos, sus extraños guisos.

Sin preocuparse lo más mínimo de los proyectiles del adver-sario que de vez en cuando penetraban en los tablones, algunos de ellos devoraban el panciang, guiso de mal olor preparado con pequeños cangrejos y pescaditos conservados en recipientes de barro, donde se dejaban fermentar hasta pudrirse; otros se sola-zaban con el ud-ang, pasta elaborada con crustáceos secados al sol y convertidos luego en polvo, y algunos engullían el laron, que es una pasta amasada con larvas de determinados gusanos de agua, plato selecto y sabrosísimo para el paladar de los naturales de Java y Malasia.

Al parecer ni el asedio ni el duro trabajo que debían soportar habían hecho disminuir el apetito de aquellos bravos hombres, que seguían masticando sin cesar el siri y el betel, cuyo abuso había dejado sus dientes tan ennegrecidos como semillas de girasol.

Nada más llegar al parapeto, Yáñez y Tremal-Naik vieron que había movimiento en el campamento de los dayakos. Los jefes habían congregado a su alrededor sus numerosos guerreros y parecían estar dirigiéndoles arengas vibrantes, a juzgar por la manera enérgica con que agitaban los brazos, mientras en otros lugares realizaban los bailes guerreros del campilán y del kris. El sol estaba desapareciendo en aquel instante tras grandes nubarrones de contornos cárdenos que parecían saturados de electricidad.

—¿Un asalto y una tormenta? —se dijo Yáñez aspirando la sequedad del aire—. ¿Qué opinas, Tremal-Naik?

—Esta noche vamos a tener tempestad —repuso el hindú contemplando asimismo la enorme nube que iba agrandándose cada vez más.

—Acompañada de fuego celestial y terrestre. Tengo la certeza de que los dayakos están hartos de bombardear en vano nuestros recintos y aprovecharán la tormenta para iniciar el asalto.

—Y no está mal pensado. Se dispara con escaso tino cuando el agua azota el rostro.

—Establezcámonos en las terrazas, Tremal-Naik. Nuestra gente puede levantar en media hora los cobertizos precisos para resguardar al menos del agua a los artilleros. ¡Voto a Júpiter! ¿De verdad piensan asaltar el recinto esta noche?

—No creo que puedan hacerlo mientras dispongamos de caucho.

—Ordena que llenen todas las calderas disponibles.

—Ahora mismo iba a hacerlo —replicó el indio bajando a toda prisa.

Se disponía Yáñez a dirigirse a la esquina del recinto en la que se había emplazado una espingarda cuando de improviso cruzó silbando ante él una flecha, arrojada seguramente por un sumpitan o cerbatana, y fue a empotrarse en uno de los postes que servían de base a la terraza.

—¡Ah, traidores! —bramó Yáñez precipitándose hacia el parapeto con una pistola en la mano.

Miró en dirección a los arbustos espinosos, mientras Sambigliong, que estaba colocando la espingarda en posición de disparar, había advertido el peligro que amenazaba al portugués y corría ya provisto de una carabina. No se agitaba ni una rama, ni rumor alguno alteraba el silencio que había bajo los árboles que rodeaban el recinto.

—¿Ha podido ver a ese tunante, capitán? —preguntó el contramaestre.

—Ha debido de esfumarse —repuso Yáñez.

—Tal vez la flecha estuviera emponzoñada con el jugo del upas.

—¡Comprobémoslo! —decidió el portugués encaminándose hacia el poste.

De improviso lanzó una exclamación de asombro.

En el extremo de la flecha, cuya caña o asta era muy sólida, había visto una cosa blanca, como si se tratase de un trozo de papel enrollado al poste.

—¡Vaya! ¡En tal caso no se trata de un intento de asesinato perpetrado contra mi muy honorable personalidad!

Arrancó el dardo, cuya punta, hecha con una afiladísima espina, se había clavado profundamente en la madera, y cortó el hilo que ataba la carta al asta.

—Señor Yáñez —preguntó Sambigliong—, ¿utilizan ahora los dayakos flechas para mandar las cartas a su destino? Debe de tratarse de un nuevo tipo de servicio postal.

—¿Qué pasa? —preguntó en aquel instante Tremal-Naik, que acababa de dar las órdenes y regresaba en compañía de Damna.

—Un cartero misterioso que me remite esta carta en la punta de una flecha —informó Yáñez—. ¿Será una nota intimándonos a la rendición?

Desenrolló cuidadosamente el papel, que estaba cubierto de grandes caracteres, y lanzó una jubilosa exclamación:

—¡Kammamuri!

—¡Mi maharato! —exclamó Tremal-Naik—. ¡Lee, Yáñez, lee!

Desde esta mañana me encuentro por las proximidades del campo —escribía en inglés el maharato—, y esta noche intentaré penetrar en la factoría con la ayuda de un antiguo criado que ahora se halla entre los insurrectos. Dejad suspendida una cuerda en la esquina de la parte sur, y disponeos a la defensa. Los dayakos se preparan para el ataque.

KAMMAMURI

—¡Ya se encuentra aquí ese bravo maharato! —exclamó Tremal-Naik—. Ha debido de tragarse el camino para estar tan pronto de vuelta.

—¿Estará solo? —preguntó Damna.

—Si con él hubiera tigres de Mompracem, lo hubiese notificado —observó Yáñez.

—Al menos estará con el tigre… —adujo Tremal-Naik.

—Si no lo han matado… —contestó Yáñez.

—¿Quién será ese antiguo criado que le ayuda?

—Entre los insurrectos debe de haber varios —repuso Tremal-Naik—. Había unos veinte dayakos sirviéndome, y en cuanto apareció el peregrino se marcharon todos.

—Señor Yáñez —anunció Sambigliong—, esta noche me encontraré en la esquina que mira hacia el sur.

—Tú eres más imprescindible aquí que en ese punto —objetó el portugués—. ¿No has oído que los dayakos se preparan para el ataque? Mandaremos a Tangusa y al piloto. Y ahora, compañeros, dispongámonos a rechazar el segundo asalto, que posiblemente va a ser más terrible que el primero, y no debéis olvidar que si los dayakos consiguen entrar nuestras cabezas irán a engrosar sus colecciones.

Ya había caído la noche, lóbrega, que no presagiaba nada bueno. Negros nubarrones habían cubierto todo el firmamento, tapando totalmente las estrellas; en dirección al sur se veían relámpagos.

Imperaba una agobiante calma en la llanura y en el bosque. El aire resultaba tan sofocante que la respiración se tornaba jadeante, y tan saturada estaba la atmósfera de electricidad que toda la gente del kampong se sentía inquieta y molesta.

En los campamentos dayakos la oscuridad era total y tampoco en aquella zona se percibía el menor rumor. Los lilas y los mirimes hacía ya varias horas que no abrían fuego.

Los sitiados, una vez que hubieron acabado de levantar los cobertizos para cubrir las espingardas, se habían tumbado en el parapeto de la terraza, prestando oído atentamente y con las carabinas preparadas.

Yáñez, Tremal-Naik y unos doce tigres vigilaban desde la compuerta, donde había sido emplazada la espingarda que fuera trasladada desde el alminar. Los dos hombres estaban un tanto nerviosos e inquietos. El silencio de los campamentos dayakos producía en ellos mayor ansiedad que el más incesante de los tiroteos.

—Preferiría un ataque encarnizado a esta tranquilidad —comentó Yáñez, que fumaba con rabiosas chupadas, mordiendo la punta del cigarro—. ¿Avanzarán reptando como serpientes?

—Es posible —convino Tremal-Naik—. No los veremos levantarse hasta que hayan salvado el llano y se hallen juntos bajo los espinos.

—Seguramente esperan a que empiece la tormenta para que el fuego de nuestras carabinas no sea tan certero. Cuando en estas regiones comienza a llover, es un auténtico diluvio.

—El caucho los apaciguará y reemplazará los proyectiles. Todos los recipientes disponibles están puestos al fuego.

Mientras tanto se fraguaba el huracán. Algunas ráfagas de viento llegaban ya y hacían inclinarse las copas de los resinosos árboles; en dirección sur se veían truenos y relámpagos. La fuerte voz de la tormenta acababa de dar la orden de ataque.

De improviso un vivo relámpago, como una grandiosa cimitarra, segó en dos los imponentes nubarrones repletos de agua. Al momento se oyó un horroroso estruendo. Parecía como si allá, en el firmamento, hubiese comenzado un combate entre grandes cañones de marina y que carros cargados con planchas y barras de hierro corriesen enloquecidos sobre puentes metálicos.

Aquel estruendo se prolongó durante un par o tres de minutos, con gran acompañamiento de relámpagos; inmediatamente se abrieron las cataratas del cielo y una tremenda tromba de agua se abatió sobre la llanura.

Casi en aquel preciso instante pudo oírse gritar a los centinelas situados en las esquinas de los recintos:

—¡Todos a las armas! ¡Se acerca el enemigo!

Yáñez y Tremal-Naik, que se hallaban recostados debajo del parapeto, se incorporaron de un salto.

—¡A las espingardas! —gritó con voz enérgica el portugués.

Al resplandor de la intensísima luz del incesante relampagueo, con continuo acompañamiento de imponentes truenos, se veía a los dayakos cruzar en veloz carrera la llanura en grupos más o menos numerosos, con sus enormes escudos alzados para protegerse de la lluvia torrencial.

Parecían demonios arrojados por el infierno. La imagen resultaba completa al ser contemplados bajo el resplandor rojizo, lívido o violáceo de los relámpagos.

Las espingardas, que en previsión fueron resguardadas por medio de los cobertizos, habían empezado a disparar de una manera muy intensa, abatiendo las copas de los arbustos espinosos antes de que la metralla cayese sobre la llanura.

Los malayos, los javaneses y los piratas que no servían en los cañones disparaban asimismo como mejor podían, apoyados totalmente en los parapetos. Pero el agua que caía era tan abundante que casi siempre los tiros de las carabinas se perdían en el vacío.

La tempestad hacía muy dificultosa la defensa con las armas de fuego y no había indicios de que fuese a amainar. Aunque no parecía fácil que fuera a durar mucho rato: las trombas que se originan en esa zona revisten una intensidad horrible, difícilmente imaginable, pero por lo general no duran más de media hora.

Hay huracanes que no duran más que unos breves minutos. Pero ¡qué violencia la suya en tan escaso tiempo...! Es algo así como si el universo se viniese abajo, o como si todo resultase devorado por un pavoroso incendio a pesar del agua que cae del cielo.

La nube negra parecía que se hubiera transformado en una masa de fuego y que todos los vientos se centrasen encima del llano, extendiéndose en torno del kampong.

Los árboles se doblaban como si fueran hierbajos; los corpulentos durianes, que parecían poder afrontar las más terribles catástrofes, se desplomaban arrancados de golpe por aquellas irresistibles ráfagas; las ramas de los imponentes pombos eran desgajadas con extrema violencia; las grandes hojas de las palmas y de los plátanos surcaban los aires como horrendos pájaros.

Agua, fuego y viento se entremezclaban, compitiendo en violencia, mientras allá arriba, en la cúspide de la cúpula llameante, se ahogaban totalmente los estallidos de los mirimes, lilas y espingardas. A pesar de verse deslumbrados por los relámpagos y medio ahogados por los descomunales chorros de agua que se les venían encima, los defensores del kampong no se desalentaban y mantenían en todo momento un fuego intensísimo, ametrallando a las salvajes huestes que proseguían su avance uniendo sus gritos al estampido de los truenos.

—¡No os detengáis! ¡No dejéis de disparar! —exclamaban de continuo Yáñez y Tremal-Naik, que se encontraban debajo del cobertizo que resguardaba la espingarda de la contrapuerta.

Los dayakos, que no sufrían grandes pérdidas ya que no avanzaban en columna, pronto lograron alcanzar las plantas espinosas, que se empezaron a cortar frenéticamente con sus grandes machetes para abrirse un camino que les diera libre acceso al asalto del kampong.

Todas sus tentativas se dirigieron hacia la compuerta. Aquel era el punto más fuerte del kampong, pero también el que presentaba mayores posibilidades de permitir la invasión de la factoría.

Varios grupos se habían provisto de sólidos y grandes pilotes para emplearlos como arietes.

Al advertir Yáñez y Tremal-Naik que iban a jugar su última baza, llamaron a todos los criados del kampong con los calderos llenos de caucho. De nuevo aquel líquido terrible podría darles muchísimos más resultados que las armas de fuego.

Los dayakos, que segaban con toda rapidez los árboles espinosos, estaban ya muy cerca. Un grupo, tras haber practicado un amplio camino, alcanzó la parte inferior del recinto y atacó con decisión la compuerta, golpeándola de una manera espantosa con un tronco de árbol aferrado por treinta o cuarenta brazos.

Una lluvia de caucho fue vertida sobre sus cabezas, abrasándoles al mismo tiempo el pelo y el cuero cabelludo y haciéndoles retirarse a la carrera y desistir del asalto.

No fue mejor la suerte de otro grupo que pretendió reemplazar al primero. Pero ya se aproximaba el grueso de las fuerzas, que ni la metralla conseguía contener. Doscientos o trescientos hombres, enfurecidos ante la tenaz resistencia que ofrecían los defensores del kampong, se abalanzaron sobre el recinto, adosando a los parapetos gruesas cañas de bambú para trepar hasta las terrazas. Al escuchar los gritos de Yáñez y de Tremal-Naik, toda la gente del kampong acudió hacia aquel lugar, y solo quedaron algunos artilleros en las espingardas. Habían abandonado las carabinas, que ya prácticamente resultaban innecesarias con aquella tormenta incesante, y empuñaban los parangs, armas no menos pesadas y cortantes que los campilanes de los dayakos. A pesar de los abundantes chorros del terrorífico líquido, los atacantes trepaban osadamente con una frenética desesperación, al tiempo que lanzaban grandes alaridos.

Los primeros que alcanzaron los parapetos fueron a parar inmediatamente al foso, con las manos cortadas y la cabeza destrozada. Pero acudieron otros, que asestaban tremendos tajos con los campilanes a fin de hacer retroceder a los defensores y avanzar en su camino.

Subían igual que monos por los bambúes, o brincaban unos encima de otros formando pirámides humanas que ni el ardiente caucho que se vertía sobre ellos lograba desbaratar.

Al sentir las quemaduras, los dayakos emitían tremendos alaridos; se les caía a tiras la humeante piel y, no obstante, aquellos fanáticos, excitados por las voces del peregrino que sonaban tras las plantas espinosas, aguantaban con una obstinación que hacía palidecer a Yáñez, el cual empezaba a desconfiar del éxito. Los sitiados, en especial los tigres de Malasia, no mostraban menor obstinación ni menos bravura que los atacantes. Con los parangs manejados por sus robustos brazos, cortaban y mutilaban de una forma espantosa a todos los que lograban alcanzar los parapetos.

Mientras los dayakos gritaban, al igual que los fanáticos mahometanos de la arenosa Arabia, «¡Alá! ¡Alá! ¡Alá!», los piratas de Yáñez replicaban con no menos ardor: «¡Viva Mompracem! ¡Paso a los tigres del archipiélago!».

La sangre corría a raudales. La empalizada del recinto chorreaba y las terrazas adquirían un tinte rojizo. Por ambos bandos se combatía con igual violencia, en tanto que el huracán, bramando sin cesar, iluminaba con los relámpagos a los combatientes para que pudieran enfrentarse mejor.

La obstinación y la bravura de los dayakos lograban muy escasos resultados. En tres ocasiones los guerreros del peregrino, arrostrándolo todo —el cañoneo de las espingardas, que los cogía de lado y causaba estragos entre ellos, los chorros de caucho hirviendo y los parangs que los mutilaban—, intentaron tomar el kampong al asalto, y en las tres ocasiones volvieron a caer en los fosos, repletos ya de muertos y de heridos.

—¡Un esfuerzo más! —exclamó Yáñez al ver que los atacantes comenzaban a vacilar—. ¡Un nuevo esfuerzo y daremos cuenta de esos obstinados!

Las espingardas intensificaron sus descargas y los malayos y los javaneses, tras un instante de respiro, reanudaron la tarea de cortar carne viva mientras los sirvientes del kampong vertían los últimos recipientes de caucho.

El ataque ya no era tan violento. Los dayakos atacaron por cuarta vez, pero sin la energía y el fanatismo anteriores; su moral era más escasa.

El espanto anidaba ya en ellos. Ya ni siquiera nombraban a Alá.

No obstante, su última tentativa no resultó menos peligrosa que las otras. Aún eran muy numerosos, mientras que los sitiados habían disminuido en gran manera, expuestos como estaban al tiroteo de algunos fusileros escondidos bajo los árboles.

Además, comenzaban a estar agotados. Las grandes hojas de acero gravitaban en las manos de los malayos y de los javaneses, e incluso en las de los tigres de Mompracem con bastante pesadez.

Los degolladores subieron de nuevo, mientras en los fosos sus camaradas, realizando un último esfuerzo, intentaban abrir un boquete en la contrapuerta, dando golpes con un tronco contra los tablones. ¡Ay de los defensores si se hubiesen desanimado…! ¡Todo habría terminado para ellos, incluyendo a la linda Damna!

Yáñez, con la espingarda emplazada de manera que barriera el parapeto, ordenó a sus hombres, que se disponían a embestir a los atacantes que empezaban ya a saltar sobre la terraza:

—¡Retiraos atrás un momento!

Disparó, y la metralla barrió desde una esquina a la otra del recinto todo el parapeto, matando e hiriendo a cuantos atacantes se hallaban allí.

A la vez, los criados derramaban todos los calderos que todavía estaban llenos encima de los que golpeaban la contrapuerta.

Apenas se hubo desvanecido el humo, pudo verse un magnífico tigre abalanzarse sobre el parapeto lanzando un fiero rugido y atacar a un dayako que por azar había quedado con vida, al que le hundió sus colmillos en la cabeza.

Al distinguir a la terrible fiera, que los continuos relámpagos hacían tan visible como si fuese de día, un indecible espanto se apoderó de los asaltantes.

Si incluso las fieras de la selva acudían en auxilio del hombre blanco y del hindú, era prueba evidente de que aquellos hombres poseían más poder que el peregrino de La Meca.

Casi al instante la retirada se transformó en desordenada y desesperada huida. Los salvajes abandonaron sus escudos y sus campilanes para huir con más facilidad.

No había uno siquiera que atendiera las órdenes de sus jefes ni los gritos del peregrino, cuyas exclamaciones resultaban inútiles:

—¡Adelante, por Alá! ¡Mahoma está con vosotros!

Al fin y al cabo, no eran tan necios como para no recordar la ineficaz protección que habían tenido de Alá y del Profeta. Mientras los dayakos se daban a la fuga, acosados por la metralla de las espingardas, un hombre trepó a la terraza y fue al encuentro de Yáñez y Tremal-Naik.

Era un magnífico ejemplar hindú, de unos cuarenta años escasos, no de tanta estatura como Tremal-Naik pero sí, en cambio, más fibroso. Su morena piel, con ciertos reflejos cobrizos, destacaba claramente sobre sus blancas ropas; sus ojos eran negrísimos y de mirada intensa y los rasgos de su rostro, de líneas finas, resultaban a la vez suaves y arrogantes.

Yáñez, al verle, exclamó con alegría:

—¡Kammamuri!

—¡Mi bravo maharato! —gritó también Tremal-Naik.

—He llegado muy tarde —repuso el indio—. ¿No es cierto, patrón?

—¡Con el tiempo suficiente para verles los talones a los da-yakos! —contestó Tremal-Naik.

—¿Acabas de trepar ahora? —preguntó el portugués.

—Sí, señor Yáñez. Y ha sido un auténtico milagro que no me haya matado vuestra gente.

—¿Estuviste en Mompracem?

—Sí, señor Yáñez.

—En tal caso, habrás visto al Tigre de Malasia.

—Hoy se cumplen siete días desde que le dejé.

—¿Solamente has venido tú?

—Solo yo, señor Yáñez.

—¿No traes ningún refuerzo?

—No.

—Ve a descansar y a reponer fuerzas, ya que debes de estar extenuado por las privaciones. De aquí a un rato iremos contigo —dijo Tremal-Naik—. Yáñez, hagamos los últimos disparos contra los fugitivos. Y tú, Darma —exclamó dirigiéndose al tigre—, deja en paz a ese hombre y márchate a la cocina.

LA BACANAL DE LOS DAYAKOS

Diez minutos más tarde, convencidos Yáñez y Tremal-Naik de que los dayakos habían abandonado totalmente la zona de arbustos y se habían retirado a sus campamentos correspondientes, y seguros asimismo de que no habrían de inquietarse al menos durante aquella noche, abandonaron la terraza para reunirse con el maharato.

La tormenta iba amainando. Las nubes se habían hecho jirones y, por entre ellas, surgió la luna. Únicamente se escuchaba el distante rumor del trueno y el ulular del viento en los bosques que rodeaban el llano.

Hallaron a Kammamuri en la salita, sentado ante la mesa y repartiéndose con el tigre un pollo asado, como si fuesen hermanos.

—¿Ha terminado el combate, patrón? —preguntó volviéndose hacia Tremal-Naik.

—Y confío en que no tendrán ganas de volver al ataque durante un buen tiempo —repuso el hindú—. Es el segundo desastre que sufren.

—¿Qué nuevas traes de Mompracem? —inquirió Yáñez sentándose frente al maharato—. Estoy maravillado de volver a verte sin que te acompañe nadie. En Mompracem no escasean los hombres.

—Es verdad, señor Yáñez. Pero allí son tan necesarios como aquí —replicó el maharato.

El portugués, al igual que Tremal-Naik, no pudieron reprimir un gesto de sorpresa.

—Patrón, señor Yáñez, vengo con malas noticias de Mompracem.

—Habla con más claridad —instó el portugués—. ¿Quién puede amenazar la guarida de los tigres de Mompracem?

—Un adversario no menos extraño que el peregrino, ayudado por los ingleses de Labuán y por el sobrino de James Brooke, el actual rajá de Sarawak.

Yáñez asestó en la mesa tan tremendo puñetazo que hizo vacilar vasos y botellas.

—¡Así que Mompracem se halla también en peligro!

—Sí, señor Yáñez, y el asunto es más grave de lo que puede imaginar. El gobernador de Labuán ha informado a Sandokán de que debe prepararse para dejar la isla.

—¡Mompracem! ¿Por qué motivo?

—Ha escrito al Tigre notificándole que la presencia de los antiguos piratas representa un continuo peligro para la tranquilidad y el desarrollo de la colonia británica, que la isla se halla demasiado próxima y en extremo guarnecida y, finalmente, que sirve para estimular a los piratas borneses, quienes comienzan a animarse a realizar correrías por el mar, contando con su ayuda.

—¡Falso! Hace muchos años que hemos desistido de nuestras incursiones y no ayudamos en lo más mínimo a los borneses que recorren los mares de Malasia.

—¡Son falsedades! —barbotó Tremal-Naik—. ¿Este es el pago que guardaba Inglaterra para los bravos que salvaron a la India de los estranguladores? ¡Están en lo cierto al denominarla el insaciable leopardo!

—¿Y qué ha respondido Sandokán a ese insolente gobernador? —preguntó Yáñez.

—Que está decidido a defender la isla y que no piensa ceder ante ninguna amenaza.

—¿Ha empezado a fortificar la isla?

—Ha contratado a cien dayakos de Sarawak, que en estos instantes ya estarán allí. También sabe usted que cuenta aún con leales amigos entre los viejos partidarios de Muda-Hassim, el rival de James Brooke, «el exterminador de los piratas».

—Sí. Por esos lugares hay gente que todavía se acuerda de que nosotros fuimos quienes vencimos a Brooke, mandándole a Inglaterra sin una guinea —replicó Yáñez—. ¿Y quiénes han promovido esa guerra? Aquí los dayakos, fanatizados por un peregrino, piden la cabeza de tu amo; allí los ingleses están soliviantados no sé por quién, ya que hasta hace muy poco estábamos en buenas relaciones con el gobernador de Labuán.

—Y al parecer también el rajá de Sarawak, el sobrino de Brooke, está metido en este asunto —agregó Kammamuri—. Un navío de ese reino destruyó sin causa alguna hace varios días un prao de Sandokán y dejó que toda la tripulación se ahogara. Se mandó al *Marianne* en su busca y a exigir explicaciones al capitán y también una reparación, pero la única contestación que recibieron los tripulantes del *Marianne* fue que los acompañaran a Sarawak.

—Lo que no harían, me imagino —intervino Tremal-Naik.

—No. Pero hubieron de regresar a toda prisa a Mompracem bajo los cañonazos de un vapor que apareció de pronto para defender al primero, y ese barco enarbolaba la bandera del rajá.

—Tremal-Naik —dijo Yáñez, que se había incorporado y paseaba dominado por un gran nerviosismo por la salita—, tengo una sospecha.

—¿Qué sospecha?

—Que todo esto ha sido fraguado por el rajá para vengar la derrota de su tío y que probablemente esté de acuerdo con los ingleses. Nosotros representamos una molestia para Labuán, por lo cerca que se encuentra de Mompracem.

—No es solo él quien está interesado en esto; hay alguien más, señor Yáñez —dijo Kammamuri.

—¿Quién?

—¿Saben lo que me ha explicado el antiguo sirviente de mi patrón, ese que me ha facilitado ayuda para cruzar los campamentos de los dayakos y llegar hasta aquí?

—¿Qué te ha dicho? —preguntaron a un tiempo Yáñez y Tremal-Naik.

—Que el peregrino que ha exaltado a los dayakos y que les ha dado dinero y armas en cantidad no es un árabe, como se le suponía hasta el momento, sino un hindú.

—¡Un hindú! —exclamaron ambos amigos.

—Y aún debo añadir algo peor, que les va a sorprender y les hará comprender más claramente con qué genero de enemigos hemos de entendérnoslas. El antiguo sirviente consiguió sorprenderle cierta noche en una choza y le vio arrodillado ante una vasija repleta de agua en cuyo interior había pequeños peces colorados, posiblemente magos del Ganges.

—¡Voto a Júpiter! —barbotó Yáñez parándose de improviso, mientras Tremal-Naik se incorporaba de un salto con el rostro pálido—. ¡Una vasija con peces en su interior!

—Sí, señor Yáñez.

—¡En tal caso ese hombre es un thug! —exclamó Tremal-Naik en un tono aterrorizado.

—De eso debe de tratarse, ya que solamente los estranguladores hindúes veneran a los magos del Ganges, los cuales, según su religión, encarnan el alma de la diosa Kali —replicó Kammamuri.

Un pesado silencio imperó en la sala durante unos minutos. Incluso Darma, el magnífico tigre amaestrado, masticaba su cena sin emitir ese ronroneo de complacencia característico en los felinos, como si hubiese entendido la extraordinaria gravedad de la situación.

—Vamos a ver —dijo de pronto Yáñez, que había vuelto a recuperar su serenidad de costumbre—, ¿qué clase de individuo es el que te ha explicado todo esto?

—Ese hombre es Karia, un dayako que nos estuvo sirviendo y que en este momento se encuentra en el campamento de los insurrectos. Es muy inteligente y fue corsario durante algunos años. Cierto día le salvé la vida en el instante en que iba a devorarle el tigre, y siente hacia mí cierto agradecimiento. Tal como he indicado, él fue quien consiguió que pudiera cruzar entre las líneas de los rebeldes.

—¿Dónde lo encontraste? —inquirió Tremal-Naik.

—En la selva, cuando intentaba aproximarme al kampong. En vez de delatarme y entregarme al peregrino, me condujo hasta aquí, después de haberos prevenido de mi presencia lanzando una flecha con un mensaje.

—¿Podemos confiar en lo que te ha explicado? —preguntó Yáñez.

—Totalmente. Por otra parte, jamás oyó hablar de thugs indios y se sorprendió cuando le dije que el peregrino que veneraba en secreto a los peces no era mahometano.

—Yáñez —dijo Tremal-Naik, que estaba aún dominado por una intensa excitación—, ¿qué opinas de esto?

El portugués, apoyado en la mesa, con una mano en la frente y la cabeza baja, parecía estar sumido en profundos pensamientos.

—¡Hemos sido unos necios! —exclamó de improviso—. Me maravilla que no hayamos imaginado antes que ese endemoniado peregrino podía ser un thug. Por ello es lógico el odio que siente hacia ti, Tremal-Naik, que primero le arrebataste la «virgen de la pagoda» y luego le quitaste a tu hija, que había de reemplazar a su madre. Eso debiera haber sido suficiente para hacerme sospechar.

Tras un corto silencio, continuó:

—De no haber visto a Suyodhana, el jefe de todos ellos, morir bajo el puñal de Sandokán, podría suponerse que todo esto es cosa de él. Pero todos pudimos certificar su muerte y vimos lanzar su cadáver en la gran fosa común, junto a los cuerpos de los rebeldes de Delhi.

—¿Quién será ese peregrino? ¿Uno de los lugartenientes de Suyodhana? —preguntó Tremal-Naik. Ante el silencio de Yáñez, prosiguió—: Amigo mío, ¿qué es lo que haremos? Puesto que ahora sabemos que detrás de todo esto está la mano de los thugs, a los que nosotros suponíamos vencidos para siempre, me invade un gran temor por la vida de Damna.

—No nos queda otro remedio que marcharnos lo más rápidamente posible y unirnos a Sandokán. Aquí nada nos queda que hacer, y Sandokán y yo sabremos resarcirte debidamente por lo que dejas en poder de los dayakos.

—Aún soy lo bastante rico, y bien sabes que poseo también factorías en Bengala. Lo que me gustaría saber es de qué manera vamos a poder huir, con los sitiadores a nuestras espaldas.

—Ya hallaremos la forma de hacerlo. Según dicen, la noche es buena consejera. Puesto que los dayakos nos dejan un rato de tranquilidad, vamos a reposar. Sambigliong se ocupará de establecer las guardias. Tal vez mañana se me haya ocurrido alguna buena idea.

Los sitiadores, tras la severa lección que habían recibido, no se hallaban demasiado dispuestos a reanudar el espectáculo. De manera que los tres hombres, que se encontraban agotadísimos, se retiraron a sus respectivos cuartos no demasiado satisfechos, en especial Tremal-Naik y Yáñez, ya que los asuntos tomaban un mal cariz.

La noche transcurrió sin que nada ocurriera. Los dayakos, desalentados y también apenados por las graves pérdidas sufridas, no osaron abandonar sus campamentos, que debían de estar abarrotados de heridos.

Los centinelas del kampong oyeron hasta la madrugada redoblar los tambores y llorar a los parientes de los muertos que yacían en los fosos del recinto y que nadie había retirado de allí.

A la mañana siguiente Yáñez, que había dormido muy poco y mal preocupado por las tristes nuevas que trajo el maharato, abandonó el lecho antes de que el sol saliera por el horizonte.

Al parecer se hallaba inquieto por algún pensamiento, ya que en vez de bajar a la sala para beber el té como hacía cada mañana, se encaminó a la terraza, en la que todavía se alzaba un fragmento de la torrecilla destruida por la artillería enemiga, y desde ese lugar se puso a contemplar detenidamente el recinto y la forma y disposición del kampong por dentro.

La factoría formaba un amplio paralelogramo dividido en el medio por el bungalow, por los cobertizos y por una empalizada, de manera que pudiese repartirse la defensa.

La primera parte, en la que se hallaba la contrapuerta, abarcaba lo construido con mampostería; la segunda, la granja, las viviendas de los sirvientes y de los trabajadores y los corrales de los animales. Esta disposición, no advertida antes por el portugués, le llamó al instante la atención.

—¡Voto a Júpiter! —murmuró frotándose con satisfacción las manos—. ¡Esto es magnífico para mi plan! Todo depende de la provisión que el amigo Tremal-Naik posea en las cantinas. Si el bram es abundante, llevaremos a cabo el golpe. Los dayakos son tan golosos como los negros y los licores de muchos grados ejercen sobre ellos un influjo irresistible. ¡Maldito peregrino! ¡Voy a preparar para ti un golpe magistral!

Bajó evidentemente contento y encontró a Tremal-Naik y a Kammamuri en la salita terminando de beber el té.

—¿Has pensado en algo razonable que nos pueda permitir abandonar este lugar? —preguntó dirigiéndose al primero.

—Inútilmente he estado dándole vueltas a muchas cosas durante toda la noche —repuso Tremal-Naik, que parecía hallarse muy abatido—. No nos queda más que un intento, un intento desesperado.

—¿Cuál?

—Atravesar a fuerza de parangs las líneas sitiadoras.

—Y posiblemente hacernos matar —replicó Yáñez—. Treinta contra trescientos y, además, teniendo a diez o doce hombres heridos que no serían capaces de mantener un combate cuerpo a cuerpo… ¡Mal asunto!

—No he hallado otro sistema mejor.

—¿Cuántas vasijas de bram tienes? —preguntó de pronto Yáñez.

—¿De qué nos puede valer ese licor? —interrogaron a la vez Tremal-Naik y Kammamuri contemplándole sorprendidos.

—Puede servirnos para huir, amigos.

—¡Debes de estar bromeando, Yáñez!

—No, Tremal-Naik. El momento no resultaría el más adecuado. ¿Tienes bastante provisión?

—Como proveo a todas las tribus de las cercanías, las cantinas están llenas.

—A los dayakos les gusta mucho la bebida, ¿no es cierto?

—Igual que a todos los pueblos salvajes.

—Si hallaran en su camino un centenar de vasijas de ese licor, ¿piensas que se pararían para beberlo?

—Ni los cañones podrían impedírselo —afirmó Tremal-Naik.

—En tal caso, compañeros, el peregrino acaba de perder la partida —dijo Yáñez.

—No te entiendo.

—El kampong está dividido en dos zonas por la empalizada interior.

—Sí. Hice construirla a propósito para ofrecer más resistencia en el supuesto de que el enemigo pudiera franquear la contrapuerta algún día —contestó Tremal-Naik.

—La idea fue excelente, amigo mío, y nos va a ser de mucha utilidad ahora. Vamos a concentrar todas nuestras defensas en la zona de la granja y las estancias de la servidumbre, dejaremos que los dayakos entren y se queden con el bungalow y los cobertizos con las provisiones.

—¿Qué dices? —exclamó Tremal-Naik—. ¿Vamos a dejar en su poder nuestras mejores defensas?

—De ninguna utilidad nos serán ahora que hemos resuelto abandonar este lugar —repuso Yáñez—. Por lo tanto, derrumbaremos el lado del recinto que está frente a la contrapuerta, para incitar mejor al ataque a los dayakos.

—La empalizada interior no es muy fuerte.

—Lo bastante para que aguante unas cuantas horas. Por otra parte, los dayakos no se molestarán en derrumbarla. Preferirán tomarse el bram —contestó con una risa Yáñez—. Pondremos en el patio todas las vasijas y recipientes que haya en la cantina y ya comprobarás cómo ese obstáculo los detiene de manera más efectiva que ningún otro.

—Probablemente se emborracharán.

—Eso es lo que quiero; aprovecharemos su borrachera para marcharnos tras quemar el bungalow y los almacenes. Amparados en la barrera de fuego no nos molestará nadie, al menos por algunas horas.

—Tippo Sahib, el Napoleón indio, no hubiera sido capaz de trazar un proyecto semejante.

—¡Ese no era un tigre de Mompracem! —adujo Yáñez con cómica gravedad.

—¿Caerán los dayakos en la trampa?

—Sin duda. En cuanto vean abierta la contrapuerta, que en las terrazas ya no hay ninguna defensa y que están desalojadas, no vacilarán en lanzarse al ataque. No dejará de haber entre los arbustos espinosos espías que vayan a notificarlo al instante.

—¿Y cuándo llevaremos a efecto el plan? —inquirió Kammamuri.

—Todo debe estar preparado para esta noche. La oscuridad nos es imprescindible si queremos escapar sin que nos vean.

—¡Hagamos los preparativos, Yáñez! —dijo Tremal-Naik—. Tengo absoluta confianza en tus planes.

—¿Disponemos de un caballo para Damna?

—Poseo cuatro, y de buena raza.

—¡Magnífico! Haremos que los dayakos corran hasta la costa. Kammamuri, ¿cuántos días te costó llegar hasta allí?

—Tres, señor.

—Intentaremos llegar antes. Hay bastantes aldeas de pescadores y nos las arreglaremos para encontrar un prao o una chalupa.

El atrevido plan fue notificado inmediatamente a los defensores del kampong y todos lo aprobaron sin que ninguno tuviese nada que objetar. Por otra parte, no había ninguno que no estuviera decidido a realizar una tentativa, un desesperado esfuerzo para liberarse de aquel cerco, que empezaba ya a desalentar a la reducida guarnición.

Se iniciaron los preparativos. Las espingardas se trasladaron y se emplazaron detrás de la empalizada interior, encima de terrazas edificadas precipitadamente; luego se vaciaron las cantinas y se llevó todo el bram al patio que se extendía frente al bungalow.

Había más de ochenta vasijas de gran tamaño, de una capacidad de dos e incluso tres hectolitros cada una; con el licor contenido en ellas había bastante para embriagar a todo un ejército, aunque este fuera en extremo alcohólico.

A la caída del sol los defensores del kampong demolieron una parte del recinto y, tras haber aislado las terrazas, se prendió fuego para atraer más la atención de los dayakos, haciéndoles pensar que se había originado un incendio en el kampong.

Acabados todos los preparativos y amontonados los haces de leña en los cobertizos y en los cuartos del piso bajo del bungalow, que habían sido rociados abundantemente con resina y caucho para que las llamas prendieran al instante, la guarnición se colocó detrás de la empalizada para esperar al enemigo.

Como había previsto Yáñez, atraídos por el resplandor del incendio que consumía las terrazas contra las que hasta entonces se habían estrellado todas sus tentativas, y advertidos también por sus avanzadillas escondidas entre los arbustos espinosos de que los recintos habían sido derrumbados, los dayakos no dudaron en abandonar sus campamentos para iniciar un último ataque.

Atrapada entre el fuego y los campilanes, la guarnición del kampong no tardaría en rendirse.

Transcurría la noche cuando los centinelas que se hallaban apostados en las esquinas posteriores de la factoría anunciaron la presencia del enemigo.

Los dayakos avanzaban formados en seis pequeñas columnas y se dirigían a la carrera en medio de un vocerío ensordecedor. Y confiaban absolutamente en la victoria. Cuando Yáñez los vio adentrarse entre los árboles espinosos ordenó que se prendiera fuego a los haces de leña del bungalow, y una vez que sus hombres se pusieron a salvo hizo que dispararan las espingardas, simulando una frenética defensa.

Los dayakos acababan de llegar frente al recinto. Al verlo demolido en parte vacilaron un instante, temiendo que tras aquello hubiera una trampa. Pero muy pronto pasaron a la carrera bajo las terrazas que se terminaban de quemar y se arrojaron igual que lobos sobre el kampong, lanzando grandes alaridos y resueltos a degollar a los sitiados a golpes de campilán.

Al observar que se acercaban a las grandes vasijas que constituían una especie de doble barricada ante el bungalow, Yáñez mandó parar el tiroteo para no encolerizar en exceso a los atacantes.

Estos, al ver aquellas vasijas, se detuvieron por segunda vez. Una cierta desconfianza los contenía aún, ya que no suponían lo que podían contener.

El olor a alcohol que se percibía en todo el recinto, ya que las vasijas habían sido ligeramente destapadas adrede, no tardó en darles de lleno en las narices.

—¡Bram! ¡Bram!

Este grito brotó de todas las gargantas. Se abalanzaron sobre los recipientes, los destaparon por completo e introdujeron las manos en el líquido.

Gritos de satisfacción surgieron enseguida entre los asaltantes. Había que beber un trago; con mayor motivo ahora, que los sitiados no disparaban.

Un trago, solo un trago, e inmediatamente ¡adelante, al ataque! Pero tras el primer sorbo todos habían cambiado de opinión; era más razonable aprovechar la inactividad de los defensores del kampong; además, resultaba infinitamente más agradable aquel ardiente licor que las balas de plomo.

Fue inútil que los jefes los incitaran para proseguir el avance. Los dayakos eran como ostras aferradas a sus bancos, solo que ahora se habían adherido a las vasijas.

¡Ochenta vasijas de bram! ¡Qué bacanal! ¡Jamás se habían encontrado con semejante fiesta!

Acababan de abandonar los escudos y los campilanes, y bebían de bruces, sin atender a las órdenes y las amenazas de los jefes.

Yáñez y Tremal-Naik reían satisfechos, mientras sus hombres arrancaban, sin hacer demasiado ruido, unos cuantos tablones del recinto para iniciar la retirada.

Mientras todo esto ocurría, los cobertizos empezaron a ceder y por la ventana del bungalow salían bocanadas de negro humo.

En muy poco tiempo una barrera de fuego se interpondría entre los sitiadores y los defensores del kampong.

Los dayakos ni siquiera parecían advertir que el incendio comenzaba a consumir todo el kampong.

Bebedores infatigables, proseguían vaciando las enormes vasijas entre gritos, risas y cantos, agitándose como monos. Bebían con ayuda de las manos, con los cestos de mimbre destinados a conservar las cabezas de los enemigos derrotados o con restos de cáscara de coco encontrados en el suelo del patio.

Sus jefes habían acabado imitándolos. A fin de cuentas, el terrible peregrino se encontraba en el campamento y no podía observarlos. ¿Por qué razón no debían aprovecharse de tal abundancia, ya que de momento los sitiados permanecían inactivos?

Y aquellos hombres se desplomaban como muertos, a punto de estallar, en torno a los recipientes, mientras las llamas se alzaban a extraordinaria altura lanzando sobre ellos una nube de chispas.

El bungalow parecía un horno, y los almacenes, abarrotados de provisiones, ardían de una manera extraordinaria alumbrando a los bebedores.

Era el momento de huir. Los dayakos no se acordaban posiblemente de que enfrente de ellos se hallaban sus enemigos, ya que su borrachera había sido rápida y total.

—¡Retirada! —mandó Yáñez—. ¡Dejad todo, excepto las carabinas, las municiones y los parangs!

Auxiliando a los heridos se alejaron sigilosamente de la empalizada, cruzaron el recinto y emprendieron la carrera a través del llano, precedidos de Tremal-Naik y Kammamuri, que cabalgaban flanqueando a Damna.

El tigre iba detrás de ellos dando imponentes saltos, asustado por el resplandor del incendio, que cada vez era más violento.

Alcanzaron el lindero de la espesura que se extendía en dirección a poniente, y allí interrumpieron su carrera los sitiados, que eran treinta y nueve, incluyendo siete heridos, para comer algo y para ver lo que ocurría en el kampong y en los campamentos de los dayakos.

La factoría parecía un horno. El bungalow, que tantos sudores costó a su propietario, ardía totalmente como si se tratase de una sola llama, arrojando al aire densas nubes y miríadas de chispas.

Los recintos y las terrazas ardían igualmente y se transformaban en pavesas. Se escuchaban los estampidos de las espingardas, que habían sido abandonadas cargadas aún.

Podían verse a varios hombres trasladando a los guerreros embriagados, que se hallaban a punto de perecer abrasados al lado de las vasijas de bram.

El peregrino, que seguramente había conservado algunos destacamentos de reserva para apoyar las columnas de asalto en caso de que no hubieran podido conquistar el kampong, había acudido hasta el lugar para ver qué acontecía a su gente, al no oír gritos guerreros ni disparos.

—¡Que el infierno cargue con toda esa chusma! —barbotó Yáñez dirigiéndose hacia uno de los cuatro caballos que había conducido Tangusa—. ¡Únicamente lamento no haber podido echar mano a ese maldito peregrino! Confío en que todavía habré de encontrarle en mi camino el día menos pensado. Entonces, ¡ay de él!

—¿Un día? —exclamó de improviso Kammamuri, que había estado mirando en dirección norte—. ¡Señores, hay que darse prisa! ¡Hemos sido descubiertos y nos dan alcance!

LA RETIRADA POR LOS BOSQUES

Gracias al resplandor del incendio que iluminaba todo el llano, el maharato vio una columna de dayakos que se dirigía a la carrera a lo largo del lindero del bosque, intentando acercarse sin ser vistos. Debía de tratarse de la última reserva que el peregrino enviaba en busca de los fugitivos.

Alguno debió de haber observado cómo atravesaban el llano y dado la voz de alerta antes de que desaparecieran entre la vegetación.

Yáñez y Tremal-Naik se convencieron al instante de que no era aconsejable entrar en combate, a pesar de que el grueso de las fuerzas enemigas se encontraba inutilizado y no podría tomar las armas al menos en varias horas.

—¡Como mínimo son un centenar y la mayoría armados con fusiles! —dijo el portugués—. ¡Confiemos en nuestras piernas y coloquemos a los heridos de mayor gravedad en los caballos! ¡De manera que tú, Tremal-Naik, y tú también, Kammamuri, bajad al suelo! Sambigliong, organiza un grupo que cubra la retirada.

Los seis heridos fueron cargados sobre los tres caballos que quedaban libres; el séptimo hubo de subirse a las grupas del de Damna, y el grupo se adentró a la carrera entre la frondosa vegetación.

Sambigliong, con ocho hombres seleccionados entre los más ágiles y fuertes, se colocó en la retaguardia para frenar con algunos disparos el ardor y la marcha de los perseguidores.

Tenían una ventaja de algunos kilómetros e intentaban mantenerla realizando frenéticos esfuerzos para no aminorar la marcha.

La enloquecida carrera bajo los árboles y plantas descomunales se prolongó durante una hora, hasta que Yáñez y Tremal-Naik ordenaron hacer un alto entre la espesura para que los hombres se recuperaran algo de la fatiga.

Aquel lugar era muy apropiado, si se presentaba la ocasión, para sostener una buena defensa, ya que la vegetación estaba constituida por durianes de grandiosos troncos, detrás de los cuales podrían protegerse magníficamente.

Ya no se percibía el menor rumor. No se oían los gritos que lanzaban los perseguidores al advertir sus huellas. ¿Habrían interrumpido el avance o lo proseguían sigilosamente a paso de lobo para cogerlos desprevenidos?

—Aguardémoslos en este lugar —decidió Yáñez—. Si no han perdido nuestro rastro, nos hallarán tarde o temprano, y prefiero fusilarlos entre estos árboles descomunales a que se nos vengan encima en otro punto más descubierto. Si nos es posible darles una nueva lección, esos buitres nos dejarán en paz hasta que a los otros se les haya pasado la embriaguez. Una borrachera de bram es tremenda, ¿no es así, Tremal-Naik?

—Dura como mínimo veinticuatro horas —repuso el hindú.

—En tal caso, con semejante ventaja alcanzaremos antes que ellos la orilla del mar.

—Si es que no bajan por el Kabataun por medio de piraguas. Ese es el mayor peligro.

—¿Es más corta la vía fluvial?

—Mucho más, Yáñez.

—No había calculado eso. ¡Bah! Si nos atacan en el mar nos defenderemos. Solo es cuestión de hallar un par de praos.

—Los encontraremos, señor Yáñez —afirmó Kammamuri—. En el poblado donde alquilé uno para dirigirme a Mompracem vi varios. Esos pescadores no tendrán inconveniente en vendernos un par de ellos. Ya verá.

Estuvieron esperando inútilmente más de una hora entre la espesura de durianes aguardando la acometida de los dayakos. Bien porque hubieran perdido las huellas de los perseguidos o bien por haber regresado a los campamentos, lo cierto es que no aparecían, y los fugitivos decidieron, tras un breve consejo, que lo más prudente era continuar la marcha.

Situaron a la joven y a los heridos en medio de la columna y se adentraron en el inmenso bosque, que, según afirmaba Kammamuri, se extendía hasta alcanzar la orilla del mar casi sin interrupción.

Continuaron el avance toda la noche siempre con el temor de tropezarse con los degolladores, y al clarear el día acamparon en la orilla de un riachuelo, que debía de ser algún afluente del Kabataun.

Sus temores iban disminuyendo paulatinamente y empezaban a confiar en alcanzar la orilla del mar sin verse forzados a luchar y en poder embarcar muy pronto rumbo a Mompracem.

Efectivamente, aquel día transcurrió también con absoluta tranquilidad. No tuvieron el menor indicio del grupo que iba en su persecución.

Durante tres días prosiguieron su marcha a través de aquellos bosques interminables, que estaban habitados solo por algún tapir o algunas bandadas de babirusas. Al declinar del quinto día empezaron a trepar por los primeros contrafuertes de las montañas Cristallos, vasta cadena costera montañosa que se extiende de norte a sur a no muchos kilómetros de la costa occidental de la gran isla.

A pesar de la frondosidad de los bosques, y del encuentro con no escasas panteras negras y con los enormes urias, simios de rojiza piel que poseen una extraordinaria fuerza, el avance pudo efectuarse sin grandes riesgos.

A mitad del sexto día, después de haber divisado el mar desde una de las más elevadas prominencias de la cadena montañosa, descendían hacia un muy angosto valle que había de llevarlos a la costa.

Llevaban cuatro horas de camino en el más absoluto silencio, marchando uno detrás de otro —pues el paso era estrechísimo y se encontraba obstaculizado por grandes peñascos— cuando percibieron unos distantes gritos que los hicieron detenerse.

—¿Son los dayakos? —preguntó Yáñez.

En aquel instante retumbó una descarga en las alturas del pequeño valle e hizo su aparición un gran número de hombres armados que bajaban corriendo velozmente por los lados boscosos de la costa.

—¡Granujas! —barbotó Yáñez encolerizado—. ¡Nos han estado siguiendo para aplastarnos en este lugar!

—Capitán —dijo Sambigliong—. Siga en dirección a la orilla del mar con los heridos, la señorita Damna, Tremal-Naik y una reducida escolta; Kammamuri asegura que el mar se encuentra a unas tres millas de distancia de aquí.

—¿Y tú qué harás? —preguntaron Tremal-Naik y Yáñez.

—Yo, señores, en unión de los restantes hombres, evitaré que esos miserables puedan seguir adelante hasta que ustedes hayan preparado los praos. Si no los contenemos, se arrojarán todos por este desfiladero tan angosto y no habrá uno de nosotros que vuelva a Mompracem.

—¡Rápido, señores: el enemigo se nos echa encima!

—¿Seréis capaces de aguantar media hora? —interrogó Yáñez.

—Y una hora también, capitán. En ese punto —adujo el bravo contramaestre del *Marianne*, señalando otra roca que se hallaba exactamente en mitad del pequeño valle— podremos mantenernos firmemente durante bastante tiempo.

—¡De acuerdo, valiente! —contestó Yáñez con acento emocionado—. En cuanto escuchéis los disparos de nuestras carabinas retiraos hacia la costa. Las chalupas y los praos estarán preparados. Dice Kammamuri que hay un poblado al salir de esta quebrada.

—Sí, señor Yáñez. Es una aldea poblada por pescadores y no escasean los barcos. ¡Rápido, señores! Entre nosotros y el tigre daremos trabajo a los dayakos.

Unas cuantas balas silbaron siniestramente en el estrecho paso, incrustándose en las rocas. La joven corría peligro en aquel lugar.

—¡Hasta ahora! —exclamaron Yáñez y Tremal-Naik, echando a correr detrás de los caballos que transportaban a los heridos y a Damna.

—¡A mí, camaradas! —gritó Sambigliong a sus hombres—. ¡Enfrentémonos a esos miserables! ¡Vayamos todos a esa roca! ¡Ven, Kammamuri!

Eran veinte hombres, ya que ocho habían marchado en compañía de Yáñez y Tremal-Naik, y todos iban magníficamente armados y bien provistos de municiones.

Con unos cuantos saltos alcanzaron la roca que obstaculizaba en gran manera el paso del desfiladero del pequeño vallecillo, y se situaron tras las pequeñas rocas y las grietas del terreno. Darma, el tigre amaestrado, el fiel amigo del maharato, se hallaba a su lado, presto a hundir sus zarpas en las carnes de los dayakos.

La horda enemiga acababa de bajar hasta la hondonada y se encontraba a unos cincuenta pasos de la roca. Aquella columna constaba de un centenar y medio de hombres, la mayoría de ellos provistos de carabinas; sin duda, la flor y nata de las tropas del endiablado peregrino.

Al observar que los tigres de Mompracem, los malayos y los javaneses de la factoría se hallaban situados en la cima de la roca, en lugar de lanzarse directamente al ataque, los guerreros se diseminaron entre la vegetación que se extendía por la hondonada y abrieron un intensísimo fuego para expulsar inmediatamente de aquel lugar a los defensores.

—Amigos —exclamó Sambigliong dirigiéndose a los suyos—, os recuerdo que hemos de resistir hasta que oigamos la señal que debe hacer el hombre blanco. No hay que contar los muertos ni economizar las municiones.

—¡Fuego! —ordenó Kammamuri, que estaba situado en la parte más alta de la roca.

Una descarga cerrada surgió de entre las rocas, derribando a varios enemigos que, desdeñando el peligro, avanzaban sin el menor cuidado. La docena de hombres que componían aquel grupo quedaron todos tumbados en tierra.

—¡Empezamos bien, Sambigliong! —exclamó Kammamuri—. ¡Por Shiva o Vishnú que deberían enviarnos otro puñadito de hombres!

Enfurecidos los dayakos por la completa aniquilación de su avanzada, no vacilaron en replicar con nutridas descargas que retumbaban de forma atronadora en el angosto valle.

Desde ambos bandos el tiroteo fue muy violento durante unos minutos; pero, al fin, los dayakos comprendieron que con aquel sistema no iban a conseguir nunca expulsar de la roca a sus enemigos, que se hallaban perfectamente protegidos de los disparos. En consecuencia, constituyeron varios destacamentos y se dispusieron a atacar la imponente posición.

Tomando los campilanes se lanzaron al combate con su arrojo de costumbre, entre grandes alaridos que pretendían amedrentar a sus enemigos. Pero no habían alcanzado aún el pie de la roca cuando el tiroteo de los tigres, los malayos y los javaneses los hizo detenerse, obligándolos a tomar de nuevo los fusiles.

—¡Compañeros! —gritó Sambigliong a sus bravos amigos que no abandonaban sus posiciones, a pesar de que muchos ya habían resultado heridos—. ¡Ha llegado el terrible momento! ¡Hay que morir como hombres!

Los dayakos, apoyados por un intenso fuego, se lanzaron al ataque por segunda vez.

Aunque sufrían grandes pérdidas, empezaron a escalar las rocas, siempre entre grandes gritos y brincando como monos, ansiosos por apresar las cabezas de aquellos defensores tenaces y por vengar sus continuadas derrotas.

Los defensores, bajo el mando de Sambigliong y Kammamuri, resistían obstinadamente. El combate se había vuelto espantoso, era una lucha salvaje, terrible, despiadada.

Los hombres se desplomaban gritando e intentando herir con el fusil, el campilán y el parang.

Sambigliong y Kammamuri contemplaban angustiados que el grupo de sus hombres se iba reduciendo cada vez más. Todos los que se hallaban hacia el medio de la enorme roca habían sido degollados o fusilados en sus posiciones. ¡Y no se oía la señal…! ¿Qué le habría pasado a Yáñez? ¿No estarían todavía preparados los praos de los pescadores? Esta última pregunta era la que Sambigliong y Kammamuri se hacían con inquietud, ya que se veían incapaces de poder evitar el asalto.

Los dayakos continuaban trepando, afrontando impasibles la muerte y haciendo brillar los aceros de sus campilanes. Ya casi no disparaban, pues confiaban plenamente en la victoria.

Viéndolos acuchillar a los hombres que habían avanzado unas dos terceras partes de la subida, Sambigliong exclamó:

—¡Kammamuri, lanza al tigre sobre ellos!

—¡Ve por ellos, Darma! —gritó el maharato—. ¡Venga, destrózalos!

El tigre, que había estado gruñendo roncamente en el transcurso de aquellas terroríficas descargas oculto detrás de una roca, al escuchar la orden dio un salto hacia delante con un terrible rugido; se precipitó sobre un dayako que estaba degollando a un javanés, y le hundió los colmillos en la nuca.

Los salvajes, al observar que se les venía encima aquella fiera que parecía querer devorarlos a todos, se apresuraron a dirigirse a la parte inferior de la roca y recargaron rápidamente sus fusiles.

Viendo que se daban a la fuga, Darma dejó al primer hombre y se abalanzó sobre el otro. Con una segunda embestida cayó sobre uno de los fugitivos y lo derribó. Pero, entonces, una descarga cerrada lo hirió.

La desgraciada fiera se incorporó bruscamente sobre sus patas traseras y permaneció un momento en aquella posición. Al instante cayó mientras Kammamuri, lanzando un desesperado grito, exclamaba:

—¡Darma! ¡Me lo han matado!

En aquel preciso momento se oyeron tres disparos lejanos.

De aquel grupo de hombres no quedaban ya más que once. Los otros habían sido derribados por las balas y los golpes de campilán de los dayakos, y sus cuerpos se hallaban tendidos en el declive de la roca, desprovistos de la cabeza.

Sambigliong cogió a Kammamuri, que se disponía a bajar al lugar donde se encontraba el tigre con riesgo de ser acribillado a balazos, y lo arrastró consigo aconsejándole:

—¡Ha muerto! ¡Déjalo!

Echaron a correr desesperadamente por la hondonada, mientras restallaba otra descarga en dirección a la orilla del mar.

Yáñez debía de tener mucha prisa. El grupo cruzó el angosto paso del pequeño valle con la rapidez del relámpago y, entre una lluvia de proyectiles de los dayakos, que habían iniciado la persecución, llegaron hasta una llanura de poca extensión, en cuyo extremo se alzaban quince o veinte chozas edificadas sobre estacas. Hacia ese punto se percibía el fragor del mar.

—¡Señor Yáñez! —exclamaron Sambigliong y Kammamuri al ver unos praos de escaso tonelaje anclados ante la pequeña aldea, con las velas desplegadas y prestos a zarpar.

El portugués salía en aquel momento de una choza en unión de Tremal-Naik y de la muchacha, a la vez que la escolta acercaba a la orilla las dos embarcaciones.

—¡Rápido! —gritó también Yáñez por su parte, al observar a los supervivientes, que, siempre a la carrera, atravesaban el pequeño llano.

Breves instantes más tarde, agotados, empapados en sudor y cubiertos de sangre, alcanzaban la orilla.

—¿Y los demás? —preguntaron al tiempo Yáñez y Tremal-Naik.

—¡Muertos! ¡Han muerto todos! —repuso Kammamuri con voz jadeante—. ¡Y también el tigre, nuestro valiente Darma!

—¡Maldito peregrino! —barbotó el hindú, cuyo semblante manifestaba una gran emoción—. ¡También hemos perdido a mi tigre!

—¿Y los dayakos? —interrogó Yáñez.

—De aquí a unos instantes llegarán —anunció Sambigliong—. ¡Deprisa! ¡Subamos a bordo! ¡Tú, Tremal-Naik, en el de mayor tamaño, con tu hija y la escolta, y yo, con Kammamuri y los supervivientes, en el otro!

Subieron a bordo corriendo y ambos barquichuelos zarparon al instante. Los habitantes del poblado, al oír los alaridos de los dayakos, buscaron su salvación inmediatamente en los bosques próximos.

El viento era favorable, y en unas breves bordadas los praos abandonaron la pequeña ensenada y avanzaron rápidamente hacia el sudoeste intentando no perder de vista la costa, al menos de momento.

Los dayakos alcanzaban en ese momento las orillas de la ensenada. Pero habían llegado demasiado tarde; la presa que tanto ansiaban se les había escapado de nuevo y, además, cuando creían tenerla ya apresada.

No sabiendo cómo desahogar su furia, prendieron fuego al poblado.

—¡Miserables! —exclamó Yáñez, que gobernaba la barra del timón—. ¡De haber tenido aún mi *Marianne* os daría una lección que no olvidaríais en toda vuestra vida! Pero, de todas formas, no ha terminado todo entre nosotros. Tal vez aún nos topemos y, en ese caso, ¡que se prepare ese maldito peregrino!

Los dos pequeños barcos, gracias a una suave brisa del septentrión, se habían alejado bastante y atravesaban ya el cabo de Gaya para adentrarse en la bahía de Sapangar, donde desembocaba el Kabataun.

Ambos barcos eran dos naves de pesca de pequeñas dimensiones, con enormes velas de juncos tejidos, de casco bajo, sin puente y con guardabalances para poder apoyarse y aguantar las ráfagas de viento sin riesgo a volcar.

La nave en la que iba Tremal-Naik, con la muchacha y los ocho hombres de la escolta, era de tonelaje algo superior y su armamento consistía en un lila; por su parte, la de Yáñez no contaba más que con una vieja espingarda, montada sobre un caballete que se hallaba fijo a la proa.

—¡Muy malos veleros! —comentó Sambigliong tras una rápida ojeada—. ¡Son tan anticuados como yo!

—No los había mejores, bravo compañero —replicó Yáñez—. ¡Ha sido un auténtico milagro encontrarlos y, además, nos costó mucho conseguir que esos pescadores nos los quisiesen vender!

—¿Vamos directamente a Mompracem?

—Bordearemos la costa hasta Nosong antes de iniciar la travesía. No se puede tener mucha confianza en estos barquichuelos, se empapan de agua como si fueran esponjas.

—Estoy deseando llegar, capitán.

—No lo deseo yo menos, Sambigliong.

—¿Qué habrá ocurrido allí a raíz de las nuevas que nos trajo Kammamuri? Me gustaría tanto saberlo... ¿Estará luchando el Tigre de Malasia contra los ingleses?

—No me sorprendería. Sandokán no es hombre de los que arrían bandera y no aceptará las exigencias del gobernador de Labuán sin haber opuesto antes la resistencia de que es capaz. ¡Cómo siento en este instante la pérdida de mi barco...! Con mi *Marianne* y el suyo, auxiliados por los praos de guerra, habríamos dado mucho trabajo a los cañoneros de Labuán.

—No fue culpa mía, capitán Yáñez —adujo Sambigliong.

—Tú has hecho lo imposible por defender mi velero —contestó Yáñez en un tono de voz suave—. No tengo nada de que acusarte. Acerquémonos a la costa e intentemos ganar tiempo. Si continúa soplando el viento, mañana por la noche llegaremos a Mompracem.

El sol se había puesto y la oscuridad se extendía rápidamente. El mar estaba en calma. Solamente ligeras olas rizaban su superficie, pero aquellas ondulaciones no entorpecían en lo más mínimo el avance de ambos barquichuelos, que proseguían su travesía en dirección al sudoeste, siempre distanciados dos o tres cables el uno del otro.

Yáñez, sentado en la popa sobre una piedra de grandes dimensiones que hacía las veces de ancla, gobernaba la barra del timón y fumaba sus últimos cigarros, mientras la mayoría de sus hombres dormían entre ronquidos en el fondo de la nave.

Solo quedaron despiertos cuatro hombres en la parte de proa, para realizar las maniobras.

En el mar no se distinguía el brillo de luz alguna. Las aguas habían adquirido el color de la tinta. Incluso en la costa imperaban las tinieblas. Tan solo hacia el islote de Sapangar, que cierra hacia poniente la ensenada del mismo nombre, brillaba un punto rojizo; seguramente la antorcha de un pescador.

Al remontar el cabo de Gaya advirtieron que el viento era muy débil y los dos veleros proseguían su avance con mucha lentitud.

—Espero que al llegar el alba nos hayamos alejado bastante de la bahía —musitó el portugués—. ¡La embocadura del Kabataun casi resultó fatal para mi *Marianne*!

Permaneció en vela hasta la una de la madrugada y, al no observar nada sospechoso, dejó la barra a Sambigliong y se tumbó en un banco encima de una vela de junco vieja.

Unas horas después le despertó de improviso un grito del contramaestre:

—¡A las armas! ¡Despertad todos!

En aquel momento empezaba a amanecer, y ambos praos, que en el transcurso de la noche no habían avanzado nada, se dirigían rumbo al extremo septentrional de la isla de Gaya.

Al escuchar el grito de su leal contramaestre, Yáñez se había incorporado al momento preguntando:

—¡Vaya! ¿Qué ocurre ahora? ¿Es que no se puede dormir…?

Calló de pronto, mientras hacía un gesto que denotaba gran inquietud.

Un giong de gran tonelaje, velero de líneas más redondeadas y de mayor longitud que un prao, provisto de dos velas triangulares, abandonaba entonces la bahía, seguido de seis chalupas dobles aparejadas, con puente, y otra chalupa de vapor que no llevaba bandera de ningún tipo en el asta de proa.

—¿Qué pretenderá esa escuadrilla? —se dijo el portugués.

Un cañonazo disparado por un mirim desde el giong fue la contestación a su pregunta. La flotilla conminaba a los praos para que interrumpieran su avance.

—¡Son los dayakos, señor! —anunció en aquel momento Sambigliong, que se había encaminado a proa para observar mejor a los hombres que iban embarcados en el velero y en las dobles canoas—. ¡Señor Yáñez, vire de bordo y dirijámonos enseguida a la costa!

El portugués lanzó una maldición.

—¡De nuevo ellos! —exclamó—. ¡Este es el fin!

Hubiese resultado una temeridad entrar en combate con fuerzas tan imponentes y que contaban con lilas, un mirim y posiblemente espingardas. Huir era asimismo imposible; la chalupa de vapor, en la que iban también hombres de color, no habría tardado mucho en alcanzar a los anticuados veleros. Dirigirse a la costa o, mejor aún, hacia la isla de Gaya, que se hallaba cubierta de densos bosques, era la única posibilidad que les quedaba a los fugitivos.

—¡Hacia la costa! —ordenó Yáñez—. ¡Cargad los fusiles!

El prao de Tremal-Naik, que estaba a unos siete u ocho cables del de Yáñez, acababa de virar de bordo y ponía rumbo a Gaya.

Desgraciadamente, casi no había viento. El giong, adivinando las intenciones de los fugitivos, efectuó una larga bordada y consiguió situarse entre ambos praos, seguido de la chalupa a vapor. Empezó a cañonear con sus lilas, en un intento por desbaratar la maniobra.

—¡Ah, miserables! —exclamó Yáñez—. ¡Quieren separarnos para batirnos con más facilidad! ¡Tigres de Mompracem, presentemos batalla y hundámonos antes que caer con vida en poder de esos salvajes!

Tomó la carabina y abrió fuego disparando contra el puente del giong.

Su gente también había empuñado las armas y disparaba sin cesar contra los tripulantes del navío adversario.

También en el prao de Tremal-Naik, aunque atrapado entre el velero de gran tonelaje y la chalupa de vapor que intentaba abordarlo, las carabinas disparaban continuamente, ofreciendo una notable resistencia.

No obstante, aquella batalla tan desnivelada no podía prolongarse demasiado. Una ráfaga de metralla desarboló de un simple golpe el prao del hindú, dejándolo limpio como un pontón e inutilizándolo por completo, mientras una pequeña granada lanzada por el cañón de la chalupa de vapor le destrozaba la rueda de proa y ocasionaba un inmenso boquete.

—¡Tigres de Mompracem! —exclamó Yáñez, que había advertido instantáneamente la crítica situación en que se hallaba Tremal-Naik—. ¡Hay que salvar a la muchacha!

De nuevo viró el prao de bordo, intentando aproximarse al del hindú, cuando de pronto el giong se interpuso en su camino.

Acabada su labor destructora, el enorme velero se dirigió al encuentro del de Yáñez, mientras que la chalupa de vapor, defendida por otras dos chalupas dobles, se lanzaban al abordaje del prao de Tremal-Naik, que ya empezaba a naufragar.

—¡Disparad hacia el puente, tigres! —ordenó el portugués—. ¡Al menos tratemos de vengar a nuestros camaradas!

Una voz de metálica entonación gritó en aquel momento sobre la popa del giong:

—¡Entregaos al peregrino de La Meca y os perdonaré la vida!

El extraño enemigo acababa de surgir sobre la toldilla de cámara con el verde turbante en la cabeza, empuñando una de esas cortas cimitarras indias denominadas tarwar.

—¡Ah, maldito! —clamó Yáñez—. ¡Así que también estás aquí...! ¡Ten tu merecido!

Sostenía en la mano una carabina cargada. Apuntó e hizo fuego.

El peregrino abrió los brazos, los cerró de nuevo y, por último, se desplomó sobre el timonel. Un tremendo clamor se alzó entre los tripulantes del giong.

—¡Al fin! —exclamó Yáñez con alivio—. ¡Ahora, a fumar el último cigarro!

EL BARCO NORTEAMERICANO

La derrota de los Tigres de Mompracem iba a ser inminente en breves minutos.

El prao de Tremal-Naik, acosado por la chalupa de vapor y por las dos dobles barcas, y haciendo agua en abundancia por la proa, había sido tomado al abordaje a pesar de la desesperada resistencia de los tripulantes, decididos a hundirse en las profundidades del mar.

Yáñez, dominado por una muy comprensible emoción, había visto a Tremal-Naik, a Damna y a los escasos supervivientes conducidos a viva fuerza hasta la chalupa de vapor, la cual, desentendiéndose de la lucha que se estaba librando, había emprendido la marcha hacia el sur a toda velocidad.

En el otro prao no quedaban más que siete hombres, en tanto que en el giong los tripulantes eran tres veces más numerosos; el barco montaba piezas de artillería de grueso calibre, mientras que en el prao no había más que una espingarda.

Las dobles chalupas, por su parte, llegaban por todas partes para acabar con el velero y auxiliar al giong.

Solo quedaba entregarse o morir ahogado. Una andanada de metralla convirtió en jirones las dos velas del prao, destrozando así la confianza que Yáñez pudiera tener en conseguir alcanzar la isla, que se hallaba aún a unos ocho o diez cables de distancia.

Sin embargo, aquellos siete bravos hombres no habían dejado de disparar, agotando con suma sangre fría sus últimos cartuchos. El portugués daba ejemplo disparando con una extraordinaria serenidad y sin quitarse de los labios su último cigarro, que había decidido terminar antes de morir.

El giong seguía conservando todas sus velas y avanzaba hacia el infortunado prao, que se hallaba inmóvil, con el fin de abordarlo o para destrozarlo con un fuerte golpe de espolón. Interrumpió el cañoneo, considerando innecesario gastar en balde proyectiles, pues estaba convencido de triunfar fácilmente sobre aquel grupo de valientes.

—¡Eh...! ¡Tigres de Mompracem! —exclamó Yáñez al observar que los tripulantes del velero disponían los ganchos y arpones de abordaje—. ¡Una descarga más e inmediatamente echad mano a los parangs! ¡Seremos nosotros los que saltemos al puente del giong!

Aquellos siete diablos, que preferían morir a entregarse, descargaron sus carabinas y tomaron las pesadas armas blancas cuando de improviso resonó tras de sí un fuerte estampido, cuyos ecos se perdieron en el lejano horizonte.

Un momento más tarde una nube de humo se elevó en la proa del giong y el palo mayor, destrozado por la explosión de un obús, se desplomaba pesadamente sobre la cubierta, y las grandes velas cubrieron a los combatientes como un sudario.

Extrañado Yáñez de que hubiera alguien que acudiese en su ayuda, y precisamente en aquellas circunstancias en las que consideraba cercano su fin, se volvió con premura. Un soberbio buque de vapor de gran tonelaje, armado magníficamente y tripulado por hombres que vestían de blanco, indudablemente europeos, pasaba en aquel momento el extremo septentrional de Gaya, avanzando con gran rapidez al lugar del combate.

—¡Compañeros, tigres! ¡Estamos a salvo! —exclamó, mientras un nuevo cañonazo despedazaba el timón del giong y otro partía en dos una de las dobles chalupas.

De un salto se subió a la amura de popa, y haciendo bocina con las manos gritó varias veces:

—¡A mí, europeos…!

Un cuarto disparo, que abrió un enorme boquete del giong en la línea de flotación fue la respuesta. Los hombres que tripulaban aquel magnífico barco debían de haber advertido que en el prao iba un hombre blanco, que pertenecía a su raza y que se hallaba en gran peligro, y sin exigir explicaciones bombardearon al gran velero tripulado por los salvajes.

En el puente de mando algunos oficiales hacían gestos para tranquilizar al portugués.

Al ver aproximarse aquel coloso de hierro, las dobles chalupas se habían retirado al instante en dirección a la isla, abandonando al giong a su suerte; con mayor motivo ahora, que ni tan siquiera podían contar con la ayuda de la chalupa de vapor, que se había alejado con los prisioneros hacia el sur.

El velero se escoraba a babor, ya que hacía agua por los tres boquetes abiertos en su estructura, que debían de ser muy grandes. La tripulación, tras haber descargado los cañones contra el buque de hierro, se lanzó al agua para no resultar engullida por el remolino.

—¡Amigos —ordenó Yáñez—, a los remos! ¡Vamos en busca del peregrino!

Mientras el vapor botaba dos chalupas con una docena de hombres armados en cada una de ellas, los piratas de Mompracem, bogando con los remos, situaron el prao junto al giong, que ya empezaba a irse a pique.

En el velero no encontraron más que muertos y algún herido. Los demás nadaban frenéticamente en dirección a la isla, adonde habían llegado ya las dobles chalupas.

Yáñez, Kammamuri y Sambigliong treparon con toda rapidez a bordo del velero y se precipitaron hacia la toldilla de cámara, en la que imaginaban había de encontrarse el peregrino.

No estaban equivocados: su extraño y acérrimo enemigo estaba tendido encima de una lona vieja, con los puños apretados contra el pecho, apretándose la herida ocasionada con toda certeza por el disparo de la carabina de Yáñez. No estaba muerto. Por el contrario, en cuanto vio a su lado a aquellos tres hombres, con un inesperado y brusco movimiento se incorporó sobre las rodillas y, cogiendo de su cinturón una pistola de cañón muy largo, intentó disparar. Kammamuri, exponiéndose a recibir el tiro en mitad del pecho, se abalanzó sobre él vertiginosamente y le arrebató el arma.

—¡Imaginaba que habías muerto —exclamó Kammamuri—, pero, puesto que te encontramos aún vivo, te mandaremos definitivamente al infierno!

Acababa de apuntar el arma hacia el peregrino y se disponía a descerrajarle un tiro en el cráneo cuando Yáñez retuvo su brazo.

—Vale más vivo que muerto —advirtió—. ¡No cometamos la imprudencia de matarle! Sambigliong, coge a ese hombre y llévalo al prao. ¡Deprisa, el giong naufraga!

El velero seguía inclinándose sobre el lado derecho, amenazando con irse a pique. Yáñez y sus amigos saltaron al prao, que una de las chalupas remolcó hacia el vapor, el cual se había detenido a unos dos cables de distancia.

La numerosa tripulación había trepado a las amuras y seguía con gran interés la operación de salvamento.

—¡Son europeos! —exclamó Yáñez en cuanto hubieron amarrado al peregrino—. ¿Serán ingleses?

—Al menos hablan en inglés —informó Kammamuri, que había podido oír una orden dada por un oficial.

—¡Resultaría realmente cómico que nuestra salvación se debiese a unos enemigos tan encarnizados como ellos!

Luego, con un profundo suspiro, añadió:

—¿Y Tremal-Naik? ¿Y Damna? ¿Qué les ha ocurrido? ¡Dios mío!

—La chalupa de vapor se ha alejado en dirección al sur, señor Yáñez.

—¿No se ha dirigido hacia la embocadura del Kabataun? ¿Estás seguro?

—Completamente; no han sido entregados a los dayakos.

—En tal caso, ¿quiénes eran esos otros? ¿Hacia dónde los han llevado?

Una sacudida interrumpió la conversación. El prao había chocado contra la plataforma baja de la escala, que se había hecho descender con toda premura.

Un hombre de unos cincuenta años, robusto y membrudo, de rizada barba recortada en punta y ataviado con un traje de paño azul oscuro con botones dorados y una gorra con galones, aguardaba en la plataforma superior.

Yáñez fue el primero en saltar a la escalera. Subió rápidamente y le dijo en inglés al capitán del buque:

—Gracias, señor, por su ayuda. Unos pocos minutos más y mi cabeza hubiera ido a aumentar las colecciones de esos fieros cazadores de testas.

—Me siento muy dichoso, señor, por haber podido salvarle —repuso el comandante del barco tendiéndole la mano derecha y estrechando la de Yáñez vigorosamente—. En una situación semejante cualquier otro hombre blanco hubiera hecho lo mismo. Con esos bribones no ha de haber compasión, esos salvajes no tienen compasión ni miramientos.

—¿Tengo el placer de hablar con el comandante?

—Sí, señor.

—Yáñez de Gomera —se presentó el portugués.

El capitán del buque hizo una mueca de asombro. Tomó a Yáñez de un brazo y lo condujo hasta la toldilla para que Sambigliong y sus compañeros pudiesen pasar con el peregrino, y le contempló con gran interés diciendo:

—¡Yáñez de Gomera! ¡Este apellido me suena! *By God!* ¿Es usted acaso el amigo de aquel terrible hombre que hace años destronó a James Brooke, «el exterminador de los piratas»?

—Exacto, soy yo.

—Me encontraba yo en Sarawak el día que Sandokán hizo su entrada con los guerreros de Muda-Hassim y sus invencibles tigres. Señor de Gomera, estoy muy contento de haberle podido proporcionar ayuda. ¿Qué querían esos hombres de ustedes?

—Es una historia muy larga de contar. Ahora, señor, permítame que le haga una pregunta: ¿no es usted inglés?

—Mi nombre es Harry Brien y soy norteamericano, de California.

—¿Y este buque tan magníficamente armado, más poderoso que el mejor de los cruceros?

—¡Oh, mucho más! —contestó con una sonrisa el norteamericano—. Hasta el momento me parece que no hay otro semejante en toda Malasia ni en el Pacífico. Sólido a prueba de escollos, con extraordinaria artillería y veloz como una gaviota.

Se volvió hacia sus marineros, que se encontraban alrededor de los dos hombres y hacían preguntas llenas de curiosidad a los amigos del portugués, mientras el médico del barco hacía su primera cura al peregrino, a quien le brotaba del pecho un hilillo sanguinolento.

—Dad de comer a estos valientes —ordenó—. Y usted, señor de Gomera, acompáñeme al camarote. ¡Ah! ¿Qué desea que haga con su prao?

—Déjelo a las olas, capitán —repuso el portugués—. No merece la pena llevarlo a remolque.

—¿Dónde quiere desembarcar?

—Si no tiene inconveniente, lo más cerca de Mompracem.

—Le llevaremos allí directamente. Está casi en mi rumbo y me gustará visitarlo. Venga conmigo, señor de Gomera.

Fueron hacia la popa y bajaron a la cámara, mientras el buque emprendía la marcha rumbo al sur, tras haber sido izadas las chalupas y cortadas todas las amarras del prao.

El comandante ordenó que les sirviesen un desayuno frío en el saloncito de popa, e invitó a Yáñez.

—Podemos conversar mientras comemos y bebemos —dijo cortésmente—. Mi cocina está a su servicio, señor de Gomera, y lo mismo mi bodega.

Cuando terminaron de comer ya sabía el norteamericano las infortunadas aventuras que su invitado había tenido que afrontar en la tierra de los dayakos a causa del extraño peregrino y la crítica situación en que se hallaba Sandokán.

—Señor de Gomera —empezó ofreciendo a Yáñez un cigarro de Manila perfumado—, le voy a proponer un negocio.

—Diga, señor Brien —replicó el portugués.

—¿Supone hacia dónde me dirigía?

—No puedo imaginarlo.

—A Sarawak, para hablar sobre la venta de este buque.

Yáñez, dominado por una vivísima emoción, se incorporó.

—¡Desea usted vender este barco! —exclamó—. ¿No es acaso de la marina de guerra de Estados Unidos?

—Nada de eso, señor de Gomera. Este buque ha sido construido en los astilleros de Oregón para el sultán de Shemmerindan, quien, según me explicaron, deseaba vengar a su padre, muerto por los holandeses en la derrota que ocasionaron a aquellos piratas hace ya muchos años.

—¿En el año mil ochocientos cuarenta y cuatro? —preguntó Yáñez—. Ya conozco la historia.

—El sultán había entregado ya a los constructores un adelanto de veinte mil libras esterlinas, asegurando que el resto lo pagaría contra la entrega del barco, además de un buen regalo si estaba construido de forma que pudiese enfrentarse con totales garantías de éxito a los buques holandeses. Sin duda, como habrá podido comprobar, este barco es mejor que los más poderosos cruceros. Por desgracia, cuando el buque fue llevado a la roca de Cotti, se supo que el sultán había sido asesinado por un familiar suyo, gracias a una intriga de los holandeses, que al parecer deseaban evitar una segunda guerra. Su sucesor no quiso saber nada del barco y renunció a los adelantos efectuados.

—¡Ese hombre era un necio! —dijo Yáñez—. ¡Con un buque como este hubiera atemorizado incluso al sultán de Varauni!

—Desde Temate telegrafié a los constructores, que me indicaron que lo ofreciera al rajá de Sarawak o a otro sultán. Señor de Gomera, ¿desea usted adquirirlo? Con semejante barco podría ser el rey del mar.

—¿Cuál es su precio? —inquirió Yáñez.

—Los negocios son los negocios, señor —repuso el norteamericano—. Los constructores exigen cincuenta mil libras esterlinas.

—Y yo, señor Brien, le ofrezco sesenta mil, que serán pagadas en el banco de Pantianak, siempre y cuando me permita conservar a los maquinistas, a quienes pienso ofrecer el doble de su sueldo.

—Son hombres que no rechazarán la oferta; aventureros de la mejor clase, prestos igualmente a cerrar o abrir una válvula que a disparar un fusil.

—Entonces, ¿está conforme?

—*By God!* Es un magnífico negocio, señor de Gomera. Y no lo voy a rechazar.

—¿Dónde desea usted desembarcar con la tripulación?

—Si puede ser, en Labuán, para poder tomar el vapor correo que lleva hasta Shanghai. Una vez allí, nos será fácil encontrar el medio de trasladarnos hasta San Francisco.

—Al llegar a Mompracem pondré a su disposición un prao que los conduzca hasta Labuán —convino Yáñez.

Sacó un talonario de cheques, que llevaba oculto en una especie de faja bajo la camisa, solicitó una pluma y empezó a firmar varios talones.

—Aquí tiene usted estos cheques por valor de sesenta mil libras esterlinas, pagaderas a la vista en el banco de Pantianak, donde Sandokán y yo tenemos depositados tres millones de florines. Señor Brien, a partir de este instante, el barco es de mi propiedad y tomo el mando.

—Y yo, señor de Gomera, de capitán me convierto en un pacífico pasajero —contestó el norteamericano, mientras cogía los cheques—. Señor de Gomera, vamos a examinar el buque.

—No es necesario; me ha bastado una ojeada para saber cómo es. Únicamente desearía averiguar el número de cañones con que va armado.

—Catorce piezas, de las cuales cuatro son del treinta y seis. Una artillería realmente imponente.

—¡Es suficiente! ¡Debo ocuparme del peregrino! ¡O confiesa a qué lugar condujo la chalupa de vapor a Tremal-Naik y a Damna, o lo torturaré hasta que fallezca!

—Sé un sistema que nunca falla y que aprendí de los indígenas americanos, y tenga la certeza de que le hará hablar —dijo el norteamericano—. ¿El rumbo siempre hacia Mompracem, señor de Gomera?

—Y directamente —repuso el portugués—. Es posible que Sandokán esté en estos instantes a punto de enfrentarse con los ingleses, y no posee más que un prao.

—Por el contrario, usted, señor de Gomera, dispone de un barco para enfrentarse a los más poderosos. ¡Piezas del treinta y seis! Harán saltar a los cañoneros de Labuán igual que un malabarista sus bolas.

Abandonaron el camarote y subieron a la cubierta. La nave avanzaba a toda máquina con una velocidad totalmente desconocida para los buques de aquel tiempo.

¡Quince nudos y seis décimas a la hora! ¿Quién podría apostar contra aquel vapor norteamericano, cuya velocidad semejaba la de una gaviota o poco menos? Yáñez se hallaba muy satisfecho.

—¡Es igual que un rayo! —dijo a Harry Brien—. ¡Con este barco ni los ingleses de Labuán ni el rajá de Sarawak me atemorizan! ¡Si Sandokán quisiera, podría declarar la guerra a la misma Inglaterra!

En aquel preciso instante se le acercó Kammamuri y le dijo:

—Señor Yáñez, la herida del peregrino no reviste la menor gravedad. El balazo que usted le disparó debió de chocar antes con algún objeto duro, posiblemente con la empuñadura del tarwar que ese hombre llevaba al cinto, y solamente le ha herido de refilón, penetrándole en una costilla.

—¿Dónde se encuentra?

—En un camarote de proa.

—Señor Brien, ¿desea usted venir conmigo?

—Voy con usted, señor de Gomera —repuso el norteamericano—. Vamos a ver si puede desentrañarse el misterio que rodea a ese enigmático personaje.

Se encaminaron hacia la proa por la parte de babor y entraron en un pequeño camarote que servía de enfermería.

El peregrino estaba tumbado sobre una litera, custodiado por Sambigliong y un marinero.

Se trataba de un hombre de unos cincuenta años, muy delgado, con el cutis bronceado en extremo, los rasgos del rostro finos, como los suelen tener los hindúes de castas superiores, y los ojos negrísimos y avivados por un lúgubre destello.

Tenía amarrados los pies y las manos, y guardaba un fiero silencio.

—Capitán —comunicó Sambigliong a Yáñez—, acabo de examinar el pecho de este hombre y tiene un tatuaje que representa una serpiente con cabeza de mujer.

—Eso demuestra que es un thug hindú y no árabe —repuso Yáñez.

—¡Ah…! ¡Un estrangulador! —exclamó el norteamericano contemplándolo con gran interés.

Al escuchar la voz de Yáñez, el preso experimentó un sobresalto; luego, volviendo la cabeza y examinándolo con una mirada de odio feroz, dijo:

—Sí; soy un amigo fiel de Suyodhana que juró vengar en Tremal-Naik, en Damna, en ti, y después en el Tigre de Malasia, la muerte de mis compañeros de religión. He perdido cuando pensaba haber vencido ya. ¡Mátame! Alguien me vengará, y antes de lo que imaginas.

—¿Quién?

—¡Ese es mi secreto!

—¡Que yo pienso sacarte!

Una burlona sonrisa afloró a los labios del estrangulador.

—Y, además, me dirás a qué lugar ha llevado la chalupa a Tremal-Naik, a Damna y a mis tigres que huían de los disparos de tus lilas.

—¡Jamás lo sabrás!

—¡Poco a poco, señor estrangulador! —advirtió el norteamericano—. Déjame decirte que conozco un sistema eficacísimo para hacerte hablar. No son capaces de soportarlo ni tan siquiera los pieles rojas, que son de una resistencia extraordinaria.

—¡Poco conoces a los hindúes! —repuso el thug—. ¡Me matarán, pero no hablaré!

El americano se dirigió a sus marinos para ordenarles:

—Colocad sobre el puente dos tablas y un barril de agua.

—¿Qué piensa hacer, señor Brien? —preguntó Yáñez.

—Ahora lo comprobará, señor de Gomera. Le aseguro que ese hombre confesará antes de un par de minutos.

Luego, dirigiéndose a Sambigliong y Kammamuri, dijo:

—Vosotros, coged a este hombre y llevadlo a cubierta.

FUEGO DESDE EL VAPOR

El hindú no ofreció la menor resistencia; ni siquiera se había desvanecido de sus labios la sonrisa burlona. Parecía como si aquel hombre tuviese absoluta confianza en sí mismo y que ni la idea, bastante desagradable ciertamente, de tener que sufrir un tormento hacía mella en su firme ánimo, digno de lo que en realidad era: un sectario fanático.

Cuando se halló sobre la toldilla tumbado en una tabla y firmemente amarrado para permanecer inmóvil por completo, su tranquilidad seguía siendo total.

Contempló serenamente a los marineros que habían formado un círculo a su alrededor, y a continuación al capitán Yáñez, diciendo a este último en tono irónico:

—¿Y ahora me arrojaréis a los peces?

—Vamos a hacer algo más agradable que eso, señor estrangulador —señaló el norteamericano—. ¿Te hace daño la herida?

El estrangulador hizo un gesto despectivo.

—¡Mucha importancia conceden ustedes a este arañazo! —dijo concisamente—. ¿Me consideran acaso una criatura?

—Mejor así. Traed un par de cubos de agua y un embudo.

Tres marineros se abrieron paso para traer lo solicitado. El embudo era utilizado por el cantinero para introducir el vino en las botas, es decir, una pieza sólida, con una embocadura lo suficientemente amplia para ocupar de lleno la boca del indio.

—¿Quieres hablar? —interrogó por última vez el norteamericano—. Evitarás un tormento innecesario que no vas a poder aguantar.

—¡No! —repuso con sequedad el estrangulador.

—¿Ni siquiera si te prometo concederte algún día la libertad? —preguntó Yáñez, a quien desagradaba recurrir a medios drásticos.

—Ese día moriré.

—¡Venga, empezad! —dijo el norteamericano.

Toda la tripulación se había agrupado en torno a la tabla. Solamente el timonel continuaba ante la rueda y los fogoneros frente a los hornos.

Dos marinos metieron la punta del embudo en la boca del hindú, manteniéndolo inmóvil, mientras que otro iba derramando con lentitud el agua contenida en el cubo.

El estrangulador, obligado a beber con el fin de no ahogarse, intentó romper las cuerdas en un desesperado esfuerzo para separar el embudo. Al instante se dio cuenta de que no podría aguantar demasiado aquel tormento, desconocido para él hasta aquel momento.

No obstante, dispuesto a soportar hasta el límite o incluso a morir, no se movió ni tampoco hizo el menor gesto que hiciese comprender al norteamericano y al portugués que estaba decidido a confesar.

El agua seguía llenándole el estómago, y el vientre del hindú se hinchaba más a cada instante. Su rostro parecía sufrir terribles espasmos, los ojos se le salían de las órbitas y su respiración por la nariz se había vuelto jadeante y ocasionaba una especie de ronquido lúgubre, terrorífico.

—¿Piensas hablar? —preguntó el norteamericano, que contemplaba el espectáculo con frío e impasible aspecto, haciendo un ademán al marinero del cubo para que permaneciese quieto.

El thug negó con un fiero movimiento de cabeza y con los dientes intentó destrozar el tubo de metal del embudo.

Un par más de litros de agua bajaron por el tubo. El indio, con el semblante totalmente congestionado, los ojos extraviados de una forma horrible, dilatado el estómago de una manera atroz, hizo de improviso un gesto violentísimo. No podía más y se entregaba.

—¡Ya está bien! —había exclamado Yáñez espantado—. ¡Ya está bien!

Apartaron el embudo. El thug respiró una larga bocanada de aire y con voz estentórea musitó:

—¡Criminales!

—¡Bah! ¡No morirás por haber ingerido un poquitín de agua! —arguyó el norteamericano—. Esto es insoportable, ¿eh? Pero no existe el menor riesgo si no seguimos con el experimento. ¿Piensas hablar?

El hindú permaneció silencioso durante un momento; mas, observando que el americano hacía un ademán a los marineros para que reanudaran la operación, experimentó un horror indecible que se manifestó en su semblante.

—¡No... no... más! —tartamudeó.

—¿Quién te ha mandado? Habla o continuaremos —dijo Yáñez.

—Shinar —repuso el indio.

—¿Quién es Shinar? Y, antes que nada, ¿quién eres tú?

—Yo soy... soy... el preceptor... de Shinar... Le he... instrui-do... Soy... el... fiel amigo... de Suyodhana.

—¿Y Shinar? —apremió Yáñez, que veía cómo al hindú se le extraviaba cada vez más la vista y se le tornaba la respiración más jadeante.

—Responde o reanudaremos lo del agua —instó el norteame-ricano.

—Es... el... hijo... de Suyodhana —balbució el estrangulador.

Yáñez, Kammamuri y Sambigliong lanzaron al mismo tiempo una exclamación de asombro. ¡Suyodhana tuvo un hijo! ¿Sería cierto? ¡El jefe de aquella secta fanática, quien menos parecía amar a las mujeres, el que representaba en la tierra la Trimurti de la religión india, como un día Damna encarnara a la diosa Kali, la divinidad sanguinaria, tuvo su idilio amoroso como cualquier ser humano!

Yáñez acababa de inclinarse sobre el hindú para exigir más detalles y se encontró con que el desdichado había perdido el conocimiento.

—¿Morirá? —preguntó al norteamericano—. Aún no ha explicado todo. ¡Debo enterarme de dónde está el hijo del terrible estrangulador y a qué lugar han conducido a Tremal-Naik y a Damna!

—Deje que termine de digerir tranquilamente el agua —repuso el norteamericano—. Ese tormento no termina con la vida de nadie si se detiene a tiempo; este hombre mañana estará tan bien como usted y como yo. ¡Que lo trasladen a su camarote y le dejen dormir!

—Se ha desmayado.

—El médico del barco se encargará de reanimarlo. No se inquiete, señor de Gomera; esta tarde o mañana sabremos todo lo que necesite.

Hizo una seña a los dos marineros y estos se llevaron al hindú al entrepuente.

—Bien, señor de Gomera —observó el yanqui dirigiéndose a Yáñez, que parecía preocupado y absorto—. No parece usted demasiado satisfecho con los informes recibidos. ¿Es hombre temible el hijo del jefe de los estranguladores?

—Puede que lo sea —repuso Yáñez—, ya que no sabemos dónde se encuentra, ni conocemos quién ni con qué medios cuenta. La guerra soterrada que nos ha hecho hasta el momento demuestra que ese Shinar posee la energía y la fiereza de su padre. Debo enterarme de dónde se oculta.

—¿Así que no debía de estar entre los dayakos que los han atacado?

—Creo que no. Al frente de la insurrección no había otro que el peregrino. De haberse encontrado entre ellos algún indio más, en este momento lo sabríamos.

—¿Debe de ser muy poderoso ese Shinar?

—Los hechos así lo dan a entender. Él ha sido el que ha armado a los dayakos, y quien posiblemente ha puesto en pie de guerra a los ingleses de una u otra manera, y también al sobrino de James Brooke. Tengo la certeza de que cuenta con grandes riquezas.

—Y el oro es el nervio de la guerra —convino el norteamericano.

—Y habrá armado, además, algunos barcos.

—Pero el de usted puede aniquilarlos sin la menor dificultad, señor de Gomera. Nadie podrá enfrentarse a su artillería, que es la más moderna y eficaz que existe hasta el momento, y que está adoptándose en la flota de mi nación.

—Señor Yáñez —inquirió Kammamuri, que hasta aquel instante había permanecido en silencio y tan pensativo como el portugués—, ¿qué opina de esa sorprendente revelación?

—Pues que jamás hubiera imaginado que habríamos de enfrentarnos otra vez con los thugs de la India. Tú, que fuiste prisionero de ellos durante algún tiempo, ¿oíste explicar en alguna ocasión que Suyodhana hubiera tenido un hijo?

—No, señor Yáñez. Por otro lado, de haberlo sabido los thugs, el jefe hubiera perdido gran parte de su poder. Ha debido de mantenerlo muy alejado de las *sunderbans*, ocultándolo a todos para esconder su acto culpable. Un jefe como él no podía amar a ninguna mortal; su corazón había de latir solamente por la diosa sanguinaria, y no por una mujer.

—¿Sabes si la comunidad de los thugs poseía una gran riqueza?

—Me han asegurado que contaba con incalculables riquezas y que únicamente Suyodhana sabía el lugar donde se ocultaban.

—Como es lógico, una vez aniquilada la secta, las riquezas pasarían a poder de Shinar.

—Es posible, señor Yáñez —concordó el maharato.

—¡Y ahora nos reta para vengar a su padre! —dijo el portugués como hablando para sí—. ¡De la misma manera que el Tigre de Malasia derrotó al Tigre de la India, vencerá al tigrecito!

—No obstante, me sorprende en extremo —adujo el norte-americano— que el hijo de un estrangulador haya conseguido la cooperación de los ingleses, si es verdad lo que usted imagina.

—Pero ¿sabemos bajo qué nombre o título se amparará? —inquirió Yáñez—. Supongo que no habrá sido tan necio como para comunicar al gobernador de Labuán que es un adorador de la diosa Kali. Necesito saber dónde está y me lo va a decir su preceptor, aunque haya de torturarle hasta que muera.

—Es suficiente con amenazarlo con una nueva cantidad de agua —opinó el americano—. No lo soportará; ya lo comprobará. Lo explicará todo, señor de Gomera. Ahora vaya a descansar un rato. Ha de estar fatigado tras tantas emociones. Sus marineros duermen ya como lirones.

El portugués, que desde hacía dos noches no dormía, aceptó el consejo del yanqui. Bajó al camarote con Kammamuri y, sin desvestirse, se tendió sobre una litera.

El barco proseguía su rumbo en dirección al sudeste, manteniéndose siempre a una docena de millas de la costa. Iba a quince nudos, velocidad sorprendente en aquel tiempo, en el que los mejores barcos de vapor no rebasaban los doce.

En el horizonte no se distinguía ningún buque. Hacia la costa, en extremo sinuosa y llena de pequeñísimos senos y bahías, algunos praos navegaban lentamente con las velas henchidas, en los que sin duda iban pescadores, puesto que las aguas de aquellas islas son muy ricas en peces.

Hacia el mediodía, el *Nebraska* —pues tal era el nombre del soberbio vapor— avistaba la isla de Tega y se dirigía directamente al cabo Nosong, que constituye la parte extrema de otra vasta isla, separada de tierra firme por un estrecho canal que desemboca en la amplia bahía de Brum.

A las cuatro se divisó en dirección sur la colonia inglesa de Labuán, a la que Sandokán amenazó durante muchos años con el exterminio de sus primitivos pobladores.

Casi en aquel preciso momento, el norteamericano despertaba de improviso a Yáñez.

—¡Arriba, señor de Gomera! —exclamó el capitán.

En su voz se notaba un tono especial, que hizo que Yáñez se incorporara al instante. El semblante del yanqui estaba sombrío.

—¿Ha de notificarme alguna mala nueva? Creo que está usted algo excitado, señor Brien.

—*By God!* —barbotó el norteamericano mesándose colérico los cabellos—. ¡No me lo imaginaba, señor Yáñez!

—Pero ¿qué novedad hay?

—Que ese perro maldito se ha largado al otro mundo sin acabar de confesar.

—¡Ha muerto!

—Tenía un veneno escondido en un anillo. Acuérdese de que llevaba uno en el dedo corazón, con un cabujón de bastante grosor.

—Sí, creo que lo vi.

—La piedra del cabujón estaba levantada y debajo había un hueco lo bastante grande como para contener semillas o granos de alguna sustancia ponzoñosa. Lo único real es que ha muerto a la vista de los marineros que le custodiaban —concluyó el norteamericano.

Yáñez hizo un gesto de cólera.

—¡Se ha ido a la tumba con el secreto que más me urgía desentrañar! —barbotó rechinando los dientes—. ¿Cómo podremos averiguar a qué lugar ha llevado aquella chalupa de vapor a Tremal-Naik, a Damna y a sus hombres? ¡Maldita sea! ¡Empieza a extinguirse la buena fortuna que durante tantos años nos ha protegido! ¿Será esto el principio del fin?

—Señor Yáñez, no se desaliente —dijo el norteamericano—. Todavía no habrán terminado con sus compañeros. El no haberlos matado al momento indica que los secuestradores tenían orden de conducirlos a un lugar determinado.

—Pero ¿adónde?

—Este es el punto oscuro de momento.

Yáñez, que en el transcurso de aquella desgraciada aventura había perdido la serenidad en varias ocasiones, comenzó a pasear arriba y abajo del camarote, muy excitado.

¿Qué hacer? ¿Qué decidir? ¿En qué sentido encauzar las indagaciones? Todos estos pensamientos turbaban su cerebro.

—¿Dónde estamos ahora, señor Brien? —inquirió de pronto, deteniéndose frente al norteamericano.

—Ante las costas de Labuán, señor de Gomera.

—¿Cuándo llegaremos a Mompracem?

—De diez a once de la noche.

—Ordene que boten al agua una chalupa con provisiones y armas para un par de hombres y acerquémonos a Labuán.

—¿Qué es lo que pretende usted, señor de Gomera?

—Tengo una sospecha.

—¿Cuál?

—La chalupa marchó hacia el sur, sin entrar en la bahía de Kabataun, la cual remontaron antes mis praos.

—¿Y qué es lo que supone?

—Que han llevado a Labuán a Tremal-Naik, a Damna y a los hombres que los acompañaban.

—¿Quiere hacer que desembarquen dos hombres para que hagan las correspondientes pesquisas?

—Y después iremos a recogerlos.

—Tendrían más posibilidades de conseguirlo un par de hombres blancos, y en el barco los hay que tienen suficiente valor para llevar la operación a cabo. Lo único que hace falta es pagarles.

El yanqui ordenó que prepararan una chalupa, llamó a dos marineros californianos de gran estatura y les explicó lo que deseaba el portugués.

—Iremos incluso al infierno —dijo uno de ellos—, ¿eh, Bob?

—Apresaremos a Belcebú si así lo quiere, capitán —convino el otro.

—De aquí a un par de días, como máximo, iré a recogeros.

—¿Por la noche? —inquirió Bob.

—Indicaremos nuestra presencia con una luz verde.

—¡Que el diablo cargue con nosotros si no conseguimos nuestro propósito, capitán! —repuso el primer marinero.

La chalupa estaba preparada. Ambos californianos bajaron a ella y luego emprendieron el rumbo hacia la isla, dirigiéndose a poniente.

Algo más tarde, el estrangulador, una vez certificado el médico de a bordo que estaba en realidad muerto, fue lanzado al mar cubierto por una lona y con una bala de cañón atada en los pies para no ser devorado por los escualos, que por lo general solamente van por la superficie del mar.

A las ocho de la tarde, el *Nebraska* se hallaba a mitad de trayecto entre Labuán y Mompracem.

El mar estaba desierto y la luna se alzaba en el horizonte brillando sobre las aguas.

Desde el castillo de proa, Yáñez, Kammamuri y Sambigliong examinaban atentamente y con ansiedad el horizonte, deseosos de avistar la altísima roca sobre la que se hallaba la morada del Tigre de Malasia, mientras el yanqui, que había tomado momentáneamente otra vez el mando del buque, paseaba de un lado a otro del puente.

—¡Menuda sorpresa va a llevarse Sandokán cuando nos vea aparecer con un refuerzo de este tipo! —comentó Sambigliong—. Perdimos el *Marianne* y regresamos con una nave que vale por veinte como él.

—Y que va a dar que hacer a Shinar y a sus aliados, si es que los tiene —repuso Yáñez.

—¿Piensa que los ingleses se habrán contentado simplemente con amenazar, capitán?

—Ya hace tiempo que nos dieron a entender que habríamos de abandonar Mompracem.

—Y la última intimación era seria, señor Yáñez —añadió Kammamuri—. Hasta entonces jamás había visto tan preocupado a Sandokán.

—¿Se dispondrán a resistir?

—Sí, señor Yáñez.

De improviso el rostro de Yáñez palideció.

—¿Y si llegáramos demasiado tarde? —aventuró con auténtica angustia.

—No; es imposible que le hayan derrotado tan rápidamente. Sandokán cuenta con hombres de acero y cañones y baterías imponentes. Las fuerzas de Labuán solas no son bastante numerosas para semejante empresa. De aquí a una hora sabremos a qué atenernos.

Según su costumbre cuando algún pensamiento lo inquietaba, Yáñez había comenzado a pasear por el castillo con las manos metidas en los bolsillos y el cigarro apagado entre los labios.

Transcurrieron quince o veinte minutos. Se hallaban únicamente a dieciocho o veinte millas de Mompracem.

Súbitamente se oyó en dirección a poniente un distante rumor, que se extendió por el mar retumbando de manera siniestra.

—¡Es un cañonazo! —exclamó Yáñez.

—Y el rumor proviene de Mompracem, señor de Gomera —dijo el norteamericano subiendo al castillo—. El viento sopla de proa.

—¿Se habrán lanzado los ingleses al asalto de la isla?

—Pero aquí nos encontramos nosotros, y voy a demostrar la potencia de nuestros cañones. ¡Maquinistas, a toda máquina y cargad al máximo las válvulas! ¡Artilleros, a vuestros puestos de combate!

En aquel instante retumbó un segundo estampido, diferente al primero y seguido, al poco, de una serie ininterrumpida de disparos efectuados por armas de diversos calibres, lo que ocasionaba detonaciones más o menos sonoras.

No era posible error de ningún género: a lo lejos, hacia Mompracem, se estaba librando un combate, y de los duros.

Yáñez y el norteamericano se habían precipitado al puente de mando, mientras los artilleros cargaban con toda rapidez las piezas de cubierta y las de las baterías y se doblaba el personal de las máquinas.

—¿Todos preparados? —preguntó Brien al oficial de cuarto, que acababa de inspeccionar con premura todas las piezas de artillería.

—Sí, capitán.

—¡Doble reserva al timón y la guardia disponible a cubierta!

Los estampidos iban en aumento. Se oía el seco retumbar de los cañones de pequeño calibre y el más prolongado y estruendoso de la artillería pesada.

Yáñez, algo pálido a causa de la emoción pero sereno, había enfocado un catalejo en dirección a poniente, mientras el buque se deslizaba como una gaviota, dejando detrás una larga estela de espuma.

—¡Humo en el horizonte! —gritó de improviso el portugués—. ¡Allí hay barcos de vapor! Son ingleses. No me cabe la menor duda. ¡Rápido! ¡Rápido!

—Señor de Gomera, corremos el riesgo de que se produzca una explosión. No se pueden forzar más las máquinas.

Un humo de tono blancuzco que se divisaba claramente merced a la luz de la luna se elevaba en dirección a Mompracem.

Los cañonazos se sucedían ininterrumpidamente. En aquel lugar se luchaba de una manera terrible.

Al poco rato empezaron a verse los grandes fogonazos de la artillería. Llameaban en una amplia extensión, como si combatiesen numerosos barcos.

—¡Nuestros praos! —rugió de repente Yáñez, dejando el catalejo—. ¡El Tigre de Malasia se dirige hacia el norte!

—¡Malditos! ¡Otra vez nos han derrotado los ingleses!

El norteamericano le había quitado el catalejo de la mano.

—¡Sí, son los praos! —dijo al fin—. ¡Los bombardean los cañoneros! ¡Rumbo al sur!

—¡Artilleros! —ordenó el portugués—. ¡Listos para abrir fuego de banda! ¡Destrozad aquellos buques!

El *Nebraska* avanzaba a toda máquina con el objeto de interponerse entre los veleros que huían disparando continuamente, con el buque de Sandokán en retaguardia relampagueando como un volcán, y las pequeñas naves de vapor que los perseguían entre tremendas descargas de artillería.

—¡Ya nos encontramos en mitad del baile! —comentó el norteamericano—. ¡Muchachos, disparad todos los cañones de borda!

DECLARACIÓN DE GUERRA

La escuadrilla del Tigre de Malasia, a pesar de huir ante el enemigo, combatía con furia y respondió enérgicamente con las cuatro piezas de caza emplazadas sobre la toldilla del *Marianne* y las espingardas de grueso calibre de los praos.

La flota se componía de ocho veleros de grandes velas y tripulados por numerosa marinería, pero solamente el de Sandokán, que era de mayor tonelaje que el que perdiera Yáñez en el Kabataun, podía enfrentarse al enemigo durante algún tiempo. Los restantes no eran sino simples embarcaciones malayas de poco mayor tamaño que los praos corrientes, sin balancín y con puente, y con las amuras lo bastante altas para cubrir a los fusileros.

La escuadra adversaria, que debía de haber expulsado de la isla a los tigres de Mompracem, era mucho más poderosa y mejor armada. La componían dos pequeños cruceros con bandera inglesa, cuatro cañoneros y un bergantín de tonelaje similar al del *Marianne*.

No obstante, todos aquellos buques no se decidían a lanzarse al abordaje de los veleros de Sandokán y se limitaban a replicar a las terribles descargas de fusilería de los piratas, a los cañonazos de las piezas de caza y a la metralla de los praos, que barrían los puentes como ráfagas de huracán.

La súbita aparición del soberbio y poderoso buque norteamericano suspendió el combate por un momento, interrumpiendo la lucha, ya que tanto perseguidos como perseguidores desconocían a qué país pertenecía, pues no enarbolaba ninguna bandera. Una enérgica voz se elevó desde el puente de mando del barco, indicando a los tigres de Mompracem que allí contaban con un poderoso protector.

—¡Viva Sandokán! ¡Viva Mompracem!

Y acto seguido la misma voz gritó:

—¡Fuego sobre los ingleses!

Las siete piezas de babor del buque norteamericano, todas de grueso calibre y de gran alcance, relampaguearon a la vez con un horroroso estampido que retumbó hasta el fondo de la estiba, haciendo retumbar los puntales. Y aquel huracán de proyectiles se abatió sobre uno de los cruceros, destruyéndolo de un simple golpe, haciendo saltar en pedazos la borda de estribor y alcanzando las calderas, lo que provocó una inmediata explosión.

Un ciclón de fuego y humo inundó al instante el cuarto de máquinas. A esto siguió un tremendo fragor, que debía de ser ocasionado por las explosiones de las cajas de municiones y los barriles de pólvora.

El crucero, inmóvil de improviso, escoró sobre el costado maltrecho, mientras sus tripulantes se arrojaban al agua lanzando grandes gritos.

—¡Bien, señor de Gomera! —inquirió el norteamericano, que se hallaba junto a él en el puente—. ¿Qué opina de nuestra artillería?

—Luego se lo diré —repuso el portugués—. Vamos a interponernos entre los praos y los cañoneros y presentemos batalla. ¡Artilleros, fuego de estribor! ¡Eh, sobre el bergantín!

A la orden siguió una segunda descarga, al tiempo que los praos de los tigres de Mompracem se ponían a cubierto tras el buque norteamericano, abriendo fuego con sus gruesas espingardas.

El bergantín, que intentaba adelantarse para cubrir al otro crucero con sus piezas de caza, recibió tan formidable andanada que toda su amura se convirtió en astillas, mientras que el palo mayor, destrozado a dos pies de la toldilla, se desplomaba a lo largo de la proa con horroroso estrépito, derrumbando parte del castillo y matando o hiriendo a media docena de gavieros.

Gritos tremendos se escucharon en los puentes de los praos del Tigre de Malasia, que recibieron fuertes sacudidas por efecto de formidables descargas de metralla. Los piratas de Mompracem se tomaban el desquite gracias a la ayuda que les proporcionaba aquel buque, que acababa de arbolar y desplegar la bandera del antiguo corsario, totalmente roja con tres cabezas de tigre, y daban a los antes victoriosos atacantes un muy severo castigo.

Viéndose imposibilitados los cañoneros de sostener el combate contra un enemigo que contaba con cañones de calibre y potencia casi desconocidos en aquel tiempo, recogieron rápidamente a los marineros del crucero y, tras lanzar un cable al bergantín, que había quedado inutilizado para seguir el avance, se batieron al momento en retirada en dirección a Mompracem, siendo despedidos por una descarga, la última de los cañones de caza del *Marianne* y de las espingardas de los praos.

Mientras acontecía todo esto, un hombre se había arrojado a la escala del barco norteamericano y, precipitándose a cubierta, se echó en los brazos de Yáñez.

Era un hombre bastante alto y muy corpulento; tenía una hermosa cabeza de fiero y enérgico aspecto, la piel bronceada, ojos negrísimos en los que parecía brillar una llama, y el cabello, abundante, ondulado y negro como el ala del cuervo le caía sobre la espalda. En cambio, su barba era ligeramente canosa y sobre la frente se percibían unas arrugas prematuras.

Su indumentaria era de estilo oriental, con casaca azul de seda con grandes bordados en oro y anchas mangas, ceñida a la cintura por una amplia faja de seda roja de la que colgaban una magnífica cimitarra y dos pistolas de largo cañón con arabescos y culatas incrustadas en nácar y plata; vestía asimismo unos amplios calzones, altas botas de piel amarillenta y punta doblada, y cubría su cabeza con un pequeño turbante de seda blanca, en cuyo centro una presea sostenía un diamante casi tan grande como una nuez.

Una hermosa jovencita ataviada con las ropas típicas de las mujeres hindúes le acompañaba.

—¡Sandokán! —exclamó Yáñez apretándole contra el pecho—. ¡Vencido tú! ¡Y tú también, querida Surama!

Un relámpago de ira asomó a los ojos del comandante de la flotilla de veleros, en tanto que en su rostro se manifestaba una fiera expresión de rencor y pena al mismo tiempo.

—¡Sí, vencido por segunda vez y por el mismo enemigo! —repuso con voz ronca.

—¡Te han echado de Mompracem!

—Puedes imaginar que no lo he abandonado por complacerlos, Yáñez. Esos perros lo han aniquilado todo. Los poblados están ardiendo, sus moradores han sido objeto de una terrible carnicería sin respetar a mujeres ni a niños con esa saña tan característica en los ingleses cuando tienen de su parte la fuerza y frente a ellos a gente de color. Nuestra morada ya no existe.

—Pero ¿puede saberse la causa de este inopinado ataque?

En vez de contestar, había echado a su alrededor una ojeada, fijando la mirada en la toldilla, que se hallaba llena de marineros norteamericanos.

—¿Dónde has encontrado este crucero? —preguntó al fin—. ¿Qué has hecho durante estos días? ¿Y Tremal-Naik y Damna? ¿Y mi *Marianne*? ¿Quiénes son estos hombres blancos que combaten en defensa de los tigres de Mompracem?

—Han ocurrido cosas en extremo graves, hermano, después de mi marcha al Kabataun —replicó Yáñez—. Pero antes de que te explique todo, cuéntame hacia dónde te dirigías.

—En primer término en tu busca, después a encontrar un nuevo refugio. En el norte de Borneo no escasean las islas donde poder habitar y prepararse para la venganza —dijo Sandokán—. El

Tigre de Malasia dejará todavía oír su rugido en las costas de Labuán y también en las de Sarawak.

Yáñez hizo una seña al capitán norteamericano, que permanecía inmóvil a escasos pasos de distancia aguardando las órdenes del nuevo propietario del buque; después de haberle presentado a Sandokán, le preguntó:

—¿Dónde quiere desembarcar, capitán?

—Si puede ser, en Labuán. Allí me será más fácil embarcar para Pantianak. Aparte de eso, en la isla se encuentran dos hombres que podrán darle magníficos informes, señor de Gomera. Hasta que ya no le sean necesarios quedarán bajo su mando todos los maquinistas, que han aceptado su oferta, y dos contramaestres de artillería para adiestrar a los malayos en el manejo de los cañones. Me sentiría muy satisfecho de seguir junto a usted para intervenir en la campaña, que no tengo la menor duda comenzará ahora contra esos señores de la bandera roja encuartada. Me gustaría presenciarlo.

—Avanzaremos a marcha lenta hacia Labuán, de manera que lleguemos a la noche. Los praos, con este viento que sopla, nos podrán seguir sin ningún inconveniente.

Inmediatamente, pasando un brazo por el derecho de Sandokán, lo condujo hasta la popa y los dos bajaron a la cámara, acompañados de la joven india.

En ese momento se desvanecían entre la distante niebla los cañoneros, el bergantín y el crucero.

—Explícame qué es lo que ha pasado en Mompracem —dijo el portugués mientras descorchaba una botella de whisky y sonreía a Surama—. ¿Por qué te han atacado? Kammamuri, a su regreso a la factoría de Tremal-Naik, me informó de que el gobernador de Labuán quería conquistar tu isla.

—Sí. Con la excusa de que mi presencia representaba un peligro incesante para aquella colonia y que alentaba a los piratas de Borneo —repuso Sandokán—. No obstante, no imaginaba que los acontecimientos se precipitaran de esta forma, ya que hemos prestado a Inglaterra un servicio tan notable como el de librar a la India de los adoradores de la diosa Kali. Pero me equivoqué. Hoy hace cuatro días, un emisario inglés me notificó que debía abandonar la isla en el plazo de cuarenta y ocho horas, amenazándome con expulsarme de ella por la fuerza en caso contrario. Entonces escribí al gobernador explicándole que hacía veinte años que ocupaba la isla, que era mía por derecho propio y que el Tigre de Malasia era hombre capaz de defenderla durante largo tiempo, cuando de improviso, ayer por la noche, sin declaración de guerra de ningún tipo, vi aparecer la escuadra que tú has tratado tan adecuadamente, mientras que otra compuesta de pequeños veleros desembarcaba cuatro compañías de cipayos con cuatro baterías en la costa occidental.

—¡Miserables! —exclamó Yáñez encolerizado—. ¡Nos han tratado como si aún fuésemos piratas!

—¡Todavía peor! ¡Como antropófagos! —rebatió Sandokán, cuya voz temblaba a causa de la ira—. Hacia medianoche los poblados ardían y sus moradores, cogidos por sorpresa, eran asesinados con una saña jamás vista, en tanto que la flota iniciaba un terrible bombardeo contra nuestros atrincheramientos de la bahía pequeña, hundiendo varios de mis praos. A pesar de estar cogidos entre dos fuegos, el de los barcos y el de las baterías de cipayos, aguanté desesperadamente hasta la madrugada más de catorce asaltos; me embarqué con lo que quedaba de mi flotilla y a cañonazo limpio atravesé por entre los cruceros y los cañoneros, consiguiendo escapar justo a tiempo.

—¿Y qué tienes pensado hacer ahora?

El Tigre de Malasia levantó la mano derecha como si tuviese en ella un arma y se preparara para asestar un golpe mortal. Luego, contrayendo los labios como el carnívoro cuyo nombre llevaba, exclamó con una terrible explosión de cólera:

—¿Qué tengo pensado hacer? Hace veinte años hice estremecer Labuán y ahora volveré a conseguir que el pánico cunda por todas sus costas. ¡Declaro la guerra a Inglaterra y también a Sarawak!

—¿O al hijo de Suyodhana?

Sandokán hizo un brusco movimiento de sorpresa.

—¿Qué has dicho, Yáñez? —gritó contemplándole con profundo asombro.

—Que el hombre que ha insurreccionado a los dayakos del Kabataun, que ha sobornado al gobernador de Labuán y al rajá de Sarawak para expulsarte de Mompracem, no es otro que el hijo del Tigre de la India, a quien mataste en Delhi.

Sandokán había enmudecido; parecía que aquella inesperada noticia le hubiera dejado inmóvil.

Después de un rato, exclamó:

—¡El jefe de los thugs de la India tenía un hijo!

—Y muy astuto, muy inteligente y resuelto a vengar la muerte de su padre —añadió Yáñez—. Hemos perdido ya nuestra isla, todas las factorías de Tremal-Naik han sido arrasadas y este y Damna han caído en su poder.

—¡Te los han arrebatado! —barbotó Sandokán.

—¡Tras una terrible batalla que hubiera acabado con el exterminio de todos si no hubiese sido por la llegada providencial de este buque!

Sandokán paseaba alrededor de la cámara igual que una fiera enjaulada, con la frente arrugada sombríamente y las manos cruzadas sobre el pecho.

—¡Explícamelo todo! —pidió de repente, parándose frente al portugués y vaciando de un simple trago su taza de whisky.

Yáñez le describió lo más concisamente posible las diversas incidencias acontecidas desde su salida de Mompracem.

Sandokán le escuchó todo el rato sin interrumpirle.

—¡Vaya! ¿Este buque es nuestro? —dijo cuando Yáñez hubo acabado—. Muy bien. Haremos la guerra a los ingleses, a Sarawak, al hijo de Suyodhana. ¡A todos!

—¿Y qué piensas hacer con nuestros praos? No pueden acompañar a este barco, que navega como un pez. ¿Deseas echarlos a pique?

—Los mandaremos a la bahía de Ambong. Ahí contamos con amigos y guardarán los veleros hasta que regresemos; solamente en el *Marianne* conservaremos la tripulación.

—Entonces, ¿nos acompañará?

—Puede que más tarde nos haga falta.

Abandonaron el camarote y subieron a cubierta, donde Kammamuri, el valiente maharato, y Sambigliong los estaban aguardando.

El barco avanzaba a poca velocidad con rumbo a oriente, seguido a poca distancia por el *Marianne* de Sandokán y los praos, que tenían el viento a su favor.

A lo lejos se distinguían confusamente las cumbres de Labuán, que doraban los últimos rayos solares al ponerse.

A las nueve de la noche el crucero se detenía a media milla de la costa, ante el punto donde desembarcaron los dos marineros, ya que era posible que aquella misma noche dieran la señal.

En las otras naves no habían sido encendidos los faroles y menos todavía en el formidable buque, para no llamar la atención de los cañoneros ingleses que defendían la isla.

Habrían pasado cuatro horas cuando por encima de la escollera brilló un cohete verde. Yáñez, Sandokán, el norteamericano y la joven hindú, que se encontraban en el puente conversando sentados en una poltrona cada uno de ellos, se incorporaron de improviso.

—¡Esa es la señal de mis hombres! —anunció el yanqui—. ¡Bien sabía yo que eran un par de pillos y que no perderían el tiempo por las tabernas de Victoria!

A un mandato suyo un marinero encendió un cohete rojo, al que contestaron ambos norteamericanos al momento con otro de idéntico color.

Lentamente fue haciéndose visible desde la escollera una débil nubecilla que dejaba detrás una estela fosforescente. El mar, saturado de noctilucas, despedía destellos bajo el golpe de los remos, como si bajo la chalupa se encendieran luces de azufre.

Yáñez mandó hacer escala.

Diez minutos más tarde la chalupa llegaba ante el buque y los norteamericanos subían al instante.

—¿Qué hay? —inquirieron concisamente Yáñez y el comandante, ansiosos.

—Hemos conseguido más de lo que esperábamos, señores —repuso uno de ellos.

—Habla enseguida, Tom —instó el capitán norteamericano—. ¿Sabes a qué lugar han sido trasladadas esas personas?

—Sí, capitán; lo he averiguado por un compatriota nuestro que iba a bordo de la chalupa de vapor a la que se ha referido el señor —notificó señalando a Yáñez.

—¿Está en Labuán esa chalupa? —preguntó el portugués.

—Únicamente ha recalado pocos minutos con el fin de repostar carbón y desembarcar a ese compatriota nuestro, que había sido herido por una bala en un brazo —anunció el marinero—. El hombre me ha comunicado que en la pequeña chalupa iban un hindú, una jovencita y cinco malayos.

—¿Y hacia dónde los han conducido?

—A Redjang, en el fortín de Sambulu.

—¡En el sultanato de Sarawak! —exclamó Sandokán—. ¿Así que ha sido el rajá el que ha mandado apresarlos?

—No, señor. Nuestro compatriota nos ha asegurado que fue un hombre que se hace llamar el Tigre de la India. Pero, al parecer, dispone de la ayuda más o menos encubierta del gobernador de Labuán y del rajá.

—¿Y sabe quién es ese hombre? —inquirió Yáñez.

—Lo desconoce y no le ha visto jamás. No obstante, me ha dicho que es poderoso y amigo del rajá —repuso el marinero.

Se dirigió al capitán yanqui.

—¿Desea usted desembarcar aquí? —preguntó.

—Lo prefiero a cualquier otro lugar de la costa.

—¿No le molestarán los ingleses después de lo que usted ha hecho?

—No me conoce nadie, señor. Por otra parte, soy súbdito norteamericano y no se atreverían a meterse conmigo. Idearé cualquier historia para justificar mi aparición en las playas de la isla; por ejemplo, un naufragio acontecido mar adentro, muy adentro, un buque apresado por los piratas borneses, o una cosa similar. No debe preocuparse por eso.

—¿Tiene inconveniente en depositar una carta en el correo de Victoria para el gobernador de Labuán?

—Será un gran placer para mí hacerle este favor.

—Le prevengo de que se trata de una declaración de guerra.

—Me lo estaba suponiendo —repuso el norteamericano—. Tendré buen cuidado de no decir al gobernador que he sido yo quien puso la carta en el correo.

—Yáñez —dijo Sandokán volviéndose hacia su amigo—, toma de mi caja, que está en el camarote del *Marianne*, mil libras esterlinas para entregárselas a los marineros norteamericanos, y ordena que boten las chalupas para el desembarco. Yo voy a la cámara un instante para redactar la carta al gobernador.

Al regresar al puente, la tripulación norteamericana que debía abandonar el barco, con excepción del personal de máquinas y los dos jefes artilleros, que ya habían firmado sus correspondientes contratos, le recibió con formidables vítores:

—¡Viva el Tigre de Malasia! ¡Hip! ¡Hip! ¡Hurra!

Sandokán solicitó silencio con un ademán, mandó subir a bordo a los comandantes de los praos y a la mayor parte de sus tigres, y empezó a leer en voz alta:

Nosotros, Sandokán, llamado el Tigre de Malasia, antiguo príncipe de Kini Ballu, y Yáñez de Gomera, legítimos propietarios de la isla de Mompracem, comunicamos al señor gobernador de Labuán que a partir de hoy declaramos la guerra a Inglaterra, al rajá de Sarawak y al hombre que se hace llamar Tigre de la India, protegido de ellos.

Sandokán y Yáñez de Gomera
A bordo del *Rey del Mar*, 24 de mayo de 1868

Un formidable y salvaje griterío surgió como un huracán de los pechos de los fieros tigres de Mompracem.

—¡Viva la guerra! ¡Muerte y exterminio contra los del trapo rojo!

—Señor —dijo el capitán norteamericano tendiendo la mano a Sandokán—, le garantizo que dará una buena lección a ese poderoso John Bull. De la potencia de este buque puedo responder: ninguno de los que recorren estas aguas puede enfrentarse a él. Pero antes de dejarle deseo hacerle una pregunta y darle un consejo.

—Diga lo que quiera —repuso Sandokán.

—Este barco no dispone más que de quinientas toneladas de carbón, que, por mucho que las economice, no podrán durarle más de un mes. Utilice siempre que pueda las velas, ya que después de la declaración de guerra hallará bloqueados los puertos holandeses y los del sultanato de Brunei, que permanecerán neutrales y no querrán proporcionarle suministros.

—Ya lo tenía pensado —replicó Sandokán.

—Envíe al *Marianne* a proveerse de carbón antes de que estalle la guerra y decida su ubicación en algún punto de la bahía de Sarawak para que su barco no se encuentre sin combustible en el transcurso de las operaciones. Recuerde usted que el carbón es tan necesario como la pólvora.

—En último caso, entraré a saco en los depósitos que para el suministro de sus buques poseen los ingleses en algunas islas —contestó Sandokán.

—¡Adiós, señores! ¡Les deseo suerte! —dijo el norteamericano, mientras estrechaba las manos a los dos antiguos piratas de Mompracem.

Metió la misiva en la cartera y bajó por la escala.

Los tripulantes habían embarcado ya en las chalupas, que gobernaban varios hombres de color.

Las embarcaciones partieron, tras haber lanzado otro «¡Viva!» caluroso.

Media hora más tarde desembarcaban los marineros norteamericanos en la playa de Labuán y las chalupas que los habían trasladado hasta la costa regresaban a los barcos.

El *Marianne* y los praos tendieron las velas, prestos a zarpar rumbo norte, en dirección al puerto de Ambong. Sus tripulantes eran escasos, ya que la mayoría de los marineros habían pasado al crucero.

—Ahora —dijo Sandokán, tras dar las últimas órdenes a los comandantes de los veleros y de que estos emprendieran la marcha— corramos a liberar a Tremal-Naik y a destruir el poderío del Tigre de la India.

Poco después el *Rey del Mar*, nombre que dieron al poderoso vapor norteamericano, ponía rumbo a toda máquina hacia el sur para dirigirse a la bahía de Sarawak.

UNA INCURSIÓN NOCTURNA

—¡Señor Yáñez, por aquel resquicio de allí abajo veo brillar una luz!

—Ya me he fijado en ella, Sambigliong.

—¿Se tratará de un prao que está anclado en la ensenada?

—No; más bien parece una chalupa de vapor. Posiblemente es la que ha traído hasta aquí a Tremal-Naik y a Damna.

—¿Estarán vigilando la entrada de la ensenada?

—Es muy probable, amigo mío —repuso con toda tranquilidad el portugués, arrojando el cigarro que había estado fumando.

—¿Podremos pasar sin levantar sospechas?

—¿Acaso crees que puedan temer un ataque por nuestra parte? Redjang se halla muy distante de Labuán, y con certeza que en Sarawak no saben aún que estamos juntos, a no ser que hayan recibido ya la noticia sobre nuestra declaración de guerra. Por otra parte, ¿no vamos vestidos igual que los cipayos del Indostán? ¿No van ataviadas como nosotros las fuerzas del rajá?

—No obstante, señor Yáñez, preferiría que esa chalupa o prao no se encontrara allí.

—Apreciado Sambigliong, ten la seguridad de que a bordo estarán durmiendo. Los cogeremos desprevenidos.

—¡Cómo! ¿Vamos a atacar a esos marineros? —inquirió Sambigliong.

—¡Naturalmente! No quiero que detrás de nosotros queden enemigos que podrían entorpecer la retirada. Vamos a dejar libre el camino para que el *Rey del Mar* no haya de acudir en nuestra ayuda, ya que tendría que aproximarse a la costa y podría tropezar con alguna escollera. Me imagino que no habrá demasiada gente en esa chalupa, prao o de lo que se trate, y nosotros somos bastante ligeros de manos. No deben utilizarse las armas de fuego: únicamente han de entrar en acción los parangs y los krises. ¿Habéis comprendido?

—Sí, señor Yáñez —replicaron varias voces.

—En tal caso, ¡adelante y en silencio!

Esta charla se mantenía en una chalupa de grandes dimensiones que avanzaba merced al impulso de doce remos, tripulada por catorce hombres ataviados con el típico traje de los cipayos de Sarawak: jubón de paño rojo, pantalón de tela blanca, un turbante igualmente blanco y zapatos con la puntera doblada hacia arriba.

Doce de aquellos hombres eran de piel morena, parecidos en gran manera a los malayos, o como mínimo a los dayakos; por el contrario, los dos restantes eran de raza caucásica y lucían uniformes de oficiales.

Todos eran hombres de elevada estatura, robustos y musculosos. Al lado de sus correspondientes banquetas había carabinas de fabricación hindú, pesados sables de hoja muy larga y puñales ondulados, los célebres y terroríficos krises malayos.

La chalupa, que avanzaba en silencio y a toda marcha gobernada por Yáñez, que iba al timón, se dirigía hacia una amplia bahía de la costa occidental de la isla grande de Borneo, por la zona que bañan las aguas de Sarawak.

A pesar de que la noche era muy oscura, la chalupa avanzaba resueltamente por entre las escolleras coralíferas que surgían entre dos aguas, a babor y a estribor, y contra las cuales se estrellaba la resaca lanzando prolongados bramidos.

Se dirigían hacia un minúsculo punto luminoso que se divisaba en el interior de la ensenada, y que unas veces parecía elevarse y otras descender como si fuese zarandeado por ininterrumpidas sacudidas.

Ya se había adentrado la chalupa en aquella amplia abertura de la costa cuando el hombre blanco que se sentaba junto a Yáñez, un apuesto joven de poco más de veinticinco años, de fuerte complexión, con la barba recortada a la americana y que lucía el uniforme de teniente, preguntó:

—Capitán Yáñez, si nos preguntan, ¿qué contestamos?

—Que transportamos vituallas para el fortín de Macrae —repuso el portugués, que acababa de encender un nuevo cigarro—. ¡Parece que nuestra chalupa vaya cargada con cuanto Dios ha creado!

—Y una vez que estemos borda contra borda, ¿nos arrojamos sobre ellos?

—Sí, señor Horward. Nosotros los piratas no vacilamos jamás en lanzarnos al ataque cuando llega el momento Si se trata de una chalupa de vapor, usted se ocupará de ponerla enseguida en funcionamiento. De esta manera, en cuanto llevemos a cabo el asalto podremos remolcarlos.

—¿Confía usted en el éxito?

—Totalmente, señor Horward. De aquí a un par de horas, Tremal-Naik y Damna se encontrarán de nuevo a bordo en nuestro barco; yo se lo garantizo.

—¡Son ustedes sorprendentes!

—¡Como que estamos habituados a afrontar todo género de peligros y aventuras! —repuso el portugués—. Ustedes los norteamericanos también son de buena sangre.

—¡Oh!

Del prao o la chalupa, ya que aún no podía advertirse con exactitud la clase de nave que era, surgió una voz que gritaba:

—¿Quién vive?

—¡Somos amigos que llevamos provisiones al fuerte de Macrae!

—Tenemos orden de impedir cualquier tipo de desembarco hasta que amanezca.

—¿Quién dio semejante orden?

—El capitán Moreland, que espera en el fuerte a que su buque se haya aprovisionado de carbón.

—En tal caso, aguardaremos junto a vosotros hasta el amanecer.

Al momento, dirigiéndose al maquinista norteamericano y a Sambigliong, que se hallaban a su lado, comentó a media voz:

—No imaginaba que hubiera un barco en estas aguas. ¡El capitán Moreland! ¿Quién será?

—Seguramente es algún inglés que está al servicio del rajá de Sarawak —replicó el norteamericano.

—Entonces, ¡el buque se quedará sin jefe! —adujo Sambigliong—. ¡Lo apresaremos junto al resto de las fuerzas del fortín!

—¡Poco a poco! —objetó Yáñez—. En ese fuerte puede haber más guarnición de la que nosotros imaginamos, y nuestro juego es, principalmente, de astucia. Por otra parte, es necesario que no sospechen nada y, además, tenemos la chalupa encargada de su avituallamiento.

—Eso es tener suerte, señor Yáñez —observó el norteamericano.

—No lo discuto. ¡Fíjese cómo no me había equivocado! Es una chalupa de vapor y no un prao. ¡Muchachos, estad listos!

—Acercaos —exclamó en aquel instante una voz ronca—, o abriremos contra vosotros una descarga de metralla.

—¡Y asesinaréis a camaradas! —replicó Yáñez—. Pero he de advertiros que no soy un dayako, sino un oficial del rajá.

El hombre que había dirigido la amenaza murmuró algo que Yáñez no pudo percibir.

La chalupa se hallaba ya cerca y se la podía distinguir perfectamente, ya que un gran farol situado encima de la chimenea la iluminaba.

Se trataba de una lancha de unos doce metros de longitud, de anchos costados, con puente, y armada con un pequeño cañón colocado en la proa. Unos cuantos hombres vestidos de blanco, y que por los turbantes que llevaban parecían ser hindúes, estaban apoyados sobre la borda.

—¡Lanzad un cable! —gritó Yáñez, mientras los malayos levantaban los remos y escondían los parangs debajo de las banquetas.

Arrojaron una cuerda desde la lancha y Sambigliong, que se había dirigido prestamente a la proa, la tomó al momento.

—¡Preparados! —musitó Yáñez a sus hombres—. ¡En el instante en que dé la orden, todos a bordo!

En unas pocas brazadas la chalupa estaba al lado de la barcaza. Yáñez y el norteamericano subieron enseguida a bordo de la segunda.

—¿Quién manda aquí? —inquirió con voz enérgica el portugués.

—Soy yo, señor —repuso saludando un hindú, que llevaba en la manga los galones de sargento—. Usted me disculpará, señor teniente, si amenacé con descargar un metrallazo, pero el capitán Moreland me ha dado órdenes muy estrictas y no me es posible permitirle que desembarque.

—¿Dónde está el capitán?

—En el fuerte.

—¿Y su buque?

—En la embocadura del Redjang, ante la entrada septentrional.

—¿Se encuentran aún en el fortín los detenidos?

—¿El hindú y su hija?

—Sí —convino Yáñez.

—Ayer aún se encontraban allí. Pero tengo entendido que en cuanto el barco del capitán haya repostado carbón serán trasladados a Sarawak.

—¿Teme algo?

—Un ataque de los tigres de Mompracem. Se asegura que se han hecho a la mar para combatir contra el rajá y contra Inglaterra.

—¡Bobadas! —dijo Yáñez—. Todos han huido hacia el norte de Borneo. ¿Cuántos hombres hay aquí?

—Ocho, señor teniente.

—¡Entrégate!

Antes de que el sargento pudiera comprender la situación, el portugués ya le había aferrado por el cuello con la mano derecha, mientras con la izquierda le apuntaba al pecho con una pistola de las que llevaba a la cintura. Al ver aquello, la docena de tigres que componía la tripulación de la chalupa se precipitaron inmediatamente a la barcaza y se lanzaron sobre los otros hindúes con los parangs en alto.

—¡El que se resista en lo más mínimo es hombre muerto! —gritó Yáñez.

El sargento, que debía de ser hombre valeroso, intentó librarse de las manos del portugués y coger el sable, gritando a sus hombres:

—¡Coged las carabinas!

El americano Horward, que se hallaba detrás de él, le asió por mitad del cuerpo y lo hizo rodar al suelo mediante una zancadilla debidamente aplicada.

Al ver caer al sargento y que los piratas se disponían a utilizar los parangs, los demás tripulantes, atemorizados, decidieron no moverse.

—¡Sambigliong, amarra al sargento y los demás desarmad al resto de la tripulación y encerradlos a buen recaudo bajo el puente!

La orden se ejecutó al momento, sin que los hindúes opusieran la menor resistencia.

—Ahora —continuó el portugués sentándose junto al sargento, a quien habían atado a la amura—, si quieres salvar el pellejo, hablemos un rato. Será en vano que pretendas permanecer en silencio, ya que conocemos el sistema para que incluso los mudos hablen por los codos. ¿Cuántos hombres hay en el fuerte de Macrae?

—Cincuenta, incluyendo al capitán y un teniente del rajá.

—¿Quién es ese sir Moreland?

—Se afirma que ha sido teniente de la marina angloindia.

—¿Y a qué ha venido aquí?

—No lo sé, señor. Se supone que está en muy buenas relaciones con el rajá de Sarawak y que disfruta de la protección del gobernador de Labuán. Únicamente sé que capitanea un magnífico buque de vapor, con armamento muy potente.

—Así pues, ¿es inglés?

—Eso afirman —repuso el sargento—, si bien es de piel muy morena.

—¿Qué bandera lleva su barco?

—La del rajá de Sarawak.

—¿A qué distancia está el fortín?

—A una milla escasa.

—Te perdono la vida y te compensaré con diez libras esterlinas. Señor Horward, usted permanecerá aquí con un par de los nuestros, y mientras espera encenderá la máquina. Necesitaremos la barcaza dentro de unas horas. El resto de la gente se embarcará conmigo.

Al momento, volviéndose otra vez hacia el sargento, añadió:

—El fortín se encuentra en una colina, ¿no es cierto?

—Delante de nosotros —repuso el hindú—. Se trata de la única colina que hay en la costa.

—Perfecto. Permanecerás prisionero hasta que volvamos; y si no causas problemas, te dejaremos en libertad muy pronto. ¡Buenas noches y que tengáis buena guardia, señor Horward!

—¡Buena suerte, capitán Yáñez! —repuso el norteamericano.

El portugués regresó con Sambigliong y nueve hombres a la chalupa y dio la orden para ponerse en marcha.

La chalupa se separó de la barcaza en dirección a la playa, que se hallaba a trescientos o cuatrocientos pasos, y contra la cual rompía la resaca en olas que se adentraban bastante en la orilla.

Desembarcaron los once hombres y dejaron la embarcación en

un lugar seco; reemplazaron los parangs por las carabinas y cargaron con enormes cestos que parecían muy pesados.

—¿Estamos preparados? —inquirió Yáñez.

—Sí, capitán —respondieron todos.

—Dejad que hable solamente yo y estad listos para lo que acontezca.

—Permaneceremos mudos.

—¡En marcha, valientes! ¡Los tigres de Mompracem no se atemorizan ante los mamelucos del rajá de Sarawak!

Mientras todo esto ocurría la niebla que ocultaba las estrellas se había ido disipando y Yáñez no tardó en avistar la colina donde se hallaba situado el fuerte.

Aquel grupo de hombres se puso en camino en el más absoluto silencio. Yáñez alumbraba el sendero con una linterna que había cogido de la chalupa y cuya luz podía distinguirse a considerable distancia a causa de la oscuridad de la noche.

Más allá de las dunas de la playa divisaron una especie de senda que serpenteaba entre las plantaciones de índigo y que, al parecer, avanzaba hasta la colina; los tigres enfilaron aquel camino, yendo uno detrás de otro.

Tras veinte minutos de caminata alcanzaron el pie de la suave colina, que no debía de alcanzar los doscientos metros de altura y en cuya cima se divisaba una especie de torrecilla, cercada de casas y de un recinto fortificado.

—Si no son ciegos ni están durmiendo, ya habrán distinguido la luz de la linterna —comentó Yáñez—. ¡Ah, mi apreciado sir Moreland, ya comprobarás como actúan los puños de los tigres de Mompracem! Más tarde, Sandokán se ocupará de tu buque, ya que tienes uno.

Una estrecha y zigzagueante senda llevaba hasta el fuerte.

Tras haber proporcionado un instante de reposo a sus hombres, ya que los cestos que llevaban resultaban muy pesados, Yáñez inició la ascensión sable en mano.

Alcanzaba el grupo la mitad de la cuesta cuando pudo oírse una voz que exclamaba desde uno de los taludes del fuerte:

—¿Quién vive?

—¡El teniente Jarshon, con algunos cipayos de Sarawak, que traen provisiones para el fortín por mandato del capitán Moreland!

—¡Aguardad!

Se oyeron voces. Al instante comenzaron a brillar luces en la empalizada, y finalmente tres hombres con apariencia de dayakos, a pesar de llevar el traje hindú e ir armados con carabinas, se dirigieron hacia el grupo. Uno de ellos portaba una antorcha.

—¿De qué lugar viene, señor teniente? —inquirió uno de ellos.

—De Kohong —replicó Yáñez—. ¿El capitán Moreland está aún levantado?

—En este momento acaba de cenar con los detenidos.

—¡Muy tarde se cena en Macrae!

—Es que el capitán no llegó hasta caer la noche.

—Llévame enseguida a su presencia; he de notificarle graves noticias.

—¡Acompáñeme usted, señor teniente!

Yáñez le siguió, murmurando para sí entre dientes: «¡He aquí una cuestión que no preveía! Si al verme aparecer súbitamente, Tremal-Naik y Damna lanzan una exclamación de sorpresa… ¡Estate preparado, querido Yáñez! ¡Estás jugando una baza extraordinariamente peligrosa!».

El pelotón cruzó un puente levadizo, dos recintos y un amplio patio descubierto, y se detuvo frente a un edificio de mampostería bastante grande y rematado por una minúscula torre. Dos rayos luminosos surgían de las ventanas del piso bajo.

—Puede ir usted, señor teniente; el capitán se encuentra allí —indicó uno de los dayakos—. ¿Doy alojo a sus acompañantes?

—De momento, no. Déjalos en el patio.

Enfundó el sable en la vaina, aseguró sus pistolas en el cinto, miró rápidamente a Sambigliong y, simulando una absoluta serenidad, entró en un pequeño salón alumbrado por una linterna china de papel pintado al óleo. Ante una mesa suntuosamente servida estaban sentadas tres personas: un capitán de marina, Tremal-Naik y Damna.

Yáñez pensó en un instante, mientras decidía su táctica inmediata, en lo mucho que se jugaría segundos después ante el capitán Moreland. Si sus amigos no hacían honor a su astucia y sangre fría, y no disimulaban aparentando no conocerle, todo el plan se vendría abajo y se desvanecería la quizá última posibilidad de rescatarles.

UN ATREVIDO GOLPE DE MANO

Al ver entrar a Yáñez luciendo aquellas ropas que jamás le habían visto antes, Tremal-Naik y Damna se levantaron como impulsados por un resorte y permanecieron con la boca abierta, a punto de lanzar una exclamación de asombro, muy razonable en aquel instante, y que tanto había temido el portugués. Una rápida mirada de este la contuvo a tiempo en la boca de ambos.

Por fortuna el capitán Moreland, que se hallaba de espaldas a la puerta y a quien al incorporarse se le había enredado en el respaldo de la silla la correa del sable, no pudo darse cuenta de aquella enérgica mirada.

El portugués giró dando media vuelta sobre sus tacones, se cuadró y saludó militarmente llevándose la mano a la visera del casco de corcho cubierto de franela blanca.

El capitán era un apuesto joven de unos veinticinco años, alto, con ojos negros que parecían despedir llamas y una barba fina y negra, además de tener una piel muy bronceada, lo que en conjunto le daba una apariencia arrogante. Parecía tener en las venas más sangre hindú o malaya que europea, a pesar de la corrección de sus facciones, más caucásicas que indias.

—¿De dónde viene, señor teniente? —inquirió en perfecto inglés, después de haberle examinado detenidamente.

—Vengo de Kohong para traer provisiones por orden del gobernador. ¿No las esperaba, capitán?

—Sí. Había pedido provisiones porque en este lugar es imposible encontrarlas.

—Botellas y productos de Europa, ¿no es así?

—Sí, es cierto —convino el capitán—. Pero para eso no se requería que enviaran a un oficial. Hubiera sido suficiente con unos pocos soldados.

—No se decidían a notificarle las noticias que me han ordenado que le comunique a usted en persona.

—¿Noticias?

—¡Y de mucha gravedad, sir Moreland!

—¿Es usted el comandante de la guarnición de Kohong?

—Sí, capitán.

—Pero usted no es inglés.

—No, señor. Soy español y desde hace unos pocos años estoy a las órdenes del rajá de Sarawak.

—¿Y qué tiene usted que notificarme?

Yáñez hizo un ademán en dirección a Tremal-Naik y a Damna, que se hallaban de pie y extraordinariamente sorprendidos, pero sin decir ni una palabra ni hacer el más ligero movimiento que pudiera poner sobre aviso al capitán.

—¡Está usted en lo cierto! —dijo con una sonrisa—. ¡Son mis prisioneros!

Se volvió hacia Tremal-Naik y Damna, y les dijo con suma cortesía:

—Perdonen ustedes que les deje durante unos minutos.

«¡Vaya! ¡Vaya! —dijo Yáñez para sus adentros—. ¡No los trata como a detenidos, sino como invitados! ¿Qué significa esto? ¡Aquí hay algo raro!»

Siguió la dulce mirada del capitán y observó que este la posaba dulcemente en la joven, la cual bajó ruborizada la vista.

«¡Ah! ¡Diablo! —pensó el portugués frunciendo el ceño—. ¡La sangre angloindia parece tener que ver algo en esto! ¿Qué habrá entre estos dos?»

El capitán abrió una puerta lateral e hizo pasar a Yáñez a un gabinete muy elegante amueblado al estilo hindú, con ricos tapices, muebles ligeros, pequeños divanes de telas orientales con hilos de oro y enormes jarrones de bronce con relieves.

Una lámpara en forma de globo, algo opaca y de color azulado, difundía una luz suavemente velada sobre los tapices, haciendo resaltar sus hermosos recamados de color plata.

—Nadie puede escucharnos, teniente —dijo el capitán, tras cerrar la puerta con llave y dejar caer unas pesadas cortinas de brocado antiguo.

—¿Se ha enterado usted de que los tigres de Mompracem han declarado la guerra a Inglaterra y al protegido de ella, el rajá de Sarawak? —preguntó Yáñez.

—Ayer me informó el rajá por mediación de un emisario —repuso sir Moreland—. Acaso ¿no estarán locos?

—No tanto como usted supone —contestó Yáñez—. Acuérdese de que fue Sandokán quien derrotó y luego expulsó de aquí a James Brooke cuando se hallaba en su máximo poderío y se consideraba invencible.

—¡Esa era otra época, teniente! Y, además, ¡retar a Inglaterra! ¿Acaso desconocen que su fuerza naval la temen incluso los demás países europeos? Esos insensatos realizarán alguna incursión con sus praos por estas aguas y a los primeros cañonazos quedarán destrozados.

—Exactamente es ahí donde se equivoca. No van a ser sus veleros los que inicien las hostilidades. Ayer se avistó un inmenso buque de vapor a veinte millas mar adentro de Kohong y llevaba la bandera roja de los tigres de Mompracem.

El capitán experimentó un sobresalto.

—¿Qué significa eso?

—Y, al parecer, avanzaba hacia estas costas.

—¿Se ha topado usted con él?

—No, capitán.

—¿Y qué buscan aquí? ¿Sabrán que mi barco está anclado en la segunda embocadura del Redjang?

—El gobernador de Kohong supone que intentan atacar el fuerte de Macrae con objeto de liberar a los prisioneros, y por este motivo me manda para prevenirle y para trasladarlos inmediatamente. Debo llevarlos en la lancha de vapor que se encuentra anclada en la ensenada.

—Estarían más seguros en mi barco.

—Los expondría usted a los peligros de un combate, en especial ahora que la victoria resultaría muy incierta. El gobernador considera más sensato que usted se los mande. Según creo, así se lo ha indicado también al rajá de Sarawak. Afirma que hay que retener a esas dos personas, aunque sea en calidad de invitados, para poner freno a la osadía de Sandokán y evitar que subleve a los dayakos del interior, que continúan siendo sus aliados desde la época de James Brooke.

Sir Moreland permaneció silencioso y parecía dominado por una intensa preocupación. Por último, tras unos instantes de silencio, dijo en un extraño tono de voz que no pasó inadvertido al portugués:

—Esa es la razón por la que tengo retenidos a Tremal-Naik y a Damna.

Con un nervioso gesto se pasó la mano por la frente y suspiró:

—¡La fatalidad del destino! —comentó como si hablase consigo mismo.

Yáñez, que le observaba atentamente, pensaba: «¡Qué demonio! ¿Estará enamorado este angloindio de los ojos de Damna? ¡Voto a Dios que me parece un magnífico joven, ardoroso y atrevido, y me imagino que es un hombre leal! ¡Vamos a intentar convencerlo!».

Y después dijo en voz alta:

—¿Qué decide usted, capitán?

—El gobernador de Kohong acaso esté en lo cierto —repuso sir Moreland tras un corto silencio—. Los detenidos resultarían para mí un estorbo en mi barco. Por otra parte, jamás se puede predecir de qué forma terminará un combate cuando esos temibles piratas están por en medio. Confío plenamente en el poderío de mi barco y en la bravura de mis hombres, que he elegido con todo cuidado, e igualmente en el poder de mi artillería, que es de la más moderna. Pero desconozco la fuerza de mis enemigos y tal vez me llevara la peor parte. ¿Cree que saben dónde se encuentra mi *Sambai*?

—¿Es ese el nombre de su buque?

—Sí —repuso el capitán.

—En Kohong se supone que el Tigre de Malasia y Yáñez conocen su paradero, y todos están seguros de que atacarán de un momento a otro.

—En tal caso, le confiaré a usted los dos prisioneros. Pero ¿se compromete usted a ponerlos a salvo?

—Bordearé las costas avanzando por detrás de las escolleras. En esos canales interiores hay poca agua y el buque de los piratas de Malasia no podrá seguirme. ¡Respondo de ellos, capitán!

—Sería conveniente que aprovechara usted la noche.

—Eso era exactamente lo que iba a proponerle —repuso Yáñez, que difícilmente podía contener su satisfacción.

—¿Con cuántos hombres cuenta usted?

—Diez aquí y dos en la ensenada.

—Si utilizan la lancha de vapor, llegarán a Kohong al amanecer.

—¿Y usted qué piensa hacer, capitán?

—Me haré a la mar para ir al encuentro del Tigre de Malasia. ¡Quiero enfrentarme con ese hombre!

—¿Le odia usted?

—Es un pirata a quien ya va llegando la hora de domesticar —respondió sencillamente el capitán—. ¡Acompáñeme!

Abrió la puerta y entró de nuevo en el saloncito, en el que aún se encontraban Tremal-Naik y Damna.

—¡Dispónganse a emprender la marcha! —dijo mirando sobre todo a la joven.

—¿Adónde piensa llevarnos, capitán? —inquirió Tremal-Naik.

—Me han ordenado que los traslade a Kohong.

—Pero ¿acaso amenaza alguien el fortín?

—A esa pregunta no me es posible responder.

Sir Moreland indicó a los dos detenidos que fueran a vestirse para la marcha. Luego descorchó una botella y, tras llenar un par de copas, ofreció una al portugués.

—Usted me garantiza que no permitirá que los hagan prisioneros, ¿no es cierto? —preguntó el angloindio después de beberse su copa.

—Si observo algún peligro, me dirigiré hacia la costa, capitán —replicó Yáñez.

—Los soldados que vienen con usted, ¿son hombres aguerridos?

—Son los más aguerridos de la guarnición de Kohong. ¿Cuándo tendré el placer de verle de nuevo?

—Pienso embarcarme al amanecer y dirigirme inmediatamente hacia la ciudadela, a menos que me encuentre a los piratas de Malasia. Aún confío en poder derrotarlos.

Yáñez sonrió con ligera ironía.

—Espero que así sea, capitán —contestó—. ¡Ya va siendo hora de exterminar a esos peligrosos salteadores de los mares!

En aquel preciso momento entraban en el saloncito Tremal-Naik y Damna. El primero se había colocado un enorme turbante y la jovencita se había echado sobre los hombros un manto de seda blanca que la cubría totalmente.

—Los acompañaré hasta la playa —dijo el capitán—, aunque no haya nada que temer.

Al escuchar aquella decisión de sir Moreland, Yáñez arrugó ligeramente el ceño.

«¿Llevará hombres consigo? —pensó un tanto contrariado—. ¡Es lo mismo! En ese caso, los reduciríamos en cuanto tuviésemos el mar a la vista.»

Todos juntos salieron al patio, donde estaban los diez piratas alineados y apoyados en sus carabinas. Cuando vieron aparecer al capitán, presentaron armas con tanta precisión que el propio Yáñez quedó sorprendido.

—¡Son hombres robustos! —comentó sir Moreland tras haberlos examinado uno a uno—. ¡En marcha!

Cuatro de los hombres avanzaron en vanguardia; detrás iban Yáñez y Tremal-Naik; después, a cierta distancia, Damna y el capitán, y por último los seis hombres restantes. Los que marchaban delante llevaban un farol y tres antorchas para iluminar el camino, ya que el firmamento se había cubierto de nuevo con un denso velo de niebla que no permitía que las estrellas alumbraran con esa vaga luz que despiden, especialmente en la nítida atmósfera de las regiones ecuatoriales.

Un inmenso silencio imperaba en la llanura sobre la cual se alzaba la colina, que solo era roto por los ligeros pasos del grupo. La misma resaca parecía haberse apaciguado, posiblemente debido al reflujo del mar.

Yáñez caminaba en silencio, pero de vez en cuando cambiaba una mirada de complicidad con Tremal-Naik y le daba con el codo, como aconsejándole la máxima cautela. Detrás de ellos, el capitán hablaba algo a la muchacha, pero en un tono tan bajo que por más que el portugués prestase atención no conseguía entender nada de lo que decía.

Por su parte, los piratas caminaban tan silenciosos como peces, con los dedos en el gatillo de sus carabinas y dispuestos a abalanzarse sobre el capitán a la primera orden que recibiesen.

Bajaron la colina y el grupo continuó su camino por entre las plantaciones. Como el sendero era muy estrecho, Yáñez aprovechó la ocasión para distanciarse del capitán.

—Debes estar preparado para cualquier cosa que pueda suceder —musitó a Tremal-Naik en cuanto tuvo la certeza de que no podían escucharle.

—¿Y Sandokán? —inquirió en voz baja el hindú.

—Nos aguarda dando bordadas.

—¡A qué peligros acabas de exponerte, Yáñez…!

—Era necesario intentar un golpe de mano, porque sin vosotros no nos hallábamos en libertad de comenzar la guerra.

—¿Qué piensas hacer con el capitán? Te pido que le dejes libre, ya que no nos ha tratado como a detenidos, sino como a invitados.

—No pretendo matarle. Asesinarle sería una canallada. ¿Y quién es ese hombre?

—Un inglés que está a las órdenes del rajá y que antes servía en la marina angloindia.

—¡Inglés ese hombre, con una piel tan bronceada y unos ojos tan negros! No, creo más bien que debe de ser angloindio.

—Yo también sospechaba lo mismo; pero, sea lo que sea, nos ha tratado como un caballero.

—¡Silencio, ya tenemos el mar a la vista!

Pocos minutos más tarde alcanzaban la playa, junto al lugar en que se hallaba la chalupa embarrancada en la arena. A tres o cuatro cables de distancia humeaba la chimenea de la barcaza. El maquinista norteamericano no había perdido el tiempo.

—¡Arrastrad al agua la chalupa! —ordenó Yáñez.

Mientras cuatro de los piratas ejecutaban la orden, los demás se habían situado en torno al grupo formado por Tremal-Naik, Damna y el capitán.

Sambigliong se puso también a la espalda de este último. En cuanto Yáñez observó que la chalupa se ponía a flote, se acercó a sir Moreland, que se hallaba junto a Damna, y le tendió la mano, mientras decía:

—¡Tenga usted confianza en mí, capitán! ¡Salvaré a los detenidos!

En ese instante oprimió con tal fuerza la mano del angloindio, que le hizo crujir los huesos de los dedos y le dejó el brazo inmovilizado.

Mientras Yáñez le tenía aferrado de esa manera para evitar que desenvainara el sable, Sambigliong se abalanzó sobre el cuerpo del capitán y lo derribó a tierra.

Sir Moreland lanzó un furioso grito:

—¡Ah! ¡Canallas!

Los piratas se abalanzaron sobre él y en un santiamén le ataron las manos a la espalda y le arrebataron el sable y las pistolas que llevaba al cinto.

En cuanto pudo incorporarse, ya que no le habían amarrado las piernas, intentó arrojarse sobre Yáñez, que permanecía contemplándole en silencio con una sonrisa en los labios.

—¿Qué significa esta agresión? —barbotó, pálido a causa de la cólera que le dominaba—. ¿Quién es usted?

Yáñez se quitó el casco y, saludándole irónicamente, contestó:

—¡Tengo el gusto de presentarle los saludos de mi amigo el Tigre de Malasia!

—¿Y quién es usted?

—Soy Yáñez de Gomera, sir Moreland.

La sorpresa del capitán ante aquella revelación fue tan extraordinaria que durante un rato no pudo pronunciar palabra.

—¡Yáñez! —exclamó por fin contemplándole casi con espanto—. ¡Usted! ¿El amigo del Tigre de Malasia?

—Tengo ese placer —replicó el portugués.

El capitán volvió la vista hacia Damna. La muchacha no había lanzado el más leve grito ni hecho el menor movimiento durante aquella esperada agresión. Se había quedado inmóvil y silenciosa a cinco pasos del angloindio, a pesar de que su pálido rostro daba a entender la angustia que la dominaba.

—¡Máteme, si se atreve! —exclamó el capitán volviéndose hacia Yáñez.

—Caballero, aunque nos califiquen de piratas sabemos también ser generosos; mucho más que otros —repuso el portugués—. De haber caído yo en manos del rajá ya me habría fusilado. Por el contrario, yo, señor, voy a perdonarle a usted la vida.

—Algo que yo te habría pedido —adujo Tremal-Naik.

—Y que yo no te hubiera negado —dijo Yáñez muy afectuoso.

—En ese caso, ¿qué es lo que pretende hacer conmigo? —inquirió el capitán rechinando los dientes.

—Ponerle en libertad, señor, para que vuelva a Macrae.

—Tal vez se arrepienta usted de tanta generosidad, ya que mañana les daré alcance con mi buque.

—Y hallará en su camino a un contrincante digno de usted —repuso Yáñez—. Si no le importa esperar a los tripulantes de la barcaza, estarán aquí dentro de unos minutos.

—¿Esos cobardes se han rendido?

—Los pillamos desprevenidos y no pudieron luchar contra nosotros. ¡Capitán, buenas noches y que haya suerte!

—¡Nos encontraremos antes de lo que usted imagina!

—¡Le aguardamos, sir Moreland! ¡En marcha! ¡Embarcad!

Tremal-Naik cogió por una mano a Damna, que no había pronunciado la menor palabra, y la condujo suavemente hasta la chalupa, donde la hizo sentarse a popa; luego embarcaron los demás. Entretanto el capitán se paseaba nerviosamente por la playa, intentando romper las ligaduras que le aferraban las manos.

La chalupa avanzó inmediatamente hacia la barcaza, cuya chimenea seguía despidiendo humo y que tenía el farol encendido en la proa.

Tras estrechar la mano al portugués y haberle dado las gracias, Damna había apoyado un codo en la borda y miraba con fijeza hacia la playa.

El capitán ya no paseaba. En pie sobre una pequeña duna de arena, miraba alejarse la chalupa; pero no era ciertamente la chalupa lo que contemplaba.

—Y bueno, Tremal-Naik, ¿qué opinas de este audaz golpe? —preguntó Yáñez riendo.

—¡Que eres el mismísimo diablo! —repuso el hindú—. No tenía la menor duda de que un día u otro vendrías a salvarnos, pero jamás pensé que fuera tan pronto. ¿Cómo habéis averiguado que nos habían llevado a Macrae?

—Nos enteramos en Labuán. Luego te explicaré todo lo ocurrido desde que os hicieron prisioneros. Por el momento solamente te diré que disponemos de uno de los más potentes buques del mundo y que estamos dispuestos a combatir contra Inglaterra y contra el rajá de Sarawak, ya que queremos vengarnos por haber sido injustamente arrojados de Mompracem.

—¿A tal extremo pensáis llegar?

—Y añadiré otra cosa que va a dejarte aún más sorprendido.

—¿Qué es?

—Que aquel peregrino que tanta guerra nos dio era un enviado del hijo de Suyodhana.

—¿Cómo dices?

—Cuando nos encontremos a bordo del *Rey del Mar* te lo explicaremos con más detalle. Ahora dime si podrías haber imaginado que Suyodhana tuviera un hijo.

—Jamás oí decir nada de eso; y tampoco se me habría ocurrido imaginarlo, ya que el jefe de los thugs tenía prohibido poseer mujer. ¡Así que él fue desde el primer momento quien provocó la guerra!

—En la que le ayudan Inglaterra y el rajá de Sarawak.

—¿Y cómo puede ser posible que los ingleses proporcionen ayuda al hijo de un thug para que nos combata, después de que liberamos a la India de esa plaga que la deshonraba?

—Ese es un enigma que todavía no hemos conseguido aclarar.

—¿Y dónde se encuentra ese hombre?

—Ese es también otro misterio, apreciado Tremal-Naik. Tendremos que averiguar dónde se halla para poder hacer con él lo mismo que hicimos con su padre. ¡Señor Horward!

La chalupa acababa de llegar al lado de la barcaza y el norteamericano subió a cubierta.

—¿Todo ha salido bien, señor Yáñez?

—Mejor no podía salir. ¿La máquina está en funcionamiento?

—Ya hace una hora.

—¿Y los presos?

—Parecen conejos.

—¡Muchachos, todos a bordo!

Ayudó a subir a Damna a la barcaza, y detrás de ella lo hicieron los demás.

—¡Démonos prisa! —instó Yáñez.

Ordenó que fuesen desatados uno a uno los tripulantes de la barcaza, introdujo en el bolsillo del sargento un puñado de libras esterlinas y los mandó descender a la chalupa mientras les decía:

—El capitán Moreland os espera en la playa. Dadle saludos de mi parte y también agradecedle la lancha de vapor que nos ha regalado. ¡Señor Horward, a toda máquina!

El norteamericano hizo pitar la máquina varias veces seguidas, como si se despidiese burlonamente de los hindúes de la chalupa y, una vez levada el ancla, la barcaza avanzó con rapidez en dirección a la salida de la ensenada.

Yáñez dejó la barra del timón a Sambigliong y se dirigió a proa junto a Tremal-Naik, que observaba atentamente la oscuridad intentando avistar el barco de Sandokán, que debía de hallarse a escasa distancia de la costa.

Como llevaba las luces apagadas, no resultaba fácil distinguirlo.

—Se habrá adentrado en el mar, a no ser que en mi ausencia haya pasado algo nuevo —respondió Yáñez a la mirada inquisitiva de Tremal-Naik—. Hemos sabido, por un prao que procedía de Labuán, que una flotilla de cruceros había zarpado del puerto de Victoria para salir a nuestro encuentro.

—¿Habrá topado con ella Sandokán?

—Habríamos oído cañonazos. Por otra parte, Sandokán no es hombre que se deje coger desprevenido, en especial con el buque que posee. ¡Allí distingo agitación de espuma…! ¡Es el *Rey del Mar*! ¡Señor Horward, cargue las válvulas!

La barcaza avanzaba con rapidez sobre el oscuro mar, dejando a popa una estela en ocasiones luminosa, como consecuencia de un principio de fosforescencia.

De improviso, una imponente masa, que se deslizaba por el agua con un sordo fragor, surgió ante la chalupa y se interpuso en su camino. Una fuerte voz gritó:

—¡Apuntad el cañón a proa!

—¡Alto! —ordenó inmediatamente Yáñez—. ¡Eh, Sandokán, lanza la escala! ¡Son los tigres de Mompracem que regresan!

La barcaza, que había aminorado la marcha, abordó al enorme buque casi junto al lado de estribor, debajo de la escala que había sido desplegada al instante.

UN ENCARNIZADO COMBATE

En la parte superior de la escala, Sandokán esperaba a Yáñez y a los prisioneros junto a una hermosísima joven de piel ligeramente bronceada, facciones dulces y correctas, ojos muy negros y pelo largo trenzado con cintas de seda. Lucía las ropas típicas de las mujeres hindúes.

Unos cuantos hombres de piel aceitunada y con la divisa blanca de la marina de guerra iluminaban la escala con enormes linternas.

Yáñez, que fue el primero en llegar hasta la toldilla, tendió al momento una mano hacia el fiero pirata y otra a la joven hindú.

—¿Nada? —inquirió con voz anhelante el Tigre de Malasia.

—¡Míralos! —repuso Yáñez.

Sandokán, con un grito de alegría, se abalanzó sobre Tremal-Naik, mientras que Damna se echaba en los brazos de la joven hindú exclamando:

—¡Surama! ¡Pensé que nunca más volvería a verte!

—¡Vamos a la cámara, amigos míos! —dijo Sandokán tras haber abrazado al indio y besar a Damna en las mejillas—. ¡Tenemos cientos de cosas que explicaros!

—¡Un momento, Sandokán! —le interrumpió Yáñez—. Ordena poner rumbo al norte y avancemos a toda máquina, buscando la segunda boca del Redjang. Hay un leopardo negro que nos aguarda allí, y si no le atacamos podría desbaratar nuestros proyectos. Según dicen, es muy poderoso.

—¿Un buque?

—Sí, y en este momento se estará preparando para darnos alcance.

—¡Ah! —comentó Sandokán sin conceder importancia a la advertencia—. ¡Mañana nos libraremos de ese incordio!

Llamó a Sambigliong y al jefe de máquinas y, tras haberles dado algunas instrucciones, bajó al elegante saloncito de la cámara junto a Tremal-Naik, Damna y Surama, que se apoyaba con dulzura en Yáñez, su sahib blanco.

Una vez que se hubo informado del feliz resultado de la expedición y que explicó a Tremal-Naik todo lo acontecido a raíz de la batalla librada en las costas de Borneo, lo concerniente a la compra del buque norteamericano y la declaración de guerra enviada a un tiempo contra la desagradecida Inglaterra y contra el sobrino de James Brooke, dijo:

—Ya no son la flota inglesa, la cual no tardará en darnos alcance, ni la escuadrilla del rajá de Sarawak las que me inquietan. Es el enigma que rodea al hijo de tu antiguo enemigo, apreciado Tremal-Naik. ¿En qué lugar se oculta ese hombre, que ha demostrado su enorme poderío destruyendo tus plantaciones y posesiones por medio del peregrino? ¿Cuándo nos atacará? ¿Qué está planeando? Yo no tengo miedo de nadie y, no obstante, ese hombre, al que jamás hemos podido ver, que no sabemos dónde ni qué prepara, me tiene más preocupado que la presencia de una flota inglesa.

—¿No habéis podido averiguar nada de él? —inquirió Tremal-Naik, que parecía hallarse más inquieto que el temible pirata.

—Hemos preguntado en el transcurso de nuestra travesía hacia el sur a varias personas y también hemos detenido a unos veleros de Sarawak. Sin embargo, ha sido imposible averiguar el paradero de ese hombre.

—¡No se tratará de un espíritu!

—En un momento u otro habremos de verle la cara —observó Yáñez—. Si desea hacer la guerra y vengar la muerte de su padre, le será imposible permanecer oculto eternamente.

—Pero, mientras, ¿qué es lo que has decidido hacer, Sandokán? —preguntó Tremal-Naik.

—Pues he decidido iniciar las hostilidades entablando combate con ese buque que se encuentra anclado en la embocadura del Redjang. ¡Puesto que hemos declarado la guerra, demostremos que la hacemos de verdad!

—¿Desea usted hundirlo? —preguntó Damna con un tono de voz que inquietó a Yáñez.

—Lo aniquilaré, Damna, te lo aseguro —respondió Sandokán con frío acento.

El portugués, que la examinaba atentamente, observó que palidecía y que un leve suspiro brotaba de su pecho; pero todo se redujo a eso, ya que la muchacha no objetó nada a la terrible sentencia de muerte que el fiero pirata acababa de dictar contra el barco de sir Moreland.

Todos los allí reunidos se levantaron para subir a cubierta. Surama tomó una de las manos de Damna y le dijo:

—Dejemos a los hombres que hagan lo que tengan que hacer. Acompáñame al camarote. He dispuesto que te preparen una mullida cama, porque tenía la certeza de que no tardaría mucho en volver a verte.

La respuesta de la hija de Tremal-Naik se limitó a una simple sonrisa, y acto seguido la acompañó al interior de la cámara.

Al subir Sandokán, Tremal-Naik y Yáñez a la cubierta, ya todos los marineros se hallaban en sus puestos de combate, ya que Sambigliong había prevenido a los tigres de Mompracem que el crucero debería enfrentarse con un poderoso barco enemigo.

Las luces de posición se hallaban encendidas y las piezas de artillería iluminadas. El puesto de timoneles se había reforzado. Los cuatro cañones de caza de grueso calibre, cargados y dispuestos en barbeta a popa y a proa en el interior de torres giratorias protegidas por planchas de hierro de gran espesor, aguardaban el instante de arrojar bocanadas de muerte.

Una fuerte ráfaga de viento dispersó otra vez las nubes acumuladas en el cielo y las arrastró en dirección al sur. Las estrellas, que de nuevo lanzaban su reflejo, despedían una vaga claridad sobre las oscuras aguas del amplio golfo de Sarawak y gracias a esa claridad pudo avistarse con facilidad un buque, a pesar de que navegaba con las luces apagadas.

El *Rey del Mar* iba a escasa presión, con el fin de economizar todo lo posible el combustible. Sandokán había ordenado que se desplegaran las velas bajas del trinquete y del palo mayor, ya que el viento resultaba en aquel momento favorable y bastante fresco. El pirata, recordando los consejos del capitán norteamericano, se había tornado sumamente ahorrativo en lo concerniente al combustible, pues a causa de la declaración de guerra no podía repostar en ningún puerto, razón por la cual no empleó más que las velas en la travesía entre Labuán y el golfo de Sarawak, maniobra de sobra conocida por sus marineros, a pesar de que bastantes de ellos habían aprendido a trabajar en las máquinas con los norteamericanos que habían decidido quedarse en el barco.

Yáñez y Tremal-Naik, apoyados en la amura de proa, en cuya parte alta había defensas en forma de círculo para proteger a los fusileros, examinaban detenidamente el horizonte, mientras Sandokán revisaba las baterías y los cañones para ver si todo se hallaba dispuesto.

Hacia levante se distinguían vagamente las costas, que iban tornándose cada vez más altas según se acercaban al escarpado y elevadísimo promontorio de Sirik, que cierra por la zona occidental el golfo de Sarawak. A pesar de que en aquella parte se ubicaba la ciudadela de Redjang, no se veía brillar la menor luz.

De esta manera pasó la noche, explorando sin el más mínimo resultado. Pero nada más comenzar a despuntar el día, se oyó de improviso la voz del vigía, situado en la cruceta del trinquete, que gritaba a todo pulmón:

—¡Humo hacia levante!

Yáñez, Tremal-Naik y Sandokán ascendieron velozmente por las escaleras de babor del trinquete, subieron hasta la cofa y al momento divisaron a lo lejos, en el punto donde el mar parecía juntarse con el cielo, cómo se elevaba un penacho de humo en la nítida y transparente atmósfera de la mañana.

—Proviene de la embocadura del Redjang —opinó Yáñez—. Apuesto un cigarro contra cien libras esterlinas a que ese es el buque de sir Moreland.

—¿Has visto tú ese buque? —interrogó Sandokán a Tremal-Naik.

—No —repuso el hindú—. Pero me informaron de que estaba aprovisionándose de carbón en la segunda boca del Redjang.

—¡Qué! ¿Es que hay allí algún depósito de combustible?

—Oí comentar algo sobre un prao que le mandaban desde Sarawak cargado de carbón. En esa playa no debe de haber ni siquiera un mísero poblado.

—¡Lástima! —comentó Sandokán.

—Pero también he oído decir que hay un depósito en la boca del Sarawak. Se halla en una isleta, y en ese lugar es donde reposta la flota del rajá.

—¿Quién te ha informado sobre ello?

—Sir Moreland.

—Pues si va la flota del rajá, también podremos ir nosotros, ¿no es cierto, Yáñez?

—¡Y sin tener que pagar! —replicó el portugués, que jamás vacilaba en nada—. Fíjate: ya empieza a distinguirse la proa. Se dirige hacia nosotros, Sandokán, y a toda máquina.

Sandokán sacó del bolsillo un catalejo, lo extendió y lo enfocó en dirección al barco, cuyo casco se veía ya en parte incluso a simple vista.

—En efecto —comentó—, es un magnífico buque. Parece un crucero de gran tonelaje. A bordo distingo a numerosos hombres.

—¿Se dirige hacia nosotros? —preguntó Yáñez.

—Y me parece que a marchas forzadas. Teme que huyamos. ¡No, amigo mío, no tenemos el menor deseo de escapar! ¡Aquí mismo iniciaremos las hostilidades! ¡Lo hundiremos!

—¡Lo lamento por el capitán! —exclamó Tremal-Naik—. ¡No seas demasiado cruel, en honor de la hospitalidad que nos otorgó!

—¡Hospitalidad dorada, pero sin libertad! —dijo Yáñez.

—¡Dispongámonos a la lucha! —exclamó Sandokán.

Bajaron a la cubierta, donde se encontraron con Damna y Surama, que subían en aquel momento de su camarote.

—¿Nos van a atacar, sahib mío? —preguntó la india a Yáñez.

—De aquí a poco esto se va a poner al rojo vivo, Surama —respondió el portugués.

—Venceremos nosotros, ¿verdad?

—Igual que vencimos a los thugs de Suyodhana.

—¿Es el buque de sir Moreland? —preguntó Damna con cierta ansiedad, que no pasó inadvertida al sagaz portugués.

—Así lo suponemos.

Al momento la cogió de un brazo y la llevó hasta la torre de proa, donde le preguntó con una sonrisa:

—¿Qué significa esto, Damna? Esta es la tercera vez que al oír hablar del capitán pareces emocionarte.

—¡Yo! —exclamó la joven algo ruborizada—. Está usted equivocado, señor Yáñez.

—¡Voto a Júpiter! ¡Al parecer la vejez ha debilitado mi vista!

—¡Oh, no! ¡Aún ve usted estupendamente!

—¿En tal caso…?

Damna movió la cabeza en dirección al mar y, fijando la mirada en el buque enemigo, que forzaba la marcha, comentó:

—¡Es un barco magnífico!

—Seguro que no será tan potente como el nuestro —repuso Yáñez.

—Oblíguenlo a rendirse, en lugar de hundirlo. Podría resultarles muy valioso.

—Si quien manda el barco es sir Moreland, no arriará la bandera. Aunque joven, ese hombre debe de ser valeroso y combatirá mientras conserve un solo hombre de su tripulación.

—¿Y no piensan ustedes dar cuartel?

—En el momento en que el barco se venga a pique intentaremos salvar a los supervivientes; te lo prometo, Damna. Ve al camarote con Surama, que van a empezar a llover las granadas.

La voz fuerte y sonora como un clarín del Tigre de Malasia retumbó en el puente en aquel instante:

—¡Jefe de máquinas, a todo vapor! ¡Listos para disparar de costado! ¡Los fusileros preparados tras las aspilleras!

El buque adversario, que debía de disponer de poderosas máquinas, se encontraba ya a unos dos mil metros y avanzaba directamente hacia el *Rey del Mar* de los tigres de Mompracem, como si pretendiese asestarle un espolonazo o como mínimo abordarlo.

Se trataba de un magnífico crucero. Arbolaba tres mástiles y tenía dos chimeneas. Al parecer iba armado de una manera formidable, según se deducía del número de sus portas y de las piezas de artillería que podían verse sobre la cubierta. Sin embargo, no disponía de torres blindadas como las de los tigres de Mompracem.

Tras las amuras, e incluso en las cofas, se veían a numerosos fusileros, y en el puente de mando a muchos oficiales.

—¡Ah! —exclamó Sandokán, que lo examinaba con toda tranquilidad—. ¿Quieres ser el primero en enfrentarte a los tigres de Mompracem? ¡Pues estamos preparados para recibirte!

Mientras las dos muchachas abandonaban apresuradamente la cubierta y se refugiaban en la cámara de popa, Yáñez y Tremal-Naik se dirigieron a la torrecilla de órdenes, desde la que podían ponerse en contacto con los maquinistas.

Los artilleros norteamericanos, así como los más diestros tiradores malayos, aguardaban detrás de sus correspondientes piezas, con las correas de hacer fuego preparadas en las manos.

De improviso retumbó en el mar un estampido y una bocanada de fuego brotó de uno de los cañones de proa del crucero. Se percibió un ronco silbido y al momento se elevó una llamarada en el borde de la primera torrecilla del *Rey del Mar*, al tiempo que los cascos cruzaban silbando sobre los fusileros parapetados detrás de la amura.

—¡Una granada de doce pulgadas! —exclamó Yáñez—. ¡Buen disparo!

—¡Artilleros, abrid fuego!

A la vez relampaguearon los dos cañones de caza de proa y las piezas de la batería de estribor, cuyas descargas retumbaron también con tal estruendo que hicieron temblar todo el barco.

El crucero, que ya había avanzado otros quinientos metros y que maniobraba mostrando al adversario su lado de babor, replicó al instante.

Granadas y proyectiles de todo tipo comenzaron a llover sobre los dos buques, golpeando violentamente los costados de hierro, astillando los puentes, quemando los penoles e hiriendo a los marineros.

Al estallar las granadas lanzaban por los aires chorros de fuego que amenazaban a cada momento con incendiar la arboladura.

Por su parte los fusileros, tumbados detrás de las amuras, habían empezado a disparar efectuando continuas descargas.

Una densísima nube de humo, surcada en ocasiones por relámpagos, envolvía a los dos buques y el fragor de la lucha era tan intenso que casi no se distinguían las voces de mando.

El barco norteamericano, mejor acorazado y artillado, mucho más veloz y tripulado además por una marinería que había envejecido entre el humo de las batallas, estaba en mejor situación que su enemigo. Su potente artillería cañoneaba de una manera terrible al crucero, llenándolo de fuego y proyectiles, abatiendo su obra muerta, matando a sus hombres y provocando en el casco amplios boquetes.

Era inútil que el desgraciado buque, que había creído acabar con facilidad con los piratas de Mompracem, hiciera desesperados esfuerzos para responder a aquel huracán de hierro que se abatía con horroroso estruendo sobre sus puentes y ocasionaba grandes estragos en los artilleros de cubierta y entre los fusileros. Sus proyectiles eran rechazados por las planchas metálicas del *Rey del Mar*, y sus granadas no lograban destruir las torres blindadas, desde cuyo interior disparaban certeramente los artilleros de Mompracem bajo la dirección de los jefes artilleros norteamericanos.

Al comprobar la absoluta inutilidad de los fusileros, tan necesarios en los praos pero no en este tipo de barcos, Sandokán había ordenado retirarse a todos ellos bajo cubierta, mandando a la vez avanzar hacia el crucero para asestarle el definitivo golpe de gracia.

El *Rey del Mar*, sin apenas daños a pesar del terrible e ininterrumpido bombardeo de su adversario, avanzó describiendo un amplio semicírculo en torno al buque enemigo.

Cuando se hallaba a cuatrocientos metros le lanzó una terrible andanada con las piezas del puente y las de babor, dejándolo tan liso como un pontón.

Las dos chimeneas se vinieron abajo, destrozadas, sobre la cubierta, derrumbadas por un par de granadas que estallaron en su base.

—¡Esto se ha terminado! —observó Yáñez—. ¡Pidamos su rendición!

—¡En el supuesto de que se rinda! —repuso Sandokán.

Esperó a que el viento disipara el humo y ordenó izar en el pico del palo mayor la bandera blanca. La respuesta fue una andanada que derribó a la mitad de los timoneles del *Rey del Mar.*

—¿Todavía no habéis recibido bastante? —barbotó Sandokán—. ¡Hundidlo! ¡Fuego! ¡Abrid fuego sin piedad!

Las descargas de artillería se reanudaron y siguieron en aumento de una manera terrible. El *Rey del Mar* proseguía girando en torno al infortunado crucero, que estaba siendo totalmente destruido bajo el huracán de proyectiles que descargaba su adversario.

El buque norteamericano realizaba verdaderos prodigios. Parecía un volcán en plena erupción decidido a aniquilarlo todo.

El crucero, por su parte, ofrecía una resistencia realmente heroica, aunque ya no era sino un montón de ruinas. Sus dos piezas de cubierta, inutilizadas por aquella intensa lluvia de proyectiles, ya no respondían al fuego adversario.

El puente se hallaba abarrotado de muertos y heridos, junto a restos de obra muerta, con penoles destrozados y trozos de aparejo y cordaje desprendido por las descargas de metralla enviadas por Sandokán.

El fuego corría de proa a popa, iluminando las aguas de una forma terrorífica, y por los contracantiles de babor y estribor salían regueros de sangre.

El buque se convertía en ruinas bajo los cañonazos terribles, mortales, del *Rey del Mar*.

—¡Basta ya! —exclamó de improviso Yáñez, que asistía a semejante destrucción desde la torre de órdenes—. ¡Alto el fuego! ¡Al mar las chalupas!

Sandokán, que contemplaba fría, impasible y fieramente, se volvió hacia el portugués y le preguntó:

—¿Qué es lo que ordenas, hermano?

—¡Que se interrumpa la matanza!

El Tigre de Malasia titubeó un instante, y finalmente contestó:

—¡Tienes razón! ¡Salvemos a los supervivientes! ¡Esos hombres, o para ser más exactos, su capitán, es un héroe!

SIR MORELAND

Se había iniciado la agonía del crucero, una agonía horrible, espantosa.

El humeante monstruo agotaba inútilmente las fuerzas que le quedaban, intentando aún herir de muerte al terrible enemigo que le había derrotado, disparándole los últimos proyectiles de sus cañones.

Aquel magnífico barco, que debía de ser de la unidad más poderosa del rajá de Sarawak, no era más que un montón de ruinas que el fuego iba consumiendo paulatinamente, mientras el agua lo inundaba con el fin de arrastrarlo a las profundas simas del mar.

Sus costados, convertidos en astillas a consecuencia de las granadas y los obuses perforadores de la poderosa nave norteamericana, semejaban cribas; sus amuras y sus mástiles habían desaparecido; sus baterías no ofrecían ya el menor refugio a los últimos supervivientes.

Inmensas llamas irrumpieron por entre las escotillas y por las grietas de la cubierta, extendiéndose terriblemente con ronco fragor y arrojando por los aires miríadas de chispas y espesas nubes de humo que formaban una especie de grandioso toldo sobre el buque.

El crucero se hundía poco a poco, cabeceando, y, no obstante, sus artilleros proseguían disparando con las últimas piezas que aún quedaban, y sus fusileros, reducidos a menos de la mitad, abrían un fuego intensísimo, saltando como tigres por la cubierta dominada por el fuego y estimulándose los unos a los otros con salvajes gritos.

A pesar del fuego abierto desde el buque que se iba a pique, fuego mal dirigido debido a la excitación de los tiradores, la chalupa de vapor y las tres balleneras del *Rey del Mar* habían sido lanzadas inmediatamente al agua para recoger a los últimos supervivientes en el instante en que el barco se hundiera bajo las aguas.

Yáñez se puso al mando de la barcaza, en la que iban catorce remeros, ya que no había tiempo para encender el horno; Sambigliong marchaba al mando de la otra.

—¡Date prisa, Yáñez! —había gritado Sandokán.

Damna y Surama, que habían subido a cubierta al ver que el fuego envolvía ya a la infortunada nave, exclamaban:

—¡Sálvelos! ¡Sálvelos usted, señor Yáñez! ¡Se ahogan!

Las cuatro barcas emprendieron velozmente la marcha en dirección al crucero. Los pocos hombres que todavía había a bordo, al comprender que sus enemigos acudían en su ayuda, dejaron de disparar y empezaron a lanzarse al agua para escapar de las llamas y evitar ser lanzados por los aires al estallar el barco.

La barcaza fue la primera en acercarse al crucero. Yáñez, sin preocuparse del humo ni de la lluvia de chispas, trepó a toda prisa por la escala que habían lanzado y subió al puente de mando, seguido por media docena de malayos.

Antes que a nadie deseaba salvar a sir Moreland, si las granadas del *Rey del Mar* no le habían alcanzado.

Se abría paso por entre el marasmo de ruinas y los cadáveres que obstaculizaban el avance por la cubierta, cuando de improviso estalló la proa y los lanzó a todos al agua.

El golpe resultó tan fuerte que Yáñez fue a parar junto a una de las balleneras y perdió el sentido. Por fortuna, los malayos habían visto cómo se desmayaba y pudieron recogerle enseguida y trasladarlo a la barcaza, que ya se había aproximado.

Abierto por la proa, el crucero se hundía velozmente. Sambigliong y los hombres de la chalupa que habían subido a bordo volvían a bajar con extrema premura, llevando consigo a varios heridos a los que, con gran riesgo de sus vidas, habían logrado sacar de entre las llamas.

El barco se hundía. Sus amuras desaparecieron y las olas inundaron de improviso la cubierta, barriéndola de popa a proa y ahogando las llamas al instante.

La barcaza y las balleneras se alejaban bogando a toda prisa, al tiempo que en torno al buque se extendía un enorme agujero.

La bandera de Sarawak fue iluminada por los rayos del sol; sus colores relucieron durante un momento y al instante se hundió en el abismo.

¡Todo había terminado! El crucero se adentraba entre los bramidos del gigantesco vórtice hacia la insondable profundidad del golfo.

Las cuatro chalupas que pudieron escapar a la atracción ejercida por el barco, cubierto al instante por una inmensa ola que fue extendiéndose con gran fragor por la superficie del mar, regresaban rápidamente hacia el *Rey del Mar*, que aguardaba a quinientos metros del lugar del terrible suceso.

Cajas, barriles y trozos de vela flotaban por las aguas en todas las direcciones.

Sambigliong se afanaba en reanimar al portugués, mientras que otros intentaban hacerlo alrededor de un joven oficial a quien habían recogido en el preciso momento en que el crucero empezaba a sumergirse y que parecía estar herido de gravedad, ya que tenía la guerrera empapada en sangre.

Por fortuna, Yáñez no había sufrido herida alguna. Lo que le había hecho desvanecerse, sobre todo, fue la inesperada voladura y la terrible onda expansiva de la explosión.

Efectivamente, al primer sorbo de ginebra que le dio a beber el malayo recuperó el sentido y abrió los ojos.

—¿Cómo se encuentra usted, señor Yáñez? —le preguntó, inquieto, el contramaestre.

—Me encuentro medio destrozado, pero creo que no me he roto nada —repuso el portugués intentando sonreír—. ¿Qué ha pasado con el barco?

—Se ha hundido.

—¿Y sir Moreland?

—Aquí está, en la ballenera. Hemos podido salvarle de verdadero milagro.

Yáñez se incorporó sin necesitar la ayuda del malayo.

El joven capitán del crucero se hallaba tendido en el fondo de la barcaza, con el pecho desnudo, palidísimo, lleno de sangre y con los ojos cerrados.

—¡Está muerto! —exclamó.

—No, no está muerto. Sin embargo, la herida que tiene en el costado debe de ser grave.

—¿Quién le ha herido? —inquirió Yáñez con acento de angustiosa ansiedad—. ¿Acaso has sido tú, Sambigliong?

—¿Yo? ¡No, señor Yáñez! La explosión ha sido la que le ha dejado en estas condiciones. Debe de ser algún casco de granada, posiblemente, el que le ha ocasionado la herida.

—¡Rápido! ¡Al barco!

—Ya hemos llegado, señor Yáñez.

Las cuatro chalupas abordaron al *Rey del Mar* junto a la escala, que ya colgaba desde el costado hacía un tiempo.

Hicieron sitio para que pasara la barcaza.

Dos hombres cogieron con suavidad al capitán del crucero, que continuaba inconsciente, seguidos de Yáñez y catorce tripulantes del buque hundido, los únicos supervivientes salvados de las olas en el momento del naufragio.

Sandokán, que tan impasiblemente había asistido a la aniquilación del barco adversario, los aguardaba en la parte superior de la escala.

Cuando tuvo ante sí al capitán y a los marineros del rajá se quitó el turbante y dijo en tono solemne:

—¡Honor a los valientes!

Al momento estrechó en silencio la mano a Yáñez.

Damna, que se hallaba a unos pasos de distancia con Surama, muy pálida e intensamente conmovida por el terrible desastre desarrollado ante sus ojos, se dirigió hacia los marineros que transportaban al infortunado comandante.

—¿Ha muerto? —preguntó con voz ronca.

—No —repuso Yáñez—. Pero, al parecer, la herida es grave.

—¡Ay, Dios mío! —exclamó la muchacha.

—¡Silencio! —dijo Sandokán—. ¡Dejad paso al valor infortunado! ¡Que trasladen al capitán a mi camarote!

Con un ademán que no admitía réplica contuvo a Damna y a Surama y acompañó a los marineros hasta el camarote, seguido de Yáñez y Tremal-Naik.

El médico del buque, que era norteamericano y que, al igual que los maquinistas y los cabos artilleros, había aceptado las proposiciones que Sandokán le hizo para que continuara en el barco hasta terminar la campaña, acudió al instante.

—¡Venga usted, señor Held! —dijo Sandokán—. ¡Creo que el comandante del crucero está herido de gravedad!

—Se hará cuanto sea posible por salvarle —replicó el yanqui.

—Cuento con la ciencia de usted.

Entraron en el camarote, donde ya habían dejado tendido a sir Moreland en el suntuoso lecho del pirata.

—Esperad en el pasillo hasta que os avise —indicó Sandokán a los dos marineros—. Y advertid a los enfermeros que estén preparados para venir en cuanto se les llame.

El médico desnudó totalmente a sir Moreland. Aunque su única herida la tenía en el costado, presentaba un aspecto espantoso.

El proyectil que se la provocó, posiblemente un casco de granada, había magullado y desgarrado la carne, formando un profundo surco que tenía más de veinte centímetros de longitud.

La sangre brotaba en abundancia de la herida, haciendo correr al infortunado el riesgo de desangrarse.

—¿Qué opina usted, señor Held? —preguntó Yáñez, como si pretendiese adivinar lo que el otro pensaba.

—La herida es más dolorosa que grave —contestó el médico—. Ha perdido mucha sangre, pero este inglés es fuerte.

—¿Puede usted garantizarme que se curará? —insistió Sandokán.

—Le garantizo que la vida de este hombre no corre peligro.

Sandokán permaneció un rato en silencio contemplando el semblante cadavérico del inglés. Luego, y como si hablase para sí mismo, comentó

—¡Mejor así! ¡Este hombre podrá sernos de utilidad!

Se disponía a marcharse cuando de improviso el herido suspiró profundamente y después lanzó un ronco gemido.

El doctor acababa de poner las manos sobre la herida para juntar sus bordes y, al notar aquella presión, el capitán del crucero se estremeció; luego abrió los ojos.

Lanzó a su alrededor una mirada apagada, fijándose primero en el doctor y después en Yáñez, que se hallaba al otro lado del lecho.

Abrió los labios y musitó con voz casi imperceptible:

—¿Usted?

—¡No hable, sir Moreland, no hable! —dijo el portugués—. ¡Se lo prohíbe el doctor!

El capitán cabeceó y, haciendo acopio de todas sus fuerzas, añadió con voz más clara, aunque muy fatigosa:

—Mi… espada… está… en mi… barco.

—No la hubiera recuperado para dársela, caballero —repuso Sandokán—. Lo que lamento es que haya desaparecido con el buque, y que por ello no pueda devolvérsela. ¡Es usted un hombre valeroso y le aprecio como merece!

Realizando un último y desesperado esfuerzo, el joven levantó la mano derecha y se la tendió a su adversario, que la estrechó con suavidad.

—¿Y mis… hombres…? —dijo de nuevo sir Moreland, cuyo semblante volvía a adquirir una palidez cadavérica.

—Están a salvo. ¡Pero basta ya! ¡No se fatigue!

—¡Gracias! —musitó el herido.

Se dejó caer y cerró los ojos otra vez; había vuelto a perder el conocimiento.

—¡Doctor, le toca a usted! —dijo Sandokán.

—No tenga la menor duda de que le curaré y que me preocuparé de él como si de su hijo se tratase. ¡Que vengan los enfermeros!

Mientras estos entraban en el camarote con desinfectantes, rollos de algodón fenicado y diversos frascos, Sandokán, Tremal-Naik y Yáñez subían a lento paso las escaleras y regresaban a cubierta.

Damna, que los aguardaba en la puerta, se aproximó al portugués.

—¡Señor Yáñez! —murmuró intentando mantener la voz firme.

El portugués permaneció un instante mirándola sin responder y, finalmente, le oprimió en silencio la mano.

—¿Se salvará? —inquirió con voz angustiada Damna.

—Confío en que así sea —contestó Yáñez—. Tienes mucho interés por ese muchacho, ¿verdad, Damna?

—¡Es muy valiente!

—¡Sí, y también algo más!

—Si se salva, ¿le mantendrán ustedes prisionero?

—Ya veremos lo que Sandokán decide; pero lo más probable es que así sea.

Damna se marchó con Surama, que se encontraba un poco apartada, y Yáñez se dirigió al encuentro de Sandokán, que en aquel momento conversaba animadamente con Tremal-Naik.

—¿Qué opinas de ese joven? —preguntó.

—¡Pues que es un hombre valiente! —opinó Sandokán—. Para nosotros ha sido una verdadera suerte que haya caído en nuestro poder. Si el rajá dispusiese de media docena de hombres como ese, nos darían mucho trabajo. No debe de tratarse de un inglés de pura sangre; el color de su piel es en exceso moreno.

—Me dijo que solo su madre era inglesa —informó Tremal-Naik—. Pertenecía, según tengo entendido, a la marina inglesa. Eso fue lo que me dijo una noche. Tenía la graduación de teniente.

—¿Y qué haremos con él? —inquirió Yáñez.

—Lo tendremos como invitado —respondió Sandokán—. Tal vez nos sea útil el día menos pensado. Por lo que respecta a los restantes detenidos, los dejaré embarcar en una chalupa para que puedan alcanzar la costa.

—Y ahora, ¿cuáles son tus proyectos? —preguntó Tremal-Naik.

—Yáñez y yo tenemos ya trazados nuestros planes de guerra —replicó Sandokán—. Nuestro primordial objetivo es no dejarnos coger desprevenidos por la flota de Sarawak ni por la inglesa. Lo más probable es que intenten unirse para aniquilarnos en un solo combate. Pero si hallamos el sistema de disponer siempre de carbón, con la velocidad que tiene el *Rey del Mar* podremos burlarnos del rajá y también del gobernador de Labuán.

—Por ello os recomiendo que, en primer lugar, y sin dar tiempo a que se unan ambas escuadras, asaltéis los depósitos de carbón que existen en la embocadura del Sarawak —aconsejó Tremal-Naik.

—Eso es exactamente lo que vamos a intentar —contestó Sandokán—. Luego destruiremos los depósitos que poseen en la isleta de Mangalum. Si no pueden abastecerse, estaremos en mejores condiciones que ambas flotas y tendremos mayor libertad para atacar las líneas de navegación, con lo que asestaremos un mortífero golpe al comercio de Inglaterra con Japón y con la China. ¿Estáis de acuerdo con este plan?

—Sí —respondieron Yáñez y Tremal-Naik.

—Pero, además, tengo otro proyecto —prosiguió Sandokán tras un corto silencio—. Mi idea es hacer que se subleven los dayakos de Sarawak. Aún tenemos entre ellos muy buenos amigos, que son precisamente los que nos ayudaron a vencer a James Brooke. Con nosotros en el mar, y con esos temibles cortacabezas a su espalda, no podrán estar muy tranquilos el rajá ni el hijo de Suyodhana.

—¿Crees que el hijo del jefe de los thugs está con el rajá?

—No estoy seguro —respondió Sandokán.

—Ni yo —adujo Yáñez.

—¿Has enviado a algún lugar al *Marianne*? —preguntó el hindú.

—Nos aguarda en el cabo de Taniong-Datu, con provisión de combustible, armas y municiones.

—¿Ya habrá llegado?

—Eso creo.

—En tal caso, dirijámonos a Sarawak.

EN BUSCA DEL *REY DEL MAR*

Poco después se hizo embarcar a los supervivientes del crucero en una chalupa, tras lo cual se les suministró víveres en abundancia para que pudieran alcanzar Redjang sin temor a pasar hambre. Mientras tanto el *Rey del Mar* iniciaba la travesía por el golfo de Sarawak, poniendo rumbo al sur.

Imperaba una calma casi absoluta; solamente soplaba muy de tarde en tarde la brisa, que en aquella parte del mundo parece de fuego y a la que temen los barcos de vela porque a veces los obliga a permanecer inmóviles durante varias semanas. Únicamente de vez en cuando una vastísima onda marítima procedente del este se iba ensanchando gradualmente y, tras pasar bajo el crucero con una fuerte sacudida, se desvanecía en dirección opuesta.

Una vez pasada aquella inmensa ola, que procedía de las distantes costas de las islas de Sonda, las aguas del océano recuperaban de nuevo su habitual inmovilidad.

Hacia el oeste no se divisaba ningún barco, ni tampoco al norte ni al sur. En cambio, se veían numerosos pájaros de los trópicos, voladores infatigables que en ocasiones se encuentran a centenares de millas de las costas. La mayoría de ellos eran *Priafinus ciscercus*, especie de procelarios, los cuales, algo realmente extraño, llevan casi siempre cogidos a las plumas del abdomen cangrejitos de mar y minúsculos moluscos, lo que los obliga a vivir en el aire a su pesar.

De vez en cuando surgían entre dos aguas, a menos de un metro de profundidad, largas hileras de soberbias medusas en forma de paraguas transparentes, que se mecían suavemente a merced del flujo y el reflujo. En ocasiones avanzaban delante del buque con la vertiginosidad de flechas algunos prontoporsas, que son los delfines de menor tamaño de la especie, provistos de un pico muy largo, y podían verse también magníficas doradas de escamas en tonos dorado y azul, que son temibles enemigos de los peces voladores y que cuando está cercana su muerte pierden sus colores y se tornan grises.

El *Rey del Mar* avanzaba con rapidez, a más de doce nudos, dirigiéndose en derechura a la costa de Sarawak con el fin de destruir los depósitos de carbón de la flota del rajá.

Era un barco realmente majestuoso, con sorprendentes cualidades marineras a pesar de su blindaje, sus torres y su artillería. Un corsario moderno. El único, posiblemente, que podía lanzarse a aquella terrible incursión contra la imponente escuadra inglesa sin necesidad de un puerto donde buscar refugio.

—Y bien, Tremal-Naik —dijo Sandokán, que apareció en aquel momento sobre cubierta tras haber realizado una breve visita a sir Moreland—, ¿qué opinas de nuestro *Rey del Mar*?

—Que es el crucero más soberbio y poderoso que he visto nunca. ¡Una auténtica maravilla! —contestó con entusiasmo el hindú.

—Sí. Los norteamericanos son estupendos constructores. Hace solo veinte años tenían que acudir a los países extranjeros para construir su escuadra, y en la actualidad disponen de astilleros mejores que ninguna nación. Ahora sus barcos son fuertes y potentes. Yo te garantizo que con este daremos mucho trabajo a nuestros adversarios.

—¿Y si Inglaterra enviase contra ti los mejores buques de su escuadra? ¿No has pensado en ello, Sandokán?

—Los haremos correr, amigo —replicó el Tigre de Malasia—. El océano es muy extenso y nuestro barco el más rápido. Además, habrá navíos de transporte ingleses a los que podamos atacar y robar combustible. No creas que pienso que podré mantener interminablemente esta lucha. Pero antes del día en que, por una razón u otra, deba acabarse, habremos causado tal daño a nuestros enemigos que sentirán habernos expulsado de nuestra isla.

Encendió su soberbio narguilé, cogió de un brazo al indio después de pasear durante unos minutos desde la rueda del timón hasta la torre de popa, y preguntó:

—¿Sabes que se está recuperando el capitán?

—¿Sir Moreland? —preguntó Tremal-Naik.

—Sí. A pesar de su terrible herida, la fiebre ha bajado bastante. El señor Held está maravillado, y yo pienso que hay motivo para ello. ¡Qué fortaleza tan extraordinaria la de ese hombre!

—¿Te ha reconocido?

—Sí.

—Debe de haberle asombrado encontrarse en nuestro poder. De seguro que no imaginaba que fuera a verse tan pronto con sus antiguos prisioneros. ¿Está durmiendo?

—Sí; y ciertamente con mucha tranquilidad.

—¿No representará un estorbo para ti ese hombre?

—Podría ser; pero tengo algunos planes respecto a él.

—¿Cuáles son?

—Aún no lo sé, seguro —dijo Sandokán—. Calcularé de qué modo puede servirnos. En primer lugar, procuraremos que se convierta en amigo nuestro. Supongo que debe estarnos algo agradecido por haberle salvado de la muerte.

—Imagino lo que estás pensando —repuso Tremal-Naik—. Esperas que pueda darte informes sobre el hijo de Suyodhana.

—Estás en lo cierto —convino Sandokán—. Luchar contra un enemigo al que no se conoce y que no se sabe dónde está ni qué planea, es algo que preocuparía a cualquiera. ¡Bah! El día menos pensado abandonará el misterio tras el que se oculta y se nos aparecerá, y en ese momento el Tigre devorará también al tigrecito de la India.

En aquel instante el doctor Held apareció ante la puerta.

El norteamericano, que, como hemos indicado, había aceptado entrar al servicio de Sandokán a sabiendas de que aquello podría costarle la vida, era un apuesto joven de unos veintitantos años, alto, delgado, de mirada inteligente, frente espaciosa, semblante tan sonrosado como el de una muchacha y con una barba rubia cortada en punta.

—¿Qué nos tiene que comunicar? —le preguntó Sandokán dirigiéndose a su encuentro solícitamente.

—Que puedo responder ya por completo de la curación del herido —repuso el doctor—. De aquí a quince días tendremos a nuestro hombre totalmente recuperado. ¡Esos angloindios tienen la piel muy dura!

La campana que anunciaba la comida cortó la conversación.

—¡Vamos a la mesa, o Yáñez se impacientará! —adujo Sandokán.

Mientras, el *Rey del Mar* seguía navegando rumbo al sudoeste.

El mar continuaba desierto, ya que la zona que el buque atravesaba era muy poco frecuentada por veleros y vapores, los cuales seguían su rumbo casi siempre más en dirección norte o sur, unos para rehuir la calma chicha y otros los bancos submarinos, que abundan de una manera extraordinaria en las proximidades de las costas de Borneo.

De vez en cuando bandadas de aves se posaban en las cofas de los mástiles, y dejaban que los tripulantes del barco se acercasen sin experimentar la más mínima inquietud.

Aquellas aves eran una especie de procelarias enormes, de plumaje oscuro, denominadas quebrantahuesos. Son magníficas pescadoras y van armadas de un pico tan puntiagudo y fuerte que les permite enfrentarse a los peces de mayor tamaño, a los cuales matan asestándoles un golpe en la cabeza.

También solía revolotear en torno al buque algún albatros aislado, que saludaba a los marineros emitiendo su graznido característico, muy parecido al de un cerdo, y cruzaba sin acelerar su marcha por la toldilla a pesar de los disparos con que intentaban alcanzarlo los malayos.

Estas aves son una pieza de caza de la peor calidad, ya que si bien tienen una envergadura de tres metros y medio, su cuerpo no suele rebasar los ocho o diez kilos de peso, a lo que cabe añadir que su carne es coriácea y se encuentra impregnada de un olor repugnante.

Sin embargo, merecen ser admiradas por su extraordinario vuelo. Durante unos instantes permanecían casi inmóviles sobre el crucero, haciendo vibrar de forma apenas perceptible sus enormes alas; de repente se lanzaban como rayos en picado hacia el mar, se zambullían y pescaban minúsculos cefalópodos y calamares, que son su alimento preferido.

No escaseaban las presas para aquellas voraces, ya que las aguas de esa zona del océano son sorprendentemente ricas en peces, que también complacían a los marineros, que se las ingeniaban para apresarlos, pese a la velocidad de su marcha, empleando pequeñas redes y aumentando así la minuta de a bordo.

Además, casi a ras de la superficie nadaban bandadas de doradas, delfines pequeños y serpientes de mar de un metro de longitud, forma cilíndrica, piel oscura y cola negra y amarillenta; flotaban numerosos trotones, peces tan raros que suelen bogar con el vientre hacia arriba y cuyo cuerpo se hincha hasta adquirir la forma de una bola.

A millares llegaban desde las profundidades del océano los trotones, mostrando las agudas espinas que los recubren por completo y que les dan una apariencia muy semejante a la de los erizos terrestres; pero sus colores varían, ya que los hay blancos, violáceos y con manchas negras. Entre los trotones, con los tentáculos extendidos para aprovechar hasta el menor soplo de aire, avanzaban largas filas de nautilos.

De vez en cuando, un instintivo movimiento de terror dispersaba a tan numerosos moradores de los mares tropicales. Las doradas desaparecían a toda prisa; los trotones se deshinchaban al instante y se sumergían; los nautilos encogían sus tentáculos, hacían girar sus conchas, que eran como minúsculas embarcaciones, y se hundían en las profundidades del mar.

El motivo de todo aquello era la aparición de un terrorífico enemigo, extraordinariamente voraz, que mostraba su formidable mandíbula provista de dientes tan afilados como los de los tigres. Este enemigo es el charcharios, pez perro de unos cinco o seis metros de longitud. Su inesperada aparición había hecho cundir el pánico. El charcharios resulta muy peligroso, incluso para el hombre.

Con una relampagueante rapidez devoraba los peces que habían sido algo lentos en la huida; luego desaparecía, siempre precedido por su piloto, que es un bellísimo pececillo de piel azul y púrpura con estrías negras, de unos veinticinco centímetros de longitud, y que hace de guía para este temible patrono y protector.

Desvanecido el peligro, emergían de nuevo las juguetonas doradas; los trotones afloraban a la superficie de las aguas convertidos ya en una bola y las magníficas conchas ribeteadas de nácar de los nautilos extendían otra vez sus ocho tentáculos.

Al anochecer, Yáñez y Sandokán entraron en el camarote donde se encontraba el angloindio y pudieron comprobar satisfechos que el herido se hallaba mucho mejor que por la mañana.

Ya casi no tenía fiebre y la herida, muy bien curada por el experto doctor norteamericano, apenas sangraba.

Cuando entraron, sir Moreland estaba conversando con voz bastante audible con el señor Held, pidiéndole noticias respecto al poderío del barco corsario.

Al verlos, el angloindio pretendió incorporarse, pero Sandokán hizo un ademán para impedírselo.

—No, sir Moreland —dijo—. Se encuentra usted muy debilitado, y por el momento debe evitar por completo realizar el más ligero esfuerzo. ¿No es cierto, mi apreciado Held?

—Se le puede abrir de nuevo la herida —adujo el médico—. Ya está bien informado, sir, de que le he prohibido el menor movimiento.

El angloindio tendió la mano hacia el doctor, y después hacia Yáñez y Sandokán, y dijo:

—Les estoy muy agradecido, señores, por haberme salvado, aunque hubiese preferido irme al fondo del mar con mi buque y con mis infortunados marineros.

—Un marinero siempre encuentra millares de ocasiones en las que puede morir —repuso Yáñez sonriendo—. Aún no ha terminado la guerra, pues para nosotros ni ha empezado.

—Pensaba que su misión habría terminado con el rescate de aquella muchacha y de su padre.

—Para un asunto de esa índole no habría adquirido un buque tan poderoso —dijo Sandokán—. Con mis praos habría tenido más que de sobra.

—¿De manera que continuarán ustedes haciendo el corso?

—Sin la menor duda, mientras conservemos un solo hombre y un solo cañón.

—Señores, los admiro; pero pienso que estas incursiones van a terminar enseguida. El rajá e Inglaterra los acosarán con sus flotas. ¿Cómo podrán ofrecer resistencia a semejantes ataques? Se les acabará el carbón y se verán obligados a entregarse o a dejarse hundir tras una lucha inútil.

—¡Ya se verá!

Sandokán cambió de improviso de tono y le preguntó:

—¿Qué tal se encuentra, sir Moreland?

—Bastante bien; el doctor asegura que de aquí a unos días ya podré levantarme.

—Tendré una gran satisfacción en verle paseando por el puente de mi buque.

—¿De manera —dijo con una sonrisa el angloindio— que piensan tenerme detenido?

—Incluso en el supuesto de que deseara darle a usted la libertad, en este instante me sería imposible concedérsela, ya que nos hallamos a gran distancia de la costa.

—¿Nos dirigimos hacia el norte?

—No, sir Moreland. Por el contrario, vamos hacia el sur. Me apetece ver la boca del Sarawak.

—Lo comprendo muy bien. Intentan ustedes atacar por sorpresa los depósitos de carbón del rajá.

—Aún no lo sé.

—Señor Sandokán, con su permiso, deseo que me explique una cosa.

—Diga lo que sea, sir Moreland —replicó el Tigre de Malasia—. Luego, si por su parte me lo permite, le preguntaré unas cuantas cosas.

—Lo que me interesa saber es la razón de que también haya implicado en esta guerra al rajá de Sarawak.

—Porque tenemos la casi absoluta certeza de que es el protector del enigmático hombre que ha lanzado contra nosotros a los ingleses de Labuán y que, solamente en un mes, nos ha causado tantos daños.

—¿Y quién es ese hombre?

Sandokán fijó en el angloindio una penetrante mirada, como si intentara leer en lo más recóndito de su corazón. Luego contestó:

—No es posible que usted, que pertenece a la marina, no lo haya conocido.

Sir Moreland permaneció silencioso durante un momento.

—No —dijo finalmente—; jamás he visto al hombre al que usted se refiere. Sin embargo, oí decir que un personaje misterioso, que al parecer cuenta con incalculables riquezas, visitó al rajá y le ofreció buques y hombres para vengar a James Brooke.

—Un hindú, ¿no es así?

—No lo sé —contestó sir Moreland—, ya que no le he visto jamás.

—¿Y ese hombre ha sido el que ha enemistado al rajá y a los ingleses con nosotros?

—Eso tengo entendido.

—¿Es hijo de un célebre jefe de los thugs indios?

—Lo ignoro.

—¿Quiere enfrentarse a los tigres de Mompracem?

—Y, según tengo entendido, tiene el convencimiento de que los vencerá.

—¡Será aniquilado, como lo fueron su padre y toda su secta! —dijo Sandokán.

Los ojos negros del angloindio despidieron un fugaz destello. Volvió a guardar silencio, como si una repentina idea le turbase; luego comentó:

—¡El futuro lo dirá!

Y, cambiando de improviso de conversación, preguntó:

—¿Continúan en el barco aquel hindú y su hija?

—Ya no pensamos separarnos de ellos, puesto que su suerte va unida a la nuestra —contestó Sandokán.

Sir Moreland suspiró, dejando caer la cabeza sobre la almohada.

—Descanse usted tranquilo —le dijo Sandokán—. Esta noche no ocurrirá nada.

En compañía de Yáñez abandonó el camarote y los dos subieron a cubierta; Surama y Damna estaban tomando el fresco y conversando con Tremal-Naik.

Al ver a Yáñez, Damna le interrogó al instante con la mirada.

—¡Todo marcha perfectamente! —susurró el portugués con su habitual sonrisa.

—¿Podré hacerle una visita?

—Mañana no habrá inconveniente en que lo hagas, en el caso de que…

Fue interrumpido por un grito del vigía situado en la cofa del trinquete.

—¡Humo hacia el horizonte! ¡En el oeste!

Aquel grito hizo incorporarse de un salto a Sandokán, que acababa de sentarse junto a Tremal-Naik, y puso en movimiento a todos los tripulantes sobre cubierta.

Sobre el cielo iluminado aún por el sol se alzaba una finísima columna de humo, que destacaba en la nítida y serena atmósfera.

—¿Se tratará de algún buque de guerra que nos persigue —comentó Yáñez—, o de un pacífico barco de vapor que se dirige hacia Sarawak?

—Pienso que debe de ser más bien un buque de guerra —opinó Sandokán, que acababa de enfocar el catalejo en dirección a la mancha de humo—. ¡Ah! ¡Vaya! ¡Vaya! Al parecer se aleja hacia el oeste; el humo viene hacia nosotros.

—¿Nos habrán descubierto? —inquirió Tremal-Naik, que se había acercado a ellos.

—De la misma manera que nosotros hemos advertido su presencia, el comandante de ese barco se habrá fijado en la nuestra; ha debido de ver el humo.

—Sospecho una cosa —dijo Yáñez.

—¿Qué?

—Que tal vez sea un barco de exploración.

—Puede ser, Yáñez —convino Sandokán.

—¿Y qué piensas hacer?

—Seguirle a distancia. Mañana, cuando amanezca, intentaremos alcanzarlo, y si pertenece a la flota del rajá puede irse preparando. Vamos a pasar la noche sobre cubierta.

Estaba seguro de poder alcanzarlo gracias a las potentes máquinas de su buque antes de que clareara el día, y también de apresarlo o hundirlo con su artillería.

Por lo que pudiera acontecer, se decidió que permaneciera en cubierta la guardia franca, ya que podría darse el caso de que en el transcurso de la noche ocurriesen graves sucesos.

—¡A doce nudos! —ordenó Sandokán—. ¡Lo seguiremos a poca distancia!

La noche era magnífica; una auténtica noche de los trópicos, fascinante y encantadora, como solo pueden verse en aquella zona de calma casi ininterrumpida.

Aunque el sol se había ocultado hacía algunas horas, parecía haber dejado tras de sí un rastro de luz, ya que en el firmamento la oscuridad no era absoluta. Una confusa claridad, una incomprensible transparencia imperaba en el cielo y se proyectaba en las aguas del océano, lo que permitía a los marineros de cuarto ver a gran distancia.

En algunas zonas las aguas parecían llamear. Desde las profundidades del mar subían las medusas en numerosas cantidades y las soberbias anémonas abrían y extendían sus rutilantes corolas rosadas, blancas, azules, amarillas y violáceas, haciendo ondular blandamente sus brillantes franjas.

Entre aquellas oleadas de luz submarina irrumpían de vez en cuando enormes monstruos que sembraban el espanto y la confusión en aquellos organismos.

En ocasiones eran charcharios, temibles y siempre voraces tiburones; otras, grandiosos calamares con pico de papagayo, ojos glaucos de fija mirada y tentáculos llenos de ventosas; otras veces, una masa de tamaño descomunal aparecía en la superficie, arrojaba a las alturas chorros llameantes y caía de nuevo con un golpe sordo y profundo.

Era un ballenato de dorso negro y verduzco, de unos quince metros de longitud. Este cetáceo es bastante común en los mares tropicales, a pesar de la sañuda persecución de que es objeto por los barcos balleneros.

A pesar de que el día había resultado bastante fatigoso y el buque, al menos aparentemente, no debía de correr ningún peligro, Sandokán y Yáñez no se fueron a la cama. No era ciertamente por disfrutar de aquella deliciosa noche, ni para extasiarse con los fulgores de las anémonas, espectáculo de sobra bien conocido por los marineros de los mares de las islas malayas.

Un oculto temor les hacía continuar sobre el puente. Paseaban de un lado a otro con cierta excitación, deteniéndose con frecuencia para dirigir la vista en dirección a poniente.

Aquel humo los inquietaba en gran manera, ya que temían que se tratara de un buque destacado de alguna flotilla.

—¿Has observado algo? —preguntó Yáñez a Sandokán hacia la medianoche, viéndole detenerse por enésima vez y enfocar su catalejo hacia el oeste.

—Aseguraría que hace unos minutos vi el brillo de un punto blanco muy luminoso hacia donde desapareció la columna de humo —respondió pensativo el Tigre.

—¿Sería el farol del trinquete de ese buque, o tal vez una estrella?

—No, Yáñez; ninguna de esas dos cosas.

—¿Piensas que la flota de Labuán no va en nuestra persecución? Ten la certeza de que tras nuestra declaración de guerra no estará descansando en el puerto de Victoria. Con la rapidez a que podemos avanzar, resultará fácil dejarla atrás.

—Pero el carbón se nos terminará enseguida —adujo Sandokán—; las carboneras de nuestro barco están medio vacías.

—Las llenaremos con el que tiene el rajá.

—Si logramos alcanzar la boca del Sarawak.

—¿Qué es lo que temes?

Sandokán no contestó. Continuaba mirando hacia el horizonte. De repente, bajó el catalejo.

—¡Un relámpago! —exclamó.

—¿Hacia dónde, Sandokán?

—Ha brillado en la dirección en que marchaba aquel buque. Pero creo que más bien ha sido una descarga eléctrica.

—Sí, señor —aseveró el norteamericano Horward, que había salido un instante de la sala de máquinas—. Yo también la he visto.

—¿Así que ese buque está intercambiando señales con otro? —preguntó Yáñez.

—Me temo que así sea —respondió Sandokán—. Por fortuna, el horizonte está bastante despejado y pronto podremos divisar a nuestro adversario. Señor Horward, haga el favor de ordenar que se fuerce la marcha hasta catorce nudos. Tengo interés en averiguar quién es el que puede navegar con nosotros.

Acababa de dar aquella orden al norteamericano cuando se vio brillar una nueva ráfaga en la misma dirección de antes. Una lámpara eléctrica muy potente había lanzado sobre el océano un haz luminoso y muy amplio.

Poco después, una sutilísima columna de humo se alzaba en el horizonte.

—¡Un cohete! —exclamó Yáñez—. Son dos barcos que se hacen señales y uno de ellos será seguramente el que huyó al aproximarnos nosotros. Está indicando el derrotero que llevamos.

—Señor Sandokán —dijo el norteamericano—, si no me equivoco, veo avanzar por el océano un punto negro. Ahora cruza una zona de agua brillante.

—¡Un punto…! En tal caso, no puede tratarse de un buque.

—Y, según parece, avanza con una rapidez sorprendente.

—¿Puede ser una chalupa de vapor?

Miró de nuevo con el catalejo, manteniéndolo en posición horizontal. El punto negro, que se hacía más grande por momentos, había cruzado ya la zona donde las aguas resplandecían, confundiéndose ahora con el oscuro color del océano; pero pronto llegaría a otra masa de millares de nautilos, anémonas y medusas.

—Creo que es una gran chalupa de vapor —anunció Sandokán—, y no dista más de unos dos mil metros. ¡La mandaremos a hacer compañía a las medusas! ¡Nostramo Sloher!

LOS SECRETOS DE SIR MORELAND

Un veterano cabo artillero, de barba larga y canosa y anchas espaldas, se acercó, avanzando con ese balanceo característico en los viejos lobos de mar.

—El capitán a quien adquirimos este buque me aseguró que eres un magnífico artillero —empezó Sandokán, mientras el nostramo se quitaba de la boca un trozo de cigarro que estaba masticando y saludaba con toda seriedad.

—Mis ojos todavía están en buenas condiciones, capitán —repuso el viejo.

—¿Crees que podrías alcanzar con un proyectil a ese entrometido que intenta aproximarse? Si le das y le hundes, tendrás cien dólares de recompensa.

—Solo pido, capitán, que ordene detenerse al *Rey del Mar* durante unos cinco minutos.

—Y yo te pido que realices un tiro magistral.

—¡Lo intentaremos, capitán!

El punto negro, transformado ya en una silueta bien fácil de distinguir, se hallaba en aquel momento en la segunda zona resplandeciente.

—¿Lo ves? —inquirió Sandokán.

—Será una de esas máquinas que han inventado mis compatriotas y que llevan un torpedo sujeto al asta —repuso el anciano—. Si logran acercarse, son muy peligrosos.

—¡A tu puesto!

Yáñez había ordenado retroceder.

El *Rey del Mar* avanzó aún unos doscientos metros, aunque la hélice funcionaba en sentido inverso al de antes. Pronto se detuvo y permaneció en absoluta inmovilidad, ya que el océano estaba como una balsa.

El cabo artillero se había situado tras una de las piezas de grueso calibre.

En la toldilla del barco reinaba un profundo silencio. Todos aguardaban el disparo ansiosos y tenían la mirada fija en la chalupa, que avanzaba a toda marcha por la zona fosforescente intentando aproximarse al crucero sin ser vista.

De improviso quebró el silencio un grito que surgió de la torre:

—¡Rápido!

La chalupa de vapor se hallaba en aquel instante a unos mil quinientos metros de distancia del *Rey del Mar*. Su casco negro se perfilaba claramente en la brillante superficie del agua.

Retumbó una detonación y un relámpago alumbró la profunda oscuridad de la noche.

Durante unos momentos se oyó en el aire un silbido ronco, que fue debilitándose rápidamente. El proyectil, bastante potente, se alejaba rozando las olas.

Súbitamente sonó un nuevo estampido a gran distancia. De la lancha torpedera se elevó una llamarada, acompañada de una miríada de chispas.

Casi se extinguió al mismo tiempo la fosforescencia. Los nautilos, las medusas y las anémonas, espantados por aquel tremendo estampido, se desvanecieron rápidamente en las misteriosas profundidades marinas.

—¡Alcanzada! —exclamó Sandokán.

Un triunfal griterío estalló a bordo del crucero. El veterano artillero se dirigió con una expresión de alegría en la cara hacia Sandokán:

—Capitán —dijo—, me he ganado los cien dólares.

—¡No! ¡Doscientos! —repuso el Tigre de Malasia.

Pero, de repente, avanzó unos pasos exclamando:

—¡Debí suponerlo! ¡Está bien! ¡Os haré correr!

Unos cuantos puntos luminosos, casi imperceptibles, surgieron en el horizonte un instante después de que los organismos fosforescentes se hubieran sumergido.

No parecían estrellas a los ojos de aquellos marineros encanecidos sobre el océano, sino faroles de buque; posiblemente, barcos de guerra lanzados en persecución del *Rey del Mar*.

—¿Se tratará de la escuadra del rajá o de la de Labuán? —preguntó Yáñez.

—Creo que esos buques vienen del septentrión —replicó Sandokán—. Apostaría cualquier cosa a que la flota inglesa intenta unirse a la de Sarawak. Alguien les ha debido de comunicar que estamos merodeando por estos mares y se lanzan en nuestra persecución.

—Eso da al traste con nuestros proyectos.

—Es cierto, Yáñez, porque nos veremos obligados a huir hacia el norte. El *Rey del Mar* es potente, pero no tanto como para enfrentarse a toda una escuadra.

—¿Qué pretendes hacer?

—Dejar para otro momento más oportuno la destrucción de los depósitos de carbón de Sarawak y remontar hasta el cabo Taniong-Datu para buscar al *Marianne* y después dedicarnos a entorpecer el tráfico marítimo antes de proveernos de combustible en Monzalm. En cuanto la flota vaya a buscarnos a las proximidades de Labuán, regresaremos para saldar cuentas con el rajá y con el hijo de Suyodhana.

—¡Naciste gran almirante! —comentó Yáñez con una risa.

—¿Estás de acuerdo con mi plan?

—Totalmente. ¿Y el *Marianne*?

—Haremos que nos aguarde en la boca del Redjang y daremos orden de que provean bien de armas a nuestros amigos dayakos.

—¡Ahora, avancemos a toda máquina! ¡Los barcos se acercan!

—¡Señor Horward! —ordenó Sandokán—. ¡A toda máquina!

—Iremos a marchas forzadas, capitán —repuso el norteamericano.

El *Rey del Mar* había vuelto a emprender su carrera. Toneladas de carbón fueron arrojadas en sus hornos y las máquinas empezaron a funcionar de una manera furiosa, imprimiendo al casco un sonoro temblor.

Todos estaban en cubierta, incluso Damna y Surama. En cualquier momento el crucero podría encontrarse con algún barco mandado para explorar hacia levante y todos querían estar preparados para la lucha.

No obstante, en aquella dirección no se distinguía ninguna luz.

Sandokán, Yáñez y Tremal-Naik, de pie sobre el puente de mando, examinaban detenidamente los puntos luminosos, que parecían haber cambiado de posición. Se debía a que los comandantes de los barcos ingleses, al ver que el buque corsario huía hacia el norte, habían cambiado su rumbo a fin de capturarlo.

Pero la distancia entre los barcos, en vez de disminuir, aumentaba, y aunque los buques forzaban la máquina no podían competir con el corsario. Tras una desenfrenada carrera que duró más de una hora, los puntos luminosos empezaron a perderse en el horizonte.

—Me parece que ya es hora de que retomemos nuestra ruta hacia el norte —dijo Sandokán a Yáñez—. Los ingleses seguirán siempre hacia el norte.

Ordenó que fueran apagadas todas las luces, y el *Rey del Mar*, tras describir una amplia curva, tomó otra vez la dirección norte.

La maniobra resultó un éxito, ya que durante algunos minutos se vieron brillar los faroles de los buques adversarios a lo lejos en el horizonte hasta que finalmene desaparecieron.

—¡Vamos! —dijo Yáñez en tono alegre—. ¡Todo marcha perfectamente! ¡Creo que podemos ir a dormir unas cuantas horas! ¡Bien nos hemos ganado este corto reposo!

Al amanecer, el mar estaba totalmente desierto. No se distinguía más que a las aves marinas revoloteando por encima del oleaje que removía la brisa de la mañana.

El *Rey del Mar* había aminorado su marcha a ocho nudos. A cada momento que pasaba, el combustible se tornaba más preciado.

Sandokán subió a cubierta cuando salían los primeros rayos del sol. Aún estaba algo preocupado, aunque no tenía duda del feliz resultado conseguido por la maniobra de la noche anterior.

—Los hemos burlado perfectamente —dijo a Yáñez, que junto a Damna se había reunido con él—. Alcanzaremos el cabo Taniong sin haber tenido un mal tropiezo. Por cierto, ¿qué pensaría sir Moreland del cañonazo que disparamos anoche?

—Me dijo el doctor Held que se había sentido muy inquieto por temor a que hubiéramos hundido algún buque —repuso Yáñez.

—Vamos a verle.

—¿Me permiten que vaya yo también con ustedes? —preguntó Damna.

—No veo el menor inconveniente —replicó Yáñez—. Al contrario, estará muy contento de ver a su hermosa prisionera. ¡Ven, pequeña! Esta visita ha de alegrarle mucho… y a ti también —añadió por lo bajo, acercándose a la muchacha.

Cuando entraron en el camarote sir Moreland ya se había despertado y estaba conversando con el médico.

Al ver a Damna, que iba detrás de Sandokán y Yáñez, la mirada del angloindio se animó extraordinariamente y por un momento no fue capaz de apartar los ojos de la joven.

—¡Usted, señorita! —exclamó—. ¡Qué dichoso me siento de volver a verla!

—¿Qué tal se encuentra, sir Moreland? —preguntó Damna ruborizándose.

—¡Oh! La herida va cicatrizando muy deprisa, ¿no es cierto, doctor?

—De aquí a ocho o diez días se habrá cerrado por completo —repuso el norteamericano—. Es una curación realmente asombrosa.

—Me habría gustado mucho más no verle herido, sir Moreland —dijo Damna.

—En tal caso no me vería usted en este lugar —repuso el angloindio—. Me hubiera dejado hundir con mi barco, junto a la bandera de mi patria.

—Me complace mucho que hayan podido salvarle de la muerte.

El joven capitán la contempló con una sonrisa y luego dijo:

—Muchas gracias, señorita, pero…

—Pero ¿qué? ¿Qué pretende usted decir, sir Moreland?

—Que me encontraría más satisfecho de haber podido salvar también mi barco y a mis marineros. ¡No esperaba, señorita, ser vencido por sus protectores de una manera tan terrible! ¡Y, no obstante, puede usted creerme si le digo que no lamento mi prisión!

—Sir Moreland —dijo Sandokán—, ¿no sabía usted que esta noche por poco nos cogen desprevenidos los barcos ingleses?

—¿La flotilla de Labuán? —preguntó con acento excitado el herido.

—Supongo que se trataba de ella, pero conseguimos burlarla y evitar fácilmente el peligro.

—No piense usted que siempre va a tener tanta suerte… —dijo el angloindio—. Cualquier día, el menos pensado, se hallará frente a un hombre que no le dará cuartel.

—¿Se refiere usted al hijo de Suyodhana? —preguntó Sandokán.

—No puedo explicarle más. Es un secreto que no puedo desvelar —replicó el angloindio.

—No puede ser otro que él —adujo Yáñez—, aunque haya asegurado usted que nada sabe acerca de ese terco y enigmático enemigo.

Sir Moreland no parecía haber escuchado a Yáñez. Contemplaba a Damna con expresión angustiada.

Sandokán, Yáñez y la muchacha permanecieron conversando aún unos cuantos minutos en el camarote, intercambiando algunas palabras con el médico.

Antes de que la muchacha se marchara, sir Moreland le dijo, mirándola con expresión triste:

—Señorita, confío en volver a verla y en que no me considerará usted siempre un enemigo.

En cuanto la muchacha hubo salido, el angloindio permaneció durante mucho rato sentado, mirando fijamente la puerta del camarote y con los brazos cruzados sobre el pecho con aspecto meditabundo. Después dijo al médico lanzando un profundo suspiro:

—¡Qué cosa tan penosa es la guerra! ¡Hace nacer el odio hasta entre corazones que podrían latir a la vez, animados por un mismo sentimiento!

—Y el de usted habría latido mucho, ¿no es cierto, sir Moreland? —dijo el norteamericano con una sonrisa.

—¡Sí, doctor! ¡Lo reconozco!

—Por la señorita Damna, ¿verdad?

—¿Por qué habría de negarlo?

—Es una muchacha muy linda y muy valerosa, digna de su padre y de usted.

—¡Y que jamás será mía! —exclamó sir Moreland con extraña entonación—. ¡El destino se ha interpuesto entre ambos, sin que de ello seamos ninguno culpable, un abismo que nada conseguirá salvar!

—¿Por qué razón? —preguntó el doctor Held, extrañado por el tono con que se había expresado el herido y en el que parecía advertirse una gran angustia e intenso odio—. Estos hombres son enemigos del rajá y de los ingleses; no de usted.

Sir Moreland examinó al norteamericano sin responderle. Pero la expresión de su rostro era tan fiera que le llamó en gran manera la atención.

—Parece ser que en su vida hay un gran secreto —dijo el norteamericano.

—¡Reniego del destino: eso es todo! —repuso con sorda voz el joven—. Doctor, ¿hacia dónde nos lleva el comandante?

—Por el momento vamos hacia el noroeste.

—¿Hacia Sarawak? ¿Me dejará en tierra?

—¿Lo lamentaría usted?

—Tal vez sí.

—¿Por alejarse de la señorita Damna?

—Por otras razones peores —le contestó el angloindio.

—¿Cuáles, si mi pregunta no es indiscreta?

—El rajá me mandará a luchar otra vez contra ustedes y posiblemente me estará destinado asestarle un golpe definitivo y hundir a la mujer a quien amo —repuso sir Moreland.

—Ese día puede estar aún muy lejano.

—Yo opino lo contrario, ya que el buque de ustedes no va a navegar indefinidamente, y no siempre hallará la manera de proveerse de víveres, municiones y carbón, y más todavía no teniendo un puerto amigo.

—¡Sir, el océano es grandioso!

—Es cierto. Pero cuando diez o veinte naves los rodeen en un círculo de hierro, ¿qué pasará? Admiro la osadía de esos piratas de Malasia, como admiro su buque, una obra perfecta de la ingeniería naval. Pero déjeme que dude del feliz resultado de la incursión que están llevando a cabo. No voy a negar que pueden causar graves pérdidas a la marina mercante inglesa y grandes preocupaciones al rajá, siendo como es el *Rey del Mar* el buque más veloz que seguramente haya, además del mejor armado. Pero esta situación no durará mucho.

—Estos terribles corsarios, sir Moreland, no confían en mantener a raya durante demasiado tiempo a la flota inglesa. Conocen el fin que los espera y no ignoran que el día menos pensado sus cadáveres irán a descansar el sueño eterno bajo las tenebrosas profundidades marinas o en el fondo de cualquier sima.

—¿Y la señorita Damna tiene también esa certeza? —inquirió con un estremecimiento el angloindio.

—Imagino que sí, sir Moreland.

—¡Ah! ¡No! ¡Entonces, hágala desembarcar! ¡Sálvela!

—No es posible. Aquí luchan su padre y sus protectores, a quienes, según creo, les debe la vida, y no los dejará —repuso el norteamericano.

Sir Moreland se pasó la mano por la frente y comentó, como si hablase consigo mismo:

—¡Mejor sería que las escuadras nos hundieran a todos! ¡Al menos acabaríamos de una vez por todas y no escucharía más el grito de la sangre que exige venganza!

POR EL MAR DE LA SONDA

Seis días más tarde el *Rey del Mar*, que había estado navegando a escasa velocidad durante todo el tiempo con el fin de ahorrar el valioso combustible, llegaba al cabo Taniong-Datu, amplio promontorio que cierra por poniente el golfo o, para ser más exactos, el mar de Sarawak.

El *Marianne* ya se hallaba allí, oculto en una pequeña ensenada protegida por altísimas escolleras que tornaban invisible el barco para quienes pasaban de largo.

Lo mandaba uno de los más veteranos de Mompracem, que había intervenido en todas las aventuras del Tigre de Malasia y de Yáñez; un hombre muy leal y de un sorprendente valor como guerrero y como marino. Según las órdenes recibidas, llevaba un buen cargamento de armas y municiones para avituallar al *Rey del Mar* en el caso de que las necesitara. Pero en lo que se refería al combustible, difícilmente pudo reunir unas treinta toneladas, ya que a raíz de la declaración de guerra de Sandokán los ingleses de Labuán habían monopolizado todo el carbón que existía en Brunei, capital del sultanato de Borneo.

Aquella cantidad de carbón casi no alcanzaría ni para dos días, aun navegando muy lentamente. Con todo, se embarcó inmediatamente en las carboneras.

Ante el temor a que los persiguieran, Sandokán se dio prisa en dar las últimas instrucciones al comandante del *Marianne*. Tenía que dirigirse sin la menor vacilación a Sedang, subir por el río hasta la ciudad del mismo nombre, simulando que se trataba de una pacífica embarcación mercantil de bandera holandesa, y allí entrevistarse con los jefes de los dayakos que intervinieron en la expulsión de James Brooke, tío del actual rajá; proporcionarles armas y municiones, iniciar la guerra sin cuartel en las fronteras del Estado y, después, esperar al *Rey del Mar* en la embocadura del río.

Algunas horas más tarde, mientras el *Marianne* se preparaba para hacerse a la vela, el crucero se alejaba de Taniong-Datu para proseguir su viaje a marcha moderada hacia el noroeste. Su objetivo era ir a Mangalum para proveerse en abundancia en aquel depósito carbonífero, destinado a los buques que realizan la travesía directa por los mares de China.

Después de siete días navegando siempre con mucha lentitud, para no hallarse sin carbón en el caso de un encuentro con algunas de las flotas enemigas, el *Rey del Mar*, que de continuo se mantenía bastante distante de las costas, cruzaba a través del banco de Vernon. Aquel mismo día sir Moreland, ayudado por el médico, apareció por primera vez sobre el puente.

Aún estaba en extremo pálido y débil. Pero la herida había cicatrizado casi totalmente, gracias a su fuerte constitución y a los continuos cuidados del norteamericano.

Era una magnífica mañana, no muy calurosa. Del sur llegaba un aire fresco que rizaba la extensa superficie del mar de la Sonda y que murmuraba suavemente entre las escotillas y el cordaje metálico del crucero.

Numerosos pájaros, en su mayoría pedreros, aves marinas de sorprendente agilidad y vuelo muy ligero, revoloteaban por encima del barco junto a los *Phoebetrie fuliginoso*, los más pequeños de la familia de los diomedeos, acosando a los peces voladores que las insaciables doradas expulsaban de su elemento natural, forzándolos a volar un buen trecho por encima de las olas para librarse de su voracidad.

Al ver aparecer al angloindio apoyándose en el brazo del doctor, Yáñez, que hasta entonces había estado paseando por el puente con Surama, fue al momento a su encuentro.

—¡Vaya, veo que ya está usted recuperado! —exclamó—. ¡Crea que me complace mucho que así sea! ¡A los hombres de mar les sienta mucho mejor el aire libre del puente que el del camarote!

—Sí, señor Yáñez. Ya me encuentro bien, gracias a los cuidados y atenciones de este buen doctor —repuso el capitán.

—A partir de este instante considérese usted no como un detenido nuestro, sino como un convidado. Está usted en libertad para hacer lo que se le antoje. Para usted no hay secretos en nuestro buque.

—¿Y no siente temor de que pueda aprovecharme de su generosidad?

—No, ya que le considero a usted un caballero.

—Debería pensar que cualquier día nos enfrentaremos como grandes enemigos.

—Llegado ese momento, lucharemos lealmente.

—¡Eso, desde luego que sí, señor Yáñez! —convino sir Moreland con cierta acritud.

Tras decir esto, contemplar el mar durante un buen rato y aspirar anhelante el aire marino, dijo:

—Hemos salido de la zona cálida. Este aire es del norte. ¿Dónde nos encontramos, si no hay ningún motivo para ocultármelo?

—A mucha distancia de Sarawak.

—¿Están escapando de la zona que frecuentan los buques del rajá?

—De momento, sí, ya que tenemos que avituallarnos.

—¿Así que tienen ustedes puertos amigos?

—En realidad no. A nosotros nos basta con los de los enemigos para avituallarnos —repuso con una sonrisa el portugués—. Sir Moreland, considérese libre para moverse por el barco y respirar este magnífico aire.

El angloindio hizo una ligera reverencia para dar las gracias y subió a la toldilla de la cámara, donde había visto a Damna sentada en una mecedora colocada bajo el toldo extendido a la altura de las guías.

La joven simulaba leer un libro. Sin embargo, no había dejado de mirar ni por un instante al capitán a través de sus largas pestañas.

—Señorita Damna —empezó sir Moreland aproximándose hacia la muchacha—, ¿me permite que me siente junto a usted?

—Le esperaba —respondió la hija de Tremal-Naik ruborizándose ligeramente—. Se encontrará mejor en este lugar que en el camarote. Allí hace calor.

El doctor Held ofreció una silla al enfermo, encendió un cigarro y se dirigió hacia donde se hallaba Yáñez, que con Surama se entretenía mirando los brincos de los desdichados peces voladores, acosados en el mar por las doradas y en el aire por los pájaros marinos. El angloindio permaneció silencioso durante un rato contemplando a la joven, en aquel momento más bella que nunca. Finalmente, dijo en un tono en el que se advertía una extraña vibración:

—¡Qué dicha encontrarme aquí después de tantos días de encierro y, además, junto a usted, cuando ya suponía no iba a volver a verla después de su huida de Redjang! ¡Realmente se burló usted de mí, señorita!

—¿No me guarda rencor, sir Moreland, por haberle engañado?

—En absoluto, señorita. Tenía usted derecho a emplear cualquier artimaña para recobrar su libertad. No obstante, hubiera preferido conservarla prisionera.

—¿Por qué razón?

—No lo sé. Me sentía dichoso cerca de usted.

El capitán lanzó un profundo suspiro y luego dijo con tono triste:

—¡Y, no obstante, el destino me obligará a olvidarla!

—Sí, sir Moreland. Será necesario doblegarse ante la adversidad del destino.

—Todavía no estoy seguro —contestó el capitán— de lo que haré para deshacer los decretos del hado.

—Recuerde usted que entre nosotros siempre está la guerra y que esta nos separará para siempre. ¿Cuál sería la opinión de mi padre, de Yáñez y de Sandokán si se enterasen de que consentía en dar mi mano a uno de sus enemigos? ¿Y qué diría su gente, cuyo odio hacia nosotros es incluso más intenso, más feroz, más despiadado? ¿Ha pensado todo eso, sir Moreland? Usted, uno de los mejores oficiales de la marina del rajá, a quien su país ha armado para eliminarnos sin compasión, ¿podría contraer matrimonio con la protegida de los piratas de Mompracem? Ya ve usted que no es posible, es una quimera que jamás se convertirá en realidad, ya que el abismo que nos separa es en exceso profundo.

—Nuestro amor llenaría ese abismo, pues el amor no conoce fronteras.

—Desearía que así fuese —dijo Damna en tono triste—. Sir Moreland, olvídese de mí. El día que se encuentre usted libre, olvídeme. Vuelva al mar y aténgase a su deber, que le obliga a exterminarnos. Olvide que en este buque hay una mujer a la que ha querido, y sin piedad haga tronar los cañones contra nosotros y húndanos o háganos saltar por los aires. Nuestro destino está escrito con letras de sangre en el gran libro de la vida y todos estamos decididos a afrontarlo.

—¡Yo, matarla a usted! —exclamó el angloindio—. ¡A todos los demás sí, pero a usted no!

Las palabras «los demás» fueron pronunciadas en un tono de tal odio, que Damna le contempló con terror.

—¡Diríase que tiene usted ocultos rencores contra Yáñez y Sandokán y, además, contra mi padre!

Sir Moreland se mordió los labios, como si se arrepintiese de haber dicho aquellas palabras, y repuso al momento:

—Un capitán no puede perdonar a quienes le han vencido y hundido su barco. Yo estoy deshonrado y necesito vengarme en cuanto me sea posible.

—¿Y los ahogaría usted a todos? —preguntó Damna horrorizada.

—¡Hubiera preferido irme al fondo con mi barco! —exclamó el capitán eludiendo la pregunta de la muchacha—. ¡No escucharía de nuevo ese espantoso grito que me persigue!

—¿Qué dice usted, sir Moreland?

—¡Nada! —repuso el angloindio con voz ronca—. ¡Nada, señorita Damna! ¡Divagaba!

Se incorporó y empezó a pasear con excitación, como si ya no experimentase los dolores que debía de ocasionarle la herida, aún no cicatrizada del todo.

El doctor Held se hallaba cerca y, al verle tan excitado, se dirigió hacia él.

—¡No, sir Moreland! —advirtió—. Estos esfuerzos pueden acarrear graves consecuencias, y por el momento le prohíbo que los realice. ¡Aún poseo autoridad sobre usted! ¡No se desboque!

—¿Qué importa que se abra de nuevo la herida? —exclamó el angloindio—. ¡Quisiera que la vida se me fuera por ella! ¡Así, al menos, todo terminaría!

—No se queje usted de que le hayamos salvado, sir —dijo el médico tomándole del brazo y llevándoselo hacia la cámara—. ¿Quién puede afirmar lo que el futuro le tiene reservado?

—¡Amarguras, solamente amarguras! —repuso el capitán entristecido.

—No obstante, ayer parecía hallarse satisfecho de estar todavía con vida.

El angloindio no dijo nada y se dejó acompañar al camarote, ya que el viento había refrescado mucho.

El *Rey del Mar* proseguía su rumbo hacia el nordeste, manteniendo siempre una velocidad de siete nudos.

A mediodía Yáñez y Sandokán tomaron la altura y vieron que hasta Mangalum había una distancia de ciento cincuenta millas, un trecho que podía salvarse en algo más de veinticuatro horas sin tener que acelerar la marcha.

Los dos deseaban llegar cuanto antes, ya que el tiempo tenía trazas de estropearse, a pesar de haber amanecido un día espléndido.

Hacia el sur surgieron unos cirros de color blanquecino, que se iban extendiendo y avanzando poco a poco. Eran la vanguardia de nubes mucho más espesas, y a ambos piratas no les gustaba la idea de dejarse sorprender por un huracán en aquellos lugares en los que abundaban los bancos y los escollos aislados.

De hecho, el mar de la Sonda, tan abierto a los vientos fríos del sur y del oeste, es uno de los peores para los navegantes, ya que en él se forman olas de tal tamaño que ni en el mismo océano Pacífico pueden verse tan gigantescas.

Por otra parte, Mangalum no podía ofrecer cobijo seguro a un buque de mucho tonelaje, pues solamente contaba con una ensenada muy reducida, accesible solo a los praos.

No tardaron en confirmarse los temores de los dos veteranos lobos de mar.

Por la tarde el sol se desvaneció entre un denso velo de vapores de oscurísimo color y la brisa se había transformado en viento fuerte y bastante fresco.

La calma que hasta entonces había reinado en el mar se estaba alterando. De vez en cuando, extensas oleadas del sur chocaban contra el crucero bramando sordamente y lo levantaban con una brusca sacudida.

—Mañana el mar estará muy agitado —comentó Yáñez dirigiéndose al doctor Held, que de nuevo se encontraba en cubierta—. Si estalla el huracán, el *Rey del Mar* va a danzar de una manera terrible. Ya he realizado una travesía por estos lugares y conozco lo espantosos que son cuando soplan los vientos del sur y del oeste.

—He oído decir que se levantan olas realmente espeluznantes, ¿no es cierto, señor Yáñez?

—De quince metros, y en ocasiones llegan a una altura de dieciocho. Es un espectáculo terrible.

—Pero Mangalum no debe de encontrarse muy lejos.

—Es necesario rodear la isla y alejarse de ella, mi apreciado señor Held. Mangalum no es sino un simple escollo, y los dos islotes que la flanquean, dos puntas rocosas.

—Pues no debe de ser una vida muy agradable la de sus moradores.

—Y, no obstante, no parece que estén descontentos de su tierra, a pesar de que se encuentren poco menos que aislados del resto del mundo, ya que solo ven de vez en cuando algún que otro buque que va a repostar carbón. Tan escasos son los barcos que entran en la ensenada de Mangalum, que los depósitos de combustible solamente se renuevan cada dos o tres años.

—Aseguran que es la colonia más pequeña que existe en el mundo.

—Es cierto, doctor. Su población no supera los cien habitantes. El año pasado no eran más que noventa y nueve. Sin embargo, hace años llegaban a los doscientos veinticinco habitantes.

—¿Por qué ha disminuido de esa manera?

—Como resultado de un imponente huracán cuyas enormes olas arrasaron la isla, destruyendo numerosos edificios y arrastrando consigo a muchos isleños.

—¿Y por qué los supervivientes no abandonaron la isla?

—Porque, a pesar de lo ingrato y poco seguro del suelo, quieren su tierra, aparte de que en ningún otro sitio podrían disfrutar de la libertad que tienen en la isla. A pesar de pertenecer a varias razas, ya que hay ingleses, norteamericanos, malayos, burgueses de Madagascar y chinos, viven en absoluta armonía y bajo un régimen de completa igualdad. Se puede afirmar que esos isleños han resuelto a su modo el eterno problema social, ya que practican algo parecido al comunismo. Su jefe es el morador más antiguo de la isla y sus poderes son extraordinarios. Trabajan para la comunidad, se educan unos a otros y desconocen el valor de la moneda, que para ellos es simplemente una curiosidad. Incluso las mujeres, que son más numerosas que los hombres, realizan faenas masculinas para evitar el peligro que podría representar que se desequilibrara la producción y el consumo.

—¡Parece ser una isla magnífica! —exclamó el doctor.

—En cierto aspecto, es sorprendente, sin duda —asintió Yáñez.

—¿Hace mucho que está poblada?

—Desde mil ochocientos diez. Antes solo estaba habitada por grandes bandadas de pájaros marinos. Un desertor inglés llamado Granvil fue el primero que, junto a otro compañero suyo y un norteamericano, llegó a esta isla. Como era más fuerte que sus compañeros, se proclamó rey de Mangalum y de los dos islotes próximos. No obstante, la realeza que había decretado no le sirvió de mucho, porque cuando en mil ochocientos dieciocho los ingleses enviaron un barco para conquistar la isla, únicamente vivía en ella el norteamericano. Este tenía en su poder grandes cantidades de oro, que de nada servían en aquellas rocas y que en su país le hubieran procurado grandes satisfacciones. Pero, al ser invitado para regresar a Norteamérica, se negó en redondo. Paulatinamente fueron desembarcando malayos, burgueses e ingleses. En mil ochocientos setenta y cinco la población aumentó de improviso cuando un corsario yanqui, que durante la guerra de Secesión había capturado cuarenta prisioneros, los hizo desembarcar en la isla. Con el aumento de población la vida de los naturales de la isla se volvió muy dura, puesto que el barco corsario había olvidado dejar provisiones. Sin embargo, la colonia prosperó. Posiblemente ahora el señor Griell, que es en este momento el gobernador de la isla, tenga bajo su mando a más de cien administrados.

—¡Un cacique!

—Que gobierna bien su reino, en especial desde que recibió la visita de la flota inglesa de China, que le invistió con el cargo máximo por orden de la reina de Inglaterra.

—¡Habría que ver los honores que se tributaron al almirante…!

—No, señor Held. Los honores los hizo el propio almirante de la flota, que ofreció a la comunidad un banquete descomunal, que todavía recuerdan con gran contento los comilones de la isla. Y al banquete siguieron infinidad de obsequios, entre los que hay que citar una bandera inglesa, que Griell conserva como si de un tesoro se tratase.

—Tengo gran interés en ver ese pequeño reino. Supongo que seremos bien acogidos —dijo el doctor.

—No estoy muy seguro —repuso Yáñez—, ya que esos isleños no querrán ver disminuida su provisión de combustible, pues lo consumen en gran cantidad. No obstante, conseguiremos apaciguarlos, teniendo como tenemos argumentos convincentes. Estamos en guerra, y se la haremos, sin la menor excepción, a todos los súbditos ingleses.

EN LA ISLA DE MANGALUM

Durante toda la noche las olas golpearon con violencia contra los costados del crucero.

El viento había aumentado. Pero no era aún tan fuerte que dificultara la marcha de aquel barco, de magníficas condiciones marineras, a pesar del considerable peso de sus cañones de grueso calibre y de las torres acorazadas.

A la mañana el tiempo se volvió más amenazador. Las olas eran continuas, con las crestas cubiertas de espuma, bramando sordamente y quebrándose con gran fragor en el espolón del buque.

Al cruzar sobre la cresta de las olas, el viento levantaba auténticas cortinas de agua que atravesaban el océano, danzando de una manera desordenada y que, al embestir contra la arboladura y las torres del crucero, se deshacían en lluvia.

Los pájaros marinos, verdaderas aves de los temporales, jugueteaban entre las olas dejándose llevar por el viento y saludando a la tempestad con atronadores gritos.

Los albatros surcaban el aire sobre las olas y al momento se alzaban de improviso, efectuando círculos vertiginosos. Los quebrantahuesos sorteaban las montañas de agua que se formaban sobre el océano, y también se veían revolotear los llamados fragatas.

Pero el *Rey del Mar* hacía frente de una forma extraordinaria a la tempestad, elevándose con soltura sobre las olas que lo asaltaban por la proa y que mugían y bramaban a sus lados.

Sandokán y Yáñez dieron orden a Horward para que avivara el fuego de las calderas a fin de poder llegar a Mangalum antes de que empezara el huracán, ya que en tales circunstancias resultaría muy arriesgado intentar recalar en el puerto.

Por la tarde la tempestad estalló de una manera furiosa, y aún no se distinguía el pico de la isla.

La cautela aconsejaba adentrarse en el mar, ya que así el buque no se exponía a ser lanzado por el viento contra alguna roca.

—Esperemos a que esto se calme antes de aproximarnos a Mangalum —comentó Sandokán—. Aún tenemos carbón para dos días.

El *Rey del Mar* navegaba hacia poniente, ya que en aquella dirección no había bancos ni escollos. La tempestad lo golpeaba en aquel momento con extraordinaria fuerza, imprimiéndole violentas sacudidas.

Todos estaban en cubierta, incluidos Damna y sir Moreland.

Olas como montañas caían sobre el crucero entre atronadores bramidos, entorpeciendo su avance y amenazando con alejarlo a mucha distancia del rumbo que seguía.

—Es una tempestad horrible —dijo sir Moreland a Damna, que se protegía entre la torre de popa y la amura del cofferdam—. Su buque va a tener mucho trabajo para dominarla.

—¿Corre peligro de hundirse? —preguntó la muchacha sin que en su tono pudiera advertirse el menor atisbo de miedo.

—De momento, no, señorita. El *Rey del Mar* es un buque capaz de afrontar cualquier escollo y ninguna ola puede destrozarlo.

—De todas formas, ¡qué olas tan grandes…!

—Enormes, señorita. En estas aguas es donde alcanzan una altura imponente. Retírese; este no es lugar adecuado para usted. Aquí se halla en peligro.

—Si los otros se enfrentan a él, ¿por qué he de escapar yo?

—Son hombres de mar. Retírese, señorita; en este momento

el crucero se prepara para virar de bordo, las olas van a barrer la popa y alguna podría irrumpir en la torre.

—¡Me disgusta tanto no poder contemplar este huracán en el punto culminante de su furia...! ¡Ah...! ¡Qué espectáculo! ¡Fíjese usted, sir Moreland, fíjese qué olas! ¡Parece que nos vayan a envolver y arrastrar al fondo del mar! ¡Aguarde un minuto más!

—¡Cuidado, señorita! ¡Las olas ya barren la popa! ¿Lo ve usted?

El *Rey del Mar*, que hacía desesperados esfuerzos para tomar el largo y cuya hélice con frecuencia emergía fuera del agua, parecía una insignificante cáscara de nuez.

Brincaba sobre aquellas montañas líquidas dando tales bandazos, que hacía pensar que iba a perder la estabilidad en cualquier momento; después caía en el abismo marino, en el que parecía hundirse para siempre.

Los constantes choques de las olas contra el buque azotaban la toldilla con gran riesgo para los marineros, que eran lanzados contra la obra muerta y arrastrados por la violencia del oleaje.

Yáñez y Sandokán contemplaban indiferentes aquella furia de la naturaleza. Cogidos a la balaustrada del puente, serenos, impertérritos, daban las órdenes con voz tan tranquila como de costumbre.

Confiaban demasiado en su buque y no tenían la menor duda de salir indemnes de aquella tormenta.

Se habían tomado todas las medidas para afrontarla.

Redoblaron el personal de máquinas y el del timón; ordenaron reforzar los cabos de las chalupas, amarrar la artillería ligera, afirmar la de grueso calibre y cerrar todas las puertas y escotillas, para que no penetrara en el interior del barco ni una simple gota de agua.

Toda la noche soportó bravamente el *Rey del Mar* la cólera de la tormenta, sin alejarse demasiado de las cercanías de Mangalum; hacia el amanecer el viento amainó y el buque retomó su anterior ruta.

El cielo, no obstante, continuaba mostrándose amenazador y todo hacía suponer que el huracán volvería a desatarse con violencia.

—Démonos prisa para aprovechar estos instantes de calma relativa —dijo Sandokán a Yáñez y a Tremal-Naik—. Las carboneras están casi vacías y resultaría una temeridad dejarse sorprender por otra tempestad tan escasos de combustible.

No debían de hallarse a mucha distancia de la isla, ya que el *Rey del Mar*, manteniéndose aguas adentro por temor a ser lanzado contra aquella tierra o contra los escollos que la circundaban, no se había acercado demasiado a las costas del oeste.

Hacia las diez de la mañana se desvanecieron las masas de vapor que cubrían el cielo y una montaña se perfiló con perfecta claridad en el horizonte.

—¿Se trata de Mangalum? —preguntó Tremal-Naik a Yáñez, que la estaba contemplando con el catalejo.

—Sí —respondió el portugués—. Aceleremos la marcha; vamos a vérnoslas con esos isleños y su insignificante gobernador.

El *Rey del Mar* aumentó la velocidad de la marcha, agotando sus últimas toneladas de carbón y la montaña se veía cada vez mayor. Era una gran ondulación de terreno llena de abundante y verde vegetación, y en su base, en un repliegue de la costa, se distinguía el pequeño puerto.

—De aquí a un par de horas llegaremos —dijo Yáñez al hindú.

El portugués no se había equivocado. Aún no era mediodía cuando el *Rey del Mar* se halló frente a la pequeña ensenada, en cuya playa se veían grupos de chozas y barcas en seco.

—¡Lanzad el escandallo! —ordenó Sandokán—. Veamos si hay bastante agua para poder entrar.

Sambigliong, con varios marineros provistos de sondas, se había dirigido a proa para medir la profundidad del mar en aquella zona, al tiempo que el *Rey del Mar* aminoraba rápidamente su velocidad.

Al ver aparecer aquel imponente buque, los moradores de la isla, en su mayoría de raza blanca, abandonaron al momento sus chozas y, suponiendo que era un barco inglés, se dirigieron a toda prisa a enarbolar en la antena de señales la magnífica bandera que les regaló el almirante del *Mar Amarillo*.

Eran unos cincuenta entre hombres, mujeres y criaturas; los pequeños brincaban alegremente entre los montones de enormes algas que cubrían las orillas de la pequeña bahía, tal vez imaginando que iban a ser obsequiados con un nuevo banquete digno de Gargantúa, como el que les ofreció el almirante inglés.

Tras haber indicado a los timoneles que mantuvieran siempre al *Rey del Mar* a lo largo de la playa, Sandokán mandó botar al agua la chalupa de vapor y el par de balleneras mayores, ya que el oleaje continuaba siendo muy intenso.

—Ya puedo ver el carbón —exclamó.

—Yo, los bueyes que pastan junto a los cercados —repuso el portugués.

—Creo que la carrera que hemos realizado no habrá sido infructuosa —añadió el Tigre de Malasia—. Al menos aquí no parece que vayan a ofrecer mucha resistencia.

En las chalupas habían montado ya treinta malayos armados con fusiles y campilanes; el embarque había sido muy dificultoso a causa del oleaje.

El *Rey del Mar* se colocó de través. A continuación se arrojó una considerable cantidad de aceite bajo el viento y contra viento, consiguiéndose de esta manera obtener una relativa calma.

El agua se serenó un tanto en el trecho comprendido entre el barco y la isla, y el desembarco pudo llevarse a cabo fácilmente.

Por orden de Yáñez, la chalupa de vapor remolcó a las dos balleneras y se dirigió apresuradamente en dirección a la playa, en la que se abría una pequeña cuenca cubierta de algas que daba acceso a otra más ancha y despejada.

Habían salvado la travesía en menos de cinco minutos.

Yáñez, que iba al frente de la expedición, fue el primero en desembarcar entre la reducida población de isleños, y enseguida preguntó por el gobernador.

—Soy yo, señor —contestó un anciano, que lucía un traje de tambor mayor del ejército inglés por la solemnidad de las circunstancias—. Me siento muy dichoso de ver y saludar a un capitán de Su Majestad la reina de Inglaterra.

—Señor gobernador, nosotros no tenemos nada que ver con la reina de Inglaterra —contestó Yáñez, mientras sus hombres desembarcaban y cargaban sus fusiles—. Lo que intento decir es que no soy representante del Imperio británico…

—¿Qué es lo que dice, señor? —inquirió el anciano en tono inquieto.

—Al parecer usted no está al tanto de lo que acontece en el mundo.

—Por aquí no recala más que algún que otro buque, y los almirantes ingleses no han vuelto.

—En tal caso, tengo el disgusto de notificarle que nosotros estamos en guerra con Inglaterra, por cuyo motivo ha de considerarnos como enemigos.

—¿Y han venido para conquistar la isla? —exclamó el gobernador palideciendo—. ¿Quiénes son ustedes? ¿Holandeses, quizá?

—Somos los tigres de Mompracem.

—He oído hablar de ustedes, aunque de manera confusa.

—¡Mucho mejor! Pero puede usted estar tranquilo. No es nuestra intención destituirle y menos todavía conquistar su isla, señor Griell.

—En tal caso, ¿qué es lo que quieren? —inquirió, tembloroso, el gobernador.

—¿Es verdad que los ingleses poseen aquí un pequeño depósito de carbón?

—Sí, señor. Pero nosotros no podemos disponer de él, sino únicamente el gobierno de Gran Bretaña. Por tanto, debe comprender que no puede tocarlo sin haber recibido el consentimiento del almirantazgo.

—Ese consentimiento haré que se lo entreguen más tarde —repuso Yáñez—. Este carbón, que usted es incapaz de defender, es nuestro por derecho de guerra. Y si desea evitar perjuicios, de aquí a una hora exijo que me traigan agua dulce y provisiones; de lo contrario, transcurrido ese tiempo, mi gente arrasará sus moradas y sus plantaciones.

—¡Señor —exclamó el infortunado gobernador—, protesto contra semejante violencia!

—Debería usted protestar contra el almirantazgo, que no ha pensado en mandar a este lugar una flota para protegerlos —dijo Yáñez con sequedad—. ¡Venga! ¡Les espero aquí, con el reloj en la mano! Si no obedece mis órdenes enseguida, actuaré en consecuencia.

—¡Esto es una acción de piratería!

—Llámelo usted como le plazca, me es indiferente. ¡Ya pueden marcharse todos o mis hombres abrirán fuego!

Aquella amenaza, hecha en inglés, obtuvo un resultado instantáneo. Ante el temor a que aquellos temibles piratas descargaran sus armas contra ellos, los isleños se desbandaron al momento para buscar cobijo en sus moradas.

El gobernador, por conservar el prestigio de su dignidad, abandonó el último el punto de reunión y llamó a consejo a tres o cuatro colonos de edad, que debían de ser sin duda los personajes principales de la isla.

Sin preocuparse por aguardar la decisión que el gobernador pudiera tomar, Yáñez se encaminó hacia el depósito de carbón, que se encontraba en el extremo de la ensenada debajo de un enorme cobertizo.

Había amontonadas allí, como mínimo, seiscientas toneladas de carbón, cantidad nada despreciable. Pero su traslado requeriría mucho tiempo.

Regresaron al buque dos chalupas, con el fin de trasladar a tierra otros ochenta hombres de refuerzo, y empezaron las tareas de transporte, a pesar del mal tiempo y de los fuertes aguaceros que caían sin interrupción cada cuarto de hora.

Mientras malayos y dayakos trabajaban a un ritmo febril, Yáñez, que se hallaba sentado bajo el cobertizo, contaba los minutos con el reloj en la mano y con el cigarro entre los labios, resuelto a tomar una enérgica decisión.

Agrupó a su alrededor a una docena de fusileros a los que bastaba una simple orden para saquear las tiendas de los isleños y arrasar sus plantaciones.

Pero no había pasado aún una hora cuando hicieron acto de presencia unos cuantos colonos, que conducían hacia la ensenada unas cincuenta cabras y otras tantas ovejas, animales todos ellos de buena apariencia y magnífica raza, con los cuales se podrían hacer soberbios filetes.

El gobernador, en compañía de sus consejeros, iba al frente de ellos. El desdichado parecía muy entristecido, pero expresaba asimismo el enojo que le dominaba.

—Señor —dijo al llegar donde estaba Yáñez—, me veo obligado a ceder ante la fuerza. Pero presentaré mi queja ante el almirantazgo.

En vez de responderle, el portugués extrajo de su cartera un cheque y se lo entregó.

—¿Qué significa esto? —inquirió con sorpresa el gobernador.

—Es un cheque de quinientas libras esterlinas, que puede usted cobrar o hacer que sea cobrado en Pontianak, donde están nuestros banqueros. Esos animales son administrados por usted y le pagamos su precio; el carbón es del gobierno inglés y nos apoderamos de él. Ahora déjenos en paz y no vuelva a preocuparse de nosotros.

—Habría preferido quedarme con los animales, que nos resultan de mucha más utilidad que su dinero —repuso enojado el gobernador.

Lo más seguro es que, de haber podido, no se habría limitado a decir simplemente aquellas palabras. Pero, al ver cómo los fusileros levantaban sus armas, se retiró con prudencia en compañía de sus consejeros.

Entretanto habían desembarcado más hombres de las chalupas, y como entre el *Rey del Mar* y la costa las aguas estaban bastante tranquilas, ya que el barco se oponía con su masa al choque de las olas, el trabajo de estibar el carbón continuó con gran actividad.

Todos competían en celeridad, ya que, mar adentro, las olas se encrespaban más a cada instante, estrellándose con furia contra los escollos. Tampoco parecía que el tiempo fuera a aclarar, ni mucho menos, y el embarque de aquella masa de carbón exigía muchas horas de trabajo.

Montañas de carbón se amontonaron en las carboneras durante el día y gran parte de la noche. Al día siguiente Tremal-Naik fue a reemplazar a Yáñez. El mar se había apaciguado algo a pesar de que el tiempo continuaba siendo amenazador, y el portugués propuso a sir Moreland hacer un recorrido por uno de los islotes que flanqueaban Mangalum para cazar aves marinas. Surama se encontraba indispuesta como consecuencia del mareo que la dominaba, y preguntó a Damna si deseaba acompañarlos, porque, además, la muchacha era una magnífica cazadora.

Tras haber almorzado, el angloindio, el portugués y la joven, provistos de escopetas, embarcaron en una ballenera de pequeño tamaño y pusieron proa al islote de poniente, que era un gran escollo cuya cima tendría una altura de setecientos u ochocientos pies y que caía a plomo sobre el mar por tres de sus lados.

En los salientes de las rocas se veían revolotear millares de pájaros. La mayoría eran albatros blancos y negros, que aunque habitan juntos en los desiertos islotes, se agrupan según el color de su plumaje. No obstante, no escaseaban otras variadas especies de aves marinas, mucho más sabrosas en el aspecto culinario.

Yáñez gobernaba la chalupa, y en media hora escasa arribaron a la base del escollo y a una playa.

Amarrada la embarcación tras una chalupa de rocas que la protegían de las embestidas de las olas, Damna y ambos cazadores treparon por los lados del enorme peñasco y empezaron a disparar contra las numerosas bandadas de pájaros, que revoloteaban en tan gran cantidad por encima de sus cabezas que en ocasiones tapaban el sol.

Albatros blancos y negros, quebrantahuesos, gavieros y gaviotas caían por docenas en la playa; las restantes aves ni siquiera se preocupaban siquiera en abandonar las elevadas grietas en las que tenían sus nidos.

La cacería se dilató hasta muy cerca de la puesta del sol, con gran alegría de sir Moreland, que era también un soberbio tirador. Pero como la mar era gruesa y soplaba un viento muy fuerte, decidieron iniciar cuanto antes el regreso.

Se disponían a embarcar cuando oyeron la sirena del crucero, que sonaba con insistencia.

—Nos están llamando —observó Yáñez—. Ya han terminado de cargar y el *Rey del Mar* se prepara para zarpar.

Pero de improviso frunció el ceño al contemplar cómo las olas chocaban contra el escollo con extrema violencia.

«¿Habremos cometido un error al retrasarnos tanto? —pensó—. ¡Qué mala mar hace ahora…!»

—Démonos prisa, señor Yáñez —exclamó sir Moreland mirando a Damna con aire inquieto.

—¡Creo que nos va a costar trabajo alcanzar el buque!

La sirena del crucero seguía silbando y podían ver a los marineros haciéndoles señas.

—Parece que nos aconsejan que no salgamos a mar abierto —informó Yáñez—. ¿Estará peor de lo que imaginamos al otro lado de las escolleras? ¡Bah! ¡Intentémoslo!

Cogió los remos e hizo avanzar resueltamente la chalupa hacia la parte exterior de la pequeñísima ensenada. Pero nada más pasar la línea de escollos, una ola imponente, una auténtica montaña de agua, se abatió sobre ellos, y poco faltó para hacerlos naufragar.

En aquel preciso momento vieron que el crucero, embestido por otra ola más enorme aún procedente del sur, salía violentamente impulsado hacia la embocadura de la ensenada de Mangalum. El fuerte golpe de mar debía de haber roto la cadena del ancla.

—¡Señor Yáñez! —exclamó Damna dominada por el terror—. ¡El *Rey del Mar* se aleja!

Nuevas montañas de agua se cernían furiosamente entre la isla y el crucero, a la vez que la noche caía con rapidez.

—Regresemos, señor Yáñez —exclamó sir Moreland—. El crucero se está alejando bastante y...

No acabó la frase. Una grandiosa ola se abatió sobre la chalupa, la volcó y lanzó a sus ocupantes al agua.

Con extraordinaria rapidez, Yáñez se asió al salvavidas que iba amarrado al banco de popa y cogió firmemente a Damna por un brazo.

En cuanto la ola hubo pasado, observó que también el angloindio se había aferrado al otro salvavidas de proa.

—¡Sir Moreland! —gritó—. ¡Venga a ayudarme!

Damna se le había soltado, pero el vestido azul de la muchacha pudo verse a escasa distancia de los dos hombres.

El portugués, que era un magnífico nadador, llegó junto a la joven en un par de brazadas, con el tiempo justo para aferrar el vestido.

—¡Sir, venga a ayudarme! —insistió con voz ahogada.

El capitán parecía de improviso haber recuperado todas sus energías en aquel momento crucial.

Mientras con la mano izquierda asía firmemente el salvavidas, con el brazo derecho sujetó a la muchacha por el cuello, levantándole la cabeza.

—¡Señorita, agárrese! ¡Aquí estamos el señor Yáñez y yo! ¡La salvaremos!

Al sentirse aferrada y suspendida, Damna abrió los ojos. Tenía la palidez de un lirio y su mirada denotaba un indecible espanto.

Al distinguir el salvavidas que el angloindio empujaba hacia ella, se asió a él con inusitado vigor.

—¡Usted, sir…! —exclamó.

—¡Y yo también, Damna! —gritó Yáñez—. ¡No te sueltes! ¡Cuidado! ¡Se nos viene encima otra ola!

—¡Una cuerda! —exclamó el capitán—. ¡Amarre usted el salvavidas!

—¡Mi cinturón! —repuso el portugués—. ¡Usted! ¡Cójalo usted! ¡Cuidado…! ¡La ola…!

El angloindio ató con una celeridad realmente extraordinaria ambos anillos de corcho. Acababa de hacer el nudo cuando se abatió sobre ellos una descomunal ola.

Instintivamente ambos hombres apretaron a la joven contra sí, sujetándola con un brazo.

Se sintieron arrastrados, arrojados a lo alto entre torbellinos de espuma que les impedía ver, y finalmente lanzados a una sima terrible que semejaba no tener fondo.

—¡Señor Yáñez…! ¡Sir Moreland! —exclamó la muchacha—. ¿Qué va a ser de nosotros?

—¡Valor, señorita! —repuso el capitán—. ¡Estamos cerca de la tierra y las olas nos empujan! ¡Ya nos levanta de nuevo otra ola!

—El islote se encuentra delante de nosotros, a menos de quinientos metros —indicó Yáñez—. Sir Moreland, ¿será usted capaz de aguantar?

—Confío en que así sea —contestó el capitán.

—¿Y la herida?

—No se inquiete por ella. Está bien vendada y casi cicatrizada. ¡Otra ola!

Una nueva ola, efectivamente, llegó por debajo de ellos, los levantó a una gran altura y luego los precipitó hacia abajo con extraordinaria rapidez.

—¡Dios mío, qué embestidas…! —exclamó Damna.

—¡No abandone usted el salvavidas! —dijo el capitán—. ¡Nuestra salvación depende de estos anillos de corcho!

—¿Puede verse aún al *Rey del Mar*?

—Ha desaparecido, impulsado por la tormenta —replicó Yáñez—. Pero no temas: Sandokán y Tremal-Naik no nos abandonarán. ¡Aquí está el escollo…! ¿Nos lanzará el mar contra las rocas? Sir Moreland, procure no dejarse arrastrar.

El capitán no respondió. Examinaba el imponente escollo, cuya cima se veía cubierta de nubes tormentosas.

De improviso, lanzó una exclamación de alegría.

—¡La calma, el aceite! —gritó—. ¡Brahma nos protege!

¿Habría enloquecido el angloindio? No; sir Moreland lo había visto perfectamente.

Frente a ellos, las olas se apaciguaban.

Para embarcar el carbón, Sandokán había ordenado arrojar en torno al buque el contenido de algunos barriles de aceite con el objeto de calmar las aguas y facilitar la travesía de las chalupas cargadas con el combustible.

Aquel aceite, impulsado por alguna corriente, se había amontonado delante del terrible escollo, constituyendo una zona brillante de algunos kilómetros de longitud y varios cables de anchura.

Es bien conocida la propiedad de la materia grasa para calmar las olas tempestuosas. Con unos cuantos barriles suele haber bastante para conseguir un cierto apaciguamiento alrededor del buque, pues el aceite tiende a extenderse con facilidad. El que fuera vertido por los tripulantes del *Rey del Mar* en aquellas catorce o quince horas bastó para conseguir cierta calma entre las tres islas.

—¡Sí, es el aceite! —replicó Yáñez—. ¡Una ola más y alcanzaremos la zona de calma!

Otra nueva ola llegaba entre grandes bramidos. Como mínimo tenía unos quince metros de altura y su cresta rebosaba de espuma. Su longitud era de varias millas. Era realmente imponente.

Impulsó a los náufragos hacia arriba y enseguida los lanzó hacia delante. Pero nada más entrar en la zona oleosa, perdió de súbito su fuerza y se deslizó bajo el aceite, convirtiéndose como por arte de magia en una extensa ondulación privada por completo de fuerza.

—¡Estamos salvados! —gritó el portugués—. ¡Sir Moreland, otro esfuerzo más y alcanzaremos el islote!

El angloindio lo contempló sin abrir los labios. Estaba lívido y de sus labios surgía un ronco silbido.

Posiblemente se le había abierto de nuevo la herida recién cicatrizada, debido a los esfuerzos que había realizado y también a su larga permanencia en el agua. Iba perdiendo las fuerzas con gran rapidez.

—¡Sir! —exclamó Damna, que comprendió al momento lo que ocurría—. ¡Se encuentra muy mal…!

—¡No es nada…! ¡La herida…! —repuso el capitán con voz débil—. ¡Bah! ¡Resistiré… junto a usted… señorita…! ¡La tierra… se encuentra… allí!

Las olas que siguieron los arrastraban suavemente en dirección al escollo, cuya inmensa masa se elevaba grandiosa a menos de un cable de distancia.

El océano parecía estar en calma en el espacio adonde llegara la grasa, pero, en cambio, más allá, resultaba una auténtica furia. Se encontraban todavía en verdadero peligro.

Imponentes olas se sucedían sin interrupción con horroroso fragor y sobre los náufragos gemía el viento con fiereza sin igual, rivalizando con los truenos que retumbaban entre las nubes.

Los náufragos se hallaban casi a salvo de la furia de la tempestad, avanzando siempre hacia la mancha de grasa entre grandes montones de algas.

—¡Salgamos deprisa de aquí, sir Moreland! —dijo Yáñez, que nadaba con gran energía llevando a remolque los dos salvavidas—. ¡Estas aguas llenas de aceite van a dejar nuestras ropas en un estado lamentable! ¡Vamos a parecer balleneros o cazadores de focas!

—¡Sí, apresuremos la marcha! —repuso Damna—. ¡Sir More-land ya no puede resistir más!

—¡Es verdad, no puedo negarlo! —admitió el angloindio, que se movía con dificultad.

—Otro menos fuerte y menos valeroso que usted se habría ahogado ya a estas alturas —dijo Yáñez.

—¡Ah…! ¡Noto las algas debajo de mis pies! ¡Dejémonos arrastrar por las olas!

Su buena estrella los había arrastrado hasta la playa donde habían estado cazando por la tarde.

Algunas agrupaciones de hierbas marinas, las denominadas boccalumgas por los naturales de aquellas islas, afloraban por entre las grietas de las rocas. Más arriba no había gran cosa. Las rocas de color negruzco totalmente desprovistas de vegetación, y parecía que hubieran sido teñidas por torrentes de pez que descendieran de la cumbre.

Los tres náufragos se dejaron caer suavemente en la arenosa tierra impulsados por la última oleada. Habían llegado justo a tiempo, ya que sir Moreland estaba a punto de soltarse.

Yáñez ayudó a Damna a subir por la playa, pues el angloindio ya casi no tenía fuerzas para moverse.

—¡Los salvavidas! —tartamudeó sir Moreland.

—¡Ah, sí! ¡Es cierto! —repuso Yáñez—. ¡Son demasiado útiles para que los abandonemos!

Volvió a bajar a la playa y los sacó a la arena.

—¿Cómo se encuentra usted, sir Moreland? —preguntó Damna enseguida.

—Algo débil, señorita; pero todo pasará. Por fortuna la herida no se ha abierto.

—Busquemos un lugar en el que resguardarnos —indicó Yáñez—. Con esta tormenta, que cada vez se vuelve más fuerte, el *Rey del Mar* no podrá regresar muy pronto.

—¿Correrá peligro, señor Yáñez?

—Supongo que no, Damna. Aguantará estupendamente este segundo percance. Por suerte, ha completado a tiempo su provisión de combustible.

—¿De manera que nos veremos obligados a pasar aquí la noche? —inquirió Damna.

—Nadie vendrá a molestarnos; en estas rocas no habrá panteras negras. Ocultémonos en este saliente y aguardemos a que llegue el día.

El portugués cogió una brazada de algas y se encaminó hacia una roca cuya cumbre ofrecía un cobijo lo bastante amplio para que pudieran resguardarse los tres náufragos.

Sir Moreland y Damna le acompañaron llevando cada uno de ellos otra brazada de algas para poder disponer de un asiento menos duro que el que podía ofrecerles la dura roca.

LA TRAICIÓN DE LOS COLONOS

La tormenta prosiguió con sorprendente violencia toda la noche, acompañada de aguaceros como diluvios que discurrían a lo largo de los lados del enorme escollo y caían sobre la playa en forma de pequeñas cascadas, dejando empapados a los tres náufragos.

Los truenos resonaban con gran estruendo entre las nubes tormentosas y en lo alto de la cima del islote se oía rugir el viento con furia inconcebible.

El mar entre las tres islas ofrecía un espectáculo espeluznante. Montañas de agua caían ininterrumpidamente sobre la playa, bramando en torno de la escollera, brincando, cabalgando unas sobre otras. La espuma, empujada por ráfagas, llegaba hasta debajo de la peña donde se refugiaron los tres náufragos, para gran disgusto de Damna.

—¡Qué noche más espantosa! —exclamaba la muchacha—. ¿Qué le habrá ocurrido a nuestro barco? ¿Podrá el señor Sandokán afrontar la tempestad? ¿Qué opina, sir Moreland, usted que también es marino?

—Que el buque no corre el menor peligro —repuso el angloindio—. Probablemente habrá navegado a bastante distancia, y el Tigre de Malasia se verá obligado a ponerse a la capa para escapar del huracán. Esta es la zona de las tempestades.

—¿De modo que no podemos saber en qué momento volveremos a ver a mi padre?

—En estas regiones los huracanes revisten una gran violencia. Sin embargo, duran poco tiempo —dijo Yáñez—. A veces tan grandes, tan imponentes, que ni los mismos buques pueden soportarlos. Después de todo, aquí no se está demasiado mal. Peores noches he pasado. ¡Lo peor de todo es que mis cigarros se han echado a perder! ¡Bah… ya me resarciré de esta abstinencia!

—Señor Yáñez —preguntó el angloindio—, ¿nos habrán visto llegar los naturales de la isla?

—Es posible.

—¿No se le ha pasado por la imaginación que puedan venir y apresarnos para vengarse de nosotros por el carbón que les han arrebatado?

—¡Voto a Júpiter! —exclamó el portugués—. ¡Empieza usted a preocuparme, sir Moreland! Como súbdito inglés, podría también solicitar su ayuda y ordenar que me detuvieran. Estaría usted en su derecho, siendo como es enemigo nuestro.

El angloindio lo contempló sin replicar, y al cabo dijo con sequedad:

—No lo haré, señor Yáñez. Por el momento debo estarle agradecido, lo cual lamento bastante. Pero esa no es razón para olvidarlo.

—Cualquiera que no fuera usted, no desaprovecharía una ocasión como esta.

—Ocasión que no resultaría demasiado adecuada, ya que no tardaría en acudir el *Rey del Mar* a liberarle a usted y tomar duras represalias.

—¡Sobre eso no tengo la menor duda! —repuso riendo el portugués—. Bueno, dejemos esta conversación y procure descansar. Se encuentra usted más cansado que yo, y la noche va a ser muy larga.

Damna y el angloindio tenían, efectivamente, mucha necesidad de reposo. Y, pese a los bramidos del mar y el terrible estruendo de los truenos, no tardaron en quedarse dormidos profundamente sobre las algas.

Yáñez, más fuerte y más habituado a las velas, estuvo despierto vigilando.

De vez en cuando se incorporaba y, sin preocuparse por la torrencial lluvia que caía y por las oleadas de espuma que las olas lanzaban contra la roca, bajaba hasta la playa para contemplar el mar.

Confiaba en que, de un momento a otro, vería brillar entre la oscuridad los faroles del crucero. Pero su confianza se disipaba siempre: no aparecía el menor punto luminoso entre aquellas rugientes aguas.

Cuando la luz de los relámpagos no alumbraba el horizonte, aquella masa líquida parecía negra, como si la torrencial lluvia fuera de alquitrán.

Cerca del alba comenzó a amainar algo la tempestad, dirigiéndose al este, es decir, hacia la ruta seguida por el crucero. El viento había dejado de soplar, a pesar de que se siguiera oyendo rugir con gran fuerza en la cima de aquel enorme escollo.

Las olas empezaban también a disminuir y no se deshacían contra las rocas con la violencia con que lo hicieron en el transcurso de toda la noche.

Imaginando Yáñez que Damna y el angloindio continuarían durmiendo, abandonó el refugio para ir en busca de algo para desayunar.

«Nos conformaremos con huevos de aves marinas», se dijo.

Había divisado en una especie de plataforma que se extendía a unos cuarenta metros de altitud unos cuantos nidos de pájaros. El portugués empezó a trepar por las hendiduras y salientes que hacían accesible por aquella parte el imponente escollo, al menos hasta cierta altura.

Habría trepado unos quince metros cuando de repente llegaron a sus oídos fuertes gritos que parecían provenir de lejos.

Dominado por una súbita inquietud, Yáñez se volvió al instante, asiéndose con firmeza al saliente de una roca.

Una chalupa de gran longitud tripulada por seis isleños entraba en aquel instante en la pequeñísima ensenada.

—¡Voto a Júpiter! —barbotó mientras se deslizaba por la roca abajo—. ¡Esto tiene muy mala pinta! ¿Qué apostamos a que me van a hacer pagar el carbón con una onza de plomo en la cabeza?

Cuando hubo bajado, se lanzó hacia el refugio exclamando:

—¡Arriba, sir Moreland!

—¿Ha llegado el *Rey del Mar*? —preguntaron a la vez el capitán y Damna.

—Lo que ha llegado ha sido algo muy diferente —repuso Yáñez—. ¡Se trata de los isleños, que van a desembarcar!

—¿Nos han descubierto? —inquirió sir Moreland.

—Me temo que sí, ya que hace un momento yo estaba subido sobre las rocas.

—¿Y dónde se encuentran? —indagó Damna.

—Subiendo la escollera; dentro de muy poco los tendremos aquí.

—¿Nos apresarán?

—Es lo más probable —contestó el angloindio, cuya mirada relució con un extraño brillo.

—Voy a vigilarlos —dijo Yáñez adentrándose entre las dunas.

—Sir Moreland —dijo Damna cuando se quedaron a solas, al verlo pensativo—, ¿se vengarán estos isleños del señor Yáñez?

—No me cabe la menor duda; le harán pagar caro el carbón.

—Pero usted, que luce el uniforme inglés, podrá defenderle.

—¡Yo! —exclamó el angloindio, como si le produjese sorpresa lo que acababa de escuchar.

—¡Cómo! ¿No impedirá usted que le apresen?

Sir Moreland se cruzó de brazos y se quedó mirando a Damna. Su frente se había ensombrecido; su semblante adquirió una expresión de dureza casi feroz y en sus ojos brillaba una luz siniestra.

—¡No puede usted hacer eso, sir Moreland! —insistió la muchacha—. ¡Recuerde que ese hombre le ha salvado de la muerte y, además, le ha tratado como a un huésped, no como a un enemigo!

El capitán seguía en un mutismo absoluto; parecía que en su corazón se libraba una áspera lucha, a juzgar por las diversas emociones que se manifestaban en su semblante.

—¡Es un enemigo! —comentó por último con voz sorda.

—¡Sir Moreland! ¡No haga que pierda el afecto que le tengo! Yo le debo también al señor Yáñez mi vida y la de mi padre.

El angloindio hizo un gesto que parecía el indicio de un estallido de ira; pero lo reprimió al instante.

—¡Está bien! —exclamó—. ¡Así no tendré que estarle agradecido por nada!

Al momento abandonó el refugio y, dominado por una furiosa agitación, iba mascullando con terrible entonación:

—¡Algún día lograré enfrentarme con él!

En aquel preciso instante desembarcaban los hombres de la chalupa, que eran todos de raza blanca y llevaban fusiles. Entre aquellos hombres se hallaba uno de los consejeros del gobernador.

Uno de los isleños, que debía de haber descubierto a Yáñez, subió por la duna tras la cual intentaba esconderse el portugués y gritó con tono amenazador:

—¡Será en vano que te ocultes, corsario! ¡Sal de donde estés!

El portugués no esperó a que le repitieran la invitación e, incorporándose, dijo con aire burlón:

—¡Buenos días, señor mío, y muy agradecido por esta mañanera visita!

—¡Tienes una desvergüenza ilimitada, ladrón! —repuso el isleño—. ¿No eres tú uno de los que nos han robado el carbón?

—¡Un ladrón! ¡Un ladrón de carbón! —exclamó el portugués—. ¿Qué pretendes decir? ¡No te comprendo!

—¿No perteneces a la tripulación de aquel buque de piratas?

—¿Piratas? Yo soy un náufrago y no he robado jamás a nadie. Soy un hombre honorable, un perfecto caballero.

—¡No, tienes que ser uno de esos ladrones!

Una voz que parecía estar muy encolerizada gritó en aquel momento tras una duna; era sir Moreland, que llegaba casi a la carrera.

—¿Es a nosotros a quien califica usted de ladrones? —exclamó—. ¿Quién es usted para osar insultar a un capitán de la flota angloindia y del rajá de Sarawak?

Al ver aparecer a aquel nuevo personaje que lucía el uniforme de comandante —si bien se encontraba en un estado lamentable tras el baño en las grasientas olas—, el isleño enmudeció.

—¿Qué quiere usted? ¿Por qué nos amenaza? —inquirió el angloindio aparentando vivo enojo.

—¿Un capitán inglés? —exclamó finalmente el isleño—. ¿Qué embrollo es este?

Formando bocina con las manos, gritó en dirección a la playa:

—¡Eh, camaradas! ¡Venid aquí!

Cinco hombres, provistos de viejos fusiles de los que se cargaban por la boca, avanzaron corriendo hacia la duna con aire amenazador; pero al ver a sir Moreland bajaron al instante las armas y se quitaron sus sombreros de encerada tela.

—Capitán —inquirió el jefe—, ¿cuándo ha llegado usted?

—Anoche, con mi hermana y este amigo mío. Hemos logrado escapar de un horroroso naufragio —respondió sir Moreland.

—Los llevaremos a Mangalum y allí se les proporcionará alojamiento adecuado. Por otra parte, no permanecerán ustedes con nosotros demasiado tiempo.

—¿Cómo? ¿Es que llegará pronto algún buque?

—Hemos divisado un pequeño barco de guerra, que por las trazas debe de ser inglés, hacia las costas septentrionales de la isla.

Pero la tormenta que estalló al poco de marcharse los piratas ha debido de arrastrarlo mar adentro.

—¿Cuándo lo vieron ustedes?

—Ayer por la tarde, algo antes de ponerse el sol. ¿Podría tratarse del barco de usted?

—No; el mío se hundió a cuarenta millas de distancia de este lugar, unas horas antes de que apareciera el otro.

—¿Perseguía usted al corsario?

—Eso intentaba.

—¡Qué lástima! ¡Si hubiese llegado antes, no se habrían atrevido a molestarnos esos ladrones!

—Ya iniciaremos de nuevo su persecución.

—Pero discúlpeme usted, capitán, ¿asegura que este hombre es amigo suyo?

—Así es —replicó sir Moreland—. Consiguió salvarse conmigo y con mi hermana.

—Pues guarda gran parecido con uno de aquellos ladrones.

—Este hombre es un honorable comerciante de Labuán.

—¡Ah! —exclamó el jefe de la chalupa.

Durante esta conversación había llegado Damna. Al verla, los isleños la saludaron con cortesía y la ayudaron a embarcar. Yáñez, que seguía sereno, se puso a proa e intentó inútilmente encender un cigarro.

No obstante, su tranquilidad era simulada, puesto que le inquietaba en gran manera la inminente arribada de aquel pequeño buque de guerra visto por los isleños.

«¡Se complica el asunto! —pensaba—. Este angloindio se vengará, no cabe la menor duda. Y me llevará detenido a ese buque, en el caso de que no me suceda algo peor. ¡Además, estos isleños me miran de una manera…! ¡Tengo mis dudas sobre que hayan creído la explicación de sir Moreland!»

Mientras tanto la chalupa se había alejado de la costa. Cuatro hombres manejaban los remos; el quinto se colocó en la proa, junto a Yáñez, y el jefe manejaba el timón.

Este último era un anciano de gran apostura, muy barbudo y bronceado. Yáñez lo reconoció al instante: era uno de los cuatro consejeros del gobernador.

No se había equivocado, ya que el isleño fijaba en él de vez en cuando con auténtica terquedad la mirada de sus azules ojos. No obstante, hasta aquel instante no había dado el menor indicio de desconfianza, ni tampoco en lo que a Damna se refería. Por el contrario, había ofrecido a la muchacha el lugar de honor a popa y le puso sobre los hombros su chaqueta de tela encerada.

En la parte exterior de la rada, el mar se hallaba aún muy embravecido. Continuas olas hacían brincar la chalupa con brusquedad, sacudiéndola de una forma violentísima y precipitándola acto seguido al vacío.

No obstante, los remeros bogaban con gran energía, sin desmayo ante la fuerza del oleaje. Eran todos hombres muy robustos y habituados a tales fatigas, casi continuas en el entorno de sus islas, batidas por los huracanados vientos del sur.

Una vez fuera de las escolleras izaron una pequeña vela triangular y, ya con mejor equilibrio, la chalupa avanzó con gran rapidez en dirección a Mangalum, que no se encontraba a mucha distancia.

En el transcurso del viaje no pronunciaron los isleños la más mínima palabra. El jefe examinaba a menudo de soslayo a los tres supuestos náufragos, fijando la mirada sobre todo en Yáñez.

El recorrido se efectuó sin ningún contratiempo, a pesar de que en las proximidades de Mangalum aumentó el empuje de las olas. Al fin, pasado el mediodía, la chalupa atracó en el extremo del pequeño puerto.

—Bajen ustedes —dijo el jefe ayudando a Damna—. En este lugar se encontrarán más cómodos que en las rocas de aquel islote.

Estas palabras las pronunció casi en tono burlón, lo cual no pasó inadvertido a Yáñez.

—¡Este viejo bribón me ha debido de reconocer! —musitó el portugués—. Si el *Rey del Mar* no regresa enseguida, creo que la empresa no va a concluir demasiado bien para mí. Y, por su parte, sir Moreland se ha metido en un verdadero embrollo.

El angloindio debía de haber comprendido también que había jugado una mala baza, ya que parecía muy inquieto.

Los isleños dejaron en seco la chalupa con el objeto de que la resaca no pudiera arrastrarla, pues resultaba muy violenta incluso en el interior de la pequeña rada. Se pusieron los fusiles al hombro, se reunieron rápidamente con los náufragos y los rodearon.

—¿Adónde nos llevan ustedes? —preguntó sir Moreland, que a cada instante que pasaba se mostraba más preocupado.

—A mi casa —contestó el jefe.

No había salido ningún isleño de sus moradas, las cuales se hallaban escalonadas a lo largo del declive. Posiblemente no se habían dado cuenta del regreso de la chalupa y preferían permanecer en sus chozas, ya que comenzaba a llover de nuevo.

El jefe cruzó una especie de plaza y condujo a los náufragos hasta una casita de bonito aspecto, parte de ella edificada con madera y parte con piedra. Sobre el tejado, acabado en punta, ondeaba una tela roja, probablemente restos de la bandera inglesa.

Tras abrir la puerta, invitó a entrar al angloindio, a Damna y a Yáñez. Inmediatamente, al tiempo que sus hombres amartillaban a toda prisa sus fusiles, se volvió hacia un anciano que estaba fumando en un rincón de la estancia junto a una ventana, y le preguntó, señalando a Yáñez:

—Señor gobernador, ¿reconoce usted a este hombre? Fíjese bien y dígame si se trata de uno de los que robaron la provisión de combustible que nos confiaron los ingleses.

—¡Ah, tunante! —exclamó encolerizado el portugués.

El anciano se incorporó al momento.

—¡Sí, es uno de ellos! —barbotó el gobernador.

—¡Ya no te escaparás de nuestras manos y haremos que los ingleses te ahorquen en el mástil más elevado de sus barcos! ¡Pirata!

—¡Yo, pirata! —clamó Yáñez alzando el puño.

Sir Moreland se interpuso al instante.

—Un capitán de Su Majestad la reina de Inglaterra no puede consentir que delante de él se cometa ningún acto de violencia. Señor gobernador, este hombre es un corsario, no un pirata.

El anciano, que hasta aquel momento no había advertido la presencia del angloindio, lo miró con estupor.

—¿Quién es usted? —preguntó.

—Observe usted las ropas que llevo y las insignias de mi grado.

—¿Ha llegado su buque?

—Mi barco se hundió delante de Mangalum, tras un tremendo combate con el corsario.

—¿No es usted entonces del buque que avistamos ayer tarde?

—No; ayer fui arrastrado a los escollos del islote por las olas.

—¿Con este hombre? —inquirió el gobernador, cuya sorpresa era cada vez mayor—. ¡Y usted, un capitán inglés, estaba junto a los corsarios! ¡Vaya, vaya…! ¡Es usted un hábil farsante, pero no voy a ser tan estúpido como para creerme sus historias!

—Antes nos explicó que había naufragado —advirtió uno de los isleños.

—Les aseguro a ustedes por mi honor que soy James Moreland, capitán de la flota angloindia y en la actualidad al servicio del rajá de Sarawak —dijo el joven comandante.

—Demuéstremelo usted y entonces le creeré.

—En este momento no puedo demostrárselo, ya que mi buque se ha hundido.

—¿Y este hombre? ¿Por qué está con usted, cuando hace un par de días se hallaba con los piratas?

—Porque se salvó conmigo en una chalupa, mientras el buque corsario era arrastrado hacia el interior del océano por la tormenta y mi barco se iba a pique.

—Creo que es usted el jefe de esos piratas disfrazado de inglés.

—¡Viejo! —barbotó Yáñez—. ¡Deja ya de llamarnos piratas! ¡Este caballero es un capitán angloindio!

—¡Ustedes son piratas!

—¿Qué te he robado?

—El carbón.

—¡No te pertenecía, era del gobierno!

—¡Y los animales!

—¡Que te fueron pagados! —repuso Yáñez, que ya empezaba a perder su habitual serenidad—. Tengo la certeza de que aún tienes en el bolsillo el cheque que te entregué contra el banco de Pontianak. Y ten presente que hubiéramos podido llevarnos todo tu ganado sin darte una simple libra esterlina.

—¿Y supone usted que por eso voy a dejarlos marchar? —preguntó el gobernador con sonrisa burlona—. El barco inglés no tardará en llegar, y entonces veremos como se las arreglan con su capitán. ¡Confío en que les veré danzar el último baile con una soga al cuello!

—¡Y yo le digo que, al menos en lo que a mí respecta, habrá de pedirme mil disculpas! —exclamó sir Moreland, que también empezaba a encolerizarse—. Y, mientras tanto, le prevengo de que si tocan un solo cabello de esta señorita o de este hombre, ¡palabra de honor de James Moreland que ordeno a la artillería inglesa cañonear este poblado!

—¡De acuerdo! —repuso el gobernador soltando una risotada—. Pero mientras esto suceda serán ustedes nuestros presos por derecho de guerra. ¡Señores piratas, pagaréis el carbón que nos confió el gobierno británico y de nuevo los animales! ¡No os burlaréis de mí!

—Bien… ¡ya lo veremos! —dijo sir Moreland—. No obstante, vaya a prevenir al buque de guerra, si es que aún se encuentra a la vista. He de notificarle noticias muy importantes que no pueden esperar.

—¡Al parecer tiene usted mucha prisa en ser ahorcado! —adujo el gobernador—. ¡Haré cuanto esté en mi mano por complacerlo!

Se volvió hacia sus hombres, que habían asistido a la conversación apoyados en sus fusiles, y les indicó:

—Los dejo a vuestro cuidado; que no escapen. Esto nos proporcionará una recompensa y, además, el agradecimiento del gobierno inglés. Trasladadlos al almacén y cerradlo con llave. ¡Venga! —dijo el jefe empujando bruscamente a Yáñez hacia la puerta—. ¡De momento ha terminado la farsa!

El angloindio, el portugués y Damna se dejaron trasladar sin ofrecer resistencia, ya que sabían que resultaría inútil, además de peligroso, con aquellos individuos toscos y brutales. Cruzaron de nuevo la plaza y fueron introducidos en un sólido edificio de piedra que los colonos utilizaban como almacén. Era un cuadrilátero de unos cincuenta metros de longitud, en aquel momento casi vacío, puesto que no había en él más que montones de pescado seco y barriles que debían de contener aceite o grasa. La techumbre se sostenía por gruesos pilares de piedra sacada de las salinas de la isla.

—¿Tienen hambre? —preguntó el jefe.

—No me disgustaría comer un bocadillo antes de que me ahorquen —repuso Yáñez irónicamente.

—¡Hasta luego! Les prevengo de que al primer intento de huida abriremos fuego contra ustedes.

Y tras decir aquello cerraron la puerta, atrancándola por la parte exterior.

Sir Moreland, Yáñez y Damna, esta menos atemorizada de lo que pudiera suponerse, se miraron casi sonriendo.

—¿Qué opina usted de esta aventura, sir Moreland? —inquirió la muchacha.

—Que si el barco inglés está en realidad atravesando las aguas de la isla, terminará enseguida —respondió el capitán.

—Para usted sí, pero no para nosotros.

—¿Y por qué razón, señorita?

—En cuanto los suyos se enteren de que somos corsarios, ¿no cree que nos ahorcarán?

—O como mínimo nos trasladarán hasta Labuán para ser juzgados —comentó Yáñez—. Lo cual complacería bastante a su gobernador, que me aborrece desde hace tiempo.

—Intentaré evitar que eso suceda —repuso el capitán—. Resultaría peligroso, sobre todo para el señor de Gomera.

—Le vamos a poner a usted en un gran apuro, sir Moreland —dijo Damna.

—No crea, señorita. ¿Quién asegura que el capitán de ese buque no sea amigo mío? En tal caso nos entenderíamos enseguida. El señor de Gomera se ha portado conmigo como un caballero, y yo no pienso ser menos con él.

—¿Ha olvidado usted la incursión nocturna de Redjang?

—Una argucia de la guerra, señorita, hacia la que no guardo el menor rencor contra usted ni contra sus protectores.

—¡Es usted muy bueno, sir Moreland!

—Ni soy mejor ni peor que los demás hombres. ¡Vaya!

De improviso retumbó el estampido de un cañonazo, que estremeció las paredes del almacén.

—¡Un buque de guerra! —exclamó el angloindio.

—¿Será el *Rey del Mar* o el barco que están esperando los isleños? —preguntó Yáñez.

—¡No tardaremos en saberlo!

Los dos se precipitaron hacia la puerta y la golpearon gritando:

—¡Abrid! ¡Queremos ver desembarcar a los ingleses!

—¡A callar! —gritó una voz amenazadora—. ¡Si fuerzan la puerta, abro fuego!

LA VUELTA DEL *REY DEL MAR*

Al cañonazo respondió un griterío ensordecedor y algunos disparos de fusil, pero no eran clamores de guerra sino de júbilo, prueba evidente de que no se trataba del *Rey del Mar.* Debía de ser el barco inglés, que había sido avistado.

Yáñez y sir Moreland intentaron trepar hasta la techumbre, donde se encontraba algo semejante a un ventilador. Pero hubieron de desistir de su empresa debido a la excesiva altura de las paredes.

—¡Bah! —exclamó el angloindio—. ¡Tendremos que esperar unos minutos!

—¿Se tratará de un buque perteneciente a la escuadrilla de Labuán? —inquirió Yáñez.

—Eso imagino. Al parecer mis compatriotas han desembarcado. ¿No oye esos hurras?

—Sí, son los saludos de los habitantes de la isla.

—Dentro de muy poco la comedia se trocará en farsa, con gran sorpresa de ese necio gobernador, que insiste en no creer que soy un verdadero capitán. El clamor se aproxima; mis compatriotas acuden a nuestro rescate.

—Por el contrario, los isleños pensarán que vienen en nuestra busca para ahorcarnos —comentó Damna.

—¡Son muy capaces de haber preparado ya las sogas! —dijo Yáñez con tono burlón.

Se oyó un rumor de voces junto a la puerta. Un instante después cayeron a tierra las traviesas que la atrancaban y la luz inundó el almacén.

El gobernador apareció en la puerta, acompañado de un hombre aún joven, de barba larga y rubia y ojos azules, que lucía el uniforme de teniente de marina.

Tras aquellos hombres iba un grupo de marineros que llevaban los fusiles con la bayoneta calada, rodeados de un gran número de isleños.

—¡Aquí tenemos a los piratas! —gritó el anciano señalando a los prisioneros—. ¡Merecen diez brazas de cuerda debidamente enjabonada! ¡Apréselos usted!

Sorprendido, el teniente, en vez de ordenar avanzar a sus marineros, se dirigió hacia sir Moreland con los brazos abiertos exclamando:

—¡Comandante! Pero ¿es posible? ¡Usted vivo aún! ¿No estaré soñando?

—¡No, mi apreciado Layland! —repuso sir Moreland—. ¡Soy yo mismo en carne y hueso! ¡Venga a mis brazos, amigo mío!

Mientras el teniente y el capitán se abrazaban, el gobernador, absolutamente perplejo ante aquel acontecimiento imprevisto, se rascaba rabiosamente la cabeza repitiendo una y otra vez:

—¡Si es aliado de los piratas...! ¡Fíjese usted bien, señor teniente! ¡También pretende engañarle a usted!

Sin atender a las quejas del anciano ni a los denuestos y exclamaciones de sorpresa de los isleños, el teniente preguntó:

—¿Cómo es que se halla usted en este lugar, capitán, cuando ya todos le imaginábamos hundido con su buque? ¡Porque esta isla se encuentra a una enorme distancia de Sarawak!

—¿No se lo explicaron los marineros que puso en libertad el corsario?

—Sí, pero nadie quería creer lo que afirmaban.

—Señor Layland, ¿qué ha venido usted a buscar a este lugar?

—He venido a buscar al corsario.

—Ha llegado usted muy tarde. Y, por otra parte, le recomiendo que no se enfrente con ese buque. Se necesita bastante más que un crucero. ¿Desea usted un consejo de amigo? Emprenda el viaje enseguida y eluda chocar con el *Rey del Mar* de los tigres de Mompracem. Marchemos a bordo y allí se lo explicaré todo. Pero primero permita que le presente a dos amigos: la señorita Damna Praat y su hermano.

Al ver que el teniente tendía la mano hacia el portugués, el gobernador estalló como una bomba:

—¡Es un engaño! —exclamó—. ¡Este es el pirata que nos ha robado! ¡Mándele ahorcar!

—¡A callar, vieja comadreja! —exclamó sir Moreland—. ¡Estas cuestiones no son de su incumbencia! ¡El carbón no le pertenecía!

—¿Y nuestro ganado?

—Ordene usted que cobren el cheque en Pontianak —respondió burlonamente Yáñez.

—Pero ¿qué significa todo esto, capitán? —preguntó el teniente.

—Después se lo explicaré mejor —replicó sir Moreland—. Ordene a sus marineros que protejan a la señorita Damna y a su hermano.

—¡Ahórquelos usted! —barbotaba el gobernador encolerizado—. ¡Todos son piratas!

—¡A callar! —exclamó, ya con impaciencia, el oficial—. En el supuesto de que estos señores sean piratas como usted asegura, ya los juzgará el gran consejo de guerra. ¡Marineros, formad y al barco a toda prisa!

—¡Señor teniente! —exclamó el anciano.

—¡Se acabó! ¡Serán juzgados! ¡En marcha y en línea cerrada!

Los marineros, que eran una treintena, todos muy bien armados, cerraron filas en torno a sir Moreland, Yáñez y la muchacha, y se dirigieron hacia la playa acompañados por el gobernador y los habitantes de la isla, que comentaban desfavorablemente el comportamiento del teniente creyendo que en realidad intentaba proteger a unos piratas comunes.

En la rada podían verse tres chalupas; más hacia el exterior podía verse un magnífico crucero de pequeño tamaño, pintado totalmente de negro, que navegaba a marcha lenta por ambos promontorios.

El capitán, el teniente, Yáñez y Damna se embarcaron en la chalupa de mayores dimensiones en unión de diez marineros, y los demás hombres en las dos restantes.

En breves minutos cubrieron la distancia y llegaron ante la escala de estribor, que se encontraba tendida.

—Capitán —dijo el teniente, una vez que sir Moreland se encontró sobre cubierta, recibido por los vítores estrepitosos de los tripulantes—, mi buque está a su entera disposición.

—No quiero más que un camarote para mí y otro para cada uno de mis amigos. Después de escuchar mi explicación decidirá si ha de tratarlos como a prisioneros de guerra. Señorita Damna, y usted, señor de Gomera, aguarden un instante.

La nave reanudó de nuevo la marcha, y el capitán y el teniente bajaron a la cámara, donde mantuvieron una larga conversación.

Cuando volvieron, sir Moreland se mostraba sonriente, como si estuviera muy satisfecho.

—Señorita, señor de Gomera —dijo acercándose—, no desembarcarán en Labuán, ya que el barco tiene que recalar ineludiblemente en Sarawak.

—¿Y allí nos entregarán al rajá? —quiso saber Yáñez.

—Eso es cuanto se puede hacer, si bien yo hubiera deseado otra cosa —repuso el capitán suspirando.

—¿Qué dice usted? —preguntó Damna.

El angloindio hizo un movimiento con la cabeza sin replicar, y ofreciendo el brazo a la muchacha la llevó hasta la popa, mientras le decía:

—¡Desearía que usted me prometiera una cosa, señorita!

—¿Cuál, sir Moreland? —preguntó Damna.

—¡Que no volverá usted a embarcar en el *Rey del Mar*!

—¿Estoy detenida?

—El rajá la pondrá en libertad inmediatamente.

—No es posible, sir. Allí se encuentra mi padre, y tengo la certeza que no abandonará el *Rey del Mar*. Su suerte va ligada a la de los últimos piratas de Mompracem.

—Debe usted pensar que cualquier día me enfrentaré otra vez con el buque de Sandokán y que posiblemente tendré que hundirlo y exterminar a todos, incluyéndola a usted. ¡Yo, que daría por usted toda la sangre de mis venas…! ¿Qué decide, señorita Damna?

—Dejemos que la suerte lo decida todo, sir Moreland —repuso la muchacha.

—Y, no obstante, usted me ama.

—Sí —musitó ella con una voz tan débil que parecía un suspiro.

—¿Jura que no me olvidará?

—¡Se lo juro!

—Confío en nuestro porvenir, Damna.

—Yo, por el contrario, temo que haya de sernos fatídico. Nuestro amor ha surgido bajo el influjo de una mala estrella, sir Moreland; lo presiento.

—¡No hable usted de esta manera, Damna! —dijo sir Moreland.

—¡Qué desea usted, sir Moreland! Veo muy tenebroso nuestro futuro. Pienso que no tardará en ocurrir la catástrofe que nos amenaza. Esta guerra también resultará fatal para nosotros.

—Usted puede eludir este riesgo, Damna; riesgo que se oculta en las profundidades del océano.

—¿Cómo puedo eludirlo?

—Ya se lo he dicho: abandonando el *Rey del Mar*.

—No, sir Moreland; mientras ondee la enseña de los tigres de Mompracem, Damna, la protegida de Sandokán y de Yáñez, no dejará su barco.

—¿No sabe que el destino de esos hombres es ser exterminados? Los mejores y más potentes buques de la flota inglesa acudirán pronto a estos mares y aniquilarán al corsario. Podrá huir, tal vez salga victorioso en otro encuentro, pero, tarde o temprano, caerá bajo nuestros cañones.

—Ya se lo dije a usted y se lo digo de nuevo: sabremos morir bravamente al grito de «¡Viva Mompracem!».

—¡Es usted bella y valerosa como una auténtica heroína! —exclamó sir Moreland contemplándola sorprendido—. ¡Esta sangrienta guerra resultará fatídica para todos!

Yáñez se aproximó en aquel instante a toda prisa.

—¡Sir Moreland! —dijo—. Avanza hacia nosotros un buque de vapor; ya ha sido avistado por el comandante.

—¿Se tratará del *Rey del Mar*? —exclamó Damna.

—Parece que podría ser un barco de guerra. Fíjese, los tripulantes se disponen a luchar.

La frente de sir Moreland se ensombreció y su semblante adquirió una intensa palidez.

—¡El *Rey del Mar*! —masculló con voz sorda—. ¡Viene a destruir mi dicha!

Se le aproximó el teniente con un catalejo en la mano.

—Sir James, si no estoy equivocado, un buque de gran tonelaje avanza en nuestra dirección.

—¿Puede tratarse de alguno de los nuestros? —inquirió el capitán.

—No, porque proviene del nordeste y nuestra flotilla se ha dirigido hacia Sarawak para intentar topar con el corsario en el trayecto.

En el horizonte surgió un punto negro, rematado por un par de enormes columnas de humo, que se ensanchaban con rapidez. Al parecer avanzaba velozmente hacia las islas de Mangalum.

Sir Moreland estaba ya examinando atentamente con el catalejo. De repente, el instrumento se le cayó de las manos.

—¡Es el *Rey del Mar*! —exclamó con voz sorda, mientras contemplaba apenado a Damna.

—¡Sandokán! —dijo Yáñez—. ¡En esta ocasión tampoco me ahorcarán!

—¿Es el corsario? —preguntó el teniente.

—¡Sí! —contestó sir Moreland.

—¡Presentaremos batalla y lo echaremos a pique! —añadió el teniente.

—¡Cómo! ¿Quiere usted hundirse? Porque, si así lo desea, este buque y sus tripulantes se hallarán en muy breves minutos en las profundidades del mar de la Sonda. Se necesita algo más que un crucero de tercera categoría para enfrentarse a ese barco, el más moderno, el de mayor rapidez y el más potente de cuantos ahora mismo surcan estos mares.

—Sin embargo, no voy a dejarme apresar sin haber luchado —repuso el teniente.

—Ni yo tampoco deseo eso, amigo mío. Confío en que podremos evitarlo, ya que en caso contrario las consecuencias resultarían desastrosas para nosotros.

—¿Y cómo lo solucionaremos?

—Ordene usted botar al agua una chalupa y permítame que vaya antes a negociar con el Tigre de Malasia. Usted se quedará sin los dos prisioneros y yo perderé bastante más: se lo juro. Pero salvaremos este buque y a sus tripulantes.

—Estoy a sus órdenes, sir James.

Cuando los marineros echaban al agua una ballenera, el *Rey del Mar*, que avanzaba a una velocidad de doce nudos, se abatía ya sobre el crucero.

Ya tenía apuntados los poderosos cañones de la torre de proa y se disponía a descargar su enorme arsenal de proyectiles contra su insignificante adversario para hundirlo a la primera andanada.

El largo gallardete de combate se hallaba ya izado y ondeaba en el mástil de proa, mientras que en la popa se arbolaba la bandera roja de Mompracem, adornada con una cabeza de tigre.

Al observar que el crucero inglés interrumpía su marcha, que izaba la bandera blanca y lanzaba al agua una chalupa, Sandokán mandó que hicieran contravapor, deteniéndose también a unos mil doscientos metros del adversario.

—¡Al parecer los ingleses no se consideran lo bastante fuertes para combatir contra nosotros! —le dijo a Tremal-Naik, que se hallaba junto a él en la torrecilla—. ¿Querrá entregarse? ¿Qué haremos con ese buque?

—Nos apoderaremos de su artillería, municiones y combustible —contestó el hindú—. Todo eso puede ser útil a nuestros amigos los dayakos de Sarawak.

—Sí; pero también me molestaría perder el tiempo —objetó el Tigre de Malasia—. Hemos de ir a buscar a Yáñez y a Damna.

—¿Supones que aún los encontraremos en el escollo? —inquirió con tono angustiado Tremal-Naik.

—Sin duda alguna. Vi cómo llegaban antes de que las tinieblas cubrieran aquel islote. ¡Caramba! ¡Un capitán va en la ballenera! ¿Vendrá a rendir su espada? ¡Me hubiera gustado más una batalla para calmar la rabia que me inunda y me lleva a querer aniquilarlo todo!

—¿Será posible? —exclamó en aquel instante Sambigliong, que había enfocado su catalejo hacia la ballenera—. ¡Tigre de Malasia, o me equivoco o es él realmente! ¡Fíjese usted! ¡Fíjese usted!

—¿Qué has visto?

—¡Es él! ¡Le aseguro que es él!

—Pero ¿quién?

—¡Sir Moreland!

—¿Moreland? —exclamó Sandokán, que primero palideció y enseguida adquirió su habitual color con un destello de esperanza que iluminó sus ojos.

—¡Moreland en aquel barco! En ese caso, Yáñez, Damna...

¿Cómo pueden estar ahí? ¡No es posible! ¡Debes de estar en un error, Sambigliong!

—¡No, señor! ¡Mírelo! ¡Nos ha visto y nos saluda moviendo la gorra!

—¡Sí! ¡Es sir Moreland!

La ballenera avanzaba a gran velocidad, impulsada enérgicamente por doce remeros.

El angloindio, de pie en la popa y sin soltar la barra del timón, continuaba saludando.

—¡Abajo la escala! —ordenó Sandokán.

Nada más dar la orden, llegó la ballenera. Sir Moreland subió a bordo apresuradamente y dijo con cierta frialdad:

—Me alegro mucho de volver a verlos, señores, y de darles una información que me agradecerán mucho.

—¿Yáñez, Damna...? —exclamaron al unísono Sandokán y Tremal-Naik.

—Se encuentran en aquel buque.

—¿Y por qué razón no los ha traído usted? —preguntó Sandokán frunciendo el ceño.

El angloindio, cuyo aspecto era ahora en extremo serio y que se expresaba casi con tono imperioso, respondió:

—Estoy aquí para hacer un trato, señores.

—¿Qué quiere decir?

—Pues que el capitán de ese buque les entregará a ustedes al señor Yáñez y a la señorita Damna con la condición de que no ataquen su barco, el cual, como pueden observar, no es lo bastante potente para enfrentarse al *Rey del Mar*.

Sandokán dudó unos instantes y finalmente respondió:

—Está bien, sir Moreland. Ya veré la forma de encontrarle más adelante.

—Ordene que bajen la bandera de combate. De esta manera el comandante advertirá que mi proposición ha sido aceptada y traerá enseguida a los detenidos.

Sandokán hizo un ademán a Sambigliong, y poco después el gallardete descendía a la cubierta. Casi a la vez, del costado del crucero se destacaba una segunda lancha; en ella iban Yáñez y Damna.

—Sir Moreland —preguntó Sandokán—, ¿en qué punto le recogió a usted ese barco?

—En Mangalum —respondió el angloindio sin apartar la mirada de la chalupa, que se aproximaba con gran rapidez.

—¿Consiguieron ponerse a salvo en el escollo?

—Sí —contestó en tono seco el capitán, que parecía haber perdido su afabilidad de costumbre y estar dominado por grandes preocupaciones.

Arribó la segunda chalupa. Yáñez y Damna subieron apresuradamente por la escala y se arrojaron el primero en los brazos de Sandokán y la segunda en los de su padre.

Sir Moreland, con el semblante muy pálido, contemplaba entristecido aquella escena. Cuando se separaron se volvió hacia el Tigre de Malasia y le preguntó:

—¿Piensa usted ahora seguir reteniéndome como prisionero?

—No, sir Moreland: es usted libre. Vuelva a ese barco —replicó Yáñez.

Sandokán no pudo reprimir un gesto de sorpresa. No pensaba que esa fuera la respuesta que debería darse al angloindio. A pesar de ello, no hizo la menor objeción.

—Señores —dijo entonces el capitán con voz seria y mirando fijamente a Sandokán y a Yáñez—, confío en que no tardaremos en vernos de nuevo; pero esta vez como enemigos irreconciliables.

—Le estaremos esperando —repuso con frialdad Sandokán.

Sir Moreland se aproximó a Damna y le dio la mano, exclamando en tono entristecido:

—¡Que Brahma, Shiva y Vishnú la protejan, señorita!

La joven, que estaba muy emocionada, le estrechó la mano sin pronunciar una palabra. Le parecía tener un nudo en la garganta.

El angloindio fingió no advertir que Sandokán y Tremal-Naik le tendían las manos; hizo un saludo militar y bajó rápidamente la escala sin volverse para mirar hacia atrás.

No obstante, cuando la chalupa que le trasladaba hasta el crucero pasó ante la proa del *Rey del Mar*, alzó la cabeza y, al distinguir a Damna y Surama en el castillo, las saludó con el pañuelo.

—Yáñez —dijo Sandokán llevándose aparte al portugués—, ¿por qué has dejado que se fuera? ¡Podría haber sido un huésped de mucha utilidad!

—Y un peligro para Damna —repuso Yáñez—. ¡Ambos se aman!

—¡Me lo había imaginado…! Es un joven apuesto y valeroso. Y, como Damna, lleva sangre angloindia en las venas… Quizá después de la campaña…

Permaneció profundamente pensativo durante un momento y luego dijo:

—Iniciemos las hostilidades; dirijámonos hacia las líneas regulares de navegación; y mientras la flota nos busca por las aguas de Sarawak, intentaremos infligir a nuestros enemigos el máximo daño posible.

LA EXPEDICIÓN DEL *REY DEL MAR*

Cuarenta y ocho horas más tarde el *Rey del Mar*, que había puesto rumbo a poniente para aguardar al pairo a los buques que provenían de la India, de las enormes islas de Java y de Sumatra, y que viajaban directamente por los mares de China y Japón, distinguió una columna de humo a quinientas millas del grupo de las Burguram.

—¡Barco de vapor a la vista! —gritó Kammamuri, que se hallaba de guardia en la cofa del trinquete.

Sandokán, que en aquel instante comía con sus compañeros y con el jefe de máquinas, subió rápidamente al puente al tiempo que ordenaba:

—¡Activad los fuegos! ¡Los artilleros, a las piezas de las torres!

Todos los tripulantes subieron a cubierta, incluso la guardia franca, ya que ninguno podía imaginar con qué tipo de buque iba a enfrentarse el *Rey del Mar*.

Como el crucero se hallaba aún a muy escasa distancia de las islas de Borneo, podía ocurrir que súbitamente tropezara con algún buque de guerra que se dirigiese a Labuán o Sarawak.

El Tigre de Malasia examinaba detenidamente el océano usando un catalejo de gran alcance. De momento no se distinguía más que un penacho de humo que sobresalía en el luminoso horizonte. Pero el barco no tardaría en aparecer, ya que el *Rey del Mar* avanzaba a su encuentro a una velocidad de doce nudos.

—¿Qué ocurre, Sandokán? —inquirió Tremal-Naik, que se le había acercado.

—¡Un poco de calma, compañero! —repuso el terrible pirata.

—¿Y si ese barco no es inglés?

—Se le saluda y se le permite marchar, ya que no vamos a entrar en guerra con el mundo entero.

—¿Lo ves?

—Empiezo a verlo ya, y creo que es un vapor mercante, ya que no distingo el gallardete rojo de los barcos de guerra. Ya sobresale en el horizonte la arboladura. Bastará con efectuar un cañonazo sin proyectil para hacerle parar. Ordena que Sambigliong prepare cuatro chalupas con unas cuantas ametralladoras y que sean armados sesenta hombres.

—¿Lo abordaremos? —preguntó Kammamuri.

—Si es inglés, como parece ser, sí. Nuestro crucero empieza mejor de lo que suponíamos, teniendo en cuenta los pocos días que hace que iniciamos las hostilidades.

La distancia se reducía muy deprisa, ya que el *Rey del Mar* aumentaba la velocidad a fin de evitar la huida del vapor, que parecía ser bastante veloz.

Los hombres de vigía sobre la plataforma distinguieron cuál era la bandera desplegada en el asta de popa, y la noticia fue acogida con un clamor de júbilo.

—¡No me había equivocado! —dijo Sandokán—. ¡Ese buque es inglés!

Examinó rápidamente las chalupas, que ya habían descendido hasta las portas, y a los sesenta hombres que habían de montar en ellas. Al momento ordenó que el crucero avanzara hacia el vapor para cortarle el camino.

Aquel buque debía de provenir de algún puerto de la India. Se trataba de un gran vapor de más de dos mil toneladas, con un par de mástiles y dos chimeneas.

En la toldilla había numerosa gente que se amontonaba en la

obra muerta, interesada por la presencia de aquel barco de guerra que avanzaba con tanta rapidez.

Cuando se hallaron a mil metros de distancia Sandokán ordenó desplegar su bandera en el palo de mesana y disparar un cañonazo sin proyectil, lo cual significaba que el vapor debía detenerse.

Al escuchar aquella súbita conminación se provocó una enorme confusión en el barco de vapor. Se vio a los tripulantes y a los pasajeros correr en dirección a proa, y sus exclamaciones llegaban con gran claridad hasta el barco corsario.

Aquella bandera, tan conocida en los mares de Malasia, debió de provocar en todos una extraordinaria impresión y con mayor motivo aún al ver que el *Rey del Mar* seguía avanzando como si pretendiera pasar por ojo al infortunado buque.

Durante unos cuantos minutos se vio virar al barco unas veces hacia babor y otras sobre estribor, como si vacilase respecto al camino que debía tomar. Pero un cañonazo disparado por una de las piezas de caza, que cruzó silbando por encima de la toldilla, los decidió a detenerse.

—¡Máquinas atrás! —gritó Sandokán—. ¡Las chalupas al agua y los hombres a sus puestos de desembarco! ¡Tú, Yáñez, ponte al frente!

El portugués se ciñó el sable que le trajo Sambigliong, se colocó en el cinto las pistolas y bajó a la chalupa de mayor tamaño, donde se sentó junto a Tremal-Naik.

El vapor se había parado a unos ochocientos metros de distancia, considerando inútil toda resistencia contra aquel terrible crucero, que con una simple andanada lo hubiera hundido inexorablemente.

El pasaje, amontonado en la toldilla, lanzaba gritos ensordecedores pensando que estaba muy próxima su última hora.

Las cuatro chalupas en las que iban los sesenta hombres armados con fusiles y campilanes se pusieron enseguida en marcha avanzando hacia el vapor, mientras los artilleros del *Rey del Mar* apuntaban un par de cañones de las torres de babor, preparados para abrir fuego a la menor señal de resistencia por parte de los ingleses.

Cuando las chalupas llegaron a treinta pasos de distancia, Yáñez mandó al instante a los marineros del barco inglés que bajaran la escala, amenazando con disparar si no obedecían.

En el barco hubo un momento de confusión y vacilación. Unos cuantos tripulantes hicieron su aparición por las bordas armados con fusiles, como si intentasen ofrecer resistencia. Pero las tremendas exclamaciones del pasaje, que no deseaba como es de imaginar exponerse a recibir los impactos de la potente artillería del barco corsario e irse a pique, les hicieron retirarse y la escala fue bajada de un solo golpe.

Yáñez, seguido de Tremal-Naik, Kammamuri y una docena de hombres, se precipitó a toda prisa a la plataforma y desenvainó el sable.

El capitán del buque le aguardaba en compañía de sus oficiales, mientras los pasajeros, en total unos cincuenta, se agrupaban detrás silenciosos y amedrentados.

Se trataba de un hombre apuesto, alto, de rostro enérgico y bronceado por el sol tropical, de pelo negro y rizada barba. En definitiva: un magnífico ejemplar de marino.

Al ver aparecer a Yáñez con el sable desenvainado palideció y frunció el ceño al instante.

—¿A qué debo el placer de esta visita? —inquirió con voz que la cólera tornaba temblorosa.

—¿Se ha fijado usted en los colores de nuestra enseña? —preguntó por su parte el portugués, saludando burlonamente.

—Sé que los piratas de Mompracem poseían en otras épocas una bandera roja con una cabeza de tigre.

—En tal caso, permítame que le comunique que tales piratas han declarado la guerra a su país y al rajá de Sarawak.

—Me aseguraron que ya no se dedicaban al corso.

—Y es cierto, señor mío. Pero el gobierno de ustedes ha provocado a los tigres de Mompracem, y estos han empuñado de nuevo las armas.

—En definitiva, ¿qué es lo que desea usted, si puede saberse?

—Darles veinte minutos para que se embarquen en las chalupas y hundir este buque.

—¡Esto es una acción de piratería!

—Llámelo usted como más le guste; eso no me incumbe —repuso Yáñez—. ¡Obedecen ustedes o se van al fondo del mar! ¡Ustedes eligen!

—Concédame unos minutos para que pueda consultar con mis oficiales.

—No le doy más que veinte; una vez que hayan pasado nos iremos y el crucero abrirá fuego, se encuentren ustedes en el barco o no. Apresúrese, tenemos prisa.

El capitán, que hacía un gran esfuerzo para contener su ira, reunió a sus oficiales. A continuación ordenó botar las chalupas al mar e hizo que bajaran, en primer término, los pasajeros.

—Cedo obligado por la fuerza, ya que no puedo ofrecer resistencia —dijo a Yáñez—. Pero en cuanto lleguemos a Natuna o Banguram telegrafiaré al gobernador de Singapur.

—Nadie se lo impedirá —repuso Yáñez—. Entretanto debo notificarle que ya han pasado diez minutos y que consiento en que el pasaje y la tripulación se lleven consigo lo que les pertenezca.

—¿Y la caja de a bordo?

—Nosotros no sabríamos qué hacer con ella. Si no quiere perderla, llévesela.

Mientras, la tripulación había lanzado al agua las chalupas, después de colocar en ellas provisiones para varios días, remos y velas.

El capitán dio la orden de embarcar e hizo bajar antes que a nadie a las mujeres y luego a los restantes pasajeros. Los últimos en bajar a las lanchas fueron los oficiales, que llevaban consigo los papeles de a bordo y la caja.

—¡Inglaterra vengará este acto de piratería! —exclamó el capitán del vapor, que se hallaba muy excitado.

Yáñez saludó sin replicar.

Una vez que el barco hubo sido abandonado, los malayos de las chalupas subieron a él, mientras las chalupas de vapor del *Rey del Mar* se aproximaban a toda velocidad.

Fueron abiertas las carboneras para sacar el carbón, del que había muy escasa cantidad, puesto que el vapor debía recalar en Saigón para renovar sus provisiones, y empezó rápidamente el trabajo.

Un par de horas más tarde los malayos abandonaban el buque. Aún se divisaban las chalupas que llevaban a los marineros y el pasaje.

—¡Disparad dos cañonazos en la línea de flotación! —ordenó Sandokán.

Un instante después un par de granadas hundían el costado de babor del barco, abriéndole dos imponentes boquetes a través de los cuales entró impetuosamente el agua.

Cuatro minutos más tarde el buque se hundía en las profundidades del mar de la Sonda, provocándose una terrible explosión al estallar sus calderas. El *Rey del Mar* reanudó su travesía en dirección hacia el sudoeste.

A la siguiente mañana un velero inglés corría la misma suerte, tras haberle sido arrebatada una parte de su cargamento, que consistía en pescado seco destinado a los puertos de Hainán. Idéntico final padecieron otros barcos de vapor y de vela, que fueron a reunirse en las profundidades del océano.

El crucero continuaba su incursión por las líneas de navegación sin que nadie se lo impidiera, realizando el corso desde las costas de Borneo hasta avistar la isla de Anaba y cortando el camino a los buques que cruzaban el estrecho de Malaca directamente desde los mares de China y de Japón.

Ya habrían hundido a cañonazos otros treinta barcos, ocasionando grandes pérdidas a las compañías navieras, cuando cierto día un prao bornés advirtió a aquellos fieros destructores que había sido avistada en aguas de Natuna una flota compuesta de varios barcos de guerra.

Seguramente se trataba de la de Singapur, anclada para bombardear al buque corsario. Ese mismo día celebraron consejo Sandokán, Yáñez, Tremal-Naik y el ingeniero Horward, quienes decidieron interrumpir aquella expedición y dirigirse a Sarawak en busca del *Marianne*, que los debía de estar aguardando en la embocadura del Sedang.

Por otra parte, sus antiguos amigos y aliados, los dayakos, habrían iniciado ya la invasión del sultanato. En consecuencia, ese era el momento más oportuno para atacar por el mar al rajá y vengarse por su intervención en la conquista de Mompracem.

Tras aquella resolución, el *Rey del Mar*, que llevaba las carboneras repletas de carbón y también tenía grandes provisiones en la estiba, puso rumbo hacia el sudeste, ya que antes Sandokán quería asegurarse de que los ingleses continuaban aún en su isla.

Ordenó avanzar a toda máquina y el crucero empezó a devorar millas. Durante cuarenta y ocho horas navegó en dirección hacia Borneo, sin tener ningún percance, aunque todos tenían la certeza de que por aquellas aguas, y con el fin de sorprenderlos, merodeaba una poderosa escuadra.

Al ponerse el sol el segundo día, el *Rey del Mar* llegaba frente a Mompracem, la antigua guarida de los tigres de Malasia.

Intensamente conmovidos, Sandokán y Yáñez volvieron a ver otra vez su isla, desde la que con simples praos hicieron temblar muchos años al formidable leopardo inglés.

Al acercarse al cabo oriental, donde se abría una pequeña ensenada, la noche había caído hacía ya unas horas, pero la magnífica luz de la luna dejaba ver la gran roca en la que ondeó orgullosamente en otro tiempo la temible bandera del Tigre de Malasia.

La casa que sirvió de refugio a los dos jefes piratas ya no se distinguía. En su lugar había un fortín, seguramente provisto de buena artillería para evitar que los últimos tigres errantes por el mar intentaran reconquistar su guarida. En el fondo de la ensenada se veían también confusamente obras de defensas, parapetos y altos recintos.

Acodado en la borda de popa, sin pronunciar ni una palabra, con la vista nublada y el rostro sombrío, Sandokán contemplaba su antigua morada; por la expresión de su semblante era fácil adivinar que en aquellos momentos sentía un intenso dolor en su corazón.

Yáñez, que estaba junto a él, le puso una mano sobre la espalda y le dijo:

—Cualquier día la recuperaremos, ¿verdad, Sandokán?

—¡Sí! —replicó el pirata alzando el puño en dirección a la isla de una forma amenazadora—. ¡Sí! ¡Y ese día los echaremos a todos al mar, pero sin compasión!

Volvió la vista hacia el océano, que relucía bajo la luna.

—¡Otra vez siento un deseo terrible de destruir! —dijo—. ¡Frente a mí veo sangre!

—¡Allí! ¡Allí! ¡Miren!

Sandokán y Yáñez corrieron hacia la amura de babor al observar que los hombres de guardia se precipitaban a través de la toldilla.

—¡Son faroles! —exclamó el portugués.

—¡La sangre que andaba buscando! —gritó Sandokán, en cuyo corazón parecían renacer sus antiguos y fieros instintos.

En dirección a levante, hacia las islas Romades, cuyas cimas ya se avistaban, aparecieron casi a flor de agua seis puntos luminosos verdes y rojos, y en la parte superior, un par más, blancos.

—Son dos buques de vapor —comentó Yáñez—, y apostaría algo a que vienen de Labuán.

—¡Peor para ellos! —repuso Sandokán, extendiendo la mano en dirección hacia aquellos puntos luminosos—. ¡Pagarán lo de Mompracem! ¡Ordena que aviven los fuegos!

—¿Qué intentas hacer, Sandokán? —preguntó el portugués, impresionado por el tétrico brillo de los negros ojos de aquel fiero hombre.

—¡Hundir esos buques con toda la gente que va a bordo!

—Sandokán, recordemos que no somos piratas, sino corsarios. Por otra parte, no sabemos si son de guerra o mercantes y si su bandera es inglesa.

En vez de contestar, el Tigre de Malasia ordenó apagar las luces, subir a todos a cubierta y dirigir el crucero hacia los dos buques.

A las once el *Rey del Mar* viraba de bordo aproximadamente a quinientos metros de distancia de ambos vapores, los cuales, ignorantes del peligro que sobre ellos se cernía, navegaban a un cuarto de máquina y muy próximos el uno al otro.

—Parecen dos transportes —dijo Yáñez—. ¡Oye, Sandokán!

En los entrepuentes alumbrados restallaba el sonido de tamboriles, notas de cornetín y canciones. Aprovechando la magnífica noche y la calma del océano, los soldados se divertían. El viento, que provenía del septentrión, hacía llegar hasta el *Rey del Mar* aquellos sonidos.

—Son soldados ingleses de Labuán que vuelven a su país —comentó Yáñez—. ¿Oyes, Sandokán? Esos cantos los hemos escuchado también en los campamentos ingleses de la India durante el sitio de Delhi.

—¡Sí, soldados! —respondió el Tigre de Malasia con extraña entonación—. ¡De acuerdo! ¡Saludan a su lejana patria, pero la muerte se va a abatir sobre ellos!

—¡No hables de esta manera, amigo mío!

—Pero ¿es que ya no recuerdas que esos hombres me han expulsado de la isla después de haber realizado una carnicería entre mis más bravos hombres?

Se había incorporado por completo; tenía el rostro hinchado como consecuencia de la terrible ira que le dominaba, y sus ojos despedían llamas. El antiguo pirata, el osado Tigre de Malasia, que durante tantos años ensangrentó el agua de aquellos mares, renacía otra vez.

—¡Sí, reíd, cantad, danzad; esos son bailes fúnebres! ¡Mañana, apenas amanezca, las risas se helarán en vuestros labios! ¡Habéis tardado muy poco en olvidar a mi pequeño pueblo, al que sorprendisteis y degollasteis en las costas de mi isla! ¡Pero aquí os vigila su vengador!

El *Rey del Mar*, que acababa de virar de bordo, seguía sigilosamente a los dos buques, manteniéndose siempre a una milla de distancia.

Ya les era imposible la huida, pues no podían rivalizar en rapidez con el otro buque. Tal vez si navegaran por las aguas de las islas Romades, que se hallaban muy cercanas, habrían conseguido algo. Pero, no obstante, incluso en ese caso no hubieran logrado ponerse todos a salvo.

Inclinado sobre la borda, Sandokán los examinaba atentamente. Parecía sereno, pero debían de dominarle terribles ideas de destrucción, sangre y venganza.

—¿Quién podría impedirme —dijo de improviso— caer como un ciclón sobre esos buques y a golpes de espolón sumirlos en las profundidades del mar! ¡El océano sabe esconder muy bien los secretos que se le confían y nunca se sabría nada!

—¡No lo harás, por humanidad, Sandokán! —repuso Yáñez.

—¡Humanidad! ¡Esa es una palabra exenta de todo sentido cuando hay guerra! ¿Por casualidad la recordaron los ingleses cuando fríamente decidieron conquistar nuestra isla y exterminar a nuestro pequeño pueblo? ¿Qué resta ahora de los tigres de Mompracem, de esos tigres que tan importante servicio prestaron a los ingleses librándolos de la innoble secta de los thugs? ¡El agradecimiento a los insaciables merodeadores de los mares es ese! Se han apoderado a traición de nuestra isla, atacándonos por la noche con fuerzas diez veces más numerosas como si fuésemos fieras. ¡Y tú, Yáñez, hablas de humanidad! ¿Crees que si mañana nos atacase a nosotros o a nuestros praos una flota inglesa nos respetaría? ¡No! ¡Nos hundiría, mandándonos a dormir el sueño eterno a las profundidades del mar de Malasia!

—Sandokán, nosotros tendríamos ocasión de luchar, de disputar la victoria, mientras que esos buques no pueden ofrecer resistencia a nuestra potente artillería y al espolón de nuestro barco.

—¡Es cierto, señor Yáñez! —exclamó una voz detrás de ambos hombres.

Sandokán se dio bruscamente la vuelta y se encontró frente a Damna.

—Tú estás de acuerdo porque…

No concluyó la frase, que debía de referirse a los amores de la muchacha con el angloindio.

—¡Que intenten también defenderse ellos, Damna! —agregó.

—No podrían hacerlo, señor Sandokán —repuso la joven—. En esos buques es fácil que vayan quinientos o seiscientos desgraciados muchachos que anhelan ver de nuevo su tierra y abrazar a sus ancianos padres. ¡No haga usted llorar a tantas madres; usted, que siempre fue tan generoso!

—¡Mis hombres, los viejos tigres de Mompracem, lloraron la noche en que fueron expulsados de su isla! —contestó Sandokán conteniendo la cólera—. ¡Que lloren igualmente las mujeres inglesas!

Sandokán se retiró de la borda y se dirigió otra vez hacia las dos torres de popa, de cuyas bocapartas surgían los extremos de dos enormes cañones de caza dirigidos amenazadoramente hacia el horizonte. Se disponía a ordenar abrir fuego a aquel par de monstruos de bronce, cuando Damna puso una mano sobre los labios del fiero pirata.

—¿Qué va usted a ordenar, mi generoso protector? —exclamó la angloindia.

—¡Voy a dar la orden de exterminio! ¡Quiero que esas canciones de alegría se conviertan en un clamor de angustia! ¡Quiero que el mar se trague a los conquistadores de mi isla!

—¡No hará usted eso, señor Sandokán! —dijo Damna con firmeza—. Debe pensar usted que un día de esos quizá pueda verse frente a fuerzas superiores a las suyas y ser derrotado. ¿A quién respetarán en tal caso los vencedores?

—Además, debes recordar, Sandokán —añadió con voz seria Yáñez—, que a bordo van dos jóvenes: Surama, la primera y única mujer a quien he querido, y esta muchacha, que por salvarla iniciamos una guerra contra los estranguladores, en la que hubimos de hacer verdaderos milagros. Si actúas así, ni tan siquiera ellas podrán escapar a la cólera de nuestros vencedores. ¿O es que deseas convertirlas también en cómplices de esta acción inhumana?

El Tigre de Malasia se había cruzado de brazos y contemplaba ora a Damna, ora a Surama, que se acercaba lentamente en aquel momento. El fiero destello que pocos segundos antes brillaba en sus ojos fue extinguiéndose paulatinamente.

De repente tendió la mano hacia Yáñez sin decir una sola palabra, movió dos o tres veces la cabeza y a continuación empezó a pasear, parándose de vez en cuando para contemplar a los buques, que proseguían su rumbo navegando ante las islas Romades.

El *Rey del Mar* los seguía sin cesar a la misma distancia.

Pasó la noche sin que Sandokán descansara ni un instante. Continuaba paseando por la cubierta entre las torres, sin hablar con nadie.

Cuando las primeras luces del nuevo día empezaron a extenderse por el cielo ordenó acelerar la marcha del crucero y que los artilleros ocuparan sus puestos de combate.

Con una rápida maniobra se colocó a pocos cables de distancia de ambos barcos y mandó izar su enseña, apoyando la orden con un cañonazo sin proyectil.

Agudas exclamaciones resonaron en ambos transportes, cuyos puentes se llenaron de soldados, pálidos de espanto.

—¡Arriad la bandera! ¡Entregaos a discreción o, si no, os hundiremos! —les indicó Sandokán por medio de las señales.

A la vez mandó apuntar las piezas de artillería, decidido a que al mandato siguiera la ejecución de la amenaza.

POR LAS AGUAS DEL SARAWAK

Ambos transportes, que se veían imposibilitados de ofrecer la más mínima resistencia ya que únicamente contaban con piezas de artillería ligera, inofensiva por completo contra el poderoso blindaje, obedecieron en el acto y arriaron las banderas.

Sobre su cubierta imperaba una inenarrable confusión. Los soldados, que debían de ser unos trescientos o cuatrocientos, corrían enloquecidos por los puentes y se agrupaban en torno a las chalupas, imaginando que el crucero iba a echarlos a pique.

—¡Os doy dos horas para desalojar los buques! —notificó el Tigre de Malasia—. ¡Pasado ese plazo comenzará el cañoneo! ¡Cumplid las órdenes!

Las islas de Romades se hallaban a unos kilómetros de distancia, mostrando sus costas totalmente desiertas flanqueadas por numerosos bancos de arena y escolleras.

Los capitanes de los dos buques, después de un corto consejo, habían respondido:

—¡Cedemos ante la fuerza con el objeto de evitar una carnicería inútil!

Las chalupas de que disponían ambas naves fueron botadas rápidamente al agua, tan repletas de soldados que parecían a punto de irse a pique, ya que todos embarcaban con gran premura por miedo a que el corsario comenzara a abrir fuego.

Al observar que algunos llevaban consigo los fusiles, Sandokán, inexorable en todo momento, ordenó que los arrojaran al mar o que los llevasen otra vez a los barcos, amenazando con disparar al instante sobre las lanchas si no cumplían lo ordenado.

Mientras se efectuaba el embarque en medio de gritos, denuestos, amenazas y riñas, el *Rey del Mar* maniobraba con lentitud en torno a los barcos, apuntándolos sin cesar con su artillería.

—¿Qué piensas hacer con esos transportes? —inquirió Yáñez.

—Los hundiremos —repuso con frío acento Sandokán—. ¡El mar está preparado para recibirlos en sus entrañas!

—¡Qué pena no poder remolcarlos hasta un puerto cualquiera!

—¿Adónde? ¡No hay un simple puerto amigo para los últimos de Mompracem! ¡Diríase que todos los estados de Borneo, después de haber sentido tanta admiración hacia nosotros, sienten temor del leopardo inglés! ¡No importa! ¡No por eso dejaremos de actuar! Entregaremos al mar estas presas. ¡Este, al menos, no las devuelve jamás!

—¡Qué innumerables tesoros perdidos de una manera inútil! —exclamó Damna.

—¡Es la guerra! —replicó con seca entonación Sandokán—. Yáñez, ordena que boten al agua las chalupas y que abran las carboneras. ¡El *Rey del Mar* tendrá abundante provisión de combustible!

Los soldados, cuyas chalupas habían realizado ya varios viajes, acamparon la mayoría en la playa más cercana, prestos a ocultarse en los bosques en caso de peligro.

Yáñez mandó embarcar a cincuenta hombres bien armados y les ordenó que ocuparan los transportes antes de que terminaran de marcharse de ellos todos sus tripulantes, con el fin de impedir cualquier traición.

Los buques debían de llevar pólvora y, al abandonarlos, los comandantes podían dejar mechas prendidas en la santabárbara y hacer que explotaran los transportes y, junto a ellos, los depósitos de carbón que tan necesarios les eran a los tigres de Mompracem.

En cuanto todos los ingleses abandonaron las dos naves, se dirigió hacia ellas un nuevo grupo de malayos, a cuyo frente iba Kammamuri, para realizar la descarga del carbón y las municiones.

Los soldados contemplaban anhelosamente desde la playa la maniobra de los piratas, sorprendidos de no verlos remolcar los dos buques, que era lo que pensaban que iba a suceder.

Los hombres de Sandokán trabajaron activamente durante todo el día, afanándose en vaciar las repletas carboneras de ambos transportes. Al declinar la tarde las habían vaciado casi por completo.

—¡Y ahora —exclamó Sandokán—, mar, recoge las presas que te entrego! ¡Cuando nos toque también a nosotros ir a las profundidades, muéstrate clemente!

Antes de dejar los dos buques, los malayos prendieron unas mechas unidas a los barriles de pólvora que habían dejado en la santabárbara.

Sandokán, Yáñez y Tremal-Naik se apoyaron sobre la amura de popa para contemplar a los dos transportes. Frente a ellos habían puesto un cronómetro.

—¡Tres minutos! —exclamó de pronto Sandokán, volviéndose hacia sus amigos—. ¡El fin!

Un momento más tarde retumbaba una tremenda explosión, que fue seguida de otra a muy escasa distancia, no menos atronadora.

Las dos naves, cuarteadas por las explosiones, se hundieron con gran rapidez en medio del furioso clamor de los soldados y de las tripulaciones, que contemplaban la catástrofe desde la costa de la isla.

—¡Esto es la guerra! —comentó Sandokán, mientras en su rostro se dibujaba una sarcástica sonrisa—. ¿No la han querido? ¡Que la paguen! ¡Y esto es tan solo el principio del drama!

A continuación, volviéndose hacia Yáñez, añadió:

—¡Ahora marchemos a Sarawak! ¡Ese golfo será el escenario de nuestra próxima campaña, y allí las presas serán más numerosas que aquí! ¡Ya lo comprobaréis!

El *Rey del Mar* se alejó velozmente de las Romades, poniendo rumbo al sur.

Con las carboneras repletas y un sobrecargo en la estiba se encontraba en condiciones de retar a correr a todos los buques que los coaligados debían de haber reunido en las aguas de Sarawak.

El poderoso crucero, que devoraba literalmente las millas, se hallaba un par de días más tarde a la vista del cabo Taniong-Datu y cruzaba frente a la misma ensenada donde se había cobijado el *Marianne*. Al no encontrar nada en aquel lugar, reanudó la marcha hacia el sudeste para alcanzar la embocadura del Sedang.

Sandokán deseaba averiguar, en primer término, si los tripulantes de su pequeño barco habían conseguido realizar el encargo que les asignó, que, como ya conocemos, era insurreccionar y facilitar armas a sus antiguos aliados los dayakos, que tan enérgicamente le apoyaron contra James Brooke, el célebre «exterminador de piratas».

El *Rey del Mar*, que no había aminorado su marcha, avistaba cuarenta y ocho horas después el monte Matang, el enorme pico que se alza en las cercanías de la costa de poniente de la ancha bahía de Sarawak, y cuya cima, cubierta de verdor, tiene una altitud de dos mil novecientos sesenta pies. Al día siguiente el crucero navegaba frente a la embocadura del río que baña la capital del rajá.

Era preciso mantener los ojos bien alerta, ya que los buques ingleses o del rajá podían aparecer de improviso, en cualquier momento.

Probablemente, la inesperada aparición del barco corsario había sido advertida a las autoridades de Sarawak y, por consiguiente, se harían al mar los mejores cruceros para defender contra cualquier ataque a los barcos que abandonaban el río en dirección a Labuán o a Singapur, puesto que allí resultaría fácil para los atrevidos piratas de Mompracem apresar a los buques mercantes.

Se dio orden a bordo del crucero para extremar la vigilancia. Los gavieros estaban de continuo durante la noche y el día en las plataformas superiores, con catalejos de gran alcance, dispuestos a dar la voz de alarma en el caso de que surgiese el menor penacho de humo en el horizonte.

Para llevar hasta el extremo las precauciones, Yáñez y Sandokán dieron orden de que después de ponerse el sol no se encendiera en el buque la menor luz, ni siquiera en los camarotes cuyas ventanillas comunicaban con los costados exteriores, y menos aún los faroles reglamentarios. Querían pasar inadvertidos frente a la embocadura del Sarawak, con el objeto de que no los siguieran en su travesía por las costas orientales y poder llevar a cabo sin ningún impedimento las operaciones que tenían decididas.

Su instinto les decía que estaban buscados y que los buques ingleses y los del rajá debían de estar atravesando aquellos parajes. Quizá habrían averiguado también sus proyectos o habrían sido informados por alguien de sus planes.

En contra de lo que era usual en ellos, ambos piratas parecían estar en extremo inquietos. Se les veía pasear por el puente durante horas enteras y detenerse con mucha frecuencia para otear el horizonte anhelosamente.

Especialmente por la noche no abandonaban la cubierta, y se limitaban a reposar unas horas después de haber salido el sol.

—Sandokán —dijo Tremal-Naik cuando ya el *Rey del Mar* hubo pasado algunas millas más allá de la segunda boca del Sarawak—, creo que estás muy preocupado.

—Sí —repuso el Tigre de Malasia—, no te lo oculto, amigo mío.

—¿Temes algún percance?

—Tengo la certeza de que me persiguen o de que andan en mi busca, y un marino se engaña en muy raras ocasiones. ¡Parece que estoy oliendo el humo del carbón de piedra!

—¿Crees que nos sigue la flota inglesa o la del rajá?

—La del rajá no me inquieta demasiado, puesto que el único buque que podía enfrentarse al mío descansa en el fondo del mar.

—En tal caso, ¿la de sir Moreland?

—Sí, Tremal-Naik. Los cruceros que tiene el rajá son anticuados y de segundo orden, y como barcos de guerra son una absoluta nulidad. La que me preocupa es la flota de Labuán.

—¿Será muy poderosa?

—Muy poderosa, no; pero sí numerosa. Pueden atraparnos en medio y darnos mucho trabajo, a pesar de que considero que nuestro crucero es lo bastante potente para hacerle frente. Los mejores buques de Inglaterra se hallan en Europa.

—Estos se encuentran a mucha distancia de Europa —dijo Tremal-Naik.

—¿Y quién me dice que no hayan mandado algunos en nuestra busca? Me han asegurado que también disponen de barcos magníficos en la India. En cuanto se hayan enterado de las graves pérdidas que hemos ocasionado a sus líneas marítimas, no vacilarán los ingleses en enviar a estos mares lo más selecto de la flota hindú.

—¿Y en ese caso…? —inquirió Tremal-Naik.

—Haremos cuanto nos sea posible —respondió Sandokán—. Si el combustible no nos escasea, los obligaremos a correr bastante.

—¡Siempre es el carbón nuestro gran problema!

—Di mejor nuestro punto débil, Tremal-Naik, pues para nosotros todos los puertos están bloqueados. Por fortuna, la marina inglesa es la mayor del mundo, y siempre encontraremos vapores, aunque debamos ir en su busca a los mares de China. ¡Vaya! ¡Llega la niebla! ¡Esto es una suerte para nosotros, ahora que vamos a cruzar ante las costas del sultanato!

—¿Cuánto distamos de Sedang?

—Unas doscientas millas. Estas son las aguas más peligrosas. Si esta noche no tenemos ningún percance, mañana nos encontraremos con el *Marianne*. ¡Tremal-Naik, mantengamos los ojos bien abiertos y aumentemos la velocidad!

La suerte parecía favorecer a los últimos tigres de Mompracem, ya que en cuanto el sol se hubo puesto se abatió sobre el golfo una impenetrable niebla.

De ese modo, el *Rey del Mar* tenía más posibilidades de poder escapar a la persecución de los barcos coaligados, en la suposición de que se hallaran movilizados para cogerle por sorpresa.

Pese a esto, Yáñez y Tremal-Naik habían dado las órdenes pertinentes para que toda la gente estuviera lista. Podía surgir de improviso cualquier enemigo, entrar en combate y, con el fragor de los cañonazos, llamar la atención del grueso de la flota.

El crucero, que había aumentado su velocidad hasta llegar a los trece nudos, avanzaba entre la niebla, que se iba espesando cada vez más.

Sandokán, Yáñez, Tremal-Naik y el ingeniero norteamericano se hallaban sobre la toldilla junto a los timoneles, intentando inútilmente avistar algo a través de las calurosas oleadas de la niebla, que de cuando en cuando eran rasgadas por el viento.

Los artilleros estaban también en sus puestos, mientras que junto a la artillería ligera, protegidos por las amuras, estaban los malayos y los dayakos.

Todos permanecían silenciosos, prestando oídos con gran atención. No se percibía otra cosa que los sordos bramidos del vapor, el ruido de la hélice que golpeaba el agua y el del espolón que la hendía.

Ya se habrían alejado unas cincuenta millas de la segunda boca del Sarawak cuando de improviso se oyó el silbido de una sirena.

—¡Un buque de exploración que advierte su presencia a otro! —dijo Yáñez a Sandokán—. ¿Se tratará de un barco mercante o de guerra?

—Me imagino que será algún aviso del rajá —respondió el Tigre de Malasia—. ¿Nos estarían esperando?

—Ordena poner proa hacia levante.

—Desearía averiguar primero con qué enemigo hemos de combatir.

—Con esta niebla no resultará sencillo averiguarlo, Sandokán —dijo Tremal-Naik—. ¿Cuándo podremos alcanzar la boca del Sedang?

—De aquí a cinco o seis horas. ¿Puedes ver algo, Yáñez?

—Solamente niebla —replicó el portugués.

—Pues nosotros no nos desviaremos. De manera que tanto peor para el que sea alcanzado por el espolón de nuestro buque.

Y, aproximándose al tubo que conectaba con la cámara de máquinas, ordenó con fuerte voz:

—¡Señor Horward! ¡Adelante a toda máquina; a marcha máxima!

El *Rey del Mar* prosiguió su avance, aumentando la velocidad.

De trece nudos a la hora había subido a catorce y aún no era suficiente. El ingeniero norteamericano mandó aumentar la tensión al tiro forzado con el fin de alcanzar los quince.

Esa maniobra consumía mucho carbón; pero aún tenían bastante para navegar durante unas cuantas semanas sin necesidad de verse forzados a proveerse de combustible.

Pasaron dos horas más. De improviso, la niebla se iluminó como si fuese atravesada por un poderoso rayo de luz.

No podía tratarse de la luz de la luna, ya que era mucho más fuerte y brillante; provenía del este y cruzaba de norte a sur, haciendo saltar de las aguas chispas de plata.

—¡Es un reflector eléctrico! —exclamó Yáñez—. ¡Nos están buscando!

—¡Sí, sí, nos buscan! —concordó Tremal-Naik—. ¿Serán muy numerosos?

Sandokán no había pronunciado ni una sola palabra, pero su frente se surcó de arrugas.

Transcurrieron unos minutos.

—¡Máquina atrás! —ordenó de repente el Tigre de Malasia.

El *Rey del Mar*, impulsado por la velocidad adquirida, aún avanzó unos doscientos o trescientos metros; luego se detuvo, dejándose mecer por las amplias oleadas del golfo.

Frente al crucero había un barco, que seguramente no se encontraría solo. Escudriñaba el mar, proyectando hacia todas partes un haz de luz eléctrica.

—¿Habrá advertido nuestra presencia la flota de Sarawak? —preguntó Tremal-Naik.

—Nos habrá visto algún velero, o acaso un prao que haya podido evitar nuestra vigilancia —dijo Sandokán.

—¿Qué vas a hacer, Sandokán?

—Por el momento, aguardaremos; luego pasaremos, aunque debamos hundir diez barcos a golpes de espolón. El *Rey del Mar* posee una proa a prueba de escollos, y las máquinas son tan resistentes que no estallarán por un choque.

La luz continuaba atravesando con lentitud la superficie del agua desde el norte hasta el sur, intentando desgarrar la niebla, que por fortuna era muy espesa.

De pronto, y por la parte opuesta, es decir, por la popa del crucero, surgió la luz de otro reflector, y al instante un par más: uno al norte y otro al sur.

De los labios del portugués, que se hallaba haciendo la guardia con los timoneles, brotó una sorda imprecación.

—¡Nos han cercado magníficamente! ¡Malditos tiburones! ¡Creo que dentro de pocos minutos va a hacer aquí demasiado calor!

El Tigre de Malasia había estado observando con suma atención la dirección de aquellos luminosos rayos. Su buque se hallaba en el centro, así que aún no podía haber sido descubierto; pero le resultaba asimismo imposible retroceder o avanzar sin ser visto.

Hizo un gesto a Yáñez y al ingeniero norteamericano para que acudieran a su lado.

—Hay que forzar el paso —les indicó—. Seguramente, frente a nosotros no habrá más que un barco. La carga va estibada perfectamente.

—¿Vamos a atacar con el espolón? —preguntó el norteamericano.

—Eso es lo que pretendo hacer, señor Horward. Ordene usted que se doble el personal de las máquinas y permanezcan atentos a las instrucciones que les sean dadas.

—De acuerdo, comandante —repuso el yanqui—. Mis compatriotas harían lo mismo de hallarse en una situación como la presente.

—¿Se encuentran todos los artilleros en sus puestos de combate?

—Sí —respondió Yáñez.

—¡Adelante a toda máquina! ¡Pasaremos a toda costa!

Los haces de luz eléctrica continuaban cruzándose en todas direcciones y, paulatinamente, se iban tornando más brillantes.

Posiblemente, los que mandaban aquellos buques habían advertido ya la imponente masa del *Rey del Mar* y se preparaban para atacarlo avanzando hacia un mismo lugar.

La situación iba a ser terrible, y no obstante, malayos, dayakos y norteamericanos mantenían una sorprendente serenidad en aquel momento crítico.

—¡Todos a las baterías! —ordenó Sandokán mientras entraba en la torre de mando con Yáñez y Tremal-Naik.

El *Rey del Mar* avanzó velozmente. Su rapidez aumentaba por momentos y el humo, que brotaba en violentas bocanadas de sus dos chimeneas, caía sobre los puentes como consecuencia de la niebla.

Un sonoro temblor sacudía todo el buque; los árboles de la hélice aumentaban sus revoluciones y el vapor bramaba en las calderas.

Como si se tratase de un enorme proyectil, el barco cruzó la zona luminosa; pero apenas se había desvanecido en la densa niebla, nuevos rayos de luz llegaron hasta él.

Los barcos enemigos iniciaron la persecución para darle alcance, e intentaban encerrarlo en un anillo de hierro y fuego.

Sandokán permanecía impertérrito, ordenando que el crucero avanzara siempre hacia el este.

Resonaron algunos cañonazos y se oyó el fragor de los proyectiles por el aire, que pasaron silbando sordamente.

—¡Preparados para el fuego de andanada! —exclamó Yáñez.

—¡Voto a Júpiter! ¿Y las muchachas?

—Se hallan a resguardo en la cámara —repuso Tremal-Naik.

—Manda a alguien para comunicarles que no se espanten si notan mucho ruido —dijo Sandokán.

Sombras descomunales se agitaban entre la niebla, alumbradas sin cesar por los reflectores.

La flota enemiga iba a abalanzarse sobre el crucero de los tigres de Mompracem con el objeto de impedirle la retirada.

De improviso, una negra masa surgió de forma casi inesperada frente a la proa del *Rey del Mar* y a menos de cuatro cables de distancia. Ya no era posible detener el avance del crucero.

—¡Con el espolón! —gritó Sandokán con voz estruendosa.

El *Rey del Mar* se lanzaba como un ariete contra el buque adversario. Un terrible encontronazo, seguido de gritos angustiosos, retumbó entre la niebla, repercutiendo hasta perderse en la lejanía del océano.

El espolón del crucero había atravesado totalmente el casco del buque enemigo, abriéndole un grandioso boquete.

El *Rey del Mar* se detuvo un instante, inclinándose hacia proa, mientras que en el otro buque, atacado y herido de muerte, estallaron diversas explosiones. Eran las calderas, que acababan de reventar.

—¡Máquina atrás! —ordenó el ingeniero norteamericano.

En la parte de proa se oyeron sordos crujidos e inmediatamente el *Rey del Mar*, con una brusca sacudida, sacó su espolón del barco adversario, hizo marcha atrás y viró sobre babor.

El buque pasado por ojo se hundía con rapidez, en medio del clamor y el atronador griterío de sus tripulantes.

El *Rey del Mar* había reanudado la carrera, pasando junto a la proa del barco que se hundía y avanzando otra vez entre la niebla.

Nuevas sombras surgieron a babor y estribor. Los barcos de la escuadra, aprovechando aquella breve parada y retroceso, habían llegado junto al corsario y sus proyectores iluminaban los puentes de la nave fugitiva.

—¡Fuego a discreción! —ordenó Yáñez.

El crucero se encendió como un volcán en erupción, con un espantoso estampido. Los enormes cañones de las torres abrieron fuego casi al mismo tiempo, sacudiendo al buque desde la quilla hasta la punta de los mástiles y arrojando sobre las naves enemigas sus pesados proyectiles; las piezas de mediano calibre imitaron el ejemplo, machacando al adversario.

No obstante, los perseguidores no parecían amedrentarse, aunque aquella descarga terrible de la artillería moderna de grueso calibre debía de haberles ocasionado graves daños, irreparables en un buque de poco tonelaje o mal protegido.

Los relámpagos de los cañonazos brotaban en todas direcciones. Los proyectiles y las granadas se estrellaban o reventaban contra el fuerte blindaje del buque corsario, o estallaban entre los puentes arrojando esquirlas de metal.

Golpeaban los costados de babor y estribor, caían a popa y a proa, escurriéndose por las planchas metálicas de las toldillas y rebotando en los bordes de las torres.

Pero el *Rey del Mar* no interrumpía su avance; al contrario, replicaba con terrible furia, lanzando proyectiles a diestro y siniestro y por el lado de popa.

Un buque pequeño que avanzaba con extraordinaria rapidez surgió de improviso entre la niebla y, con gran temeridad, se dirigió hacia el crucero.

Se trataba de una chalupa grande de vapor con un asta muy larga en la proa; la antigua torpedera. Horward, el ingeniero norteamericano, que conocía aquella mortífera arma, exclamó:

—¡Cuidado! ¡Intentan lanzarnos un torpedo!

Sandokán y Yáñez abandonaron precipitadamente la torre de mando. La chalupa, alumbrada por los reflectores de los restantes barcos, avanzaba a toda marcha hacia el *Rey del Mar*, intentando alcanzarlo; un hombre, el que iba al mando de ella, se hallaba en la proa detrás del asta.

—¡Es sir Moreland! —exclamaron al unísono.

Era, en efecto, el angloindio, que, dominado por una temeridad demencial, pretendía destruir el crucero.

—¡Cortad el avance de esa chalupa! —ordenó Sandokán.

—¡Que nadie abra fuego! —exclamó Yáñez.

—¿Qué dices, hermano? —preguntó, estupefacto, el Tigre de Malasia.

—¡No le matemos! ¡Damna no podría soportarlo! ¡Déjame actuar a mí!

En estribor había algunas piezas de calibre medio. Yáñez se acercó a la más próxima, que ya estaba apuntada contra la chalupa; corrigió al instante el punto de mira y después dio un tirón de la correa.

La chalupa se hallaba a unos trescientos metros, pero ya no podría perseguir al crucero. El proyectil la alcanzó en la popa con exactitud matemática, arrancándole a la vez el timón y la hélice y obligándola a detenerse en su carrera.

—¡Feliz viaje, sir Moreland! —exclamó con acento irónico el valeroso artillero.

El angloindio hizo un ademán de amenaza y el viento llevó hasta los tigres de Mompracem estas palabras:

—¡Dentro de muy poco tendréis que enfrentaros al hijo de Suyodhana! ¡Os aguarda en el golfo!

El crucero ya había atravesado la zona luminosa y se ocultaba en la niebla.

Por última vez disparó sus cañones de caza hacia los barcos adversarios, que no podían rivalizar con su máquina, y desapareció en dirección al este, al tiempo que los malayos y los dayakos gritaban entre grandes clamores:

—¡Viva el Tigre de Malasia!

EL HUNDIMIENTO DEL *MARIANNE*

De nuevo el poderoso navío de los tigres de Mompracem, construido por magníficos ingenieros norteamericanos, justificaba su título de invencible y de estar hecho a prueba de escollos.

A pesar del terrible choque soportado al asestar aquel tremendo golpe con el espolón, resistieron perfectamente tanto las máquinas como la proa, y también el blindaje, contra cuyas planchas había caído un auténtico diluvio de artillería.

Salió casi indemne del combate, ya que, excepto alguna abolladura de poca importancia, sus sólidos costados podrían aguantar otra lucha. Todo el daño se había reducido a cuatro muertos: cuatro artilleros que fueron alcanzados por la explosión de una granada.

El *Rey del Mar* no aminoró la marcha. Sabiendo ya con certeza que eran perseguidos, e imaginando que los coaligados debían de haber adivinado los planes de su crucero, Sandokán y Yáñez querían alcanzar la boca del Sedang con una ventaja de veinticuatro horas como mínimo para auxiliar al *Marianne* y, si resultaba posible, ponerse en contacto con los jefes dayakos.

Tenían la seguridad de que encontrarían a la pequeña nave refugiada entre las escolleras, a la espera de su llegada.

—Si el demonio no mete el rabo —dijo Yáñez a Tremal-Naik—, cuando llegue la flota de los aliados todo habrá terminado.

—¿No continuarán persiguiéndonos? —adujo el hindú.

—Intentarán encerrarnos entre el Sedang y el Redjang para obligar a nuestro barco a dirigirse hacia la costa —repuso el portugués; pero aún tengo confianza en que no lleguen a tiempo.

—¿Y si nos encontramos allí con el hijo de Suyodhana? ¿No has oído lo que gritó sir Moreland?

—Es posible; pero supongo que ese hombre no poseerá toda una flota.

—¿Y si la ha equipado? Los thugs debían de tener inmensas riquezas, y tras la disolución de la secta habrán pasado a manos del hijo de Suyodhana.

—Sí, jefe; inmensas —intervino Kammamuri, que en aquel instante se había acercado—. Cuando estuve preso en el subterráneo de Raimangal vi una cueva abarrotada de barriles llenos de oro. Además, me aseguraron que en los más importantes bancos de la India tenían depositadas fabulosas sumas.

—¡Me estás amargando el cigarro, mi apreciado Kammamuri! —exclamó Yáñez—. ¿El Tigrecito de la India ha podido armar varios buques?

Luego exclamó, encogiéndose de hombros:

—¡Bah! Nuestro crucero puede enfrentarse a varios barcos de guerra y dar una lección a ese caballero. ¡A propósito! ¡Ya va siendo hora de que aparezca y nos deje ver si tiene semejanza con su padre!

—¡Qué desgracia que sir Moreland no nos haya dado alguna noticia respecto a nuestro enemigo! —dijo Tremal-Naik.

—¡Hum! —comentó Yáñez—. Yo creo que ese angloindio se halla más a las órdenes del hijo de Suyodhana que a las del rajá de Sarawak.

—Mayor motivo aún para que no se le respete —dijo Kammamuri—. Debió usted permitir que dispararan toda la artillería contra la chalupa de vapor, en vez de tocarla solamente.

—¡Qué quieres que te diga…! ¡Me apenaba dejar que mataran a ese joven tan valeroso! —contestó Yáñez.

—Y tan amable y cortés —agregó Tremal-Naik—. Mientras Damna y yo estábamos detenidos por él, siempre se portó como un auténtico caballero, sobre todo con mi hija.

—¿Desde el primer instante?

—Al principio, no —contestó el indio—. Durante los primeros días mostró una extrema frialdad; tanta, que con frecuencia me examinaba de muy mala manera, lo cual me causaba gran preocupación e inquietud. Pero después fue modificando su comportamiento poco a poco.

—¡Ah! —respondió Yáñez con una sonrisa.

Encendió de nuevo el cigarro, que se le había apagado, y se encaminó hacia la toldilla de la cámara, en la que entraban Damna y Surama en aquel instante.

—¿No habéis tenido miedo, pequeñas? —preguntó mirando sobre todo y con cierta malicia a la hija del hindú.

—¡Gracias, señor Yáñez! —musitó Damna, cogiéndole la mano derecha y estrechándosela con fuerza.

—¿De qué te has enterado?

—¡De todo!

—Lo hubieras lamentado mucho si hubiera resultado muerto, ¿no es cierto, Damna?

—¡Sí! —dijo suspirando la joven—. ¡Es un amor fatal!

—¡Bah! Cuando termine la guerra buscaremos a ese valeroso muchacho y... ¡quién sabe...! Todo puede concluir perfectamente y tal vez acabéis siendo una feliz pareja, ya que, por lo que he podido comprobar, también sir Moreland te ama con toda su fuerza.

—No obstante, sahib blanco —objetó Surama—, me han asegurado que intentó hacer explotar nuestro buque.

—Pretendía averiar gravemente el barco para, en medio de la confusión, raptar a Damna —dijo Yáñez—. ¡Tengo la certeza de que no la hubiera dejado ahogarse...! La niebla se disipa... por allí comienza a extenderse algo de luz. Está amaneciendo; ahora comprobaremos si aún llevamos a nuestra espalda los buques coaligados.

La niebla, que tan oportunamente había ocultado a los tigres de Mompracem, empezaba a desvanecerse barrida por la brisa.

Cuando hubo desaparecido por completo pudieron ver que el océano se hallaba desierto.

La flota aliada, comprendiendo que no podía competir con las potentes máquinas del *Rey del Mar*, debía de haberse quedado muy rezagada o bien regresado a la boca del Sarawak.

Por el norte se veía también el horizonte limpio, ya que el corsario se había alejado mucho de las costas de Borneo con el fin de no ser avistado por ningún guardacostas.

No se distinguía otra cosa que pájaros marinos, que revoloteaban con una ligereza y una rapidez realmente asombrosas.

El *Rey del Mar* prosiguió durante todo el día su veloz marcha, ya que Sandokán no deseaba únicamente mantener la ventaja adquirida, sino aumentarla, para tener tiempo de encontrar al *Marianne*.

Antes de la puesta del sol el crucero navegaba ya por las aguas que bañan las costas del Sedang.

—Por el momento podemos considerar que estamos fuera de peligro —dijo Yáñez a Horward, que, al igual que Damna, observaba la puesta del astro diurno.

—Sí; pero de aquí a unos días, posiblemente antes de cuarenta y ocho horas, nos veremos forzados a iniciar el canto guerrero —repuso el norteamericano.

—Los buques de los aliados no nos dejarán en paz.

—Pero ¡qué puesta de sol tan magnífica! —exclamó en aquel instante Damna.

—Las que se contemplan en estos mares son las más bellas que puedan admirarse —dijo Yáñez—. Sus colores no se ven en otros lugares. Si prestan atención, distinguirán el famoso rayo verde.

—¡Un rayo verde! —exclamaron al tiempo Damna y el norteamericano.

—Y soberbio, Damna. Es un fenómeno hermosísimo, que únicamente se puede admirar en los mares de Malasia y en el océano Índico. El cielo se halla totalmente límpido y es probable que puedas verlo. Espera a que el borde superior del sol esté a punto de desaparecer.

—¿Es posible que de todos estos destellos ígneos pueda salir un rayo de ese color? —exclamó.

—Tengo la certeza de no equivocarme; presten atención.

El sol desaparecía entre un océano de resplandores, cuyos colores iban cambiando paulatinamente debido al estado higrométrico de la atmósfera y de la distancia que separaba al astro del cenit.

Mientras iba hundiéndose en el océano, se esparcía por el cielo una luz rojiza y amarillenta que adquiría rápidamente una tonalidad violácea, que se disipaba de una manera imperceptible en un fondo azul grisáceo.

El borde superior del disco solar se hallaba a punto de desaparecer cuando de pronto brotó un rayo verde, de tal nitidez y hermosura que tanto Damna como el norteamericano lanzaron exclamaciones de admiración.

Por un momento se proyectó sobre el agua y luego se desvaneció inesperadamente, a la vez que el último segmento del astro diurno desaparecía tras la ondulante superficie.

—¡Soberbio! —exclamó Horward.

—¡Maravilloso! —dijo Damna—. ¡Nunca había visto un rayo de ese color!

—¿Y no puede admirarse en otros sitios? —preguntó Kammamuri, que se había reunido con ellos.

—Es muy difícil, ya que tienen que darse condiciones extraordinarias de limpidez y claridad en la atmósfera, y únicamente suelen producirse en estas regiones. La campana nos está llamando para cenar. Aprovechemos ahora, que no nos amenaza ningún peligro —dijo Yáñez ofreciendo el brazo a la muchacha angloindia.

Dos horas después de ponerse el sol, el *Rey del Mar*, que no había reducido la velocidad, se hallaba delante de la boca del Sedang a una distancia de seis millas.

—¿Se habrá ocultado el *Marianne* río arriba? —preguntó Kammamuri a Yáñez, que exploraba la costa mediante el catalejo.

—No habrá sido tan necio su comandante. Debe de haberse escondido entre las escolleras de levante, donde se forman varios canales. Nos dirigiremos hacia allí a marcha lenta.

El buque puso rumbo hacia la boca del río, llegando hasta muy corta distancia; inmediatamente avanzó en dirección al este, donde se veían diversas filas de escolleras.

Estaban a escasa distancia de las primeras rocas, que surgían de las aguas como insignificantes islotes, cuando resonaron débilmente a lo lejos unos disparos.

Sandokán, advertido al instante por Kammamuri, subió en el acto a cubierta junto a Tremal-Naik y Horward.

Exploraron con atención el horizonte, mirando en todos los sentidos; ante su vista no aparecía ningún barco de vela ni de vapor. No obstante, aquellas detonaciones —tres si no se habían engañado los hombres de guardia— habían sido escuchadas por todos ellos. Sandokán manifestó una gran inquietud.

«¿Habrá cogido por sorpresa algún buque a mi viejo *Marianne*, y lo estará cañoneando?», se dijo.

—¿Hacia dónde se han oído los disparos?

—En dirección a occidente —repuso Yáñez, que estaba de guardia.

—Nada; el horizonte está clarísimo.

—Y esos disparos, ¿eran muy débiles?

—Muy débiles.

—En tal caso, esos cañonazos han debido de ser disparados a una considerable distancia —hizo notar el yanqui Horward.

—Sí, teniendo presente que el viento sopla del este.

—Sandokán —intervino Tremal-Naik, cuya frente se había ensombrecido—, vamos enseguida en busca del *Marianne*.

—Eso es lo que haremos ahora mismo —convino el Tigre de Malasia—. Si no lo hallamos tras esa escollera, regresaremos hacia el Sedang. Ordena a Kammamuri y los gavieros que suban a las cofas con buenos catalejos para que reconozcan el horizonte detenidamente.

El *Rey del Mar* proseguía navegando hacia el este, bordeando la costa a un par de millas de distancia para no chocar con algún banco de arena.

Una enorme ansiedad se había adueñado de los tripulantes, y en especial de Sandokán y de Yáñez. La desaparición del prao, que debía de encontrarse desde hacía días en aquella zona, les preocupaba mucho; temían que hubiera sido descubierto y hundido por algún buque enemigo.

Sambigliong estaba más enfurecido que ninguno, y paseaba sin parar dando vueltas como enloquecido entre las torres de los colosales cañones, prometiendo despedazar al atrevido que hubiera osado atacar al viejo *Marianne*.

La carrera del *Rey del Mar* prosiguió durante una hora, sin que los gavieros hubieran conseguido descubrir el velero en ninguna parte. A la vista del resultado, Sandokán ordenó virar de bordo y aproximarse a una barrera de elevadísimos escollos que formaban un brazo de mar entre este y la costa.

Todos estaban seguros de que algún desastre le había ocurrido al barco.

—¡Avivad los fuegos! —ordenó Sandokán—. Si los ingleses se presentan a tiempo, vengaremos como se merece este golpe de mano.

—¿Se nos echará encima la flota aliada? —preguntó Tremal-Naik a Yáñez.

—Le llevamos como mínimo una ventaja de doce horas —respondió el portugués—. ¡Llegará muy tarde!

El buque avanzaba, ligero como una gaviota, a marchas forzadas. En las calderas se arrojaban toneladas de carbón, lo que hacía que las temperaturas fueran tan altas que los mismos maquinistas y fogoneros tenían que soportarlas con bastante dificultad.

La luna había salido algo después de las once, y la noche era tan clara que podía distinguirse fácilmente en la argentada superficie del golfo el más minúsculo punto negro. No obstante, los gavieros respondían siempre de una manera negativa a las preguntas que de vez en cuando se les dirigía.

¡Nada, siempre nada! ¡No se veía ningún punto negro en el horizonte!

«¿Habrán sido la señal del *Marianne* aquellos cañonazos?», se preguntaban todos cada vez con mayor ansiedad.

Sobre la medianoche empezaron a perfilarse las costas orientales del Sedang. Parecían muy negras debido a las grandes masas de sus bosques seculares.

—¡Humo frente a nosotros!

Yáñez enfocó su catalejo en aquella dirección.

—¡Un buque de vapor! —exclamó el portugués—. ¡Dos mil metros! ¡Un magnífico disparo para un artillero experto! ¡Detengámoslo! ¡Cien rupias para quien lo alcance!

Aún no había acabado la frase cuando ya el anciano jefe artillero que se ganó los doscientos dólares se colocó tras su cañón, bajo la torreta de babor.

Se advertía claramente que el vapor intentaba huir. La luna lo iluminaba de lleno.

La distancia era considerable; pero el viejo artillero confiaba en su vista y en su cañón.

—¡Esto lo soluciono yo! —exclamó—. ¡Las cien rupias van a bailar en mi bolsillo, aguardando la ocasión para poder adquirir una montaña de tabaco y un barril de ginebra!

Esperó a que el barco pasara junto a la proa del crucero y en ese momento disparó.

¿Dio en el blanco e infligió al barco enemigo un grave daño, o erró el cañonazo? Fue imposible averiguarlo, ya que casi en aquel preciso instante el buque desapareció detrás de un obstáculo que la distancia no permitió ver y que no podía adivinarse si se trataba de una escollera o de un islote.

El *Rey del Mar* inició la persecución, aunque aminorando la marcha, pues corría el riesgo de chocar con algún banco de arena de los muchos que se extienden en las cercanías del Sedang.

A un kilómetro de distancia de la costa, Sandokán ordenó que se sondara.

Como no conocía a la perfección aquellos parajes, no se decidía a mandar que el crucero avanzara por temor a embarrancar.

De todas formas, el barco contra el cual disparó el norteamericano había desaparecido. Posiblemente habría aprovechado una de las tantas escolleras que se extendían hacia el norte para adentrarse en un canal y marcharse, o buscar cobijo en cualquier seno o rada.

En su huida el vapor debía de haber remontado mucho el río Sedang en dirección a levante. Yáñez y Sandokán resolvieron dejar al fugitivo, que no debía de ser demasiado fuerte cuando no se había atrevido a hacerles frente, y viraron hacia poniente con el fin de continuar la busca del *Marianne*.

Una duda los dominaba, y era que quizá el prao, para eludir la persecución, habría buscado algún refugio o avanzado hacia la costa.

Hacía ya un cuarto de hora que marchaban a poca velocidad en su busca del prao, cuando en las cercanías de una escollera surgió una masa negruzca con unas altas velas aún desplegadas.

—¡Nave hacia la costa! —gritaron los vigías de la cofa.

—Debe de tratarse de nuestro *Marianne* —exclamó Yáñez—. ¡Al fin!

El *Rey del Mar* viró velozmente de bordo y avanzó con lentitud en dirección a la escollera. Todos se dirigieron con premura hacia la proa para observar mejor aquella nave, cuya inmovilidad les ocasionó no poca preocupación, más aún porque parecía encontrarse empotrada en las rocas.

Proyectaron hacia la nave un reflector eléctrico, iluminándola como si fuese pleno día. Sin embargo, cosa sorprendente, nadie apareció en la cubierta.

—¡Lanzad tres cohetes! —ordenó Yáñez—. Si hay alguien a bordo, probablemente responderá.

—¿Se trata del *Marianne*? —inquirió Tremal-Naik, el cual sentía la misma preocupación que los dos comandantes.

—Aún no puedo afirmarlo —respondió el portugués—, aunque las velas son como las de un prao de grandes dimensiones o las de un giong. Mi hipótesis es que ese barco se habrá arrojado sobre la escollera y varado en la arena con el fin de huir del cañoneo de los ingleses. ¿No lo crees tú así, Tremal-Naik?

—Sí.

—Temo que hayas acertado.

—¿Y los tripulantes? No se ve a ninguno.

—Y nadie responde —dijo Sandokán, que se había acercado mientras Kammamuri y Sambigliong disparaban los cohetes, que explotaron en el aire lanzando infinitas chispas multicolores.

—Eso significa que los ingleses han hecho prisionera a la dotación —comentó Tremal-Naik.

—Pues nosotros iremos a liberarla, aunque debamos perseguir a ese buque por todo el río Sedang. Ordena lanzar al agua una chalupa y vamos a comprobar si ese prao es en realidad el *Marianne*.

El crucero había reducido la marcha por el continuo temor a tropezar con un bajo fondo. Los escandallos no alcanzaban más que doce metros de profundidad, y el fondo tendía a crecer con rapidez.

La enorme chalupa de vapor cayó al agua, y Sandokán, Yáñez y Tremal-Naik, con veinte malayos armados, subieron a ella y se dirigieron hacia la escollera.

El *Rey del Mar* había virado de bordo, regresando un tanto hacia mar adentro, ya que el oleaje en aquellos lugares era bastante violento.

La escollera se hallaba a una distancia de apenas quinientos o seiscientos metros. Estaba formada por una larga hilera de rocas de tono muy oscuro, con el aspecto de una sierra y con los lados desgastados por la incesante acción de las olas.

El barco estaba varado hacia la punta septentrional, y como consecuencia del encontronazo, que debía de haber sido muy fuerte, se había inclinado sobre un costado, manteniéndose con las bancazas contra una roca tan alta como la arboladura.

Por temor a una sorpresa, Sandokán ordenó a diez de sus hombres que tuvieran listos los fusiles; una vez hecho esto, la chalupa avanzó hacia una caleta cercada por un cinturón de escollos, cuyas aguas estaban serenas.

Seis marineros permanecieron de guardia en la lancha, y los demás se acercaron a la nave.

—¡El *Marianne*! —exclamó de improviso Sandokán, con tono de dolor.

El malparado velero, fuera como resultado de una falsa maniobra, fuera por haber sido arrojado allí a propósito, se había estrellado contra la punta de la escollera de tan mala manera que podía considerarse ya totalmente inutilizable.

Las afiladas rocas habían reventado su casco, ocasionándole un imponente boquete por el que las olas penetraban hasta la bodega.

—¡En qué condiciones hemos encontrado a este pobre barco! —exclamó Yáñez, que se hallaba tan emocionado como el Tigre de Malasia—. ¿Qué le habrá obligado a lanzarse contra esta escollera? ¿Y sus tripulantes?

—Ahí, en el costado de babor, hay una escala de cuerda —indicó Tremal-Naik—. ¡Subamos!

—¡Tened a punto las armas! —advirtió Sandokán—. ¡Podría haber ingleses a bordo!

—¡Ya estamos listos! —dijo Yáñez.

Y trepó el primero, detrás Sandokán y luego el resto, llevando amartillados los fusiles y las pistolas.

En el buque reinaba un silencio de muerte, pero ¡qué confusión en la toldilla! Allí se veían cajas y barriles destapados, espingardas y fusiles caídos, y en la proa un imponente boquete que parecía haber sido hecho por alguna granada.

La escotilla grande se hallaba descorrida y abajo, en el fondo de la bodega, bramaba el agua con sordo sonido.

—No hay nadie —dijo Yáñez.

—¿Qué les habrá ocurrido a mis hombres? —se preguntó Sandokán con acento de preocupación—. ¿Y la carga que llevaba el velero? Porque parece que la estiba ha sido vaciada.

En aquel instante, desde la parte superior del escollo en el que se apoyaba el *Marianne*, una voz gritó:

—¡Capitán!

Sandokán y Yáñez levantaron al momento la cabeza, mientras los malayos, por lo que pudiera ocurrir, amartillaban las carabinas.

Un hombre muy moreno y medio desnudo bajaba a grandes saltos por entre las rocas; llevaba en la mano un parang, cuya larga hoja brillaba vivamente por efecto de los rayos de la luna.

En breves instantes alcanzó la amura de babor y saltó a cubierta exclamando:

—¡Capitán, le aguardaba!

—¡Eres tú, Sakkadama! —exclamaron a la vez Yáñez y Tremal-Naik, reconociendo al piloto del *Marianne*.

—¿Qué ha ocurrido aquí? —preguntó Sandokán.

—Ayer por la tarde nos sorprendió un buque de vapor y nos obligó a lanzarnos contra esta escollera, lo que provocó dos grietas bajo la línea de flotación. Se dio a la fuga al ver llegar al crucero.

—¿Han saqueado el *Marianne*?

—Sí, Tigre de Malasia. Se apoderaron de las municiones y las armas.

—Y tus camaradas, ¿dónde se encuentran?

—Han pasado al Sedang.

—¿Y tú has permanecido aquí?

—No había lugar en la chalupa, ya que la otra fue destruida por un cañonazo.

—¿No os habéis puesto en comunicación con los dayakos?

—Sí —respondió el piloto—; hace ocho días, pero no pudimos hacer nada. El rajá, receloso de ellos, hizo detener a gran parte de ellos y el resto ha sido desterrado lejos de la frontera.

—¡Maldita sea! —exclamó Yáñez—. ¡Es una noticia que no esperaba recibir! ¡Adiós esperanzas!

—Hemos tardado demasiado tiempo —dijo Sandokán—, y el rajá ha podido prepararse.

—¿Y ahora qué haremos, Sandokán?

—No nos queda otro remedio que combatir en el mar —respondió el Tigre de Malasia—. Regresaremos hacia el norte, puesto que el grueso de la flota coaligada se encuentra en aguas de Sarawak, y reanudaremos la guerra contra los barcos mercantes para ocasionar el máximo daño posible a las compañías marítimas. Si es necesario, ¡nos trasladaremos hasta los mares de China! ¡Compañeros, a bordo! ¡No perdamos tiempo!

Ya se disponían a bajar a la chalupa cuando oyeron un cañonazo disparado desde el *Rey del Mar.*

Sandokán dio un respingo.

—¿Habrán avistado la flota de los aliados? —se dijo.

—Eso parece—repuso Yáñez—. Está avanzando hacia nosotros.

—¡Fijaos! —exclamó Tremal-Naik.

Una intensísima luz hacía brillar el horizonte por el oeste, que pocos minutos antes estaba totalmente oscuro.

La flota coaligada, formada por media docena de buques, avanzaba rápidamente hacia el crucero con el objeto de impedirle que pudiera salir a alta mar.

—¡Rápido! ¡A bordo! —ordenó el Tigre de Malasia.

Descendieron por la cuerda uno tras otro, y la chalupa emprendió la marcha a toda velocidad en dirección al *Rey del Mar*, que se dirigía ya a su encuentro.

A pesar de hallarse a mucha distancia, los buques enemigos habían abierto fuego y los cañonazos se sucedían ininterrumpidamente; unos cuantos proyectiles fueron a caer a escasos metros de las dos embarcaciones. No tardarían más que muy pocos minutos en alcanzar su blanco las balas y las granadas.

El *Rey del Mar* se encontraba ya a dos o tres cables, y maniobró de forma que pudo cubrir a la chalupa contra los cañonazos de la artillería enemiga, presentando a los proyectiles sus sólidos costados. La escala fue bajada de un solo golpe.

El ingeniero Horward, Damna, Surama y Kammamuri abandonaron la torrecilla de popa, exclamando:

—¡Rápido! ¡Rápido! ¡Suban!

Unos cuantos marineros habían calado ya los palangres para levantar la chalupa.

Tras afirmar los ganchos, Yáñez, Sandokán, Tremal-Naik y sus amigos treparon por la escala.

—¡Al fin! —exclamó el norteamericano—. ¡Pensé que no iban a llegar a tiempo!

—¡A sus puestos de combate los artilleros! —ordenó Sandokán—. ¡Que se doblen los timoneles en la rueda!

—¡Vamos a tener bastante trabajo para librarnos de la flota, pero somos fuertes y rápidos! —dijo Yáñez.

EL DIABLO DE LA GUERRA

Una vez que fue embarcada con premura la chalupa, el *Rey del Mar* viró de bordo rápidamente, dirigiéndose hacia el norte con el fin de no chocar contra las escolleras que se extendían en dirección a poniente.

La escuadra coaligada corría a toda máquina en su intento de cortarle el paso, y forzaba la marcha para llegar a tiempo.

Pero ninguno de aquellos buques, realmente anticuados y que se habían estado deteriorando en los puertos de ultramar, podía competir con el rapidísimo crucero, el cual avanzaba a velocidad máxima, ni tampoco con su potente artillería, que en aquel tiempo era del tipo más moderno. Los proyectiles se abatían sobre el puente del barco corsario y caían contra las torres con enorme fragor y produciendo grandes llamaradas; pero todo ello apenas ocasionaba el menor efecto en el blindaje.

El barco de los tigres de Mompracem replicaba con idéntica energía. Sus imponentes cañones de caza retumbaban incesantemente, provocando graves daños en el adversario, muy débil para enfrentarse con él.

Yáñez, con el eterno cigarro entre los labios, y Sandokán, inmóvil y con sombrío aspecto, contemplaban plácidamente aquella espantosa escena sin que un solo músculo de su rostro se alterara. Únicamente cuando algún cañonazo alcanzaba de lleno a un buque enemigo demostraban su júbilo con una calada más fuerte al cigarro el primero, y el segundo con un sencillo movimiento de cabeza.

A bordo, el estruendo era horroroso. Cataratas de fuego surgían por las aspilleras de las torrecillas y por los contracantiles de las baterías; nubes de humo cubrían los costados del poderoso barco.

El *Rey del Mar* huía con la rapidez del rayo, eludiendo el cerco en que quería encerrarlo la flota y dejando tras de sí columnas de humo y de chispas.

Como si se tratase de un proyectil, atravesó por entre dos buques que pretendían impedirle el paso, lanzándoles dos terribles andanadas y defendiéndose con las dos piezas de popa.

La flota aliada, imposibilitada de alcanzarlo por su menor velocidad, se iba quedando rezagada a pesar de navegar a toda máquina. Sus proyectiles ni siquiera llegaban ya hasta el puente del crucero.

Los tigres de Mompracem se veían ya libres de toda persecución, cuando tras una serie de altos escollos vieron avanzar a todo vapor cuatro magníficos cruceros, cada uno de tanto bordo como el *Rey del Mar*.

—¡Por mil diablos! —barbotó Sandokán—. ¿De dónde han salido esos barcos? ¡Yáñez! ¡Ordena rumbo al norte!

Los cuatro cruceros se dirigían hacia el *Rey del Mar*, pero por fortuna habían aparecido excesivamente tarde para intervenir de forma activa en la batalla.

—¡Un poco antes y no sé de qué manera hubiéramos podido librarnos! —comentó Yáñez, que los examinaba a través de la aspillera de la torre de mando.

—Pero ahora, señor Yáñez, quedarán a popa —dijo el ingeniero norteamericano, que también los observaba con gran detenimiento—. En lo que a armamento se refiere, tal vez puedan competir con nosotros. Pero no en potencia de máquinas. Ganamos terreno claramente y de aquí a seis horas ya habrán desaparecido de nuestra vista.

—¿De quién serán tan magníficos barcos? —inquirió Tremal-Naik.

—No se ve ondear ninguna bandera en su arboladura.

—Me imagino que deben de ser ingleses —repuso Yáñez—. Es posible que formen parte de la flota angloindia. Antes no se veían en Labuán buques tan modernos.

—Y, por lo que parece, no desean abandonarnos —dijo Sandokán, que en aquel instante entraba de nuevo en la torre—. Para nuestra suerte nos hallamos fuera del alcance de sus cañones. Aguardaremos a que llegue la noche para efectuar una falsa maniobra y cambiar el rumbo hacia occidente. Abandonaremos las costas de Labuán.

—¿Creerá tal vez esa gente que pretendemos asaltar esa isla? —preguntó Yáñez.

—O Mompracem —respondió Sandokán—. ¡Es una lástima gastar tanto carbón para mantener esta velocidad!

—De momento, ya hacemos bastante con obligarlos a correr; luego repostaremos el carbón a costa de los vapores mercantes.

El *Rey del Mar* proseguía su veloz marcha a toda máquina. La flota de los aliados que había intentado cercarlo junto a los escollos ya no se distinguía; únicamente los cuatro cruceros, aunque cada vez más rezagados, continuaban la persecución con gran tenacidad.

Debían de tener también poderosas máquinas, puesto que al amanecer el *Rey del Mar* tan solo había conseguido tomarles una milla de ventaja y había consumido enormes cantidades de combustible. Como desde el principio les llevaba cuatro millas de delantera, seguía fuera del alcance de su artillería, que en aquel tiempo no alcanzaba a tanta distancia.

Al mediodía aún no había terminado la persecución; pero habían ganado otra milla de ventaja.

Yáñez, que durante todo el tiempo no dejó la cubierta, se disponía a bajar al comedor cuando Damna se acercó.

La muchacha parecía estar muy triste y preocupada.

—Señor Yáñez —le dijo—, ¿le vio usted?

—¿A quién? —preguntó el portugués, aunque sabía qué era lo que la joven pretendía decir.

—¡A sir Moreland!

—No, Damna. No le he visto en ninguno de los puentes de mando de la flota enemiga.

La muchacha palideció.

—¿Habrá muerto? —preguntó después de un momento de silencio.

—¿Por qué razón tiene que haber muerto? No ha combatido contra nosotros, y cuando dejé su chalupa averiada estaba tan vivo como yo mismo.

—¿Vendrá en alguno de esos cuatro buques?

—No le he visto tampoco en ninguno de ellos. He observado detenidamente los puentes con el catalejo y no le he distinguido.

—Pues, a pesar de todo, el corazón me dice que viene en uno de esos barcos.

Yáñez sonrió sin responder y, ofreciéndole el brazo, la llevó hasta el comedor.

Por la tarde aún se avistaban los cruceros, aunque a una distancia de una docena de millas.

Sus chimeneas seguían despidiendo grandes torres de humo, pero aun así continuaban perdiendo camino.

Hacia la medianoche el *Rey del Mar*, que no había encendido las luces, viró de improviso de bordo, avanzando hacia poniente en dirección al cabo Taniong-Datu para adentrarse en el mar de la Sonda.

Era preciso proveerse de carbón, y sin disponer de puertos amigos ni de la colaboración del *Marianne*, no quedaba otra esperanza ni otro remedio que apoderarse del que llevasen los buques ingleses, los cuales seguramente no habrían dejado de efectuar sus travesías regulares.

Tras haberse cerciorado de que ya no se veían los cruceros, Sandokán ordenó aminorar la velocidad del barco con el fin de ahorrar combustible, ya que no sabía cuándo le sería posible reponer su provisión, de nuevo muy escasa.

Dos días más tarde divisaban el cabo de Taniong-Datu, y el *Rey del Mar* continuó su camino hacia el noroeste, confiando en que en aquella dirección le sería posible sorprender a cualquier vapor procedente de Singapur o bien de los puertos de Java o Sumatra. Pero durante los días siguientes no se distinguió humo alguno en el horizonte.

La explicación más probable era que por todas las islas del mar de la Sonda debía de haber corrido la voz de que por aquellos lugares merodeaba un buque corsario, y los vapores ingleses no se atreverían a dejar los puertos hasta que la escuadra de Labuán lo hundiera o lo capturara.

Aunque se hallaban muy inquietos, pues no ignoraban que de la abundancia de carbón dependía el que pudieran encontrarse siempre a salvo, Sandokán y Yáñez no eran de esos hombres que se desesperan con facilidad.

Aún podían recorrer a poca velocidad trescientas o cuatrocientas millas y dirigirse si era necesario a los mares de China meridional y, si se lo proponían, intentar todavía un audaz golpe de mano.

Pero, al menos de momento, no tenían el proyecto de apartarse mucho de las costas de Borneo. Por otra parte, la flota inglesa de Extremo Oriente debía de haberse puesto ya en camino para capturarlos y no querían enfrentarse a ella con tan exigua cantidad de combustible.

—Es mejor esperar —le explicó Sandokán a Tremal-Naik, que le había preguntado respecto a sus planes—. No nos conviene abandonar por ahora estos parajes y pasar más allá de las islas Natuna y Bungaram. Sé perfectamente que allí no me faltarían buques que capturar, pero aquí tampoco me faltará trabajo.

—¿Qué aguardas aquí? Cualquiera diría que esperas algo.

—Algo espero, en efecto —convino Sandokán con una extraña sonrisa—. ¡Quiero matar dos pájaros de un tiro!

—Hace ya cuatro días que hemos abandonado las aguas de Sarawak.

—Para nosotros el tiempo no tiene la menor importancia. De manera que esperemos.

—¿Y si los cruceros prosiguen la persecución?

—Es cierto —contestó Sandokán—. Pero ¿detrás de quién irán? Tengo la certeza de que he conseguido engañarlos por completo y es muy poco probable que los encontremos de momento cortándonos el paso.

Durante cuarenta y ocho horas prosiguió el *Rey del Mar* avanzando hacia el noroeste, manteniéndose muy distante de las costas de Borneo. Avistó otra vez las islas Natuna y Bungaram y viró en dirección a levante; los dos capitanes querían poner rumbo a Brunei, capital del sultanato de Borneo, ya que sabían que de vez en cuando recorrían aquellas aguas los vapores ingleses.

No se equivocaba. Haría unas quince horas que habían avistado la isla cuando en el claro horizonte se divisó un barco de gran tamaño. Se trataba de un buque de vapor de dos chimeneas y tambores, que se dirigía hacia Brunei, probablemente para recalar allí antes de partir hacia los mares de China.

La bandera roja que ondeaba en la popa confirmó las esperanzas de Yáñez y Sandokán, que parecían tantear el barco a distancia.

El buque de vapor advirtió la presencia del crucero y de los colores de su enseña y, aunque en un primer intento siguió su rumbo hacia el nordeste, viró de improviso de bordo a gran velocidad, avanzando en dirección a levante con la esperanza de hallar protección en cualquier bahía de Borneo.

Antes de abandonar los puertos de la India, el comandante debía de haber sido prevenido respecto a la presencia de un corsario malayo en los mares de la Sonda y por esta razón emprendió la huida, a fin de evitar el combate.

A pesar de que el buque de vapor corría a toda velocidad forzando la máquina, a juzgar por las cataratas de humo que despedían sus chimeneas, el *Rey del Mar* le dio alcance enseguida por medio de una muy hábil maniobra, y le disparó un cañonazo, primero solo con pólvora y luego otro con proyectil, para que advirtiera que estaba dispuesto a echarlo a pique.

Al ver que no acataba las indicaciones y que aumentaba la velocidad, se le disparó con uno de los cañones de caza un proyectil que le destrozó la toldilla de cámara.

Un instante después izaba una bandera blanca en la punta del trinquete y aminoraba la marcha.

—¡Ese comandante tiene mucho valor! —comentó Yáñez, mientras botaban al agua las chalupas—. Por desgracia, no es posible mostrarse generosos, y ese soberbio vapor irá a hacer compañía a los otros en las profundidades del mar de Malasia.

Bajó a la lancha de vapor y se dirigió hacia el buque de vapor, acompañado de cinco chalupas en las que iban setenta hombres, entre malayos y dayakos.

El buque de vapor se hallaba detenido a unos diez cables de distancia del *Rey del Mar*. Se trataba de un magnífico buque, en el que viajaban numerosos pasajeros, que, silenciosos y espantados, aguardaban ansiosamente la llegada de los corsarios. El comandante, acompañado de sus oficiales, no se había retirado del puente.

Yáñez subió el primero a bordo. Cruzó por entre la muchedumbre allí congregada y se dirigió hacia el puente de mando mientras decía al comandante del buque de vapor, que permanecía quieto sin salir a su encuentro:

—Señor, no es usted demasiado cortés con un hombre que podría haberlo destruido a cañonazos.

—Hágalo así, si le complace —repuso fríamente el capitán—. Yo no tengo nada que oponer; pero fíjese, no obstante, que en mi buque van más de quinientas personas, incluyendo muchas mujeres, niños y hombres que no son ingleses.

—¿Dispone de bastantes chalupas para que quepan todos, incluidos los tripulantes?

—Sí.

—La costa de Borneo no se halla a mucha distancia y el mar en estos momentos no da indicios de ir a encresparse. Ordene usted que se embarquen todos y márchense, porque el barco es mío a partir de ahora.

—Mis marineros y los pasajeros pueden dejar el buque; yo permaneceré aquí pase lo que pase —respondió el inglés—. ¡Yo no me doblego ante los piratas de Mompracem!

—¡Vaya! ¿Conoce usted quiénes somos? ¡Estupendo! ¡Le hundiremos a usted con su barco!

—¿Van a hundirlo?

—Señores, les doy dos horas, y aquí aguardo con el reloj en la mano.

—Insisto en que no abandonaré el buque —repuso obstinadamente el inglés—. ¡Me hundiré con él!

—Si no le hacemos salir a la fuerza del puente de mando —contestó Yáñez con impaciencia.

El portugués iba a dirigirse hacia sus hombres, que ayudaban a los marineros del vapor a lanzar al agua las chalupas, cuando vio avanzar hacia él a un hombre de pequeña estatura, zambo, muy bien afeitado y que protegía sus ojos con unos anteojos ahumados.

—Capitán —empezó el desconocido, quitándose con vivacidad el sombrero y desabrochándose una larga zamarra de oscuro paño, la cual no parecía abrumarle pese al extremo calor que hacía—. ¿Es usted uno de esos célebres piratas de Malasia?

—Soy uno de los jefes —replicó Yáñez examinando con interés a aquel hombrecillo panzudo y patizambo.

—En ese caso debo embarcar con usted, ya que estaba pensando en un buque que me llevara a Mompracem.

—Nosotros no nos dirigimos a esa isla. Además, debo comunicarle que solo tomamos a nuestro servicio a gente de mar y de guerra.

—Deseo embarcar con ustedes para luchar contra los ingleses. Estoy informado, señor, de todas las extraordinarias hazañas y aventuras que han llevado a cabo ustedes.

—¡Usted! —exclamó Yáñez en tono irónico.

—¿No sabe quién soy yo?

—No.

—Pues soy el Diablo de la Guerra o, si lo prefiere, el doctor Paddy O'Brien, de Filadelfia; en suma, un hombre que podrá ocasionar graves estragos a los ingleses. Esta es la razón por la que usted consentirá en que embarque en su crucero, junto a mi equipaje. Les proporcionaré valiosos servicios, tan grandes que pasmarán al mundo y lo harán temblar.

LA ÚLTIMA CORRERÍA

Yáñez escuchó con paciencia, examinando con interés no desprovisto de ironía al hombrecillo que proponía asombrar al mundo y preguntándose si, efectivamente, no tendría ante sí a algún docto hombre de ciencia poseedor de un tremendo secreto o a un loco.

—Piensa usted que el doctor Paddy O'Brien tiene desquiciado el cerebro, ¿no es así, señor? O que, como mínimo, solo pretende divertirse. No, comandante, no. Yo he conseguido realizar un descubrimiento maravilloso, que sin duda tendrá terroríficos resultados.

—Prosiga usted —exclamó tranquilamente Yáñez, porque aquello comenzaba a regocijarle.

—¿Sabe usted que he hallado el sistema de encender la lámpara eléctrica sin necesidad de filamentos? En Chicago realicé experimentos sorprendentes y a distancia de tres mil y cuatro mil metros.

—Esos experimentos no me interesan gran cosa, mi apreciado señor Paddy O'Brien. Para aniquilar a nuestros enemigos tenemos bastante con los cañones.

—¿Y qué respondería si le dijese que encontré la forma de hacer estallar los barriles de pólvora a determinada distancia?

—¡Ah! —exclamó Yáñez sacando un cigarro del bolsillo y encendiéndolo—. ¡Ese es, en efecto, un descubrimiento sorprendente, admirable!

—Le parece a usted imposible, ¿no es cierto, comandante? —preguntó el hombre de ciencia.

—No he podido comprobarlo aún y, en consecuencia, ni creo ni dejo de creer.

—Y ahora, ¿permitirá que embarque con ustedes? Si rechaza mi oferta, iré a Brunei y ofreceré a los ingleses mi secreto.

—Puesto que tiene usted interés en realizar una travesía por los mares de Malasia a bordo del *Rey del Mar*, no tengo nada que oponer. Pero va a ser usted testigo de cosas terribles, que le pondrán la carne de gallina más de una vez. Por otra parte, le prevengo de antemano de que estará usted bajo la vigilancia de hombres leales e insobornables hasta el momento en que se presente la ocasión de probar su sorprendente, extraordinario y tremendo descubrimiento. Nunca se sabe… En un momento de enajenación podría ocurrírsele llevar a cabo el experimento contra nosotros y hacer explotar nuestra santabárbara.

—¡Haga usted lo que le plazca!

—¡Ah! Y el equipaje de usted quedará retenido, ya que posiblemente contendrá el secreto de ese terrorífico invento, y yo mismo me encargaré de vigilarlo.

—No me opongo.

—Y aún debo añadir que mandaré preparar una buena soga para ahorcarle sin la menor contemplación si por casualidad le entra el deseo de intentar alguna cosa contra nosotros. ¿Ha entendido usted, señor Diablo de la Guerra?

—Perfectamente —repuso el norteamericano.

—¿Acepta usted estas condiciones?

—Acepto, comandante.

—Pero no comunique usted a nadie que es pariente de Belcebú. Nuestros hombres son resueltos y valerosos, pero podrían sentirse dominados por el pánico si se enterasen de que he embarcado al Diablo de la Guerra. ¡Doctor, ordene que vayan en busca de su equipaje!

En el transcurso de esta extraordinaria conversación, los pasajeros habían dejado el buque de vapor, amontonándose precipitadamente en las chalupas, en las que habían sido embarcadas suficientes provisiones para poder alcanzar las costas de Borneo sin tener que soportar hambre y sed.

Sin embargo, no se habían alejado mucho, esperando a que llegara su capitán. Pero este continuaba negándose tenazmente a dejar el buque, a pesar de las súplicas de sus oficiales y de las intimidaciones de Yáñez y de sus hombres.

Por el contrario, el valeroso marino se había sentado con total tranquilidad en una mecedora que hizo subir al puente de mando y se había puesto a fumar su pipa, con una serenidad que sorprendió incluso a los mismos malayos.

A la intimidación de Yáñez de hacerle embarcar a la fuerza respondió con un sencillo encogimiento de hombros. Sorprendido por aquella valerosa actitud y antes de decidirse a lanzar a sus hombres contra el capitán, el portugués envió a Sandokán aviso de lo que acontecía.

—¡Ah! ¿No quiere abandonar su barco? —repuso el Tigre de Malasia, que estaba a una distancia que podía dejarse oír—. ¡Que se quede, puesto que así lo desea!

Ordenó a las chalupas que se marcharan al momento, amenazando con hundirlas, y no volvió a preocuparse de aquel hombre.

—¿Y permitiremos que estalle con su buque? —inquirió Yáñez.

—Ahora examinaremos las carboneras, que deben de estar casi vacías, ya que este barco se hallaba a punto de concluir su viaje. Te mando un refuerzo de cien hombres para no tardar demasiado. Estamos muy próximos a Brunei y podrían sorprendernos.

Como Sandokán había supuesto, las carboneras del buque de vapor se hallaban casi vacías, ya que el barco debía aprovisionarse de combustible de nuevo en Brunei antes de continuar su viaje hacia los mares de China.

No quedaban más que unas toneladas de carbón, cantidad por completo insuficiente para completar el aprovisionamiento del *Rey del Mar*, que había gastado en exceso durante su precipitada fuga.

No obstante, fueron precisas cuatro horas para transportarlo al crucero, en unión de una abundante cantidad de víveres y la caja de a bordo, que se hallaba abarrotada.

Durante el saqueo, el capitán inglés no abandonó su puesto ni hizo el menor gesto de protesta.

Prosiguió fumando con la misma tranquilidad de antes e incluso aceptó un vaso de whisky al que Yáñez le invitó, bebiéndolo a pequeños sorbos con una absoluta serenidad.

Una vez que se hubieron marchado las últimas chalupas cargadas de carbón, Yáñez se acercó al inglés y le comunicó:

—Señor, nosotros hemos acabado.

—En tal caso, ahora me toca a mí terminar de vivir —repuso el comandante del barco de vapor.

—Mi yola se encuentra a su disposición. Irá bien llena de provisiones y con una vela para que pueda usted alcanzar a las chalupas antes de que lleguen a la costa. Fíjese, la brisa es favorable, ya que sopla del oeste.

—Ya dije antes que yo no abandono mi buque y sigo manteniendo mi palabra. Hace seis años que capitaneo este barco de vapor a través del océano, y siento demasiado afecto por él para dejarlo; si ha de hundirse, yo también.

—Como mínimo me indicará usted qué clase de muerte prefiere. Pensaba hacerlo estallar prendiendo fuego a una tonelada de pólvora, pero si usted prefiere que lo hundamos por medio de una bala de cañón... Lo veré irse a pique lentamente, y tal vez se arrepienta antes de hacer explosión bajo las olas.

—Eso me da igual; haga lo que considere más oportuno.

—¡Adiós, señor! ¡Es usted un hombre valeroso!

—¡Adiós, comandante, y que tenga suerte! —contestó el inglés con acento irónico—. ¡Ah! ¡He de pedirle a usted un favor!

—Diga.

—Que si se le presenta la ocasión, comunique a mis armadores de Bombay que Jolin Koop ha muerto como un auténtico hombre de mar: a bordo de su buque.

—Así lo haré, se lo prometo. De aquí a diez minutos tendré el honor de hundirle a cañonazos.

—En ese momento ya habré terminado de fumar mi pipa.

Ambos hombres se separaron. Yáñez descendió al momento a la ballenera, que le esperaba bajo la escala, y el inglés, siempre impertérrito, se sentó de nuevo en la mecedora tras haber izado la bandera inglesa.

—¿Y ese va a quedarse ahí? —preguntó Sandokán en cuanto Yáñez subió a la cubierta del crucero.

—Es un obstinado digno de admiración —respondió el portugués—. Quiere hundirse con su barco. ¿Lo permitirás?

—Aún no nos hemos puesto en marcha —dijo Sandokán con una sonrisa.

Se dirigió a popa, donde se hallaba el viejo artillero norteamericano apoyado en una de las torrecillas y le dijo al oído algunas palabras.

Algo más tarde el crucero viraba de bordo, dirigiéndose a poca marcha hacia el barco de vapor. El inglés continuaba fumando, esperando el cañonazo que habría de echar a pique su barco.

Sandokán se encaminó hasta la proa y le miró con una sonrisa.

El *Rey del Mar*, conducido por Sambigliong, pasó a treinta pasos de la popa del vapor y redujo la marcha.

Sandokán cogió el altavoz y gritó en inglés:

—Señor, deseo pedirle un favor. Si se le presenta la ocasión de ver de nuevo a sus armadores, notifíqueles que los tigres de Mompracem han respetado su buque porque lo manda un hombre valeroso. ¡Buena suerte!

Luego, mientras la bandera de Mompracem saludaba al inglés, el crucero se alejó rápidamente hacia el septentrión.

El astuto y cauteloso Sandokán no quiso entretenerse mucho tiempo en aquellos lugares tan cercanos a Labuán, temiendo ser cercado por la escuadra de aquella colonia y los cuatro cruceros, que debían de estar buscándole con auténtico encarnizamiento. En consecuencia, decidió dirigirse hacia las costas septentrionales de Borneo para asaltar los buques procedentes de Australia.

Era poco probable, o al menos muy difícil, que los ingleses supusieran que se había alejado de tal manera del golfo de Sarawak.

Por otra parte, tenía la certeza de que podría coger desprevenidos a algunos barcos australianos antes de que los armadores interrumpieran los viajes.

A fin de pasar totalmente inadvertido, se alejó de las vías que habitualmente siguen los barcos y de ese modo llegó a cuarenta millas del extremo septentrional de Borneo.

Aunque fue una incursión únicamente de seis días, ¡cuántas bajas padeció la marina mercante inglesa en tan corto tiempo! Dos vapores y tres veleros fueron capturados por los implacables tigres de Mompracem y corrieron idéntica suerte que los apresados en el mar de Malasia.

Los tripulantes y los pasajeros eran puestos en libertad para que se pusieran a salvo en las costas de las islas. Pero los buques eran hundidos inexorablemente con todos sus cargamentos.

Unos praos les informaron de que la flota de los mares de China, alarmada por tan numerosas presas, estaba agrupándose. Ante semejantes noticias, el *Rey del Mar*, con las carboneras repletas, inició otra vez la ruta hacia el interior del océano y se dirigió al sur.

El objetivo de Sandokán y Yáñez era hundir los soberbios barcos de vapor que efectuaban el servicio entre la India y la baja Cochinchina.

Sandokán se hallaba dominado por una especie de obsesión por hundir y parecía que resurgía el sanguinario pirata de otras épocas. Consciente de que un día u otro habría de hallarse ante alguna de las formidables flotas que el almirantazgo enviaba tras su pista, deseaba asombrar al mundo con su osadía.

—Nuestros días están contados —había confiado a Yáñez y a Tremal-Naik—. De aquí a pocos meses no hallaremos ya ningún buque inglés que nos suministre combustible. Mientras sea posible, aprovechemos la ocasión; luego ocurrirá lo que la suerte haya decidido.

—Encontraremos otros barcos que nos provea —repuso Yáñez—, ya que obligaremos a los de otras naciones a que nos vendan carbón, aunque debamos emplear la fuerza.

—¿Y después?

—¿Es que estoy yo aquí para encargarme de eso? —exclamó una voz semejante a la de una gallina clueca—. ¡Mi extraordinario invento aniquilará a cuantos buques intenten atacarnos!

Era el doctor Paddy O'Brien, de Filadelfia, el Diablo de la Guerra, del que nadie se acordó hasta aquel momento.

—¡Vaya! ¿Es usted? —dijo Yáñez con una sonrisa ligeramente burlona—. ¿Será usted quien, en el instante de mayor peligro, detendrá los proyectiles que arrojen contra nosotros?

—No, señor. Se equivoca. Yo no detendré los proyectiles —repuso con vivacidad el pequeño hombre—. Lo que haré será hacer estallar los polvorines de los barcos que nos ataquen. Mi aparato no fracasará.

—Estoy seguro de que eso es posible —intervino en aquel instante el ingeniero Horward—. Mi compatriota me ha descrito en qué consiste su descubrimiento y, aunque la cosa parezca extraordinaria, pienso que, efectivamente, puede hacer estallar los buques que nos siguen.

—Lo veremos —dijo Sandokán con bastante incertidumbre.

—Si seguimos bajando hacia el sur, cualquier día toparemos con nuestros adversarios. En ese momento debe usted tener preparada su asombrosa máquina, señor Paddy.

Durante dos días continuó el *Rey del Mar* su marcha hacia el sur y enderezando la proa mar adentro, sin que consiguiera avistar ningún vapor en sentido alguno.

Los armadores debían de haber dado ya las pertinentes indicaciones para dejar amarrados sus buques en los puertos del mar de la Sonda, a fin de no exponerlos a ser hundidos por los atrevidos corsarios, que hasta aquel momento, con sus veloces correrías y sus inesperadas apariciones, habían podido rehuir la persecución de que eran objeto por parte de las escuadras.

Al quedar interrumpidas las líneas de navegación, los ingleses debían de estar sufriendo grandes pérdidas.

¿Qué le ocurriría al *Rey del Mar* una vez que desapareciera en las abrasadoras bocas de sus hornos la última tonelada de carbón?

—No pensé que el arma que iba a utilizar poseyera doble filo —murmuró cierto día Sandokán—. Uno para los ingleses y el otro para mí.

Habían avanzado ya quinientas millas y el *Rey del Mar* se aproximaba a las costas de Malaca sin que hubiese aparecido ningún barco inglés. Vieron algunas naves; pero eran alemanas, francesas, italianas y holandesas. Estos buques representaban más bien un peligro, puesto que podían comunicar al almirantazgo la ruta del corsario, por temor a que este, el día menos pensado, se lanzara contra ellos.

Sandokán y Yáñez empezaban a inquietarse. Su instinto les decía que los días del *Rey del Mar* estaban contados y que el círculo de hierro se estaba cerrando alrededor de los últimos tigres de Mompracem.

A menudo Kammamuri y Tremal-Naik los sorprendían con el aire pensativo y la mirada sombría. En otras ocasiones los veían mirar durante largo tiempo a Damna y a Surama y mover la cabeza con tristeza, como si lamentasen haberlas embarcado para complicarlas en una terrible tragedia, de la cual no tenían ya ninguna duda.

—Pequeña —dijo un día Yáñez a Damna, que miraba hacia el horizonte enrojecido por los postreros rayos del sol poniente, como si esperase ver surgir por allí al hombre que amaba—, ¿sientes temor a la muerte?

—¿Por qué razón me hace esa pregunta, señor Yáñez? —preguntó con una triste sonrisa la bella angloindia.

—Porque creo que va a llegar pronto la última hora.

—¡Cuando ustedes mueran, nosotras los acompañaremos a las profundidades del mar! —repuso Damna.

—¡Sí; yo no abandonaré al sahib blanco que me ama! —exclamó Surama mirando con dulzura al portugués.

—No obstante, deseo salvaros de la muerte antes de que os toque con sus heladas alas. Y la misma idea tiene Sandokán. Nosotros nos dirigimos hacia Malaca y podemos sacrificar todo el carbón que nos queda para dejaros en aquellas costas.

Damna y Surama negaron de manera enérgica con la cabeza.

—¡No! —exclamó la primera con firme determinación—. ¡No quiero abandonar a mi padre ni a ustedes, pase lo que pase!

—¡Ni yo me apartaré de ti, sahib blanco, al que debo la libertad y la vida! —repuso Surama.

—Has de pensar, Damna, que cualquier día podrás casarte y ser una esposa feliz junto al hombre que te ama apasionadamente y por el que yo siento afecto.

—Sir Moreland ya debe de haberme olvidado —contestó la joven con un suspiro.

—Piensa también que en un momento dado puede lanzarse contra nosotros la flota aliada y encerrarnos en un cerco de fuego. Y piensa, además, que eres mujer.

—¡No, señor Yáñez! —respondió Damna con mayor vehemencia—. ¡Nosotras no los dejaremos a ustedes! ¿No es verdad, Surama?

—¡Yo me sentiré muy dichosa muriendo junto a mi sahib blanco! —repuso la india.

Yáñez le acarició con una mano la espesa cabellera negra y luego exclamó:

—¡Bah! ¡Tal vez…! Aún no nos han derrotado.

EL HIJO DE SUYODHANA

No. Los últimos tigres de Mompracem no habían sido derrotados aún. Pero corrían serio peligro de ser derrotados muy pronto ya que no sabían dónde aprovisionarse de carbón, tan imprescindible para ellos como la pólvora.

El combustible iba agotándose de manera perceptible; las carboneras se hallaban casi vacías. La esperanza de encontrarse con algún barco se volvía cada vez más remota. Urgía tomar una resolución extrema y pronto lo hicieron Sandokán y Yáñez, de acuerdo con Tremal-Naik y el ingeniero norteamericano.

Se decidió dirigirse al instante a la isla de Gaia, donde los praos aguardaban a que terminara la guerra. La idea no era poder aprovisionarse en ese lugar de carbón, sino poder contar por lo menos en aquel extremo momento con el apoyo de aquellos veleros. Además, podrían enviar algunos praos a Brunei para conseguir carbón.

Como eran pequeñas naves mercantes que podían izar la bandera de cualquier nacionalidad, no se les pondría el menor impedimento para embarcar carbón.

Lo difícil era poder alcanzar la isla, que se hallaba a más de cuatrocientas millas de distancia, antes de que la flota coaligada, que ya debía de haber abandonado las aguas de Sarawak, se lanzara contra el *Rey del Mar* y lo sorprendiera con aquella escasez de combustible, forzándolo a trabar combate contra fuerzas extraordinariamente superiores.

De momento no parecía que los amenazase tan grave peligro, ya que un giong que procedía del sur les indicó por la mañana que no había avistado ningún buque de guerra en las aguas de Labuán ni en las de Brunei.

Acabado aquel corto consejo, el *Rey del Mar* puso rumbo de inmediato en aquella dirección, debiendo pasar a mucha distancia de Mompracem y mantenerse a poniente de los dos grandes bancos de Samarang y de Vernon.

Para ahorrar el máximo de combustible, se apagaron la mitad de los fuegos; de esta manera el crucero navegaba solamente a seis nudos por hora.

Sandokán parecía mucho más nervioso que Yáñez, además de estar de muy mal humor.

Se le veía pasear durante horas por la pasarela de mando, examinando con gran inquietud el horizonte y dominado por una preocupación que cada vez iba en aumento. Ya no era el hombre sereno e impasible de otra época, que confiaba en su barco y en su artillería, que se burlaba de los peligros y que se enfrentaba a ellos con la sonrisa en los labios, fumando tranquilamente.

A lo largo del día bajó varias veces a las carboneras, ya casi agotadas; se detenía frente a los hornos, delante de aquellas voraces bocas que exigían alimento con insistencia, y notaba en el corazón tremendas opresiones al ver cómo los fogoneros arrojaban entre las medio moribundas llamas paletadas de carbón.

Al abandonar aquel lugar, su frente aparecía ceñuda y paseaba en silencio durante mucho tiempo entre las torres de popa y de proa, con los brazos cruzados, la cabeza agachada y sin hablar con nadie.

Solamente doscientas millas separaban al *Rey del Mar* de Borneo cuando empezó a propagarse a bordo una grave noticia.

Un pequeño velero al cual se había pedido información dio una respuesta que hizo temblar a todos los hombres del crucero corsario.

—¡Al sudoeste hay cruceros ingleses!

—¿Cuántos son?

—Dos.

—¿Cuándo los habéis visto?

—Ayer por la tarde.

Era necesario iniciar la huida. Aquel par de buques debían de ser la vanguardia de alguna escuadra; podían llegar en cualquier instante y avistar al *Rey del Mar*.

—¡Agotemos las últimas reservas de carbón! —exclamó Sandokán dirigiéndose a Yáñez.

—¿Y qué haremos después?

—¡Preparémonos para combatir!

El *Rey del Mar* aceleró la marcha. Huía a toda velocidad, avanzando a doce nudos por hora y gastando las últimas toneladas de combustible, con una remota esperanza: la de encontrar un buque mercante y arrebatarle el carbón que transportara antes de la llegada de la flota enemiga.

A bordo se había redoblado la vigilancia. Hombres con ojos de lince avizoraban desde las cofas.

Mientras tanto, Sandokán había dado instrucciones de estar preparados para el combate, que, según todos los cálculos, habría de ser el último, de no producirse algún milagro.

Faltaban aún cuarenta millas; la velocidad decrecía, las carboneras estaban exhaustas y las calderas se iban enfriando a cada minuto que pasaba.

Se acercaba el momento supremo y, no obstante, a bordo todos se hallaban serenos, porque ya hacía mucho tiempo que habían hecho el sacrificio de sus vidas. A nadie le amedrentaba la muerte que los amenazaba y contemplaban con absoluta tranquilidad las aguas que muy probablemente serían su sepultura.

Solo lamentaba una cosa: morir lejos de Mompracem.

A las ocho de la noche el *Rey del Mar* se detuvo casi sobre la gran cuenca del Vernon. Todo aquello que podía producir calor fue consumido por los hornos implacables de las máquinas.

Los barriles de alquitrán, las cajas de cáñamo empapadas en licores, las materias grasas de la despensa, los muebles de las salas e incluso las hamacas y los efectos personales de la tripulación habían sido utilizados.

De haber podido convertir las paredes metálicas del buque en combustible, aquella gente no hubiera vacilado en echarlas al fuego para poder alcanzar las costas de Borneo, aún a mucha distancia.

Al notar que el barco se detenía, Sandokán se dirigió hacia la popa, más sombrío que nunca, y allí se acodó en la borda.

No había pronunciado una palabra ni mostrado ninguna emoción. Encendió la pipa y fumó con más rabia que de costumbre, fijando la vista en el horizonte, que era invadido rápidamente por las tinieblas.

Yáñez contempló a Sandokán.

De aquel lugar procedía el peligro, y lo sentían acercarse, terrible, imponente, abrumador, inexorable, fatal.

La oscuridad era ya total y hacía adquirir a las aguas un color casi negro. En el cielo se veían pocas estrellas; apenas se distinguían por entre los jirones de nubes que se destacaban debido a la brisa del sur.

En el barco imperaba un absoluto silencio desde que las máquinas dejaron de funcionar y, no obstante, los doscientos cincuenta hombres que constituían la tripulación del crucero se hallaban sobre cubierta: unos en las amuras y otros tras las enormes piezas de artillería de las torres. Sin embargo, ninguno pronunciaba una palabra.

Hacia medianoche, Tremal-Naik se aproximó a Sandokán, que no había dejado su puesto.

—Amigo mío —le dijo—, ¿qué es lo que queda por hacer?

—¡Disponernos a morir! —repuso el Tigre de Malasia con voz serena.

—Yo estoy preparado. Pero ¿y las muchachas?

En vez de responderle, Sandokán extendió la mano derecha en dirección al oeste y comentó:

—¡Ahí están! ¿Los ves?

—¿Quiénes, Sandokán?

—Los buques enemigos.

—¡Ya! —musitó el hindú sin poder reprimir un estremecimiento.

—Se dirigen hacia aquí con la rapidez de las fieras para destrozar a los últimos tigres de Malasia. Sus ojos ya están fijos en nosotros.

Tremal-Naik miró en la dirección señalada, mientras los vigías gritaban:

—¡Barcos a popa!

En el horizonte relucían varios puntos, que se iban agrandando con gran rapidez.

—¿Están preparados nuestros hombres? —inquirió Sandokán.

—Sí —contestó Tremal-Naik, que se hallaba junto a él.

—¿Y las muchachas? —preguntó con un ligero temblor.

—Están tranquilas.

—¡Desearía salvarlas!

—¿Qué debemos hacer para ello?

—Hacer que se embarquen y se alejen antes de que nos cerquen esos buques.

—No querrán hacerlo; me han jurado que si hemos de morir, ellas se hundirán con nosotros.

—¡Aquí está la muerte!

—La esperan.

—¡Ponlas a salvo, Yáñez!

—Te repito que no quieren abandonarnos; no insistas.

—¡Bien! ¡Que sea como quieren! Si perecemos, no lo haremos sin habernos vengado. ¡A mí, tigres de Mompracem!

Los buques enemigos avanzaban a toda máquina, formando un amplio semicírculo que luego habría de cerrarse para coger en medio al *Rey del Mar* y mandarlo destrozado, deshecho por numerosas bocas de sus piezas de artillería, a las profundidades del océano.

Sandokán y Yáñez, que llegado el instante supremo del peligro habían recuperado la serenidad de costumbre, daban las órdenes con voz tranquila.

Tras comprobar que todos los hombres se hallaban en sus respectivos puestos de combate, subieron al puente de mando.

En el palo de popa izaron la bandera roja con la cabeza del tigre en medio.

Sobre el *Rey del Mar* concentraron los reflectores eléctricos de los buques enemigos varios rayos de luz, alumbrándolo como si fuera de día.

—¡Sí, fijaos bien, somos nosotros! —gritó Sandokán.

Cuatro enormes barcos de vapor, sin duda los más poderosos de la flota aliada, se habían situado silenciosamente en semicírculo en torno al crucero amenazándolo con sus cañones. No obstante, aún no dispararían ningún cañonazo.

Aguardaban a que se hiciera de día para iniciar el combate supremo o para conminar a la rendición, palabra desconocida para el altivo pirata.

Damna se había aproximado en silencio a la borda de popa. Se hallaba pálida en extremo, pero tan serena como todos los miembros de la tripulación.

Su mirada iba sin cesar de uno a otro barco. ¿Qué era lo que buscaba? No cabía duda: a sir Moreland.

Una voz en su interior le decía que el hombre amado había de encontrarse cerca, en uno de aquellos poderosos buques que avanzaban para aniquilar al *Rey del Mar.*

Mientras tanto, los barcos aliados habían apagado los reflectores y evolucionaban lentamente en torno al crucero, estrechando a cada instante el cerco. Se deslizaban como fantasmas en una lúgubre noche, y sus faroles, como llameantes ojos, parecían clavarse de una manera sangrienta sobre su víctima.

No se encontraban, sin embargo, al alcance de la artillería de grueso calibre. Convencidos de que los tigres de Mompracem no podrían escapar, no se daban prisa en aproximarse.

Sobre las dos de la madrugada, Sandokán y Yáñez, que no habían abandonado sus puestos, bajaron lentamente del puente y se encaminaron al centro del buque. Su porte era, como siempre, frío e impasible.

Se dirigieron hacia Tremal-Naik, que estaba apoyado en un cabrestante y examinaba con aire preocupado a su hija, que vagaba como un fantasma por el castillo de popa.

—Amigo —le comunicó Sandokán en tono triste—, aquí se hundirán mañana en el fondo del mar los últimos tigres de Mompracem.

Tremal-Naik experimentó un estremecimiento y alzó vivamente la cabeza.

—¿Supones que esos cruceros pueden derrotar a un buque tan formidable como el tuyo? —interrogó.

—Se trata de los cuatro grandes cruceros que intentaron capturarnos en la bahía de Sarawak. Tenemos la certeza de no equivocarnos.

—¿Y podrán hundir a tu *Rey del Mar*?

—Estoy completamente seguro de ello.

—Y yo también —confirmó Yáñez—. Esos barcos deben de tener una artillería muy poderosa, y, por otra parte, son cuatro.

—Y nosotros estamos inmovilizados —exclamó Sandokán.

—En definitiva, ¿qué es lo que pretendéis decirme? —inquirió el hindú.

—Proponerte que te dirijas a uno de esos buques y te entregues, llevando contigo a tu hija y a Surama.

Tremal-Naik se incorporó con un gesto de asombro y de dolor al mismo tiempo.

—¡Yo, marcharme de vuestro lado! —exclamó—. ¡No, jamás! ¡Si perecen los tigres de Mompracem, a quienes debo la vida y tan gran gratitud, morirán con ellos el viejo cazador de jaguares negros y su hija!

—Pero debo decirte antes que tu hija ama y es correspondida por un hombre que podría hacerla dichosa —repuso Sandokán.

—Se trata de sir Moreland, ¿no es así? —inquirió Tremal-Naik—. ¡Ya me había dado cuenta! ¿Habéis informado a Damna sobre el gran peligro en que nos hallamos?

—Sí —contestó Yáñez.

—¿Y qué ha respondido?

—Que no piensa dejar nuestro barco.

—¡No podía responder de otra manera! —añadió el hindú con orgulloso acento—. ¡No desmiente su casta! ¡Si el destino ha decretado nuestro fin, que se cumpla su dictado!

Tras estrecharse las manos, los tres hombres se encaminaron al puente de mando.

De improviso Yáñez se detuvo exclamando:

—¡Qué necio! ¡Ya no me acordaba!

—¿De quién? —preguntaron a la vez Sandokán y Tremal-Naik.

—¡Del Diablo de la Guerra!

Una última esperanza había vuelto a surgir en el cerebro del portugués. En aquel instante recordó al hombre de ciencia norteamericano, Paddy O'Brien, a quien retenía como prisionero en uno de los camarotes de proa, vigilado día y noche. Se dirigió rápidamente bajo cubierta, cruzó el corredor y se detuvo frente al pequeño camarote que ocupaba aquel hombrecillo.

—¡Despierta al detenido! —ordenó al malayo que estaba de guardia.

—Ya se ha levantado, señor.

Yáñez abrió la puerta y entró en el camarote. Paddy O'Brien se encontraba sentado ante una mesita y parecía sumido en un difícil cálculo, con la nariz inclinada sobre numerosos papeles llenos de cifras.

—¿Es usted, señor de Gomera? —preguntó el doctor sujetándose los anteojos—. ¿Qué es lo que le trae a usted por aquí? Hacía tiempo que no le veía, y le estaba esperando.

—Doctor —dijo el portugués sin andarse con rodeos—, los buques enemigos nos han cercado y están a punto de hundirnos.

—¡Ah! —exclamó impasible el norteamericano.

—Usted me dijo que tenía un terrorífico secreto…

—Y ratifico lo dicho.

—Pues ha llegado el momento de probar ese secreto, señor Diablo de la Guerra.

—Ordene usted que lleven mis cajas a cubierta.

—¿No hará explotar nuestro buque en vez de los del adversario? —inquirió Yáñez en tono preocupado.

—Yo también volaría por los aires, y por ahora no me apetece morir —respondió el doctor—. Señor de Gomera, aprovechemos estos instantes de tranquilidad.

Subieron a cubierta y, mientras tanto, los marineros trasladaron las cajas del doctor.

—Allí se encuentran los barcos aliados —dijo Sandokán acercándose al hombrecillo.

—Sí, y observo que nos han cercado —repuso Paddy O'Brien frunciendo el ceño—. ¡Ese buque es el que va a estallar primero!

Un pequeño crucero, que en un principio no había sido visto, salió del grueso de la flota y empezó a evolucionar en torno al *Rey del Mar*, manteniéndose a unos dos mil o tres mil metros de distancia. ¿Pretendía efectuar un reconocimiento o bien obligar a los piratas de Mompracem a abrir fuego?

Paddy O'Brien mandó abrir sus cajas, en cuyo interior había aparatos eléctricos sumamente extraños para Sandokán y Yáñez.

Examinó detenidamente cada objeto de forma pausada, casi parsimoniosamente, como el que sabe lo que debe hacer; luego, volviéndose hacia Yáñez, que le vigilaba con la mano derecha apoyada en la culata de una de sus pistolas, dijo:

—¡Cuando a usted le parezca!

—¡Haga funcionar su aparato!

—Hacia aquel barco que pasa por estribor. ¡Estallará al instante! —comentó con fría entonación Paddy.

Los huesos de todos los marineros que se hallaban alrededor del norteamericano fueron recorridos por un gran estremecimiento. Aquel hombrecillo de tan pequeña estatura, ¿podría llevar a cabo el milagro que había anunciado?

—¡Atención! —exclamó de improviso el Diablo de la Guerra.

Casi no había terminado de pronunciar esta palabra, cuando un deslumbrador destello rasgó súbitamente las tinieblas, acompañado de un horroroso estampido.

Una imponente columna de agua se elevó alrededor del pequeño crucero, mientras innumerables astillas y fragmentos de todo tipo saltaban por doquier.

Un enorme griterío, surgido de centenares de pechos, retumbó siniestramente en los aires y de repente se extinguió.

El buque había estallado y se hundía rápidamente con los costados abiertos.

En aquel preciso momento estalló una granada sobre el puente del *Rey del Mar*, entre el aparato y Paddy O'Brien. El norteamericano se desplomó lanzando un grito y cayó a los pies de Yáñez, el cual había podido rehuir de milagro los fragmentos del proyectil.

—¡Doctor! —exclamó el portugués inclinándose sobre él.

—El... el... apa... —musitó el infortunado inventor haciendo un desesperado movimiento con los brazos.

Se llevó las manos al pecho para contener la sangre que brotaba de una tremenda herida.

Sandokán se precipitó hacia las cajas.

La granada había destrozado el aparato, convirtiendo en añicos las pilas.

Yáñez levantó suavemente la cabeza del norteamericano.

—¡Señor O'Brien! —exclamó con la garganta seca.

—¡Esto... ha... terminado...! —dijo roncamente.

Con la mano derecha bañada en sangre estrechó la de Yáñez; luego, apoyando un codo en el suelo como para mantenerse erguido, se desplomó de nuevo.

—¡Ha muerto! —exclamó Yáñez con voz triste.

—¡He aquí la primera víctima! —repuso Sandokán.

Yáñez colocó sobre la toldilla al desdichado inventor, le cerró los ojos, lo tapó con una lona y a continuación, incorporándose con fiero aspecto, dijo:

—¡Todo ha terminado! ¡Aquí perecerán los últimos tigres de Mompracem! ¡Tremal-Naik, Damna y Surama, venid a mi torre, y vosotros a los cañones! ¡Nuestras vidas dependen de Dios!

—¡A vuestros puestos de combate! —ordenó Sandokán—. ¡Demostremos cómo mueren los tigres de Malasia!

El amanecer, un rosado amanecer que anunciaba un espléndido día, disipaba rápidamente las tinieblas.

Del crucero más cercano fue disparado un cañonazo sin proyectil, intimando a la rendición.

Por su parte, Sandokán ordenó arbolar la bandera roja en señal de combate.

En vez de abrir fuego, el crucero adversario hizo con las banderas diversas señales, que venían a decir lo siguiente: «Antes de empezar el combate mandad a ambas jóvenes a bordo de mi barco. Sir Moreland responde de sus vidas».

—¡Vaya! —exclamó Yáñez—. ¡Tenemos ante nosotros al angloindio! ¡Intentaremos hundir también ese buque! ¡Damna! ¡Surama!

Las dos jóvenes abandonaron las torrecillas.

—Proponen que os pongáis a salvo en aquellos buques —dijo Sandokán.

—¡Jamás! —respondieron con vehemencia ambas muchachas.

—¡Pensadlo detenidamente!

—¡No! —contestó Damna—. ¡No quiero abandonar a mi padre ni a ustedes!

—Notificad la respuesta —ordenó Yáñez.

Un contramaestre norteamericano la transmitió al instante.

Entonces vieron cómo en los mástiles de guerra de los cuatro cruceros se enarbolaban lentamente banderas negras. Un golpe de aire las hizo extenderse y se pudo ver en el centro de cada una, recortada en amarillo, una figura horrenda con cuatro brazos que sujetaban extraños emblemas.

Un grito de sorpresa y furia al mismo tiempo escapó de los labios de Yáñez, Sandokán y Tremal-Naik. Habían reconocido la enseña de los thugs, los estranguladores indios.

¿Aquellos buques eran del hijo de Suyodhana, de su implacable e invisible enemigo? Las banderas así parecían indicarlo.

Un intenso silencio imperó a bordo del *Rey del Mar* a consecuencia de la inquietud que los dominaba a todos. Pero en el acto lo quebró bruscamente la voz metálica de Sandokán exclamando:

—¡Fuego! ¡Fuego! ¡Fuego!

Horrendas detonaciones ahogaron sus últimas palabras. Las granadas caían por todas partes sobre el *Rey del Mar*, que el ligero flujo de las aguas iba arrastrando hacia el banco de Vernon.

Una tormenta de hierro y acero brotaba de cada uno de los enormes cañones de las cubiertas y de las piezas de mediano calibre de las baterías. Pero apuntaba hacia el puente del *Rey del Mar*, donde en el interior de la torreta blindada se hallaban Damna y Surama.

Aquella lluvia de metal golpeaba únicamente los costados del crucero, como si los artilleros hubieran recibido instrucciones para respetar a las jóvenes, a ambos comandantes y a Tremal-Naik, que se hallaban junto a ellas.

Por el contrario, sobre las torres que cubrían los enormes cañones de caza se lanzaban granadas cuyo objetivo era destrozarlos y también cuartear las sólidas planchas de hierro del blindaje.

El *Rey del Mar* se defendía de una manera formidable. Parecía un volcán que llameara por todas sus partes.

Los tigres de Mompracem estaban totalmente decididos a hacer que la victoria costara muy cara a sus poderosos enemigos.

Con gruesos proyectiles batían en brecha a los buques contrarios, ocasionándoles graves daños en los puentes, cuarteándoles las chimeneas y abriendo numerosos boquetes en las planchas del blindaje. Entre aquellos incesantes y atronadores estallidos se podía oír la potente voz de Sandokán, que gritaba de vez en cuando:

—¡Fuego, fuego, tigres de Mompracem! ¡Destruid! ¡Matad!

Pero ¿cuánto tiempo podría defenderse el *Rey del Mar* contra los terribles disparos de tan numerosas bocas de fuego? Sus flancos, aunque de sorprendente solidez, empezaron a resquebrajarse tras media hora de estar soportando el impacto de centenares de balas y granadas; sus piezas de artillería habían sido inutilizadas una a una y permanecían silenciosas. Sus torres, a excepción de la de mando, respetada en todo momento, comenzaban a desplomarse bajo aquel torrente de proyectiles y junto a las baterías se veían ya muchos muertos.

Sandokán y Yáñez, en el interior de la torrecilla, miraban aquella horrible escena, impasibles y serenos. El primero se mordía de vez en cuando los labios hasta hacerlos sangrar; el segundo fumaba plácidamente su cigarro de costumbre; únicamente parecía emocionarse cuando sus ojos se encontraban con los de Surama.

Sentada en un rincón encima de un rollo de cuerdas junto a Tremal-Naik, Damna, con las manos puestas en los oídos para amortiguar el estruendo de los cañonazos, contemplaba el vacío.

De pronto, el *Rey del Mar* fue sacudido violentamente de popa a proa como si fuese levantado por una fuerza misteriosa, y una inmensa columna de agua cayó sobre la cubierta, arrastrando cuanto en ella se encontraba. Todo el casco se estremeció como si se abriese o como si explotasen las municiones de la santabárbara.

Horward, el ingeniero norteamericano, entró corriendo en el interior de la torrecilla exclamando con el rostro lívido:

—¡Acaban de lanzarnos un torpedo! ¡Nos hundimos!

Un salvaje clamor surgió de las baterías, mezclándose con los últimos estampidos de las dos piezas de caza de cubierta, útiles aún.

En los cuatro cruceros enemigos se interrumpió de improviso el cañoneo.

Sandokán miró tristemente a sus dos compañeros, y luego exclamó:

—¡Ha llegado el instante supremo! ¡Ya ha sido abierta la sepultura para los últimos tigres de Mompracem!

Cogió a Damna y abandonó la torrecilla en compañía de Yáñez, Tremal-Naik y Surama, y se detuvo en la parte exterior para examinar su buque.

¡Infortunado *Rey del Mar*! El magnífico buque, que había soportado tan duras pruebas y que parecía ser invencible, no era nada más que un pontón que poco a poco se iba a pique.

Sus torres quedaron abatidas por la lluvia de proyectiles disparados contra ellas; sus piezas de artillería se hallaban casi todas inservibles, el puente estaba cuarteado y los costados semejaban cribas a causa de los numerosos orificios.

Nubes de humo surgían de las escotillas, de las cuales salían ennegrecidos de pólvora y cubiertos de sangre los servidores de las baterías.

—¡Echad al mar una chalupa! —ordenó Sandokán.

Únicamente había una que, de verdadero milagro, salió indemne de los cañonazos enemigos. Unos cuantos malayos la hicieron descender a toda prisa, mientras que otros bajaban la escala.

—¡Primero tú con las muchachas, Tremal-Naik! —indicó Sandokán.

—No os inquietéis por nosotros. Los tripulantes de los cruceros vienen a salvarnos.

Así era. De los costados de los victoriosos barcos salieron varias lanchas que se aproximaban bogando con rapidez. En la primera marchaba sir Moreland, que agitaba en el aire un pañuelo blanco.

La embarcación en la que iban las dos jóvenes, Tremal-Naik, Kammamuri y cuatro remeros se apartó del *Rey del Mar*, porque el barco ya se iba a pique.

—¡Y ahora —comentó Sandokán con pasmosa tranquilidad—, al fondo envuelto en mi bandera! ¡Ven, Yáñez, ya todo acabó!

—¡Bah! —exclamó el portugués lanzando una bocanada de humo al aire—. ¡No se puede vivir eternamente!

Cruzaron el puente, entre cascos de granadas y restos de balas, y treparon por la escala del árbol militar hasta llegar a la plataforma, donde se detuvieron.

A distancia, Tremal-Naik, Damna y Surama les hacían gestos para que se lanzaran al mar. Respondieron con una sonrisa, haciéndoles un saludo con la mano.

A continuación Sandokán, tomando su bandera roja y ondeándola por encima de su cabeza, se envolvió entre sus pliegues exclamando:

—¡Así muere el Tigre de Malasia!

Bajo ellos, los últimos tigres de Mompracem, que se aproximaban a una centena, la mayoría de ellos heridos, aguardaban impertérritos y silenciosos con la mirada fija en ambos jefes a que se los tragara la vorágine, el gran vórtice.

El *Rey del Mar* se hundía poco a poco entre ligeras vibraciones, y en el fondo de la estiba se oía bramar el agua de una forma sorda y profunda.

Las chalupas de los cruceros realizaban grandes esfuerzos con el fin de llegar a tiempo para recoger a aquellos náufragos, que estaban decididos a morir por voluntad propia. La de sir Moreland era la primera e intentaba dar alcance a la lancha en la que Tremal-Naik y las dos jóvenes intentaban regresar a su buque, ya que sir

Moreland se había dado cuenta de la desesperada resolución que tomaban sus antiguos amigos.

Sandokán, envuelto en su bandera, los contemplaba impasible y con la sonrisa asomando a sus labios.

Yáñez, algo ceñudo, fumaba con la serenidad habitual en él su último cigarro.

Una vez que las aguas empezaron a invadir la cubierta, el portugués soltó el cigarrillo casi agotado, exclamando:

—¡Baja a esperarme en el fondo del agua!

De improviso, cuando parecía que ya el casco debía haberse hundido, se interrumpió bruscamente por completo el descenso. El flujo que arrastraba al barco en dirección al este lo había trasladado hasta las aguas del banco de Vernon, avanzando más de lo que se pudiera suponer, y la quilla, como era lógico, tocó fondo.

En el preciso momento en que las dos chalupas, la tripulada por sir Moreland y seis remeros hindúes, y la otra por Tremal-Naik, las dos jóvenes y los remeros malayos, llegaban bajo la escala de babor, el casco del *Rey del Mar* se escoraba suavemente hacia estribor, apoyándose sobre el costado.

Al ver que el barco estaba inmovilizado, sir Moreland subió con premura al puente, seguido de Tremal-Naik y ambas muchachas.

Yáñez se volvió hacia Sandokán, cuyo semblante había adquirido una sombría expresión.

—¡Ni la muerte nos quiere! —le dijo—. ¿Qué es lo que piensas hacer?

—¡Vamos a conocer al Tigre de la India! —respondió apoyando su diestra en la empuñadura de oro de su kris—. ¡Que no se confíe; el Tigre de Malasia podría también matar al Tigrecito!

Se despojó de la bandera, descendió la escalerilla con la misma altivez que un soberano baja las gradas de un trono y se detuvo frente a sir Moreland, a quien preguntó:

—Y bien, ¿qué desea usted de nosotros?

El angloindio, realmente conmovido, se quitó la gorra para saludar a los dos valerosos piratas y luego dijo con gran nobleza:

—En primer lugar, señores, permítanme que les diga una palabra.

Tomó de una mano a Damna, que había subido al barco con Surama, y la llevó ante Tremal-Naik; después dijo:

—Yo la amo y ella a mí también. Me sería imposible vivir sin su hija, y los númenes de la India saben perfectamente cuánto hice por olvidarla. Seque usted con una simple palabra el sangriento río que nos separa, para que el horrible grito de mi asesinado padre se extinga para siempre. ¡Anoche se me apareció su espíritu y me dijo que perdonara a todos!

—Pero ¿de qué habla usted, sir Moreland? ¿A qué padre se refiere usted? —inquirió el angustiado Tremal-Naik.

—Damna, ¿me quiere usted? —preguntó sir Moreland, sin responder al hindú.

—¡Sí, mucho! —respondió la joven ruborizándose y bajando la vista.

—¡La guerra ha concluido entre nosotros! —dijo sir Moreland—. ¡La mancha de sangre ha sido limpiada! ¡Tremal-Naik, bendiga usted a sus hijos!

—Pero ¿quién es usted? —exclamaron a la vez Yáñez, Sandokán y Tremal-Naik.

—¡Soy el hijo de Suyodhana! ¡Acompáñenme ustedes! ¡Ahora son mis invitados!

CONCLUSIÓN

Veinte minutos más tarde, los cuatro cruceros se alejaban del banco de Vernon, en cuyo fango iba hundiéndose poco a poco el casco del temible *Rey del Mar.*

En el mayor de aquellos se habían embarcado todos los supervivientes, incluidos Kammamuri, Sambigliong y el ingeniero Horward, y en la sala de la cámara se reunieron Tremal-Naik, las dos muchachas, los dos jefes piratas y el hijo de Suyodhana.

Una gran ansiedad, no desprovista de vivo interés, parecía haberse adueñado de todos. Los ojos se hallaban fijos en el Tigrecito de la India, a quien habían considerado hasta hacía poco un oficial de la escuadra angloindia. Sir Moreland se sentó junto a Damna.

—Debo darles a ustedes unas explicaciones —comenzó a decir el hijo del terrible thug—, que no les disgustará conocer, ni siquiera a Damna, y que podrán justificar la guerra tan prolongada y obstinada que les he estado haciendo.

»Hasta que cumplí veinticinco años no me explicó mi preceptor, un hindú de gran sabiduría y elevada casta, que no era hijo de un oficial angloindio, como hasta entonces me había hecho creer, sino del jefe de la secta de los thugs, que contrajo matrimonio a escondidas con una dama inglesa, la cual murió al nacer yo. Criado por una familia del País de Gales que vivía desde años atrás en Benarés, como si yo en realidad fuera huérfano de un oficial de la Compañía de la India, y educado al estilo inglés, ustedes podrán comprender fácilmente la tremenda impresión que me ocasionaría el que, al cumplir los veinticinco años, me informaran de que yo era hijo del jefe de una secta detestada por todos los hombres honrados. En el testamento que mi padre dejó legándome ciento sesenta millones de rupias, colocadas en los bancos de Bombay, me exigía la obligación de vengar al Tigre de la India. Durante largo tiempo estuve vacilando, pueden creerme.

»Pero, por último, la voz de la sangre imperó, y, aunque me resultara repulsiva la idea de convertirme en vengador de aquella secta, yo, que en aquel tiempo era oficial de la flota angloindia, me dejé convencer, influido también por mi preceptor. Conocía toda la historia; sabía en qué lugar estaba el refugio de ustedes y me dispuse para la guerra, haciendo construir cinco potentes buques. Sabiendo que el gobierno inglés mostraba bastante recelo hacia ustedes, por su gran proximidad a Labuán, y que el rajá de Sarawak, el sobrino de James Brooke, aguardaba el momento propicio para vengar a su tío, ofrecí en el acto mi ayuda y mis barcos al gobernador de la colonia. Deseaba destruirlos a todos ustedes con el fin de vengar la muerte de mi padre. Y mientras yo me preparaba en el mar, mi preceptor, simulando ser peregrino de La Meca, insurreccionaba a los dayakos de Kabataun.

»Por fortuna, el amor provocó en mí un cambio total. Paulatinamente empezó a desaparecer el odio que sentía hacia ustedes. Los ojos de esta joven influyeron sobre mí de una forma tan fascinadora que me hicieron comprender, horrorizado, la atrocidad del delito que iba a cometer intentando vengar a aquella cruel secta, execrada por todas las personas honradas. Ya hace muchas noches que no escucho el horrible grito de venganza de mi padre. Tal vez su espíritu se haya tranquilizado. Que me perdone, pero yo, hombre civilizado, no puedo convertirme en el vengador de los estranguladores de la India. ¡Señor Yáñez, Tigre de Malasia, son ustedes libres, junto con todos sus hombres! Yo he sido el único que los ha vencido y, en consecuencia, solo yo puedo condenarlos o absolverlos. Y los absuelvo.

El hijo del thug permaneció inmóvil durante un instante y luego, dirigiéndose a Tremal-Naik, le preguntó:

—¿Desea usted convertirse en mi padre?

—¡Sí! —respondió el indio—. ¡Sed dichosos, hijos míos, y que jamás se turbe la paz, puesto que ya los thugs no existen!

Al escuchar aquello, el angloindio y Damna se arrojaron a los brazos abiertos de Tremal-Naik.

Kammamuri, que había bajado sin hacer el menor ruido, lloraba conmovido en un rincón de la salita.

—Señor Yáñez, señor Sandokán —dijo sir Moreland—, ¿a qué lugar quieren que los lleve? Nosotros regresamos a la India. ¿Y ustedes?

El Tigre de Malasia se quedó un momento pensativo, y al fin respondió:

—Mompracem ya se ha perdido, pero en Gaia se encuentran nuestros praos y nuestros hombres, y allí tenemos amigos muy leales. Condúzcanos usted a esa isla, si no le ocasiona molestia. Estableceremos en ella una nueva colonia, alejados de la amenaza de los ingleses.

Tras una breve pausa, prosiguió:

—Tal vez nos veamos de nuevo en la India cualquier día. Desde hace mucho tiempo vengo acariciando una idea.

—¿Cuál? —preguntaron al mismo tiempo Tremal-Naik, Damna y sir Moreland.

Sandokán fijó la vista en Surama y contestó:

—Tú eres hija del rajá y te han arrebatado el lugar que te correspondía. ¿Por qué razón, niña, no hemos de proporcionarte un trono para que lo compartas con Yáñez, que de aquí a pocos días va a ser tu marido? ¡Ya hablaremos de ello, mi buena Surama!

El Corsario Negro

LOS FILIBUSTEROS DE LA TORTUGA

Una recia voz, que tenía una especie de vibración metálica, se alzó del mar y resonó en las tinieblas lanzando estas amenazadoras palabras:

—¡Eh, los de la canoa! ¡Deteneos si no queréis que os eche a pique!

La pequeña embarcación, tripulada solo por dos hombres, avanzaba trabajosamente sobre las olas color de tinta. Sin duda huía del alto acantilado que se delineaba confusamente sobre la línea del horizonte, como si temiese un gran peligro de aquella parte; pero, ante aquel grito conminatorio, se había detenido de manera brusca. Los dos marineros recogieron los remos y se pusieron en pie al mismo tiempo, mirando con inquietud ante ellos y fijando sus ojos sobre una gran sombra que parecía haber emergido súbitamente de las aguas.

Ambos hombres contarían alrededor de cuarenta años, y sus facciones rectas y angulosas se acentuaban aún más con unas espesas e hirsutas barbas que seguramente no habían conocido nunca el uso de un peine o de un cepillo.

Llevaban calados amplios sombreros de fieltro, agujereados por todas partes y con las alas hechas jirones, y sus robustos pechos quedaban apenas cubiertos por unas camisas de franela, desgarradas, descoloridas y sin mangas, que iban ceñidas a sus cinturas con unas fajas rojas reducidas igualmente a un estado miserable y que sujetaban sendos pares de aquellas grandes y pesadas pistolas que se usaban a finales del siglo dieciséis. También sus cortos calzones aparecían destrozados, y las desnudas piernas y los descalzos pies estaban completamente rebozados en un barro negruzco.

Aquellos dos hombres, a los que cualquiera habría podido tomar por dos evadidos de alguna de las penitenciarías del golfo de México si en aquel tiempo ya hubieran existido los penales de las Guayanas, al ver aquella sombra que se destacaba sobre el tenebroso azul del horizonte entre el centelleo de las estrellas, se miraron con gran inquietud.

—Mira, Carmaux —dijo el que parecía más joven—. Fíjate bien, tú que tienes mejor vista. Hemos de saber inmediatamente qué es lo que tenemos ahí delante. Es cuestión de vida o muerte.

—Es un barco, y aunque no está a más de tres tiros de pistola, no podría decirte si viene de La Tortuga o de las colonias españolas.

—¿Serán amigos…? ¡Hum! ¡Atreverse a venir hasta aquí, al alcance de los cañones de los fuertes y corriendo el peligro de encontrarse con alguna poderosa escuadra de las que escoltan a los galeones cargados de oro!

—Quienesquiera que sean, ya nos han visto, Wan Stiller, y puedes estar seguro de que no nos dejarán escapar. Si lo intentásemos no tardarían en mandarnos a hacer compañía a Belcebú con una buena ración de metralla en el cuerpo.

La misma voz, sonora y potente, volvió a resonar en la oscuridad y su eco fue apagándose sobre las aguas del gran golfo.

—¿Quién vive?

—¡El diablo! —masculló el llamado Wan Stiller.

El otro marinero se subió en uno de los bancos de la canoa y a su vez gritó con todas sus fuerzas:

—¿Quién es ese tipo tan audaz que quiere saber de dónde venimos? Si tanto le quema la curiosidad, que venga aquí. Nosotros se la calmaremos a fuerza de plomo.

Aquel desafío, en lugar de irritar al hombre que les interrogaba desde la cubierta del velero, pareció divertirle, porque contestó:

—¡Venid a dar un abrazo a los Hermanos de la Costa!

Los dos hombres de la canoa lanzaron un grito de alegría.

—¡Los Hermanos de la Costa! —exclamaron.

Luego, Carmaux añadió:

—¡Que el mar me engulla si no conozco la voz que nos ha hecho tan amable invitación!

—¿Quién crees que sea? —preguntó Wan Stiller, que había vuelto a tomar el remo y lo movía con gran brío.

—Solo uno entre los valerosos hombres de La Tortuga puede atreverse a llegar hasta los fuertes españoles.

—¡Por mil demonios! ¿De quién estás hablando?

—Del Corsario Negro.

—¡Truenos de Hamburgo! ¡El mismísimo Corsario Negro!

—Sí, y tenemos tristes noticias para ese audaz marino —murmuró Carmaux suspirando—. ¡Su hermano ha muerto!

—¡Y quizá él esperaba llegar a tiempo para rescatarle vivo de las manos de los españoles! ¿No crees, amigo?

—Sí, Wan Stiller.

—¡Es el segundo que le ahorcan!

—El segundo, sí. ¡Dos hermanos, y los dos colgando de la misma horca infame!

—¡Serán vengados, Carmaux!

—El Corsario Negro les vengará. Y nosotros estaremos con él. El día en que vea estrangular a ese maldito gobernador de Maracaibo será el más feliz de mi vida. Ese día venderé hasta las dos esmeraldas que llevo cosidas en los calzones y con el dinero que obtenga, que seguramente serán más de mil pesos, lo celebraremos en un gran banquete con nuestros camaradas.

—Ahí está el barco. ¡Lo que suponía! ¡Es el del Corsario Negro!

El barco, que poco antes apenas podía distinguirse en la oscuridad, no estaba ya a más de medio cable de la canoa.

Era uno de aquellos veloces veleros usados por los filibusteros de La Tortuga para dar caza a los grandes galeones españoles que llevaban a Europa los tesoros de América Central, de México y de las regiones ecuatoriales.

Magníficos navíos, de alta arboladura, que sacaban el máximo provecho hasta de las más suaves brisas. Su proa y su popa eran altísimas, como en la mayor parte de los barcos de aquella época, y estaban formidablemente armados.

Doce piezas de artillería, doce espléndidas carronadas, mostraban sus amenazadoras bocachas a babor y a estribor, y en el alto alcázar estaban emplazados dos grandes cañones de caza, sin duda destinados a destrozar a golpes de metralla los puentes de los navíos enemigos.

El buque corsario se había puesto al pairo y esperaba la llegada de la canoa. A la luz del fanal de proa se distinguían diez o doce hombres armados de mosquetes y que parecían dispuestos a abrir fuego a la más leve sospecha.

Al llegar al costado del velero, los dos marineros cogieron un cabo que les fue echado desde cubierta con una escala de cuerda, retiraron los remos, aseguraron la canoa y treparon hasta la borda con sorprendente agilidad.

Una vez en el barco, dos de los hombres armados les apuntaron con sus mosquetes mientras un tercero se acercaba hasta ellos con un farol en la mano.

—¿Quiénes sois?

—¡Por Belcebú, señor! —exclamó Carmaux—. ¿No os acordáis de los amigos?

—¡Que un tiburón me devore si este no es el vasco Carmaux! —gritó el hombre del farol—. En La Tortuga se te creía muerto. ¡Rayos! ¡Otro resucitado! ¿No eres tú el hamburgués Wan Stiller?

—En carne y hueso —repuso este.

—De modo que también has conseguido escapar de la soga…

—La muerte me ha rechazado. Además, creo que es mejor seguir con vida unos años más.

—¿Y vuestro capitán?

—Silencio —dijo Carmaux.

—Puedes hablar. ¿Ha muerto?

—¡Bandada de cuervos! ¿Dejaréis ya de graznar? —gritó la misma voz que poco antes había amenazado a los hombres de la canoa.

—¡Truenos de Hamburgo! El Corsario Negro —masculló Wan Stiller al tiempo que un escalofrío sacudía su cuerpo.

Carmaux, levantando la voz, respondió:

—¡Aquí nos tenéis, comandante!

Un hombre había descendido del puente de mando y se dirigía hacia ellos con una mano apoyada en la culata de la pistola que llevaba en el cinto.

Vestía completamente de negro, con una elegancia poco frecuente entre los filibusteros del golfo de México, hombres que se conformaban con unos calzones y que cuidaban mucho más de sus armas que de su indumentaria.

Llevaba una rica casaca de seda negra adornada con blondas del mismo color y con vueltas de piel, y calzones también de seda negra ceñidos a la cintura por una ancha faja listada. Calzaba altas botas y su cabeza estaba cubierta por un gran chambergo de fieltro adornado con una gran pluma igualmente negra que caía sobre sus hombros.

Lo mismo que en su indumentaria, en el aspecto de aquel hombre había algo de fúnebre. Su cara pálida, casi marmórea, resaltaba entre las negras blondas que rodeaban su cuello y las anchas alas del sombrero, y quedaba oculta en parte bajo una espesa barba negra, corta y algo rizada.

Sin embargo, sus facciones eran bellísimas. La nariz, regular; los labios, pequeños y rojos como el coral; la frente, ancha y surcada por una ligera arruga que daba a su rostro cierta expresión melancólica; los ojos, perfectos, negros como el carbón y coronados por espesas cejas, brillaban de tal forma que podrían turbar hasta a los más intrépidos filibusteros que navegaban en las aguas del gran golfo.

Era alto, esbelto, de porte elegante. Al ver sus aristocráticas manos se podía asegurar que se trataba de una persona de alta condición social y, sobre todo, de un hombre hecho al mando.

Al verle acercarse, los dos marineros de la canoa se miraron murmurando:

—¡El Corsario Negro!

—¿Quiénes sois y de dónde venís? —preguntó el corsario, deteniéndose ante ellos con la mano aún apoyada en la culata de la pistola.

—Somos filibusteros de La Tortuga, dos de los Hermanos de la Costa —repuso Carmaux.

—¿De dónde venís?

—De Maracaibo.

—¿Habéis escapado de manos de los españoles?

—Sí, comandante.

—¿A qué barco pertenecíais?

—Al del Corsario Rojo.

Al oír estas palabras, el Corsario Negro se sobresaltó. Luego permaneció silencioso durante unos momentos, con los ojos fijos en los dos filibusteros como si quisiera abrasarlos con la mirada.

—¡Al barco de mi hermano! —dijo luego con voz temblorosa.

Agarró bruscamente por un brazo a Carmaux y, casi a rastras, le llevó hasta la popa.

Al llegar bajo el puente de mando, levantó la cabeza y miró a uno de sus hombres, que estaba de pie en el puente como si esperara órdenes de su capitán, y le dijo:

—Mantén la posición, Morgan. Que los hombres no se separen de sus armas y que los artilleros mantengan encendidas las mechas. Quiero estar enterado de todo cuanto suceda.

—Sí, comandante —repuso Morgan—. Ninguna embarcación se acercará sin que seáis advertido.

El Corsario Negro, sujetando aún a Carmaux, descendió por una escalerilla situada bajo el espejo de popa y entró en un pequeño camarote amueblado elegantemente e iluminado por una lámpara dorada, a pesar de que en las embarcaciones corsarias estaba prohibido mantener luces encendidas después de las nueve de la noche. Luego, señalando una silla, se limitó a decir:

—Habla.

—Estoy a vuestras órdenes, comandante.

En lugar de interrogarle, el corsario se limitó a mirar a Carmaux fijamente mientras mantenía los brazos cruzados sobre el pecho. Estaba aún más pálido que lo que era costumbre en él y suspiraba una y otra vez.

Dos veces abrió los labios como si quisiera hablar, cerrándolos inmediatamente. Parecía vacilar en hacer alguna pregunta cuya respuesta, sin duda, había de ser terrible. Por fin, haciendo un esfuerzo, preguntó:

—Le han matado, ¿verdad?

—¿A quién?

—A mi hermano, al Corsario Rojo.

—Sí, comandante —repuso Carmaux suspirando—. Le han matado, igual que a vuestro otro hermano el Corsario Verde.

Un ronco rugido, que tenía a la vez algo de salvaje y de desgarrador, surgió de los labios del corsario.

Carmaux vio cómo palidecía horriblemente, llevándose una mano al corazón y cayendo sobre una silla mientras se tapaba el rostro con las anchas alas del chambergo.

El Corsario Negro permaneció en esta postura unos minutos. El marinero le oía sollozar. Luego, el corsario se puso en pie, como avergonzándose de aquel momento de debilidad.

La tremenda emoción de que había sido presa no se reflejaba ya en su rostro. Su expresión volvía a ser tranquila y el color no más pálido que antes. No obstante, sus ojos brillaban como tétricas hogueras.

Dio dos vueltas alrededor del camarote, quizá para tranquilizarse completamente antes de continuar la conversación, y enseguida volvió a sentarse diciendo:

—Sospechaba que iba a llegar demasiado tarde. Pero me queda la oportunidad de vengarme. ¿Le han fusilado?

—Ahorcado, señor.

—¿Ahorcado? ¿Estás seguro?

—Yo mismo le vi balanceándose en la horca levantada en la plaza de Granada.

—¿Cuándo le han matado?

—Hoy, algo después del mediodía.

—¿Cómo ha sido su muerte?

—Ha muerto valientemente, señor. El Corsario Rojo no podía morir de otra forma. Incluso…

—¡Continúa!

—Cuando el lazo empezaba a estrangularle, sacó fuerzas de flaqueza para escupir al gobernador en la cara.

—¿A ese perro de Van Guld?

—Sí, al duque flamenco.

—¡Otra vez él! ¡Siempre él…! ¿Qué odio feroz le impulsa contra mí? ¡Un hermano asesinado a traición y otros dos ahorcados!

—Eran los corsarios más audaces del golfo, señor. Es lógico que les odiara.

—¡Pero yo les vengaré! —gritó el filibustero con voz terrible—. ¡No, no moriré sin acabar antes con Van Guld y con toda su familia y entregar a las llamas la ciudad que gobierna! ¡Mal te has portado conmigo, Maracaibo, pero yo te llevaré la desgracia! ¡Aunque tenga que pedir ayuda a todos los filibusteros de La Tortuga y a todos los bucaneros de Santo Domingo y Cuba, no dejaré piedra sobre piedra!

El corsario estaba excitadísimo. Luego, serenándose, dijo:

—Ahora, amigo, dime cuanto sepas. ¿Cómo han conseguido apresaros?

—No lo han conseguido con las armas, nos sorprendieron a traición cuando estábamos inermes, comandante. Ya sabéis que vuestro hermano había llegado a Maracaibo para vengar la muerte del Corsario Verde. Había jurado, como vos, acabar con el duque flamenco. Éramos ochenta hombres dispuestos a afrontar cualquier peligro, incluso a todos los soldados del gobernador. Pero no contamos con los elementos. En la embocadura del golfo de Maracaibo nos sorprendió un tremendo huracán que destrozó casi totalmente nuestro barco. Solo veintiséis, tras grandes fatigas, conseguimos llegar a la costa. Estábamos todos en condiciones deplorables, desarmados, imposibilitados para oponer la menor resistencia a cualquier ataque. Vuestro hermano nos dio ánimos y nos guió lentamente a través de los pantanos, temiendo que los españoles nos descubriesen y empezaran a seguir nuestros pasos. Creíamos que sería fácil encontrar un refugio seguro en los espesos bosques, pero caímos en una emboscada. Trescientos españoles, mandados por el propio Van Guld, cayeron sobre nosotros encerrándonos en un cerco de hierro, matando a los que oponían resistencia y conduciéndonos a los demás a Maracaibo en calidad de prisioneros.

—¿Mi hermano se encontraba entre estos últimos?

—Sí, comandante. Aunque solo iba armado de un puñal, se defendió como un feroz león. Prefería morir luchando que ser trasladado a la ciudad y acabar en la horca. Pero el flamenco le reconoció y, en lugar de ordenar que le matasen de un disparo o de una estocada, le hizo trasladar a Maracaibo junto con los demás. Llegamos a la ciudad y, después de ser maltratados por los soldados e injuriados por toda la población, fuimos condenados a la horca. Sin embargo, ayer por la mañana mi amigo Wan Stiller y yo, más afortunados que nuestros compañeros, conseguimos huir tras estrangular a nuestro centinela. Nos refugiamos en la cabaña de un indio y desde allí pudimos presenciar la ejecución de vuestro hermano y de sus valientes filibusteros. Luego, por la noche y ayudados por un negro, nos embarcamos en una canoa decididos a atravesar el golfo de México y llegar a La Tortuga. Eso es todo, comandante.

—¡Y mi hermano está muerto…! —dijo el corsario con calma terrible.

—Le vi como os estoy viendo a vos ahora.

—¿Estará aún su cuerpo en la horca?

—Permanecerá en ella tres días.

—Y luego será arrojado a cualquier estercolero…

—Es lo más probable, comandante.

El corsario se levantó bruscamente dirigiéndose hacia el filibustero.

—¿Tienes miedo?

—Ni siquiera de Belcebú, comandante.

—Entonces, ¿no temerás a la muerte?

—No, señor.

—¿Me seguirás?

—¿Adónde?

—A Maracaibo.

—¿Cuándo?

—Esta noche.

—¿Vamos a asaltar la ciudad?

—No, aún no somos suficientes. Van Guld recibirá mis noticias más tarde. Por ahora, solo iremos nosotros dos y tu compañero.

—¿Solos? —preguntó Carmaux estupefacto.

—Solos.

—¿Qué queréis hacer?

—Rescatar los restos de mi hermano.

—¡Cuidado, comandante! Corréis el riesgo de caer prisionero vos también.

—¿Tú sabes quién es el Corsario Negro?

—¡Por Belcebú! Ni en La Tortuga, ni en todas las islas próximas, nadie, filibustero o no, puede comparársele en valentía, audacia y decisión.

—Di que vamos a utilizar la chalupa.

—Mejor en mi canoa.

—Prefiero la chalupa, pero sea como tú quieres.

UNA EXPEDICIÓN AUDAZ

Carmaux se apresuró a obedecer la orden del capitán del buque. Sabía que con el Corsario Negro era peligroso cualquier titubeo.

Wan Stiller le esperaba junto a la escotilla, en compañía del contramaestre y algunos filibusteros que le hacían preguntas acerca del desgraciado fin del Corsario Rojo y de su tripulación, al tiempo que manifestaban terribles propósitos de venganza contra los españoles de Maracaibo y, sobre todo, contra su gobernador.

Cuando el hamburgués supo que era preciso preparar la canoa para regresar a la costa, de la que habían huido precipitadamente, salvándose de puro milagro, no pudo disimular un gesto de estupor y manifestó sus recelos.

—¡Volver otra vez a la costa! —exclamó—. ¡Esta vez vamos a dejar allí la piel, Carmaux!

—No lo creas. Esta vez no iremos solos.

—¿Quién nos acompañará, si puede saberse?

—El Corsario Negro.

—Entonces nada hay que temer. ¡Ese demonio de hombre vale por cien filibusteros!

—Pero no vendrá nadie más.

—No importa, Carmaux; con él es más que suficiente. ¿Vamos a entrar en la ciudad?

—Sí, amigo mío. Y podremos considerarnos unos héroes si conseguimos llevar la empresa a buen fin. Contramaestre, haz poner en la canoa tres fusiles, las municiones necesarias, un par de sables de abordaje para nosotros dos y algo de comida. No sabemos lo que puede suceder ni cuándo volveremos.

—Todo está dispuesto —repuso el contramaestre—. No he olvidado ni siquiera el tabaco.

—Gracias, amigo; eres la perla de los contramaestres.

—¡Ahí está! —dijo en aquel momento Wan Stiller.

El Corsario Negro apareció en la cubierta. Vestía aún su fúnebre traje, pero se había ceñido una espada y un cinturón en el que iban sujetas dos grandes pistolas, así como uno de aquellos puñales que los españoles llamaban misericordia, y llevaba terciado en el brazo un ferreruelo tan negro como el resto de sus ropas.

Se acercó al hombre que estaba en el puente de mando, que debía de ser el segundo de a bordo, e intercambió con él algunas palabras. Luego, volviéndose hacia los filibusteros, les dijo simplemente:

—¡En marcha!

—Estamos dispuestos —repuso Carmaux.

Bajaron los tres a la canoa, que había sido trasladada hasta la popa y provista de municiones, armas y víveres. El corsario se envolvió en su ferreruelo y se sentó en el carel de proa mientras los filibusteros empezaban a remar poderosamente.

El velero apagó las luces de posición, orientó sus velas y se dispuso a seguir a la canoa, dando bordadas para no adelantarla. Probablemente el segundo de a bordo quería escoltar a su capitán hasta la costa para protegerle en caso de un ataque repentino.

El Corsario Negro, casi tendido en la proa de la canoa y con la cabeza apoyada en un brazo, permanecía en silencio. Sin embargo, su mirada, aguda como la de un águila, recorría el oscuro horizonte como tratando de distinguir la costa americana escondida en las tinieblas. De vez en cuando volvía la cabeza hacia su barco, que le seguía siempre a una distancia de siete u ocho cables. Luego volvía a mirar hacia Maracaibo.

Wan Stiller y Carmaux remaban con brío haciendo volar sobre la negra superficie de las aguas la ligera y esbelta embarcación. Ni uno ni otro parecían estar preocupados por su regreso hacia aquella costa en la que vivían sus más implacables enemigos. Tal era la confianza que tenían en la audacia y valentía del formidable corsario, cuyo solo nombre bastaba para desatar el terror en todas las ciudades marítimas del gran golfo mexicano.

El mar interior de Maracaibo, cuya superficie estaba tan inmóvil que parecía de aceite, permitía a la veloz embarcación avanzar sin dificultad y sin exigir un gran esfuerzo a los remeros. La costa no era rocosa en aquel sector y estaba flanqueada por dos cabos que la protegían del oleaje del gran golfo, por lo que en raras ocasiones las aguas se encrespaban.

Llevaban una hora remando los dos filibusteros cuando el Corsario Negro, que hasta entonces había permanecido completamente inmóvil, se puso de repente en pie y miró detenidamente la costa, como si quisiera abarcarla en su totalidad.

Una luz, que no podía confundirse con la de una estrella, brillaba a flor de agua despidiendo destellos intermitentes a intervalos de un minuto.

—Maracaibo —dijo el corsario con sombrío acento y haciendo patente un extraño furor.

—Sí —repuso Carmaux volviéndose.

—¿A qué distancia estamos?

—A unas tres millas, capitán.

—Entonces, llegaremos a medianoche.

—Sí.

—¿Hay vigilancia por los alrededores?

—Los aduaneros, capitán.

—Es preciso evitarlos.

—Conocemos un lugar en el que podremos desembarcar tranquilamente y esconder la canoa entre las plantas.

—¡Adelante!

—Quisiera sugeriros algo, capitán.

—Habla.

—Sería mejor que vuestro barco no se acercase más a la costa.

—Ya ha virado a babor. Nos esperará en alta mar.

Permaneció en silencio unos instantes. Luego añadió:

—¿Es cierto que hay una escuadra en el lago?

—Sí, comandante; la del almirante Toledo, que tiene a su cargo la vigilancia de Maracaibo y Gibraltar.

—¡Ah! ¿Tienen miedo? ¡Pero el Olonés está en La Tortuga y entre los dos la echaremos a pique! Tendremos que esperar algunos días, tened paciencia. Luego, ese maldito Van Guld sabrá de lo que somos capaces.

Se envolvió de nuevo en el ferreruelo, se caló el chambergo hasta los ojos y volvió a sentarse, con la mirada siempre fija en los destellos del faro del puerto.

La canoa reemprendió la marcha, cambiando la derrota para salirse de la embocadura de Maracaibo. Sus tripulantes querían evitar el encuentro con los aduaneros, que no habrían dudado en detenerles inmediatamente.

Media hora después podían divisar perfectamente la costa del golfo, que no distaba más de tres o cuatro cables. La playa descendía suavemente hasta las aguas y en ella abundaban los mangles, plantas que crecen en las desembocaduras de los ríos y que producen terribles fiebres, como el vómito negro, más conocido con el nombre de fiebre amarilla. Más allá, sobre el estrellado fondo del firmamento, se recortaba una vegetación compacta y oscura formada por plumosas hojas de gigantescas dimensiones.

Carmaux y Wan Stiller disminuyeron el ritmo de la boga y se volvieron para mirar hacia la costa. Avanzaban con grandes precauciones, procurando no hacer ruido alguno y mirando atentamente en todas direcciones, como si temieran alguna sorpresa.

El Corsario Negro, en cambio, permanecía inmóvil. Sin embargo, había colocado ante sí los fusiles que el contramaestre embarcara en la canoa, dispuesto a saludar con una descarga a la primera chalupa que hubiera intentado acercarse.

Sería medianoche cuando la canoa embarrancó en la manigua, ocultándose entre la maleza y las retorcidas raíces.

El Corsario Negro se levantó e inspeccionó rápidamente la costa. Luego saltó a tierra ágilmente y amarró la canoa a una rama.

—Dejad los fusiles —dijo a Wan Stiller y Carmaux—. ¿Tenéis pistolas?

—Sí, capitán —repuso el hamburgués.

—¿Conocéis este lugar?

—Sí, estamos a diez o doce millas de Maracaibo.

—¿La ciudad está tras este bosque?

—En su misma orilla.

—¿Podremos entrar en ella esta noche?

—Imposible, capitán. El bosque es espesísimo y no conseguiremos atravesarlo antes de mañana por la mañana.

—¿De modo que tendremos que esperar hasta mañana por la noche?

—Si no queréis entrar en Maracaibo a la luz del sol, será preciso esperar.

—Dejarnos ver en la ciudad de día sería una imprudencia —repuso el corsario como si hablara consigo mismo—. Si estuviese aquí mi barco dispuesto a ayudarnos y recogernos, lo intentaría. Pero el *Rayo* sigue surto en las aguas del golfo.

Permaneció algunos instantes inmóvil y silencioso, como inmerso en profundas reflexiones. Luego añadió:

—Mañana por la noche, ¿podremos recoger todavía a mi hermano?

—Ya os dije que permanecerá en la horca tres días —repuso Carmaux.

—Entonces tenemos tiempo. ¿Conocéis a alguien en Maracaibo?

—Sí, al negro que nos proporcionó la canoa para escapar. Vive en la linde del bosque, en una cabaña aislada.

—¿No nos traicionará?

—Nosotros respondemos por él.

—En marcha.

Subieron hasta el bosque, Carmaux delante, el Corsario Negro en medio y Wan Stiller detrás, y se adentraron en la espesura marchando con extrema cautela, aguzando el oído y con las manos apoyadas en las pistolas para prever cualquier emboscada repentina.

El bosque se extendía ante ellos, tan tenebroso como una inmensa caverna. Troncos de todas las formas y dimensiones se alzaban majestuosos, coronados por enormes hojas que ocultaban completamente el cielo.

Los bejucos colgaban por todas partes, formando inmensos manojos que se entrecruzaban de mil modos, subiendo por los troncos y recorriéndolos en todas direcciones, mientras que por el suelo, retorcidas unas junto a otras, se abrían grandes raíces que dificultaban no poco la marcha de los tres filibusteros, obligándoles a dar grandes rodeos para encontrar un sendero y a echar mano de los sables de abordaje para cortarlas.

Varios puntos luminosos resplandecientes proyectaban de vez en cuando verdaderos haces de luz mientras cambiaban de posición entre los miles y miles de troncos, agitándose unas veces entre las raíces y otras entre el espeso follaje. Se apagaban bruscamente, luego volvían a brillar, formando de este modo extrañas ondas de luz, de incomparable belleza, que rayaban en lo fantástico.

Eran las grandes luciérnagas de la América meridional, las vaga lume, que despedían una luz tan potente que permitía la lectura de la escritura más menuda a varios metros de distancia. Tres o cuatro de estos animales, metidos en un vaso de cristal, bastarían para iluminar una habitación.

También abundaban los *Lamppris occidentalis*, los cocuyos o noctilucas, bellísimos insectos fosforescentes que se encuentran en grandes cantidades en los bosques de la Guayana y del Ecuador.

Los tres filibusteros, guardando siempre el más absoluto silencio, proseguían la marcha sin abandonar sus precauciones. Además de contar con los españoles, habían de hacerlo con los habitantes de los bosques: los sanguinarios jaguares y, sobre todo, las serpientes, especialmente las jararacás, reptiles venenosísimos muy difíciles de ver incluso en pleno día, pues tienen la piel del color de las hojas secas y se mimetizan perfectamente.

Habrían recorrido unas dos millas cuando Carmaux, que marchaba siempre en cabeza por ser el que mejor conocía aquellos parajes, se detuvo bruscamente montando una de sus pistolas.

—¿Un jaguar o un hombre? —preguntó el Corsario Negro sin mostrar la menor preocupación.

—Puede haber sido un jaguar, pero también un espía —repuso Carmaux—. ¡En este país nunca se puede estar seguro de ver nacer un nuevo día!

—¿Por dónde ha pasado?

—A unos veinte pasos de mí.

El corsario se inclinó hasta el suelo y escuchó atentamente al tiempo que contenía la respiración. A sus oídos llegó un ligero crujir de hojas, pero tan débil que únicamente un oído muy fino podía percibirlo.

—Es posible que sea un animal —dijo levantándose—. ¡Bah! ¡No somos hombres miedosos! Empuñad los sables y seguidme.

Dio una vuelta en torno al tronco de un enorme árbol que se erguía entre las palmeras y se detuvo entre un grupo de gigantescas hojas, escudriñando en la oscuridad.

Pronto cesó el crujir de hojas. Entonces pudo escuchar un ligero tintineo metálico seguido de un golpe seco, como si alguien estuviese amartillando un fusil.

—¡Quietos! —susurró dirigiéndose a sus compañeros—. Por aquí hay alguien que nos espía y que espera el momento oportuno para hacer fuego sobre nosotros.

—¿Nos habrán visto desembarcar? —murmuró Carmaux con gran inquietud—. Estos españoles tienen espías por todas partes.

El corsario empuñó el sable con la mano derecha y dio una vuelta alrededor del macizo de hojas procurando no hacer ruido. De repente, Carmaux y Wan Stiller le vieron lanzarse hacia delante y caer sobre una forma humana que se había alzado repentinamente de entre la maleza.

El salto del Corsario Negro fue tan rápido e impetuoso que el hombre que estaba emboscado rodó con las piernas en alto tras recibir en plena cara un tremendo golpe con la empuñadura del sable.

Carmaux y Wan Stiller se lanzaron también sobre él, y mientras el primero se apresuraba a hacerse con el fusil que el hombre emboscado había dejado caer, sin haber tenido tiempo de descargarlo, el hamburgués le apuntaba con la pistola diciendo:

—Si te mueves, ¡eres hombre muerto!

—Es uno de nuestros enemigos —dijo el corsario inclinándose.

—Uno de los soldados de ese maldito gobernador —añadió Wan Stiller—. ¿Qué haría emboscado en este lugar? ¡Tengo curiosidad por saberlo!

El español, que había quedado aturdido por el golpe, empezaba a recobrar el sentido y trataba de levantarse.

—¡Caray! —masculló con voz temblorosa—. ¿Habré caído en las manos del diablo?

—¡Precisamente! —dijo Carmaux—. Vosotros soléis llamar así a los filibusteros, ¿no es cierto?

El español se estremeció visiblemente, y Carmaux lo advirtió en el acto.

—¡No debes tener tanto miedo por el momento! —le dijo el filibustero riendo—. Déjalo para más tarde, cuando bailes un fandango en el vacío, con un buen pedazo de cuerda de cáñamo anudado al cuello.

Luego, volviéndose al Corsario Negro, que miraba al prisionero en silencio, le dijo:

—¿Le mato de un pistoletazo?

—No —se limitó a responder el capitán.

—¿Preferís colgarlo de las ramas de este árbol?

—Tampoco.

—Quizá es uno de los que colgaron a los Hermanos de la Costa y al Corsario Rojo, capitán.

Ante este recuerdo, brilló en los ojos del Corsario Negro una luz terrible, pero esta no tardó en desaparecer.

—No quiero que muera —murmuró—. Nos será más útil vivo que ahorcado.

—Por lo menos le ataremos bien —dijeron los dos filibusteros.

Se quitaron las fajas de lana roja que llevaban ceñidas a la cintura y sujetaron fuertemente los brazos del prisionero, sin que este, lleno de espanto, opusiera la menor resistencia.

—¡Vamos a ver quién eres! —exclamó Carmaux.

Encendió un pedazo de mecha de cañón que tenía en el bolsillo y lo acercó a la cara del español. Aquel pobre diablo que había caído en manos de los formidables corsarios de La Tortuga era un hombre de apenas treinta años, alto y magro como su «compatriota» Don Quijote, de rostro anguloso y cubierto por una barba rojiza, y ojos grises dilatados por el miedo.

Vestía casaca de piel amarilla con arabescos, y calzones cortos y amplios a rayas negras y rojas. Calzaba altas botas de cuero negro. En la cabeza llevaba un casco de hierro adornado con una vieja pluma casi totalmente desbarbada, y de la cintura le colgaba una larga espada cuya vaina estaba bastante deteriorada.

—¡Por Belcebú, señor! —exclamó Carmaux riendo—. Si el gobernador de Maracaibo tiene valientes como este, es de suponer que no les alimenta a base de capones, porque está más seco que un arenque ahumado. Tenéis razón, capitán; no vale la pena ahorcarle.

—Ya he dicho que no es esa mi intención —repuso el Corsario Negro.

Luego, tocando al prisionero con la punta de la espada, le dijo:

—Si aprecias tu pellejo, habla.

—La piel ya la he perdido —repuso el español—. Nadie sale con vida de vuestras manos. Si os contara lo que deseáis saber acabaríais igualmente conmigo. Haga lo que haga, no voy a ver la luz del nuevo día.

—El español tiene valor —dijo Wan Stiller.

—Su respuesta bien vale el perdón —añadió el corsario—. ¿Vas a hablar?

—No —repuso el prisionero.

—He prometido perdonarte la vida.

—¿Y yo he de creeros?

—¡Cómo! Pero ¿no sabes quién soy?

—Un filibustero, supongo.

—Un filibustero que se llama el Corsario Negro.

—¡Por mil centellas! —exclamó el español palideciendo—. ¡El Corsario Negro aquí! ¡Habéis venido para exterminarnos a todos y vengar la muerte de vuestro hermano el Corsario Rojo!

—Eso será lo que haré si no hablas —dijo el filibustero con voz sombría—. Exterminaré a toda la población de Maracaibo y no dejaré piedra sobre piedra en la ciudad.

—¡Por todos los santos! ¡Vos aquí…! —repitió el prisionero, que no salía de su asombro.

—¡Habla!

—Es inútil, ¡me doy por muerto!

—Has de saber que el Corsario Negro es un gentilhombre. Y un gentilhombre no falta nunca a su palabra —replicó solemnemente el capitán.

—Entonces, interrogadme.

EL PRISIONERO

A una señal del capitán, Wan Stiller y Carmaux levantaron al prisionero y le obligaron a sentarse al pie de un árbol. Aunque estaban seguros de que no cometería la locura de intentar fugarse, no le desataron las manos.

El Corsario Negro se sentó frente a él, sobre una enorme raíz que brotaba del suelo como una gigantesca serpiente, mientras los filibusteros montaban guardia a algunos pasos, pues no estaban completamente seguros de que el prisionero estuviera solo.

—Dime —dijo el corsario al prisionero tras unos momentos de silencio—, ¿sigue mi hermano expuesto en la horca?

—Sí —repuso el español—. El gobernador ha ordenado que los cadáveres permanezcan colgados en la horca durante tres días y tres noches antes de arrojarlos al bosque para que sean pasto de las fieras.

—¿Crees que será posible rescatar el cadáver?

—Quizá. Durante la noche no hay más que un centinela de guardia en la plaza de Granada. Los quince ahorcados ya no pueden escapar.

—¡Quince! —exclamó el Corsario Negro con acento sombrío—. ¿De modo que el feroz Van Guld no ha respetado a ninguno?

—A ninguno.

—¿Y no teme la venganza de los filibusteros de La Tortuga?

—En Maracaibo no faltan tropas ni cañones.

Una sonrisa de desprecio se dibujó en los labios del fiero corsario.

—¿Qué son los cañones para nosotros? —dijo—. Nuestros sables valen más que todos vuestros cañones. Lo habéis podido comprobar en los asaltos de San Francisco de Campeche, en San Agustín de La Florida y en otros combates.

—Sin embargo, Van Guld se siente seguro en Maracaibo.

—¿Sí? Está bien... ¡Ya lo veremos cuando me presente en la ciudad con el Olonés!

—¡Con el Olonés! —exclamó el español, que temblaba aterrorizado.

El Corsario Negro no debió de percatarse del temor del prisionero, porque continuó:

—¿Qué es lo que estabas haciendo en el bosque?

—Vigilaba la playa.

—¿Solo?

—Sí, solo.

—¿Temíais que atacáramos por sorpresa?

—Sí, habían visto una nave anclada en el golfo, una nave sospechosa.

—¿La mía?

—Si estáis vos aquí, seguramente sería vuestro barco.

—Y el gobernador se habrá apresurado a tomar las debidas precauciones...

—Aún ha hecho más: ha enviado mensajes a Gibraltar para prevenir al almirante Toledo.

Esta vez fue el corsario quien se estremeció; no de miedo, pero sí con gran inquietud.

—¡Ah! —exclamó, mientras su ya pálida tez se ponía aún más lívida—. ¿Corre algún peligro mi barco?

Pero no le dio tiempo a que el español le contestara y, encogiéndose de hombros, añadió:

—¡Bah! Cuando el almirante llegue a Maracaibo, yo ya estaré a bordo del *Rayo*.

Se levantó bruscamente, llamó a los dos filibusteros con un silbido y ordenó:

—¡En marcha!

—¿Qué hacemos con este hombre? —preguntó Carmaux.

—Vendrá con nosotros. Si se os escapa, responderéis de él con vuestra vida.

—¡Truenos de Hamburgo! —exclamó Wan Stiller—. Le sujetaré por el cinto para evitar que ponga pies en polvorosa.

Se pusieron en camino. Carmaux marchaba a la cabeza. Tras él, y precedido por el prisionero, iba Wan Stiller, que no perdía de vista a aquel ni un solo momento.

Comenzaba a alborear. Las tinieblas desaparecían rápidamente, expulsadas por la rosada luz que empezaba a invadir el cielo y que penetraba débilmente en el bosque a través del espeso follaje.

Los monos, tan abundantes en la América meridional, y especialmente en Venezuela, se despertaban e inundaban el bosque con sus extraños gritos.

En las copas de las espléndidas palmeras de tronco sutil y elegante, entre el verde follaje de los enormes eriodendron, en los gruesos bejucos que rodeaban los árboles, asidos a las raíces aéreas de las aroideas o colgados en las ramas de las bromelias de flores color escarlata, se agitaban como enloquecidos cuadrumanos de toda especie.

Allí se veía una pequeña familia de titís, los monos más graciosos y, al mismo tiempo, los más esbeltos e inteligentes, aun cuando son tan pequeños que caben en un bolsillo de la chaqueta. Más lejos podía verse un grupo de sagüís rojos, algo más grandes que las ardillas y cuya cabeza está rodeada por una pequeña melena que les confiere cierto aspecto de leones. No faltaban los pregos, cuadrumanos que todo lo arrasan y que son el terror de los plantadores, ni tampoco unos monos de brazos y piernas tan largos que parecen arañas de enormes dimensiones.

También había una gran abundancia de aves de todas clases, que mezclaban su algarabía con la de los simios. Entre las grandes hojas de los bombonajes, de las cuales se obtiene el jipijapa con el que se fabrican los sombreros de Panamá; en medio de los macizos de laransias, cuyas flores exhalan un fortísimo perfume, o entre las cuaresmillas, espléndidas palmas de flores purpúreas, parloteaban a pleno pulmón bandadas de maitacas, papagayos con la cabeza de color azul turquesa, y de aras, guacamayos rojos de grandes dimensiones, que pasan el día emitiendo constantemente su grito: «¡Ará, ará!». Abundaban también las curujas, llamadas también aves lloronas porque parece que lloran siempre como si tuviesen algo de que lamentarse.

Los filibusteros y el español, acostumbrados a recorrer las grandes selvas del continente americano y de las islas del golfo de México, no se entretenían contemplando los árboles, los monos y los pájaros. Caminaban lo más rápidamente que les era posible, en busca de los senderos abiertos por las fieras o por los indios. Estaban ansiosos por salir de aquel caos vegetal y llegar a Maracaibo.

El Corsario Negro se había sumido en una profunda meditación y su aspecto, como de costumbre, era tétrico. Su semblante no cambiaba nunca, ni siquiera a bordo de un barco o en los festines a que solían entregarse los filibusteros de La Tortuga.

Envuelto en su ferreruelo negro, con el chambergo calado hasta los ojos, la mano izquierda apoyada en la guarda de la espada y la cabeza inclinada sobre el pecho, caminaba tras Carmaux sin mirar a sus compañeros o al prisionero. Era como si anduviese solo por el bosque.

Los dos filibusteros, que conocían bien sus costumbres, se guardaron de hacerle alguna pregunta y sacarle de su meditación. Únicamente se dirigían entre ellos algunas palabras con las que pretendían indicar, indirectamente, al Corsario Negro el camino que debían seguir. Luego, acelerando la marcha, continuaban adentrándose entre aquellas redes gigantescas formadas por los sipós, los troncos de palma, los jacarandás y los masarandubas, espantando con su presencia a verdaderas bandadas de pájaros mosca, que levantaban el vuelo mostrando su espléndido plumaje de brillante color azul y su pico rojo como el fuego.

Llevaban dos horas de marcha cuando Carmaux, tras unos momentos de excitación y después de mirar detenidamente los árboles y el suelo, se detuvo señalando a Wan Stiller un macizo de cujueiros, plantas de hojas coriáceas que producen agradables sonidos cuando son agitadas por el viento.

—¿Es aquí, Wan Stiller? —preguntó—. Creo que no me engaño.

En aquel mismo instante surgieron de entre la maleza unos melodiosos sonidos que parecían emitidos por una flauta.

—¿Qué es eso? —preguntó el Corsario Negro levantando bruscamente la cabeza y desembozándose.

—Es la flauta de Moko —repuso Carmaux con una sonrisa.

—¿Y quién es Moko?

—El negro que nos ayudó a huir de la ciudad. Su cabaña está entre las plantas.

—¿Y por qué toca esa flauta?

—Estará amaestrando a sus serpientes.

—¿Es encantador?

—Sí, capitán.

—Esa flauta puede traicionarnos.

—Se la quitaremos.

—¿Y las serpientes?

—Las mandaremos a pasear por el bosque.

El corsario hizo una señal para que siguieran la marcha mientras desenvainaba el sable como si temiera alguna desagradable sorpresa.

Carmaux, por su parte, se había adentrado entre la maleza y avanzaba por un sendero apenas visible. De repente volvió a detenerse, lanzando un grito de estupor al tiempo que un escalofrío recorría su cuerpo.

Ante una casucha de ramas entretejidas, con el techo cubierto por grandes hojas de palma y semioculta tras una enorme cujera, planta azucarera que sombrea casi siempre las cabañas de los indios, estaba sentado un negro de formas hercúleas.

Era un digno representante de la raza africana. Su estatura era elevada, sus hombros anchos y robustos, el pecho amplio y fuerte, igual que las espaldas, y los brazos y las piernas tan musculosos que a buen seguro desarrollaban una fuerza descomunal.

Su rostro, a pesar de los labios gruesos, la ancha nariz y los pómulos salientes, era de agradables facciones y reflejaba bondad, ingenio e ingenuidad. No había de él la menor traza de esa expresión feroz que suele ser atributo de muchas razas africanas.

Sentado en el tronco de un árbol, tocaba una flauta hecha con una delgada caña de bambú de la que conseguía extraer dulces y prolongados sonidos que producían una agradable sensación de molicie. Mientras tanto, ocho o diez de los más peligrosos reptiles de la América meridional se deslizaban suavemente ante el negro. Entre ellos había algunas jaracarás, pequeñas serpientes de color tabaco, cabeza aplastada y triangular, cuello estrechísimo y tan venenosas que los indios las llaman «las malditas»; najas, cobras de cuello negro, llamadas ay-ay y que inyectan un veneno de efecto fulminante; serpientes de cascabel y algunos urutús, cuya mordedura produce parálisis en el miembro afectado.

El negro, al oír el grito de Carmaux, levantó la cabeza y fijó en él sus grandes ojos, que parecían de porcelana. Luego, quitándose la flauta de los labios, le dijo con cierto asombro:

—¿Aún aquí? Os creía en el golfo, lejos del alcance de los españoles.

—Allí estábamos, pero... ¡Que el diablo me lleve consigo si doy un solo paso entre esos reptiles!

—Mis animales no hacen daño a los amigos —repuso el negro con una sonrisa—. Espera un momento, amigo blanco. Voy a mandarlos a dormir.

Tomó un cesto de hojas entretejidas, puso en su interior las serpientes sin que estas opusieran la menor resistencia, lo cerró, colocó encima una gran piedra para mayor seguridad, y dijo:

—Ahora ya puedes entrar sin temor en mi cabaña, amigo blanco. ¿Vienes solo?

—Viene conmigo el capitán de mi barco, el hermano del Corsario Rojo.

—¿El Corsario Negro? ¿Aquí? Sin duda la ciudad va a temblar.

—Necesitamos que pongas tu cabaña a nuestra disposición. No te arrepentirás.

En aquel momento llegaba el corsario, junto con el prisionero y Wan Stiller. Saludó con un gesto al negro, que le esperaba en la puerta de la cabaña, y entró en esta tras Carmaux diciendo:

—¿Es este el hombre que os ayudó en vuestra huida?

—Sí, capitán.

—¿Acaso odia a los españoles?

—Tanto como nosotros.

—¿Conoce bien Maracaibo?

—Tan bien como nosotros conocemos La Tortuga.

El Corsario Negro se volvió hacia Moko, admirando la poderosa musculatura de aquel hijo de África. Luego, como hablando para sí, dijo:

—Este hombre podrá serme muy útil.

Echó una ojeada a la cabaña y, viendo en uno de sus ángulos una tosca silla hecha con ramas entretejidas, se sentó en ella y se sumergió nuevamente en una profunda reflexión.

Mientras tanto, el negro se apresuró a llevar algunas hogazas de harina de mandioca, piñas y una docena de dorados plátanos.

Luego ofreció a los recién llegados una calabaza llena de pulque, bebida que se obtiene fermentando el jugo extraído de la pita, y que los españoles llamaban aguamiel.

Los tres filibusteros, que no habían probado bocado en toda la noche, hicieron honor a la comida, sin olvidarse del prisionero.

Y luego, acomodándose como mejor pudieron sobre unos haces de hojas frescas que el negro había llevado a la cabaña, no tardaron en quedar profundamente dormidos, como si no tuvieran ninguna preocupación.

Moko, por su parte, permaneció de centinela al cuidado del prisionero, al que ató fuertemente siguiendo las instrucciones de su amigo blanco.

Ninguno de los filibusteros se movió en todo el día. Apenas empezó a anochecer, el Corsario Negro se levantó bruscamente.

Estaba más pálido que de costumbre y sus ojos negros tenían un brillo siniestro.

Dio dos o tres vueltas por la cabaña con paso agitado. Y, parándose ante el prisionero, le dijo:

—Te he perdonado la vida aun teniendo pleno derecho a colgarte de cualquier árbol en cuanto se me hubiera antojado. A cambio, tienes que decirme si es posible entrar sin ser advertido en el palacio del gobernador.

—Queréis asesinarle para vengar la muerte del Corsario Rojo, ¿no es así?

—¡Asesinarlo! —exclamó el corsario enfurecido—. Soy un gentilhombre. Por lo tanto, no tengo la costumbre de matar a nadie a traición. Yo me bato, como caballero que soy, y si es preciso me batiré en duelo con él, pero no le asesinaré.

—De todas formas, jugáis con ventaja. El gobernador es casi un anciano, mientras que vos sois joven. Por otra parte, os será imposible introduciros en sus habitaciones sin ser apresado por alguno de los numerosos soldados que le protegen.

—Dicen que a pesar de su edad es un hombre muy valiente.

—Como un león.

—Estupendo, espero encontrarle dispuesto.

Se volvió hacia los dos filibusteros, que ya se habían levantado, y dijo a Wan Stiller:

—Tú permanecerás aquí vigilando a este hombre.

—Con el negro sería suficiente, capitán.

—La fuerza hercúlea de ese hombre me será de gran ayuda para transportar los restos de mi hermano.

Luego añadió:

—Ven, Carmaux; vamos a beber una botella de vino español a Maracaibo.

—¡Por mil tiburones hambrientos! ¿A estas horas, capitán? —exclamó Carmaux.

—¿Acaso tienes miedo?

—Con vos iría incluso al infierno a coger por las narices al mismísimo señor Belcebú, pero temo que seamos descubiertos.

Una sonrisa burlona contrajo los labios del Corsario Negro.

—No hay nada que temer —dijo después—.Vamos.

UN DUELO ENTRE CUATRO PAREDES

Aun cuando Maracaibo no tuviese una población superior a diez mil almas, por aquella época era una de las más importantes ciudades con que contaba el Imperio español en el golfo de México.

Situada en una posición privilegiada, en el extremo meridional del golfo de Maracaibo, ante el estrecho que comunica con el gran lago homónimo que se adentra muchas leguas en el continente, se convirtió rápidamente en un puerto de gran importancia.

Los españoles la habían provisto de un poderoso fuerte artillado con un gran número de cañones y, en las dos islas que la protegían por el lado del golfo, se encontraban poderosas guarniciones siempre dispuestas a rechazar los repentinos ataques de los formidables filibusteros de La Tortuga.

Los primeros aventureros que pusieron el pie en aquellas tierras levantaron hermosas casas y bastantes palacios construidos por arquitectos que, procedentes de España, llegaban al Nuevo Mundo en busca de fortuna. Entre las casas y los palacios abundaban los establecimientos públicos, donde se reunían los ricos propietarios de minas y en los que siempre había motivos para bailar un fandango o un bolero.

Cuando el Corsario Negro, Carmaux y Moko entraron en Maracaibo, las calles estaban aún muy concurridas y las tabernas en las que se despachaban los vinos del otro lado del Atlántico, abarrotadas. Ni siquiera en las colonias renunciaban los españoles a beber unos vasos de los excelentes caldos de sus viñas malagueñas y jerezanas.

El corsario aminoraba el paso. Con el chambergo calado, embozado en su ferreruelo aunque la noche era templada, y con la mano izquierda apoyada en la guarnición de su espada, miraba las calles y las casas como si quisiera retener la imagen en su mente.

Al llegar a la plaza de Granada, que era el centro de la ciudad, se detuvo junto a la esquina de una casa y se apoyó en la pared. Parecía como si una súbita debilidad se hubiera apoderado del temible merodeador del golfo.

La plaza ofrecía un aspecto tan lúgubre que hubiera hecho temblar al más impávido de los hombres.

De las quince horcas dispuestas en semicírculo ante un palacio sobre el que ondeaba la bandera española, pendían quince cadáveres.

Estaban todos descalzos y con las ropas hechas jirones. Solo uno de ellos conservaba intacto su traje, una casaca color del fuego, y estaba calzado con altas botas.

Sobre aquellas quince horcas revoloteaban bandadas de zopilotes y urubúes, aves rapaces que entonces eran los únicos encargados de la limpieza de las ciudades en la América Central y que esperaban ansiosamente a que los cuerpos de aquellos desgraciados se descompusieran para lanzarse sobre ellos.

Carmaux se acercó al Corsario Negro y le dijo en voz baja:

—Ahí están nuestros compañeros.

—Sí —repuso el corsario con un gesto sombrío—. Están clamando venganza y pronto la tendrán.

Se separó de la pared haciendo un violento esfuerzo, inclinó la cabeza sobre el pecho, como si quisiera ocultar la terrible emoción que descomponía sus facciones, y se alejó a grandes pasos. Poco después estaba en una de aquellas posadas en las que solían reunirse los noctámbulos para charlar cómodamente mientras bebían algunos vasos de buen vino.

Encontraron una mesa vacía y el Corsario Negro se dejó caer en un taburete, sin levantar la cabeza, mientras Carmaux gritaba:

—¡Posadero! ¡Trae aquí enseguida una jarra del mejor jerez que tengas! ¡Y que sea legítimo, porque si no lo es, posadero de los demonios, no respondo de tus orejas…! ¡Ah, el aire del golfo me ha producido tanta sed que sería capaz de dejar secas tus bodegas!

Estas palabras, dichas en perfecto vascuence, hicieron acudir más que aprisa al tabernero, que llevaba una jarra de excelente vino.

Carmaux llenó tres vasos. Pero el Corsario Negro estaba tan absorto en sus tétricas meditaciones que ni siquiera se molestó en mirar el suyo.

—¡Por mil tiburones! —masculló Carmaux dando un codazo al negro—. El patrón está en plena tempestad. ¡No me gustaría encontrarme en el pellejo de los españoles! ¡Vive Dios que sigo creyendo que ha sido una gran temeridad venir hasta aquí, pero ya no tengo miedo!

Miró a su alrededor, no sin cierto temor, y sus ojos se encontraron con los de cinco o seis individuos armados con descomunales navajas y que le miraban con particular atención.

—Creo que me estaban escuchando —dijo al negro—. ¿Quiénes son esos tipos?

—Vascos al servicio del gobernador.

—¡Vascos…! Compatriotas que militan bajo otra bandera. ¡Bah! Si creen que van a asustarme con sus navajas están muy equivocados.

Aquellos individuos habían tirado los cigarros que estaban fumando y, tras remojarse el gaznate con unos vasos de málaga, se pusieron a hablar entre ellos, en voz muy alta para que Carmaux les oyese perfectamente.

—¿Habéis visto a los ahorcados? —preguntó uno de ellos.

—He ido a verlos esta tarde —respondió otro—. ¡Es un hermoso espectáculo el que ofrecen esos canallas! No hay ni uno de ellos que no cause risa, con más de medio palmo de lengua colgando… ¡Sí, un bello espectáculo!

—¿Y el Corsario Rojo? —añadió un tercero—. Para ridiculizarle aún más le han puesto entre los labios un cigarro.

—Y yo quiero ponerle un quitasol en una de sus manos. Así podrá resguardarse del ardiente sol de la mañana. Veréis como…

Un terrible puñetazo dado en la mesa que hizo bailar vasos y botellas interrumpió las palabras del vasco.

Carmaux, no pudiendo contenerse ante tanta palabrería, y antes de que el Corsario Negro pudiera detenerle, se había levantado con la rapidez del rayo y dio en la mesa vecina aquel formidable golpe.

—¡Rayos de Dios! —exclamó—. ¡Es una bonita proeza la de reírse de los muertos, pero es mucho más honrado burlarse de los vivos, caballeros!

Los vascos, asombrados ante aquel repentino estallido de ira del desconocido, se levantaron precipitadamente esgrimiendo sus navajas. Luego uno de ellos, sin duda el más atrevido, preguntó a Carmaux frunciendo el ceño:

—¿Y vos quién sois, caballero?

—Un vasco que no duda en atravesar el vientre a los vivos cuando es preciso, pero que respeta a los muertos.

Ante aquella respuesta, que podía tomarse como una simple bravata, los cinco bebedores estallaron en risotadas al tiempo que mandaban al filibustero a freír espárragos.

—¿Tendré, además, que soportar vuestras impertinencias? —exclamó Carmaux pálido de ira.

Miró al corsario, que permanecía inmóvil, como si todo aquello nada tuviera que ver con él, y enseguida, alargando el brazo hacia el que le había interrogado, le empujó furiosamente gritando:

—¡El lobo de mar va a merendarse al lobezno de tierra!

El vasco cayó sobre una mesa, pero inmediatamente volvió a ponerse en pie, sacó la navaja que llevaba en el cinto y la abrió con un golpe seco.

Iba a caer sin más preámbulos sobre Carmaux para atravesarle de parte a parte, cuando el negro, que hasta entonces había permanecido a la expectativa, a una seña del corsario se colocó de un salto entre los dos contendientes blandiendo una pesada silla de madera.

—¡Quieto o te aplasto! —gritó al hombre de la navaja.

Al ver a aquel gigante de piel tan negra como el carbón, y cuya poderosa musculatura parecía que iba a estallar de un momento a otro, los vascos retrocedieron para evitar ser aplastados por la silla que Moko hacía girar vertiginosamente sobre su cabeza.

Al oír aquel estrépito, quince o veinte clientes que se encontraban en una sala contigua hicieron acto de presencia precedidos por un gigantesco individuo armado con un espadón, tocado con un amplio chambergo adornado con plumas y ligeramente inclinado y con el pecho cubierto por una vieja coraza de piel de Córdoba.

—¿Qué ocurre aquí? —dijo rudamente aquel hombre, desenvainando la espada.

—Sucede, caballero —repuso Carmaux inclinándose ante él con aire burlesco—, algo que a vos no os importa. No tenéis por qué meter vuestras narices en asuntos que no son de vuestra incumbencia.

—¡Por todos los diablos! —gritó el espadachín frunciendo el ceño—. Es evidente que no conocéis al señor de Gamara y Miranda, conde de Badajoz, marqués de Camargua y duque de…

—De los infiernos —dijo flemáticamente el Corsario Negro, levantándose y mirando fijamente al recién llegado—. ¿Sois algo más, caballero, aparte de conde, marqués y duque?

El señor de Gamara y tantos lugares más se puso tan rojo como una peonía. Luego palideció y dijo con voz ronca:

—¡Por todas las brujas infernales! Creo que voy a mandaros al otro mundo a hacer compañía a ese perro del Corsario Rojo que está colgado con sus catorce bribones en la plaza de Granada.

Al oír estas palabras, fue el Corsario Negro el que palideció horriblemente. Con un gesto contuvo a Carmaux, que se disponía a lanzarse sobre el señor de Gamara; se quitó el ferreruelo y el chambergo y, con un rápido movimiento, desnudó el acero diciendo enfurecido:

—El perro sois vos, y vuestra alma va a ir a hacer compañía a los ahorcados, maldito granuja.

Hizo una seña a los presentes para que le hicieran sitio y se colocó frente al señor de Gamara —cuyo aspecto, más que de noble, era el de un vulgar aventurero— poniéndose en guardia con una elegancia y seguridad que desconcertaron a su adversario.

—¡En guardia, vizconde de los infiernos! —dijo entre dientes—. ¡Dentro de poco habrá aquí un muerto!

El aventurero se puso en guardia. Pero, casi inmediatamente, depuso el arma diciendo:

—Un momento, caballero. Cuando un hombre se bate tiene derecho a conocer el nombre del adversario.

—Soy más noble que vos. ¿Os basta?

—No. Es el nombre lo que quiero saber.

—¿Queréis saberlo? Sea. Pero peor para vos. No puedo permitir que sigáis con vida después de saber mi nombre. Comprendedlo, nadie más lo debe saber.

Se acercó al aventurero y murmuró a su oído algunas palabras.

El señor de Gamara, lanzando un grito de asombro y espanto, retrocedió algunos pasos como queriendo refugiarse entre los presentes y confiarles el nombre que tan secretamente le había dicho el corsario. Pero este inició vivamente su ataque, obligándole a defenderse.

El duelo tenía lugar dentro del círculo que los espectadores formaban alrededor de los contendientes. En primera línea estaban Carmaux y el negro Moko, que no parecían muy preocupados por el desenlace de aquella pelea, sobre todo Carmaux, que sabía sobradamente de lo que era capaz el temible corsario.

Tras detener los primeros golpes, el aventurero comprendió que tenía ante él a un formidable adversario, un hombre dispuesto a matarle a la primera oportunidad, y recurría a todos los recursos de la esgrima para frenar la lluvia de estocadas que le caía encima.

El adversario del Corsario Negro, sin embargo, no era un espadachín cualquiera. Alto, grueso y muy robusto, de pulso firme y brazo vigoroso, opondría una gran resistencia y no sería presa fácil.

El corsario, por su parte, no le daba ni un momento de respiro. Había comprobado la perfecta esgrima de su contrincante y no se tomaba el más mínimo descanso.

Su espada amenazaba continuamente al aventurero, obligándole a efectuar continuas paradas. La brillante punta describía un gran número de líneas, batía el acero del contrincante arrancándole chispas y tiraba a fondo con tan gran velocidad que desconcertaba a los espectadores.

Al cabo de dos minutos, y a pesar de su poco menos que hercúlea fuerza, el aventurero empezó a dar muestras de cansancio. Se sentía casi imposibilitado para contener las acometidas de su adversario y había perdido su primitiva calma. Comprendía que su piel corría un serio peligro y que, efectivamente, era muy posible que fuera a hacer compañía a los ahorcados en la plaza de Granada.

El Corsario Negro, en cambio, parecía que acababa de desenvainar la espada.

Saltaba hacia delante con la agilidad de un jaguar, acometiendo cada vez con más vigor a su adversario. La cólera que le dominaba solo quedaba reflejada en su mirada, animada por un lóbrego fuego.

No apartaba ni un solo momento sus ojos de los del aventurero, como si pretendiera turbarle. El círculo formado por los espectadores se había abierto para dejar más espacio al señor de Gamara, que seguía retrocediendo y acercándose a la pared. Carmaux, siempre en primera línea, empezaba a reír y preveía ya el final de aquel terrible duelo.

De pronto el aventurero chocó con la pared. Palideció y gruesas gotas de sudor frío corrieron por su frente.

—¡Basta! —dijo con voz anhelante.

—No —repuso el Corsario Negro con siniestro acento—. Mi secreto ha de morir con vos.

Su adversario intentó un ataque desesperado. Se agachó cuanto pudo y lanzándose contra el corsario intentó tres o cuatro estocadas, una tras otra.

El Corsario Negro, firme como una roca, las detuvo con prodigiosa habilidad.

—¡Ahora te voy a clavar en la pared! —le dijo.

Enloquecido de terror y comprendiendo que no tenía posibilidades de salvación, empezó a gritar:

—¡Socorro! ¡Ayudadme, es el…!

No pudo concluir la frase. La espada del corsario atravesó su pecho y fue a clavarse en la pared.

Un chorro de sangre manó de sus labios y cayó en la coraza de piel, que no había sido lo bastante resistente para resguardarle de aquella terrible estocada. Abrió desmesuradamente los ojos como para mirar aterrorizado a su adversario por última vez; y luego cayó al suelo, rompiendo la hoja de la espada que le mantenía clavado en la pared.

—¡Buen viaje! —dijo Carmaux con sorna.

Se inclinó sobre el cadáver, le quitó de la mano la espada y alargándosela al Corsario Negro, que miraba fijamente el cuerpo del aventurero, le dijo:

—Ya que el señor de Gamara os ha roto vuestra espada, tomad la suya. ¡Rayos! ¡Es legítimo acero de Toledo! ¡Os lo aseguro, señor!

El corsario aceptó la espada del aventurero sin decir ni una palabra, tomó su chambergo y el ferreruelo, dejó en la mesa un doblón de oro y salió de la posada seguido por Carmaux y el negro sin que ninguno de los presentes se atreviera a detenerlos.

EL AHORCADO

Cuando el corsario y sus dos compañeros llegaron a la plaza de Granada era tal la oscuridad reinante que no se podía distinguir a una persona situada a veinte pasos.

En la plaza reinaba un profundo silencio, únicamente roto por los macabros graznidos de algunos urubúes que seguían con la mirada fija en las horcas de los quince filibusteros. Ni siquiera se oían los pasos del centinela que montaba guardia ante el palacio del gobernador, que se alzaba majestuoso frente a las quince horcas.

Andando siempre pegados a las paredes de las casas o tras los troncos de las palmeras, el Corsario Negro, Carmaux y Moko avanzaban lentamente, aguzando la vista y el oído y con las manos sobre las armas, intentando llegar hasta los ajusticiados sin que nadie pudiera verles.

De vez en cuando, cuando algún rumor rompía la quietud de la vasta explanada, se detenían bajo algún árbol o en el umbral de alguna puerta, esperando con gran ansiedad que el silencio se restableciera.

Estaban ya a pocos pasos de la primera horca, en la que se balanceaba movido por la brisa nocturna el cuerpo casi desnudo de un pobre diablo, cuando el corsario indicó con la mano a sus compañeros una sombra humana que se movía junto a una de las esquinas del palacio del gobernador.

—¡Por mil tiburones hambrientos! —masculló Carmaux—. ¡Ese es el centinela…! Va a estropear nuestra empresa.

—Pero Moko es fuerte —dijo el negro—. ¡Yo me encargo de degollar a ese tipo!

—¡Y lo más probable es que te agujereen el vientre, amigo!

El negro esbozó una sonrisa, mostrando dos filas de dientes blancos como el marfil y tan afilados que hubieran podido causar envidia a un tiburón, mientras decía:

—Moko es astuto y sabe deslizarse tan sigilosamente como las serpientes que encanta, amigo blanco.

—Si es así, hazlo —le dijo el Corsario Negro—. Antes de ofrecerte un lugar entre mis hombres quiero tener una prueba de tu audacia.

—La tendréis, señor. Cogeré a ese hombre de la misma forma que cogía en otros tiempos los caimanes de la laguna.

Se desenrolló de la cintura una cuerda muy fina de cuero trenzado, un verdadero lazo que, igual que los usados por los vaqueros mexicanos para derribar a los toros, tenía en uno de sus extremos un anillo. Luego se alejó silenciosamente, procurando incluso contener la respiración.

El Corsario Negro, oculto tras el tronco de una palmera, le miraba atentamente, quizá admirando la resolución de aquel negro que, casi inerme, iba a hacer frente a un hombre bien armado y seguramente tan resuelto como él.

—¡Tiene agallas ese negro! —dijo Carmaux.

El corsario hizo un gesto afirmativo con la cabeza, pero no pronunció ni una sola palabra. Seguía mirando al africano, que, deslizándose por el suelo como una serpiente, se acercaba poco a poco al palacio del gobernador.

El soldado se alejaba de la esquina, dirigiéndose hacia el portalón. Estaba armado con una alabarda y una espada que colgaba de su cinto.

Al ver que el español le volvía la espalda, Moko empezó a deslizarse con mayor rapidez, siempre con el lazo en una mano. Cuando ya solo le separaban del centinela diez o doce pasos se levantó rápidamente, hizo girar el lazo en el aire dos o tres veces y lo lanzó con mano firme.

Se oyó un ligero silbido, luego un grito sofocado. El soldado rodó por el suelo, dejando caer la alabarda y moviendo enloquecidamente los brazos y las piernas.

Con un salto digno de un león, Moko se echó sobre él. Amordazarle fuertemente con la faja roja que llevaba ceñida a la cintura, atarle bien y cargar con él como si de un chiquillo se tratara, fue cosa de pocos segundos.

—¡Aquí le tenéis! —dijo echándolo a los pies del capitán como si fuera un fardo.

—Eres un valiente —repuso el Corsario Negro—. Átale a ese árbol y sígueme.

Ayudado por Carmaux, el negro cumplió la orden. Luego se reunieron ambos con su capitán, el cual examinaba detenidamente a los ahorcados que se balanceaban impulsados por la brisa nocturna.

Ya en el centro de la gran plaza, el Corsario Negro se detuvo ante uno de los ajusticiados, que estaba vestido de rojo y al que, como siniestra burla, le habían colocado entre los labios un cigarro.

Al verle, el corsario lanzó un grito de horror.

—¡Malditos! —exclamó—. Tenían que completar su vil obra con este escarnio.

Su voz, que parecía el ronco rugido de una fiera, quedó ahogada por un sollozo desgarrador.

—Señor —dijo Carmaux con voz conmovida—, sed fuerte.

El corsario se limitó a hacer un gesto con la mano indicando el cadáver a Carmaux.

—Enseguida, mi capitán —repuso Carmaux.

El negro trepó por el madero, llevando sujeto entre los dientes un cuchillo de filibustero. De un solo golpe cortó la cuerda e hizo descender lentamente el cadáver hacia el suelo.

Carmaux se colocó debajo. A pesar de que la putrefacción había empezado a descomponer las carnes del Corsario Rojo, el filibustero tomó el cuerpo en sus brazos con gran delicadeza y lo cubrió con el ferreruelo que le había alargado el capitán.

—Vámonos —dijo el corsario, al tiempo que suspiraba profundamente—. Nuestra misión ha terminado y el mar está esperando los restos del valeroso Corsario Rojo.

El negro tomó el cadáver y lo envolvió perfectamente en la capa. Los tres hombres no tardaron en abandonar la plaza.

Al llegar al extremo de ella, el Corsario Negro se volvió mirando por última vez a los catorce ahorcados, cuyos cuerpos se recortaban lúgubremente en las tinieblas, y dijo roncamente:

—Adiós, infortunados valientes. Adiós, compañeros del Corsario Rojo. ¡Los filibusteros no tardarán en vengar vuestra muerte!

Y, mirando fijamente al palacio del gobernador, añadió sombríamente:

—¡Entre tú y yo, Van Guld, está la muerte!

Se pusieron en camino, apresurándose a salir de Maracaibo para llegar hasta el mar y volver a bordo del barco corsario. Ya no tenían nada que hacer en aquella ciudad, en cuyas calles, tras los incidentes de la posada, no podían sentirse seguros.

Habían recorrido tres o cuatro callejas desiertas cuando Carmaux, que iba a la cabeza como siempre, creyó distinguir algunas sombras humanas semiocultas bajo las oscuras arcadas de una de las casas.

—Despacio —murmuró volviéndose hacia sus compañeros—. Creo que alguien nos está esperando.

—¿Dónde? —preguntó el corsario.

—Allí debajo.

—¿Serán los hombres de la posada?

—¡Rayos! ¿Otra vez esos vascos con sus navajas?

—Cinco no son demasiados para nosotros. Les haremos pagar cara esta sorpresa —dijo el Corsario Negro desenvainando decididamente la espada.

—Mi sable de abordaje opondrá una digna resistencia a sus navajas —dijo Carmaux.

Tres hombres envueltos en amplias mantas, sarapes al parecer, se pararon ante un portalón obstruyendo la acera de la derecha mientras los otros dos, que se habían ocultado tras un carro abandonado, cerraban la salida de la izquierda.

—Son ellos, los cinco vascos —dijo Carmaux—. Veo relucir las navajas en sus cintos.

—Tú encárgate de los dos de la izquierda, yo lo haré de los tres de la derecha —dijo el Corsario Negro—. Tú, Moko, sigue andando con el cadáver y espéranos en las lindes del bosque.

Los cinco vascos se quitaron las mantas y, plegándolas en cuatro dobleces, se las pusieron sobre el brazo izquierdo. Luego abrieron sus largas navajas, cuyas puntas eran tan afiladas como las de las espadas.

—¡Ah! —dijo el que había sido empujado por Carmaux—. ¡Por lo visto no nos hemos equivocado!

—¡Paso! —gritó enfurecido el Corsario Negro, que se había colocado delante de sus compañeros.

—¡Sin prisas, caballero! —dijo el vasco adelantando algunos pasos.

—¿Qué es lo que quieres?

—Satisfacer mi curiosidad, lo mismo que mis compañeros.

—¿Qué quieres saber?

—Quiero saber quién sois, caballero.

—Soy un hombre que elimina a quien le molesta —repuso el corsario avanzando con la espada desnuda.

—Entonces, caballero, he de deciros que nosotros no tenemos miedo a nadie y que nos dejaremos matar como ese pobre diablo al que habéis clavado en la pared de la posada. ¡Vuestro nombre, vuestros títulos! ¡Dádnoslos o no saldréis de Maracaibo! Estamos al servicio del señor gobernador y tenemos que dar cuenta de las personas que andan por las calles de la ciudad a estas horas de la noche.

—Si queréis saber mi nombre, venid aquí a preguntármelo —repuso el Corsario Negro poniéndose rápidamente en guardia—. Carmaux, para ti los dos de la izquierda.

El filibustero desenvainó el sable de abordaje y se dirigió resueltamente hacia los dos hombres que les cerraban el paso por el lado izquierdo.

Los cinco vascos no se movieron; esperaban el ataque de los filibusteros. Firmes sobre sus piernas, que tenían ligeramente separadas para poder moverse más fácilmente cuando fuera necesario, con la mano izquierda apoyada en la cadera y la derecha en el mango de la navaja, con el dedo pulgar puesto sobre la parte más ancha de la hoja, esperaban el momento oportuno para defenderse con sus temibles armas del ataque de los forasteros.

Debían de ser cinco diestros, cinco de esos valentones que no desconocen los golpes más terribles, como el jabeque, herida de navaja que desfigura el rostro, o el terrible desjarretazo, que se da por detrás, bajo la última costilla, y que secciona la columna vertebral.

Ante la inmovilidad de los cinco hombres, el Corsario Negro, ansioso por abandonar la ciudad, cayó sobre los tres de su diestra lanzando estocadas a derecha e izquierda con una velocidad asombrosa. Por su parte, Carmaux cargaba sobre los otros dos blandiendo enloquecidamente su sable de abordaje.

Los cinco vascos, sin embargo, no se asustaron lo más mínimo. Dotados de una prodigiosa agilidad, saltaban hacia atrás deteniendo las acometidas, unas veces con las largas hojas de sus navajas y otras con los sarapes que tenían arrollados en el brazo izquierdo.

Los dos filibusteros atacaron con prudencia, comprendiendo que se estaban enfrentando a peligrosos adversarios.

Sin embargo, cuando vieron que Moko se alejaba con el cadáver del Corsario Rojo, volvieron a cargar con furia deseosos de acabar con aquellos hombres antes de que la ronda nocturna de la guardia del gobernador pudiese llegar en ayuda de los vascos.

El corsario, cuya espada era mucho más larga que las navajas de sus adversarios y cuya habilidad en la esgrima era extraordinaria, podía arreglárselas bien. Por el contrario, Carmaux se veía obligado a estar siempre en guardia, ya que su sable de abordaje era demasiado corto.

Los siete hombres luchaban con furor, pero en silencio, preocupados, ante todo, de detener las acometidas de los adversarios. El movimiento era continuo: avanzaban, retrocedían, saltaban a la izquierda, a la derecha, siempre batiendo vigorosamente el acero.

De pronto el Corsario Negro, al ver que uno de sus tres adversarios daba un paso en falso, perdía el equilibrio y dejaba su pecho al descubierto, se tiró a fondo con un movimiento fulmíneo.

La punta de la espada dio en el blanco y el hombre cayó al suelo sin lanzar ni un solo gemido.

—¡El primero! —dijo el Corsario Negro revolviéndose entre los otros vascos—. ¡No tardaré en tener también vuestra piel!

Los dos hombres, a los que lo sucedido no había impresionado en absoluto, siguieron firmes haciendo frente al corsario sin retroceder ni un solo paso.

De improviso, el más ágil de ellos hizo ademán de echarse sobre el corsario, inclinándose hasta tocar el suelo y adelantando el brazo que llevaba envuelto en el sarape como si quisiera poner en práctica el golpe que los españoles llamaban de la parte baja, con el que sin duda pretendería abrir el vientre de su adversario. Sin embargo, no tardó en levantarse de un salto. Luego, con un rapidísimo movimiento, intentó el desjarretazo.

Con la misma rapidez, el Corsario Negro se hizo a un lado y tiró a fondo sin perder un instante. Desgraciadamente para él, la hoja de su espada toledana topó con el sarape del español.

Procuró ponerse en guardia lo antes posible para poder parar los golpes del otro vasco, pero una expresión de contrariedad se dibujó en su rostro al tiempo que lanzaba un grito de rabia.

La hoja de su espada, tras el encontronazo con el brazo del

vasco, había quedado partida en dos. El Corsario Negro estaba totalmente inerme.

Dio un salto atrás agitando el pedazo de espada que aún conservaba en la mano y gritando:

—¡A mí, Carmaux!

El filibustero, que aún no había podido deshacerse de sus dos adversarios, a pesar de que les había obligado a retroceder hasta el final de la calle, llegó inmediatamente hasta el lugar en que se encontraba su capitán.

—¡Por mil tiburones! —exclamó—. ¡Os encontráis en un buen aprieto! Podremos considerarnos unos héroes si conseguimos quitarnos de encima a esta jauría de perros.

—En nuestras manos tenemos las vidas de dos de esos bribones —repuso el Corsario Negro amartillando precipitadamente la pistola que llevaba sujeta al cinto.

Se disponía a abrir fuego sobre el más cercano de los hombres cuando vio precipitarse sobre los cuatro vascos, que se habían reunido y estaban seguros de su victoria final, una sombra gigantesca.

Era un hombre, y llegaba en el momento oportuno. Tenía entre las manos un enorme garrote.

—¡Moko! —exclamaron el Corsario Negro y Carmaux.

En lugar de responder, el negro levantó el palo y empezó a descargar golpes sobre los adversarios. Y con tal furia lo hizo que, en un abrir y cerrar de ojos, los infelices se vieron rodando por tierra, unos con la cabeza abierta y otros con las costillas hundidas.

—¡Gracias, amigo! —gritó Carmaux—. ¡Rayos! ¡Has hecho un buen trabajo!

—¡Huyamos! —dijo el corsario—. Aquí ya no nos necesitan para nada.

Algunos vecinos, que se habían despertado con los quejidos de los cuatro vascos, abrían las ventanas para ver qué sucedía en la calle.

Los dos filibusteros y el negro, desembarazados ya de los cinco asaltantes, no tardaron en desaparecer tras una esquina.

—¿Dónde has dejado el cadáver? —preguntó el Corsario Negro al africano.

—Fuera de la ciudad —repuso Moko.

—Gracias por tu ayuda.

—Pensé que quizá podría ser necesario y me apresuré a volver hasta aquí.

—¿Has visto a alguien en los arrabales?

—Todo está completamente desierto.

—Tenemos que abandonar la ciudad antes de que alguien acuda en ayuda de esos perros —dijo el corsario.

Iban a reemprender la retirada cuando Carmaux, que se había adelantado y examinaba una de las calles laterales, retrocedió rápidamente diciendo:

—Capitán, por ahí viene la ronda.

—¿Por dónde?

—Por esa calleja.

—Huiremos por otra. ¡Las armas en la mano, valientes, y adelante!

—¡Pero vos estáis desarmado, capitán!

—Ve a buscar el arma del vasco al que he matado. A falta de una espada, buena es una navaja.

—Con vuestro permiso os ofrezco mi sable, capitán. Yo sé manejar bien esos cuchillos.

El valiente marinero alargó su sable al Corsario Negro. Luego volvió al escenario de la pelea para recoger la navaja del vasco, que en sus manos era también una terrible arma.

Mientras tanto, la ronda se acercaba rápidamente. Sin duda había oído los gritos de los vascos y el chocar del acero, y sus soldados querrían llegar cuanto antes al lugar de la lucha.

Los filibusteros, precedidos por Moko, echaron a correr, arrimados siempre a las paredes de las casas. Apenas habían recorrido ciento cincuenta pasos cuando oyeron el rítmico paso de otra patrulla nocturna.

—¡Rayos y truenos! —exclamó Carmaux—. ¡Van a cogernos en medio!

El Corsario Negro se detuvo, empuñando el corto sable de abordaje del filibustero.

—¿Nos habrán traicionado? —murmuró.

—Capitán —dijo el africano—.Veo a ocho hombres armados de alabardas y mosquetes que avanzan rápidamente hacia nosotros.

—Amigos —repuso el Corsario Negro—, ahora ya se trata de vender cara nuestra piel.

—Ordenad lo que creáis oportuno, estamos dispuestos a todo —repusieron el filibustero y el negro decididamente.

—¡Moko!

—¿Señor?

—A ti te confío la misión de llevar el cadáver a bordo de mi barco. ¿Serás capaz de hacerlo? En la playa encontrarás el bote. ¡Ponte a salvo, junto con Wan Stiller!

—¡A vuestras órdenes!

—Nosotros haremos lo posible para desembarazarnos de nuestros enemigos. Si al final nos vencieran, Morgan sabrá qué hacer. ¡Anda! Lleva el cadáver de mi hermano al barco y luego vuelve aquí, a ver si estamos vivos o muertos.

—Preferiría quedarme con vos, capitán. Soy fuerte y creo que podría seros útil.

—Para mí, ahora lo más importante es que mi hermano pueda ser entregado a las aguas del mar como el Corsario Verde. Además, estoy seguro de que puedes ser más útil en el barco que aquí.

—¡Volveré con refuerzos, señor!

—De lo que no me cabe ninguna duda es de que Morgan vendrá. ¡Vete, ya está ahí la ronda!

El negro no se hizo repetir la orden dos veces. Pero, como las dos rondas obstruían completamente la calle, se escondió en un callejón que quedaba oculto tras la tapia de un jardín.

Así que el corsario vio desaparecer a Moko, se volvió hacia el filibustero diciendo:

—Preparémonos para caer sobre la patrulla que tenemos delante. Si con un ataque repentino conseguimos abrirnos paso, quizá podamos llegar pronto a las afueras y, enseguida, al bosque.

Estaban en aquellos momentos en la esquina de la calle. La segunda patrulla, que el negro había descubierto, no estaba ya a más de treinta pasos, mientras que la primera, que quizá se había detenido, no se divisaba aún.

—¡Preparados! —exclamó el corsario.

—Yo ya lo estoy —dijo el filibustero, que se había escondido en la esquina de una casa.

Los ocho alabarderos habían aminorado la marcha, como si temiesen alguna sorpresa. Uno de ellos, probablemente el comandante de la ronda, les dijo:

—¡Despacio, muchachos! Esos bribones no deben de andar lejos de aquí.

—Somos ocho, señor Elváez —repuso uno de los soldados—, y el posadero ha asegurado que los filibusteros no eran más que tres. No podrán oponer mucha resistencia.

—¡Qué tunante ese posadero! —murmuró Carmaux—. ¡Ha sido él quien nos ha delatado! ¡Como caiga en mis manos alguna vez juro que le abriré en el vientre un boquete tan grande que en pocos segundos saldrá por él todo el vino que haya podido beber en una semana!

El Corsario Negro levantó el sable, dispuesto a lanzarse al ataque.

—¡Adelante! —gritó.

Los dos filibusteros cayeron con irresistible ímpetu sobre los hombres de la ronda, que se disponían a doblar la esquina, esgrimiendo enfurecidos sus armas y dando golpes a diestro y siniestro con la velocidad del rayo.

Los alabarderos, sorprendidos por el repentino ataque, no pudieron resistir la furia de los atacantes y se dispersaron en todas direcciones para ponerse a salvo de aquella lluvia de estocadas.

Cuando se repusieron de su estupor, el Corsario Negro y su compañero se hallaban ya muy lejos. Pero advirtiendo que no eran más que dos los hombres que les habían atacado, se lanzaron tras ellos lanzando gritos desaforadamente:

—¡Detenedlos! ¡Detenedlos! ¡Son los filibusteros!

El corsario y Carmaux corrían desesperadamente, pero sin saber adónde se dirigían. Se habían metido en un laberinto de callejas y daban vueltas y vueltas, doblando esquinas sin conseguir encontrar un camino que les condujera a las afueras de la ciudad.

El vecindario, despertado por los gritos de la ronda y alarmados por la presencia de los temibles filibusteros, tan temidos en todas las ciudades españolas de América, se asomaba a las ventanas, abriéndolas y cerrándolas estrepitosamente mientras resonaba algún disparo de fusil.

La situación de los fugitivos era cada vez más desesperada; los gritos y los disparos podían hacer llegar la alarma al centro de la ciudad y poner en movimiento a la totalidad de la guarnición militar.

—¡Por todos los demonios! —exclamaba Carmaux mientras corría furiosamente—. ¡Estos gritos de pato asustado van a ser nuestra perdición! Si no encontramos la forma de llegar hasta las afueras acabaremos balanceándonos de un madero con un buen pedazo de soga al cuello.

Sin dejar de correr llegaron al extremo de una callejuela que parecía no tener salida alguna.

—¡Capitán! —gritó Carmaux, que iba a la cabeza—. ¡Nos hemos metido en la boca del lobo!

—¿Qué estás diciendo? —preguntó el Corsario Negro.

—Que estamos en un callejón sin salida.

—¿No hay ninguna pared que podamos escalar?

—Las únicas paredes que hay son las de las casas, y resultan demasiado altas.

—¡Volvámonos, Carmaux! Los soldados deben de estar aún bastante lejos y podemos encontrar otra calle que nos lleve hasta las afueras de la ciudad.

Se disponía a emprender la carrera cuando se detuvo bruscamente y dijo:

—¡No, Carmaux! Se me ha ocurrido una idea mejor. Creo que, si somos lo suficientemente astutos, podemos conseguir que pierdan nuestra pista.

Tras decir estas palabras, se dirigió hacia la casa que cerraba el callejón.

Era una modesta vivienda de dos plantas, construida con mampostería y con madera, y en su parte más alta tenía una pequeña terraza llena de tiestos de hermosas plantas y flores.

—Carmaux —dijo el corsario—, abre esa puerta.

—¿Vamos a escondernos en esta casa?

—Creo que es el único modo de conseguir que esos perros pierdan nuestra pista.

—Muy bien, capitán. Vamos a ser propietarios sin pagar ni un solo doblón.

Tomó la navaja, la abrió e introduciéndola por entre las tablas hizo saltar el pestillo.

Los dos filibusteros se apresuraron a entrar y a cerrar inmediatamente la puerta, mientras por el otro extremo de la calleja pasaba la ronda, cuyos soldados no cesaban de gritar como energúmenos:

—¡Detenedlos! ¡Detenedlos!

A tientas por aquella oscuridad, los dos filibusteros no tardaron en llegar al pie de una escalera, que empezaron a subir en el acto sin la menor vacilación.

Únicamente se detuvieron cuando llegaron al último rellano.

—Es preciso saber adónde nos dirigimos —dijo Carmaux— y qué clase de inquilinos hay en esta casa. ¡Qué sorpresa se van a llevar esos pobres diablos!

Sacó del bolsillo un eslabón, un pedernal y un trozo de mecha de cañón, y encendió esta soplando hasta conseguir llama.

—¡Mira! Una puerta abierta —dijo.

—Y tras ella alguien que ronca —añadió el Corsario Negro.

—¡Buena señal! El que está durmiendo debe de ser una persona pacífica.

Mientras tanto, el corsario empujó la puerta, procurando no hacer el menor ruido, y entró en una habitación amueblada modestamente y en la que podía distinguirse una cama que parecía ocupada por una persona.

Con la mecha encendió una vela que vio sobre una caja que sin duda hacía las veces de baúl o de cómoda, se acercó a la cama y levantó resueltamente la colcha.

Era un hombre el que allí dormía. Un viejo ya calvo, arrugado, de piel apergaminada y del color del barro cocido, con barba de chivo y lacios bigotes. Dormía tan profundamente que ni siquiera se percató de que alguien había iluminado su habitación.

—¡No ha de ser este infeliz el que nos produzca molestias! —dijo el corsario.

Le tomó por un brazo y le sacudió bruscamente, sin lograr despertarle.

—Este hombre no se despierta si no se dispara un cañonazo al lado de su oreja —dijo Carmaux.

A la tercera sacudida, más vigorosa que las anteriores, el viejo abrió los ojos. Al ver a los hombres armados se incorporó hasta quedar sentado en la cama y les miró con ojos espantados y exclamando con voz ahogada por el terror:

—¡Muerto soy!

—¡Eh, amigo! ¡Tiempo hay para morirse! —exclamó Carmaux—. Creo que ahora estás más vivo que hace un momento.

—¿Quién eres? —preguntó el corsario.

—Un pobre hombre que nunca ha hecho daño a nadie —contestó el viejo, al que le castañeteaban los dientes.

—Nosotros tampoco tenemos intenciones de hacerte daño alguno si nos dices lo que queremos saber.

—Entonces... ¿Su excelencia no es un ladrón?

—No. Soy un filibustero de La Tortuga.

—¡Un... fili... bustero...! Entonces... ¿para qué dudarlo? ¡Soy hombre muerto!

—Ya te he dicho que no te haremos daño alguno.

—¿Qué es lo que queréis de un pobre hombre como yo?

—Ante todo, saber si estás solo en la casa.

—Solo, señor.

—¿Y qué clase de gente son tus vecinos?

—Honrados burgueses.

—¿A qué te dedicas?

—Soy un pobre hombre.

—Un pobre hombre que posee una casa, mientras que yo no tengo ni siquiera una triste cama donde caerme muerto —dijo Carmaux—. Viejo zorro... ¡Tú tienes miedo de quedarte sin tu dinero!

—¡Excelencia, yo no tengo dinero!

Carmaux se echó a reír.

—¡Un filibustero que se convierte en excelentísimo señor...! ¡Este hombre es el tipo más divertido que me he encontrado en toda mi vida!

El viejo le miró de reojo, pero se guardó bien de mostrarse ofendido.

—¡Acabemos de una vez! —dijo el Corsario Negro en tono amenazador—. ¿Qué haces en Maracaibo?

—Soy un pobre notario, señor.

—Está bien. Vamos a alojarnos en tu casa hasta que llegue el momento oportuno para desaparecer de la ciudad. Te repito que no vamos a hacerte ningún daño. ¡Pero ándate con cuidado! Si nos delatas, tu cabeza no volverá a saber más de tu cuello. ¿Me has comprendido?

—Pero ¿qué es lo que queréis de mí? —preguntó casi llorando el pobre notario.

—Por ahora nada. Vístete y no abras la boca o cumpliremos nuestra amenaza.

El notario se apresuró a obedecer, pero estaba tan asustado y temblaba tanto que Carmaux tuvo que ayudarlo.

—Ahora ata a este hombre —dijo el Corsario Negro—. Ten cuidado de que no se escape.

—Respondo de él con mi cabeza, capitán. Le ataré tan fuertemente que no va a poder hacer el menor movimiento.

Mientras el filibustero reducía a la impotencia al viejo notario, el Corsario Negro abrió la ventana y echó una ojeada a la callejuela tratando de ver lo que sucedía allí fuera.

Al parecer, las patrullas de las rondas nocturnas se habían alejado definitivamente. Sin embargo, los vecinos que se habían despertado con el rumor de la pelea y los gritos de los soldados se asomaban a las ventanas y hablaban en voz alta.

—¿Oís? —gritaba un hombretón armado con un largo arcabuz—. Parece ser que los filibusteros han intentado un golpe de mano en la ciudad.

—Es imposible —respondían algunas voces.

—Pues yo he oído gritar a los soldados.

—¿Y les habrán hecho huir?

—Seguramente. Hace ya rato que no se oye nada.

—¡Qué atrevimiento! ¡Entrar en la ciudad con la cantidad de soldados que hay!

—Quizá querían salvar al Corsario Rojo.

—Pues no habrá sido pequeña la sorpresa que se llevarían al encontrarle ahorcado.

—Es lo menos que esos ladrones se merecen.

—Confiemos en que los soldados echen mano a algunos más de esos filibusteros y les ahorquen también —dijo el hombre del arcabuz—. Hay madera más que de sobra para levantar horcas en las que colgar a todos esos bandidos. ¡Buenas noches, amigos! ¡Hasta mañana!

—Sí —murmuró el Corsario Negro—. Seguramente todavía tendréis madera para levantar horcas, pero en nuestro barco tenemos también las balas necesarias para destruir todo Maracaibo. No tardará en llegar la hora en que tengáis noticias mías.

Cerró cuidadosamente la ventana y volvió a la habitación del viejo notario.

Carmaux había registrado toda la casa y hecho una buena limpieza en la despensa.

El valiente filibustero recordó que la noche anterior no habían tenido tiempo de cenar. Y como encontrara un ave y un magnífico pescado frito, que probablemente el pobre viejo había guardado para comer al día siguiente, se apresuró a ponerlos a disposición del capitán.

Además de aquellos alimentos, en el fondo de una alacena descubrió algunas botellas cubiertas por una gruesa capa de polvo y que llevaban las marcas de los mejores vinos de España: jerez, málaga, alicante, y también algunas de oporto y madeira.

—Señor —dijo Carmaux dirigiéndose al Corsario Negro—. Mientras los españoles corren tras nuestras sombras, hincad el diente a este magnífico pescado, que es una exquisita tenca de lago, y probad este pedazo de pato salvaje. He encontrado también algunas botellas que nuestro amigo el notario debía de guardar para las grandes solemnidades y que nos harán recuperar nuestro buen humor. ¡Ah, ese viejo zorro es aficionado a los caldos del otro lado del Atlántico! Vamos a ver si tiene buen gusto.

—Gracias —repuso el Corsario Negro, que volvió a su lúgubre recogimiento.

Se sentó, pero no hizo gran honor a la comida. Estaba tan silencioso y triste como casi siempre le veían los filibusteros. Probó el pescado, bebió algunos vasos de vino y luego se levantó bruscamente poniéndose a pasear por la habitación.

Carmaux, por su parte, no se contentó con acabar la comida, sino que, además, y con gran dolor por parte del viejo notario, vació un par de botellas haciendo caso omiso de la desesperación del pobre hombre, al que se le saltaban las lágrimas viendo cómo se consumían tan rápidamente aquellos vinos que había hecho traer de la lejana patria y que sus buenos dineros le habrían costado. Sin embargo, el marinero, al que la bebida puso de excelente humor, tuvo la gentileza de ofrecer a su «anfitrión» un vaso para que ahogara la pena que experimentaba y la rabia que le roía.

—¡Rayos! —exclamó—. ¡No sospechaba que iba a pasar una noche tan alegre! Encontrarse uno entre dos fuegos, a punto de morir con una cuerda rodeándole el cuello y, de pronto, verse entre estas botellas de deliciosos vinos… ¿Cómo lo iba a imaginar siquiera?

—Pero el peligro no ha pasado aún, amigo mío —dijo el Corsario Negro—. ¿Quién nos asegura que, tras buscar toda la noche, los soldados españoles no vendrán mañana a sacarnos de este refugio? Sí, se está bien aquí, pero preferiría encontrarme a bordo del *Rayo*.

—Estando con vos, capitán, nada temo. Vos solo valéis más que cien hombres juntos.

—Quizá has olvidado que el gobernador de Maracaibo es un viejo zorro que sería capaz de cualquier cosa con tal de poder echarme la mano encima. Ya sabes que entre ese perro de Van Guld y yo se ha entablado un duelo a muerte.

—Pero nadie sabe que estáis aquí.

—Podrían sospecharlo. Además, ¿has olvidado a los vascos? Estoy seguro de que saben que el hombre que ha matado a aquel conde bravucón es el hermano del Corsario Rojo y del Corsario Verde.

—Quizá tengáis razón, señor. ¿Creéis que Morgan nos enviará refuerzos?

—¡Mi lugarteniente no sería capaz de abandonar a su comandante en manos de los españoles! Es un hombre valiente. No me extrañaría que intentase cualquier cosa con tal de sacarnos de aquí, incluso desencadenar sobre Maracaibo una tempestad de balas y pólvora.

—Eso sería una locura que podría costarnos cara, señor.

—¡Ah! ¡Cuántas no habremos cometido todos! Y siempre, o casi siempre, con buen éxito.

—Eso es verdad, señor.

El Corsario Negro se sentó y tomó unos sorbos de vino. Luego volvió a levantarse y se dirigió hacia una ventana que se abría sobre el rellano de la escalera y desde la cual podía dominarse toda la callejuela.

Haría una media hora que estaba allí observando la calle cuando Carmaux le vio entrar precipitadamente en la habitación diciendo:

—¿Es de confianza el negro?

—Es un hombre fiel, señor.

—¿Incapaz de vendernos?

—Por él pondría la mano en el fuego.

—Pues está aquí.

—¿Le habéis visto?

—Está rondando por la callejuela.

—Es preciso hacerle subir, capitán.

—¿Qué habrá hecho del cadáver de mi hermano? —se preguntó el corsario frunciendo el ceño.

—En cuanto suba lo sabremos.

—Ve a llamarle, pero sé prudente. Si os descubren no respondo de nuestras vidas.

—Dejadme a mí, señor —dijo Carmaux con una sonrisa—. Solo os pido diez minutos para convertirme en el notario de Maracaibo.

SE AGRAVA LA SITUACIÓN
DE LOS FILIBUSTEROS

No habían transcurrido aún los diez minutos cuando Carmaux dejaba la casa del notario para ir en busca del negro, a quien el Corsario Negro había visto rondar por la callejuela.

En aquel brevísimo tiempo, el valiente filibustero se había transformado completamente; tanto, que resultaba irreconocible.

Con unos cuantos tijeretazos se había recortado la inculta barba y los largos y lacios cabellos; se había puesto, además, un traje español, que el notario guardaba quizá para los días festivos y que le quedaba como hecho a la medida, pues ambos eran de la misma estatura.

Así vestido, el terrible filibustero podía pasar por un tranquilo y honrado burgués gibraltareño, si no por el mismo notario. Como era un hombre de gran prudencia, colocó una pistola en cada uno de los amplios y cómodos bolsillos, por si acaso el disfraz no causaba la impresión apetecida.

Transformado de aquel modo, el filibustero dejó la habitación como si fuera un honrado ciudadano que sale a respirar un poco de aire puro de la mañana, mirando a lo alto para ver si el alba, ya cercana, se decidía a ahuyentar a las tinieblas.

La callejuela estaba desierta; pero si el corsario había visto a Moko, este no debía de andar muy lejos.

—Le encontraré por aquí cerca —murmuró Carmaux—. Si el amigo Saco de Carbón ha decidido volver significa que graves motivos le han impedido abandonar Maracaibo. ¿Se habrá enterado ese maldito Van Guld de que ha sido el Corsario Negro el autor del audaz golpe? ¿Querrá el destino que los tres hermanos caigan, uno tras otro, en poder de ese siniestro viejo? ¡Ah, vive Dios que saldremos de aquí con vida y que podremos volver un día para cobrárselo todo, ojo por ojo y diente por diente!

Con este monólogo llegó a la callejuela. Se disponía a doblar la esquina de una de las casas cuando un soldado armado con un arcabuz y que sin duda había estado oculto bajo la arcada de un portón le cortó repentinamente el paso al tiempo que exclamaba con voz amenazadora:

—¡Alto ahí!

—¡Muerte y condenación! —masculló Carmaux metiendo una mano en el bolsillo y empuñando una de las pistolas—. ¡Buen comienzo he tenido! ¡Ya estoy otra vez metido en el fregado!

Luego, simulando el aspecto de un pacífico burgués, dijo:

—¿Qué deseáis, señor soldado?

—Saber quién sois.

—¡Cómo! ¿No me conocéis? —Carmaux se mostraba asombrado—. Soy el notario del distrito.

—Disculpadme, señor notario. Hace poco tiempo que he llegado a Maracaibo. Pero ¿se puede saber adónde vais?

—Voy a casa de un pobre moribundo. Ya sabéis que cuando uno se da cuenta de que va a dejar este mundo de un momento a otro ha de empezar a pensar en sus herederos.

—Cierto, señor notario. Pero andad con cuidado; podríais encontraros con los filibusteros.

—¡Dios mío! —exclamó Carmaux fingiéndose aterrorizado—. ¿Los filibusteros están en la ciudad? ¿Cómo se han atrevido esos canallas a desembarcar en Maracaibo, ciudad tan bien guardada y gobernada por ese gran soldado que es su excelencia Van Guld?

—No se sabe cómo han conseguido desembarcar, pues no ha sido descubierta ninguna nave filibustera ni cerca de las islas ni en el golfo de Coro. Pero no cabe la menor duda de que están aquí. Os bastará saber que han matado a cuatro o cinco de nuestros hombres y que han tenido la audacia de rescatar el cadáver del Corsario Rojo, que estaba colgado ante el palacio del gobernador junto con los de toda su tripulación.

—¡Qué bribones! ¿Y dónde están?

—Se cree que han salido de la ciudad, hacia el campo. Ya se han enviado tropas a distintos puntos con la esperanza de capturarlos y hacerles ocupar el lugar que ha dejado vacío el Corsario Rojo en la horca.

—Quizá se hayan escondido en la ciudad...

—No es posible, les han visto huir hacia las afueras.

Carmaux ya sabía bastante y creía llegado el momento de emprender la búsqueda del negro Moko.

—Andaré con los ojos bien abiertos, no me gustaría encontrarme con esos perros —dijo—. Buena guardia, señor soldado. Me voy o llegaré demasiado tarde junto a mi moribundo cliente.

—¡Suerte, señor notario!

El filibustero se caló el sombrero hasta los ojos y se alejó apresuradamente, moviendo la cabeza a ambos lados para fingir un miedo que, naturalmente, no sentía.

—¡Extraordinario! —exclamó en cuanto se hubo alejado—. Están seguros de que hemos salido de la ciudad. ¡Perfecto, amigos! Estaremos alojados en casa del notario hasta que los soldados regresen de su exploración por las afueras. Luego pondremos pies en polvorosa. ¡Qué gran idea ha tenido el capitán! El Olonés, al que todos consideran el más astuto filibustero de La Tortuga, no la habría tenido mejor.

Había doblado ya la esquina de la calle y embocaba otra más ancha, flanqueada por elegantes casas rodeadas de hermosas barandas de madera pintada, cuando vio una inmóvil y gigantesca sombra bajo una palmera que se levantaba junto a un hermoso palacete.

—Ese debe de ser Saco de Carbón —murmuró el filibustero—. Esta vez nuestra suerte ha sido extraordinaria. Ya se sabe que nos protege el diablo; por lo menos, eso aseguran los españoles.

El hombre que estaba medio escondido tras el tronco de la palmera, al ver acercarse a Carmaux procuró ocultarse bajo el pórtico del palacete, sin duda creyendo que se trataba de cualquier soldado. Luego, no encontrándose seguro ni siquiera allí, dobló rápidamente la esquina del edificio, sin duda con la intención de desaparecer por alguna de las innumerables callejuelas de la ciudad.

El filibustero había tenido tiempo de cerciorarse de que se trataba efectivamente del negro Moko.

Apretó el paso y se apresuró a llegar hasta el palacete. Luego dobló también la esquina y, adentrándose en la callejuela, gritó a media voz:

—¡Eh, amigo! ¡Amigo!

El negro se detuvo inmediatamente. Después, tras algunos instantes de excitación, retrocedió. Al reconocer a Carmaux, aunque este estaba bien disfrazado de burgués español, lanzó una exclamación de estupor y de alegría:

—¡Amigo blanco! ¿Eres tú?

—¡No tienes mala vista, Saco de Carbón! —dijo riendo el filibustero.

—¿Y el capitán?

—Por ahora no te preocupes de él; está a salvo, y eso es suficiente. ¿Por qué has vuelto? El capitán te ordenó llevar el cadáver a bordo del *Rayo*.

—Ha sido imposible, amigo. El bosque está lleno de pelotones de soldados. Y, seguramente, vigilan también la costa.

—Entonces es que conocen nuestro desembarco.

—Temo que sí, amigo blanco.

—¿Dónde has escondido el cadáver?

—En mi cabaña, bajo un montón de hojas frescas.

—¿No lo encontrarán los españoles?

—He tenido la precaución de dejar sueltas a todas mis serpientes. Si los soldados quieren entrar en mi cabaña, al ver a los reptiles desistirán de su intención.

—Eres astuto, Saco de Carbón.

—Hago lo que buenamente puedo.

—¿Crees que, por ahora, no podremos llegar hasta el barco?

—Ya te he dicho que el bosque está muy vigilado.

—La situación es grave. Morgan, el segundo del *Rayo*, si no llegamos pronto es capaz de cometer alguna imprudencia —murmuró el filibustero—. Ya veremos como terminará esta aventura.

—¿Te conoce alguien en Maracaibo? —preguntó Carmaux tras unos instantes de silencio.

—Todo el mundo. Vengo muy a menudo a la ciudad a vender hierbas para curar las heridas.

—¿Nadie sospechará de ti?

—En absoluto.

—Sígueme, vamos a ver al capitán.

—Un momento, amigo.

—¿Qué quieres?

—He traído conmigo a tu compañero.

—¿A Wan Stiller?

—Corría el peligro de ser prendido y he pensado que podía ser más útil aquí que en mi cabaña.

—¿Y el prisionero?

—Le hemos atado. Con un poco de suerte sus camaradas no le encontrarán y al regresar le encontraremos en el mismo lugar.

—¿Y dónde está Wan Stiller?

—Espera un momento.

El negro se llevó los dedos a los labios y lanzó un ligero silbido que podía confundirse con el de un vampiro, esos grandes murciélagos tan abundantes en toda América del Sur.

Instantes después, un hombre aparecía en lo alto de la tapia de un jardín. Dio un salto y cayó junto a Carmaux diciendo:

—¡Cuánto me alegro de verte aún con vida, Carmaux!

—Yo me alegro aún más que tú, amigo Wan Stiller —repuso el otro filibustero.

—¿Crees que el capitán desaprobará que haya venido hasta aquí? Sabiendo que os encontrabais en peligro no podía permanecer cruzado de brazos en la cabaña del bosque. Allí lo único que podía hacer era mirar los árboles.

—El Corsario Negro se alegrará de verte, amigo. Un hombre valeroso como tú es algo preciso en estos momentos.

—¡Vamos, pues!

Empezaba a alborear. Las estrellas palidecían rápidamente. En aquellas regiones, la aurora no existe prácticamente. La noche es sucedida inmediatamente por el día. El sol despunta casi de improviso y, con la potencia de sus rayos, diluye completamente la oscuridad. Las tinieblas desaparecen en un abrir y cerrar de ojos.

Los habitantes de Maracaibo, casi todos muy madrugadores, empezaban a despertar. Las ventanas se abrían y en ellas hacía su aparición alguna cabeza. Se oían toses y bostezos, y el sonoro trajín de las viviendas llegaba hasta la calle.

Lo más probable era que los vecinos comentaran los sucesos de la noche anterior, que habían sembrado en todos ellos una gran inquietud, pues los filibusteros eran los hombres más temidos en todas las colonias españolas del inmenso golfo de México.

Carmaux, que no quería tener encuentros por temor de que le reconociera alguno de los clientes de la taberna, aceleraba el paso seguido por el negro Moko y por su compañero Wan Stiller.

Llegados a la callejuela sin salida, volvió a encontrar al soldado, que paseaba de un lado a otro con su alabarda apoyada en el hombro.

—¿De vuelta ya, señor notario? —preguntó al ver a Carmaux.

—¿Qué queréis, amigo? —repuso el filibustero—. Mi cliente tenía prisa por abandonar este valle de lágrimas y no ha desaprovechado la primera ocasión que se le presentaba.

—Y ese negro… ¿os lo ha dejado quizá como herencia? —preguntó señalando al encantador de serpientes—. ¡Caramba! Ese coloso ha de valer miles de pesos.

—Sí, eso es lo que me ha regalado. ¡Buenos días, señor soldado!

Se apresuraron a desaparecer tras la esquina, se adentraron en la callejuela y entraron en la casa del notario, cerrando la puerta y echando todos sus cerrojos.

El Corsario Negro esperaba en el último rellano de la escalera invadido por una impaciencia que, a pesar de los evidentes esfuerzos que hacía, no conseguía disimular.

—¿Qué nuevas traéis? —preguntó—. ¿Por qué ha vuelto el negro? ¿Y el cadáver de mi hermano? ¿También tú aquí, Wan Stiller?

En pocas palabras Carmaux informó al corsario de los motivos que obligaron a Moko a volver a Maracaibo, y a Wan Stiller a abandonar la cabaña y acudir a la ciudad en busca de sus compañeros. Luego, el filibustero trasladó al capitán la información que había podido obtener del soldado que montaba guardia en la callejuela.

—¡Graves noticias son las que me traes! —dijo el corsario, al tiempo que se volvía hacia el negro—. Si los españoles están dando batidas por el bosque y las costas, va a sernos difícil regresar al *Rayo*. Y no tengo estos temores por mí mismo, sino por mi barco, que en cualquier momento puede ser sorprendido por la escuadra del almirante Toledo.

—¡Rayos! —exclamó Carmaux—. ¡Eso sería lo único que nos faltaba!

—Empiezo a temer que esta aventura termine mal —murmuró Wan Stiller—. Pero, en realidad, hace dos días que podíamos haber sido ahorcados. Hemos de estar contentos por haber vivido cuarenta y ocho horas más.

El Corsario Negro paseaba por la habitación, dando vueltas alrededor de la caja que les había servido de mesa poco antes. Se mostraba preocupado y nervioso. De vez en cuando interrumpía sus paseos y se detenía bruscamente ante sus hombres; luego reanudaba sus movimientos en torno a la caja e inclinaba la cabeza sobre el pecho.

De pronto se detuvo ante el notario, que yacía en la cama fuertemente atado, y mirándole con ojos amenazadores le dijo:

—¿Tú conoces los alrededores de Maracaibo?

—Sí, excelencia —contestó el pobre viejo con voz temblorosa.

—¿Podrías hacernos salir de la ciudad sin que tus compatriotas nos descubriesen y llevarnos a un lugar bien seguro?

—¿Cómo podría hacer eso, señor? Apenas salierais de mi casa os reconocerían y, además de prenderos a vos, me prenderían a mí también. Me acusarían de intentar ayudaros a escapar de la justicia, y el gobernador, que es un hombre que desconoce la benevolencia, ordenaría que me ahorcasen.

—Comprendo… Tienes miedo de Van Guld —dijo el corsario entre dientes, mientras la ira producía un intenso brillo en sus ojos—. Sí, ese hombre es enérgico, orgulloso y también despiadado; sabe hacerse temer por todo el mundo. ¡Pero hay alguien que no le tiene el más mínimo temor! ¡Algún día seré yo el que vea temblar a ese perro de Van Guld!

El corsario permaneció unos momentos silencioso. Luego añadió:

—Entonces ¡pagará con su miserable vida la muerte de mis hermanos!

—¿Queréis matar al gobernador? —preguntó el notario dando a sus palabras un tono de incredulidad.

—Si aprecias algo tu piel, viejo, será mejor que te calles —repuso Carmaux.

Pareció como si el Corsario Negro no hubiese oído las palabras de uno ni de otro.

Salió de la habitación y se dirigió hacia la ventana del corredor contiguo, desde donde, como ya se ha dicho, se divisaba perfectamente toda la calle.

—Esta vez sí que estamos en un buen aprieto —murmuró Wan Stiller volviéndose hacia el negro—. ¿Nuestro amigo Saco de Carbón no conoce ningún medio ni tiene alguna idea para sacarnos de esta situación tan poco alegre? Porque yo no me siento muy seguro en esta casa.

—Quizá haya un medio —repuso el negro.

—Explícate, amigo —dijo Carmaux—. Si tu idea puede llevarse a cabo, te prometo que yo, que en mi vida he estrechado la mano de un negro, amarillo o encarnado, te daré un abrazo.

—Es preciso esperar hasta la noche.

—Por ahora no tenemos prisa.

—Vestíos de españoles y podréis salir tranquilamente de la ciudad.

—¿Acaso yo no estoy vestido con las ropas del notario?

—Con eso no es suficiente.

—¿Pues qué más se necesita?

—Un magnífico traje de mosquetero o de alabardero. Si salís de la ciudad vestidos de paisano, los soldados que recorren las afueras no tardarán en apresaros.

—¡Rayos! —exclamó Carmaux—. ¡Qué magnífica idea! Tienes razón, amigo Saco de Carbón. Vestidos de soldados, a nadie se le ocurrirá la estupidez de detenernos y de preguntarnos adónde vamos, especialmente por la noche. Nos tomarán por una patrulla que efectúa su ronda nocturna. Así podremos desaparecer rápidamente.

—¿Y se puede saber de dónde vamos a sacar las ropas? —preguntó Wan Stiller.

—¿De dónde? ¡Cogeremos a un par de soldados y les desnudaremos! —repuso Carmaux con aire resuelto—. ¡Somos hombres de manos rápidas!

—No es necesario correr tanto peligro —dijo el negro Moko—. Yo soy muy conocido en la ciudad, nadie sospecha de mí. Puedo ir a comprar los trajes e incluso las armas.

—Saco de Carbón, eres un gran hombre y quiero darte un abrazo de hermano.

Al tiempo que decía estas palabras, el filibustero abrió los brazos para abrazar al negro. Pero no tuvo tiempo. Un golpe dado en la puerta de la calle resonó en la escalera.

—¡Por mil demonios! —exclamó Carmaux—. ¡Alguien está llamando a la puerta!

En aquel momento entró el Corsario Negro diciendo:

—Notario, ahí hay un hombre que seguramente viene en tu busca.

—Será alguno de mis clientes, señor —repuso el prisionero con un suspiro—. Algún cliente que quizá me habría proporcionado un buen jornal si yo hubiese estado libre.

—¡Basta ya de palabrería! —dijo Carmaux—. ¡Ya sabemos bastante, charlatán!

Un segundo golpe, más violento que el primero, hizo temblar la puerta. Luego se oyeron unas palabras:

—¡Abrid, señor notario! ¡No tengo tiempo que perder!

—Carmaux —dijo el corsario, que había tomado ya una resolución—. Si nos obstinamos en no abrir, ese hombre puede sospechar, temer que al notario le haya sucedido algo e ir a prevenir al alcalde del barrio.

—¿Qué queréis que haga, capitán?

—Abrir, atar bien fuerte a ese importuno y enviarle a hacer compañía al notario.

No había terminado de hablar el Corsario Negro cuando Carmaux estaba ya en la escalera seguido por el gigantesco negro.

Al oír resonar un tercer golpe, tan violento que parecieron peligrar las bisagras de la puerta, Carmaux se apresuró a abrir diciendo:

—¡Caray! ¡Qué furia, señor!

Un joven de unos dieciocho años, vestido señorialmente y armado de un elegante puñal que llevaba colgado en el cinto, entró precipitadamente diciendo:

—¿Tenéis por costumbre hacer esperar tanto tiempo a todas las personas que tienen prisa? ¡Dem…!

Al ver a Carmaux y al negro, se detuvo mirándoles con estupor y con no poca inquietud. Luego trató de retroceder unos pasos, pero la puerta estaba cerrada tras de sí.

—¿Quiénes sois? —preguntó.

—Dos criados del señor notario —respondió Carmaux haciendo una burlesca reverencia.

—¡Ah! —exclamó el joven—. ¿Acaso don Turillo se ha enriquecido repentinamente? ¿Desde cuándo puede permitirse el lujo de tener dos criados?

—Ha sido el único heredero de un tío suyo que ha fallecido en el Perú —dijo el filibustero riendo.

—Conducidme inmediatamente a su presencia. —La irritación del muchacho aumentaba por momentos—. ¡Ya le advertí que hoy había de contraer matrimonio con la señorita Carmen de Vasconcellos! ¿Acaso le gusta ahora hacerse de rogar? ¡Maldito…!

Una de las enormes manazas del negro, cayéndole entre los hombros, le cortó la palabra. El muchacho, medio estrangulado por la fuerte presión que ejercía el negro, cayó de rodillas. Sus ojos estaban completamente desorbitados y su piel adquirió un tono amoratado.

—¡Tranquilo, Saco de Carbón! —dijo Carmaux—. Si aprietas un poco más vas a romperle el cuello. ¡Hay que ser más amables y correctos con los buenos clientes del señor notario!

—No temas, amigo blanco —repuso el encantador de serpientes.

El joven, que estaba tan asustado que ni siquiera se le había ocurrido oponer la menor resistencia, fue despojado de su magnífico puñal y conducido a la habitación de la planta superior, donde se le obligó a tenderse en la cama y fue atado fuertemente junto al notario.

—¡Hecho, capitán! —dijo Carmaux.

El Corsario Negro aprobó con un movimiento de cabeza el proceder del filibustero. Luego, acercándose al joven, que le miraba con ojos extraviados, le preguntó:

—¿Quién sois?

—Es uno de mis mejores clientes, señor —dijo el notario—. Con este muchacho habría ganado hoy por lo menos…

—¡Cállate, viejo! —exclamó el Corsario Negro con sequedad.

—Este notario es un verdadero papagayo —exclamó Carmaux—. ¡Si continúa así será preciso cortarle un buen pedazo de lengua!

El apuesto joven se había vuelto hacia el Corsario Negro. Después de mirarle durante unos instantes con cierto estupor, respondió:

—Soy el hijo del juez de Maracaibo, don Alonso de Conxevio. Espero que podréis explicarme a qué se debe este secuestro.

—No adelantaríais nada sabiéndolo. Pero podéis estar tranquilo, nada os ha de suceder. Mañana, salvo acontecimientos imprevistos, seréis nuevamente un hombre libre.

—¡Mañana! —exclamó el joven con doloroso estupor—. ¡Es hoy cuando debo casarme con la hija del capitán Vasconcellos!

—Lo haréis mañana.

—¡Tened cuidado! Mi padre es amigo del gobernador. Podríais pagar muy caro vuestro misterioso proceder con mi persona. En Maracaibo hay muchos soldados, y no faltan tampoco los cañones.

Una sonrisa de desdén se dibujó en los labios del lobo de mar.

—No temo ni a uno ni a otros —dijo—. ¡Yo tengo hombres más temibles que los que componen la guarnición de Maracaibo, y mis cañones pueden competir perfectamente con los de vuestro gobernador!

—Pero ¿quién sois vos?

—No os preocupéis por eso.

Tras estas palabras, el corsario le volvió bruscamente la espalda y salió de la habitación, dirigiéndose nuevamente a la ventana del pasillo contiguo, mientras Carmaux y el negro registraban la casa, desde la bodega al tejado, en busca de algo de comida, y Wan Stiller se situaba cerca de los prisioneros para impedir cualquier tentativa de fuga.

El filibustero y Moko, tras haber revuelto todas las habitaciones de la casa, descubrieron cecina ahumada y una especie de queso algo picante que sin duda habría de resultar gustoso al paladar y ponerle en condiciones óptimas para catar el excelente vino del notario; por lo menos, eso era lo que pensaba Carmaux.

Advertían al Corsario Negro de que el almuerzo estaba dispuesto y que habían descorchado algunas botellas del mejor vino cuando oyeron de nuevo golpes en la puerta.

—¿Quién será ahora? —se preguntó Carmaux—. ¿Otro cliente que desea hacer compañía al notario?

—Ve a ver —dijo el Corsario Negro, que ya se había sentado a la improvisada mesa.

El marinero no se hizo repetir la orden. Se dirigió rápidamente a la ventana, por la que echó una ojeada a la calle, aunque teniendo cuidado de no levantar ni mover la persiana. Ante la puerta vio a un hombre que parecía un criado o un alguacil del juzgado.

—¡Demonios! —murmuró—. Seguro que este viene a buscar a ese condenado jovenzuelo. La desaparición del novio habrá preocupado a la novia, a los padrinos y a los invitados. ¡Hum! Este asunto empieza a embrollarse demasiado.

Mientras tanto el criado, al no recibir respuesta, continuaba aporreando la puerta, produciendo tal ruido que hizo asomarse a las ventanas al vecindario en pleno.

Era preciso abrir la puerta y apoderarse también de aquel tipo antes de que los vecinos empezaran a sospechar algo y echasen la puerta abajo o llamasen a los soldados del gobernador.

Carmaux y Moko se apresuraron a bajar hasta la puerta y a abrirla. Apenas el criado o alguacil estuvo en el pasillo, quedó sujeto por el cuello de tal forma que ni siquiera podía intentar lanzar un grito. Enseguida fue atado, amordazado y conducido a la habitación de la planta superior, donde quedó en compañía de su joven amo y del infortunado notario.

—¡El demonio se los lleve a todos! —exclamó Carmaux—. Si esto continúa así no tardaremos en tener aquí prisioneros a todos los habitantes de esta maldita ciudad.

UN DUELO ENTRE GENTILHOMBRES

El almuerzo, contrariamente a las previsiones de Carmaux, fue poco alegre y el buen humor no abundó, a pesar del excelente vino, la magnífica cecina y el queso picante del desgraciado notario.

Todos empezaban a mostrarse inquietos ante el mal cariz que estaban tomando las cosas a causa del infeliz joven y de su matrimonio.

Su desaparición misteriosa, igual que la de su criado, habrían alarmado sin duda a los familiares. Por eso eran de esperar las visitas de criados y amigos, o, aún peor, de soldados, jueces y alguaciles.

Aquel estado de cosas no podía mantenerse mucho tiempo. Los filibusteros podían hacer aún algunos prisioneros más, pero los soldados del gobernador no tardarían en llegar, y no precisamente de uno en uno para dejarse prender.

El Corsario Negro y sus dos filibusteros expusieron y discutieron algunos proyectos, pero ninguno de ellos acababa de convencerles. La fuga, por el momento, era absolutamente imposible. No les cabía la menor duda de que serían reconocidos, apresados y colgados sin contemplaciones, como el pobre Corsario Rojo y sus desventurados filibusteros. Era preciso esperar la llegada de la noche, aunque en verdad era poco probable que los familiares del joven español les dejasen tranquilos hasta ese momento.

Los tres filibusteros, por lo general tan fecundos en astucias como todos sus compañeros de La Tortuga, se encontraban en aquel momento en un buen atolladero.

Carmaux había propuesto cambiar sus ropas por las de los prisioneros y salir sigilosamente de la ciudad, pero se percató inmediatamente de la imposibilidad de poner en práctica su idea. Ninguno de ellos hubiera podido vestir las ropas del joven, cuya talla y complexión eran tan distintas a las de los filibusteros. Además, no había que olvidar que los bosques y las costas estaban vigilados por un buen número de soldados.

Por su parte, Moko seguía insistiendo en su primera idea: conseguir por cualquier medio ropas de mosquetero o alabardero. Pero también este proyecto hubo de ser descartado en principio; habría que esperar hasta la noche para ponerlo en práctica con alguna probabilidad de éxito.

No dejaban de pensar en distintos proyectos que pudieran sacarles de aquella ratonera. La situación se hacía cada vez más embarazosa y arriesgada cuando una tercera persona llamó a la puerta.

Esta vez no se trataba de un criado, sino de un gentilhombre castellano, armado con una magnífica espada y un puñal. Probablemente era un pariente del joven o algún testigo de la boda.

—¡Truenos! —exclamó Carmaux—. ¡Es como si hubieran organizado una procesión a esta condenada casa…! Primero ese jovenzuelo, luego un criado, ahora un caballero, más tarde será el padre del novio, luego los padrinos, los testigos y estoy seguro de que los invitados no se harán esperar demasiado. ¡Acabarán por celebrar aquí la boda!

Viendo que nadie se decidía a abrir, el castellano redoblaba los golpes sobre la puerta, levantando y dejando caer sin interrupción el pesado aldabón de hierro. Aquel hombre debía de ser bastante impaciente y, probablemente, bastante más peligroso que el joven, el notario y el criado juntos.

—Abre, Carmaux —dijo el Corsario Negro.

—Creo, capitán, que a este no va a ser tan fácil golpearle y sujetarle. Es un hombre fuerte, y a buen seguro que no será poca la resistencia que oponga.

—Iré yo mismo contigo. Así contaremos con cuatro brazos poderosos, además de la descomunal fuerza de nuestro amigo el negro.

El corsario, al ver que en uno de los rincones de la habitación había una espada, quizá una antigua arma de familia que el notario conservaba, la tomó y, tras comprobar la elasticidad de su hoja, la colgó de su cinto murmurando:

—¡Acero de Toledo…! Dará trabajo al castellano.

Mientras tanto, Carmaux y el negro habían abierto la puerta, que parecía venirse abajo a causa de los furiosos golpes del caballero. Este entró con la mirada amenazante, el ceño fruncido y la mano izquierda en la guarda de la espada, diciendo con voz colérica:

—¿Es que hay que venir con cañones a esta casa para que le abran a uno la puerta?

El recién llegado era un hombre arrogante, de unos cuarenta años, alto, robusto, varonil y altivo, con ojos negrísimos y una espesa barba también negra.

Vestía un elegante traje español de seda negra y calzaba botas de piel amarilla, con cañas dentelladas y espuelas.

—Disculpad, señor, si hemos tardado en abrir —repuso Carmaux inclinándose grotescamente ante él—, pero estábamos muy ocupados.

—¿Ocupados? —preguntó el castellano—. ¿Y se puede saber qué es lo que hacíais?

—Estábamos curando al señor notario.

—¿Acaso está enfermo?

—Tiene una fiebre altísima, señor.

—¡Llámame conde, tunante!

—Excusad, señor conde; no tenía el honor de conoceros hasta ahora.

—¡Vete al infierno…! ¿Dónde está mi sobrino? Hace ya dos horas que vino hacia aquí.

—Vos sois el primero en llegar hoy a esta casa, señor conde.

—¿Quieres burlarte de mí, bribón? ¿Dónde está el notario?

—Ya os he dicho que está en cama.

—Quiero verle inmediatamente.

Carmaux, que quería llevar al castellano hasta el fondo del corredor para que fuera allí donde el negro usase su poderosa fuerza, echó a andar delante del conde. Luego, apenas llegados al pie de la escalera, se volvió bruscamente diciendo:

—¡Tu turno, amigo!

El negro se lanzó rápidamente sobre el castellano. Pero este, que probablemente estaba en guardia desde su entrada en la casa y que poseía una agilidad capaz de competir con la de un gran marinero, de un solo brinco saltó los tres primeros escalones, apartando a Carmaux con un violento empujón, y empuñó resueltamente la espada diciendo:

—¡Ah, bribones! ¡Bellacos! ¿Qué significa este ataque…? ¡Voy a cortaros las orejas!

—Si queréis saber a qué obedece este ataque, señor, yo os lo explicaré —dijo una voz.

El Corsario Negro había aparecido repentinamente en el rellano, con la espada en la mano, y descendía ya lentamente los primeros escalones.

El castellano se había vuelto, pero sin perder de vista a Carmaux y al negro, que habían retrocedido hasta el fondo del pasillo, poniéndose en guardia y obstruyendo la salida de la casa.

El primero empuñaba la navaja que tomara del cadáver del vasco muerto por el Corsario Negro; el segundo, una tranca de madera que en sus manos podía ser una poderosísima arma.

—¿Y vos quién sois, señor? —preguntó el castellano sin manifestar temor, ni siquiera sorpresa—. Por el traje se os podría tomar por un noble. Pero el hábito no hace al monje, y no sería de extrañar que también vos fuerais un vulgar bandolero.

—Esas palabras podrían costaros caras, noble señor —repuso fríamente el Corsario Negro.

—¡Bah…! ¡Eso está por ver!

—Parecéis valiente, señor. ¡Me alegro! Sin embargo, os aconsejo que arrojéis vuestra espada y os rindáis.

—¿Y a quién he de rendirme?

—A mí.

—¿A un bandido que tiene por costumbre asesinar a la gente a traición?

—No. Al caballero Emilio di Roccanera, señor de Ventimiglia.

—¡Ah! ¿Sois noble? Entonces me gustaría saber las razones que tenéis para ordenar a vuestros criados que me asesinen, señor de Ventimiglia.

—Tenéis una prodigiosa imaginación, caballero. Nadie ha pensado jamás en asesinaros. Lo único que pretendían era desarmaros y reteneros prisionero durante algunos días. Eso es todo.

—¿Puedo saber el motivo?

—Para impediros que advirtáis a las autoridades de Maracaibo de que yo estoy en la ciudad —repuso el Corsario Negro.

—¿Quizá el señor de Ventimiglia tiene cuentas que saldar con las autoridades de Maracaibo?

—Van Guld no me tiene, precisamente, en gran estima. Se sentiría muy feliz si consiguiera tenerme entre sus manos. Y yo también me alegraré cuando consiga tenerle en mi poder.

—No os comprendo, señor —dijo el castellano.

—En realidad, tampoco os interesa. ¡Pero basta ya de palabras! ¿Os entregáis de buen grado o no?

—¡Cómo! ¿Tenéis dudas al respecto? Un caballero que ciñe espada no se rinde, ¡vence o muere!

—Me estáis obligando a mataros. No puedo consentir que salgáis ahora de la casa. Iríais a delatarnos a mis compañeros y a mí.

—Pero, bueno, ¿se puede saber quién sois?

—¡Oh, creí que ya lo habríais adivinado! Somos filibusteros de La Tortuga. Y ahora, defendeos mientras podáis, porque voy a mataros.

—No será muy difícil que vuestras palabras se cumplan si he de hacer frente a tres adversarios.

—No os preocupéis de ellos —dijo el corsario señalando a Carmaux y al negro—. Cuando su capitán se bate tienen por costumbre no intervenir en la lucha.

—En ese caso os he de confiar que no creo tardar mucho en poneros fuera de combate. Todavía no conocéis el brazo del conde de Lerma.

—En efecto. Pero tampoco vos conocéis el del señor de Ventimiglia. ¡Defendeos, conde!

—Permitidme antes una pregunta. ¿Qué habéis hecho de mi criado y de mi sobrino?

—Los tengo prisioneros, junto con el notario. Pero no os inquietéis por ellos. Mañana estarán libres y vuestro sobrino podrá desposar, al fin, a la hija de ese capitán.

—¡Gracias, caballero!

El Corsario Negro hizo una leve inclinación. Luego bajó rápidamente los escalones e inició un ataque tan furioso contra el castellano que este se vio obligado a retroceder algunos pasos.

Durante algunos momentos no se oyó en el largo y estrecho corredor más ruido que el del chocar del acero. Carmaux y el negro, apoyados en la puerta, con los brazos cruzados, asistían al duelo enmudecidos y pretendían, inútilmente, seguir con la mirada el vertiginoso movimiento de las espadas.

El castellano se batía de forma impecable, con una esgrima digna del más audaz de los espadachines. Detenía las más peligrosas estocadas de su adversario con una sangre fría admirable, y sus ataques llevaban veneno. Sin embargo, estaba convencido de que se encontraba ante un enemigo terrible, quizá el más peligroso de los que le habían tocado en suerte en toda su vida y que tenía unos músculos que en nada podían envidiar al mejor acero.

El Corsario Negro, por su parte, no tardó en recobrar su habitual calma. Sus ataques no se dejaban sentir más que de tarde en tarde; se limitaba a defenderse, como si quisiera cansar a su adversario y estudiar su táctica. Firme sobre sus nerviosas piernas, con el torso erguido, el brazo izquierdo en posición horizontal y los ojos resplandecientes, más que estar defendiendo su vida parecía entregado a un apacible e inocente juego de chiquillos.

El castellano había tratado de empujarle hacia la escalera, con la secreta intención de hacerle tropezar en los escalones. Pero a pesar de la verdadera lluvia de estocadas que desencadenaba sobre el Corsario Negro, este no había retrocedido ni un solo paso. Sus pies parecían estar clavados en el suelo, rechazando todos y cada uno de los golpes del castellano con prodigiosa rapidez y sin perder un palmo de terreno.

De pronto se lanzó a fondo. Batir en tercera con un golpe seco la hoja de su adversario, arrastrarla en segunda y hacerla caer al suelo fue trabajo de unos pocos segundos.

Al verse desarmado, el castellano palideció y lanzó un grito de sorpresa. La brillante punta de la hoja de la espada del Corsario Negro permaneció durante unos momentos amenazadora ante su pecho; luego se alzó.

—Sois un hombre valiente —dijo el corsario saludando ceremoniosamente a su adversario—. No queríais ceder vuestra arma; ahora yo la tomo, pero voy a respetar vuestra vida.

El castellano estaba inmóvil y en su rostro se reflejaba el más profundo estupor. Seguramente le parecía imposible seguir perteneciendo al mundo de los vivos.

De repente adelantó dos pasos hacia el Corsario Negro y, tendiéndole la mano derecha, le dijo:

—Mis compatriotas dicen que los filibusteros son unos hombres sin fe y sin ley, que se dedican únicamente al pillaje en el mar. Ahora yo ya puedo decir que entre esos hombres también se encuentran algunos valientes que, en lo que respecta a caballerosidad y aun a generosidad, no tienen nada que envidiar a la mayoría de los caballeros y los nobles europeos. Es más, aseguraría que podrían dar ejemplo a muchos de ellos. ¡Señor, esta es mi mano! ¡Gracias!

El Corsario Negro le estrechó cordialmente la mano. Luego, tomando la espada caída en el suelo y alargándosela al conde, repuso:

—Conservad vuestra arma, señor. Tendré suficiente con que me deis vuestra palabra de que no la vais a emplear contra ninguno de nosotros antes de mañana.

—Os lo prometo, caballero. Tenéis mi palabra de honor.

—Ahora os dejaréis atar sin oponer resistencia. Me disgusta en extremo tomar esta medida, pero es la única solución que me queda.

—Os comprendo perfectamente, caballero.

A una seña del Corsario Negro, Carmaux se acercó al castellano, le ató las manos y se lo confió al negro, que se apresuró a conducirle al piso superior y dejarle en compañía de su sobrino, del criado y del notario.

—Esperemos que la procesión a esta casa haya concluido —dijo Carmaux volviéndose hacia su capitán.

—Pues yo creo que no tardarán en venir a importunarnos otras personas —repuso el corsario—. Todas estas misteriosas desapariciones no tardarán en levantar graves sospechas entre los parientes del conde y del novio. Por otra parte, estoy seguro de que las autoridades de Maracaibo no dudarán en tomar cartas en el asunto. Por todo ello, creo que sería prudente levantar una barricada tras la puerta y organizar meticulosamente nuestra defensa. ¿Has visto algún arma de fuego en la casa, Carmaux?

—En el granero he encontrado un arcabuz y algunas municiones, además de una vieja alabarda oxidada y una coraza.

—El arcabuz puede sernos útil.

—Pero, comandante, ¿cómo podemos resistir si los soldados se deciden a tomar la casa por asalto?

—Como mejor podamos. ¡Pero te aseguro que Van Guld no me cogerá vivo, si es que consigue hacerlo…! Ahora vamos a prepararnos para la defensa; después, si hay tiempo, pensaremos en comer algo.

El negro había vuelto, después de dejar a Wan Stiller la vigilancia de los prisioneros. Puesto al corriente de lo que se tenía que hacer, se dispuso a trabajar rápidamente.

Ayudado por Carmaux, llevó hasta el pasillo que empezaba tras el portal de la casa todos los muebles pesados que en ella había, no sin que el notario, aunque inútilmente, protestara con gran energía.

Cajas, armarios y macizas mesas fueron amontonados tras la puerta, obstruyéndola completamente.

No contentos con esto, los filibusteros levantaron una segunda barricada en la base de la escalera, para lo que se sirvieron del resto de los muebles de la casa. Con ella pretendían detener a los soldados en el caso de que estos consiguieran franquear la puerta y la primera de las barricadas.

Apenas habían terminado sus preparativos de defensa cuando vieron que Wan Stiller descendía precipitadamente la escalera.

—Comandante —dijo—, se han congregado en la calleja varios vecinos que miran detenidamente hacia esta casa. Creo que ya se han dado cuenta de lo que aquí está sucediendo.

—¡Ah! —exclamó el Corsario Negro sin que se alterara ni uno solo de los músculos de su cara.

Subió tranquilamente la escalera y, ocultándose tras la celosía, se asomó con cautela a la ventana que daba a la calleja.

Wan Stiller no se había equivocado. Medio centenar de personas, formando varios grupos, se habían congregado en el otro extremo de la calle.

Todos ellos hablaban animadamente y señalaban con insistencia la casa del notario, mientras que en las casas vecinas hombres y mujeres aparecían y desaparecían continuamente en ventanas y terrazas.

—¡Va a suceder lo que me temía! —murmuró el Corsario Negro frunciendo el ceño—. Por lo visto está escrito que yo he de morir en Maracaibo. ¡Pobres hermanos míos, asesinados y con pocas probabilidades de que yo pueda vengarlos! ¡Pero la muerte aún no está tan cercana y la fortuna protege siempre a los filibusteros de La Tortuga…! ¡Carmaux!

Al oír la voz del Corsario Negro, el marinero se apresuró a acudir junto a él.

—¡Aquí estoy, comandante!

—¿Has dicho que habías encontrado municiones?

—Sí, capitán. Un barrilete de pólvora de ocho o diez libras.

—Colócalo tras la puerta y ponle una mecha.

—¡Rayos…! ¿Vamos a volar la casa?

—Si es preciso, lo haremos.

—¿Y los prisioneros?

—Si los soldados quieren prendernos, peor para ellos. Ellos también saldrán perjudicados por la actuación de sus compatriotas. Nosotros tenemos derecho a defendernos; y haremos uso de ese derecho sin dudarlo ni un solo instante.

—¡Ah…! ¡Ahí están! —exclamó Carmaux, que tenía los ojos fijos en la calle.

—¿Quiénes?

—Los soldados, comandante.

—Ve por el barril y vuelve a reunirte conmigo junto con Wan Stiller. No te olvides del arcabuz.

En el extremo de la calle apareció entonces un pelotón de arcabuceros mandado por un teniente y seguidos por un gran grupo de curiosos. Estaba formado por una docena de soldados perfectamente equipados, como si se dispusieran a ir a la guerra, con arcabuces, espadas y esos puñales que los españoles llaman misericordias.

Al lado del teniente, vio el Corsario Negro a un anciano caballero de blanca barba y armado con una magnífica espada. Supuso que se trataba de algún pariente del conde o del joven que él retenía prisioneros.

El pelotón se abrió camino entre los vecinos que abarrotaban la callejuela y se detuvo a diez o doce pasos de la casa del notario, poniéndose en triple línea y preparando los arcabuces como si se dispusieran a abrir fuego sin más preámbulos.

El teniente miró durante unos instantes a las ventanas, cambió algunas palabras con el anciano caballero, que seguía a su lado, se acercó resueltamente a la puerta y dejó caer el pesado aldabón al tiempo que gritaba:

—¡Abrid, en nombre del gobernador!

—¿Están dispuestos mis valientes? —preguntó el Corsario Negro a sus hombres.

—¡Sí, comandante! —respondieron Carmaux, Wan Stiller y el negro Moko.

—Vosotros dos, Carmaux y Wan Stiller, permaneceréis conmigo. Tú, mi valiente africano, subirás al piso alto y buscarás algún agujero que nos permita escapar por el tejado.

Dicho esto, retiró la persiana e, inclinándose sobre el alféizar, preguntó:

—¿Qué deseáis, señor?

Al ver aparecer en la ventana, en lugar del notario, a aquel hombre de enérgicas facciones y con la cabeza cubierta por un amplio chambergo negro adornado con una pluma del mismo color, el teniente se quedó inmóvil mirando al corsario con gran estupor.

—¿Y vos quién sois? —preguntó después de unos instantes de silencio—. Yo he venido a buscar al notario que vive en esta casa.

—Yo os atenderé en su lugar. El señor notario no puede moverse en estos momentos.

—¡Entonces, abrid vos la puerta! ¡Es una orden del gobernador!

—¿Y si no quiero abrir?

—No respondería de las consecuencias. En esta casa han sucedido cosas realmente extrañas, caballero. Y he recibido órdenes de averiguar lo que les ha sucedido al señor don Pedro de Conxevio, a su criado y a su tío, el conde de Lerma.

—Si tan interesado estáis en saberlo, os diré que todos ellos están en esta casa, vivos e incluso de muy buen humor.

—¡Hacedles bajar!

—Eso es imposible, señor —contestó fríamente el Corsario Negro.

—Os advierto que si no facilitáis el cumplimiento de las órdenes dadas por el gobernador os arrepentiréis. ¡Abrid o echo la puerta abajo!

—Hacedlo; pero antes he de haceros una recomendación. He ordenado colocar tras esa puerta un barril lleno de pólvora. En cuanto intentéis forzar la puerta encenderé la mecha y haré volar la casa y, con ella, al señor de Conxevio, al criado, al notario y al conde de Lerma. ¡Ahora, ya podéis hacer lo que os plazca!

Al oír las tranquilas palabras del corsario, dichas en un tono frío y cortante que no dejaba lugar a dudas acerca de la sinceridad de sus terribles amenazas de volar la casa y acabar con todos los prisioneros, un escalofrío de terror estremeció a los soldados y a los curiosos allí congregados, algunos de los cuales se apresuraron a marcharse temiendo que la casa saltara por los aires de un momento a otro. El propio teniente retrocedió algunos pasos.

El Corsario Negro permanecía tranquilamente en la ventana, como si fuese un simple espectador y sin perder de vista ni un momento los arcabuces de los soldados. Mientras tanto, Carmaux y Wan Stiller, que estaban tras él, espiaban los movimientos de los moradores de las casas cercanas, que corrían en dirección a las terrazas.

—Pero ¿quién sois vos? —preguntó por fin el teniente.

—Un hombre que no quiere ser molestado por nadie, sea quien sea, y mucho menos por los oficiales del gobernador —contestó el corsario.

—¡En nombre del gobernador, os ordeno que me digáis vuestro nombre!

—Pues ya veis, no me apetece decíroslo.

—Os obligaré, ¡os lo aseguro!

—Como queráis. En ese caso haré saltar la casa.

—¿Acaso estáis loco?

—Tan loco como vos.

—Además, os permitís insultarme…

—Nada de eso, señor oficial, me limito a responder a vuestras preguntas.

—¡Acabemos! ¡La broma ya ha durado demasiado!

—¿Eso es lo que queréis? ¡Carmaux, enciende la mecha de ese barril!

UNA FUGA PRODIGIOSA

Al oír las palabras del Corsario Negro, un murmullo de terror se alzó, no solo entre los numerosos curiosos, sino incluso entre los soldados del gobernador. Los vecinos, sobre todo, gritaban enloquecidos. Y con razón, porque se veían volando por los aires, pues al hacerlo la casa del notario se podía afirmar con toda seguridad que las suyas lo harían también.

Curiosos y soldados se apresuraron a abandonar la callejuela poniéndose a salvo en el extremo de esta, mientras los vecinos bajaban precipitadamente las escaleras de sus casas llevando consigo los objetos más valiosos que poseían.

Nadie dudaba ya de que aquel hombre, un loco según algunos, cumpliese su amenaza.

Solo el teniente, haciendo gala de un gran valor, permaneció inmóvil en su sitio, aunque las miradas de ansiedad que dirigía a la casa hacían comprender que si hubiese estado solo o si no fuera el comandante de aquel pelotón de soldados enviados por el gobernador también habría abandonado a toda prisa la callejuela.

—¡No! ¡Deteneos, señor! —gritó—. ¿Estáis loco?

—¿Deseáis algo? —le preguntó el Corsario Negro, con su habitual tranquilidad.

—Os ruego que no llevéis a cabo vuestros propósitos.

—Y yo estaré encantado de complaceros. Pero con una condición: dejadme tranquilo.

—Poned en libertad al conde de Lerma y a los demás prisioneros y os prometo no molestaros.

—Es lo que haré si aceptáis algunas otras condiciones.

—¿Qué clase de condiciones?

—La primera es que retiréis vuestras tropas.

—¿Y las otras?

—Proporcionar a mis hombres y a mí un salvoconducto, firmado por el gobernador, que nos permita abandonar la ciudad sin que nos molesten los soldados que están dando batidas por los campos y las costas.

—Pero ¿quién sois vos para tener necesidad de un salvoconducto? —dijo el teniente, cuyo asombro aumentaba, al igual que sus sospechas sobre la identidad de aquellos hombres que se hacían fuertes en casa del notario.

—Un noble caballero de ultramar —contestó el Corsario Negro con arrogancia.

—En ese caso no creo que os haga falta un salvoconducto para abandonar la ciudad.

—Al contrario.

—Entonces debo creer que sobre vuestra conciencia pesa algún grave delito… Decidme vuestro nombre, señor.

En aquel momento se acercó al teniente un hombre con la cabeza vendada con un trozo de lienzo manchado de sangre en algunos puntos. Andaba con gran trabajo, como si, además, tuviera herida alguna de sus piernas.

Carmaux, que seguía tras el Corsario Negro sin dejar de mirar a los soldados, al ver al recién llegado lanzó un grito:

—¡Rayos! —exclamó.

—¿Qué ocurre, valiente? —le preguntó el corsario volviéndose rápidamente.

—No tardaremos en ser descubiertos, capitán. ¡Ese hombre es uno de los vascos que nos asaltaron con las navajas!

—¡Ah! —dijo el Corsario Negro encogiéndose de hombros.

El vasco, pues aquel hombre era en efecto uno de los que habían asistido a la pelea de la taberna y que luego acometieron contra los filibusteros en plena calle, se dirigió al teniente diciendo:

—¿Queréis saber quién es ese caballero del chambergo negro, ¿no es así?

—Sí —contestó el teniente—. ¿Es que tú le conoces?

—¡Y bien, señor! Como que uno de sus hombres es el responsable de mi lamentable estado. ¡Señor teniente, que no se os escape ese hombre! ¡Es uno de los filibusteros!

Esta vez no fueron gritos de espanto, sino de furor, los que resonaron por todas partes. Un disparo y un gemido doloroso pusieron punto final al clamor de los presentes en la callejuela.

Carmaux, a una seña de su capitán, había levantado rápidamente el arcabuz y con una certera descarga abatió al vasco.

Aquello ya era demasiado. Veinte arcabuces se levantaron apuntando a la ventana donde se encontraba el Corsario Negro, mientras la multitud gritaba enfurecida:

—¡Acabad con esos perros!

—¡No…! ¡Prendedlos y que sean ahorcados en la plaza!

—¡Quemadlos vivos!

—¡Matadles! ¡Matadles!

Con un rápido gesto, el teniente ordenó a sus hombres que bajaran los arcabuces. Luego, acercándose hasta la casa y deteniéndose al llegar bajo la ventana, se dirigió al Corsario Negro, que permanecía inmóvil en ella como si los gritos y las amenazas de toda aquella gente no le hubieran impresionado, y le dijo:

—Caballero, la comedia ha terminado. ¡Rendíos!

El Corsario Negro contestó con un encogimiento de hombros.

—¿No me habéis oído? —gritó el teniente, rojo por la cólera.

—Os he entendido perfectamente, señor.

—Si no os rendís ordenaré que echen abajo la puerta.

—Pues ordenadlo —se limitó a contestar el corsario—. Pero permitidme antes que os recuerde la existencia de un barril de pólvora que hará saltar la casa en pedazos... junto con los ilustres caballeros que en ella están prisioneros.

—¡También volaréis vos!

—¡Bah! Es preferible morir entre el estruendo de la pólvora y rodeado por ruinas humeantes que sufrir las ignominiosas penas que me haríais sufrir tan pronto como me rindiese.

—¡Os prometo que respetaré vuestra vida!

—De poco me sirven vuestras promesas. No sé lo que pueden valer. Señor, son las seis de la tarde y aún no he comido nada. Mientras decidís lo que debéis hacer, voy a tomar un bocado con el conde de Lerma y con su sobrino. Si antes no vuela la casa, os aseguro que tomaremos un vaso de vino a vuestra salud.

Dicho esto, el corsario se quitó su chambergo, saludando al teniente con perfecta cortesía, y se retiró de la ventana, dejando a los soldados y a la multitud más asombrados y confusos que antes.

—¡Vamos, valientes! —dijo el Corsario Negro a Carmaux y Wan Stiller—. Creo que tendremos tiempo suficiente para comer algo e intercambiar unas palabras.

—Pero... ¿y los soldados? —preguntó Carmaux, que no estaba menos asombrado que los españoles por la sangre fría y la osadía de su comandante.

—Dejémosles que griten cuanto quieran.

—¡Me parece que vamos a celebrar nuestra última cena!

—¡Oh, no! Nuestra última hora está aún muy lejana, más de lo que crees —repuso el corsario—. Espera que caiga la noche y verás qué milagros hace ese pequeño barril de pólvora.

Entró en la habitación y, sin más explicaciones, rompió las ligaduras que mantenían sujetos al conde de Lerma y a su sobrino, el joven novio, y les invitó a tomar asiento a la improvisada mesa diciéndoles:

—Hacedme compañía, señor conde. También vos, joven. Pero tendréis que darme vuestra palabra de no intentar nada contra nosotros.

—Sería imposible intentar cualquier cosa, señor —repuso el conde sonriendo—. Mi sobrino no tiene armas y yo sé bien lo que vale vuestra espada. Pero... ¿qué es lo que hacen mis compatriotas? He oído un clamor ensordecedor...

—Por ahora se limitan a poner sitio a la casa.

—Siento decíroslo, caballero, pero estoy convencido de que terminarán por echar abajo la puerta.

—Sin embargo, yo, señor conde, creo todo lo contrario.

—Si no derrumban la puerta, mantendrán el sitio y tarde o temprano forzarán vuestra rendición. ¡Vive Dios! Os aseguro que no me gustaría ver a un hombre tan generoso y gentil como vos caer en manos del gobernador. Ese hombre no perdona a los filibusteros, podéis estar seguro.

—Van Guld no me cogerá. Necesito seguir con vida para saldar una vieja cuenta que tengo pendiente con ese flamenco.

—¿Conocéis al gobernador?

—¡Para desgracia mía, sí, le he conocido! —dijo el corsario lanzando un suspiro—. Ese hombre ha llevado la desgracia a mi familia. Si soy un filibustero, solo a él se lo debo. ¡Pero no hablemos más de eso! Siempre que pienso en él siento que mi sangre se satura de un implacable odio y que mi tristeza alcanza límites insospechados... ¡Bebed, conde! Carmaux, ¿qué hacen los españoles?

—Hablan entre ellos, capitán —contestó el filibustero, que venía de la ventana—. Parece ser que no se deciden a asaltar la casa.

—¡Lo harán más tarde! Pero, cuando se decidan, lo más probable es que ya no nos encuentren aquí. ¿Sigue vigilando el negro?

—Está en el desván.

—Wan Stiller, llévale algo de beber.

Tras estas palabras, el corsario pareció sumergirse en profundos pensamientos, aunque seguía comiendo. Estaba más triste que nunca, tan preocupado que ni siquiera prestaba atención a las palabras que le dirigía el conde de Lerma.

La cena terminó sin que nadie rompiera el silencio que involuntariamente había impuesto el Corsario Negro. Los soldados, a pesar de la ira que les dominaba y del vivísimo deseo que tenían de ahorcar o quemar vivos a los filibusteros, no habían tomado aún decisión alguna. No les faltaba el valor, todo lo contrario, ni les asustaba el posible estallido del barril, pues les importaba bien poco que la casa saltase hecha pedazos por los aires; pero temían por el conde de Lerma y por su sobrino, dos de las personas más respetables y respetadas de la ciudad, a quienes había que salvar a toda costa.

Ya había caído la noche cuando Carmaux advirtió al corsario que un pelotón de arcabuceros, reforzado con una docena de alabarderos, ocupaba la bocacalle.

—Eso significa que se disponen a intentar alguna cosa —contestó el Corsario Negro—. ¡Llama a Moko!

Al cabo de unos minutos el africano estaba en su presencia.

—¿Has reconocido cuidadosamente todo el desván? —le preguntó.

—Sí, patrón.

—¿Hay algún tragaluz?

—Ninguno. Pero he hundido una parte del techo; por allí podremos pasar.

—¿No hay enemigos?

—Ni uno siquiera, capitán.

—Y una vez en el tejado, ¿sabes por dónde podremos descender?

—Sí, y no tendremos que andar mucho.

En aquel momento resonó en la callejuela una descarga tan formidable que hizo temblar todos los cristales.

Algunas balas atravesaron las celosías de las ventanas, entraron en la casa y fueron a incrustarse en las paredes o en los techos de las habitaciones.

De un salto, el corsario se puso en pie y con un movimiento fulmíneo desenvainó la espada. Aquel hombre, tan tranquilo y abatido pocos momentos antes, se había transfigurado al sentir el olor de la pólvora. Sus ojos se iluminaron y en sus pálidas mejillas apareció un ligero tinte rosado.

—¡Oh! ¡Ha empezado la fiesta! —exclamó burlonamente.

Inmediatamente, volviéndose hacia el conde y su sobrino, exclamó:

—He prometido salvaros la vida, caballeros, y suceda lo que suceda mantendré mi palabra. Pero tenéis que obedecerme y jurar que no os rebelaréis.

—¡Hablad, caballero! —dijo el conde—. Siento en verdad que sean mis compatriotas los que acometan contra vos. Si no lo fuesen os aseguro que tendría un gran placer en pelear a vuestro lado.

—Si no queréis saltar por los aires hechos pedazos, tendréis que seguirme.

—¿Es que va a volar la casa?

—Dentro de poco no quedará en pie ni una sola pared.

—¿Queréis arruinarme? —gritó el notario.

—¡Cierra la boca, avaro! —gritó Carmaux, al tiempo que desataba al pobre viejo—. ¿No te basta con que salvemos tu pellejo?

—¡Pero yo no quiero quedarme sin mi casa!

—El gobernador os indemnizará.

Una segunda descarga resonó en la calleja y algunas balas atravesaron la habitación, haciendo pedazos la lámpara que pendía del techo.

—¡Adelante, lobos de mar! —gritó el Corsario Negro—. ¡Carmaux, ve a encender la mecha!

—¡Al momento, capitán!

—Procura que el barril no estalle antes de que hayamos podido abandonar la casa.

—La mecha es lo suficientemente larga, señor —contestó el filibustero bajando rápidamente la escalera.

El Corsario Negro, seguido por los cuatro prisioneros, Wan Stiller y el negro Moko, subió al desván, mientras los arcabuceros del gobernador seguían disparando sus armas, especialmente en dirección a las ventanas, y daban gritos intimando a los filibusteros para que se rindieran sin condiciones.

Las balas entraban por todas partes y, zumbando de tal forma que hacían estremecerse al pobre notario, desconchaban grandes trozos de pared y rebotaban en los ladrillos. Pero ni los filibusteros ni el conde de Lerma, hombre aguerrido a fin de cuentas, mostraban la más mínima preocupación.

Ya en el desván, el africano mostró al Corsario Negro una abertura ancha e irregular que comunicaba con el tejado y que había conseguido hacer con una traviesa arrancada del maderamen del techo.

—¡Adelante! —dijo el corsario.

Envainó momentáneamente la espada, se asió a los bordes del boquete y subió al tejado, echando una rápida ojeada a su alrededor.

No tardó en descubrir tres o cuatro tejados inmediatos, así como grandes árboles y palmeras, una de las cuales crecía junto a una de las paredes y extendía su espléndido e inmenso follaje sobre las tejas.

—¿Hemos de descender por ahí? —preguntó al negro, que acababa de llegar junto a él.

—Sí, capitán.

—¿Podremos salir de ese jardín?

—Espero que sí.

El conde de Lerma, su sobrino, el criado y también el notario, empujados por los robustos brazos de Wan Stiller, habían llegado ya al tejado cuando apareció Carmaux diciendo:

—¡Apresuraos! Dentro de dos minutos la casa se hundirá bajo nuestros pies.

—¡Es mi ruina! —dijo el notario sollozando—. ¿Quién va a resarcirme de...?

Wan Stiller le cortó la frase empujándole rudamente.

—¡Andad, si no queréis ir a los infiernos con algunos pedazos de vuestra casa incrustados en el cuerpo! —le dijo.

Seguro de que ningún enemigo estaba al acecho, el Corsario Negro había saltado a otro tejado, seguido por el conde de Lerma y su sobrino.

Unas descargas sucedían a otras y enormes nubes de humo se levantaban por encima de la callejuela e iban a deshacerse sobre los tejados de las casas vecinas. Parecía que los arcabuceros habían decidido acribillar la casa del notario antes de echar abajo la puerta, quizá con la esperanza de convencer a los filibusteros para que se rindieran.

Probablemente temían que el corsario cumpliese su promesa de volar la casa aun sabiendo que entre los escombros quedarían sepultados él y sus hombres, además de los cuatro prisioneros. Ese temor era lo único que les detenía y les hacía desistir de intentar un asalto total a la casa.

A pesar de tener que cargar con el notario, que no podía moverse pues el terror le había paralizado, los filibusteros no tardaron en llegar al borde del último tejado, al lado de la gran palmera.

Abajo se extendía un gran jardín, rodeado por un muro muy alto que parecía alargarse en dirección a los campos de las afueras de Maracaibo.

—Conozco este jardín —dijo el conde—. Es el de la casa de mi buen amigo Morales.

—Supongo que no nos delataréis —dijo el corsario.

—Al contrario, caballero. Aún no he olvidado que os debo la vida.

—¡Pronto, bajemos! —dijo Carmaux—. La explosión puede lanzarnos al vacío.

Apenas había terminado estas palabras cuando un espectacular relámpago rasgó la noche y dio paso a un horrible estampido.

Los filibusteros y sus acompañantes sintieron temblar el tejado bajo los pies e inmediatamente cayeron unos encima de otros, mientras llovían sobre ellos pedazos de madera, muebles destrozados y trozos de tela ardiendo.

Una enorme nube de humo se extendió sobre los tejados oscureciéndolo todo durante unos instantes. Mientras tanto, en la callejuela, junto con los crujidos y golpes sordos que producían las paredes al derrumbarse, se oían gritos de terror y maldiciones.

—¡Truenos! —exclamó Carmaux, que había ido a parar hasta el mismo borde del alero—. ¡Un metro más allá y caigo en el jardín como un saco de andrajos!

El Corsario Negro se había apresurado a levantarse y se tambaleaba entre el espeso humo que le envolvía.

—¿Todos vivos? —preguntó.

—Creo que sí —contestó Wan Stiller.

—Pero ahí hay alguien inmóvil —dijo el conde—. ¿Le habrá alcanzado algún cascote?

—Es ese notario haragán —repuso Wan Stiller—. No os preocupéis. Solo se trata de un desvanecimiento producido por el susto.

—Dejémosle ahí —dijo Carmaux—. Ya se las arreglará como mejor pueda, si es que el dolor de haber perdido su casa no le produce la muerte.

—¡No! —replicó el Corsario Negro—. Estoy viendo llamas que se levantan entre el humo. Si le dejásemos aquí no cabe duda de que moriría abrasado. La explosión ha incendiado las casas contiguas.

—Es verdad —dijo el conde—. Allí veo una que está empezando a arder.

—¡Amigos! Aprovechemos la confusión para huir —dijo el corsario—. Tú, Moko, te encargarás del notario.

Se acercó al alero del tejado, se agarró al tronco de la palmera y se dejó resbalar por él hasta llegar al jardín. Los demás le siguieron.

Iba a echar a andar por un sendero que llegaba hasta el muro que cercaba el jardín cuando vio a algunos hombres, armados con arcabuces, que salían de entre la maleza gritando:

—¡Deteneos o hacemos fuego!

El Corsario Negro empuñó la espada con la diestra y con la otra mano tomó la pistola que llevaba en el cinto, decidido a abrirse paso. El conde le detuvo con un gesto diciéndole:

—Dejadme a mí, caballero.

Luego, acercándose hasta aquellos hombres, les dijo:

—¿Es que no conocéis a los amigos de vuestro señor?

—¡El señor conde de Lerma! —exclamaron aquellos hombres, atónitos.

—¡Deponed las armas o contaré a vuestro amo los modales que empleáis con sus amigos!

—Perdonad, señor conde —dijo uno de ellos—. No os habíamos reconocido. Hemos oído una espantosa detonación y, como sabíamos que los soldados perseguían por los alrededores a unos filibusteros, hemos acudido rápidamente para impedir que huyeran.

—Los filibusteros han sido más rápidos que vosotros y ya han huido, de modo que podéis ir a dormir. ¿Hay alguna puerta en la tapia del jardín?

—Sí, señor conde.

—Pues abridla para que podamos salir mis amigos y yo. Eso es todo lo que tenéis que hacer.

El hombre que había hablado con el conde de Lerma despidió con un gesto a los arcabuceros y, tomando un sendero, llegó hasta una puerta de hierro y la abrió.

Los tres filibusteros y el negro salieron, precedidos por el conde y su sobrino. Moko, sosteniendo aún al notario desvanecido, se detuvo junto al arcabucero que abrió la puerta del jardín.

El conde guió a los filibusteros durante unos doscientos pasos, adentrándose por un desierto callejón flanqueado únicamente por altas murallas. Luego dijo:

—Caballero, vos me habéis perdonado la vida y yo soy feliz por haberos prestado este pequeño servicio. Los hombres tan valerosos como vos no deben morir en la horca. Y os aseguro que ese hubiera sido el fin que os reservara el gobernador de haber caído en sus manos. Seguid por esa calleja, que os conducirá hasta el campo, y volved enseguida a bordo de vuestro barco.

—Gracias, conde —repuso el Corsario Negro.

Los dos nobles caballeros se estrecharon cordialmente la mano y se separaron, saludándose con los sombreros en las manos.

—Eso es lo que yo llamo un hombre valiente —dijo Carmaux—. Si algún día volvemos a Maracaibo no podemos dejar de ir a saludarle.

El Corsario Negro reemprendió rápidamente la marcha, precedido por el negro, que conocía mejor que los propios españoles los alrededores de la ciudad.

Diez minutos después, sin contratiempo alguno, estaban los filibusteros fuera de Maracaibo y se adentraban en el bosque, donde el negro Moko tenía su cabaña.

Miraron atrás y vieron levantarse sobre las últimas casas de la ciudad una nube de humo rojizo coronada por un penacho de chispas que el aire empujaba hacia el lago. Sin duda las llamas acababan de consumir la casa del notario y quizá alguna otra de la vecindad.

—¡Pobre diablo! —dijo Carmaux—. Se morirá del disgusto. ¡Su casa y su bodega! ¡Es un golpe demasiado duro para un viejo avaro como él!

Se detuvieron durante algunos instantes bajo una gigantesca simaruba falsa, temiendo ser sorprendidos por algún pelotón de los soldados españoles que vigilaban las afueras de la ciudad. Luego, cuando el profundo silencio reinante en el bosque les tranquilizó totalmente, se adentraron entre la maleza caminando con gran rapidez.

Bastaron veinte minutos para que recorrieran la distancia que les separaba de la cabaña del encantador de serpientes. Solo distaban de ella unos pasos cuando oyeron un gemido.

El Corsario Negro se detuvo, tratando de distinguir alguna cosa entre las altas y espesas plantas.

—¡Truenos! —exclamó Carmaux—. Es el prisionero que dejamos atado al árbol. ¡Ya me había olvidado de ese pobre soldado!

—¡Es verdad! —murmuró el corsario.

Siguió acercándose a la cabaña y no tardó en distinguir al español, que permanecía atado.

—¿Queréis hacerme morir de hambre? —preguntó el desventurado soldado—. Si es así, prefiero que ordenéis que se me ahorque inmediatamente.

—¿Ha venido alguien por estos contornos? —le preguntó el Corsario Negro.

—No he visto más que vampiros, señor.

—Ve a buscar el cadáver de mi hermano —dijo el corsario dirigiéndose al negro Moko.

Luego, acercándose al soldado, que había empezado a temblar temiendo que hubiese sonado su última hora, le liberó de las ligaduras diciéndole con voz solemne:

—Eres el primer hombre en quien yo podría vengar la muerte del que ahora voy a sepultar en las aguas del océano y de sus desgraciados compañeros, que aún están colgados en la plaza de esta maldita ciudad. Pero he prometido perdonarte la vida y el Corsario Negro nunca falta a sus promesas. Eres libre, pero has de darme tu palabra de que apenas llegues a Maracaibo irás a ver al gobernador y le dirás de mi parte que esta noche, junto con todos mis hombres, a bordo del *Rayo* y ante el cadáver del Corsario Rojo, haré un juramento que a buen seguro le haría temblar si lo oyese. Él ha matado a mis hermanos y yo voy a acabar con él y con todos aquellos que lleven el nombre de Van Guld. Le dirás que eso es lo que he jurado sobre el mar, por Dios y por el infierno. Y que no tardaremos en vernos.

Luego, cogiendo al prisionero, que estaba estupefacto a consecuencia de sus palabras, y empujándole por la espalda, el corsario añadió:

—¡Corre! Y no vuelvas atrás, porque podría arrepentirme de haberte perdonado la vida.

—¡Gracias, señor! —dijo el español, al tiempo que iniciaba su precipitada huida, pues temía no salir vivo del bosque.

El corsario contempló cómo el soldado se alejaba, y así que le vio desaparecer entre la oscuridad se volvió hacia sus hombres diciendo:

—¡Vámonos, el tiempo apremia!

UN JURAMENTO TERRIBLE

El pequeño grupo, guiado por el negro, que conocía el bosque como la palma de su mano, caminaba rápidamente con objeto de llegar lo antes posible a la orilla del golfo y huir hacia el barco del corsario antes de que amaneciese.

Todos los hombres estaban inquietos por la suerte del *Rayo*, pues recordaban la advertencia del soldado prisionero de que el gobernador de Maracaibo había enviado varios mensajeros a Gibraltar pidiendo ayuda al almirante Toledo.

Temían que las naves del almirante, que formaban una extraordinaria escuadra formidablemente armada y tripulada por varios centenares de los más valerosos marineros, vascos en su mayor parte, hubieran atravesado ya el lago para caer sobre el *Rayo* y destruirlo.

El Corsario Negro permanecía silencioso, pero no podía disimular su gran inquietud. De vez en cuando hacía una seña a sus hombres para que se detuviesen y aguzaba el oído, temiendo oír alguna detonación en la lejanía. Luego, apretaba el paso forzando a sus compañeros a marchar casi a la carrera.

Otras veces, en cambio, hacía movimientos de impaciencia, sobre todo cuando se encontraban ante uno de aquellos gigantescos árboles de la selva, que, caídos, obstruían el paso, o ante charcas o estanques, obstáculos que les obligaban a dar largos rodeos y les hacían perder un tiempo que en aquellos momentos era precioso y aun vital.

Por fortuna, el conocimiento que Moko tenía del bosque era extraordinario y, ante la imposibilidad de continuar por los senderos más cortos, les guiaba por aquellos que hacían más corto el rodeo y permitían una menor pérdida de tiempo.

A las dos de la madrugada Carmaux, que se había colocado en cabeza, oyó un rumor lejano que indicaba la proximidad del mar. Su finísimo oído había distinguido el ruido que producían las olas al romper contra los manglares de la costa.

—Si todo va bien, señor, dentro de una hora estaremos en nuestro barco —dijo dirigiéndose al Corsario Negro, que le había alcanzado.

Este hizo una seña con la cabeza, sin pronunciar una sola palabra.

Carmaux no se había engañado. El romper de las olas se oía cada vez más claramente, igual que los gritos de las bernaclas, una especie de ocas salvajes, muy madrugadoras, que tienen la cabeza blanca y el cuerpo listado de negro y que viven en las orillas del golfo.

El corsario hizo una seña para que sus hombres apretaran aún más el paso. Poco después llegaron a una playa, baja y llena de mangles, que se extendía de norte a sur describiendo caprichosas curvas.

La oscuridad era muy grande, pues el cielo estaba cubierto por una densa niebla que se elevaba sobre las marismas que rodeaban el lago; pero el mar estaba interrumpido acá y allá por unas líneas que parecían de fuego y que se entrecruzaban en todas direcciones.

Las crestas de las olas parecían despedir fuego, y su espuma, que besaba la playa y se extendía sobre ella formando una franja, estaba salpicada de una infinidad de soberbios puntos fosforescentes.

En algunos momentos, grandes extensiones de agua, que momentos antes parecían negras como la tinta, se iluminaban repentinamente, como si en el fondo del mar se hubiera encendido una potentísima lámpara.

—¡La fosforescencia! —exclamó Wan Stiller.

—¡El diablo se la lleve! —repuso Carmaux—. ¡Es como si los peces se hubieran aliado con los españoles para impedirnos la retirada!

—No —dijo Wan Stiller con tono misterioso y señalando el cadáver que llevaba el negro—. Las aguas se iluminan para recibir el cuerpo del Corsario Rojo.

—¡Claro! —murmuró Carmaux.

El Corsario Negro, entretanto, miraba al mar, dirigiendo su vista hacia la lejanía. Antes de embarcar en su nave quería saber si la escuadra del almirante Toledo navegaba en las aguas del lago.

Al no distinguir nada, miró hacia el norte y vio sobre el mar llameante una gran sombra negra que se recortaba en medio de la fosforescencia.

—¡Ahí está el *Rayo*! —exclamó—. Buscad la canoa y apresurémonos a llegar hasta él.

Carmaux y Wan Stiller se orientaron lo mejor que pudieron, pues no sabían con exactitud en qué parte de la playa se encontraban. Luego se alejaron rápidamente, dirigiéndose hacia el norte y mirando atentamente entre los manglares, cuyas raíces, medio enterradas en el suelo, y sus grandes hojas estaban bañadas por las ondas luminosas que llegaban desde las aguas.

Después de recorrer un kilómetro lograron descubrir la embarcación, que la marea había llevado hacia el interior y depositado entre la maleza. Se embarcaron en ella con presteza y se dirigieron hacia el lugar donde les esperaban el corsario y Moko.

Colocaron el cadáver entre los dos banquillos, envuelto en el ferreruelo negro del corsario de modo que le cubriera el rostro, y se hicieron a la mar de inmediato, bogando vigorosamente.

El negro se había sentado en la proa, con el fusil del prisionero español entre las rodillas; el Corsario Negro en la popa, frente al cuerpo de su hermano.

Nuevamente había vuelto a sumergirse en su lóbrega melancolía. Con la cabeza entre las manos y los codos apoyados en las rodillas, no apartaba ni un instante los ojos del cadáver del Corsario Rojo, cuyas formas se dibujaban bajo el fúnebre ferreruelo.

Inmerso en sus tristes pensamientos, parecía haberse olvidado de todo: de sus compañeros, de su barco, que cada vez se destacaba más netamente sobre el chispeante océano y que parecía un enorme cetáceo flotando en un mar de oro fundido, y de la escuadra del almirante Toledo.

Permanecía tan inmóvil que se hubiera podido creer que ni siquiera respiraba.

Mientras tanto, la canoa se deslizaba ágilmente sobre las ondas, alejándose de la playa. El agua parecía arder a su alrededor y los remos arrancaban de su superficie montones de espuma que parecían verdaderos chorros de chispas.

Bajo las olas, extraños organismos se agitaban en gran número, jugueteando entre aquella orgía de luz. Se advertían grandes medusas, pelagios semejantes a globos luminosos que danzasen bajo el soplo de la brisa nocturna; graciosas maltesas, desprendiendo fulgores de lava ardiente y mostrando sus extraños apéndices en forma de cruz de Malta; acalefos tan refulgentes como si llevasen incrustados verdaderos diamantes; velellas que surgían de una especie de cáscara, de la cual salía una delicada luz azul, y verdaderos ejércitos de erizos, con sus cuerpos redondos y sus afiladas púas, que irradiaban verdosos reflejos.

Peces de todas las especies aparecían y desaparecían, dejando tras de sí luminosos surcos, y pólipos de las más variadas formas se entrecruzaban en todas direcciones mezclando sus variopintos reflejos, mientras a flor de agua nadaban grandes manatíes, en aquel tiempo bastante numerosos todavía, alzando ondas refulgentes con sus largas colas y sus aletas.

La canoa, impulsada por los fuertes brazos de los dos filibusteros, que bogaban vigorosamente, surcaba majestuosa las resplandecientes aguas, provocando a su paso y con el impulso de los remos una maravillosa lluvia de puntos luminosos.

Su negra silueta se destacaba, como la del *Rayo*, de un modo preciso y neto entre aquellos resplandores, ofreciendo un óptimo blanco a los cañones de la escuadra del almirante Toledo si esta se hubiera encontrado en aquellas aguas.

Los filibusteros, sin disminuir ni un solo momento el ritmo de la boga, miraban a su alrededor como si temieran ver aparecer de un momento a otro la tan temida escuadra de navíos españoles.

Se apresuraban cada vez más porque sentían cómo les invadía una vaga superstición. Aquel mar llameante, el cadáver que llevaban en la canoa, la presencia del Corsario Negro, aquel tétrico y melancólico personaje a quien siempre habían visto vestido con el fúnebre manto que ahora cubría a su hermano, les infundían un desconocido y extraño temor y ni siquiera podían pensar en el momento de encontrarse a bordo del *Rayo* entre sus compañeros.

No distaban ya más de una milla del barco, que venía a su encuentro dando bordadas, cuando llegó hasta ellos un extraño grito, que primero parecía un lamento y terminó en un sollozo sofocado.

Los dos remeros detuvieron inmediatamente la boga y miraron a su alrededor con el terror dibujado en los ojos.

—¿Has oído? —preguntó Wan Stiller, que sentía correr por su frente un sudor frío.

—Sí —repuso Carmaux con voz temblorosa.

—¿Habrá sido algún pez?

—Jamás he oído a un pez lanzar un grito semejante a ese.

—Entonces, ¿qué crees que ha sido?

—No lo sé, pero te aseguro que no estoy nada tranquilo.

—¿Habrá sido el hermano del muerto?

—¡Calla!

Los dos filibusteros miraron al Corsario Negro. Pero este seguía inmóvil, con la cabeza entre las manos y mirando fijamente el cadáver del Corsario Rojo.

—¡Sigamos! ¡Y que Dios nos asista! —masculló Carmaux haciendo un gesto a Wan Stiller para que volviera a tomar el remo.

Luego, inclinándose hacia el negro, le preguntó:

—¿Has oído ese grito, amigo?

—Sí —contestó el africano.

—¿Qué puede haber sido?

—Posiblemente un manatí.

—¡Hum! —murmuró Carmaux—. Habrá sido un manatí, pero…

De pronto, interrumpió bruscamente su frase y palideció. En aquel mismo momento, tras la popa de la canoa y entre un círculo de espuma luminosa, surgió una forma oscura e imprecisa que se hundió rápidamente en las tenebrosas aguas del golfo.

—¿Has visto? —preguntó con voz quebrada Wan Stiller.

—Sí —contestó Carmaux castañeteando los dientes.

—Una cabeza, ¿verdad?

—Sí, Carmaux.

—¿De un muerto?

—Es el Corsario Verde, que nos sigue y espera que le entreguemos el cuerpo de su hermano.

—¡Me das miedo, Carmaux!

—¿El Corsario Negro no habrá visto ni oído nada?

—Es el hermano de los muertos…

—¿Y tú tampoco has visto nada? —preguntó al negro.

—Sí, una cabeza —se limitó a responder el africano.

—¿Qué clase de cabeza?

—La de un manatí.

—¡Que el diablo os lleve a ti y a tus malditos manatíes! —masculló Carmaux—. ¡Era una cabeza de muerto! ¿No tienes ojos, negro?

Entonces llegó de la nave una voz que resonó en el mar:

—¡Eh! ¡Los de la canoa! ¿Quién vive?

—¡El Corsario Negro! —gritó Carmaux.

—¡Arrímate!

El Rayo avanzaba con la velocidad de una gaviota, rompiendo la fulgurante superficie de las aguas con su aguda roda. Negro como era, parecía el barco del holandés errante, o la nave-féretro navegando por un mar incandescente.

A lo largo de las amuras podían verse, escalonados, inmóviles como estatuas y armados con fusiles, a los filibusteros que formaban su tripulación. En el castillete de popa, tras los cañones, estaban los artilleros con las mechas encendidas en la mano. En el palo mayor ondeaba la gran bandera del corsario, sobre cuyo fondo negro se recortaban dos letras cruzadas bordadas en oro.

La canoa abordó al *Rayo* por el costado de babor, mientras que la nave corsaria se situaba de través frente al viento, amarrando mediante un cabo que arrojaron desde la cubierta los marineros.

—¡Arriad el aparejo! —gritó una voz ronca.

Dos cables, de cuyos extremos pendían unos arpones, descendieron del penol del palo mayor. Carmaux y Wan Stiller los aseguraron a los bancos y, a un silbido del contramaestre de a bordo, la canoa fue izada junto con las personas que la tripulaban.

Cuando el Corsario Negro advirtió que la quilla de la canoa golpeaba contra la cubierta del *Rayo* hizo un rápido movimiento. Era como si despertase de un largo y profundo sueño, y abandonase sus tétricas reflexiones.

Miró a su alrededor como si estuviera asombrado por encontrarse en su propio barco. Luego se inclinó sobre el cadáver, lo tomó en sus brazos y fue a depositarlo al pie del palo mayor.

Al ver el cuerpo del Corsario Rojo, toda la tripulación, dispuesta a lo largo de las amuras, se descubrió.

El segundo de a bordo, Morgan, descendió del puente de mando y fue al encuentro del Corsario Negro.

—¡A vuestras órdenes, señor! —le dijo.

—Haz lo que sabes —le ordenó el corsario sacudiendo la cabeza, mientras su semblante adquiría una expresión grave y triste.

Atravesó lentamente la tolda, subió al puente de mando y se detuvo, tan inmóvil como una estatua, con los brazos cruzados.

Empezaba a alborear. Por oriente, allá donde el cielo se confundía con el mar, surgía una pálida luz que teñía las aguas con reflejos del color del acero. Aquella luz, sin embargo, tenía algo de tétrica: no era rosada como de costumbre, sino casi gris, pero de un gris férreo y casi opaco.

Mientras tanto, la gran bandera del Corsario Negro había sido arriada hasta media asta en señal de luto y todas las vergas de los papahígos y los contrapapahígos que no llevaban velas tendidas habían sido colocadas en cruz.

La tripulación en pleno había acudido a cubierta, distribuyéndose a lo largo de las amuras. Aquellos hombres de rostro bronceado por el viento marino y por el humo de cientos de abordajes estaban tristes y miraban con vago terror el cadáver del Corsario Rojo, que el contramaestre había envuelto en una gruesa hamaca junto con dos balas de cañón.

La claridad aumentaba y el mar seguía fulgurando alrededor del barco mientras las aguas rompían contra los negros costados y en la saliente y alta proa.

El oleaje parecía producir en aquellos momentos extraños susurros: unas veces parecían gemidos de ánimas en pena; otras, roncos suspiros o débiles lamentos.

De repente, una campana resonó en la toldilla de popa.

Toda la tripulación se arrodilló, mientras el contramaestre, ayudado por tres marineros, izó el cadáver y fue a colocarlo en la amura de babor.

Un fúnebre silencio reinaba ahora en el puente de la nave, que permanecía inmóvil sobre las luminosas aguas. Hasta el mar parecía haber cesado en sus murmullos.

Todas las miradas estaban fijas en el Corsario Negro, cuya oscura silueta se recortaba extrañamente sobre el fondo grisáceo del horizonte.

En aquellos momentos era como si la figura del terrible corsario del gran golfo hubiera tomado dimensiones gigantescas. Erguido en el puente de mando, con la gran pluma negra de su chambergo agitada por la brisa matutina y uno de sus brazos extendidos hacia el cadáver del Corsario Rojo, parecía haber escogido aquel lugar del barco para pronunciar alguna terrible amenaza.

Su voz, metálica y robusta, rompió el fúnebre silencio que reinaba a bordo del *Rayo*.

—¡Hombres del mar! —gritó—. ¡Oídme…! ¡Sobre estas aguas, que han sido siempre nuestras más fieles compañeras, juro por Dios y por mi alma que no gozaré de bien material alguno sobre la tierra hasta que no haya vengado a mis hermanos, asesinados por Van Guld! ¡Que los rayos incendien mi barco, que las aguas me engullan junto con todos vosotros, que los dos corsarios que descansan en las profundidades de las aguas del gran golfo me maldigan, que mi alma encuentre la condenación eterna si no mato a Van Guld y extermino a toda su familia como él ha destruido la mía…! ¡Hombres del mar! ¿Me habéis oído?

—¡Sí! —contestaron los filibusteros como un solo hombre, mientras un escalofrío de terror sacudía sus cuerpos.

El Corsario Negro se había inclinado sobre la barandilla y miraba fijamente las luminosas aguas.

—¡Al agua con el cadáver! —gritó con voz sombría.

El contramaestre y los tres marineros levantaron uno de los extremos del saco que contenía el cuerpo del Corsario Rojo y lo dejaron caer.

Los despojos mortales se precipitaron entre las olas, levantando una cortina de espuma que parecía una llama. Todos los filibusteros se habían inclinado sobre las amuras.

A través de las fosforescentes aguas podía verse cómo el cadáver descendía hasta el fondo de los misteriosos abismos marinos describiendo anchas ondulaciones hasta desaparecer por completo.

En aquel instante, se oyó a lo lejos el misterioso grito que tanto asustara a Carmaux y a Wan Stiller poco antes.

Los dos filibusteros, que se encontraban bajo el puente de mando, se miraron. Estaban tan pálidos como el cadáver que acababan de arrojar al mar.

—¡Es el Corsario Verde que llama al Corsario Rojo! —murmuró Carmaux.

—¡Sí! —repuso Wan Stiller—. ¡Los dos hermanos se han encontrado en el fondo del mar!

Un silbido interrumpió bruscamente la conversación de los dos filibusteros.

—¡A babor! —gritó el contramaestre—. ¡Orzando!

El *Rayo* cambió el rumbo e inició la navegación entre los islotes del lago, huyendo hacia el gran golfo, cuyas aguas se teñían ya bajo los primeros rayos del sol, que extinguían la fosforescencia.

A BORDO DEL *RAYO*

Una vez que hubo salido de entre los islotes y sobrepasado el largo promontorio formado por los últimos contrafuertes de la sierra de Santa Marta, el *Rayo* se adentró en las aguas del mar Caribe, navegando con rumbo norte, hacia las Grandes Antillas. El mar estaba en calma. Apenas rompía su superficie una ligerísima brisa matutina del sur-sudoeste, que levantaba aquí y allá minúsculas ondas que rompían contra los costados del rápido velero del Corsario Negro.

Sobre las aguas revoloteaban multitud de aves que llegaban de las costas. Bandadas de cuervos marinos, aves rapaces del tamaño de un gallo, sobrevolaban las playas dispuestos a lanzarse sobre la más pequeña presa y hacerla pedazos aún viva. Rozando las aguas pasaban verdaderos batallones de rincopos de cola ahorquillada, con las plumas del dorso negras y las del vientre blancas, y cuyos picos tienen una forma tal que les obligan a sufrir prolongados ayunos, ya que si los peces no se introducen en ellos de forma espontánea estos desdichados volátiles difícilmente pueden llegar a pescar alguno, pues tienen la mandíbula inferior bastante más larga que la superior. No faltaban tampoco los rabijuncos, tan comunes en las aguas del golfo de México. Se les veía explorar entre el oleaje formando largas columnas y dejando colgar sobre la superficie las largas plumas de sus colas mientras imprimían a sus negras alas una vibración convulsiva no exenta de cierta gracia.

Seguían atentos las evoluciones de los peces voladores, que saltaban repentinamente fuera del agua surcando el aire por espacio de cincuenta o sesenta brazas para volver luego a sumergirse e iniciar nuevamente su juego.

Por el contrario, las naves no abundaban por aquella zona. Los marineros que montaban guardia en la cubierta del *Rayo*, a pesar de estar todos ellos dotados de excelente vista, no veían asomar velero alguno por el horizonte.

El temor de encontrarse con los fieros corsarios de La Tortuga mantenía a los buques españoles en los puertos del Yucatán, de Venezuela y de las Antillas en espera de poder formar una gran escuadra capaz de hacer frente al temible enemigo.

Solo los barcos bien armados y con numerosa tripulación se atrevían a atravesar el Caribe y el golfo de México, pues en todas partes se sabía cuánta era la astucia de aquellos intrépidos hombres que habían desplegado sus banderas en la isla de La Tortuga.

Durante el día que siguió al singular funeral del pobre Corsario Rojo, nada acaeció a bordo de la nave filibustera.

El comandante no había hecho acto de presencia ni en cubierta ni en el puente de mando, confiando el gobierno del *Rayo* al segundo de a bordo. Se había encerrado en su camarote y nadie tenía noticias suyas, ni siquiera Carmaux o Wan Stiller.

Lo que sí se sabía era que el africano estaba junto a él. Por lo menos eso era lo que sospechaba toda la tripulación, pues no se había vuelto a ver a Moko en parte alguna del buque, ni siquiera en la bodega.

Nadie hubiera podido decir qué es lo que hacían ambos en el camarote del Corsario Negro, cerrado con llave por dentro. Ni siquiera el contramaestre, porque Carmaux, que había querido hacerle alguna pregunta al respecto, recibió por toda contestación un gesto amenazador que significaba más o menos estas palabras: «¡No te ocupes de lo que no te importa si es que en algo aprecias tu pellejo!».

Llegada la noche, mientras el *Rayo* recogía velas por temor a alguno de esos repentinos golpes de viento tan frecuentes en aquellos mares y causantes de tantas desgracias, Carmaux y Wan Stiller, que rondaban por los alrededores del espejo de popa, vieron salir por una de las escotillas la rizada cabeza del negro Moko.

—¡Ahí está Saco de Carbón! —exclamó Carmaux—. Supongo que por fin sabremos si el capitán sigue aún a bordo o si ha ido a reunirse con sus hermanos en el fondo del mar. ¡Ese hombre siniestro es capaz de cualquier cosa!

—¡Ya lo creo! —repuso Wan Stiller, que no podía disimular sus supersticiosos temores—. Yo le tengo más por un espíritu de los mares que por un hombre de carne y hueso como nosotros.

—¡Eh, amigo! —dijo Carmaux al negro—. Ya creíamos que no volverías nunca a saludar a tus amigos blancos.

—El patrón me ha retenido a su lado —repuso el africano.

—¿Hay alguna novedad importante? ¿Qué hace el capitán?

—Está más triste que nunca.

—Jamás le he visto alegre, ni siquiera en La Tortuga. Nunca le he visto sonreír.

—En todo este tiempo no ha hecho más que hablar de sus hermanos y de terribles venganzas.

—Venganzas que cumplirá, amigo. El Corsario Negro es un hombre que seguirá al pie de la letra su terrible juramento. No quisiera yo encontrarme en la piel del gobernador de Maracaibo o de alguno de sus parientes. Ha de ser muy grande el odio que el gobernador de Maracaibo siente por nuestro capitán; pero él va a ser la próxima víctima de esa enemistad.

—¿Y no sabes cuál es el motivo de ese odio, amigo blanco?

—Se dice que es muy antiguo y que Van Guld había jurado acabar con los tres corsarios antes de venir a América en calidad de gobernador.

—¿Cuando estaba aún en Europa?

—Sí.

—¿Ya se conocían entonces?

—Eso es lo que se dice. Además, mientras Van Guld lograba que le nombrasen gobernador de Maracaibo aparecían ante La Tortuga tres magníficas naves mandadas por los corsarios Negro, Rojo y Verde. Los tres eran hombres apuestos, valientes como leones, astutos e intrépidos marineros. El Corsario Verde era el más joven, el Negro el mayor. Pero en valor ninguno era inferior al otro, y manejando las armas no tenían rival entre todos los filibusteros de La Tortuga. Los tres valientes harían temblar bien pronto a todos los españoles del golfo de México. Eran incontables los barcos asaltados por ellos y las ciudades expugnadas. Nadie podía resistir a aquellos tres barcos, los más hermosos, veloces y mejor armados de todos los que servían al filibusterismo.

—No lo pongo en duda —repuso el africano—. Basta con ver esta nave.

—Pero también ellos tuvieron días tristes —prosiguió Carmaux—. El Corsario Verde, que había zarpado de La Tortuga con rumbo desconocido, fue sorprendido por una escuadra española y, tras una titánica lucha, cayó en manos del enemigo. Luego fue trasladado a Maracaibo, donde Van Guld le hizo ahorcar.

—Lo recuerdo —dijo el negro—. Sin embargo, su cadáver desapareció.

—Sí, porque el Corsario Negro, acompañado por unos cuantos de sus fieles hombres, logró entrar por la noche en Maracaibo, rescatar el cadáver y sepultarlo luego en el mar.

—Y cuando Van Guld lo supo, lleno de rabia por no haber podido apresar también al hermano, mandó fusilar a los cuatro centinelas encargados de montar guardia cerca de los ahorcados, en la plaza de Granada.

—Ahora le ha tocado el turno al Corsario Rojo, pero también este ha podido ser sepultado en el Caribe. El tercero de los hermanos es el más formidable y acabará por exterminar a todos los Van Guld de la tierra.

—Pronto va a ir a Maracaibo, amigo. Me ha pedido información y datos precisos para poder situar ante la ciudad una numerosa flota.

—Pietro Nau, el Olonés, es amigo del Corsario Negro y aún está en La Tortuga. ¿Quién podrá resistir a esos dos hombres juntos? Además…

Carmaux se interrumpió y, dando con el codo a Moko y a Wan Stiller, que estaba a su lado escuchándole en silencio, les dijo:

—¡Miradle! ¿No os da miedo ese hombre? ¡Parece el dios del mar!

Wan Stiller y el africano levantaron los ojos hacia el puente de mando.

Allí estaba el corsario, vestido como siempre de negro, con el gran chambergo calado hasta los ojos y la enorme pluma ondeando al viento.

Con la cabeza inclinada sobre el pecho y los brazos cruzados, paseaba lentamente por el puente, solo y sin hacer el menor ruido.

Su lugarteniente, Morgan, vigilaba en el extremo del puente sin atreverse a dirigir la palabra a su capitán.

—Parece un espectro —murmuró en voz baja Wan Stiller.

—Y Morgan no tiene nada que envidiarle —añadió Carmaux—. Si uno es tétrico como la noche, el otro no es mucho más alegre. ¡Ah! ¡Son tal para cual!

De repente, un grito resonó en la oscuridad.

Venía de lo alto de la cruceta del palo mayor, donde podía verse una forma humana.

La voz se había dejado oír dos veces:

—¡Barco a la vista por sotavento!

El Corsario Negro interrumpió bruscamente su deambular por el puente. Permaneció unos instantes mirando fijamente hacia sotavento, pero como se hallaba en un puente excesivamente bajo era difícil que pudiera divisar desde allí a una nave que debía de navegar a seis o siete millas de distancia.

Se volvió hacia Morgan, que se había inclinado sobre la borda, y le dijo:

—¡Que se apaguen todas las luces!

Apenas recibida la orden, los marineros de proa se apresuraron a cubrir los dos grandes fanales, encendidos uno a babor y otro a estribor.

—Gaviero —siguió el Corsario Negro tan pronto como se hizo la oscuridad a bordo—, ¿por dónde navega ese barco?

—Hacia el sur, capitán.

—¿Hacia las costas de Venezuela?

—Eso parece.

—¿A qué distancia está?

—A unas seis millas.

—¿Estás seguro?

—Sí, capitán. Distingo perfectamente sus fanales.

El corsario se inclinó sobre la pasarela y gritó:

—¡Hombres a cubierta!

En menos de medio minuto los ciento veinte hombres que componían la tripulación del *Rayo* estaban en sus puestos de combate. Los marineros de maniobra en las vergas; los gavieros en lo alto de la arboladura; los mejores fusileros en las cofas; los artilleros detrás de las piezas con las mechas encendidas, y el resto a lo largo de las amuras y en el castillo de popa.

Tales eran el orden y la disciplina que reinaban a bordo de las naves filibusteras. A cualquier hora del día o de la noche, en cuanto las circunstancias lo requerían, cada uno de los filibusteros se situaba en su puesto con una rapidez prodigiosa, desconocida incluso entre las tripulaciones de los navíos de guerra de las más fuertes potencias marineras.

Aquellos lobos de mar, que habían llegado al golfo de México procedentes de todos los rincones de Europa tras haber sido reclutados de entre la peor canalla de los puertos marítimos de Francia, Italia, Holanda, Alemania e Inglaterra, dados a todos los vicios, pero que despreciaban la muerte y eran capaces de las más grandes gestas y de increíbles audacias, cuando estaban a bordo de las naves filibusteras se transformaban en los más obedientes corderos, sin perjuicio no obstante de convertirse en feroces tigres a la hora del combate.

Sabían perfectamente que sus jefes no acostumbraban a dejar impune ninguna negligencia y que la mínima falta de disciplina era castigada con un certero disparo en la cabeza o, en el mejor de los casos, con el abandono en alguna isla desierta.

Cuando el Corsario Negro comprobó que todos los filibusteros estaban en sus puestos, se volvió hacia Morgan, que esperaba órdenes.

—¿Crees que ese barco es…?

—Español, señor —contestó el lugarteniente.

—¡Españoles…! —exclamó el corsario sombríamente—. Para muchos de ellos esta va a ser una noche fatal, pues no volverán a ver el sol.

—¿Vamos a atacar hoy, señor?

—Sí, les echaremos a pique. En el fondo de estas aguas duermen mis hermanos. Yo te aseguro que desde ahora no estarán solos.

—Así será si vos lo deseáis, señor.

Saltó por la amura, asiéndose a una escalerilla, y miró hacia sotavento.

Entre las tinieblas que cubrían las rumorosas aguas se deslizaban, casi sobre la misma superficie del mar, dos puntos luminosos que no podían ser confundidos con las estrellas que brillaban en el horizonte.

—Les tenemos a unas cuatro millas —dijo.

—¿Se dirigen hacia el sur? —preguntó el corsario.

—Hacia Maracaibo.

—¡Desgraciados de ellos! Ordena cambiar de rumbo e intercepta el camino a ese buque.

—¿Y luego, señor?

—Harás que traigan a cubierta cien granadas de mano. Después cuidarás de que se asegure todo perfectamente en la estiba y en los camarotes.

—¿Abordaremos con el espolón?

—Sí, si es posible.

—Perderemos a los prisioneros, señor.

—¿Qué me importan a mí los prisioneros?

—¡Ese barco puede ir cargado de riquezas!

—No las necesito. En mi tierra aún me quedan varios castillos y posesiones.

—Lo decía por nuestros hombres.

—También para ellos tengo suficiente oro. Cambia el rumbo.

A la orden del corsario, resonó a bordo un silbido lanzado por el contramaestre. Los hombres de maniobra largaron velas con la rapidez del rayo y con una exactitud matemática, al tiempo que el timonel hacía orzar la nave.

El *Rayo* viró casi sin avanzar y, luego, empujado por una ligera brisa que soplaba del sudeste, se dispuso a cruzarse en la ruta que seguía el velero español, dejando a popa una ancha y rumorosa estela.

Avanzaba entre la oscuridad ligero como un pájaro, sin producir apenas ruido, igual que si se tratase del legendario buque fantasma.

A lo largo de las amuras, los fusileros, mudos e inmóviles como estatuas, mantenían la mirada fija en el barco enemigo empuñando sus largos fusiles de gran calibre, formidables armas en las manos de aquellos filibusteros. Sobre las piezas, los artilleros soplaban en las mechas dispuestos a desencadenar una tempestad de metralla.

El Corsario Negro y Morgan seguían en el puente de mando. Apoyados en los travesaños del puente, no quitaban ojo a los dos puntos luminosos que surcaban las tinieblas a tres millas escasas del *Rayo*.

Carmaux, Wan Stiller y el negro, los tres en el castillo de proa del buque, charlaban en voz baja mirando alternativamente al velero enemigo, que seguía tranquilamente su rumbo, y al Corsario Negro.

—Va a ser una mala noche para esa gente —decía Carmaux—. Me temo que el capitán, con el odio que guarda en su corazón, no va a dejar vivo ni a un solo español.

—Me parece que ese barco es muy alto de bordo —repuso Wan Stiller midiendo la distancia que había desde el nivel del agua hasta los fanales—. ¡No me gustaría que fuese un barco de línea que va a reunirse con la escuadra del almirante Toledo!

—¡Bah…! ¡No será eso lo que asuste al Corsario Negro! Jamás nave alguna ha podido oponer resistencia al *Rayo*. Además, ya has oído que el capitán piensa abordar con el espolón…

—¡Truenos de Hamburgo! ¡Algún día el *Rayo* se quedará sin proa!

—La proa del *Rayo* está hecha a prueba de escollos, amigo.

—Incluso los escollos se parten a veces…

—¡Chitón!

La voz del Corsario Negro rompió de repente el silencio que reinaba a bordo de la nave, ordenando en tono imperioso:

—¡Hombres de maniobra…! ¡Largad las alas! ¡Izad las bonetas!

Las velas suplementarias colocadas en las extremidades de los penoles del palo de mesana, del trinquete, de los papahígos y de los contrapapahígos, quedaron desplegadas en un abrir y cerrar de ojos.

—¡A la caza! —exclamó Carmaux—. Por lo visto la nave española boga bien para obligar al *Rayo* a largar todas las alas.

—¡Ya sospechaba yo que tendríamos que vérnoslas con una nave de línea! —insistió Wan Stiller—. ¡No hay más que ver lo alta que es su arboladura!

—¡Tanto mejor…! Se caldeará más el ambiente en los dos barcos.

En aquel instante una potente voz resonó en el mar. Procedía de la nave enemiga y el viento favoreció su llegada hasta la nave filibustera.

—¡Barco sospechoso a babor!

Sobre el puente de mando del *Rayo* se pudo ver al corsario inclinarse sobre Morgan como si le estuviera diciendo algo en voz muy baja. Enseguida subió sobre la cubierta de cámara gritando:

—¡Toda la caña…! ¡Hombres del mar, a la caza!

Solo una milla separaba a los dos buques, pero la velocidad de ambos debía de ser muy grande porque la distancia no parecía acortarse.

Había transcurrido una media hora cuando sobre la nave española, o por lo menos considerada como tal, apareció una luz que iluminó la cubierta y parte de la arboladura. Al momento, el fragor de una detonación se propagó sobre las aguas, yendo a perderse en la lejanía retumbando de un modo ensordecedor, sombrío y prolongado.

Inmediatamente, un silbido bien conocido de todos los filibusteros se oyó en el aire. Poco después una verdadera montaña de agua se levantó a unas veinte brazas de la nave corsaria.

Ni una sola voz se alzó entre la tripulación. Únicamente una sonrisa desdeñosa se dibujó en los labios del Corsario Negro; era como un saludo despreciativo para aquel mensajero de la muerte.

Después de disparar aquel cañonazo, que pretendía ser una advertencia para que no le siguieran, el barco enemigo cambió su rumbo, dirigiendo su proa hacia el sur y navegando resueltamente hacia el golfo de Maracaibo.

Percatándose de las intenciones que movían al navío enemigo a cambiar su rumbo, el Corsario Negro se volvió a su lugarteniente, que seguía junto a la amura entre el cordaje de popa, y le dijo:

—¡A proa, Morgan!

—¿Ordeno abrir fuego, señor?

—Todavía no, está demasiado oscuro. Ve a disponerlo todo para el abordaje.

—¿Abordaremos?

—Es posible.

Morgan bajó de la toldilla de popa, llamó al contramaestre y se dirigió hacia el castillo de proa, donde había unos cuarenta hombres con sus fusiles en la mano y los sables de abordaje dispuestos.

—¡En pie! —ordenó—. ¡Preparad los anclotes de lanzamiento!

Luego, volviéndose hacia los que estaban en las amuras, añadió:

—¡Encargaos de las barricadas y poned los coyes en la cabecera de banda!

Los cuarenta hombres del castillo de proa empezaron silenciosamente su trabajo, en perfecta coordinación y bajo la atenta mirada del segundo de a bordo.

Aquellos filibusteros temían tanto al lugarteniente Morgan como al propio Corsario Negro, pues era un hombre inflexible, tan audaz como el capitán, valeroso y decidido a todo.

De origen inglés, emigró a América y no tardó en hacerse notar por su espíritu emprendedor, energía e intrepidez. Se había iniciado en el filibusterismo bajo las órdenes del famoso corsario Mansfield, aunque pronto hizo gala de sus cualidades y buen aprendizaje superando a los más famosos filibusteros de La Tortuga, a los que se adelantó llevando a cabo la célebre expedición de Panamá y la expugnación, hasta entonces considerada como imposible, de aquella ciudad, reina de todas las del océano Pacífico.

Excepcionalmente robusto y de una fuerza portentosa, apuesto y de generoso ánimo, con mirada penetrante que producía una misteriosa fascinación, igual que la del Corsario Negro, sabía imponerse a los rudos hombres de mar y hacerse obedecer con un simple gesto de la mano.

Bajo su dirección, en menos de veinte minutos fueron levantadas dos soberbias barricadas, una a babor y otra a estribor, la primera junto al trinquete y la segunda junto al palo mayor, compuestas ambas de maderos y de barriles llenos de chatarra y con las cuales se quería proteger los camarotes y el castillo en el caso de que el enemigo consiguiera poner el pie en la cubierta del *Rayo*.

Tras las barricadas fueron colocadas cincuenta granadas de mano, mientras los anclotes de abordaje se disponían en las amuras y sobre los coyes que habían de servir de protección a los fusileros.

Cuando todo estuvo dispuesto, Morgan ordenó a los hombres que se reunieran en el castillo de proa, y él se dedicó a observar cerca del bauprés, con una mano en la empuñadura de su sable de abordaje y la otra sobre la culata de una de las pistolas que llevaba en la faja.

El buque enemigo no estaba ya a más de seiscientos o setecientos metros. El *Rayo*, haciendo honor a su nombre, había acortado distancias y se disponía a echarse sobre el velero español con un encontronazo tremendo, irresistible.

Aunque la noche era oscura, el barco adversario podía distinguirse perfectamente.

Como Wan Stiller había sospechado, se trataba de un buque de línea, de muy alto bordo, con una elevadísima cubierta de cámara y tres palos cubiertos de velas hasta los contrapapahígos.

Era un verdadero navío de guerra, formidablemente armado y sin duda dotado de una numerosa y aguerrida tripulación decidida a emplear cualquier defensa.

Cualquier otro corsario de La Tortuga se habría guardado bien de acometerlo, ya que, aun venciendo, poco sería lo que tras la batalla podría saquear. Lo más interesante para aquellos formidables piratas eran los barcos mercantes o los galeones cargados con tesoros procedentes de las minas de México, del Yucatán o de Venezuela. Pero el Corsario Negro, a quien las riquezas tenían sin cuidado, no pensaba de la misma forma.

En aquella nave quizá venía un poderoso aliado del gobernador de Maracaibo, Van Guld, que más tarde podría obstaculizar sus proyectos. Así pues, se disponía a atacarla antes de que pudiera acudir a reforzar la escuadra del almirante Toledo o a defender la ciudad de Maracaibo.

Cuando la distancia entre los dos barcos no era mayor de quinientos metros, la nave española, percatándose de la obstinada persecución de que era objeto y no dudando ya de las siniestras intenciones del corsario, disparó otro cañonazo con una de sus grandes piezas de proa.

Esta vez la bala no se perdió entre las aguas del mar, sino que pasó entre los juanetes y las gavias y chocó contra el extremo de la cangreja, partiéndolo y haciendo caer la bandera del corsario.

Los dos contramaestres de artillería de la toldilla de popa se volvieron hacia el Corsario Negro, que seguía junto al timón, y le preguntaron:

—¿Empezamos, capitán?

—Aún no —contestó el corsario.

Un tercer cañonazo resonó sobre las aguas con más intensidad que los anteriores y la bala pasó silbando entre el cordaje del buque corsario, hundiendo la amura de popa a unos tres pasos del timón.

De nuevo una sardónica sonrisa se dibujó en los labios del audaz filibustero. Sin embargo, tampoco esta vez dio ninguna orden.

El *Rayo* incrementaba su velocidad mostrando a la nave enemiga su alto espolón, que parecía volar sobre la superficie del mar como si fuese un pajarraco impaciente por abrir un gran boquete en el vientre del barco enemigo; parecía, en efecto, una enorme ave negra armada de colosal pico.

La visión de aquel buque, que parecía haber surgido de improviso de las aguas y que avanzaba silenciosamente sin contestar a las provocaciones como si careciera de tripulación, debía de producir un siniestro efecto entre los supersticiosos marineros españoles.

Repentinamente, un inmenso clamor resonó en la oscuridad.

En el buque enemigo se oían aullidos de terror o voces que daban órdenes precipitadamente.

—¡Todo a babor…! ¡Toda la caña…!

—¡Fuego de costado!

Era una voz imperiosa la que apagó por unos momentos aquel tumulto; probablemente la de algún comandante del buque.

Pero tras estas palabras un estruendo espantoso estalló a bordo del barco de línea y varios relámpagos simultáneos iluminaron la oscura noche.

Las siete piezas de estribor y los dos cañones de la cubierta de proa vomitaron sobre la nave corsaria sus proyectiles. Las balas pasaron silbando entre los filibusteros, atravesaron velas, cortaron cuerdas, se incrustaron en el casco y hundieron las amuras; pero no consiguieron detener el empuje del *Rayo*.

Guiado por el robusto brazo del Corsario Negro, cayó impetuosamente sobre el gran velero enemigo. Afortunadamente para este, un movimiento de la caña del timón, hecho a tiempo por el piloto, lo salvó de una espantosa catástrofe. Apartado bruscamente de su rumbo, oblicuo a babor, pudo escapar milagrosamente del espolonazo que lo habría enviado al fondo del mar con el costado hecho trizas.

El *Rayo* pasó por el lugar donde pocos momentos antes estaba la popa de la nave adversaria. A pesar de su rápida maniobra, el barco corsario aún tuvo tiempo de tocarla con uno de sus costados. El brusco golpe produjo un sordo retumbar, resonó en el fondo de la estiba y rompió el botalón de la cangreja y parte del coronamiento. Pero eso fue todo.

Fallado el golpe, la nave corsaria prosiguió su veloz carrera y desapareció entre las tinieblas sin haber dado muestras de estar tripulada por un gran número de hombres y formidablemente armada.

—¡Rayos de Hamburgo! —exclamó Wan Stiller, que había contenido la respiración en espera del terrible encontronazo—. ¡Esos españoles! ¡A eso le llamo yo tener suerte!

—No habría dado ni un puñado de tabaco por la suerte de cuantos tripulaban ese barco —añadió Carmaux—. Ya les estaba viendo descender hasta el fondo del gran golfo.

—Los españoles ya estarán en guardia; ahora nos presentarán la proa.

—¡Y nos van a enviar una bonita lluvia de balas! Si los disparos que han hecho hasta ahora los hubieran efectuado de día, podría habernos costado la vida.

—Sí, pero no nos ha costado más que averías insignificantes.

—¡Silencio, Carmaux!

—¿Qué sucede?

El Corsario Negro había tomado un portavoz y gritaba:

—¡Dispuestos para virar de bordo!

—¿Regresamos? —preguntó Wan Stiller.

—¡Por Baco! ¡Parece que no quiere dejar que se vaya el barco español! —añadió Carmaux.

—¡A mí me parece que tampoco ellos tienen muchas intenciones de marcharse!

Estaba en lo cierto. En lugar de proseguir su marcha, el barco español se había detenido, poniéndose al pairo, como decidido a aceptar la batalla.

Pero viraba lentamente de bordo para evitar, presentando el espolón, una nueva embestida.

También el *Rayo* había virado de bordo a dos millas de distancia. Pero, en lugar de lanzarse sobre el adversario, describía a su alrededor un círculo lo suficientemente grande como para mantenerse fuera del alcance de los cañones españoles.

—Comprendo —dijo Carmaux—. Nuestro capitán quiere esperar a que amanezca antes de empezar la lucha y lanzarse al abordaje.

—¡E impedir a los españoles que continúen su viaje a Maracaibo! —añadió Wan Stiller.

—¡Precisamente, amigo! Hemos de prepararnos para una desesperada lucha. Como es costumbre entre nosotros los filibusteros, si una bala de cañón me partiera en dos o muriera en el puente del barco enemigo, te nombro heredero de mi modesta fortuna.

—¿A cuánto asciende? —preguntó Wan Stiller riendo.

—A dos esmeraldas, que deben de tener un buen precio y que llevo cosidas en el forro de mi casaca.

—Con eso hay suficiente para divertirse una semana en La Tortuga. Yo también te nombro mi heredero, pero he de advertirte que no poseo más que tres doblones cosidos en el cinto.

—Suficientes para vaciar seis botellas de buen vino español en tu memoria, amigo.

—¡Gracias, Carmaux! Ahora ya estoy más tranquilo y puedo esperar la muerte con toda serenidad.

Entretanto, el *Rayo* continuaba su carrera en torno a su adversario, que se mantenía siempre en el mismo lugar, limitándose a presentar la proa al navío del Corsario Negro. Este giraba cada vez con mayor velocidad y semejaba un pájaro fantástico, pero sin hacer sonar su artillería.

El corsario no había abandonado la barra del timón. Sus ojos, luminosos como los de las fieras nocturnas, no se apartaban ni un solo momento del barco español como si trataran de adivinar lo que en él sucedía mientras esperaba una falsa maniobra para descargar sobre él un mortal espolonazo.

Su tripulación le miraba con supersticioso terror. Aquel hombre que manejaba el *Rayo* como si quisiera transmitirle su espíritu, haciéndolo girar alrededor de la presa sin apenas cambiar la disposición del velamen, con su tétrico aspecto y su cadavérica inmovilidad, inspiraba cierto espanto a aquellos terribles filibusteros.

Durante toda la noche estuvo el *Rayo* dando vueltas alrededor del navío adversario, sin responder a los cañonazos que de vez en cuando este le disparaba, aunque sin buen éxito. Cuando las estrellas empezaron a palidecer y los primeros reflejos del alba tiñeron las aguas del golfo, la voz del Corsario Negro volvió a dejarse oír.

—¡Hombres del mar! —gritó—. ¡A vuestros puestos de combate! ¡Izad mi bandera!

El *Rayo* dejó de girar en torno al buque de línea y empezó a navegar resueltamente hacia él, decidido a abordarlo.

La gran bandera negra del corsario había sido izada por encima de la cangreja y clavada en el palo para que nadie pudiera arriarla, lo que significaba vencer a cualquier precio o morir, pero sin rendirse.

Los artilleros de la toldilla habían apuntado los dos cañones de proa. Y el resto de los filibusteros sacaron sus fusiles por los huecos que dejaban libres los coyes colocados tras las amuras. Todos estaban dispuestos a acabar con el enemigo.

Cuando el Corsario Negro se aseguró de que cada hombre estaba en su puesto de combate y de que los gavieros habían tomado posiciones en las cofas, las crucetas y los penoles, gritó:

—¡Hombres del mar…! ¡Ha llegado el momento! ¡Vivan los filibusteros!

Tres «¡Hurra!» formidables resonaron a bordo de la nave corsaria, apoyados al mismo tiempo por las detonaciones de los dos cañones de proa.

El buque de línea había vuelto a ponerse en la dirección del viento y navegaba hacia la nave filibustera. Debía de estar tripulado por hombres valerosos y decididos, porque generalmente las naves españolas trataban de huir de los ataques de los corsarios de La Tortuga, ya que sabían perfectamente con qué clase de hombres se las tenían que ver.

A unos mil pasos, empezó con gran furia el cañoneo. El navío español, dando bordadas, descargaba ora los cañones de estribor, ora los de babor, quedando enseguida oculto tras una cortina de humo y llamas.

Era un gran barco de tres puentes, gran arboladura y borda altísima. Estaba armado con catorce bocas de fuego. En fin, una verdadera nave de guerra, seguramente destacada por algún asunto urgente de la escuadra del almirante Toledo.

Sobre el puente de mando de popa se veía al comandante,

vestido de gran gala, con el sable en la mano y rodeado de sus oficiales. En la toldilla, una multitud de marineros.

Aquel poderoso navío, con el pabellón español izado en el mastelero de gavia, avanzaba rápidamente hacia el *Rayo* cañoneándolo terriblemente.

Aun siendo bastante más pequeño, el barco corsario no se dejaba intimidar por aquella lluvia de balas. Aumentaba su velocidad, contestando con los dos cañones de proa en espera del momento oportuno para abrir fuego con las doce piezas de costado.

Sobre el puente, la lluvia de balas era intensísima. Hundía las amuras, penetraba en la estiba y en las baterías, destrozaba el cordaje y acababa con algunos de los filibusteros de proa. Pero no por eso aminoraba el buque su velocidad; se dirigía, con una audacia sin par, al abordaje.

A cuatrocientos metros, los fusileros acudieron en ayuda de los cañones de proa y acribillaron la cubierta de la nave enemiga.

Aquel fuego no tardaría en ser desastroso para los españoles, pues, como ya se ha dicho, los filibusteros rara vez fallaban un disparo. Por algo habían sido con anterioridad bucaneros, o sea, cazadores de bueyes salvajes.

Las balas de gran calibre de los fusiles filibusteros hacían más destrozos que las de los cañones. Los hombres de la nave española caían por docenas a lo largo de las bordas, tanto artilleros como oficiales de los que se encontraban en el puente de mando.

Diez minutos fueron suficientes para que ni uno solo de ellos quedara vivo. Incluso el comandante cayó entre sus oficiales antes de que los dos barcos iniciaran el abordaje.

Pero quedaban aún los hombres de las baterías, bastante más numerosos que los marineros de cubierta. La victoria final todavía tenía que ser disputada.

Cuando la separación entre los dos buques no era más que de veinte metros, ambos viraron bruscamente. Casi en el acto, la voz del Corsario Negro resonó entre el estruendo de la artillería.

—¡Cargad la mayor y la gavia! ¡Halad el trinquete, tensad la cangreja!

El *Rayo* se desplazó de repente bajo el impulso de un violento golpe de barra del timón, y fue a meter el bauprés por entre las escalas y el cordaje de mesana del navío español.

El Corsario Negro saltó desde lo alto de la cubierta de cámara, con la espada en una mano y una pistola en la otra.

—¡Hombres del mar! —gritó—. ¡Al abordaje!

LA DUQUESA FLAMENCA

Al ver a su capitán y a Morgan lanzarse al abordaje del barco enemigo, que ya no podía huir, los filibusteros se precipitaron tras ellos como un solo hombre.

Habían dejado los fusiles, armas inútiles en el combate cuerpo a cuerpo, y empuñando los sables de abordaje y sus pistolas se lanzaron como un impetuoso torrente gritando a pleno pulmón para atemorizar aún más a los españoles.

Los anclotes de abordaje fueron echados rápidamente para acercar mejor los dos buques, y los primeros filibusteros, llegados hasta el bauprés impacientes por poner pie en el barco enemigo, se precipitaron sobre las trincas y, agarrándose a los foques y descendiendo por la delfinera, se dejaron caer sobre cubierta.

Pero allí encontraron una resistencia inesperada. Por las escotillas salían furiosos los españoles que habían permanecido hasta entonces en las baterías, empuñando espadas y sables de abordaje.

Eran por lo menos cien hombres, mandados por algunos oficiales y por maestres y contramaestres de artillería, dispuestos a ofrecer dura resistencia.

En un abrir y cerrar de ojos se repartieron por el puente, subieron al castillo de proa y se arrojaron sobre los filibusteros, mientras algunos de ellos se precipitaban por la toldilla de cámara y abrían fuego a quemarropa con los dos cañones de proa, descargando sobre la cubierta de la nave corsaria un verdadero huracán de metralla.

El Corsario Negro no vaciló. Las dos naves se encontraban en aquellos momentos costado contra costado, unidas fuertemente por los anclotes de abordaje.

De un salto traspasó la amura y se lanzó sobre la cubierta del navío español gritando:

—¡A mí, filibusteros!

Morgan le siguió, y a él los filibusteros, mientras los gavieros, desde las cofas, crucetas, penoles y flechastes, arrojaban granadas a los españoles al tiempo que abrían fuego desesperadamente con sus fusiles y pistolas.

La lucha se hizo terrible, espantosa.

Tres veces condujo el Corsario Negro a sus hombres al asalto de la cubierta de cámara, en la que se habían reunido sesenta o setenta españoles que disparaban con los cañones de proa sobre la toldilla, y tres veces fueron rechazados. Morgan, por su parte, tampoco conseguía llegar hasta el castillo de proa.

Las dos partes combatían con igual furor. A pesar de las grandes pérdidas sufridas por el fuego de los fusileros y de su inferioridad numérica, los españoles resistían heroicamente, decididos a morir antes que rendirse.

Las granadas de mano que arrojaban los corsarios desde las gavias de su buque causaban estragos entre sus filas. Pero ni ante esos ataques retrocedían. Los muertos y los heridos se hacinaban en torno a ellos, mas el gran estandarte de España ondeaba majestuoso en lo alto del palo mayor, cuya cruz llameaba con los primeros rayos del sol. Sin embargo, aquella resistencia no podía durar mucho; los filibusteros, cuya ferocidad aumentaba con la resistencia del enemigo, se lanzaron, en un decisivo intento, al asalto del castillo y de la toldilla, guiados por sus jefes, que combatían en primera línea.

Treparon por los flechastes para luego dejarse caer por el cordaje del palo de mesana o a través de los obenques de popa. Una vez en las amuras, corrieron por ellas y cayeron por todas partes sobre los últimos defensores de aquel desgraciado navío.

El Corsario Negro rompió aquella muralla de cuerpos humanos y se introdujo entre el último grupo de combatientes. Había tirado el sable de abordaje y empuñaba una espada.

La hoja silbaba como una serpiente, batiendo y rechazando cada acero que intentaba alcanzarle en el pecho al tiempo que hería a sus adversarios a diestro y siniestro. Nadie podía oponer resistencia a aquel brazo ni detener sus estocadas. A su alrededor se abrió un hueco y se encontró en medio de un montón de cadáveres, con los pies bañados en la sangre que corría como un torrente por el plano inclinado de la cubierta.

Morgan acudió con un grupo de filibusteros. Ya había conseguido expugnar el castillo de proa y se disponía a acabar con los pocos supervivientes que defendían con furor y desesperación el estandarte del barco, que seguía ondeando en el palo mayor.

—¡A la carga sobre los últimos! —gritó.

Pero el Corsario Negro le detuvo, gritando a su vez:

—¡Filibusteros! ¡El Corsario Negro vence en la lucha, pero no asesina!

El empuje de los hombres del *Rayo* se contuvo y las armas, dispuestas a poner fin a la vida de los últimos defensores del navío español, se bajaron.

—¡Rendíos! —gritó el corsario acercándose hacia los españoles que se agrupaban alrededor de la barra del timón—. ¡Quede a salvo la vida de los valientes!

Un contramaestre, único superviviente entre los marinos con graduación, se adelantó arrojando su sable de abordaje teñido en sangre.

—¡Hemos sido vencidos! —gritó con voz ronca—. ¡Haced con nosotros lo que creáis oportuno!

—Tomad vuestro sable, contramaestre —repuso el corsario noblemente—. Hombres tan valerosos y que con tanto encarnizamiento defienden la bandera de su lejana patria merecen toda mi estimación.

Luego miró a los supervivientes, sin reparar en el estupor del contramaestre español, muy natural ya que en aquella clase de luchas era muy raro que los filibusteros concediesen cuartel a los vencidos, y aún más extraño libertad sin rescate.

De los defensores del navío español solo quedaban con vida dieciocho marineros, casi todos ellos heridos. Todos habían arrojado sus armas y esperaban con resignación a que se decidiera su suerte.

—Morgan —dijo el corsario—. Que boten al agua la chalupa grande con víveres para una semana.

—¿Vais a dejar libres a estos hombres? —preguntó el lugarteniente del corsario con cierta desilusión.

—Exactamente. Me gusta premiar el valor sin fortuna.

Al oír estas palabras, el contramaestre avanzó unos pasos y dijo:

—Gracias, comandante. Siempre recordaremos la generosidad del Corsario Negro.

—Guardaos vuestros agradecimientos y respondedme a unas preguntas.

—Hablad, comandante.

—¿De dónde venís?

—De Veracruz.

—¿A qué lugar os dirigíais?

—A Maracaibo.

—¿Os esperaba el gobernador? —preguntó el Corsario Negro frunciendo el ceño.

—Lo ignoro, señor. Solo nuestro capitán habría podido responder a esa pregunta.

—Tenéis razón. ¿A qué escuadra pertenece este barco?

—A la del almirante Toledo.

—¿Lleváis algún cargamento en la estiba?

—Balas y pólvora.

—Bien. Marchad, sois libres.

En lugar de obedecer, el contramaestre miró al Corsario Negro con cierto embarazo.

—¿Queréis decirme algo? —preguntó este.

—Que hay otras personas a bordo, señor.

—¿Prisioneros, quizá?

—No, mujeres y pajes.

—¿Dónde están?

—En el camarote de popa.

—¿Quiénes son esas mujeres?

—El capitán no dijo nada al respecto, pero creo que entre ellas viene una dama de la nobleza.

—¿Quién es esa dama?

—Una duquesa, según creo.

—¡En un barco de guerra! —exclamó el corsario con estupor—. ¿Y dónde ha embarcado?

—En Veracruz.

—Está bien. Vendrá con nosotros a La Tortuga, y si quiere la libertad pagará el rescate que fije mi tripulación. Ahora marchaos, valientes defensores de vuestra patria y de su bandera. Os deseo que lleguéis felizmente a la costa.

—Gracias, señor.

Había sido lanzada al agua una gran chalupa provista de víveres para ocho días, fusiles y cierto número de balas.

El contramaestre y sus dieciocho marineros descendieron a la embarcación mientras era arriado el pabellón español y en su lugar se izaba la negra bandera del Corsario Negro, a la que saludaron con dos cañonazos.

El corsario había subido hasta la proa y miraba la gran chalupa, que se alejaba rápidamente dirigiéndose hacia el sur, es decir, hacia la gran bahía de Maracaibo.

Cuando la embarcación estuvo muy lejos, descendió lentamente hasta la cubierta murmurando:

—¡Y estos hombres son los que manda ese traidor…!

Miró a los miembros de su tripulación, ocupados en transportar a los heridos a la enfermería del barco y en disponer en las lonas los cadáveres para arrojarlos después a las aguas, e hizo una seña a Morgan para que se acercase.

—Haz saber a mis hombres que renuncio en su favor a la parte que me corresponda de la venta de este barco.

—¡Señor! —exclamó el lugarteniente estupefacto—. ¡Este barco vale mucho dinero, y vos lo sabéis!

—¿Y qué me importa a mí el dinero? —contestó el corsario despectivamente—. Si hago la guerra es por motivos puramente personales, no por avidez de riquezas. Además, yo ya he cobrado mi parte.

—Eso no es cierto, señor.

—Lo es. Podría haber llevado a La Tortuga a los diecinueve prisioneros, que habrían tenido que pagar un rescate para quedar en libertad.

—Entre todos ellos quizá no habrían podido pagar ni siquiera mil pesos.

—Suficiente para mí. Di a mis hombres que fijen el rescate de la duquesa que se encuentra a bordo de este barco. El gobernador de Veracruz tendrá que pagar si quiere verla de nuevo… ¡Y también el de Maracaibo!

—Los hombres son aficionados al dinero, pero aprecian aún más a su capitán y os cederán gustosos los prisioneros que hay en el camarote.

Se dirigía hacia popa cuando la puerta del camarote se abrió y en ella apareció una joven, seguida por otras dos mujeres y por dos pajes opulentamente vestidos.

Era una mujercita encantadora, alta, esbelta, elegante, con una piel delicadísima de color blanco ligeramente sonrosado, ese color que solo tienen las muchachas de los países septentrionales, sobre todo las de raza anglosajona o nórdica.

Sus largos cabellos eran del color del oro pálido y le caían por la espalda recogidos en una gran trenza atada con un espléndido lazo azul adornado con perlas. Sus ojos, de corte perfecto y color indefinible con reflejos de acero bruñido, estaban coronados por unas cejas finísimas y, cosa extraña, negras en lugar de rubias como su cabello.

Aquella niña, ya que eso debía de ser puesto que no se apreciaba en ella el desarrollo normal de una mujer, vestía un elegante traje de seda azul con un gran cuello de blonda, pero sencillísimo, sin adorno alguno de oro ni de plata; su garganta, sin embargo, estaba rodeada de varias sartas de gruesas perlas cuyo precio debía de ascender a algunos miles de pesos. Sus pendientes eran dos gruesas esmeraldas, unas piedras rarísimas en aquel entonces y muy apreciadas.

Las dos mujeres que la seguían, camareras sin duda, eran mulatas, muy bellas las dos, de piel ligeramente bronceada, lo que les confería un extraño tono y ciertos reflejos cobrizos. Igualmente mulatos eran los dos pajes que iban tras ellas.

Al ver la cubierta del barco llena de muertos y heridos, de armas y aparejos hechos añicos, de balas de cañón y grandes charcos de sangre, la joven hizo un gesto de horror ante tan espantoso espectáculo, como si quisiera volver al camarote para evitar lo que le parecía una siniestra pesadilla. Pero, viendo al Corsario Negro, que se había detenido a cuatro pasos, le preguntó con aire de enfado y frunciendo el ceño:

—¿Qué es lo que ha sucedido aquí, caballero?

—Creo que es fácil de comprender, señora —repuso el corsario a la vez que se inclinaba respetuosamente—. Una tremenda batalla que ha acabado mal para los españoles.

—¿Y quién sois vos?

El corsario arrojó lejos de sí la ensangrentada espada y, quitándose galantemente el amplio chambergo, dijo cortésmente:

—Señora, soy un noble de ultramar.

—Eso no responde a mi pregunta —dijo la joven, evidentemente complacida por la galantería del Corsario Negro.

—Entonces añadiré que soy el caballero Emilio di Roccanera, señor de Valpenta y de Ventimiglia… aunque normalmente uso un nombre bien distinto.

—¿Cuál es ese nombre, caballero?

—Soy el Corsario Negro.

Al oír estas palabras, un gesto de terror contrajo el rostro de la bella joven y su tez rosada quedó tan blanca como el alabastro.

—¡El Corsario Negro! —murmuró estupefacta—. ¡El terrible corsario de La Tortuga, el peor enemigo de los españoles!

—Quizá os equivocáis, señora… Puedo combatir a los españoles, pero no tengo motivos para odiarlos. Acabo de dar una prueba de ello a los supervivientes de la batalla. ¿Veis el lugar donde el mar se confunde con el cielo, aquel punto negro que parece estar perdido en el espacio? Es una chalupa tripulada por diecinueve marineros españoles que he dejado en libertad, cuando, por derecho de guerra, habría podido matarlos o retenerlos como prisioneros.

—Entonces, ¿mienten los que aseguran que sois el más cruel corsario de La Tortuga?

—Quizá —respondió el filibustero.

—¿Y qué pensáis hacer conmigo, caballero?

—Ante todo he de haceros una pregunta.

—Hacedla.

—¿De dónde sois?

—Flamenca.

—Duquesa, según tengo entendido.

—Cierto, caballero —repuso la muchacha haciendo patente su mal humor, como si le hubiera desagradado que el corsario conociera ya su alto rango social.

—¿Tenéis inconveniente en decirme cuál es vuestro nombre?

—¿Es preciso?

—Es necesario que lo sepa si queréis obtener vuestra libertad.

—¿Mi libertad…? ¡Ah…! ¡Sí…! Olvidaba que soy vuestra prisionera.

—No sois mi prisionera, señora, sino de los filibusteros. Si de mí dependiese pondría a vuestra disposición la mejor de mis chalupas y a mis más fieles marineros para que os acompañasen hasta el puerto más cercano. Pero no puedo sustraerme a las leyes de los Hermanos de la Costa.

—Gracias —dijo ella con una adorable sonrisa—. Me parecía muy extraño que un caballero del noble ducado de Saboya se hubiera convertido en un vulgar ladrón del mar.

—La palabra puede ser dura para los filibusteros —dijo el corsario frunciendo el ceño—. ¡Ladrones del mar! ¡Cuántos vengadores hay entre ellos! ¿Acaso Montbars, el Exterminador, no hacía la guerra para vengar a los pobres indios, destruidos por la insaciable sed de riquezas de los aventureros españoles? Quizá algún día podáis saber el motivo por el que un noble súbdito de los duques de Saboya ha venido a causar estragos en las aguas del gran golfo americano… Decidme vuestro nombre, señora.

—Honorata Willerman, duquesa de Weltendrem.

—Bien, señora. Retiraos a vuestro camarote. Nosotros tenemos que cumplir una triste misión, la de sepultar a los héroes que han perecido en la lucha. Esta tarde os espero para comer a bordo de mi barco.

—Gracias, caballero —respondió la joven duquesa ofreciendo al corsario una cándida mano, pequeña como la de una chiquilla y de afilados dedos.

Hizo una ligera inclinación y se retiró lentamente. Pero antes de entrar en el camarote se volvió y, viendo que el Corsario Negro permanecía inmóvil, con el chambergo aún en la mano, le sonrió por última vez.

El filibustero no había hecho el más mínimo movimiento. Sus ojos, más lóbregos que de costumbre, estaban fijos en la puerta del camarote y en su frente se dibujaban unas arrugas que denotaban cierta preocupación.

Así permaneció durante unos minutos, como absorto en un pensamiento atormentador y como si su mirada siguiera a una huidiza visión. Luego pareció despertar y, moviendo la cabeza, murmuró:

—¡Locuras…!

LA PRIMERA LLAMA

El terrible combate entre la nave corsaria y el navío de línea había sido desastroso para ambas tripulaciones. Más de doscientos cadáveres se hacinaban en la cubierta, en el castillo de proa y en la toldilla de cámara del barco vencido, muchos de ellos caídos bajo las mortíferas explosiones de las granadas lanzadas por los gavieros desde lo alto de las cofas y de los penoles, otros fulminados por las descargas a quemarropa de los fusiles y pistolas, y el resto caídos en los últimos asaltos cuerpo a cuerpo y con arma blanca.

Ciento sesenta hombres perdió la nave española y cuarenta y ocho el *Rayo*, además de los veintisiete heridos que habían sido trasladados a la enfermería del barco corsario.

También los dos barcos habían sufrido grandes destrozos bajo el fuego de los cañones. El *Rayo*, gracias a la rapidez de su ataque y a la perfección de su maniobra, no había perdido más que varios penoles de fácil sustitución, pues estaba bien provisto de recambios, algunos fragmentos de las amuras y daños sin excesiva importancia en el cordaje y el velamen. Por su parte, el navío español había quedado reducido a un espectacular montón de cascotes, por lo que le resultaría casi imposible navegar de nuevo.

Su timón estaba partido en dos por una bala de cañón; el palo mayor, destrozado en su base por la explosión de una bomba, amenazaba con venirse abajo al menor movimiento de las velas; al palo de mesana no le quedó ni una sola cuerda y poquísimas burdas; y, de la misma forma, las amuras habían sufrido daños casi irreparables.

Era, con todo, una hermosa nave que, en caso de que fuera posible su reparación, podría venderse provechosamente en La Tortuga, pues disponía de un gran número de bocas de fuego y no pocas municiones, ambas cosas muy apreciadas por los filibusteros, que generalmente carecían de ellas.

En cuanto el Corsario Negro hizo un cálculo de las pérdidas sufridas y de los destrozos de ambos buques, ordenó que los cadáveres fueran retirados de la cubierta y que se procediera inmediatamente a las reparaciones más urgentes, pues tenía prisa por alejarse de aquellas aguas antes de verse acometido por la escuadra del almirante Toledo. No olvidaba que se hallaba muy cercano a Maracaibo.

La triste ceremonia de limpieza de la cubierta se concluyó rápidamente. Los cadáveres, dispuestos por parejas en los coyes y con una bala de cañón en los pies, fueron lanzados a las aguas del gran golfo, después de ser despojados de cuantos objetos de valor llevaban encima, pues como decía Carmaux a Wan Stiller, escapados ambos milagrosamente de la muerte, los peces no tienen necesidad alguna de riquezas.

Fue necesario echar abajo el palo mayor del navío español, reforzar el de mesana y colocar, en el lugar del timón, un remo de enormes dimensiones, pues no se encontró ninguno de repuesto en el almacén de los carpinteros.

A pesar de todo, el barco no se encontraba aún en condiciones de navegar por sí mismo, por lo que fue preciso que el *Rayo* lo remolcara. Además, el Corsario Negro no quería repartir en dos barcos su ya escasa tripulación.

Desde la popa del barco filibustero se lanzó una gran gúmena que se aseguró en la proa de la nave de línea. Hacia el crepúsculo las velas fueron desplegadas y el *Rayo* inició rápidamente su travesía hacia el norte. Todos estaban ansiosos por llegar cuanto antes a La

Tortuga, único lugar donde en aquellos momentos podían ponerse a seguro.

Dadas las últimas órdenes para la noche, el Corsario Negro recomendó que se doblaran las guardias, pues no estaba tranquilo, dada la proximidad de las costas venezolanas, que podían estar alertadas tras el cañoneo mantenido aquella mañana, y ordenó al negro Moko y a Carmaux que pasasen al buque español en busca de la duquesa flamenca.

Mientras los dos hombres bajaban al bote lanzado poco antes al agua y se dirigían a la nave que remolcaba el *Rayo*, el corsario paseaba por la cubierta moviéndose rápidamente, como si de repente le hubiera asaltado una viva agitación o preocupación.

Contrariamente a su habitual forma de ser, estaba nervioso e inquieto. Interrumpía bruscamente sus paseos y se detenía, permaneciendo inmóvil, como si algún funesto pensamiento le atormentara. Se acercaba a Morgan, que vigilaba desde el castillo de proa, como con intenciones de decirle algo; pero no tardaba en volverle la espalda y dirigirse de nuevo hacia popa.

Sin embargo, su fúnebre aspecto era el de siempre, quizá aún más acentuado. Por tres veces subió hasta el castillo de popa y miró hacia el buque español, haciendo gestos de gran impaciencia; y por tres veces se alejó precipitadamente hacia el castillo de proa, desde donde dirigió distraídas miradas a la luna, que en aquellos momentos aparecía por el horizonte esparciendo sobre el mar su lluvia de plateada luz.

En cuanto oyó en el castillo del buque el sonoro choque del bote que regresaba del navío español, abandonó precipitadamente el castillo de proa y se detuvo junto a la escala que los marineros habían lanzado por el costado de babor.

Ligera como un pajarillo, Honorata subía sin apoyarse apenas en los tramos de la escalera. Lucía el mismo vestido que por la mañana, pero en la cabeza llevaba un gran velo de seda multicolor recamado en oro y adornado con flecos, al estilo de los sarapes mexicanos.

El corsario la esperaba con el chambergo en la mano derecha, mientras la izquierda se apoyaba en la guarda de la espada.

—Señora, os estoy agradecido por haber aceptado mi invitación —le dijo al tiempo que hacía una leve inclinación.

—Y yo os doy las gracias por recibirme a bordo de vuestra nave —respondió ella con un gracioso movimiento de cabeza—. No olvido que soy una prisionera.

—La galantería no es desconocida entre los «ladrones del mar» —repuso el Corsario Negro con cierta ironía.

—Veo que me guardáis rencor por mis palabras de esta mañana.

El corsario no respondió. Hizo un gesto con la mano invitando a la duquesa a que le siguiera.

—Antes quiero haceros una pregunta, caballero —dijo la joven deteniéndole.

—Hablad.

—¿No os importa que me haya acompañado una de mis camareras?

—No, señora. Estaba seguro de que os acompañarían las dos.

Le ofreció galantemente el brazo y la condujo a popa invitándola a entrar en el pequeño salón del camarote.

Aquella pequeña habitación, situada bajo el castillo de popa a nivel de la cubierta, estaba decorada con una elegancia tal que dejó estupefacta a la duquesa, a pesar de que estaba acostumbrada a frecuentar los mejores ambientes y a vivir en medio del mayor de los lujos.

No cabía duda de que aquel corsario, a pesar de su oficio, no había renunciado a la fastuosidad y elegancia de sus castillos europeos.

Las paredes del salón estaban tapizadas de acolchada seda azul con pespuntes de oro, y sobre ella se repartían algunos espejos venecianos. El suelo quedaba oculto bajo una soberbia alfombra oriental y las amplias ventanas que se abrían sobre las aguas estaban divididas por elegantes columnas acanaladas y parcialmente cubiertas por ligeras cortinas de muselina.

En las esquinas se veían cuatro vitrinas llenas de objetos de plata. En el centro se advertía una rica mesa cubierta por un magnífico mantel de Flandes y rodeada por cómodos sillones tapizados de terciopelo azul y guarnecidos con gruesas placas de metal.

Dos grandes y artísticos candelabros de plata iluminaban el salón y su luz se reflejaba en los espejos para incidir sobre un grupo de armas entrecruzadas sobre la puerta.

El Corsario Negro invitó a la joven duquesa, y a la camarera mulata que con ella había llevado, a tomar asiento. Luego se sentó frente a ellas mientras Moko, el hercúleo negro, servía la cena en una vajilla de plata cuyas piezas llevaban grabado en el centro un extraño escudo de armas, probablemente el del corsario, pues representaba una roca coronada por cuatro águilas y una inscripción indescifrable.

La comida, compuesta en su mayor parte por pescado fresco exquisitamente condimentado de distintas formas por el cocinero de a bordo, carne en conserva, dulces y frutas tropicales, y regado todo ello con los mejores vinos de Italia y España, transcurrió en silencio. Ni una sola palabra brotó de los labios del Corsario Negro, y la joven flamenca no se atrevió a sacarle de sus meditaciones.

Después de servirse el chocolate, según la costumbre española, en minúsculas tazas de porcelana, el corsario se decidió a romper el silencio casi sombrío que reinaba en el salón.

—Disculpad, señora —dijo mirando a la joven duquesa—. Perdonad si me he mostrado tan preocupado en el transcurso de la cena y mi compañía no ha sido agradable; pero, al caer la noche, una gran tristeza se apodera siempre de mi alma y mi pensamiento me lleva hasta las profundidades del gran golfo y me hace volar hasta los lejanos países bañados por las aguas del mar del Norte. ¿Qué queréis? ¡Son tan siniestros los recuerdos que atormentan mi corazón y mi cerebro...!

—¿A vos? ¿Al más valiente de los corsarios? —exclamó la joven con asombro—. ¿A vos, que batís los mares y que tenéis una nave capaz de acabar con los mejores barcos enemigos, además de hombres audaces y valientes que a una orden vuestra se dejarían matar, que contáis con riquezas sin fin y que sois uno de los principales jefes del filibusterismo? ¿Vos estáis triste?

—Mirad mi traje y pensad en el nombre que uso. ¿Acaso todo esto no es bastante fúnebre?

—Cierto —repuso la joven flamenca, a quien llamaron profundamente la atención aquellas palabras—. Vestís un traje sombrío como la misma muerte y vuestros filibusteros os han puesto un nombre que atemoriza con solo pensar en él. En Veracruz, donde he pasado algún tiempo en casa del marqués de Heredia, he oído contar de vos cosas tan extrañas que sentía el cuerpo recorrido por escalofríos de muerte.

—¿Qué historias son esas, señora? —preguntó el corsario en tono de mofa, mientras sus ojos, iluminados por una extraña luz, se clavaban en la joven flamenca como si quisieran leer en lo más profundo de su alma.

—He oído decir que el Corsario Negro había atravesado el Atlántico acompañado por dos de sus hermanos, uno de los cuales vestía traje verde y el otro traje rojo, para llevar a cabo una terrible venganza.

—¡Ah…! —exclamó el corsario visiblemente emocionado.

—Me han dicho también que erais un hombre sombrío y taciturno, y que cuando la tempestad arreciaba en el mar de las Antillas vos salíais despreciando las olas y el viento y todas las iras de la naturaleza, pero seguro porque sabíais que estabais protegido por los espíritus infernales.

—¿Alguna cosa más? —preguntó el Corsario Negro con voz casi estridente.

—Sí, que a los hombres de los trajes rojo y verde les había hecho ahorcar un hombre que era vuestro mortal enemigo y que…

—Continuad —dijo el corsario con voz cada vez más sombría.

En vez de terminar la frase, la joven duquesa permaneció en silencio aunque mirándole con cierta inquietud y vago terror.

—Y bien… ¿Por qué os interrumpís? —le preguntó él—. ¡Continuad!

—No me atrevo… —repuso la joven vacilando.

—¿Es que os causo miedo? Decidme, señora, ¿es eso?

—No, pero…

Y levantándose le preguntó repentinamente:

—¿Es cierto que vos invocáis a los muertos?

En aquel momento se oyó en el costado de babor del *Rayo* el choque de una gran ola. El golpe resonó sordamente en la profundidad de la estiba al mismo tiempo que algunos copos de espuma llegaban hasta las ventanas del salón bañando las cortinas.

El Corsario Negro se levantó precipitadamente y, pálido como un cadáver, miró a la joven. Sus ojos brillaban como dos carbones encendidos y en ellos se reflejaba una profunda emoción. Abrió una de las ventanas e inclinándose se asomó al exterior.

El mar estaba tranquilo y brillaba bajo los pálidos rayos del astro nocturno. La suave brisa que empujaba las velas del *Rayo* solo formaba sobre la superficie del mar algunas pequeñas ondas.

Sin embargo, por el costado de babor podía verse aún el agua espumante que chocaba contra el costado del buque, como si fuera una inmensa ola impulsada por una fuerza misteriosa o por algún fenómeno inexplicable.

Inmóvil ante la ventana y con los brazos cruzados sobre el pecho, el Corsario Negro seguía mirando el mar sin hacer el menor movimiento y sin despegar los labios. Parecía que sus fulgurantes ojos querían sondear y recorrer las profundidades del Caribe.

La duquesa, que se había acercado sigilosamente, estaba pálida y era presa de un supersticioso terror.

—¿Qué miráis? —le dijo dulcemente.

El corsario no pareció oírla, porque ni siquiera hizo el más leve gesto.

—¿En qué pensáis? —insistió la duquesa.

Una sacudida recorrió el cuerpo del Corsario Negro.

—Me preguntaba —respondió lúgubremente— si será posible que los muertos sepultados en el fondo del mar puedan abandonar las profundidades donde reposan y subir hasta la superficie.

La joven sintió su cuerpo recorrido por un intenso escalofrío.

—¿De qué muertos estáis hablando? —le preguntó tras algunos instantes de silencio.

—De los que perdieron la vida... sin ser vengados.

—¿De vuestros hermanos, quizá?

—Quizá —repuso el corsario con voz apenas audible.

Enseguida, volviendo a la mesa y llenando dos vasos con vino blanco, dijo con una sonrisa forzada que contrastaba con la palidez de su rostro:

—¡A vuestra salud, señora! Hace rato que ha anochecido y tenéis que regresar a vuestro barco.

—La noche está tranquila, caballero. Ningún peligro amenaza al bote que ha de llevarme a bordo de mi barco.

La mirada del corsario, sombría hasta entonces, pareció serenarse de repente.

—¿Queréis seguir haciéndome compañía, señora? —le preguntó.

—Si no os molesta...

—Por supuesto que no, señora. La vida es dura en el mar y disfrutar de una compañía como la vuestra es un placer del que muy pocas veces puede gozar un marino. Pero, si vuestra mirada no me engaña, creo que debéis de tener algún motivo para desear quedaros aquí.

—Es posible...

—Hablad. La tristeza que se había apoderado de mí ya se ha desvanecido.

—Decidme, caballero, ¿es cierto que habéis abandonado vuestro país para llevar a cabo una terrible venganza?

—Así es, señora. Y debo añadir que no gozaré de paz ni en el mar ni en la tierra hasta que no cumpla esa venganza.

—¿Tanto odiáis a ese hombre?

—Tanto que, si para acabar con él tuviera que dar hasta la última gota de mi sangre, lo haría gustoso.

—¿Tan grave es lo que os ha hecho?

—Ha destruido a mi familia, señora. Pero hace dos noches hice un juramento que mantendré aunque tenga que recorrer el mundo entero o adentrarme en el interior de la tierra para dar con mi enemigo y con todos los que tienen la desgracia de llevar su nombre.

—¿Y ese hombre está aquí, en América?

—Sí, en una ciudad del gran golfo.

—¿Y cuál es su nombre? —preguntó la joven con gran ansiedad—. ¿Puedo saberlo?

En lugar de responder, el Corsario Negro la miró a los ojos.

—¿Os interesa saberlo? —le preguntó tras unos instantes de silencio—. Vos no pertenecéis al mundo de los filibusteros y sería peligroso que lo supierais.

—¡Oh...! ¡Caballero! —exclamó ella palideciendo.

El corsario movió la cabeza como si quisiera sacudirse un pensamiento inoportuno y, empezando a pasear muy agitado, le dijo:

—Se ha hecho tarde, señora. Es necesario que volváis a vuestro barco.

Se volvió hacia el negro, que permanecía inmóvil junto a la puerta como si fuese una estatua de negro basalto, y le preguntó:

—¿Está dispuesto el bote?

—Sí, patrón —repuso el africano.

—¿Quiénes lo tripulan?

—Mi amigo blanco y su compañero.

—¡Vamos, señora!

La joven flamenca se cubrió la cabeza con el velo de seda y se levantó.

El corsario, sin pronunciar palabra, le ofreció su brazo y la acompañó a cubierta. En el transcurso de aquel breve recorrido se detuvo dos veces, mirando el rostro de la joven y ahogando un leve suspiro.

—Adiós, señora —le dijo al llegar junto a la escalera.

Ella le alargó la mano. Se estremeció al sentir temblar la del corsario.

—Gracias por vuestra hospitalidad, caballero —murmuró la joven.

Él se inclinó en silencio y señaló a Carmaux y Wan Stiller, que esperaban al pie de la escalera. La joven descendió, seguida por la mulata. Pero al llegar al bote levantó la cabeza y vio en lo alto al Corsario Negro, que, inclinado sobre la amura, la seguía con la mirada.

Se acomodó en el bote, sentándose en la popa al lado de la mulata, mientras Carmaux y Wan Stiller tomaban los remos e iniciaban la boga.

No tardaron en llegar al buque español, que marchaba lentamente siguiendo la estela dejada por el *Rayo*, que lo remolcaba.

Al llegar a bordo, la joven flamenca, en lugar de dirigirse hacia su camarote, subió al castillo de proa y miró atentamente el navío filibustero.

En la popa, cerca del timón, vio delinearse a la luz de la luna la negra figura del corsario, de la que destacaba la gran pluma del chambergo ondeando por el impulso de la brisa nocturna.

Allí estaba, inmóvil, con un pie sobre la amura, la mano izquierda en la guarda de su espada, la derecha en la cadera y la mirada fija en la proa de la nave española.

—¡Mírale! ¡Es él! —murmuró la joven inclinándose hacia la mulata, que la había seguido—. ¡El fúnebre caballero de ultramar! ¡Extraño hombre!

MISTERIOSAS FASCINACIONES

El *Rayo* navegaba lentamente hacia el norte con objeto de llegar hasta las costas de Santo Domingo para, una vez en ellas, abocar el canal que se abría entre aquella isla y la de Cuba.

El *Rayo* navegaba trabajosamente con el escasísimo impulso que le proporcionaba la ligera brisa. Retrasaban su marcha el navío español que remolcaba y la gran corriente equinoccial del Golfo, que, después de atravesar el Atlántico, entra impetuosamente en el mar de las Antillas y corre luego hacia las playas de América Central para llegar al fin, después de describir un gran giro, al golfo de México, entre las islas Bahamas y las costas meridionales de Florida.

Afortunadamente, el mar se mantenía en calma. De otro modo, el barco corsario se habría visto obligado a abandonar a la furia de las olas la presa que cobrara a tan alto precio, pues los huracanes que suelen desencadenarse en el mar de las Antillas son tan violentos que es imposible hacerse una idea de su furia.

Aquellas regiones, que parecen haber recibido todas las bendiciones de la naturaleza, aquellas opulentas islas de prodigiosa fertilidad, favorecidas por un clima sin par y que se extienden bajo un cielo que nada tiene que envidiar en su pureza al de Italia, gracias a los vientos dominantes del este y a la corriente equinoccial, se ven sometidas a menudo a espantosos cataclismos que las trastornan en pocas horas.

De vez en cuando son azotadas por horribles huracanes que destruyen las ricas plantaciones, arrancan de cuajo bosques enteros y derriban ciudades y aldeas. Cuando esto ocurre, oleadas gigantescas se levantan del mar y se precipitan con irresistible ímpetu sobre las costas, llevándose por delante cuanto encuentran en su camino y arrastrando los barcos anclados en los puertos hasta las devastadas tierras del interior. Es entonces cuando el suelo se ve sacudido por formidables convulsiones que cambian su fisonomía y sepultan a miles y miles de personas.

Sin embargo, la buena estrella seguía sonriendo a los filibusteros del Corsario Negro. Porque, como hemos dicho, el tiempo se mantenía espléndido y todo parecía prometer una tranquila navegación hasta la isla de La Tortuga.

El *Rayo* surcaba plácidamente las aguas de color esmeralda, que formaban una superficie tan lisa como la de un cristal y tan transparente que permitía distinguir el blanco lecho del golfo que, a una profundidad de cien brazas, estaba sembrado de arrecifes coralinos.

La luz, reflejándose en aquellas blanquísimas arenas, hacía aún más nítida y transparente el agua, no sin producir vértigo a quien, sin estar acostumbrado, quisiera mirarla.

En aquellas maravillosas aguas podían verse nadar en todas direcciones extraños peces que se perseguían o se devoraban. A menudo subían hasta la superficie con el impulso de vigorosos coletazos, esos terribles peces devoradores de hombres llamados zigdenas, escualos muy parecidos a los tiburones y no menos feroces, algunos de los cuales alcanzan una longitud de hasta veinte pies. Su forma es la de un martillo; sus ojos, redondos y enormes, son como cristales incrustados en los extremos de la boca, y esta, además de tener enormes proporciones, está armada de poderosos dientes triangulares.

Dos días después de la victoria sobre el navío español, el *Rayo*, gracias a un viento fuerte y favorable, navegaba por las aguas comprendidas entre Jamaica y el extremo occidental de Haití, dirigiéndose rápidamente hacia las costas meridionales de Cuba.

El Corsario Negro, que había permanecido encerrado en su camarote casi la totalidad de aquellos dos días, al oír que el piloto anunciaba que había avistado las altas montañas de Jamaica subió al puente.

Todavía estaba bajo los efectos de aquella inexplicable inquietud que le invadiera la noche en que invitó a la bella joven flamenca a cenar en su camarote.

No estaba quieto ni un solo momento. Andaba nervioso por la pasarela, visiblemente preocupado y sin dirigir la palabra a nadie, ni siquiera a su lugarteniente Morgan.

Media hora estuvo en el puente, mirando de vez en cuando, pero distraídamente, las montañas de Jamaica, que se dibujaban claramente sobre el luminoso horizonte y cuyas laderas parecían quedar sumergidas en el fondo del mar. Luego volvió a bajar hasta la cubierta y prosiguió sus paseos entre los palos trinquete y mayor, con la amplia ala de su chambergo caída sobre los ojos.

De repente, como sacudido por algún extraño pensamiento y obedeciendo a una irresistible tentación, volvió al puente y bajó de nuevo hasta el castillo, deteniéndose junto a la amura.

Inmediatamente su mirada quedó fija en la proa del navío español, que les seguía a una distancia de sesenta metros, longitud que tenía la gúmena de remolque.

Se estremeció e hizo ademán de retirarse. Pero inmediatamente se detuvo mientras su rostro, siempre sombrío, se iluminaba y su palidez dejaba paso a un ligero tinte rosado que, no obstante, solo duró unos instantes.

En la proa del barco español había visto una blanca silueta apoyada en el cabrestante. Era la joven duquesa, envuelta en un amplio manto blanco, con los rubios cabellos cayendo sobre la espalda en gracioso desorden y agitándose al impulso de la brisa marina.

Tenía la cabeza vuelta hacia el buque filibustero y los ojos fijos en la popa; mejor dicho, en el Corsario Negro. Su inmovilidad era absoluta y tenía la barbilla apoyada en las manos, cruzadas en actitud meditabunda.

El Corsario Negro no hizo el menor gesto, ni siquiera para saludarla. Se asió a la amura con las dos manos, como si tuviese miedo de que le arrancasen de allí, y fijó sus ojos en los de la joven.

Parecía completamente fascinado por aquellas pupilas que brillaban como hierro fundido. Se podía haber creído que ni siquiera respiraba.

Semejante encantamiento, muy extraño en un hombre del temple del corsario, duró un minuto. Luego pareció romperse bruscamente.

El Corsario Negro, casi arrepentido de haberse dejado vencer por los ojos de la joven, quitó rápidamente las manos de la amura y retrocedió un paso.

Miró al timonel, que estaba a dos pasos; luego al mar, y enseguida a la arboladura del *Rayo*; pero siempre terminaba con los ojos fijos en la proa de la nave española, como si no se decidiera a perderla de vista. Luego volvió a mirar a la joven duquesa.

Ella permanecía inmóvil. Seguía apoyada en el cordaje, con el mentón apoyado en la mano derecha y la rubia cabeza inclinada hacia delante, mirando sin pestañear al Corsario Negro. Una viva luz, irresistible, se escapaba de sus grandes ojos, cuyas pupilas parecían haber quedado petrificadas.

El capitán del *Rayo* seguía retrocediendo, pero lentamente, como incapaz de sustraerse a aquella fascinación. Estaba más pálido que nunca y un ligero temblor sacudía su cuerpo.

Siempre retrocediendo por el puente de mando, llegó hasta el castillo, donde se detuvo algunos instantes. Luego prosiguió su marcha hasta tropezar con Morgan, que estaba terminando su turno de guardia.

—¡Oh…! ¡Perdona! —le dijo algo confuso, mientras un extraño rubor coloreaba sus mejillas.

—¿También estabais vos mirando el color del sol, señor? —le preguntó el lugarteniente.

—¿Qué le pasa al sol?

—Miradlo.

El corsario levantó los ojos y vio que el astro diurno, poco antes fulgurante, adquiría un tinte rojizo que le confería el aspecto de una plancha de hierro incandescente.

Se volvió hacia los montes jamaiquinos y vio que sus cumbres destacaban con mayor nitidez sobre el fondo del cielo, como si estuvieran iluminadas por una luz mucho más viva que antes.

Una cierta inquietud se manifestó inmediatamente en el rostro del corsario y su mirada se dirigió hacia el navío español, volviendo a fijarse en la joven flamenca, que seguía inmóvil en el mismo lugar.

—¡Vamos a tener huracán! —dijo al fin con voz sorda.

—Todo lo indica, capitán —respondió el lugarteniente—. ¿No percibís ese olor nauseabundo que se levanta del mar?

—Sí. Y veo también que la atmósfera empieza a enturbiarse. No cabe duda, son los síntomas de los terribles huracanes que suelen azotar las Antillas.

—Cierto, capitán.

—¿Queréis un consejo, señor?

—Habla, Morgan.

—Dotad a ese barco con la mitad de la tripulación del *Rayo*.

—Creo que tienes razón. Sentiría, por mis hombres, que ese hermoso navío fuera a parar al fondo del mar.

—¿Vais a dejar en él a la duquesa?

—¡La joven flamenca! —dijo el corsario arrugando la frente.

—Creo que estará mucho más segura a bordo del *Rayo*.

—¿Os disgustaría que se ahogase? —preguntó el capitán volviéndose bruscamente hacia Morgan y mirándole fijamente.

—Lo que pienso es que esa duquesa puede valer algunos miles de pesos…

—¡Ah…! Es cierto… Tendrán que pagar su rescate.

—¿Queréis que ordene que la transborden antes de que las olas lo impidan?

El corsario no respondió. Se había puesto a pasear por el puente como si de nuevo le ocupasen graves problemas.

Así permaneció durante algunos minutos. De repente se detuvo ante Morgan y le preguntó bruscamente:

—¿Crees que algunas mujeres pueden ser fatales?

—¿Qué os puedo decir yo? —repuso el lugarteniente con estupor.

—¿Serías capaz de amar a una mujer sin sentir cierto temor?

—¿Por qué no?

—¿Acaso no crees que es más peligrosa una hermosa joven que un sangriento abordaje?

—Quizá sí. Pero ¿sabéis lo que dicen los filibusteros y bucaneros de La Tortuga antes de escoger una compañera entre las mujeres que envían allí los gobiernos de Francia e Inglaterra para que encuentren marido?

—Jamás me he preocupado de los matrimonios de los filibusteros. Ni, por supuesto, tampoco de los de los bucaneros.

—Pues dicen exactamente estas palabras: «De lo que has hecho hasta ahora no te pido cuentas, y si algo reprobable hay en ello te absuelvo. Pero de ahora en adelante tendrás que darme explicaciones de todos tus movimientos».Y, señalando el cañón de su fusil, añaden: «Si tú me fallas, este no lo hará, y será el arma de mi venganza».

El Corsario Negro se encogió de hombros diciendo:

—¡Bah! Yo me refería a mujeres bien distintas de las que envían aquí a la fuerza los gobiernos de ultramar.

Se detuvo un instante y, señalando a la joven duquesa, que permanecía aún en el mismo lugar, continuó:

—¿Qué te parece esa joven, Morgan?

—Que es una de las criaturas más hermosas que jamás han podido verse en estos mares de las Antillas.

—¿Y no te da algo de miedo?

—¿Esa muchacha? ¡Por supuesto que no!

—Pues a mí sí, Morgan.

—¿A vos? ¿Al que llaman el Corsario Negro? ¡Estáis bromeando, capitán!

—No —repuso el filibustero—. A veces leo en mi destino. También lo han hecho otras personas: una zíngara de mi país me predijo que la primera mujer a la que amara me sería fatal.

—¡No tenéis por qué hacer caso de esas palabras, señor!

—Pero ¿sabes lo que aquella zíngara predijo a mis tres hermanos? ¿Qué opinarías si te dijera que les aseguró que uno de ellos moriría en un asalto a causa de una traición, y que los otros dos acabarían en la horca? Sabes muy bien que esa profecía desgraciadamente se ha cumplido.

—¿Y qué es lo que os predijo exactamente a vos?

—Que moriría en el mar, lejos de mi patria, a causa de la mujer amada.

—¡Por todos los demonios! —murmuró Morgan estremeciéndose—. ¡Pero esa zíngara puede haberse equivocado respecto a vos!

—Lo dudo —dijo el corsario con voz tétrica.

Movió la cabeza y, tras permanecer unos instantes en silencio, añadió:

—¡Sea!

Bajó del puente de mando, fue hacia la proa, donde había visto al africano hablando con Carmaux y Wan Stiller, y les dijo:

—¡Echad al agua la chalupa grande! Traed a bordo del *Rayo* a la duquesa de Weltendrem y a su séquito.

Mientras los dos filibusteros y el africano se apresuraban a cumplir la orden del corsario, Morgan escogía a treinta marineros para enviarlos como refuerzo de los que ya se encontraban a bordo del navío español, previendo que muy pronto sería necesario cortar la gúmena de remolque.

Un cuarto de hora después, Carmaux y sus compañeros estaban de regreso. La duquesa flamenca, sus camareras y sus pajes subieron a bordo del *Rayo*. En lo alto de la escala les esperaba el Corsario Negro.

—¿Tenéis que darme alguna noticia urgente, caballero? —preguntó la joven mirándole a los ojos.

—Sí, señora —repuso el corsario inclinándose ante la duquesa.

—¿Puedo saber ahora mismo de qué se trata, si no tenéis inconveniente?

—Por supuesto. Nos vemos obligados a abandonar vuestro barco a su suerte.

—¿Qué motivos tenéis para ello? ¿Acaso nos persiguen?

—No. Nos amenaza un huracán y voy a tener que cortar el cable de remolque. Quizá vos ya conozcáis la furia de las aguas del gran golfo cuando el viento se cierne sobre ellas.

—Y os interesa conservar a vuestra prisionera, ¿no es así? —dijo la joven sonriendo.

—Mi *Rayo* ofrece en estos momentos mayor seguridad que vuestro barco.

—Gracias por vuestra gentileza, caballero.

—No me deis las gracias, señora —repuso el corsario con aire meditabundo—. Este huracán puede ser fatal para alguno de nosotros.

—¡Fatal! —exclamó la joven con sorpresa—. ¿Para quién?

—Habrá que esperar para saberlo.

—¿Qué creéis que puede ocurrir?

—No lo sé… Todo está en manos del destino.

—¿Acaso teméis por vuestra nave?

Una sonrisa se dibujó en los labios del corsario.

—El *Rayo* es un barco capaz de desafiar a los furores del cielo y las iras de las aguas. Y yo soy un hombre muy capaz para conducirlo a través de las olas y los vientos.

—No me cabe la menor duda, pero…

—Es inútil que insistáis para que os dé más explicaciones, señora.

Le indicó el camarote de popa y, quitándose el chambergo, le dijo:

—Aceptad la hospitalidad que os ofrezco, señora. Yo voy a desafiar a la muerte y a mi destino.

Volvió a cubrirse y subió al puente de mando. Mientras tanto, la calma que hasta entonces había reinado en el mar se rompió bruscamente, como si desde las Pequeñas Antillas llegasen cien trombas de viento.

Las chalupas que habían conducido a bordo del navío español a los treinta marineros habían regresado y la tripulación las estaba izando hasta la borda del *Rayo*.

El Corsario Negro subió al puente, adonde poco antes había llegado Morgan, y se puso a observar el horizonte por la parte de levante.

Una gran nube, muy oscura y con los bordes teñidos de un color rojo encendido, se levantaba rápidamente por encima de la línea del horizonte, empujada sin duda por un viento irresistible, mientras el sol, próximo a su ocaso, se oscurecía por momentos como si una espesa niebla se interpusiera entre él y la tierra.

—En Haití ya se ha desencadenado el huracán —dijo el corsario a Morgan.

—Y a estas horas, las Pequeñas Antillas seguramente estarán ya devastadas —añadió el lugarteniente—. Dentro de una hora el estado de estas aguas será espantoso.

—¿Qué harías en mi caso?

—Buscaría refugio en Jamaica.

—¿Pretendes insinuar que mi barco ha de huir ante un huracán? —exclamó el corsario enfurecido—. ¡Oh…! ¡Jamás!

—¡Pero, señor! ¡Vos conocéis los huracanes de las Antillas!

—¡Lo sé, y a pesar de ello lo desafiaré! Será el buque de línea el que irá a buscar refugio en las costas de Jamaica, pero no mi *Rayo*. ¿Quién manda a nuestros hombres de la nave española?

—El maestre Wan Horn.

—Un hombre valiente que algún día llegará a ser un famoso filibustero. ¡Sabrá salir del apuro sin perder el botín!

Descendió hasta la toldilla de cámara con el tornavoz en la mano y, subiéndose en la amura de popa, gritó enérgicamente:

—¡Soltad la gúmena de remolque! ¡Eh! ¡Maestre Wan Horn, refugiaos en Jamaica!

Y muy seguro de sus palabras añadió:

—¡Nosotros os esperaremos en La Tortuga!

—¡A vuestras órdenes, comandante! —respondió el maestre, que permanecía en la proa de la nave española a la espera de instrucciones.

Se armó de un hacha y de un solo tajo cortó el cable de remolque. Luego, volviéndose hacia sus marineros y descubriéndose la cabeza, gritó:

—¡Sea la voluntad de Dios!

El barco desplegó las velas de trinquete y mesana, pues la mayor estaba inutilizada; cambió de rumbo y se alejó hacia las costas de Jamaica, mientras el *Rayo* se adentraba atrevidamente en las aguas comprendidas entre las costas occidentales de Haití y las meridionales de Cuba.

El huracán se acercaba rápidamente. A la calma sucedieron de repente bruscos y furiosos golpes de viento procedentes de las Pequeñas Antillas, mientras se formaban gigantescas olas que ofrecían un aspecto pavoroso.

Parecía que el fondo del mar hubiera entrado en ebullición, pues se veían en su superficie espumantes burbujas y grandes remolinos, mientras enormes columnas líquidas se levantaban de la superficie y volvían a caer produciendo gran estrépito.

Entretanto, la gran nube negra invadía completamente el cielo, interceptando la luz crepuscular, y las tinieblas caían sobre el enfurecido mar tiñendo las aguas de un siniestro color negruzco que las hacía semejantes a un gran torrente de alquitrán.

El corsario, siempre tranquilo y sereno, no parecía preocupado por la amenaza del huracán. Su mirada seguía al navío español, que aún podía verse entre las grandes olas, a punto de desaparecer por el horizonte en dirección a Jamaica.

Quizá era aquel barco lo único que le inquietaba, pues sabía muy bien que se encontraba en pésimas condiciones para hacer frente a las primeras embestidas del huracán.

En cuanto el navío español desapareció de su vista, descendió hasta la toldilla de popa y despidió al piloto diciendo:

—¡Dame la barra! ¡Quiero ser yo el que conduzca al *Rayo*!

LOS HURACANES DE LAS ANTILLAS

Tras devastar las Pequeñas Antillas, que son las primeras en recibir sus terribles golpes, el huracán recorría ahora el canal de sotavento, con esa violencia tan bien conocida por los navegantes del golfo de México y del mar Caribe.

A la clara y brillante luz de la zona ecuatorial había seguido una oscurísima noche que todavía no se veía atenuada por el resplandor de los relámpagos. Se trataba de una de esas noches que infunden miedo a los más audaces navegantes. No se podía ver más que la espuma de las olas, que parecían haberse vuelto fosforescentes.

Ráfagas de agua y viento azotaban el mar con irresistible ímpetu. Sus furiosos golpes se sucedían, produciendo silbidos y rugidos pavorosos, haciendo crepitar el velamen del barco corsario y doblando incluso la sólida arboladura.

Se oía resonar en el aire un extraño murmullo que crecía por momentos. Era como si miles de carros cargados de chatarra corriesen por el cielo en una desenfrenada carrera o como si pesados convoyes cruzasen a extraordinaria velocidad por puentes metálicos.

El estado del mar era horrible. Las olas, altas como montañas, se trasladaban de levante a poniente lanzándose unas sobre otras con sordos rumores y estallidos formidables y levantando cortinas de espuma fosforescente. Se alzaban tumultuosamente, como empujadas por una misteriosa fuerza, y volvían a caer abriendo simas tan enormes que parecían llegar hasta el mismo fondo del océano.

El *Rayo*, con el velamen reducido al máximo, había empezado valerosamente la lucha. No llevaba tendidos más que los foques y las velas de trinquete y del mayor.

Parecía un pájaro fantástico que volase a ras de las olas. Ya subía rápidamente aquellas montañas en movimiento, deslizándose sobre las aguas como tratando de clavar su espolón en las nubes, ya descendía entre aquellos muros líquidos como si fuera a precipitarse en el fondo del abismo.

Navegaba desesperadamente, sumergiendo a veces en la espuma las extremidades de los penoles del trinquete y del mayor, pero sus formidables costados no cedían ante el empuje formidable de las olas.

Alrededor del barco, e incluso sobre la cubierta, caían a intervalos ramas de árboles, frutas de todas clases, cañas de azúcar y amasijos de hojas que revoloteaban en los torbellinos y que habían sido arrancados en los bosques y plantaciones de la cercana isla de Haití, mientras verdaderos torrentes de agua se precipitaban con un ensordecedor estrépito desde las nubes, corriendo furiosos por la cubierta y saliendo a duras penas por los imbornales.

A la noche oscura no tardó en suceder una noche de fuego. Relámpagos cegadores rasgaban las tinieblas iluminando el mar y la nave con una lívida luz, mientras entre las nubes resonaban tremendos truenos, como si allá arriba se hubiera establecido un feroz duelo entre centenares de piezas de artillería.

El aire estaba saturado de electricidad, hasta el extremo de que centenares de chispas saltaban y brillaban en las vergas y jarcias del *Rayo*, mientras en lo alto de los palos refulgía siniestramente el fuego de San Telmo.

En aquellos momentos el huracán alcanzaba su máxima intensidad.

El viento había adquirido una espantosa velocidad y rugía tremendamente, formando colosales remolinos y levantando enormes cortinas de agua pulverizada.

Los foques del *Rayo*, arrancados y desgarrados por el viento, habían sido arrastrados hasta las aguas, y la vela de trinquete acababa de hacerse jirones. Pero la del palo mayor seguía resistiendo tenazmente.

Debatiéndose entre las olas y las ráfagas de viento, la nave huía velozmente entre los relámpagos y las trombas marinas.

En algunos momentos parecía que iba a desaparecer en los abismos. Pero no tardaba en emerger de nuevo, sacudiéndose las olas que la golpeaban y la espuma que la cubría casi totalmente.

El Corsario Negro, siempre erguido en la popa y con la barra en la mano, guiaba el buque con seguridad y firmeza. Inconmovible ante las furias del viento, impasible bajo el agua que le bañaba, desafiaba intrépidamente la cólera de la naturaleza con los ojos encendidos y una sonrisa en los labios. Su negra figura destacaba entre el resplandor de los relámpagos adquiriendo a veces proporciones fantásticas.

Los rayos serpenteaban a su alrededor trazando deslumbrantes líneas de fuego. El viento le embestía, arrancándole, pedazo a pedazo, la larga pluma de su chambergo. La espuma le cubría de cuando en cuando como si quisiera derribarlo. Los truenos, cada vez más formidables, le ensordecían. Pero él se mantenía en su puesto, conduciendo con firmeza la nave a través de aquellas infernales aguas.

Parecía un genio del mar surgido de las profundidades del golfo para medir sus fuerzas con las que desencadenaba la naturaleza.

Sus marineros, igual que en la noche del abordaje, cuando el corsario lanzaba el *Rayo* sobre el buque español, le miraban con supersticioso terror y se preguntaban si aquel hombre era verdaderamente un mortal como ellos o, por el contrario, un ser sobrenatural que ni la metralla, ni las espadas, ni siquiera los huracanes podían abatir. De repente, cuando las olas rompían con mayor furia en los costados del velero, se pudo ver cómo el corsario se apartaba un instante de la barra del timón tratando de precipitarse hacia la escalera de babor del castillo de popa, mientras hacía un gesto de sorpresa y terror.

Una mujer había salido del camarote y subía al castillo, agarrándose enérgicamente al pasamanos de la escalera para evitar ser despedida por uno de los desordenados bandazos de la nave.

Iba completamente envuelta en un pesado capote de paño catalán, pero tenía la cabeza descubierta y el viento hacía ondear su soberbia cabellera rubia.

—¡Señora! —gritó el corsario, que había reconocido inmediatamente a la joven flamenca—. ¿No os dais cuenta del peligro que corréis aquí? ¡Es como si salierais en busca de la muerte!

La duquesa no respondió. Se limitó a hacer un gesto con la mano como si quisiera decir: «No tengo miedo».

—Retiraos, señora —dijo el corsario, cuyo rostro llegó al límite de la palidez.

En lugar de obedecer, la valerosa joven subió hasta el castillo, lo atravesó sujetándose a la amura y se detuvo entre esta y la popa de la chalupa grande, sujeta firmemente al cabrestante para impedir que se la llevaran las olas.

El corsario insistió nuevamente para que se retirara, pero ella se negó nuevamente con un gesto similar al anterior.

—¡Estáis tentando a la muerte! —repitió el corsario—. ¡Volved a vuestro camarote!

—¡No! —repuso secamente la duquesa.

—Pero… ¿qué habéis venido a hacer aquí?

—He venido a admirar al Corsario Negro.

—Y a dejar que las olas os arrastren.

—Y eso, ¿qué os puede importar a vos?

—¡Pero yo no deseo vuestra muerte, señora! ¿Me comprendéis? —gritó el corsario con un tono de voz en el que se reflejaba por vez primera un ímpetu apasionado.

La joven sonrió, pero permaneció inmóvil. Refugiada entre la amura y la popa de la chalupa, con las manos asidas al pesado capote, dejaba que el agua que caía sobre la toldilla la bañase, sin apartar los ojos del corsario.

Este, comprendiendo que era inútil insistir y alegrándose en el fondo de tener tan cerca a la valerosa joven, que, desafiando a la muerte, había ido hasta allí para admirar su audacia, no volvió a insistir para que se retirase. Cuando el huracán dio a la nave un momento de tregua, volvió los ojos hacia la duquesa y, casi involuntariamente, le sonrió. No cabía ya la menor duda de que la admiración era mutua.

Cuantas veces la miraba, sus ojos se encontraban con los de ella, que adquirían la misma expresión que tenía por la mañana en la proa del navío español.

Pero aquellos ojos, de los que fluía una misteriosa fascinación, producían en el intrépido filibustero una turbación que ni él mismo podía explicarse. Aun cuando no la miraba, sentía que ella no le perdía de vista un solo instante y no podía resistir el deseo de volverse hacia el lugar que ocupaba la bella joven.

Hubo un momento en el que las olas cayeron sobre el *Rayo* con mayor ímpetu. Tuvo miedo de sentirse trastornado por aquella mirada y gritó:

—¡No me miréis así, señora! ¡Nos jugamos la vida!

Aquella inexplicable fascinación cesó en el acto. La joven bajó la cabeza y se tapó el rostro con las manos.

El *Rayo* se encontraba entonces cerca de las costas de Haití, que a la luz de los relámpagos se delineaban ya en el horizonte, flanqueadas por peligrosas escolleras contra las que la nave podía hacerse añicos.

La voz del corsario resonó entre los mugidos de las olas y el viento:

—¡Una vela de recambio en el trinquete! ¡Plegad los foques! ¡Atentos a la virada!

El mar, aun cuando el viento lo empujase hacia las costas meridionales de Cuba, también dejaba sentir su furia cerca de las de Haití. Oleadas de fondo de quince o dieciséis metros de altura se formaban en torno a las escolleras, produciendo terribles contraoleajes.

Pero el *Rayo* no cedía en su lucha. La vela de recambio había sido desplegada en el trinquete, y los foques, recogidos en el bauprés. El navío surcaba las aguas a una velocidad vertiginosa.

De vez en cuando las oleadas se volcaban sobre él impetuosamente, ya sobre babor, ya sobre estribor, pero con vigorosos movimientos de la barra del timón el Corsario Negro lo mantenía siempre seguro.

Afortunadamente, el huracán, tras haber llegado a su mayor intensidad, empezaba a amainar y su violencia se iba aplacando poco a poco. Por lo general, esas tremendas tempestades duran pocas horas.

Los nubarrones empezaban a romperse en varios puntos dejando entrever alguna estrella, y el viento no soplaba ya con su primitivo furor. A pesar de ello, el mar seguía dando muestras de bravura. Tendrían que transcurrir aún muchas horas antes de que muriesen definitivamente las gigantescas olas lanzadas por el Atlántico contra el gran golfo.

Durante toda la noche la nave corsaria siguió luchando desesperadamente contra las aguas que la acometían por doquier. Pero al fin consiguió superar victoriosamente el canal de sotavento y abocar el brazo de mar que separaba las Grandes Antillas de las islas Bahamas.

Al amanecer, cuando el viento cambió su dirección de levante por la de septentrión, el *Rayo* se encontraba casi frente al cabo Haití.

El Corsario Negro, que debía de hallarse rendido por tan larga lucha y cuyas ropas estaban completamente empapadas, en cuanto vio lucir en el cabo el pequeño faro de la ciudadela, entregó la barra del timón a Morgan. Luego se dirigió hacia la chalupa, cerca de la cual estaba acurrucada la joven flamenca, y le dijo a esta:

—¡Venid, señora! Yo también os he admirado y creo que ninguna mujer se hubiera atrevido, como vos, a afrontar la muerte por ver cómo mi barco luchaba contra el huracán.

La joven se levantó, sacudiéndose el agua que durante horas había caído sobre ella, miró al corsario a los ojos sonriendo y le dijo:

—Es posible que ninguna mujer se hubiera atrevido a subir a cubierta. Eso me servirá para decir que solo yo he podido ver al Corsario Negro conducir su nave en medio del más terrible huracán y admirar su fuerza y su audacia.

El filibustero no respondió. Permaneció ante ella mirándola con ojos brillantes, mientras en su frente se dibujaba cierta preocupación.

—Sois una mujer valerosa —respondió al fin, pero en voz tan queda que solo él pudo oírla.

Luego, suspirando, añadió:

—¡Lástima que, según la profecía, tengáis que ser vos la mujer que ha de resultar fatal para mi vida!

—¿De qué profecía estáis hablando? —preguntó la joven estupefacta.

En lugar de responder, el corsario movió tristemente la cabeza murmurando:

—¡Locuras!

—¿Sois supersticioso, caballero?

—Quizá.

—¿Vos?

—Quizá lo sea, pero lo cierto es que, hasta ahora, las predicciones de la zíngara se han cumplido puntualmente.

Miró las olas que se estrellaban contra el costado de la nave envueltas en sordos mugidos y, mostrándoselas a la joven, añadió tristemente:

—¡Preguntádselo a ellas, si podéis…! ¡Ambos eran hermosos, jóvenes, fuertes y audaces! Y ahora duermen bajo esas aguas, en el fondo del mar. La fúnebre profecía se ha cumplido y lo más probable es que también se cumpla en lo que a mí respecta, porque siento que aquí, en el corazón, se levanta una llama gigantesca que no soy capaz de apagar. ¡Sea! ¡Que se cumpla el destino fatal, si eso es lo que está escrito! No me da miedo el mar, y donde duermen mis hermanos allí también yo encontraré un sitio. ¡Pero eso sucederá después de que ese traidor me haya precedido!

Se encogió de hombros, hizo con ambas manos un gesto amenazador y descendió al camarote, dejando a la joven flamenca más asombrada que nunca con aquellas palabras que no podía comprender.

Tres días después, cuando el mar ya se había tranquilizado, el *Rayo*, empujado por un viento favorable, avistaba La Tortuga, nido de los formidables filibusteros del gran golfo.

EL FILIBUSTERISMO

En 1625, mientras Francia e Inglaterra intentaban con guerras continuas acabar con el formidable poderío de España, dos navíos, francés el uno e inglés el otro, tripulados por intrépidos corsarios llegados al mar de las Antillas para dificultar el floreciente comercio de las colonias españolas, anclaban casi al mismo tiempo ante una isla llamada San Cristóbal, habitada únicamente por tribus de caribes.

Los franceses estaban capitaneados por un caballero normando llamado señor de Enanbue; los ingleses, por el caballero Thomas Warner.

Hallada la fértil isla de pacíficos y dóciles habitantes, los corsarios se establecieron tranquilamente en ella, dividiéndose como hermanos aquel pedazo de tierra y fundando dos pequeñas colonias.

Durante cinco años, aquellos hombres vivieron tranquilos cultivando el suelo, pues habían renunciado ya a sus aventuras en el mar. Hasta que un mal día apareció de improviso una escuadra española que acabó con un gran número de colonos juntamente con sus viviendas. Los españoles creían tener un perfecto derecho a actuar de esta manera, pues consideraban que todas las islas del golfo de México eran de su absoluta propiedad.

Algunos de los colonos consiguieron huir de las iras españolas y llegaron hasta otra isla, llamada de La Tortuga porque vista a cierta distancia tiene cierto parecido con ese reptil, y situada al norte de Santo Domingo, casi frente a la península de Samana, y con un puerto que facilitaba su defensa.

Aquel puñado de corsarios fueron los creadores de una formidable raza de filibusteros que no tardaría en asombrar al mundo entero con sus extraordinarias e increíbles empresas.

Mientras algunos se dedicaban al cultivo del tabaco, que tan buenos resultados daba en aquellos terrenos vírgenes, otros, deseosos de vengarse de la destrucción de las pequeñas colonias de San Cristóbal, merodeaban por el mar, tripulando simples botes, con la intención de acosar a los españoles.

La Tortuga no tardó en convertirse en un verdadero país de promisión para cientos de aventureros franceses e ingleses, procedentes de las cercanas tierras de Santo Domingo e incluso de la lejana Europa, y que eran mandados generalmente por armadores normandos.

Aquella muchedumbre, compuesta en su mayoría por fugitivos, soldados y marineros ávidos de riquezas y fáciles botines, y llegada hasta allí con el único y ferviente deseo de hacer fortuna y de poner las manos en las riquezas mineras de las que España obtenía verdaderos ríos de oro, al encontrar en aquella pequeña isla haitiana lo que esperaban decidieron obtenerlo directamente de los españoles, considerando además que prestaban un gran servicio a sus naciones, que mantenían una continua guerra con el coloso ibérico.

Los colonos españoles de Santo Domingo, viendo que su comercio peligraba, pensaron en desembarazarse cuanto antes de aquellos ladrones y, en una de las ocasiones en que La Tortuga quedaba con la mínima guarnición, enviaron un gran contingente de tropas a asaltarla. La presa fue fácil, y cuantos filibusteros cayeron en las manos de los españoles fueron ahorcados o asesinados cruelmente por diversos sistemas.

Los filibusteros que se encontraban en el mar, apenas se percataron de la matanza, juraron vengarse. Bajo el mando de Willes, tras una lucha desesperada, reconquistaron La Tortuga y aniquilaron a cuantos españoles se encontraban en ella.

Pero no tardaron en surgir ásperas diferencias entre los colonos de la isla, debidas todas ellas a la diferencia numérica de franceses e ingleses, los primeros más numerosos. Estos roces fueron aprovechados por los españoles para caer nuevamente sobre La Tortuga dispuestos a acabar con sus habitantes, que fueron obligados a retirarse a los bosques dominicanos.

De esta suerte, y así como los primeros pobladores de la isla de San Cristóbal fueron los creadores del filibusterismo, los colonos huidos de La Tortuga fueron los fundadores de los bucaneros.

El acto de secar y ahumar las pieles de los animales capturados se conocía entre los caribes con el nombre de bucan, y de ahí el nombre que recibieron aquellos piratas.

Los hombres que más tarde habían de ser los más valerosos aliados de los filibusteros vivían como salvajes en miserables cabañas improvisadas con ramas y hojarasca.

Por vestido solo usaban una camisa de tela basta, teñida siempre en sangre; calzones del mismo género, un largo cinto del que siempre pendían un corto sable y dos cuchillos, zapatos de piel de cerdo y amplios chambergos.

No tenían más que una ambición: poseer un buen fusil y una numerosa jauría de grandes perros.

En parejas, para poder ayudarse mutuamente en caso de peligro, pues no tenían familia, partían de caza con las primeras luces del alba, haciendo frente con gran valor a los bueyes salvajes, numerosísimos en la isla de Santo Domingo. No volvían a sus bosques hasta la noche, no sin antes cobrar una buena pieza, ya fuera por su piel, ya por un buen pedazo de carne para la comida.

Unidos en una especie de confederación, empezaban a incomodar a los españoles, que volvieron a perseguirles como a animales feroces con ánimo de acabar con ellos de una vez por todas. La persecución dio resultados; dando grandes batidas, los españoles exterminaron a todos los bueyes salvajes, dejando a aquellos pobres cazadores en la imposibilidad de vivir.

Fue entonces cuando filibusteros y bucaneros se unieron bajo el nombre de Hermanos de la Costa, y regresaron a La Tortuga ávidos de una sed insaciable de venganza contra los españoles.

Aquellos valientes hombres, que jamás fallaban un disparo, pues eran magníficos cazadores, representaron una potente ayuda para los filibusteros, cuyo movimiento había alcanzado ya un considerable desarrollo.

La Tortuga prosperó rápidamente y llegó a ser la guarida de todos los aventureros de Francia, Holanda, Inglaterra y algunas otras naciones, todos ellos bajo las órdenes de Beltrán d'Ogeron, a quien el gobierno francés había enviado a aquellas tierras como gobernador.

Estando aún en su fase más encarnizada la guerra contra España, los filibusteros dieron comienzo a sus audaces empresas asaltando a cuantas naves españolas podían sorprender.

En principio no poseían más que miserables chalupas en las que ni siquiera podían moverse, pero no tardarían en disponer de los magníficos veleros que arrebataban a sus eternos enemigos.

Al no poseer cañones, los bucaneros eran los encargados de suplir las funciones de la artillería, y siendo como ya se ha dicho magníficos cazadores, les bastaban pocos disparos para abatir a las tripulaciones españolas.

Su audacia era tal que osaban hacer frente a los más grandes veleros, a los que abordaban con extraordinario furor. Ni la metralla, ni las balas, ni la más obstinada resistencia les hacían desistir de sus propósitos. Eran hombres desesperados que despreciaban el peligro e incluso la muerte; verdaderos demonios, y como tales les consideraban los españoles.

Rara vez daban cuartel a los vencidos, imitando la actitud de sus adversarios. Solo conservaban la vida a las personas distinguidas, nobles o famosos marinos, por los que pedían fabulosos rescates. El resto de las tripulaciones eran inmediatamente arrojados a las aguas, o simplemente asesinados. La lucha era por ambas partes una guerra de exterminio, sin la menor generosidad.

Aquellos ladrones del mar, como todos les llamaban, tenían no obstante leyes propias que respetaban rigurosamente, quizá mejores que las que dictaban sus propias naciones. Todos tenían iguales derechos; solamente en la distribución de los botines tenían los jefes una mayor parte.

Apenas vendido el fruto de sus piraterías retiraban una cantidad para las recompensas destinadas a los hombres más valerosos y a los heridos. De esta forma podían premiar a los que saltaban los primeros sobre el barco abordado y a aquellos otros que conseguían arrancar de él la bandera española. Tenían también recompensa aquellos que en circunstancias peligrosas, arriesgando incluso su propia vida, conseguían información o noticias acerca de los movimientos de las fuerzas españolas. Algunas de las recompensas estaban establecidas. Así, se concedían seiscientos pesos a los hombres que en el transcurso de una batalla perdían el brazo derecho; el izquierdo se valoraba en quinientos; cuatrocientos pesos valía una pierna, y a los heridos se les asignaba un peso diario durante dos meses.

De esta suerte, a bordo de las naves corsarias podían tener validez las severas leyes que regían la vida de aquellos aventureros.

Aquellos que abandonaban su puesto durante el combate pagaban su cobardía con la muerte. Estaba prohibido beber vino o cualquier clase de licor después de las ocho de la noche, hora fijada para el toque de silencio. No se permitían los duelos, los altercados, los juegos de cualquier tipo, y pagaban con su vida los que se atrevieran a llevar a bordo de sus naves a alguna mujer, aunque fuese su propia esposa.

Los traidores eran abandonados en islas desiertas, igual que aquellos que, antes de la distribución del botín, se apropiasen de cualquier objeto, por pequeño que fuera. Sin embargo, se dice que fueron raros estos últimos casos, pues los corsarios eran hombres de una honradez a toda prueba.

Cuando fueron dueños de algunos navíos, los filibusteros se hicieron más audaces, y no encontrando más veleros de los que apoderarse, pues los españoles habían puesto fin al comercio entre sus islas, empezaron a llevar a cabo sus grandes empresas.

Montbars fue el primer caudillo que alcanzó gran fama. Este caballero del Languedoc llegó a América para vengar a los pobres indios exterminados por los primeros conquistadores españoles, presa, como otros muchos, de un odio violento contra España por las atrocidades cometidas por algunos de los colonizadores.

Ya a la cabeza de los filibusteros, ya al frente de los bucaneros, causó estragos en las costas de Santo Domingo y de Cuba, acabando con un buen número de españoles.

Después de él, alcanzó la fama Pierre le Grand, un francés de Dieppe. Este audaz marinero, avistando un barco español que navegaba cerca del cabo Tiburón, y a pesar de no tener consigo más que veintiocho hombres, lo asaltó tras hundir su propio barco, con lo que pretendía dar a entender a sus hombres que se trataba de vencer o quedar sepultados para siempre bajo las aguas del mar.

Fue tal la sorpresa de los españoles al ver surgir de las aguas a aquellos hombres, que se rindieron tras una breve resistencia, creyendo que se trataba de espíritus marinos contra los que nada podían sus sables y sus espadas.

Lewis Scott, con un puñado de filibusteros, asaltó San Francisco de Campeche, ciudad bien guarnecida que él tomó y saqueó; John Davis, con solo noventa hombres, tomó Nicaragua y más tarde San Agustín de la Florida; Brazo de Hierro, un normando que perdió su nave cerca de la desembocadura del Orinoco a causa de un rayo que incendió la santabárbara, resistió fieramente los asaltos de los salvajes y, tras un día de encarnizada lucha, viendo que se acercaba una nave española con pocos hombres a bordo, la atacó por sorpresa. A estos hombres siguió un buen número de valientes filibusteros que alcanzaron la fama.

Pietro Nau, llamado el Olonés, sembró el pánico entre los españoles y, después de cien victorias sobre ellos, acabaría miserablemente su larga carrera en los estómagos de los salvajes del golfo de Darién, en la desembocadura del Atrato, tras haber sido pasado por la parrilla.

Grammont, caballero francés, fue el que le sucedió en la celebridad asaltando con filibusteros y bucaneros Maracaibo y Puerto Cabello, donde resistió con solo cuarenta hombres el ataque de trescientos españoles; luego, en compañía de Wan Horn y Laurent, tomó Veracruz.

Sin embargo, el más famoso de todos iba a ser Morgan, el lugarteniente del Corsario Negro. A la cabeza de un buen número de filibusteros ingleses empezó su carrera tomando Puerto Príncipe, en la isla de Haití. Más tarde asaltó y saqueó Portobelo, a pesar de la terrible resistencia de los españoles y del fuego infernal de su artillería, y luego Maracaibo. Finalmente, atravesando el istmo y tras grandes peripecias y sangrientas luchas, asaltó Panamá y la incendió después de haber obtenido un botín de cuatrocientas cuarenta y cuatro mil libras de plata maciza.

Sharp, Harris y Sawkins, otros tres hombres audaces que formaban una sociedad, saquearon Santa María y, luego, en memoria de la célebre expedición de Morgan, atravesaron el istmo llevando a cabo innumerables gestas y acabando con las fuerzas españolas, cuatro veces superiores en número, hasta llegar al océano Pacífico, donde se posesionaron de algunos navíos y destruyeron tras largas horas de encarnizada lucha la flota española, que se defendía con el valor que da la desesperación. Hicieron temblar Panamá, saquearon las costas occidentales de México y Perú tomando por asalto ciudades como La Serena y alguna otra de las costas de Chile, y volvieron a las Antillas por el estrecho de Magallanes.

Aún les sucedieron otros, igualmente audaces aunque quizá menos afortunados, como Montabon, el Vasco, Jonqué, Michel, Dronage, Grogner, Davis, Tusley y Wilmet, que continuaron la maravillosa empresa de los primeros filibusteros, actuando en las Antillas y en el océano Pacífico hasta que La Tortuga, perdida su importancia, decayó como sede del filibusterismo. De este modo se originó la separación, en infinidad de pequeños grupos, de aquellos audaces piratas.

EN LA TORTUGA

Cuando el *Rayo* echó el ancla en aquel seguro puerto, al lado del estrecho canal que lo mantenía a cubierto de cualquier ataque por sorpresa de la escuadra española, los filibusteros de La Tortuga estaban en pleno jolgorio, pues la mayor parte de ellos acababan de regresar de sus andanzas por las costas dominicanas y de Cuba, donde habían conseguido importantes botines al mando del Olonés y de Michele el Vasco.

Ante el fondeadero y en la playa, bajo amplias tiendas y a la sombra de grandes palmeras, los terribles piratas comían alegremente, dando fin a la parte que les correspondía del botín.

Tigres del mar, aquellos hombres se convertían, cuando estaban en tierra firme, en los más alegres habitantes de las Antillas y, cosa extraña, quizá hasta en los más corteses, pues nunca se olvidaban de invitar a sus fiestas a los españoles que habían hecho prisioneros con la esperanza de obtener un buen rescate, y a las prisioneras, con las que se comportaban como verdaderos caballeros ingeniándoselas, con toda especie de cortesías, para hacerles olvidar su triste condición de cautivas. Y decimos triste porque los filibusteros, si no llegaba el rescate pedido, recurrían frecuentemente a métodos crueles para obtenerlo, tales como enviar a los gobernadores españoles alguna de las cabezas de los prisioneros para hacerles entrar en razón.

Anclado el buque, los filibusteros interrumpieron su banquete, sus bailes y sus juegos para saludar con ruidosos vítores el retorno del Corsario Negro, que gozaba entre ellos de una popularidad que corría pareja con la del famoso Olonés.

Nadie ignoraba lo arriesgado de su empresa para acabar con el gobernador de Maracaibo, para hacerse con él vivo o muerto. Y como conocían la audacia del Corsario Negro, acariciaban siempre la ilusión de ver regresar algún día al filibustero con la cabeza de Van Guld.

Mas al ver que la bandera ondeaba a media asta, todas las manifestaciones ruidosas cesaron como por encanto y aquellos hombres se reunieron silenciosamente en el fondeadero ansiosos de tener noticias del Corsario Negro y de su expedición.

Desde lo alto del puente de mando, el caballero de Roccanera lo había visto todo. Llamó a Morgan, que en aquellos momentos estaba ordenando que fueran echadas al agua algunas chalupas, y, señalando a los filibusteros que se habían congregado en la playa, le dijo:

—Ve a decirles que el Corsario Rojo ha recibido honrosa sepultura en las aguas del gran golfo y que su hermano ha regresado con vida para preparar la venganza que...

Se interrumpió durante unos instantes. Luego, cambiando de tono, añadió:

—Haz que avisen al Olonés de que esta tarde iré a verle y luego ve a presentar mis respetos al gobernador. Más tarde iré yo mismo.

Tras estas palabras, esperó a que fuesen recogidas las velas y llevados a tierra los cables de amarre. Luego, media hora después, descendió hasta el camarote donde se encontraba la joven flamenca, ya dispuesta para desembarcar.

—Señora —le dijo—, una chalupa os espera para llevaros a tierra.

—Estoy dispuesta, caballero —repuso ella—. Soy vuestra prisionera y acataré todas vuestras órdenes.

—No, señora, vos ya no sois mi prisionera.

—¿Por qué, caballero…? Aún no se os ha pagado mi rescate.

—El rescate ya ha sido entregado a mis hombres.

—¿Y quién se lo ha entregado? —preguntó la duquesa estupefacta—. Todavía no he advertido al marqués de Heredia ni al gobernador de Maracaibo de mi situación.

—Es cierto, pero alguien se ha encargado de pagar vuestro rescate —repuso el corsario sonriendo.

—¿No habréis sido vos?

—Bien, ¿y si fuera así? —contestó el corsario.

La joven flamenca permaneció en silencio durante unos momentos. Luego añadió con voz conmovida:

—Es un rasgo de generosidad que no creía encontrar entre los filibusteros de La Tortuga, pero que no me sorprende si el que lo ha realizado es el Corsario Negro.

—¿Por qué, señora?

—Porque vos sois distinto de los otros. En estos pocos días que he permanecido a bordo de vuestro barco he podido apreciar la gentileza, la generosidad y la audacia del caballero de Roccanera, señor de Ventimiglia y de Valpenta. Sin embargo, os ruego que me digáis en cuánto se ha fijado mi rescate.

—¿Tenéis mucho interés en pagarlo vos misma? Quizá estéis ansiosa por dejar La Tortuga…

—No, os engañáis. Cuando llegue el momento de abandonar esta isla quizá lo haga con más sentimiento del que podéis imaginar, caballero. Y creedme, guardaré un gran reconocimiento al Corsario Negro… Quizá no pueda olvidarle jamás.

—¡Señora! —exclamó el corsario mientras una vivísima luz iluminaba sus ojos.

Se había adelantado rápidamente hacia la joven, pero se detuvo de repente diciendo con voz entristecida:

—¡Quizá para entonces ya me haya convertido en el peor enemigo de los que dicen ser vuestros amigos y habré hecho nacer en vuestro corazón un tremendo odio hacia mí!

Dio una vuelta por el salón y, de pronto, deteniéndose brus-camente ante la joven, le preguntó resueltamente:

—¿Conocéis al gobernador de Maracaibo?

Al oír aquellas palabras la duquesa se estremeció. Luego pali-deció, mientras en su mirada quedaba reflejada una gran ansiedad.

—Sí —respondió con voz temblorosa—. ¿Por qué me hacéis esa pregunta?

—Suponed que os la he hecho por curiosidad…

—¡Oh, Dios mío!

—¿Qué os ocurre, señora?

El corsario hizo esta pregunta profundamente extrañado.

En lugar de responder, la joven flamenca volvió a preguntarle con cierta insistencia:

—¿Por qué esa pregunta?

El Corsario Negro se disponía a responder cuando se oyeron unos pasos en la escalinata. Era Morgan, que descendía al camarote para informar del cumplimiento de las órdenes dadas por el corsario.

—Capitán —dijo el lugarteniente mientras entraba en el sa-lón—. Pietro Nau os espera en sus aposentos para daros noticias urgentes. Tengo entendido que durante vuestra ausencia ha ma-durado los proyectos que le propusisteis y está todo dispuesto para la expedición.

—¡Ah! —exclamó el corsario mientras su semblante se oscu-recía visiblemente—. ¿Ya? No creía que estuviera tan próxima la venganza.

Se volvió hacia la joven, que aún parecía presa de aquella ex-traña agitación, y le dijo:

—Señora, permitidme que os ofrezca hospitalidad en mi casa, que desde ahora está completamente a vuestra disposición. Moko, Carmaux y Wan Stiller os conducirán hasta ella y permanecerán allí a vuestras órdenes.

—Una pregunta aún… —balbució la duquesa.

—Sí, os comprendo, pero del rescate hablaremos más tarde.

Y sin escuchar más salió apresuradamente seguido por Morgan. Atravesó la cubierta y bajó hasta una chalupa tripulada por seis marineros y que le esperaba en el costado de babor del *Rayo*.

Se sentó en la popa asiendo la barra del timón. Pero en lugar de dirigir la embarcación hacia el fondeadero, donde los filibusteros habían reanudado ya sus orgías, puso proa hacia una pequeña rada que se adentraba en un bosque de palmeras de hojas gigantescas y de alto y esbelto tronco.

Descendió a la playa, hizo una señal a sus hombres para que regresaran a bordo y se internó en la maleza por un sendero apenas visible.

Estaba pensativo, como de costumbre, sobre todo cuando se encontraba solo. Pero sus pensamientos debían de ser tormentosos, porque de vez en cuando se detenía o hacía con las manos un gesto de impaciencia y agitaba los labios como si estuviera hablando consigo mismo.

Se había internado ya bastante en el bosque cuando una voz alegre y que tenía un acento ligeramente burlón le sacó de sus meditaciones.

—¡Que me coman los caribes si no tenía la seguridad de encontrarte, caballero! ¿Tanto te asusta la alegría que reina en La Tortuga que has decidido venir a mi casa por el bosque?

El corsario había levantado la cabeza mientras, con un reflejo involuntario, llevaba su mano derecha a la espada.

Un hombre de estatura más bien baja, vigoroso, de rudas facciones y mirada penetrante, vestido como un simple marinero y armado con un par de pistolas y un sable de abordaje, salió de entre unos bananos cerrándole el paso.

—¡Ah! ¿Eres tú, Pietro? —preguntó el corsario.

—Soy el Olonés en carne y hueso.

En efecto, aquel hombre era el famoso filibustero, el más formidable pirata del Caribe y el más despiadado enemigo de los españoles.

Este temible corsario que, como ya se ha dicho, acabaría sus días entre los dientes de los antropófagos del golfo de Darién y que tanta sangre española derramó, no tenía entonces más de treinta y cinco años, pero ya era un hombre famoso.

Nacido en el valle de Olonne, en el Poitou, había sido marinero contrabandista y merodeado por las costas españolas. Sorprendido una noche por los aduaneros, perdió su barca. Su hermano resultó muerto bajo los disparos de fusil de los carabineros y él mismo, gravemente herido, permaneció largo tiempo luchando entre la vida y la muerte.

Curado al fin, pero sumido en la más espantosa de las miserias, se vendió como esclavo a Montbars por cuarenta escudos, que le sirvieron para ayudar a su anciana madre.

Primero fue bucanero en calidad de enrolado, o sea, como siervo; luego fue filibustero y, habiendo dado muestras de poseer un valor excepcional y una fuerza de ánimo extraordinaria, había podido obtener, al fin, un pequeño navío que le entregó el gobernador de La Tortuga.

Con aquel barco, el audaz filibustero obró prodigios, causando enormes estragos en las colonias españolas vigorosamente apoyado por los corsarios Negro, Verde y Rojo.

Pero un mal día naufragó y, empujado por la tempestad, fue a parar a las costas de Campeche, casi al pie mismo de la guarnición española. Todos sus compañeros perecieron, pero él estaba resuelto a salvar la piel. Se vio obligado a meterse en un cenagal, con el barro hasta el cuello, para evitar ser descubierto.

Salió vivo de aquella ciénaga. Otro cualquiera se habría guardado de volver a tentar la suerte, pero él aún tuvo la audacia de acercarse a la ciudad de Campeche disfrazado de soldado español, de entrar en ella para estudiarla mejor y, después de conseguir un puñado de esclavos, de volver a La Tortuga en una barca robada, apareciendo entre sus compañeros cuando ya todos le creían muerto.

Aún volvió a intentar el asalto a la ciudad, para lo cual se hizo al mar con solo dos pequeñas embarcaciones tripuladas por veintiocho hombres. Sin embargo, cambió sus propósitos y se dirigió a Los Cayos, en Cuba, una de las plazas de más floreciente comercio.

Algunos pescadores españoles, al percatarse de su presencia, advirtieron de ello al gobernador de la plaza, y este mandó contra las dos embarcaciones una fragata tripulada por noventa hombres y cuatro veleros más pequeños tripulados por valerosos marineros y un negro que debía encargarse de ahorcar a los corsarios.

Ante aquella demostración de fuerza, el Olonés no se desanimó. Esperó al alba, abordó por ambos costados a la fragata y sus veintiocho hombres, a pesar del gran valor de los españoles, subieron a bordo y acabaron con toda la tripulación, incluido el negro.

Hecho esto se lanzó contra las restantes embarcaciones españolas y las conquistó todas, echando al agua a los hombres que las tripulaban.

Ese era el hombre que más tarde debía llevar a cabo extraordinarias empresas, como la que estaba a punto de emprender con el Corsario Negro.

—Ven a mi casa —dijo el Olonés tras estrechar la mano al capitán del *Rayo*—. Esperaba impacientemente tu regreso.

—Y yo tenía grandes deseos de verte —repuso el Corsario Negro—. ¿Sabes que he entrado en Maracaibo?

—¿Tú? —exclamó estupefacto el Olonés.

—¿Cómo querías que rescatara el cadáver de mi hermano?

—Creía que te servirías de intermediarios.

—No. Tú sabes bien que prefiero resolver yo mismo mis problemas.

—¡Ten cuidado, no vayan a costarte la vida tus audacias! Ya has visto cómo han terminado tus hermanos.

—¡Calla, Pietro!

—¡Ah…! ¡Pero les vengaremos, y no será muy tarde!

—¿Te has decidido al fin? —preguntó el Corsario Negro.

—He hecho algo más. Lo he dispuesto todo para la expedición.

—¿Es cierto lo que estás diciendo?

—¡Por mi fe de ladrón, como me llaman los españoles! —repuso sonriendo el Olonés.

—¿De cuántos barcos dispones?

—De ocho, contando con tu *Rayo*, y de seiscientos hombres entre filibusteros y bucaneros. Nosotros mandaremos a los primeros, y Michel el Vasco a los segundos.

—¿Vendrá también el Vasco?

—Me ha pedido que le dejase formar parte de la expedición y yo me he apresurado a aceptarle. Es un soldado, lo sabes; ha guerreado frente a los mejores ejércitos europeos y puede prestarnos un gran servicio. Además, es rico.

—¿Necesitas dinero?

—Ya he agotado todo lo que conseguí con la venta del último barco que tomé como botín cerca de Maracaibo y cuando volvía de la expedición de Los Cayos.

—Por mi parte, puedes contar con diez mil pesos.

—¡Por las arenas de Olonne! ¿Tienes una mina inagotable en tus tierras de ultramar?

—Te daría más si no hubiese tenido que pagar esta mañana un importante rescate.

—¿Un rescate? ¿Tú...? ¿Por qué?

—Por una gran dama que ha caído en mis manos. El rescate correspondía a mi tripulación y se lo he dado.

—¿Y quién es esa dama? ¿Alguna española, quizá?

—No. Es una duquesa flamenca. Aunque seguramente está emparentada con el gobernador de Veracruz.

—¡Flamenca! —exclamó el Olonés, quedándose pensativo—. ¡Tu mortal enemigo también es flamenco!

—¿Qué quieres decir? —preguntó el caballero de Roccanera palideciendo.

—Estaba pensando que podría estar emparentada con el gobernador de Maracaibo, con Van Guld.

—¡No lo quiera Dios! —exclamó el Corsario Negro con voz casi ininteligible—. ¡No lo quiera Dios…! ¡No puede ser!

El Olonés se detuvo bajo un grupo de maots, árboles parecidos a las plantas de algodón y cuyas hojas son enormes, y se puso a mirar fijamente a su compañero.

—¿Por qué me miras así? —dijo el Corsario Negro.

—Pensaba en tu duquesa flamenca y trataba de adivinar los motivos de tu repentina agitación. ¿Sabes que te has quedado lívido?

—Tu sospecha ha hecho que toda la sangre se concentrara en mi corazón.

—¿Qué sospecha?

—La de que la joven flamenca pudiera estar emparentada con ese maldito gobernador.

—¿Y qué te importaría, si así fuese?

—He jurado exterminar a todos los Van Guld de la tierra y a todos sus parientes.

—Magnífico. Pues, con matarla, lo único que pasa es que tu tarea se ve aligerada…

—¿A ella…? ¡Oh, no! —exclamó el Corsario Negro con terror.

—Entonces… ¿eso quiere decir…? —dijo vacilante el Olonés.

—¿Qué?

—¡Por las arenas de Olonne…! ¡Quiere decir que amas a tu prisionera!

—Calla, Pietro.

—¿Por qué he de callar? ¿Acaso es vergonzoso para los filibusteros amar a una mujer?

—No, pero mi instinto me dice que esa chiquilla ha de ser fatal para mí.

—En ese caso, abandónala a su suerte.

—Es demasiado tarde.

—¿Tanto la amas?

—Con locura.

—Y ella, ¿también te ama a ti?

—Creo que sí.

—¡Una hermosa pareja, a fe mía! ¡El señor de Roccanera no podía casarse más que con una mujer de tan alto bordo! Eso es una suerte muy rara en América, sobre todo para un filibustero. ¡Vamos a beber una copa a la salud de la duquesa, amigo!

LA CASA DEL CORSARIO NEGRO

La vivienda del célebre filibustero consistía en una modesta casa de madera, construida de cualquier manera, con el techo formado por grandes hojas secas a la usanza de los indios de las Grandes Antillas. Sin embargo, era bastante cómoda y estaba amueblada con cierto lujo, pues, a pesar de todo, aquellos rudos hombres de mar gustaban de la elegancia y del lujo.

Se encontraba a media milla de la ciudadela, al borde de un bosque, un lugar tranquilo entre la sombra de las grandes palmeras que conservaban deliciosamente fresco el ambiente.

El Olonés introdujo al Corsario Negro en una habitación de la planta baja cuyas ventanas estaban resguardadas por esteras de nipa, y le rogó que se acomodara en un sillón de bambú. Luego hizo traer a uno de sus siervos algunas botellas de vino español, sin duda procedentes del saqueo de alguna nave enemiga; descorchó una y llenó con el caldo dos grandes vasos.

—¡A tu salud y por los bellos ojos de tu dama! —dijo iniciando un brindis.

—Prefiero beber este vino por el buen éxito de nuestra expedición —repuso el corsario.

—El éxito será completo, amigo mío. Te prometo poner en tus manos al asesino de tus dos hermanos.

—Tres, Pietro, tres.

—¡Oh! ¡Oh! —exclamó el Olonés—. Yo sabía, al igual que los demás filibusteros, que Van Guld había asesinado a dos de tus hermanos, pero no conozco la historia de un tercero.

—Pues eran tres —repitió el Corsario Negro.

—¡Por toda la arena de Olonne! ¿Y ese hombre sigue con vida?

—No tardará en morir, Pietro.

—Eso espero. Y yo estaré dispuesto a ayudarte con todas mis fuerzas. ¿Conoces bien a Van Guld?

—Le conozco mejor que los españoles a los que ahora sirve.

—¿Qué clase de hombre es?

—Un viejo soldado que durante mucho tiempo ha guerreado en Flandes y que lleva uno de los apellidos más ilustres de la nobleza flamenca. En otro tiempo fue un valeroso capitán, y quizá hubiera podido añadir algún otro título a los que ahora lleva si el oro español no le hubiera empujado a la traición.

—¿Es viejo?

—Tendrá unos cincuenta años.

—Entonces estará aún en plena forma. Se dice que es el más valeroso de los gobernadores que España tiene en estas tierras.

—Es astuto como un zorro, enérgico como nuestro amigo Montbars y muy valeroso.

—Entonces, encontraremos en Maracaibo una poderosísima resistencia.

—Seguro, Pietro. Pero ¿quién podría resistir el ataque de seiscientos filibusteros? Todos sabemos lo mucho que valen nuestros hombres.

—¡Por la arena de Olonne! —exclamó el filibustero—. Yo mismo pude comprobar cómo se batían los veintiocho hombres que hicieron frente conmigo a la escuadra de Los Cayos. Además, tú ya conoces Maracaibo y a buen seguro que sabrás cuál es el punto flaco de la plaza.

—Sí. Yo os guiaré.

—¿Te retiene aquí algún asunto?

—Ninguno.

—¿Ni siquiera tu bella flamenca?

—Me esperará, estoy seguro —dijo el corsario sonriendo.

—¿Dónde la has alojado?

—En mi casa.

—Y tú, ¿dónde te quedarás?

—Contigo.

—¡Esto es un honor con el que no contaba! Así comentaremos mejor los detalles de la expedición con Michel el Vasco, que va a venir a comer conmigo.

—¡Gracias, Pietro! Entonces, ¿cuándo partimos?

—Al amanecer. ¿Está completa tu tripulación?

—Me faltan sesenta hombres, pues me he visto obligado a prescindir de treinta para que tripularan el buque de línea que hemos capturado cerca de Maracaibo. Además, perdí otros tantos en el combate.

—¡Bah! ¡Será fácil reponer ese número! Todos están deseosos de navegar contigo y de formar parte de la tripulación del *Rayo*.

—Sí, a pesar de que gozo fama de ser un espíritu del mar.

—¡Demonios, es que siempre estás tan fúnebre como un aparecido! Supongo que no serás así con tu duquesa flamenca…

—¡Quizá! —contestó el corsario.

Se levantó y se dirigió hacia la puerta.

—¿Ya te vas? —preguntó el Olonés.

—Sí. Tengo que despachar algunos asuntos. Pero esta noche estaré aquí.

—Adiós. ¡Y ten mucho cuidado de que no te hechicen los ojos de tu duquesa!

El corsario estaba ya lejos cuando el Olonés terminó de pronunciar estas palabras. Había tomado otro sendero y se internaba en el bosque que se extendía por detrás de la ciudadela y que ocupaba una buena parte de la isla. Soberbias palmeras de las llamadas maximilianas y gigantescos mauricios de grandes hojas dentadas y dispuestas en abanico se entrelazaban con otras plantas cuyas hojas eran tan rígidas como el cinc. En el suelo crecían salvajemente las pitas o ágaves, que dan ese líquido picante y dulzón que en las orillas del gran golfo mexicano se conoce con el nombre de aguamiel, o mezcal si está fermentado. Y junto a ellas, la vainilla silvestre, de largas pepitas, y el pimentero.

Pero el Corsario Negro, absorto en sus meditaciones, no se preocupaba de aquella espléndida vegetación. Aceleraba continuamente el paso, como si se sintiera impaciente por llegar al final de su camino.

Media hora después se detenía bruscamente en la orilla de una plantación de altas cañas de color amarillo rojizo que, bajo los rayos del sol, próximo ya a ocultarse, adquirían reflejos purpúreos. Las hojas eran enormes y caían hasta el suelo ceñidas al sutil tronco coronado por un penacho de color blanco con una franja central cuyo color variaba entre el de la cera y el del oro.

Era una plantación de caña de azúcar, llegada a su completa maduración.

El corsario se detuvo un instante. Luego se adentró entre las cañas atravesando un trecho de terreno cultivado y volvió a detenerse, esta vez ante una hermosa casa levantada entre algunos palmerales que la cubrían completamente con su sombra.

La casa era de dos plantas, parecida a las que construyen hoy los labradores mexicanos, con las paredes pintadas de rojo y decoradas con azulejos dispuestos formando dibujos. Tenía una terraza llena de macetas con flores.

Una enorme planta de largas hojas y relucientes frutos de color verde pálido y forma esférica, con los que los más pobres confeccionaban sus vasos, rodeaba completamente la casa cubriendo la terraza y las ventanas: era una cujera, planta que utilizan los indios para que les dé sombra junto a sus viviendas.

Ante la puerta de la casa, Moko, el colosal africano, estaba sentado fumando en una vieja pipa, seguramente regalo de su amigo blanco.

El Corsario Negro permaneció inmóvil unos momentos, mirando primero a la ventana y luego a la terraza. Hizo un gesto de impaciencia y se dirigió al africano, que se apresuró a levantarse.

—¿Dónde están Carmaux y Wan Stiller? —le preguntó.

—Han ido al puerto a ver si habíais dejado allí alguna orden.

—¿Qué hace la duquesa?

—Está en el jardín.

—¿Sola?

—Con sus dos camareras y los pajes.

—¿Qué está haciendo?

—Disponiendo la mesa para vos.

—¿Para mí? —preguntó el Corsario Negro, cuya frente se aclaró rápidamente, como si un vendaval hubiera arrastrado las negras preocupaciones que la ensombrecían.

—Estaba segura de que cenaríais con ella.

—La verdad es que me están esperando… Pero prefiero mi casa y su compañía a la de los filibusteros —murmuró.

Se adentró en el edificio a través de una especie de corredor adornado con tiestos llenos de flores que despedían delicados perfumes y llegó hasta la otra ala de la casa, entrando en un espacioso jardín rodeado por un sólido y alto muro que no hubiera permitido cualquier escalada.

Si hermosa era la casa, el jardín era verdaderamente pintoresco. Preciosos senderos flanqueados por dobles filas de plátanos, cuyas grandes hojas de color verde oscuro producían una agradable y fresca sombra, y cargados ya de relucientes frutos arracimados, se extendían por doquier dividiendo el terreno en varios espacios de forma cuadrada en los que crecían las más bellas flores del trópico.

En las esquinas se alzaban magníficos árboles cargados de unos frutos verdes del tamaño de un limón y cuya pulpa, regada con jerez y espolvoreada con azúcar, es exquisita; pasionarias, plantas trepadoras de quince o veinte metros, flores olorosas y frutos del tamaño de un huevo de paloma que contienen una sustancia gelatinosa de sabor agradabilísimo; graciosos cumarúes, cuyos frutos del tamaño de una almendra exhalan un perfume delicadísimo y de los que se extrae un licor embriagador, y palmitos, carentes ya de sus cogollos, que alcanzan grandes dimensiones.

El Corsario Negro recorrió uno de los senderos y se detuvo junto a una especie de cenador formado por una cujera tan grande como la que sombreaba la casa y situada junto a un jupatí del Orinoco, maravillosa palmera cuyas hojas alcanzan la increíble longitud de once metros o más.

A través de las hojas de la cujera se filtraban los rayos de luz y se oían sonoras risas.

El corsario se había detenido a poca distancia y miraba por entre la espesura del follaje.

En aquel pintoresco rincón había una mesa cubierta por un blanquísimo mantel de Flandes.

Grandes manojos de flores de delicioso perfume estaban dispuestas alrededor de dos candelabros y en torno a pirámides de exquisitos frutos, como piñas, plátanos y nueces verdes de coco. La joven flamenca preparaba la mesa con ayuda de sus dos camareras.

Vestía un traje de color azul celeste, con blondas de Bruselas que hacían resaltar aún más la blancura de su piel y el delicado matiz de sus rubios cabellos, recogidos en una trenza que caía sobre su espalda. No lucía joya alguna, contrariamente a la costumbre hispanoamericana; pero su cuello estaba adornado por dos hileras de perlas que se cerraban con una gran esmeralda.

El Corsario Negro estaba extasiado contemplando a la joven. Sus ojos, animados por una viva llama, la miraban atentamente siguiendo sus más pequeños movimientos. Parecía deslumbrado por aquella belleza nórdica, pues ni siquiera se atrevía a respirar como por temor a romper algún extraño encanto.

De repente, al hacer un movimiento, golpeó las hojas de una pequeña palmera que crecía junto al cenador.

Al oír el ruido, la joven duquesa se volvió y vio al corsario.

Un ligero tinte rosáceo cubrió su rostro, y en sus labios se dibujó una sonrisa que dejó al descubierto los pequeños dientes, tan brillantes como las perlas que adornaban su cuello.

—¡Ah…! ¡Sois vos, caballero! —exclamó alegremente.

Luego, mientras el corsario se quitaba galantemente el sombrero haciendo una ligera inclinación, añadió:

—Os esperaba… Mirad: la mesa ya está dispuesta para la cena.

—¿Me esperabais, Honorata? —preguntó el corsario poniendo su brazo bajo la mano que ella le tendía.

—Ya lo veis, caballero. Aquí hay un pedazo de manatí y una cacerola repleta de aves y pescados de mar que no esperan más que ser comidos. Yo misma he cuidado de su condimentación, ¿sabéis?

—¿Vos, duquesa?

—Sí, caballero. ¿Por qué esa sorpresa? Las mujeres flamencas acostumbran a preparar ellas mismas la comida para su marido y también para los huéspedes.

—¿Y me esperabais?

—Sí.

—Sin embargo, yo no os había comunicado que tendría la inmensa fortuna de cenar con vos.

—Cierto. Pero el corazón de las mujeres suele adivinar las intenciones de los hombres. El mío me había advertido que hoy vendríais a cenar conmigo —dijo ella volviendo a ruborizarse.

—Señora —dijo el Corsario Negro—, había prometido a uno de mis amigos que iría a cenar con él. Pero ¡vive Dios que no me importa que espere en vano porque no voy a renunciar al placer de pasar con vos esta velada! ¿Quién sabe? Quizá sea esta la última vez que nos veamos.

—¿Qué decís, caballero? —preguntó la duquesa con gran sobresalto—. ¿Acaso el Corsario Negro tiene prisa por volver de nuevo al mar…? ¿Acaba de regresar de una peligrosa expedición y ya está pensando en nuevas aventuras? ¿No sabe acaso el corsario que en el mar puede estar esperándole la muerte?

—Lo sé, señora. Pero el destino me empuja aún más lejos: he de seguir navegando.

—¿Nada podrá deteneros?

—Nada, señora —repuso él suspirando.

—¿Ningún afecto?

—No.

—¿Alguna amistad? —preguntó la duquesa con ansiedad.

El Corsario Negro, que se había quedado muy serio, iba a contestar con una negativa, pero se contuvo y, ofreciendo una silla a la joven, dijo:

—Sentaos, señora. La cena va a enfriarse y sentiría mucho no poder hacer los honores a estos platos que han preparado vuestras propias manos.

Se sentaron uno frente al otro mientras las mestizas empezaban a servir la cena. La amabilidad del corsario era extrema y hablaba haciendo gala de un gran ingenio y con mucha cortesía. Se dirigía a la joven duquesa con la gentileza de un perfecto caballero. Le daba informes acerca de los usos y costumbres de los filibusteros y bucaneros, y de sus prodigiosas aventuras. Le describía batallas, abordajes, naufragios, encuentros con antropófagos...

Sin embargo, se cuidaba mucho de no aludir ni en lo más mínimo a la nueva expedición que iba a emprender en compañía del Olonés y de Michel el Vasco.

La joven flamenca le escuchaba sonriente, admirando su exquisitez, su insólita locuacidad y su amabilidad, sin quitarle los ojos de encima. Pero una idea fija seguía preocupándola. Era como una extraña curiosidad, pues no cesaba de hacer preguntas acerca de la nueva expedición.

Hacía dos horas que había oscurecido y la luna se elevaba por encima de la arboleda cuando el corsario se levantó. Solo en aquel momento recordó que el Olonés y el Vasco le esperaban y que antes de que amaneciera debía completar la tripulación del *Rayo*.

—¡Cómo pasa el tiempo a vuestro lado, señora! —dijo—. ¿Qué misteriosa fascinación es la que poseéis para conseguir que me olvidara de algunos graves asuntos que aún he de resolver? Creía que no serían más de las ocho y son las diez.

—Creo, caballero, que más que nada habrá sido el placer de descansar en vuestra propia casa después de tantas aventuras en el mar —dijo la duquesa.

—O vuestros ojos y vuestra amable compañía…

—También he de deciros que vuestra compañía me ha hecho pasar unas horas deliciosas… ¿Y quién sabe si podremos volver a gozar juntos en este poético jardín, lejos del mar y de los hombres, de momentos tan maravillosos…?

—La guerra mata, a veces; pero también da la fortuna en algunas ocasiones.

—¡La guerra! Y el mar, ¿no contáis con él? Llegará un momento en que vuestro *Rayo* no pueda vencer a las olas del gran golfo.

—Mi nave no teme a las tempestades cuando soy yo el que la manda.

—¿De modo que volveréis pronto al mar?

—Al amanecer, señora.

—Acabáis de desembarcar y ya pensáis en haceros de nuevo a la mar. Se diría que la tierra firme os produce miedo.

—Amo el mar, duquesa. Y no será permaneciendo aquí la forma más oportuna para hallar a mi mortal enemigo.

—No pensáis más que en ese hombre, por lo visto.

—¡Siempre! No dejaré de pensar en él hasta que uno de los dos haya muerto.

—¿Y ahora os marcháis para combatir contra él?

—Quizá.

—¿Y adónde vais? —preguntó la joven con una ansiedad que el Corsario Negro percibió inmediatamente.

—No os lo puedo decir, señora. No debo traicionar los secretos del filibusterismo. No puedo olvidar que durante mucho tiempo habéis sido huésped de los españoles de Veracruz y que en Maracaibo tendréis muchos conocidos.

La joven flamenca arrugó la frente mirando al Corsario Negro.

—¿Desconfiáis de mí? —preguntó la joven en un tono de dulce reproche.

—No, señora. Dios me libre de sospechar de vos. Pero he de obedecer las leyes de los filibusteros.

—¡Me disgustaría mucho que el Corsario Negro hubiera desconfiado de mí! ¡He conocido un Corsario Negro muy leal y muy caballero!

—Gracias por vuestra favorable opinión, señora.

Se caló el chambergo y terció en su brazo el ferreruelo negro, pero parecía no encontrar el momento oportuno para despedirse de la joven duquesa. Permanecía en pie ante ella, mirándola fijamente.

—Tenéis algo que decirme, caballero, ¿no es cierto? —preguntó la duquesa.

—Sí, señora.

—¿Tan grave es que puede producir en vos ese embarazo?

—Quizá.

—Hablad, caballero.

—Quería preguntaros si pensáis permanecer en la isla durante mi ausencia.

—¿Y si la abandonara? —preguntó la joven.

—Sentiría mucho no veros a mi regreso.

—¿Y por qué, caballero? —preguntó ella sonriendo y ruborizándose.

—No sé por qué, pero creo que sería muy feliz si pudiera pasar otra velada como esta con vos. Sin duda me compensaría de los sufrimientos que desde los países de ultramar he arrastrado hasta estos mares americanos.

—Pues bien, caballero. Si para vos sería una pena no encontrarme a vuestro regreso, quiero que sepáis que tampoco yo me sentiría feliz si algún día supiera que nunca más volvería a ver al Corsario Negro —dijo la joven duquesa inclinando la cabeza sobre el pecho y cerrando los ojos.

—Entonces, ¿me esperaréis?

—Haré más, si me lo permitís.

—Hablad, señora.

—Os suplico que volváis a ofrecerme vuestra hospitalidad a bordo del *Rayo*.

El corsario no pudo reprimir un movimiento de alegría. Pero, de improviso, se entristeció visiblemente.

—No… Es imposible —dijo luego con firmeza.

—¿Os causaría molestias mi presencia?

—No, pero en una expedición los filibusteros no pueden llevar mujer alguna consigo. Es muy rigurosa la ley en este aspecto. Es cierto que el *Rayo* es mi barco y que a bordo solo yo soy el señor absoluto, pero…

—Continuad —dijo tristemente la joven duquesa.

—No sé… Tendría miedo si os viese a bordo de mi buque, señora. ¿Será el presentimiento de alguna desgracia que me va a suceder, o algo peor? ¡No lo sé…! Mi corazón, cuando me habéis hecho esa petición, ha sentido un dolor cruel. Creo que incluso estoy más pálido que de ordinario…

—¡Cierto! —exclamó la duquesa asustada—. ¡Dios mío! ¿Será tan fatal para vos esta expedición?

—¿Quién puede leer en el porvenir…? Señora, dejadme partir. En estos momentos sufro sin poder adivinar el motivo. Adiós, señora. Y si pereciese con mi nave en las aguas del gran golfo o cayese abatido por un disparo o una estocada en el pecho, no os olvidéis de mí. Recordad siempre al Corsario Negro.

Tras estas palabras, se alejó rápidamente sin volver el rostro, como si le atemorizara perder más tiempo allí. Atravesó el jardín, se internó en el bosque y se dirigió hacia la casa de Pietro Nau, el Olonés.

EL ODIO DEL CORSARIO NEGRO

Al día siguiente, con las primeras luces del alba y aprovechando la marea alta, zarpaban los navíos componentes de la expedición mandada por el Olonés, el Corsario Negro y Michel el Vasco. Iniciaban la navegación entre el redoble de los tambores, los disparos de fusil de los bucaneros y los estrepitosos «¡Hurra!» de los filibusteros que quedaban a bordo de los buques anclados en el puerto de La Tortuga.

La pequeña flota estaba compuesta por ocho navíos armados con ochenta y seis cañones, dieciséis de los cuales se habían emplazado en el barco del Olonés y doce en el *Rayo*. La tripulación constaba de seiscientos cincuenta hombres entre filibusteros y bucaneros.

Por ser el más veloz de todos los veleros que componían la expedición, el *Rayo* navegaba a la cabeza de la escuadra, actuando de explorador.

En lo alto del palo mayor ondeaba la bandera negra con inscripciones doradas de su comandante. Sobre el mastelero se agitaba el gallardete rojo usado como distintivo por los buques de combate.

Tras el *Rayo* navegaban los demás barcos dispuestos en doble línea, pero lo suficientemente separados para poder maniobrar libremente sin peligro de estorbarse mutuamente.

Una vez en mar abierto, la escuadra se dirigió hacia occidente para llegar al canal de sotavento y desembocar por él en el mar Caribe.

El tiempo era espléndido, el mar estaba tranquilo y el viento soplaba favorablemente en dirección nordeste. Todo hacía esperar una navegación rápida y tranquila hasta Maracaibo, tanto más cuanto que los filibusteros habían sido advertidos de que la flota del almirante Toledo navegaba por las costas de Yucatán con rumbo a los puertos de México.

Tras dos días de tranquila navegación sin haber tenido encuentro alguno y cuando la escuadra se disponía a doblar el cabo del Engaño, los vigías del *Rayo*, que seguía navegando a la cabeza, avistaron un navío enemigo que surcaba las aguas en dirección a Santo Domingo.

El Olonés, que había sido nombrado comandante de la expedición, dio órdenes de ponerse al pairo a todos los buques y se emparejó con el navío del Corsario Negro, que ya se disponía a emprender la persecución del barco avistado.

Más allá del cabo y cerca de la costa, el barco enemigo, que llevaba en el extremo de la cangreja el gran estandarte español y en el mastelero del mayor el largo gallardete de los buques de guerra, parecía buscar un refugio seguro. Quizá ya se había percatado de la presencia de las naves filibusteras.

El Olonés podría haberlo rodeado con sus ocho naves y obligarlo a rendirse bajo la amenaza de echarlo a pique con una sola descarga. Pero aquellos filibusteros, aun siendo piratas, a veces resultaban personas de una incomprensible magnanimidad.

Acometer a un adversario que se encontraba en inferioridad numérica era considerado por ellos como una bellaquería indigna de hombres fuertes y valerosos. Por eso no solían abusar de su poder.

El Olonés indicó al Corsario Negro que se pusiera al pairo, mientras él se dirigía atrevidamente hacia el velero español intimándolo a la rendición incondicional o a la lucha, y haciendo saber a los hombres que lo tripulaban que, cualquiera que fuese el resultado de la contienda, su escuadra no se movería lo más mínimo.

El barco, que se veía ya perdido, pues no podía albergar la menor esperanza de salir victorioso en una lucha contra fuerzas tan numerosas, no se hizo repetir dos veces la oferta. Sin embargo, en lugar de arriar el pendón español, lo cual hubiera sido una muestra de rendición incondicional, el comandante ordenó que fuera clavado en el mástil, al mismo tiempo que, como respuesta, hacía descargar contra el buque filibustero los ocho cañones de estribor. De este modo hacía comprender al Olonés que no se entregaría antes de quemar las fuerzas de todos sus hombres en una obstinada resistencia.

La batalla se inició con gran vigor por ambas partes. La nave española disponía de dieciséis cañones, pero solo llevaba a bordo sesenta tripulantes. El Olonés tenía el mismo número de bocas de fuego, pero también el doble de hombres, entre los cuales se encontraban muchos bucaneros, formidables cazadores que no podían tardar en desequilibrar el resultado de la batalla haciendo uso de sus magníficos y casi siempre infalibles fusiles.

Mientras tanto, la escuadra corsaria se había puesto al pairo obedeciendo las órdenes del osado filibustero. Desde las cubiertas, las tripulaciones asistían tranquilamente al espectáculo que para ellos suponía la lucha entre ambos barcos. Su tranquilidad se debía sin duda a la seguridad que tenían de la victoria final de la nave filibustera, pues no ignoraban la desproporción de fuerzas que había entre ella y el navío español.

No obstante, aun cuando inferiores en número, los españoles se defendían bravamente. Su artillería vomitaba fuego con gran furia intentando desarbolar a la nave corsaria, que se preparaba para el abordaje.

Las descargas de bala y metralla se alternaban mientras los españoles viraban continuamente tratando de presentar su proa y evitar así ser embestidos por el espolón de los corsarios, a la vez que retrasaban lo más posible el abordaje. Habiéndose hecho cargo de la superioridad numérica del enemigo sabían que nada podían hacer en una lucha cuerpo a cuerpo.

El Olonés, enfurecido por aquella resistencia e impaciente por concluir la batalla, realizaba toda clase de maniobras para conseguir el abordaje. Pero no encontraba el momento oportuno y se veía obligado a retroceder continuamente para evitar que la lluvia de metralla enviada por el navío español terminase por dejarle sin tripulación.

El formidable duelo entre las artillerías de los dos buques duró tres largas horas, con el consiguiente daño para sus arboladuras y sus velas. Pero el pabellón español no fue arriado. Seis veces intentaron los filibusteros el abordaje, y otras tantas fueron rechazados por aquellos sesenta valientes españoles. Hasta la séptima no lograron poner pie en la toldilla del navío enemigo y arriar, por fin, su bandera.

Aquella victoria, feliz augurio para la empresa que querían llevar a cabo el Olonés y el Corsario Negro, fue saludada por los filibusteros de las restantes naves de la escuadra con ruidosos «¡Hurra!».

Pero los vítores no solo iban dirigidos al Olonés y a sus hombres. Durante aquel combate, el *Rayo*, que era el único barco que no había permanecido en su lugar, se alejó hasta una pequeña ensenada y descubrió allí a otro barco español, armado este con ocho cañones, pero que apenas pudo ofrecer resistencia al navío del Corsario Negro.

Inspeccionadas las dos naves capturadas, se comprobó que la mayor de ellas llevaba un precioso cargamento en géneros de gran valor y en lingotes de plata, más la pólvora y los fusiles que iban destinados a la guarnición española de Santo Domingo.

Desembarcadas en la costa las tripulaciones de los barcos españoles, porque los filibusteros no querían llevar prisioneros a bordo, y una vez reparados los desperfectos sufridos en las arboladuras, la escuadra filibustera reemprendió, al caer el día, la navegación hacia Jamaica.

El *Rayo* había vuelto a su puesto de vanguardia y se mantenía a una distancia de cuatro o cinco millas.

El Corsario Negro quería explorar grandes extensiones de mar, pues temía que cualquier barco español pudiera averiguar el rumbo seguido por aquella poderosa escuadra y corriese luego a informar al gobernador de Maracaibo o al almirante Toledo.

Para estar más seguro, no abandonaba ni un momento el puente de mando. Incluso dormía en cubierta, envuelto en un ferreruelo o tendido en una silla de bambú.

Tres días después de la captura de los dos barcos españoles, el *Rayo* avistó las costas jamaicanas y encontró allí al buque de línea que había sido abordado por él cerca de Maracaibo y que, huyendo de la tempestad, se había podido refugiar en aquellas aguas.

Carecía aún del palo mayor, pero la tripulación había reforzado los de mesana y trinquete, desplegando todas las velas de recambio que encontraron, dispuestos a ganar La Tortuga antes de que algún barco español les sorprendiera.

Después de informarse del estado de los heridos que habían sido acomodados en la crujía del buque, prosiguió su ruta hacia el sur, ansioso por llegar a la entrada del golfo de Maracaibo.

La travesía del mar Caribe se efectuó sin incidentes, porque las aguas seguían manteniéndose en completa calma. La noche del decimocuarto día después de que la escuadra abandonara La Tortuga, el Corsario Negro avistó la punta de Paraguana, señalada con un faro que advertía a los navegantes de la proximidad del pequeño golfo.

—¡Por fin! —exclamó el filibustero mientras sus ojos brillaban animados por una extraña luz—. Quizá mañana el asesino de mis hermanos no se cuente ya entre los vivos.

Llamó a Morgan, que había subido a cubierta para hacer su turno de guardia, y le dijo:

—Que esta noche no se encienda a bordo luz alguna. Son órdenes del Olonés. Si los españoles advierten la presencia de nuestra escuadra, mañana no encontraremos en Maracaibo ni un solo peso.

—¿Desembarcarán nuestros hombres?

—Sí, junto con los bucaneros del Olonés. Mientras la escuadra bombardea los fuertes de la costa nosotros avanzaremos por tierra para impedir que el gobernador pueda huir a Gibraltar. Al amanecer, todas las chalupas de desembarco deberán estar dispuestas y armadas con espingardas.

—¡A vuestras órdenes, señor!

—Yo permaneceré en el puente —añadió el Corsario Negro—. Voy a bajar a ponerme la coraza de combate.

Dejó el puente y descendió hasta su camarote. Se disponía ya a abrir la puerta que comunicaba el pequeño salón con sus aposentos cuando llegó hasta él un delicadísimo perfume que conocía muy bien.

—¡Qué extraño! —exclamó deteniéndose estupefacto—. Si no estuviera tan seguro de haber dejado a la duquesa en La Tortuga juraría que está aquí, a bordo del *Rayo*.

Miró a su alrededor, pero, como no había ninguna luz encendida, la oscuridad era completa. Sin embargo, le pareció ver en uno de los ángulos del salón una silueta blanca que se apoyaba en una de las ventanas que se abrían sobre el mar.

El corsario era un hombre valiente. Pero, como todas las personas de su época, también era un poco supersticioso. Por eso, ante la visión de aquella forma blanca, inmóvil en el ángulo del salón, sintió que un sudor frío bañaba su frente.

—¿Será el espíritu del Corsario Rojo? —murmuró retrocediendo hacia la pared opuesta—. ¿Vendrá a recordarme el juramento que hice aquella noche sobre estas mismas aguas? ¿Habrá abandonado su alma los profundos abismos del golfo donde descansaba?

Pero enseguida se repuso, como avergonzado de haber tenido aquel momento de supersticioso temor. Luego, desenvainando una misericordia que llevaba sujeta al cinturón, avanzó diciendo:

—¿Quién sois vos…? Contestad, o acabo con vos aquí mismo.

—Soy yo, caballero —repuso una dulcísima voz que hizo estremecer el corazón del corsario.

—¡Vos! —exclamó el Corsario Negro, haciendo un gesto que denotaba estupor y alegría al mismo tiempo—. ¿Vos, señora? ¿Vos aquí, en mi *Rayo*, cuando os creía en La Tortuga…? ¿Acaso estoy soñando?

—No, no soñáis, caballero —repuso la joven flamenca.

El corsario se precipitó hacia delante, dejando caer el puñal y abriendo los brazos a la duquesa.

—¡Vos! —repitió con voz temblorosa—. Pero ¿cómo habéis conseguido llegar hasta aquí? ¿Qué significa vuestra presencia en el *Rayo*?

—No lo sé —contestó la joven flamenca, visiblemente incomodada.

—¡Vamos! ¡Hablad, señora!

—¡Pues bien! ¡Me niego a separarme de vos!

—Entonces, ¡me amáis! Decídmelo, señora. ¿Me amáis?

—Sí, sí, os amo —repuso ella con voz apagada.

—¡Gracias! Ahora ya puedo desafiar a la muerte sin temor.

Sacó la yesca y el eslabón y, encendiendo un candelabro, lo colocó en uno de los rincones del salón de modo que su luz no se reflejase en las aguas del mar.

La joven no había abandonado la ventana. Envuelta en un gran manto blanco adornado de encajes, con los brazos apretados sobre el pecho, como si quisiera apagar los acelerados latidos de su corazón, y la cabeza inclinada sobre un hombro, miraba al Corsario Negro con sus hermosos y brillantes ojos. Él seguía frente a ella, y la palidez y su aspecto sombrío y meditabundo habían desaparecido de su rostro, en el que ahora se dibujaba una sonrisa de felicidad.

Durante unos instantes se miraron en silencio, como si aún estuvieran asombrados de la confesión de mutuo afecto que se acababan de hacer. Luego el corsario, tomando a la joven por una mano y rogándole que se sentara en una silla próxima a la luz, dijo:

—Ahora, señora, espero que me digáis cómo habéis conseguido llegar hasta aquí cuando yo os creía en mi casa de La Tortuga. Aún me resisto a creer que tanta felicidad sea cierta y no el producto de un maravilloso sueño.

—Os lo diré, caballero. Pero antes tenéis que darme vuestra palabra de honor de que perdonaréis a mis cómplices.

—¿A vuestros cómplices?

—Comprenderéis que yo sola no habría podido embarcar a escondidas en el *Rayo* y permanecer catorce días en este camarote.

—No puedo negarme a vuestros deseos. Y, ya que los que han desobedecido mis órdenes me han proporcionado tan deliciosa sorpresa, están perdonados de antemano. ¿Quiénes son?

—Carmaux, Wan Stiller y el negro.

—¡Ah! ¡Ellos…! Debí de haberlo imaginado —exclamó el corsario—. Pero ¿cómo habéis conseguido que cooperaran con vos? Ellos saben que el filibustero que desobedece las órdenes de su capitán es fusilado inmediatamente.

—Estaban convencidos de que no os disgustarían. Habían adivinado que me amabais en secreto.

—¿Y cómo se las han arreglado para embarcaros?

—Haciendo que me vistiera de marinero y llevándome junto a ellos para que nadie pudiera advertir mi presencia.

—¿Y os ocultaron en un camarote? —preguntó el Corsario Negro sonriendo.

—En el contiguo al vuestro.

—¿Dónde están esos bribones?

—Han permanecido escondidos en la estiba, aunque de vez en cuando venían a verme para traerme algo de comida que tomaban de la despensa.

—¡Los muy zorros! ¡Cuánto afecto se encierra en esos hombres aparentemente tan rudos! Desafían la muerte para ver feliz a su capitán. Y, sin embargo, ¡quién sabe lo que podrá durar esta dicha! —añadió luego con triste acento.

—¿Por qué, caballero? —preguntó la joven llena de inquietud.

—Porque dentro de dos horas amanecerá y yo tendré que dejaros.

—¿Tan pronto? Apenas nos acabamos de encontrar y ya estáis pensando en alejaros de mí —exclamó la duquesa con doloroso estupor.

—Apenas salga el sol por el horizonte, tendrá lugar en este golfo una de las más terribles batallas que hayan librado nunca los filibusteros de La Tortuga. Ochenta bocas de fuego vomitarán sin tregua sus balas sobre los fuertes que defienden a mi mortal enemigo, y seiscientos hombres se lanzarán al asalto decididos a vencer o morir. Como podéis imaginar, yo he de estar a la cabeza para guiarlos a la victoria final.

—¡Y para desafiar a la muerte! —exclamó la joven flamenca aterrorizada—. ¿Y si sois alcanzado por alguna bala?

—La vida de los hombres solo depende de la voluntad de Dios, señora.

—¡Tenéis que jurarme que seréis prudente!

—¡Eso es imposible! Pensad que hace diez años que estoy esperando este momento para hacer pagar todas sus fechorías a ese perro maldito.

—Pero ¿qué os ha hecho ese hombre para que alberguéis contra él un odio tan implacable?

—Ha asesinado a mis tres hermanos y cometido una infame traición.

—¿Qué traición?

El Corsario Negro no respondió. Empezó a pasear por el pequeño salón con el ceño fruncido, la mirada torva y los labios contraídos. De repente se detuvo, volvió hacia donde estaba la joven duquesa, que lo observaba con gran angustia, y se sentó a su lado diciéndole:

—Escuchadme y comprobaréis que todo mi odio está justificado, señora.

»Han transcurrido diez años desde los acontecimientos a que voy a referirme, pero lo recuerdo como si hubiera sucedido ayer mismo. Había estallado la guerra de mil seiscientos ochenta y seis, entre Francia y España, por la posesión de Flandes. Luis Catorce, sediento de gloria, en la cumbre de su poderío, y queriendo aplastar a su formidable adversario que tantas victorias había obtenido ya sobre las tropas francesas, invadió audazmente las provincias que el terrible duque de Alba había conseguido pacificar a hierro y fuego.

»Por aquel entonces ejercía Luis Catorce una gran influencia en el Piamonte y pidió ayuda al duque Víctor Amadeo Segundo, que no pudo negarse a enviarle a tres de sus más aguerridos regimientos: el de Aosta, el de Niza y el de Marina.

»En este último servíamos, en calidad de oficiales, mis tres hermanos y yo. El mayor de ellos tendría entonces unos treinta y dos años, y el menor, que más tarde sería conocido como el Corsario Verde, solo veinte.

»Ya en Flandes, nuestros regimientos se habían batido valerosamente en Gante y Tournay, al cruzar el Escalda, cubriéndose de gloria.

»Los ejércitos aliados habían triunfado ya en todos los frentes, obligando a los españoles a retirarse hacia Amberes, cuando un mal día una parte de nuestro regimiento, que había avanzado hacia las bocas del Escalda para ocupar una fortaleza abandonada por el enemigo, fue atacada de improviso por tal cantidad de soldados españoles que se vio obligada a ampararse rápidamente tras las murallas, salvando con gran trabajo la artillería.

»Entre los defensores nos encontrábamos mis tres hermanos y yo.

»Totalmente aislados del ejército francés, asediados por todas partes por un enemigo más numeroso y resuelto a reconquistar la posición, que tenía gran importancia para ellos pues desde allá se dominaba totalmente uno de los principales brazos del Escalda, no teníamos otra alternativa que rendirnos o morir. Pero nadie hablaba de rendición. Por el contrario, jurábamos sepultarnos bajo las ruinas antes que arriar la gloriosa bandera del ducado de Saboya.

»Luis Catorce, no sé por qué motivo, había dado el mando del regimiento a un viejo duque flamenco que tenía fama de hombre valiente y de experimentado guerrero. Comoquiera que se encontraba en nuestra compañía el día del ataque por sorpresa, tomó a su cargo la dirección de la defensa.

»La lucha comenzó con gran furor por ambas partes.

»La artillería enemiga desmoronaba cada día nuestros bastiones. Pero todas las mañanas nos decidíamos a resistir, pues empleábamos las noches en reparar los daños sufridos.

»Durante quince días con sus quince noches los asaltos se sucedieron con importantes pérdidas para ambos bandos. A cada ofrecimiento de rendición que nos hacían los soldados españoles respondíamos con una lluvia de disparos de cañón.

»Mi hermano mayor se convirtió en el alma de la defensa de nuestra posición. Heroico, gallardo, diestro en el manejo de las armas, dirigía la artillería y la infantería, siendo siempre el primer hombre en atacar y el último en iniciar la retirada. El valor de aquel apuesto guerrero hizo nacer en el corazón del comandante flamenco una vergonzosa envidia que más tarde tendría para nosotros trágicas consecuencias.

»Aquel miserable, olvidando que había jurado fidelidad a la bandera del duque y que manchaba uno de los apellidos más ilustres de la aristocracia flamenca, negoció secretamente con los españoles y les facilitó la entrada a la fortaleza. Un cargo de gobernador en las colonias españolas de América y una importante cantidad de dinero fueron el precio ofrecido por tan ignominioso pacto, precio que aquel miserable aceptó por todos nosotros.

»Una noche, seguido por algunos parientes suyos, flamencos también, abrió uno de los portones y dejó libre paso al ejército enemigo, que se había acercado sigilosamente a la fortaleza.

»Mi hermano mayor, que efectuaba la ronda con algunos de sus soldados, se percató de la entrada de los españoles y se precipitó sobre ellos a la vez que daba la voz de alarma. Pero el traidor le esperaba tras una esquina del bastión con dos pistolas en las manos.

»El valiente cayó herido de muerte y los enemigos entraron furiosamente en la ciudad.

»Nos batimos en las calles, en las casas. Pero todo fue inútil. La fortaleza cayó en poder de los españoles y nosotros pudimos salvarnos a duras penas emprendiendo la retirada hacia Courtray con los pocos soldados fieles que habían conseguido salvarse.

»Decidme, señora, ¿habríais perdonado vos a ese hombre?

—¡No! —repuso la duquesa.

—Nosotros tampoco le perdonamos. Juramos matar al traidor y vengar a nuestro hermano. Y, en cuanto terminó la guerra, le buscamos, primero en Flandes y luego en España. En cuanto supimos que había sido nombrado gobernador de una de las más importantes ciudades de las colonias americanas, mis hermanos y yo armamos tres buques y zarpamos hacia el gran golfo devorados por un deseo inextinguible de castigar al traidor a la primera oportunidad.

El semblante del Corsario Negro, a medida que avanzaba en la conversación, iba adquiriendo un aire tan tétrico que hubiera asustado al más osado de los filibusteros de La Tortuga.

—Así fue como nos convertimos en corsarios —continuó el filibustero—. El Corsario Verde, más impetuoso y menos experto, quiso tentar la suerte, pero cayó en manos de nuestro mortal enemigo y fue ignominiosamente ahorcado, como un vulgar ladrón. Luego fue el Corsario Rojo el que se aventuró, pero no tuvo mejor fortuna. Ambos, cuyos cuerpos fueron arrancados de la horca por mí, duermen ahora bajo las aguas esperando ser vengados por su hermano… Si Dios me ayuda, dentro de dos horas el traidor caerá en mis manos.

—¿Y qué haréis con él?

—Le colgaré, señora —repuso fríamente el Corsario Negro—.Y exterminaré a todos aquellos que tienen la desgracia de llevar su apellido. Él ha destruido a mi familia; yo destruiré la suya. Lo juré la noche en que sepulté bajo las aguas al Corsario Rojo. Y mantendré mi juramento.

—Pero ¿dónde estamos? ¿Qué ciudad es la que gobierna ese hombre?

—No tardaréis en saberlo.

—¿Y cuál es su nombre? —preguntó la duquesa con angustia.

—¿Tenéis prisa por saberlo?

La joven se llevó a la frente su pañuelo de seda. Aquella hermosa frente estaba cubierta de frío sudor.

—¡No sé! —dijo con voz trémula—. Creo que, en mi infancia, oí contar a algunos hombres de armas que conocían a mi padre una historia muy parecida a la que acabáis de relatarme.

—Es imposible —repuso el Corsario Negro—.Vos no habéis estado jamás en el Piamonte.

—No, eso es cierto. Os ruego que me digáis el nombre de vuestro enemigo.

—Pues bien, os lo diré. Es el duque Van Guld, gobernador de Maracaibo, el más ruin de todos los traidores.

En aquel mismo instante un cañonazo retumbó fragorosamente sobre el mar.

La joven duquesa, al oír aquel nombre, sintió que sus ilusiones se venían abajo, pero no profirió la exclamación de disgusto que pugnaba por escapar de su garganta y permitió al Corsario Negro salir del salón gritando:

—¡Amanece!

La subida a cubierta del Corsario Negro coincidió con el desvanecimiento de la muchacha, que cayó al suelo lanzando un suspiro.

EL ASALTO A MARACAIBO

Aquel cañonazo había sido disparado desde el barco del Olonés, que había pasado a la vanguardia poniéndose al pairo a dos millas de Maracaibo, ante un fuerte situado en una colina y que, juntamente con dos islas, defendía la entrada de la ciudad.

Algunos filibusteros, que ya habían estado en el golfo de Maracaibo con los corsarios Verde y Rojo, habían aconsejado al Olonés que desembarcase allí a los bucaneros para coger entre dos fuegos el fuerte que defendía la entrada del lago. El filibustero había dado ya las órdenes para empezar la operación.

Con una rapidez prodigiosa, todas las chalupas de las diez naves fueron echadas al agua y los bucaneros y filibusteros designados para efectuar el desembarco se habían agolpado en ellas llevando consigo sus fusiles y sables de abordaje.

Cuando el Corsario Negro llegó al puente, Morgan ya había ordenado a sesenta de sus hombres más intrépidos que descendieran a las chalupas.

—Capitán —dijo volviéndose hacia el Corsario Negro—. No podemos perder ni un solo instante. Dentro de pocos minutos los hombres de las chalupas iniciarán el ataque del fuerte y los nuestros han de ser los primeros en el asalto.

—¿Ha dado alguna orden el Olonés?

—Sí, señor. Ha dado instrucciones para que la flota no se exponga al fuego del fuerte.

—Está bien. Te confío el mando del *Rayo*.

Se puso inmediatamente la coraza de combate, que un maestre le había llevado, y descendió a la gran chalupa que le esperaba al pie de la escala de babor tripulada por treinta hombres y armada de un pedrero.

Estaba amaneciendo y era preciso, por tanto, acelerar el desembarco con objeto de que los españoles no tuvieran tiempo suficiente para aumentar el número de las tropas que les iban a hacer frente.

Todas las chalupas, abarrotadas de bucaneros, surcaban velozmente las aguas poniendo proa hacia una playa boscosa de acentuada pendiente que terminaba en una pequeña colina sobre cuya cima se levantaba, gigantesco, el fuerte, una sólida posición dotada con dieciséis cañones de gran calibre y probablemente guarnecida por un gran número de esforzados defensores.

Los españoles, alertados por el primer cañonazo efectuado desde el barco del Olonés, se apresuraron a enviar algunos pelotones de soldados a la ladera de la colina para tratar de impedir el paso de los filibusteros, a la vez que abrían fuego con toda su artillería.

Las bombas caían como el granizo, batiendo la zona ocupada por las chalupas y levantando enormes crestas de espuma.

Mediante rápidas maniobras y viradas vertiginosas, los filibusteros impedían que los soldados españoles hiciesen buena puntería.

Las tres chalupas en las que iban el Olonés, el Corsario Negro y Michel el Vasco habían pasado a primera línea y, como estaban tripuladas por los remeros más robustos, surcaban las aguas a una velocidad extraordinaria. Los filibusteros querían llegar a tierra antes de que los pelotones españoles pudieran atravesar los bosques y tomar posiciones en la colina.

Las naves corsarias habían quedado alejadas para no exponerse al fuego de los dieciséis grandes cañones de que disponía el fuerte de la ciudad, pero el *Rayo*, ahora mandado por Morgan, avanzó hasta unos mil metros de la playa para apoyar el desembarco disparando con los dos cañones de proa.

A pesar del furioso cañoneo, las chalupas solo tardaron quince minutos en llegar a la orilla. Los filibusteros y bucaneros que las tripulaban desembarcaron rápidamente y se lanzaron a través de la espesura, con sus jefes al frente, dispuestos a desembarazarse de los españoles que se emboscaban en la ladera de la colina.

—¡Al asalto, valientes! —vociferó el Olonés.

—¡Arriba, marineros! —gritó el Corsario Negro, que avanzaba con la espada en la mano derecha y una pistola en la izquierda.

La respuesta de los españoles consistió en una lluvia de balas que hicieron caer sobre los filibusteros, aunque con poco provecho a causa de los árboles y de lo espeso de la maleza que cubría la ladera de la colina.

También los cañones del fuerte tronaban con un fragor ensordecedor, lanzando en todas direcciones sus grandes proyectiles. Los árboles se tronchaban y caían al suelo entre un gran estrépito, sus ramas parecían llover del cielo y la metralla arrastraba hasta los asaltantes una increíble cantidad de hojas y frutos. Pero nada de ello era suficiente para frenar el empuje de los valientes hombres de La Tortuga.

Avanzaban a la carrera como una tromba devastadora, y caían sobre los soldados españoles golpeando implacablemente con sus sables de abordaje y haciéndoles pedazos a pesar de su obstinada resistencia.

Pocos fueron los hombres que escaparon de la matanza. Algunos de ellos incluso habían preferido responder a las acometidas de los filibusteros con espíritu suicida y caer sin vida con las armas en la mano antes que rendirse.

—¡Asaltemos el fuerte! —aulló el Olonés.

Encorajinados por el éxito de su primer enfrentamiento con las tropas españolas, los filibusteros treparon por la ladera de la colina procurando permanecer ocultos entre la espesura.

Aunque eran más de quinientos, la empresa no se presentaba fácil, pues carecían de escalas. Por otra parte, la guarnición española, compuesta por doscientos cincuenta soldados cuyo valor había sido probado en muchísimas ocasiones, se defendía con gran tesón y nada parecía indicar que estuviera dispuesta a entregarse.

El fuerte estaba emplazado en un punto muy elevado y sus cañones disponían de un magnífico campo para dirigir los disparos. Vomitaban sin cesar sus proyectiles sobre el bosque, destrozándolo e intentando no dejar con vida ni a uno solo de los asaltantes.

El Olonés y el Corsario Negro, previendo una resistencia desesperada, se habían detenido para cambiar impresiones.

—Perderemos demasiados hombres —dijo el Olonés—. ¡Es preciso encontrar algún modo de abrir una buena brecha! ¡De lo contrario nos aplastarán a todos!

—No hay más que un medio —repuso el Corsario Negro.

—Explícate.

—Colocar una mina en la base de los bastiones.

—Quizá sea la mejor idea. Pero ¿quién se atreverá a afrontar semejante peligro?

De repente se oyó detrás de ellos una voz que dijo:

—¡Yo!

Se volvieron y vieron a Carmaux, seguido por Wan Stiller y el negro Moko.

—¡Ah! ¿Eres tú, bribón? —dijo el corsario—. ¿Qué estás haciendo aquí?

—Os he seguido, comandante. Vos me habéis perdonado. Ahora estoy seguro de que no me fusilarán.

—No, no serás fusilado… ¡Pero irás a colocar esa mina!

—¡A vuestras órdenes, señor! Dentro de un cuarto de hora todo habrá terminado. Abriremos una buena brecha.

Luego, volviéndose hacia Wan Stiller y el negro, añadió:

—¡Wan Stiller! ¡Ven…! Y tú, Moko, ve a buscar treinta libras de pólvora y una buena mecha.

—Espero volver a verte vivo —dijo el corsario con voz conmovida.

—Gracias, señor —contestó Carmaux alejándose precipitadamente.

Mientras tanto, filibusteros y bucaneros continuaban la marcha a través de la vegetación, intentando con certeros disparos alejar a los españoles de las almenas y abatir a los guerrilleros.

Sin embargo, la guarnición resistía con admirable obstinación abriendo fuego endiabladamente.

El fuerte parecía el cráter de un volcán en plena erupción. De todos los bastiones se levantaban gigantescas nubes de humo que eran perforadas por los chorros de fuego que lanzaban incansablemente los dieciséis grandes cañones.

Balas y metralla caían sobre el bosque destruyendo unos árboles y arrancando de cuajo otros, rasgando la maleza y arrastrando numerosas plantas. Pero los filibusteros no retrocedían y esperaban el momento oportuno para iniciar el asalto.

De repente se oyó en lo alto de la colina una explosión formidable que resonó estruendosamente en el bosque y en el mar. Una gigantesca hoguera surgió de uno de los flancos de la fortaleza y una lluvia de cascotes cayó sobre los árboles, causando más bajas entre los asaltantes que los disparos de los defensores del fuerte.

Entre los gritos de los españoles, el estruendo de la artillería y los incesantes disparos de fusil, se oyó la metálica voz del Corsario Negro:

—¡Al ataque!

Al ver cómo el corsario avanzaba por terreno descubierto, filibusteros y bucaneros se lanzaron tras él junto con el Olonés. Una vez que hubieron llegado al punto más alto de la colina, atravesaron la explanada a la carrera y se dirigieron al fuerte.

La carga que Carmaux y sus dos amigos habían hecho estallar había abierto una gran brecha en uno de los principales bastiones.

El Corsario Negro entró por ella, saltando sobre los montones de cascotes y los cañones derribados por la explosión mientras su formidable espada rechazaba a los primeros adversarios que acudían para impedir la entrada de los filibusteros.

Sus hombres se lanzaron tras él blandiendo sus sables de abordaje y dando grandes voces con intención de producir aún más terror entre los defensores de la posición.

Ante el irresistible empuje de los filibusteros cayeron al suelo los primeros españoles, dejando el camino libre para que los hombres de la escuadra corsaria penetraran en el fuerte con el ímpetu de un torrente desbordado.

Los doscientos cincuenta españoles no podían hacer frente a tanta furia. Procuraban atrincherarse en los glacis, pero los filibusteros no se lo permitían. Intentaron agruparse en el patio de armas para impedir que la gran bandera española fuera arriada, pero volvió a vencer la fuerza marinera. Los soldados españoles, en pequeños grupos, recorrían la fortaleza por todas partes tratando de oponer la mayor resistencia que podían. Pero todo fue inútil; los valientes defensores, que se negaron a rendirse, murieron tratando de defender los últimos palmos de terreno.

En cuanto el Corsario Negro comprobó que la bandera española había sido arriada, se apresuró a iniciar la marcha hacia la ciudad, ya completamente indefensa. Reunió cien hombres, descendió por la ladera de la colina a la carrera e irrumpió en las desiertas calles de Maracaibo.

Era como una ciudad muerta. Hombres, mujeres y niños habían huido a los bosques llevándose consigo sus pertenencias más valiosas. Pero ¿qué le importaba eso al Corsario Negro? No había organizado aquella expedición para saquear la ciudad, sino para encontrarse frente a frente con aquel traidor que había acabado con su familia.

Arrastraba tras de sí a sus hombres a una velocidad vertiginosa, aguijoneado por el loco deseo de hallar a Van Guld en el palacio.

También la plaza de Granada estaba desierta y el portón del palacio del gobernador, sin vigilancia, abierto de par en par.

«¿Se me habrá escapado? —se preguntó el corsario apretando los dientes—. ¡Es posible! Pero aunque tenga que atravesar el continente entero daré con él.»

Al ver el portón abierto, los filibusteros que seguían al corsario se detuvieron temiendo alguna traición. Por su parte, el Corsario Negro no descartaba la posibilidad de una sorpresa y avanzaba con toda clase de precauciones hacia el palacio.

Ya se disponía a cruzar el umbral para entrar en el zaguán cuando notó que una mano le detenía, sujetándole por un hombro mientras una voz le decía:

—Vos no, capitán. Si me lo permitís, yo entraré primero.

El corsario se volvió con el ceño fruncido y se encontró ante Carmaux, que tras la explosión había quedado completamente negro, con las ropas desgarradas y el rostro bañado en sangre.

—¡Tú otra vez! —exclamó—. Por un momento creí que la mina no había respetado tu vida.

—Tengo la piel dura, capitán. Y también Wan Stiller y Moko deben de ser huesos duros de roer. Miradles, ahí vienen.

—Bien, entrad.

Carmaux, junto con Wan Stiller y el negro, que presentaban el mismo aspecto que su compañero, se adentraron en el zaguán empuñando sus sables y sus pistolas. El Corsario Negro y el resto de los filibusteros entraron tras ellos.

No había nadie. Soldados, escuderos, criados, esclavos… todos habían huido con los habitantes de la ciudad buscando un refugio seguro en los espesos bosques de la costa. Los filibusteros solo encontraron un caballo tendido en el suelo, con una pata rota.

—Bien… ¡se han trasladado a otra vivienda! —bromeó Carmaux—. Tendremos que colocar en la puerta un cartel que diga: «Se arrenda este palacio…».

—¡Subamos! —exclamó el corsario.

Ascendieron todos a los pisos superiores. También allí estaban abiertas todas las puertas, las habitaciones completamente vacías, los muebles revueltos y gran cantidad de cofres abiertos y abandonados en el suelo. Todo denotaba una fuga precipitada.

De pronto se oyeron gritos en una habitación. El Corsario Negro, que iba recorriendo todas las estancias, se dirigió hacia la puerta de la que salían los gritos y vio a Carmaux y a Wan Stiller que conducían a la fuerza a un español alto y delgado.

—¿Le conocéis, capitán? —gritó Carmaux empujando violentamente al soldado.

Este, al verse ante el corsario, se quitó el casco de acero adornado con una desbarbada pluma, e inclinando su largo y magro torso dijo tranquilamente:

—Os esperaba, señor, y me alegro de volver a veros.

—¡Cómo! —exclamó el corsario—. ¡Tú!

—Sí, el español del bosque… —dijo el soldado sonriendo—. No quisisteis ahorcarme y por eso estoy aún vivo.

—¡Pues vas a pagar por todos tus compatriotas, bribón! —gritó el corsario.

—¿Me habré equivocado esperándoos, señor? Creo que hubiera sido mejor seguir los pasos de los demás…

—¿Dices que me esperabas?

—¿Creéis que alguien me hubiera podido impedir que huyera?

—No, ciertamente… ¿Y por qué te has quedado?

—Porque quería ver de nuevo al hombre que tan generosamente me salvó la vida la noche que caí en sus manos.

—¡Vamos, habla!

—Y…

—¡No tengo mucho tiempo! ¿Hablarás?

—¡Porque quiero hacer un pequeño servicio al Corsario Negro!

—¡Tú…! ¡Tú prestarme un servicio!

—¡Sí, sí! Tal como lo oís —respondió el español esbozando una sonrisa—. ¿Tanto os extraña?

—Confieso que sí.

—Tenéis que saber que el gobernador, cuando supo que yo había caído en vuestras manos y que vos no me habíais colgado de la rama de un árbol, me recompensó. La recompensa consistió en veinticinco palos, veinticinco. ¡Ah, creo que aún los siento en mis espaldas…! ¡Apalearme a mí, a don Bartolomé de las Barbosas y de Camargo, descendiente de la más antigua nobleza de Castilla! ¡Voto a…!

—¡Abrevia!

—He jurado vengarme de ese flamenco que trata a los soldados españoles como si fueran perros y a los nobles como esclavos indios. Por eso os he esperado. Vos habéis venido a matarle. Él, al ver que el fuerte no podía oponer resistencia a vuestras fuerzas, ha huido.

—¡Ha escapado!

—Pero yo sé adónde y os conduciré hasta él.

—¡No me estarás engañando! Ten cuidado, porque si me mientes haré que te dejen como una estera.

—¿Acaso no estoy en vuestras manos?

—¡Tienes razón!

—Pues estando como estoy en vuestro poder no os faltarán oportunidades para hacer conmigo lo que queráis.

—Entonces, ¡habla! ¿Hacia dónde se ha dirigido Van Guld?

—A los bosques.

—¿Y adónde se propone llegar?

—A Gibraltar.

—¿Siguiendo la costa?

—Sí, capitán.

—¿Conoces el camino?

—Mejor que los hombres que acompañan a ese condenado gobernador.

—¿Cuántos van con él?

—Un capitán y siete soldados que le son muy fieles. Para poder caminar por bosques tan espesos es preciso ser pocos.

—Y los otros soldados, ¿dónde están?

—Se han dispersado.

—¡Está bien! —dijo el Corsario Negro—. Nos pondremos en marcha. Seguiremos a ese perro de Van Guld y no le daremos tregua ni de noche ni de día. ¿Lleva caballos consigo?

—Sí, pero se verán obligados a abandonarlos porque no les servirán de nada.

—Esperadme aquí.

El corsario se acercó a un pupitre sobre el que había algunas hojas de papel, plumas y un valioso tintero de bronce.

Tomó una hoja y escribió rápidamente estas líneas:

> Querido Pietro:
>
> Sigo a Van Guld a través de los bosques, con Carmaux, Wan Stiller y el africano. Dispón de mi barco y de mis hombres y, cuando hayáis terminado el saqueo, ven a reunirte conmigo a Gibraltar. Allí se pueden conseguir tesoros más grandes que los que podáis encontrar en Maracaibo.
>
> El Corsario Negro

Cerró la carta y se la entregó a un maestre. Luego despidió a los filibusteros que le habían seguido diciéndoles:

—Volveremos a vernos en Gibraltar, valientes.

Y enseguida, volviéndose hacia Carmaux, Wan Stiller, el africano y el prisionero, añadió:

—Nosotros nos vamos a la caza de mi mortal enemigo.

—He traído conmigo una cuerda nueva para ahorcar a ese maldito, capitán —repuso Carmaux—. La probé ayer por la noche y puedo aseguraros que cumplirá maravillosamente su cometido. No se romperá, respondo de ello.

A LA CAZA DEL GOBERNADOR
DE MARACAIBO

Mientras los filibusteros y bucaneros del Vasco y el Olonés, que habían entrado en Maracaibo sin encontrar la menor resistencia, se dedicaban al más desenfrenado saqueo con intenciones de acudir después a los bosques cercanos en busca de los pobladores de la ciudad para despojarles también de los objetos que se hubieran podido llevar, el Corsario Negro y sus compañeros, después de hacerse con unos buenos fusiles y de proveerse de víveres, habían iniciado una implacable caza. La presa era un hombre: Van Guld.

Tras abandonar la ciudad, se internaron en las espesuras que rodeaban la laguna de Maracaibo, tomando un sendero apenas transitable. Según el vengativo castellano, aquel era el mejor camino para alcanzar cuanto antes al gobernador.

Los filibusteros no tardaron en descubrir las primeras pistas. Eran las huellas que ocho caballos y dos pies humanos habían impreso en el húmedo terreno de aquellos bosques. Se trataba, pues, de ocho caballeros y un hombre a pie, sin duda un guía. Exactamente lo que había dicho el español.

—¿Lo veis? —dijo este con aire triunfante—. Por aquí ha pasado el gobernador con el capitán de su guardia y siete soldados. Uno de ellos puede ser un guía o, simplemente, el dueño del caballo que encontramos en el patio del palacio con una pata rota, seguramente herido al emprender la huida.

—Parece lo más lógico —dijo el corsario—. ¿Crees que nos llevan mucha ventaja?

—Unas cinco horas.

—No podemos negar que juegan con ventaja... ¡Pero nosotros tenemos buenas piernas!

—No lo dudo. Sin embargo, hay que pensar que será imposible alcanzarlos antes de tres días. Vos no conocéis los bosques venezolanos; os asombraréis ante las sorpresas que en ellos nos aguardan.

El castellano permaneció silencioso durante unos momentos. Luego añadió:

—Pero no será la naturaleza la que nos proporcione esas sorpresas: estarán preparadas especialmente para nosotros...

—¿Y quién va a prepararlas?

—Las fieras y los salvajes.

—Jamás he tenido miedo de unas ni de otros.

—Los caribes son temibles...

—¿Acaso no lo serán también con el gobernador?

—Son sus aliados. A vos ni siquiera os conocen.

—¿Estás pensando que ese maldito se hará cubrir la retirada por esos salvajes?

—Es muy probable, señor.

—¡No importa! Jamás he temido a ningún hombre.

—Os aseguro que vuestras palabras me infunden nuevas fuerzas. ¡Adelante, caballeros! Ahí está la gran selva.

El sendero, en aquel punto, desaparecía bruscamente en una enorme espesura, verdadera muralla vegetal formada por troncos formidables que no permitían el paso de hombres a caballo.

Es difícil hacerse una idea de las características de la lujuriosa vegetación que produce el cálido y húmedo suelo de las regiones sudamericanas, sobre todo en las tierras próximas a las grandes cuencas fluviales.

Aquel terreno virgen, continuamente abonado por las hojas y los frutos que se acumulan sobre él, está siempre cubierto por tal cantidad de plantas que posiblemente en ninguna otra parte del mundo sea posible contemplar tal monumento de verdor alzándose desafiante al cielo. La tierra parecía cobrar vida, transformándose en un cuerpo gigantesco que alzaba sus manos, formadas por inmensos árboles, como queriendo protegerse de los ardientes rayos del sol.

El Corsario Negro y el castellano se detuvieron y aguzaron el oído, mientras los dos filibusteros y el negro, que miraban hacia el tupido follaje de los cercanos árboles, mostraban un extraño gesto de temor en sus rostros.

—¿Por dónde habrán pasado? —preguntó el corsario al español—. No veo ningún claro entre esta masa de troncos y lianas.

—¡Demonios! —exclamó el soldado—. Espero que no se los haya tragado la tierra. ¡Lo sentiría por los veinticinco palos con que me obsequió tan gentilmente ese perro…! ¡Aún me escuecen en las costillas!

—¡Pues no creo que sus caballos tuviesen alas! —añadió el corsario.

—El gobernador es un hombre extremadamente astuto. Habrá procurado hacer desaparecer cualquier rastro que nos facilite dar con su paradero.

Luego, dirigiéndose a Carmaux, añadió:

—¿Se oye algún rumor tras la arboleda?

—Sí —repuso Carmaux—. Creo que estamos cerca de una corriente de agua.

—Entonces ya lo hemos encontrado.

—¿Qué es lo que hemos encontrado?

—Síganme, caballeros.

El castellano retrocedió, mirando fijamente al suelo. En cuanto encontró de nuevo las huellas de los caballos sus ojos brillaron extraordinariamente. Y comenzó a seguir aquel rastro hasta internarse entre unos grupos de carís, palmeras de tronco espinoso que producen una fruta parecida a las castañas y que está dispuesta en espléndidos racimos.

Procediendo siempre con precaución para no dejar sus ropas y su piel entre las agudas y largas espinas, llegó hasta el lugar donde Carmaux había creído oír el rumor de un río. Observó insistentemente el suelo, tratando de encontrar entre la hojarasca las huellas de los cuadrúpedos, y luego, alargando el paso, se detuvo junto a la orilla de un riachuelo de dos o tres metros de anchura cuyas aguas tenían un desagradable color negruzco.

—¡Ajá! —exclamó alegremente—. No hay duda, el gobernador es un viejo zorro. Lástima que no sepa que somos especialistas en el rastreo de esa clase de animales.

—¡Explícate! —dijo el Corsario Negro, que empezaba a impacientarse.

—Para ocultarse en la selva sin dejar pistas ha pensado que lo mejor era descender por ese riachuelo.

—¿Es muy hondo?

El castellano introdujo su espada en el agua y tocó el fondo.

—Dos o tres palmos.

—¿Habrá serpientes?

—No. De eso estoy seguro.

—Entonces sigamos también nosotros el curso de este río. Y apretemos el paso. Veremos cuánto tiempo podemos seguir con nuestros caballos; los abandonaremos en el mismo lugar en que lo hayan hecho ellos.

Entraron en el agua, el español a la cabeza y el negro el último, pues su misión era la de vigilar la retaguardia, y se pusieron en camino removiendo aquellas aguas negruzcas y fangosas, ocultas bajo un manto de hojas secas y que despedían peligrosos miasmas producidos por tantos residuos vegetales en estado de descomposición.

Aquel pequeño curso de agua estaba obstruido por toda clase de plantas acuáticas, que se veían pisadas y quebradas en algunos lugares. Había matas de mucumucú, ligera planta aroidea que se corta fácilmente, pues todo su tronco está formado por una masa esponjosa; grupos de arbustos de los que los indígenas llamaban de madera de cañón, con un tronco liso de reflejos plateados, que sirve para construir ligerísimas embarcaciones; hierbas productoras de un jugo lechoso que tiene la sorprendente propiedad de embriagar a los peces si estos lo ingieren mezclado con el légamo de los riachuelos o de los pequeños lagos, y otras muchas especies de plantas y arbustos que hacían penosísimo el camino.

Un silencio casi sepulcral reinaba bajo la oscura bóveda formada por los majestuosos árboles, que inclinaban sus ramas hasta rozar las rumorosas aguas del riachuelo. Solo de vez en cuando, y a intervalos regulares, se oía algo así como el sonido de una campana. Entonces, Carmaux y Wan Stiller levantaban la cabeza, como esperando encontrar ante ellos algo sorprendente.

Pero aquel sonido de argentina vibración y que se extendía con gran nitidez despertando multitud de ecos en la selva virgen, no provenía de una campana. Era emitido por un pájaro escondido en lo más espeso de las ramas de los árboles. Se trataba de un ave que los españoles llaman pájaro campanero, que tiene el tamaño de la paloma y es totalmente blanca. Su extraño canto se oye perfectamente a una distancia de dos o tres millas.

La pequeña columna, siempre silenciosa, continuaba la marcha con toda la rapidez posible, y sus hombres eran presas de una gran curiosidad. Esperaban ansiosamente el momento de encontrar el lugar en el que el gobernador y sus fieles se habían desembarazado de sus caballos.

Seguían su camino bajo el impresionante techo de verdor, formado por ramas tan estrechamente entrelazadas que interceptaban por completo la luz del sol. De pronto, por la orilla izquierda resonó una detonación bastante fuerte a la que siguió una lluvia de pequeños proyectiles que, al caer sobre las aguas, produjeron un ruido semejante al que produce el rebotar del granizo en los tejados de la ciudad.

—¡Truenos de Hamburgo! —exclamó Wan Stiller, que se había inclinado instintivamente—. ¡Nos están ametrallando!

También el Corsario Negro se había agazapado, montando en el acto su fusil, mientras sus filibusteros retrocedían precipitadamente. El único que permaneció en su lugar fue el español, que miraba tranquilamente las plantas que crecían en ambas orillas.

—¿Nos asaltan? —preguntó el corsario.

—No veo a nadie —dijo el castellano con una enigmática sonrisa en los labios.

—¿Y esas detonaciones? ¡No me digas que no las has oído!

—Las he oído perfectamente, señor.

—¿A qué se debe esa tranquilidad?

—Vos mismo podéis ver que me río mientras vuestros hombres retroceden.

Una segunda detonación, más fuerte que la primera, resonó sobre las copas de los árboles, a la vez que una nueva lluvia de proyectiles se precipitaba sobre el riachuelo.

—¡Es una bomba! —exclamó Carmaux mientras retrocedía.

—Efectivamente, es una bomba, caballeros. Pero una bomba vegetal —contestó el castellano flemáticamente—. No es nada extraño en estos parajes.

Se dirigió hacia la orilla derecha y mostró a sus compañeros una planta que, según dijo haciendo gala de unos conocimientos botánicos nada desdeñables, pertenecía a la familia de las euforbiáceas. Tenía una altura de veinticinco o treinta metros y sus ramas espinosas sostenían grandes hojas de cuyos extremos pendían unos frutos redondos envueltos en una corteza leñosa.

—Fijaos —dijo a los filibusteros—. Este fruto ya está marchito y...

No había terminado de hablar cuando uno de aquellos globos estalló ruidosamente lanzando a su alrededor una gran nube de minúsculas bolas.

—No os lastimarán —dijo el español a Carmaux y Wan Stiller, que habían dado un salto hacia atrás—. Son las semillas. Cuando el fruto está maduro y empieza a pasarse, la corteza leñosa adquiere una gran resistencia. Al cabo de un tiempo empieza a fermentar y estalla, lanzando a gran distancia las semillas contenidas en los departamentos en que está dividida interiormente.

—¿Esos frutos son comestibles?

—Contienen una sustancia lechosa que únicamente comen los monos —respondió el castellano.

—Entonces, ¡al diablo esos árboles bomba! —exclamó Carmaux—. Por un momento creí que los soldados del gobernador abrían fuego contra nosotros.

—¡Adelante! —dijo el corsario—. No olvidemos que les estamos persiguiendo.

Reemprendieron la marcha por el riachuelo y, tras recorrer unos doscientos metros, se encontraron ante una masa negruzca medio oculta entre las aguas que ofrecía resistencia a la corriente.

—¡Oh! —exclamó el castellano.

—¿Qué es ahora? ¿Un árbol granada? —preguntó irónicamente Carmaux.

—¡Algo mejor! ¡O mucho me equivoco o eso son los caballos del gobernador y de su escolta!

—¡Atención! ¡Los jinetes pueden haberse ocultado por los alrededores!

—¡Lo dudo! —repuso el castellano—. El gobernador no ignora que tiene que vérselas con vos. ¡Estoy seguro de que no os ha de esperar!

—De todas formas hemos de actuar con prudencia.

Montaron sus fusiles, se colocaron uno tras otro con objeto de no resultar todos heridos en caso de una descarga repentina, y siguieron avanzando en silencio, muy encorvados y procurando mantenerse ocultos entre las ramas bajas de los árboles, que se entrecruzaban sobre el curso de las aguas.

Cada diez o doce pasos, el castellano se detenía para escuchar con gran atención y tratar de ver por entre las hojas y las lianas que cubrían completamente las márgenes del río.

De este modo siguieron marchando, extremando todas las precauciones, hasta llegar a la extraña mancha negra. No se había equivocado el español: eran los cadáveres de los ocho caballos, caídos unos junto a otros y medio sumergidos en las aguas del riachuelo.

Ayudado por Moko, el español movió uno de ellos y comprobó que los animales habían muerto a causa de las heridas de navaja que les habían producido los hombres del gobernador.

—Sí, son los caballos de Van Guld —dijo después.

—¿Hacia dónde se habrán dirigido los jinetes? —preguntó el corsario.

—No cabe duda de que se han internado en el bosque.

—¿Ves algún claro?

—No, pero… ¡Ah…! ¡Bribones!

—¿Qué ocurre?

—¿Veis esa rama tronchada de la que aún gotea la savia?

—¿Qué tiene eso de particular?

—Mirad ahí arriba; hay otras dos ramas partidas.

—Sí, las veo.

—Pues eso indica que los muy tunantes se han subido a esas ramas y han llegado hasta el otro lado de este grupo de árboles. Bien, no tenemos más que imitarles.

—¡Vive Dios que no hay nada más fácil para la gente de mar! —dijo Carmaux—. ¡Ea, subamos!

El castellano alargó los brazos, largos y magros como patas de araña, y subió con un impulso hasta una rama muy gruesa. Los demás no tardaron en seguirle.

De aquella primera rama saltó a una segunda que se extendía horizontalmente, y después a una tercera, que pertenecía ya a otro árbol. De esta forma continuó su avance por la arboleda hasta recorrer treinta o cuarenta metros, observando siempre con gran atención las pequeñas ramas y las hojas cercanas.

Al llegar al centro de una espesa red de lianas, se dejó caer al suelo, lanzando un grito de triunfo.

—¡Eh, castellano! —exclamó Carmaux—. ¿Es que has encontrado algún filón de oro? Se dice que son muy abundantes en este país…

—Lo que he encontrado puede tener para nosotros mucho más valor que una mina de ese oro que dices… ¡Es una misericordia!

—Pues me gustaría usarla lo antes posible. Y el corazón del maldito gobernador no sería mal lugar para deshacerse de ese puñal.

El Corsario Negro, que también había saltado al suelo, recogió el puñal, que tenía la hoja corta, adornada con arabescos, y la punta afiladísima.

—Seguramente lo ha perdido el capitán que acompaña al gobernador —dijo el español—. Lo he visto en su cinturón.

—No cabe duda de que han descendido aquí —repuso el corsario.

—Ahí está el sendero que han abierto en la maleza con sus espadas. Sé que todos ellos llevaban una sujeta a la silla del caballo.

—Perfecto —dijo Carmaux—. De esta forma nos ahorraremos fatigas innecesarias y podremos marchar con más facilidad.

—¡Silencio! —exclamó el Corsario Negro—. ¿No oís nada?

—Absolutamente nada —repuso el español después de haber escuchado atentamente durante unos instantes.

—Eso quiere decir que están muy lejos. Si anduvieran cerca de nosotros podríamos oír el ruido de sus hachas al chocar contra los tallos de las plantas.

—Calculo que nos llevarán una ventaja de cuatro o cinco horas.

—Es demasiado. Pero confío en que podremos alcanzarles.

Se habían adentrado ya en la vegetación siguiendo el sendero abierto por los fugitivos. No era posible equivocarse, pues las ramas cortadas estaban aún frescas y esparcidas por el suelo.

El español y los cuatro filibusteros echaron a correr tratando de ganar tiempo. Pero, de repente, la rápida marcha se vio detenida por un obstáculo imprevisto que el negro, que iba descalzo, y Wan Stiller y Carmaux, que no llevaban botas altas, no podían afrontar si no era tomando grandes precauciones.

El obstáculo consistía en una vasta zona poblada de plantas espinosas de las llamadas ansaras, que crecían unas junto a otras entre los troncos de los árboles formando una muralla casi imposible de franquear.

Estos arbustos crecen en gran cantidad y con una rapidez prodigiosa en las selvas vírgenes de Venezuela y de la Guayana, haciendo imposible el camino a quienes no tengan las piernas bien protegidas con gruesas botas o polainas de cuero, pues sus espinas son tan poderosas que atraviesan no solo los más resistentes paños, sino incluso las suelas de un zapato normal.

—¡Maldición! —exclamó Wan Stiller, que fue el primero en encontrarse rodeado por aquellos arbustos—. ¡Parece que estamos en el camino del infierno! ¡Vamos a salir de aquí tan desollados como san Bartolomé! ¡Que él nos proteja!

—¡Por todos los demonios! —aulló Carmaux dando un salto atrás—. ¡Quedaremos todos cojos si hemos de atravesar esa rosaleda…! Los gnomos del bosque deberían poner ahí un cartel que dijera: «Se prohíbe el paso».

—¡Bah! ¡Encontraremos otro camino mejor! —repuso el español.

—¿Hemos de detenernos? —preguntó el Corsario Negro, que se acercaba entonces al lugar donde estaban los filibusteros.

—¡Mirad!

La luz iba desapareciendo lentamente hasta que, de pronto, una profunda oscuridad se precipitó sobre la selva envolviéndolo todo.

—¿Se detendrán también ellos? —volvió a preguntar el corsario.

—Seguro. Por lo menos hasta que salga la luna.

—¿Cuánto falta para eso?

—Sucederá a medianoche.

—Bien, acampemos.

EN LA SELVA VIRGEN

El lugar elegido por los cinco hombres para esperar la salida de la luna fue un claro invadido únicamente por las raíces de una summameira, árbol colosal que se alzaba poderoso sobre todas las demás plantas de la selva.

Estos árboles, que a menudo alcanzan alturas de sesenta y hasta setenta metros, se sujetan al suelo por medio de unos puntales naturales formados por raíces de extraordinario espesor, muy nudosas y dispuestas en perfecta simetría, que, desviándose de la base, forman una serie de arcadas bajo las cuales pueden refugiarse cómodamente veinte personas.

Constituía aquel curioso árbol una especie de refugio fortificado en el que el corsario y sus hombres podían ponerse a cubierto de un ataque imprevisto, posible en cualquier momento, ya fuese por parte de las fieras, ya por parte de los hombres del gobernador.

Acomodados bajo aquel gigante y después de comer un poco de galleta con jamón, decidieron dormir hasta el momento de reemprender la marcha tras los españoles.

Como no podían abandonar las precauciones, dividieron las cuatro horas que habían de estar allí en otros tantos turnos de guardia, evitando así que las amenazas que se cernían sobre sus cabezas les sorprendieran durmiendo.

Después de revisar los alrededores, prestando especial atención a las hierbas y a la hojarasca por temor a que entre ellas se ocultaran algunos de los reptiles venenosos que tanto abundan en las selvas venezolanas, los hombres libres de guardia se tumbaron bajo el enorme árbol, mientras Moko y Carmaux se disponían a velar su sueño.

La luz crepuscular, que en aquellas regiones dura tan solo unos pocos minutos, desapareció y la más profunda oscuridad que imaginarse pueda se abatió sobre la enorme selva acallando la algarabía de las aves y los estridentes chillidos de los monos.

Un silencio absoluto y atemorizador se constituyó en rey de aquellos parajes durante unos momentos. Era como si todos los seres de pluma y pelo hubiesen sido exterminados.

Pero, de repente, un extraño y endiablado concierto resquebrajó el silencio y pareció estallar en aquel océano de tinieblas haciendo saltar a Carmaux, que no estaba acostumbrado a pasar la noche en lugares semejantes. Se hubiera dicho que una furiosa jauría había tomado posiciones entre los troncos de los árboles o que la naturaleza había dado suelta a extraños animales fabulosos. Tales eran los endemoniados ladridos, los prolongados aullidos y los cacareos dignos de gallinas monstruosas.

—¡Voto a la ballena de Jonás! —exclamó Carmaux alzando la vista—. ¿Qué demonios sucede ahí arriba? ¿Acaso estamos rodeados de perros alados? ¿Cómo han podido gatear por los troncos...? ¿Lo sabes tú, Saco de Carbón?

En lugar de responder, el negro esbozó una maliciosa sonrisa.

—¿Y qué es ese nuevo rumor? —añadió Carmaux—. ¡Estoy seguro de que son los marineros de las naves infernales que hacen rechinar todos los cabrestantes de sus naves para no sé qué endiablada maniobra! ¿O son monos?

—No, no amigo —respondió el negro—. Son ranas.

—Todo ese ruido... ¿Ranas?

—Sí, eso he dicho.

—Y esos otros, ¿qué son? ¿Oyes? Parecen millares de herreros batiendo cobre para las calderas de Belcebú.

—Son ranas, simplemente ranas.

—¡Por los podridos dientes de Satanás! Si me lo dijese otro creería que se estaba burlando de mí o que se estaba volviendo loco. Y dime, Moko, ¿cuándo ha surgido esta nueva especie de ranas?

Carmaux daba a sus palabras un tono irónico que hacía patente su desconfianza hacia las palabras del negro.

De repente resonó en la inmensa selva una especie de potente maullido, seguido de un rugido escalofriante que puso punto final al enloquecido concierto que las ranas ofrecían a los centinelas.

Moko levantó inmediatamente la cabeza y echó mano del fusil que tenía al lado con un movimiento tan precipitado que denotaba un gran temor.

—¡No te preocupes! —dijo Carmaux—. ¡No es más que una rana crecidita!

—¡Oh, no! ¡No lo es! —exclamó el africano con voz temblorosa.

—¡Bah! —repuso Carmaux, que seguía bromeando—. Entonces será un grillo que…

—¡Es un jaguar!

—Ja… ¡Un jaguar! ¿El terrible carnicero?

—Exactamente.

—¡Centellas de Vizcaya! ¡Preferiría encontrarme frente a tres alabarderos dispuestos a hacerme trizas que tener que vérmelas con esa fiera! Dicen que es tan temible como los tigres de la India.

—No tienen nada que envidiarles. Ni tampoco a los leones africanos, amigo.

—¡Por cien mil tiburones hambrientos!

—¿Qué ocurre?

—¿No te has dado cuenta?

—¿De qué?

—Si ese demonio nos acomete no podremos hacer uso de nuestras armas de fuego.

—Explícate.

—Al oír los disparos, el gobernador y sus hombres se percatarán inmediatamente de que les seguimos de cerca y se apresurarán a dejar pistas falsas y a acelerar la huida.

—Pues espero que me des instrucciones para hacer frente a un jaguar con cuchillos.

—Emplearemos los sables.

—Me gustaría verte haciendo la prueba.

—No seas pájaro de mal agüero, Saco de Carbón.

Un segundo rugido, más potente que el primero, y más cercano, resonó en la tenebrosa espesura consiguiendo que también el negro se estremeciera.

—¡Por toda la corte infernal! —masculló Carmaux, cuya inquietud aumentaba por momentos—. ¡La cosa se pone seria!

En aquel momento vieron que el Corsario Negro retiraba ligeramente el ferreruelo con que se cubría y trataba de levantarse.

—¿Un jaguar? —preguntó con una tranquilidad pasmosa.

—Sí, capitán.

—¿Está lejos?

—No, y lo peor es que parece tener intenciones de dirigirse directamente hacia nosotros.

—Bien; suceda lo que suceda, no hagáis uso de las armas de fuego.

—Será una bonita muerte la nuestra…

—Carmaux, ¡eso está por ver!

Retiró completamente el ferreruelo, lo dobló, desenvainó la espada y se irguió.

—¿Por qué parte lo habéis oído? —preguntó.

—Por allí, comandante.

—Seremos galantes y lo esperaremos.

—¿Queréis que despierte al castellano y a Wan Stiller?

—No les necesitamos, de momento. Nosotros nos apañaremos perfectamente. Ahora, guardad el más completo silencio y avivad el fuego.

Si se escuchaba atentamente podía oírse entre los árboles ese ronroneo particular que emiten los jaguares y, de vez en cuando, el crujir de las hojas secas. La fiera debía de haberse percatado ya de la presencia de aquellos hombres y se acercaba cautelosamente, sin duda con la intención de caer de improviso sobre alguno de ellos y darse un gran banquete.

El corsario, inmóvil junto al fuego y con la espada en la mano, escuchaba atentamente y mantenía los ojos fijos sobre las plantas cercanas, dispuesto a no dejarse sorprender por un posible ataque fulminante de la fiera. Carmaux y el negro se habían colocado detrás, uno armado con un gran sable de abordaje y el otro con un fusil que tenía sujeto por el cañón para poder servirse de él como si fuera una maza.

Por la zona en donde la maleza era más espesa seguía oyéndose el crujir de hojas y el ronroneo, que seguían acercándose. Era evidente que el jaguar avanzaba con gran prudencia.

De repente cesó todo rumor. El corsario se inclinó hacia delante para escuchar mejor, pero hasta sus oídos no llegó ni el más ligero murmullo. Al reincorporarse, su mirada topó con dos puntos luminosos que relucían entre unas plantas cercanas. Permanecían inmóviles y tenían un reflejo verdoso y fosforescente.

—¡Ahí está, capitán! —murmuró Carmaux.

—¡Ya lo veo! —repuso el corsario.

—Se dispone a acometernos.

—Le estoy esperando.

—¡Demonio de hombre! —masculló el filibustero—. ¡No teme ni al mismísimo Belcebú con todos sus secuaces!

El jaguar se había detenido a treinta pasos del lugar que el corsario y sus hombres habían elegido para acampar. Era una distancia realmente corta para aquellos carnívoros, dotados de una poderosa elasticidad muscular, igual o superior a la de los tigres. Sin embargo, no se decidía a atacar. ¿Le inquietaría el fuego que ardía al pie del árbol? ¿O era acaso la resuelta actitud del corsario lo que frenaba el empuje del jaguar?

Sea lo que fuera, permaneció bajo aquella espesísima mata más de un minuto sin apartar los ojos del adversario y manteniendo una amenazadora inmovilidad.

De pronto, los dos puntos luminosos desaparecieron en la oscuridad.

Durante algunos instantes se oyó el rumor de las plantas, que se agitaban al paso del animal, y el crujir de las hojas secas en el suelo. Este ruido tampoco tardó en cesar.

—¡Se ha ido! —dijo Carmaux suspirando—. ¡Ojalá los caimanes se lo merienden en dos bocados!

—Es más fácil que sea él el que se zampe a los caimanes —repuso el negro.

El Corsario Negro permaneció algunos momentos inmóvil, sin bajar la espada. Luego, no oyendo nada, la envainó tranquilamente, extendió el ferreruelo, se envolvió en él y volvió a echarse junto al árbol diciendo simplemente:

—Si vuelve, me llamáis.

Carmaux y el africano se colocaron tras el fuego y continuaron su guardia. Se mantenían bien despiertos, aguzando el oído y la vista, pues no estaban aún muy convencidos de que la feroz alimaña se hubiese alejado definitivamente desperdiciando una presa que ya tenía al alcance de la mano.

A las diez entregaron la guardia a Wan Stiller y al español, advirtiéndoles de la proximidad del carnívoro. Luego se tendieron junto al Corsario Negro, que dormía tan plácidamente como si se encontrara en el camarote del *Rayo*.

El segundo turno de guardia fue más tranquilo, aunque también Wan Stiller y el castellano oyeron varias veces entre la maleza el jadeo apagado del jaguar.

A medianoche, en cuanto la luna hizo su aparición, el Corsario Negro, que ya se había levantado, dio la orden de partida, confiando en que nada impediría una marcha rápida que les permitiese alcanzar al gobernador de Maracaibo al día siguiente.

El astro nocturno lucía espléndidamente en un cielo purísimo, derramando su pálida luz sobre la inmensa selva, aunque bien pocos de sus rayos conseguían atravesar el tupido velo que formaban las copas de los árboles, cuyas hojas parecían fundirse y soldarse unas con otras.

Sin embargo, la oscuridad ya no era tan absoluta bajo la espesura, por lo que los filibusteros podían marchar con toda la rapidez que sus piernas les permitían y superar mejor los obstáculos que se interponían en su camino.

El sendero abierto por la escolta del gobernador desapareció como por encantamiento, pero no por eso crecieron las preocupaciones de aquellos valerosos hombres. Estaban seguros de que los españoles se dirigían hacia el sur, con dirección a Gibraltar, y ellos seguían la misma ruta orientándose por medio de una brújula. Tenían un convencimiento total de que no tardarían en alcanzar al asesino de la familia del corsario.

Llevaban caminando unas cuatro horas, abriéndose paso fatigosamente entre las ramas, las lianas y las enormes raíces que en algunos puntos cubrían totalmente el suelo, cuando el español, que marchaba a la cabeza del pelotón, se detuvo bruscamente.

—¿Qué sucede? —preguntó el Corsario Negro.

—Sucede que, en solo veinte pasos, es ya la tercera vez que oigo un ruido bastante sospechoso.

—¿Qué clase de ruido?

—El de ramas que se rompen y hojas secas pisoteadas.

—¿Nos seguirá alguien?

—¿Quién podría ser? Nadie se atrevería a marchar de noche por esta selva, y mucho menos a estas horas —repuso el español.

—Quizá sea alguno de los hombres de la escolta del gobernador…

—¡Hum! ¡Esos deben de estar muy lejos!

—Entonces será algún indio.

—Permitidme que lo dude. ¡Eh! ¿No habéis oído eso?

—Sí —confirmaron los filibusteros y el negro.

—Alguien ha tronchado una rama a pocos pasos de nosotros —dijo el castellano.

—Si esta zona no fuera tan tupida podríamos ver quién es el que nos sigue —dijo el Corsario Negro desenvainando resueltamente su espada.

—¿Lo intentamos, señor?

—Dejaríamos nuestros vestidos y quizá nuestra piel entre esos espinos. Pero admiro tu bravura...

—Gracias, señor —repuso el español—. Esas palabras dichas por vos tienen para mí un extraordinario valor. ¿Qué debemos hacer?

—Continuar la marcha con las espadas preparadas. Ya sabéis que no quiero que se utilicen los fusiles.

—Entonces, ¡adelante!

El pelotón reemprendió la marcha, procediendo con cautela y sin apresurarse.

Habían llegado a un estrecho paso abierto entre altísimas palmeras unidas unas a otras por una caprichosa red de lianas, cuando de repente cayó sobre el español una pesada masa que le hizo rodar por los suelos.

La acometida fue tan rápida que los filibusteros creyeron en un principio que sobre el desgraciado prisionero había caído una gran rama desgajada de alguna palmera. Pero un rugido les hizo comprender que se trataba de una fiera.

El castellano, mientras caía, había lanzado un grito de terror y desesperación. Pero luego se revolvió rápidamente intentando desembarazarse del animal, que le mantenía como clavado en el suelo impidiendo que se levantara.

—¡Ayuda! —gritó—. ¡Esta fiera me destroza!

Pasado el primer momento de estupor, el corsario se lanzó con la espada en alto en socorro de aquel desdichado. Alargó el brazo armado con la rapidez del rayo y clavó la hoja en el cuerpo de la fiera. Esta, sintiéndose herida, abandonó al castellano y se volvió hacia su nuevo adversario con la intención de echársele encima.

Pero el Corsario Negro se había apresurado a retirarse, mientras mostraba la brillante hoja de su espada y, con un rápido movimiento, se cubrió el brazo izquierdo con el ferreruelo.

El animal vaciló momentáneamente. Luego, saltó hacia delante con rabia desesperada. En su empuje tropezó con Wan Stiller, al que derribó; luego arremetió contra Carmaux, que estaba junto a su compañero, e intentó destrozarle con un impresionante zarpazo.

Por fortuna, el Corsario Negro no estaba ocioso. Viendo a sus filibusteros en peligro, se echó por segunda vez sobre la fiera hiriéndola sin piedad una y otra vez, aunque sin atreverse a acercarse demasiado, pues acababa de ver lo poderosas que eran sus zarpas.

La fiera retrocedió, rugiendo e intentando ganar un espacio que le permitiera adquirir impulso para lanzarse sobre el corsario. Pero este sabía mantener la distancia.

Asustado, o quizá herido gravemente, el animal se hizo a un lado y luego se encaramó a las ramas de un árbol cercano, entre cuyas hojas se ocultó lanzando prolongados rugidos.

—¡Atrás! —gritó el corsario temiendo una nueva embestida del animal.

—¡Rayos y centellas! —gritó Wan Stiller después de incorporarse y comprobar que no había sufrido el menor rasguño—. ¡Va a ser preciso fusilarla para calmarle el hambre!

—¡De ninguna manera! ¡Ya os he dicho que no quiero disparos! —contestó el Corsario Negro.

—¡Me gustaría partirle en dos esa cabezota! —exclamó una voz tras él.

—¡Estás vivo aún! —gritó el corsario.

—Y debo daros las gracias a vos y a la coraza de cuero de búfalo que llevo bajo la casaca —dijo el español—. Sin ella, ese demonio me hubiera abierto el pecho de un solo zarpazo.

—¡Cuidado! —gritó en aquel momento Carmaux—. Esa fiera se dispone a lanzarse nuevamente.

No había terminado de pronunciar estas palabras cuando la fiera se precipitó sobre ellos describiendo una parábola de seis o siete metros y yendo a caer a los pies del corsario.

Pero no tuvo tiempo suficiente para iniciar un nuevo asalto.

La espada del formidable corsario le entró en el pecho. El animal cayó al suelo y el africano se apresuró a descargar sobre su cabeza un impresionante culatazo que acabó con la poca vida que quedaba ya en aquel poderoso cuerpo.

—¡Vete al diablo! —gritó Carmaux descargando sobre el animal un nuevo culatazo con el que quería cerciorarse de que no se levantaría más—. ¿Con qué clase de bicho nos hemos enfrentado? ¿Será de alguna raza infernal?

—¡Ahora lo sabremos! —dijo el castellano cogiendo al animal por la cola y arrastrándolo hasta un pequeño claro iluminado por la luna—. No es pesada, ¡pero qué empuje y qué garras! ¡En cuanto lleguemos a Gibraltar recordadme que he de ir a poner una vela a la Virgen de Guadalupe por haber salido de esta con vida!

EL TREMEDAL

El animal que con tanta audacia había atacado a los hombres del Corsario Negro recordaba por su forma a las leonas africanas, pero era algo más pequeño, pues no tendría más de un metro y veinte centímetros de longitud y unos cincuenta de altura hasta la cruz.

Su cabeza era redonda, el cuerpo alargado pero robusto, y la cola mediría medio metro. Tenía garras largas y afiladísimas, el pelaje corto, muy espeso, de color rojizo, más oscuro en el lomo que en el vientre, en algunos puntos del cual era casi totalmente blanco, y grisáceo en la cabeza.

El castellano y el corsario, con una sola ojeada, comprendieron inmediatamente que se trataba de uno de aquellos animales que los hispanoamericanos llaman mizgli, o leones americanos, y que los españoles conocen como puma.

Estas fieras, que aún hoy son abundantes en la América meridional y no faltan en la septentrional aun cuando su tamaño sea relativamente pequeño, son formidables por su ferocidad y su valor.

Ordinariamente viven en los bosques, donde hacen grandes matanzas de simios, pues tienen una impresionante facilidad para trepar a los árboles más elevados. Otras veces llegan hasta las aldeas y poblados, donde causan grandes estragos, matando cuantas ovejas, bueyes y caballos encuentran a su paso.

Su voracidad es tal que en una sola noche son capaces de acabar con cincuenta cabezas de ganado, limitándose luego a beber la sangre aún caliente de sus víctimas, a las que hieren en las venas del cuello.

Cuando no están hambrientas, huyen del hombre, pues saben por experiencia que frente a él no son siempre victorias lo que consiguen. Solo cuando la necesidad y el hambre las acucian, asaltan con desesperado coraje al ser humano.

Cuando están heridas, su ferocidad llega a límites extremos: se revuelven contra sus adversarios furiosamente, sin tener en cuenta el número de estos.

A veces merodean en parejas, para poder cazar con mayor facilidad a los animales de los bosques, pero por lo general actúan independientemente, pues ni las hembras tienen la menor confianza en sus machos, temiendo siempre que estos devoren a sus cachorros.

Cierto es que las mismas hembras se comen a sus primeros hijos; pero no es menos cierto que, con el tiempo, se convierten en madres amorosas capaces de entregar su propia vida por defender encarnizadamente a su prole.

—¡Por los dientes de un tiburón! —exclamó Carmaux—. Serán pequeños estos animales, pero tienen más valor que algunos leones.

—¡Aún me cuesta creer que no me haya destrozado el cuello! —añadió el español—. Se dice que tienen gran habilidad para seccionar la yugular y beber por ella la totalidad de la sangre que hay en los cuerpos de sus víctimas.

—Bien, en otro momento discutiremos la habilidad de los pumas —dijo el Corsario Negro—. Ahora partamos. Esta bestia nos ha hecho perder un tiempo precioso.

—¡Nuestras piernas son ligeras, capitán!

—Lo sé, Carmaux, pero no podemos olvidar que Van Guld nos lleva todavía una ventaja de varias horas. ¡En marcha, amigos!

Dejaron el cadáver del puma y reemprendieron la marcha.

Se habían internado en un terreno completamente empapado de agua y en el que hasta los árboles más pequeños alcanzaban colosales dimensiones. Parecía que caminaban sobre una inmensa esponja. A la más mínima presión de los pies surgían, por numerosos e invisibles poros, pequeños chorros de agua.

Sin duda se abría en medio de la selva alguna sabana, o quizá alguno de esos traidores parajes llamados tremedales, cuyo fondo está constituido por arenas movedizas que engullen a cualquiera que se atreva a pisar en ellas.

El español, que conocía perfectamente aquellas tierras, actuaba con extremada prudencia. De cuando en cuando tanteaba el suelo con una larga rama que había cortado de un árbol, miraba hacia delante para asegurarse de que la selva continuaba y daba enigmáticos bastonazos al aire.

Temía la existencia de arenas movedizas, pero también miraba insistentemente a su alrededor como si quisiera comprobar con el olfato la presencia de reptiles, muy numerosos en los terrenos húmedos de las selvas vírgenes.

En realidad, todas las precauciones que tomaba el español eran necesarias. En aquella oscuridad era muy posible poner el pie encima de algún urutú, terrible serpiente cuya mordedura produce la parálisis inmediata del miembro afectado; o sobre alguna serpiente liana, así llamada por su color verde y porque se mimetiza perfectamente sobre los árboles. Tampoco olvidaba el soldado español a la serpiente coral, cuya mordedura es mortal de necesidad.

De pronto el castellano se detuvo.

—¿Otro puma? —preguntó Carmaux, que iba tras él.

—No me atrevo a adentrarme por ahí hasta que salga el sol —repuso el español.

—¿Qué temes? —preguntó el Corsario Negro.

—Noto que el terreno se mueve bajo mis pies. Creo que estamos cerca de algún tremedal.

—¿Estás seguro?

—Temo no equivocarme.

—Eso va a suponernos la pérdida de un tiempo precioso.

—Dentro de media hora será de día. Además, ¿creéis que los fugitivos no tropezarán con los mismos obstáculos que nosotros?

—No lo niego… Bien, esperaremos a que salga el sol.

Se tendieron al pie de un árbol y, llenos de impaciencia, esperaron a que las tinieblas empezaran a desvanecerse.

La gran selva, poco antes silenciosa, se llenó de extraños rumores. Miles y miles de sapos, ranas y parranecas dejaban oír sus voces, produciendo una algarabía ensordecedora.

Se oían ladridos, mugidos interminables, prolongadas estridencias que parecían provenir de cientos de misteriosas carretas ocultas tras la espesura. Luego era un martilleo furioso, y más tarde extraños golpes que hubieran hecho creer a cualquiera que cientos de miles de leñadores estaban talando la selva.

De vez en cuando sonaban entre los árboles verdaderos estallidos y silbidos agudos que obligaban a los filibusteros a levantar la cabeza.

Eran ciertos lagartos de pequeñas dimensiones los que producían aquel fragor. A pesar de su exiguo tamaño, estaban dotados de tan poderosos pulmones que hasta los árboles parecían temblar al recibir el sonido que emitían.

Las estrellas comenzaban a palidecer y la luz del día resquebrajaba la oscura cortina de la noche cuando en la lejanía se oyó una débil detonación.

Esta vez el ruido no podía achacarse a las ranas, y el corsario se levantó rápidamente.

—¿Un disparo? —preguntó mirando al castellano, que también se había puesto en pie.

—Eso parece —repuso este.

—¿Lo habrán hecho los fugitivos?

—Todo parece indicarlo.

—Entonces no han de estar lejos.

—Ese estampido podría confundirnos. Bajo las bóvedas que forman estos árboles el eco llega hasta distancias increíbles.

—Empieza a clarear. Si no estáis cansados, creo que lo mejor sería reemprender inmediatamente la marcha.

—¡Ya tendremos mejores ocasiones para descansar! —dijo Carmaux.

La luz del alba empezaba a filtrarse entre las gigantescas hojas de los árboles, diluyendo rápidamente las tinieblas y despertando a los moradores de la selva.

Los tucanes, con su enorme pico, tan grueso como todo el resto de su cuerpo y tan frágil que obliga a estas pobres aves a arrojar su comida al aire esperando luego su caída para engullirla, empezaban a revolotear sobre las copas de los árboles emitiendo desagradables sonidos parecidos al chirriar de una vieja puerta. Los honoratos, escondidos en lo más espeso del ramaje, lanzaban a pleno pulmón notas de barítono: *do... mi... sol... do...* Los caciques, de roja rabadilla, piaban mientras se mecían en sus nidos en forma de bolsa suspendidos de las flexibles ramas de los mangos o en los bordes de las grandes hojas del maot.

Aquella explosión de vida animal se completó enseguida con la presencia de enormes nubes de pájaros mosca que, semejantes a joyas aladas, revoloteaban bajo las primeras luces del día haciendo brillar sus plumas multicolores.

Luego, poco a poco, fueron iniciando su actividad las restantes especies selváticas. Algunas parejas de monos salían desperezándose de su escondrijo nocturno y volvían el hocico hacia el sol.

En su mayor parte eran simios de los llamados barrigudos, cuadrúmanos de sesenta a ochenta centímetros de altura, de cola más larga que el cuerpo, con el pelo suave y de color negro muy intenso en el lomo, grisáceo en el vientre y con una especie de cabellera de crines entre los hombros.

Algunos de ellos se mecían suspendidos por la cola y gritaban furiosamente; otros, al ver pasar a los expedicionarios, les daban la bienvenida arrojándoles con imprudente malignidad toda clase de hojas y frutos.

Entre las ramas de las palmeras podían verse algunas familias de titíes, los más graciosos de los monos, tan pequeños que caben perfectamente en el bolsillo de una chaqueta. Se movían nerviosamente entre las hojas en busca de los insectos que constituyen su alimento. Pero, en cuanto veían a los hombres, se apresuraban a ponerse a salvo encaramándose hasta el punto más alto de los árboles, desde donde les miraban con sus inexpresivos ojos, que denotan cierta inteligencia.

A medida que los filibusteros avanzaban, la selva iba haciéndose menos tupida. Los árboles y las plantas crecían más distanciados, como si aquellos terrenos saturados de agua, probablemente de naturaleza arcillosa, no fueran de su agrado.

Quedaban ya atrás las espléndidas palmeras y solo se veían algunos de esos pequeños sauces llamados imbaubas, que mueren durante la estación de las lluvias para volver a hacer su aparición en los períodos de sequía.

Pero tampoco estos árboles tardaron en desaparecer para ser sustituidos por unos extraños ejemplares, llamados arecíneas ventrudas, de gran altura y cuyo tronco se ensancha en la parte más cercana al suelo. A su vez, estas plantas cedieron el lugar a grandes grupos de calupos, cuya fruta, cortada en pedazos y fermentada, produce una bebida refrescante.

Más tarde hicieron acto de presencia unos bambúes gigantescos, de quince a veinte metros de alto y tan gruesos que un hombre no puede abarcarlos.

El español se disponía a internarse entre la vegetación cuando, volviéndose hacia los filibusteros, les dijo:

—Supongo que, antes de dejar la selva, a nadie le desagradaría la idea de beber un buen vaso de leche.

—¡Hola! —exclamó Carmaux desenfadadamente—. Si has descubierto alguna vaca creo que también podrías ofrecernos un buen filete…

—Ni vamos a comer filete ni disponemos de vaca…

—¿Puedes explicarme entonces de dónde va a salir la leche?

—Del árbol de la leche.

—¡Pues vamos a ordeñar ese árbol!

El español pidió un frasco a Carmaux y se acercó a un árbol de grueso tronco y hojas anchas, de unos veinte metros de altura, que estaba sostenido por fortísimas raíces que, como si les faltara espacio bajo tierra, emergían poderosas en la superficie. Dio un tajo en el tronco e introdujo en él su espada.

Un instante después salía por aquella herida un líquido blanquecino, denso, que, en efecto, parecía leche. No tardaron en comprobar que, además de parecerse en su aspecto, tenía el mismo gusto que aquella.

Después de paladear el sabroso líquido, los filibusteros reemprendieron la marcha internándose entre los bambúes, aturdidos por los silbidos taladrantes de los lagartos.

El terreno era cada vez menos consistente. El agua rezumaba constantemente bajo los pies de los filibusteros formando charcos que se iban ensanchando a cada paso.

Bandadas de aves acuáticas indicaban la proximidad de una marisma o de un tremedal. Se veían grandes grupos de becadas, becasinas y anhingos, llamados también pájaros serpiente por la extraordinaria longitud de su cuello y por su pequeñísima cabeza armada de un pico recto y agudo que destaca sobre sus plumas sedosas de reflejos plateados. Entre ellos volaban también algunos aníes de la sabana, más pequeños que las garzas y cuyas plumas son verdes y ribeteadas por una línea violácea.

El español empezaba a aminorar el ritmo de la marcha temiendo que el terreno cediera bajo sus pies. De pronto, un grito ronco y prolongado, seguido por un rumor de agua en movimiento, llamó su atención.

—¡Agua! —exclamó.

—Además del agua me parece que por ahí hay algún animal —dijo Carmaux—. ¿No habéis oído?

—Juraría que se trata de un jaguar.

—¡Vaya un encuentro! —masculló Carmaux.

Se detuvieron, poniendo los pies sobre algunos bambúes caídos para no hundirse en el fango, y echaron mano de las espadas.

El rugido de aquella fiera no volvió a oírse. Pero hasta los filibusteros llegaban apagados gruñidos que indicaban que el jaguar no estaba muy satisfecho por su situación.

—Quizá el animal está pescando —dijo el castellano.

—¿Pescando? —repuso Carmaux con tono incrédulo.

—¿Te sorprende?

—Que yo sepa, los jaguares no disponen de anzuelos…

—Sin embargo, poseen unas poderosas uñas y una magnífica cola.

—¿Uñas y cola? ¿Y de qué les pueden servir sus uñas y su cola?

—Para atraer a los peces.

—¡Me gustaría saber de qué modo! ¿O es que me vas a decir que ponen gusanos en la punta de su cola?

—Por supuesto que no. Se limitan a dejarla colgando para que los largos pelos de la punta rocen la superficie del agua.

—¿Y después?

—Los peces, creyendo que tienen a su alcance una buena presa, acuden al lugar donde se ha apostado el jaguar, y este, mediante un zarpazo, se apodera del pez curioso que osa subir hasta la superficie. Te puedo asegurar que es rara la vez que fallan un golpe.

—Lo estoy viendo —dijo el africano.

—¿Qué? —preguntó el corsario.

—Al jaguar —contestó Moko.

—¿Qué está haciendo?

—Permanece inmóvil junto a la orilla.

—¿Nada más?

—Es como si estuviera espiando algo.

—¿Está muy lejos?

—A unos sesenta o setenta metros.

—¡Vamos a presentarle nuestros respetos! —dijo el corsario con resolución.

—¡Sed prudente, señor! —le aconsejó el castellano.

—Si nos cierra el paso nos veremos obligados a atacarlo. Acerquémonos en silencio.

Se bajaron de los bambúes y, marchando ocultos por entre los troncos de un grupo de árboles de madera de cañón, avanzaron con las espadas desenvainadas.

Recorrieron unos veinte pasos y llegaron hasta la orilla de una gran laguna que debía de adentrarse bastante en el bosque.

Las aguas, saturadas del fango formado con las filtraciones y desagües de toda la selva, estaban casi totalmente negras por la putrefacción de miles y miles de vegetales que exhalaban miasmas deletéreos, muy peligrosos para los hombres porque producen terribles fiebres.

En toda la extensión de la laguna crecían plantas acuáticas de las más variadas especies. Abundaban las matas de mucumucú, cuyas largas y estrechas hojas flotaban en las sucias aguas; grupos de arum, cuyas hojas en forma de corazón surgen de lo alto de un pedúnculo; espléndidas victorias regias, las más grandes de las plantas acuáticas, puesto que sus hojas llegan a alcanzar metro y medio de circunferencia y cuyo borde está realzado y protegido por una armadura de largas y agudas espinas. En medio de aquellas gigantescas hojas destacaban sus soberbias flores, que parecen de terciopelo blanco, con estrías purpúreas y matices rosáceos de belleza, más que rara, única.

Apenas los filibusteros habían dado una ojeada a la charca cuando ante ellos, y a muy poca distancia, oyeron un sordo rugido.

—¡El jaguar! —exclamó el español.

—¿Dónde? —preguntaron todos a un tiempo.

—Allí, junto a la orilla. Está al acecho.

Las miradas de todos los hombres se dirigieron hacia el lugar que indicaba el castellano con una gran ansiedad reflejada en las pupilas.

Y así era: el jaguar, altivo y majestuoso, esperaba pacientemente.

EL ATAQUE DEL JAGUAR

A cincuenta pasos, entre un grupo de arbustos de madera de cañón, junto a la orilla de la laguna y en esa actitud que adoptan los gatos cuando acechan a los ratones, aparecía un magnífico animal, extraordinariamente parecido a un tigre.

Medía casi dos metros de longitud, por lo que debía de ser uno de los más grandes ejemplares de su especie. Su cola tendría unos ochenta centímetros. El cuello era corto y tan grueso como el de un novillo. Sus patas, robustas y musculosas, estaban armadas de formidables garras.

Su piel era de una belleza extraordinaria, espesa y suave, de color amarillo rojizo con manchas negras ribeteadas de rojo, más pequeñas en los costados y mayores y más abundantes en el lomo, donde formaban largas y anchas franjas.

No tuvieron mucho trabajo los filibusteros para darse cuenta de que se encontraban frente a un jaguar, el animal más peligroso que se puede encontrar en las selvas de las dos Américas, quizá incluso más voraz que los terribles osos grises de las montañas Rocosas.

Estas fieras, que se encuentran por doquier, desde Estados Unidos hasta las tierras de la Patagonia, son el equivalente americano de los tigres. Resultan tan feroces como ellos y poseen su misma agilidad, su fuerza y su elegancia.

Generalmente viven en las selvas húmedas y en las orillas de las lagunas y de los grandes ríos, especialmente en el Amazonas y el Orinoco. Precisamente se diferencian de los otros felinos por la gran satisfacción que les produce encontrarse en las cercanías del agua.

Los estragos que causan estas fieras son terribles. Dotadas de un fenomenal apetito, atacan a cualquier ser vivo que se interponga en su camino. Ni los monos consiguen escapar a su acometida, pues los jaguares trepan por los troncos de los árboles como si su peso no superara al de los gatos. Las reses vacunas y los caballos de los establos se defienden de ellos como pueden, a cornadas o a fuerza de coces; pero no tardan en sucumbir, pues los sanguinarios felinos se lanzan sobre su lomo con la velocidad del rayo y les destrozan de un solo zarpazo la columna vertebral.

Ni siquiera las tortugas pueden sentirse tranquilas ante su proximidad, a pesar de la coraza que las protege y que los jaguares perforan mediante sus garras para extraer por el orificio practicado la totalidad del cuerpo de los infortunados quelonios.

Pero estos monstruos concentran todo su odio en un animal que se desenvuelve en un medio totalmente diferente al suyo: los perros.

El jaguar no gusta de la carne de estos animales. Sin embargo, solo por el placer de capturarlos y de acabar con ellos, se atreve a entrar en las aldeas en pleno día.

Pero si el perro es el principal blanco de sus iras, el hombre tampoco goza de un gran favor ante el jaguar. Todos los años perecen entre las garras de esos asesinos carniceros centenares de pobres indios que, aunque solo resulten heridos, sucumben casi siempre a consecuencia de los desgarros producidos por las siniestras uñas romas de los terribles reyes de la selva americana.

El jaguar apostado junto a la orilla de la laguna no parecía haberse percatado de la presencia de los hombres, pues no hizo el menor movimiento de inquietud. Miraba fijamente hacia las aguas negruzcas, como si espiara alguna presa escondida entre las grandes hojas de las victorias regias.

Sus erizados bigotes se movían ligeramente, indicando impaciencia y cólera, y su larga cola rozaba con suavidad las hojas sin producir rumor alguno.

—¿Qué está esperando? —preguntó el Corsario Negro, que parecía haberse olvidado por completo de Van Guld y su escolta.

—Que la presa se coloque en una posición favorable —repuso el español.

—¿Alguna tortuga quizá?

—No, no —dijo el africano—. Es un adversario digno de él el que está esperando. Mirad allá, bajo las hojas de esa victoria regia. ¿No veis un hocico?

—¡Eh! —exclamó Carmaux—. ¡El compadre Saco de Carbón tiene razón! Bajo las hojas veo algo que se mueve.

—Es el hocico de un reptil —aclaró el negro.

—¿Un caimán? —preguntó de nuevo el corsario.

—Sí, señor.

—¿Incluso se atreven a atacar a esos formidables animales?

—Sí, señor —dijo el castellano—. Si permanecemos en silencio podremos presenciar una lucha terrible y sanguinaria.

—Esperemos que no dure mucho.

—Son dos adversarios poco pacientes. En cuanto se encuentren frente a frente no economizarán energías ni se concederán tregua. ¡Ya sale el caimán!

Las hojas de la victoria regia se separaron bruscamente y dos enormes mandíbulas, armadas de grandes dientes triangulares, aparecieron lanzándose hacia la orilla.

Al ver que el caimán se acercaba, el jaguar se incorporó y retrocedió un poco. No lo hacía por temor a aquellas mandíbulas, sino con la evidente intención de atraer a tierra firme a su enemigo y privarle de ese modo de uno de sus principales medios de defensa, pues los caimanes se mueven con dificultad fuera del agua.

Engañado por aquel movimiento y creyendo que el jaguar se sentía amedrentado ante la posibilidad de recibir un tremendo coletazo como el que poco antes había tronchado las ramas de la victoria regia levantando además una gran oleada, se adelantó hasta la orilla, en la cual se detuvo mostrando su terrible boca abierta de par en par.

Era un tremendo saurio de unos cinco metros de longitud, con el lomo cubierto de plantas acuáticas que crecían entre el fango que poco a poco se había ido incrustando entre las escamas óseas.

Se sacudió el agua provocando a su alrededor una verdadera lluvia formada por centenares de gotas de agua, y enseguida se apoyó sobre sus patas posteriores lanzando un gemido que parecía el llanto de un niño y que sin duda era su grito de guerra.

En lugar de atacarle, el jaguar retrocedió aún más y quedó tumbado en el suelo aguardando el momento oportuno para iniciar el ataque.

El rey de la selva y el soberano de las aguas se miraron silenciosamente durante unos instantes. Sus ojos relampagueaban siniestramente.

Al cabo de unos momentos, el primero rugió, haciendo patente su impaciencia, y se incorporó resoplando como un gato furioso.

Sin mostrar el menor espanto, seguro de su propia fuerza y de la solidez de sus dientes, el caimán subió decididamente a tierra firme moviendo a diestro y siniestro su poderosa cola.

Este era el momento esperado ansiosamente por el astuto jaguar. Al ver a su adversario lejos del agua, dio un gran salto y cayó encima de él. Pero sus garras, aun siendo fuertes como el acero, se encontraron con las férreas escamas del reptil, tan duras y resistentes que no sufren el menor daño ni siquiera con el impacto de las balas.

Furioso por el poco éxito de su primera embestida, el jaguar retrocedió con prodigiosa rapidez, pero no sin propinar a su enemigo un terrible zarpazo en la cabeza arrancándole uno de los ojos. Cuando se encontró a unos diez pasos de distancia, se dispuso a esperar pacientemente la oportunidad de atacar de nuevo.

El reptil lanzó un sordo lamento de rabia y dolor. Privado de un ojo, ya no podía hacer frente con ventaja a su poderoso enemigo, por lo que trataba de volver a la laguna dando furiosos coletazos que levantaban a su alrededor enormes cantidades de fango.

El jaguar, siempre en guardia, se lanzó por segunda vez sobre el caimán. Pero su intención no era ahora la de clavar las garras en la impenetrable coraza del reptil.

Se inclinó hacia delante y, por medio de un zarpazo perfectamente dirigido, abrió el costado derecho del mutilado animal, arrancándole grandes tiras de carne.

La herida debía de ser mortal; pero el caimán tenía aún suficiente vitalidad para no darse por vencido.

Con una sacudida irresistible se desembarazó de su enemigo haciéndole rodar violentamente hasta los troncos de los árboles. Inmediatamente se dirigió hacia él para partirlo en dos con un buen mordisco.

Desgraciadamente para él, como no disponía más que de un ojo no pudo calcular con precisión el espacio que les separaba y, en lugar de triturar a su adversario entre las mandíbulas, cosa que en otras condiciones le hubiera sido facilísimo, no le alcanzó más que la cola.

Un rugido feroz del jaguar advirtió a los filibusteros que la fiera había perdido su integridad.

—¡Pobre bicho! —exclamó Carmaux—. ¡Qué ridículo ha de verse sin su espléndida cola!

—¡No tardará en tomarse el desquite! —aseguró el español.

En efecto, el sanguinario jaguar se revolvió contra el reptil con todo el furor que da la desesperación.

Lo agarró por el hocico, destrozándoselo ferozmente y arriesgándose a perder alguna de sus zarpas.

El maltrecho caimán, chorreando sangre, horriblemente mutilado y ciego, retrocedía con intención de sumergirse de nuevo en la laguna.

Daba tremendos golpes con la cola y cerraba y abría furiosamente las mandíbulas sin lograr desembarazarse del jaguar, que seguía ensañándose con él.

Por fin, ambos cayeron al agua. Durante algunos instantes se les vio debatirse entre montañas de espuma teñida de rojo por la sangre. Poco después, uno de ellos aparecía victorioso en la orilla.

Era el jaguar, pero en un lastimoso estado. De su cuerpo goteaba sangre mezclada con agua. Su cola había quedado entre los dientes del reptil y tenía desollado el lomo y una pata rota.

Subió hasta tierra fatigosamente, deteniéndose de vez en cuando para mirar las negras aguas de la laguna con aquellos ojos que despedían feroces destellos. Consiguió llegar hasta la arboleda y desapareció de la mirada de los filibusteros lanzando su último rugido amenazador.

—¡El vencedor no ha quedado en muy buen estado! —dijo Carmaux.

—No, pero el caimán ha muerto. Cuando mañana aparezca flotando servirá de almuerzo al jaguar —repuso el castellano.

—Caro le ha costado ese almuerzo.

—¡Bah! Estas fieras tienen la piel muy dura. Sanará.

—Pero seguro que la cola no le volverá a salir.

—A él le basta con sus garras y sus dientes.

—De todas formas su carrera de pescador ha terminado.

—Eso es cierto.

Entretanto, el Corsario Negro había reemprendido la marcha bordeando la orilla. Al pasar por la zona donde tuviera lugar la feroz lucha entre el rey de la selva americana y el soberano de los ríos y las lagunas, Carmaux vio en el suelo uno de los ojos del reptil.

—¡Puaf! —exclamó—. ¡Qué asco! Está ya sin vida y, sin embargo, aún conserva la feroz expresión de odio y de ansia por devorar a otros animales.

Los filibusteros apretaron el paso. El camino que seguían bordeaba la orilla de la laguna, y solo estaba interceptado por algunos troncos de mucumucú, plantas fáciles de cortar, por lo que la marcha resultaba más rápida que a través de la selva.

Sin embargo, debían tener cuidado con los reptiles que infestaban aquellos parajes, especialmente con los jaracarás, serpientes cuya mordedura es mortal y que, gracias a su piel, coloreada en el mismo tono que las hojas secas, se mimetizan perfectamente entre la maleza pasando inadvertidas para cualquier mirada.

Afortunadamente, parecía que no eran frecuentes por allí estos animales. En su lugar, abundaban de modo extraordinario los volátiles, que revoloteaban formando enormes bandadas sobre las plantas acuáticas y los árboles de madera de cañón.

Además de las aves propias de las lagunas de la selva, podían verse lindísimos pájaros llamados ciganas, de plumaje rizado y larga cola; papagayos, verdes unos, amarillos y rojos otros; soberbios canindés, parecidos a las cacatúas, con las alas azules y el pecho amarillo, que volaban mezclados con pequeños pajarillos llamados tico-tico.

También aparecieron en la laguna algunos grupos de monos procedentes de la selva. Eran cébidos de barba blanca, con un pelaje largo y tan suave como la seda, de color gris negruzco, y que tienen una larga barba blanca que les confiere el aspecto de apacibles ancianos y que les ha valido el sobrenombre de capuchinos.

Las hembras seguían a los machos, llevando a las espaldas a sus crías. Pero en cuanto veían acercarse a los filibusteros emprendían la fuga, dejando a los machos a la retaguardia para que se encargasen de defender la retirada.

Al mediodía, el Corsario Negro, viendo que sus hombres estaban extenuados a causa de la larga marcha de diez horas, dio la señal de hacer alto, concediéndoles unos momentos de reposo que tan bien se habían ganado.

Era preciso economizar los pocos alimentos que habían llevado consigo y que podían serles útiles en la gran selva, por lo que se pusieron en el acto a buscar.

El hamburgués y el negro fueron los encargados de la búsqueda por los árboles. Y tuvieron tanta suerte que, cerca de la orilla de la laguna, encontraron una bacaba, bellísima palmera que da unas flores de color crema y cuyo tronco produce un líquido parecido al vino, y un jabutí, árbol de unos seis o siete metros de altura, con hojas de color verde oscuro entre las que nacen unos frutos de soberbio color amarillo, parecidos a nuestras naranjas en su forma y constituidos por un enorme hueso rodeado de una pulpa muy delicada y sabrosísima.

Por su parte, Carmaux y el español, tras el buen éxito del paseo de sus compañeros, decidieron emprender una pequeña expedición por la gran selva, pues en los alrededores de la laguna solo se veían pequeños pájaros que los filibusteros no podían cazar por no disponer de perdigones.

Así pues, se adentraron en la maleza en busca de algún kariakú, animal parecido a la cabra salvaje, y con la esperanza de cobrar también algún pecarí, de excelente carne y parecido al jabalí.

Habían rogado a sus compañeros que encendieran una buena fogata, pues sabían que el corsario no esperaría mucho tiempo en aquel lugar porque estaba ansioso por alcanzar a Van Guld y a los hombres de su escolta.

En quince minutos atravesaron las espesas matas de mucumucú y se encontraron en plena selva virgen, entre una aglomeración de enormes cedros, de palmeras de toda especie, de cactus espinosos, de grandes heliantos y de espléndidas salvias cargadas de flores de un colorido indescriptible.

El español se detuvo y escuchó con atención, esperando percibir el rumor de algún animal que deambulara por allí. Pero un silencio absoluto reinaba bajo las colosales bóvedas vegetales.

—Me temo que no vamos a tener más remedio que echar mano de nuestras provisiones —dijo moviendo la cabeza—. No me extrañaría que nos hubiéramos internado en los dominios del jaguar y que la caza haya huido a un lugar más tranquilo.

—¡Parece imposible que en esta condenada selva no se pueda encontrar ni siquiera un miserable gato!

—¡No exageres! Ya has visto que no son precisamente gatos los que escasean. Los hay. ¡Y enormes!

—Como encuentre un jaguar, me lo como.

—Pues te aseguro que la carne de ese animal no es del todo mala. Asada a la parrilla, incluso está gustosa.

—Entonces, está decidido… ¡Nos lo comeremos!

—¡Hola! —exclamó el español levantando vivamente la cabeza—. ¡Creo que podremos comer algo mucho mejor!

—¿Has visto algún cabrito, castellano de mi corazón?

—Mira allá arriba. ¿No ves volar un gran pájaro?

Carmaux alzó los ojos y vio, efectivamente, una gran ave negra que revoloteaba entre las hojas y las ramas de los árboles.

—¿Y quieres comparar a ese inmundo bicho con el cabrito que me habías prometido?

—Es un gule-gule. ¡Y hay muchos! ¡Mira!

—¡Pégale un balazo, si eres capaz! —dijo Carmaux irónicamente—. Además, ¡no me inspiran confianza tus gule-gule!

—No tengo intención de matarlos. Por si te interesa, te diré que esos pájaros van a indicarnos con toda exactitud el lugar donde podremos encontrar caza abundante.

—¿Qué clase de caza? ¿Cocodrilos, quizá?

—¿Te gusta el jabalí?

—¡Oh, no me hagas sufrir! ¡Cómo agradecería ahora una buena chuleta y un poco de jamón de jabalí…! Pero, vayamos por partes, querido español. Explícame qué tienen que ver esos gule-gule del demonio con los simpáticos jabalíes.

—Los gule-gule están dotados de una vista excepcional. Desde increíbles distancias pueden ver a cualquier clase de animal. Los jabalíes son sus preferidos y, en cuanto los distinguen, acuden a hacerles compañía para llenarse el buche.

—¿Comen carne de jabalí esos bichos?

—No. Esperan a que los jabalíes hocen la tierra en busca de las raíces y tubérculos que les sirven de alimento. Naturalmente, los jabalíes dejan al descubierto una gran cantidad de gusanos y escolopendras.

—¿Se comen los ciempiés?

—¡Ya lo creo! ¡Y con buen apetito!

—¿No revientan?

—Los gule-gule son inmunes a cualquier clase de sustancias y a muchos de los más poderosos venenos.

—Sencillamente repugnante… Pero sigamos a esos pajarracos antes de que desaparezcan, y preparemos los fusiles. ¡Demonios! ¿Y si nos oyen los españoles?

—¿Te parece bien tener en ayunas al Corsario Negro?

—Hablas como un libro abierto, amigo mío. Mejor será que nos oigan y que llenemos la tripa. De otro modo, podríamos quedarnos sin fuerzas para continuar la persecución.

—¡Silencio!

—¿Los jabalíes?

—No sé. Pero lo que sí es seguro es que algún animal se acerca hacia nosotros. ¿No oyes cómo se mueven las hojas frente a nosotros?

—Sí, lo oigo.

—Esperemos y dispongámonos a abrir fuego en el momento preciso.

LAS DESVENTURAS DE CARMAUX

A unos cuarenta pasos de los cazadores, las hojas se movían ligeramente. Carmaux y el castellano se apresuraron a esconderse tras el tronco de una gran simaruba.

Las ramas crujían por todas partes, como si el animal que se acercaba no estuviera aún decidido a tomar un camino determinado.

De repente, Carmaux vio abrirse la maleza. Un pequeño animal de pelaje negro y rojizo surgía de ella, saltando hasta llegar a un pequeño claro.

Carmaux ignoraba qué clase de animal era aquel, incluso si sería comestible. Pero, al verlo tan quieto a unos treinta pasos, se echó a la cara el fusil e hizo fuego.

El animal cayó, pero se incorporó en el acto y con tanta agilidad que parecía indudable que no estaba herido de gravedad. Después de mirar fijamente a los cazadores durante unos instantes, dio media vuelta y se alejó, metiéndose entre la maleza y las raíces.

—¡Maldita sea! —exclamó el filibustero—. ¡He fallado...! Pero... ¡no creo que pueda llegar muy lejos!

Corrió hacia el claro en que había saltado el animal y, sin detenerse a cargar de nuevo el fusil, emprendió animosamente la persecución haciendo caso omiso del español, que corría tras él gritando:

—¡Cuidado con las narices!

El animal corría desesperado, probablemente en busca de su madriguera. Carmaux, sin embargo, tenía buenas piernas y lo seguía de cerca, con el sable de abordaje en la mano y dispuesto a partirlo en dos.

—¡Ah, bribón! —gritaba—. Puedes estar seguro de que, aunque te escondas en el mismísimo infierno, yo daré contigo.

El pobre animal no cesaba en su loca carrera. Pero sus fuerzas lo abandonaban por momentos. Sobre la hierba iba dejando un rastro de sangre, claro indicio de que Carmaux había errado el tiro por muy poco.

Al cabo de unos instantes, fatigado por la carrera y con su resistencia menguada a causa de la pérdida de sangre, el animal se detuvo junto al tronco de un árbol. Carmaux, creyendo que ya lo tenía en sus manos, se le echó encima. Pero, de pronto, se sintió sofocado por un olor tan desagradable que cayó de espaldas tan violentamente como si hubiese sido víctima de una asfixia repentina.

—¡Por los dientes de cien mil tiburones! —se le oyó gritar—. ¡Que el diablo se lleve a los infiernos a esta maldita carroña!

Inmediatamente prorrumpió en una serie de estornudos que le impidieron proseguir con sus maldiciones.

El castellano corrió en su ayuda, pero cuando se encontraba a unos diez pasos de Carmaux se detuvo también, tapándose las narices con las dos manos.

—¡Ya has conseguido lo que querías! —dijo—. Te advertí que sería mejor que te detuvieses. ¡Has quedado perfumado para una semana…! Bien, perdona pero voy a tener que mantenerme prudentemente alejado de ti.

—¡Eh! —gritó Carmaux—. ¿Es que tengo la peste, acaso? Pero creo que me estoy poniendo malísimo. Siento mareos y una sensación extraña, como si fuera a reventar.

—Aléjate de ahí rápidamente.

—Pero… ¿qué ha sucedido?

—No hagas preguntas y aléjate de ahí. ¡Muévete, demonios!

Carmaux se incorporó, no sin cierta dificultad, con intención de dirigirse hacia el lugar donde se encontraba el español, pero este, al darse cuenta de ello, se apresuró a retroceder.

—¿Es que tienes miedo? —exclamó Carmaux—. Eso quiere decir que me ha sucedido algo muy grave. Entonces es que… ¡tengo el cólera!

—¡No digas tonterías! Simplemente es que no quiero participar también de ese delicado perfume.

—¿Y cómo voy a volver al campamento? ¡Todos huirán de mí, hasta el Corsario Negro!

—Será preciso ahumarte —repuso el español, que hacía enormes esfuerzos para contener la risa.

—¿Ahumarme a mí como a un arenque?

—Ni más ni menos, señor mío.

—Pero ¿quieres explicarme de una condenada vez qué es lo que me ha sucedido? —Carmaux perdía los estribos por momentos—. ¿Ha sido ese animal el que me ha obsequiado con este maldito olor a ajos podridos que me revuelve el estómago?

Intentó calmarse y añadió:

—A ti te hará mucha gracia, pero creo que la cabeza me va a estallar.

—Lo creo.

—¡Lo creo, lo creo…! Pero dime: ¿ha sido o no ha sido ese animal?

—Sí.

—¿Y se puede saber qué clase de fiera es esa?

—En estas tierras lo llaman zorrillo. En mi país lo conocemos como mofeta. Es una especie de marta, pertenece a su misma familia y estoy seguro de que es el peor de sus miembros. Nadie es capaz de aguantar su olor, ni siquiera los perros.

—¿Y cómo producen ese aroma del demonio?

—Lo almacenan en unas glándulas que tienen bajo la cola. ¿Te ha alcanzado alguna gota de líquido?

—No. Estaba bastante separado del bicho ese.

—En realidad, has tenido suerte.

—¡Suerte! ¡Oh…! ¿Quieres burlarte?

—Si te hubiese caído en la ropa una sola gota de ese líquido apestoso no habrías tenido más remedio que continuar el camino tan desnudo como nuestro padre Adán.

—De todas formas, huelo peor que cien letrinas juntas.

—Ya te he dicho que habrá que ahumarte.

—¡Condenación para todos los zorrillos de la tierra! ¡No podría haberme sucedido nada peor…! ¡Vaya un papel que voy a hacer al regresar al campamento…! Estarán esperando las piezas cobradas y en su lugar van a tener que conformarse con este cargamento de olor infernal.

El español no podía responder. Se reía con todas sus fuerzas mientras el filibustero seguía lamentándose al ver que su compañero procuraba mantenerse a distancia esperando que el aire puro orease algo al desdichado cazador.

Cerca del campamento encontraron a Wan Stiller, que había salido a su encuentro creyendo que su tardanza se debía a que estarían atareados en acarrear alguna pieza demasiado pesada para sus fuerzas. Al notar el olor que despedía Carmaux, dio media vuelta y echó a correr con todas sus fuerzas tapándose la nariz.

—¡Huyen de mí como de un leproso! —exclamó Carmaux—. ¡Ah! ¡Acabaré por echarme a la laguna!

—Ni siquiera así conseguirás quitarte de encima ese olor —dijo el español tratando de contener sus risotadas—. Quédate ahí y no te muevas hasta que yo vuelva o acabarás por perfumarnos a todos.

Carmaux hizo un gesto de resignación y se sentó junto a un árbol lanzando un suspiro.

Después de haber informado al corsario de la cómica aventura que habían vivido en la selva, el castellano se adentró por la maleza, acompañado por el africano, y cogió algunos manojos de hierbas verdes parecidas a las de la pimienta. Luego fue hasta donde aguardaba Carmaux, depositó las hierbas a unos veinte pasos y les prendió fuego.

—Déjate ahumar bien —dijo mientras retrocedía riendo—. ¡Te esperamos para comer!

Carmaux fue a exponerse a la acción del densísimo humo que despedían aquellas hierbas, y resuelto a no alejarse de allí hasta que desapareciera completamente el nauseabundo olor.

Las hierbas, al arder, despedían un olor tan acre que el pobre filibustero no podía evitar que se le saltasen las lágrimas. Era como si el castellano las hubiera mezclado con ramas de pimienta. A pesar de todo, Carmaux resistía pacientemente y trataba de ahumarse a conciencia.

Al cabo de media hora, cuando ya solo advertía ligeramente el olor del zorrillo, decidió poner fin a la operación y se dirigió hacia el campamento, donde sus compañeros estaban ocupados repartiéndose una gran tortuga que habían sorprendido en la orilla de la laguna.

—¿Puedo acercarme? —preguntó—. Creo que estoy lo suficientemente ahumado.

—¡Adelante! —respondió el Corsario Negro—. Habituados como estamos al olor del alquitrán, creo que podremos resistir el que tú despides. De todas formas, deja que te aconseje que, en lo sucesivo, no trates de cazar zorrillos.

—Os aseguro que en cuanto vea uno de ellos me alejaré a tres millas de distancia. ¡Prefiero vérmelas con un puma o con un jaguar que con esas pestilentes alimañas!

—Espero que, por lo menos, hayas disparado en la zona más espesa de la selva…

—Creo que la detonación no se habrá oído a una gran distancia —repuso el español.

—Sentiría que los fugitivos tuvieran conciencia de la ventaja exacta que nos llevan.

—Si no saben exactamente qué distancia les separa de nosotros, sabrán por lo menos que les perseguimos. De eso estoy seguro.

—¿Por qué supones eso?

—Por la rapidez de su marcha. En estos momentos ya tendríamos que haberles alcanzado.

—Puede ser que Van Guld tenga algún otro motivo para alejarse tan precipitadamente.

—¿Y cuál suponéis que es, señor?

—El temor a que el Olonés caiga sobre Gibraltar.

—¿Acaso el Olonés pretende tomar esa plaza? —preguntó con inquietud el castellano.

—¡Quizá! ¡Ya veremos! —repuso, evasivo, el Corsario Negro.

—Comprenderéis que si así fuera, señor, yo no podría combatir jamás contra mis compatriotas —dijo el español con cierta emoción—. Un soldado no puede levantar sus armas contra una ciudad sobre cuyos muros ondea la bandera de su propio país. En lo que respecta a Van Guld, que es flamenco, estoy dispuesto a ponerme totalmente a vuestro servicio. Pero no me pidáis que me convierta en un traidor; preferiría que me ahorcarais.

—Admiro la lealtad y la devoción que sientes por tu patria —contestó el Corsario Negro—. En cuanto hayamos alcanzado a Van Guld te dejaré libre. Y, si ese es tu deseo, podrás integrarte a las tropas que defienden la ciudad.

—Gracias, caballero. Pero no adelantemos los acontecimientos… Por el momento estoy a vuestro servicio y podéis contar conmigo para lo que creáis oportuno.

—Ahora hemos de partir de nuevo si queremos alcanzar al gobernador.

Recogieron las armas y los pocos víveres que les quedaban y reemprendieron la marcha siguiendo la orilla de la laguna, que seguía desprovista de grandes árboles.

El calor era intensísimo, y se hacía sentir mucho más a causa de la falta de sombra. Sin embargo, los filibusteros, acostumbrados a las elevadas temperaturas del golfo de México y del mar Caribe, no se sentían molestos, aunque eso no impedía que humearan como yacimientos de azufre y sudaran de forma tan copiosa que llevaban las ropas completamente empapadas.

Además, las aguas de la laguna, heridas por los ardientes rayos del sol, producían cegadores reflejos que incidían dolorosamente en los ojos de los filibusteros, mientras se alzaban peligrosos miasmas formando nubecillas que podían resultar fatales, pues son los causantes de las temidas fiebres tropicales.

Afortunadamente, hacia las cuatro de la tarde distinguieron la orilla opuesta de la laguna, la cual se adentraba en la zona selvática formando un alargado cuello de botella.

Los filibusteros y el español, que seguían caminando con gran brío a pesar de estar extraordinariamente fatigados, se disponían a internarse en la selva cuando el negro, que iba en la retaguardia, señaló una extraña mancha roja que se alzaba en el centro de la zona pantanosa abierta junto a la laguna.

—¿Un pájaro? —preguntó el corsario.

—Creo más bien que se trata de un sombrero español —dijo el castellano—. Desde aquí se puede distinguir también un penacho de plumas negras.

—¿Quién puede haberlo arrojado a ese pantano? —preguntó nuevamente el Corsario Negro.

—No quisiera equivocarme, pero creo que nadie ha lanzado ese sombrero. Ese fango debe de estar formado por cierta arena movediza que no perdona a nadie que ose pisar en ella.

—¿Qué quieres decir con eso?

—Que quizá debajo de ese sombrero haya algún desgraciado que ha sido engullido vivo por el fango.

—Vamos a ver.

Se desviaron del camino que seguían y se dirigieron hacia la zona pantanosa, que tendría unos trescientos o cuatrocientos metros de anchura y que parecía una laguna medio seca. Allí vieron que, efectivamente, se trataba de uno de aquellos sombreros de seda roja y amarilla adornados con una pluma que usaban los españoles.

Había quedado sobre el barro, en el centro de un hoyo que tenía forma de embudo. Junto a él podían verse como cinco puntas, de un color que hizo estremecer a los filibusteros:

—¡Los dedos de una mano! —exclamaron Carmaux y Wan Stiller.

—Como suponía, debajo de ese sombrero hay un cadáver —dijo tristemente el español.

—¿Quién podrá ser ese desgraciado? —preguntó el Corsario Negro.

—Uno de los soldados de la escolta del gobernador —repuso el castellano—. He visto ese sombrero en varias ocasiones sobre la cabeza de Juan Barrera…

—De modo que Van Guld ha pasado por aquí…

—Aquí tenéis una triste pista, señor.

—Quizá también haya caído en la arena…

—Es muy posible.

—¡Horrible muerte!

—¡La más horrible, señor! ¡Verse absorbido vivo por ese fango tenaz y nauseabundo debe de ser un fin espantoso!

—Dejemos a los muertos y pensemos en los vivos —dijo el corsario dirigiéndose hacia la espesura—. Ahora ya estamos seguros de que nos encontramos sobre la pista de los fugitivos.

Iba a decir a sus hombres que se apresurasen cuando un prolongado silbido de extrañas modulaciones resonó en la parte más espesa de la selva.

—¿Qué es eso? —preguntó volviéndose hacia el español.

—Lo ignoro, señor —repuso este mirando con inquietud entre los grandes árboles.

—¿Será algún ave la que canta de ese extraño modo?

—Jamás he oído un silbido parecido a ese, señor.

—¿Tú tampoco, Moko?

—No, capitán.

—¿Será alguna señal?

—Eso temo, señor —contestó el castellano.

—¿De tus compatriotas?

—¡Hum! —exclamó el español moviendo la cabeza.

—¿No lo crees así?

—No, señor. Lo que temo es que no tardaremos en vérnoslas con los indígenas.

—¿Son vuestros aliados esos indígenas? —preguntó el Corsario Negro frunciendo el ceño.

—Son nuestros aliados. Y temo que el gobernador nos los eche encima.

—Entonces debe de saber que le seguimos…

—Puede haberlo sospechado…

—¡Bah! Si se trata de indígenas les haremos huir fácilmente.

—En la selva virgen son más peligrosos que cualquier blanco. Es difícil evitar sus emboscadas.

—Procuraremos no dejarnos sorprender. Montad vuestros fusiles y no economicéis disparos. Ahora que el gobernador ya sabe que vamos pisándole los talones, poco puede importarnos que oiga los disparos de nuestros fusiles.

—¡Vamos a ver cómo son los indios de este país! —dijo Carmaux—. Estoy seguro de que no serán más hermosos que los que ya conocemos. Ni más malos tampoco.

—¡Debéis tener cuidado, amigos! —dijo el castellano—. Los indios venezolanos son antropófagos y les agradaría muchísimo doraros en sus enormes parrillas.

—¡Por las glándulas del zorrillo! —exclamó Carmaux—. ¡Vamos a tener que defender nuestras propias chuletas!

LOS ANTROPÓFAGOS DE LA SELVA VIRGEN

Se internaron en la selva caminando entre inmensos palmerales y grandes grupos de bacabás y de ceropias, llamadas también árboles candelabro a causa de la extraña disposición de su ramaje.

El lugar estaba poblado también de carís, especie de palmeras de tronco espinoso, lo que hace difícil y peligrosa la marcha entre ellos; mirites, de dimensiones enormes y hojas dispuestas en abanico, y sipós, gruesos bejucos que los indios emplean en la construcción de sus cabañas.

Temiendo una sorpresa, avanzaban prudentemente, aguzando el oído y mirando atentamente la maleza por si entre ella se encontraban escondidos los indios.

La extraña señal no había vuelto a oírse, aunque todo parecía indicar que por allí habían pasado otros hombres.

Desaparecieron las aves y los monos, asustados sin duda por la presencia de sus eternos enemigos los indios, que aprecian mucho su carne y les hacen objeto de encarnizada persecución.

Por algunas partes se veían ramas recién tronchadas, hojas pisoteadas y bejucos quebrados que dejaban caer aún algunas gotas de savia.

Hacía dos horas que caminaban, siempre con extremada precaución y tratando de orientarse hacia el sur, cuando de pronto oyeron a cierta distancia unas modulaciones que parecían producidas por una de esas flautas de caña que usan los indios.

El Corsario Negro detuvo a sus hombres con un gesto.

—Eso es una señal, ¿verdad? —preguntó al castellano.

—Lo es —contestó este—. Es inconfundible.

—Los indígenas deben de andar cerca.

—Quizá más de lo que creéis. Estamos entre una vegetación espesísima, muy apta para una emboscada.

—¿Qué me aconsejas? ¿Esperar a que aparezcan o seguir la marcha?

—Si ven que nos detenemos pueden creer que es por miedo. Sigamos, señor. Y no perdonemos a los primeros que nos hagan frente.

El sonido de la flauta se oyó aún más cerca. Parecía salir de un grupo de carís que oponían a los expedicionarios un muro infranqueable con sus troncos sembrados de largas y agudísimas espinas.

—¡Wan Stiller! —dijo el corsario volviéndose hacia el hamburgués—. Procura hacer callar a ese misterioso músico.

El filibustero, que era un magnífico tirador, pues no en balde había sido bucanero durante muchos años, apuntó el fusil en dirección al grupo de palmeras carís, procurando descubrir algún lugar donde se moviesen las hojas. Al fin disparó, pero al azar.

La estrepitosa detonación fue seguida de un grito al que inmediatamente sustituyó una carcajada.

—¡Demonios! ¡Has fallado el disparo! —exclamó Carmaux.

—¡Rayos, truenos y tempestades de Hamburgo! —gritó Wan Stiller con rabia—. No se reiría tanto si hubiera podido verle un pelo de la cabeza.

—No importa —dijo el corsario—. Ahora ya saben que llevamos armas de fuego. Serán más prudentes. ¡Adelante!

La selva se había hecho más sombría y salvaje. Un verdadero caos de árboles de gigantescas hojas, bejucos y monstruosas raíces aparecía ante la mirada de los filibusteros. Tal era la espesura de aquella vegetación que ni siquiera los rayos solares conseguían atravesar la imponente bóveda vegetal.

A pesar de ello, el calor era agobiante, denso y húmedo, como de invernadero, y hacía sudar copiosamente a los valerosos expedicionarios que intentaban atravesar la selva.

Con los dedos en los gatillos, los ojos bien abiertos y el oído aguzado, el castellano, los filibusteros y el Corsario Negro se internaban en la maleza uno tras otro.

Miraban detenidamente los grupos de árboles, las inmensas hojas, los bejucos, los amasijos de raíces e incluso las más pequeñas plantas, dispuestos a vaciar sus armas sobre el primer indígena que osara presentarse ante ellos.

Después de las señales, nada había vuelto a turbar el pavoroso silencio que reinaba en la selva. Pero tanto el Corsario Negro como sus hombres esperaban un ataque repentino. Sabían instintivamente que aquel enemigo que tanto cuidado ponía en no dejarse ver no podía andar muy lejos.

Llegaban a un paso extremadamente intrincado y muy oscuro cuando los filibusteros vieron que el español se agachaba precipitadamente y se dejaba caer tras el tronco de un árbol.

El aire y el siniestro silencio fueron rasgados por un silbido, y una delgada cañita, después de atravesar las hojas, fue a clavarse en una rama que sobresalía a la altura de un hombre.

—¡Una flecha! —gritó el español—. ¡Cuidado!

Carmaux, que estaba tras él, disparó su fusil.

Aún no se había extinguido el eco de la detonación cuando surgió un grito de dolor de entre las espesas matas.

—¡Ah, tunante! ¡Te he dado! —gritó Carmaux.

—¡Cuidado! —exclamó en aquel momento el español.

Cuatro o cinco flechas de algo más de un metro cruzaron el aire sobre los filibusteros, que se echaron inmediatamente al suelo.

—¡Entre aquellos árboles! —gritó Carmaux.

Wan Stiller, el negro y el castellano descargaron sus armas produciendo una sola detonación. Pero ningún otro grito se oyó.

Únicamente el rumor de ramas que se rompían y el crujir de hojas secas. Luego volvió a reinar el más absoluto silencio.

—Parece que con eso han tenido suficiente —dijo Wan Stiller.

—¡Silencio! —exclamó el español—. ¡Todos tras los árboles!

—¿Temes un nuevo asalto? —preguntó el corsario.

—He oído moverse las hojas a nuestra derecha.

—Entonces, ¿esto es una verdadera emboscada?

—Me temo que sí, señor.

—¡Si Van Guld cree que los indios van a lograr detenernos está muy equivocado! ¡Seguiremos nuestro camino a pesar de todos los obstáculos!

—¡No abandonemos por el momento este lugar, señor! Quizá esas flechas estén envenenadas…

—¿Es eso posible?

—Suelen hacerlo, igual que los salvajes del Orinoco y el Amazonas.

—Pero no podemos permanecer aquí eternamente…

—Lo sé. Pero tampoco podemos exponernos a las flechas. Si seguimos vivos siempre tendremos tiempo de arreglar cuentas con ese perro… ¿No creéis que es una tontería morir a manos de esos salvajes?

—Señor —dijo entonces el negro—. ¿Queréis que eche un vistazo entre los árboles?

—Ya has oído que eso sería un verdadero suicidio.

—¿No oís eso, capitán? —dijo Carmaux.

En lo más espeso de la selva resonaron unas notas de flauta. Era un sonido muy triste, agudo y monótono, que debía de oírse a gran distancia.

—¿Qué significará esa música? —preguntó el corsario, que empezaba a impacientarse—. Me gustaría saber si es la señal de retirada o si por el contrario se disponen a atacar.

—Capitán —dijo Carmaux—, ¿me permitís una sugerencia?

—Habla.

—¡Hagamos salir de su escondite a esos malditos indios! ¡Incendiemos la selva!

—¡Magnífico! ¡Y así también nosotros pereceremos abrasados! —repuso el corsario—. ¿Quién crees que apagaría luego el fuego?

—Creo que lo mejor sería seguir avanzando y disparando nuestras armas a diestro y siniestro —sugirió Wan Stiller.

—Esa idea ya me parece menos descabellada —dijo el Corsario Negro—. ¡Marcharemos con la música a la cabeza! ¡Fuego a discreción, valientes! Y dejadme a mí la misión de abrir paso.

El Corsario Negro se puso en vanguardia, con la espada en una mano y una pistola en la otra. Tras él, en parejas y guardando cierta distancia, se colocaron los filibusteros, el español y el negro Moko.

Apenas abandonaron los troncos protectores, Carmaux y Moko dispararon sus fusiles, uno a la derecha y el otro a la izquierda. Después de un pequeño intervalo, el español y Wan Stiller echaron mano de sus armas y ofrecieron la continuación de aquel infernal concierto. Lo único que no preocupaba a los expedicionarios en aquellos momentos era economizar municiones.

Mientras tanto, el Corsario Negro iba abriendo el camino, cortando ramas, apartando hojas y arrancando bejucos, lo cual no le impediría hacer certeras punterías sobre los indios que pudiesen aparecer de un momento a otro.

Las ensordecedoras detonaciones parecieron producir un gran efecto a los misteriosos enemigos, porque ninguno de ellos osó aparecer ante los filibusteros.

Sin embargo, alguna que otra flecha cruzó silbando sobre el grupo expedicionario y fue a clavarse a cierta distancia sin herir a ninguno de ellos. Se creían ya a salvo, convencidos de haber burlado la emboscada, cuando con un horrible estrépito cayó ante ellos un enorme árbol que les cortó el paso.

—¡Malditos! —masculló Wan Stiller—. Si llega a caer medio segundo más tarde estaríamos convertidos en una magnífica tortilla. ¡Solo de pensarlo me dan escalofríos!

No había terminado el hamburgués de decir estas palabras cuando estalló un gran vocerío entre la espesura mientras un gran número de flechas surcó el aire y fue a clavarse en los troncos de los árboles.

El corsario y sus hombres se echaron inmediatamente a tierra tras el árbol caído, que hasta cierto punto podía servirles de trinchera.

—Esperemos que esos condenados se dejen ver esta vez —dijo Carmaux—. Aún no he tenido el placer de contemplar la cara de uno de esos indios.

—¡Manteneos separados! —ordenó el corsario—. Si nos ven juntos harán caer sobre nosotros una verdadera lluvia de flechas.

Iban a tomar posiciones tras el árbol siguiendo las órdenes del corsario cuando a poca distancia de ellos se oyó de nuevo el sonido de la flauta.

—¡Los indios se acercan! —exclamó Wan Stiller.

—Disponeos a recibirles con una buena carga de plomo —ordenó el corsario.

—¡No! —gritó el español.

—¿Cómo te atreves a...? —dijo el corsario asombrado.

—Disculpad, señor —repuso el español interrumpiéndole—. Por las tristes notas que salen de ese instrumento deduzco que no se trata de una marcha guerrera...

Esta vez fue el Corsario Negro quien interrumpió las palabras del soldado español.

—¡Explícate! —ordenó.

—Un momento, señor.

El español se incorporó para mirar al otro lado del árbol.

—¿Comprendéis, señor? —preguntó—. Es un parlamentario el que se acerca... ¡Caramba! ¡Es el mismísimo piaye de la tribu el que se dirige hacia nosotros!

—¿El piaye?

—El brujo, señor —aclaró el español.

Los filibusteros se incorporaron rápidamente, con los fusiles dispuestos para responder al menor signo de traición, pues aquellos antropófagos no les inspiraban la más mínima confianza.

De entre un gran grupo de árboles salió un indio seguido por dos flautistas.

Era un hombre de cierta edad, mediana estatura como casi todos los indios de las selvas venezolanas, anchas espaldas, potentes músculos y piel de color amarillo rojizo, tal vez a consecuencia de la costumbre que tienen esos salvajes de frotarse el cuerpo con grasa de pescado o aceite de nuez de coco para protegerse de las dolorosas picaduras de los mosquitos.

Su rostro, redondeado y de expresión más melancólica que feroz, estaba desprovisto de barba (la depilación del rostro es una antiquísima costumbre de los pueblos aborígenes americanos). Pero en la cabeza, en cambio, lucía una larga cabellera negrísima, de reflejos azulados.

En su calidad de brujo de la tribu usaba como distintivo una verdadera carga de ornamentos que destacaban vivamente sobre sus azules ropas. Collares de minúsculas conchas, anillos de espinas de pescado pacientemente trabajadas, brazaletes confeccionados con huesos, garras y dientes de jaguar y puma, picos de tucán, pedazos de cuarzo cristalizado y aros de oro macizo.

Tenía la cabeza adornada con una diadema de la que surgían largas plumas de papagayo y, atravesándole la ternilla de la nariz, llevaba una gran espina de pescado de tres o cuatro pulgadas de longitud.

Sus dos acompañantes lucían camisas parecidas a las del brujo, pero una cantidad mucho menor de ornamentos y joyas. En cambio, iban armados de grandes arcos de madera, un haz de flechas cuyas puntas eran de hueso o de sílex y una formidable maza de más de un metro de longitud pintada con colores muy vivos.

El brujo avanzó hasta llegar a unos cincuenta pasos del árbol que servía de protección a los filibusteros e hizo una seña a los flautistas para que pusieran punto final a su monótono concierto. Después, en pésimo castellano y con voz estentórea, gritó:

—¡Quiero que los hombres blancos me escuchen!

—Los hombres blancos prestarán atención a tus palabras —repuso el español.

—Este es el territorio de los arauacos —exclamó el brujo—. ¿Quién ha dado permiso a los hombres blancos para entrar en nuestras posesiones?

—Nosotros no tenemos ningún deseo de molestaros —repuso el español—. Ni siquiera pensamos permanecer en vuestras tierras. Únicamente necesitamos atravesarlas para dirigirnos al territorio de los hombres blancos que se encuentra al sur de la laguna de Maracaibo. Te aseguro que no es nuestra intención hacer la guerra a los arauacos, los hombres de piel roja que son nuestros amigos.

—¡La amistad del hombre blanco no se ha hecho para nosotros! ¡Esa amistad ya ha resultado fatal para los arauacos de la costa! Estas selvas nos pertenecen. Podéis elegir entre dos opciones: volveros a vuestro país o servir de alimento a nuestro pueblo…

—¡Demonios! —exclamó Carmaux—. Si no he comprendido mal, creo que quiere emplearnos como sustitutivo de los cerdos y las vacas.

—Nosotros no somos de los hombres blancos que han conquistado la costa reduciendo a la esclavitud a los caribes. Somos vuestros amigos. Y atravesamos estos bosques persiguiendo a algunos de vuestros enemigos, que han escapado —dijo el Corsario Negro al tiempo que se dejaba ver por el brujo arauaco.

—¿Eres tú el jefe? —preguntó este.

—Sí, soy el jefe de los hombres blancos que me acompañan.

—¿Y perseguís a otros blancos?

—Hasta que no les matemos no estaremos satisfechos… ¿Han pasado por aquí?

—Sí, nosotros les hemos visto… ¡Pero no irán muy lejos, porque nos los comeremos!

—¡Y yo os ayudaré a matarlos!

—¿Es que les odias?

—Son mis enemigos.

—¡Pues id a matarlos en la costa, si queréis, pero no en territorio arauaco...! Os lo advierto: volveos, o en caso contrario os haremos la guerra.

—Ya te he dicho que no somos enemigos vuestros. Te doy mi palabra de que respetaremos tu tribu, tus cabañas y tus graneros.

—¡Volveos! —insistió rudamente el brujo.

—¡Escúchame!

—¡He dicho que os volváis! ¡Regresad a vuestras tierras o acabaremos con vosotros!

—¡Con tu permiso o sin él, atravesaremos vuestras tierras!

—¡Os lo impediremos!

—Tenemos terribles armas que despiden truenos y rayos...

—Y nosotros poderosas flechas...

—Hachas que son capaces de cortar el tronco de este árbol y espadas que pueden ensartar dos cuerpos humanos a la vez...

—Nosotros tenemos butús, con los que podemos hacer pedazos el cráneo más resistente...

—Sospecho que eres aliado de los hombres a los que perseguimos.

—Te equivocas. ¡También a ellos nos los comeremos!

—¿De modo que estás resuelto a hacernos la guerra?

—¡Sí!

—¿Es tu última palabra?

—La última. Y no me volveré atrás.

—¡Marineros! —gritó el corsario saltando sobre el árbol y empuñando la espada—. ¡Demostremos a estos indios que no tememos a nadie! ¡Adelante!

Al ver avanzar a los filibusteros con sus fusiles apuntados, el brujo se alejó precipitadamente, seguido por los dos flautistas, y fue a ocultarse entre la maleza.

El Corsario Negro impidió a sus hombres que hicieran fuego, pues no quería ser el primero en provocar la lucha. Pero conducía al grupo rápidamente a través de la selva, dispuesto a detener el ataque de la salvaje horda arauaca.

Otra vez estaba en acción el formidable filibustero de La Tortuga, aquel hombre que tantas pruebas de extraordinario valor había dado.

Empuñando la espada y una pistola, guiaba al pequeño pelotón abriéndose paso a través de la espesura y dispuesto a entablar una encarnizada batalla.

Las primeras flechas no tardaron en rasgar el aire silbando entre el follaje. Wan Stiller y Carmaux respondieron enseguida con dos disparos de fusil efectuados a ciegas, pues los indígenas, a pesar de las bravatas del brujo, no se dejaban ver.

Haciendo fuego a diestro y siniestro, con intervalos de un minuto, el pelotón atravesó felizmente la zona más tupida de la selva sin que los arauacos les arrojasen más que unas cuantas flechas y alguna que otra jabalina. Por fin llegaron a un pequeño claro en cuyo centro se abría una laguna.

Como el sol estaba poniéndose y los indios seguían ocultos e inactivos, el Corsario Negro ordenó montar allí mismo el campamento.

—Si quieren atacarnos, que lo hagan aquí —dijo—. Les estaremos esperando. El claro es lo suficientemente grande como para que les podamos ver apenas hagan acto de presencia.

—No podríamos haber encontrado un sitio mejor —dijo el español—. Los indios arauacos son temibles en las zonas más espesas e intrincadas de la selva, pero no se atreven a atacar en terreno descubierto. Además, podemos disponer el campamento de forma que les sea imposible forzarlo.

—¡No me digas que quieres construir una trinchera! —exclamó Carmaux—. ¿No crees que sería una operación bastante larga y laboriosa, amigo mío?

—Será suficiente con una barrera de fuego.

—¡Siempre les queda la opción de saltarla! No son precisamente jaguares ni pumas para tener miedo de unos cuantos maderos ardiendo.

—¿Y qué me dices de esto? —replicó el español mostrando a Carmaux unos frutos redondos.

—¿Qué es?

—Pimienta, y de la más fuerte. Durante la marcha me he entretenido en recogerla y tengo los bolsillos llenos.

—Es muy buena para comerla con la carne, aunque quema un poco en el gaznate.

—¡Pues esto es lo que nos defenderá de los indios!

—Nuevamente necesito que me aclares tus intenciones.

—Echaremos la pimienta al fuego.

—¿Es que tienen miedo al estallido de esas bayas?

—Lo que temen es el humo que despiden. Si quisieran saltar la barrera de fuego el humo atacaría sus ojos y se quedarían ciegos durante un par de horas.

—¡Rayos! ¡Sabes más artimañas que el mismísimo Satanás!

—Han sido precisamente los caribes los que me han enseñado todos estos trucos para mantener lejos al enemigo. Estoy seguro de que producirá el efecto deseado sobre los arauacos si intentan atacarnos. ¡Busquemos leña y esperémosles tranquilamente!

LA EMBOSCADA DE LOS ARAUACOS

La rápida cena consistió en un pedazo de tortuga que habían guardado por la mañana y algo de galleta. Luego los filibusteros inspeccionaron los alrededores para ver si encontraban indios emboscados. Golpearon las plantas para hacer huir a las serpientes y enseguida encendieron alrededor del campamento unas grandes hogueras en las que echaron algunos puñados de pimienta, cuyo humo constituía, además, un excelente remedio contra los mosquitos.

Temiendo, con razón, que la noche no fuese muy tranquila, decidieron establecer dos turnos de guardia. El primero corrió a cargo de los dos marineros y el negro Moko; el segundo se lo reservó el Corsario Negro, a quien acompañaría el español.

Estos últimos se acostaron tras haber cambiado las cargas de sus fusiles para asegurarse de que no fallarían en el momento preciso, mientras Carmaux y sus amigos se disponían a iniciar su ronda por el interior del cerco de fuego.

La enorme selva quedó sumida en un majestuoso silencio, aunque aquella calma era poco tranquilizadora para los centinelas, que sabían por experiencia que los indios prefieren los ataques nocturnos a los diurnos.

Sobre todo Carmaux hubiera preferido oír los rugidos de los jaguares y los pumas. La presencia de aquellos carnívoros hubiera sido, al menos, un seguro indicio de la ausencia de sus terribles enemigos de piel roja.

Habían transcurrido dos horas desde el comienzo de la guardia cuando los centinelas, que mantenían los ojos fijos en los vecinos árboles y que echaban de vez en cuando algunos puñados de pimienta a las fogatas, advertidos por Moko, que debía de tener un oído muy fino, percibieron un ligero rumor de hojas en movimiento.

—¿Habéis oído? —murmuró el negro inclinándose hacia Carmaux, que estaba muy ocupado en saborear un trozo de tabaco que encontró en uno de sus bolsillos.

—No he oído nada, Saco de Carbón —respondió el filibustero—. Esta noche no hay ranas que ladren ni lombrices que hagan más ruido que cien fraguas juntas.

—Pues allá abajo se ha movido una rama.

—¿Insinúas que tu amigo blanco está sordo?

—¿Oyes? Ahora se ha roto la rama…

—Sigo sordo… —bromeaba Carmaux—. ¡Vamos a ver! Si eso es cierto, es que alguien viene hacia nosotros.

—Naturalmente.

—¿Quién será? ¡Ah! Es una lástima que además de tener ese maravilloso oído no tengas también ojos de gato. ¡Una lástima!

—No puedo ver nada, pero creo que alguien se acerca.

—Mi fusil está dispuesto. ¡Calla y escuchemos!

—¡Échate al suelo, amigo blanco, o te herirán con sus flechas!

—Acepto tu consejo. No me gustaría que me llenaran la tripa con su maldito veneno.

Ambos hombres se tendieron sobre la hierba e hicieron una seña a Wan Stiller, que estaba en el otro lado, para que les imitase. Luego se pusieron a escuchar sin abandonar un solo momento sus fusiles.

Uno o más hombres se acercaban. En medio de una espesísima mata que se encontraba a unos cincuenta pasos se podía ver cómo se movía algo, y algunas veces se oían crujir las ramas.

Ya no cabía la menor duda de que el enemigo tomaba posiciones a una distancia idónea para lanzar sus flechas sin ser descubierto.

El negro y los filibusteros, casi totalmente cubiertos por la hierba, permanecían inmóviles, esperando a que los arauacos aparecieran para abrir fuego sobre ellos. De pronto, a Carmaux se le ocurrió una idea.

—¡Eh, Saco de Carbón! —dijo—. ¿Crees que están lejos todavía?

—¿Los indios?

—Sí, ¡habla!

—Aún están entre los árboles. Pero si continúan avanzando no tardarán ni un minuto en llegar hasta las lindes de la selva.

—Tengo tiempo más que suficiente. ¡Wan Stiller! ¡Échame tu casaca y tu sombrero!

El hamburgués hizo lo que su amigo le pedía. Pensaba que si Carmaux le pedía aquello sus razones debía de tener.

Por su parte, Carmaux se había incorporado para despojarse también de su casaca. Alargó la mano, cogió algunas ramas, las entrelazó como pudo y las cubrió con su chaqueta, coronándolas finalmente con los sombreros.

—¡Hecho! —dijo mientras volvía a tumbarse.

—¡El amigo blanco es un bribón! —dijo Moko riendo.

—Si no hubiera improvisado esos dos muñecos, los indios podrían haber dirigido sus flechas hacia el Corsario Negro y el español. De esta forma ya no corren peligro alguno.

—¡Silencio, ya llegan!

—¡Estoy preparado! ¡Wan Stiller! ¡Otro puñado de pimienta!

El hamburgués iba a incorporarse, pero advirtió algo extraño y permaneció tendido. Se oyeron unos silbidos. Luego unas flechas fueron a clavarse en los grotescos fantoches.

—¡Veneno desperdiciado que no causará efecto alguno, mis queridos arauacos! —murmuró Carmaux—. Ahora espero que os dejéis ver para que pueda corresponder a vuestra gentileza obsequiándoos con unos riquísimos confites de plomo…

Al ver que nadie daba ya señales de vida, los indios lanzaron sobre el campamento una nueva lluvia de flechas que también fueron a clavarse en los muñecos. Inmediatamente uno de ellos, el más audaz sin duda, salió de entre la espesura blandiendo una colosal maza.

Carmaux se disponía a disparar sobre el arauaco cuando, en medio de la inmensa selva, resonaron repentinamente cuatro disparos, a los que siguieron unos formidables alaridos.

El indio deshizo el camino andado y fue a ocultarse de nuevo en la espesura antes de que Carmaux tuviera tiempo de volver a apuntarle.

El Corsario Negro y el español, despertados por aquel enorme alboroto, se levantaron precipitadamente creyendo que el campamento había sido asaltado por los arauacos.

—¿Dónde están? —preguntó el corsario empuñando su espada.

—¿Quiénes, señor? —preguntó a su vez Carmaux.

—¡Los indios!

—¡Se han esfumado, capitán! ¡Antes de que tuviera tiempo de disparar mi fusil!

—¿Y esos gritos? ¿Y esos disparos? ¿No oyes? Otras tres detonaciones.

—Se está combatiendo en medio de la selva —dijo el español—. Los indios han asaltado a otro grupo de hombres blancos, señor.

—¿Se tratará del gobernador y su escolta?

—Posiblemente.

—Sentiría que fuesen esos indios los que acabasen con ellos…

—También yo. No podría devolver los palos a un muerto. Pero…

—¡Silencio!

Otros tres disparos, seguidos de furibundos gritos lanzados sin duda por una numerosa tribu de indios, resonaron en la selva. Luego, el más absoluto silencio.

—¡La lucha ha terminado! —exclamó el español, que había estado escuchando con cierto temor—. Por el gobernador no movería un dedo... Pero por los otros, que son compatriotas míos...

—Querrías ver qué es lo que les ha sucedido, ¿no? —preguntó el corsario.

—Sí, señor.

—Y yo necesito saber urgentemente si mi enemigo está vivo o muerto —repuso el corsario con voz sombría—. ¿Serías capaz de guiarnos?

—La noche está muy oscura, señor, pero...

—Sigue.

—Podríamos encender algunas ramas resinosas.

—¿Y atraer sobre nosotros la atención de los arauacos?

—Tenéis razón, señor.

—Sin embargo, creo que podremos orientarnos con nuestras brújulas.

—Es imposible afrontar los cien mil obstáculos que ofrece esta selva tan espesa. Sin embargo...

Nuevamente interrumpió el español sus palabras, lo que aumentó la impaciencia del Corsario Negro. Por fin, continuó:

—Allá abajo hay cocuyos, y pueden sernos útiles. Concededme cinco minutos. ¡Moko, ven conmigo!

Se quitó el casco y, junto con el negro, se dirigió hacia un grupo de árboles entre los cuales se veían brillar grandes puntos luminosos, luces verdosas que se movían vertiginosamente en la oscuridad.

—¿Qué intenciones tendrá ahora ese endemoniado castellano? —se preguntó Carmaux, que no conseguía comprender los propósitos del español—. ¡Cocuyos! ¿Qué será eso...? ¡Eh, Wan Stiller! Ten dispuesto el fusil, no sea que caigamos en alguna emboscada.

En cuanto llegaron junto al grupo de árboles que el español había señalado, este empezó a dar saltos como si quisiera cazar aquellos puntos luminosos.

Dos minutos después estaba de regreso en el campamento. Llevaba el casco en una mano y lo tenía cubierto con la otra.

—Ahora ya podemos ponernos en marcha, señor —dijo al Corsario Negro.

—¿Qué te propones? —preguntó este.

El castellano metió una mano en el casco y sacó de él un insecto que irradiaba una maravillosa luz verde que se expandía hasta una considerable distancia.

—Nos ataremos dos de estos cocuyos a las piernas, como hacen los indios. Con su luz podremos ver no solo los bejucos y las raíces que obstaculicen nuestro camino, sino también las peligrosas serpientes que se esconden entre el follaje. ¿Quién tiene un poco de hilo?

—Un marinero siempre tiene hilo consigo —dijo Carmaux—. Yo me encargo de atar esos cocuyos.

—No vayas a apretarlos demasiado…

—No temas, amigo. Además, hay muchos en tu casco, ¿no?

El filibustero, ayudado por Wan Stiller, tomó cuidadosamente los insectos y los ató a las hebillas de los zapatos de sus compañeros. Esta operación, aparentemente fácil, requirió alrededor de media hora. Por fin, todos quedaron provistos de aquellos farolillos vivientes.

—Ingeniosa idea —dijo el Corsario Negro.

—Se la debemos a los indios —repuso el español—. Ya veréis como estas luces nos ayudan a superar los obstáculos que podamos encontrar en la selva.

—¿Dispuestos?

—¡Todos! —respondió Carmaux.

—¡Adelante! Y procurad hacer el menor ruido posible.

Se pusieron en marcha uno tras otro, a buen paso y con la mirada fija en el suelo para ver dónde pisaban.

Los cocuyos desempeñaban maravillosamente la función que les había destinado el español, pues permitían distinguir los serpenteantes bejucos y las raíces que se retorcían entre los árboles. Incluso podían apreciarse claramente muchos insectos nocturnos.

Estas luciérnagas, que son las más hermosas de su especie y también las más grandes, despiden una luz tan potente que con ella se puede leer cómodamente a una distancia de treinta o treinta y cinco centímetros; tal es la potencia de sus órganos luminosos.

Cuando son pequeñas, irradian una luz azulada; pero, al llegar a su máximo desarrollo, este color es sustituido por un verde pálido de muy bello efecto. También son luminosos los huevos que depositan entre las hojas las hembras de esta extraña especie animal.

Con estos *Pyrophorus noctilucus*, como los llaman los naturalistas, se han hecho curiosísimos estudios para conocer cuáles son los órganos que producen su extraordinaria luz. Se ha averiguado que el aparato productor consiste, esencialmente, en tres placas, situadas dos de ellas en la parte anterior del tórax y la otra en el abdomen. Y que la sustancia generadora es un albuminoide soluble en agua que se coagula por la acción del calor.

Aun arrancados del insecto, estos órganos conservan durante algún tiempo su propiedad luminosa. Y lo mismo sucede si se trituran o pulverizan; siguen conservando esa cualidad a condición de que se bañen en un poco de agua pura.

Los filibusteros proseguían su rápida marcha, internándose entre la maleza y pasando bajo los tupidos velos que formaban los bejucos, deslizándose entre las raíces que tejían gigantescas redes y saltando sobre los troncos de árboles caídos por vejez o por los rayos.

Los disparos habían cesado. Sin embargo, se oían a lo lejos gritos, que debía de lanzar alguna tribu de indios. De repente cesaban. Luego volvían a dejarse oír, más agudos aún que antes, para extinguirse de nuevo.

A intervalos se oía también el sonido de flautas, y unos sordos rumores que debían de ser producidos por algún tambor.

Era como si hubiera terminado una monstruosa batalla y la tribu vencedora se hubiera reunido en algún lugar de la intrincada selva para celebrar el triunfo o para entregarse a alguno de los macabros banquetes a que estaban acostumbrados por aquel entonces los indios de las tribus venezolanas, especialmente los caribes y arauacos, que devoraban a los caídos en el combate y a los prisioneros.

El español apretaba el paso deseoso de saber la suerte que habían corrido sus compatriotas. Por el gobernador no se preocupaba, aunque en el fondo de su corazón no le hubiera disgustado encontrárselo muerto o, mejor aún, asado. Así pues, aceleraba el ritmo de la marcha con la esperanza de llegar a tiempo para socorrer a algún soldado español que hubiera caído vivo en manos de aquellos salvajes devoradores de hombres.

Se oían ya los gritos a poca distancia cuando Carmaux, que caminaba al lado del español, al levantar la vista para evitar quedar enredado en algún bejuco tropezó con una masa inerte y cayó al suelo de tan mala manera que aplastó los cocuyos atados a las hebillas de sus botas.

—¡Truenos! —exclamó incorporándose a toda prisa—. ¿Qué es esto…? ¡Relámpagos! ¡Un muerto!

—¡Un muerto! —exclamaron al mismo tiempo el Corsario Negro y el español inclinándose hacia el suelo.

—¡Mirad, señor!

Entre la hojarasca y el laberinto de raíces yacía un indio de elevada estatura, con la cabeza adornada de plumas de ará y vestido con una túnica de color azul oscuro. Tenía la cabeza destrozada por un tajo de espada y el pecho agujereado por un balazo. Debía de hacer poco tiempo que lo habían matado, pues aún manaba abundante sangre de ambas heridas.

—Por lo visto la lucha ha tenido lugar aquí —dijo el español.

—Seguro —confirmó Wan Stiller—. Veo algunas mazas, y en los troncos hay clavadas multitud de flechas.

—¡Veamos si yace por aquí alguno de mis compatriotas! —dijo el español con cierta emoción.

—Pierdes el tiempo —dijo Carmaux—. Si alguno de ellos ha caído bajo las flechas arauacas a estas horas ya lo deben de estar condimentando.

—Algún herido puede haberse ocultado entre la maleza…

—¡Buscad! —dijo el Corsario Negro.

El español, el negro Moko y Wan Stiller registraron las matas más cercanas, llamando en voz baja, pero sin obtener respuesta. Sin embargo, hallaron a otro indio que había recibido dos balazos en pleno corazón. Y a su lado, algunas mazas, arcos y un haz de flechas.

Convencidos de que allí no había ser viviente alguno, reemprendieron la marcha. Los gritos de los arauacos se oían ahora muy cercanos, por lo que los filibusteros calcularon que llegarían al campamento de los antropófagos en menos de un cuarto de hora.

Por lo que se oía, los arauacos debían de estar celebrando, efectivamente, su gran victoria, pues mezcladas con los gritos llegaban hasta los filibusteros las notas alegres de algunas flautas.

Los filibusteros habían atravesado la parte más espesa de la selva cuando, a través de las hojas, vieron una vivísima luz que proyectaba un potentísimo haz hacia las alturas.

—¿Los indios? —preguntó el corsario deteniéndose.

—Sí —dijo el español.

—¿Están acampados alrededor del fuego?

—Sí. Pero ¿qué será lo que están guisando en él? —repuso el español visiblemente emocionado.

—¿Algún prisionero, quizá?

—Mucho me temo que sí, señor.

—¡Canallas! —murmuró el Corsario Negro, que experimentó un vivo estremecimiento—. Amigos, vamos a ver si Van Guld ha conseguido escapar de la muerte o ha encontrado aquí el castigo a todos sus delitos.

ENTRE GARRAS Y FLECHAS

Cuando los filibusteros llegaron hasta los árboles que rodeaban el campamento arauaco, se ofreció a sus ojos una escena aterradora.

Dos docenas de indios, sentados alrededor de una gigantesca hoguera, esperaban ansiosos el momento de llenarse el estómago con la carne que estaba acabando de hacerse en un gran asador.

Si se hubiera tratado de un gran pedazo de cualquier clase de animal salvaje, de un tapir entero o de un jaguar, los filibusteros no hubieran reaccionado de igual forma. Pero lo que vieron hizo que sus cabellos se erizasen y que una sensación indescriptible les subiera hasta la boca haciéndoles sentir náuseas.

El asado consistía en dos cadáveres humanos, dos hombres blancos, probablemente miembros de la escolta del gobernador de Maracaibo.

Los dos desgraciados que iban a ser digeridos en los intestinos de aquellos abominables salvajes estaban ya asados y sus carnes empezaban a crepitar despidiendo un olor nauseabundo que hacía dilatarse las narices de aquellos monstruosos comensales.

—¡Rayos infernales! —exclamó Carmaux estremeciéndose—. ¿Es posible que haya seres humanos que se alimenten de sus semejantes? ¡Puaf! ¡Creo que empiezo a sentirme mal!

—¿Puedes reconocer a esos dos infelices? —preguntó el corsario al español.

—Sí, señor. Les conozco —contestó este ahogando un sollozo.

—¿Pertenecían a la escolta de Van Guld?

—Sí, son dos soldados de su escolta. Estoy seguro de no equivocarme, a pesar de que el fuego ha quemado sus barbas.

—¿Qué me aconsejas hacer?

—Señor… —murmuró el español mirando al Corsario Negro con ojos suplicantes.

—¿Querrías arrebatar los cadáveres a esos monstruos para darles honrosa sepultura?

—Os crearíais una situación peligrosa, señor. Los arauacos no tardarían en cazarnos a nosotros también.

—¡No temo a esos miserables! —dijo el corsario con cierta ferocidad.

Y tras unos instantes de silencio añadió:

—Además, no son más que dos docenas…

—Es probable que estén esperando a los demás, señor. Me parece imposible que ellos solos sean capaces de comerse a dos hombres.

—Pues bien, antes de que lleguen sus compañeros nosotros habremos dado sepultura a tus dos compatriotas. ¡Eh! ¡Carmaux! ¡Wan Stiller! Vosotros que sois magníficos tiradores no erraréis el tiro.

—Yo abatiré a aquel gigantón que desparrama hierbas aromáticas sobre el asado —repuso Carmaux.

—Y yo —dijo el hamburgués— atravesaré la cabeza al que tiene en la mano aquella especie de horquilla con la que da vueltas a los cadáveres.

—¡Fuego! —ordenó el Corsario Negro.

Dos tiros rompieron el majestuoso silencio que en aquellos momentos reinaba en la selva. El gigantesco indio cayó sobre el asado y el que blandía la horquilla se desplomó hacia atrás con la cabeza hecha pedazos.

Sus compañeros se pusieron en pie precipitadamente, con las mazas y los arcos en la mano. Estaban tan asombrados por aquella inesperada descarga que en principio no supieron cómo reaccionar y permanecieron inmóviles. El español y Moko se aprovecharon de ello y descargaron también sus fusiles sobre los siniestros invitados.

Al ver caer a otros dos compañeros, los arauacos no quisieron continuar en un lugar donde peligraba su pellejo y emprendieron la huida, abandonando su asado y ocultándose en la espesura.

Iban los filibusteros a precipitarse tras ellos cuando se oyeron en la lejanía unas furibundas exclamaciones.

—¡Por mil tiburones hambrientos! —exclamó Carmaux—. ¡Sus compañeros ya están de regreso!

—¡Pronto! —gritó el corsario—. ¡Arrojad los cadáveres en la maleza si no tenéis tiempo suficiente para sepultarlos! ¡Ya pensaremos más tarde en eso!

—Los descubrirán por el olor a carne quemada —repuso Wan Stiller.

—¡Haremos todo lo que podamos para evitar que los dientes de esos salvajes se hundan en esos cuerpos!

El español se había lanzado hacia la hoguera y con un vigoroso empujón volcó el asador, mientras Wan Stiller esparcía los tizones a fuerza de puntapiés.

Moko y Carmaux, entretanto, se habían apoderado de dos de las mazas arauacas, que, como ya se ha dicho, terminaban en afiladísimas puntas, y abrían una fosa en la tierra húmeda y blanda de la selva. El Corsario Negro, actuando de centinela, se mantenía en la linde de la espesura.

Los gritos de los indios se acercaban rápidamente.

La tribu, que debía de haberse lanzado en persecución de Van Guld, al oír resonar a sus espaldas aquellos disparos, corría en ayuda de los compañeros que habían quedado encargados de preparar la macabra cena.

El corsario, que se había adelantado temiendo alguna sorpresa por parte de los fugitivos, al oír que se quebraban algunas ramas a poca distancia volvió hacia atrás rápidamente y dijo a sus hombres:

—¡Si no huimos ahora, dentro de cuatro o cinco minutos tendremos encima a toda la tribu arauaca!

—¡Esto ya está listo, capitán! —dijo Carmaux, que empujaba la tierra con los pies para tapar completamente los dos cadáveres.

—Señor —dijo el español volviéndose hacia el Corsario Negro—. Si huimos, nos perseguirán.

—¿Y qué quieres hacer?

—Escondernos ahí arriba —repuso señalando un enorme árbol que formaba por sí solo un pequeño bosquecillo—. ¡Ahí no nos descubrirán!

—¡Eres astuto, amigo! —dijo Carmaux—. ¡Arriba los gavieros!

El castellano y los filibusteros, precedidos por Moko, se dirigieron hacia aquel coloso de la flora tropical, ayudándose unos a otros para llegar a las ramas cuanto antes. Aquel árbol era una summameira (*Eriodendron summauma*), uno de los más grandes que crecen en las selvas de la Guayana y Venezuela. Tienen una gran cantidad de ramas largas, nudosas y cubiertas por una corteza blanquecina y por un espeso follaje. Como este árbol está sostenido por un gran número de troncos más pequeños formados por raíces, los filibusteros pudieron llegar sin grandes dificultades hasta las primeras ramas e iniciar desde ellas una pequeña escalada hasta cincuenta metros del suelo.

Estaba Carmaux acomodándose en la bifurcación de una rama cuando notó que esta oscilaba violentamente, como si alguien se hubiera colocado en el otro extremo.

—¿Eres tú, Wan Stiller? —preguntó—. ¿Es que quieres hacerme caer? ¡Si me caigo desde esta altura no quedaré muy entero, seguro!

—¿Con quién estás hablando? —preguntó el Corsario Negro, que estaba bajo él—. Wan Stiller está frente a mí.

—Entonces, ¿quién está moviendo mi rama? ¿Se habrá refugiado aquí algún arauaco?

Miró a su alrededor y a unos diez pasos de distancia, entre un entrecruzamiento de hojas, casi en el extremo de la misma rama en que él se encontraba, vio brillar dos puntos luminosos de color amarillo verdoso.

—¡Por los arenales de Olonne, como dice Nau! —exclamó Carmaux—. ¿En compañía de qué animal me encuentro…? ¡Eh, castellano! Mira hacia aquí y dime de quién son esos ojos que me miran tan fijamente.

—¿Ojos? —exclamó el español—. ¿Es que hay alguna alimaña en el árbol?

—Sí —dijo el corsario—. Creo que no nos encontramos en muy buena compañía…

—¡Y los indios ya están llegando! —añadió Wan Stiller.

—¡Ahora ya veo esos ojos! —dijo el español, que se había incorporado—. Pero no puedo decir si son de puma o de jaguar.

—¡Un jaguar! —exclamó Carmaux estremeciéndose—. Lo único que me faltaba es que se me echase encima y me hiciera caer en las mismísimas narices de los arauacos.

—¡Silencio! —dijo el corsario—. ¡Ya vienen!

Los indios se aproximaban gritando como posesos. Serían alrededor de ochenta hombres, quizá más, todos ellos armados de mazas, arcos y jabalinas.

Se lanzaron como una bandada de fieras salvajes hacia el espacio descubierto donde ardían los tizones que había dispersado Wan Stiller.

Cuando en lugar de los dos cadáveres hallaron a los dos indios muertos, empezaron a vociferar.

Gritaban como endemoniados, golpeaban furiosamente los troncos de los árboles con sus formidables mazas produciendo un ruido ensordecedor y, no sabiendo con quién emprenderla, lanzaban flechas en todas direcciones, asaeteando la maleza y las grandes hojas de las palmeras con gran peligro para los filibusteros, que estaban muy cerca.

Apagado el primer acceso de cólera, los indios empezaron a dispersarse para registrar la maleza, con la esperanza de descubrir a los que habían acabado con sus hermanos y suplir con ellos el desaparecido asado.

Escondidos entre el follaje de la summameira, los filibusteros ni siquiera respiraban y dejaban que los antropófagos dieran rienda suelta a su mal humor. Toda su preocupación se centraba en el maldito animal que había buscado refugio en las ramas del gigantesco árbol. Carmaux era el que estaba más inquieto, pues veía brillar frente a él aquellos dos siniestros ojos de un amarillo verdoso.

Aquel puma, o jaguar, o lo que fuese, no se había movido hasta entonces. Pero no había que confiar, pues de un momento a otro podía precipitarse sobre el desgraciado filibustero y atraer, al mismo tiempo, la atención de los indios.

—¡Condenado animal! —masculló Carmaux, que se agitaba en la rama—. ¡No me quita los ojos de encima ni un solo instante...! ¡Eh, castellano! Antes de que salte sobre mí, dime al menos en qué clase de intestinos voy a ir a parar...

—¡Calla, si no quieres que nos oigan los indios! —se limitó a responder el español.

—¡También podría haberse ido al demonio el asado humano! Era mejor dejar que se les indigestara a esos salvajes. De todas formas... ¡por muy sepultados que estén, ya no volverán a masticar un buen bistec! ¡Ni siquiera un trozo de tabaco!

Un crujido procedente del extremo de la rama le cortó la frase.

Mientras Carmaux miraba al animal, sus ojos reflejaban un tremendo temor. Veía cómo el jaguar empezaba a moverse como si estuviera ya cansado de su no muy cómoda posición.

—Capitán —murmuró el filibustero—. Creo que se dispone a comerse una buena ración de filibustero...

—No te muevas —repuso el corsario—. Tengo la espada en la mano.

—Estoy seguro de que no fallaréis el golpe, pero...

—Cállate… Veo dos indios rondando debajo del árbol.

—¡De buena gana les echaría encima este pegajoso animal!

Miró hacia el extremo de la rama y vio a la terrible fiera. Estaba erguida sobre las cuatro patas, como si se dispusiera a saltar sobre ellos.

—¡Que se vaya! —pensó respirando profundamente—. ¡Lleva ya demasiado tiempo aquí!

Miró entonces hacia abajo y vio confusamente dos sombras que merodeaban alrededor del árbol, deteniéndose de vez en cuando para registrar las arcadas que formaban las raíces en la base del tronco, y bajo las cuales podían ocultarse perfectamente varias personas.

—¡Esto no puede terminar bien! —murmuró.

La revisión de los indios duró algunos minutos, transcurridos los cuales se alejaron, internándose entre la maleza. Sus compañeros debían de estar ya muy lejos, pues sus gritos llegaban muy amortiguados hasta los filibusteros.

El Corsario Negro esperó algunos minutos más. Luego, al no oír el menor rumor y convencido de que los arauacos se habían alejado definitivamente, dijo a Carmaux:

—Intenta sacudir la rama.

—¿Qué pensáis hacer, comandante?

—Desembarazarme de esa peligrosa compañía. ¡Eh, Wan Stiller! ¡Prepárate para golpearla con tu sable!

—¡Aquí estoy yo también, señor! —dijo Moko, que se había puesto en pie sobre la rama y tenía el fusil asido por el cañón—. ¡Intentaré alejar a esa bestia con un buen culatazo!

Completamente tranquilizado al verse rodeado por tantos defensores, Carmaux siguió las instrucciones del corsario y comenzó a saltar furiosamente sacudiendo la rama.

El animal, comprendiendo que aquellos hombres tenían algo contra él, lanzó un sordo rugido y comenzó a resoplar como un gato enfurecido.

—¡Más fuerte, Carmaux! ¡Más fuerte! —dijo el español—. Si no se mueve quiere decir que te tiene miedo… ¡Sacude la rama y échalo abajo!

El filibustero se sujetó a una rama superior y duplicó la fuerza de sus golpes. El animal, refugiado en el otro extremo, medio oculto entre el follaje oscilaba a izquierda y derecha manifestando con rugidos cada vez más fuertes su descontento por aquel nuevo género de danza.

Se afianzaba con las garras a la rama, buscando un punto de apoyo más seguro, y sus ojos se dilataban extraordinariamente, quizá por el miedo.

De repente, temiendo quizá una caída, tomó una decisión desesperada. Se recogió sobre sí mismo y saltó a una rama más baja pasando junto a la cabeza del español y tratando de encontrar el tronco para deslizarse por él hasta el suelo.

Al verlo pasar, el africano le asestó un culatazo que le dio de lleno haciéndole caer al suelo sin vida.

—¿Muerto? —preguntó Carmaux.

—Ni siquiera ha tenido tiempo de rugir —contestó Moko riendo.

—¿Seguro que era un jaguar? Me parece algo pequeño para ser uno de esos sanguinarios animales.

—Tu miedo no estaba justificado, amigo —dijo el africano—. Ha bastado con un garrotazo para acabar con él.

—Pero ¿qué clase de animal era?

—Un maracayá.

—Bien, ahora explícame qué animal era…

—Se trata de un animal parecido al jaguar, pero que solo es un gato grande —dijo el español—. Suele perseguir a los monos y a los pájaros, pero no se atreve a atacar al hombre.

—¡Rayos! Si lo hubiese sabido antes le hubiera cogido por la cola —exclamó Carmaux—. ¡Pero me vengaré del miedo que me ha hecho pasar…! ¡Después de todo el gato asado no sabe tan mal!

—Entonces, ¡tendremos que llamarte el comegatos! ¿De verdad lo has comido alguna vez? ¡Qué asco!

—¡Ya tendrás ocasión de probarlo, castellano de mi corazón! ¡Y veremos si entonces le haces ascos!

—Es posible que no, teniendo en cuenta que estamos faltos de víveres y que la selva que aún tenemos que cruzar no es muy rica en caza…

—¿Por qué? —preguntó el corsario.

—Es la selva pantanosa, señor. La más difícil de atravesar.

—¿Es muy grande?

—Se extiende hasta Gibraltar.

—¿Tardaremos mucho en cruzarla…? No quisiera llegar a Gibraltar después que el Olonés.

—Creo que lo conseguiremos en tres o cuatro días.

—Si es así, llegaremos a tiempo —dijo el corsario, que parecía hablar consigo mismo.

Permaneció unos momentos silencioso y pensativo, luego añadió:

—¿Qué te parece? ¿Crees que debemos emprender la marcha?

—Los indios no están aún lo suficientemente lejos, señor. Mi opinión es que lo más prudente sería pasar la noche en este árbol.

—Sí, es posible que sea la mejor solución. Pero, mientras tanto, Van Guld nos va sacando una sustanciosa ventaja…

—Estoy seguro de que le daremos alcance en los pantanos, señor; estoy seguro.

—Temo que pueda llegar a Gibraltar antes que yo. Si fuera así tendría la oportunidad de burlarme por segunda vez.

—También yo estaré en Gibraltar, señor. Y podéis estar seguro de que no le perderé de vista. Jamás podré olvidar los veinticinco palos que me hizo dar.

—¿Tú en Gibraltar? ¿Qué quieres decir?

—Llegaré a la ciudad antes que vos. No dudéis de que mantendré al gobernador bajo una estrechísima vigilancia…

—Un momento —repuso el Corsario Negro interrumpiendo las palabras del español—. ¿Por qué razón has de llegar a Gibraltar antes que nosotros?

—Soy español, señor —dijo el castellano gravemente.

—Continúa.

—Espero que me permitiréis morir luchando al lado de mis compatriotas y que no me obligaréis a batirme en vuestras filas contra la bandera de mi país.

—¡Ah! ¿Quieres defender Gibraltar?

—Únicamente colaborar en la defensa de la ciudad, señor.

—¡Debes de estar loco! —El Corsario Negro no salía de su asombro—. ¿Es que tienes prisa por abandonar este mundo? Te advierto que ni uno solo de los habitantes de Gibraltar va a quedar con vida...

—¡Aunque así sea! Moriremos con las armas en la mano y rodeando la gloriosa bandera de España —dijo el castellano profundamente conmovido.

—Es verdad, no sé cómo había podido pensar otra cosa de ti... —repuso el corsario—. ¡Eres un valiente...! Sí, irás antes que nosotros para poder luchar al lado de tus compatriotas. Van Guld es flamenco, pero Gibraltar es una plaza española.

LOS VAMPIROS

La noche transcurrió tranquilamente, con tanta calma que los filibusteros pudieron dormir algunas horas recostados en las bifurcaciones de las enormes ramas de la summameira.

No hubo más que una pequeña alarma, causada por el paso de un grupo de arauacos que debían de constituir la retaguardia de la tribu y que ni siquiera advirtieron la presencia de los filibusteros, por lo que siguieron hacia el norte.

Apenas apuntó el sol, el Corsario Negro, tranquilizado por el profundo silencio que reinaba en la selva, dio la orden de descender del árbol para reanudar el camino.

Lo primero que hizo Carmaux al poner el pie en el suelo fue acercarse al maracayá que tan mal cuarto de hora le había hecho pasar entre las ramas del gigantesco árbol. Lo encontró cerca de una mata, totalmente descoyuntado por la caída y por el golpe que le propinara Moko con la culata de su fusil.

Era un animal de pelaje muy parecido al de los jaguares, con los que además guardaba cierta semejanza en las formas. Su cabeza, sin embargo, era más pequeña, la cola más corta y su cuerpo no pasaba de los ochenta centímetros de longitud.

—¡Demonios! —exclamó cogiéndolo por la cola y echándoselo a las espaldas—. Si llego a saber que era tan pequeño le habría propinado un puntapié que lo habría hecho volar. ¡Bah! Me vengaré asándolo y saboreando su carne.

—¡Apresurémonos! —dijo el corsario—. Esos salvajes ya nos han hecho perder demasiado tiempo.

El español consultó la brújula y se puso en camino, abriéndose paso entre los bejucos, las retorcidas raíces y la maleza.

La selva virgen seguía siendo muy espesa, y estaba compuesta en su mayor parte por palmeras carís, con enormes troncos sembrados de largas y afiladas espinas que desgarraban las ropas de los filibusteros, y de cecropias, conocidas también como árboles candelabro.

De vez en cuando también se veía algún que otro espléndido jupatí, también de la familia de las palmeras, que tiene unas hojas lobuladas y gigantescas que llegan a medir hasta quince metros, mientras que su tronco es tan pequeño que apenas puede distinguirse entre el follaje. Más allá hacían su aparición las mandicarias, de hojas dentadas, muy grandes y tan rígidas que parecían de cinc, y los pupumbes, hermosas plantas cubiertas con grandes racimos de exquisitos frutos. Era un verdadero océano de verdor.

Por el contrario, escaseaban los pájaros y la ausencia de simios era total. Todo lo más se lograba ver alguna pareja de papagayos de plumaje multicolor o algún tucán solitario, de pico rojo y amarillo y con el pecho cubierto por una pelusilla de un rojo intensísimo. También se oían los silbidos de las lanagras, extrañas avecillas de plumaje azul y anaranjado.

Después de tres horas de rapidísima marcha sin haber encontrado rastro humano alguno, vieron los filibusteros que la selva empezaba a cambiar de aspecto. Las palmeras cedían su lugar a las panzudas, plantas que se desarrollan perfectamente en ambientes húmedos. Los bosquecillos de madera de cañón eran sustituidos por los bombax, árboles de madera porosa, blanda y blanca, muy parecida al queso, por lo que también se conocen con el nombre de queseros; por grupos de mangos, que producen unos frutos jugosos cuyo sabor es parecido al de la trementina, y por grandes macizos de orquídeas, pasionarias, helechos y aroideas, cuyas aéreas raíces caían perpendicularmente entre las bromelias, rozando sus ramas cargadas de flores escarlata.

El terreno, hasta entonces seco, aparecía cada vez más empapado, al mismo tiempo que el aire se saturaba de humedad. La selva se iba convirtiendo en un lugar tremendamente peligroso, pues bajo las plantas la humedad favorece el desarrollo de los virus causantes de una maligna fiebre, fatal incluso para los indios, aunque estos ya han sufrido un largo período de aclimatación.

Un profundo silencio reinaba bajo los árboles. Era como si la humedad hubiese hecho desaparecer de los alrededores a las aves y a los cuadrúpedos, pues ni siquiera se oía el canto de un pájaro, el rugido de un puma o el maullido de un jaguar.

Era algo más que triste aquel silencio: producía una sensación de pavor que incluso hacía mella en los recios ánimos de los temibles filibusteros de La Tortuga.

—¡Tengo la desagradable sensación de ir paseando por un inmenso cementerio! —exclamó Carmaux.

—¡Un cementerio marino, diría yo! —añadió Wan Stiller—. ¡Esta humedad penetra hasta los mismos huesos! ¡Me dan unos extraños escalofríos!

—¿Serán los síntomas de la fiebre palúdica?

—¡Era lo único que nos faltaba! —repuso el español—. No creo que sea eso, pero podéis estar seguros de que quien se siente atacado por esas fiebres no sale vivo de la selva.

—¡Bah! ¡Tengo la piel dura! —replicó el hamburgués—. Ya he sufrido los inconvenientes de estas marchas en las marismas del Yucatán. Y tú sabes que allí se da la fiebre amarilla... ¡Te aseguro que no es la fiebre lo que me da miedo, sino la falta de víveres!

—¡Especialmente ahora, cuando tan escasa es la caza por estos parajes! —añadió el africano.

—¡Eh, Saco de Carbón! —exclamó Carmaux—. ¿Acaso te has olvidado de mi gato? ¡Abulta bastante!

—Sí, pero no durará eternamente —repuso el negro—. Además, si no nos lo comemos hoy, la humedad lo habrá reducido mañana a tal estado de putrefacción que tendremos que tirarlo.

—¡Ya encontraremos alguna otra cosa para poder hincar los dientes!

—¡Tú no conoces bien estas selvas húmedas!

—Podemos matar algunos pájaros...

—No los hay.

—Cuadrúpedos.

—Tampoco.

—Buscaremos frutos.

—¡Todos estos árboles carecen de ellos!

—¿Habrá por lo menos algún caimán?

—Ni siquiera hay lagunas. No verás más que serpientes.

—¡Pues comeremos serpientes!

—¡Vamos...!

—¡Por mil tiburones! A falta de otra cosa, ¿qué mal hay en asarlas y creernos que son anguilas?

—¡Puaf!

—¡Mira! ¡El negro remilgado! —exclamó Carmaux—. ¡Ya veremos lo que haces cuando ya no puedas soportar el hambre!

Charlando de este modo continuaban la marcha por aquellos húmedos terrenos, sobre los cuales se levantaba frecuentemente una ligera neblina cargada de peligrosísimos miasmas.

Incluso bajo los árboles, el calor era agobiante; un calor enervante que hacía sudar copiosamente a los filibusteros.

El sudor manaba por la totalidad de sus poros empapando sus ropas y deteriorando de tal modo sus armas que Carmaux no contaba ya con la carga de su fusil en el caso de tener que defenderse.

El camino se veía interrumpido muchas veces por grandes estanques llenos de agua negruzca y apestosa y cubiertos por gran cantidad de plantas acuáticas. Otras veces, los expedicionarios se veían obligados a detenerse ante algún igarapé (nombre que los colonos españoles daban a los canales naturales que comunican con algún curso fluvial) y perdían mucho tiempo buscando algún vado, pues las arenas que constituían el fondo no les inspiraban ninguna confianza. Sabían perfectamente que en el momento menos pensado podían deslizarse y engullir a cuantos hombres las estuvieran pisando en aquellos momentos.

Si las aves escaseaban, los reptiles, por el contrario, se encontraban en abundancia. Calentándose al sol, enroscados bajo la maleza o extendidos entre la hojarasca, se podía ver a los venenosísimos jaracarás, de cabeza pequeña y aplastada; a los pequeños cobracipos; a las canianas, voraces bebedoras de leche, que suelen introducirse en las cabañas para mamar la leche del pecho de las indias, y un sinnúmero de serpientes coral, que producen una muerte casi instantánea y contra cuya mordedura no se conoce ningún remedio efectivo, siendo completamente inútil incluso la infusión del calupo diablo, que casi siempre es muy eficaz contra el veneno de los demás reptiles.

Los filibusteros, que, sin excluir a Carmaux, sentían una invencible repugnancia por los reptiles, tenían buen cuidado de no molestarlos y se fijaban bien en qué lugar ponían los pies para evitar una mordedura mortal.

Al mediodía, extenuados por la larga caminata, se detuvieron sin haber encontrado el menor rastro de Van Guld y de los hombres de su escolta.

Como no les quedaba ya más que algo de galleta, decidieron asar el maracayá, que, aunque resultaba un poco coriáceo y despedía un desagradable olor a salvajina, pasó por las gargantas de todos los filibusteros. Sin embargo, fue Carmaux el único que, contra el parecer de todos los demás, opinó que la carne de aquel animal era excelente, digna de ser servida en las más suntuosas mesas europeas. Ni que decir tiene que pudo darse un atracón sin que le disputasen la más pequeña tajada.

A las tres, habiendo aflojado un poco el calor infernal que reinaba en la selva, reemprendieron la marcha a través de los pantanos, infestados ahora por millares de mosquitos que se lanzaban contra los filibusteros con verdadero furor haciéndoles sangrar, sobre todo a Carmaux y Wan Stiller.

En medio de aquellas aguas estancadas, llenas de plantas acuáticas de amarillentas hojas que se corrompían bajo la acción de los rayos solares exhalando insoportables hedores, se veía surgir de vez en cuando la cabeza de alguna serpiente de agua, o aparecer para esconderse rápidamente alguna tortuga de concha oscura salpicada de manchas rojas de forma irregular.

Seguían faltando sin embargo las aves, seguramente porque no podían soportar aquellas terribles emanaciones.

Hundiéndose a veces en terrenos pantanosos, pasando por encima de los árboles caídos o abriéndose paso a través de bosquecillos de madera de cañón que servían de refugio a grandes nubes de insectos, los filibusteros, guiados por el incansable español, proseguían la marcha impulsados por el deseo de cruzar cuanto antes la selva.

Con frecuencia se detenían y aguzaban el oído, con la esperanza de percibir algún rumor que indicase la proximidad de Van Guld y de su escolta. Pero el resultado era siempre negativo.

Un silencio profundo reinaba bajo aquellos árboles y entre los bosquecillos.

Al caer la tarde hicieron un descubrimiento que, si en parte les entristeció, desde otro punto de vista les produjo cierta satisfacción, pues era una prueba evidente de que estaban sobre la pista de los fugitivos.

Estaban buscando un lugar para acampar cuando vieron que el africano, que se había alejado con la esperanza de encontrar algún árbol frutal, regresó apresuradamente con los ojos extraviados.

—¿Qué ocurre, Saco de Carbón? —preguntó Carmaux montando rápidamente su fusil—. ¿Te persigue algún jaguar?

—¡No…! ¡Allí…! ¡Allí hay un hombre blanco…! ¡Está muerto —respondió el negro.

—¡Un blanco! —exclamó el corsario—. ¿Un español?

—Lo es, señor. He caído sobre él y lo he encontrado frío como una serpiente.

—¿Será alguien de esa gentuza de Van Guld? —se preguntó Carmaux.

—¡Ahora mismo lo sabremos! —repuso el Corsario Negro—. Llévanos hasta él, Moko.

El africano se metió por entre un grupo de calupos, plantas cuyos frutos, al ser troceados, producen una bebida refrescante. Al cabo de unos veinte o treinta pasos se detuvo junto al tronco de un simaruba, que se erguía solitario mostrando al cielo su magnífico cargamento de flores.

No sin un estremecimiento de horror, los filibusteros vieron allí a un hombre tendido de espaldas, con los brazos apretados sobre el pecho, las piernas semidesnudas y los pies medio roídos por alguna serpiente o tal vez por las hormigas.

Su rostro era del color de la cera y estaba empapado en la sangre que le había brotado de una pequeña herida abierta junto al temporal derecho. Tenía la barba larga y rizada, y los labios tan contraídos que dejaban los dientes al descubierto. Le faltaban los ojos y, en su lugar, solo podían verse dos agujeros sanguinolentos.

Nadie podía engañarse acerca de su persona pues llevaba un peto de cuero cordobés con arabescos, calzón corto rayado a la moda española, y sobre la hierba descansaban una espada y un yelmo de acero adornado con una pluma blanca.

El castellano se inclinó sobre el cadáver. Luego se incorporó bruscamente mientras exclamaba:

—¡Pobre Herrera…! ¡Pobre hombre…! ¡En qué estado te encuentro!

—¿Era uno de los que iban con Van Guld? —preguntó el corsario.

—Sí, señor. Un valiente soldado y un magnífico compañero.

—¿Le habrán matado los indios?

—Al menos le hirieron, porque le veo un agujero en el costado derecho… Pero creo que el que ha acabado con él ha sido un vampiro. Seguro.

—¿Qué quieres decir?

—Que este pobre soldado ha sido desangrado por un voraz vampiro. ¿No veis esa señal que tiene cerca del temporal y de la que ha manado tanta sangre?

—Sí, la veo.

—Seguramente Herrera fue abandonado por sus compañeros a causa de la herida que le impedía seguir con ellos, y un vampiro, aprovechando su quietud o algún desvanecimiento, le ha desangrado.

—Entonces, ¿Van Guld ha pasado por aquí?

—Esta es una triste prueba de ello…

—¿Cuánto tiempo crees que lleva muerto este soldado?

—Quizá desde esta mañana. Si hubiese muerto anoche, las hormigas ya le habrían devorado por completo.

—¡Ah…! ¡Están cerca! —exclamó el corsario—. A medianoche reemprenderemos la marcha y mañana tú habrás devuelto a Van Guld los palos y yo habré librado al mundo de ese infame traidor y vengado a mis hermanos.

—Eso espero, señor.

—Ahora tratad de descansar lo mejor que podáis, porque ya no nos detendremos hasta que no alcancemos a Van Guld.

—¡Rayos! —murmuró Carmaux—. ¡El capitán quiere hacernos trotar como caballos!

—¡Tiene prisa por vengarse, amigo! —repuso Wan Stiller.

—¡Y supongo que estará ansioso por ver de nuevo su *Rayo*!

—¡Y a la joven duquesa!

—Es probable, Wan Stiller.

—¡Durmamos, Carmaux!

—¿Dormir? ¿No has oído al castellano hablar de esos animales que desangran a las personas…? ¿Y si a medianoche nos encontramos todos desangrados? ¡Oh, no seré yo el que pueda dormir tranquilo hoy!

—¡El castellano ha querido burlarse de nosotros, Carmaux!

—No, Wan Stiller. También yo he oído hablar de los vampiros.

—¿Qué clase de animales son?

—Según dicen, unos pajarracos muy feos… ¡Eh, castellano! ¿Ves algo por el aire?

—Sí, las estrellas —contestó el español.

—Te estoy preguntando si ves vampiros.

—Es muy pronto aún. Solo salen de sus escondrijos cuando están seguros de que sus víctimas duermen.

—¿Qué clase de animales son? —preguntó Wan Stiller.

—Son grandes murciélagos que tienen el hocico muy grande y saliente, enormes orejas y piel muy suave, de color rojo oscuro en el lomo y amarillo en el vientre. Sus alas miden cuarenta centímetros o más.

—¿Y es cierto que chupan la sangre a sus víctimas?

—Sí, y lo hacen con tal delicadeza que no te darías cuenta. Tienen una especie de trompa muy fina que perfora la piel sin producir dolor alguno.

—¿Habrá vampiros por aquí?

—Es muy probable.

—¿Y si vienen por nosotros?

—¡Bah…! En una sola noche no podrían desangrarnos. Como máximo se limitarían a practicarnos una ligera sangría. Y eso, con este clima, es más beneficioso que perjudicial. Sin embargo, lo que sí es cierto es que las heridas que producen tardan mucho en cicatrizar.

—¡Sangría…! —dijo Carmaux—. ¡Tu amigo se ha ido al otro mundo con una de esas sangrías!

—No sabemos cuánta sangre había perdido ya antes de que el vampiro le atacase. Buenas noches. Que a medianoche reemprendemos la marcha…

Carmaux se dejó caer entre las hierbas. Pero, antes de cerrar los ojos, miró atentamente por entre las ramas del simaruba para asegurarse de que no se escondía en ellas ninguno de aquellos voraces chupadores de sangre.

LA HUIDA DEL TRAIDOR

Apenas apareció la luna sobre los árboles de la selva, el Corsario Negro se puso en pie dispuesto a reemprender nuevamente la persecución de Van Guld y su escolta.

Sacudió al español, al negro y a los filibusteros y se puso en marcha sin haber dicho ni una sola palabra. Su paso era tan rápido que sus hombres apenas podían seguirle.

Parecía que, en efecto, estuviera decidido a no descansar hasta encontrar a su mortal enemigo. Pero nuevos obstáculos no tardaron en obligarle a buscar nuevos caminos y a aminorar la velocidad de aquella endiablada marcha, e incluso a detenerse.

Se encontraban a cada momento con lagunas, charcas que recogían todas las aguas de la selva, extensos brezales y riachuelos que les obligaban a dar grandes rodeos.

Los expedicionarios hacían esfuerzos sobrehumanos para superar todas las dificultades que surgían en su camino, pero empezaban a estar exhaustos por tan larga y penosa caminata, que duraba ya diez días que habían representado otras tantas noches en vela, así como por lo escaso de la alimentación.

Al amanecer, las fuerzas les abandonaron por completo y se vieron obligados a pedir al corsario que les concediera un descanso.

Emplearon las pocas fuerzas que les restaban en buscar caza y árboles frutales. Pero aquella selva no tenía aspecto de poder proporcionarles ni una cosa ni otra. Ni siquiera se oía el parloteo de los papagayos o los gritos de los simios. Únicamente en sueños podían verse árboles cargados de frutos comestibles.

Sin embargo, el español, que juntamente con Moko se había dirigido a un cenagal cercano, fue tan afortunado que pudo apoderarse de una prairia, pez muy abundante en las aguas estancadas, con lomo negro y boca armada de afiladísimos dientes, aunque no sin recibir crueles mordeduras. Por su parte, Moko se apoderó de otro pez, un cascudo, de un pie de largo y totalmente cubierto de durísimas escamas, negras en el lomo y rojizas en el vientre.

Aquella ligerísima comida, absolutamente insuficiente para saciarlos a todos, fue engullida en un abrir y cerrar de ojos. Después, tras algunas horas de sueño, volvieron a reemprender la marcha a través de aquella obsesionante selva que parecía no tener fin.

Procuraban no desviarse de la dirección sudeste, que les había de conducir hasta el extremo de la laguna de Maracaibo, donde se hallaba la ciudadela de Gibraltar. Pero constantemente se veían obligados a abandonar el camino a causa del gran número de charcas que obstaculizaban su paso y del terreno extraordinariamente fangoso.

Siguieron andando así hasta el mediodía sin descubrir ningún nuevo rastro de los fugitivos ni oír detonación o grito alguno. Hacia las cuatro de la tarde, después de reposar un par de horas, descubrieron en la orilla de un riachuelo los restos de una hoguera cuyas cenizas estaban aún calientes.

¿La habría encendido algún cazador indio? ¿O los fugitivos? Era imposible saberlo, pues como el terreno era muy seco y en su mayor parte estaba cubierto de hojarasca no pudieron encontrar la menor huella de pisadas humanas. A pesar de ello, este descubrimiento les infundió nuevos ánimos y les dejó casi totalmente convencidos de que en aquel lugar había estado Van Guld.

La noche les sorprendió sin que hubieran logrado ningún otro hallazgo. Únicamente su instinto les decía que no debían de estar muy lejos del grupo que perseguían.

Aquella noche, los filibusteros y el castellano se vieron obligados a acostarse sin cenar, tal era la escasez de alimentos en aquellos parajes.

—¡Por todos los tiburones de la tierra! —exclamó Carmaux, que procuraba engañar el hambre masticando algunas hojas de sabor dulzón—. ¡Si esto sigue así llegaremos a Gibraltar en tal estado que quien nos recoja se verá obligado a internarnos en un hospital!

Fue aquella la peor de las noches que hubieron de pasar en los bosques que rodeaban la laguna de Maracaibo. A los sufrimientos que causaba el hambre se añadía la tortura de las picaduras propinadas por enormes enjambres de feroces zanzaras, que les impedían pegar ojo.

Cuando reemprendieron la marcha hacia el mediodía siguiente estaban más cansados que la tarde anterior. Carmaux afirmaba que no podría resistir ni dos horas más si no encontraba al menos un gato silvestre al que asar o media docena de sapos. Wan Stiller prefería una buena cazuela de papagayos o un mono, pero ni una ni otra cosa se veían en aquella maldita selva.

Hacía ya cuatro horas que caminaban, aunque mejor sería decir que se arrastraban, siguiendo al corsario, que, como si poseyera un vigor sobrehumano, seguía marchando a toda prisa, cuando oyeron un disparo a poca distancia.

El corsario se detuvo inmediatamente lanzando un grito.

—¡Por fin! —exclamó desenvainando resueltamente su espada.

—¡Truenos de Hamburgo! —gritó Wan Stiller—. ¡Esta vez parece que están cerca!

—Supongo que ahora no se nos escaparán —añadió Carmaux—. ¡Les ataremos de manera que no puedan mover ni un solo pelo! No tengo ningún deseo de volver a andar vagando otra semana por esta condenada selva.

—El disparo ha sido hecho a una media milla de aquí —aseguró el español.

—Efectivamente… —respondió el Corsario Negro con aire pensativo—. ¡Dentro de un cuarto de hora espero tener en mis manos a ese maldito asesino!

—¿Puedo daros un consejo, señor? —repuso el castellano.

—¿Qué consejo?

—Tendámosles una emboscada.

—¿Cómo?

—Esperándoles escondidos en la maleza. Así podremos obligarles a rendirse sin empeñarnos en una lucha sangrienta. A lo sumo pueden ser siete u ocho, de acuerdo. Pero nosotros no somos más que cinco y hace rato que las fuerzas nos han abandonado…

—Puedes estar seguro de que no estarán más descansados que nosotros… ¡Pero acepto tu consejo! Caeremos de improviso sobre ellos de modo que no tengan ni siquiera el tiempo necesario para ponerse a la defensiva. ¡Preparad las armas y seguidme sin hacer el menor ruido!

Cambiaron las cargas de sus fusiles y pistolas para estar seguros de no fallar el tiro en caso de que tuvieran necesidad de luchar, y enseguida se deslizaron por entre las raíces y los bejucos procurando no hacer crujir la seca hojarasca ni romper las ramas más bajas de los árboles.

En aquel punto terminaba la selva húmeda y de nuevo hacían acto de presencia los viejos árboles, de aspecto magnífico y adornados de enormes hojas entre las cuales resplandecían bellísimas flores y deliciosos frutos.

Empezaban también a dejarse ver algunos pájaros, sobre todo papagayos y tucanes, y de vez en cuando se oían los formidables gritos de alguna familia de monos aulladores que hacían andar a Carmaux con ojos encandilados y una indescriptible expresión de pena en su semblante, seguramente porque lamentaba no poder aprovecharse de la abundante caza que le ofrecía la selva cuando ya era demasiado tarde.

El Corsario Negro les había prohibido terminantemente efectuar un solo disparo, con objeto de no poner sobre aviso al gobernador y a su escolta.

«¡Más tarde me desquitaré! —pensaba el vasco—. ¡Mataré tantas fieras que estaré comiendo doce horas sin parar!»

Quien no parecía haber advertido aquel cambio en la vegetación era el Corsario Negro, obsesionado por su enorme deseo de vengarse del gobernador de Maracaibo. Se deslizaba como una serpiente, salvaba los obstáculos como un tigre y no apartaba los ojos de la lejanía para ver el primero, tan pronto como apareciera, a su mortal enemigo.

Ni siquiera se volvía para comprobar si le seguían sus hombres. Cualquiera hubiera pensado que estaba dispuesto a empeñarse en una sangrienta lucha en la que él solo acabaría con el gobernador y con toda su escolta.

No producía el menor ruido. Pasaba sobre la hojarasca sin hacerla crujir, separaba las ramas bajas sin inclinarse, cruzaba las verdes cataratas de bejucos sin rozarlas y se escurría como un reptil entre las enormes raíces. Ni las largas caminatas ni tantas privaciones de todo tipo habían conseguido quebrantar aquel maravilloso organismo.

De repente se detuvo, con la mano izquierda armada de una pistola y terciada hacia delante, y la derecha con la espada en alto. Parecía dispuesto a arrojarse sobre alguien con todo su ímpetu.

En medio de un bosquecillo se oían dos voces.

—¡Diego! —decía la primera, amortiguada y como si fuera a extinguirse—. ¡Otro sorbo de agua! ¡Uno solo, antes de que cierre los ojos!

—¡No puedo! —contestaba la otra voz—. ¡Sabes que no puedo, Pedro!

—¿Y esos? ¿Están lejos?

—¡Para nosotros todo ha terminado, Pedro…! ¡Esos perros indios me han herido de muerte!

—¡Y yo… con esta fiebre…! ¡Esta fiebre me mata…!

—Cuando vuelvan, ya… ya no nos encontrarán… vivos…

—El lago está cerca… y el indio… el indio sabe dónde hay una barca… ¡Ah! ¿Quién vive?

El Corsario Negro se había lanzado hasta el centro de la espesura con la espada en alto y dispuesto a acabar con el primero que se interpusiera en su camino.

Dos soldados, pálidos, deshechos y cubiertos de harapos, estaban tendidos al pie de un gran árbol. Al ver aparecer a aquel hombre armado, hicieron un esfuerzo supremo y se levantaron intentando tomar los arcabuces, que descansaban en el suelo a unos pasos de ellos. Pero no tardaron en desplomarse nuevamente.

—¡El que se mueva es hombre muerto! —gritó el corsario con voz amenazadora.

Uno de los soldados volvió a incorporarse sobre las rodillas diciendo con forzada sonrisa:

—¡Caballero…! ¡No seréis capaz de matar a… a dos moribundos…!

En aquel momento el español, seguido por el negro y los dos filibusteros, llegó hasta el centro del grupo de árboles.

Dos nombres salieron de su garganta:

—¡Pedro! ¡Diego! ¡Mis pobres compañeros!

—¡El castellano! —exclamaron los dos soldados.

—¡Sí, amigos, soy yo, y…!

—¡Silencio! —ordenó el corsario—. ¡Decidme! ¿Dónde está el gobernador Van Guld?

—¿El gobernador? —respondió el que se llamaba Pedro—. Hace dos horas que se ha marchado.

—¿Solo?

—Con un indio que nos ha servido de guía y con dos oficiales.

—¿Estará muy lejos ya? ¡Hablad pronto, si no queréis que acelere vuestra muerte!

—Lo más probable es que no puedan mantener una marcha rápida…

—¿Esperan al gobernador en la orilla de la laguna?

—No... pero el indio sabe dónde hay una barca.

—Amigos —dijo el corsario dirigiéndose a sus hombres—, es necesario reemprender la persecución si no queremos que Van Guld huya de nuevo.

—¡Señor! —repuso el español—. ¿Me obligaréis a abandonar a mis compañeros? El lago está ya cerca. Por tanto, mi misión ha terminado... ¡Por no abandonar a estos dos infelices renuncio a mi venganza!

—Te comprendo —dijo el corsario—. Puedes hacer lo que creas oportuno. Pero me parece que tus socorros van a ser completamente inútiles...

—Quizá aún esté a tiempo de salvarlos, señor.

—Que Moko se quede contigo. Mis dos filibusteros y yo bastamos para dar caza a Van Guld.

—¡Es suficiente! —repuso Carmaux.

—Os prometo que volveremos a vernos en Gibraltar, señor —dijo el español—. Tenemos leche —añadió tras echar una ojeada al árbol bajo el cual yacían los dos soldados de la escolta—. ¿Qué más se puede pedir en estos momentos?

Con una navaja, el castellano hizo una profunda incisión en el tronco del árbol, que no era precisamente un árbol de la leche, sino una masaranduba, especie parecida pero que destila una linfa blanca, densa y nutritiva, de la que sin embargo no se puede abusar, pues suele producir trastornos de cierta gravedad.

Llenó las cantimploras de los filibusteros, les dio algunos bizcochos y dijo:

—¡Partid, caballeros, o Van Guld conseguirá escapar definitivamente...! Confío en que nos veremos de nuevo en Gibraltar...

—¡Adiós! —repuso el corsario iniciando la marcha—. ¡Allí te espero!

Wan Stiller y Carmaux, que se habían reconfortado vaciando hasta la mitad sus cantimploras y devorando apresuradamente algunos bizcochos, se lanzaron tras él llamándole con todas sus fuerzas por temor a quedarse rezagados.

El Corsario Negro apretaba el paso. Quería ganar las tres horas de ventaja que les llevaban los fugitivos y llegar a la orilla de la laguna de Maracaibo antes de que cayera la noche. Eran ya las cinco y, por tanto, le quedaba muy poco tiempo.

Afortunadamente, la vegetación era cada vez menos espesa. Los árboles no estaban ya unidos por cortinas de bejucos, sino que formaban grandes grupos aislados entre los que los filibusteros podían marchar con cierta comodidad sin verse obligados a perder tiempo abriéndose camino entre las ramas de las plantas.

Ya se adivinaba la proximidad del lago. El aire era más fresco y estaba saturado de un vaho salino. Se veían bandadas de pájaros acuáticos y el ambiente adquiría de nuevo cierta humedad.

Temeroso de llegar tarde a la cita que tenía con el gobernador para cumplir su venganza, el corsario apretaba cada vez más el paso. No andaba sino que corría, sometiendo a una dura prueba las piernas de Carmaux y Wan Stiller.

A las siete, cuando el sol ya estaba ocultándose, viendo que sus hombres quedaban notablemente rezagados, les concedió un cuarto de hora de descanso, durante el cual acabaron de vaciar sus cantimploras y poner fin a las provisiones que les habían entregado los soldados españoles.

El corsario no permanecía quieto ni un solo instante. Mientras Carmaux y Wan Stiller descansaban, se alejó hacia el sur creyendo que oiría algún rumor o quizá un disparo que le indicase la proximidad del traidor.

—¡Partamos, amigos! Un último esfuerzo y Van Guld caerá por fin en mis manos —dijo apenas estuvo de nuevo junto a sus hombres—. Mañana podréis descansar cuanto queráis.

—¡Vamos! —repuso Carmaux levantándose con gran trabajo—. No debemos de estar muy lejos de la orilla de la laguna.

Volvieron a ponerse en marcha internándose entre los grupos de árboles. Las sombras de la noche empezaban a caer y de las zonas más espesas de la selva les llegaban los rugidos de algunas fieras.

Hacía unos veinte minutos que habían reemprendido la marcha y se sentían completamente rendidos cuando frente a ellos se oyeron unos sordos rumores que parecían producidos por las olas rompiendo en la orilla de la laguna. De repente, entre los árboles, vieron brillar una luz.

—¡El golfo! —exclamó Carmaux.

—¡Y aquella luz nos indica el campamento de los fugitivos! —añadió el corsario—. ¡Preparad vuestras armas, hombres del mar! ¡Por fin es mío el asesino de mis hermanos!

Corrieron hacia la hoguera, que parecía arder en las lindes del bosque. El corsario llegó hasta el espacio iluminado con la formidable espada en la mano y dispuesto a acabar con el primero que saliera a su encuentro. Pero, en lugar de acometer, se detuvo mientras un grito de rabia salía de sus labios.

Alrededor de aquel fuego no había nadie. Había, eso sí, señales de que los fugitivos se habían detenido allí: restos de un mono asado, pedazos de bizcocho y un frasco roto. Pero eso era todo; ni rastro de los hombres del gobernador.

—¡Rayos del infierno…! ¡Demasiado tarde! —gritó el Corsario Negro con voz terrible.

—¡Quizá estén aún al alcance de nuestras balas, señor…! ¡Mirad! ¡Allí! ¡Allí! ¡En la playa!

El corsario volvió los ojos hacia el lugar que le indicaba Carmaux. A unos doscientos metros el bosque desaparecía bruscamente y daba lugar a una playa baja sobre la que rodaban, rumorosas, las olas de la laguna.

A los últimos resplandores del crepúsculo, Carmaux distinguió una canoa india que empezaba a surcar las aguas apresuradamente, virando hacia el sur en dirección a Gibraltar.

Los filibusteros se dirigieron rápidamente hacia la playa montando sus fusiles.

—¡Van Guld! —gritó el corsario—. ¡Detente, cobarde!

Uno de los cuatro hombres que tripulaban la embarcación se incorporó y un fogonazo resplandeció ante él.

El corsario pudo oír el silbido de una bala que fue a perderse entre las ramas de los árboles más cercanos.

—¡Ah, traidor! —vociferó el corsario, mientras sentía que una tremenda rabia ardía en sus entrañas—. ¡Fuego sobre ellos!

Carmaux y Wan Stiller se arrodillaron sobre la arena, se echaron los fusiles al hombro e inmediatamente hicieron resonar dos detonaciones.

A lo lejos se oyó un grito y pudo verse cómo alguien caía. Pero, en lugar de detenerse, la canoa avanzó aún más rápidamente, dirigiéndose hacia la costa meridional de la laguna y perdiéndose en las tinieblas, que descendían sobre las aguas con la característica rapidez de las regiones ecuatoriales.

Ebrio de furor, el corsario se disponía a lanzarse a la carrera a lo largo de la playa con la esperanza de encontrar una barca cuando Carmaux le detuvo diciéndole:

—¡Capitán!

—¿Qué quieres? —preguntó el corsario.

—En la arena de la playa hay otra canoa.

—¡Ah! ¡Vive Dios que Van Guld es mío esta vez!

A unos veinte pasos de ellos, en el centro de una pequeña cala que la marea baja había dejado seca, estaba varada una de esas canoas indias construidas con el tronco de un cedro. A primera vista, esas embarcaciones parecen pesadas; pero bien manejadas son capaces de dejar atrás a las mejores chalupas.

El Corsario Negro y sus compañeros se precipitaron hacia la pequeña playa y con un vigoroso empujón botaron la canoa al agua.

—¿Hay remos? —preguntó el corsario.

—¡Sí, capitán! —repuso Carmaux.

—¡A la caza, valientes! ¡Ya no se me escapa Van Guld!

—¡Ánimo, Wan Stiller! —gritó el vasco—. ¡Los filibusteros no tienen rival cuando llega la hora de remar!

—¡Ohé! ¡Uno…! ¡Dos! —gritó el filibustero inclinándose sobre el remo.

La canoa salió de la cala y se adentró en las aguas del golfo siguiendo a la embarcación del gobernador de Maracaibo con la velocidad de una flecha.

LA CARABELA ESPAÑOLA

La canoa que transportaba a Van Guld se hallaba por lo menos a unos mil pasos, pero los filibusteros no eran hombres que perdieran fácilmente el ánimo. Además, eran conscientes de que solo uno de los remeros de aquella embarcación era capaz de combatir con ellos: el indio. Los dos oficiales y el gobernador, acostumbrados únicamente a manejar las armas, no debían de resultar una gran ayuda para el indígena.

A pesar de que estaban hambrientos y totalmente extenuados a consecuencia de las largas marchas, Wan Stiller y Carmaux habían puesto en movimiento su extraordinaria musculatura e imprimían a la pequeña embarcación una velocidad prodigiosa. El Corsario Negro, sentado en la proa con el fusil entre los brazos, les animaba sin cesar al tiempo que gritaba:

—¡Ánimo, valientes…! ¡A Van Guld va a llegarle su hora, que es la de mi venganza! ¡Acordaos del Corsario Verde y del Corsario Rojo!

La canoa volaba sobre las agitadas aguas del lago, rompiendo impetuosamente con su aguda proa las crestas espumantes.

Carmaux y Wan Stiller remaban con furia sin perder el ritmo de la boga, tensando los músculos e impulsándose con los pies. Estaban seguros de alcanzar a la otra canoa, pero no aminoraban su esfuerzo, pues temían que algún acontecimiento imprevisto permitiese al gobernador escapar una vez más de aquella encarnizada persecución.

Hacía unos cinco minutos que remaban cuando la proa de la canoa chocó con un cuerpo extraño que flotaba en las aguas.

El corsario se inclinó y, descubriendo una masa negra, alargó la mano para asirla antes de que desapareciese bajo la quilla.

—¡Un cadáver! —exclamó.

Haciendo un gran esfuerzo, izó a bordo aquel cuerpo humano. Era el de un capitán español. Tenía completamente deshecha la cabeza por el certero disparo del filibustero.

—¡Es uno de los hombres de Van Guld! —exclamó dejándole caer nuevamente al agua.

—Le han arrojado por la borda para aligerar el peso de la canoa —añadió Carmaux sin abandonar el remo—. ¡Ánimo, Wan Stiller, esos tunantes no pueden estar muy lejos!

—¡Allí van! —gritó en aquel instante el corsario.

A unos seiscientos o setecientos metros se veía brillar una estela luminosa que en algunos momentos adquiría una majestuosidad impresionante. Seguramente era producida por la canoa del gobernador al cruzar por una zona saturada de huevas de pescado o de noctilucas.

—¿Se les distingue, capitán? —preguntaron a un tiempo Carmaux y Wan Stiller.

—Sí, veo la chalupa en el extremo de la estela luminosa —respondió el corsario.

—¿Ganamos terreno?

—Lo ganamos.

—¡Ánimo, Wan Stiller!

—¡A por ellos, Carmaux!

—¡Alarga la palada! ¡Nos fatigaremos menos y adelantaremos más!

—¡Silencio! —ordenó el corsario—. ¡No desperdiciéis vuestras fuerzas hablando! ¡Adelante, valientes! Ya veo a mi enemigo…

Se había levantado con el fusil en la mano y procuraba distinguir en la oscuridad y entre las tres sombras que tripulaban la canoa la odiada figura del gobernador.

Apuntó el arma y se tendió sobre la proa tratando de encontrar un buen punto de apoyo. Después de mirar durante unos instantes, hizo fuego.

La detonación resonó sobre las aguas, pero no se oyó ni siquiera un grito que indicase que la bala había dado en el blanco.

—¿Habéis errado el tiro, señor? —preguntó Carmaux.

—Eso creo —repuso el Corsario Negro apretando los dientes.

—¡Es imposible hacer buena puntería desde una chalupa…!

—¡Adelante! No estamos a más de quinientos pasos.

—¡Alarga la palada, Wan Stiller!

—¡Se me parten los músculos, Carmaux! —exclamó el hamburgués resoplando como una foca.

La canoa de Van Guld seguía perdiendo espacio a pesar de los prodigiosos esfuerzos del indio. Si este hubiera tenido por compañero a un remero de su misma raza, a buen seguro que habría logrado mantener la distancia hasta que amaneciese, pues los indígenas de la América meridional son insuperables remeros. Sin embargo, mal secundado por el oficial español y por el gobernador, tenía forzosamente que ir perdiendo terreno a cada momento.

La chalupa se distinguía ya perfectamente, pues además de estar más cerca atravesaba una zona de aguas luminosas.

El indio iba a popa y maniobraba con dos remos. El gobernador y el oficial español le secundaban lo mejor que podían, uno a babor y a estribor el otro.

A cuatrocientos pasos, el Corsario Negro se incorporó por segunda vez, montó el fusil y con voz tonante gritó:

—¡Rendíos o hago fuego!

No obtuvo respuesta. En cambio, la canoa enemiga viró de bordo bruscamente y se dirigió hacia las lagunas pantanosas de la orilla. Sin duda buscaba refugio en el río Catatumbo, que no debía de estar lejos.

—¡Ríndete, asesino de mis hermanos! —gritó por segunda vez el Corsario Negro.

De nuevo el silencio fue la respuesta.

—Entonces, ¡muere, perro! —vociferó el corsario.

Apuntó el fusil y miró a Van Guld, que se encontraba a trescientos cincuenta pasos. Pero, a causa de la potente remada, las aguas estaban extraordinariamente agitadas y le impedían apuntar con posibilidades de obtener un buen resultado.

Tres veces bajó el arma y otras tantas la levantó, apuntando a la chalupa. A la cuarta hizo fuego.

A la detonación siguió un grito y un hombre cayó al agua.

—¿Alcanzado? —preguntaron Carmaux y Wan Stiller.

El corsario respondió con una imprecación.

El hombre que había caído al agua no era el gobernador, sino el indio.

—¡Es como si el infierno protegiera a ese maldito! —gritó el corsario furioso—. ¡Adelante, hay que cogerle vivo!

La chalupa del gobernador no se había detenido, pero sin el indio era muy poco probable que siguiera navegando mucho tiempo.

Todo era cuestión de unos minutos más, pues Carmaux y Wan Stiller todavía estaban dispuestos a remar varias horas antes de ceder.

El gobernador y su compañero, comprendiendo que no podían hacer frente a los filibusteros, se dirigieron hacia un islote muy alto que surgía de entre las aguas a una distancia de quinientos o seiscientos metros, quizá con la intención de desembarcar en él o tal vez para rodearlo y ponerse a cubierto de los disparos de aquel terrible enemigo que era el Corsario Negro.

—¡Carmaux! —gritó el corsario—, ¡viran hacia el islote!

—¿Querrán desembarcar?

—Sospecho que así es…

—En ese caso no tienen escapatoria posible…

—¡Rayos! —gritó Wan Stiller.

—¿Qué ocurre?

En aquel instante se oyó una voz que gritaba:

—¡Alto! ¿Quién vive?

—¡España! —gritaron el gobernador y el oficial español.

El corsario se volvió. Una enorme masa había aparecido de improviso tras el islote que se alzaba en las aguas de la laguna de Maracaibo. Era un navío de grandes dimensiones que salía, con las velas desplegadas, al encuentro de las canoas.

—¡Maldición! —exclamó el corsario.

—¿Será una de nuestras naves? —preguntó Carmaux.

El corsario no respondió. Se inclinó sobre la proa de la canoa, con las manos crispadas alrededor del fusil y las facciones alteradas por una cólera espantosa. Sus ojos, brillantes como los de un tigre, miraban fijamente a la gran nave, que ya había alcanzado la canoa del gobernador.

—¡Es una carabela española! —rugió de pronto—. ¡Maldito sea ese perro, que también esta vez consigue escaparse de entre mis manos!

—¡Y que no tardará en ahorcarnos! —añadió Carmaux.

—¡Aún no, mis valientes! —repuso el corsario—. ¡Pronto! Hacia el islote, antes de que ese barco haga vomitar sus cañones sobre nosotros y nos eche a pique la canoa.

—¡Relámpagos!

—¡Y truenos! —añadió el hamburgués inclinándose sobre el remo.

La canoa viró en redondo y se dirigió hacia el islote, que no distaba más de trescientos o cuatrocientos pasos. Viendo ante su proa una línea de escollos, Carmaux y Wan Stiller maniobraron de modo que pudieran ponerse a cubierto de una posible lluvia de metralla.

Mientras tanto, el gobernador y su compañero habían subido a bordo de la carabela y, posiblemente, informado al comandante del peligro que habían corrido. Poco después, los filibusteros vieron cómo la tripulación española recogía velas a toda prisa.

—¡Pronto, valientes! —gritó el Corsario Negro, a quien nada se le había escapado—. ¡Los españoles se disponen a darnos caza!

—No estamos más que a cien pasos de la playa —repuso Carmaux.

En aquel preciso instante relampagueó una llamarada y los tres filibusteros oyeron silbar en el aire una nube de metralla cuyos proyectiles fueron a chocar contra los escollos.

—¡Rápido! ¡Rápido! —exclamó el corsario.

La carabela remontó la lengua de tierra y se dispuso a virar, mientras sus marineros arrojaban al agua tres o cuatro chalupas con ánimo de emprender la persecución de los filibusteros.

Carmaux y Wan Stiller, siempre resguardados tras los escollos, redoblaron sus esfuerzos. Pocos momentos después la canoa llegaba a la arena de la playa.

El corsario se apresuró a abandonar la embarcación llevando consigo los fusiles, y se internó enseguida entre un grupo de árboles para resguardarse de la descarga que temía. Carmaux y Wan Stiller, al ver brillar una mecha a bordo de la carabela, se dejaron caer tras la chalupa y se tendieron en la arena.

Aquel rápido movimiento les salvó, porque un momento después otra nube de metralla barrió la playa segando la maleza y las hojas de las palmeras. Una bala de tres libras, disparada por una pequeña pieza de artillería emplazada en lo alto de la cámara, hizo pedazos la proa de la canoa.

—¡Aprovechad el momento! —gritó el corsario.

Los dos filibusteros, que habían escapado milagrosamente de aquella doble descarga, superaron rápidamente la playa y se internaron entre los árboles esquivando como pudieron media docena de descargas de fusil con las que les saludaron los marineros españoles.

—¿Estáis heridos, valientes? —preguntó el corsario.

—¡Esos no son filibusteros, y por lo tanto tienen mala puntería! —repuso Carmaux.

—Seguidme sin perder tiempo.

Los tres hombres, sin preocuparse de los disparos que hacían los marineros de las chalupas españolas, se adentraron rápidamente entre el tupido ramaje de los árboles buscando un refugio.

Aquel islote, que debía de encontrarse ante la desembocadura del río Catatumbo, que desagua en la laguna de Maracaibo un poco más abajo que el Suana y discurre por una región rica en lagos y lagunas pantanosas, tendría un perímetro de unos mil metros.

Se levantaba en forma de cono y alcanzaba una altura de trescientos o cuatrocientos metros. Estaba cubierto por una espesísima vegetación, compuesta en su mayor parte por bellísimos cedros, plantas algodoneras, euforbias erizadas de espinas y palmeras de diversas especies.

En cuanto los filibusteros llegaron a la falda del islote, sin haber encontrado ser viviente alguno, se detuvieron unos instantes para respirar, pues estaban completamente rendidos. Enseguida se internaron entre la maleza decididos a llegar a la cumbre para tener conocimiento de los movimientos del enemigo y poder deliberar sin ser sorprendidos acerca de lo que debían hacer para escapar de aquella enojosa situación.

Se vieron obligados a abrirse paso con sus sables de abordaje, y necesitaron dos horas de rudo trabajo para atravesar la exuberante vegetación y llegar a la cima, que aparecía casi totalmente desnuda, salpicada tan solo por pequeños matorrales y por algunas rocas. Como la luna brillaba ya en lo alto, a su luz pudieron distinguir la carabela, anclada a unos trescientos pasos de la paya, y a las tres chalupas, que se habían detenido en el mismo lugar donde había quedado destrozada la canoa india.

Los marineros españoles ya habían desembarcado, pero no se atrevían a internarse en la espesura por temor a caer en alguna emboscada. Acamparon en la orilla, alrededor de unas cuantas hogueras que seguramente habían encendido para protegerse de los voraces mosquitos que revoloteaban formando gigantescas nubes sobre toda la costa de la laguna.

—Estarán esperando al alba para darnos caza... —dijo Carmaux.

—¡Seguro! —contestó el Corsario Negro con un extraño acento.

—¡Rayos! ¡Creo que ya es demasiada la protección que la fortuna ofrece a ese tunante!

—¿La fortuna...? ¡El demonio, diría yo!

—¡Sea quien sea, es la segunda vez que consigue escapársenos de las manos!

—Pero no se ha contentado con eso... ¡Está a punto de atraparnos entre las suyas! —añadió el hamburgués.

—¡Eso aún está por ver...! —repuso Carmaux—. Todavía estamos libres y conservamos nuestras armas.

—¿Y qué esperas hacer en el caso de que toda la tripulación de esa carabela se lance al asalto de este islote? —inquirió Wan Stiller.

—También en Maracaibo los españoles asaltaron la casa de aquel infeliz notario... Nos encontrábamos en una situación apurada, no me lo negarás... Y... ¡qué demonios! ¿No conseguimos escapar sin que nadie nos molestase lo más mínimo?

—Eso es cierto —repuso el Corsario Negro—. Sin embargo, debes tener en cuenta que esto no es la casa del notario y que aquí no hay ningún conde de Lerma que acuda en nuestra ayuda...

—¿Suponéis entonces que estamos predestinados a acabar nuestros días en la horca...? ¡Oh, cómo necesitaríamos que el Olonés viniera en nuestra ayuda...!

—Supongo que aún estará ocupado en saquear Maracaibo —dijo el corsario—. Por el momento, creo que no debemos esperar nada de él.

—¿Y qué ganaremos aguardando aquí?

—Para esa pregunta, Carmaux, ni siquiera tengo una sugerencia.

—Señor, ¿creéis que el Olonés se demorará aún mucho tiempo en Maracaibo?

—Ya debería estar aquí. Pero tú sabes el odio que siente por los españoles. No me cabe la menor duda de que no abandonará la ciudad sin dar con el último español que haya buscado refugio en los bosques.

—¿Os citasteis con él en algún lugar concreto?

—Sí, convinimos en encontrarnos junto a la desembocadura del Suana o del Catatumbo —repuso el corsario.

—Entonces podemos tener esperanzas de que llegue de un momento a otro…

—Pero ¿cuándo?

—¡Rayos! No creo que vaya a permanecer en Maracaibo eternamente…

—Por supuesto…

—Tiene que venir, y lo hará pronto.

—¿Y quién sabe cómo estaremos nosotros cuando eso suceda? ¿Quién nos puede asegurar que todavía estaremos vivos o al menos libres? ¿O es que crees que Van Guld va a permitir que permanezcamos tranquilamente en este islote…? ¡No, amigo mío! Nos acosará por todas partes e intentará todo lo que esté en su mano para que caigamos en su poder antes de que lleguen los filibusteros. Es demasiado grande el odio que me profesa para que pueda dejarme en paz. Probablemente a estas horas estará ordenando colgar de algún penol de la carabela la cuerda que haya de ceñirse a mi garganta…

—¡No ha tenido suficiente con las muertes del Corsario Rojo y del Corsario Verde! ¡Qué maldito perro es ese carcamal miserable…!

—En efecto, no ha tenido suficiente —repuso el corsario con voz sombría—. Quiere, necesita, la completa destrucción de mi familia… ¡Pero aún no me tiene en su poder! Y espero poder vengar de alguna manera a mis hermanos.

—Quizá el Olonés no se halle lejos… ¡Si pudiéramos resistir algunos días…!

—¡Quién sabe…! A lo mejor algún acontecimiento imprevisto nos ayuda a hacer pagar a Van Guld todas sus traiciones y canalladas.

—¿Qué podemos hacer, comandante?

—Resistir todo lo que podamos.

—¿Aquí? —preguntó Carmaux.

—Sí, aquí, en esta cumbre.

—Tendremos que atrincherarnos…

—Y nadie nos lo podrá impedir. Hasta la salida del sol disponemos de cuatro horas.

—¡Truenos! ¡No hay que perder ni un minuto, Wan Stiller! Apenas salga el sol, los españoles vendrán dispuestos a echarnos de aquí sea como sea.

—Pues ¿a qué esperamos? —contestó el hamburgués.

—¡Manos a la obra, amigo! —dijo Carmaux—. Mientras vos vigiláis, capitán, nosotros levantaremos unas barricadas que pondrán a prueba las manos y las costillas de nuestros adversarios. ¡Vamos, hamburgués!

La cima del islote estaba sembrada de grandes pedruscos, seguramente desgajados de una gran roca que se erguía en el punto más elevado y que constituía un excelente lugar de observación.

Los dos filibusteros hicieron rodar las piedras más grandes para formar con ellas una especie de trinchera baja y circular, suficiente para proteger a algunos hombres tendidos o arrodillados. La fatigosa labor duró alrededor de dos horas, pero los resultados fueron magníficos, pues detrás de aquella muralla, pequeña pero resistente, podían permanecer tranquilamente los filibusteros sin temor a ser alcanzados por las balas españolas.

Pero Carmaux y Wan Stiller aún no estaban satisfechos. Si bien aquel muro parecía capaz de ofrecerles una buena protección, no podía librarles de un ataque repentino. Así pues, para redondear su obra, descendieron hasta el bosque y con algunas ramas improvisaron una especie de angarillas en las que transportaron hasta la cumbre grandes haces de plantas espinosas con las que formaron una segunda muralla, muy peligrosa para los españoles.

—¡He aquí una fortaleza que, aunque es pequeña, dará que hacer a Van Guld si es que se decide a venir por nosotros! —dijo Carmaux frotándose las manos alegremente.

—Pero falta una cosa que es del todo imprescindible en cualquier guarnición, aunque esta sea más bien poco numerosa —advirtió el hamburgués.

—¿Qué es?

—¿No te has dado cuenta? ¡Oh…! ¡Aquí no disponemos de la magnífica despensa del notario de Maracaibo…!

—¡Mil rayos! ¡Había olvidado por completo que no tenemos ni un miserable hueso que roer!

—Y, como podrás suponer, no somos magos para convertir todas estas piedras en otros tantos panecillos…

—¡Vamos a dar una batida por el bosque, Wan Stiller! Si los españoles nos dejan tranquilos, te aseguro que volveremos con provisiones.

Levantó la cabeza hacia la roca que el Corsario Negro había elegido como observatorio para vigilar los movimientos de los marineros españoles y le preguntó:

—¿Están intranquilos, capitán?

—No mueven ni los ojos…

—Pues vamos a aprovechar el momento para ir de caza.

—Id. Yo vigilaré.

—En caso de peligro, sería conveniente que nos avisarais con un disparo de fusil.

—¡Así lo haré!

—¡Vamos, Wan Stiller! —dijo Carmaux—. Primero saquearemos los árboles. Luego veremos si podemos abatir alguna buena pieza.

Los filibusteros tomaron las angarillas que les habían servido para transportar los espinos y se internaron en la espesura.

Su ausencia se prolongó hasta el amanecer, pero volvieron tan cargados que parecían mozos de cuerda.

Habían encontrado un pedazo de tierra roturada, quizá por algún indio de las vecinas riberas, y saquearon los árboles frutales que en él crecían.

El cargamento que transportaban estaba constituido por cocos, naranjas, dátiles, que podían suplir perfectamente al pan, y una gran tortuga a la que habían sorprendido en la orilla de una laguna pantanosa. Si hacían economía de provisiones, tendrían víveres suficientes para cuatro días por lo menos.

Pero, además de la fruta y de la tortuga, habían hecho un importante descubrimiento que les podía ser muy útil para desembarazarse durante algún tiempo de sus adversarios y que hizo exclamar al buen Carmaux:

—¡Ah…! Querido hamburgués, ¡vive Dios que si al gobernador y a sus hombres se les ocurre ponernos cerco les obligaremos a hacer las muecas y contorsiones más desagradables que imaginarse puedan! En estos climas la sed es un terrible enemigo.

—Te estás volviendo tan enigmático como el castellano y Moko juntos… ¡Acaba de una vez, hombre!

—Estoy seguro —continuó Carmaux— de que los españoles no pensarán ir a la carabela cada vez que quieran apagar su sed. Y no traen cantimploras consigo… ¡Son astutos los indios…! El nikú hará milagros.

—¿Estás seguro de lo que dices? —preguntó Wan Stiller—. Yo no tengo gran confianza en tu plan…

—¡Demonios! ¡Si lo he experimentado yo mismo! El que no reventara de dolor fue un verdadero milagro, ¡no pudo ser otra cosa!

—Dudo mucho que los españoles vengan a beber aquí…

—¿Es que has visto algún otro lago en estos parajes?

—No, no lo he visto.

—Entonces convendrás conmigo en que han de venir a beber forzosamente en el que nosotros hemos descubierto.

—Si tú lo dices… ¡Tengo curiosidad por saber qué efectos produce el nikú!

—A su debido tiempo te ofreceré ese espectáculo. Verás a un gran número de hombres acometidos por los más terribles dolores de vientre que puedas imaginar.

—¿Cuándo piensas emponzoñar el agua?

—En cuanto tenga la certeza de que nuestros enemigos se disponen a asaltar la colina.

En aquel momento el corsario abandonó la roca que le servía de observatorio y descendió hasta el pequeño campamento atrincherado diciendo:

—Las chalupas han rodeado la isla.

—¿Se disponen a cercarnos? —preguntó Carmaux.

—Sí, y de un modo riguroso.

—Pues nosotros estamos dispuestos a defender la posición, capitán. Tras las rocas y los espinos podremos resistir bastante tiempo. Quizá hasta que llegue el Olonés con los filibusteros.

—No estoy muy seguro de que los españoles nos concedan tanto tiempo. He visto desembarcar a cuarenta hombres por lo menos.

—¡Son demasiados, en efecto! —repuso Carmaux—. ¡Pero cuento con el nikú!

—¿Y qué es el nikú? —preguntó el Corsario Negro.

—¿Queréis venir conmigo, capitán? Antes de que los españoles lleguen hasta aquí transcurrirán cuatro o cinco horas. Pero a nosotros nos basta con una.

—¿Cuáles son tus proyectos?

—Ya lo veréis, capitán. Venid conmigo. Wan Stiller permanecerá de guardia en la roca.

Tomaron sus fusiles, descendieron por la ladera de la colina y se adentraron en los bosques de cedros, palmeras, simarubas y algodoneros, abriéndose paso con gran dificultad a través de centenares y centenares de bejucos.

De este modo bajaron como unos cincuenta metros, espantando con su presencia a grandes bandadas de papagayos habladores, a algunas parejas de monos rojos y a otros animales de muy variadas especies. Enseguida llegaron a lo que pomposamente llamaban pequeño lago y que solo era un simple estanque, cuya circunferencia no tendría más de unos trescientos pasos.

Parecía ser un depósito natural poco profundo y cubierto casi totalmente por plantas acuáticas.

Carmaux hizo notar al corsario que en las orillas del estanque crecían ciertas ramas sarmentosas, de corteza oscura y parecidas a los bejucos.

Había un gran número de ellas, enroscadas unas en otras como serpientes o plantas de pimienta privadas de apoyo.

—Estos vegetales van a proporcionar a los españoles terribles cólicos —dijo el filibustero.

—¿Y cómo va a suceder eso? —preguntó con cierta ansiedad el corsario.

—Ya lo veréis, capitán.

Mientras decía estas palabras el marinero había desenvainado su espada y cortado algunas de aquellas ramas sarmentosas, a las que llaman nikú los aborígenes de Venezuela y de la Guayana, y *Robinia* los naturalistas. Luego formó varios haces, que dejó en una peña que asomaba por encima de la laguna.

Cuando hubo reunido unos cuarenta haces, cortó algunas de las ramas más fuertes y le alargó una al corsario diciendo:

—Golpead las plantas con este palo, capitán.

—Pero ¿puedes explicarme qué es lo que vas a hacer?

—Envenenar las aguas de este estanque, señor.

—¿Con esos bejucos?

—Sí, con ellos.

—¡Tú estás loco, Carmaux!

—Os aseguro que no, capitán. El nikú embriaga a los peces y a los hombres, produciéndoles tremendos cólicos.

—¿Que emborracha a los peces? ¡Vamos! ¿Qué clase de cuento es el que me estás contando?

—¿No sabéis cómo se las arreglan los caribes cuando quieren obtener una abundante pesca?

—Se servirán de redes, digo yo…

—No, capitán. Dejan que se destile en los pequeños lagos el jugo de estas plantas y los peces no tardan en subir a la superficie retorciéndose desesperadamente y ansiando que los indios les cojan cuanto antes.

—¿Y dices que a los hombres les produce cólicos?

—Así es, capitán. Y como en este islote no hay más estanque ni charco que el que estáis viendo aquí, los españoles que quieran sitiarnos se verán obligados a beber de estas aguas.

—¡No se puede negar que eres listo, Carmaux! ¡Vamos a intoxicar el agua de este estanque!

Empuñaron los bastones que cortara Carmaux y empezaron a golpear las plantas vigorosamente, aplastándolas y sacando de ellas un abundante jugo que iba cayendo al agua.

Pronto se coloreó esta, primero de un tono blanco, como si hubiera sido mezclada con leche, y luego de un bellísimo color nacarado que no tardó en desaparecer. Concluida la operación, el estanque recobró toda su transparencia, y algunos segundos después era tal su limpidez que nadie podría suponer que contuviera una sustancia nociva.

El corsario y Carmaux arrojaron al agua los restos de las plantas sarmentosas. Y ya se disponían a retirarse cuando vieron una gran cantidad de peces que subían hasta el nivel del agua haciendo grandes contorsiones.

Los pobrecillos, embriagados con el nikú, se debatían desesperadamente tratando de huir de su propio elemento. Algunos se dirigían a las orillas, quizá prefiriendo una lenta asfixia en la arena a los dolorosos espasmos que les producía el jugo de aquella extraña planta.

Carmaux, que quería aumentar la cantidad de provisiones para asegurarse de que no pasarían hambre fuera cual fuese el tiempo que permanecieran en aquel islote, se lanzó hacia la orilla y, con ayuda de unos cuantos palos, pudo apoderarse de dos rayas espinosas, un piraja y un pemecrú.

—¡Esto es cuanto necesitaba! —gritó dirigiéndose hacia el corsario, que se había internado en la arboleda.

—¡Y esto también! —gritó otra voz.

Casi instantáneamente resonó un disparo.

Carmaux no dio ni un grito ni un gemido. Cayó en medio de una mata de madera de cañón como si alguna bala le hubiera alcanzado de lleno.

EL ASALTO AL ISLOTE

Al oír aquel disparo, el Corsario Negro retrocedió rápidamente creyendo que el marinero había hecho fuego sobre algún animal, pues ni siquiera sospechaba que los españoles de la carabela hubiesen llegado ya a la falda de la colina.

—¡Carmaux! ¡Carmaux! ¿Dónde estás? —gritaba.

Un ligerísimo silbido, que parecía producido por alguna serpiente, pero que él conocía muy bien, fue todo lo que obtuvo por respuesta.

En lugar de seguir avanzando se ocultó precipitadamente tras el grueso tronco de un enorme árbol y miró con atención a su alrededor.

Fue entonces cuando se percató de que, junto a un espeso grupo de palmeras, ondulaba aún una nubecilla de humo que se diluía lentamente en su ascensión, pues no corría en aquel claro del bosque la más ligera ráfaga de aire.

—¡Han disparado desde allí! —murmuró—. Pero ¿dónde se habrá escondido Carmaux? ¡No debe de andar muy lejos cuando he podido oír su silbido...! ¡Ah! ¿De modo que los españoles ya han llegado hasta aquí? ¡Pues bien, amigos míos, vamos a vernos las caras!

Siempre escondido tras el grueso tronco, que le ponía a cubierto de las balas enemigas, se arrodilló y miró con gran precaución entre las matas, que en aquel lugar eran muy altas. Por aquella parte del bosque desde donde se había disparado no vio absolutamente nada. Sin embargo, en dirección al grupo de arbustos advirtió un ligero movimiento entre la maleza, como a unos quince pasos del tronco que le cobijaba.

—Alguien viene arrastrándose hacia mí —murmuró—. ¿Será Carmaux, o algún español que trata de sorprenderme…? ¡Da lo mismo! Tengo montado el fusil y muy pocas veces fallo un disparo.

Permaneció inmóvil durante unos momentos, con el oído pegado al suelo, y oyó un ligero roce que la tierra transmitía con extraordinaria nitidez.

Seguro de no equivocarse, se incorporó pegado al tronco y lanzó una rápida mirada hacia la maleza.

—¡Ah! —murmuró mientras respiraba satisfecho.

Carmaux se encontraba ya a solo quince pasos del árbol y avanzaba con mil precauciones deslizándose por entre la maleza. Ni siquiera una serpiente hubiera producido menos ruido ni se hubiera deslizado con tanta astucia para huir de un peligro o atrapar alguna presa.

—¡El muy tunante! —dijo el Corsario Negro—. ¡He aquí un hombre que siempre sabrá salir de cualquier apuro y salvar el pellejo…! Pero ¿y el español que realizó el disparo? ¿Se lo habrá tragado la tierra?

Mientras tanto, Carmaux seguía avanzando en dirección al árbol mientras procuraba no quedar al descubierto y servir nuevamente de blanco. El valeroso filibustero no se había separado de su fusil, ni siquiera de los pescados, con los que contaba para su comida. ¡Qué diablos! ¿Por qué iba él a fatigarse en vano?

Al ver al corsario, dejó a un lado toda prudencia incorporándose de pronto, se reunió con él en solo dos saltos y buscó refugio tras el mismo tronco que protegía a su capitán.

—¿Estás herido? —le preguntó el corsario.

—Tanto como vos —contestó mientras reía de buena gana.

—¡No te han tocado ni un pelo!

—Pero ellos habrán creído todo lo contrario al verme caer entre la maleza como si me hubiesen atravesado el corazón o hecho añicos esta hermosa cabeza. Pero, como vos mismo podéis ver, estoy tan vivo como antes. ¡Ah…! Los bribones pensaban que iban a mandarme al otro barrio. ¿Es que creen que soy un pobre indio? Tendré que explicarles lo ladino que es su amigo Carmaux…

—¿Y el que disparó sobre ti?

—Seguramente ha escapado al oír vuestra voz.

—¿Estaba solo?

—Sí.

—¿Español?

—Sí; marinero.

—¿Crees que nos estará espiando?

—Es muy probable. Pero dudo que se atreva a aparecer, ahora que sabe que somos dos.

—Volvamos a la cumbre. Estoy inquieto por Wan Stiller.

—¿Y si nos atacan por la espalda? ¡Ese individuo puede tener compañeros escondidos en el bosque!

—Abriremos bien los ojos y no separaremos ni un momento nuestros dedos de los gatillos. ¡Vamos, valiente!

Abandonaron el árbol y retrocedieron rápidamente empuñando los fusiles y apuntando hacia las lindes del bosque. De este modo llegaron hasta unos espesos matorrales, entre los cuales se escondieron para comprobar si los enemigos se decidían a aparecer.

Como no asomara ninguno de ellos ni se oyese ruido de ninguna especie, siguieron marchando rápidamente y ascendiendo por la ladera del montecillo.

En veinte minutos salvaron la distancia que les separaba de su pequeño campamento atrincherado. Wan Stiller, que seguía de guardia en lo alto de la roca, descendió corriendo a su encuentro diciéndoles:

—¿Habéis disparado vos, capitán? He oído un tiro de fusil.

—No —repuso el corsario—. ¿Has visto a alguien?

—Ni a un mosquito, señor. Pero he podido distinguir a un grupo de marineros que saltaban a la costa y desaparecían bajo los árboles.

—¿Sigue anclada la carabela?

—Permanece en el mismo lugar.

—¿Y las chalupas?

—Están rodeando la isla.

—En ese grupo del que me has hablado…

—Decid, capitán.

—¿…Iba Van Guld?

—He visto a un viejo de barba blanca.

—¡Él! —exclamó el corsario entre dientes—. ¡Que venga ese miserable! ¡Veremos si la suerte le protege otra vez de las balas de mi fusil!

—¿Creéis que llegarán pronto aquí? —preguntó Carmaux, que se había dedicado a recoger ramas secas.

—Quizá no se atrevan a atacarnos de día y esperen a que oscurezca.

—En ese caso podemos preparar algo de comida para recobrar fuerzas. Os confieso que no sé dónde ha ido a parar mi estómago. ¡Eh, Wan Stiller, prepara estas dos rayas! Asadas estarán tan apetitosas que nos chuparemos los dedos.

—¿Y si llegan los españoles? —preguntó el hamburgués, que no estaba muy tranquilo.

—¡Bah! Comeremos con una mano y nos batiremos con la otra. Para nosotros las rayas y para ellos el plomo. Es un reparto justo, ¿no?

Mientras el corsario volvía a situarse en observación sobre la roca, los dos marineros encendieron un fuego y asaron en él los pescados, después de haberles despojado de sus largas y peligrosas espinas.

Un cuarto de hora después, Carmaux anunciaba en tono triunfal que la comida estaba dispuesta. Los españoles aún no habían hecho acto de presencia.

Apenas habían tomado asiento los tres filibusteros y se disponían a comer el primer bocado cuando retumbó sobre el mar un formidable disparo.

—¡El cañón! —exclamó Carmaux.

No había acabado de pronunciar estas palabras cuando la parte superior de la peña que les había servido de puesto de observación saltó con un terrible estrépito, hecha pedazos por una bala de gran calibre.

—¡Rayos! —exclamó de nuevo el filibustero poniéndose de pie precipitadamente.

—¡Y truenos! —añadió Wan Stiller.

El corsario había corrido ya hacia el borde de la cumbre para averiguar de dónde había salido aquel disparo.

—¡Por mil antropófagos! —volvió a gritar Carmaux—. ¿Es que no se puede comer tranquilamente en este condenado golfo de Maracaibo? ¡Que el demonio se lleve consigo a ese maldito Van Guld y a todos los perros que le obedecen! ¡Ya nos ha aguado la fiesta…! ¡Oh, dos rayas tan deliciosas aplastadas por completo!

—¡Aún te queda la tortuga, Carmaux! Luego podrás comértela.

—Eso será si los españoles nos dan tiempo para ello —repuso el corsario mientras se acercaba a los dos filibusteros—. Se dirigen hacia aquí a través del bosque y la carabela se dispone a bombardearnos.

—¡Están decididos a hacernos polvo! —exclamó Carmaux.

—Y nos van a aplastar como a las rayas —añadió Wan Stiller.

—Por fortuna somos más peligrosos que esos pobres animales —repuso Carmaux—. ¿Están a la vista ya los españoles, capitán?

—Están a quinientos o seiscientos pasos.

—¡Hola!

—¿Qué ocurre?

—¡Tengo una idea, capitán!

—¡Vomítala, vamos!

—Ya que se disponen a bombardearnos, les devolveremos ojo por ojo y diente por diente. Les bombardearemos nosotros a ellos.

—¿Acabas de encontrar algún cañón o es que se te ha averiado repentinamente el cerebro?

—Ni una cosa ni otra, capitán. Se trata, simplemente, de hacer rodar estos peñascos a través del bosque. La pendiente es muy elevada y a buen seguro que estos gigantescos proyectiles no han de quedarse a la mitad del camino.

—La idea no me parece mala… ¡y la pondremos en práctica en el momento oportuno! Ahora, dividámonos y vigilemos cada uno por un sector. Manteneos separados de la roca si no queréis que algún pedazo os abra vuestras bonitas cabezas.

—¡Ya he tenido suficiente con los que han llovido sobre mis costillas! —dijo Carmaux mientras se metía en el bolsillo un par de mangos—. Vamos a asomarnos para ver qué hacen esos insoportables aguafiestas. Os aseguro que han de pagar caras mis rayas.

Se separaron y fueron a emboscarse tras las últimas matas que rodeaban la cumbre, esperando que el enemigo hiciera su aparición para abrir fuego contra él.

Los hombres de la carabela, estimulados quizá por el gobernador con la promesa de alguna sustanciosa recompensa, trepaban animosamente por las laderas del montículo abriéndose paso a través de la tupida maleza. Los filibusteros aún no podían verles, pero les oían hablar y apreciaban claramente el ruido que producían al cortar los bejucos y las raíces que les interceptaban el paso.

Al parecer se habían distribuido únicamente en dos grupos, que seguían distintos caminos con la intención de dividir mínimamente sus fuerzas para poder hacer frente a cualquier desagradable sorpresa. Uno de los pelotones parecía haber alcanzado ya el estanque; el otro, en cambio, debía de haberse internado por un pequeño y angosto valle, un cañón, como dicen los españoles.

Una vez que se hubo asegurado el Corsario Negro de las direcciones que seguían los marineros, decidió poner en práctica inmediatamente el proyecto de Carmaux para rechazar a los hombres que avanzaban por la garganta.

—¡Vamos, valientes! —dijo el corsario a sus dos filibusteros—. Preocupémonos ahora de los hombres que nos acosan por la espalda. Luego ya decidiremos qué vamos a hacer con los que han tomado el camino del lago.

—Estoy seguro de que a esos se encargará el nikú de ponerlos fuera de combate —repuso Carmaux—. Solo necesitamos que les entre un poco de sed para ver cómo se alejan con el rabo entre las piernas y apretándose el vientre.

—Habrá que empezar el bombardeo, ¿no? —dijo Wan Stiller, que se entretenía en hacer rodar una piedra de más de medio quintal.

—Por lo visto tienes ganas de que empiece la fiesta, ¿verdad? —repuso el corsario—. ¡Pues puedes iniciarla dejando caer ese pedrusco! ¡Tíralo!

Ni Carmaux ni Wan Stiller se hicieron repetir la orden y empujaron hacia el borde, con una rapidez prodigiosa, una docena de grandes rocas procurando que tomasen la dirección de la garganta.

Aquel formidable alud se despeñó entre los bosquecillos produciendo el fragor de un huracán, botando y destrozando a su paso los árboles y aplastando la maleza.

No habían transcurrido cinco segundos cuando en el fondo del pequeño valle se oyeron resonar gritos de espanto, a los que siguieron algunos disparos de fusil.

—¡Eh! ¡Eh! —exclamó Carmaux con voz triunfante—. ¡Por lo visto esas piedrecillas han alcanzado a alguien!

—¡Por allí veo retirarse precipitadamente a varios hombres! —dijo Wan Stiller, que se había encaramado a una gran roca—. ¡Creo que ya es suficiente! —añadió tras unos instantes de silencio.

—¡Otra descarga aún, hamburgués!

—¡Sea como dices, Carmaux!

De nuevo, por las laderas del monte rodaron una tras otra diez o doce piedras enormes. Aquella segunda oleada de proyectiles produjo en el cañón los mismos efectos y algo más de ruido que la primera.

Los marineros de la carabela española trepaban por las paredes de la estrecha garganta procurando evitar ser aplastados por aquella tempestad de peñascos que se les venía encima. Convencidos de que un nuevo intento de aproximación a los filibusteros tendría desastrosas consecuencias, decidieron desaparecer entre la espesura.

—¡No creo que esos nos vuelvan a importunar por el momento! —dijo Carmaux frotándose las manos alegremente—. ¡Ha habido una buena ración para cada uno!

—¡Ahora, a por los otros! —añadió el corsario.

—¡Si es que los dolores les dejan moverse! —repuso Wan Stiller—. ¡No se ve subir a ninguno!

—¡Silencio!

El corsario se dirigió hacia el borde de la explanada que coronaba la cima del monte y escuchó durante unos minutos.

—¿Nada? —preguntó Carmaux impaciente.

—Se diría que ni siquiera respiran —respondió el Corsario Negro.

—¿Habrán bebido el nikú?

—Si no lo han bebido y avanzan hacia nosotros, lo hacen arrastrándose como serpientes —dijo Wan Stiller—. ¡Habrá que tener cuidado, no sea que nos abrasen con una descarga a quemarropa!

—Quizá se han percatado del poder de nuestra artillería y se resistan a avanzar por temor a ser aplastados —dijo Carmaux—. ¡Estos cañones son más peligrosos que los de la carabela! ¿Y quién puede negarme que también son mucho más económicos?

—¡Prueba a disparar entre aquellas plantas! —sugirió el Corsario Negro—. Si contestan, ya sabremos cómo hemos de arreglárnoslas…

Wan Stiller se dirigió hacia el borde de la explanada, se acurrucó tras una mata y efectuó un disparo hacia el centro de la pequeña selva.

La detonación resonó profundamente entre los árboles. Pero ese fue el único efecto que causó.

Los tres filibusteros esperaron durante algunos minutos, aguzando el oído y escudriñando minuciosamente la maleza. Luego hicieron una descarga general apuntando a diversos lugares.

Tampoco esta vez obtuvieron respuesta. ¿Qué le habría ocurrido al segundo pelotón, al que poco antes había visto subir bordeando el estanque?

—¡Preferiría oír una furiosa descarga! —exclamó Carmaux—. Este silencio es irritante; me preocupa y me hace temer una desagradable sorpresa. ¿Qué hacemos, capitán?

—¡Bajemos, Carmaux! —respondió el corsario, que, igual que el filibustero vasco, empezaba a dar muestras de viva inquietud.

—¿Y si los españoles están emboscados y aprovechan nuestros movimientos para tomar al asalto nuestro pequeño campamento?

—Wan Stiller permanecerá aquí. Tengo necesidad de saber qué es lo que hacen nuestros enemigos.

—¿Queréis saberlo, capitán? —dijo el hamburgués, que se había adelantado.

—¿Puedes ver algo?

—Veo a siete u ocho españoles que se debaten como si estuviesen locos o delirasen.

—¿Dónde?

—Allá abajo, cerca del estanque.

—¡Por fin! —exclamó Carmaux esbozando una sonrisa—. Ya se han hartado de nikú. ¡No estaría de más enviarles algún calmante!

—En forma de bala, ¿verdad? —preguntó Wan Stiller.

—¡No! —ordenó el corsario—. ¡Dejadles tranquilos! Reservemos las municiones para el momento decisivo. Por otra parte, es absurdo matar a personas que no están en condiciones de hacernos daño alguno. Ya que el primer ataque no les ha salido tan bien como seguramente esperaban, aprovechemos esta tregua para reforzar nuestro campamento. Os repito de nuevo que nuestra seguridad ha de basarse en mantener la mayor capacidad de resistencia que tengamos.

—Supongo que también podremos emplear esta tregua para comer algo, ¿no? —dijo Carmaux—. Aún nos queda la tortuga y algunos pescados.

—Tenemos que economizar las provisiones, Carmaux. El sitio puede durar un par de semanas. Quizá más. No sabemos todavía el tiempo que el Olonés permanecerá en Maracaibo. Por ahora no podemos contar con su ayuda para escapar de esta difícil situación.

—¡Tendremos que contentarnos con un pescado!

—¡Pues venga ese pescado!

Mientras Carmaux volvía a encender el fuego ayudado por el hamburgués, el Corsario Negro trepó a la roca para observar lo que sucedía en las playas del islote.

La carabela no se había apartado de su sitio, si bien en la cubierta podía advertirse un ajetreo inusitado. Los tripulantes se movían alrededor de un cañón emplazado sobre la toldilla y lo dirigían hacia arriba, como si se dispusieran a reanudar el fuego sobre la cumbre del monte.

Las cuatro chalupas fondeadas alrededor de la isla pocos momentos antes empezaban a navegar lentamente a lo largo de la playa para impedir a los sitiados cualquier intento de fuga. En realidad era un temor infundado, pues los filibusteros no disponían de embarcación alguna ni estaban en condiciones de recorrer a nado la enorme distancia que les separaba de la embocadura del río Catatumbo.

Los dos grupos que habían intentado el asalto al islote no debían de haber regresado aún junto a sus camaradas, pues en la playa no se veía ningún grupo de marineros.

—¿Habrán acampado en los bosques esperando el momento propicio para lanzarse al ataque? —murmuró el corsario—. ¡Mucho me temo que el nikú y las piedras no han producido un resultado totalmente feliz!

El Corsario Negro permaneció unos momentos pensativo; luego añadió:

—¡Y Pietro sin venir! Si no llega antes de un par de días creo que nadie podrá salvarnos de caer en manos de ese condenado viejo…

Bajó lentamente de su observatorio y se acercó a sus dos hombres, a los que dio cuenta detallada de sus preocupaciones y temores.

—¡La cosa empieza a ponerse seria! —dijo Carmaux—. Capitán, ¿creéis que esta noche intentarán un asalto general?

—Es lo que estoy temiendo —repuso el corsario.

—¿Y cómo vamos a hacer frente a tantos hombres?

—No lo sé; esa es la verdad, Carmaux.

—Podríamos intentar algo… Apoderarnos de alguna de sus chalupas, por ejemplo…

—No es una idea tan descabellada. Incluso diría que es una genial sugerencia —contestó el corsario después de reflexionar unos instantes—. Tu plan no es de fácil realización, pero tampoco se puede considerar como imposible.

—¿Cuándo lo intentaremos?

—Esta noche, antes de que salga la luna.

—¿Qué distancia creéis que habrá entre la isla y la desembocadura del Catatumbo?

—Unas seis millas.

—Que suponen una hora, quizá algo menos, de buen andar.

—¿Y no nos perseguirá la carabela? —preguntó Wan Stiller, demostrando cierta desconfianza por tan arriesgado plan.

—Puedes estar seguro de que no lo hará —repuso el corsario—. En la desembocadura del Catatumbo hay muchos bancos de arena y si quiere avanzar demasiado correrá el peligro de embarrancar.

—¡No se hable más, será esta noche! —dijo animadamente Carmaux.

—Si es que antes no nos han apresado o asesinado…

—Capitán, el pescado ya está listo. Creo que necesita que alguien le dé un bocado.

EN PODER DE VAN GULD

Durante aquella larguísima jornada, ni Van Guld ni sus marineros dieron señales de vida. Parecía como si estuviesen tan seguros de dar caza a los filibusteros refugiados en la cima del monte que consideraban innecesario molestarse en precipitar el ataque.

Lo más probable era que quisieran obligarles a rendirse cuando se vieran atacados por el hambre y la sed. De esta forma, el gobernador lograría su propósito, que era el de coger vivos a los filibusteros para ahorcarles, como había hecho en tantas ocasiones, en la plaza de Granada de la ciudad de Maracaibo.

Sin embargo, Carmaux y Wan Stiller se habían hecho cargo de la presencia de los marineros. Tomando mil precauciones se aventuraron bajo la espesura y pudieron distinguir entre las hojas a numerosos grupos de hombres acampados en la falda del monte. Pero no vieron ni a un solo marinero español en las proximidades del estanque, señal evidente de que los sitiadores habían experimentado ya la toxicidad de aquellas aguas saturadas de nikú.

Llegada la noche, los tres filibusteros hicieron sus preparativos, resueltos a forzar la línea enemiga antes que tener que esperar en el campamento una muerte lenta provocada por el hambre y la sed.

Hacia las once de la noche, después de haber inspeccionado meticulosamente los bordes de la plataforma que coronaba el islote y de haberse asegurado de que sus poderosos enemigos no habían abandonado sus campamentos, repartieron los pocos víveres y municiones que aún conservaban y salieron silenciosamente del recinto fortificado para descender con dirección al estanque.

Antes de ponerse en camino determinaron con exactitud las posiciones ocupadas por las tropas españolas, con objeto de no aparecer de repente en cualquiera de aquellos pequeños campamentos y producir la alarma, cosa que había que evitar a todo trance si no querían malograr ellos mismos su temerario proyecto, por otra parte el único medio de que disponían para escapar de las manos asesinas del gobernador de Maracaibo. Sabían que podía haber centinelas montando guardia en puestos avanzados, pero, contando con la ayuda de la oscuridad reinante en la selva, esperaban poder evitar el encuentro con ellos a fuerza de astucia y prudencia.

Como reptiles, arrastrándose muy lentamente para no hacer rodar ni el más pequeño canto, tardaron diez minutos en llegar bajo los grandes árboles, donde la oscuridad era absoluta. Durante algunos instantes permanecieron escuchando en aquel lugar y, como no oyeran ruido alguno y vieran brillar aún en la falda del monte las hogueras de los acampados, reemprendieron lentamente la marcha, siempre tanteando el terreno con las manos para no hacer crujir las hojas y evitar una caída fatal en cualquier hendidura o sima.

Ya habían descendido unos trescientos metros cuando Carmaux, que iba delante, se detuvo de repente y se ocultó tras el tronco de un árbol.

—¿Qué ocurre? —le preguntó en voz muy baja el Corsario Negro, que se había reunido con él.

—He oído romperse una rama —murmuró el filibustero.

—¿Cerca de nosotros?

—Sí, muy cerca.

—¿Habrá sido algún animal?

—No lo sé.

—¿Algún centinela, quizá?

—La oscuridad es demasiado grande para poder distinguir nada, capitán.

—Detengámonos aquí unos minutos.

Al cabo de unos instantes de angustiosa espera oyeron hablar muy quedo a dos personas.

—Ya se acerca la hora —decía una voz.

—¿Están dispuestos todos? —preguntaba la otra.

—Quizá ya han abandonado los campamentos, Diego.

—¿Crees que lograremos prenderles?

—Les sorprenderemos, te lo aseguro.

—¡Pero se defenderán desesperadamente! ¡Solo el Corsario Negro vale por veinte hombres, Sebastián!

—Pero nosotros somos sesenta y, además, la espada del conde es formidable.

—Eso no es suficiente para ese endiablado corsario… ¡Estoy seguro de que muchos de nosotros iremos al otro mundo!

—Pero los que sobrevivan tendrán su premio… ¡Ya hay diez mil pesos para beber y comer!

—¡Vive Dios que es una bonita cantidad, Sebastián! ¡Demonios, está visto que el gobernador quiere coger a ese hombre de la forma que sea!

—No, Diego. ¡Le quiere vivo!

—¿Para ahorcarle después?

—Eso no se puede ni dudar… ¡Eh! ¿No has oído, Diego?

—Sí, nuestros compañeros se han puesto en movimiento.

—¡Pues adelante nosotros también! ¡Los diez mil pesos están aguardándonos!

El Corsario Negro y los dos filibusteros no se habían movido. Confundidos en la maleza, ocultos entre las raíces y los bejucos, conservaban una absoluta inmovilidad, aunque mantenían levantados los fusiles dispuestos a descargarlos en cuanto fuese preciso.

Aguzando la vista, vieron confusamente cómo los dos marineros españoles avanzaban con lentitud, apartando ramas y bejucos para abrirse paso.

Ya se habían alejado unos cuantos metros cuando uno de los dos se detuvo diciendo:

—¿No has oído nada, Diego?

—En absoluto.

—A mí me ha parecido oír un suspiro.

—Algún insecto…

—¡O alguna serpiente!

—¡Razón de más para que nos alejemos de este lugar! Vamos, Sebastián. No quiero ser de los últimos en tomar parte en la lucha.

Tras este breve diálogo los dos marineros continuaron la marcha y desaparecieron bajo la negra bóveda del bosque.

Los filibusteros esperaron aún unos minutos más temiendo que los españoles volvieran atrás o se detuvieran. Por fin, el corsario se incorporó y miró a su alrededor.

—¡Truenos! —murmuró Carmaux respirando libremente—. ¡Empiezo a creer que nos sonríe la fortuna!

—¡Yo ya no daba ni un peso por nuestro pellejo! —añadió Wan Stiller—. ¡Uno ha pasado tan cerca de mí que por poco me pisa!

—¡Hemos hecho bien dejando nuestro campamento…! ¡Sesenta hombres! ¿Quién hubiera podido hacer frente a semejante acometida?

—¡Vaya una sorpresa desagradable para ellos! ¿Qué crees que harán cuando lleguen a la cumbre y solo encuentren piedras y espinos, Carmaux?

—Yo les sugeriría que se las llevasen al gobernador…

—¡Adelante! —ordenó el corsario en aquel momento—. ¡Es preciso llegar a la playa antes de que los españoles se den cuenta de nuestra huida! Si dan la voz de alarma antes de que estemos en la orilla, nos será imposible apoderarnos de la chalupa.

Seguros de que no habían de encontrar más obstáculos ni correr peligro de que les descubrieran, los filibusteros descendieron en dirección al lago, internándose por la garganta sobre la que habían arrojado poco antes los peñascos. Su propósito era llegar hasta la playa meridional del islote con objeto de alejarse todo lo posible de la carabela española.

El descenso tuvo lugar sin incidente alguno, y antes de la medianoche llegaron a la playa.

Ante ellos, medio varada en el extremo de un pequeño promontorio, estaba una de las cuatro chalupas. La tripulación solo se componía de dos hombres, los cuales habían saltado a tierra y dormían tranquilamente junto a una hoguera ya apagada. Estaban seguros de que nadie les molestaría, pues sabían que sus compañeros de la carabela rodeaban la colina y que los filibusteros se hallaban sitiados en la cima.

—¡Creo que la cosa va a resultar fácil! —murmuró el corsario—. Si estos no se despiertan desapareceremos de aquí sin dar ocasión a que cunda la alarma entre los españoles y podremos llegar tranquilamente hasta la boca del Catatumbo.

—¿Tenemos que matar a esos dos hombres? —preguntó Carmaux.

—No es preciso —repuso el Corsario Negro—. Supongo que no nos importunarán.

—¿Dónde están las otras chalupas? —preguntó con cierta inquietud el hamburgués Wan Stiller.

—Veo una varada a quinientos metros de nosotros, cerca de aquel escollo —contestó Carmaux.

—¡Pronto, embarquemos! —ordenó el corsario—. Dentro de unos minutos los españoles se habrán dado cuenta de nuestra huida.

Subieron por el promontorio y pasaron de puntillas junto a los dos españoles, que roncaban plácidamente. Con un ligero esfuerzo empujaron hasta el agua la chalupa, saltaron dentro de ella y empuñaron los remos.

Se habían alejado ya unos cincuenta o sesenta pasos y empezaban a albergar esperanzas de alcanzar fácilmente el mar abierto, cuando de improviso retumbaron en la cima del monte varias descargas seguidas de algunos gritos.

Al llegar a la explanada, los españoles debían de haberse lanzado ya al ataque de la pequeña fortificación, convencidos de que iban a apresar a los filibusteros.

Al oír aquellas descargas en la cumbre, los dos marineros se despertaron y, viendo que su chalupa se alejaba tripulada por hombres a los que no conocían, corrieron hacia la playa fusil en mano y gritando:

—¡Deteneos! ¿Quiénes sois?

En lugar de responder, Carmaux y Wan Stiller se inclinaron sobre los remos y pusieron la chalupa en movimiento con gran furia.

—¡A las armas! —vocearon los marineros, que, aun cuando demasiado tarde, se habían dado cuenta de la fuga de los filibusteros.

Dos tiros resonaron.

—¡Al diablo! —gritó Carmaux al ver que una de las balas había destrozado el remo a solo tres pulgadas de la borda de la chalupa.

—¡Coge otro remo, Carmaux! —dijo el corsario.

—¡Rayos! —gritó Wan Stiller.

—¿Qué sucede?

—¡Que la chalupa que estaba varada en el escollo viene dándonos caza, capitán!

—¡Ocupaos vosotros de remar! ¡Dejad que yo me encargue de mantenerla a distancia a fuerza de balas!

En la cima del monte seguían resonando los disparos. Probablemente, al encontrarse ante aquella doble trinchera de pedruscos y espinos, los españoles habían hecho un alto y abierto fuego desde las barricadas.

Gracias al impulso de los cuatro remos, manejados vigorosamente por los dos filibusteros, la chalupa se alejaba rápidamente de la isla, dirigiéndose hacia la desembocadura del Catatumbo. La distancia era considerable, pero si los hombres que habían quedado de guardia en la carabela no se daban cuenta de lo que estaba sucediendo en la playa meridional del islote, cabía la posibilidad de librarse de la persecución.

La chalupa de los españoles se había detenido cerca del pequeño promontorio para embarcar a los dos marineros, que gritaban como energúmenos. Aquel momentáneo retraso fue aprovechado por los filibusteros para ganar otros cien metros.

Por desgracia para ellos, las voces de alarma llegaron hasta las orillas meridionales de la isla. Los disparos de los dos marineros burlados en la playa no habían sido confundidos con los que resonaban en la cumbre del monte y muy pronto todos los españoles se dieron cuenta de lo que había sucedido.

Aún no se habían alejado mil metros los filibusteros cuando las otras dos chalupas, una de las cuales era bastante grande e iba armada con una pequeña culebrina, se lanzaron tras ellos.

—¡Estamos perdidos! —exclamó involuntariamente el corsario—. ¡Preparémonos para vender cara nuestra piel, amigos!

—¡Mil truenos! —exclamó Carmaux—. ¿Tan pronto se ha cansado la buena suerte de favorecernos? ¡Pues bien, antes de morir enviaremos a algunos delante de nosotros al otro mundo!

Diciendo estas palabras, soltó los remos y empuñó el fusil. Las chalupas, precedidas por la más grande, que contaba con una tripulación de doce hombres, se encontraban ya a unos trescientos pasos y avanzaban con furia.

—¡Rendíos u os echamos a pique!

—¡No! —contestó resueltamente el corsario—. Los hombres del mar, sobre todo si son Hermanos de la Costa, no se rinden. ¡Mueren!

—El gobernador promete respetar vuestra vida…

—¡He aquí mi respuesta!

El corsario apuntó rápidamente su fusil e hizo fuego. Uno de los remeros españoles cayó al agua.

Las tripulaciones de las tres chalupas estallaron en un grito de furor.

—¡Fuego! —se oyó gritar.

La culebrina relampagueó. Unos segundos después, la chalupa de los filibusteros se inclinaba por la proa y el agua entraba en ella a raudales.

—¡A nado! —gritó el corsario dejando caer el fusil.

Los dos filibusteros descargaron sus armas contra la chalupa grande y se lanzaron al agua enseguida, mientras su embarcación, con la proa hecha pedazos por el impacto de la bala de la culebrina, mostraba la quilla al aire.

—¡Los sables entre los dientes y dispuestos para el abordaje! —gritó el corsario—. Si es necesario, ¡moriremos en la cubierta de esa chalupa!

Sosteniéndose a flote con grandes esfuerzos, los tres filibusteros nadaron desesperadamente dirigiéndose hacia la embarcación y decididos a entablar una lucha suprema para morir matando antes que rendirse.

Los españoles, que seguramente tenían un gran interés en atraparles vivos, pues de no ser así les hubiera sido fácil enviarlos al fondo de las aguas a hacer compañía a los peces con una sola descarga, llegaron hasta ellos con unas cuantas remadas, golpeando a los filibusteros con la proa de la chalupa tan violentamente que estos quedaron completamente aturdidos.

Veinte manos sujetaron en el acto a los nadadores, les izaron a bordo y, tras desarmarles, les ataron antes de que se hubieran recobrado de los golpes recibidos.

Cuando el corsario se percató de lo que había sucedido, se encontró tendido en la popa de la chalupa con las manos estrechamente atadas a la espalda y vio que sus dos hombres estaban tendidos bajo los bancos de proa. A su lado estaba un hombre que vestía un elegante traje de caballero castellano y que era quien manejaba la barra del timón. Al verle, el Corsario Negro lanzó una exclamación de estupor.

—¡Vos, conde!

—¡Yo, caballero! —contestó el castellano sonriendo.

—Nunca hubiera supuesto que el conde de Lerma olvidara tan pronto que había sido respetado por mí cuando tuve la oportunidad de matarle en casa del notario de Maracaibo… —dijo el corsario amargamente.

—¿Y qué es lo que le induce al señor de Ventimiglia a pensar que yo haya olvidado el día en que tuve el placer de conocerle? —preguntó el conde en voz baja.

—Si no me engaño, creo que habéis sido vos quien me ha hecho prisionero.

—¿Y bien?

—Que me lleváis ante el duque flamenco.

—¿Y qué importa eso?

—¿Habéis olvidado que fue Van Guld quien ordenó ahorcar a mis dos hermanos?

—No lo he olvidado, caballero.

—¿Ignoráis acaso la corriente de odio que hay entre ese maldito viejo y yo?

—No, no lo ignoro.

—Sabréis que pretende ahorcarme a mí también…

—¡Bah!

—¿Lo dudáis?

—Que el duque tenga ese deseo, lo creo. Pero habéis olvidado que yo también estoy aquí. Y añadiré, por si lo ignoráis, que la carabela es mía y que los marineros que la tripulan solamente me obedecen a mí.

—Pero Van Guld es el gobernador de Maracaibo y todos los españoles han de obedecerle.

—Como veis, le he complacido haciendo que os prendiesen. Por lo demás… —dijo el conde bajando aún más la voz y sonriendo de un modo misterioso.

Luego, inclinándose hacia el corsario, murmuró a su oído:

—Gibraltar y Maracaibo están muy lejos, caballero. Pronto os daré una prueba del respeto y admiración que el conde de Lerma siente por ese gobernador extranjero. ¡Ahora, silencio!

En aquel instante la chalupa, escoltada por las otras dos embarcaciones, llegó al costado de la carabela.

A una señal del conde, sus marineros cogieron a los tres filibusteros y les transportaron a bordo de la nave mientras se oía una voz que decía con aire triunfante:

—¡Por fin ha caído en mis manos el último de ellos!

LA PROMESA
DE UN CABALLERO CASTELLANO

Desde lo alto de la cámara de popa descendió rápidamente un hombre que se detuvo ante el corsario, a quien ya habían liberado de sus ligaduras.

Era un viejo de imponente aspecto, con larga barba blanca, anchas espaldas y amplio pecho, dotado de una excepcional robustez a pesar de sus cincuenta y cinco o sesenta años.

Tenía todo el aspecto de aquellos viejos nobles de la República veneciana que guiaban victoriosamente las galeras de la reina de los mares contra los formidables piratas de la media luna.

Como aquellos valientes ancianos, vestía una magnífica coraza de acero cincelado, de la que pendía una larga espada que aún manejaba con supremo vigor, y en su cinturón llevaba una daga de dorado puño.

El resto de su indumentaria era puramente español: amplias mangas con bullones de seda negra, mallas de seda de igual color y altas botas de piel amarillenta en las que lucían unas espuelas de plata.

Durante algunos instantes miró silenciosamente al Corsario Negro. En sus ojos relucía una siniestra luz. Al cabo de un rato dijo con voz lenta, como si quisiera escucharse a sí mismo:

—Como veis, caballero, la fortuna sigue estando de mi parte. ¡Había jurado ahorcaros a todos y ahora voy a cumplir mi juramento!

Al oír estas palabras, el corsario levantó la cabeza y lanzó al duque una mirada de profundo desprecio, diciendo:

—Los traidores tienen gran fortuna en este mundo, pero habrá que verles en el otro. ¡Asesino de mis hermanos, concluye tu canallesca obra! ¡La muerte no atemoriza a los señores de Ventimiglia!

—Habéis querido mediros conmigo —prosiguió el viejo fríamente—. Habéis perdido la partida y os toca pagar. Eso es todo.

—¡Pues bien, traidor, perro flamenco, manda que me ahorquen!

—Veo que el temor a la muerte hace que no os acordéis de los modales que debe tener un caballero...

—¡Tú no eres un caballero...!

—Bien, me habéis pedido que acabe con vos de una vez. Yo os respondo que no tengo ninguna prisa de momento.

—¿A qué esperas?

—Hubiera preferido ahorcaros en Maracaibo. Comoquiera que vuestros hombres están ahora en Gibraltar, esperaré un poco y ofreceré ese espectáculo a los habitantes de la ciudad... ¡y también a vuestros filibusteros!

—¡Miserable! ¿No has tenido suficiente con la muerte de mis hermanos?

Una espantosa luz relampagueó en la mirada del viejo duque.

—¡No! —dijo a media voz tras unos instantes de silencio—. Sois un testigo demasiado peligroso de lo sucedido en Flandes para que yo pueda dejaros con vida. Por otra parte, ¿quién me asegura que si os perdono la vida no intentaréis matarme mañana? Quizá no os odie tanto como creéis. Simplemente me deshago de un adversario que no me dejaría vivir tranquilo.

—Entonces, ¡mátame! Porque, si consigo escapar, mañana mismo reanudaré la persecución hasta que pueda acabar contigo, «caballero».

—Lo sé —repuso el duque tras un momento de reflexión—. Sin embargo, podíais muy bien libraros de la ignominiosa muerte que os espera por ser filibustero.

—Te repito que la muerte no me asusta —dijo firmemente el corsario.

—Conozco el valor de los señores de Ventimiglia —repuso el duque al tiempo que su semblante se ensombrecía—. ¡Sí...! He tenido varias ocasiones para apreciar vuestro ánimo indomable y vuestro desprecio a la muerte...

Dio algunos pasos por la cubierta de la carabela con la mirada sombría y la cabeza inclinada sobre el pecho y, enseguida, volviéndose de repente hacia el corsario, añadió:

—Vos, caballero, no lo creeréis, pero estoy ya cansado de la terrible lucha que ambos libramos. Sería muy feliz si cesara de una vez por todas.

—Y para terminar esa lucha yo he de morir ahorcado... —repuso el Corsario Negro irónicamente—. ¡Tienes cualidades para ser bufón!

El duque levantó vivamente la cabeza y, mirando al corsario fijamente, le preguntó de sopetón:

—¿Qué haríais si os dejase libre?

—Reemprender la lucha de un modo aún más encarnizado para vengar a mis hermanos, a quienes sacrificaste inútilmente —respondió el señor de Ventimiglia.

—En ese caso, me obligáis a que os mate. Os hubiera perdonado la vida para calmar los remordimientos que en algunas ocasiones roen mi corazón. Pero para ello sería preciso que renunciarais a la venganza y que volvierais a Europa. Como sé que no aceptaríais nunca esas condiciones, tendré que hacer con vos lo mismo que hice con vuestros hermanos, los corsarios Rojo y Verde.

—Y de la misma forma que asesinaste en Flandes a mi hermano mayor...

—¡Callad! —gritó el duque con voz angustiada—. ¿Para qué recordar el pasado? ¡Dejemos que duerma para siempre!

—¡Concluye tu triste obra de traición y asesinato! —añadió el corsario—. ¡Acaba también con el último señor de Ventimiglia!

Aunque te advierto que no por eso habrá concluido la lucha, porque alguien más formidable y audaz que yo recogerá el juramento del Corsario Negro y el día que caigas en sus manos no te perdonará.

—¿Y quién será ese fenomenal vengador? —preguntó el duque con un acento lleno de terror.

—¡Pietro Nau, el Olonés!

—Bien. Le ahorcaré también a él.

—Eso, si no es él quien te ahorque a ti... ¡Pietro se dirige a Gibraltar y, dentro de pocos días, te tendrá en su poder!

—¿Eso creéis? —preguntó el duque con gran ironía—. Gibraltar no es Maracaibo, y el valor de los filibusteros quedará maltrecho en cuanto choquen con las poderosas e invictas fuerzas españolas. ¡Que venga el Olonés y también recibirá su parte!

Luego, volviéndose a los marineros, añadió:

—Conducid a los prisioneros a la bodega... ¡Y que sean vigilados estrechamente! En cuanto a vosotros, habéis ganado la recompensa que os ofrecí; la recibiréis en cuanto lleguemos a Gibraltar.

Dicho esto, volvió la espalda al Corsario Negro y descendió a su camarote. Estaba ya junto a la escalera cuando el conde de Lerma le detuvo diciéndole:

—¿Estáis decidido a acabar con el Corsario Negro?

—Sí —repuso el duque resueltamente—. Es un enemigo de la corona española y, junto con el Olonés, dirigió la expedición filibustera contra Maracaibo. Está decidido. ¡Morirá!

—Es un caballero noble y valiente, señor duque...

—¿Y a mí qué me importa eso?

—Que siempre es penoso ver morir a hombres de su valía.

—¡Por lo visto estáis olvidando que se trata de un enemigo de vuestro país, conde!

—Sea lo que sea, yo no le mataría...

—¿Podríais explicarme por qué?

—No ignoráis, señor duque, que corre la voz de que vuestra hija ha sido capturada por los filibusteros de La Tortuga…

—¡Cierto! —dijo el viejo suspirando—. Pero nadie ha confirmado todavía que el barco en que viajaba haya sido capturado por esos piratas.

—¿Y si es cierto el rumor?

El anciano dirigió al conde una mirada de angustia.

—¿Habéis sabido vos alguna cosa? —preguntó con indescriptible ansiedad.

—No, señor duque. Pero pienso que, si realmente ha caído en manos de los filibusteros, bien podríais canjearla por el Corsario Negro…

—¡Nunca! —contestó, decidido, el viejo duque—. A mi hija puedo rescatarla pagando una buena cantidad. Tenéis que saber, además, que pagaría el rescate siempre y cuando tuviese la seguridad de que es a ella a quien han capturado en La Tortuga, pues mi hija viajaba de incógnito. ¡Dudo mucho de que esté prisionera!

Luego añadió:

—La larga lucha que he tenido que sostener contra el Corsario Negro y sus hermanos me ha quebrantado notablemente. ¡Ya es hora de poner punto final a todo esto…! Señor conde, ordenad embarcar a la tripulación y poned rumbo hacia Gibraltar.

El conde de Lerma se inclinó sin contestar y se dirigió hacia proa murmurando:

—¡El noble castellano mantendrá su promesa!

Las chalupas empezaban a transportar a bordo de la carabela a los marineros que habían tomado parte en el ataque al islote.

En cuanto hubo embarcado el último marinero, el conde ordenó desplegar el velamen, pero antes de ordenar que fuera levada el ancla transcurrieron algunas horas, lo que hizo creer al duque, impaciente por aquel retraso, que la carabela había embarrancado en un banco de arena y que era preciso esperar la marea alta para ponerse en movimiento.

Hasta las cuatro de la tarde no pudo el velero alejarse del lugar donde fondeara.

Después de haber bordeado la playa del islote, la carabela maniobró de forma que fue acercándose a la boca del Catatumbo, ante la cual permaneció al pairo a unas tres millas de la costa.

El duque, que había subido varias veces a cubierta haciendo patentes sus deseos de llegar cuanto antes a Gibraltar, ordenó al conde que volviera a poner en movimiento la carabela o, al menos, que la hiciera remolcar por algunas de las chalupas.

Pero el flamenco nada pudo conseguir. Le respondieron que la tripulación estaba agotadísima y que los bancos de arena impedían maniobrar con libertad.

Finalmente, a las siete de la tarde, la brisa empezó a soplar y el velero pudo reanudar la marcha, aunque sin alejarse demasiado de la costa.

Después de cenar con el duque, el conde de Lerma se puso al timón, junto al piloto, y sostuvo con él en voz muy baja una larga conversación. Daba la impresión de que le estaba dando al marinero las instrucciones pertinentes para maniobrar de noche con objeto de no chocar con los muchos bancos que se extienden desde la boca del Catatumbo hasta Santa Rosa, pequeña localidad no muy distante de Gibraltar.

Aquella conversación, un tanto misteriosa, duró hasta las diez de la noche, hora en la que el duque se retiró a su camarote para descansar. Enseguida el conde dejó la barra y, aprovechando la oscuridad reinante, descendió hasta el entrepuente en el que tenían acomodo los marineros y, sin ser visto por la tripulación, pasó a la bodega.

—¡Ahora me toca a mí! —murmuró—. El conde de Lerma pagará su deuda. Y después veremos lo que sucede.

Encendió una tea que llevaba escondida en su bota y caminó por debajo de la cámara, enfocando con la luz a algunas personas que, por lo visto, dormían plácidamente.

—¡Caballero! —dijo en voz baja.

Uno de aquellos hombres se incorporó y consiguió sentarse, a pesar de tener los brazos fuertemente atados.

—¿Quién viene a importunarnos? —preguntó con mal humor.

—Soy yo, señor.

—¿Vos, conde? —dijo el corsario—. ¿Es que venís a hacerme compañía?

—Vengo para algo más importante, caballero —repuso el castellano.

—¿Qué queréis decir?

—Vengo a pagar una deuda.

—No os comprendo.

—¡Diablos! —exclamó el conde sonriendo—. ¿Habéis olvidado nuestra alegre aventura en casa del notario?

—No, conde.

—Entonces recordaréis que aquel día me salvasteis la vida…

—Cierto.

—Pues vengo a cumplir mi deuda de gratitud. Hoy no soy yo el que está en peligro, sino vos. Por lo tanto, me corresponde el turno de hacer el favor. Un favor que a buen seguro sabréis apreciar.

—Explicaos, conde.

—Vengo a salvaros, señor.

—¡A salvarme! —exclamó estupefacto el Corsario Negro—. ¿Es que no habéis pensado en el duque?

—Duerme como un tronco, caballero.

—Muy bien, pero mañana estará despierto…

—¿Y qué? —atajó el conde de Lerma con pasmosa tranquilidad.

—Que os prenderá y ahorcará a vos en mi lugar. ¿No habéis pensado en eso? ¡Vos sabéis que Van Guld no suele bromear!

—¿Y creéis que puede sospechar de mí? Sé bien que el flamenco es astuto, pero creo que no se atreverá a culparme. Además, la carabela es mía, la tripulación me tiene gran afecto y si quiere intentar algo contra mí perderá el tiempo y el esfuerzo. Creedme: aquí no quieren gran cosa a ese duque por su altivez y por su crueldad. Mis compatriotas le soportan de mala gana. Quizá yo haga mal en dejaros libre ahora, precisamente en el momento en que el Olonés se dirige a Gibraltar… ¡Pero yo soy un caballero y debo cumplir un deber de conciencia! Vos respetasteis mi vida en una ocasión. Ahora seré yo quien salvará la vuestra y quedaremos en las mismas condiciones. Si luego nos encontramos en Gibraltar, vos cumpliréis vuestras obligaciones de corsario y yo mis deberes de español. Nos batiremos encarnizadamente, como enemigos que seremos.

—¡No, conde! No nos batiremos como enemigos.

—¡Pues entonces lo haremos como caballeros que militan en distintos bandos! —dijo noblemente el castellano.

—¡Así será, conde!

—Ahora tenéis que marcharos. Tomad un hacha, con la que podréis romper las traviesas de madera de cualquiera de las divisiones de las bodegas, y dos puñales para que os defendáis con vuestros compañeros de las fieras cuando os halléis en tierra. Estamos remolcando a una de las chalupas. La tendréis que alcanzar. Cortad la cuerda y dirigíos hacia la costa. Ni el piloto ni yo veremos nada. ¡Adiós, caballero! Espero volver a veros junto a las murallas de Gibraltar para cruzar mi espada con la vuestra.

Dicho esto, el conde le cortó las ligaduras, le entregó las armas, estrechó su mano y se alejó rápidamente por la escalera.

El Corsario Negro permaneció inmóvil durante unos instantes, como sumergido en profundos pensamientos o tal vez asombrado de lo magnánimo del acto realizado por el noble conde de Lerma. Luego, como a sus oídos llegasen algunos rumores, despertó a Carmaux y Wan Stiller diciéndoles:

—Amigos, ¡en marcha!

—¿Nos vamos? —exclamó Carmaux abriendo desmesuradamente los ojos—. ¿Cómo lo haremos? Estamos atados como chorizos. ¿Cómo queréis que demos ni un solo paso?

El Corsario Negro tomó un puñal y, sin grandes esfuerzos, cortó las ataduras que mantenían inmóviles a sus dos hombres.

—¡Truenos! —exclamó Carmaux.

—¡Y relámpagos! —añadió Wan Stiller.

—¿Estamos libres? ¿Qué ha ocurrido, señor? ¿Tan generoso se ha vuelto ese gobernador de los demonios que nos deja escapar de buenas a primeras?

—¡Silencio y seguidme!

El corsario empuñó el hacha y se dirigió hacia una de las troneras, la más ancha de todas, que se hallaba protegida con gruesas trancas de madera.

Aprovechando un momento en el que los marineros que montaban guardia hacían mucho ruido, pues había que virar de bordo, derribó de unos cuantos hachazos las traviesas abriendo un boquete lo suficientemente amplio para que por él pasara holgadamente un hombre.

—¡No podemos dejarnos sorprender! —dijo a ambos filibusteros—. Si en algo estimáis vuestra piel, debéis extremar la prudencia.

Se deslizó a través de la tronera, quedando suspendido en el vacío y sujeto a las trancas inferiores. La borda era tan baja que se encontró sumergido en el agua hasta los muslos.

Aguardó a que una ola fuese a romper contra el costado del navío, se dejó caer y comenzó a nadar muy próximo a la borda para que no le viesen los marineros que montaban guardia en cubierta. Un momento después, Carmaux y Wan Stiller se reunían con él. Llevaban entre los dientes los puñales que tan generosamente les había entregado el castellano.

Esperaron a que la carabela les dejase atrás y, viendo enseguida la chalupa que iba atada a la popa con una larga maroma, la alcanzaron en cuatro brazadas.

Ayudándose unos a otros para mantenerla en equilibrio, se metieron dentro. Iban a coger los remos cuando la cuerda que unía la chalupa con la carabela cayó sobre las aguas cortada por una mano amiga.

El corsario levantó la mirada hacia la borda de la nave y vio una sombra que le hacía una señal de despedida.

—¡Noble corazón! —murmuró al reconocer al castellano—. ¡Que Dios le proteja de la cólera de Van Guld!

Con todas las velas desplegadas, la carabela seguía navegando rumbo a Gibraltar sin que un solo grito de alarma hubiera salido de los centinelas. Durante cierto tiempo aún se la vio ir haciendo bordadas; poco después desapareció de la vista de los filibusteros.

—¡Truenos! —exclamó Carmaux rompiendo el silencio que reinaba a bordo de la chalupa—. ¡Aún no sé si estoy despierto o si un mal sueño está jugando conmigo! Encontrarse atado en una bodega, seguro de acabar ahorcado al salir el sol, y ahora, sin saber cómo ni por qué, verse libre… ¡Esto no lo creerá nadie fácilmente! ¿Qué es lo que ha sucedido, capitán? ¿Quién os ha proporcionado los medios para poder escapar del furor de ese maldito antropófago?

—El conde de Lerma —respondió el Corsario Negro.

—¿El valiente y noble caballero? ¡Si le encontramos en Gibraltar, le respetaremos! ¿Verdad, Wan Stiller?

—¡Le trataremos como a un Hermano de la Costa!

El Corsario Negro no contestó. Se había levantado repentinamente y miraba hacia el norte escrutando la línea del horizonte.

—Amigos —dijo visiblemente emocionado—, ¿no distinguís nada allá arriba?

Los dos filibusteros se pusieron en pie y miraron hacia la dirección que les indicaba el corsario. Allí donde la línea del horizonte parecía confundirse con las aguas del amplio lago, brillaban dos puntos luminosos. Alguien que no hubiera estado habituado al mar los hubiese tomado por estrellas próximas a ocultarse, pero un marino no podía engañarse.

—¡Allá brillan dos luces! —exclamó Carmaux.

—¡Son los fanales de un navío! —añadió el hamburgués.

—¿Será Pietro, que va rumbo a Gibraltar? —se preguntó el corsario, en cuyos ojos relampagueaba una intensa luz—. ¡Ah, si fuese así...! ¡Aún podría vengarme del asesino de mis hermanos!

—Sí, capitán —dijo Carmaux—. Aquellos dos puntos luminosos son los fanales de un gran buque. ¡Estoy seguro de que se trata del Olonés!

—¡Pronto! Vamos a la playa y encendamos una hoguera para que vengan a recogernos.

Carmaux y Wan Stiller cogieron los remos y bogaron con ahínco dirigiendo la chalupa hacia la orilla, que ya no distaba más de tres o cuatro kilómetros.

Media hora después los tres filibusteros saltaban a tierra, poniendo el pie en una especie de amplia bahía, lo suficientemente grande como para poder contener media docena de veleros de medianas proporciones. La bahía se hallaba a unas treinta millas de Gibraltar.

Cercanos ya los puntos luminosos, los filibusteros vieron que avanzaban con más rapidez.

—¡Amigos! —gritó el Corsario Negro, que se había encaramado a una peña—. ¡Es la flotilla del Olonés!

EL OLONÉS

Atraídas por la hoguera que el Corsario Negro, Carmaux y Wan Stiller habían encendido, alrededor de las dos de la madrugada entraron en la bahía cuatro grandes embarcaciones que no tardaron en echar el ancla.

Sus tripulantes, en total ciento veinte filibusteros mandados por el Olonés, componían la vanguardia de la flota encargada de tomar Gibraltar.

El famoso Pietro Nau quedó extraordinariamente sorprendido al ver aparecer tan de improviso a su amigo el Corsario Negro. No esperaba encontrarle tan pronto, pues le creía en medio de las grandes selvas y marismas del interior, ocupado en perseguir a Van Guld, y había perdido ya todas las esperanzas de contar con tan formidable compañero para la toma de la poderosa ciudadela de Gibraltar.

En cuanto estuvo al corriente de las extraordinarias aventuras que habían acaecido a su amigo, dijo:

—¡Pobre caballero! ¡No tienes suerte con ese condenado viejo! Pero ¡por los arenales de Olonne que esta vez lograremos capturarle! Cercaremos Gibraltar de tal modo que le será imposible escapar. ¡Te prometo que hemos de ahorcarle en uno de los palos de tu *Rayo*!

—Pietro, dudo de que podamos encontrarle en Gibraltar —repuso el corsario—. Ya sabe que nos dirigimos a la ciudad y que estamos decididos a tomarla. Sabe también que he de buscarle casa por casa para vengar la muerte de mis desventurados hermanos. Por esa razón temo no encontrarle allí.

—¿No dices que le has visto dirigirse a Gibraltar a bordo de la carabela del conde?

—Sí, pero bien sabes cuán astuto es. Más adelante ha podido cambiar de rumbo para no volverse a ver amenazado entre las murallas de la ciudad.

—Tienes razón —dijo el Olonés, que se había quedado pensativo—. Ese maldito duque es más listo que nosotros y quizá se haya apartado de Gibraltar para ponerse a salvo en las costas orientales del lago. Me he enterado de que tiene parientes en Honduras y en Puerto Cabello. No sería extraño que tratase de huir del lago para refugiarse allí.

—¿Te das cuenta de cómo protege la suerte a ese condenado viejo?

—¡Eso también se le acabará! ¡Ah…! Si llego a tener la certeza de que se ha refugiado en Puerto Cabello, ¡no vacilaré ni un momento en ir a buscarle! Esa ciudad merece una visita, y estoy seguro de que todos los filibusteros de La Tortuga me seguirán con gusto para sacar tajada de las incalculables riquezas que hay allí. Si no le encontramos en Gibraltar, ya pensaremos lo que debemos hacer. He prometido ayudarte y ya sabes que el Olonés no ha faltado jamás a su palabra.

—Gracias, Pietro. ¡Cuento contigo! ¿Dónde está mi *Rayo*?

—Lo he enviado a la salida del golfo, con los barcos de Harris, para impedir que nos molesten los buques de guerra españoles.

—¿Cuántos hombres traes contigo?

—Ciento veinte. Pero esta misma noche llegará el Vasco con cuatrocientos más. Y mañana, a primera hora, asaltaremos Gibraltar.

—¿Esperas conseguirlo?

—Estoy convencido de ello, aun cuando he sabido que los españoles han reunido ochocientos hombres decididos, que han dejado intransitables los caminos montañosos que conducen a la ciudad y que han emplazado varias baterías. ¡Será un hueso duro de roer! Perderemos mucha gente, ¡pero venceremos, amigo!

—Estoy dispuesto a seguirte, Pietro.

—Contaba con tu poderoso brazo y con tu valor. ¡Vamos a cenar a bordo de mi barco! Luego te acostarás. Seguro que lo necesitas.

El Corsario Negro, que se sostenía en pie por puro milagro, le siguió, mientras los filibusteros desembarcaban en la playa para acampar en las lindes del bosque hasta que el Vasco llegara con sus compañeros.

Aquella jornada, sin embargo, no se perdió inútilmente. Una buena parte de aquellos incansables hombres se pusieron inmediatamente en marcha para explorar los alrededores y asegurarse de las posibilidades que tenían de caer con éxito, por sorpresa, sobre la ciudadela española.

Los más atrevidos de los exploradores incluso llegaron a divisar los poderosos fuertes gibraltareños, con lo que consiguieron hacerse una clara idea de las medidas defensivas que estaba adoptando el enemigo. Otros se atrevieron a interrogar a los colonos, fingiéndose pescadores náufragos.

Todas estas audaces investigaciones dieron un resultado que no sirvió precisamente para animar a tan intrépidos merodeadores del mar, a pesar de que estaban acostumbrados a vencer los más insuperables obstáculos.

Encontraban cortados los caminos por doquier, bloqueados los senderos con trincheras coronadas por cañones y con empalizadas repletas de espinos. Supieron, además, que el comandante de la ciudadela, uno de los más valientes y animosos soldados que por aquel entonces tenía España en América, había hecho jurar a sus soldados que verterían hasta la última gota de su sangre antes que permitir que fuera arriada la bandera española.

Todo esto produjo cierta ansiedad en el espíritu de los más

fieros corsarios, que empezaban a temer un desastroso fin de la expedición.

Informado en el acto el Olonés de cuanto habían contado los espías, demostró que su ánimo no vacilaba fácilmente. Y cuando llegó la noche y todos los jefes se encontraban reunidos, pronunció unas legendarias palabras que dan idea de la confianza que tenía en sí mismo y de cuánto contaba con el valor de sus subordinados.

—¡Es preciso, valientes del mar, que mañana nos batamos temerariamente! —dijo—. ¡Si sucumbimos, además de la vida perderemos nuestros tesoros, que tanta sangre filibustera han costado! Hemos vencido a enemigos mucho más formidables que los que se hallan reunidos en Gibraltar. ¡Y os aseguro que va a ser allí donde ganemos mayores riquezas! ¡Mirad siempre a vuestros jefes y seguid su ejemplo!

Llegada la medianoche, arribaron a la playa las barcazas de Michel el Vasco, que iban tripuladas por unos cuatrocientos filibusteros.

Los hombres del Olonés levantaron el campamento y se dispusieron a partir hacia Gibraltar, ante cuyas murallas esperaban llegar por la mañana, pues no querían arriesgarse a efectuar un asalto nocturno.

Apenas hubieron desembarcado los cuatrocientos hombres del Vasco, se ordenaron en columnas y el pequeño ejército, conducido por sus jefes, inició la marcha a través de los bosques, dejando a unos veinte hombres para que montasen guardia junto a las chalupas.

Carmaux y Wan Stiller, bien descansados y mejor comidos, se colocaron detrás del Corsario Negro. No querían faltar al asalto, deseosos como estaban de coger por fin al gobernador Van Guld.

—¡Amigo Wan Stiller! —decía Carmaux—. Espero que en esta ocasión podamos echar el guante a ese condenado gobernador para entregárselo al capitán.

—Apenas hayamos asaltado los fuertes, Carmaux, iremos corriendo a la ciudad para impedir que el amigo Van Guld consiga escapar de nuevo. No será difícil. Sé que el capitán ha ordenado a cincuenta hombres que permanezcan emboscados en la espesura para cortar la retirada a los fugitivos.

—Además, estoy seguro de que nuestro amigo el español no le perderá de vista.

—¿Crees que ya habrá llegado a Gibraltar?

—Estoy seguro…

El filibustero interrumpió su frase al notar que alguien le tocaba en la espalda mientras una voz conocida le decía:

—Cierto, amigo.

Carmaux y Wan Stiller se volvieron rápidamente y vieron al africano.

—¿Tú, Saco de Carbón? —exclamó Carmaux—. Pero ¿de dónde has salido?

—Hace más de diez horas que ando buscándoos a lo largo de la costa, corriendo como un caballo. ¿Es cierto que habíais caído en manos del gobernador?

—¿Quién te lo ha dicho?

—Se lo he oído contar a los filibusteros.

—Pues es cierto, amigo. Pero, como puedes ver, hemos escapado de sus garras con la ayuda del valiente conde de Lerma.

—¿Aquel noble castellano que hicimos prisionero en casa del notario de Maracaibo?

—El mismo. ¿Qué fue de los dos heridos que os encomendamos?

—Murieron ayer por la mañana.

—¡Pobres diablos…! ¿Y el español?

—A estas horas debe de encontrarse ya en Gibraltar.

—¿Opondrá mucha resistencia la ciudad?

—Temo que un buen número de los nuestros no cenen esta noche. El comandante de la plaza es un hombre que se defenderá con furor. Ha cortado todos los caminos y levantado trincheras y barricadas.

—Confío en que no estaremos entre los muertos y en que podamos ahorcar a Van Guld.

Mientras tanto, las cuatro grandes columnas se adentraban con la mayor cautela en los bosques que rodeaban Gibraltar. Iban precedidas por pequeños grupos de exploradores, compuestos casi totalmente de bucaneros.

Todos sabían que los españoles, prevenidos de la proximidad de sus implacables enemigos, les estaban esperando y que el viejo comandante de la ciudadela había preparado emboscadas con el fin de diezmarlos antes de que iniciaran el ataque a la fortaleza.

Algunos disparos de fusil sobre los primeros pelotones advirtieron a los filibusteros de que ya se encontraban bastante cerca de la ciudad.

El Olonés, el Corsario Negro y el Vasco, creyendo que se trataba de una emboscada, se apresuraron a dar alcance a los exploradores llevándose consigo a unos cien hombres. Pero pronto supieron que no era un verdadero ataque de los españoles, sino un simple intercambio de disparos entre las avanzadillas.

Viendo el Olonés que ya habían sido descubiertos, ordenó que las columnas hicieran un alto hasta que apuntara el día. Ante todo, quería comprobar los medios defensivos de que disponían los españoles y la clase de terreno que iban a pisar. Sospechaba que tendrían que desenvolverse en un terreno pantanoso.

Como a su derecha se levantaba una colina cubierta totalmente de maleza, se apresuró a subir a ella, acompañado del Corsario Negro, seguro de que desde allí podría dominar una buena parte de los alrededores.

Cuando llegaron a la cumbre empezaba a clarear.

Una luz blanca, que se volvía rápidamente roja, invadía el cielo y teñía las aguas de reflejos anaranjados que anunciaban un día magnífico.

El Olonés y el corsario dirigieron la mirada hacia una montaña que se alzaba frente a ellos y en la que podían verse dos grandes fuertes almenados y coronados por la bandera española. Tras estos fuertes se extendían grandes grupos de viviendas de blancas paredes, coronadas por una informe aglomeración de tejados y azoteas.

El Olonés frunció el ceño.

—¡Por todos los demonios! —exclamó—. ¡No va a ser fácil asaltar esos fuertes sin disponer de artillería y careciendo de escalas! Habrá que echar el resto o nos darán tal zurra que nos quitarán por mucho tiempo las ganas de importunar a los españoles…

—Y nuestros problemas no acaban ahí. Los caminos de la montaña están intransitables, Pietro —dijo el Corsario Negro.

—Desde ahí veo las trincheras y empalizadas que tendremos que superar bajo el fuego de la artillería española.

—Además, el pantano nos corta el paso. Nos vamos a ver obligados a construir puentes elevados. ¿Lo ves?

—Sí, Pietro.

—Si fuera posible evitarlo y avanzar por la llanura… ¡Pero… si la llanura también está inundada…! ¡Mira con qué rapidez avanzan las aguas!

—Nos las tendremos que ver con un soldado que conoce todas las artes y los trucos de la guerra, Pietro…

—Eso es evidente.

—¿Qué piensas hacer?

—Tentar la suerte. En Gibraltar hay mayores tesoros que en Maracaibo y podemos obtener una buena ganancia. ¿Qué se diría de nosotros si retrocediéramos? Después de una retirada, ¿quién mantendría la confianza puesta en el Olonés, el Corsario Negro y Michel el Vasco?

—Tienes razón, Pietro. Nuestra fama de corsarios audaces, temerarios e invencibles se eclipsaría. Además, ¡he de pensar que tras esos fuertes se esconde mi mortal enemigo!

—Sí. Y yo quiero hacerle prisionero. La dirección de la mayor parte de los filibusteros os la confío a ti y al Vasco. Os encargaréis de hacerles atravesar los pantanos para forzar el camino de la montaña. Yo rodearé la margen extrema y, marchando al amparo de los árboles, procuraré llegar sin ser visto hasta los muros del primer fuerte.

—¿Y las escalas, Pietro?

—¡Ya tengo un plan! Vosotros encargaos de distraer a los españoles y dejadme a mí lo demás. Si dentro de tres horas Gibraltar no está en mi poder, ¡dejaré de ser el Olonés! ¡Un abrazo, por si no nos volvemos a ver en esta vida!

Los dos formidables hombres se abrazaron afectuosamente y, con los primeros rayos del sol, descendieron por la colina.

Los filibusteros habían acampado momentáneamente en las lindes del bosque, ante las lagunas que les habían impedido avanzar y en cuyo extremo, sobre un montículo aislado, vieron un pequeño reducto defendido por dos cañones.

Carmaux, Wan Stiller y algunos otros quisieron comprobar la solidez que ofrecía aquel fango. No tardaron en hacerse cargo de que no era posible confiar, pues cedía con la presión de los pies amenazando con engullir a cuantos se hubieran atrevido a caminar sobre él.

Aquel imprevisto obstáculo, que los filibusteros contemplaban como insuperable, además de los que se tendrían que afrontar en la llanura y en la montaña antes de llegar al pie de los fuertes, enfrió el entusiasmo de muchos de los hombres. Sin embargo, ninguno de ellos se aventuró a hablar de retirada.

El regreso de los dos famosos corsarios y su decisión de empeñar la batalla lo más rápidamente posible, volvió a enardecer a la mayoría, que tenían una fe ciega en sus jefes.

—¡Ánimo, hombres del mar! —gritó el Olonés—. ¡Tras aquellos fuertes hay mayores tesoros que los conseguidos en Maracaibo! ¡Demostremos a nuestros implacables enemigos que seguimos siendo invencibles!

Ordenó que formaran dos columnas, recomendó a todos que no retrocedieran ante ningún obstáculo y dio la orden de avance.

El Corsario Negro se puso a la cabeza del mayor grupo de tropa en compañía del Vasco, mientras que el Olonés avanzaba con sus hombres bordeando la linde del bosque con objeto de rebasar la llanura inundada y llegar inadvertido bajo las almenas de las fortalezas.

LA TOMA DE GIBRALTAR

La columna que el Corsario Negro y el Vasco debían conducir a través del pantano defendido por las baterías enemigas estaba compuesta por trescientos ochenta hombres, armados de sables cortos y algunas pistolas dotadas solo con treinta cargas. No habían creído conveniente llevar consigo los fusiles, porque estas armas de nada servían contra los fuertes y, en cambio, les embarazarían demasiado en un combate cuerpo a cuerpo como había de ser aquel.

Aun sin fusiles, aquellos hombres eran otros tantos demonios decididos a todo y dispuestos a precipitarse con irresistible furor sobre cualquier clase de obstáculo que encontraran. Nada les detenía y siempre estaban seguros de resultar vencedores.

A la orden de sus jefes se pusieron en marcha, llevando cada uno un haz de leña y gruesas ramas que pensaban arrojar sobre el fango para poder caminar sobre él.

Apenas llegaron a la orilla de aquel vasto pantano, la batería española, emplazada en el otro extremo, lanzó por entre las cañas un verdadero huracán de metralla.

Era una advertencia peligrosa, pero no suficiente para detener a aquellos fieros luchadores del mar. El Corsario Negro y el Vasco lanzaron el formidable grito filibustero de guerra:

—¡Hombres del mar! ¡Adelante!

Los filibusteros se lanzaron sobre el pantano, arrojando haces de leña y ramas de árboles para preparar el camino sin preocuparse lo más mínimo del fuego de la batería española, que de minuto en minuto era más intenso y levantaba grandes columnas de agua y fango y producía una incesante lluvia de metralla.

La marcha a través de aquel terreno se hacía más peligrosa a medida que los filibusteros se alejaban de las lindes del bosque.

El vado formado por los troncos y las cañas era a todas luces insuficiente para que pasaran por él todos los atacantes.

A derecha e izquierda caían hombres en el fango. Se sumergían hasta la cintura y no podían salir de él sin el socorro de sus compañeros. Para colmo de desgracia, los materiales que habían llevado consigo para hacer el camino más transitable no daban de sí para cubrir por completo el pantano.

Aquellos valientes se veían obligados, de trecho en trecho y siempre bajo el fuego de las piezas de artillería enemigas, a sumergirse en el lodo para levantar los troncos y llevarlos hacia delante. Era una labor en extremo fatigosa y peligrosísima, dada la naturaleza del suelo.

Mientras tanto, el fuego de los españoles seguía arreciando. La metralla pasaba silbando por entre las cañas, levantando grandes nubes de agua cenagosa e hiriendo a los hombres que marchaban a la vanguardia sin que estos pudieran contestar a aquellas descargas mortales, puesto que solo disponían de pistolas.

En medio de aquel infierno, el Corsario Negro y el Vasco conservaban una sangre fría admirable. Animaban a todos con su voz y con su ejemplo y daban aliento a los heridos. Tan pronto se adelantaban como volvían a la retaguardia para ordenar a los filibusteros cuáles eran los lugares mejor cubiertos por las ramas para que no se expusieran al incesante fuego de la artillería enemiga.

Aun cuando los filibusteros empezaban a dudar del éxito de aquella empresa, que ya consideraban como una verdadera locura, no perdían ni un ápice de su valor y trabajaban infatigablemente, seguros de que si conseguían cruzar el pantano vencerían fácilmente a los defensores de la batería española.

Sin embargo, la metralla seguía causando estragos en las primeras filas. Más de doce filibusteros heridos de muerte habían desaparecido bajo las fangosas aguas del pantano y otros veinte heridos se debatían entre los troncos y los haces sobre los que marchaban sus compañeros. Pero aquellos valientes no se quejaban. Al contrario, arengaban a sus compañeros más afortunados y rechazaban todo socorro para evitar que la columna perdiese tiempo.

—¡Adelante, compañeros! —gritaban animosamente—. ¡Vosotros nos vengaréis!

Tanta tenacidad, tanta audacia, añadidas al valor de sus jefes, debían triunfar al fin sobre todos los obstáculos y sobre la resistencia de los españoles.

Rebasado el último tramo pantanoso, y después de grandes e inmensas fatigas, consiguieron poner pie en tierra firme. Organizarse precipitadamente y lanzarse al ataque de la batería fue cuestión de pocos minutos.

Nadie hubiera podido resistir el empuje de aquellos terribles hombres sedientos de venganza. Ninguna batería, por formidable que fuera y por desesperadamente que hubiera sido defendida, habría podido rechazarles. Con los sables y las pistolas en la mano, los filibusteros irrumpieron al fin en los terraplenes del pequeño reducto.

Una lluvia de metralla abatió a los primeros asaltantes, mientras los demás subían al asalto, como furias desatadas, matando a los artilleros sobre las mismas piezas, fulminando a los soldados que se mantenían en sus puestos, venciendo, en fin, y conquistando la posición a pesar de la vigorosa resistencia española.

Un formidable «¡Hurra!» anunció a la columna del Olonés que el primero y quizá el más difícil de los obstáculos que tenían que salvar solo era ya un recuerdo.

Pero no duraría mucho aquella alegría. El Corsario Negro y el Vasco, que se habían apresurado a bajar a la llanura para estudiar el camino que habían de seguir, vieron que otro obstáculo les cerraba el camino hacia la montaña.

Junto a un pequeño bosquecillo habían distinguido una bandera española que ondeaba al viento indicando la presencia de otro fuerte, del que hasta entonces no habían tenido noticia.

—¡Por la muerte de todos los vascos! —exclamó Michel—. ¡He ahí otro hueso duro de roer! ¡Ese maldito y condenado comandante de Gibraltar quiere exterminarnos! ¿Qué opinas?

—Que este no es el momento oportuno para retroceder...

—¡Hemos sufrido ya muchas pérdidas!

—Lo sé.

—¡Y nuestros hombres están agotados!

—Les podemos conceder un pequeño descanso. Pero enseguida iremos a tomar también esa posición. Parece un fuerte, pero no creo que sea un reducto más importante que el primero.

—¿Crees que solo se trata de una batería?

—Estoy casi seguro de ello.

—¿Habrá llegado el Olonés junto a los fuertes?

—No se ha oído disparo alguno. Por lo tanto, debe de haber llegado felizmente a los bosques sin encontrar obstáculos de consideración.

—¡El Olonés y la suerte son una misma cosa!

—Confiemos en que también nos ayude a nosotros, Michel...

—¿Qué haremos ahora?

—Enviar algunos exploradores al bosque.

—¡Sea! ¡Vamos, no hay que dejar que a nuestros hombres se les enfríen los ánimos!

Subieron nuevamente al promontorio y escogieron algunos de los hombres más atrevidos para que fuesen a examinar de cerca la posición española.

Mientras los exploradores se alejaban apresuradamente, seguidos a poca distancia por un pelotón de bucaneros encargados de protegerles de cualquier emboscada, el Corsario Negro y el Vasco ordenaron transportar a los heridos al otro lado de la laguna para ponerles a salvo en caso de una precipitada retirada. Dispusieron también que se echaran más ramas y leña sobre el fango para tener un buen camino a sus espaldas.

Cuando acabaron de realizar esta última operación, vieron llegar a los exploradores y a los bucaneros con caras largas.

No eran buenas noticias las que traían. En el bosque no había españoles, pero en la llanura se habían encontrado con una posición formidablemente defendida por un gran número de bocas de fuego y un buen contingente de hombres. Así pues, no había más remedio que asaltar también aquella batería si querían tomar el camino de la montaña.

Seguían sin noticias del Olonés, pues ningún disparo se había dejado oír en la dirección que él había tomado.

—¡En marcha, hombres del mar! —gritó el corsario desenvainando la espada—. ¡Hemos tomado la primera batería! No vamos a retroceder ante esta!

Deseosos de llegar a las murallas de Gibraltar, los filibusteros no se hicieron repetir la orden. Dejaron unos cuantos hombres al cuidado de los heridos y se lanzaron resueltamente bajo la arboleda. Marchaban con gran rapidez, esperando sorprender al enemigo.

La posición no era una simple trinchera, sino un verdadero fortín defendido con fosos, empalizadas y muros por los que asomaban ocho cañones, que seguramente vomitarían toneladas de metralla.

El Corsario Negro y el Vasco titubearon.

—¡Y creíamos que era una simple batería! —dijo el Vasco al Corsario—. ¡No va a ser nada fácil atravesar la llanura bajo el fuego de esas piezas!

—Sin embargo, no podemos volver atrás precisamente ahora, cuando el Olonés estará ya cerca de los fuertes… Pero ¿qué estamos diciendo? ¡Cualquiera pensaría que tenemos miedo!

—¡Si por lo menos dispusiésemos de algunos cañones…!

—¡Imposible! Los españoles han fijado en el suelo los de la batería que acabamos de tomar. ¡Al asalto!

Sin mirar siquiera si le seguían o no los demás, el corsario se lanzó por la llanura con la espada en la mano en dirección hacia el fortín.

Los filibusteros vacilaron. Pero viendo que tras el corsario se había lanzado también el Vasco, acompañado por Carmaux, Wan Stiller y el negro, se precipitaron a su vez en pos de ellos animándose con ensordecedores gritos.

Los españoles del fortín dejaron que se acercasen hasta mil pasos. Enseguida, acercaron las mechas a las piezas cargadas de metralla.

Los efectos de la descarga fueron desastrosos. Las primeras filas filibusteras rodaron por los suelos, mientras que las demás, aterradas, retrocedían precipitadamente a pesar de los gritos de sus jefes, que les estimulaban a avanzar.

Algunos pelotones trataron de organizarse, pero una segunda descarga les obligó a seguir al grueso de la tropa, que se replegaba desordenadamente hacia el bosque para cruzar de nuevo la laguna.

Pero el Corsario Negro no les siguió. Reunió a su alrededor a diez o doce hombres, entre los cuales se encontraban Carmaux, Wan Stiller y el negro, y se internó por la espesura que flanqueaba el llano.

Con una rápida marcha, pudo rebasar el campo de tiro del fortín y llegó felizmente al pie de la montaña.

Apenas había desaparecido en el bosque cuando oyó retumbar en la cumbre la artillería de los fuertes españoles y resonar los gritos de los filibusteros.

—¡Amigos! —gritó—. ¡El Olonés se dispone a asaltar la ciudad! ¡Adelante, valientes!

—¡Vamos a tomar parte en esa fiesta! —gritó Carmaux—. Es de esperar que sea más animada y también más afortunada.

Aun hallándose agotados, todos emprendieron briosamente la ascensión de la montaña, abriéndose paso con gran trabajo por entre la maleza y las raíces de los árboles.

La artillería seguía retumbando en la cumbre. Los españoles debían de haber descubierto la columna del Olonés y se preparaban para una defensa desesperada.

Los filibusteros del famoso Pietro respondían al fuego de los cañones con un terrible griterío, quizá para hacer creer al enemigo que era mayor el número de asaltantes.

Por todas partes, hasta el pie de la montaña, llegaban las gruesas balas de los cañones. Aquellos grandes proyectiles de hierro señalaban su paso con fragorosos crujidos, derribando árboles seculares que caían al suelo con un fenomenal estrépito.

El Corsario Negro y sus hombres se apresuraban para reunirse con el Olonés antes de que este iniciara el ataque contra los fuertes. Como encontraron un sendero abierto entre los árboles, en menos de media hora llegaron casi a la cumbre, donde ya se hallaban los hombres de la retaguardia de la columna de Pietro Nau.

—¿Dónde está el jefe? —preguntó el corsario.

—En las lindes del bosque.

—¿Ha comenzado el asalto?

—Estamos esperando el momento oportuno para no exponernos demasiado.

—¡Llevadme hasta él!

Del grupo se separaron dos filibusteros que le condujeron por entre la maleza hasta el lugar donde se encontraba el Olonés con otros segundos jefes de tropa.

—¡Por las arenas de Olonne! —exclamó el Olonés con alegría—. ¡He aquí un refuerzo que llega a tiempo!

—¡Un refuerzo bien pobre, Pietro! —repuso el corsario—. ¡Doce hombres es todo lo que te traigo!

—¿Doce? ¿Dónde están los demás? —preguntó el Olonés palideciendo.

—Se han retirado hacia la laguna después de que una batería con la que no contábamos nos causara graves pérdidas.

—¡Mil rayos! ¡Esos hombres eran totalmente necesarios!

—Es posible que hayan vuelto a intentar el asalto a esa batería o encontrado otro camino para llegar hasta aquí. Hace poco oí retumbar un cañonazo en la llanura.

—¡Bien…! ¡Mientras tanto asaltaremos el más grande de los fuertes!

—¿Cómo vamos a subir por sus muros? No tenemos escalas…

—Cierto, pero espero hacer salir a los españoles.

—¿Cómo lo conseguirás?

—Simulando una huida precipitada. Mis hombres ya están advertidos.

—Pues entonces, ¡ataquemos!

—¡Filibusteros de La Tortuga! —gritó el Olonés—. ¡Al asalto!

El grupo de hombres, que hasta entonces había permanecido oculto bajo los árboles para guarecerse de las tremendas descargas de los fuertes, se precipitó hacia la explanada al oír la voz de mando de sus jefes.

El Olonés y el Corsario Negro se situaron a la cabeza y avanzaron corriendo para evitar unas pérdidas demasiado graves.

Los españoles del fuerte próximo, que era el más importante y el mejor armado, al verles aparecer efectuaron una descarga de metralla con la que trataban de barrer la explanada. Pero ya era demasiado tarde. A pesar de que muchos de los asaltantes cayeron bajo el fuego enemigo, el grueso de la columna llegó junto a las murallas y treparon por ellas, alejando a los defensores con disparos de pistola.

De pronto se oyó la tronante voz del Olonés:

—¡Hombres del mar! —gritó—. ¡Retirada! ¡Retirada!

Los filibusteros, que se encontraban imposibilitados para subir a las torres, no solo por falta de escalas sino también por la desesperada resistencia que oponían los españoles, se apresuraron a abandonar la empresa y huyeron atropelladamente hacia el vecino bosque, aunque sin desprenderse de sus armas.

Los defensores del fuerte, que creyeron poder exterminarlos con facilidad, en lugar de hacer uso de los cañones emplazados en los bastiones bajaron en el acto los puentes levadizos y se lanzaron imprudentemente a la explanada para caer sobre los fugitivos.

Y eso era precisamente lo que esperaba el Olonés.

Al verse perseguidos, los filibusteros retrocedieron a un tiempo y acometieron con furioso denuedo contra sus enemigos.

Los españoles, que no habían pensado en aquel vertiginoso contraataque, y sorprendidos por tanta furia, retrocedieron sin orden ni concierto, deteniéndose luego para evitar que los asaltantes entraran en el fuerte.

Una encarnizada y sangrienta batalla se entabló en la explanada y ante los bastiones. Filibusteros y españoles luchaban con igual furor empleando toda clase de armas, mientras que los soldados que permanecían en las almenas disparaban torrentes de metralla que diezmaban tanto a los asaltantes como a los defensores.

Los españoles, muy superiores en número, estaban ya a punto de salir victoriosos del combate cuando apareció en el campo de batalla la columna de Michel el Vasco, que había logrado abrirse camino a través del bosque y la montaña.

Aquellos trescientos filibusteros, llegados tan oportunamente, decidieron la suerte de la contienda.

Atacados por todas partes, los españoles se vieron rechazados al interior de la fortificación. Pero a la vez que ellos entraron también sus enemigos, con el Corsario Negro y el Vasco a la cabeza.

Sin embargo, aun cuando rechazados, los españoles oponían una feroz resistencia y estaban decididos a dejarse matar antes que permitir que la bandera de su patria fuera arriada.

El Corsario Negro había llegado al centro de un amplio patio donde doscientos españoles combatían encarnizadamente procurando rechazar a los filibusteros y abrirse paso a través de sus filas para correr en defensa de Gibraltar.

Ya había caído más de un arcabucero bajo la terrible espada del corsario cuando este vio que se le echaba encima un hombre ricamente vestido y con la cabeza cubierta por un amplio sombrero de fieltro adornado con una pluma de avestruz.

—¡Guardaos, caballero! —gritó—. ¡Voy a mataros!

El corsario, que acababa de desembarazarse de un capitán de arcabuceros que yacía a sus pies, se volvió rápidamente y lanzó un grito de estupor.

—¡Vos, conde!

—¡Yo, caballero! —respondió el castellano saludándole con la espada—. Defendeos, señor, porque ya no se interpone la amistad entre nosotros. Vos combatís por el filibusterismo y yo por la bandera de la vieja Castilla.

—¡Dejadme pasar, conde! —repuso el corsario tratando de arrojarse sobre unos españoles que se enfrentaban a sus hombres.

—¡No, señor mío! —dijo el castellano—. ¡Os mato yo a vos o vos acabáis conmigo!

—Conde, ¡os ruego que me dejéis pasar! ¡No me obliguéis a cruzar mi acero con el vuestro! Si queréis batiros, ahí tenéis muchos filibusteros. ¡Yo tengo con vos una deuda de reconocimiento!

—No, caballero, no tenéis ninguna deuda conmigo. Estamos en paz. ¡Antes de que la bandera de mi patria sea arriada, el conde de Lerma habrá muerto, igual que el gobernador de este fuerte y todos sus valientes oficiales!

Dicho esto, se arrojó sobre el corsario atacándole con furia.

El señor de Ventimiglia, que se daba cuenta de su superioridad sobre el castellano y a quien le resultaba muy doloroso tener que matar a tan leal y generoso caballero, retrocedió gritando:

—¡Os ruego que no me obliguéis a mataros!

—¡Está decidido! —exclamó el conde esbozando una sonrisa—. ¡En guardia, señor de Ventimiglia!

Mientras a su alrededor tenía lugar una lucha encarnizada, entre gritos, imprecaciones, gemidos de heridos y detonaciones de fusiles y arcabuces, los dos caballeros se acometieron mutuamente dispuestos a vencer o a morir.

El conde de Lerma atacaba con ímpetu, redoblando las estocadas y abrumando al corsario con un furioso centelleo de golpes que este detenía perfectamente.

Además de la espada, ambos hacían uso de sus puñales, con el fin de detener mejor las más peligrosas estocadas. Avanzaban, retrocedían, les costaba trabajo sostenerse en pie, pues resbalaban en la sangre que cubría casi totalmente el suelo, y se atacaban otra vez con nuevo aliento.

De repente el corsario, que nunca había tenido intención de matar al noble castellano, hizo saltar la espada de este gracias a un golpe en tercia seguido de un rápido desarrollo en semicírculo, juego que ya le había salido bien en casa del notario.

Por desgracia para el castellano, el cadáver del capitán de arcabuceros que poco antes había abatido el corsario estaba a sus pies. Precipitarse sobre él, arrancarle la espada que aún oprimía entre los dedos contraídos por la muerte y arrojarse nuevamente sobre su adversario fue cosa de un instante.

Al mismo tiempo, un soldado español corrió en su ayuda.

Obligado el Corsario Negro a hacer frente a los dos enemigos, no dudó más. Con una magistral estocada acabó con el soldado. Luego, volviéndose hacia el conde, que le acosaba por un costado, tiró a fondo.

El castellano, que no esperaba aquel doble golpe, recibió la estocada en pleno pecho y la espada del corsario le atravesó de parte a parte.

—¡Conde! —gritó el señor de Ventimiglia tomando por los brazos al caballero antes de que cayese—. ¡Triste victoria es esta para mí! Pero vos lo habéis querido…

El castellano, que se había puesto pálido como un difunto y que había cerrado los ojos, volvió a abrirlos para mirar al Corsario Negro, al que dijo sonriendo tristemente:

—¡Así estaba escrito, caballero! ¡Al menos muero con el consuelo de no ver arriada la bandera de Castilla…!

—¡Carmaux…! ¡Wan Stiller…! ¡Ayuda! —gritó el corsario.

—¡Es inútil, caballero! —respondió el conde ya exánime—. ¡Soy hombre muerto! ¡Adiós, caballero! Ya veis… que…

Una bocanada de sangre le cortó la palabra. Cerró los ojos, quiso sonreír de nuevo y, enseguida, exhaló su último suspiro.

El Corsario Negro, más conmovido de lo que él mismo podía creer, depositó en el suelo el cadáver del noble y valeroso castellano, le besó en la frente aún tibia, recogió suspirando la ensangrentada espada y se lanzó en medio de la lucha gritando con voz casi sollozante:

—¡A mí, hombres del mar!

El combate hervía con terrible furor dentro del fuerte.

En los bastiones, en los torreones, en los corredores, hasta en las casamatas, los españoles se batían rabiosamente, con ese valor que infunde la desesperación.

El comandante de la plaza había perecido, lo mismo que todos sus oficiales. Pero los demás no se rendían.

La matanza duró una hora, durante la cual casi todos los defensores cayeron alrededor de la bandera de su patria sin entregar las armas.

Mientras los hombres del Olonés ocupaban el fuerte, el Vasco, con otro numeroso pelotón, atacaba el segundo fuerte, que se hallaba relativamente cercano, obligando a la rendición a todos sus defensores después de haberles prometido que respetaría sus vidas.

La batalla, que había empezado por la mañana, concluyó a las dos. Cuatrocientos españoles y ciento veinte filibusteros yacían muertos; unos en el bosque, otros alrededor del fuerte tan obstinadamente defendido por el viejo gobernador de Gibraltar.

EL JURAMENTO DEL CORSARIO NEGRO

Mientras los filibusteros, ávidos de riquezas, se desbordaban como un impetuoso torrente por la ciudad ya indefensa con objeto de impedir que los habitantes huyeran hacia los bosques llevándose consigo los objetos más preciosos que poseían, el Corsario Negro, Carmaux, Wan Stiller y el negro Moko removían los cadáveres amontonados en el patio interior del fuerte con la esperanza de encontrar entre ellos al odiado Van Guld.

Por todas partes se ofrecían escenas espantosas: montañas de cadáveres, horriblemente deformados por las estocadas o los disparos, con los brazos cortados o el pecho abierto, con el cráneo hundido o con la cabeza hecha pedazos con terribles heridas de las que aún manaba una abundante sangre que corría por el suelo y por las escaleras de las casamatas formando charcos que despedían un acre y macabro olor.

Algunos conservaban clavadas las armas con las que les habían matado. Otros estaban estrechamente abrazados a sus adversarios. Los más empuñaban aún la espada o el fusil que les había vengado. De entre tantos cadáveres surgía de vez en cuando un gemido de algún herido que se removía con gran esfuerzo entre la inerte masa, mostrando el pálido rostro bañado en sangre y pidiendo con apagada voz un sorbo de agua.

El Corsario Negro, que no sentía ningún odio hacia los españoles, cada vez que veía a algún herido se apresuraba a rescatarle del montón de cadáveres y, ayudado por Moko y los dos filibusteros, le transportaba a otro lugar, encargando luego al negro o a alguno de sus hombres que le dispensasen los máximos cuidados.

Había examinado detenidamente a cada uno de aquellos desgraciados soldados cuando, junto al ángulo del patio interior, en el que había un apilamiento de cadáveres de españoles y filibusteros, oyó una voz que le pareció familiar.

—¡Por mil tiburones! —exclamó Carmaux—. Esa voz me es conocida.

—¡A mí también! —añadió Wan Stiller.

—¿Será la de mi compatriota Darlas?

—No —repuso el corsario—. Es la voz de un español.

—¡Agua, caballeros, agua! —pedía alguien bajo los cadáveres.

—¡Truenos de Hamburgo! —exclamó Wan Stiller—. ¡Es la voz del castellano!

El Corsario Negro y Carmaux se abalanzaron hacia el ángulo del patio y apartaron rápidamente los cuerpos sin vida amontonados. Una cabeza ensangrentada y después unos largos y delgados brazos aparecieron, seguidos de un larguísimo cuerpo cubierto de una coraza de acero, también manchada de sangre y de salpicaduras de masa encefálica.

—¡Nuestra Señora de Guadalupe! —exclamó el hombre al ver al corsario y a Carmaux—. ¡Esta es una suerte que no esperaba!

—¡Tú! —exclamó el corsario.

—¡Eh, castellano de mi corazón! —gritó alegremente Carmaux—. ¡Cuánto me alegro de volver a verte vivo! ¿Te han dejado algún hueso sano?

—¿Estás herido? —le preguntó el corsario ayudándole a levantarse.

—Me han propinado una buena estocada en el hombro y otra en la cara —repuso el castellano—. Pero, dicho sea sin ánimo de ofenderos, al corsario que me puso así le ensarté como si fuera un cabrito. ¡En fin, caballeros! De verdad que me produce una gran alegría volver a verles…

—¿Crees que serán graves tus heridas?

—¡No! Solo que me produjeron un dolor tan intenso que me hicieron caer al suelo sin sentido. ¿Puedo beber algo?

—¡Toma! —dijo Carmaux alargándole una botella llena de aguardiente—. ¡Eso te dará fuerzas!

El español, que se sentía invadido por la fiebre, vació el contenido ávidamente y, mirando al corsario, dijo:

—Buscabais al gobernador de Maracaibo, ¿verdad?

—Sí —respondió el Corsario Negro—. ¿Le has visto?

—¡Ah, señor! ¡Habéis perdido la oportunidad de ahorcarle, y yo la de devolverle los veinticinco palos…!

—¿Qué quieres decir?

—Que ese bribón, previendo que vos vendríais, no ha desembarcado aquí.

—¿Adónde ha ido?

—Uno de los hombres que le acompañaban y que se quedó en Gibraltar me dijo que el gobernador de Maracaibo hizo que la carabela del conde de Lerma le llevase hasta las costas occidentales del lago para huir de los barcos filibusteros y para embarcarse luego en Coro, donde estaba anclado un velero español.

—¿Hacia dónde piensa dirigirse?

—A Puerto Cabello. Allí están sus parientes y sus posesiones.

—¿Estás seguro?

—Segurísimo, señor.

—¡Muerte y condenación! —exclamó el corsario con voz terrible—. ¡Se me ha vuelto a escapar cuando ya creía tenerle entre las manos! Pero aunque se esconda en el infierno, el Corsario Negro irá a encontrarle allí. ¡Aunque tenga que emplear todas mis riquezas, juro a Dios que hasta en las costas de Honduras he de buscarle!

—¡Y yo os acompañaré, señor, si no tenéis inconveniente! —dijo el español.

—¡Sí! Tú vendrás, ya que los dos odiamos a ese hombre... Otra pregunta...

—Decidme, señor.

—¿Podremos emprender inmediatamente la persecución?

—A estas horas ya se habrá embarcado. Antes de que vos podáis llegar a Maracaibo, su barco estará ya en las costas de Nicaragua.

—¡Bien! En cuanto lleguemos a La Tortuga organizaré una expedición como no se ha visto otra igual en el golfo de México. ¡Carmaux, Wan Stiller! Encargaos de este hombre. Lo confío a vuestros cuidados. ¡Moko, sígueme a la ciudad! Es preciso que hable con el Olonés.

Seguido por el africano, el corsario salió del fuerte y se dirigió a Gibraltar. La ciudad, invadida por los filibusteros sin que estos apenas encontrasen resistencia, ofrecía un espectáculo no menos desolador que el del interior del fuerte.

Todas las casas habían sido saqueadas y por todas partes se oían desgarradores lamentos de hombres, llantos de mujer, gritos de niño y disparos de armas de fuego. En todas las calles, tratando de poner a salvo los objetos más preciados, se veían grupos de vecinos perseguidos por filibusteros y bucaneros. Por doquier estallaban encarnizadas luchas entre saqueadores y saqueados, y desde las ventanas caían a la calle cadáveres que se estrellaban contra el suelo.

A veces se oían gemidos, acaso lanzados por los notables de la ciudad que eran sometidos a duros tormentos para que confesaran dónde habían escondido sus bienes. Los terribles piratas, con tal de obtener buenos sacos de oro, no se detenían ante nada.

Algunas casas que ya habían sido saqueadas ardían por los cuatro costados, despidiendo nubes de chispas que amenazaban con incendiar toda la ciudad, a la vez que imponentes llamas iluminaban la siniestra escena.

El Corsario Negro, acostumbrado a semejantes espectáculos desde su bautismo de fuego en Flandes, no se impresionaba en absoluto por ellos. Pero apretaba el paso, haciendo un gesto de disgusto.

Al llegar a la plaza central vio al Olonés en medio de un grupo de filibusteros que habían reunido allí a un gran número de vecinos y pesaban el oro procedente de toda la ciudad que otros hombres seguían acumulando.

—¡Por todos los demonios! —exclamó Pietro Nau al ver al corsario—. ¡Te creía lejos de Gibraltar u ocupado en colgar a Van Guld! ¡Ah, pero no pareces muy contento…!

—En absoluto.

—¿Qué ocurre?

—Que, a estas horas, Van Guld navega hacia las costas de Nicaragua.

—¡Se te ha escapado otra vez! ¿Es el diablo ese viejo? ¿O es que estás bromeando…? ¿Es cierto?

—Sí, Pietro, lo es. Va a refugiarse a Honduras.

—¿Qué piensas hacer?

—Vengo a comunicarte que me vuelvo a La Tortuga para organizar otra expedición.

—¿Sin mí?

—¿Vendrás?

—¡Por supuesto! Dentro de unos días marcharemos y, apenas hayamos llegado a La Tortuga, reuniremos una nueva flota para perseguir a ese bribón.

—¡Gracias, Pietro! Cuento contigo.

Tres días después, terminado el saqueo, los filibusteros se embarcaron en las chalupas que les envió la escuadra anclada en la embocadura del lago.

Llevaban consigo trescientos prisioneros, de los cuales esperaban obtener sustanciosos rescates, gran cantidad de víveres, mercaderías y oro por valor total de doscientos sesenta mil pesos, que luego pensaban dilapidar en pocas semanas organizando fiestas y banquetes en la isla de La Tortuga.

La travesía del lago se efectuó sin incidentes. A la mañana siguiente, los filibusteros embarcaban en sus naves para dirigirse a Maracaibo. Tenían la intención de volver a aquella ciudad para saquearla nuevamente, si ello era posible.

El Corsario Negro y sus hombres subieron a bordo del barco del Olonés, porque el *Rayo* había sido enviado a la salida del lago para impedir un ataque por sorpresa de las escuadras españolas que navegaban a lo largo de las costas del gran golfo para proteger las plazas marítimas de México, Yucatán, Honduras, Nicaragua y Costa Rica.

Carmaux y Wan Stiller no se habían olvidado de llevar consigo al castellano, cuyas heridas no revestían gravedad alguna.

Como sospecharon los filibusteros, los habitantes de Maracaibo habían regresado a la ciudad confiando en que los buques filibusteros no volverían a acercarse por allí en algún tiempo. Aquellos desgraciados, que habían sufrido un completo saqueo y que se encontraban imposibilitados para oponer la menor resistencia, se vieron en la necesidad de entregar treinta mil pesos bajo amenaza de nuevas rapiñas e incendio general.

Los corsarios, no contentos todavía, aprovecharon la nueva visita para saquear la iglesia, de la cual sacaron los vasos sagrados, los cuadros, los crucifijos e incluso las campanas. Todo esto iba destinado a ornamentar una capilla que pensaban levantar en su cuartel general de La Tortuga.

A las doce de aquel mismo día la escuadra filibustera se alejó definitivamente de aquellos parajes y se dirigió con presura hacia la salida del golfo.

El tiempo se mostraba amenazador, y todos tenían prisa por alejarse de aquellas peligrosísimas costas.

Por la sierra de Santa María se levantaban negros nubarrones que amenazaban con ocultar el sol, próximo a ponerse. Hasta la brisa se estaba convirtiendo en un poderoso viento de mal presagio.

Las olas crecían lentamente y terminaban por estrellarse con violencia en los costados de las naves.

A las ocho de la noche, cuando ya en el horizonte se apreciaban los relámpagos y el mar se volvía fosforescente, la escuadra avistó el *Rayo*, que daba bordadas ante Punta Espada.

El Olonés ordenó disparar un cohete para indicarle que se acercara. Al mismo tiempo echaba al agua la chalupa grande, que llevaba a bordo al Corsario Negro, a Carmaux, a Wan Stiller, al español y a Moko.

Al ver la señal y distinguir las luces de la escuadra, Morgan puso proa hacia la entrada del golfo.

La rápida nave del Corsario Negro se acercó en cuatro bordadas y embarcó al comandante y sus amigos.

En cuanto el corsario puso pie en cubierta, fue acogido con un inmenso griterío:

—¡Viva nuestro comandante!

Seguido de Carmaux y Wan Stiller, que sostenían al castellano, el corsario atravesó su buque entre dos filas de marineros y se dirigió rápidamente hacia una blanca figura que había aparecido en la escala de la cámara. Una exclamación de alegría surgió de entre los labios de aquel hombre temible:

—¡Vos, Honorata!

—¡Yo, caballero! —contestó la joven flamenca saliendo con presteza a su encuentro.

Entonces, un relámpago rasgó las densas tinieblas que reinaban sobre el mar. Luego llegó un retumbar lejano.

La rápida claridad iluminó el adorable semblante de la joven, mientras de los labios del castellano surgía un grito:

—¡Ella! ¡La hija de Van Guld aquí…! ¡Gran Dios!

El corsario, que iba a precipitarse al encuentro de la joven duquesa, se detuvo. Enseguida, volviéndose impetuosamente hacia el español, que miraba a la joven con ojos enfurecidos, le preguntó con una voz que no tenía nada de humana:

—¿Qué has dicho? ¡Habla o te mato!

El castellano no respondió. Inclinado hacia delante miraba en silencio a la joven, que retrocedía lentamente, vacilando como si hubiese recibido una estocada en el corazón.

Durante algunos instantes, en la cubierta del buque reinó un sombrío silencio, tan solo roto por los sordos rumores del oleaje. Los ciento veinte hombres que componían la tripulación ni siquiera respiraban. Concentraban toda su atención en la joven, que seguía retrocediendo, y en el Corsario Negro, que tenía el puño extendido hacia el español.

Todos presentían una cercana tragedia.

—¡Habla! —insistió el corsario con voz ahogada—. ¡Habla!

—¡Es la hija de Van Guld! —dijo el castellano rompiendo el silencio que reinaba a bordo.

—¿La conocías?

—Sí.

—¿Juras que es ella?

—Lo juro.

Un verdadero rugido surgió de la garganta del corsario al oír aquella afirmación.

Se retorció como si hubiera recibido un mazazo, casi hasta ponerse en cuclillas. Pero, de pronto, se irguió dando un salto digno del más ágil tigre.

Entre el fragor de las olas resonó una voz ronca y enfurecida:

—¡La noche que yo surcaba estas aguas con el cadáver del Corsario Rojo, juré…! ¡Maldita sea aquella noche fatal en que condené a la mujer que amo!

—¡Comandante! —dijo Morgan acercándose.

—¡Silencio!

El Corsario Negro estalló en un amargo llanto.

—¡Aquí mandan mis hermanos! —añadió.

Un estremecimiento de supersticioso terror sacudió a la tripulación. Todas las miradas se habían vuelto hacia el mar, que brillaba de la misma forma que la noche en que el Corsario Negro pronunció aquel terrible juramento, en cuyos abismos estaban sepultados los cadáveres de sus dos hermanos, el Corsario Verde y el Corsario Rojo.

Los filibusteros habían quedado enmudecidos, inmovilizados. Ni siquiera Morgan se atrevía a acercarse a su capitán.

La joven se encontraba al borde de la escalera que conducía a su camarote. Se detuvo un instante e hizo con las manos un gesto de muda desesperación. Luego, descendió los peldaños de espaldas, seguida muy de cerca por el Corsario Negro.

Cuando llegaron al pequeño salón la joven se detuvo de nuevo. La energía que hasta entonces la había sostenido le faltó de repente y se desplomó sobre una silla.

El Corsario Negro, cerrando la puerta, gritó con voz ahogada por los sollozos:

—¡Desgraciada!

—¡Sí! —murmuró la joven con voz apenas inteligible—. ¡Desgraciada!

Durante algunos instantes reinó un breve silencio, solo interrumpido por los sollozos de la joven duquesa.

—¡Maldito sea mi juramento! —repitió el corsario desesperadamente—. ¡Vos, hija de Van Guld, de ese abominable hombre a quien he jurado odio eterno! ¡Hija del traidor que asesinó a todos mis hermanos! ¡Oh, Dios, esto es espantoso!

Guardó de nuevo silencio, y luego añadió:

—Pero ¿no sabéis, señora, que he jurado sacrificar a cuantos tengan la desventura de pertenecer a la familia de ese maldito? ¡Lo juré la noche en que arrojaba al torbellino de las aguas el cadáver de mi tercer hermano muerto por vuestro padre! Y Dios, el mar y mis hombres fueron testigos de aquel fatal juramento, que ahora va a costar la vida a la única mujer a quien he querido de verdad. Porque vos, señora… ¡vais a morir!

Al oír aquellas amenazadoras palabras, la joven se levantó.

—Pues bien —dijo—, ¡matadme! El destino ha querido que mi padre se convirtiera en traidor y asesino… ¡Matadme! Pero hacedlo vos, con vuestras propias manos… ¡Moriré feliz a manos del hombre al que tanto amo!

—¿Yo? —exclamó el corsario retrocediendo—. ¡No, no! ¡Yo no os mataré!

Tomó a la joven por un brazo y la arrastró hacia el gran ventanal que se abría en el costado de estribor.

El mar brillaba como si corriesen por las olas torrentes de bronce fundido o de azufre líquido. El horizonte, cargado de nubes, relampagueaba de vez en cuando.

—¡Mirad! —dijo el corsario en el colmo de su exaltación—. ¡Brilla el mar igual que la noche en que dejé caer al fondo de estas aguas los cadáveres de mis hermanos, víctimas inocentes de vuestro padre!

Daba la impresión de que hablaba solo.

—Ellos están allá abajo. Me espían. Miran mi barco. Veo sus ojos clavados en mí pidiendo venganza. Sus cadáveres se agitan entre las olas. ¡Vuelven a flote porque quieren que dé cumplimiento a mi promesa! ¡Hermanos míos! ¡Quedaréis vengados! ¡Pero sabed que yo he amado mucho a esta mujer! Velad por ella…

Un acceso de llanto cortó estas palabras. Su voz, que momentos antes parecía la de un loco delirante, quedó totalmente apagada.

Se inclinó sobre el ventanal y miró otra vez las olas, que chocaban contra el *Rayo* con incesante fragor.

En su desesperación, el corsario creía ver surgir de entre las aguas los cadáveres de sus hermanos.

Se volvió hacia la joven, que se había apartado de su lado. De su rostro desapareció todo rastro de dolor. Ahora era un ser despiadado, lleno de un odio implacable.

—¡Disponeos a morir, señora! —dijo con lúgubre voz—. ¡Rogad a Dios y a mis hermanos que os protejan!

Abandonó el pequeño salón con paso firme y, sin volver la cabeza, atravesó la cubierta hasta el puente de mando. Los tripulantes no se habían movido. Únicamente el timonel, erguido en la cubierta de la cámara, guiaba al *Rayo* hacia el norte, siguiendo a las naves filibusteras, cuyas luces brillaban en lontananza.

—Ordena que preparen un bote para echarlo al agua —dijo el Corsario Negro a su lugarteniente Morgan.

—¿Qué queréis hacer, comandante? —preguntó el segundo.

—¡Cumplir mi juramento! —repuso el corsario con voz casi apagada.

—¿Quién va a bajar al bote?

—¡La hija del traidor!

—¡Señor!

—¡Silencio! ¡Mis hermanos nos están mirando! ¡Obedece! ¡En este barco manda el Corsario Negro!

Nadie se movió para cumplir sus órdenes. Aquellos hombres, tan fieros como su jefe y que se habían batido cien veces con valor desesperado, se sentían como clavados a las tablas de la cubierta.

La voz del corsario resonó de nuevo en el puente de mando con acento amenazador:

—¡Hombres del mar, obedeced!

El contramaestre de la tripulación salió de las filas, hizo señas a algunos de los hombres para que le siguieran y, por la escala de estribor, echó al mar un bote en el que ordenó poner algunos víveres. Comprendía perfectamente las intenciones de su capitán.

Apenas habían terminado esta operación cuando vieron subir a cubierta a la hija de Van Guld.

Llevaba aún el vestido blanco y sus cabellos caían en gracioso desorden sobre sus hombros y su espalda.

La duquesa atravesó la cubierta del buque sin pronunciar una palabra. Caminaba erguida, resuelta, sin vacilaciones. Cuando llegó junto a la escala, desde la cual el contramaestre le señalaba el bote que el oleaje hacía chocar contra los costados del buque, se detuvo un instante, se volvió hacia la popa y miró al corsario, cuya negra figura se dibujaba siniestramente sobre el cielo, iluminada por los intensísimos relámpagos.

Durante algunos instantes contempló al feroz enemigo de su padre, que permanecía inmóvil en el puente de mando con los brazos estrechamente cruzados sobre el pecho. Le hizo una señal de despedida, descendió apresuradamente por la escala y saltó a la chalupa.

El contramaestre retiró la cuerda sin que el Corsario Negro hiciera gesto alguno para detenerle.

De los labios de toda la tripulación surgió un grito:

—¡Salvadla!

El Corsario Negro no contestó. Se inclinó sobre la amura y miró la chalupa, que, empujada por las olas, navegaba mar adentro balanceándose de un modo espantoso.

El viento soplaba fuertemente y el cielo se encendía a cada instante con los relámpagos, seguidos de terribles truenos que se confundían con el fragor del oleaje.

La chalupa continuaba alejándose. En la proa se destacaba la blanca figura de la joven flamenca. Tenía los brazos extendidos hacia el *Rayo* y sus ojos parecían clavados en el Corsario Negro.

La tripulación en pleno se precipitó hacia estribor siguiéndola con la vista. Nadie hablaba. Todos comprendían que sería inútil cualquier tentativa para conmover al vengador.

La chalupa navegaba sin cesar. Sobre las fosforescentes olas y entre los resplandores que hacían cabrillear las aguas, se destacaba como un punto perdido en la inmensidad de los mares…

Unas veces se levantaba sobre las espumantes crestas; otras, se sumergía en los negros abismos. Luego volvía a aparecer, como si estuviera protegida por un misterioso genio.

Aún la vieron durante algunos minutos. Luego desapareció en el tenebroso horizonte, entre los negros nubarrones que parecían estar cargados de tinta.

Cuando los desolados filibusteros volvieron los ojos hacia el puente, vieron que el corsario se doblaba sobre sí mismo, se dejaba caer sobre un montón de cuerdas y escondía el rostro entre las manos.

En medio de los gemidos del viento y del fragor del oleaje, lanzaba a intervalos desgarradores sollozos.

Carmaux se acercó a Wan Stiller y, señalándole el puente de mando, le dijo con voz triste:

—Mira allí arriba: el Corsario Negro llora…

ÍNDICE DE CONTENIDOS

LOS TIGRES DE MOMPRACEM

EL REY DEL MAR

EL CORSARIO NEGRO

Papel certificado por el Forest Stewardship Council®